GW00482834

OLVIDADO REY GUDÚ

ANA MARÍA MATUTE
OLVIDADO REY GUDÚ

ESPASA e BOLSILLO

ESPASA ℮ BOLSILLO

Director Editorial: Juan González Álvaro
Editoras colección de narrativa: Celia Torroja y Lola Cruz
Editora colección de bolsillo: Nuria Esteban
Diseño de colección: Álvaro Reyero
Ilustración de cubierta e interiores: Juan Pablo Rada

© Ana María Matute
© Espasa Calpe

Primera edición de bolsillo: abril, 1998
Segunda edición de bolsillo: mayo, 1998

Depósito legal: M. 17.247-1998
I.S.B.N.: 84-239-9655-7

Impreso en España/Printed in Spain
Impresión: Huertas, S. A.

Editorial Espasa Calpe, S. A.
Carretera de Irún, km 12,200. 28049 Madrid

*Dedico este libro a la memoria de H. C. Andersen,
Jacob y Wilhem Grimm y Charles Perrault.*

A todo lo que olvidé.

A todo lo que perdí.

ÍNDICE

EL REINO DE OLAR

PRIMERA PARTE

I

LOS MARGRAVES

1

LOS hijos del Conde Olar heredaron la extraordinaria fuerza física, los ojos grises, el áspero cabello rojinegro y la humillante cortedad de piernas de su padre.

Sikrosio, el primogénito, tenía más rojo el pelo, también eran mayores su fuerza y corpulencia, su destreza con la espada y su osadía. Por contra, de entre todos ellos, resultó el peor jinete, precisamente por culpa de aquellas piernas cortas, gruesas y ligeramente zambas que algunos —bien que a su espalda— tildaban de patas. Si hubo algún incauto o malintencionado que se atrevió a insinuarlo en su presencia, no deseó, o no pudo, repetirlo jamás.

Desde temprana edad, Sikrosio dejó bien sentado que no se trataba de una criatura tímida, paciente, ni escrupulosa en el trato con sus semejantes. Su valor y arrojo, tanto como su naturaleza, no conocían el desánimo, la enfermedad, la cobardía, la duda, el respeto ni la compasión. Pronunciaba estrictamente las palabras precisas para hacerse entender, y no solía escuchar, a no ser que se refiriesen a su persona o su caballo, lo que decían los otros. No detenía su pensamiento en cosa ajena a lances de guerra, escaramuzas o luchas vecinales y, en general, a toda cháchara no relacionada con sus intereses. Cuando no peleaba, distribuía su jornada entre el cuidado de sus armas y montura, la caza, ciertos entrenamientos guerreros y placeres personales —no muy complicados éstos, ni, en verdad, exigentes—. Era de natural alegre y ruidoso, y prodigaba con mucha más frecuencia la risa que la conversación. Sus carcajadas eran capaces de estremecer —según se decía— las entrañas de una roca, y aunque consideraba probable que un día u otro el diablo cargaría con su alma, tenía de ésta una idea tan vaga y sucinta —en lo profundo de su ser, desconfiaba de albergar semejante cosa— que poco o nada se preocupaba de ello. Amaba intensamente la vida —la suya, claro está— y procuraba sacarle todo el jugo y sustancia posibles. A su modo, lo conseguía.

Pero un día, Sikrosio conoció el terror. El terror nació de un recuerdo y culminaba en una profecía. El recuerdo le asaltaba inesperado, cada vez con más frecuencia, y llegó a amargar parte de su vida. La profecía —que vino mucho más tarde— la destruyó definitivamente.

Y todo esto comenzó una mañana, apenas amanecida la primavera, junto al río Oser.

Aquel invierno había cumplido diecinueve años. Sabía —pero jamás recordó cuándo, ni en qué circunstancias— que salió de caza, que estaba cansado y que se había tendido en la recién nacida hierba, muy cerca de la vertiente que descendía hacia el río. Aún había zonas de hielo y nieve sin derretir en las sombrías hendiduras, junto a la espesura que a la otra orilla del Oser iniciaba la selva.

Para todos los habitantes de la región, el origen del río era un misterio. El manantial de su nacimiento brotaba en la espesura norte, allí donde nadie se adentraba. Solamente su nombre —llegado a ellos no sabían cómo— les estremecía igual que la palabra de un libro prohibido o como la huida de algún reencuentro que nadie deseara y cuyo solo presentimiento les turbara.

De improviso, algo que no era brisa, ni pisada de hombre o animal, ni aleteo, ni, en fin, cuanto su oído de cazador conocía, agitó sutilmente la maleza. Sin razón alguna —su instinto se lo advertía—, una ave huyó, espantada. Y a poco la vio caer a su lado, como herida. Pero no había sangre, ni en sus plumas ni en el olor de la mañana. Era una muerte inexplicable, una especie de caída sobre sí misma, sin heridas, mostrando tan sólo las huellas de su pavor, arma invisible. Contempló su último palpitar en el suelo, la vio estremecerse, agonizar y, al fin, quedar inerte.

Sikrosio no avanzó ni un dedo hacia ella. Había caído un rayo de luz que atravesaba el resplandor de aquel sol apenas brotado, que aún parecía verterse en el cielo como un líquido. Entonces sintió que la tierra temblaba bajo su cuerpo, y era aquel un temblor levísimo. Para quien no conociera la áspera y delicada naturaleza como él la conocía, era un temblor casi impalpable, parecido a un sordo retumbar, aunque sin ruido: redoble de lejanos tambores, pero mudo.

Sikrosio notó cómo su cuerpo se inundaba de sudor, a pesar de que el calor no había llegado aún a aquellas tierras. Como vio hacer tantas veces a culebras y salamandras, reptó hasta allí donde la maleza y hojarasca eran más tupidas y apretó la jabalina contra su costado. Entonces, sobresaltado, oyó los cascos de su caballo —que hasta aquel momento pacía cerca de él— en una alocada huida. Su relincho atravesó el cielo, igual que una flecha de muerte, y Sikrosio olió la muerte, clara y físicamente: era un olor que conocía bien.

Tuvo que hacer un gran esfuerzo para que sus párpados, súbitamente pesados, no se cerrasen. Normalmente, no le suponía ninguna molestia permanecer alerta y al acecho con todos sus sentidos, pero en aquel momento una gran pesadez, una penosa sensación de inutilidad se había apoderado de toda su persona; y sólo el asombro que esto le produjo pudo evitar que cayera totalmente en la zona oscura y densa que se abría lentamente ante él. Creyó oír los golpes de su corazón contra la tierra. «Pero ¿ante quién?, ¿ante qué? ¿Qué es lo que amenaza desde ahí..., del fondo del río?»

El miedo era algo totalmente nuevo y amargo para él. En otras

ocasiones, si olfateaba alguna amenaza, su corazón volteaba casi gozoso por la proximidad de la lucha, de matar. Pero no era este bronco
latido que le sacudía y que —se resistía a creerlo— tanto se parecía al
miedo. En los lances más osados de su vida no había tenido ni la más
remota sospecha de morir, pero en aquel momento la muerte le rozaba a él, sólo a él. Y no era sólo miedo lo que sentía, sino algo peor:
un húmedo sudor, un frío viscoso, como de saberse muerto.

Luego, llegó a sus oídos un sigiloso y rítmico golpear. Parecía
uno solo, pero estaba hecho de otros muchos: uno en innumerables,
como alas que batieran todas a la vez, con vibración y puntualidad de
bien adiestrados timbales. Venía de allí abajo y chocaba contra el
agua. En aquellos parajes apenas había alguna barca de las usadas
por los pescadores que habitaban junto al lago. «Son remos. Remos
que baten en el río. Vienen del Norte...»

En aquel momento su terror fue tan evidente como la lasitud de
sus miembros y la tendencia de sus párpados a cerrarse. Paralizado,
tendido e indefenso igual que una hoja caída del árbol, pensó: «Si se
levantara la brisa, me arrastraría». Entonces, por primera y última
vez en su vida, les vio. Y jamás pudo olvidarles.

Un gusto a sal inundó su paladar y lengua, y tuvo la clara visión
de un mar gris y helado brotando a través de la niebla que rodeaba su
conciencia. Incrustado en su más remota memoria, el mar gris y helado, sin orilla posible, se extendió y le invadió, taladrado por ensordecedores, cruelísimos gritos de gaviotas. Desde la última piel de su
memoria, antes de que se borrara de ella, nuevamente lo reconoció.

Después, lentamente, del verdinegro mundo del río apareció la
enorme y alta cabeza del dragón, tan pausada como una pesadilla.
Iracunda, implacable, cubierta de escamas, sus ojos de oro fuego atravesaban los destellos del mismo sol. Visión bella y espantosa a la vez,
fue avanzando y creciendo ante él. Salió de la maleza y alzó su cuello,
como un grito.

Sikrosio tuvo fuerzas tan sólo para asirse con ambas manos a la
hierba, clavar las uñas en la tierra arenosa de la vertiente y admitirlo
como el dragón de sus más remotos sueños; el dragón que brillaba en
los ojos grises de su padre, el que creyó atisbar, retorciéndose, al
fondo de alguna jarra de cerveza. Era su viejo, odiado, amado, cono-

cido, desconocido, deseado, temido, salvaje dragón, hundiéndole por vez primera en la conciencia pantanosa y abominable del terror.

Luego, vinieron ellos.

Durante los primeros tiempos, después de aquel día, el recuerdo de aquella escena venía a Sikrosio sin motivo aparente, de la forma más inesperada, entre jarras de espumosa cerveza o en la más placentera compañía. Como caído de lo más alto, imagen misma de aquella ave tan misteriosamente alcanzada, el recuerdo venía a dar contra su corazón: y allí revivía y se alzaba, convertido en buitre. En tales ocasiones, Sikrosio terminaba en el suelo, zarandeado por un convulso temblor y tan pálido como si acabara de expulsar la última gota de sangre.

No era aconsejable permanecer a su lado cuando volvía en sí: siempre fue violento y desconsiderado, pero el terror le volvió de una brutalidad a ras del suelo, casi bestial. Su frente, no muy despejada por naturaleza, iba plegándose, cada vez más profundamente, en un surco que acabó confundiéndole cejas y cabello en una masa rojinegra —más roja que negra—. Los ojos se le redondearon, saltones, en una mirada fija y tan cruel que pocos la resistían sin perder el tino totalmente. Siempre fueron escasas sus palabras, y no pareció demasiado extraño que las sustituyera por gruñidos más o menos locuaces. Pero lo más raro, lo que atemorizó seriamente a quienes le rodeaban, fue la lenta, pero inexorable, desaparición de su risa.

Cuando el recuerdo le tumbaba entre convulsiones, rememoraba haber temblado de modo parecido sólo en cierta ocasión, cuando huía de quienes sañudamente querían matarle y vino a refugiarse en el interior de una caverna sólo por él conocida. Pero también parecía haberse refugiado allí todo el invierno; y si la caverna le libró de la muerte que allá afuera le buscaba, a punto estuvo de proporcionársela dentro, de puro frío. Sikrosio demostró entonces, una vez más, que por caminos naturales no era fácil abatirle.

Pero a la vez, el recuerdo traía consigo la maldita visión de sí mismo, cierta mañana de primavera junto al Oser, y le aniquilaba. Todo su ser volvía a sumergirse en aquella ceguera, en la absoluta incomprensión de cuanto le había acontecido, hasta el punto de convertirle, poco a poco, en el espectro de sí mismo, o de lo que en un tiempo creyó ser. Porque aquella mañana, y cuanto le aconteció en ella, le había desvelado la existencia de un elemento que residía en él, o en el mundo que hasta el momento tan rotundamente hollara, y cuya naturaleza no podía ni pudo jamás explicarse. «Es una historia extraña, extraña, extraña...», se repetía tozudamente. Cuando volvía en sí, el terror se fundía, desaparecía ante sí mismo, y sólo era un jirón de miedo, un mísero despojo en la arenosa tierra que descendía hacia el río.

Y sin embargo, a pesar de su valor, de su fuerza y de su arrogancia, incluso de ese terror, Sikrosio no fue un hombre extraordinario. Comparado con la mayoría de barones, margraves y condes que se disputaron durante años y años aquella larga zona de tierra fronteriza donde nació, Sikrosio fue un hombre más bien vulgar.

2

EL Conde Olar, padre de Sikrosio y otros cinco varones, no era, en cambio, un hombre vulgar. Por sus buenos servicios, el Rey le había concedido la más extensa y menos inhóspita zona de aquellas tierras fronterizas, y allí se instaló cierta memorable jornada, hacía ya muchos lustros, y edificó el tosco Torreón de madera que más tarde sería Castillo y, mucho más tarde aún, centro de un verdadero Reino.

Pero estas cosas no hubieran sucedido nunca si el Conde Olar no hubiera tomado posesión de aquella insalubre y poco apetitosa recompensa a sus grandes sacrificios —entre ellos parte de su pie derecho y la mitad de una mandíbula— a la causa de su Rey. Mientras él vivió, su Torreón fue incendiado dos veces y casi destruido una. Pero también es verdad que mientras él vivió, el Torreón volvió a alzarse allí, en el promontorio que más verdeaba en primavera, expuesto a todos los vientos, cerca del Oser; y desde sus almenas podía otearse casi por entero aquella región dividida —de forma tan vaga como ferozmente defendida— por una innumerable y mal avenida sociedad de pequeños barones y un Margrave temido, el feroz Tersgarino, de leyenda y hechos poco tranquilizadores: se había rebelado contra el Rey, y la presencia de Olar y su fidelidad al monarca, y su recompensa con la donación real de aquel patrimonio no eran absolutamente casuales. La enemistad entre Tersgarino y Olar había nacido desde antes, puede decirse, de que éste pusiera sus pies en aquella tierra.

El resto de los pequeños feudales y barones que inundaban la zona no se distinguió tampoco por su amistad al nuevo intruso y protegido del Rey, a quien odiaban y de quien deseaban independizarse con poco o ningún disimulo. Pero sus tropas, extraídas de la leva campesina, en verdad eran gente apática y medrosa, nada dispuesta al combate. Tampoco la tierra era capaz de enriquecer a ninguno de aquellos señores. No contaban, pues, más que con su astucia, su crueldad y su insensato y mal distribuido valor. La muerte era tan frecuente en aquella estrecha y larga faja de tierra, que llegó a resultar casi familiar y poco temida. «A todo se habitúan las gentes, con un poco de constancia», solía decir el Conde a sus hijos y súbditos. No le faltaba razón, porque incluso nobles y vasallos habían llegado también a acostumbrarse a él. Excepto, naturalmente, Tersgarino.

Las nuevas posesiones de Olar en aquel extremo y en verdad medio perdido terreno fronterizo al Este del Reino, le fueron procuradas tras la expropiación y ajusticiamiento de cinco señores muy rebeldes y belicosos, reos todos de deslealtad a la Corona, bandidaje y una larga serie de delitos menores. Pero era la única zona que daba un cierto, razonable y regular fruto, amén de contener el más grande de los treinta y dos lagos —alguno tan pequeño que no merecía este nombre, y otros tan cenagosos que todos llamaban, con propiedad, pantanos— de la Comarca. Gracias a ello, y a estar cruzada por tres ríos y algún que otro riachuelo, podía conseguirse alguna pesca y hacían su suelo más fértil. Además, poseía varios burgos, siervos y vasallos, todos acogidos a su protección.

Al Norte se alzaba la selva, que procuraba la mejor caza, y al Oeste, la alta tundra, cuyo camino llevaba al Rey y donde se amurallaba el pequeño dominio del Abad Abundio, a quien el monarca —y por tanto Olar— respetaba y quería. Al Este, y a todo lo largo, sus límites estaban marcados por la estepa, y esta frontera natural sólo aparecía interrumpida por el misterioso margraviato llamado el País de los Desfiladeros —rico en minerales preciosos, según se decía—, y su Margrave Tersgarino. Al Sur, las tierras del Conde Olar se disputaban los límites entre un puñado de barones, y la cadena de altas montañas llamadas Lisias constituían su frontera natural al Sureste.

Entre ellas y las tierras del Conde, más hacia Oriente, existía un pequeño país llamado de los Weringios y gobernado por un reyezuelo, cuyo nombre era Wersko. Eran de otra raza y hablaban otra lengua. Los campesinos decían que, en un tiempo ya lejano, los weringios habían ganado sus tierras a las tribus de la estepa. Pero esto parecía al Conde poco probable, porque, según sus noticias, si toda la rama ascendente de Wersko era como él, la cosa no tenía ningún síntoma de verosimilitud: al parecer, Wersko era apático y dado a la vida placentera que, gracias a su comercio con tierras del Sur y a la riqueza natural de su suelo, le era fácil llevar. Pero gozaba de misteriosas y poco claras protecciones: ni piratas sarracenos, que a veces llegaban por el Sur, ni jinetes esteparios le molestaban jamás —al igual que a Tersgarino—. El Conde, pues, observó una cautelosa distancia, a pesar de que Wersko hubiera parecido presa fácil a una experiencia guerrera e invasora incluso más tierna que la suya. Así, las relaciones entre el Conde Olar y el País de los Weringios —del que, por otra parte, le separaba un curioso Pasillo llamado de Nadie, protegido a ambos lados por restos de una antigua fortificación— transcurrieron en la más inane de las vecindades. Esto es: se ignoraron mutuamente. De todos modos, bastante ocupación tenía el Conde con mantener a raya al resto de sus numerosos y nada soñolientos vecinos.

A pesar de todo, desde el día en que pisó aquella tierra por vez primera, hasta el último, en el que la muerte le sacó de allí, el Conde Olar no conoció jamás la paz. El Este, allí donde las colinas se suavizaban en anchas praderas y la hierba crecía hermosa y alta, apenas si podía servir de pasto a su escaso ganado, porque la amenaza más grande llegó siempre de aquel punto. Desde siempre y para siempre, el Conde Olar debió batirse, mientras tuvo vida, no sólo con sus vecinos, sino, sobre todo, con los temibles —para los campesinos, siervos y vasallos, verdadera imagen de los diablos infernales— Jinetes Este-

parios. Las frecuentes incursiones de estos guerreros salvajes y ecuestres, extraordinarios jinetes, en tierras de Olar, sembraban la muerte,
la rapiña y el terror. De forma que aquellas praderas morían lentamente, su hierba nacía y se agostaba, y los límites del Conde se empe-
queñecían allí, para ser ganados día a día por la estepa y sus malditos
y misteriosos guerreros. Venían y desaparecían: no deseaban tierras
ni dominios, sólo incendiaban, robaban, mataban. Los pequeños tem-
plos y ermitas eran saqueados, llevábanse sus vasos de oro, destruían
cuanto hallaban y arrasaban chamizos, aldeas y caseríos. Donde ellos
pisaban, la vida moría, segada por tiempo y tiempo.

En tierras del Conde Olar, la paz llegó a ser un relato antiguo,
una vieja leyenda transmitida por los ancianos. El mundo, para ellos,
era un estremecido y furioso nido de alimañas, de entre las cuales debían salir como fuera, aun desgarrados, pero con vida suficiente para
sembrar también la muerte que, como muralla protectora, les defen-
diera del exterior. Todo hombre lindante llegó a ser, más tarde o más
temprano, un enemigo.

No existía otra calma, pues, que la sombría humedad de aquel
tosco Torreón de madera que levantaron tres veces los siervos, bajo el
chasquido poco hospitalario del látigo del Conde. Él mismo y sus hijos dejaban la espada para, con sus propias manos, acarrear troncos y
blandir el hacha cuando era preciso. El látigo no abandonó nunca el
costado del Conde: era tan inseparable de él como su espada. Pero el
látigo era para su gente y la espada para la ajena. Así dividía las cate-
gorías de sus puniciones y de sus consideraciones.

Transcurrió tiempo, tiempo, tiempo, hasta perderse en el tiempo,
desde aquel día en que llegó el Conde, por el alto de la tundra, camino que llevaba a Occidente, para tomar posesión de su nuevo dominio y recompensa. Ya nadie, excepto él, tenía memoria de aquellos
días lejanos en que el Rey tenía puesta su confianza en él antes que en
ningún otro. Días en que el Rey no había decaído todavía en la enfermedad que iba a convertirle en espectro de sí mismo. Para el Conde
Olar estas cosas no ocurrían: él era el eterno recién llegado y aún estaba librando sus primeras batallas, pacificando sus límites, asentán-

dose en sus nuevas tierras. No vio que su cabello encanecía, que su rostro se cubría de arrugas, y que su mandíbula partida temblaba, a menudo, cuando miraba hacia Occidente. «Las gentes —repetía a quienes le escuchaban—, con un poco de constancia, se acostumbran a todo.»

Tersgarino se fue convirtiendo en una idea fija: «Cuando venza a Tersgarino, el Rey me concederá título de Margrave de toda esta tierra y someterá a mí cuantos condes o barones deje con vida». Esta promesa —tal vez inventada, tal vez cierta— era la esperanza que, machaconamente, inculcaba el Conde a sus hijos. Ellos le creían fielmente y ponían en ella todo su coraje. Pero Tersgarino, y sus reales o imaginarios tesoros minerales, continuaban invisibles e inalcanzables en su privilegiada situación orográfica. Sus diabólicas maquinaciones con los esteparios les hacían rechinar los dientes. «Pagará tributos a la estepa para que lo dejen tranquilo», se decía a veces Olar.

Lo cierto es que la espalda del País de los Desfiladeros, único flanco vulnerable, daba a la estepa, pero los jinetes jamás turbaron sus dominios. Los estragos causados dentro de sus tierras, solía llevarlos a cabo Tersgarino sin ayuda de nadie: la única pena o castigo que se conocía en los Desfiladeros era el descuartizamiento del reo por caballos. Todos sus mineros eran prisioneros forzados y, cuando envejecían, eran liquidados a su vez de la forma antes descrita. El miedo a Tersgarino no era menos eficaz, para salvaguardarle del exterior, que los famosos peñones de su desfiladero. Inexorablemente, año tras año, batalla tras batalla, hombre tras hombre, perdió el Conde Olar todo intento contra el Margrave de los Desfiladeros. Su odio, su saña y su sed de aniquilarle duraron hasta el último de sus días. Tal vez a Tersgarino le ocurrió otro tanto, pero de esto no se tuvo constancia jamás.

Del camino alto de la tundra, casi cubierto por la maleza, sólo llegaban a veces el viento y un polvo gris como ceniza que de allí traía aquél. Se hacía cada vez más difícil el tránsito por aquellos parajes. Un Rey regía —al menos oficialmente— sus destinos, pero nadie, excepto el Conde Olar, le vio jamás, y el único que le conoció hablaba de un hombre que, en verdad, ya no existía: aunque él no lo supiera, el Rey ya no era sino una sombra de lo que realmente fue.

Así, en cierta ocasión, el Abad de los Abundios le llamó y le notificó la enfermedad que consumía al monarca, y le entregó, a su vez, un pergamino sellado. Ambas cosas trastornaron al Conde Olar, y durante un día y una noche se oyó restallar su látigo por las orillas del Oser, bajo la luna llena del estío.

Sikrosio no durmió aquella noche. Su instinto de cazador le avisaba: una presa estaba al caer, si bien no atinaba aún a olfatear cuál sería. Pero permanecía con los oídos atentos y los ojos abiertos. Tenía doce años, pero era tan alto como su padre y más fuerte, ya, que él. Sabía, desde el día anterior, que el Rey agonizaba. Era todo lo que sabía, pero su instinto, siempre alerta, le avisaba de muchas cosas, y le aconsejaba no dormir.

Al poco tiempo, el Príncipe Bastardo, hermano del Rey, llegó a aquella olvidada e insana zona fronteriza. Era un Príncipe en verdad gentil, educado, afectuoso y sorprendente. Llegó, precedido de una verdadera tropa, desbrozando las jaras y malezas del alto camino de la tundra. Sikrosio y su padre le esperaban a pie, con su exigua y mal vituallada leva y sus rudos vasallos.

Ante el Príncipe Bastardo, Sikrosio se sintió súbitamente humillado: pobre, tosco, sin tropa, sacrificado, mal retribuido. Violentamente, odió al Rey; al Príncipe, simplemente, le envidió. Pero sus sentimientos eran breves, y olvidó rápidamente a uno y a otro. Sólo concentró sus pensamientos en una cosa: averiguar lo que traía allí a tan alto Señor, y qué esperaba de su estúpido padre —de pronto, así le parecía el Conde, hasta entonces admirado sin resquicio.

«El Rey está muy lejos —se dijo a sí mismo Sikrosio, lentamente, como quien se confía un preciado secreto—. La espesa y alta tundra que nos *separa* de Occidente —por primera vez no repitió dócilmente la expresión paterna: nos *conduce*— no le vio, ni le verá jamás llegar.» El Rey había prometido el margraviato, la sumisión de pequeños señores, barones y condes, siempre en litigios, el vasallaje y la total posesión de aquella tierra, con derecho a herencia... Pero ¿desde cuándo oía decir esto? Desde que tuvo apenas oídos para oír. Habían pasado los años y nadie, jamás, había tenido la más mínima noticia del Rey. Ni siquiera sabían que moría, que su carne se deshacía como ceniza y aparecían sus huesos y su calavera, como la de cualquier simple mortal, bajo la corona de oro y zafiros.

Sikrosio apretó la daga, el puño se clavó en sus dedos y guardó su huella hasta el amanecer. ¿Pacificar barones, reducir a Tersgarino...? ¿Quién pacificará jamás a las alimañas, a los lobos que aúllan en la intrincada selva, a las aves rapaces que cruzan el cielo, a las aguas del Oser que el deshielo desborda primavera tras primavera? ¿Quién reducirá el galope furioso del caballo salvaje que huye hacia la tundra? ¿Quién reducirá el tiempo, la tempestad, el súbito oleaje que sacude, misteriosamente, el centro del Lago de las Desapariciones? Sikrosio sonrió a la madrugada y escuchó el piar de los primeros tordos, con la alegría de una recién descubierta verdad. Era ya su verdad, no la verdad de los demás. Y pensó que los tordos eran, quizá, sus amigos. En todo caso —y aunque por breves instantes—, serían los únicos amigos que tuvo en la vida.

<h1 style="text-align:center">3</h1>

PERO los inviernos, y los hielos y deshielos, y el brotar de la hierba, cayeron aún sobre el Torreón con silencio y ausencia. Tiempo sobre tiempo, el Torreón creció algo, ensanchó la granja y algún pequeño barón fue sometido definitivamente. La nueva vida de Sikrosio fue tomando, poco a poco, el viejo color de la de su padre. Olvidó aquel amanecer, aquella noche en que oyó el restallar del látigo en las orillas del Oser, y el piar de los tordos, inexistentes amigos. O pareció que lo olvidaba.

El Conde Olar era ya viejo, pero no era, ni lo fue jamás, un viejo como los demás. Sikrosio llegó a entenderlo, por fin, y colocó de nuevo a su padre en su pedestal, hasta el día de su muerte.

Y llegó el día en que, de nuevo, el Abad de los Abundios entregó al Conde un pergamino con el sello que ya Sikrosio identificaba: era el mismo emblema que lucía en su dedo índice, grabado en anillo de oro, el Príncipe Bastardo.

El Conde Olar era hombre adusto, poco dado a efusiones de ningún género, sin otra explosión de sentimientos visible que el restallar de su látigo. Pero tenía una especial costumbre: en las raras ocasiones en que un gozo intenso desbordaba sus espesos muros de contención, solía golpearse la cabeza con los puños de tal forma, que si no se hubiera tratado de su propia morra, todos hubieran creído que intentaba reducirla a bien poca cosa. Así, aquel día, se propinó toda suerte de puñetazos capaces de dar fin a testas más jóvenes o aparentemente más robustas. Después, bebió en abundancia, más que de costumbre —en esto nunca fue moderado—. Lo hizo rodeado de sus caballeros, de sus vasallos y del primogénito Sikrosio —recién investido caballero—. Luego partió hacia Occidente, con nutrida escolta, lo mejor trajeado que le fue posible.

Sikrosio le acompañó hasta el borde de la tundra. Como clavado en el suelo, la cabeza alzada y los ojos ansiosos, le vio marchar, hasta que desapareció el último de sus hombres. Luego, un viento furioso lanzó aquel misterioso polvo gris sobre él y, cuando lo sacudió de su traje y montura, le pareció que una lluvia de ceniza intentaba sepultarle. Volvió grupas y galopó, desazonado, durante todo el día. Al anochecer, a su vez, bebió mucha cerveza: porque aquella ceniza se había pegado a su paladar y no parecía borrarse fácilmente. No obstante, una intensa alegría le llenaba, y su risa rodó como un trueno por las orillas del Oser, estremeciendo a quien halló en su camino.

Tal vez pasó mucho tiempo. Tal vez varios años. Un día, el Conde regresó por el camino de la tundra. Hasta el momento, Sikrosio y sus hermanos habían defendido solos los ataques vecinales, y cuando vieron de nuevo el rostro ceñudo y los ojos grises de su padre, el primogénito supo que por fin llegaba un tiempo provechoso, aunque muy duro, para él. No había logrado aplacar el talante belicoso de sus vecinos, ni había sometido al Margrave —ya soberano— del País de los Desfiladeros, pero el Conde Olar halló sus tierras ni un palmo más allá ni uno más acá de como las dejó. Ni una viña había engrandecido las viñas que crecían junto a su Torreón, pero ni una sola echó de menos en ellas. Tal vez aquel estado de cosas superaba sus mejores esperanzas y, acaso, esa fue la razón de que por vez primera y última en su vida tomara por los hombros a Sikrosio y, tras mirarle un rato con sus intensos ojos grises, le estrechara fuertemente entre sus brazos.

Pero Sikrosio, aun valorando el gesto en su medida, estaba demasiado intrigado, y aun receloso, para abandonarse a las delicias de aquella casi dolorosa explosión de amor paterno. Porque antes que a ningún otro, de entre la nutrida, bien trajeada y aún mejor armada tropa que escoltaba a su padre —insólita en aquellas tierras, donde únicamente a latigazos y terror podían lanzar al enemigo su leva reculona, harapienta y mal pertrechada de horcas, hoces y desdentados cuchillos—, su ojo avizor descubrió la presencia de un muchacho enclenque y, según pensó, «vestido como una cortesana». Claro está que la idea que se había hecho Sikrosio en lo tocante a cómo vestía una dama —y sobre todo una dama de la Corte— tenía como base más sólida la pura nada. Para colmo de suspicacias, el propio Conde Olar escoltaba, como quien vigila el más preciado tesoro o, aún más, el hilo que le une a la vida, a aquel chiquillo que, a juicio de su primogénito, no sobreviviría a un cuarto de bofetada.

Sikrosio no tendría grandes conocimientos del mundo que se agitaba más allá de las inhóspitas tierras donde nació, ni su imaginación podía ofrecer, aun como muestra de su desenfreno, imagen más rica que la de un lechón rodeado de cerveza y ciruelas, pero no era estúpido y sí estaba, en cambio, habituado al acecho y la sospecha. No le costó rumiar demasiado tiempo hasta llegar a la conclusión de que el pequeño —a su juicio— adefesio no era otro sino el hijo único y único heredero del Rey. Para llegar a esta certeza, las cejas de Sikrosio se unían, se enarcaban y parecían querer saltarle de la piel a causa del esfuerzo hecho por comprender: ¿para qué y por qué le traía su padre al Príncipe Heredero?

Apenas quedaron a solas, no pudo contener su curiosidad. Sin ambages —y en esto agradaba mucho a su padre—, repitió en voz alta la pregunta que le desazonaba. «Para cuidar y atender su educación —respondió el Conde Olar con voz reventante de orgullo, y una chispa de maligna socarronería—. Para adiestrarlo en el arte de la caza y de las armas.» Era la primera vez que Sikrosio oía llamar a su padre *arte* a aquella suerte de desesperación colectiva que les obligaba a lanzarse unos sobre otros, espada en mano, en defensa de un palmo de tierra. Esto, de por sí, hubiera bastado para enmudecerle, pero aún su padre añadió: «Y en cuanto a conocimientos del espíritu, en fin, en cuanto al resto —al decir resto dobló los labios con un leve tinte despectivo—, está el Abad Abundio. Eso no nos atañe». El Conde miró hacia la lejana tundra, y murmuró: «El Rey se muere, hijo mío. Pero el Rey me quiere. He aquí la prueba de su afecto y de su confianza. Sólo en mí confía».

Aparte la estupefacción que semejantes declaraciones le causaron, si algo, y muy tempranamente, había aprendido Sikrosio de su padre, era el momento justo y exacto de guardarse preguntas. Así que no hizo más indagaciones, procuró contentarse con las respuestas que le otorgaron —al menos, de momento— y siguió tejiendo el hilo de su cavilar, a solas y en silencio. «Para cuidar de su instrucción —resumió, al cabo—, no entiendo cómo el Príncipe Heredero viene a verificar sus reales aprendizajes a lugar tan apartado. El último y más olvidado rincón del Reino; sin duda alguna, el más peligroso y mísero; entre gentes rudas y torvas y en un Torreón que no dispone de la más modesta comodidad o simple bienestar.»

La palabra lujo carecía allí de significado, y es probable que el mismo Sikrosio la ignorase, pero tenía idea de la dureza de sus vidas. Más allá de la tundra, hacia el interior, hacia Occidente, existían familias nobles —según había oído— rodeadas de toda clase de riqueza y cuanto ésta acarrea: blanditos, bien vestidos, gentiles, graciosos, incluso cultos y con verdaderos modales; cosas de las que oyó hablar a su madre, siendo niño —antes de que ésta muriera de una indigestión de compota—, aunque no tuviera una exacta idea de su verdadero sentido, excepto la seguridad de que él, por lo menos, no las poseía. «Esas criaturas de alcurnia y vida muelle están dotadas y provistas de todo lo necesario para encarnar a los educadores del Príncipe —rumiaba a seguido y para sí, entre sorbo y sorbo de cerveza—. A buen seguro, se matarían los unos a los otros hasta el puro exterminio con tal de apoderarse de semejante privilegio. Eso les honraría hasta reventar.» Sin matanzas, Sikrosio no podía imaginar discusión razonable o reparto posible. No era, en todo caso, su culpa. En estos ejemplos y enseñanzas fue criado, y no de otra manera. «Cualquiera de entre ellos sería adecuado para llevar a cabo la famosa educación —concluyó para sí, tras un rato de meditación—, cualquiera antes que mi padre. Antes que este desdichado y exprimido Conde Olar, relegado y *otrora* protegido, que no hoy.» Usado y abandonado como puede hacerse con un arma o un enser, según convenga a los reales intereses; tristemente recompensado al fin con la franja de tierra que habitaban: casi siempre ensangrentada, en su mayor parte estéril y siempre amenazada; envenenado, en suma, con el señuelo de una remotísima y sin duda jamás cumplida esperanza.

Sikrosio aplastó pensativamente un hambriento mosquito de los que infestaban las proximidades del Lago. Los mosquitos solían invadirlo todo por aquellas fechas: verdes, azulados, entre oro y malva, zumbaban su fiebre en torno a fatigados campesinos y no menos agotados y sudorosos señores. «Ignorante, infestado de plagas y de fiebres, acosado por jinetes esteparios, estremecido por la proximidad del Desfiladero, duerme con un ojo cerrado y otro abierto, recelando de cualquier hombre de estas tierras: porque el vecino más manso en apariencia, cuando llegue la noche, caerá sobre tu casa, degollará a tus gentes y no dejará vivo ni al más pequeño de tus hijos.» ¿Dónde había oído eso? Tal vez era una canción. Tal vez algún juglar, de los escasos que hasta allí llegaron, lo recitó una noche de invierno, a cambio de su refugio bajo la escalera del Torreón. «En todo caso —levantó la cabeza—, ésta es mi tierra.» Al decirlo sentía un orgullo oculto, pero muy poderoso.

Acaso, de poder hacerlo, no habría elegido otra tierra. Claro está que tampoco otra forma de vida: el peligro, la sangre, la desazón, la rebeldía y la saña de las venganzas constituían lo más sustancioso de ella. Tenía, por entonces, dieciocho años, y aún no se había topado con rival que pudiera superarlo en cosa alguna. Probablemente, por aquellos días, Sikrosio era feliz. Y es lástima, pero no lo sabía. Ni tampoco lo poco que esta felicidad iba a durarle.

Siete velones ardían en torno a la mesa —rarísimo alarde en el Torreón del Conde Olar— para alumbrar la comida del Príncipe Heredero. El fuego ardía permanentemente, día y noche, junto a él, y sin embargo, temblaba de continuo. Tenía los ojos asustados, miraba con recelo hacia los rincones oscuros, apenas pronunciaba una palabra, menos aún una orden.

Noche tras noche, desde su llegada, Sikrosio le servía la mesa y guardaba su persona. Tácitamente, sin que mediaran explicaciones, el Conde le había designado como su escudero y, si bien Sikrosio se desazonaba por la oculta y secretísima orden que adivinaba en la mirada de su padre apenas le confió esta encomienda, tenía la certeza de que su designación no estaba movida únicamente por el hecho de ser el mayor de sus hijos, el más valeroso, fuerte y astuto. Pero no sabía cuál era aquella orden, aquella confianza demostrada hacia su persona, que iba más allá del afecto paterno o su conocimiento de los propios méritos: él *debía hacer algo*, si bien no acertaba qué cosa era la que se esperaba de él. No obstante, abrigado por su innata prudencia y recelo, Sikrosio se guardaba muy bien de averiguarlo. «Ya lo descubriré —rumiaba—. Entonces, lo llevaré a cabo.»

Pero pasaron varios días y aquella misteriosa encomienda no se le revelaba. Pensaba y pensaba en ello, escudriñaba —espiaba, en verdad— cada gesto, mirada, silencio o palabra de su padre. Miraba al Príncipe, a solas, en la noche, rodeado de aquellos siete velones que en lo profundo le dolían —a la fuerza desde muy niño Sikrosio aprendió a economizar, en previsión a los nada raros días de forzosa austeridad— como un despilfarro inútil y sin sentido alguno, ya que su destinatario no parecía ni apercibirse de semejante alarde de generosidad. Le contemplaba comer, despacio, el labio superior apenas cubierto de una pelusa rubia, los labios rojos como los de una joven plebeya. El cabello caía desmayadamente sobre los costados de su rostro flaco, y rodeaba sus hombros. El cabello del Príncipe le recordaba la mies, cuando las malas y prematuras heladas frustraban su lozanía y color, jóvenes y tempranamente secas. «Como todo él —se decía—. Es joven, casi niño, y sin embargo, a veces, parece que ya está muerto, o que se haya instalado en su futura vejez para que le dejen tranquilo, sin obligaciones, ni deseos, ni memoria.» Súbitamente, un rayo atravesó su pensamiento y entendió. Sintió un escalofrío, en verdad inusitado, pero no era horror, ni miedo —era incapaz, aún, del miedo— ni placer. Era, simplemente, el soplo de una muy remota y hasta el momento jamás experimentada sensación de amenaza: desconocida, porque no sabía a ciencia cierta qué clase de amenaza se cernía sobre ellos. Y también, a seguido, le invadió una suerte de cólera apática, ligera como espuma, pero tal vez más desazonante que todas cuantas desazones conociera hasta el momento. «Estúpido niño —pensó—. Has caído en la trampa.»

Mientras estas cosas sucedían en tierras del Conde Olar y en el propio seno de su familia, más allá de la tundra, hacia Occidente, el Rey agonizaba.

Apenas apuntada la primavera, un hecho verdaderamente inusitado —habían oído hablar a los viejos campesinos y siervos de ellos, pero hacía muchas generaciones nadie les había visto en esa región— estremeció las tierras del Conde Olar. Una horda de piratas norteños, navegantes, rubios y verdaderamente sanguinarios —sólo comparables en su ferocidad a los temibles Jinetes del Este—, descendió aguas abajo, por el Oser, y cayó por sorpresa sobre ellos.

4

UNA y otra vez a lo largo de su vida, cuando el recuerdo le atormentaba, Sikrosio se decía: «¿Qué hice, qué pudo ocurrirme tras ver al dragón? Yo vi a los piratas, sus trenzas rubias y rojas al viento; saltaban por la borda, caían al agua...». Y el recuerdo se ceñía entonces a un chocar rítmico de algo duro contra el agua, y luego su reconocimiento del golpe de los remos, que nunca viera hasta entonces. La vela listada, flamante, avanzando detrás de la enramada negra, surgiendo del mundo misterioso del río. Y después, después, ¿oyó en verdad el grito salvaje, gutural, el brillo de rodelas al sol, cada una en sí misma un sol refulgente, obligándole a cerrar los ojos? ¿Y la monstruosa dulzura, y su caída a una región de niebla y oscuridad, sin apenas conciencia de sentirse vivo, ni muerto, ni herido...? Nunca sabría si había dormido o no, aunque, más tarde, su padre le gritara, casi enfurecido, que no se había dormido, que jamás los vio, que nunca pudo verlos. ¿Se había dormido? ¿Cómo podía haber dormido allí, bajo sus pisadas, y despertar sin un rasguño, como si en verdad se hubiera tratado de un insecto o un reptil, en vez de un joven armado?

Sólo volvió al mundo real, al mundo que él conocía, cuando el resplandor del incendio y el humo llegaron a sus ojos. Sobre él se extendía la noche teñida de rojo: el Torreón de su padre ardía. Se incorporó y contempló el altozano.

«Dormido, dormido. Es una historia rara.» Sikrosio levantaba la jarra de cerveza, temblaba convulsamente, y el recuerdo y el incendio regresaban, y el inexplicable sueño.

Había llegado al incendiado Torreón en carrera desesperada —su montura había huido— cuando, súbitamente, le vino a la memoria el nombre del hermano del Rey. Vio la degollada cabeza del Príncipe Heredero rodando por la escalera de madera, entre llamas. El pelo rubio y ralo se prendió, como mies seca y la convirtió en una bola de fuego que rodaba y rodaba largamente en el convulso temblor que seguía a su recuerdo. Su padre, el Conde Olar, se golpeaba la cabeza con los dos puños, y su risa bronca, hueca, como brotada del fondo de un barril vacío, se fundía al humo y al fuego de la noche.

En el recuerdo de Sikrosio, la mirada ceñuda y el desprecio de la voz de sus hermanos le sacuden como el viento a un joven abedul. «Tú no estuviste en el combate», restalla su propia voz, un grito de lobo, herido, hacia su padre; y su padre le toma la cabeza entre las manos —unas manos enormes, callosas, que nunca olvidará—, le sacude violentamente —como en el confuso temblor del recuerdo— y ve sus ojos grises clavados fieramente en él y oye con estupor su voz —su padre, tan implacable con los cobardes— que le dice: «Tú no pudiste verlos, es imposible, tú saliste a cazar a la taiga, llevabas tres días fuera, cazando; cuando regresaste ya habían sido vencidos, ya habían huido los supervivientes, río arriba. No es posible que tú los vieras, tú no los pudiste ver aquella mañana, porque el día anterior ya habían desaparecido...».

«¿Tres días? ¿Tres días de caza?», por más que se golpeaba la cabeza contra el muro, no podía recordarlo. Sólo recordaba el dragón y los guerreros y las rodelas al sol y el chocar de los remos en el agua. Sólo eso. Y su padre decía: «Ellos no estaban ese día, tú no pudiste verlos, vuelve en ti, estúpido, vuelve en ti, estás embrujado». Pero, desde entonces, sus hermanos le escupían su desprecio: «Tú no estuviste en el combate, tú no tienes derecho a heredar un título ni una tierra que se ganó en un combate de donde faltabas». Sabía, por tanto, lo que tras la muerte de su padre le esperaba. Desde ese momento, la guerra había empezado, sorda y ya irrefrenable, entre sus hermanos y él. «Tú no estuviste en el combate...»

En Occidente, más allá de la tundra, el Rey murió y el Bastardo subió al trono. Al decir de las gentes, y de la historia, fue un gran Rey.

Aquella horda desapareció como había llegado. Pero, aunque indirectamente, fue gracias a ellos que llegó la fortuna al Conde Olar y sus hijos. Los dientes de Sikrosio crujían de despecho al pensar que de entre aquellos hijos que combatieron junto al padre no había estado él, no estaba él, estaba dormido. Y se habían batido de tal forma que, de entre todos los señores de la zona invadida, fueron los únicos que vencieron y expulsaron a los rubios e inesperados visitantes de los ríos. Alguien había oído hablar de ellos, historias de pueblos junto al mar, pero jamás les habían visto —eran cosas de otro tiempo—, y nadie les volvió a ver.

La derrota de los piratas y el clamor de aquella victoria que daba pruebas de un valor poco común, fue lo que poco más tarde, por orden expresa del nuevo Rey —el antiguo Príncipe Bastardo—, dieron al Conde Olar el título de Margrave —con derecho a herencia absoluta— de aquella región larga, estrecha, incómoda e insalubre que, desde ese momento, tomó también el nombre de Olar. En adelante la pacificación de los vecinos y parientes y la derrota de Tersgarino eran cosas que le atañían únicamente a él. Pasaron a ser un problema privado y estrictamente personal.

Más que ningún otro antecesor, el Margrave Olar asoló por su cuenta la región. De su Torreón colgaron, uno a uno, belicosos barones, campesinos rebeldes, siervos fugitivos, ladrones, mendigos, brujos adivinos, malos administradores y todo aquel que se interpuso en su camino. Elevó a sus hijos en rango y prestigio, pero nunca pudo dar muerte ni presentar batalla decente a Tersgarino. Para siempre dueños de Olar, los margraves de aquel nombre dominaron el país con gran sentido de la propia supervivencia.

Volvieron, uno a uno, los inviernos implacables, las fiebres, las incursiones esteparias, las revueltas internas —cada vez menores, en verdad—, y se apagaron algo la insumisión de barones y el bandidaje de los contornos.

Por fin —aunque a través de su hermano bastardo—, la legendaria promesa que le hizo el Rey se cumplía. El Conde Olar era el Margrave, con derecho hereditario, el Señor absoluto, total, de aquella franja de tierra invadida por las nieblas, la insalubre vecindad del Lago de las Desapariciones, el frío húmedo del invierno, el terror de la estepa, el sueño secreto y largamente acariciado, casi imposible, de invadir aquel Sur que, tras las montañas Lisias, él imaginaba, desde niño, como el paraíso...

Jamás Olar volvió a saber del Rey Bastardo. Y el Rey se despidió de Olar como de un mal sueño: ya no existía para él. Las jaras comieron las rutas que se adentraban hacia Occidente. Sólo les quedaban el poderío, la fuerza, la sangre, las espadas, el alerta continuo, la estepa y el miedo: un recelo, una memoria gris y helada, un dragón y un guerrero de largas trenzas y barba roja, gritando como una ave, raro y solitario animal, en la niebla que ascendía del río.

Pero los rubios piratas no volvieron jamás, jamás, para desesperación de Sikrosio. Todo había sucedido tal y como lo guardaba ahora en la memoria. Su padre había ganado aquella batalla, había expulsado a los piratas de Olar, había salvado la Marca al Rey. Pero el Rey había muerto y la cabeza de su hijo rodaba por los escalones de madera del Castillo en llamas. Cuando el hermano bastardo del Rey subió al trono y les olvidó, Olar pasó enteramente a sus manos «para siempre, para siempre, siempre...». Los puños contra la cabeza, la risa escandalosa de su padre entre las cenizas del Castillo abrasado.

II

OLAR

1

AQUEL gran Rey occidental, tan poderoso y turbulento como sagaz, verdadero Señor del pequeño territorio comprendido entre la estepa y las altas tundras donde ocurrieron estas cosas, fue tan grande, y tan abundantes y diversas sus preocupaciones, que jamás prestó demasiada atención —en rigor, y según se desprende de los hechos, ninguna— a esta región fronteriza —de límites tan imprecisos como remotos—, cuyo núcleo de pequeños condados llegaría a constituir la Marca Olar.

De Occidente había recibido Olar cuanto era y poseía: religión, costumbres, organización y lengua —aun adulterada por otra que, desde épocas inmemoriales, llegárales a través de la selva norteña—. Pero a fuerza de cautela y recelo, año tras año, al fin consiguió imponer Olar —si no legalmente, al menos de hecho— su autonomía. Y debió su independencia a su primer Margrave: hombre valiente —a diferencia de sus coterráneos—, generoso y tenaz: así, al menos, se procuró perdurara su memoria en todos los olarenses, tanto nobles vasallos como villanos, campesinos o siervos.

Lo cierto es que al Margrave Olar debían la creación de su milicia. Hasta entonces, la propiedad de las tierras se había dividido, de forma tan violenta como arbitraria y tornadiza, entre barones y condes, los únicos cualificados para el mundo militar. Eran pocos y demasiado imbuidos por el lucro personal, o el orgullo insensato para llegar a disponer de un solo, grande y verdadero Ejército —cosa en verdad anhelada, dada la constante amenaza en que vivían—. Por vez primera en aquellas latitudes, el Margrave Olar extendió entre sus vasallos el privilegio de libertad, propiedad y nobleza; y estas gentes fueron los sólidos cimientos del naciente país. El feudo constituía su único bien y apenas les daba para vivir. Abandonaron, desde entonces, sus casas y haciendas en manos de los campesinos, y marcharon a vivir al Castillo del Señor de sus tierras.

Más propio sería decir que donde vivieron fue sobre sus caballos. A los seis o siete años, sus propios padres los encaramaban a él, y éste constituía, desde tal punto y hora, todo lo que poseían y estimaban en el mundo; y no tuvieron otro amigo, ni otro maestro, que el entrañable cuadrúpedo. A menudo dormían en el suelo, de camino, con el aparejo de su montura como almohada, o hacinados en los toscos torreones del Señor a quien servían. Sin otro oficio que el de las armas, peleaban entre sí —con más frecuencia que seso— por el puro afán de mantenerse en forma. De semejantes festivales de sangre, a menudo salían descalabrados, y aun muertos. Otra cosa, en verdad, no sabían hacer, ni se esperaba de ellos. Para eso se ejercitaban, y para nada más crecían, vivían y morían. Pero eran espléndidos hombres de armas y el Margrave Olar precisaba soldados de su catadura. En ellos asentó su fuerza e independencia, de suerte que, en las —por aquellos días— frecuentes invasiones de las Hordas ecuestres llegadas de la estepa, el Margrave Olar y su naciente Ejército consiguieron rechazarlas y vencerlas siempre.

No sólo hizo estas cosas el Margrave. Ordenó construir fortificaciones de madera, de Norte a Sur, a lo largo de la linde esteparia. Y arrojó así de las praderas —adicionadas a Olar desde aquel día— a esas Hordas a caballo. Mientras él vivió, mantuvo allí tropas en guarniciones permanentes y, por primera vez, en aquellas pavorosas latitudes, ondearon sus enseñas. De esta forma quedaron delimitadas las fronteras orientales de la Marca que llevó su nombre.

El Margrave Olar tardó en morir varios años. Sikrosio, entonces, le sucedió. Pero no le fue fácil conseguirlo, y habría siempre, mientras tuvo vida, de luchar y matar, entre su propia sangre incluso, para mantener su derecho —o lo que él creía así—. Sus hermanos no aceptaban fácilmente aquella sucesión. Ni sus parientes ni los barones ni, como siempre, Tersgarino, desde su Desfiladero entre Olar y la estepa. Pero Sikrosio persiguió y dio muerte, y aun torturó, a todo aquel que le disputara el poderío de aquella estrecha franja de tierra.

No era hombre cobarde, y, además, amaba la lucha; no sospechaba siquiera otra forma de vida, aun viviendo, como vivía, en la defensa de apenas nada: aquel bárbaro dominio de margraves, aquella franja de tierra mineral, estaba casi enteramente ocupada por el gran Lago —llamado más tarde, y no sin motivo, de las Desapariciones—, y un sinfín de pequeños y no menos insalubres pantanos que infestaban de mosquitos y fiebres el aire; cruzada de Norte a Sur y de Oeste a Este por varios ríos, éstos no bastaban para fertilizar debidamente una tierra estéril que mucho tiempo —y generaciones— tardaría en proveer de riquezas a unos pocos de sus habitantes, mientras mantuvo en la desesperación a los más.

A pesar de la sumisión al Conde Olar del puñado de barones que se disputaban el margraviato, sus límites seguían siendo inestables y mantenían a Sikrosio en alerta. El Vigía velaba sus noches de continuo, un ojo abierto y otro cerrado, siempre avizor en lo alto de aquel Torreón de madera que se alzaba en el altozano, expuesto a los fríos vientos que llegaban del Norte y sacudido por la lluvia de arena que arrojaban las dunas desde la estepa. A pesar de haber crecido, aquel Torreón no podía de ningún modo llamarse Castillo ni cosa que se le pareciera.

Allí, Sikrosio se debatía, como su padre, entre el olvido de Occidente y su miedo al Este. La ancha tundra y sus difíciles caminos ahora ya borrados, aunque único contacto con el mundo, fueron para Sikrosio sólo un remoto pasado del que pronto hubo de desprenderse —tanto él como cuantos habitaban aquel dominio disputado a sangre y fuego—. La estepa, por su parte, seguía enviándoles de vez en cuando incursiones de jinetes que propagaban en sus lindantes praderas la muerte y el terror.

Y durante los largos hastíos del invierno, cuando los hombres no podían luchar contra la naturaleza, el sueño del Sur jamás conocido encendía, también como a su padre, la imaginación de Sikrosio. Separados de él por las Lisias, cordillera que ninguno se atrevía a cruzar, decíase que al «otro lado de las montañas» el mundo podía ser algo hermoso, cálido y confortable: un sueño, en fin, del todo imposible. Los mercaderes, además, nunca osaban adentrarse ni cruzar por tierras de Olar, por su justo temor al desvalijamiento y a la pérdida de sus vidas.

Así, Sikrosio quedaba solo entre el Norte espeso y selvático, del que llegaba el misterio de un pasado que le sabía a la sal de un mar gris y helado, sacudido por la rara y temblorosa nostalgia de un dragón de fuego, y la humillación en su memoria.

La soledad parecía la verdadera Señora de Olar. La soledad, el acecho, la más perentoria necesidad de supervivencia en un cerrado círculo de ambición y pillaje. Desde que vino al mundo hasta que lo abandonó, no conoció otra cosa el primogénito del Conde Olar. Ni tampoco imaginó pudiera existir algo más. En el tiempo y lugar donde le tocó vivir, Sikrosio había sido hasta este determinado momento un hombre normal, ni peor ni mejor que la mayoría.

Habitaba con su esposa, hijos, caballeros, concubinas, servidores, siervos, enanos, bufones y toda clase de gente sospechosa, a la que era muy aficionado, en el mismo Torreón donde morara su padre. El tosco Torreón originario, como todo el recinto y las murallas, se había engrandecido. Varias dependencias fueron añadidas, pero la visión del ya pequeño Castillo llegó a hacerse aborrecible para todos aquellos que antes, en tiempos del Margrave Olar, vieran en él su cobijo e, incluso, su esperanza.

Sikrosio fue violento y borracho empedernido. Parecía no tuviese más empeño en esta vida que sembrar el descontento —y aun el terror— en toda la Marca, donde ejercía sin límites previsibles su opresivo dominio. Tan sólida era su ignorancia, que jamás llegó a diferenciar cabalmente su mano derecha de la izquierda, ni conocía otra cosa que el nombre de los animales que cazaba. Con el de las personas que le rodeaban solía embarullarse de tal modo, que acabó llamando a todos Pahl —ya que este nombre era breve y, según le venteaba la memoria, se prestaba a variaciones aproximadas—, y a duras penas llegó a memorizar correctamente el nombre de sus hijos, a pesar de haberlos inventado él: tras obligar al capellán a recitarle todo el Santoral en medio de sus libaciones, a la postre, los rechazó todos por —según él— *insuficientes*. Pero esto era lo más soportable de su persona, puesto que ignorantes eran, en su mayoría, los demás señores, buenos o malos, que por aquellas tierras moraban.

Más grave era la constancia y prueba, que daba a manos llenas, de una mentalidad y talante tan obtusos y sensuales como capaces de la astucia más sórdida y el fanatismo más extremo. Al contrario de su antigua despreocupación religiosa, de cuando en cuando sufría terrores supersticiosos que degeneraban en una cólera desprovista de significación para quienes tenían la mala ventura de padecerla o aun observarla a prudente distancia. Igualmente injustificables eran las explosiones de alborozo que, ante el estupor general, le hacían manotear y farfullar espurreos y gorjeos casi pajariles de insólita candidez.

Con semejantes ejemplos en sus tierras, la mayor parte de los antiguos caballeros habíanse convertido en bandoleros, más o menos enmascarados. Brutales, rapaces, sin la más leve sospecha de lo que podía significar la palabra piedad, o el más sucinto respeto hacia la vida ajena, se entregaban —como su Señor— a la violencia, el saqueo y abuso, sin el mínimo rebozo. Allí donde pisaban, sumían en el terror a siervos y campesinos; y bajo tales enseñas, sólo el peso de la fuerza se imponía sobre toda razón o consideración. Luego de consumadas estas andanzas —que a él mucho le regocijaban—, Sikrosio y sus caballeros-bandidos regresaban al Castillo del Margrave y allí comenzaban y se prolongaban indefinidamente sus burdas orgías.

Días más tarde, evaporados los entusiasmos por el entumecimiento y el hastío, aventados ya los últimos husmos alcohólicos —pues la cerveza presidía sus menores actos—, estremecíase Sikrosio en una suerte de terror o arrepentimiento del más oscuro y turbio origen, puesto que sus lamentaciones no iban dirigidas hacia las víctimas y los atropellos causados, sino ante la amenaza del infierno que, sin duda, acechaba con golosa delectación el vuelo —seguramente poco gracioso— de su alma hacia parajes menos carnales. Ordenaba entonces otra clase de lúgubres orgías: penitencias colectivas, donde jamás faltaban la sangre, los latigazos y las cadenas, en desagravio a unas faltas que había cometido él solo. Y no era extraño ver azotados a sus siervos en expiación de la última de sus barrabasadas.

En este clima de violencia, no era difícil adivinar una total carencia de energía, si se hubiera presentado la posibilidad de tener que enfrentarse a cualquier peligro que, por parte de fuerzas externas, sobreviniera al país. Y con indudable olfato, alguien percibió estas flaquezas, pues no tardaron en resurgir por el horizonte estepario, que tan acertadamente guardara el Margrave Olar, los temibles jinetes, que todos llamaban Diablos Negros.

Desguarnecidas las antiguas fronteras, donde la madera se pudría y derrumbaba, relajada la tropa, pronto quedaron abiertas grandes brechas en su otrora imponente muralla. Y así, los temidos jinetes hollaron de nuevo la verde hierba olarense. Incendiaban aldeas, degollaban gente y saqueaban ermitas y monasterios, para replegarse luego tan brusca y velozmente como llegaran, hasta desaparecer como tragados por el mismo suelo. Gritos esteparios, pavorosos como la imagen de la muerte, cruzaban el cielo de las praderas. Los Diablos Negros —o bien Hordas Feroces, que de ambas maneras les llamaban los de Olar— aventuráronse, en más de una ocasión, hasta las mismas colinas.

No formaban parte, al parecer, de ejército alguno, al menos tal y como concebían un ejército las gentes de Olar, de forma que resultaba realmente imposible —dado el caso de que lo hubieran intentado, con tan escasos medios como baja moral— presentarles batalla. Montados en velocísimos y hermosos corceles, al viento sus gritos de guerra —guturales sonidos que helaban la sangre olarense—, sembraban el pánico con su salvaje y sanguinaria crueldad. No intentaban conquista de tierra alguna, y esto sorprendía mucho a los de Olar; sólo parecían sedientos de una total y espeluznante destrucción: incendiar, matar y, sobre todo, saquear.

Los de Olar —hasta entonces tierra de caballos grandes y pesados, buenos para portar hombres armados de lanzas, escudos y toda clase de aparejos guerreros— envidiaban y aborrecían a aquellos seres que parecían la continuación de sus magníficas monturas. La táctica de estos guerreros llenábales de confusión y espanto y, en el mejor de los casos, tan sólo lograron perseguirles, para, de este modo, caer neciamente en sus manos. Sueños eran ya, al parecer, las gloriosas victorias atribuidas al Margrave Olar. Los desperdigados señores que, con más energía y buena voluntad que dotes guerreras —o simple buen seso—, cayeron en tales trampas, jamás regresaron. No es extraño que, de nuevo, el pavor de otros tiempos al oír el redoble de aquellos cascos en la lejanía, sumiera a cualquier habitante de las praderas en la más atropellada y confusa huida. La sola idea de adentrarse en la estepa, por pacífica que ésta pudiera presentarse, les producía un irreprimible y terrorífico entumecimiento, o aun parálisis.

De otra parte, se recrudecieron en el apocado espíritu olarense viejos temores y sombrías leyendas en torno al vecino País de los Desfiladeros. Nadie en Olar había visto jamás a Tersgarino, su Rey. Manteníase, tanto él como su pueblo, en el más feroz aislamiento y misterio. Sólo, de tarde en tarde, algún minero fugitivo —de los muchos que padecían cruel cautiverio en aquel sombrío país— osó contar alguna de las cosas que allí dentro ocurrían. Y estas noticias no añadían valor ni coraje a los escasos entusiasmos que, por naturaleza y circunstancias, animaban a las gentes de las praderas y colinas. Y nadie pudo dar fe de lo que nunca vieron sus ojos, puesto que los fugitivos de las Minas de Tersgarino —tan escasos como depauperados— huían rápidamente hacia tierras cuanto más lejanas mejor, sin facilitar mayores detalles de todo lo que vieron sus ojos, vejaron sus espíritus y padecieron sus poco envidiables cuerpos.

Sólo en dos o tres ocasiones, algún barón de las cercanías se dejó tentar por la codicia y, envenenado por la leyenda de los fabulosos tesoros que Tersgarino acumulaba, se arrojó al asalto del País de los Desfiladeros. Pero todo intento de este tipo resultó no sólo infructuoso, sino cruento. En las mil grietas y recovecos de sus escarpadas vertientes, los guerreros de Tersgarino tendían celadas laberínticas, astutas emboscadas y trampas sin cuento, donde los pretendidos invasores morían como moscas y sin remisión posible. Por boca de los escasos y desgraciados supervivientes se sabía que Tersgarino no perdonaba a sus enemigos, antes bien, se cebaba en los prisioneros como, al decir de Olar, un cerdo en bosque de bellotas. Por todo lo cual puede decirse que el miedo, la muerte y la ruina llegaban a Olar por su zona oriental, aparte de ser ésta la más pobre, pues, exceptuada la hierba para el pastoreo y unas minas de hierro abiertas en las llamadas Tierras Negras, nada bueno les llegaba por aquel lado.

Como todos los varones de su estirpe, Sikrosio era criatura de singular fuerza física. Pero con una curiosa particularidad: sentado daba la impresión de un gigante, pero al ponerse en pie ofrecía, a quien tuviera ganas de contemplarle —cosa poco frecuente—, el asombroso espectáculo de una increíble cortedad de piernas. Tenía la cabeza grande, profusamente invadida de pelo fuerte y rojo, y sus ojos grises —en un tiempo hermosos— hundíanse en bolsas de grasa.

Sus pasiones —caza, encuentros de caballeros y mujeres, por este riguroso orden de prioridad— eran de todos conocidas. Poseía la mejor halconería de Olar, y hubiera podido ser todavía un buen guerrero —como lo había sido— caso de decidirse a enfrentar enemigos, en lugar de afanarse en atropellar a propios. Su brazo era férreo, descomunal su fuerza, y era muy ducho en tretas y lances guerreros, así como buen esgrimidor de lanza. Pero a causa de la cortedad de sus piernas —ayudado en esta desdicha por la gran dificultad que le suponía respirar con regularidad, dado la mucha grasa que llegó a acumular su cuerpo—, resultaba un pésimo jinete. Este defecto le humillaba en extremo, y se mostraba muy suspicaz al respecto. Tanto que, en razón a los reconcomios y recelos que le asaltaban en lo tocante a este asunto, llegó incluso a matar. Y esa circunstancia sería, precisamente, la perdición de su esposa, la Margravina Volinka.

Esta mujer era en todo distinta a su marido: pacífica, piadosa y triste, de naturaleza sobria y carnes enjutas. Pero, a causa de las múltiples desdichas y sinsabores que le deparara su vida conyugal, agrióse su carácter hasta el punto de que, a menudo, sus palabras —aunque escasas y espaciadas— revestían tal dureza que mucho sorprendía oírlas en labios de tan frágil criatura. Sólo suavizaba sus intemperancias ante dos niños: sus hijos, Sirko y Volodioso. No era agradable la existencia de estos dos niños, porque, dado el carácter de su padre, despertaban mucho odio por doquier.

Un vigía velaba día y noche en lo alto del torreón mayor, y abajo, en las dependencias de la pequeña fortaleza, Sikrosio se codeaba con sus huéspedes: sus jóvenes caballeros, los bufones y las concubinas, cuya convivencia se veía obligada a soportar Volinka. Sikrosio no podía respirar, al parecer, sino en la promiscuidad más espesa: rodeado siempre de sus guerreros, lacayos y jóvenes feudales, de cuyo sustento y educación militar se encargaba. Le servían, hacían la guardia, conversaban y se emborrachaban con él, y con él fraguaban secretas tropelías por los contornos. Tenían orden de velar su sueño —no se fiaba de nadie—, incluso cuando dormía con la Margravina u otra mujer. Jamás comía solo: en la sala principal, en torno a largas mesas, se hacinaban todos. Él, entre sus caballeros y sus perros. De cuando en cuando, sentaba a su lado a la concubina de turno.

La Margravina había obtenido permiso, al fin, para comer sola con sus hijos —aún muy niños— en otra estancia. Pero cuando Sirko, el mayor, cumplió cinco años, Sikrosio la obligó a entregárselo. Desde entonces, con sus ojos estupefactos bajo la estrecha frente cubierta de pelo rojo y crespo, aquel robusto y pesado niño participó pasiva y taciturnamente de la promiscua vida de su padre. Lo mismo hizo con el segundo, Volodioso. Pero éste, aunque tan silencioso como Sirko, no era en modo alguno como su hermano mayor, que parecía ajeno a cuanto le rodeaba. Antes bien, sus enormes ojos grises, de un brillo singular, vencían el sueño para absorber, con sedienta fruición, el abigarrado mundo que su padre extendía ante su mirada. Pero era el segundón, y la atención de su padre se centraba en Sirko.

Ambos niños dieron muestras muy pronto de gran capacidad y disposición para el manejo de las armas, lo que llenó de alegría al Margrave.

Allá abajo, en los huecos de las escaleras, se cobijaban a veces mendigos, gentes de camino o maleantes a sueldo de Sikrosio, lo que en ocasiones dio oportunidad a que se sucedieran lances desagradables. Todos contribuían a la algarabía y el hedor general, mientras la vida de Sikrosio continuaba en el absoluto menosprecio de las de los demás, lo cual no evitaba —sino al contrario— que el descontento creciese. Especialmente por parte de algunos barones de más sobrias y honradas costumbres, y muy en particular del Abad de los Abundios, cuyo Monasterio se alzaba cerca del Castillo de Sikrosio. Por supuesto que los más desesperados eran los pobres campesinos, los villanos y siervos: pero la opinión de éstos no contaba —ni contó nunca.

Cierto día, hallándose encinta la Margravina del tercero de sus hijos, y muy próxima a dar a luz, oyó gran revuelo en el patio. Entre los ladridos de la jauría y gran vocerío de gentes, entraron a Sikrosio en el Castillo, en parihuelas y con una pierna rota. Se había caído del caballo. La Margravina contempló en silencio cómo le acomodaban, con grandes alharacas, junto a la chimenea, donde ardía un enorme leño. Tal vez, harta de vivir de aquel modo, Volinka sabía lo que hacía...; tal vez creyó que por hallarse su esposo en tal estado... —hay que añadir que la caída no fue sólo debida a la torpeza del jinete, sino a la mucha cerveza que espesaba su cerebro—; tal vez porque hay momentos en la vida que parecen una llamada, o un aviso, o un signo, el caso es que, encarándose a él, dijo clara y fríamente:

—Todo esto te ha sucedido por ser tan mal jinete como mal hombre. No debías empeñarte en cabalgar, cuando tienes semejantes patas, cortas y peludas como las de una alimaña, y lo haces con la misma gracia que un sapo a horcajadas de un cerdo.

En el aterrador estupor que siguió a estas palabras, Sikrosio guardó un breve silencio. Levantó lentamente sus párpados enrojecidos y clavó una singular mirada en la Margravina. Ésta manteníase erguida, pese a su hinchado vientre, sobre los dos escalones que daban entrada a la estancia. Súbitamente, y sin mediar palabra, Sikrosio tomó el gran atizador de hierro que reposaba junto al fuego y, lanzándolo con su descomunal fuerza sobre la Margravina, la derribó, con la cabeza destrozada.

Horas más tarde la mujer murió. Pero antes dio a luz a un niño de cabeza estrecha y larga que, pese a los cuidados recibidos —o quizá por ello mismo—, vivió. Para colmo de desventuras, se llamó Roedisio.

Aquella escena no despertó demasiada indignación entre las duras gentes que la presenciaron. Solamente un niño de grandes ojos grises —el segundón, en quien nadie reparaba— contempló desde un rincón, atónito, cuanto sucedía. Amaba a su madre más que a otra cosa en el mundo —en verdad no amaba nada más—, y al presenciar el suceso, pese al vigor de sus gruesas piernas, sintió como si el suelo cediera bajo sus pies. Se deslizó hasta el suelo lentamente, con la espalda pegada a lo largo del muro. Sus ojos se clavaron en Sikrosio con odio tan profundo, que, aunque nadie podía suponerlo, en aquel instante nació la mala estrella del Margrave.

Volodioso no olvidó jamás ese día. Juró vengarse de su padre: y bien cierto es que lo cumplió.

2

VIVÍA en el Castillo otro hijo de Sikrosio, bastardo, nacido en tristes circunstancias.

La persona que más apreciaba Sikrosio en el Castillo era su Herrero-Armero. Para él tenía consideraciones que a otro de más noble cuna no dispensaba. Así, cierto día en que bajo su mirada vigilante nacía una espada de filo muy cuidado, tuvo ocasión de contemplar algo que hasta aquel momento —no sin razón— el precavido Herrero había hurtado a sus ojos: su joven esposa. Era una mujer tan joven y de belleza tan extraordinaria, que Sikrosio quedó mudo al contemplarla.

Pese al ascendiente y consideración de que gozaba el Herrero, esto no fue obstáculo que detuviera el violento deseo del Margrave, y al fin, aunque muy por la fuerza, la tomó como concubina.

El Herrero huyó desesperado, pero los hombres de Sikrosio le dieron caza, y cuando mucho tiempo después le trajeron, encadenado y famélico, su esposa ya estaba encinta del Margrave. Aun así, apenas nació el niño, los esposos huyeron y abandonaron a la criatura, que odiaban.

Esta vez los hombres de Sikrosio no les alcanzaron: sus cadáveres, según se murmuraba —aunque en verdad no hubo constancia de estos hechos—, aparecieron flotando en el Lago de las Desapariciones, que, desde aquel día, acrecentó aún más su maléfica leyenda.

Y como nadie tenía interés por el niño abandonado, la Margravina —que entonces aún vivía— lo tomó a su cuidado. Volinka era mujer ráramente humanitaria y piadosa, sobre todo si se considera el nido de alimañas en que vivía, pero la desdichada herrera le había inspirado más lástima que despecho: bien había constatado cuán en contra de su voluntad se prestó la infeliz a las exigencias del animal de su marido.

Al morir Volinka, el pequeño bastardo quedó sin amparo, pero era una criatura de tan singular belleza y encanto —se parecía a su madre—, que el propio Sikrosio, aun dedicándole a los más bajos servicios, lo conservó en el Castillo.

Con el tiempo, todos notaron la rara intuición que el niño tenía para olfatear hechos y criaturas en el aire. Distinguía los menores movimientos de la arboleda en la más vasta lejanía, y resultaba evidente su aguda y misteriosa capacidad para descifrar la guarida de los vientos, la nieve, las heladas y el granizo. Así que Sikrosio decidió reservarlo como Vigía. Como su edad era aún muy tierna para este menester —ni aun de puntillas alcanzaba las almenas de la torre—, Sikrosio le entregó al viejo Vigía, con la recomendación de que le instruyera en aquel oficio.

Los campesinos aseguraban que estas dotes le venían al niño de su madre, pues, según las habladurías, aquella criatura de arrolladora belleza fue en verdad una hada que, prendada del Herrero, renunció a su condición para casarse con él. Esto extrañaba a muchos, porque el desdichado Herrero era horroroso. Pero los que se extrañaban de aquel amor ignoraban cuán distintos son los conceptos que tienen esas criaturas de la humana belleza.

Naturalmente, estas cosas eran sólo cuentos de viejas, de leñadores, de campesinos, de pastores y carboneros: no podía asegurarse nada con certeza. Pero lo cierto es que el hijito de aquella encantadora criatura y del bestial Sikrosio creció, a partes iguales, fuerte como su padre y delicado como su madre. Mostró gran aptitud para toda clase de trabajos y era tan dulce y simple que, no habiéndole bautizado sus padres, todos empezaron a llamarle Almíbar, y con ese nombre vivió y murió.

En general, Almíbar era despreciado por los caballeros, y especialmente por sus hermanos Sirko y Roedisio. Pero no por Volodioso. Este curioso segundón, si bien no sentía afecto por el pequeño bastardo, experimentaba una gran curiosidad hacia él: a lo largo de su vida —y, en suma, de esta historia—, la curiosidad de Volodioso fue una de sus más fructíferas cualidades. Junto a la fortaleza física y pericia en el arte de las armas, que le igualaban a sus hermanos, el segundón poseía cualidades que le distinguían de ellos: además de ser excelente jinete —era el único hijo de Sikrosio que, exceptuando a Almíbar, no nació paticorto—, alentaba en su persona una inteligencia que, si bien tosca y sin cultivo, adivinábase despierta y vivaz. A los doce años, era el más arriesgado y audaz galopador de las colinas y, a menudo, atraído por un oscuro impulso, llegó a adentrarse en las praderas. Allí, en los claros días de verano, atisbaba la lejanía, hacia las estepas. En esos momentos, sentía una rara angustia, amarga y dulce a un tiempo: una atracción y un escalofrío que le dejaban, por muchos días, turbado y pensativo.

A estas excursiones y de caza, llevaba con él a su medio-hermano Almíbar. Los ojos del niño que podía ver tantas cosas a través del polvo, del viento y del miedo, le despertaban un gran interés. Almíbar le portaba carcaj, flechas y jabalinas. Juntos se adentraban en los bosques, como si de un gran señor y su diminuto escudero se tratara. La edad de ambos aún era corta: todavía Volodioso no había sido armado caballero, ni Almíbar tenía edad —ni condición— para otra cosa que para paje. Pero Almíbar sentía veneración por Volodioso y nada le alegraba tanto como cuando, recluido en su habitual puesto de la Torre Vigía, oía cómo su hermano le llamaba para que le acompañase.

Alguna vez, el joven Volodioso se preguntó por qué razón ningún olarense se decidía —o al menos sentía curiosidad— por atravesar y conocer el mundo de más allá de las montañas Lisias. Esta falta de curiosidad era, para él, incomprensible. Según contaban vagabundos y caminantes —y más de una noche Volodioso fue a escucharles, a escondidas, bajo las escaleras del Torreón donde solían cobijarse—, tras aquellas montañas, en su zona Sur, el sol brillaba sobre extensos y bien cultivados campos, abundaban las frutas y, sobre todo, las viñas: que daban un extraordinario vino, muy superior, y sin posible comparación, a la cerveza que se bebía en Olar.

El aire era en aquellas tierras dulce, cálido y perfumado por la flor de los almendros. Y se ofrecía a los ojos del caminante algo que los de Olar —si se exceptúa a sus remotos antepasados— no habían visto nunca: el mar. Un mar tan azul y quieto que, según los que lo contemplaron, desde sus acantilados podía divisarse el fondo: la arena de oro verde y los diminutos palacios de las criaturas submarinas, con sus altos minaretes de nácar y sus jardines de espuma, tan blancos como la nieve. Al parecer, aquellos litorales sureños rebosaban animación, y sus gentes se mostraban muy distintas a las taciturnas y melancólicas de Olar. Según Volodioso oía oculto en la sombra, con el corazón palpitándole de rabia y ansia, los sureños eran criaturas de lengua viva y ojos brillantes, muy diestros en el comercio y la navegación. A sus tierras llegaban, y de ellas partían, mercaderes de todas las razas y mercancías de todas las clases.

Muy envidiables parecían estas cosas al joven segundón, y muy opuestas a todo lo que le rodeaba: aquellas villas olarenses, de tan escasa como apocada población, que se perdían en leguas y leguas de tierra inhabitada. Muy distinto, ciertamente, el bullicio y parloteo vivaz y chispeante descrito por los caminantes y mercenarios, al silencio que envolvía y se espesaba en torno a la sombría silueta de los castillos-fortalezas, de los oscuros torreones alzados en la quietud de las colinas y la adusta desconfianza de las murallas.

Y aun despertando la envidia —una envidia en verdad sumisa, casi resignada— de las gentes olarenses que escuchaban tales cosas, ninguno de ellos traspasaba las montañas Lisias. Una vaga desazón les replegaba ante la idea del mar. Tal vez, flotaban en las brumas de su más remota conciencia historias de rubios navegantes, retazos de leyendas que, de padres a hijos, hablaban de guerreros-marinos surcando la corriente de los ríos o a través de la selva. Tan confusas remembranzas calaban sus huesos y aún despertaban su memoria más allá de la vida: había un mar gris y helado inscrito en algún profundo rincón de su melancolía. Y la atracción y el temor mezclados que ejercía ese mar en sus ánimos, les mantenía en una suerte de tímido estupor, en un tembloroso deseo de acudir o de huir a su influjo. Esta duda les mantenía clavados a su tierra y teñía de tristeza su mirada. Tenían conciencia de que conocían el mar —algún mar— aunque jamás lo hubieran visto: y no podían regresar a él. Y aunque el mar sureño descrito por los que venían del otro lado de las Lisias, se les aparecía más alegre, muy distante al que vagaba por sus conciencias, aquella difusa memoria les imbuía de prudencia —como ellos decían— o cobardía —como pensaba Volodioso—. En todo caso, les privaba de curiosidad hacia otras tierras y otras gentes y, por tanto, hacia el mundo.

Volodioso meditaba estos hechos y ardía su sangre. Era demasiado niño aún para tomar determinaciones de cualquier clase. Y, como no era tonto, se daba cuenta de que si algún día quería llevarlas a cabo debía esperar. Se juraba entonces que su vida tomaría rumbos muy distintos a los conocidos en Olar. Se interesaba por cuanto había más allá de sus fronteras, preguntaba, indagaba, escuchaba todo cuanto sobre ello se decía.

Así, llegó a conocer también muchas cosas del vecino País de los Weringios. Wersko II, su actual Rey —al parecer, nada belicoso—, amaba las dulzuras de la vida. Era aún muy joven: apenas adolescente, había ceñido la corona de su padre, Wersko I, quien, según oyó, fue de talante muy parecido al de su hijo y había muerto, precoz y vulgarmente, a causa de una excesiva ración de empanada de liebre. Esta muerte le pareció extraña: no podía imaginarla así para su padre,

Sikrosio, ni para cualquier barón o conde conocidos, pues si de indigestiones estaban salpicadas las vidas de estas gentes —cosa muy corriente—, la muerte no llegó directamente de ellas, sino por las caídas de montura que provocara su embotamiento, tras ingerir un ciervo relleno de lechón y codornices.

A menudo había oído contar que el padre del actual y jovencísimo Wersko había pactado de alguna manera con los guerreros de las estepas, sus —demasiados próximos— vecinos, por medio de tributos o cosa parecida. Incapaz de una cosa semejante, tal idea indignaba a Volodioso, y por tal causa, empezó a despreciar a los weringios. No obstante, se daba clara cuenta de que el País del Rey Wersko tampoco era molestado por las incursiones de las tribus ecuestres. Al contrario: aquel Reino, rico y pacífico, crecía y se expandía en paz. Su comercio florecía también. Opuestamente a los olarenses, los weringios sí cruzaron las Lisias, y mantenían contactos y relaciones con el Sur.

Un día Volodioso se enteró de que, en tiempos ya olvidados, algunos condados de Olar fronterizos a los weringios se querellaron a causa, precisamente, de los límites no muy claros que separaban ambos países. Esto dio lugar a pequeñas guerras y escaramuzas. Luego —y de esto ya casi nadie tenía memoria—, los weringios levantaron en su frontera una alta empalizada de troncos afilados, aunque con los años, aquellas endebles fortificaciones aparecían aquí y allá casi desmoronadas. Y como también, en aquellos días lejanos, los de Olar alzaron en sus límites idénticas defensas, un estrecho pasillo se abría entre ambos, desde entonces llamado el Pasillo de Nadie.

Gracias al comercio que iniciaron con los países meridionales, los weringios vieron prosperar su Reino y sus vidas. Partiendo de aquel Pasillo de Nadie y a través de las montañas que los separaban del mar, los weringios construyeron con el tiempo una ancha vía que les unía al bello Sur. Y mucho gozaban, al parecer, de todas estas cosas. Y muy bien vivían, según oía el joven segundón.

Pero al Margrave Sikrosio poco le importaban tales nuevas. Sólo preocupado en mantener en un puño la Marca, apenas si se apercibía del creciente descontento de condes y barones que la componían. Volodioso se dio cuenta de hasta qué punto vivía su padre, y con él su país, de espaldas al mundo. En ocasiones, cuando se embriagaba, Sikrosio decía cosas extrañas. Señalaba al Norte, y murmuraba: «De la Selva, llega el misterio». Indicaba después hacia el Este: «De la Estepa, la destrucción, el fuego, la muerte...». Luego, volvíase hacia el Sur: «Del otro lado de las Lisias, el sueño, lo imposible..., y la mentira». Por fin, con voz donde latía una misteriosa tristeza, señalaba a Occidente: «Y de más allá de las tundras, el olvido». En estas últimas palabras yacía tan oscuro desengaño o llanto que, oyéndolas, un estremecimiento sacudía de parte a parte a Volodioso, sin que pudiera descifrar su razón.

El descontento general iba creciendo, y llegó a provocar pequeñas revueltas. Pero la supremacía militar de Sikrosio las arrollaba. Sus castigos fueron tan ejemplares, que en los últimos años de su vida, de las horcas de la Torre Vigía, viéronse de continuo bamboleantes cuerpos de todos aquellos que, verdad o mentira, eran tachados de traidores o subversivos.

Pese a todo, los nobles expoliados y vejados crecían en ansias de independencia. Mas estaban tan desunidos, temerosos y dispersos, que Olar perdía de día en día su fuerza: la unión, que con tanto esfuerzo lograra aquel Margrave ya lejano, portador de su autonomía.

Pero estas desmembradas ansias de independencia y esas amenazas de dispersión fueron finalmente el incentivo que condujo a la auténtica unidad e independencia de Olar, su sometimiento total a un soberano, y la constitución de un Reino. Y esto ocurrió tan sólo en virtud de la inquietud y la astucia, el valor y la osadía de un joven llamado Volodioso: un segundón en quien, entonces, aún nadie reparaba.

3

CIERTAMENTE, no sólo de osadía, astucia y valor se hace la historia de los hombres. A menudo el azar, las circunstancias propicias, la aparición de una misteriosa estrella, ayudan no poco a la consecución de sus empresas. También en las de Volodioso las circunstancias y el azar tuvieron su parte en el triunfo. Aunque menos que en otros, si se considera la fuerza de su tesón, de su brazo y de su mente.

Volodioso había crecido en un ambiente rudo, hostil y cruel. Desde muy niño, vio a su padre convertido en un barril de cerveza y embotamiento. Contempló sus abusos y su despotismo, fue testigo de su decrepitud y su estupidez. Pronto comprendió que no sólo los condes y barones vecinos le odiaban, sino cuantos le rodeaban y adulaban. Los caballeros que no estaban a su servicio le temían, los villanos, campesinos y siervos consideraban que el diablo era dueño de sus vidas y hacienda. Allí donde iba su padre, llegaban el terror y la fuerza.

El país hervía de gentes proscritas, fugitivos y bandoleros. Se imponía el peso de la fuerza por comarcas y caminos. Los impuestos, glebas y tributos eran cada vez mayores, y las primitivas Asambleas que instituyera el Conde Olar, corrompidas por Sikrosio, apoyaban sus desmanes. La tropa del Margrave, engrosada por todo infeliz empujado por el hambre o por aventureros de oscuro pasado, era tan despiadada y voraz como su amo; no había otra ley que la de la extorsión y la sangre. Todos sabían que el Margrave practicaba el primero un bandolerismo enmascarado: varias de estas bandas de asaltantes de caminos vivían a sus expensas. Pero nadie se atrevía, aún, a decirlo.

Una sola fuerza realmente peligrosa se opuso al fin a la suya: la del Abad de los Abundios, cuyo pequeño Monasterio había ido creciendo hasta convertirse en centro vital de una villa amurallada.

El Abad Abundio era el único refugio de cuantos osaban oponerse al Margrave. Bajo su iniciativa, se larvó la primera revuelta de importancia que dividió la Marca: los barones corrompidos aliáronse a Sikrosio, y los ofendidos, al Abad. Pero el verdadero origen de esta revuelta fue algo tan simple y aparentemente ingenuo, que difícilmente podría creerse, si no es porque así ocurrió.

Volodioso había cumplido quince años. Su hermano Sirko, tres años mayor que él, era un joven taciturno, de frente estrecha, gigantesco cuerpo y valor tan inútil como desenfrenado, pues su afán de lucha le hacía emprenderla súbitamente con cualquier pequeño feudal, caballero o noble, que, sin motivo efectivo, recibía y rechazaba sus acometidas como mejor podía. Era, no obstante, un buen soldado, y Volodioso lo sabía, como lo sabía de sí mismo.

Volodioso era consciente de los propios valores tanto como de los de los demás. Apreciaba de sí mismo varias cosas: su gran estatura —hereditaria en toda aquella estirpe y que se prolongó hasta el último de su rama— y astucia, unidas a una oscura intuición para adentrarse en los deseos de los hombres y sus móviles, le hacían en todo superior a sus hermanos. Esa intuición le impelía a reflexionar sobre las conductas, los gustos y sentimientos humanos y, en suma, sobre el mundo que le había tocado en suerte.

Como su padre y sus hermanos, no sabía leer ni escribir —sólo los monjes y algún que otro extravagante conocían estas cosas—. Lo ignoraba todo, o casi todo, pero era reflexivo y sagaz, y había aprendido a escudriñar en la mirada, en el silencio y en las palabras de los demás mortales. Tal vez por eso, contrariamente a sus hermanos, mostraba predilección por Almíbar. Adivinaba en el pequeño algún oculto don o poder, que sospechó podía serle de utilidad en el futuro. En cuanto al pequeño, Roedisio, además de malvado era evidentemente imbécil.

Almíbar, destinado a Vigía, vivía prácticamente en lo alto de la Torre con el Vigía verdadero. Dormía y comía allí: rodeado de trompetas, cuernos, bocinas y una inquietante cornamusa. Cuando Volodioso salía de caza y lo mandaba llamar, el medio-hermano bajaba saltando de alegría la empinada escalera de caracol. Luego, corrían juntos por el bosque: a caballo Volodioso, en un pequeño asno Almíbar.

Cierto día, Volodioso sintió sed y bajó a beber de un manantial, a la entrada del bosque. Luego se reclinó un momento en la hierba para descansar, con la espalda apoyada en un árbol. Era una mañana de primavera y el sol se filtraba entre las ramas, de forma que venía a dar de lleno en la cabeza del joven Almíbar. De pronto, Volodioso creyó ver que sus cabellos resplandecían y que sus ojos se llenaban de un extraño fulgor, y aún más, le pareció que se elevaba sobre sus plantas.

—¿Qué te pasa? —gritó, sobresaltado.

—Escucho lo que dicen los pájaros —contestó Almíbar.

—¿Cómo lo que dicen...? —se impacientó Volodioso—. ¡Su lenguaje no es el nuestro! ¿Acaso tú, torpe, lo conoces?

Pero veía claramente cómo Almíbar seguía con la mirada y la sonrisa el revoloteo y el piar —de pronto destemplado— de los pájaros. Al fin, éstos rodearon a Volodioso, se posaron en sus hombros y en su cabeza y, suavemente, picotearon sus orejas y sus labios. Volodioso quedó inmóvil, casi aterrado en su estupor. Luego una nube ocultó el sol y, entre la espumosa neblina que ascendía del torrente, Almíbar quedó en la sombra. Parecía un pequeño elfo, de los que había oído hablar Volodioso a los sirvientes, aunque nunca les había visto.

—Hermano —murmuró Almíbar, arrodillándose ante él—, los pájaros dicen que tú serás el Rey de Olar.

Aquellas palabras conmocionaron al segundón, que no pudo replicarle. Suavemente, le tomó de las manos, izándole del suelo, y, en silencio, regresaron al Castillo.

Prodigiosamente, desde aquel momento, los pájaros casi nunca le abandonaban: venían a su encuentro y le saludaban con gritos que, aunque él no entendía, creía interpretar. Eran siempre los mismos, pájaros humildes, de los que no tienen nombre. Lleno de curiosidad, tomó de la mano a su medio-hermano, paje y escudero. Con él subió a la Torre, y desde allí contempló el horizonte, la inmensa lejanía de donde se avistaba la aparición de enemigos. Hasta allí subieron también los Pájaros Sin Nombre de Volodioso, y escucharon al joven Almíbar —un niño todavía— revelar ingenuamente, sin el menor atisbo de suficiencia o de misterio, como cosas para él cotidianas, sus relaciones con el único mundo que le amaba.

Oyéndole, Volodioso reflexionó y comprendió que si Almíbar fue arrojado de los humanos, sólo los animales y las plantas, el viento y la lluvia, el manantial y el Lago, le acogían en un entendimiento que para él estaba repleto de misteriosos e incomprensibles significados. Así, se enteró también de que Almíbar era instruido a escondidas por el capellán del Castillo. Era éste un monje atribulado, de origen humilde, a quien Sikrosio maltrataba como al más bajo siervo, pero al que necesitaba para que le absolviera cuando, aullando, despertaba sobrecogido por los terrores del infierno. Y ocultaba a todos, pero enseñaba al niño un libro donde estaba escrita la historia de un Gran Rey y un Gran Guerrero.

Hizo Volodioso que Almíbar recitara una y otra vez aquellas historias: hasta el punto de que llegó a aprenderlas casi de memoria. Y tanto pensó y meditó las historias leídas por Almíbar —y otras muchas que ellas hicieron brotar en lo más profundo de su caletre—, que al fin, cierta madrugada, saltó de su lecho y subió a la Torre en busca de su medio-hermano. Había dado al fin con algo que desde hacía mucho tiempo barruntaba y no acertaba a aclarar. Aunque era inteligente, por no tener ocasión de ejercitar este atributo de su naturaleza, sus pensamientos se producían en un curso despacioso, casi tardo. Aunque sagaz, sus conclusiones eran trabajosas y de lenta elaboración.

—Almíbar, hermano mío —llamó quedamente.

El niño oyó la palabra hermano por vez primera, y le dejó transido de admiración, amor y respeto.

—Tengo que hacerte algunas revelaciones.

Dijo *revelaciones*, en vez de *maquinaciones*, porque sabía que aquél, y no éste, era el lenguaje que debía emplear en adelante.

A seguido, habló abundantemente a su medio-hermano de los pájaros. Y según podía desprenderse de sus palabras —al menos así lo entendía alborozadamente el corazón del inocente niño-Vigía—, aquellas aves le habían encargado la confección de una corona; pero ésta debía ser enterrada en un lugar tan sólo conocido por ellos dos, Almíbar y Volodioso. Luego, el segundón pidió al niño —tan ducho en estas cosas— que confeccionara la tal corona y que amaestrara debidamente dos halcones capaces de transportarla entre sus garras. «Pues, llegado el momento oportuno, les ordenarás que la coloquen en mis sienes.»

El niño, muy alborozado, asintió a todo: no sólo por el gran afecto —aun veneración— que sentía por su poco ruboroso hermano, sino, además, porque estas cosas eran las únicas que sabía y le placía hacer —y para las únicas que, de algún modo, fue útil en este mundo.

—Una vez hecha la corona, la entierras allí donde yo te indicaré y sólo nosotros dos sepamos.

Ocurrieron estas cosas poco antes de que Volodioso cumpliera dieciséis años. Y como poseía méritos suficientes para ello —y tratábase de una de las pocas cosas en que su padre se mostraba justo—, fue investido caballero por el propio Sikrosio.

Con la espada para siempre al cinto, y su vigorosa, ágil y despierta naturaleza aguzada en mil proyectos, comprendió que su momento había llegado. Pudo tomar parte en los encuentros, justas y lides, y procuró en ellos llamar la atención de los más notables señores y caballeros vecinos. Especialmente eligió como blanco de sus exhibiciones —mejor dicho, como principal peón de ellas— a un noble y justo barón, padre de tres hijos (tan justos y nobles como él). Llamábase Arniswalgo, y Volodioso —que no abandonó jamás la vieja costumbre infantil de escuchar bajo las escaleras, o en cualquier lugar que a tal efecto conviniese: tanto si se trataba del barril de un cervecero, como de un montón de heno— sabía que él y sus hijos eran los más disgustados por la tiranía y los excesos paternos. Sabía, también, quiénes se mostraban menos escrupulosos en unirse al mejor postor, y quiénes, entre todos los señores de la Marca, eran los más ruines, mentecatos o simplemente inocentes.

A los encuentros de caballeros que con regularidad impropia a su habitual desorden organizaba el Margrave Sikrosio, acudían la mayor parte de los señores y caballeros: ora por gusto, ora forzados por las circunstancias. En tales ocasiones, Volodioso afinó y aguzó cuanto pudo el dardo de sus ambiciones. Y así, tras muchas noches en vela, le sorprendía el alba entre la algarabía de sus inseparables pájaros. La luz de un nuevo sol le recordaba que había cesado la hora de los sueños y comenzaba la de la realidad.

Distinguióse pronto en los juegos guerreros, no sólo por su bravura, la fuerza de su brazo y el ímpetu de su poderosa naturaleza, y aun arrogancia, sino también por la templanza de su porte —aunque mucho costara a su violento temperamento—, y por la —muy meditada, en verdad— nobleza y aun generosidad de que hizo gala en ellos, sobre todo cuando vencía al contrario —virtudes desusadas en aquella familia—. Sorprendió por todo ello, en verdad, pero aún más por el contraste que ofrecía con el tropel de desaforados que rodeaban su vida.

Tanto el noble Arniswalgo y sus hijos, como otros muchos casi tan nobles y casi tan dignos, aunque amedrentados por el desenfreno de quien debió ser, según pensaban, ejemplo de sus vidas, fijaron por primera vez su atención en aquel joven alto y fornido —más alto y fornido de lo que correspondía a su edad—, que se mostraba tan insólitamente caballeroso, mesurado y digno, tanto en su porte como en sus acciones. A no ser por la intachable virtud y honestidad que distinguió siempre a la Margravina Volinka, muchos hubieran dudado fuese hijo de tal padre.

Aunque Sirko era tan valiente y buen guerrero como Volodioso —o quizás más—, llevaba la impronta paterna grabada en su torpeza, mala intención y brutalidad. En cuanto a Roedisio, ni que decir tiene que su fuerza —aunque siniestramente efectiva— sólo servía para lanzar jarras de cerveza al aire, sin atinar siquiera con el desdichado a quien elegía como blanco de sus necios y ruidosos alborozos. Y aunque hubiera estado en edad de ser armado, ni el propio Sikrosio hubiera osado poner una lanza en sus cortas y pesadas manos; y si alguna vez logró encaramarse a lomos de cualquier bestia —aunque fuera un perro—, sin remedio daba en el suelo con sus huesos: así que su cabeza, naturalmente deforme, la había conseguido adornar, por cuenta propia, con toda clase de bandullones y piqueras. No es raro que Volodioso se despegara del conjunto ofrecido por padre, hermanos y favorecidos.

Cierto día se libró un encuentro a muerte. En rigor, esto había sido prohibido en tiempos del Margrave Olar, pero Sikrosio prescindió de tal cosa —como de tantas otras— y reverdecieron con singular contento, al menos una vez por año, los duelos mortales. Precisamente elegía para ello Pentecostés, con la excusa de que el descalabrado, sin duda alguna, era víctima de la cólera divina, a causa de algún pecado, conocido o secreto.

Llegaron a Volodioso el turno y la ocasión de participar. Y tras vencer a su oponente, ocurrió algo tan inaudito entre semejantes energúmenos —los dignos barones se abstenían de tales empresas y limitábanse a contemplarlas, ahogando sus amarguras y marchitos anhelos de justicia en jarras de cerveza—, que nadie creía ver lo que veía. Cuando todos esperaban que Volodioso atravesara con su lanza al oponente derribado, le perdonó la vida. Muy oportunamente había tomado por contrincante a un pequeño feudal, pobre, marrullero y traidor por naturaleza, que había hecho su fortuna capitaneando una banda de salteadores al cobijo de Sikrosio, pero cuyas indudables dotes guerreras no eran en absoluto despreciables. Con gallardía e incluso gentileza, reconociendo públicamente que así lo hacía por estimar que su oponente había peleado con valor —cosa cierta— y nobleza singulares —cosa del todo falsa—, Volodioso añadió luego, con sagacidad, que no quería privar a su pueblo de un guerrero tan digno y estimable, dado el caso de tener que enfrentarse, un día, con los muchos enemigos que acechaban a Olar.

Tan pundonorosas palabras estuvieron a punto de segar, de puro estupor, la vida del magullado feudal-bandido, llamado Arán. Confusamente oyó las escuetas y muy precisas palabras de su vencedor y, cuando sus escuderos le arrastraban por los sobacos y arrojaban cerveza por la cara —lo único capaz de regresarle al mundo de los vivos—, creyó hallarse manipulado por los ayudantes de Satanás en el aderezo que, según imaginaba, debía preceder a sus eternales torturas.

Una vez terminada la sangrienta fiesta, ya todos embriagados, y antes de dar cuenta del primer asado de los muchos que componían el ágape con que solía rematar Sikrosio estas jornadas, Arniswalgo se aproximó a Volodioso y, en tono moderado —no se fiaba demasiado de aquella familia—, le hizo notar su agrado —y también su extrañeza— por el gesto presenciado. Volodioso compuso entonces su más noble continente —mucho lo ensayó antes, a ejemplo de los caballerosos héroes que, extraídos de su libro, solía hablarle Almíbar—. No comprendía, manifestó, que alguien pudiera sorprenderse ante aquella actitud, pues según su entender, así debía portarse todo caballero bien nacido. Y de este modo se inició una plática —al principio recelosa, luego más suelta— entre Arniswalgo y el segundón, al fin de la cual el anciano quedó muy maravillado.

Más tarde, el barón comentó con sus íntimos —nobles compungidos y estrujados como él— que ojalá, en vez del torpe Sirko, hubiera un primogénito en la familia del Margrave como el joven Volodioso. De pronto, el más apagado, magullado y temeroso de aquellos dignos y ultrajados señores, que a la chita callando se reunían de cuando en cuando en el Castillo de Arniswalgo —ya que no a otra empresa más enérgica, al menos a poner de vuelta y media al Margrave y sus allegados—, dijo: «Volodioso es el único de esa familia con piernas que lo parecen: no un par de pezuñas a los costados».

Y esta afirmación, al parecer banal, reafirmó en todos la naciente confianza que habíales inspirado Volodioso. «Así es de curiosa la humana naturaleza», pensó Volodioso, que espiaba escondido tras una barrica de manteca.

Y no dejó apagar aquel tímido pero cálido rescoldo de interés y confianza hacia su persona. Se las apañó para frecuentar la compañía de los nobles estrujados y, poco a poco —ellos no hubieran podido decir cómo llegaron a reunir semejante valor— acabaron haciéndole el tesorero de sus muchas quejas y amarguras.

—La justicia y la paz se impondrán en Olar —juró al fin Volodioso, solemnemente, besando la cruz de su aún muy nueva espada. Y aunque esta promesa era tan vaga como hermosa, todos los ofendidos y despojados sintieron renacer su marchita esperanza.

En cuanto a los hijos de Arniswalgo, tres muchachos de naturaleza leal y valerosa, tan poco recelosos como su padre, desde entonces fueron los camaradas entrañables del joven segundón. De tal forma se exhibió ante ellos Volodioso aunque mucha violencia costaba a su ruda naturaleza, que largo hablaron luego los jóvenes de su inteligencia, valor y espíritu justiciero. Entre jarra va jarra viene de dorada y espumosa cerveza, suspiraban porque no les hubiera tocado en suerte un Margrave como Volodioso, y no el energúmeno desastrado de su padre. Pero no hacían nada para conseguirlo.

Estaba ya en puertas el otoño, pero el verano mostrábase rezagado. Y como suele ocurrir en estas ocasiones, el fuego del estío se arrastraba de forma lenta, sinuosa y muy desazonadora: buen clima para revueltas, ira, amor o locura. El fino olfato de Volodioso así lo percibió en el aire de aquel amanecer en que, por fin, llamó aparte a su hermano Sirko. Eligiendo una estancia un tanto lóbrega que daba sobre las mazmorras, pero que, por ello, parecía más fresca que las demás, mandó traer cervezas y jarras. Al fin a solas, dijo a su hermano:

—He meditado mucho sobre nuestra vida y la de nuestro padre. He pensado que tú debías tomar su puesto, ya que él es indigno, hermano.

Sirko quedó estupefacto. Si algo temía en este mundo era a la muerte, al diablo, a la excomunión y a su padre.

Sin darle tiempo a reflexionar sobre tan imprudentes palabras, Volodioso le ofreció cerveza. Y más y más cerveza, hasta que rodó por el suelo y hubieron de conducirle como un saco hasta su lecho.

Entonces, Volodioso llamó al pequeño Almíbar. Hízole escribir una carta dirigida al Abad Abundio: en ella exponía su descontento y el de su hermano hacia su padre y, ofreciéndole su apoyo, asegurábale que si se rebelaba contra Sikrosio —el Abad disponía de soldados y él no—, muchos nobles, aún indecisos, seguirían su ejemplo. Háblole también de un rey, de un reino: pero en términos tan ambiguos, que cualquiera —incluso el propio Abad— podría sentirse aludido.

A la primera tarde, cuando Sirko despertó de sus vapores, le envió al Monasterio con la carta, en compañía de Roedisio, con quien había mantenido antes secretas conversaciones, mientras éste reía sin cesar, asintiendo con la cabeza. Con mirada soñadora, Volodioso vio partir a sus hermanos hacia el Monasterio. Entonces, quedóse él junto a su padre, manteniendo a su lado al pequeño Almíbar.

Luego, al anochecer, partió secretamente a los castillos y mansiones de aquellos nobles feudales y caballeros que no gozaban del favor de Sikrosio; y aún más, envió emisarios a las partidas de bandoleros que actuaban al margen de las de su padre, ofreciéndoles perdón y un futuro halagüeño en la milicia.

El fruto de sus actividades superó sus esperanzas: bandas de forajidos y proscritos, aventureros sin ley ni techo, al enterarse de sus propuestas, abandonaron a Sikrosio y se unieron al joven segundón. Así pudo comprobar hasta qué punto era aborrecido el Margrave.

Hechas estas cosas, la revuelta del Abad se tornó en guerra encarnizada. Y las huestes de Abundio y Sirko hallaron aun dentro del propio Castillo de Sikrosio sus mejores aliados: Volodioso y sus hombres desde el interior. Fácil es comprender quiénes vencieron.

Pero no es tan fácil averiguar cómo murió Sirko. Acaso Volodioso, en sus secretas conversaciones, instó al imbécil Roedisio a eliminarlo, con la sibilina esperanza de sustituirle en el trono prometido: «Yo seré tu Consejero, tú reinarás en Olar, y yo gobernaré contigo». ¿Por eso se reía Roedisio tanto, cuando llevaban la carta al Abad...?, quién lo sabe. Lo único cierto es que, finalizada la lucha, Roedisio atravesó a Sirko con la espada, junto al foso. Y esto le produjo gozo tal, que revolcábase de risa, entre la sangre.

Sikrosio fue degollado en su propio lecho, donde le sorprendió el asalto, completamente beodo. Malas lenguas dijeron —años más tarde— que fue la mano de Volodioso quien cometió el parricidio. Otros, en cambio, aseguraban haberle visto en aquellos momentos batiéndose en las murallas. El caso es que Sikrosio murió a manos de no se sabe quién. Lo que nadie pudo dudar es que Volodioso fue quien lo hizo colgar —aun degollado—, junto a sus pocos leales, de las horcas que ornaban la Torre Vigía —aquella donde otrora se balanceaban cuerpos de delincuentes o supuestos traidores al Margrave; aquella donde un bello aprendiz de Vigía, desterrado de todo amor entre los hombres, escuchaba el lenguaje de los árboles y de las aves.

Entonces, Volodioso besó la cruz de su espada y, alzándola después a un cielo que, de improviso, se llenó de bandadas de pájaros, gritó; gritó de tal forma, que sofocó todos los ruidos, todos los lamentos y alaridos de victoria que poblaban el aire. Y en aquel grito se abría paso la voz de un niño que decía: «Madre, ya estás vengada».

Después el silencio aún fue mayor, casi irreal. Era un silencio audible, casi podía verse y tocarse. Como bajo una orden encantada, todas las cabezas y ojos aún vivos se alzaron hacia la Torre Vigía, donde había aparecido un raro resplandor. De entre las almenas surgió la silueta de un niño. Era el pequeño Almíbar, y portaba en cada puño un halcón. Dio un pequeño grito, que sonó como el viento entre los álamos, y los dos halcones se lanzaron al vuelo.

Inmediatamente regresaron, llevando entre sus garras una sencilla corona. Con vuelo lento, casi respetuoso, descendieron hasta la cabeza de Volodioso y la colocaron en ella. Luego, remontaron el vuelo y desaparecieron. Y nunca los volvieron a ver.

La institución del Reino y la coronación de Volodioso fueron cosas en verdad tan sencillas como raudas. Volodioso y sus fieles ex-bandoleros, pequeños feudales y barones ultrajados, redujeron las pretensiones del Abad de forma harto expeditiva: confinado en su Monasterio, despojado de casi todo poder, hubo de contemplar con sordo furor cómo Volodioso subió al trono, Rey y Señor absoluto del recién nacido Reino de Olar.

Poco después de la coronación, Roedisio murió misteriosamente. El viejo Abad, desde su obligado retiro, no se calló, y atemorizó al mismo Volodioso, advirtiéndole que el verdadero Gran Rey de Occidente vendría a deponerle y arrasaría su naciente e ilegal Reino como castigo a sus desacatos.

Al frente de sus mejores hombres, Volodioso se encaminó a las altas mesetas, en cuyas cimas se extendía la tundra que jamás, desde que él vivía, había filtrado ser humano alguno hacia Olar. Allí esperó en vano al Gran Rey que debía castigar su osadía: tres días y tres noches acampó, con sus hombres, mientras el viento batía los árboles y el silencio se hacía extrañamente mineral.

Al atardecer del tercer día, la rara iluminación que durante sus libaciones transfiguraba el rostro de Sikrosio, pareció revivir ante él. Creyó oír en el viento restos de presagios, ecos de alguna incomprensible devastación y, al fin, la voz de su padre: «Y de Occidente, hijo mío... el olvido». Volodioso se estremeció hasta los huesos. Volvió grupas y ordenó la retirada. De aquel Gran Rey amenazante, jamás se supo en Olar.

El Abad Abundio murió de despecho, pero a seguido tomó su cargo el oscuro monje que enseñó a leer a Almíbar. Sorprende considerar la extrañeza que en algunos causaron estas cosas —especialmente cuando, poco a poco, la nobleza fue despojada de sus privilegios, supeditándola en vida y hacienda a la única y total soberanía: el

Rey Volodioso—, si hubieran considerado que las manos que ahora regían sus derechos y obligaciones eran las mismas que colgaron el cadáver de su propio padre de la Torre Vigía.

4

VOLODIOSO había eliminado de sus planes a sus hermanos legítimos, pero al bastardo Almíbar lo conservó siempre a su lado. Y lo cierto es que el poder de Volodioso creció, y se pegó al trono como un molusco a la roca.

Almíbar, fiel escudero, le seguía a todas partes: incluso le servía el vino, la comida, y velaba su sueño. Pero ni los años ni los cargos más altos cambiaron su naturaleza: seguía inmerso en un mundo inexpugnable de inocencia y sabiduría mezcladas; un mundo donde platicaba con los arroyos y las hojas, con el viento, la hierba y la tempestad. Si había que batirse, seguía de cerca el caballo del Rey —y en cierta ocasión le salvó la vida—, pero aunque conocía el manejo de las armas, y su brazo era fuerte y su naturaleza robusta —aunque espigado y bello—, tomaba con más placer el libro que la espada. Absorto en un ensimismado reino de palabras y ecos, ingenuo y grave a un tiempo, Almíbar aborrecía la sangre.

También Volodioso experimentaba un aborrecimiento: el viejo Castillo donde había nacido y donde vio morir a su madre. Mandó construir otro, más hacia el Oeste, precisamente junto al gran Lago de las Desapariciones, donde un día flotaron los cadáveres del Herrero y su joven esposa. Volodioso no prestaba atención a estas historias, en cambio, le gustaban los abedules, los arces y los hermosos bosques que lo rodeaban.

El nuevo Castillo creció como su poder, y en sus vertientes nació la ciudad que llevó el nombre de Olar y fue capital del Reino. A lo lejos, el viejo Castillo de Sikrosio recortábase oscuramente en el atardecer, tras el incendio de que fue pasto. Y nunca llegó a desaparecer el negro hollín de sus piedras, ni siquiera cuando, años más tarde, fue restaurado con gran generosidad por Volodioso, y donado, junto con sus tierras y nutrida guardia, a su medio-hermano Almíbar. Desde el día en que murió Sikrosio, todos en Olar —incluido el Rey— le llamaron el Castillo Negro.

Tras varios años de reinado, y precisamente cuando su popularidad decaía —la mano de hierro de Volodioso hizo añorar a más de un resentido o estúpido los tiempos del Margrave Sikrosio—, irrumpieron en Olar las Hordas Feroces sembrando el pánico e invadiendo, con ánimo poco amistoso, las aldeas de las praderas.

Volodioso acudió prestamente con sus huestes. Combatió, arrojó y persiguió a los Diablos Negros con tal ímpetu, astucia y valentía, que nuevamente ganó la incondicional lealtad de sus súbditos. Creció así la admiración y el respetuoso temor hacia un hombre que, por vez primera, trajo a Olar, clavadas en lanzas, las cabezas de dos jefes esteparios: el temible Krejko y el sanguinario Hukjo. Y aún hizo más: las decrépitas fortificaciones del Este, que con tanto esfuerzo levantó el Conde Olar y con gran desidia abandonó Sikrosio, fueron rehechas y avanzaron hasta las mismas estepas. Reconstruidas y reforzadas, ondearon en ellas las enseñas del Reino, sobre el horizonte del miedo.

Estaba aún fresca la gloria de esta victoria, cuando el vecino País de los Weringios fue sacudido por una invasión inesperada: del Sureste, por aquel mismo camino que a través de las Lisias abrieron al comercio, cayó sobre ellos la piratería sureña. Sarracenos, mercenarios de la estepa —restos de antiguas tribus, olvidados reyes nómadas— sorprendieron a los pacíficos y confiados weringios. Desolado, el Rey Wersko pidió ayuda a su vecino, el fuerte y poderoso Volodioso.

Pactaron sensatas condiciones, y concertaron el matrimonio de Volodioso con la hija de Wersko —aunque ésta, a la sazón, contaba seis meses de edad—. No obstante, el matrimonio se efectuó por poderes —era la clave de importantes acuerdos para Volodioso—, y sólo entonces avanzó, con su poderoso ejército, hacia los invasores. Arrojó del país a piratas y mercenarios e hizo numerosos prisioneros. Aún más: empujado por su irreprimible curiosidad, avanzó por la estrecha cinta que atravesaba las Lisias y pisó, por primera vez, el legendario Sur.

Nunca antes había visto el mar, y se mantuvo largo rato en silencio ante él. Luego atacó, venció, sometió y anexionó aquellas tierras a sus dominios. Se enamoró de los viñedos, del sol, de las costumbres de aquellas gentes. Probó por vez primera el vino —que tuvo gran importancia en su vida y en esta historia— y, desde aquel momento, apartó la cerveza de su mesa. Se apropió de todos los viñedos y despojó sin miramientos a sus dueños y cultivadores. Año tras año, en largas caravanas, mandó transportar el vino del Sur hasta su Castillo de Olar, junto al Lago. Pero nadie supo jamás el sobrecogimiento, la timidez, que aquel mundo le inspirara: hasta el punto de que fue más cruel con los que allí le ofrecieron resistencia que con cualquier otro. El mar también le dio miedo.

La conquista y sometimiento del Sur no fue en verdad empresa fácil. Hubo de batallar duramente y mucho tiempo, y escarmentar sin piedad a los innumerables príncipes, margraves, señores y villanos que se resistieron a su brutal avance. Los menos se rindieron sin lucha.

Una vez dominado el Sur, instaló allí gobernadores y dignatarios: pero toda su tierra era él. Luego, de regreso a Olar, traicionó al Rey de los Weringios, que durante todas las campañas había sido sólo un pálido figurón a su lado. Con el pretexto de que la Princesa —su esposa de seis meses— había muerto en circunstancias extrañas, acusó a Wersko de incumplir sus pactos y promesas. Lo mandó encarcelar, y luego se proclamó Rey de los Weringios. Su país pasó a ser territorio de Olar, de forma que su Reino se ensanchó al Sureste, avanzó a través de las Lisias, atravesó el Sur y se detuvo en el mar. Es verdad que, el resto de su vida, tanto weringios como meridionales, revuelta tras revuelta, no le dieron reposo. Pero acabó agotándoles, y lo cierto es que los exprimió como a un limón.

Mantuvo durante toda su vida continuas luchas con los jinetes de la estepa, y al fin de sus días, estos Diablos Negros se convirtieron en su obsesión. No logró acabar con ellos, pero las fortificaciones del Este no retrocedieron. Lo cual, dado el tipo de gentes con que trataba, era mucho.

En cuanto al País de los Desfiladeros, permaneció a lo largo de estos acontecimientos inmutable y cerrado como un gigantesco molusco. Y con buen olfato, Volodioso no molestó jamás a Tersgarino, ni Tersgarino le molestó a él.

En rigor, el reinado de Volodioso fue una sucesión de guerras cruentas y gloriosos triunfos. Sometió y expolió de tal modo a nobles, señores y vasallos, que éstos apenas osaban mover los párpados en su presencia. Creó un ejército fuerte y poderoso, y su leyenda creció junto a su poder. Al fin de sus días es posible que dominara más por su prestigio que por su verdadero valor: pero, en puridad, lo uno no hubiera llegado sin lo otro. Amargó la vida a muchos, satisfizo a unos pocos, engrandeció a alguno. Construyó bastante y destruyó a mansalva. En general, fue más temido que amado, mas no debió existir otro mejor ni más fuerte que él, puesto que nadie le arrojó del trono ni le despojó de su Reino.

Bajo su mando nacieron ciudades, pueblos, villas, monasterios, abadías e iglesias. Roturó parte de los bosques y la selva, y ensanchó la zona Norte con tierras de cultivo. Permitió y protegió caravanas de mercaderes hacia el Sur, que importaron tejidos y especies, y trajeron el papel a Olar. En las calles de las ciudades y villas abriéronse por primera vez talleres artesanos y, aunque tímidamente, comenzaron a florecer pequeñas industrias: tintoreros, alfareros, tejedores y artesanos de varios tipos llegaron de otras tierras y se instalaron allí donde, poco antes, tan sólo circulaban carretas, campesinos, leñadores, gallinas y perros famélicos. Amuralló las ciudades y villas y, aunque redujo al mínimo el poder y privilegio de los Abundios, enriqueció sus monasterios con sabias y oportunas donaciones.

Hasta el final de sus días fue rudo, ignorante, valiente, astuto y desconfiado. Implacable con quien lo creyó oportuno y magnánimo con quien le convino. Pero fue un gran Rey y, sin él, Olar jamás hubiera soñado con llegar adonde llegó.

Hasta que, una mañana de otoño, arribó para Volodioso, como para otro cualquiera, la oscura nave que remolca el último día de la vida.

III

LOS BASTARDOS

1

EL Conde Tuso era un hombre alto y enjuto, de rostro muy pálido. Usaba largas ropas negras y un gorro de fieltro, también negro, rodeado de pieles de castor. En Olar nadie osaba oponérsele, pues de su afilada lengua y retorcida astucia provenían muchas muertes y calamidades, tanto a nobles como a villanos. Su ambición era desmedida, y como, a partir de los últimos años en que Volodioso se tornó más lento y pesado, él era en quien descansaba y de él dependía la suerte de cuantos componían aquella Corte, y aun el país, no podría extrañar a nadie que Tuso fuera a partes iguales adulado y aborrecido. Pero no sólo era su siniestro prestigio lo que influía en el temor que inspiraba, sino también —y era famosa la tendencia visionaria y supersticiosa de los olarenses— su vidrioso origen.

Hacía ya de esto muchos años, cuando la gloriosa —aunque no

muy honesta— anexión del País de los Weringios; el Rey, entonces, lo trajo consigo a Olar. Lo presentó como hombre sabio y prudente en extremo, cosa que era cierta, aunque no pudo alabar jamás su lealtad sin despertar sospechas, ya que hasta aquel momento el Conde Tuso había desempeñado el cargo de Consejero en la Corte de Wersko, lo que no impidió que conspirara contra su Rey en favor del más fuerte. Además de saber leer y escribir a la perfección, era muy entendido en matemáticas y alguna ciencia más, no confesada, pues Volodioso —que no desmentía así su origen olarense— no vacilaba en enviar a la hoguera a quien en tales cosas se propasaba. Su gran eficacia como administrador y su gran astucia le elevaron, en la poderosa pero ignorante y confusa Corte de Volodioso, al codiciado puesto de Consejero. Envidiado y execrado a partes iguales por cuantos componían aquella Corte y sus variados escalones, últimamente este hombre era quien manejaba el país, pues sólo Volodioso no sabía que se estaba haciendo viejo.

Aunque le sobraban artes y poder de manipulación para ello, el Conde Tuso no deseaba en modo alguno alcanzar una corona. En repetidas ocasiones lo demostró. El oficio de Rey no le agradaba en absoluto, antes bien, lo consideraba molesto. Una corona era excesivamente pesada para ser portada, según sus propias palabras, «por hombres de cuerpo débil y mente poderosa». Prefería, según se deducía, gobernar agazapado tras un trono, no encaramado a él. Más fácil resultaba así zafarse de los errores y aprovecharse de los aciertos, cosa en la que demostraba la máxima habilidad. Su lengua y argumentaciones eran tan afiladas como sagaces: bastaba recordar cómo, gracias a la acertada manera de utilizarla, supo librarse no sólo de la horca o el descuartizamiento —fin al que estaban destinados la mayoría de los weringios, tanto si apoyaron a Volodioso como si se le opusieron—, sino que además había hecho muy buena fortuna junto al que exterminó a sus hermanos de raza y a su propio Rey, a quien hasta entonces sirvió como ahora a Volodioso.

Tenía un ojo azul y otro amarillo. Estos ojos, dotados de un enorme poder de sugestión, le habían servido para evadirse de no pocas acechanzas y peligros. Cada vez que algún ingenuo osó acusarle de deshonestidades, malversaciones, usura, brujería o pactos con el

Maligno, le bastaba mirar fijamente a su acusador, y en un breve pero sustancioso discurso, salían de sus labios tantos y tan sutiles argumentos de autodefensa como rayos de sus ojos. Hasta el punto de que, el acusador, se convertía lentamente en tembloroso acusado y, al fin, temblando como una hoja, o más mudo que un pedrusco, daba con sus huesos en la prisión o en la hoguera.

Estas particularidades habían conseguido hacer del Conde Tuso una figura muy poderosa. Y aunque muchos guardaban alguna ofensa o desdicha proveniente de su persona, y aun sintiendo repulsión por su figura, sus negros vestidos cubiertos de caspa, y el sudor que mantenía húmedas sus manos de uñas amarillas, no dejaban de sonreírle, adularle y colmarle de regalos, sabedores de que caer en su desgracia era caer en la desgracia total.

Durante los últimos años del reinado de Volodioso, el país pareció inmerso en una calma densa e insólita, apenas turbada por las rencillas suscitadas entre los propios nobles que, aburridos, se dedicaban de cuando en cuando a atacarse entre sí. «En verdad —se decían—, el Rey ha envejecido.» Por contra, Tuso había adquirido un poder casi absoluto y una gran seguridad en sí mismo. Vivía en el propio Castillo de Olar, donde se había instalado definitivamente la ruda y tosca Corte de Volodioso. Tuso no tenía mujer ni hijos, no se le conocía otra pasión que el poder, el oro y, de tarde en tarde, el viejo buen mosto del Sur, tan apreciado también por el Rey y todos los habitantes de Olar.

Entre los largos y helados pasillos del Castillo, donde en invierno resbalaba la humedad a lo largo de sus muros, en las estancias donde gruesos tapices y pieles intentaban abrigarles de las inclemencias de su región, comenzaron a circular rumores: decíase que el verdadero ascendiente de Tuso sobre el monarca no residía en su astucia y tino administrativo —cosas innegables—, ni en magia ni maleficio alguno, sino acaso en una verdad muy simple: debido a la particularidad de aquellos ojos suyos, cada vez que Tuso exponía ante el Rey alguna acusación, consejo o simple sugerencia, miraba al monarca de frente, y éste, indeciso ante el ojo amarillo y el ojo azul, intrigado por saber con cuál de ellos le miraba y, a su vez, a cuál de ellos dirigir la propia mirada, pasaba el tiempo en este dilema, desentendiéndose de todo lo demás. De este modo, sellaba y asentía a todo cuanto Tuso fingía consultarle, cuando, en verdad, sólo ordenaba a su propio Rey. Así las cosas, y ante la decadencia cada día más ostensible del monarca —pero de cuya apreciación guardábanse todos de manifestarse enterados—, los cortesanos se preguntaban, inquietos, quién sería, por fin, designado como sucesor del Gran Volodioso.

Empezó a correr el rumor, y al fin se comprobó, de que el Conde Tuso había elegido ya entre los hijos del Rey aquel que debería ser el heredero de la Corona. Todas las apariencias indicaban que su dedo largo y huesudo había señalado —aunque sin manifestarlo jamás con palabras— al primogénito del Rey, el mayor de los hermanos Soeces.

Estos hermanos, pelirrojos y de grandes dientes —aun con la boca cerrada sobresalían de sus labios—, eran fruto de los amores de Volodioso y una tal Condesa Soez, vieja amante del monarca. Se contaba que esta Condesa fue, en su momento, la tierna y dulce amante de Wersko y, según se rumoreaba, el motivo que unió, en aquellos días de traición y maquinaciones, los destinos de Tuso y el Rey de Olar. Cuando éste la conoció, la Condesa no rebasaba los trece años, pero tan bien desarrollada y hermosa aparecía, y tan resplandecientes eran sus rojos cabellos, que Volodioso al verla quedó mudo de admiración.

Tuso —entonces Consejero del infeliz y confiado Wersko— se apercibió en seguida de la impresión que la joven causaba en Volodioso. No tardó en favorecer aquellas inclinaciones, y se dedicó de lleno a hilar la sutil madeja de cuyo cabo se devanó más tarde la maraña de las traiciones y calumnias que hundieron para siempre al Rey Wersko. Malas lenguas aseguraron —aunque sólo tenían el valor de chismes susurrados por damas ociosas— que cuando Volodioso preguntó el nombre de la tierna y turgente condesita, Tuso se apresuró a informarle que era la viuda de un tal Conde Soez, barón de grandes virtudes, pero que tuvo la mala ocurrencia de desposarse con tan apetitosa criatura estando ya, como vulgarmente se dice, con un pie en la sepultura. Sea por la emoción de semejante boda, sea porque ella misma diole el último empujoncito, al día siguiente a sus esponsales, el viejo Soez murió. Al oír estas cosas, Volodioso explayó sus sentimientos —nunca fue un hombre refinado— en grandes carcajadas.

—¿Soez? —gritaba, alborozado—. ¿Cómo es posible que alguien se llame así?

El Conde Tuso respondió con gravedad:

—Ciertamente, Majestad: del noble tronco Soez, de la muy antigua rama de los Soeces.

—Ah... —dijo Volodioso, un tanto arrepentido de su ignorante explosión. Y no volvió a mofarse de aquel nombre.

Por su parte, ella le dio seis hijos, de los que vivían cuatro. Se había convertido en mujer muy gorda, dedicada a comer en abundancia, dado que la gracilidad de su talle ya no debía seducir a nadie. Vivía en el Sur, en un pequeño castillo donado por el Rey. Sus hijos permanecieron con ella mientras fueron muy niños, pero a partir de cierto incidente, en la actualidad habitaban en la Torre Sur del Castillo de Olar.

Los muchachos eran sucios y groseros. Vivían hacinados junto a sus perros y criados, y jamás se quitaban —ni para dormir ni en el cambio de las estaciones— sus jubones de cuero mugriento, dentro de los cuales tiritaban en invierno y cocíanse en sus propios jugos en verano. Tan estúpidos y brutales se mostraban en todo instante, y sus risas —absolutamente desprovistas de matiz humano— resonaban hasta tan altas horas de la madrugada, que viéndoles y oyéndoles su padre no podía evitar el revivir, en ellos, la aborrecida imagen del Margrave Sikrosio. Rodeados de sus lebreles y halcones, de sus sirvientes —tan groseros y sucios como ellos, y por añadidura ladrones—, eran aborrecidos por todo el mundo.

Una puerta medio oculta de su torre llevaba, a través de la muralla, al Pasadizo de las Liviandades. Por él traían a su guarida, cuando tal les apetecía, algunas mujeres —generalmente a la fuerza, ya que eran comúnmente robadas por sus criados en las alquerías y burgos vecinales—. Como su abuelo, se dedicaban al bandidaje y a cometer toda clase de abusos y tropelías. Pasaban el tiempo en estas cosas y jugando a los dados con los soldados, o ejercitándose en las armas. Sólo el menor de ellos, que era aún muy niño, aunque tan ruin y brutal como sus hermanos, había heredado, en cambio, la gran belleza de su madre y una grande y solapada picardía.

En pago a sus buenos rendimientos, Volodioso casó a la Condesa Soez con un antiguo y pobre vasallo que había ascendido en la Corte gracias a sus notables conocimientos en música y poesía. En la rudeza de aquel ambiente, sus buenos modales y su encanto natural le hicieron casi imprescindible en cualquier reunión donde hubiese damas. En ocasiones, él había amenizado los festines con la cítara y el laúd. Incluso había compuesto alguna cancioncilla, y el Rey, que secretamente admiraba estos dones, fue generoso con él. Todos le llamaban Caralinda, pues tenía, ciertamente, una linda carita de niña. Pero era desmedrado y, a pesar de que intentaba disimular la imperfección de su cuerpo rellenando sus trajes de crin y lana en bruto, no lo conseguía. Con los años, y dada su afición a comer —pasó hambre en la infancia—, se volvió tan mofletudo, que apenas se veían bellos sus ojos bordeados de largas pestañas.

Pero como la Condesa Soez era, en honor a la verdad, estúpida y holgazana al máximo, y se aburría en sus solitarias tierras dedicada a la gula y la pereza, había abrumado con mensajes y súplicas al Rey hasta que consiguió que la casara con Caralinda. Tras la ceremonia en Olar, la Soez regresó al Sur con su marido, algunos regalillos y un fraile para la capilla. También les adjudicó una pequeña propiedad, y procuró olvidarles.

Pero no había transcurrido mucho tiempo, cuando Volodioso recibió otro mensaje de la Condesa: ésta le comunicaba que, aunque había resuelto que a Caralinda no le placían en absoluto las mujeres sino lo contrario, el hecho no revestía gravedad para ella: sus propios apetitos carnales, decía la carta, hallábanse a la sazón muy amortiguados. Por contra, mucho se reía y divertía con las ocurrencias y amoríos del pobre Caralinda, viéndole correr tras villanos y pajes, y alguna que otra vez le conmovió con sus desgarradoras baladas de amor imposible. En lo tocante a sus hijos —y éste era el verdadero motivo de su carta—, estaba, como vulgarmente se dice, harta de ellos. Cierto día, sin ir más lejos, habían colgado a Caralinda por los pies de una higuera, y si no fuera porque tuvo a tiempo noticia de ello, hubieran acabado con la vida del infeliz. De modo que, junto al mensaje, la Condesa devolvía al Rey a los muchachos, «por si —la carta estaba redactada en muy buenos términos por el fraile— el Rey veía alguna cosa buena en que ocuparles, tal como el oficio de las armas. O si, por contra, tenía a bien desterrarles o deshacerse de ellos, puesto que sus hijos eran».

El Rey no se sintió en absoluto complacido con aquel envío. Desde un principio experimentó una irreprimible repugnancia por tan sucios y obtusos vástagos. Pero apenas comprobó que eran fuertes y muy bien dispuestos para el manejo de las armas, los entregó a su Maestro en tal menester. Pronto se confirmó que aprendían bien y rápido, y que el mayor daba incluso pruebas, si no de verdadera inteligencia, sí de una taimería pérfida y poco común que le valió el sobrenombre de *el Zorro*. Entonces los admitió y reconoció como sus hijos y, aunque en espera de alguna decisión más categórica sobre su futuro, los alojó en la herrumbrosa y húmeda Torre del Sur.

Llamábase el mayor Ancio. Le habían seguido Bancio y Cancio, que eran gemelos, y Dancio y Encio, pero éstos habían muerto. El menor era un niño monstruoso que se llamaba Furcio y, en realidad, era el peor de los cuatro. Único heredero de la auténtica y asombrosa belleza materna, le gustaba tanto como a sus hermanos robar, matar, atropellar y jugar a los dados, pero todo parecía hacerlo con sibilino candor y dulce sonrisa.

Ancio *el Zorro* fue pronto asiduo acompañante del Conde Tuso, so pretexto de aprender a leer y escribir, cosa que en modo alguno consiguió. Aunque nadie juzgaba esto necesario en un noble, Volodioso respetaba y lamentaba no haber tenido tiempo de instruirse, aunque fuera someramente. Pero la verdad es que Tuso interesábase mucho más por la naturaleza maligna y artera de Ancio que por sus progresos en las letras, y pudo cerciorarse de que el muchacho, pese a su astucia, poseía menos inteligencia que una rata, aunque se mostraba tan ladino y escurridizo como ellas. El Conde Tuso se convenció de que el joven Príncipe era bastante susceptible de ser manejado a su antojo y, por esa razón —entre otras—, decidió para su capote que Ancio, y no otro, sería el futuro Rey de Olar.

La amenaza de tal perspectiva llenaba de pánico a cuantos correteaban por Palacio, y aun llegaba a los castillos de la pequeña nobleza, que se alzaban esparcidos por los campos. Mas, aunque temían tales desdichas, nada se les ocurría para oponerse a ellas. Nunca fueron un pueblo arrojado ni heroico, y la férrea mano de Volodioso habíales amansado de tal modo, que sólo eran, a la hora del relevo de su Rey, un rebaño de asustadas ovejas. Deseaban que la Corona de Olar la ciñera en su día la testa del otro hijo del Rey —a la sazón un muchacho de doce años, llamado Predilecto—, pero nada hacían para llevar este secreto deseo a la práctica. Y si se les hubiera ocurrido hacerlo, tal era el miedo que tanto Volodioso como Tuso —y el mismo Ancio— les inspiraban, que temblaban ante la simple posibilidad de traslucir su insinuación, que les delatara como partidarios de Predilecto o revelara su deseo de arrebatar la corona de aquel descarado, sucio y sinuoso Ancio *el Zorro*.

2

LA historia y origen del joven Príncipe Predilecto era muy diferente a la de los Soeces.

Hacía años, cierto día de verano, Volodioso sintió deseos de visitar las tierras sureñas, donde se criaban los preciados viñedos que constituían su pasión y debilidad. Sentía predilección por una dulce región, que hasta el momento de su violenta conquista formaba la pequeña e independiente Marca Lorenta. Era una comarca muy bella, y el mar que bañaba sus costas y playas lucía un color verdeazul tan intenso que, en ocasiones, cegaba como si los destellos de una inmensa turquesa incendiaran el mundo.

Cerca del mar existía un castillo, propiedad del que fuera Margrave Almino. Ahora, la pequeña torre, su fortaleza y sus campos, antes florecientes de frutos y viñas, aparecían, como toda la comarca, muy deteriorados y maltrechos. Aquella zona fue de las que con más gallardía y altivez se opusieron a la invasión de Volodioso. El Margrave Almino era ya entonces un hombre anciano, pero sus dos hijos —Laurio y Teónico— marcharon al frente de sus escasas tropas y murieron defendiendo la Marca. En el despojado Castillo sólo quedó el anciano, que rebasaba los setenta años, víctima de una dolencia que a menudo paralizaba sus piernas y le impedía montar a caballo y combatir.

Cuando la Marca Lorenta quedó sometida, ya muertos sus hijos, el ex-Margrave quedó al cuidado de su única heredera y nieta, la pequeña Lauria, aún muy niña. Se refugió con ella, y los pocos sirvientes y campesinos que quedaron vivos, en el viejo Castillo, y allí llevaban una vida opaca y muy oculta. Volodioso había castigado la insubordinación como solía, y Laurio y Teónico fueron víctimas de su venganza. Pero como en lo más profundo de su ser admiraba el valor y despreciaba la cobardía, la dignidad del anciano le impresionó y dolió a partes iguales. Esta clase de nobles señores le provocaban la íntima y humillante necesidad de compararlos con Sikrosio. Como Almino no había tomado parte activa en la lucha, decidió salvar su vida y lo que quedaba de su hacienda.

En los países conquistados por Volodioso, salvar la hacienda equivalía a bien poca cosa: las posesiones y toda clase de bienes —hasta la última gallina— se gravaban de tal modo, y tan desconsideradamente eran expoliados de lo mejor de sus rentas y frutos, que más de uno, ante la magnanimidad del vencedor, halló más soportable la de la muerte. Pero el anciano Almino reflexionó sobre su suerte, y vino a decirse que, después de todo, el futuro de la pequeña Lauria sería mucho más negro si él abandonaba este mundo que permaneciendo en él. Y no se suicidó. Acató en silencio, altivamente, todas las imposiciones, abusos y atropellos que conllevaba el perdón de Volodioso, y se retiró a una oscura y nostálgica vida entre ruinas.

La fuente principal de su antigua riqueza la constituían los más preciados viñedos de la Comarca. Éstos fueron, naturalmente, objeto de la pasión vinícola del actual ex-bebedor de cerveza y Rey de Olar. Aun así, Almino y sus gentes vivían del producto de los pocos que les permitieron explotar. Almino había sido un Margrave tan raramente honesto, justo y generoso, que ahora, acrecentado su prestigio tras la onerosa derrota del país, podía asegurarse, sin eufemismos ni exageración, que en tan tristes días su nombre y persona eran literalmente venerados por los desgraciados Lorentinos, que en él veían padre, jefe y consuelo.

Conservaba sólo, para su servicio personal, dos antiguos camareros y tres sirvientes, entre los que destacaba uno, al que trataba casi como a un hijo, llamado Gurko, y que, a su vez, le adoraba. El mismo Almino, cuando se lo permitían sus achaques, no desdeñaba tomar parte, como cualquier campesino, en los trabajos de cepa, viña y recolección. En septiembre, aún permitíase celebrar en el lagar, junto a sus gentes, las viejas fiestas de la vendimia heredadas de sus antepasados. Aunque aquellas fiestas se celebraban ahora sumamente moderadas y modestas.

Aquel día de verano, apenas finalizada la primavera, Volodioso decidió acampar y hacer noche en Lorenta. Le precedieron dos emisarios, que galoparon hacia las tierras del viejo Almino y ordenaron que dispusiera el Castillo —o lo que quedaba de él— para recibir el alto honor de alojar en él al Rey.

En aquellas circunstancias, el viejo ex-Margrave se hallaba muy enfermo: no en vano habían transcurrido muchos años y muchas penas desde el día en que tan incómodo Señor tomara posesión de su tierra. Por tanto, y ante la imposibilidad de levantarse del lecho, Almino ordenó que, en su nombre y representación, el Rey fuera recibido por su nieta Lauria, que contaba ya dieciséis años.

Llamó a la muchacha y la instruyó para que diese la bienvenida y atendiera a su —aunque aborrecido— real huésped con todas las atenciones y delicadezas que su alto, caballeroso y honorable concepto de anfitrión le dictaban, aun en ocasiones de tanta vejación y rencor como aquélla. Prescindiendo del dolor y del odio que corroían su alma, habló en tal sentido con la joven e inocente Lauria —educada, pese a su alta alcurnia, poco mejor que una campesina—, y no olvidó hacer hincapié a la muchacha sobre la más preciada cualidad de una auténtica Señora, y por la que como tal es reconocida, aun en las más difíciles y míseras circunstancias: esta cualidad residía en la gentileza con que acogía a sus huéspedes. Dicho lo cual, le ordenó que se ataviase con el mayor esmero posible y que, ayudada por las más diestras mujeres, cortase flores para hacer guirnaldas con que engalanar el atropellado Castillo. La instruyó para que saliese en persona al encuentro del brutal Volodioso y sobre la forma en que había de saludarle, ya que éste era, al fin y al cabo, no sólo un Rey, sino, sobre todas las cosas, el huésped de su casa.

Así aleccionada, Lauria trenzó sus espléndidos cabellos castaños, vistió sus únicas prendas vagamente cortesanas —a decir verdad, y aunque en su cuerpo parecían exquisitas, muy modestas— y se dispuso a obedecer a su abuelo.

Era Lauria una criatura de belleza fresca y suave. En su piel, dorada por el sol y la brisa marina —la jovencita, como su abuelo, no desdeñaba participar en la recolección y trabajos de las viñas—, contrastaban y resplandecían sus grandes ojos azul oscuro, color prácticamente desconocido en el norteño y brumoso Olar. Tan hermosos ojos constituían las únicas joyas heredadas de su infortunada familia: de padres a hijos, toda su estirpe recibió, con escrupulosa y rara exactitud, el color, la forma y la luz de la mirada. Y tan suaves y brillantes eran sus cabellos, que cuando los dejaba sueltos sobre la espalda (y así recorría playas y viñedos) relucían como cobre bruñido.

Por aquellos días, el Rey, si no muy joven, presentaba todavía un aspecto muy saludable, rebosante de vitalidad. Quedó impresionado ante la inesperada presencia y delicada belleza de Lauria, y rápidamente la invitó a ser —a su vez— huésped de honor en la fiesta que dispuso para el siguiente día. Bajo los pinos que dulcemente se mecían junto al mar, armáronse tiendas y se extendieron mesas cubiertas de blancos manteles y provistas de manjares.

Lauria acudió sumisamente a su requerimiento y el Rey la sentó a su lado. Y tanto la agasajó, que todos —menos ella— comprendieron el verdadero motivo de sus intenciones. Para llevarlas a buen fin, montaron una tienda, listada de azul y blanco, junto a la del Rey. Y según órdenes de éste, llegada la tarde entre dos luces, la invitaron —si bien la inocente Lauria no calibró en su justa medida que las palabras de invitación iban acompañadas por la Real Guardia Armada— a ocuparla «en tanto el Rey Volodioso permaneciese en Lorenta». A su vez, el Rey envió emisarios al Castillo —igualmente armados—, y devolvió a las terribles dueñas que acompañaban a Lauria, con la encomienda de advertir a su anciano señor —aunque con modales menos delicados que a la muchacha— de sus inapelables intenciones.

Almino, que era hombre de conducta y costumbres austeras y muy religiosas, saltó del lecho, pese a su calentura y malas piernas, dispuesto esta vez a enfrentarse al Rey. Requirió la enmohecida espada, su coraza, su escudo y el viejo y atropellado caballo. Pero apenas había llegado a la destruida muralla, un mal aire llegó a él y cayó de su montura, con el rostro amoratado. Todos sus hombres eran pobres sirvientes y campesinos desarmados. Y como a fuerza de vejaciones y atropellos, de hambre y resignación, habíanse vuelto gente de mucha paz, no les cupo otro recurso que doblegarse ante la fuerza de Volodioso o los soldados que le representaban. Sólo el fiel y joven sirviente Gurko se desesperó abrazado a su Señor. Quiso arrebatarle el arma e ir en pos del maldito Rey, pero se lo impidieron sus compañeros. Resignados, se limitaron a llorar a Almino y enterrarle, con toda la ceremonia posible y auténtico amor, junto a las últimas rosas del huerto —su único lujo—, que con tanto celo cuidaba.

Debido a su aislada y parca educación, Lauria era muchacha muy inocente. Es más, incluso un tanto simple para su edad. Asimilando sin gran sutileza las recomendaciones de Almino, creyó cumplía bien sus órdenes hospitalarias obedeciendo con absoluta escrupulosidad a Volodioso, cosa que por otra parte, desde su niñez, viera hacer a todo el mundo, incluido su venerable abuelo. Y así, apretóse a cumplir también aquella orden. En rigor, la pobre Lauria jamás había disfrutado refinamientos semejantes a los que halló, reunidos y a su disposición, en aquella hermosa tienda blanca y azul. Y lo cierto es que se alegró como una niña por tener la oportunidad de alojarse allí.

Cuando apenas hacía un rato que se había retirado a ella, y aún permanecía entusiasmada a la vista de la cantidad de adornos, perifollos y baratijas con que el Rey la mandó adornar, el propio Rey se anunció —sin demasiada ceremonia— y entró. Nada mejor se le ocurrió a Lauria, aún presa de la embriaguez que tanto regalo la causaba, que correr a su encuentro y abrazarle, diciéndole, también, que mucho debía apreciarla quien tanto la honraba. Volodioso quedó muy complacido ante esta reacción, que contrastaba, ciertamente, con su fundada sospecha de hallar —como estaba acostumbrado— los consiguientes y habituales lloriqueos, súplicas y hasta arañazos, en la presa de turno. Así es que, entre mimos y carantoñas, poco le costó persuadir de sus verdaderos deseos a la inocente criatura —cuya mente no parecía, en este aspecto, rebasar los ocho años.

Como simple que era, accedió de buen grado a complacerle en sus requerimientos; y es más, como en puridad no conocía, ni aún tenía noticia de su profundo significado, incluso los juzgó banales a cambio de tanto halago como jamás la infeliz había recibido. No obstante, era una joven tan sana, agreste y pura, que cuando aquella noche —y varias noches siguientes— tuvo noticia y conoció los más amplios y variados aspectos que componen las humanas relaciones —especialmente en lo que concierne a hombre y mujer—, llegó a la diáfana conclusión de que, si en verdad misteriosa era la vida, resultaba al fin mucho más divertida y placentera de lo que sus cortos años en el Castillo y las severas costumbres de su abuelo le hicieron suponer. Por ninguna parte aparecían las dos fastidiosas dueñas con que éste la obligaba a compartir todas sus horas, y amén de sentirse tratada con un mimo y regalo jamás soñado durante el transcurso de todos los festines, bajo la arboleda, la instalaban junto al Rey, coronada de rosas, llegó a sentirse, al fin, como una verdadera Reina.

Por su parte, el mismo Volodioso comenzó a experimentar hacia la muchacha un curioso sentimiento. Jamás en toda su vida topó con mujer parecida, que, desde el primer instante, sin fingidos o forzados forcejeos, se prestara tan cándida y graciosamente a su voluntad. Además, aquella candidez no privaba a Lauria de agudo instinto y delicadeza en lo que tocante al amor se refería. Así que, como invadido por un sutil y dulce veneno —más aún teniéndose en cuenta que Volodioso ya rebasaba, si bien con mucha arrogancia, la edad del amor sin tregua—, el Rey de Olar se entretuvo en aquellos parajes mucho más tiempo del previsto.

Mientras duró aquel idilio, Volodioso prohibió que se comunicara a la muchacha la muerte de su abuelo, pues juzgó —no sin razón— que resultaba menos enfadoso dejarlo para cuando él hubiera partido. Pero era notable el hecho de que si bien en ocasiones similares no le preocupó nunca un detalle semejante, esta vez envió soldados al Castillo con la severa advertencia de que si alguno de los sirvientes osaba revelar a la jovencita antes o después de su partida la verdadera causa de la muerte de Almino, el imprudente sería despedazado vivo y sus piltrafas expuestas al escarmiento general. Huelga decir que todo el mundo selló sus labios al respecto. Y halláronse bien dispuestos a propagar —como ordenó el Rey— que la causa de tal muerte obedecía a las malignas calenturas que, ya en ocasión de la regia visita, padecía el buen señor.

Pasados algunos días, Volodioso recibió urgente aviso de una revuelta estallada entre los siervos mineros que habitaban en las Tierras Negras. Era ésta una región tan mísera, que a las pobres gentes que allí habitaban se les llamaba el Pueblo de los Desdichados. Desde hacía años, desde los tiempos de su padre, estas gentes solían rebelarse, pese a los escasos medios de que disponían para ello. Una vez tras otra, la rebelión brotaba en aquella zona, sólo armados por el hambre y la desesperación. Pero, al decir del vulgo, estos motivos resultaban a la larga más convincentes que la venganza de cualquier agravio o aun la defensa de una religión o patria.

Muy a su pesar, y con grandes muestras de ternura, Volodioso se despidió de la muchacha. Ordenó que desde aquel momento nada les faltara ni a ella ni a sus sirvientes. Así mismo dispuso que los impuestos y gabelas fueran disminuidos, y se obedeciera y respetase a la Marquesa Lauria como Señora del Castillo y tierras adyacentes, y disfrutara de cuantos privilegios y bienes como antaño disfrutara su familia. Dicho lo cual, y para evitarse el dolor de verla derramar la primera lágrima —la carencia de lloriqueo mucho le complacía en Lauria y, a su juicio, la diferenciaba muy grata y considerablemente de las mujeres por él conocidas—, partió dispuesto a sofocar aquella nueva rebelión minera, pero prometiéndose a sí mismo, y a la muchacha regresar a Lorenta muy a menudo y allí, de nuevo, reanudar, gustar y prolongar la desconocida y embriagadora emoción que ella le inspiraba y que le llenaba de felicidad.

La revuelta fue, como de costumbre, sofocada sin dificultad. Y tras colgar de la Torre Negra a sus cabecillas —la Tierra de los Desdichados se extendía muy próxima al Castillo de Sikrosio—, la calma reinó nuevamente en Olar. Entre escombros y redobladas sanciones, el Pueblo de los Desdichados volvió a cavar los escasos y rocosos terruños que les permitían cultivar, y de los que subsistían. Y Volodioso regresó a sus lares, con la satisfacción de un deber cumplido.

Por aquellos días, la Condesa Soez aún vivía en el Castillo. Si bien ya empezaba a mostrarse un poco gruesa, aún era su piel tan tersa, que —según el Físico— podría escribirse en ella. Entretanto, una joven muchacha, hija del Conde Silcasmundo, fue presentada por su padre al Rey. No era bella, pero tan complaciente y rozagante, y tan hábilmente le fue metida por los ojos —como vulgarmente se dice— por su propio padre, que al fin despertó la pasión de Volodioso.

Licenció a la Soez —que se quedó muy contenta, a decir verdad— y, cansado y harto de castigar gente y atravesar cuerpos, el Rey juzgó buena a la joven rolliza para su solaz y descanso de guerrero. A su vez, Silcasmundo ascendió en importancia y alcanzó alguna prebenda. Entretenido con la muchacha y acaso por primera vez fatigado, Volodioso olvidó lentamente a la pequeña Lauria.

Años más tarde, ocurrió que Volodioso hubo de retornar a Lorenta llevado por algunos asuntos de su interés, entre los que no era tema baladí sus famosos viñedos. Y muy grande fue su asombro al oír que, apenas sus habitantes divisaron el cortejo real, las campanas de la villa repicaban alegres. A su vez, dos lindos pajes acudían a la Puerta de Honor para recibirle. Sobre bordado cojín, portaban la llave del Castillo de Almino, y advirtiéronle que su Señora, la Marquesa Lauria, esperaba les honrase con su presencia —como en otra ocasión— y descansara en su Castillo.

Volodioso recuperó entonces la dulce emoción de su recuerdo y, espoleando su montura, adelantóse al cortejo a galope, sin boato ni protocolo alguno, como un vulgar adolescente enamorado. Llegó al Castillo y comprobó con estupor que la pequeña Lauria había acudido a sus puertas para recibirle y que habíase convertido en una mujer de belleza serena, jugosa y extraordinaria. Con gravedad y dulzura, le hizo una reverencia tan exquisita como jamás ninguna de las enfatuadas y torponas damas de la Corte olarense hubiera conseguido, sin caer en titubeos o disparatados tropezones. «Esto —pensó— no es una reverencia: es como si una bandada de cisnes se hubiera posado en copa de oro.» Y satisfecho y asombrado de que se hubiera cocido en su propio caletre tan peregrina imagen, ordenó enviaran emisarios a Caralinda para que se aprestase a componer una canción con ese motivo. Levantó con toda la suavidad de que era capaz a Lauria, y la abrazó tiernamente.

Desde aquel punto y hora, su amor se prolongó de tal modo y con tanta gloria, que el maduro Volodioso creyó reverdecían los años en que, jinete en su caballo, el halcón al puño, cabalgaba por los espesos bosques de una tierra que aún no era su Reino, entre unos hombres que aún no eran sus súbditos y vasallos, cuando sentía en su pecho los golpes de un corazón que aún no era (en modo alguno) el fatigado corazón de un hombre viejo.

No obstante, Volodioso no pudo prolongar aquella felicidad demasiado tiempo: puesto que, por mucho que el amor le deleitase, al fin y al cabo era Rey. Así que, un día, partió nuevamente hacia Olar. Pero con tan raro perfume en los labios, con tan oscuro temblor en lo hondo de su pecho, como jamás conociera antes. Y cuando el Castillo de Lauria y la hermosa tierra y el fascinante mar se perdían tras las Lisias, cuando entró de nuevo en las rudas tierras donde había nacido, una gran melancolía llegó hasta él. Y se dijo que ninguna mujer en el mundo mostró hacia él tan suave y graciosa conducta, atinada conversación, delicado y encendido amor. Y recordó y comprobó con estupor que, en los años de ausencia, cuando se mantuvo lejos de Lauria, ella no conoció a ningún otro hombre. Por el contrario, el nombre de Volodioso y aun su efigie —pintada por no sabía qué benigno artista, pues en aquel retrato el Rey se vio a sí mismo con una expresión y una sonrisa que, a decir verdad, nada le pareció más lejos de la realidad— eran en Lorenta respetados e incluso —¿quién sabe?— hasta amados. Cosa que no sucedía jamás allí donde ponía su pie.

Y así, pasaron días y días y días. Y transcurrido algún tiempo, llegó a Olar un emisario de Lorenta, con la triste nueva de que Lauria había muerto.

El Rey sintió que su corazón se desgarraba. Rugiendo de dolor como jamás le viera nadie, recibió la noticia. Preguntó luego al emisario cuál había sido la causa de tal muerte, pues si ésta sucedió por obra de criatura humana, no habría peor ni más lenta muerte para él. Al oír esto, el emisario se echó a temblar y, como no se atrevió a hablar más, fue azotado hasta lograr que confesara que, en efecto, una humana criatura fue la causa de la muerte de su amada Señora. Aullando de ira, el Rey le intimó a que dijese el nombre del infame y, ante el estupor general, y con voz desfallecida, el apaleado emisario emitió la siguiente información: «Todavía no tiene nombre».

Ya se aprestaban a azotarle de nuevo y con más rigor, cuando llegó hasta el Rey una sospecha. Y juzgando que si aquel infeliz era apaleado de nuevo, poca sustancia podría extraerse de sus palabras, le preguntó: «¿Por ventura os referís a un recién nacido?». El emisario asintió débilmente, y tras refrescarle con un cubo de agua fría, hizo con voz que era una pura ilusión las aclaraciones siguientes: «Recién nacido, por cierto, mi Señor: e hijo vuestro por añadidura». Dicho lo cual, se desmayó.

Transido de pena y remordimiento, Volodioso mandó que reanimasen y aplicaran ungüentos al infeliz, que le dieran ropa nueva y lo despidieran con órdenes estrictas: «Que aquel niño, fruto de su amor con su amor, debía vivir y crecer como auténtico Señor del Castillo y tierras, igual como lo fuera su madre. Sus tierras y sus vasallos quedaban eximidos de tributos, y debían cuidarle y educarle con el mismo amor con que su madre lo hubiera hecho». Y añadió: «A los doce años, cumplidas estas cosas, enviádmelo».

Mucho tiempo tardó Volodioso en reponerse de aquel dolor: y aun hubo quien afirmó haber oído el solitario llanto del Rey —parecido al mugido de un furioso toro— surgir de su cámara en la noche.

Poco después de aquel triste suceso, y ante la sorpresa general, dada su avanzada edad, Volodioso contrajo matrimonio. Durante cierto tiempo, el Rey tuvo hacia su esposa una cordial inclinación, pero la vida de Volodioso estaba poblada de violentos incidentes, y tras uno de ellos, aquel sentimiento desapareció. La Reina fue encerrada en la Torre Este, sin más compañía que dos doncellas y olvidada de todos, a pesar de hallarse encinta. Y el hijo que de aquella unión nació —Príncipe ignorado y vejado hasta por los criados—, a los tres años escapaba a veces del encierro y vagaba por los pasillos del Castillo como un cachorro salvaje, sin que nadie le prestara atención.

Y el tiempo, indiferente a todos los sucesos —tanto en lo que respectaba a Volodioso como a las demás gentes—, siguió rodando, cuando un día se anunció en el Palacio de Olar la llegada de un jovencito de doce años, hijo de Lauria y Volodioso, y que, por haber olvidado el Rey, en su pesar, reparar en tal detalle, aún no tenía nombre.

Totalmente desengañado en cuanto a sus hijos se refería, Volodioso esperaba ver aparecer ante sus ojos algún mentecato más o menos parecido a sus otros retoños. Pero vio aproximarse a él un muchacho, que si en mucho rebasaba la estatura pertinente a su edad, no obstante parecía flexible y espigado como un junco. Su cabello, oscuro y suave, flotaba al viento; y, según pudo apreciar al verle aproximarse sobre su montura, era el mejor jinete que contemplaron ojos olarenses. Tan buen jinete, pensó, como podrían serlo los jóvenes guerreros esteparios. Con gracia y soltura, el muchacho se apeó y, avanzando entre la curiosidad de soldados y cortesanos, hizo una reverencia que —desbrozándola de toda frívola sospecha— recordó al Rey cierta canción, ya olvidada, que un día ordenara componer a Caralinda.

El corazón del Rey tembló como ya hacía muchos años no sentía. Avanzó hacia el muchacho, e izándolo por los brazos, le contempló. Y vio su rostro tostado por el sol, donde unos ojos azul oscuro, límpidos y brillantes —que otros muy amados le traían al pensamiento y corazón—, le miraban a su vez. Sin decir palabra le estrechó contra su pecho, y dijo: «Tú eres mi predilecto». Desde aquel momento, le llamó así. Y ni en vida ni después de su muerte, nadie lo osó cambiar, y como Predilecto quedó en la memoria y en los labios de cuantos le conocieron.

Predilecto demostró que sus maestros no habían descuidado su educación. Sus discretos y a un tiempo refinados modales y sus ropas sencillas y elegantes evidenciaban una gran distancia de los torpes modales y las recargadas vestiduras que lucía la Corte de Olar. Asombró a los nobles —que despreciaban tal cosa— por saber leer y escribir. Y no sólo sabía, sino que incluso hacía uso de ello, aunque esta rareza no le impedía mostrarse muy diestro en el manejo y arte de las armas. Pese a su natural gentileza y respetuoso porte —cosas en verdad escasas en aquel Castillo—, pronto superó al más diestro en estas lides. A poco, y pese a la fuerza, astucia y gran entrenamiento de Ancio *el Zorro* —que como es de toda lógica, le aborreció desde el primer momento—, venció a sus hermanos en cuantas pruebas y justas que, para entrenar a sus hijos y jóvenes caballeros, y solazarse él mismo, disponía Volodioso. No fue menor la habilidad de Predilecto en lo tocante a cacerías. Ni se arredró tampoco —nadie le vio caer al suelo, ni perder el tino o la prudencia— en los retos que en cuestión de libaciones hacíanle sus hermanos. Por todo lo cual, puede deducirse que Predilecto era realmente una criatura poco común.

Volodioso alojó a este hijo en una cámara contigua a la suya. Y a menudo cabalgaban ambos, a solas, por aquellos parajes que hacía tantos años hiciéronle desear ser Rey un día y, de este modo, unir a las mezquinas y acobardadas gentes que componían su pueblo. Poco a poco, en estas excursiones, iba explicando a Predilecto lo que fuera su vida. Y entre una cosa y otra, le enteró de cuánto amó a su madre. Es más, cierto día en que cabalgaban junto al Lago, le dijo que Lauria fue la única mujer a la que verdaderamente había amado. Al oírle, el muchacho sintió nacerle un profundo afecto por aquel Rey ya viejo que, aunque temido y respetado, sabía que era también muy aborrecido. Pronto adivinó —pues era de inteligencia vivaz, aunque de pocas palabras— que, a lo largo de toda su vida, Volodioso sólo fue capaz de despertar un amor: el de Lauria. Y comprendió que su madre, casi como única herencia, le había legado a su vez a él tan raro sentimiento, para que lo cuidara y con él viviera hasta el último de sus días.

Únicamente un defecto hallaba Volodioso en Predilecto: el muchacho era valiente, gallardo y altivo, pero parecíale incapaz de abrigar en su pecho sentimiento alguno de ambición o venganza. Con tales carencias —se decía el anciano—, mal Rey podía hacer de él.

Luego, repasando mentalmente uno a uno a los cuatro Soeces, despertábase en él una creciente irritación, imaginando, con sagacidad de viejo y experiencia de Rey, cómo a su muerte éstos no tardarían en azuzarse entre ellos. Los veía guerreando entre sí, acaso matándose y, en fin, lo que más le dolía, diezmando y destruyendo la obra que tantos años y esfuerzos —e incluso, a decir verdad, dolor— le costó crear.

En aquellos momentos, Volodioso no se acordaba ni por asomo del último y menor de sus hijos —que además era el único habido de matrimonio y, por tanto, legítimo—. Este hijo contaba entonces cuatro años de edad. Pero no lo había visto nunca, y sabido era que a tal edad, Volodioso no distinguía un niño de una gallina.

IV

HISTORIA DE LA PEQUEÑA ARDID

1

AL Sur de Lorenta, y en tierras costeras como ésta, existió un rico y hermoso dominio, propiedad de un barón belicoso e inquieto llamado Ansélico. Aunque era menos poderoso que Lorenta, y pese a que sus viñedos no tenían comparación —ni en calidad ni en cantidad— a los del infortunado Almino, la conquista de tal lugar dio más quebraderos de cabeza a Volodioso que todas las tierras del Sur juntas. Mucho tiempo le llevó dominarla por entero.

Pese a que las expeditivas maneras del Rey de Olar no daban, en términos generales, ocasión, tiempo ni ánimos suficientes para oponerse a su pertinaz manía de engrandecer su Reino, en aquella circunstancia Volodioso se enfrentó a un hombre que ostentaba curiosas similitudes consigo mismo. Ansélico era tan ambicioso, testarudo y soberbio como él. Como él, imponía su voluntad inapelable allí donde pisaba; y, como él, era más temido que amado. Pero también como él —y a diferencia de la mayoría de los nobles señores—, Ansélico sentía una viva curiosidad y un gran respeto por la ciencia, e incluso por la brujería, en cualquiera de sus manifestaciones. Como Volodioso, gozaba y estimaba el precioso don del vino, que acumulaba en los subterráneos de su Castillo y que a menudo visitaba. Acompañado de su Copero en tan placenteras expediciones, en ocasiones solía dedicar a sus mejores mostos nombres tan dulces y tan amorosas miradas que, a buen seguro, contribuían así a la buena marcha de su proceso y mejoraban su calidad. Por lo menos, así lo creía él, y acaso no le faltaba su pizca de razón.

Tenía Ansélico tres hijos varones, robustos, turbulentos y buenos catadores de vino como él. Y con gran diferencia de edad, una hijita a quien todos adoraban, pues era lista y graciosa como un ardilla. Añadíanse a estos dones personales, la triste circunstancia de que la madre murió cuando la niña contaba apenas tres años, y, acrecentada por tan malaventura, la escondida ternura de padre y hermanos se centró totalmente en ella.

Cinco años tenía esta criatura cuando llegaron a tierras de Ansélico malas nuevas portadoras de la invasión inesperada del lejano Rey de Olar. Ansélico —según queda dicho— era hombre alimentado por muy parecidos acicates a los que se abandonaba su enemigo, y, al igual que él, sustentaba idénticas convicciones de propiedad, dominio y engrandecimiento. Ambas fuerzas y ambos hombres chocaron, pues, con singular saña.

Pero a diferencia de Volodioso, la milicia de Ansélico —compuesta de pequeños terratenientes en irrisorio número, campesinos-soldados de famélica catadura y escaso entusiasmo por defender unos ideales e incluso un terruño que, gravado por gabelas, impuestos y toda clase de abusos, apenas les daba para mal vivir— componía un simulacro de ejército muy inferior al corajudo, bien disciplinado y mejor armado de Volodioso. Si la tropa de Ansélico salía bien parada en sus escaramuzas contra los piratas costeros, o en las frecuentes rencillas con otros barones o nobles señores, a la larga —y pese a su heroica y aun desesperada resistencia—, al término de tan desigual lid, el Rey Soldado de Olar venció rotundamente.

Cuando los oponentes de Volodioso resultaban gentes pacíficas, de manso espíritu o fácil rendición, mostrábase con los vencidos sumamente desdeñoso, pero, paradójicamente, suave en el castigo y, en algún caso, hasta magnánimo. Por contra, si el enemigo se revelaba valiente, indómito y heroico, ganábase de inmediato la profunda admiración y aun el íntimo respeto del Rey de Olar, mas —misterios de la humana naturaleza—, en tales ocasiones, los vencidos eran tratados con el mayor rigor imaginable. Y sin temor de falsear los hechos, puede asegurarse que cuanto más gallardos y valerosos se mostraron con él, llevaba su venganza a la más horrible crueldad, aunque él la llamase ejemplar, aleccionadora y muy justo escarmiento.

No hace falta decir, por tanto, cómo se condujo Volodioso tras la derrota de Ansélico. Al Barón, malherido como estaba, hubieron de izarlo dos soldados, para que se mantuviese con honor en la operación de arrancarle los ojos. Sus dos hijos mayores —para su bien— habían muerto en el transcurso de la lucha. El menor, que contaba doce años y era un hermoso niño de rizos rubios y fiera mirada, fue conducido junto a su padre —ya cegado— a la plaza pública, y allí ambos fueron decapitados. Después, Volodioso ordenó clavar las dos cabezas en sendas lanzas y exponerlas en lo alto del torreón más alto del Castillo de Ansélico —reducido ya a puras ruinas—, para escarmiento de los que aún se imaginaran capaces de oponer fuerza o argumentaciones a sus deseos.

Luego mandó incendiar todas las chozas, villas y burgos del Dominio, y pasó a cuchillo a señores y villanos. Los pocos soldados y algún aterrorizado campesino que aún quedaban con vida, se apresuraron a pedir clemencia a Volodioso: juraron que sólo a la fuerza combatieron contra él, y que a su vez, ansiaban engrosar las filas de su victoriosa y legendaria milicia. Volodioso eligió a los que consideró más fuertes o con buena disposición para el manejo de las armas. Llevado de sus ocultas e insatisfechas ansias de cultura, salvó a quienes sabían leer y escribir y a los expertos en hierbas o ungüentos contra las heridas infecciosas. Los demás siguieron la suerte de sus señores. Y tal como el Físico de la tropa aconsejó —pues de un tiempo a esta parte, allí donde él y su ejército pisaban, desencadenábanse pestíferas epidemias que comenzaban a mermar sus propias filas—,

Volodioso ordenó que amontonasen todos los cadáveres, para luego prenderles fuego.

Una vez cumplidos estos requisitos —que en el fondo le aburrían y ejecutaba con la rutina que se desprende de la árida burocracia de la guerra—, partió de nuevo y prosiguió su incontenible marcha hacia el Sur de igual guisa, hasta dominarlo por entero.

Pero cuando el último de sus soldados se perdió tras la polvareda y el grasiento humo negro que esparcía al viento un olor monstruosamente suculento, parecido al de un inmenso asado, Volodioso y sus hombres ignoraban que en aquel informe montón de ardientes ruinas que fuera dominio de Ansélico, dos seres se ocultaban y vivían todavía. Y no sólo vivían, sino que serían parte activa —y aun trascendental—, no sólo de su vida, sino de la historia de su Reino.

Cuando el pavor de la invasión del Sur por Volodioso llegó hasta Ansélico, éste había mandado llamar a un anciano que con él moraba en el Castillo y a quien todos llamaban el Hechicero. Este hombre gozaba de gran prestigio y consideración en la pequeña Corte de Ansélico. Y el mismo Barón sentía hacia él veneración y afecto muy profundos.

El anciano llegó a aquellas costas cuando Ansélico era todavía un adolescente. Según decían, el Hechicero arribó mal asido a una rudimentaria balsa y convertido en un puro despojo. Le recogieron unos pescadores de corazón compasivo: diéronle vino para reanimarle, ropas con que cubrir su descarnado cuerpo y techo donde cobijar sus infortunios. En pago, el náufrago curó a la hija de aquel matrimonio, pues desde hacía tiempo sufría los maléficos influjos de la Dama de la Montaña, bruja perversa y caprichosa que, al parecer se entretenía pinchando a las mozuelas durante el sueño, hasta cubrirlas de purulentos granos que afeaban su rostro y condenarlas así a la soltería —e inclusive virginidad— perpetua.

El Hechicero contempló el rostro de la muchacha, que bajo la confusión de tanto grano se adivinaba gracioso y atractivo. Pidió una olla de barro, raspaduras de uña, cenizas de sarmiento y el ojo de una lechuza. Partió luego hacia la montaña donde reinaba la susodicha

Dama y, al cabo de tres días, regresó con una bolsita repleta de hierbajos. Mantuvo el estupefacto y desvalido ojo de la lechuza macerándose en vino blanco durante tres noches de luna llena. Lo desmenuzó y mezcló luego, concienzudamente, a la ceniza y las raspaduras, y añadióles una pizca de tomillo, tres granos de comino y un buchecito de agua salada. Después, en una olla, sobre el fuego del hogar, dejó evaporar estas cosas. Una vez todo se redujo a pura miseria, lo arrojó al fuego, pero al mismo tiempo, con ambas manos extendidas sobre las llamas, pronunció una secreta letanía. Entonces, éstas se volvieron azules, luego verdes y cuando el Hechicero las retiró, el asombrado matrimonio de pescadores comprobó que las palmas del náufrago lucían con un bello fulgor marítimo. Llegado a este punto, pasó tan singulares palmas por el rostro de la doncella, y toda espinilla, purulencia, grano o similar, desaparecieron. Los pescadores se hicieron lenguas del prodigio y, desde entonces, el Hechicero fue muy solicitado.

Así estaban las cosas cuando el padre de Ansélico decayó víctima de calenturas y alucinaciones, a causa, al parecer, de una mala úlcera que se le abrió en la pierna. No había físico, curandero ni gente alguna que pudiera aliviarle, hasta que, cierto día, el entonces joven Ansélico oyó hablar del prodigioso náufrago y fue en su busca. Le llevó al Castillo y condujo hasta el lecho de su delirante padre. Éste aullaba completamente desnudo, aferrándose a cuanto alcanzaban sus manos y asegurando que el Diablo le perseguía para obligarle a comer un plato de potaje de coles —bazofia que aborrecía.

El Hechicero tomó con suavidad al enfermo por las muñecas, cubrió sus vergüenzas —pues era hombre muy recatado—, le condujo al lecho y le habló dulcemente hasta aplacar su terror. Luego pidió agua hirviendo, un puñal de hierro y unos granos de pimienta. Con estas cosas y ciertas hierbas que extrajo de su túnica, hizo algunas cocciones en un gran perol, hasta que el puñal se volvió rojo, luego azul y, al fin, de ningún color: desapareció. Así, con el puñal diluido en aquel caldo hirviente, el Hechicero lo arrojó sobre la pierna enferma y, como es presumible, abrasó la úlcera —y la pierna—. Difícil sería describir los aullidos y blasfemias que, en tumulto, se precipitaron a través de los labios del encamado. No obstante, y una vez se enfrió lo que quedaba de la pierna, el infeliz sonrió aliviado, y luego se durmió.

Al despertar, pidió a grandes voces trajeran a su presencia al Hechicero: tomó su blanca cabeza entre ambas manos y besó su frente repetidas veces. Luego, juró que moderaría sus costumbres y que sería generoso con quienes dependían de él. Repuesto de tales espantos —pues no sabía si le atemorizaban más los aullidos del anciano o sus muestras de afecto—, el Hechicero envolvió en tiras de lienzo, untadas con manteca de sapo, los restos de lo que otrora fue pierna. Y al cabo de un mes, la carne había crecido sobre el hueso, y el Barón pudo patear a gusto el trasero de sus sirvientes, como en sus tiempos más gozosos. Y mientras que, a despecho de anteriores arrepentimientos, los villanos y campesinos seguían sustentándose de míseras coles, la pierna del viejo Barón tornóse de tal fuerza y firmeza, que con ella ganó prestigio y leyenda hasta el fin de su vida. Desde entonces, el Hechicero se instaló en el Castillo y allí se dedicó a instruir al desazonado y turbulento Ansélico, no sólo en las letras sino en alguna otra cosilla, tal como matemáticas y astrología, materias en que el anciano mostrábase verdaderamente sabio.

Por todo ello, y hasta el espantoso fin de sus días, Ansélico le guardó a su lado con la misma veneración y respeto con que lo hiciera su padre. Antes de ese fin, empero, habían ocurrido dos cosas: el día en que murió el viejo Barón, el Hechicero llamó aparte a Ansélico y, llevándole frente al cadáver —que como era costumbre, permanecía expuesto en el Patio de Armas para que vasallos, sirvientes y campesinos pudieran rendirle póstumo homenaje—, le dijo: «Ansélico, toma tu daga y abre de arriba abajo la pierna de tu padre: aquella que yo curé». Ansélico notó que se le erizaban los cabellos. «¿Por qué? No me atrevo», farfulló. «Haz como te digo», insistió el Hechicero. Venciendo su pavor y repugnancia, Ansélico obedeció. Y ante su asombro, apareció, pegado a la tibia paterna, el famoso puñal de hierro. «Tómalo ahora —dijo el Hechicero—, y bésalo.» Anonadado y, venciendo su náusea, Ansélico besó el puñal, y entonces, la incisión que él practicara, y que mantenía abierta la pierna, cerróse por sí sola y no veíase allí costura ni juntura alguna. El anciano Barón fue enterrado, y sólo entonces el Hechicero confesó a su hijo que, si no hubiera extraído el arma, su beneficiario hubiérase precipitado de cabeza al Reino de las Tinieblas Irremisibles. «Guarda ese puñal —dijo el Hechicero—. Algún día te será útil.» Así lo hizo el joven Barón, y lleno de respetuoso pánico nada más preguntó.

Cuando llegó la devastadora noticia del avance de Volodioso y su Ejército hacia tierras de Ansélico, éste llamó aparte a su Maestro Hechicero y le dijo: «Grandes luchas, de incierto resultado, se avecinan. Tengo, como sabes, tres hijos varones, adiestrados en el honor y la espada, y conmigo los llevaré para que cumplan con su deber. Pero a mi hijita, quiero preservarla de todo mal. Dime, pues, qué debo hacer para protegeros a ti y a ella de toda calamidad, pues desde este momento te nombro su Guardián».

El anciano reflexionó, mientras su corazón desfallecía: en parte a causa del temor que tal guerra le inspiraba, dado que no era —ni jamás hizo alarde de tal cosa— hombre inclinado a la espada, y en parte por el hecho de que si alguien había logrado despertar su corazón de las distancias afectivas en que lo mantenían estudios y adivinaciones, esa era, precisamente, aquella niña. La adoraba hasta tal punto que, siendo como era de sustancia cobarde y débil, no hubiera vacilado en empuñar la espada —aun desaguisadamente— por defender su vida. Si fuera preciso, se sobreentiende.

Tal inclinación no se debía únicamente a la gracia y el encanto de aquella criatura. Algo había que el anciano Hechicero guardaba en lo hondo de su corazón y que tuvo lugar a partir del día en que le confiara Ansélico la educación de sus hijos varones. Pronto apreció el Maestro que los muchachos no habían heredado las ansias de saber y conocer del padre. Antes bien, sospechábalos en la línea del abuelo, pues con toda evidencia hallaban más gusto en empuñar la espada que en tomar los libros. Cierto día, y por casualidad, descubrió que en el transcurso de tan mal aprovechadas lecciones, ocultándose bajo la mesa o tras los tapices, bullía y escuchaba con ansia la hermana pequeña. Poco a poco, fue descubriendo el interés y la sed que sus lecciones despertaban en los grandes y oscuros ojos de la niña. Un estremecimiento desconocido, mezcla de ternura y orgullo, le caló hasta los puros huesos y, desde entonces, cautamente, y a espaldas de su padre y hermanos, comenzó a instruir a la tierna niña.

En verdad, quedó maravillado de la rara y aun prodigiosa inteligencia de tan menguado ser. No sólo había aprendido a leer y escribir ella sola —meramente oyendo y observando a sus desaplicados hermanos—, sino que a partir de aquel día y bajo sus enseñanzas, a los cinco años conocía el latín, algo de griego, amén de ciertos conocimentos de geografía y botánica. Y aún más: la inició —vista la fruición de la niña en aprender— en otras disciplinas y atisbos que iban más allá de la astrología y matemáticas, materias en que, por otra parte, dio evidentes muestras de aprovechamiento. Y al fin llegó al descubrimiento maravilloso: en el fondo de sus redondas y bellas pupilas, aquella niña poseía la luz especial y muy raramente concedida —de milenio en milenio— a ciertos seres: la luz secreta y prodigiosa que proviene del ardiente Goteo Estelar.

Y así, el anciano adoró a la niña, y la niña a él. Solían refugiarse en la cámara del anciano, y allí, mordisqueando frutas y dulces, pasaban largos ratos, transidos de infinita curiosidad o encandilados en atisbos de sabiduría. A veces, sorprendíales así la aurora: la niña en el regazo de su Maestro, y vencidos ambos por la implacable necesidad de reposo que mortifica a la humana naturaleza.

Por todas estas cosas, al oír las palabras de Ansélico, el corazón del Hechicero también rebosaba amargura, pues según decía quien bien conocía los hechos, brutales gentes se aproximaban, dispuestas a turbar tan lúcidas y placenteras enseñanzas, tan furtivos e inocentísimos contubernios. Reprimiendo unas lágrimas, donde se embarullaban enternecimiento y pavor a partes iguales, el anciano logró al fin musitar: «Hijo mío —así llamaba a Ansélico, dado que no sólo fue su Maestro, sino medio-padre de aquel congestionado y algo adiposo Barón (que otrora mostróse curioso olfateador de más espirituales apetencias)—, es muy grave cuanto me dices. Y mucho te agradezco la confianza y el honor que me dispensas encomendando a mi custodia el más preciado tesoro de tu casa. Así pues, tráeme aquel puñal de hierro (símbolo de nuestro afecto) que tras la muerte de tu padre te mandé guardar». Ansélico obedeció prestamente, y una vez el anciano tomó el puñal, con él en alto se arrodilló y, vuelto, según explicó, «hacia la conjunción Oriente-Occidente», le instó a imitarle, con lo que confundió a Ansélico, ya que éste no atinaba a comprender hacia dónde debía enfocar tal postura. No obstante, hizo lo que viera hacer al anciano, aun sin entender nada. De tan misteriosa guisa postrado, el anciano clamó con grito semejante al agónico del cisne herido. Luego, resplandeció el puñal, saltó de sus manos y, como un pájaro, les condujo por escaleras y vericuetos del Castillo hasta llegar a las mazmorras. Allí se clavó —como si de manteca y no de piedras se tratase— en uno de los muros. «Este es el camino», informó con rostro transfigurado el anciano.

De inmediato ordenó trajesen picos y mazas, pero advirtiendo hicieran estas cosas en tal secreto, que sólo Ansélico y sus hijos debían conocerlas. De modo que padre e hijos picaron y golpearon hasta arrancar unas piedras del muro, y ante sus ojos apareció una puertecilla, mohosa por los años, que conducía al único pasadizo verdaderamente secreto del Castillo. Por un angosto corredor, tras muchos vericuetos, el pasadizo ascendía hasta desembocar en una amplia gruta sobre el mar. Allí, mandó el Hechicero colocar dos yacijas, víveres, velas y otros enseres, de forma que en tan recóndito escondrijo pudieran habitar la niña y él. Al menos, en tanto no se despejara el sombrío futuro del país.

Cuando el avance de Volodioso y su ejército hacia el dominio de Ansélico constituyó por fin algo tan implacable como evidente, el Hechicero llamó a la niña. En un cofrecito, le ordenó guardar sus ropas y cuanto estimase ella como más preciado —y en él cupiese—. Llegado este desdichado instante, su padre y hermanos la besaron, y con mucho pesar la despidieron. Y precisa señalarse —pese a desvelar con ello la pudorosa intimidad de tan rudos guerreros—, que temblaban sus labios con mucha emoción al hacerlo. Entonces, el hermano menor, aquel rubio y fiero niño, a quien la suerte destinó morir horrorosa, aunque digna y altivamente junto a su padre, dijo: «No olvides llevar contigo el soldado que te fabriqué». «No lo he olvidado», respondió la pequeña: y extrajo del cofre un soldadito tallado en madera, cuyas piernas y brazos, mediante ingeniosas cuerdas, podían moverse con gracia. Luego, la niña besó y abrazó a su padre y hermanos y, tomando la mano del Maestro, con gravedad y compostura digna de su altiva estirpe —que a decir verdad, llenó de orgullo a sus familiares—, desaparecieron tras la recién descubierta puertecilla. Ansélico y sus hijos, entonces, volvieron a ocultarla bajo las piedras, de forma que nadie pudiera sospechar ni adivinar su existencia.

Por su parte, el Hechicero llevó consigo algunos víveres, agua y el arca donde guardaba todos sus tesoros: voluminosos rollos de pergaminos, fajos de recetas, mejunjes, polen, semillas, mandrágora, resplandor de luciérnagas, escudillas con agua pantanosa y algunas aparentes fruslerías, tan misteriosas como indescifrables.

2

EL tiempo pasó, y fue esparciendo toda clase de calamidades por tierras de Ansélico. Parecía como si un negro vendaval sacudiese todo cuanto hallaba a su paso, salpicando de incendio y hedor a muerte su camino. Pero en tanto se sucedían estas desdichas, el Hechicero y su pequeña discípula permanecieron ocultos en la gruta, a salvo e ignorados de todos.

Días llegaron en que, a través de la hojarasca y espinos que cubrían la entrada de la cueva, penetraron hasta sus oídos los clamores de la guerra y las luchas: gritos enfurecidos, galopes de caballos, lamentos de agonía o ira, humo de incendios y, al fin, el gran silencio de la sangre perdida.

Hasta que un buen día pareció restablecida la calma. El Hechicero se decidió, tembloroso, a apartar tímidamente los espinosos ramajes, y asomó la cabeza al exterior. Descubrió entonces que se hallaban en un punto elevado sobre el mar y, mudo de horror y pena, contempló las ruinas de lo que fueran Castillo, campos labrados y viñedos. La humareda negra y el hedor que empozoñaban el aire medio le asfixiaron, y, dejándose caer en el suelo de la gruta, lloró por la pérdida de todas estas cosas, con gran sentimiento.

Sólo cuando la humareda se esponjó y huyó hacia el Este, se hizo visible entre tanta ruina la bandera de Olar con sus odiadas enseñas en la torre más alta del Castillo; y ensartadas en lanzas, se recortaban contra el cielo las cabezas de Ansélico y su hijo menor. A éste le reconoció por el oro de sus bucles: como un reto a la muerte, flameaban aún al viento y al sol. El corazón del Hechicero desfalleció y, lívido, cayó cuan largo era —no mucho, en verdad—, gimiendo como un pájaro a quien arrebatan su nido.

La niña, que dentro de la cueva se entretenía jugando con el soldadito fabricado por su hermano, contempló con estupor aquellas inusitadas demostraciones. Y advirtiendo las lágrimas que sin rebozo alguno dejaba fluir de sus ojos el ponderado Maestro, se aproximó a él, apartó las greñas de su frente, enjugó aquel torrencial relajamiento con el borde del vestido, y opinó:

—No lloréis, Maestro: es malo para la salud.

El Hechicero acarició su carita de manzana y, sorbiendo las lágrimas que, pertinaces, seguían fluyendo tumultuosamente de sus ojos, murmuró:

—Querida niña, ¡estamos perdidos!

La pequeña quedó pensativa. Y a poco, comprendiendo que el Hechicero, como vulgarmente se dice, no levantaba cabeza, se aprestó a ofrecerle algo de pan y queso, al tiempo que consideraba:

—No temáis, Maestro, aún quedan suficientes alimentos para resistir algún tiempo.

El desventurado Maestro rechazó la comida. Y luego, muy poco a poco, y sazonando con su llanto tan pavoroso informe, como mejor pudo fue convenciendo a la niña de que no era a tenor de la escasez de víveres, ni por hallarse prácticamente harto de pan y queso, que ofrecía tan impúdicamente sus pesares. La verdadera causa de su desesperación era fruto de la cruel y sanguinaria derrota que acababa de constatar.

La niña le escuchó atentamente, sentada en sus rodillas. Y cuando al fin comprendió cuanto había ocurrido, salió corriendo y se detuvo, muda y pálida, a la entrada de la gruta.

Lo primero que distinguió en el ansiado cielo fue la silueta de dos cabezas que negreaban sobre el carmín del crepúsculo. El último sol arrancaba un oro leonado y raramente infantil a la de aquel que fabricara su único juguete. Estuvo así, con ambas manos apretadas en los espinos que hasta entonces la ocultaban, sin sentir el dolor ni la sangre en sus dedos. Y, transcurrido un tiempo, cuyo silencio azotaba sólo la ira del mar, dio pruebas de ser —si bien que la única— muy auténtica heredera de tan indómita como dura estirpe. Con sus labios gordezuelos tan blancos como jamás se vieran antes, se sentó en la hierba y, sólo entonces, cerró los ojos. Ni una sola lágrima brotó de

ellos y jamás nadie la vio llorar aquellas muertes. Por las rojas praderas de sus párpados cerrados huían tres corceles, espoleados por tres
lindos muchachos, y el menor de los tres, al viento el oro de sus rizos,
le gritaba: «Hermanita, no olvides el soldadito que tallé para ti».

—No llores más, Maestro —dijo, al fin—. Yo te juro que, un día u
otro, nos vengaremos de Volodioso.

Luego, ordenó al Hechicero que desprendiera las cabezas de su
padre y su hermano y que las sepultara en aquella misma gruta
donde estaban.

—¿Cómo quieres, niña, que suba ahí arriba? —se horrorizó el
anciano—. Tú sabes que además de desgarrarme las entrañas y las ropas, soy viejo y torpe, y no puedo trepar hasta tan alto sin caer y ma-
tarme, de puro vértigo y dolor.

Pero la niña le miró fijamente y dijo, con resolución:

—Sí puedes, Maestro: yo te vi, un día, formar la nubecilla en tu
cámara secreta. Porque, para verte trabajar, cuando creías que dormía
te espiaba por el hueco de la cerradura.

—¿Cómo es posible? —se lamentó el Hechicero—. ¿Tú sabes a
qué peligros te has expuesto en ello, criatura? ¡Podías haber quedado
ciega, si te hubiese descubierto!

—No es verdad —respondió ella moviendo la cabeza, mientras
sus trenzas bailaban—. No hubieras hecho eso, y yo lo sabía.

—¡Bien sabes cuánto te quiero! —dijo el Hechicero, contemplando su carita redonda, donde dos ojos brillantes y sagaces le inti-
midaban—, pero no debes abusar de este cariño.

Suspiró, y añadió:

—Sí, eres la criatura más lista e inteligente que he conocido, y
por ello te quiero como un padre. Eres más inteligente, no sólo que
tus desdichados padre y hermanos, sino que toda otra criatura, y así
escribes y lees de corrido y conoces tantas otras cosas a una edad tan
tierna. Pero tan sólo eres una niña y tan sólo en una mujer te converti-
rás (si vives, como espero, para ello). Por tanto, debes ocultar cuanto
sabes y conoces, si deseas salir con bien de tanta maldad y estupidez
como reinan en el mundo. Debo velar por ti, como me encomendó tu
padre. Si fueras un muchacho, te enviaría a un convento para que allí
te instruyesen, pero siendo como eres una niña, mal me parece ence-

rrarte en la Abadía Blanca: pues tengo a esas mujeres por necias y perezosas, y mucho me temo que serías muy infeliz entre ellas. Mejor será que desde ahora nos defendamos y permanezcamos juntos como mejor podamos. Y ya que, según veo, tanto conocéis de mis habilidades ocultas, podré dedicarme al estudio de esos conocimientos y prácticas sin necesidad de ocultarme, y gracias a ellos, de una manera u otra, quizá podamos sobrevivir hasta que tengas edad de valerte por ti misma.

Volvió a suspirar, y al fin decidió:

—Lo primero que vamos a hacer es buscarte un nombre por el que nadie te reconozca: pues atino que el que llevas puede serte muy peligroso.

Reflexionó, y al fin quedó decidido que desde ese momento la llamaría Ardid, «porque este nombre no puede decirse exactamente si es propio de hombre o mujer y de casta noble o villana; sin contar con que (y juzgando tu temperamento) te cuadrará bien».

—Haz lo que te ordeno —respondió Ardid, por todo comentario—. Baja esas cabezas.

Inútilmente trató el viejo de resistirse. Al fin, buscó en el cofre y, tras algunas manipulaciones, preparó el cocimiento capaz de provocar la misteriosa nubecilla que le permitía elevarse y flotar en las alturas, a su antojo, durante cierto tiempo. Una vez formó la nubecilla, el Hechicero montó en ella y, advirtiendo a la pequeña Ardid que no se alejara, voló hacia la torre del Castillo, y aunque medio desvanecido de horror y pesar, cumplió las órdenes de la niña. Sacudido por convulso terror, que a punto estuvo de precipitarle al vacío, volvió con ambas cabezas a la cueva y enterró lo poco que quedaba de aquellos a quienes mucho amó.

En tanto, Ardid había bajado al llano. Recogió unas cuantas flores silvestres, que azuleaban cándidamente entre cenizas y muerte, y de regreso a la cueva las depositó con gran cuidado en la mísera y mal cavada tumba. Luego, tomó el soldadito de madera, lo contempló con ojos pensativos y lo enterró al lado. «Tuve poco tiempo para jugar contigo —murmuró—. Ahora ya es tarde para recuperarlo.» Después se volvió al Hechicero y le dijo:

—Este es un mal lugar para vivir, Maestro. Volvamos al Castillo, y allí, de alguna manera, podremos arreglarnos mejor.

El Hechicero asintió, y cargando ambos con sus pocos enseres, allí se fueron. Pero grande fue su desolación al contemplar de cerca las humeantes ruinas de lo que fuera recia y aun bella fortaleza: todo lo que de valor hubo allí fue saqueado por las huestes de Volodioso, y tan sólo muerte, despojos y miseria les rodeaba. No obstante, el Torreón principal parecía mejor conservado que el resto.

—Aquí, por lo menos, podremos guarecernos de la lluvia, el frío y el viento —resumió Ardid, dando muestras de mucha sensatez.

Y poniendo manos a la obra, entre los dos desbrozaron de ruina, destrozos y hollín cuanto les fue posible. Y cuando les sorprendió la noche, medio habían compuesto una estancia, que si en nada recordaba a una cámara principesca, al menos servía para no morir ateridos y mantenerles a cobijo de las alimañas, cuyos gritos feroces ya llegaban, junto al viento, a sus oídos, pues de las boscosas colinas descendían, siempre tras las huellas de los soldados de Olar.

Pasaron aquella noche oyendo arañar su bien atrancada puerta a toda clase de hambrientos animales. Y cuando el sol dispersó a tales criaturas, Maestro y Discípula continuaron su trabajo; y así día tras día, hasta hacer medianamente habitable tanto despojo.

Pasados unos meses, ambos desdichados llegaron a considerar incluso confortable su guarida en el Torreón. El Hechicero buscó, encontró y manipuló ciertas raíces y hierbas, hasta lograr unas sustancias que, según dijo, les servirían de alimento durante mucho tiempo. Por su parte, la pequeña Ardid se internaba en los campos en busca de las bayas y frutos silvestres, antes que el cambio de estación las agotara.

No lejos de allí había una viña, y aunque apenas mediaba el mes de marzo, si la trabajaban adecuadamente y a su debido tiempo, brotarían y luego madurarían los racimos. Al menos, esta idea les llenó de esperanza. Para ello proyectaron practicar un pasadizo subterráneo que les llevara hasta la viña y, así, cuando estuvieran las uvas en sazón y llegasen en su busca los viñadores de Volodioso, no les descubrieran. El Hechicero meditó, buscando alguna fórmula capaz de verificar tales cosas, porque si debían confiar en sus uñas y los escasos materiales de que disponían —dos palitas que con estacas y piedras afiladas intentó fabricar Ardid—, morirían los dos antes de dar fin al pasadizo.

Estaba consultando su *Gran Libro de las Sabidurías*, cuando dio con algo que le hizo meditar. Era ya hora de retirarse y, al ver que la pequeña se disponía a ahuecar la hierba de sus yacijas, dijo:

—Aquí se distingue la huella y noticia de alguien que, si tuviéramos la fortuna de conjurar a nuestra presencia (y una vez esto conseguido, no nos convirtiera en sapos o algo parecido, pues es cuestión de hallarlo en humor bien dispuesto), podría ayudarnos mucho.

—¿Quién es? —preguntó Ardid—. Si dais con él, os aseguro que no se atreverá a tocarnos.

—Ah, querida niña —dijo el Hechicero, quitándole de la mano el cuchillito que con una afilada piedra se había confeccionado—, no se trata de un ser al que podamos matar, como a cualquier criatura de nuestra especie. Por el contrario, trátase nada menos que del Trasgo del Sur: el más veloz y perfecto horadador de túneles subterráneos de que se tiene noticia.

—¿El Trasgo del Sur? ¡Contadme quién es! —dijo Ardid, vivamente interesada. Y como cuando su Maestro la instruía en matemáticas, astrología u otra ciencia, se sentó frente a él con las piernas cruzadas y la barbilla apoyada entre los puños.

—El Trasgo del Sur es una criatura de la familia menor de los gnomos —dijo el Hechicero—. Su humor es tan variable como el tiempo, pues según traiga la estación sus avisos, esta clase de seres se revelan antojadizos e injustos.

Y se apresuró a consultar nuevamente el libro, por ver si daba con la fórmula adecuada. El fuego se apagó, comieron las bayas y el resto de queso rancio que aún les quedaba, y cuando Ardid ya dormía y las estrellas brillaban en el cielo, aún no había dado el Hechicero con la fórmula adecuada. Sólo cuando el sol asomó por sobre el bosque, cerró el libro y, viendo cómo Ardid, ya despierta y sentada en la yacija, le miraba con sus brillantes y oscuros ojos, dijo en tono airado:

—Creo que esta noche, cuando el sol esté medio oculto tras las Colinas Gemelas, debéis avisarme. Entonces, probaré algo que me parece acertado. En tanto, querida niña, dejadme echar un sueñecillo, pues ando muy fatigado de tanto escudriñar en vano.

Ardid asintió. Como solía, bajó a bañarse en el mar, y luego se dispuso a buscar el sustento diario. Entonces vio brillar algo entre la arena: era una piedra azul, tan reluciente y pulida por el agua que semejaba un objeto de metal. La tomó entre las manos y vio que era alargada y acabada en punta, como un puñal. Primero pensó que le sería muy útil para este efecto, pero en seguida descubrió que estaba horadada en el centro, y que el dorso, plano, como cortado a todo lo largo, hacía suponer que había perdido su otra mitad. La sopesó y le pareció tan ligera y aun delicada, a pesar de su filo, que pensó se rompería si la utilizaba como puñal. De todos modos, la guardó en su bolsillo.

Cuando llegó la luz dorada de Poniente y corrió en busca de su Maestro para anunciarle que la hora indicada había llegado, lo encontró en el ángulo que formaban las dos paredes más gruesas del ruinoso Torreón, sumido en murmuraciones y los vahos de su caldero. El resultado, sin embargo, no fue de la satisfacción del anciano: en vez de al Trasgo del Sur, su conjuro atrajo bandadas de murciélagos, que mucho trabajo les llevó espantar con largas ramas y una rara oración aprendida por ambos, ya que a menudo tuvieron que recitarla.

Día tras día, el Hechicero intentaba sin fruto hallar la fórmula perseguida; y ya estaban muy desesperanzados —y habían conjurado, sin querer, a su presencia ortigas, flores de azafrán, albahaca y otras cosas afortunadamente inofensivas— cuando, cierto día, a eso de la media tarde, un extraño suceso vino a conducirles inesperadamente a su tan perseguida meta.

Se hallaba la pequeña Ardid canturreando por un lugar cercano a la viña, donde algunos espinos ofrecían sabrosas moras, cuando al inclinarse, cayó al suelo la piedra azul y horadada que guardaba en su bolsillo. Una brisa perfumada jugaba con su cabello destrenzado, y en aquel momento, el último fuego del sol pareció refugiarse en el centro mismo de la piedra. Llevada por un desconocido impulso, Ardid la acercó a su ojo derecho y a través de su agujero miró hacia el mar. Estremecida, pensó que jamás el mar, el cielo y la tierra le habían parecido tan hermosos. Y súbitamente, de entre la bruma dorada que brotaba de las olas, Ardid creyó descubrir cómo se alzaba una isla extraña: era de un verde esmeralda y giraba sobre sí misma, lentamente. Y antes de que pudiera dar la vuelta entera, antes de que pudiera ver lo que había *al otro lado*, desapareció entre la espuma tal como había aparecido.

Entonces le pareció que llegaba a sus oídos una suerte de quejidos, que si por un momento podrían confundirse con los del viento a través de la rendija de una puerta, por otra parte su razón le indicaba la imposibilidad de que tuvieran tal origen: allí no había puerta alguna, ni rendija posible por el que éste se filtrara. Con cautela, sin dejar su canturreo y fingiendo no oír nada, guiándose de aquel sonido, fue aproximándose al lugar que le pareció ser de donde partía. Entraba en los senderos de la viña cuando un fuerte olor a mosto le llegó. Le pareció extraño, pues la viña aparecía aún desnuda, y mucho tiempo se vería así antes de dar fruto. Avanzando con cuidado y olfateando el aire, se halló al fin muy próxima —o así le parecía— a los quejidos y al olor.

Al fin, sus ojitos de ardilla escrutaron por entre las cepas y dio con algo que, si a primera vista podía ser confundido con un manojo de sarmientos, no lo juzgó así su aguda mirada. Un hombrecillo muy menudo, del color cambiante de la tierra y las cepas, de piernas y brazos muy flacos, aparecía tendido en el suelo y se lamentaba, al parecer, con gran desolación. Bajo la espesa cabellera roja, que le cubría la cabeza como un gorro de piel, surgían dos largas y puntiagudas orejas. A todas luces aquella cabeza resultaba desproporcionada para su desmedrado cuerpecillo. Con ambas manos se cubría el rostro, y al parecer no había visto ni oído a la niña.

Ardid se agachó a mirarle de más cerca, muy intrigada. Durante un corto rato contempló al hombrecillo con gran curiosidad. Pero como éste no parecía darse cuenta de su presencia, decidió al fin rozarle suavemente la crespa pelambre con la punta de los dedos. Tenía un tacto parecido al de las hojas de otoño, rojas y crujientes. Al fin, se decidió a hablarle:

—¿Qué es lo que te aflige así?, ¿y quién eres y qué haces en este apartado lugar?

El hombrecillo dio un respingo tal, que —cosa jamás vista hasta aquel momento por la niña— saltó y se elevó en el aire muy por encima de su cabeza: y allí aún dio dos vueltas más, para al fin caer de nuevo al suelo con suavidad de pluma, de pie y sin daño alguno. Ardid notó entonces que aquel extraño ser la miraba con ojos desorbitados de pasmo, y sus ojos eran exactamente iguales a dos endrinas: negros pero con un fondo azul de río subterráneo.

En vista de que el hombrecillo nada decía, volvió a interrogarle aún dos veces más, hasta que, con una voz que seguía pareciéndose al viento entre las rendijas, dijo:

—¿Es posible que me veas?

—Tan claro como tú a mí. ¡No estoy ciega!

El hombrecillo redobló sus lamentos a la par que decía, mientras daba vueltas en torno a las cepas y las amenazaba con el puño:

—¡Vosotras tenéis la culpa, malditas! ¡Vosotras! ¡Era cierto lo que la Dama del Lago me avisó! ¡Ay de mí, que estoy contaminado de humano por vuestra culpa! ¡Ay de mí, que verdaderamente ahora compruebo cómo estoy contaminado!

Ardid, muy divertida, se sentó en el suelo. Intentó agarrar al hombrecillo cada vez que éste, en sus paseos, se aproximaba a ella. Pero según comprobó, resultaba imposible, pues aquel cuerpecito se escurría de entre sus dedos como si de agua o viento se tratase.

Cuando al fin cesó en sus gemidos y correrías, el extraño ser se situó frente a ella, escudriñándola, y dijo:

—¡Tienes ojos de ardilla! Dime quién eres, y acaso podré contarte algo de mí.

—No —contesto Ardid—. Yo te vi primero: por tanto, tú eres quien debe decir primero su nombre. Te he encontrado en mi viña y debes explicarme qué haces en ella.

—¡Ah, maldita criatura! ¿Con que ésta es tu viña, eh? —clamó él, verdaderamente exasperado—. ¡Entonces, dime qué has hecho en ella para que ni un solo racimo cuelgue de sus cepas! ¡Y si no haces que esos racimos vuelvan a brotar, te convertiré en sapo, escarabajo, murciélago o cualquier criatura despreciable!

Al oírle, los ojos de Ardid brillaron de alegría.

—¿No serás, por ventura, el Trasgo del Sur? —exclamó alborozada—. ¡Llevamos tanto tiempo llamándote sin éxito! ¡Casi no puedo creerlo!

—Pero ¿conoces mi existencia, maldita bruja? ¿Quién eres tú? ¿Alguna nieta de la Montaña acaso...? No tenía noticias de que las tuviera, y menos aún tan tiernas.

—Si me obedeces —dijo Ardid—, te contaré alguna cosa de mí. Pero si no lo haces, me iré, y no sabrás nunca cómo la viña puede volver a dar frutos. Según veo, te gusta demasiado lo que de ella se destila.

—¿Cómo lo sabes?

—Por tu nariz colorada —dijo Ardid—. Así se ponían las de mi padre y mis hermanos cuando abusaban del vino.

—¿Tan contaminado estoy? —insistió el Trasgo, enormemente entristecido y palpando la punta de su larga nariz—. ¡Es una gran desdicha, una verdadera desdicha...! Pero ya que no tiene remedio, dime, preciosa criatura, ¿conoces la fórmula para que broten nuevamente esos maravillosos y malignos frutos?

—Cierto —asintió Ardid—. Pero no lo haré, si no me acompañas junto a mi Maestro y prometes ayudarnos.

El Trasgo del Sur reflexionó. Al fin, con un suspiro que hizo estremecer toda la viña, dijo:

—Me resultas agradable: así que te acompaño. Pero si me engañas, tanto tú como tu Maestro os acordaréis de mí. Y sin una pizca de agradecimiento.

Seguida del Trasgo del Sur, Ardid emprendió gozosa el camino hacia el Torreón. Saltaban ambos sobre las piedras y, al parecer, en buena armonía, pues su charloteo sorprendió al Hechicero que, acalorado por el humo y la llama de sus cocciones, no se había apercibido del paso de las horas.

Era casi de noche y, asustado, se aprestó a asomar la cabeza al exterior. Así pudo contemplar, atónito, su llegada.

—¿Qué es esto...? —balbuceó. Pero casi en el acto comprendió que el visitante que conducía la niña no era otro que el tan anhelado y vanamente conjurado Trasgo sureño. El anciano cayó sentado al suelo, con la boca y ojos tan abiertos que, al verlo, Ardid no pudo evitar una alegre carcajada. El Trasgo la imitó: pero la risa del Trasgo era tan ronca y tan huidiza, que sólo el Hechicero comprendió que aquel raro sonido demostraba —por aquella vez al menos— un buen humor que alentaba los mejores augurios.

Antes de comenzar a hablar, el Hechicero y el Trasgo se miraron con gran detenimiento y un tanto de recelo. Al fin, el primero, si bien con un respeto muy grande, osó preguntar:

—¿Cómo es posible, mi buen Trasgo del Sur, que una niña haya podido conjurarte a su presencia, mientras que yo, dedicado tantos días a estos menesteres, no haya acertado todavía con la fórmula exacta?

—No te alarmes —dijo el Trasgo, encaramándose sobre la yacija donde solía dormir el viejo—. Todo tiene una, para mí, triste explicación.

Relató cómo le había hallado Ardid, entre las cepas; y cómo ella le había informado de lo que esperaban de él, y de cómo, a su vez, habían llegado a un acuerdo.

—Pero —añadió— le he advertido de que, si no lográis hacer de la viña un nuevo campo de hermosos racimos, os haré un daño tal, que me maldeciréis por el resto de vuestra humana y mísera vida.

—No te defraudaremos —se apresuró a informar el anciano—. La viña será de nuevo campo de racimos: aunque para esto habrás de aguardar al tiempo en que las hojas tomen el color de tus cabellos. Ahora, te ruego que sacies mi curiosidad: ¿no te vio la niña? Te juro que esta curiosidad no es vanamente humana, sino propia de un ser dedicado toda su vida a las adivinaciones y ciencias remotas, de manera que a menudo he llegado a tomar contacto con muy respetables, dignos y poderosos seres de tu raza.

—No serían muy poderosos, a juzgar por los que han acudido a tus llamadas —dijo el Trasgo, con voz doliente—. Pero si ésa es tu inquietud, no veo, dada mi desgracia, motivo para no iluminar un poco tu sed de sabiduría. Todos los de mi especie, las criaturas del Mundo del Subsuelo (esto es, gnomos, trasgos, silfos, elfos, ondinas, brujas y alguna especie de entre las hadas), dependemos de una gran Fuerza Mayor (de todo punto invulnerable) y tan remota que nos precede en siglos, como tu ciencia ha debido enseñarte...

—Así es —afirmó impaciente el Hechicero (pero tomando buena

nota de las cosas, pues hasta la fecha ningún estudio le había aclarado estos asuntos tan específicamente, aunque se lo viniera barruntando)—. Te ruego que aligeres los preámbulos y llegues pronto al meollo del asunto.

—Pues bien, la Gran Fuerza que domina estos contornos, además de las criaturas submarinas, fluviales o lacustres, es la Dama del Lago.

—Del Lago de Olar, se entiende bien —dijo el anciano, que algo venía sospechando si hacía caso de las mil fantasías que entre campesinos circulaban respecto a aquel lugar.

—Tal como dices —asintió el Trasgo—. Ella me advirtió hace tiempo de que me librara mucho de la contaminación.

—¿Qué contaminación? —dijo la pequeña Ardid, que escuchaba con gran embeleso la conversación, mientras disponía las escudillas para la cena.

—Por supuesto, niña, hablo de la contaminación de los humanos: la mayor desgracia que a un ser de mi especie puede ocurrirle.

—¿Por qué?

—Esta niña es ignorante, según veo —murmuró con recelo el Trasgo.

Pero el Hechicero arguyó presuroso:

—¡No lo creas! Es de inteligencia tan rara y poco común, que supera once veces su edad (y aun contando al más inteligente a tales años). Lo único que ocurre es que por ser aún demasiado joven no la he iniciado en ciertos menesteres.

—Pues has de saber, jovencita —dijo el Trasgo—, que si por alguna causa, de las que luego especificaré, los de mi especie llegan a contaminarse de los humanos, a medida que esta contaminación va produciéndose y aumentando, su poder va disminuyendo. Y hay de algunos casos (bien quisiera no contarme entre ellos) en que ese poder acaba, por tal causa, desapareciendo de nuestro mundo. Y a medida que nuestro poder se apaga, se apaga también nuestra sustancia misma, hasta dar en simple ceniza que el viento esparce y llega a nada. Sólo si podemos detener la contaminación, y ésta es muy débil, como la mía ahora, podemos errar entre los humanos con bastante poder aún. Pero si la contaminación crece, al fin dependeremos tan

111

sólo de la credulidad de las gentes o de la protección de algún sabio o inocente (como tú y tu Maestro me parecéis). Volviendo a mi historia, se da el caso de que la Vieja Dama del Lago me advirtió las dos causas más corrientes de contaminación para un Trasgo: una, el probar cierto elixir, producto de la malicia humana, que les convierte a ellos en seres casi como nosotros (aunque por corto tiempo) y es llamado vulgarmente vino. El otro (y de eso, casi todos nos salvamos), el amor hacia una de las feas criaturas humanas (a las que, sin deseo de ofenderos, pertenecéis). Así contaminados, sufrimos la amistad de los humanos y el desprecio de los de nuestra raza: todo ello, por supuesto, en el grado a que somos acreedores por nuestro uso o abuso de ambos venenos. Pues bien, cierto día (y debe disculpárseme de ello, porque al fin y al cabo, soy tan joven que apenas llego a los tres siglos) estaba yo horadando por aquí y por allá, en mis túneles del subsuelo. Me aburría un tanto y acerté a pinchar la raíz de una vid. Salió un juguillo de aspecto suntuoso que olí con verdadero deleite, y aunque procuré apartarlo de mi memoria, estuve durante algún tiempo tentado de asomar los ojos a la superficie, para conocer lo que de verdad había en todo ello. Entonces sólo tenía doscientos años; pero al acercarme a los trescientos, una tarde muy madura de sol, acerté a asomar la cabeza por entre una viña. Entonces, a una luz muy hermosa, ya que el sol se volvía encendido y dorado, brillaron ante mí unos frutos magníficos y que de inmediato me trajeron el olor de la sustancia prohibida. Había unos viñadores entre las vides y, como no podían verme, anduve entre ellos; los seguí y fui hasta sus casas y más tarde al lagar. Allí vi todas sus manipulaciones (aunque sabía que entraba en zona muy peligrosa, pues no debía mirar esas manipulaciones). Los hallé tan hermosos y alegres a todos, pisando frutos en un gran barreño de madera, que, poco a poco, sus narices afiladas y sus ojos tan relucientes los hacían casi semejantes a criaturas de mi especie. Por tanto, me senté al borde del barreño y aspiré con deleite aquellos humos, cuando, sin saber cómo, caí dentro. Y cuál sería mi sorpresa, que aquel zumo entróme por orejas, boca y ojos y, en suma, por el cuerpo entero; y todas mis raíces se empaparon de él hasta sentirme yo mismo como una vid. He de confesaros una cosa: bien sabéis que, a nuestro parecer, ningún encanto ofrecéis los humanos excepto

si eso os ocurre: me refiero a cuando aparecéis sacudidos de alegría
vinícola. Nosotros no conocemos ese especial estado, y sabido es que
nunca hemos podido ni sabido reír. Ver a menudo la risa de las gentes
había acuciado mi curiosidad, y hasta una cierta envidia; cuando he
aquí que todo mi ser andaba sacudido por ese maldito y bullicioso
sentimiento (del que tanto pesar me ha venido, al fin...). Estuve muy
violentamente inundado de risa y elixir, hasta que los viñadores, con-
fundiéndome con un manojo de ramitas encarnadas, me arrojaron
fuera del lagar. Así me sorprendió la noche, con los vapores ya despe-
jados y una gran pesadumbre en todo mi ser. Desde ese día (y como
no aprecié ningún maligno síntoma de los predichos en mi sustancia),
he ido probando a menudo el zumo prohibido. Es más, con mi pico
de diamante he horadado viñas y viñas en busca de racimos, y las
llevé hasta las entrañas de mi escondido río. Como ya tenía visto la
forma en que ellos los manipulaban, me costó poco trabajo (dada mi
superior habilidad para extraer zumos de las cosas más secas) fabricar y llenar de vino muchos recipientes, y guardarlos. De ellos he venido libando y sintiéndome tan regocijado y feliz como nunca creí se
pudiera ser. Hasta que hoy, habiéndoseme terminado la última gota,
he ascendido a la viña y la he visto pelada, seca y desolada en extremo. En estas lamentaciones me hallaba (pues no podía intentar
mediante conjuro renacer el fruto, ya que tal cosa hubiera acarreado
mi repentina desaparición), cuando esta niña ha oído mi voz y ha
percibido mi ser. ¡Con ello he comprendido —y un largo suspiro del
Trasgo hizo temblar las agonizantes llamas del fuego, que por escucharle, Ardid dejaba apagar— que la Dama Vieja del Lago tenía razón! Mi poder empieza a declinar: pues si hasta este momento, los
ojos humanos muy raramente atinaban a vislumbrarme durante mis
agudas libaciones (y aun así, solían confundirme con hojas de otoño,
con sarmiento o ráfagas de viento), esta niña ha podido apreciar y
distinguir muy claramente toda mi sustancia. Por tanto, mi dolor no
puede ser explicado en su profundidad: no lo entenderíais.

—Mucho te comprendo —dijo el Hechicero, moviendo la cabeza—. Pero me extraña que un ser como tú haya caído en semejante
aberración. Humano soy, para mi mal, y aunque, en sentido contrario
a ti, algo contaminado de vuestra sustancia (el estudio y la fe son

nuestros vehículos de contaminación), jamás me tentó el abuso de ese licor que, no obstante, vi libar con abundancia en todas partes, tanto a míseros como a poderosos. El estudio de la humana flaqueza y la contemplación de los desastres producidos por ese elixir (aunque al ver su alegría lo creas sublimación), me ha advertido de tal forma de sus peligros, que ahuyento de mí toda tentación en semejante sentido. Y aunque, de tanto en tanto, lo he probado en algún banquete o como reanimador de extrema necesidad, no me ha seducido especialmente: pues aprecié cómo entorpece las ideas, el tesón y el estudio, cosas que estimo más que a mi propia vida.

—Amigo mío —dijo el Trasgo (y estas palabras llenaron de satisfacción al Hechicero, pues hasta aquel momento ningún conjurado le había llamado así)—, poco seso trasluces si en verdad desprecias algo tan sabroso y regocijante. Ten por seguro que si bien lamento mi desdicha, no por ello recuerdo con repugnancia los nunca satisfechos goces que tales libaciones me han proporcionado. Tanto es así que, aunque con moderación, ya que he perdido algo muy importante de mi ser, pienso repetirlo. Y detenerme, eso sí, en el momento que juzgue realmente peligroso: no me faltará fuerza para ello. En cambio, carezco de empuje para dejar de gustar tal delicia alguna que otra vez más y experimentar en todo mi ser sus gozosos efectos.

—La verdad es —dijo Ardid— que mi padre y mis hermanos resultaban muy graciosos cuando bebían. Y pienso que, de cuando en cuando, yo también he de probar ese elixir tan divertido: sé que tengo fuerzas suficientes para tomarlo o dejarlo según me plazca.

—Ah —dijo el Trasgo—, humana, y por añadidura mujer, debías ser para abrigar tan necia seguridad en ti misma.

La niña le miró con severidad, pero al fin, pensó que era un pobre viejo sin apenas juicio, ya que se había dejado arrastrar por algo tan tonto y de tan escaso interés: más que por verdaderos deseos, ella había hablado así por cortesía hacia él.

Sirvió en las escudillas las bayas y las moras, y un poco del zumo que había destilado el Hechicero para aderezarlas. El Hechicero y ella comieron, mientras el Trasgo preguntaba si por ventura no tendrían alguna gotita de aquel maravilloso licor.

—Ahora que lo pienso —dijo la niña— viene a mi memoria un

escondite de las bodegas, donde guardaba mi padre el barril del mejor mosto, y si no fue descubierto por las tropas de Volodioso, allí estará. De modo que si prometes ayudarnos, te daré un poco, a condición de que no abuses de él.

—Estoy dispuesto —asintió el Trasgo, con tal rapidez, que apenas dicho esto apareció sentado en un hombro de Ardid—. ¡Presto! ¿En qué puedo ayudaros?

Con todo detalle, expresaron su deseo de que horadase un túnel hasta la viña; y nada más agradable pudieron decirle, según parecía.

—¡Con gran placer! —dijo—. Descuidad, que no será menester arriesgar vuestras vidas cuando lleguen los viñadores del Rey Volodioso. Yo mismo seré quien traiga aquí los preciosos racimos. Nada me cuesta a mí (el más rápido horadador de túneles ocultos) y veo que mucho a vosotros.

Sellaron su pacto besándose en la frente, ojos y mejillas.

—Niña querida —dijo entonces el Hechicero—, toma el viejo puñal de hierro que bien conoces: déjate conducir allí donde te indique su afilada punta y, si todavía existe un barril lleno de vino, él te marcará dónde se halla. De ahora en adelante, guarda ese puñal y no te separes más de él.

La niña encendió el candil y, alumbrándose con él, bajó al subterráneo que conducía a la bodega. Allí sólo había un barril, vacío y astillado: al parecer se rompió mientras lo transportaban los hombres de Volodioso. Pero el puñal pareció tomar vida y, súbitamente, señaló una puertecilla, disimulada, en el suelo. Ardid la levantó y bajó por una escalerilla hasta una pequeña cueva, donde encontró el barril más preciado: era el más pequeño, pero el de mejor contenido. Llenó de su aromático vino la escudilla y regresó a donde los dos viejos —como ella los llamaba en su interior— la aguardaban.

—Aquí está lo prometido, Trasgo del Sur, pero por tu bien te ruego no abuses de él. Aún deben transcurrir meses hasta que llegue el día en que podamos recolectar una nueva cosecha. Y si abusas de éste y lo apuras en poco tiempo, te auguro una espera demasiado larga para tu gran sed.

El Trasgo acercó a su nariz el vino, luego a su boca, y sorbiéndolo muy voluptuosamente, al poco abandonó sus pesares. Y tan regocijado parecía, que anduvo dando volteretas de un lado a otro, llamándoles nombres tan chuscos, que Ardid reía hasta que las lágrimas rodaban por su cara. No así el Hechicero, que si bien agradecía la circunstancia que les trajera semejante aliado, movía con lástima la cabeza. Pensó luego que, desde la desdichada muerte de su padre, no había visto a Ardid tan alegre. «Todo sea para bien», se dijo. Y añadió en voz alta:

—Quiera el destino que esta alianza aporte cosas buenas para todos. Pues has de saber, Trasgo, que si bien los humanos tenemos grandes defectos, también tenemos algunas cualidades: y el agradecimiento, como el sentimiento de la amistad, no son las menores entre ellas. Cosas que, según mis estudios y averiguaciones, vosotros no conocéis; sólo os mueve, unos hacia otros, el instinto defensivo, en su más pura esencia, de conservar la perennidad de vuestra especie. Por tanto, mucho he de cambiar si no consigo apartarte de ese feo vicio, que tú consideras inapreciable.

—Calla, calla, vejestorio —dijo el Trasgo entre volatines (sin considerar que triplicaba muchas veces la edad del Hechicero, aunque en otra tabla de valoraciones)—, y te confesaré, ya que de amistad me estás hablando, que a ello me insta quizá el nacimiento de alguna raíz desconocida que brota en mí y de la que hablaré otro día. Y también te digo que si bien la Vieja Dama del Lago está orgullosa de su pureza, pienso que mucho pierde no contaminándose (siquiera sea una pizquita) por este conducto del vino.

Escandalizado, iba a replicarle el Hechicero por su falta de respeto a tan Alta Criatura —y por el miedo que le causaba conocer el nacimiento de aquella raíz cuyos síntomas anunció el Trasgo: pues sabía que era la simiente del corazón, órgano que tantas desventuras podía causar a humanos, como a otras criaturas que llegaran a albergarlo—, pero dándose cuenta de que el Trasgo estaba perdidamente borracho, se aprestó a acostarle en su propia yacija. Pero en lugar de agradecérselo, el Trasgo le insultó, llamándole ignorante por no saber que su comodidad se hallaba entre las brasas de la lumbre. En ellas se acurrucó y a poco se difuminó en su rojo resplandor, con lo que le supieron dormido. Visto aquello, el viejo Hechicero juzgó con gran alivio que la contaminación del Trasgo no había llegado todavía, ni con mucho, a un grado verdaderamente peligroso. Su poder no parecía disminuido. Indicó a Ardid que escondiera la escudilla —aún medio llena— y le aconsejó que no la volviera a sacar en tanto él no lo indicara.

Una vez hechas estas cosas, Maestro y Discípula se acostaron y durmieron con el ánimo más esperanzado hacia su incierto porvenir.

3

A medida que pasó el tiempo, y cada vez con más frecuencia, el Trasgo les visitaba. Aconsejada y dirigida por el Hechicero, que mucho sabía de éstas como de otras cosas, Ardid acudía a la viña para vigilarla y prodigarle sus cuidados. Casi todos los días el Trasgo iba a su encuentro y, sentados los dos en el suelo, entre las cepas, platicaban de muchas cosas. De suerte que la maligna simiente que el Trasgo llamó Raíz Desconocida —y el Hechicero, corazón—, iba aumentando en su pecho. Sin apercibirse cabalmente de ello, el Trasgo del Sur llegó a no poder vivir sin aquellas pláticas y juegos. Y si la niña no acudía a la viña, iba él al Torreón a visitarles y libar unos sorbitos de la escudilla. Y fue así como una firme y dulce amistad fue tomando cuerpo en el ánimo de aquellas tres criaturas, que por singular azar, halláronse reunidas en tan vasta soledad.

Una vez, Ardid manifestó su deseo de comer carne, pero las torpes y rústicas armas que habían fabricado no servían para cazar. El Trasgo no podía, en modo alguno, matar animales, pero sí conducirlos por el pasadizo subterráneo, de forma que así llegaran, como quien dice, por su propio impulso, hasta la misma olla. Esta operación repugnaba terriblemente al Trasgo, no seguro, además, de librarse del castigo de la Dama del Lago. Pero no podía negar aquel deseo a la pequeña Ardid, y accedió. Y aunque él lo ignorara, la aún casi invisible Raíz Desconocida creció un poquitín más dentro de su pecho. Aprestados con sendos barrotes, el Maestro y Ardid —aun cerrando el primero los ojos, que no la niña— sacrificaron por este procedimiento algunas liebres y conejos. Luego, Ardid tendía sus pieles a secar, en espera de poder utilizarlas. Y aunque el Trasgo sentía una profunda náusea al verles clavar tan vorazmente los dientes en la carne, nada dijo, y se limitó a beber mucho más de lo acostumbrado. Con lo que, entre cabriolas y ocurrencias, las veladas adquirían gran animación.

Y día llegó en que, por fin, entre los ruidos del campo y los rumores del cercano mar, Ardid y el Maestro aprendieron a distinguir bajo la tierra y las piedras el suave golpeteo del martillo de diamante, que pasaba inadvertido a los humanos. Apenas lo oían, la niña saltaba gozosa y apoyaba la oreja en el suelo. De esta forma, le seguía los pasos y, golpeando a su vez con los nudillos en la tierra, le respondía. Así jugaban y se perseguían: el uno bajo tierra, la otra sobre ella. Y mucho les divertían estas correrías, hasta el punto de que Ardid, sofocada y sudorosa, pedía al Trasgo que asomara de una vez la cabeza por algún agujero o un tronco hueco. El anciano Hechicero se decía entonces que jamás —ni antes ni después de la muerte de Ansélico— había visto tan linda, alegre y saludable a su discípula.

La niña parecía muy interesada en los túneles del Trasgo, y un día asomó su carita por el agujero recién abierto y descubrió, con pasmo y emoción, el camino subterráneo que iba al Mundo del Subsuelo. Aquí y allá resplandecían luces de variados colores y matices. Unas eran luciérnagas demasiado tímidas para acudir a la noche; otras, estrellas caídas y enterradas; otros, resplandecientes huesecillos de ciervos o de criaturas muertas con el corazón intacto.

Al percibir el Trasgo el deleite de la niña, exclamó:

—¡Ah, Maestro, qué descubrimiento tan grande! Ahora atino a comprender que mi contaminación no es tan grave ni muchísimo menos: pues si la niña puede ver mi subterráneo y sus resplandores —que no sufren contaminación alguna—, es que posee en el fondo de los ojos el Goteo Lunar (cosa que me pasó por las mientes y que estúpidamente deseché, por demasiado extraordinario: sólo se concede una vez cada milenio, siglo más siglo menos). De modo, que aun en el caso de que yo me hallara en estado de prístina pureza, ella me habría visto igualmente aquel día en la viña. Y en cuanto a ti, huelgan explicaciones, puesto que sufres a tu vez una suerte de contaminación de nuestra sustancia. Por todo lo cual, amigo mío, te ruego me alcances unos traguitos para celebrarlo.

Así lo comprendió el Hechicero, pues hacía tiempo que había adivinado que Ardid poseía el precioso don. Aconsejó moderación al Trasgo, advirtiéndole cuán traidor era aquel vicio, pues antes de lo que creyera, habríase adueñado de él, contaminándole de la peor manera. «Toda felicidad o bien —añadió— es espada de dos filos.» E igual que Ardid podía perder, al crecer, tan maravilloso don, el Trasgo podría perder su sustancia en el abuso del vino.

Desde aquel día, el Trasgo tendía la mano a Ardid desde su túnel, y ambos recorrían así los oscuros laberintos. La niña abría bien los ojos —que en la secreta oscuridad, lucían de forma que podían distinguirse las salpicaduras lunares—, y allí semejaban los dos criaturas de los ocultos ríos y los más hondos pasadizos.

—Nosotros, los habitantes del Subsuelo, hablamos el lenguaje Ningún —le contó un día el Trasgo—. Es el lenguaje tejido en el envés de las palabras. Sólo los humanos con gotas de luna en los ojos lo pueden descifrar. Aunque nosotros, por supuesto, conocemos todas las lenguas de los humanos. ¡Son tan simples!...

De esta forma, por los ojos y oídos entraba a Ardid mucha sabiduría, y crecía en conocimientos y en prodigiosa memoria.

Llenos de tierra y tiernas raicillas, con los cabellos enredados en la sombra de fresas aún no nacidas —hasta la próxima primavera—, regresaban tras estas correrías al Torreón. Allí les aguardaba el Hechicero, impaciente. Pese a su exiguo y desmadrado cuerpo, era demasiado corpulento para avanzar por aquellos laberintos, y aun lamentándolo, debía permanecer arriba. Luego interrogaba muy concienzudamente a la niña, para que le refiriese cuanto había visto. Y ésta se lo repetía con tal exactitud y precisión, que el anciano sentíase sumamente satisfecho, tanto de ser su Maestro como de la niña misma.

Fueron aquellos tiempos, verdaderos tiempos felices. Aunque ellos no lo supieran entonces. Sólo al cabo de años y años, los recordarían como una época muy hermosa, aunque ya imposible.

Los colores del cielo y de la tierra fueron madurando, y un frío aún placentero llegó hasta la viña. De vez en cuando el Trasgo decía que un suave calor se adueñaba de las puntas de sus dedos y de su nariz, semejante al que el vino le proporcionaba. Y aunque el Hechicero nada comentaba a este respecto, le miraba con tristeza, pues sabía que este era el segundo —y quizá peor— camino de contaminación. Pero no podía impedírselo —ni deseaba poder—, ya que aunque iba teniéndole mucho afecto, mayor era el que la niña le inspiraba: en ella veía una hija, más que de la carne, del entendimiento. Y este lazo era más fuerte que cualquier otro para él.

Cierto día de septiembre apuntaron los racimos, aún muy tiernos y diminutos. Pero con tal alborozo fueron saludados por los tres, que aun a costa de lo mucho que le costaba arrastrar las piernas, el Hechicero les acompañó —si bien moderadamente— en sus regocijados bailes en torno a los frutos recién nacidos.

Desde aquel momento, el Trasgo del Sur y Ardid acudían todos los días a la viña y comentaban los adelantos y novedades. El Trasgo ahuyentó a los dañinos animales que, a juicio de Ardid, podían estropear la cosecha, y aumentó los zumos que de la tierra y las raíces podían absorber y más favorecerles. Y pasaban el tiempo entre trabajos, charlas y bailes, persiguiéndose entre las cepas, bajo el sol maduro y la cálida lluvia que anuncian el otoño. Así pudieron calcular cuándo podría comenzarse a vendimiar.

En tanto que el Trasgo aprendía de la niña, y el Hechicero del cultivo y cuidado de la viña, la niña aprendía del Trasgo muchas cosas. Y entre lo que de éste aprendía y lo que su Maestro le enseñaba, a los seis años era la criatura más prodigiosa en conocimientos que pueda imaginarse. El Hechicero no dejó ni un solo día —tanto los que permanecieron en la cueva, como cuando se refugiaron en las ruinas del Torreón— de impartir sus acostumbradas lecciones a la pequeña. De este modo, su ciencia matemática crecía junto a su ciencia del Subsuelo; y si sus ojos parecían antes los de una ardilla, ahora tenían la gravedad, la astucia y la profundidad de un ser muy superior. Y en ellos residía gran parte de la belleza que, en el transcurso de los años, había de volverla tan seductora.

Ya estaba cercano el día en que decidieron recolectar los racimos, cuando oyeron aproximarse, desde la lejanía, unos cánticos conocidos. La niña y su Maestro se apresuraron a esconderse en el subterrá-

neo del Torreón y, llamando al Trasgo con los nudillos, la pequeña Ardid aproximó los labios al suelo y murmuró en voz muy queda:

—¡Trasgo, hemos de andar con cuidado, porque se acercan los
viñadores de Volodioso! Esos cánticos que trae el viento acompañan
los de la época del vino: las viejas canciones de septiembre, que muy
bien conozco.

—Cierto —dijo el Trasgo, estirando sus puntiagudas orejas—.
Ocultaos con cuidado que yo también lo haré, pues desde las últimas
alegrías, tal vez abusé de los tragos y no ando seguro del grado de mi
contaminación.

Arrebujados el uno en las raíces de la viña, los otros en el subterráneo, oyeron, poco a poco, las pisadas y las voces de los viñadores.
Luego, el ruido de carros, el entrechocar de sus cuchillas, sus risas y
sus bromas.

Apenas habían recolectado un cuarto de la viña, los hombres de
Olar se aprestaron a tenderse, rendidos de fatiga, bajo los cercanos almendros. Apretándose unos contra otros para darse calor, pronto
quedaron dormidos. Cuando el sonoro ruido de sus ronquidos llegó
hasta ellos, Ardid y el Trasgo salieron muy sigilosamente y, tomando las cestas de juncos, que para el caso había confeccionado y guardado el Trasgo en su pasadizo, apprestáronse a dejar la viña totalmente
desnuda de grano. Pero si bien la niña se apresuraba hasta que su corazón parecía salírsele del pecho, y lo sentía en la misma garganta
como si un pájaro quisiera huir de su jaula, la rapidez del Trasgo era
ochocientas veces ocho superior a la de ella: y no apuntaba el día, ni
con mucho, cuando ya habían llenado todas las cestas y, con ellas a
hombros, regresaban por el pasadizo hasta el sótano del Torreón.

Una vez allí, el Hechicero apagó precipitadamente el fuego, para
que no les delatase. Atrancaron bien la puerta y se apiñaron en la antigua bodega, en espera de que desaparecieran los viñadores.

Cuando despertaron, los hombres quedaron muy asombrados al
comprobar que, durante aquella noche, la viña había sido totalmente
despojada de racimos. En realidad eran soldados, ex-campesinos alis-
tados más o menos a la fuerza en las milicias de Volodioso. A los más
expertos, el Rey de Olar les enviaba a vendimiar, por ser cuestión de
gran importancia para él. Todo el día anduvieron recelosos por los al-

rededores, provistos amenazadoramente con largos palos y llenando el aire de juramentos. Al atardecer, se acercaron al ruinoso Castillo: pero les pareció tan agorera su negra silueta, que sintieron un gran escalofrío calándoles hasta los huesos. Como muchos de ellos habían participado en su saqueo y destrucción, tuvieron para sí que tal vez los espectros del Barón Ansélico y su hijo, cuyas cabezas habían clavado en lanzas, y de las cuales no quedaba el menor vestigio —cuando al menos, sus cráneos mondados debían brillar al atardecer— ... regresaron presos de espanto a los almendros. Reunidos en temblorosa asamblea, decidieron que debían alejarse de aquel lugar y comunicar al Rey Volodioso que algún espíritu maligno andaba por tales lugares. Recordaban que, según el decir de las gentes, el Barón había sido educado por un viejo extranjero, sospechoso de brujería. Tras mucho deliberar qué les daba más miedo, si la proximidad de los espectros o la ira de Volodioso, al fin decidieron no hacer ni lo uno ni lo otro. Esto es, ni permanecer en tan siniestro lugar ni presentarse en Olar con las manos vacías. Por lo que, despidiéndose los unos de los otros con grandes muestras de aflicción, se separaron en grupos de dos o tres, y se lanzaron en busca de algún puerto donde embarcar hacia lugares donde nadie pudiera hallarles.

Cuando el último soldado-viñador hubo desaparecido, el Trasgo —que seguía sus pasos bajo tierra— volvió al pasadizo secreto y comunicó las buenas nuevas a sus amigos. Al oírle, Ardid y el Hechicero se alegraron indeciblemente. Y desde aquel punto y hora, decidieron disponer de la cosecha. Según habían convenido —teniendo en cuenta que el Hechicero y Ardid eran mayoría—, dieron un tercio de las canastas al Trasgo. El resto lo distribuyeron según el Maestro indicó: la mitad se conservaría confitada en tarros y la otra convertida en vino —que, pese a todo, hubo de admitir como una sustancia de gran alimento—. El Trasgo quería sólo vino, y poco o nada pudieron contra tamaña temeridad. Pero al fin, hubieron de plegarse a sus deseos, sobre todo considerando que los alimentos de un Trasgo nada tienen en común con los de las criaturas humanas. Acudieron al lugar donde en tiempos se alzaba el lagar y, hallándolo en buen estado, se dispusieron a fabricar el codiciado tesoro. Y tan bien lo pasaron, y de tanta ayuda y diligencia fue el Trasgo en este menester —bien lo había aprendido de otros hombres, para causa de su mal, en otro tiempo—, que los odres quedaron llenos en menos tiempo del imaginable; y se aplicaron con ahínco a restaurar y luego llenar el viejo y gran barril que aún quedaba en la bodega. A poco, muy contentos, celebraron su particular fiesta de la vendimia.

Y en esto se hallaban cuando avistaron en lontananza un grupo de soldados de Volodioso. Desde su escondite, les vieron pasar y recorrer toda la zona. Seguramente iban en busca de los viñadores fugitivos. Pero al cabo de unos días y ante el agorero silencio, ruina y misterio que ofrecían aquellos parajes, ante la viña sin fruto y la desaparición del grupo anterior, un escalofrío debió recorrer sus espaldas. Eran olarenses al fin y al cabo y, como tales, supersticiosos. Y el aspecto que ofrecían las ruinas del Castillo y aldeas adyacentes decidió al jefe de la expedición:

—Está claro que algún embrujo aletea en este lugar. Y como, según vemos todos, la viña aparece despojada, creo que debemos regresar a Olar para contar al Rey todo lo que hemos visto.

Y partieron.

4

DESPUÉS del otoño llegó el frío, y los tres amigos permanecieron encerrados en la torre. Ardid y el Trasgo —ya que la estatura de la niña aún lo permitía— correteaban a veces por los túneles subterráneos. Así, en cierta ocasión, mientras Ardid revolvía con sus uñitas las raíces, por si atinaba a apresar algún resplandor —que huían sin remisión de entre sus dedos—, tocó algo duro y cálido a un tiempo. Tiró de aquel objeto, y quedó súbitamente pálida y tan temblorosa, que hubo de sentarse en el suelo. El Trasgo, perplejo, preguntó:

—¿Qué te ocurre, niña?

Ardid le mostró su hallazgo: era aquel soldadito que su hermano pequeño había fabricado para ella. Y dijo:

—Este juguete lo hizo para mí el más joven de mis hermanos. Yo apenas jugué con él ni con nada, porque prefería estudiar a estas cosas. Pero el último día en que lo vi, me dijo que lo llevara conmigo.

Pero yo lo enterré: el Hechicero me enseñó que no debemos recrearnos en nuestro corazón, si deseamos ser grandes y sabios. Ahora lo he encontrado, y he visto de nuevo a mi hermano. Por eso siento un dolor tan grande.

—Verdaderamente —dijo el Trasgo—, el amor humano debe ser un terrible azote, o un gran castigo.

Arrebató el muñeco de las manos de Ardid y fue a ocultarlo lejos, donde nadie —ni siquiera los gnomos— lo encontraran.

Después, las tardes fueron cada vez más cortas y las noches más largas. Y reunidos los tres junto al fuego, muchas historias y secretos se contaron, y así sus conocimientos se intercambiaban y acabaron interesándose mucho los unos en los otros. Hasta que llegó un día en que el Trasgo empezó a decir que los humanos le parecían gente muy particular, y que mucho le agradaría convivir algún tiempo con ellos. Cuando esto decía, solía estar bastante borracho, pero no por ello manifestaba algo que no deseara de verdad. Y si bien, según las apariencias y los dichos, su contaminación crecía, también el saber del Hechicero aumentaba. Y de ambos, mucho aprendía la pequeña Ardid y mucho reflexionaba.

Una noche en que se calentaban los tres junto a las brasas, dijo la niña:

—Estoy dándole vueltas a una idea.

—¿Qué idea es esa? —le preguntaron.

—Según puedes recordar, Maestro, yo te juré que me vengaría del Rey Volodioso. Y estoy cavilando que va siendo hora de poner en práctica esa venganza. Por tanto, ya que tanto sabéis de estas cosas, quisiera que me aconsejárais cuál puede ser la venganza más acertada.

El Trasgo —que aunque no había llegado a su acostumbrada borrachera, empezaba a sentir sus primeros efectos— opinó, con voz un tanto tartajosa:

—Al decir de quienes saben más que yo, recuerdo que una vez algo muy curioso escuché a un puro gnomo: y éste dijo que si un humano deseaba vengarse de otro, ninguna venganza más feroz había que instarle (o condenarle) a matrimonio.

—¿A matrimonio? —dijo el Hechicero, revolviendo pensativamente el caldero donde ensayaba una cocción de Raíces Fuentes de

Juventud, sin resultados aún previsibles—. No veo la relación que ello pueda tener con lo que nuestra niña dice.

—Nuestra niña es lo suficientemente inteligente para entender a este viejo borracho —dijo el Trasgo, haciendo barbotear una risa prestada al hervor del caldero, que dicho sea en honor a la verdad, llenaba de un apetitoso aroma la estancia. A medida que el invierno avanzaba y su intimidad iba en aumento con el Hechicero y Ardid, iba tomándole mayor gusto a la risa, aunque fuera de segunda mano, y llamaba a la pequeña «nuestra niña», como el Hechicero.

Ésta les escuchó pensativa, mordiendo una raicilla que, según recomendó el Hechicero, no sólo nutría, sino que fortalecía los dientes y las encías. Al fin, dijo:

—Pues bien: me casaré con él.

—¿Pero qué dices? —el Hechicero frunció las cejas—. Según mis cálculos aún no tienes siete años. No estás en edad de esas cosas. Y por otra parte, no estoy dispuesto a semejante crimen: ¡entregar a lo que más estima mi viejo corazón a ese lobo singular! Te despedazaría a ti (y a mí por añadidura), si es que tan sólo llegáramos a insinuar tan peregrina proposición —y añadió, mirándoles con la severidad que le permitió su estatura sobre los restantes contertulios—. No sé qué disparate mayor, comparable a éste, puede cocerse en mentes de niños o de borrachos.

—Pues demuestras estar muy mal informado —continuó el Trasgo del Sur, echándose al coleto un buchecito más largo de lo prudente—. Según mis noticias, el Rey Volodioso contrajo primeras nupcias (por razones de Estado) con la hija del Rey de los weringios cuando ésta tenía seis meses. Claro que esta criatura fue fácilmente eliminada antes de hallarse en edad de ejercer o reclamar funciones de esposa. Volodioso tenía otros proyectos más urgentes que llevar a cabo.

—Bueno —dijo el Hechicero—, pero con ello no queda rebatida la estupidez de semejante idea, ni la desgracia que puede acarrear tal proposición...

—Dejadme pensar —les interrumpió Ardid.

Y retirándose a su rinconcito predilecto, estuvo arañando el suelo con una ramita. Hasta que al fin exclamó:

—No sé cómo os las ingeniaréis, pero como sois aún más duchos que yo en sutilezas y artimañas, debéis conseguir que ese matrimonio se lleve a efecto. Y si no lo hacéis, en cuanto raye el alba me marcharé de aquí y no me veréis más: no estoy dispuesta a pasar mi vida en este agujero, oyendo los delirios de dos viejos necios.

La dureza de aquellas palabras dejó mudos de espanto y de pena a los dos ancianos —bien que el Trasgo no era aún anciano, sino muy lozano representante de su especie.

—No serás capaz de apuñalar tan cruelmente nuestros sentimientos —dijo el Hechicero, con lágrimas en los ojos.

Por su parte, el Trasgo quedó pensativo, y sus ojillos de endrina parecían querer ocultarse en la maraña de sus cejas escarlata.

—Niña, niña —dijo al fin—, no debías sembrar sentimientos tan dolorosos en quienes te rodean. No dice bien de tu educación —y miró con reproche al Hechicero.

—Si no te dieras al vino como majadero que eres —se exaltó el anciano—, no proferirías tan ridícula sugerencia, ni te hallarías ahora envuelto en ese funesto —para ti— cariño hacia esta tierna desagradecida.

—Pues bien —dijo Ardid, mirándoles con sus brillantes ojos negros, que rebosaban fiereza y una pizquita de burla—, sea como sea, así lo haré. Con que si es verdad que tanto me queréis, empezad a urdir un plan que no resulte demasiado idiota. Voy a dormir y cuando despierte quiero saber qué habéis decidido.

Entre algunas discusiones más, los dos viejos acabaron, al fin, dispuestos a elaborar el malhadado plan.

Aún no había asomado el sol cuando, entre tiras y aflojas de mayor o menor agudeza, aunando sus fuerzas y entendimiento, el Hechicero y el Trasgo llegaron a proponer la siguiente aventura:

—Querida niña —dijo el Hechicero, despertándola—, creo que al fin hemos dado con algo útil. Siéntate, échate agua a la cara y escucha con gran atención lo que te vamos a decir.

Con gran diligencia hizo Ardid ambas cosas. Y sentándose en el suelo, con las piernas cruzadas como tenía por costumbre para la lección, abrió mucho los ojos y oídos.

—Aunque el Trasgo no ama las tierras del Norte, en especial

porque se acercan al Lago de Olar y quedan muy próximas a la Dama del Lago (de la que justamente teme algún castigo o desplante), tanto es el cariño que has despertado en él, que se halla dispuesto a horadar los caminos ocultos y llegar hasta el Reino de Volodioso. Una vez allí, sembrará en las gentes la creencia de que en las cercanías existe una prodigiosa criatura, Princesa de Allende el Mar, recién arribada a estas costas por culpa de la saña de los sarracenos, o similares, arrasadores del Reino de su padre. Y que ella, acompañada sólo de un anciano y fiel servidor, ha asombrado a todos aquellos por cuyas tierras pasa con la gran sabiduría que atesora. Y que esa sabiduría convierte en ricos y poderosos a quienes de ella se benefician. Pero dicha Princesa sólo guarda el tesoro de su total sapiencia para aquel que acepte o elija como su esposo, con cuyo matrimonio le será transferida. En especial, se hará conocer el gran talento que posee en matemáticas, astrología y botánica, amén de los mil conocimientos aliviadores del dolor físico y la facultad de dispersar la peste. Como todos conocemos la gran ignorancia que aflige a Volodioso, y cuánto él se lamenta, preocupado sólo en su sanguinario engrandecimiento, de no haber llegado a conocer ciencia alguna, bien cierto es que no tardará mucho en buscar a quien puede decirle cuánta es la capacidad de talento y los conocimientos de tal Princesa. Ésta, que eres tú, tapada con un velo, no dejará ver su rostro antes de que se haya celebrado el matrimonio: sólo así, se dirá, podrá su esposo alcanzar iguales talentos y sabiduría. Una vez el matrimonio se verifique, tu astucia sabrá hacer el resto. Pues eres tú quien así lo quiere, y tú sabrás cómo piensas utilizar ese matrimonio para tu venganza.

—Descuidad —dijo Ardid—, esta parte del plan me pertenece a mí. Vosotros cumplid vuestra tarea. Y ahora apresuraos a recoger nuestras cosas, porque nos marchamos de aquí.

—¿Ahora? —gritó el Hechicero—. ¡No es posible! Nadie debe veros antes de ese malhadado matrimonio (si es que se verifica).

—No iremos a Olar, por supuesto —dijo Ardid—, pero nos acercaremos allí. Y permaneceré escondida, hasta que el Trasgo juzgue que ha llegado el momento oportuno de presentarme al Rey.

Como no era posible contradecir a Ardid, obedecieron. Y cuando los tres abandonaron el ruinoso Torreón de Ansélico y emprendieron el camino hacia las tierras del Norte, el invierno ya tocaba a su fin y la hierba aparecía tímidamente entre la escarcha. Ardid cogió las primeras campanillas azules, y subiendo a la gruta, cubrió la parca tumba de su padre y su hermano. Luego, bajó al valle, y junto a su Maestro, siguieron la ruta que les marcaba el Trasgo bajo tierra, a golpes de martillo. Resonaban como lejanos tambores o como cascos sofocados de corceles. Así, emprendieron el camino que había de llevarles al Reino de Olar y a su cruel Rey.

Ya estaba avanzada la primavera cuando, por fin, atravesaron las Lisias. Por la colina Norte vieron algunos caballos, que los campesinos dejaban sueltos para que pacieran a su placer. De entre todos ellos, uno, negro y hermoso, llamó la atención de Ardid.

—Trasgo —llamó, acercando su boca al suelo, bajo el que sentía el martillo de diamante—, haz que ese joven caballo sea tan blanco como la nieve y que sus ojos tengan el azul del cielo. Así tendré un aspecto más imponente el día en que, montada en él, pueda acercarme al Rey. Convenientemente tapada, pasearé a sus lomos entre las gentes, mientras mi querido Hechicero lo lleva de la brida. Porque no se concibe dama de alcurnia a pie y medio descalza, como voy yo.

Y volviéndose al Hechicero, añadió:

—Búscame ropas adecuadas y un velo, porque tal como voy, sólo con un mendigo podría comparárseme.

El anciano movió la cabeza con tristeza:

—Es cierto —dijo—, y no sabes cuánto me duele ver que una criatura tan hermosa debe ir tan mal aderezada, cuando sé que cualquier necia y estúpida cortesana, que desnuda sólo sería un pellejo repleto de vanidad, parece una princesa, vestida lujosamente.

El Trasgo asomó la cabeza por entre una mata de tomillo, y poniendo la mano sobre los ojos —pues el sol daba de frente— divisó el caballo.

—No será difícil —dijo—. Mi poder no está tan menguado, espero, como para conseguir una cosa semejante. Porque has de saber, querida niña, que no es con estúpidas hierbas propias de aficionados hechiceros como yo pinto las cosas —y miró burlonamente al anciano—. Lo que puedo conseguir es conducir la luz de tal manera, que todo ojo humano que se pose en el caballo lo vea tal y como tú deseas.

—¿La luz? —se inquietó la niña—. ¡No es la luz quien levanta los colores!

—Muchas cosas ignoráis tú y tu Maestro, todavía —dijo el Trasgo. Y ante el asombro del Hechicero y Ardid, condujo la luz. Y el caballo negro se tornó blanco como la nieve, y sus ojos, azules.

—Es muy hermoso —dijo el Hechicero—. Pero ¿cómo lo atraeremos?

—Eso es cosa tuya —contestó el Trasgo—. Respecto a palabrería convincente, conoces la suficiente. Tanta como para no molestarme más en semejantes minucias.

Y desapareció de nuevo bajo tierra.

El anciano abrió su cofre, extrajo el *Rollo de la Verdad y la Mentira* y, a poco, recitó una larga oración dirigida al caballo. Éste, al oírla, levantó la cabeza, olfateó el aire y, mansamente, se acercó a ellos. Se paró junto a la niña y pasó su belfo, rosado y tibio, sobre los rubios y enmarañados cabellos de la pequeña Ardid.

Dando un grito de salvaje alegría, la niña se asió con las dos manos a su larga crin. Pidió al Hechicero que la encaramase a su lomo, y una vez estuvo sobre él, cabalgó por la colina, las deshechas trenzas al viento, como de fuego bajo el sol del mediodía.

«Verdaderamente, es una Reina», se dijeron los dos viejos. Todo era poco —pensaron— para conseguir que, algún día, se cumplieran todas sus esperanzas.

Había allí cerca una cabaña ruinosa que, en tiempos, servía a los pescadores del Lago para guardar las redes. Hacía ya tiempo que no pescaban en él, pues había cundido la noticia de que los malos espíritus lo inundaban. Muchos jóvenes desaparecían con sólo asomarse a sus aguas, y esto hizo pensar a las gentes que aquellos parajes estaban repletos de maligno poder. Pero la cabaña abandonada sirvió al Hechicero y Ardid para cobijarse y aposentarse. Una vez se hubieron medianamente instalado, llamaron al Trasgo, dispuestos a tomar las próximas decisiones.

Al día siguiente, y aun a sabiendas de que esta operación le mermaba días de vida, el Hechicero fabricó la nube voladora. A lomos de ella, merodeó sobre la ciudad y los contornos. Vio unas lavanderas que, cerca del Castillo de una noble dama, lavaban la ropa y las tendían al sol. Por el tamaño de algunas prendas, el anciano calculó que la dama debía tener una hija de la edad de Ardid. Y así pensando, descendió con suavidad, llenó de niebla el arroyo, y en tanto las lavanderas se llevaban las manos a la cara y maldecían tan extraño contratiempo, hurtó algunos vestidos y un par de zapatitos y regresó a la cabaña.

Ardid las combinó como mejor pudo y se vistió con ellas. Con los rubios cabellos bien trenzados y aquella ropa, parecía una joven princesa. Al menos, así lo juzgaron los dos viejos que, a la luz del fuego, la contemplaron extasiados.

—Trasgo —dijo la niña—, conduce la luz de forma que esta ropa cambie de color para que nadie pueda reconocerla. Lástima —añadió— que no pueda apenas soportar estos horribles zapatos.

Y así diciendo, se descalzó y lanzó al aire los zapatitos dorados. Acostumbrada a vagar de aquella guisa por los campos, se le hacía intolerable encerrar sus pies en cosa alguna.

—Guárdalos —dijo el Hechicero—, porque el día en que te presentes al Rey de Olar, no puedes ir descalza como una campesina.

Así lo comprendió Ardid, y mientras el Trasgo conducía la luz y todas sus ropas se tiñeron de un tono parecido al del otoño en los viñedos —color que él prefería—, la niña guardó los zapatos en el cofre de su Maestro.

5

A MENUDO, durante aquel tiempo que pasaron en la cabaña junto al Lago de las Desapariciones, el Trasgo hizo incursiones por las aldeas comarcales, por los burgos y por la zona más populosa de la ciudad. Solía introducirse en los carros de los vendedores de hortalizas que voceaban su mercancía junto a la Muralla, penetraba en el Mercado, y su paso fugaz era con frecuencia achacado a ráfagas de viento —mientras, asustados, se le erizaba el lomo a los gatos—. Incluso, en cierta ocasión, un campesino, que se dirigía a la ciudad con su borrico cargado de hortalizas, le confundió con una raposa, y le anduvo a la zaga, esgrimiendo una feroz guadaña. Esto le llenó de terror, por lo que se ocultó bajo una mata de endrinas: pues aunque bien sabía que contra su sustancia nada podían las armas humanas, aquella circunstancia le avisaba de que iba tornándose particularmente visible a los humanos. Comprendió que debía actuar con suma cautela en lo tocante a sus libaciones, si no quería contaminarse totalmente.

De una u otra forma, el Trasgo conducía palabras sueltas, las gavillaba cuidadosamente, y luego las deslizaba en las conversaciones de los mercaderes, artesanos y campesinos: y aunque ellos mismos no acertaban a saber quién era el que introducía tales cosas en sus charlas, empezaban discutiendo el precio de una cabra y acababan elogiando a una cierta doncella que conocía todo lo concerniente al sol, la luna y las estrellas. Y además, podía verificar todos los cálculos posibles del mundo —por tanta matemática como sabía—. Y añadían que nadie podía engañarla en sus prodigiosos cálculos y cuentas, con lo cual los mercaderes fueron los primeros en sentirse interesados en ella. Así, empezó a correr el rumor de su fama en los alrededores del Lago de las Desapariciones. Al parecer —decían—, la tal doncella, una lejana y desterrada Princesa, era capaz de llevar a cabo, rápidamente, los más intrincados cálculos, sin ayuda de los dedos ni muescas de cuchillo, ni otra cosa parecida.

Poco a poco, entre unos y otros fueron engrandeciendo su prestigio, y llegó un día en que el Trasgo tuvo poco trabajo: pasando de unos labios a otros, la historia de la doncella sapiente se iba transformando de tan caprichosa manera, que llegó un momento en que consideró oportuno que la niña hiciera su primera aparición en la ciudad. Horadó la tierra y se acercó subterráneamente a la cabaña de sus amigos, con el aviso de que la primera fase de su plan había llegado a término.

Una mañana de gran afluencia en el mercado, Ardid vistió sus ropas de resplandeciente color viña madura, y ayudada por sus amigos compuso su peinado con gran esmero. Luego, ellos, tapándola casi enteramente con el velo, la izaron al caballo, y anciano y niña encamináronse a la Puerta Sur de la ciudad —por donde entraban los mercaderes y campesinos que iban allí para vender, junto a la Muralla, sus mercancías—. El Hechicero, con gran solemnidad, iba anunciando el paso de la Doncella Prodigiosa, y apenas habían avanzado unos pasos entre la abigarrada multitud, cuando un grande y respetuoso silencio les rodeó. Por fin, un hombre grueso, que bajaba de las tierras de los carboneros y conducía un asnillo con dos grandes cargas de leña, se aproximó a ellos, se inclinó cuanto le permitía su vientre, y dijo:

—Señora, si tan sabia sois, ¿podríais decirme por qué siempre al volver del mercado, tras vender mi leña, me hallo más pobre que cuando acudía?

Oculta tras su velo, Ardid preguntó con voz que, aunque joven y fresca, por tener aquel timbre tan especial —como de criatura acostumbrada a vivir entre dos viejos sabios—, dejó atónita a la multitud:

—Explícame cuánto te cuesta cortar y cargar la leña, cuál es el precio en que la tasas, y a quiénes la vendes.

El carbonero permaneció un rato como mudo, con la boca abierta. A poco, empezó a contar con los dedos: pero tal barullo se hizo que, al fin, sólo supo decir que vendía su leña a un alfarero que fabricaba escudillas, y cuyo pequeño taller y vivienda se hallaban adosados a la Muralla. El alfarero parecía muy inquieto, y dirigiéndose a él, preguntó Ardid:

—¿Quieres comprar a este hombre la leña de costumbre, en mi presencia?

El alfarero asintió, aunque con cierto recelo en la mirada. A poco, ambos hombres se enzarzaron en una complicada conversación, al cabo de la cual el alfarero adquirió las dos cargas al precio de una: pero con tal habilidad contaba, y tales y tan enrevesadas sumas hacía al derecho y al revés, que todos los presentes —el carbonero incluido— creyeron que le compraba una sola carga por el precio de dos. Y ya estaba muy contento el carbonero pensando que había engañado al artesano, cuando Ardid detuvo su apretón de manos —señal de contrato entre comprador y vendedor—, y dijo:

—Las sumas del artesano son un engaño que sólo a un estúpido o a un niño de pecho podrían confundir.

Y sin necesidad de usar los dedos, ni hacer muescas en parte alguna, de corrido y muy claramente, deshizo el embrollo: y dio el justo y verdadero precio a la mercancía.

Las gentes quedaron muy asombradas y luego, alborotáronse: querían despedazar al artesano y saquear su pequeño taller. Pero éste se apresuró a cerrar su casa con toda suerte de barras y pasadores, y escondióse bajo la paja de su lecho.

Ardid continuó su marcha por el mercado. Tras una consulta le llegaba otra, de tal modo que se organizó un gran tumulto en el Mercado de la Muralla. Y de tal manera fueron perseguidos algunos mercaderes por los indignados villanos, que el vocerío llenó el aire, y empezaron a cruzarse por sobre las cabezas hortalizas y toda clase de frutas.

El fragor del tumulto llegó a oídos de la milicia, que tenía severas órdenes de vigilar a los ciudadanos en previsión de posibles revueltas. Los Desdichados, en casos desesperados, bajaban a la ciudad a levantar a los más míseros, aun a costa de las feroces represalias y ejemplares castigos que se llevaban a cabo con sus cabecillas: pues la desesperación torna a los cobardes en valientes, y a los pacíficos en belicosos. Apenas aparecieron los soldados por el Mercado de la Muralla —los campesinos, mercaderes y toda la gente que allí se agolpaba conocían bien la forma en que solían proceder con los alborotadores—, desalojaron, en menos tiempo del que se precisa para narrarlo, no sólo el Mercado, sino sus alrededores. De este modo, cuando el grupo vigilante llegó al lugar del suceso, únicamente halló a un anciano que sujetaba de la brida un caballo, a cuyos lomos, cubierta por un velo, se mantenía erguida una menuda figura.

—¿Qué ha ocurrido? —preguntó el que los mandaba, con modales poco refinados.

El Hechicero desplegó entonces toda la suavidad y astucia de sus maneras, y así puso al corriente de aquellos hombres la causa del alboroto. El jefe de los soldados quedó pensativo. Al fin, dijo:

—Pues si tu Doncella, como dices, es tan ducha en materia de cuentas (y por cierto que lo oí comentar hace tiempo), que me explique por qué a la hora de recibir nuestra soldada, nunca parecen claras las cuentas.

—Con gusto —dijo el Hechicero—. Pero antes expón a la Princesa todos los pormenores de esa circunstancia.

Así lo hizo el soldado, y Ardid, sin vacilación, le demostró que todo el mal residía en una complicada operación hecha al revés, gracias a la cual les eran descontadas, en vez de añadidas, las pagas suplementarias y los servicios fuera de su obligación.

El soldado quedó muy perplejo, y, mesándose la barba, meditó en que, a fin de cuentas, todo el mal residía en que él, a pesar de su grado de Capitán, era un estúpido, y, en cambio, el Alto Consejero Tuso, Tesorero y Administrador, tenía muy bien aleccionados a los hombres empleados en aquel cometido. Y que, en definitiva, el Conde Tuso era lo que vulgarmente se llama un ladrón. Pero se guardó mucho de manifestar tal opinión en voz alta. Y volviendo grupas, ordenó retirarse a sus hombres. Antes, de todos modos, avisó al Hechicero:

—Mucho me maravilla el modo de razonar de la Princesa, tu Señora, tan claro y sucinto. Pero mejor será que no deis muchas voces en lo que a mí respecta, y olvidemos ambos el incidente. Por otra parte, mucho os agradecería que tan gentil y sabia Doncella, y tú mismo, no provoquéis semejantes alborotos; antes bien, montad una suerte de tienda en la Muralla, donde vendáis vuestras aclaraciones a un precio que no provoque entusiasmo por conocer la causa de tanta inexactitud (especialmente en lo que concierne a asuntos relacionados con la Administración Real). Por otra parte, evita estas algarabías y peleas, que a nada bueno, ni para vosotros ni para mí, pueden conducir.

—Ah, debo advertirte que en lo primero no puedo seguir tu consejo —dijo el Hechicero—, pues mi Señora no venderá jamás su sabiduría por moneda corriente. Ella, por gusto y gentileza, puede favorecer con sus conocimientos a quien le plazca (aunque una sola vez por persona). Toda su gran sabiduría (que no empieza ni termina en cuentas de mercader, ni en altos cálculos matemáticos) la guarda para favorecer con ella únicamente a aquel que la tome por esposa.

Al oír tal cosa, el Capitán detuvo el caballo. Y muy intrigado, preguntó:

—¿Cómo es eso? ¡Jamás oí nada parecido!

—Es así porque al nacer la Princesa fue dispuesto de ese modo por su Hada Madrina: venía escrito en su estrella que un gran Señor la desposaría y la colmaría de halagos, honores y respetos (como bien merece, por otra parte). Y sólo a él la Princesa podrá hacer entrega total de su prodigiosa sabiduría.

El soldado quedó muy admirado, y dijo:

—Así será, si lo ha dicho una Hada. Pero te confieso, buen anciano, que noto que no soy de la especie de los grandes señores: ten por seguro que jamás tomaría por esposa a una mujer dotada de tan agudos conocimientos. Y me barrunto que esa tan singular cualidad que posee (y no me preguntéis la razón de esta sospecha, pues tan sólo se trata de una corazonada) no va a traerle sino amargos tragos y sinsabores. Créeme que lo lamento en verdad. Pues, aunque soy hombre difícil a la amistad o a los afectos repentinos, te aseguro que tanto tú como tu gentil Señora habéis despertado en mí un no sé qué, donde rebullen sentimientos muy benignos. En suma, y dicho de otra forma: que me habéis caído en gracia.

Dicho lo cual, clavó espuelas y, seguido de sus hombres, se alejó. Acaso turbado por mostrar un rinconcito, tan desconocido para los demás como para él mismo, de su, en verdad, muy solitario corazón.

Cuando desaparecieron los soldados, el Hechicero se sintió muy satisfecho del cariz que iban tomando las cosas. Asió la brida del caballo, y, conduciéndole, atravesó la puerta de la ciudad, salió al campo y tomó la dirección de la cabaña.

Esta escena se repitió alguna vez más. Y apenas las gentes les veían avanzar por el Mercado de la Muralla, se aglomeraban ansiosas de beneficiarse de la sabiduría de la Doncella, o tan sólo para contemplar su paso. Ella, muy de tarde en tarde, y elegidamente, favorecía con sus conocimientos a algún que otro infeliz.

En cuanto a los soldados, si bien les amonestaron alguna que otra vez por desobedecer sus órdenes, se mostraban, de forma harto insólita, muy benignos con ellos. Y especialmente el Capitán que les mandaba —llamado Randal— hacía lo que suele llamarse la vista gorda. Y aún más: escuchaba arrobado y maravillado los claros y restallantes razonamientos de la misteriosa Princesa.

Sin embargo, así iba transcurriendo el tiempo, sin que se vislumbrara fruto alguno. Y ya discutían el Trasgo y el Hechicero la defectuosa contextura de su plan —que demasiado se prolongaba en su primera fase—, cuando, cierta mañana, les sobresaltaron galopes de caballos aproximándose a la cabaña. El Hechicero asomó la cabeza, y con ánimo suspenso contempló cómo Randal y sus hombres venían hacia ellos. Compuso su mejor semblante, y con toda amabilidad salió a recibirles. Hizo una graciosa reverencia y dijo:

—¿Qué os trae, valiente soldado, a nuestra humilde morada? Con gusto os ofreceré un vaso de buen vino, si ello os place. Ya que sólo así podré agradecer que tan amistoso y benigno os hayáis mostrado con mi desgraciada y extraordinaria Señora.

Si bien eran muy frugales sus comidas, la provisión de vino —que el Trasgo transportaba por cualquier túnel subterráneo y guardaba bajo el suelo de la cabaña— les permitía aquel desprendimiento.

—Mucho me agradaría, buen anciano —dijo Randal, desmontando, al tiempo que mostraba un pergamino cuidadosamente enrollado y sellado—. Pero nos está prohibido beber vino, excepto en las ocasiones en que el Rey lo manda para conmemorar sucesos extraordinarios, y ordena que de la fuente pública de nuestra Plaza mane vino blanco y vino rosado durante tres días. Aunque esto sólo ocurre cuando se trata de festejar alguna victoria sobre nuestros enemigos, o durante los bautizos o las bodas de alcurnia. Pero, ¡atiende!, es una carta del propio Rey lo que traigo aquí. Y tengo orden de que una vez la hayáis leído, os conduzca a su presencia.

—¿Es acaso una orden de arresto? —se lamentó el Hechicero—. ¡Ay de mí! Os juro que no hemos hecho nada malo; y mi pobre Señora bien merece (después del sufrimiento que lleva consigo) un poco de paz: ninguna otra cosa pide en este mundo.

—No es eso, precisamente —dijo Randal, rascándose el cogote (lo que indicaba ciertas dudas al respecto, aunque no se atrevía a manifestarlas)—. Más bien, creo yo, se trata de una gentil invitación.

Pero calló añadir: «y si esta invitación es rechazada por vosotros, tened por seguro que vuestras cabezas rodarán como manzanas maduras». Y mucho se notaba, aun en rostro tan severo y atezado, la pena que tal idea le causaba.

El Hechicero abrió el pergamino y lo leyó atentamente. Volodioso ordenaba que tanto la Princesa como él fueran sus huéspedes,

pues habiendo llegado a sus oídos las maravillas que adornaban a la
misteriosa Doncella, y enterado de la alta alcurnia de ésta y de sus
muchas vicisitudes y aflicción por culpa de desgracias y pobreza presentes, brindábale cobijo en su propio palacio, ya que, suponía, las re-
finadas costumbres de tal Señora así lo exigían. No obstante, había en
toda aquella misiva un tono tan conminatorio e inapelable, que no escapó a la sagacidad del Hechicero. Y ello le llenó de temor —nunca
fue hombre arrojado—. Y se dijo que la tozudez de Ardid y las imprudentes ideas del Trasgo del Sur les habían conducido a una situación
peligrosa. Pero como, en todo caso, la cosa ya no tenía remedio, entró
resignadamente en la cabaña para avisar a la niña de que el temido y
deseado momento había llegado después de todo. Aunque, a su juicio, fuese un disparate descomunal, capaz de cocerse sólo en los ca-
lenturientos meollos de una niña y un borracho.

Apenas entró en la cabaña vio a Ardid y al Trasgo cuchicheando.
Y cuando iba a advertirles del acontecimiento, Ardid puso un dedo
en sus labios, dándole a entender que ambos habían oído y presenciado —probablemente ocultos en los túneles subterráneos, a los que
era la niña tan aficionada— todo lo acaecido fuera de la cabaña.

Ardid vistió sus ropas de viña setembrina, y se cubrió con el
velo. Calzóse los zapatos y, reprimiendo un gesto de profundo desagrado, dijo a su Maestro:

—Decid al Capitán que estoy dispuesta a obedecer al Rey, y que
me siento muy halagada por su gentileza.

—Recuerda todo lo planeado y estudiado, sin olvidar detalle,
niña —susurró el anciano, procurando que el temblor de sus labios y
los malos augurios que revoloteaban sobre su blanca cabeza no resul-
taran demasiado evidentes.

6

LAS noticias que sobre Ardid habían llegado a la Corte de Olar
eran tan fascinantes que todos ardían en deseos de conocerla. En
verdad era una Corte muy tosca y sumida en austeridades militares,
donde, especialmente las damas, tenían pocas ocasiones de lucir

atuendos y aderezos. Para aquel acontecimiento dispusieron una suerte de recepción, en la cual todos tendrían ocasión de lucir sus mejores trajes —muy recientemente adquiridos en la fastuosa y sureña isla de la Reina Leonia— y de divertirse un poco con algo más que las decapitaciones, cacerías o comilonas de soldados beodos con las que acababa casi todo banquete. Sin embargo, al principio sufrieron una gran decepción.

Estaban ya todos reunidos, aguardando la llegada de la desconocida Doncella, cuando apareció únicamente un anciano de porte severo y larga túnica, que, inclinándose ante Volodioso, manifestó:

—Señor, ya que vos lo deseáis, mi Señora la Princesa acepta vuestra noble hospitalidad. Pero no por mucho tiempo, pues hemos de continuar viaje hasta dar con el Gran Señor Predestinado (como su estrella indica).

—¿Qué dice? —inquirió Volodioso, inclinándose hacia Tuso. Éste, con gesto de prevención, como de costumbre, hallábase dos pasos a su espalda. Pero antes de oír la respuesta de su Consejero, la impaciencia hizo levantarse al Rey, y aflojando las cintas de su manto real (que le impedían moverse cómodamente), dijo:

—Buen viejo, habla más claro; no entiendo una palabra de lo que dices.

—Digo, Señor —repitió el Hechicero, con la segunda de sus mejores reverencias—, que mi Señora la Princesa tuvo en la cuna —al igual que muchas princesas, como sin duda sabéis— una Hada Madrina, con quien su buen padre el Rey estaba muy bien relacionado. Y así, tal Señora, llamada Hada Feliciante, diole como don su prodigiosa sabiduría. Pero, como todo don, éste hallábase sujeto a una condición (bien sabéis que tales señoras suelen amargar sus regalos con estos detalles). Éste consiste, en el presente caso, en que sólo podría poner toda su ciencia al servicio de un gran Señor que la tomara por esposa. Como os habrán referido, muchas desgracias han sobrevenido a nuestro difunto Rey y a mi Señora (su augusta hija). Guerra y ruina, el país pasto de piratas, andamos por el mundo en pos de ese Predestinado, a quien deba ella prodigar su ciencia, y él, matrimonio y honores. Por tanto, no debéis detener nuestro camino: pues así incurriríamos todos en el enojo de la noble Hada Feliciante. Y, conocedores de vuestra grandeza y generosidad, a ella nos confiamos humildemente, noble Rey Volodioso.

Volodioso parecía confuso. Meditó por un instante, y al fin dijo:

—Bueno, si así lo deseáis, no os retendré demasiado. Pero antes deseo ver a vuestra Señora, y escuchar sus raros parloteos.

—Ah, noble Rey —dijo el Hechicero. Y aunque sus piernas temblaban de insuperable miedo, aún exprimió la fuerza necesaria para una tercera y solemne reverencia—, con gusto os complacería, pero habéis de saber que sólo a una pregunta por persona le está permitido contestar; y que si bien podrá presentarse ante vos, no le está permitido mostrar su rostro a nadie antes que al que será su Señor y esposo, y aun así después del matrimonio; y no puede romper este mandato, pues mucha desgracia acarrearía a quienes sin haber cumplido tal requisito posaran los ojos en ella.

Volodioso, que era impaciente y curioso por naturaleza —ambas cualidades le habían ayudado a ser Rey—, descendió los peldaños del trono, y exclamó:

—¡Pues, al menos, que pase de una vez!

—Tampoco es esto posible, mi Señor —balbuceó el Hechicero (y aquí ya no pudo volver a inclinarse: pues si tal hacía, seguro estaba de no volver a levantarse en lo que le restaba de vida)—. Tampoco antes de su matrimonio le es dado mostrarse apeada de su caballo Magnífico Níveo.

—¿Pero cuánta tontería es esa? —gritó al fin Volodioso—. ¿No sabéis que os puedo mandar degollar de una vez, si no obedecéis al acto?

—No lo dudo —farfulló el Hechicero (ya al límite de su resistencia)—. Pero no os lo aconsejo: Hada Feliciante es de carácter agrio y también sabe castigar muy duramente. Sabed que los asesinos de su padre y usurpadores de su Reino, en este momento, están todos ciegos, y el Reino es una pura ruina, pasto de las llamas. No quisiera que un noble Señor como vos, que tan gentil se muestra hacia mi Señora, hallara un fin tan miserable e impropio de su grandeza: no ignoráis que los poderes de tales Damas no son atacables por humanas fuerzas, ni espadas ni lanzas.

Volodioso hizo a Tuso gesto de que se aproximara, y en voz baja le preguntó qué opinaba de tales cosas, a su entender estúpidas y embrolladas. Pero Tuso —que tenía conocimiento de los males que podían acarrearse a quienes se oponían a las Fuerzas Mayores— dijo con cautela:

—Mejor será, Señor, que uséis de la prudencia. Y veamos, ante todo, si son ciertas o falsas las maravillas atribuidas a la tal Princesa. Por experiencia sé que no debemos afrontar las iras de tales Damas, ya que he visto con mis ojos algunas de sus represalias, y os aseguro que en ferocidad no tienen rival. Por tanto, bueno será andar despacio y con sigilo. Observad y meditad, pues nada malo podéis sacar de ello. Antes bien, sospecho buena fortuna para vos y para el Reino, si adquirís semejantes relaciones o incluso parentesco.

En su interior, Tuso había visto súbitamente brillar la posibilidad de aliarse al anciano y su Señora: y, en unión de ambos, disfrutar de un porvenir más risueño que el suscitado por las esperanzas puestas en el mayor de los Soeces, cada día más lerdo, ruin y taimado.

—Está bien —dijo Volodioso—. Veamos, pues, tanta maravilla, por confusa que parezca. Después decidiré qué debo hacer con vosotros.

Salieron todos, en verdad unos llenos de excitación, de recelo otros, al Patio de Armas, donde, a lomos del blanquísimo caballo de ojos azules —que maravilló a toda la Corte, e hizo rebullir la codicia de Volodioso, apasionado por estos animales—, se erguía una esbelta aunque, al parecer, menuda figura.

Ardid aparecía cubierta con su velo. Y era tal el resplandor de sus vestiduras y tules, que todas las damas sintieron una punzada de envidia en sus corazones: y hallaron que sus ropas eran burdas y mal confeccionadas. En lo que no les faltaba razón, pues la Corte de Volodioso sólo muy recientemente tuvo la posibilidad de conocer y adquirir las mercaderías de la Reina Leonia.

Volodioso quedó muy impresionado ante aquel espectáculo. No en vano el Trasgo, que permanecía oculto y al acecho, había conducido la luz de tal manera que casi cegaba mirar hacia la pequeña Ardid y su rica montura. Así impresionado, dijo el Rey:

—Princesa, quisiera que respondierais a una pregunta mía.

—Así lo haré, Señor —dijo Ardid. Y su voz sonó tan fresca y jugosa que embriagó los oídos de Volodioso como un dulce vino: pues sólo en la lejana Lauria había hallado semejante tersura y ausencia de chillidos, cosa que mucho le desagradaba. Pero precisamente las damas de Olar, deficientemente informadas aún del verdadero refinamiento y sus cánones, creían que debían forzar y aguzar sus voces, con el deplorable resultado que conocemos.

Volodioso consultó con Tuso, y éste le aconsejó preguntase a la Doncella cuántas horas había luchado y cuántas había descansado. Tuso conocía muy bien aquellas respuestas: estas y otras cosas estaban apuntadas en sus secretos libros de zorro cortesano.

Así lo hizo el Rey, y Ardid repuso:

—Lo haré con gusto. Pero como mi ciencia no es cosa de brujería ni adivinación, sino de profundo estudio y lógica, debéis decirme antes cuántos inviernos y primaveras, cuántos veranos y otoños pasasteis en luchas o en paz. Así el cálculo será perfecto y sin artificios.

—Bien —dijo el Rey—, os complaceré.

Y sirviéndose de los dedos, acumulando victorias, escaramuzas, amoríos, heridas, fríos y calores, expuso por separado lo que consideraba —y tal vez así era— la exacta cantidad de estaciones pasadas en guerra o en paz.

Tras meditar breves instantes, la jovencita, oculta tras el resplandeciente velo, emitió con su clara y fresca voz los días justos —que a lo largo de su vida con el Rey, tan minuciosa y trabajosamente, había apuntado Tuso—. El Consejero quedó entusiasmado ante la posibilidad de habérselas con semejante aliada, por lo que se apresuró a decir al Rey:

—¡Es tal y como ha dicho, Señor! Tengo para mí que deberíais guardarla con vos... aun a costa de ese matrimonio. Porque si el matrimonio resulta bien, buen negocio habréis hecho. Y si resulta mal, eliminar una esposa no es difícil. Según deduzco de las palabras del viejo, nada podrá en contra la tal Feliciante: he estudiado estas cosas y sé que, una vez cumplida la profecía, toda venganza queda neutralizada.

El Rey quedó perplejo. No le seducía otro matrimonio, pues si bien el anterior fue eliminado sin dificultad, no le parecía que aquella jovencita fuera tan fácil de manejar como un rorro de seis meses. No obstante, su curiosidad era tan grande que manifestó:

—Yo no veo el rostro de la Princesa, anciano. Decidme, al menos, una cosa: ¿es fea?, ¿o, por lo menos, es soportable?

—Oh, no es fea en modo alguno —dijo el Hechicero—. Antes bien: bella como la luz del día. Sus ojos acumulan el brillo de toda la inteligencia de la tierra, y su sonrisa rebosa el candor de la infancia. Es joven como el rocío, y fresca y tierna como las rosas —con lo que, en puridad, no decía una sola mentira.

Todo ello agradó al Rey, pero aún insistió:

—¿Rubia o morena?

—Rubia, Señor, pero con ojos negros.

—¡Me gustan las rubias! —dijo lleno de gozo Volodioso—. Bien, en este caso, no veo inconveniente en casarme con ella. Y como soy un gran Señor, muy poderoso, no dudo en que, por fin, habéis topado con el Predestinado. ¡Pero si me engañáis, os juro que os descuartizaré vivos, para escarmiento de todos, haga lo que haga después esa Señora Feliciante, o como se llame!

—No os engañamos en absoluto, mi Rey —dijo el Hechicero. Pero el temblor que oscurecía sus desfallecidas palabras quedó materialmente aplastado por las exclamaciones de la Corte, que con violento y súbito júbilo celebraba la gran decisión de su poderoso Señor.

—Entonces, llamad al Abad Abundio —dijo Volodioso—, y celébrese aquí mismo el matrimonio.

Partió a caballo un mensajero hacia el cercano Monasterio, y, a poco, regresó con el Abad, quien, a decir verdad, temblaba como hoja en el árbol.

—Andad y casadnos pronto —dijo Volodioso.

Entretanto, un tropel de sirvientes había instalado en el Patio de Armas grandes mesas, ya que la premura no permitía ofrecer un verdadero banquete. Dispusieron en ella, sobre blancos manteles de lino, vinos y variados manjares. Estaban todos muy alborozados, y, siguiendo la real indicación, todos comenzaron a brindar y beber. El Rey estaba ya ligeramente borracho, aunque se mantenía en pie con firmeza, cuando el Abad se hallaba dispuesto para la ceremonia.

—¡Apearos de una vez, diablo! No me gusta mirar a mi novia de abajo arriba —dijo Volodioso.

—No es posible, Señor, hasta que no se haya realizado el matrimonio —respondió ella, con firmeza.

—¡Maldita Feliciante! —Volodioso arrojó su copa, y, colocándose la corona que, rodilla en tierra, un paje le ofrecía, añadió—: ¡Cómo le gustaba a esa Señora complicar la vida!

Aun así, se prestó al último requisito, y el Abad les casó: él a pie, y ella a caballo.

Apenas terminó la ceremonia —tal y como se ordenó, precipitadamente, a sudorosos emisarios—, todas las campanas de la ciudad voltearon. Y entre el alborozo general, el Rey alzó los brazos, tomó por la cintura a Ardid y la bajó, por fin, del caballo.

Entonces, al verla en el suelo y comprobar que apenas alcanzaba más allá de sus rodillas, una gran ira le llenó, y, desenvainando la espada, gritó, rojo de furor:

—¡Bellaco, embustero viejo! ¡Sinvergüenza, maldito, que me has casado con una enana!

Pero apenas había dicho tal, Ardid alzó el velo que ocultaba su rostro, y ante el Rey apareció una carita redonda, tostada por el sol: y un par de ojos oscuros e iracundos le miraron con idéntica cólera a la suya, mientras decía altivamente:

—¡Insolente marido, el mío! ¡Soy yo la engañada, que creí erais un gran Señor y sólo veo ante mí un soldadote sin refinamientos ni modales! ¿Quién dice que soy enana? ¡Soy alta y robusta, para mis siete años! Y tened por seguro que a los quince ninguna de estas raquíticas y pálidas damas (por cierto, muy mal vestidas) —y aquí la naricilla de Ardid se frunció con desdén— podrá compararse con mi belleza, donaire y real porte.

Jamás, en toda su vida de Rey, ni hombre ni mujer alguna había osado dirigir tales frases a Volodioso. Quedó, pues, tan asombrado que enmudeció de estupor y su brazo cayó, sin fuerza.

Durante los breves minutos que este silencio y estupor le embargaron, pudo muy bien apreciarse el crecer de la hierba y el trepar de las lagartijas por las piedras de la Muralla, e incluso el vuelo de las moscas en el, a pesar de todo, aire puro de la mañana. Y estaban to-

dos tan sobrecogidos, que apenas acertaban a respirar. En cuanto al
Hechicero, llegado al verdadero y máximo límite de sus fuerzas, no
podía ya moverse ni hablar. Y lo que todos tomaron por dignidad y
sereno valor sin precedentes, no era otra cosa que pánico petrificante.

Ése era el turno del Trasgo, el momento en que debía poner en
práctica su participación en la escena. Desde su escondite, destapó
una calabaza donde, durante las últimas libaciones, había almace-
nado su propia risa, y la envío, con la luz, hacia Volodioso. Envuelta
en dulces vapores de mosto, la risa penetró al Rey por ojos, oídos y labios, e invadió su pecho y todo su ser. Hasta que, levantando la cabeza, prorrumpió en carcajadas tan alegres como jamás salieron de su
garganta. Naturalmente, todos le corearon. Al fin, secó con el dorso
de la mano las lágrimas que aquella expresión de alegría le arrancara,
tomó la niña en brazos, la besó en ambas mejillas, y dejándola de
nuevo en el suelo, agarró sus trenzas —que resplandecían como el sol
poniente— y tiró de ellas con alegre e infantil jugueteo. Luego, dijo:

—Ah, ¡qué noble y preciosa Reina tenemos en Olar! ¡Qué graciosa y maravillosa Reina! Os juro que es la primera vez que un niño
no me parece un conejo o una gallina.

En éstas, Tuso había reaccionado rápidamente. Y mientras en su
fuero interno se complacía mucho por tener una criatura tan tierna en
sus manos, a quien imaginaba podría moldear a su antojo, apresuróse
a deslizar estas palabras en los oídos del Rey:

—Señor, ¡qué gran fortuna! Pensad en las ventajas que reporta
una esposa semejante: por largos años aún, jamás os dará muestras
de celos ni cosa parecida. Y podréis guardar vuestras amantes en el
Castillo, como ahora, sin oír las odiosas quejas de una mujer legítima.
Siendo sólo una niña, podréis gobernarla a vuestro antojo y prescindir de enojosas obligaciones maritales que no siempre os apetecerán
(tenedlo por seguro). Y podréis educarla según vuestra conveniencia,
de tal modo que cuando tenga edad suficiente para consumar el matrimonio, a buen seguro no encontraríais esposa más dócil y sumisa.
Amén de que, llegada tal hora, a juzgar por sus facciones, será una
hermosísima mujer.

—Eso pienso —dijo el Rey. Y añadió—: Mi querida Señora, ¿podéis revelar el nombre de la más joven Reina?

—En efecto: soy la Reina Ardid.

Y sus palabras fueron acogidas con gran contento, en tanto resucitaban lentamente de su congelada estolidez el Abad —que temía ser decapitado por haber bendecido tal unión— y el Hechicero —por razones similares.

El Rey ordenó fuera colocada una corona de flores —en espera de que fabricaran otra de oro— sobre las rubias trenzas de la joven Reina. Y acto seguido, dedicáronse muy placenteramente a comer y beber. La madrugada les sorprendió ya muy avanzada entre risas, vino y chanzas no siempre del mejor gusto. Mientras, la más joven Reina dormía dulcemente, con la corona en las rodillas, pero con las manos tan asidas a ella, que una mirada más lúcida que aquellas que la rodeaban hubiera podido imaginar cuán difícil iba a ser arrebatársela.

Al día siguiente, el Rey ordenó que instalaran lo más confortablemente posible a la Reina en el Ala Sur del Castillo, junto a su fiel Maestro. Y advirtió a su Consejero:

—Tuso, siempre que te sea preciso, guíate por los grandes conocimientos de nuestra sabia Reina. Por lo demás, guardadla bien, hasta que tenga edad de darme un hijo. Y cuando este día llegue, avisadme, pues tal vez para entonces, entre una cosa y otra, la haya olvidado.

—Así se hará, tenedlo por seguro —dijo Tuso—. La Reina será atendida como si de mi hija se tratara: la vaciaré de su ciencia como a un cántaro boca abajo, para servir a vos y al Reino.

—Ahora —dijo el Rey, con sonrisa indulgente—, preguntad a la pequeña Reina qué regalo desea recibir del Rey, en ocasión de unos acontecimientos tan singulares.

Y ante el desconcierto de todos los cortesanos —y del propio Rey—, la pequeña Ardid pidió unas espuelas de oro.

—Que forjen las mejores y más bellas espuelas del oro más puro —dijo el Rey, íntimamente satisfecho con aquellas preferencias—. Y entregádselas con mis más afectuosos saludos.

Así se hizo; y de este modo, la pequeña Ardid se convirtió, a los siete años de edad, en la Reina de Olar.

V

LA MÁS JOVEN REINA

1

A decir verdad, como Reina, Ardid sólo disfrutaba el nombre. No estaba aún preparada para todo aquello que su pequeño y ambicioso corazón anhelaba, tanto en cuestiones de venganza como de poder. «Destruiré a Volodioso; y mi hijo será el Rey más grande de cuantos el mundo ha conocido —soñaba—. Mi familia quedará vengada: mi sangre llevará la corona del que arrebató la vida a mi padre y mis hermanos y, a mí, todo lo que poseía en la tierra.» Pero no sabía, pese a su precocidad y sabiduría, que la tierra y el mundo eran más vastos, antiguos, dulces y perversos de lo que ella podía imaginar.

La instalaron en el Ala Sur, tal como ordenó Volodioso, en una de las más espaciosas estancias del Torreón que daba sobre el Lago de las Desapariciones. Junto a sus habitaciones había otra pequeña estancia, donde se aposentó el Hechicero. Y éste, a su vez, pudo disponer de un pequeño recinto donde instalar el laboratorio de sus profundos estudios y averiguaciones. Tuso, con gran amabilidad y amables maneras, se avino ladinamente a todos sus deseos, pues contaba de ese modo ganarse la voluntad de la pequeña, para luego manejarla a su antojo. Si, como había dicho el Rey, la niña daría en su día un hijo legítimo al Trono de Olar, tiempo había para meditar sobre el heredero en quien más le convenía apoyarse.

Poco antes de aparecer Ardid en escena, había llegado a Olar la noticia del nacimiento del séptimo hijo del Rey, habido esta vez de la famosa Lauria. En aquellos momentos, el niño se criaba aún en Lorenta, y mucho le hacía cavilar a Tuso la conveniencia de dejarle vivir o no, cuando se produjeron los últimos acontecimientos. De esta forma —reflexionó— disponía de varias cartas a manejar, pues una sola no era aconsejable llegado el caso de que fallara. Y aunque secretísimas y oscuras razones le instaban a postular la candidatura de Ancio, no desechaba nuevas posibilidades.

Instaló como mejor pudo a la pequeña Reina, y ordenó que fuese atendida según merecía, so pena de graves castigos en caso de que le llegara alguna queja de la niña. Todas las damas de la Corte se esmeraron y esforzaron por su parte en atraerse la simpatía de la joven Reina. Si bien, desde el primer día, Ardid dio muestras de la firmeza de su carácter y de la poca costumbre que tenía de tratar con gentes de tan cortas luces.

Ni un solo día dejó de recibir sus acostumbradas lecciones del Hechicero. Después, montada en su blanco caballo con sus espuelas de oro, galopaba por los alrededores del Lago de las Desapariciones, lugar que la atraía mucho, pero siempre protegida y vigilada de muy cerca por la Guardia que a este fin dispuso Tuso, bajo cuyo mandato puso a Randal. El Capitán estaba tan fascinado por la niña, que se hubiera dejado matar por ella, si el caso lo hubiera requerido.

Sólo una advertencia hizo Tuso al Hechicero, el día que éste pidió un habitáculo donde poder encerrarse para verificar sus experimentos. Y fue ésta:

—No veo inconveniente en ello, Maestro —pues así le llamaban todos, ya que la Reina le daba este nombre—. Pero por vuestro bien os he de advertir una cosa: que toda suerte de brujerías o ciencias oscuras están prohibidas en el Reino de Olar, así como la práctica de toda suerte de encantamientos y sus derivados. De modo que si tan sólo se trata de estudios sobre matemáticas y ciencias nobles, con gusto seréis atendido. Pero no debéis rozar otras zonas más peligrosas, que huelan a magia o cosa parecida: pues la pena impuesta para tales desmanes es la hoguera. Y de ella, ni la misma Reina ni los mismos hijos del Rey serían librados (cuanto más un Maestro, servidor al fin y al cabo, como yo mismo).

—Lo entiendo muy bien —dijo el Hechicero con gran soltura. Ya que toda su vida la pasó en tales amenazas, estaba muy avezado en mentir sobre estas cosas—. Sólo de ciencias nobles se trata. Y habéis de saber que la magia (y todo lo que trate, o a ella se parezca) me repugna como al que más.

—Así lo espero —dijo Tuso muy satisfecho. Sentíase particularmente aterrado por la amenaza de todo lo que escapara a sus humanas entendederas. Y de él había partido la idea de aquella ley, ya que a Volodioso poco o nada le importaban los brujos, hechiceros y demás ralea—. Si es verdad cuanto decís, tened por seguro que tanto a vos como a vuestra querida Reina nada os faltará, y siempre hallaréis en mí, para cuanto se os ocurra, un leal amigo.

El Hechicero quedó tranquilo. Pero no la pequeña Ardid, que, fingiéndose entretenida en unos pergaminos, no perdió ni una sola palabra de lo antedicho. En cuanto se quedaron solos, dijo a su Maestro:

—No os fiéis de ese hombre. Es profundamente antipático, y le veo tan falso como las arenas de un pantano. Haréis bien en no confiarle lo más mínimo sobre nosotros o nuestra vida, pues sólo nos traería desgracia.

—Si así lo decís, querida niña, así será —dijo el Hechicero, poco interesado en la cuestión, y por contra, muy ilusionado ante la perspectiva de poseer nuevamente una guarida donde explayarse en sus secretas averiguaciones—. Los ojos de un niño listo, como vos, ven tres veces más que los ojos de cualquier adulto.

Dicho lo cual, haciéndose conducir por un criado, bajó a las mazmorras y eligió la que a su juicio reunía mejores condiciones. Viniendo a ser ésta —sin saberlo él— contigua al Pasadizo de las Liviandades, por cuyo conducto los príncipes Soeces hacían llegar hasta ellos las muchachas robadas. Fabricó él mismo la llave de aquella guarida, y la cosió al interior de su túnica, prohibiendo que le molestaran mientras se hallara allí encerrado. Una vez hecho esto, instaló su cofre, todos sus libros, vasijas, hierbas, elixires y pergaminos, y considerándose el más dichoso de los mortales, se dispuso a continuar la vida que de modo tan desconsiderado había interrumpido, años atrás, el mismo Rey Volodioso que ahora le protegía.

Con mucha frecuencia, el Trasgo del Sur trepaba por los pasadizos del Castillo, y tomando la ruta de los tiros de la chimenea, entraba en la cámara de Ardid. Entonces, organizaban ambos grandes correrías y juegos a través de chimeneas y subterráneos pasadizos: y de este modo, la pequeña oía cuanto se hablaba en la Corte, cuanto se urdía, decía o criticaba a sus espaldas. Y todo lo guardaba en su prodigiosa memoria, para utilizarlo cuando fuera conveniente.

También solían trepar a las almenas de la Torre, y contemplar los campos y los bosques.

El Trasgo bebía con toda la prudencia que le era posible. Pero, así y todo, la niña notó que su contaminación iba en aumento —si bien en grados aún muy pequeños—, y solía decirle con severidad:

—Ten cuidado, Trasgo, ten cuidado. Ayer alguien te vio cuando asomabas la cabeza por la chimenea del Salón del Consejo: era un paje, y atizó el fuego con las tenazas, creyendo que se había introducido allí una lechuza. Ten por seguro que, si no dejas de beber, algún día perderás tu poder y serás visible para todos. Y eso sería tan malo para ti como para nosotros.

—No temas, niña —decía el Trasgo, mientras, animado por el mosto, daba volatines por las almenas—. Mi contaminación es aún muy pequeña. ¡Y bien vale estar un tantico contaminado, si ello me produce una alegría tan grande!

Ambos reían entonces, pero el Hechicero, que a menudo se les reunía por las noches —cuando todos en Palacio creían dormida a la joven Reina—, movía la cabeza con pesadumbre: pues sabía que la otra vía de contaminación —y muy creciente en el Trasgo— era aún más peligrosa para aquel que abandonó sus tierras del Sur por el frío y desapacible Norte, y que ahora vivía entre pasadizos humanos en un Castillo también frío y destartalado —cuando muy bien podía corretear por las jugosas raíces de su tierra, entre viñedos y almendros que, en la primavera, tan hermosos y floridos se mostraban— con tal de estar junto a sus amigos. Pero así era: el Trasgo no podía ya vivir sin su compañía. Y no atinaba a reflexionar que esta contaminación era más embriagadora, más veloz y más peligrosa aún que la causada por el vino que tanto jolgorio y despreocupación inspiraba.

De este modo, iba pasando el tiempo. La niña seguía estudiando y maravillando con su sabiduría a todas las consultas que se le hacían de parte del Rey —por medio de su Consejero—. Y siempre animada por los idénticos propósitos y sentimientos que hasta allí la llevaron, aunque el Consejero Tuso le inspiraba repulsión, ella fingía amistad hacia él: si bien ni un solo momento perdió su gran dignidad y altivez, que —al decir de todos— la distinguían como criatura destinada a ser una verdadera Reina. Y aunque las damas que la visitaban la llenaban de irritación y hastío, no mostraba ante ellas este sentimiento: con todas aparecía amable, juiciosa y correcta en sus modales, de forma que si ninguna podía considerar que había ganado su estima y confianza, tampoco podía creer que resultaba desagradable a la Reina. Y así, daba muestras Ardid de una sabiduría mucho mayor que la de aquellos conocimientos en matemáticas, por la que todos la admiraban.

Por entonces sucediéronse las grandes batallas contra las Hordas Feroces de la estepa.

A menudo, los esteparios cruzaban el Gran Río, y, a despecho de la línea de fortificaciones, reconstruida por Volodioso, se adentraban en Olar en incursiones tan rápidas como despiadadas, y sembraban el horror, la ruina y la muerte por aldeas y monasterios. Estos últimos eran preferentemente blanco de sus saqueos: pues no en vano conocían la cantidad de objetos de valor —vasos de oro y plata, joyas y otras riquezas— que allí se acumulaban.

Un sentimiento nuevo brotó en Volodioso, mezcla de ira y atracción hacia aquellos jinetes prodigiosos, y crecía en su ánimo de día en día. Ellos le habían hecho apreciar la supremacía de los hombres a caballo sobre los hombres de a pie, y así se despertó su pasión por estos animales: y cada vez que en su persecución llegaba a apoderarse de

151

sus veloces corceles, la alegría de Volodioso era mayor que la produ-
cida por captura de prisioneros, o por infligirles bajas. La estepa, ante
sus ojos y su insaciable curiosidad, comenzó a despertarle un desazonante deseo sacudido de creciente insatisfacción. Una sed que nunca
logró calmar en toda su vida.

Jamás los esteparios constituyeron un verdadero ejército. Apenas
le era notificado el primer síntoma de sus incursiones, reunía Volodioso
sus hombres y acudía prestamente al Este, abandonando cuanto tuviera entre manos: sólo imbuido de una ira, de un salvaje deseo de exterminio; o acaso, empujado por la oscura esperanza de desentrañar
algo que empezaba a constituir la clave de un vasto y complejo misterio. Les perseguía encarnizadamente, aun a sabiendas de que estas per-
secuciones se estrellaban, al fin, en lucha contra la nada. Con la misma
rapidez que aparecían, los Diablos Negros —como los llamaban los olarenses, tan dispuestos siempre a imaginar las más descabelladas y ma-
léficas criaturas— desaparecían en dispersos grupos; caían sobre sus
tropas, luego: aquí y allá, incontrolables, inesperados y lanzando escalofriantes gritos. Causaban entonces desastrosas bajas —siendo menos
en número y peor armados que los de Olar—, y, sobre todo, despertaban entre sus filas algo más terrible que la misma muerte: el miedo.

A veces, capturaron alguno de aquellos guerreros. Sin pronunciar palabra, sufrieron los crueles castigos y torturas de que eran objeto. De lo alto de las torres que se alzaban en las fortificaciones, ata-
ban o clavaban en estacas sus mutilados cadáveres o, incluso, aún
vivos, sus desgarrados cuerpos, para que así sus hermanos de raza
pudieran contemplar los sistemas de venganza practicados por el
Rey Volodioso. Pero aquellos jinetes casi fantasmales no parecían ni
desanimarse ni desaparecer.

Estepa adelante, al otro lado del Gran Río, allí donde jamás pusieron sus plantas los hombres de Olar, el mundo se convirtió para éstos en un misterio infinito y pavoroso. Ni aun a riesgo de ser descuartizados vivos —si el caso hubiera llegado—, los hombres que
formaban el poderoso y ampliamente conocido Ejército de Volodioso
hubieran traspasado aquel río, ni se hubieran adentrado en la estepa.
Allí —se decían—, no era ya la Muerte quien les aguardaba, sino las
Tinieblas del Fin del Mundo. Había cundido entre los soldados la

creencia —y así, se extendió a todo el Reino— de que tras el Gran Río se abría el gran abismo donde terminaba el mundo: y por ende, los negros jinetes no eran otra cosa que negros diablos —de tal idea nació tal nombre— surgidos de aquellas Tinieblas. Quien osara llegar hasta allí, sería precipitado en el gran abismo, y su condenación, agonía y tortura prolongaríanse por toda la Eternidad.

Volodioso no creía en esta historia. Pero, en cambio, se consumía de curiosidad y de temor, a partes iguales, ante aquello que su humano entendimiento no lograba explicarse.

—No os preocupéis de las estepas ni de sus jinetes, Señor —solía decirle, en ocasiones, el Consejero Tuso—. Limitaos a defender vuestras fronteras, y mantenedlos alejados de ellas: os aseguro que, en verdad, sus tierras y gentes no os interesan. Sé de muy buena fuente que se trata tan sólo de hordas míseras, sin ley, sin Rey, sin patria verdadera: tan sólo conducidas por jefes de ferocidad y salvajismo destructor y obtuso; bien poco pueden aportar a vuestro floreciente Reino. Si se adentran en las praderas de Olar, o en la vecindad de las colinas, es tan sólo empujados por su propia hambre; se trata de simples y desesperados ladrones, dispuestos a morir por una cabra o una gallina, por una escudilla de legumbres o, como máximo, por un vaso de oro si alcanzan a destruir y saquear un monasterio o una abadía... Tened por seguro, Señor, que ningún provecho y muchas preocupaciones os traería conquistar tierras tan áridas, inhabitables e ingratas. Sólo abunda allí el viento, el frío, el polvo y la más vasta ignorancia.

Así, por lo común, lograba convencerlo, o al menos aplazarlo.

Pero alguna vez, de regreso de aquellas tierras, si celebraba la —al menos momentánea— expulsión o venganza, el Rey se embriagaba de forma taciturna y desconocida en él.

—Mi hermano Almíbar me habló, en tiempos, de otras cosas —decía, cuando el vino comenzaba a enturbiar sus ojos y su lengua—. Mi pequeño hermano Almíbar tenía un libro bajo la cornamusa... y allí había historias muy curiosas, que hablaban de un reino fastuoso donde los reyes dormían junto al río, en tiendas de seda y oro, y bebían en copas guarnecidas de rica pedrería. Así lo decía el libro... y decía también (bien lo recuerdo) que las torres de sus ciudades no estaban hechas por la mano de los hombres, sino que fue el viento quien cinceló sus cúpulas doradas y sus almenas azules... Sí, sí: llamad en seguida a Almíbar, llamad a mi hermanito, y decidle que su hermano-Rey le llama, y que traiga su libro, y lea para mí estas historias...

Llamaban a Almíbar, y el medio-hermano acudía, solícito, aunque interrumpieran su sueño.

No había cambiado, desde los tiempos de aprendiz de Vigía: habíase convertido en un joven elevado a Príncipe por el Rey, y habitaba en el cercano Castillo Negro. Conservaba su ensoñadora expresión —tan ensoñadora que, al cabo, comenzóse a murmurar en la maldiciente Corte si no respondería a una profunda y muy arraigada estupidez.

En aquellas ocasiones, vestíase presuroso, y acudía junto al hermano-Rey, a quien tanto amaba. Calmábale con raras palabras —a juicio del impaciente Tuso, llenas de despropósitos—, pero que tenían la virtud de aplacar los emperrados sueños que provocaba el vino en tan poderoso como contradictorio Rey.

—Perdí aquel libro —solía decir Almíbar, entre otras cosas de difícil comprensión—. Lo perdí, cuando me enviasteis al Monasterio... Sí, lo siento mucho, hermano, pero perdí aquel libro. Y también perdí la cornamusa. Pero, decidme, ¿cómo están los queridos Pájaros Sin Nombre? ¿Os atienden bien? ¿Proliferan?

Y aunque parezca mentira, tales cosas, sin lógica ni ilación aparente, sacaban al Rey de su obcecación. Y así, durmiéndole entre confusas pláticas, le dejaba tranquilo. Al día siguiente, el Rey salía al bosque, y sus escuderos decían que muchos pájaros humildes, grises y chillones, se posaban en sus hombros, y, al parecer, a él le complacía mucho verlos. Aparentemente, al menos, olvidaba la estepa y sus molestos habitantes.

—¡Sólo hambre, hambre y miseria! —rezongaba Tuso, deseando poner su broche de oro al tema. Y aunque no lo decía, despreciaba profundamente al Príncipe Almíbar por haber llenado, en algún tiempo que no alcanzaba a descifrar, la sesera de un Rey tan poco dado a fantasías, tan rotundo, expeditivo y desprovisto de quimeras, con tan peregrinas historias: ciudades rematadas por el viento, tiendas de seda y oro, y otras zarandajas. Y, sobre todo, por mezclar en tales pláticas una malhadada cornamusa, cuyo significado no sabía descifrar y tenía la virtud de irritarle.

—¿Qué cornamusa? ¡Hambre y miseria! —repetía, frenético, aun a solas. Y tentado estaba de darse cabezazos contra el muro, por no llegar a esclarecer el enmarañado revoltijo de aquellas alusiones, que acababan dejándole totalmente desorientado.

—Hambre y miseria, Señor —insistía, más serenamente, cuando los vapores etílicos se habían disipado por completo de la mente del monarca—. Y de eso ya tenemos bastante aquí, en tierras de los Desdichados; no deis entrada a gentes de esa clase, tan dadas a las revueltas, en un país cada día más próspero y floreciente: aun a costa de su derrota...

—Razón tenéis —decía Volodioso, ya serenamente ocupado en cosas más sensatas.

Hasta que se producía la próxima incursión y el Rey, tras batirse con valentía y tesón admirables, regresaba —vencedor a medias, pues sólo había defendido lo que era suyo—, y nuevamente caía en sus melancólicas libaciones y volvía a llamar a Almíbar. Pues sólo se acordaba de su medio-hermano en estas ocasiones.

Almíbar vivía retirado en su Castillo, ocupado en idear los más lujosos y bellos uniformes con que vestir la tropa que le confió —y hasta donó— su hermano el Rey. Tropa malgastada, a juicio de Tuso, aunque no se atrevía a decirlo. «Curiosa relación —pensaba el Consejero— la de estos dos hermanos. Curiosa, en verdad. ¿Qué habrá detrás de ello...?» Entonces, aparecía en su mente una estúpida e indescifrable cornamusa; y se daba a todos los diablos.

De todas formas, la obsesión por la estepa se había apoderado fuertemente de Volodioso, especialmente en aquellos inviernos que fueron de una crudeza jamás conocida en Olar. Pese a que su clima no era suave, tal vez empujados por el hambre y la miseria que propagaba tan obsesivamente Tuso, el caso es que las Hordas penetraron más encarnizadamente y con mayor frecuencia a través de sus fronteras.

Y así, durante los primeros años en que la niña Ardid reinaba —si bien que nominalmente— en Olar, su esposo el Rey se debatía día a día en el Este: librando batallas y más batallas, que poco a poco desangraban su ejército y le sumían en una sorda cólera. No se las tenía que ver con el enemigo acostumbrado, sino con espectrales jinetes.

A veces, en su persecución, llegaron a internarse en la estepa, cerca del Gran Río. Pero una vez allí, los mejores soldados caían presos de una inmensa e inexplicable angustia. Estremecidos de soledad, regresaban a Olar, nunca derrotados, nunca vencedores, siempre insatisfechos.

—¡Son como diablos! —rugía el Rey, enfurecido—. Nunca les pude ver de frente. Nunca les oyes, ni les hueles, hasta que los tienes encima...

Sin embargo, en cierta ocasión, logró caer con sus hombres sobre un grupo acampado en un pequeño boscaje de chatos matorrales, junto a un arroyo. Fue la inolvidable matanza en la que pasaron a cuchillo a su jefe, Hukjo, y al hijo de éste, Krejko; saquearon sus tiendas, donde sólo hallaron pieles como algo de valor. Una en particular —que servía de manto a Hukjo— agradó a Volodioso y, con ella y otras parecidas, cubrió el suelo de su cámara y el lecho real.

Regresó a Olar con las cabezas de dos de sus cabecillas clavadas en las lanzas de sus dos mejores soldados. Las hizo disecar y colgar de la repisa de su chimenea. Pero fuera que la disecación no estaba bien hecha, fuera que la humedad del Lago no les era propicia, el caso es que a poco hedían de tal forma que tuvieron que ser arrojadas a los estercoleros. Su vista llenó de pánico a rapaces y campesinos. Desde entonces creían ver cabalgar sus espectros en la noche, cruzando el Lago en corceles transparentes, hasta desaparecer en la inmensa estepa celeste.

Para consolarse, Volodioso hizo que tallaran réplicas de aquellas cabezas en el dosel de su cama. Y así, a veces, las contemplaba pensativo, y mudamente les preguntaba qué era lo que había de verdad más allá del Gran Río y las grandes estepas.

2

ENTRE unas y otras cosas, pasaron seis años. Y cierto día, durante una de sus escaramuzas del Este, Volodioso resultó herido gravemente. Fue conducido con gran cuidado al Castillo para que allí sanara, pues parecía que de otra forma se desangraría sin remedio. Una lanza esteparia le había atravesado el pecho, y aunque en otras ocasiones, durante sus muchas campañas, le alcanzó algún arma, jamás había recibido otra herida igual y tenía el cuerpo cosido a cicatrices. Cuando se halló en su cámara, mandó llamar a su Físico por si podía detener la gran agonía que empezaba a agostarle.

Su Físico preparó bebidas y emplastos de raíces secretas con que aliviar su dolor, quemó su herida con cuchillo al rojo vivo para librarla de impurezas; y, al fin, tras conseguir detener la huida de su sangre, le dejó suavemente dormido.

Estaba el Rey muy débil, pero era tan fuerte y robusta su naturaleza que, lentamente, fue recuperándose, aunque sin poder levantarse del lecho todavía.

Era ya primavera, cuando Volodioso ordenó que le llevaran a la parte sur del recinto arbolado que rodeaba el Castillo. Deseaba ver los pájaros, sus viejos amigos —que durante todo aquel tiempo no se habían movido de la ventana—, para llevarles algunas migajas. Le condujeron con gran tiento sentado en un sillón, cubiertas las piernas con la piel de lobo que fuera propiedad de Hukjo. Entonces pidió que le dejaran solo con aquellas avecillas: le gustaba estar así con ellas, sin testigos que pudieran presenciar la ternura que le inspiraban, y tomarla por debilidad.

Él lo había olvidado, pero precisamente allí se alzaba una torre adosada a la muralla interior del recinto, llamada Torre del Sur: y allí habitaba Ardid.

La joven Reina había ordenado plantar a su alrededor un huertojardín. En él brotaban rosales y plantas de varios tipos —que muchos desvelos costaron, dado el riguroso clima de Olar—. Mandó construir también en su centro un pequeño estanque, con surtidor, donde coleteaban pececillos dorados, rojos y azules. Había tenido tal ocurrencia porque, siendo niña, y en su cálido país, paseó con frecuencia por los cuidados huertos y jardines que en sus buenos tiempos abundaban. Y allí, durante sus correrías con el Trasgo, descubrieron una puertecilla de hierro, abierta en la misma muralla, y que, al parecer, por hallarse totalmente oculta bajo una maraña de espinos y follaje, permanecía ignorada de todos. Esta puerta encendió la imaginación de Ardid, y con la complicidad del Trasgo, decidió mantenerla en secreto «por si algún día precisaba de sus servicios».

El Rey quedó muy sorprendido al contemplar el encantador jardín que se extendía ante sus ojos. Sin embargo, nada dijo, ni preguntó, pues era hombre que prefería encontrar por sí solo las respuestas a cuanto despertaba su extrañeza o curiosidad. Y decidió desentrañar por sí mismo, una vez sus piernas le mantuvieran con la firmeza necesaria, el misterioso origen de tal jardincillo. Dedicóse en tanto a llamar suavemente a sus pequeños amigos, y extrajo —ocultas bajo la negra piel de Hukjo— unas migajas de pan con que obsequiarles.

Estaba el Rey a solas con los pájaros, que amistosamente alborozados llegaron en pequeñas bandadas. Dispuestos en corro a su alrededor, parecían charlotear con él, picoteando aquí y allá, cuando, de entre dos árboles gemelos, vio aparecer y acercársele una hermosa muchacha, de rubios cabellos y brillantes ojos negros, que le hizo una gentil reverencia.

Tal vez por hallarse a solas, en la íntima compañía de sus amigos los pájaros, o por la sangre perdida, Volodioso sentíase suavemente melancólico. Y así, al ver a la muchacha, notó cómo rebullía en él una animación muy placentera. Y dijo:

—¿Quién eres tú, linda criatura? —Y añadió prontamente—: Pero dime antes, ¿cuántos años tienes?

—Trece —contestó la muchacha, sonriéndole con gran encanto—. Y si mal no recordáis, soy la Reina Ardid, vuestra esposa.

—¡Trueno! —masculló el Rey, intentando incorporarse—, de eso sí que me había olvidado.

—Pero yo no de vos —respondió ella con voz calmosa y suave, aunque muy firme—. He oído que sufrís una cruel herida, y por tanto, como esposa vuestra, estimo que debo cuidaros y aliviaros en cuanto me sea posible. Tal vez no hayáis olvidado que fue a causa de mi ciencia por lo que me tomasteis en matrimonio

—¡Oh, sí! —dijo él, animándose por momentos—. Lo recuerdo muy bien. Pero has de saber, preciosa criatura, que me han tenido alejado de este lugar crueles batallas y grandes preocupaciones. Espero que, entre tanto, hayáis crecido bien y sin queja.

—Así es —dijo Ardid, sentándose a sus pies—. Ved cómo hice florecer este paraje: antes era un revoltijo de malezas, y ahora es mi jardín, y el vuestro. Pero también es verdad que durante vuestra ausencia y vuestras luchas con las Hordas del Este —tened por seguro que he seguido todas vuestras batallas con gran interés—, las reservas del Reino han sufrido considerables reveses, ya que las guerras, cuando se trata sólo de defenderse, y no de conquistar, no traen riquezas a un país, sino muchos gastos.

El Rey quedó mudo de asombro al oír tales razonamientos en una boca casi infantil, y por añadidura femenina. Pero recordando que la ciencia de la Reina era muy grande, se guardó de mostrar su estupor. Con creciente admiración —si bien un tanto picado por la directa alusión a la cuestión defensa-conquista, y sus considerables mermas en provecho del país—, siguió escuchando:

—Pero —continuó Ardid, con su vocecita tersa y firme— no en vano me tomasteis por esposa y Reina, de suerte que, gracias a mi capacidad de administración y buen cálculo, he sabido orientar y aun dirigir de tal forma a vuestro Consejero, Tesorero y Administrador, el Conde Tuso, que, si bien el Reino ha atravesado años de mucha austeridad y, como vulgarmente se dice, hemos exprimido hasta la última gota a campesinos, villanos y vasallos en general, lo cierto es que, aunque no nos hemos enriquecido, ni ha prosperado el país, tampoco nos hallamos sumidos en la miseria y el descalabro que era de esperar. Tened por seguro que tanto las tierras del Sur, como los territorios que durante vuestras campañas de conquista añadisteis al Reino, han sido de tal manera utilizados y aprovechados, que no me gustaría hallarme, querida y amada Majestad, en la piel de ninguno de vuestros vasallos oriundos de aquellas zonas.

Al decir esto sonreía con tal dulzura, que el Rey no sabía si sus palabras contenían un reproche o una alabanza.

—Si todo ello es cierto —dijo al fin el Rey, acariciándole las mejillas, y comprobando, de paso, que eran suaves, firmes y doradas como albaricoque—, os aseguro que os estimaré aún más que ahora.

Y tened por seguro, querida niña, que ninguna Reina será tan honrada como vos.

—Mucho me place oírlo —dijo ella, levantando las manos y ahuecando sus cabellos con gran coquetería—. Pero tened en cuenta (y no lo olvidéis) que ya no soy, en modo alguno, una niña.

Dicho lo cual se levantó. Y luego, inclinóse para mullir y arreglar con sumo tacto la piel que cubría las rodillas del Rey, y que, mientras tanto, se había deslizado al suelo.

—Hermosa piel —dijo acariciándola—. Lástima que sea de un color tan sombrío.

—Ah, querida, era el manto del peor cabecilla del Este —dijo Volodioso—. Y tened por seguro que con la piel de su cuerpo hubiera hecho lo mismo, si no la hubiera cosido antes a lanzazos: de poco abrigo me serviría ya en el crudo invierno.

Dicho lo cual, juzgó que su ocurrencia era extremadamente graciosa, y prorrumpió en grandes carcajadas: como sólo una vez —hacía de ello seis años— se habían oído brotar de su garganta. Y no era ajeno a ella el Trasgo del Sur, que bailoteaba entre las ramas de los árboles gemelos: satisfecho de que la escena por ellos planeada sucediera tan a gusto de ambos.

—Pues juzgo que ya habéis guerreado bastante —dijo Ardid—. Y si me lo permitís, os aconsejaría una temporada de descanso y de paz, reponiéndoos de vuestra herida, y teniéndome en vuestra compañía. Creo que si realmente soy vuestra esposa, algún día debo apreciarlo de veras.

El Rey quedó muy asombrado al oír aquellas palabras, que no supo cómo interpretar. Pero observando detenidamente a la Reina, dio en pensar que, efectivamente, no era en modo alguno una niña. La juzgó alta y muy bien proporcionada, amén que semejaba toda ella una hermosa fruta. Y se dijo que, si bien poseía la altivez y el porte de una verdadera Reina, su aspecto era tan lozano como el de alguna de aquellas campesinas que le parecieran más apetitosas que las insulsas damas de su Corte. Y, como la reunión de tales cualidades ofrecía un singular atractivo, dijo, mientras atraía a la Reina por la cintura:

—Bien pensado, creo que el nuestro fue un matrimonio muy acertado.

—No lo dudéis —sonrió la jovencita—. Pero ahora conteneos, pues debéis cuidar vuestra herida y reponeros suficientemente de ella.

El Rey se sintió muy regocijado con las respuestas de la Reina, y pensó que, si bien carecía del encanto y la fascinación de la inolvidable Lauria, al menos era la criatura menos aburrida de la Corte —además de muy prometedora en el amor, si, como decía, y estaba dispuesto a creer, ya no era una niña.

—Esmeraos —dijo, acariciándola (y notó que la contextura de la muchacha era de firmeza singular)— y procurad que sane pronto. Pues os aseguro que no os daré motivos para la decepción o el arrepentimiento de haberme aceptado como esposo.

Así transcurrió la mañana, en animada charla. El Rey estaba totalmente perplejo ante los muchos conocimientos que la criatura en cuestión —niña o mujer— acumulaba: tanto en lo que concernía a la Corte como a sus propias andanzas, guerreras o amorosas. Y, con gran alivio, comprobó que su joven esposa se hallaba a gran distancia de lo que suele tenerse por mujer celosa; antes bien, hacía atinadas observaciones —no exentas de malicia— sobre las mujeres con las que él solía entretener sus ocios. Y estos comentarios le regocijaban profundamente.

Nuevamente, como hacía seis años, tomó sus trenzas entre las manos y, tirando cariñosamente de ellas —si bien esta vez con distinto brillo en sus ojos, ya despojados de toda melancolía enfermiza—, dijo:

—A este paso, esposa mía, creo que sanaré mejor con tus charlas que con tus pócimas.

—Pero no hemos de descuidarlas —dijo la Reina—. Para ello estuve indagando largamente en ungüentos y remedios: y debo decir que no es ajeno a ello mi buen Maestro, a quien tanto debo.

—Ah, sí, el vejete aquel —dijo el Rey, lleno de tierna bonhomía. Pues desde que apareció Ardid ante él, todo le llenaba de alborozo—. Era un hombre muy digno, aunque demasiado solemne, a decir verdad.

—Pues si me obligáis a ello —repuso Ardid, con gesto altivo—, os confesaré que esta Corte anda harto necesitada de cierta solemnidad. A lo que he podido ver, vuestros súbditos, aun los más nobles, más que cortesanos se me antojan pandillas de cómicos, o aún peor, de truhanes disfrazados.

—Si así lo deseáis, la Corte se refinará un poco —dijo Volodioso—. Pero tened en cuenta que este Reino se hizo con la espada, no con reverencias cortesanas.

Y ante estas palabras, que si bien evidenciaban un no muy hábil, pero sí lícito desquite, Ardid dio muestras del más exquisito tacto, pues respondió, con gran dulzura:

—También eso es verdad, mi buen Señor, y tengo para mí que ésta es la única forma de crear un reino poderoso. Tened por seguro que vuestra reflexión la tomo por lección, y por cierto, muy atinada: no la olvidaré, estad seguro.

Con lo cual Volodioso quedó, además de admirado, sumamente halagado. Porque en definitiva, éste era el único detalle que hasta el momento había descuidado la astuta Ardid, y a fe, que en lo venidero lo tuvo en cuenta, pues, amén de inteligente y bien aconsejada, antes que nada era mujer, y por tanto, sabia por naturaleza.

Desde aquel instante, la Reina no se apartó apenas del Rey, cuidándole con gran esmero y a la par divirtiéndole con sus charlas. Hasta que el día llegó —más pronto aún de lo augurado por el Físico— en que Volodioso dio buenas muestras de hallarse restablecido. Recuperó fuerzas y apetito con sorprendente rapidez; y aparejadas, grandes reservas de su apasionada naturaleza se mostraron sin rebozo. Tanto es así que tan pronto lo consideró factible, dijo a su esposa:

—Si como asegurasteis, y yo creo, no sois una niña, hora es ya de que lo demostréis.

Por lo que el Rey y la Reina, bajo la triste mirada de las cabezas de los guerreros vencidos que, desde el dosel del lecho, se hallaban, de todos modos, muy lejos ya de conmoverse por tan humano espectáculo, pasaron juntos aquella noche y otras muchas más.

Y efectivamente, el Rey comprobó que Ardid no era solamente una mujer, sino de las más suaves, astutas y ricas en recursos de amor —cosa que, a decir verdad, le era a Volodioso cada día más necesaria—. Con lo que, como es presumible, quedó sumamente complacido.

El tiempo, no obstante, proseguía en su infatigable galope, y si bien fue generoso en cuanto a la rapidez con que consiguió curar al Rey y hacer una mujer de la pequeña Ardid, tampoco se detuvo respecto a los demás acontecimientos.

3

UN día, el Rey empezó a cansarse de la Corte, y si bien aún se divertía y deleitaba con su joven esposa, empezaba a echar de menos la compañía de sus soldados y las escaramuzas de rigor. A decir verdad, antes que esposo, amante o Rey, era un guerrero, que sólo entre guerreros y en peligrosas andanzas de todo tipo veía colmada su vida. Amaba el peligro y la aventura, carecía de la más elemental cultura, era duro, terco, sensual y olvidadizo; y estas características de su persona no menguaban, sino al contrario, con la edad.

Por todo ello recibió, casi con alegría, la noticia de una sublevación en el País de los Weringios. Y tomando rápidamente el mando de sus mejores hombres, besó tiernamente a Ardid, que le respondió con intachable sonrisa, sin los lagrimeos que tanto le molestaban —y que sólo Lauria y, paradójicamente, su tierna esposa le habían evitado—, y despidióse de ella.

—Sabed, Señor —dijo la Reina, entonces—, que espero un hijo; y por tanto, cuando regreséis, tal vez hallaréis en Palacio un heredero.

—Eso está bien —dijo Volodioso, aunque a todas luces más interesado en lo que se proponía llevar a cabo en tierras weringias que por tan regia nueva—. Pero en cuanto a la herencia, de eso hablaremos despacio: sabéis que tengo otros hijos.

—Pero éste será un hijo legítimo —dijo Ardid. Y por primera vez pronunció ante el Rey palabras imprudentes.

Sin embargo, Volodioso ya había espoleado su caballo, y no tuvo ocasión de escucharlas. Con lo que, tal vez, Ardid retrasó así la amargura de los días que aún habían de suceder para ella.

Pasaron días y días de un largo y vacío invierno que, por vez primera, llenaron el corazón de Ardid de extraña melancolía. Y, conversando con su Maestro y con el Trasgo, no hallaba ya el antiguo placer de la venganza y los deseos cumplidos. Algo había nacido en su corazón, que la dejaba pensativa y sombría. Hasta el punto de que el Hechicero vino a reparar en ello, y le dijo:

—¿Qué tenéis, querida niña, que nunca os vi con semblante tan pálido y como desencantado? ¿Acaso estáis enferma?

—No —se apresuró a decir Ardid—. Tened por seguro que estoy bien. Soy fuerte como una campesina, no una de esas ridículas mujeres cortesanas: me lavo con nieve todas las mañanas, y mi cuerpo no tiembla, ni mis dientes castañean. No estoy enferma, y sé que la maternidad no es ninguna enfermedad. Estad seguro de que sólo son figuraciones vuestras.

Pero ya no deseaba corretear con el Trasgo, pues aunque ya hacía mucho tiempo que su estatura no le permitía entrar en los subterráneos, no por ello dejó de caminar y escudriñar con él otros vericuetos. En cambio, ahora prefería quedarse en su cámara, y que él le contase cuanto oía y veía. Y el Trasgo, al parecer entristecido, le dijo una noche:

—Querida niña, a decir verdad, sin ti, las correrías no me divierten: ¿no podríamos quedarnos aquí tan calentitos, los tres juntos, charlando y bebiendo un poquitín, en lugar de mandarme a oír necedades? Ten por seguro que más de lo que ya sabes de toda esta estúpida y malvada gente, no podrás conocer.

—Está bien —dijo la Reina—. Si así os lo parece, no veo inconveniente. Pero cuidad el vino, sobre todo: no quisiera perderos, pues siento que cada día os necesito más a ambos.

—¿Te sientes sola? —dijo el Hechicero, receloso.

Al oír esto, Ardid se sobresaltó, y vieron que sus mejillas se encendían, al contestar:

—En modo alguno. ¿Cómo voy a sentirme sola entre vosotros? Aquí, y en cualquier parte, sois mis únicos amigos.

Y el Trasgo y el Hechicero quedaron convencidos de ello. Sólo una vocecita, aguda e inoportuna, acusaba a Ardid de que, por vez primera, había mentido a sus dos viejos y leales compañeros.

Faltaban dos meses para el nacimiento del hijo de Ardid y de Volodioso, cuando se anunció con gran trompeteo que éste regresaba a Olar. El tiempo transcurrido desde su partida inquietaba a todos: pues se tenía noticias de que la revuelta de los Weringios fue sofocada en breves días, ya que carecían de armas y de toda otra cosa que no fuera su odio. Pero el Rey, por vez primera, se había adentrado por propia iniciativa, y sin provocación de incursión alguna, en las misteriosas estepas. Desde entonces, ninguna noticia había llegado al Reino, a pesar de los muchos emisarios que Tuso envió. Muy inquieta se hallaba Olar por la suerte de todos; y habían llegado las cosas a un punto de gran consternación, cuando el regreso del Rey calmó los ánimos, y enteró a todos de una de sus más arriesgadas y triunfales empresas. En efecto, el Rey regresaba del Este con un brillo salvaje en la mirada. Por vez primera no había defendido a Olar de las Hordas, sino que —al decir de las gentes— éstas habían tenido que defenderse de él.

Por tal motivo, dispusiéronse grandes festejos —aunque la economía del país no lo aconsejaba—, y Volodioso apareció radiante a la Puerta Volinka —llamada así en honor de su madre, ya que era la más grande e importante de la ciudad— y al frente de sus soldados. Éstos se veían tan abatidos y destrozados por la lucha, que ningún orgullo asomaba a sus rostros; antes bien, dejaban traslucir un gran desfallecimiento. Pues aquella inútil aventura había costado muchas vidas, pérdidas y sufrimientos.

Nada de esto veía Volodioso; y así, proclamó cumplido su gran deseo de adentrarse en las estepas. En Olar se comentaba que, por fin, sus hombres habían llegado al Gran Río. Y allí divisaron una gran muralla, dispuesta de tal forma que hacía suponer que una gran ciudad se defendía tras ella. Pero antes de que pudieran acercársele, muchos guerreros salieron a su encuentro. Y tuvo lugar una gran batalla contra aquellos hombres, hasta que éstos fueron vencidos. Entonces, con gran asombro, comprobaron que la muralla inexpugnable no estaba hecha por manos humanas, sino que la componían enormes y extrañas rocas, y que no ocultaba ni protegía una ciudad, sino restos de un mísero pueblo tribal, compuesto de tiendas, toscos carros y cabañas de madera. A modo de empalizada, aquel poblado aparecía rodeado por lanzas que ostentaban clavados en la punta cráneos y cabelleras de guerreros vencidos, que ondeaban agoreramente entre la humareda.

El Rey, ardiendo de curiosidad, penetró en el siniestro círculo, cuando vio a un joven guerrero, ataviado como un jefe, que intentaba huir en un hermoso caballo negro. Le persiguió con saña, y cuando lo hubo apresado, e iba a degollarlo bajo sus rodillas, comprobó que no era un joven jefe —como su aspecto le hizo creer—, sino una joven mujer, de largas trenzas negras y ojos brillantes como carbones encendidos. Mucho le costó reducirla, y aún más encadenarla. Pero quedó fuertemente fascinado por la misteriosa mirada de la desconocida guerrera. Y con ella encadenada, como trofeo de guerra, entró en Olar.

Desde el primer instante en que los ojos de Ardid contemplaron a la mujer de las Hordas Feroces, sintió algo frío y afilado hundirse en su corazón.

Nunca había visto a nadie que, a pesar de hallarse encadenado, ofreciera, sobre su negro corcel, aire más arrogante y altivo. Había tal fuego en sus ojos, que casi resultaba imposible mantener su mirada. Ardid creyó ver una ave oscura y lenta cruzar el cielo de Olar. Y conteniendo un repentino temblor, avanzó hacia Volodioso. Pero el Rey apenas si le prestó atención. Besó su frente distraídamente, y en seguida mandó que preparasen un gran banquete para celebrar el triunfo, amén de que —como era de rigor— se abrieran dos fuentes de vino en la Plaza.

—Mi Señor, no tenemos reservas para tales dispendios —dijo Ardid—. Pensad cuánto ha costado esta última aventura.

—¿Qué decís? —gritó enfurecido Volodioso—. No sois vos quien da las órdenes en Olar, entendedlo bien.

Así, la trató por vez primera con rudeza. Y no pasó desapercibido a la sagaz mirada de Ardid que Volodioso sólo tenía ojos para su prisionera. Comprendió que todo cuanto hacía y decía era tan sólo para que ella viese cuán poderoso y fastuoso era su vencedor.

La Reina, entonces, se excusó, diciendo que no asistiría al banquete por hallarse muy fatigada por su avanzada maternidad. Al oírla, Volodioso se limitó a sonreír, y añadió:

—Así lo creo yo también. Id pues y reposad. Y no os preocupéis de otras cosas.

Con lo que Ardid se sintió humilladamente despedida.

Llena de amargura se retiró a su aposento, pero no podía conciliar el sueño. A sus oídos llegaban las voces de los que celebraban la victoria, tanto cortesanos como plebeyos. Asomada a las ventanas contempló, por sobre la ciudad, el cielo enrojecido por las hogueras con que el pueblo, bailando en torno, celebraba la victoria. Sólo el Lago, terso y negro, lleno de misteriosa calma, pareció refrescar el ardor de sus pensamientos. Al fin, no pudo contenerse y acercándose al hueco de la chimenea llamó al Trasgo, que acudió presuroso.

—Mi buen Trasgo —le dijo—, me siento muy pesada para seguiros por ahí, pero tened por seguro que deseo muy vivamente saber lo que hace el Rey esta noche.

—Con gusto te complaceré —dijo el Trasgo—, pues he visto traer grandes toneles de un vino rosado que todavía no he probado. Y a fe mía que esta noche me daré ese gusto.

—Tened prudencia —dijo Ardid, llena de inquietud—. Temo que alguien os pueda ver: ya sabéis que los hombres ebrios poseen, a veces, ciertas cualidades (aunque efímeras como el vapor del alcohol), y temo mucho por el avanzado estado de vuestra contaminación.

—No temas —dijo el Trasgo—. Mucho he de libar aún, para que cosa semejante me pille desprevenido. Te aseguro una vez más, querida niña, que no es tan grave mi situación.

—No todo lo fiéis al vino —dijo entonces Ardid en voz baja y triste—. Tened por seguro, querido Trasgo, que otros conductos pueden llevaros a la perdición.

—¡No será el amor! —rió el Trasgo—. Un Trasgo no es capaz de enamorarse de alguien tan feo, perdonadme, como una criatura humana.

—Ay, Trasgo —suspiró Ardid—, no sabéis de lo que habláis. No sólo esa clase de amor puede perderos, sino todo sentimiento dulce y cálido que haga crecer la Raíz Desconocida en tu pecho... Y en cuanto a lo que habláis de fealdad y hermosura, esas cosas poco o nada tienen que ver en ello. Ni tan siquiera la edad, o la maldad de un ser humano, pueden detener el crecimiento de esa maligna raíz: entendedlo bien.

Pero el Trasgo, sediento y presuroso, ya había desaparecido.

Era casi amanecido cuando volvió. Y halló a la Reina en el mismo lugar junto a la chimenea, donde sólo unas débiles brasas lucían entre la ceniza. Estaba pálida y seria. Y por vez primera, pensó que la querida niña era una Reina y mujer de muy maduro entendimiento. Dijo entonces:

—Tengo buenas nuevas, querida niña. El Rey está atrapado por la pasión hacia esa Princesa salvaje; y de tal manera lo ha encadenado, que está dispuesto a tenerla aquí como amante, no como cautiva. Y bien dices que el corazón humano gasta malas pasadas: así, presa fácil será de toda suerte de venganzas (tuyas o de ella). Pues un hombre en tal estado es vulnerable a cualquier cosa. Mucho me he regocijado viendo cómo pretendía hacerse admirar de ella, mientras esa mujer le despreciaba con sus feroces ojos de asesina; y he visto cómo ocultaba un cuchillo entre los vestidos. ¿Sabes una cosa? El Rey le ha quitado las cadenas, la ha coronado con muérdago, y ha dicho que esta noche la conduzcan a su cámara. De suerte que, tenlo por seguro, no amanecerá un nuevo día para él: ella le hundirá entre las costillas, o donde mejor atine, su cuchillo. Y esta vez sí que no habrá Físico ni bebedizo que lo remienden.

Dicho lo cual, revoloteó por la cornisa, saltó dos o tres veces sobre el lecho de brasas, y desapareció de nuevo en la oscuridad de la chimenea.

Ardid se había levantado, temblando; sus labios estaban helados y sus manos también. Y no acertaba a decir palabra ni a moverse. De pronto sintió como si aquella raíz maligna de que hablara al Trasgo creciera dentro de ella: y un árbol poderoso extendió sus ramas y la invadió: y notaba en la sangre y en los labios su ácido zumo, agrio como las uvas verdes, embriagador como las uvas fermentadas. Y sin pararse en mientes ni razonar, abrió la puerta y corrió hacia la cámara Real. Y como sabía que la Guardia —aún— no iba a atreverse a impedirle el paso —era la Reina, al fin al cabo—, allí se fue; y ordenó que abrieran las puertas, y entró en la estancia igual que el huracán, dejando que los batientes golpearan contra el muro. Apartó entonces las cortinas, y vio cómo en aquel momento el Rey besaba a la mujer de las Hordas salvajes.

Apenas pudo entender Volodioso qué clase de vendaval furioso le arrebataba de los brazos a su prisionera, cuando vio unos ojos brillantes y oyó una voz que le decía, mientras sujetaba por las trenzas a la mujer esteparia:

—¿Tan necio eres que no ves lo que oculta entre las ropas? ¿No ves que quiere matarte?

El primer impulso del Rey fue mandarla decapitar. Pero al punto divisó el puñal en las manos de su prisionera, y se sosegó un tanto. Luego, volvióse iracundo hacia la Reina y dijo:

—Eres imprudente, Ardid. Nunca, esta noche, debiste entrar aquí. No te ha servido de nada tu sabiduría.

—¿No veis que os he salvado la vida? —dijo ella, temblando de ira.

—Eres necia —dijo el Rey con rabia. Y arrebatando el puñal de manos de las dos mujeres, lo arrojó por la ventana—. ¿Crees que soy tan estúpido como para no saberlo? Conozco muy bien todas las argucias femeninas. Y ésta prestaba nuevos bríos y alicientes a este lance. Parece increíble que me hayáis supuesto tan estúpido, y que lo hayáis sido vos también.

Ardid, desfallecida, notó cómo sus labios temblaban, y no podía pronunciar palabra.

—Así que márchate en buena hora, estúpida mujer —dijo—. Y no vuelvas a entrometerte en mis asuntos, si quieres vivir en paz.

Con estas palabras la despidió aquella madrugada. Y Ardid en lo profundo de su corazón supo que era para siempre.

Desde aquella hora, el Rey no volvió a dirigir la palabra a Ardid, ni a acordarse tan siquiera de ella. Sólo tenía pensamiento para su feroz enemiga, que no desperdiciaba ocasión de demostrarle su odio. Y cuanto mayor era el odio de ella, más grande era la pasión del Rey, de forma que toda la Corte estaba asustada.

Tuso consideraba aún imprudente entrometerse en aquella situación, si bien ésta comenzaba a inquietarle. Volodioso había mandado alojar a la prisionera en una cámara contigua a la suya, y cubrirla de adornos y vestidos. A cambio, sólo desprecio recibía de la misteriosa mujer, a quien jamás oyó la voz.

Así estaban las cosas cuando Ardid decidió por su cuenta hallar la solución. Sabía que, a pesar de los halagos que recibía del Rey, de hecho, la mujer de las Hordas salvajes permanecía prisionera. Y aún más, de nuevo permanecía con las manos atadas a la espalda, pues de no ser así, arañaba con tal furia que el Rey mostró en su rostro las huellas de sus garras, como si una alimaña hubiera desgarrado su carne. Y teniendo noticia de que la mujer estepar ia sólo tenía ojos para mirar hacia el Este, asomada a la ventana, Ardid reflexionó que la mejor solución para deshacerse de ella era consiguiendo que escapase.

Eligió una tarde en que el Rey, despechado y taciturno, salió de caza con su hermano Almíbar. Ardid penetró entonces en la cámara de su Maestro y le pidió, con lágrimas en los ojos, polvos de adormidera amañados en vapor, para con ello dormir a la Guardia encargada de la vigilancia de la prisionera. El viejo sintió de improviso un gran temor, y le dijo:

—¿Cómo es eso, niña? ¿Qué leo en tus ojos? ¿Qué es lo que así te aflige? Debías sentirte feliz viendo a tu enemigo en manos de esa fiera que, a buen seguro, un día u otro, acabará con su vida: y de este modo, a fuer de satisfecha tu venganza, te verás Reina y madre de un legítimo heredero. ¿Qué más puedes desear?

—Calla Maestro, y nada me preguntéis —dijo ella—. Sólo os pido que, por el gran cariño que me tenéis, lo hagáis.

El viejo movió la cabeza con pesar. Al fin, laboriosamente, hizo lo que ella pedía. Pero con evidente disgusto, pues aquellas mescolanzas eran cosa propia de aficionados sin categoría alguna, e impropio de un sabio de altura como él.

Ardid se aproximó a la cámara donde guardaban a la prisionera, y esparciendo el vapor del sueño, los soldados quedaron totalmente atrapados en las redes de un profundo sopor. Luego, entró en la cámara, y por señas, indicó a la Princesa que la siguiera. Ésta la miró fijamente a los ojos, y un hilo invisible, pero cierto, pareció enlazar sus miradas. A partir de ese instante, se limitó a obedecer.

Ardid la condujo a las caballerizas; y usando nuevamente del vapor del sueño, durmió a todo sirviente, mozo o palafrenero que halló al pasar. Y desatando el hermoso corcel negro de la mujer estepa-ria, que celosamente conservaba el Rey en sus caballerizas, indicó a su dueña que lo montase. Ésta lo hizo inmediatamente de un ágil salto. Luego, Ardid condujo con gran cuidado montura y amazona hacia la parte Sur, allí donde plantara un día su jardín: y por la secreta puertecilla medio oculta entre la maleza, la invitó a salir. Sólo enton-ces cortó, con su cuchillito, las ligaduras de sus manos. Entonces, la prisionera la miró de nuevo con sus relampagueantes ojos y, ponién-dole una mano sobre el hombro, pronunció en voz baja unas palabras en la lengua de Olar, que asombraron a Ardid:

—No ames al lobo, ¡destrúyelo! —dijo. E hincando los talones en los ijares de su corcel, se perdió velozmente en la oscuridad, hacia el añorado Este.

Aquellas palabras se clavaron profundamente en el corazón de Ardid. Llena de temor y sombríos presentimientos, regresó y se ence-rró nuevamente en su cámara.

El Rey Volodioso quedó consternado al conocer la desaparición de la muchacha esteparia. Pero como nadie había visto lo sucedido, y na-die podía dar razón de cómo ocurrió, y dado que la Guardia perma-necía impertérrita a su puerta, y ésta aparecía sin huellas de haber sido forzada, un escalofrío de temor recorrió los huesos de todos los habitantes del Castillo, hasta el último pinche de cocina, sin excep-tuar al propio Volodioso. Tuso, que abrigaba sus temores respecto a la Princesa Guerrera, dijo al Rey:

—No tengáis ahora duda alguna, esa mujer era una bruja ma-ligna, y sólo pesar os hubiera traído el conservarla.

El Rey quedó muy mohíno. Estuvo todo el día a solas, sin querer ver a nadie, ni comer; sólo bebiendo, hasta muy avanzada el alba.

Al día siguiente, Ardid acudió a ver a su esposo, con aire falsa-mente humilde y afectuoso. Pero el Rey la recibió con desvío, y apenas le prestó atención. Así ocurrió un día tras otro. Hasta llegar uno en que Ardid perdió totalmente la paciencia, y encarándose a él, le dijo:

—Habéis de saber, esposo mío, que si indudablemente habéis sido un gran Rey, en la actualidad estáis destruyendo todo lo que hicisteis. Por vuestros estúpidos caprichos y vuestra manía de andar a la zaga de unas gentes que más nos conviene tener alejadas, debo deciros que si no fuera gracias a mi gran astucia el país no se hubiera salvado de la ruina y la miseria. A estas horas no seríais sino un Rey mendigo, perseguido hasta la muerte por vuestros enemigos, que, no lo dudéis, son muchos. Y tened por seguro que si esa mala víbora no hubiera desaparecido por artes de una magia repugnante que desconozco y desprecio, es muy cierto que vuestra ridícula pasión de viejo por un ser semejante, os hubiera llevado a muy graves situaciones.

—¿Queréis callar de una vez? —dijo el Rey, que ni siquiera mostraba cólera, sino un profundo hastío—. ¡Esposa teníais que ser, al fin y al cabo! ¿Cómo pude caer en red semejante? Sabed, estúpida y charlatana criatura, que nunca podréis entender, con vuestra infantil forma de pensar, lo que en verdad suponía para mí la Princesa de las Hordas. Ella no era para mí una mujer: era la misma estepa, la tierra desconocida, la enorme ignorancia que me tortura por lo que no ven mis ojos, ni tocan mis manos. No, no era una mujer tan sólo: era el misterio, la pasión de conquistar lo desconocido: era el último jirón de mi juventud.

La Reina quedó muda de estupor. No comprendía aquellas palabras. Nunca oyó una perorata tan larga en labios del Rey, y comprobó que no estaba borracho. Súbitamente le vio despojado de toda su realeza, fuerza y poder: sólo era un hombre perdido en muy vasta y estremecedora soledad.

—Pues entonces —dijo Ardid, lo más suavemente que le fue posible—, pensad que vuestra esposa es muy joven, y que pronto os dará un hijo hermoso y fuerte.

—¡Dejadme, he dicho! —se impacientó el Rey—. Nada me importan esas cosas. ¡Dejadme solo!

Entonces Ardid cometió el gran error de su vida: insistir con su presencia y sus palabras en el momento más inadecuado, de forma que destrozó la soledad, que en verdad el Rey amaba. Y viendo que el Rey se impacientaba, la ira la dominó a su vez, y levantándose, gritó:

—¡Sois tan estúpido y majadero como jamás conocí a nadie, Rey Volodioso! Y tened por seguro que esa maldita se llevó lo que os quedaba de juventud, con ser bien poco; porque sólo a un viejo idiota contemplo ante mí, no al magnífico Rey con quien creí casarme. ¡Os juro que vengaré este desprecio, y que mi hijo será un verdadero Rey, y no una piltrafa borracha y enamoradiza capaz de llevar a la ruina un país conseguido a través de tanta sangre y tanto sacrificio!

Entonces el Rey perdió toda la paciencia que le quedaba, y llenándose de furor como de un vino más poderoso que ninguno, llamó a grandes voces venir la Guardia, y ordenó que la Reina fuese encerrada de por vida en la Torre Este. Y que jamás oyera hablar de ella. Luego, llamó a su hermano Almíbar —por ser el único en quien confiaba, y por haberlo dotado de soldados muy bien dispuestos y aguerridos—, y díjole:

—A ti te confío el cuidado de esa arpía, a quien no mando decapitar por dos únicas razones: primero, porque sus consejos son necesarios para la economía del país (y en su encierro, deberá seguir proporcionándolos); segundo, porque está a punto de traer al mundo un hijo mío, y nadie sabe aún cómo será. Pero entiende bien, Almíbar, que la Reina no debe pisar jamás otro suelo que el de sus estancias, ni salir de la Torre, ni recibir a persona alguna sino a ti; y sólo llevará con ella dos doncellas. No quiero oír su nombre en lo que me resta de vida. Y cuando el hijo que lleva —si es varón— tenga edad de presentarse a mí —y juicio suficiente para responder a mis preguntas, y fuerza para manejar la espada—, me lo traéis; y si veo en él alguna cosa buena, lo tendré conmigo. Y si no, decidiré a su tiempo cuál será su destino.

Dicho lo cual, se apagó la estrella ascendente de la Reina Ardid. Vivió en la oscuridad, olvidada de todos, durante seis largos años.

VI

PRÍNCIPES

1

LOS hermanos Soeces experimentaban una viva y razonable antipatía por la Reina, y a su vez, eran ampliamente correspondidos por ella. Ardid odiaba sus rostros de raposo, sus largos dientes, siempre asomando entre los labios, y sus traidores ojos verdes.

El día en que la Reina fue encerrada en la Torre Este, Ancio contaba cerca de quince años. Mucho se regocijó con la desventura de Ardid, de modo que aquella noche se bebió él solo medio barril de cerveza, y anduvo aturdido en sus husmos hasta la mitad del día siguiente. Su pasatiempo habitual —entre pelea y borrachera— consistía en corretear por los bajos corredores del Castillo, o por las dependencias de la soldadesca, y jugar a los dados con ellos. A menudo despojaba a aquellos obtusos infelices de su exigua paga —si la percibían, cosa que ocurría espaciadamente— o de cuanto llevaran encima. Así, ora una daga, ora una coraza, había llegado a almacenar en la sucia guarida de su Torreón un verdadero arsenal, que ocultaba bajo algunas de las pieles que hurtaba un poco por aquí, un poco por allá, cuando pisaba estancias más abrigadas que la suya. Esto causaba gran envidia en sus hermanos, y quizá por esa razón, más que por el abuso que hacía de su descomunal fuerza en los continuos dimes y diretes que animaban sus jornadas, le aborrecían.

Bancio y Cancio, los gemelos, cumplían por aquellos días trece años. Ofrecían, a los pocos que gustaban de contemplarles, un prodigioso parecido físico y tal vez moral: pues no podía dilucidarse con exactitud quién de ellos era más cobarde, fantasioso, embustero, lenguaraz y bravucón. Por otra parte, solían enredarse de continuo en feroces luchas. Por la menor cuestión lanzábase uno contra otro sin previo aviso, y dábase la curiosa circunstancia de que todas las añagazas ocurríanseles en común y a la vez, de forma que recibían por igual golpes, atroces insultos y amenazas escalofriantes.

En cierta ocasión —y siendo aún muy niños— arrojáronse el uno contra el otro animados por una misma idea entre las cejas y los dientes, de suerte que salieron de esta empresa cada uno con una oreja de menos. Esto es: Bancio había arrancado de cuajo la derecha de Cancio, cuando Cancio aún mordisqueaba la diestra de Bancio; y de esta guisa, estupefactos y doloridos, comprendieron la similitud prodigiosa con que se ponían en movimiento sus impulsos agresivos. Por todo ello, ambos aparecían privados de un órgano auditivo, y solían tapar como mejor podían las cicatrices producidas por los fraternos colmillos, cubriéndolas con mechones de pelo rojo y áspero, muy semejante en calidad y aspecto a manojos de estopa.

Por lo demás, jamás se separaban, y en verdad casi formaban una sola fuerza. De entre los cuatro hermanos, eran los peor dotados en cuanto a corpulencia y vigor, si bien lo suplían por la dureza de sus nervios; además, eran bastante ágiles. Desgraciadamente, ambos cerebros habíanse repartido también por igual la escasa porción de lucidez que les tocara en suerte: con lo que la indigencia de su entendimiento resultaba tan notoria como deprimente. De todos modos, alguien aseguraba que, en lo profundo, aquellos amarillos y desgalichados gemelos, a despecho de obsequiarse de continuo uno a otro con los vaticinios más sombríos —especialmente relacionados con súbitas y despiadadas muertes—, se amaban con recóndita ternura; y que esta ternura, aunque asfixiada en la mísera apariencia de sus espíritus, era un fuerte lazo de unión y mutua protección: más fuerte que todas sus peleas, insultos, y los agoreros presagios con que abundantemente se rociaban. Y cosa curiosa, con ser los más necios, eran los de lengua más suelta, aunque no constituían con ello una excepción.

Los otros dos hermanos —Dacio y Encio— que siguiéronles en edad, habían muerto. Dacio, a causa de las desgarraduras que causara en sus carnes de infante un enloquecido mastín a quien el pequeñuelo, incautamente, intentara sacar los ojos con un punzón. Y Encio —algo más crecidito que su difunto hermano— pereció miserablemente ahogado en una hedionda charca, por culpa del airado desplante de un raposo —animal que era muy ducho en atraer mediante ingeniosas trampas—, a quien, sin cerciorarse previamente de su conformidad, destinaba idéntica suerte.

En cuanto a Furcio, el menor de los seis —cuatro aún vivientes, dos mal llorados—, durante los amargos días de la joven Reina, acababa de cumplir ocho años. Era Furcio criatura tan desarrollada y apuesta, tan robusta y desprovista de cualquier sospecha de candor, que muy bien pasaría por criatura de mucha más edad. Como dato particular —aparte de ser el único hermoso de los Soeces—, revelóse este niño tan lujurioso como un mono, y a despecho de su tierna edad, tales inclinaciones podían apreciársele sin rebozo alguno y de forma muy evidente. Por estas señas era muy conocido entre las damas que componían la Corte, a quienes avergonzaba y divertía a partes iguales, mientras soportaban en silencio los obscenos gestos que el joven Príncipe, encaramado en las altas ventanas, o entre los pliegues de algún tapiz, solía dedicarles. Y no sólo era conocido —dada la tendencia al compadreo y fullería que arrastraba a todos los hermanos a dependencias de sirvientes y soldados—, sino mal soportado por toda mujer, joven o madura, que en el Castillo morara: desde la matrona ceñuda a la tímida pinche de cocina.

Además de estas particularidades, Furcio ostentaba un curioso sentido de contradicción, y lo lanzaba, sin distinción alguna, contra toda criatura que tuviera la oportunidad de tratarle. Así, en circunstancias verdaderamente insólitas por lo severas, surgían de sus labios sarcásticas e inesperadas carcajadas: de suerte que quienes las escucharon —y jamás olvidaron, a buen seguro—, por mucho que se preguntaran el motivo que las provocara, jamás llegaban a descifrarlo. Por contra, hallándose entre la más alegre y placentera concurrencia, el pequeño Furcio contraía su bello rostro en lúgubre expresión, y tan húmeda y agorera mostrábase entonces su mirada, que nadie podía contemplarle sin que se amargara su ánimo. Ni la más tenebrosa profecía hubiera resultado tan estremecedora como el anuncio de inminentes, suntuosas y punitivas tinieblas con que amenazaban sus preciosos ojitos de color turquesa.

Por todas estas cosas, no es difícil comprender que el Rey Volodioso experimentara escaso entusiasmo por conocer y convivir con tales vástagos. Aunque no había decidido aún quién sería su sucesor, dotó a cada uno de ellos con títulos, honor y tierras; siempre, empero, supeditando su disfrute al día de su muerte. Entretanto, y con la intención de observarles de cerca, manteníalos en el Castillo, si bien procuraba enfrentarse a ellos lo menos posible. Y en rigor, con alivio y desánimo a partes equivalentes, desentendíase de sus vidas.

Volodioso poseía una remota y muy imprecisa idea sobre la existencia de Furcio. Ya que por su edad aún no se hallaba en condiciones de presentarse a él —sabidas eran sus estrictas órdenes en este sentido—, los tres hermanos mayores mantenían al menor medio oculto en su guarida, entre perros, apolilladas y hediondas pieles, restos de comida —donde se mezclaban huesos de jabalí y cáscaras de bellota—, cerveza, pan, alguna concubina y las armas. Sus aficiones y forma de vida no desmentían, en modo alguno, su indudable parentesco con el Margrave Sikrosio. Y no sólo esto tenían en común con él.

Volodioso sólo veía muy de tarde en tarde a Ancio, Bancio y Cancio. Y como los tres resultaron apreciables —y Ancio notable— en el arte y manejo de las armas, díjose el Rey, con saña filosofía y melancólica resignación, que, si bien en la paz resultaban harto molestos, para la guerra, por lo menos, servirían. Lo cual bastó para que no los devolviera a su madre o los desterrara. Él mismo, junto al Maestro de Armas, seguía los progresos de sus hijos en tales menesteres. Y si en algún momento rozó su corazón un sentimiento parecido —aun por vago que pareciese— al orgullo paterno, fue aquellas veces en que contemplaba a Ancio lanza en ristre, empapado en sudor y sangre —brotando a través de la piel, o bullente bajo ella—, vencedor frente a otros más experimentados caballeros.

Aunque Ancio prohibía a Furcio asomar su innoble persona por las dependencias altas del Castillo, escasa obediencia y mucha mofa hacía el niño de tales advertencias o amenazas. A menudo escapaba de la Torre, y es posible que muy pocos conocieran el destartalado Castillo olarense como el pequeño y empedernido Furcio. Pero bien cuidaba de sustraerse a la vista de su padre, pues no ignoraba que si tal cosa ocurría, muy amenazados se verían todos los Soeces: bien de ser devueltos al sureño patrimonio de su madre y Caralinda, o de desaparecer de Olar —o aun, quién sabe, de este mundo— de forma tan expeditiva como discreta. Así, y por razones distintas a sus hermanos —aunque no por diferencia de gustos—, solía pasear su bella personita por las más bajas dependencias, a lo largo de pasillos donde jamás entró la luz del día. No era raro tropezar, en tan oscuros como subterráneos lugares, con el Príncipe de los ojos turquesa, y escuchar, ora sus paralizantes carcajadas, ora sus profundos silencios que, igualmente audibles, parecían estremecer los roqueños cimientos. Era costumbre esparcir por los suelos de aquellos corredores puñados de paja, para que resultase más cómodo transitar entre los orines de animales y hombres, y facilitar los someros barridos que de tarde en tarde empujaban hacia otros aún más míseros lugares tales miserias. No obstante, allí solía amanecer más de una vez el niño de los cabellos de fuego y los preciosos ojos: y tan a gusto y encantado despertaba como la más remilgada Princesa entre ricas cobijas. Mucha y muy auténtica debía de ser su belleza, para lucir entre la mugre que tan fielmente le acompañaba —y gustar de ella.

Lo cierto es que, hasta en sus más lujosos departamentos, el Castillo de Olar no era lugar confortable ni aseado, ni siquiera hermoso. Excepto las cámaras reales o de los altos dignatarios que allí moraban, casi ninguna de sus habitaciones disponía de tapices o cortinas.

A causa de la carencia de abrigo, unida a los larguísimos y fríos inviernos y a la proximidad del Lago de las Desapariciones, la insalubridad de aquellos recintos era muy elevada. Las ventanas, como correspondía a tales latitudes, eran de muy escaso vuelo, y raramente el sol se filtraba por ellas. De continuo, un agua lenta y verdinegra resbalaba, como sudor o lágrimas, a lo largo de los muros. Y crecía el musgo y todo oscuro y diminuto ser, más o menos viviente, en sus rincones. Más de una maligna calentura se llevó al otro mundo a servidores y aun a cortesanos. Y ni que decir tiene que toda criatura de escasa o ninguna alcurnia que allí sobrevivía, veíase de continuo sacudida por toses pertinaces y sospechosas palideces.

Pese a todo, la furia de supervivencia que alimentaba a los vástagos de la raza Soez —y quede claro que los muertos Dacio y Encio sucumbieron por causas ajenas a cualquier dolencia interna— manteníalos en tan vivaz como roqueña salud, que más de un amarillento cortesano hubo de maldecirles y envidiarles. Contra toda amenaza, los Soeces amanecían, día tras día, en la más opulenta lozanía y buena forma, sobreponiéndose a toda insalubridad. Pese a que para nadie eran un secreto las indigentes condiciones de sus departamentos —un verdadero nido de suciedad, inclemencia y abandono—, lo cierto es que el Conde Tuso, encargado de su alojamiento y educación —por llamar a esto último de algún modo—, no proveía como era debido las necesidades de los príncipes, en verdad postergados. Cualquier soldado distinguido en sus campañas merecía más atenciones por parte del Rey que aquellos desdichados pelirrojos. Y el precavido Consejero consideraba más oportuno proveerse a sí mismo de las comodidades que, lícitamente, hubieran debido tener primacía por parte de los que eran, al fin y al cabo, los hijos del Rey. Mucho contribuía a esta poca equitativa repartición de comodidades, el convencimiento que albergaba Tuso de que los cuatro hermanos no hubieran apreciado muestra alguna de lujo o refinamiento en sus dependencias. Sospechaba —y tal vez no se equivocaba— que jamás habrían distinguido con exactitud la más lujosa cámara principesca de una pocilga. Con lo que atinó a decirse que más provecho sacaría él de tales cosas que semejantes zoquetes.

Ancio y Furcio habían crecido, pese a todo, tan robustos, que nadie podía dudar de su consanguinidad con la rama de los Olar. Volodioso —como su padre, y posiblemente sus abuelos— jamás estuvo enfermo por causas propias o internas. Y como él, Ancio y Furcio eran altos y duros a los golpes y al frío, insensibles al calor o al viento, irrespetuosos con las tempestades y prevaricadores con los rayos. Ni que decir tiene que temían menos una lanza certera que un pensamiento velado. Y velados, para los cuatro hermanos —en esto eran todos iguales—, resultaban todos aquellos pensamientos que se apartaban un ápice de cualquier ocurrencia destinada a su lucro o placer individual. A pesar de reunir un haz de cualidades más bien negativas, algo había en ambos que a la larga o a la corta inspiraba un fugaz sentimiento de complacencia: su exultante amor a la vida, que, en ocasiones, les confería una especie de iluminada grandeza: en Ancio, tras el combate, en Furcio —menos esplendorosamente, es cierto—, tras el hurto o el engaño. Algo era, después de todo.

Bancio y Cancio, aun resistiendo heroicamente, como baqueteados cueros, a tirones, cortes, humedades, sequías, latigazos y tensiones, nacieron escuálidos; y su piel amarilla, cubierta de pecas, en nada recordaba la lozanía de las manzanas. No obstante —unos hablaban de su mutuo y extraño afecto, otros de una misma sustancia venenosa—, lo cierto era que resistían, con nervio indomable, con huesos más duros que lanzas, todo rigor, inclemencia, despego y crueldad circundante. No eran amados, y lo sabían. Así, entre insulto e insulto, de amenaza a amenaza, de golpe a golpe, enviábanse quizá briznas de un tímido —tanto que ni sabía nacer— y fraternal amor. Pero estas cosas, ¿quién podía asegurarlas? Nadie. Y menos que ninguno, ellos.

En suma, nada extrañará que los hermanos, uno a uno, y sin distinción de caracteres o apariencia, se alegraran con la desgracia de la Reina Ardid. Y Ancio en especial, pues sobre todas las cosas celebraba que el temido hijo legítimo naciera en cautiverio. No faltaría una mano piadosa —si preciso fuera— que le ahorrara de una vez por todas los sinsabores de este mundo.

Con tal idea entre las cejas, una vez refrescada su mente de los

181

vapores nocturnos, fue en busca de su mentor y maestro, el Conde Tuso. No en vano había notado que en los últimos tiempos, éste se había mostrado un tanto desviado —al menos aparentemente— hacia la Reina, y su olfato zorruno le avisaba de que, si en verdad la mente de Tuso tenía algún parecido con la suya, algo andaba torcido entre los dos. Por tanto, una vez reunidos ambos, y a solas, dijo, con lo que consideraba tacto y discreción:

—Si os parece, suprimo al hijo de la Reina apenas nazca.

El Conde Tuso observó a Ancio con atención reflexiva. Consideró calmosamente la astucia zorruna de sus ojos, y hallóla empobrecida por considerables masas de ignorancia y brutalidad. No obstante, la más retorcida iniquidad se arropaba amorosamente en aquel ser: y así, vagando en su escrutinio de una a otra zona de las que componían tal figura, vino a detenerse su mirada en la contemplación de las manos largas de Ancio: largas, pecosas, provistas de dedos como patas y uñas escrupulosamente bordeadas en negro. Eran unas indudables manos de ladrón: manos de muerte por la espalda, de vertedor de veneno. Eran —según su larga experiencia le mostraba— las inconfundibles manos que se agitan gozosamente a la sombra de otros más poderosos, más arriesgados, o más locos de vanidad y gloria. Porque no había ambiciones semejantes en los ojos de Ancio: sólo bajo las órdenes de un Amo, se abría paso el más diestro ejecutor de humanas supresiones y torturas.

En aquel momento, una oscura decisión cuajó en el Consejero —que aun sabiéndose nacido para Amo de perros semejantes, se estremecía a la sola vista de la sangre—. Además de las secretas razones que le empujaban a proteger —a su modo, se entiende— a los Soeces, sabía bien que tan sólo del más primario, limitado y estrictamente personal placer cabía llenar las manos y los deseos de Ancio. Sólo calmando con piltrafas del peor y más ruin egoísmo, se atendía a todas sus aspiraciones. «Buen Rey, bajo su custodia y con tales apetitos, sería Ancio.» Abandonó al fin sus indecisiones y titubeos sobre la actitud que debía tomar frente a la Reina Ardid —que, aunque dulce y amable en apariencia, adivinaba firme y afilada como bien templada espada—, y considerando que aún no había nacido el presunto heredero —dicho sea de paso, podía resultar niña—, pasó el brazo por los hombros del Soez, y dijo:

—No eres sutil, Ancio, pero tienes otras cualidades. Por tanto, ven a mi cámara esta noche, y hablaremos despacio.

Ancio mostró generosamente la parte de sus dientes que aún mantenía oculta bajo los labios, y se fue, convencido de haber dispensado su más encantadora sonrisa a tan buen mentor como sospechoso cómplice. Pues tal vez el Conde Tuso menospreciaba un tanto las recónditas virtudes de aquel a quien —no en balde— bautizó la Corte con el sobrenombre de *el Zorro*.

Y cuando aquella noche acudió el primogénito del Rey a la cámara del Real Consejero, se sentó a sus pies con humildad de niño y veneración de discípulo.

—No olvides, Ancio —dijo Tuso—, que la prudencia es buena consejera.

Y de esta forma, disuadió al *Zorro* de sus impulsos infanticidas. Opinó que, por el momento, bastaba mantener a la Reina en una estrecha vigilancia, cosa de la que él mismo se preocuparía.

—Y llegado el día pertinente —terminó— has de entender bien una cosa y grabarla en tu mollera: todo aquello que yo te ordene, debes cumplirlo sin dilación ni titubeos. Si así me lo prometes, yo te prometo a mi vez que serás el Rey de Olar.

—Así lo haré, tenedlo por seguro —se avino respetuosamente Ancio *el Zorro*.

Sólo entonces, extrajo el Consejero de una pequeña arqueta dos copas finamente cinceladas —vestigios de un remoto esplendor que, súbitamente, poblaron de nubes su ojo azul y su ojo amarillo—. Escanció en ellas el preciado mosto, que, un poquito por aquí, un poquito por allá, escamoteaba a las bodegas semisagradas de Volodioso, y brindó con su protegido, en la espera de muy lucrativos días.

Absorto en la íntima melancolía de su vino y de su copa, el Consejero se concentró brevemente —como ocurría a veces, en la soledad de su alcoba— en su recóndito sentir; en recordar, o tal vez lamentar, otros tiempos, otras tierras, otras gentes. Mientras tanto, Ancio daba sorbitos a aquel líquido que ni remotamente le placía tanto como la cerveza, mientras en su sesera larvaba y maduraba la forma en que, una vez encajada la corona en su roja pelambre, deshacerse de aquella concomitancia, de aquella despótica tutela que, desde lo más hondo de su corazón, aborrecía.

2

LAS dos doncellas que acompañaron a la Reina Ardid en su encierro —y que, sin culpa alguna, debían padecer idéntico cautiverio— no fueron, en esta ocasión, sus acostumbradas camareras, pertenecientes a la nobleza. Para tan triste cometido, eligieron dos infelices a las que, hasta el momento, sólo les habían sido encomendadas funciones de ayudanta de peinadora y vestidora de las damas menos relevantes.

Apenas se halló a solas con las dos muchachas —que lloraban sin rebozo—, la Reina les dijo:

—No desesperéis, muchachitas. Os prometo salir de aquí muy bien libradas, pues lo cierto es que, una vez haya nacido mi hijo, no precisaré de vuestros cuidados. Sólo os pido paciencia hasta ese momento que, además, siento muy próximo. Por tanto, en breve os veréis nuevamente libres.

Las muchachas, llamadas Dolinda y Artisia, la miraron asombradas. Jamás, hasta el presente, dama ni caballero alguno habíase dirigido a ellas de forma que las distinguiera de un perro —y no de los más cuidados—. Secaron sus ojos con el borde del delantal, y la que parecía más espabilada, la llamada Dolinda, dijo:

—¿Y cómo será posible eso, Majestad?

—Dejadme hacer, y no preguntéis más —dijo la Reina. Y contempló, enternecida, sus rostros casi infantiles—. Habéis de saber que no es por causa de este cautiverio (del que, como más tarde os mostraré, muy bien podría evadirme), sino por el deseo de que mi hijo nazca en este Castillo, que acepto vivir el tiempo que sea menester entre las sucias paredes de este Torreón.

Tal seguridad había en su voz, y con tanta autoridad y afecto les habló, que las dos pobres criaturas —de once y doce años de edad— sintieron renacer su esperanza. Sobrecogidas por aquel tono y por aquella —en verdad muy señorial— forma de afrontar y sonreír a su negro destino, Dolinda y Artisia quedáronse con la boca abierta, sin atinar a decir cosa alguna.

Pasaron así muchos días. Poco a poco, las maneras y las palabras de Ardid fueron ahuyentando la tosquedad y timidez de ambas doncellas. Y como jamás vieron ni oyeron a ser alguno que se pareciera a aquella Reina —hasta entonces, sólo la habían atisbado de lejos, transidas de temor y admiración—, las dos niñas conocieron, aun por tan triste rendija, un primer resplandor de humanidad y aun de dulzura, tan ausentes ambas de su corta vida.

Eran lindas y graciosas —esto fue lo que les hizo engrosar la servidumbre del Castillo—, y, al mismo tiempo, muy hábiles en la costura y en todo tipo de trabajos caseros. Entre charlas y enseñanzas, Ardid fue puliendo sus maneras y su lenguaje. Y quedó muy complacida al ver qué ardor ponían ambas criaturas, no sólo en escuchar y atender sus enseñanzas, sino en servirla con el mayor esmero de que eran capaces. Diose cuenta de que —en especial Dolinda— eran criaturas de viva y despierta inteligencia; y como esta cualidad animaba al instante el interés de Ardid, sintió, al tratarlas en su forzada intimidad, la punzada de una vaga indignación —aunque no sabía decirse contra quién: si contra el mundo, contra Olar, o contra sí misma—, pues atinó a decirse que, de haber nacido en otra cuna, muy buen provecho habríase extraído de las doncellitas. Comparábalas a algunas jóvenes damas de la Corte, estúpidas y emperifolladas; y aun con su humilde ropa y sus sencillas trenzas, la pequeña Dolinda salía de tal comparación mucho mejor parada. Pero Ardid no era mujer que entretuviese demasiado su pensamiento en estas cosas, pues, aun conociendo o intuyendo su importancia, otras ideas más personales y ambiciosas se anteponían a tales consideraciones, y aun sentimientos.

No obstante, día a día fue estrechándose la intimidad entre Reina y doncellas —la situación se prestaba a ello—, y mucho aprendieron en tan largas horas las unas de las otras. Y si las dos niñas sacaron provecho de tales experiencias, mucho más extrajo de las suyas la propia Reina: aspectos de la vida corriente de las gentes corrientes que, por una u otra razón, desconocía, le iban siendo revelados.

Al fin, cierta madrugada, anuncióse con gran evidencia la llegada al mundo de aquel que, entre las tres, llamaban ya el Príncipe Heredero. Y como la joven Reina fue instruida sin remilgos en las causas y orígenes de la vida humana por su Maestro, conocía mejor que partera alguna todo lo referente a tales cuestiones. De manera que ella misma dio instrucciones muy precisas a las dos doncellas; y sin alharacas ni gemidos al uso, la Reina dio a luz, sin complicaciones de ninguna clase, a una criatura robusta y de abundante pelambre negra —que, al decir de las muchachas, no era corriente lucir en recién nacidos—. Más motivo de admiración dio a las tres comprobar que la mirada azulnegra del niño —si bien turbado por la expresión de los que, a buen seguro, quedan estupefactos en su primera ojeada al mundo donde les tocó nacer— no tardó en significarse con brillo singular; e hizo por primera vez, tras su cautividad, sonreír a la Reina Ardid.

—¡Ah! —exclamó—, esos ojos no desdirán de mi casta. Ahora, queridas niñas, dormid, que bien ganado tenéis el reposo.

Habían confeccionado entre las tres unos sencillos pañales, y con ellos, como si de un campesino se tratase, vistieron pobremente al que, sin saberlo ellas, sería, con el tiempo, el más grande Rey de Olar.

Cuando las muchachas estuvieron profundamente dormidas, la Reina llamó al Trasgo. Desde su cautiverio sólo le había visto dos veces, y en ambas ocasiones ella se negó a abandonar la prisión a través de los subterráneos, como él pretendía. Aparte de que su estatura se lo impedía, le razonó de esta forma:

—¿Por qué he de huir, mi buen amigo? ¿Dónde voy a ocultarme? Me perseguirán como a una alimaña; y al fin y al cabo, aquí nada nos faltará a mí y a mi hijo. Por el contrario, prefiero pasar mis días relegada, hasta el momento en que mi hijo pueda reclamar sus derechos. Entonces se cumplirá mi vieja venganza, tan estúpidamente olvidada, y cuya desatención me ha traído tanto mal. Así, querido Trasgo, aguarda con paciencia, como yo, a que llegue ese día. Y avisa de todo a mi buen Maestro, pues, sumido en sus estudios y averiguaciones, no creo que esté muy enterado del curso de los acontecimientos. Y de ello me alegro, pues su humilde y sustanciosa vida fue olvidada por el Rey y de este modo se ha salvado de un castigo semejante al mío.

—Así lo haré —dijo el Trasgo—, pero no creo que mis subterráneos sean un camino de fácil acceso para él...

—Pedidle un esfuerzo —dijo Ardid—, ya que le necesito de veras.

El Trasgo volvió a poco con la noticia de que el anciano, si bien derramando abundantes lágrimas, no había sido capaz de atravesar los laberintos llevados a cabo por él.

—Es muy viejo, en verdad —dijo el Trasgo chascando la lengua. Y olvidando que le sobrepasaba cuantiosamente en lustros, añadió—: Temo que por mucho cariño que os tenga, no le sea posible llegar hasta aquí.

—Entonces —dijo Ardid—, decidle que esta noche dejaré abierta mi ventana: de suerte que, si forma la nubecilla voladora (aunque sé que esto no es de su agrado, pues aparte de que se marea mucho, lo considera cosa poco seria), podrá entrar aquí. Es la única forma de encontrarnos que se me ocurre, y así podamos celebrar asamblea íntima y urdir diferentes y variados proyectos.

Así lo hizo el Trasgo. Y a la noche, cuando dormían las doncellas, el Hechicero voló, entró y cayó cuan largo era sobre las pieles con que el Rey permitió cubrir el suelo de la estancia, y entre las que figuraba una, precisamente, perteneciente al infortunado Hukjo: aquella que cubría las rodillas de Volodioso el día en que halló a Ardid en su Jardín. El Trasgo le reanimó hábilmente, dándole de beber de un frasquito azul que él mismo le había enseñado a llenar con un preparado de hierbas saludables. Pasada su pequeña agonía, el Hechicero abrazó a Ardid y juntos lloraron su desdicha, ante la mirada amorosa y entristecida del Trasgo, cuya contaminación aún no le permitía llorar, aunque sí abonar de una pena cada día más peligrosa su naciente raíz.

—¡Ay, niña mía! —dijo al fin el viejo, secándose las lágrimas con el borde de la túnica—. ¿Qué te ha trastornado de tal guisa? ¿Cómo

187

no cumpliste estrictamente un plan tan bien trazado, y dejaste vivir y colear a tu verdugo? ¿Qué es lo que falló?

—Dejemos eso —dijo Ardid, con evidente desazón—. ¡Ya pasó el maleficio!

—¿Maleficio? —se asombró el viejo—. No sabía que en este Castillo alguien poseyera (descontados el Trasgo y yo) tales conocimientos.

—No se trata de un maleficio a vuestro uso —dijo Ardid—, sino un maleficio que suele atacar a infinidad de seres humanos. Pero, dejemos eso, os lo ruego: ya pasó. Por contra, la maligna raíz de ese mal se ha convertido en poderosa rama, de muy distinta y más eficaz especie: el odio.

—Entiendo, entiendo —dijo entonces el anciano—. Le amasteis.

—Bien, si así lo entendéis —dijo ella, con voz trémula; pero este temblor fue el último jirón de un amor ya totalmente aventado. Un amor que huyó, cual ráfaga de viento, por la abierta ventana. Y al pasar por junto a la espesa cortina, ésta se agitó: y un pájaro azul que había tejido en ella palideció como si el sol le hubiera dado muy de frente, y mucho tiempo.

—Al fin y al cabo —dijo Ardid, totalmente serenada, y recuperando la firmeza y juicio que siempre la distinguiera—, si se considera fríamente la situación, la cosa no es demasiado rara: torpes fuimos los tres por no atinar en ello, y no urdir algún remedio contra tal posibilidad. Pues si entre hombres maduros me crié, natural era que amara a un hombre maduro, y no a un jovenzuelo. Siempre consideré que sólo los hombres de edad eran dignos oponentes de mi conversación y mi amistad. Tanto más, si el amor había de llegar a mí. Torpemente, pues, no dimos en pensar que la edad y el porte de Volodioso eran las justas para despertar en mí semejante sentimiento. Pero, puesto que ya todo pasó, y en el presente tan sólo un odio lento y reposado crece en mi pecho, paciencia tengo para aguardar el momento en que broten sus ramas y pueda regar sus flores; y así, deleitarme con su perfume.

—¡Así me gusta oír a mi pequeña Reina! —dijo el anciano—. ¡Esta es mi Ardid!

—En efecto, esta es mi Ardid —se regocijó el Trasgo. Y para cele-

brarlo se echó al gaznate unos tragos suplementarios que, en puridad, le correspondían.

Así pues, la noche en que el pequeño Príncipe nació, la Reina llamó
al Trasgo por tercera vez. Y éste se enterneció mucho en la contemplación del niño: le tocó los ojos y la cara con sus dedos ingrávidos
—para los humanos no iniciados—, y dijo:

—Es muy parecido a su padre, querida niña.

—¡No digas eso en mi presencia! —silabeó Ardid, súbitamente
enfurecida—. Sus ojos son mis ojos.

—No sé —titubeó el Trasgo—, te digo (y es verdad, pues veo la
configuración de su futuro cerebro y esqueleto) que se parece a su padre: como él, será fuerte, sensual y valiente. Pero aguarda: atisbo en el
nacimiento de su mirada algo no habitual... ¿Será, acaso, capaz de
verme, igual que tú me viste, aquella mañana, en los sarmientos? No
sé, querida niña: acaso también se parece a ti...

Pero Ardid no se apercibió —o no quiso apercibirse— de que en
aquellas últimas apreciaciones había, por parte del Trasgo, más deseo
y esperanza que riguroso análisis. Y tampoco vio —pues ni ella ni el
mismo Trasgo estaban en condiciones de prestar atención a tales cosas— la maligna lozanía que, a impulsos de tal aseveración, vivificó
la peligrosa raíz que crecía en el pecho del Trasgo del Sur.

—En tal caso —dijo—, no tengo nada que objetar. Si en lo bueno
es como su padre, y al mismo tiempo lleva lo mejor de mí, contenta
puedo estar: será un gran Rey.

—¿Es tan importante ser un gran Rey? —preguntó el Trasgo,
lleno de curiosidad—. Niña mía, se me antoja difícil entender a los
humanos.

La Reina quedó pensativa. Pero, al fin, espantó de su mente un
enjambre de vagas dudas, y aseveró:

—Lo es, y aunque sé cuánto trastorna este viaje a mi querido
Maestro, anda y dile que venga a conocer a nuestro Príncipe.

Así lo hizo el Trasgo, y algo más tarde el Hechicero entró como una
tromba por la abierta ventana. Y tal era la impaciencia de su corazón
por ver al niño, que acaso olvidó marearse. Sentados junto a la cuna,

permanecieron los tres en tiernas pláticas, hasta rayar el alba. Entonces, cada uno regresó a su lugar: el Trasgo al subterráneo, el Hechicero a su laboratorio y la Reina a su lecho. Pero una esperanza, aún tenue como la luz de una luciérnaga, pareció iluminar a los tres amigos.

Apenas despertaron, la Reina dijo a sus doncellas:

—Muchachas, vuestra huida está dispuesta: ya que el Príncipe ha nacido, no os necesito, pues en verdad sé arreglármelas muy bien sola. Por tanto, os revelaré un pasadizo secreto por el que podréis escapar; y os daré uno de mis pendientes, única joya que aquí poseo, a cada una, para que no os vayáis con las manos vacías, pues bien sé que el oro, o cosa que lo valga, mucho ayuda a solucionar todas las cosas de este mundo.

Las muchachas se miraron y quedaron un rato indecisas. Al fin, cuchichearon, y entonces Dolinda, que era la mejor conversadora, manifestó:

—Majestad, lo hemos meditado mucho, y hemos dado en pensar que al fin y al cabo aquí estamos bien guarecidas y alimentadas. No olvidéis que hemos salido del bajo pueblo, y que no es una suerte bendita volver a él. Por otra parte, creed que os hemos tomado gran cariño, pues siendo gran Reina, y gran Señora sobre todas, no sois caprichosa ni malvada como otras damas a quienes nos tocó servir: que nos clavaban agujas y nos arañaban la cara si no las peinábamos a su gusto. Aparte de estas cosas, y una vez ha nacido y hemos conocido al joven Príncipe, hemos de confesaros que él se ha adueñado de nuestro corazón: y mucho nos afligiría abandonaros a vos y a él. Así que, si nos lo permitís, permaneceremos con vos, en tanto no os enoje nuestra presencia.

La Reina las abrazó, complacida. Y así, tuvo dos muchachas con quienes compartir los tristes días de su encierro: pues la compañía del Trasgo y el anciano Hechicero, si bien la confortaba como ninguna otra cosa en el mundo, no llenaba ciertos escondrijos de su corazón que comenzó a atisbar; y por esto, ellos ya no lo eran todo en su vida, como en otros tiempos en que, descalza, recorría campos y viñedos, y miraba al mar a través de una piedra horadada. En la Corte y en el amor que brevemente conoció, había descubierto otros aspectos de la vida que, en verdad, dos ancianos tan alejados del humano ajetreo como eran el Trasgo y el Hechicero, mal podían comprender. La Reina, que ahora por vez primera deseaba conservarse bonita y joven, podía conversar de aquellas cosas con las dos muchachas: ya que ellas, por haber peinado, vestido y maquillado a muchas damas, conocían infinidad de recursos y martingalas sobre afeites, secretos de belleza y de juventud, que Ardid, con toda su gran sabiduría, no había llegado a sospechar. Por otra parte, también conocían aquellas muchachas la veleidad y las debilidades de los hombres, tanto nobles como plebeyos. Y de esto tampoco había aprendido lo suficiente la niña, que creía saberlo todo.

Al fin comprendía Ardid que ignoraba si no el más importante sí un muy provechoso aspecto de la vida entre sus semejantes. Por tanto, no sólo aprendió de ellas estas cosas, sino que mucho les oyó de intrigas y zancadillas, de odios y rencores disimulados bajo el colorete; mucho escuchó de amores apretados bajo la —por ella aún desconocida— tortura de una prenda íntima, que, a decir de las muchachas, oprimía de tal forma las carnes que a una mujer robusta la tornaba en talle de lirio —si bien no podía prolongarse por muchas horas, so peligro de asfixia y amoratamiento progresivo—. En fin, que con estas charlas, Ardid se divertía mucho, y aprendía aún más.

El Príncipe, si bien lloraba con ensordecedora potencia, que denotaba la robustez de sus pulmones, crecía hermoso y gordito. Miraba vivamente interesado las cortinas con pájaros azules, la piel esteparia, o el fuego que ardía en la gran chimenea de piedra. Y cuando llegó la primavera y el frío se alejó hacia otras regiones, y el sol entró por las estrechas ventanas de la Torre Este, sonrió por vez primera a un grupo de pájaros que, sin nadie notarlo, habíanle reconocido como hijo de un hombre a quien amaron mucho.

3

ALMÍBAR, el medio-hermano de Volodioso, era por naturaleza enemigo de la guerra y la violencia. En su primera juventud sufrió muchas afrentas por parte de los hijos del Margrave Sikrosio, excepto de Volodioso. Era casi un niño cuando éste se proclamó Rey; y habiendo dado muerte más o menos directamente a sus otros dos hermanos, reflexionó sobre el destino que debía deparar a aquel niño, apenas llegado a la pubertad. Recordaba con agrado el tiempo en que Almíbar tenía apenas siete años —y quince él—, cuando de paje lo llevaba, portando carcaj, flechas o jabalina. Y el día en que, interpretando el lenguaje de los pájaros, profetizó su reinado.

Así pues, siendo ya Rey, contempló a aquel adolescente cuyos rasgos se le parecían, pero tan suavizados y embellecidos, que sólo tras una intensa y sagaz mirada podía adivinarse que eran hijos de un mismo padre. Pensó Volodioso que Almíbar era manso de carácter, le había secundado en todo, que le amaba y que, si bien no resultaba claro a su entender, la verdad es que sentía hacia el medio-hermano un tibio afecto, como jamás le inspiraron Sirko el taciturno, ni Roedisio el imbécil. Por tanto, lo retuvo a su lado; y a poco comprobó que era tímido y dulce como una muchacha, y que seguía tan aficionado a las letras y a las artes como en tiempos del libro bajo la cornamusa. Aunque era fuerte, hábil y capaz de manejar la espada, si a ello se veía obligado, tal cosa le repugnaba profundamente. Lo llevó consigo durante un tiempo, y tuvo la evidencia de su fidelidad en circunstancia muy significativa para él.

Eran los días de sus campañas del Sur, cuando adicionó a su Reino las regiones de clima suave y codiciados viñedos. En medio de una batalla, una flecha vino a herirle en el hombro: el dolor experimentado le hizo perder su montura, y en el suelo e indefenso, vio un iracundo adversario que se prestaba a partirle el cráneo con su hacha. Fue entonces cuando, inesperadamente, un cuerpo esbelto —e insospechadamente provisto de fuerza y agilidad— se interpuso entre él y su agresor. Era Almíbar, que solía avanzar a su lado, a guisa de escudero. La pequeña daga que, más como adorno que como arma, llevaba al cinto se hundió en el corazón del adversario. Y si bien el hacha de éste desvióse así de la cabeza del Rey, vino, en cambio, a cercenar la delicada muñeca de quien tan valerosa como humildemente le salvó la vida.

Entre las escasas virtudes —aparte sus dotes guerreras y de mando— que adornaban el carácter de Volodioso, contábase, no obstante, su feliz memoria para quien le hizo un favor. Y así como jamás olvidó una afrenta, tampoco se desmemoriaba en esta clase de lances. Desde aquel día, pues, el fraterno sentimiento del Rey se volvió —en cuanto era posible— hacia el medio-hermano. Juró protegerle mientras viviera, y darle cuanto él apeteciera y en su ánimo estuviese.

Terminadas las campañas del Sur, mandó fabricar una mano de marfil, sujetarla hábilmente al muñón del desgraciado y fiel Almíbar, y cubrirla con un guante de rico terciopelo carmesí. Además, le regaló una daga de oro puro con puño de rubíes; y en su hoja leíase este emblema: «Un corazón fiel es digno de vivir». Con lo cual vino a demostrar a todo el mundo que las dudas abrigadas hasta el momento sobre la conveniencia de enviarlo junto a sus otros hermanos, quedaban zanjadas para siempre.

No contento con ello y arrastrado por la euforia de sus crecientes victorias y su engrandecimiento —era el tiempo joven: el hermoso tiempo en que el Reino se enriquecía y ensanchaba aún a costa de las guerras, en vez de desangrarse en ellas; el tiempo en que un Rey nacía y crecía, más aún dentro de su corazón que en parte alguna; un tiempo en que los pájaros, sus amigos, venían a recibirle los primeros a la Puerta Volinka (veíalos llegar a él en bandadas de plata, sobre las murallas de la cada día más rica y poderosa Olar), antes que las campanas del triunfo que volteaban en las torres resonaran en sus oídos—, embargado, en aquellos días, de gloria y de poder, ofreció dar a Almíbar lo que más deseara. El muchacho reflexionó y al fin dijo, ruborizándose, que, puesto que más que otra cosa en el mundo amaba el estudio, para cumplir tales deseos no veía otro lugar más adecuado que ingresar en el Monasterio de los Abundios. Volodioso disimuló su extrañeza, pero al fin concedió a su medio-hermano tan peregrino deseo.

Partió Almíbar con el corazón arrebatado de ilusión, hacia lo que consideraba su más preciado sueño. Pero no llevaba en el Monasterio mucho tiempo, cuando fue devuelto al Rey, con el siguiente aviso del Abad: «Mucho lamentamos devolveros a nuestro dulce y sensible hermano Almíbar, de quien, en verdad, nos duele desprendernos. Pero sabed que si bien parece dotado de buena inteligencia, no parece en cambio provisto, como aquí conviene, de perseverancia y auténtica vocación en cosa alguna. Es lo que podríamos llamar *espíritu de mariposa*: que no se detiene mucho tiempo en una sola flor. Por otra parte, el joven Almíbar, acostumbrado a vuestra generosa protección, no se adapta a la austeridad de esta Orden: detesta las gachas y la dureza del lecho, lleva bajo el hábito impropios collares e incluso jubón de terciopelo, con la excusa de ser éste un preciado regalo vuestro. Dadas estas y otras circunstancias, juzgamos que mejor prosperará en la Corte, para entretener a las nobles damas con su aguda y gentil forma de ser y conversar, su buena disposición para la música y el canto, y, en fin, todas esas cosas que a todas luces le hacen más feliz que esta muy severa vida monacal». El Rey quedó perplejo, y ya estaba dispuesto a arrasar el Convento con sus monjes dentro, cuando sospechó que antes debía preguntar su parecer al propio Almíbar. Éste se ruborizó de nuevo, suspiró, y bajando la cabeza, admitió que en verdad la vida en el Monasterio no era ni mucho menos como la había imaginado, y que estaba tan deseoso de abandonarlo como los monjes de perderlo de vista.

—Pues bien —dijo el Rey—, permanece en la Corte. Te nombraré Príncipe y te cederé el viejo Castillo y las tierras que fueron de nuestro padre. Tú sabrás engalanarlo con el buen gusto que demuestras. Te daré también una pequeña tropa que tú vestirás y mantendrás. Pero has de saber que tanto tú como tus hombres estaréis dispuestos en todo momento, si yo lo precisara, a acudir en mi ayuda; puesto que en ti confío como en ningún otro. Los adiestrarás (que de ello sabes, aunque no te guste) y los mantendrás en buena forma, para cualquier imprevisto que se presentara. Y aunque no posees dote alguna, puedes disfrutar de por vida el dominio y vasallaje de todas las aldeas comprendidas en ese territorio. Pero una cosa te advierto: tanto tú, como tus tierras, como tus soldados son, en puridad, míos. Y tal como te los doy, te los quitaré, si no respondes a mi confianza con tu lealtad.

Con lágrimas en los ojos, Almíbar besó la mano del Rey. Y ya Príncipe, fue elemento indispensable en toda reunión cortesana; de suerte que fue nombrado Jefe de Ceremonias y, al mismo tiempo, era él quien dirigía las expediciones a la Isla de Leonia, en el Sur, donde se llevaban a efecto compras y toda clase de intercambio de mercancías. Vistió con gran generosidad a sus soldados, y si bien éstos permanecían hasta el momento al margen de las batallas llevadas a cabo por Volodioso, el Rey sabía que siempre contaba con un bien alimentado y pertrechado refuerzo para casos de emergencia. El carácter de Almíbar era excelente y su fidelidad hasta tal punto inquebrantable, que no tuvo pocas ocasiones de demostrarla al Rey. Y éste se hallaba muy complacido.

Pero comprobando, por algunas murmuraciones, que al joven Príncipe Almíbar, si bien encantaba a las damas con la inspirada música de su laúd y sus canciones, con sus poesías y otras zarandajas por el estilo —causando la profunda envidia de Caralinda—, no se le conocía, en cambio, ningún amorío, aunque más de un corazón latía por sus oscuros rizos y sus azules ojos, sospechó Volodioso que las aficiones de su hermano se encaminaban por otros derroteros. Y llamándole confidencialmente, le planteó directamente la cuestión, pues, según pensó, si así eran las cosas, debían aceptarse como tal, y no veía inconveniente alguno en que, aunque observando gran discreción, hermano tan noble y fiel tuviera sus lícitos esparcimientos carnales. Pero el joven, asombrado, dijo:

—¡Oh no, Señor! No es eso. Realmente he formado en mi interior una imagen tan ideal de la criatura amada, que no puedo mirar con ojos amorosos a nadie, pues a nadie parecido he hallado todavía.

Volodioso recordó entonces que la madre de Almíbar fue una hada, de manera que, después de todo, no tenía nada de raro lo que oía.

—Pero bueno —dijo el Rey—, descríbela, y la buscaremos.

—Es indescriptible —contestó el joven.

—Bien, dime, al menos, si se trata de hombre, mujer o de qué otra especie.

—En verdad, no estoy seguro —dijo el muchacho—. No estoy seguro de ese pequeño detalle. Os prometo que, llegado el caso de hallarla, os avisaré.

Pero, llegado el caso, no le avisó. Y no le avisó por justificadísima prudencia, ya que la criatura ideal y soñada por él durante largos años fue inmediata y dolorosamente identificada en la figura de la pequeña Ardid, de siete años de edad, el día en que ésta, tras curioso matrimonio, alzó su velo ante la maravillada Corte.

Desde ese momento, el joven Almíbar luchaba como un poseso entre su fidelidad y el amor creciente por aquella insólita criatura, a decir verdad, de todo punto indescriptible. Y así, guardó este secreto en su corazón, y aunque la Reina creció, y al fin cayó en desgracia, este amor no había sufrido merma alguna. Porque, así como algunos seres humanos experimentaban tales sensaciones ora a partir del corazón, ora a partir del vientre, Almíbar era de los que anidaban tan peregrino sentimiento en el reducto más espeso e intrincado de su imaginación. Lo cual, ni que decir tiene, acarrea sinsabores mucho más graves que al resto de los humanos afectados del mismo mal, pero radicado en lugar más pertinente.

Estando así las cosas, fue enorme la consternación del Príncipe Almíbar cuando, de regreso de cacería con el Rey, recibió las nuevas de la desgracia de Ardid, al tiempo que la delicada misión que se le encomendaba: ser su Guardián.

No obstante, cumplió las órdenes de su hermano: envió la nutrida y brillante Guardia de su pequeño ejército a custodiar las habitaciones de la Reina, con la minuciosidad y exactitud que ponía en todas sus obligaciones. Pero su corazón latía con desenfreno, y aquella misma noche tuvo que guardar cama, preso de violentas calenturas. Sanó rápidamente de éstas, pero desde ese momento sus poesías y canciones tenían una singular melancolía que prendía en los corazones de todos los que las oían, y a menudo llegaban al pueblo, y éste las propagaba a su modo y entender: unos mejorándolas, otros haciendo de ellas auténticos estropicios.

Al fin, llegó un día en que no pudo demorar por más tiempo su obligada visita semanal a la Reina —hasta aquel momento aplazada por excusas más o menos bien urdidas—, pues fue enterado por la Guardia —a su vez enterada por las doncellas— del nacimiento del Príncipe. Armándose de valor, sentía, mientras se acicalaba con esmero, que una gran batalla se libraba en su interior. Pese a su apariencia soñadora y dulce, abrigaba un temperamento de gran ímpetu amoroso, a lo cual había contribuido mucho su consanguinidad con Volodioso: pues, al parecer, Sikrosio dotó a toda su ralea de la furia erótica que los distinguía y trastornaba. Pero también la nobleza de su carácter y su indudable amor y admiración hacia el Rey eran una dura roca donde se estrellaban todos sus sueños de amor.

Comprendió que un día u otro debía afrontar la situación, y así, anunció a la Reina que el Príncipe Almíbar, su Guardián, la visitaría aquella tarde, poco antes de la puesta del sol, para informarse del curso de su vida, como tenía mandado.

La Reina escuchó con indiferencia la noticia de aquella visita. Recordaba vagamente a Almíbar como un joven tímido e insensato, que solía deslizarse por entre las cortinas como una sombra. A decir verdad, sentía hacia su persona un ligero desprecio, por parecerle un inútil, aprovechado de la generosidad del Rey. En cuanto a sus poesías y canciones, nunca estuvo capacitada para apreciar tales sutilezas, y sólo le parecían palabrería y sonidos más o menos afortunados.

La ciencia era lo único que le interesaba por aquellos tiempos, y, después, su venganza. Más tarde, el amor borró todas estas cosas y, en la actualidad, sólo llenaba sus pensamientos el pequeño Príncipe, en quien había reunido toda la capacidad de amor y esperanza de que era capaz. Hacerlo Rey era, pues, su única ambición y anhelo en este mundo. Y por ello, se veía capaz de cualquier cosa. Sabía ya que los encantos femeninos no eran arma desdeñable en la lucha que se proponía librar, y cuidaba con esmero de que la frescura de sus mejillas y la tersura de su rostro no se marchitasen.

Entró el Príncipe Almíbar muy erguido, dispuesto a ofrecer un aspecto severo y de gran prestancia, si bien su corazón se partía. La Reina le recibió con idéntica altivez, en la que se traslucía un ligero desdén, y tras un frío y ceremonioso saludo, le mostró la cuna del Príncipe.

—Se lo comunicaré a nuestro amado Rey —dijo, procurando dar a su voz un tono frío y rutinario.

Pero en aquel momento, unas muchachas que pasaban por la orilla del Lago entonaron una de sus canciones predilectas, compuesta con el corazón puesto en aquella que ahora se erguía frente a él, hermosa como nunca la viera antes. Y de tal modo la canción repetía la belleza y el amor que por ella sentía, que sintió cómo sus palabras se le clavaban directamente en el pecho, atravesándolo de parte a parte igual que una fina y dura daga. Tanto es así que palideció intensamente, llevóse la mano a la frente, y se desplomó suavemente sobre las famosas pieles de Hukjo. Al verle caer con la suavidad de un ciervo herido, la Reina y las doncellas quedaron boquiabiertas: jamás hombre alguno, como no fuera atravesado por algún arma, había ofrecido un espectáculo semejante a su ojos. Y esto con la diferencia de que en lugar de desplomarse con la suavidad del Príncipe, lo hacían entre juramentos, asiéndose con manos como garfios a cuantos tapices o ramajes —según el lugar del suceso— hallaban en la caída.

—¿Qué ocurre? —dijo la Reina—. Diríase que le ha dado un aire avieso.

Se inclinó hacia él, dispuesta a levantarle de tan indigna postura. Y al inclinarse, sus rubias trenzas sueltas rozaron el rostro de Almíbar, que abrió los ojos. Y hallando tan cerca de los suyos los ojos y los labios de la Reina, toda su fidelidad y buenos propósitos se esfumaron como viento, y sólo su grandísimo amor llenaba el mundo. Hasta tal punto que, olvidando la presencia de las dos doncellas, asióse con desesperada pasión a la cintura de la Reina, y atrayéndola hacia sí con el brazo izquierdo —que era el de la mano sana—, besó sus labios con tal ardor y dulce violencia, que la Reina, habiendo ya conocido por su esposo las dulzuras que tales transportes llegaban a producir, sintió a su vez reverdecer emociones ya alejadas de su espíritu, pero no de su cuerpo. Así enlazados, rodaron ambos por sobre las pieles del feroz Hukjo, mientras las doncellas se ausentaban silenciosamente al aposento contiguo, tiernamente conmovidas y esperanzadas por lo que podía reportar aquel suceso a su amada Reina, a su no menos amado Príncipe, y a ellas mismas.

Y si bien tras aquel azaroso lance, la Reina recuperó su prestancia, y a través de la bruma de tan placentera sensación, descubrió que el Príncipe Almíbar no era en modo alguno feo, antes bien, un guapo mozo, arrebatado y dulce a un tiempo, la amargura de sus pasadas experiencias la avisó prontamente de lo aprovechable de la situación. Desasiéndose del brazo que tan empecinadamente la retenía, y sentada aún en el suelo, arreglóse prestamente el corpiño y los cabellos diciendo:

—¡Ah, Príncipe! ¿Cómo habéis osado abusar de tal forma de la debilidad de una mujer, aún joven, condenada a tan grande soledad y privaciones? ¿Tan cruel sois que venís a gozaros de mi desdicha, para luego hacer mofa vanidosa y escarnio de sentimientos tan nobles como los que experimento hacia vos?

Y mientras esto decía, recuperaba su memoria la visión de los azules ojos de Almíbar, medio oculto entre los tapices y las sedas, clavados en ella con una fijeza que entonces halló estúpida, y ahora entendía de muy distinta manera.

—Señora —rugió suavemente, si esto es posible, y a fe que en él lo fue—, ¿cómo podéis pensar tal indignidad de mí? Humildemente os suplico perdonéis este arrebato: hace tanto, tanto tiempo que...

Y así, empezó aquel idilio secreto, aquel pacto, aquella esperanza luminosa que, pacientemente, condujo a Ardid al soñado día de la venganza.

El amor de Almíbar creció con los días, con los años. Pero el amor no prendió en el pecho de Ardid: mucho había aprendido de sus funestas consecuencias, para dejarse arrastrar por tan peligroso sentimiento. Así pues, si bien consideraba muy agradable y sano tener oportunidad de no marchitar su robusta y bella juventud en la estúpida soledad de cuatro paredes, no por ello su cerebro dejaba de urdir planes de un futuro más halagüeño.

4

EL niño que Ardid llamaba Príncipe Heredero fue bautizado sin pompa alguna y con una parquedad sin igual. Un fraile del convento de los Abundios fue introducido bajo custodia en la Torre Este, echó agua en la cabeza del infante, le impuso de nombre Gudú —como su madre ordenó— y se volvió por donde había venido, con más prisa de la que era previsible. El Abad, dadas las circunstancias, juzgó inadecuada su presencia, aun a sabiendas de que, hasta el momento, la costumbre aconsejaba que él bautizase a todos los hijos de nobles, y más aún, a los hijos del Rey.

El niño crecía, sin lujo alguno, en las habitaciones de su madre. Día a día, el uso y el tiempo iban deteriorando muebles y enseres, y nadie se cuidaba de reponerlos. Pero estas cosas no preocupaban a la Reina, ensimismada en otras preocupaciones.

El niño aprendió muy pronto a mantenerse sobre sus piernas, largas y firmes, y mucho antes de lo acostumbrado aprendió a corretear sin ayudarse de manos y rodillas. La madre, el Hechicero, el Trasgo y el propio Almíbar le amaban, pero cada uno inmerso en sus propias obsesiones, poco o nada cuidaban de sus correrías, y menos aún de su educación, juzgando que aún era temprano para ello, y que muchas otras cosas requerían su atención.

Almíbar fue dulce y amistoso con el Hechicero, y le permitió visitar con asiduidad a la Reina. Y como tenían aficiones comunes —si bien en Almíbar de muy modesta calidad—, el Hechicero consentía en instruirle sobre algunos de sus conocimientos, por lo que las veladas en las cámaras de la Reina Ardid tomaron un tinte a medias entre conspiración y hogareña intimidad. Al Trasgo no podía verlo Almíbar, pero al fin, enterado de su existencia, podía mantener alguna charla de pura cortesía con él, a través del Hechicero o de la propia Ardid. No obstante, si bien se respetaban mutuamente, lo cierto es que jamás se comprendieron uno a otro.

A pesar de todos los vaticinios del Trasgo sobre sus ojos, el pequeño Gudú jamás dio muestras de enterarse de su presencia. Y aunque esto le daba claras muestras del pequeño grado de contaminación de que era víctima, el Trasgo se sentía íntimamente desazonado por su causa. Se guardaba de decirlo, pero su gran deseo hubiera sido todo lo contrario; y por llamar su atención, no cesaba de dar cabriolas y volatines frente al niño, ante la indiferencia de éste. Por contra, la vista de Gudú era aguda para todo lo demás. Encaramado al antepecho de la ventana, distinguía claramente cuanto se ofrecía a su escrutadora mirada, que, con el tiempo, se tornó de un azul muy claro, mezclado de gris, y tan brillante, que recordaba el fulgor de la escarcha invernal en las ramas desnudas del parque.

Así, pasaron algunos años, y cuando Gudú *el Ignorado* cumplió tres, dado el relajamiento de la Guardia —no olvidemos que ésta y su Capitán, Randal, pertenecían en cuerpo y alma a la Reina y al Príncipe

Almíbar—, en la Corte de Olar se tenía a los de la Torre Este y a sus
guardianes en el total olvido.

El pequeño Príncipe atravesó un día los umbrales de las estancias maternas y se aventuró por pasillos y recovecos. Era una criatura
de aspecto tan robusto que, aun a pesar de la palidez de su piel
—como criatura crecida a espaldas del sol que, sólo a ciertas horas y
estaciones, bailaba sobre los azules pájaros de las cortinas, ya totalmente marchitos—, presentaba un aspecto tan fuera de lo común
—los niños de la damas cortesanas solían crecer enfermizos e incómodos entre refajos y puntillas—, que hubiérasele tomado por un
campesino, a no ser por la pulcritud de las dos doncellas que de él
cuidaban.

Gudú tenía la cabeza grande, de frente ancha y despejada aunque materialmente tapada por la espesa pelambre negra de rizos enmarañados. Sus ojos inquisitivos parecían taladrar cuanto miraban, y
había una especie de fiereza en su semblante totalmente impropia en
un niño tan pequeño. Tenía manos muy grandes, aunque todavía
sembradas de hoyuelos, y cuando asían algo, no lo dejaban caer al
suelo como solían hacer los de su edad, sino que lo retenían con
fuerza, y nadie era capaz de arrebatárselo: sólo se desprendía de su
presa para lanzarla, con precisión asombrosa, sobre alguna cabeza
elegida como diana. Por lo que demostraba hallarse dotado de gran
puntería, por una parte, y escasa consideración hacia sus semejantes,
por otra.

Con tales aficiones, a pesar de que por su estatura no hubiera
sido fácilmente distinguido entre los sombríos recovecos del grande y
poco confortable Castillo, lo cierto es que su presencia empezó a hacerse notar por criados y soldados, y tomándosele por el hijo de alguno de ellos, en más de una ocasión recibió un puntapié en sus tiernas posaderas: humillación correspondida con mordiscos que, a su
vez, mostraban un desarrollo y fiereza en la dentadura del niño equi-
parable a su puntería. Aunque a nadie le interesaba realmente quién
era el niño, poco a poco, unos y otros fueron barruntándolo. Y como
no se atrevían a decirlo, ni comentarlo, fue costumbre entre criados y
soldados hallarlo en los corredores metido entre sus piernas, como si
se tratara de un cachorro perdido. Después del primer puntapié,

Gudú se frotó con gran parsimonia la parte afectada, y aprendió a correr, trepar y ocultarse con tanta rapidez y astucia, que vino a constituir casi una pesadilla para quienes tenían que sufrir sus raudas y ladinas incursiones. En ellas llegó incluso hasta las cocinas, y así conseguía bocados que nunca antes probara. Robaba cuantos objetos llamaban su atención, y escabulléndose como un gato, venía a ocultarlo todo en un hueco de la negra chimenea. Allí los encontraba el Trasgo, y transido de ternura, los acariciaba con profunda melancolía. «Ah, mi Príncipe —se decía, en la soledad de su subterráneo—, ¿llegarás a verme algún día? Si tal cosa sucede, poco me importará aumentar mi grado de contaminación: con ello me daré por satisfecho.»

5

LOS años se sucedieron para la Reina y su camarilla con mayor rapidez de lo imaginado al principio de su cautiverio.

Y llegó un día en que cumplió Ancio veinte años, Bancio y Cancio dieciocho, Furcio trece, y estando a punto de cumplir Gudú los cinco, llegó a Olar otro hijo del Rey, habido de cierta legendaria Lauria, y al que su padre, desde el primer encuentro, distinguió de los otros príncipes y llamó —para que no cupiera la menor duda— Predilecto.

Predilecto fue, sin duda, el mejor hijo del Rey. Aunque era un muchacho de casi trece años, en todo momento demostró tal inteligencia, prudencia y nobleza de sentimientos, que no sorprendía a nadie la creciente ternura que por él sentía el Rey. Los nobles dividíanse, al respecto, en dos tendencias: los unos se apiñaban en torno al Consejero Tuso, que había ya manifestado, sutil pero inconfundiblemente, sus proyectos hacia Ancio; y otros hacia la simpatía que —aun sin él saberlo— el joven Predilecto les inspiraba. Si bien, a decir verdad, el último grupo era mucho menos numeroso que el primero —corrían los tiempos de las brutales correrías de Ancio y sus hermanos.

A pesar de la suavidad de sus modales, Tuso adivinó en seguida en Predilecto la firmeza de su temple. Prueba dio de ello cuando en las justas que a veces solían celebrarse en el mismo Castillo entre los príncipes —justas de todo punto benévolas, pues tratábase tan sólo de lecciones de armería—, no fue ningún secreto para nadie la destreza y fuerza de su brazo. Tan buen jinete como guerrero, era a todas luces quien había heredado estas dotes paternas con más pujanza. Pues si Ancio era mayor y más fuerte, también era más pesado, y su habilidad estaba basada más en la mala entraña y la traición que en la inteligencia. «Difícil será manejar a este maldito —se decía Tuso—. No seré yo quien apueste por un Rey semejante.»

Al mismo tiempo, su padre, que mucho los observaba a todos, y aunque su corazón y admiración se inclinaban hacia Predilecto, la bondad del muchacho y su incapacidad para toda doblez o injusticia, le hacían abrigar serias dudas sobre la eficacia de un Rey dotado de —a su juicio— taras semejantes. No tardó tampoco Predilecto en demostrar otra debilidad que, a todas luces, le restaba méritos como heredero de la Corona de Olar: sentía una profunda repugnancia por la crueldad, y cuando algún ejemplar castigo se llevaba a cabo, para escarmiento de los insubordinados, no solamente no acudía a presenciarlo, sino que, jinete en su corcel, huía y se adentraba en los bosques, allí donde la espesa enramada y el perfume de los árboles le hicieran olvidar —aunque sin conseguirlo— lo que a sus espaldas se estaba llevando a cabo.

«¿Hubo alguna vez un gran Rey con semejantes taras?», se preguntaba Volodioso, desazonado. No, que tuviera noticia. «Hijo mío —le habló alguna vez, cuando, a solas, galopaban por los alrededores de la ciudad—, es bueno para un Rey aparecer justo y magnánimo, y hasta perdonar los agravios: pero he dicho parecer, no ser. Así que, atiende esto: en la vida de un Rey, ocasiones hay para llevar a cabo todas estas cosas, pero recuerda que sobre todas estas cualidades hay otra mayor y a la cual deben doblegarse las antedichas: el don de la *oportunidad*. Ser justo, magnánimo o noble a destiempo, es el peor de los males que puedes infligir al Reino y a ti mismo, pues tan sutiles y delicadas armas deben usarse con gran tiento y mesura.»

Predilecto callaba, pero Volodioso sabía que poca o ninguna mella hacían estas advertencias en el ánimo de aquel hijo que, entre todos, era el único cercano a su corazón. Y aunque inútilmente le decía que la ambición no era en modo alguno un defecto, y que sin ambición no se llegaba lejos, el silencio de Predilecto le llenaba de dudas y desazón. Hasta que un día, el Príncipe le respondió con una sola pregunta, hundiéndole en la perplejidad: «Padre, ¿llegar lejos, adónde?, ¿a qué parte? ¿Acaso todos los hombres desean llegar al mismo lugar?». Con lo que las dudas sobre su sucesión eran cada vez más espesas, y objeto de cavilaciones para un Rey que, día a día, se sentía más cerca de la vejez.

Esto era lo que todos sabían y conocían del Príncipe Predilecto. Lo que nadie conocía, por contra, era su profunda y vasta soledad. Y así, cuando a menudo montaba en su corcel y galopaba, y el viento levantaba sus oscuros y sedosos cabellos, y salía del bosque y merodeaba por las aldeas próximas al pueblo de los Desdichados, de tal forma brillaba el sol en su cabello y era tal la belleza de jinete y montura, que empezaron a contemplarle aquéllos como una visión especial, como un raro caballero de leyenda lejano a toda la maldad que conocían.

Poco a poco Predilecto fue acercándose más a sus aldeas, a su miseria y a su desesperación, hasta que llegó un día en que habló con un muchacho, otro con un hombre, otro con varios hombres y mujeres. Se acercaba a sus chozas, y ya no le recibían con pedradas o silencio —como había ocurrido en alguna ocasión con alguno de los Soeces o su tropa—. Sólo el primer día le trataron con despego y una piedra le dio en la frente. Entonces, una muchacha llamada Lure lo entró en su cabaña y le vendó. Y eran tan grandes su distinción y belleza, que una mujer, deslumbrada, dijo que Lure tenía a San Jorge en su choza. Y cuando algunos se acercaron a verle, temerosos, Predilecto sintió una gran pena en su corazón, al contemplar sus andrajos y sus rostros famélicos. Se juró que si un día llegaba a ser Rey, pondría fin a toda aquella maldad.

Así lo dijo, pero el viejo abuelo de la muchacha le advirtió:

—Seguramente así lo piensas, joven Príncipe. Pero has de saber que no cumplirás lo dicho: un Rey nunca podrá ser como tú dices. Y si llegas a Rey, como los otros te portarás, para no dejar de serlo.

—¡No, no! —protestó él—. Te digo la verdad. Mi conducta será muy distinta.

—Entonces dejarías de ser Rey —repitió el anciano—. Muchos

años he vivido, y mucho sé de todas estas cosas. Y te diré algo, noble
jovencito: acaso nosotros seríamos los primeros en arrojarte del trono.

Estas palabras le dejaron muy confuso, y se dijo: «Mi padre y
este anciano dicen lo mismo, cada uno desde lugar opuesto».

—Entonces —dijo Predilecto—, no seré jamás Rey.

Y el anciano sonrió.

—Así, quizá podrás hacer algún bien a gentes como nosotros.

Y Predilecto reflexionó:

—Algún día el mundo será justo para todos.

El anciano quedó muy caviloso.

—Puede que digas verdad —exclamó—. Y puede que algún día,
en algún tiempo, eso sea posible.

—Todo es posible —dijo con pasión Predilecto—, si queremos
que lo sea.

A partir de entonces, en sus escapadas —que instintivamente
ocultaba a los del Castillo— aquellas gentes llegaron a constituir el
único lugar donde podía liberar de soledad, angustia y desesperanza
todo lo que despertaba en su corazón a medida que se hacía hombre.
Y en medio de todas estas cosas, algo le hacía sufrir y le consolaba a
un tiempo: a pesar de cuanto descubría, pensaba y sentía, amaba a su
padre, y no podía dejar de amarle.

Estando así las cosas, cierto día tropezó en un corredor del Castillo
con un grupo de pinches que maltrataban y se burlaban de un niño.
Lo habían rodeado y a puntapiés se lo pasaban unos a otros. El niño
era muy pequeño, de unos cinco o seis años de edad. Como un lobezno rebelde y furioso, se defendía a dentelladas, y comprobó que
más de una canilla había ya hecho sangrar. Esto excitaba más a los
pinches, y les divertía y enfurecía a partes iguales.

Predilecto sintió que un viejo y remoto rencor —un rencor que
aún no conocía, que presentía difusamente en sus visitas a los Desdichados— estallaba dentro de él como un trueno. Por primera vez una
ira sorda, ciega y roja nubló sus ojos. Nadie le había visto jamás el
rostro, por lo común sereno y afable, inundado de tan salvaje odio.
Levantó la espada, y con la hoja de plano, asestó tantos golpes a

aquella pandilla de truhanes, que más de uno anduvo por algunos días medio cojo o con el brazo envuelto en un pañuelo. Y espantándolos gritó, fuera de sí:

—¡Jamás, jamás nadie toque a un indefenso en mi presencia!

Pero alguien no se había marchado, alguien que arteramente había escapado a sus golpes, y que apareciendo tras una tinaja, le escupió con rabia:

—Estúpido, ¿sabes quién es este que llamas indefenso y muerde como un gato montés? —mostró la mano ensangrentada, donde muy claramente se marcaban unos diminutos pero afilados colmillos, y añadió—: Es el repugnante hijo de la repugnante Reina Bruja, que nuestro padre mandó encerrar hace seis años en la Torre Este.

Predilecto reconoció entonces a su hermano Furcio, que tenía su misma edad, y miró con más atención al niño: parecía un animalito, un cachorro sorprendido. Sus grandes ojos azul-gris se clavaban en los suyos, con gran estupor: nadie le había defendido nunca.

—No me importa quién sea —dijo Predilecto—, y si es cierto lo que dices, mi hermano es, y como hermano lo he de defender y respetar.

—Idiota —respondió Furcio—. ¡Más te valdrá que no sepa el Rey lo que has dicho!

Y desapareció, riendo a carcajadas. Predilecto se inclinó hacia el niño y acarició su enmarañada cabellera. Desde aquel día, de lejos o de cerca, Gudú le seguía, como un curioso y atónito animalillo. Al verle, Predilecto sentía dolor y, a un tiempo, le despertaba un tierno sentimiento que creció día a día en su corazón y jamás le abandonó. Y fue, al fin, la perdición de su vida.

Desde ese punto y hora, jamás nadie se atrevió a tocar —al menos en su presencia— al todavía ignorado y despreciado Príncipe Gudú.

VII

LA MUERTE DEL JABALÍ

1

NO sabía que aquella madrugada sería la última en que vería levantarse el sol sobre Olar, ni que aquella tarde, antes que ese mismo sol se hundiera en el Lago de las Desapariciones, él habría embarcado en la nave sin regreso. Y esta nave se lo llevó sin resolver por propia iniciativa lo que, en puridad, era más importante para él y, por tanto, para Olar: su descendencia.

Si se lo hubieran dicho —era fuerte, nada le dolía, era Rey—, no lo hubiera creído; con lo que, a pesar de ello, no debía diferenciarse en exceso de los demás hombres. Al parecer, casi nadie cree que el olor de la tierra, el resplandor del cielo o el viento traen por última vez el aliento de la vida: tanto si ocurre en invierno, primavera, verano o durante el turbador otoño.

Y sin embargo, Volodioso hubiera podido apercibirse de que

sólo para él había llegado el frío. Cuando le decían: «El otoño no es un tiempo frío. Sólo el invierno penetra en los huesos», él sentía el frío precisamente allí, dentro de sus huesos. Un frío como ni siquiera conoció durante las campañas esteparias.

Arropado en sus pieles no lograba entrar en calor. Con ellas se cubría y cubría el suelo de su cámara. Tenían para él singular significado puesto que las consiguió de sus peores enemigos, y se complacía a menudo mirándolas, pasando la mano sobre la negra, blanca o castaña suavidad. En realidad, acariciaba la única derrota de aquellos guerreros que asolaron —y aún asolarían por mucho tiempo— su país.

Durante todos los días de su vida, el Rey Volodioso despertó al alba. El sueño cesaba para él en el momento justo en que el sol asomaba en los confines del mundo. También el Margrave Sikrosio —gran cazador y hombre en verdad infatigable— solía levantarse de madrugada. Contrariamente a él, Volodioso no precisaba escuderos, pajes o persona alguna que le sacudiera en el lecho. Para arrancarle violentamente de las brumas en que se sumía Sikrosio, a rastras del alcohol y el sueño, más de una vez, ante el miedo que el cumplimiento de esta orden provocaba en sus servidores, su propio hermano Sirko y él se habían encargado de tan penoso cometido. Y estando en ello, explicábase el pavor de cuantos se veían obligados a hacerlo, pues apenas el Margrave renacía de sus oscuras tinieblas, la emprendía a bastonazos, blasfemias y juramentos, seguidos por un indescifrable —y casi infantil— llanto.

Si bien su padre necesitaba desahogar el colérico asombro, el casi inocente estupor que le producía, día tras día, reincorporarse a la vida y al sol, Volodioso no precisaba que le tironeasen de brazos y piernas o le sacudieran como un fardo. Al simple anuncio de la luz en el cielo se abrían sus ojos.

Aquella madrugada aún brillaban en el hueco de la chimenea rescoldos del fuego nocturno. Volodioso levantó la vista hacia el dosel de su lecho: desde un travesaño, entre las columnas que lo sustentaban le miraban las dos cabezas de Hukjo y Krejko talladas en madera. Así, día tras día, el fuego o la primera luz del día iluminaba sus desgastadas facciones y su recuerdo.

Volodioso descorrió las cortinas del lecho y saltó al suelo. De nuevo, el frío hiriente le estremeció. Se arrebujó aún más en las pieles y ni aun así logró aplacarlo. Volvió a mirar las dos cabezas: tenía la impresión de que —de alguna manera, en alguna desconocida zona de su reciente sueño— los jefes vencidos habían estado hablándole de algo que ahora, inútilmente, trataba de recordar. Se apartó al fin, con la impresión de que algo flotaba en el umbral de la noche y el día y turbaba su despertar: una materia blanca, transparente, cuyo significado no alcanzaba. Un paje le aguardaba para llenar de agua la jofaina donde solía hacer sus —en verdad someras— abluciones matinales. Deseaba ahuyentar aquella vaga e imprecisa imagen, y pensó: «Fue una buena idea clavar a Hukjo y al otro en mi cabecera. Debí añadir alguno más. En verdad, siempre tuve a mano una buena razón para deshacerme de quien intentó interponerse en mi camino». El paje vertió el agua, y de pronto se extrañó de no verle romper la delgada corteza de hielo que solía formarse en los jarros. «No es raro —reflexionó—, no estamos en invierno. No es tiempo aún de que el agua se hiele.» Entonces, le invadió un cansancio extraño, una pesadez inusitada de brazos y piernas. «Siempre hubo para mí una buena razón: mi razón, la gran sustancia de todos mis actos, la que me hizo Rey a mí, y Reino a Olar. Sin ella esta tierra sería sólo una región desmembrada en míseros grupos que andarían guerreando entre sí, o acuchillándose por culpa de una gallina. Sin patria, sin Rey, sin unión ni fuerza.»

El Barón Ranio sostenía la ropa de su Señor y Rey. Ranio ejercía en el Palacio las funciones de Senescal. Era un hombre taciturno y enjuto, al que casi nunca se oyó hablar. Ahora era viejo, pero en tiempos fue un gran soldado, muy leal a Volodioso. Fue de gran ayuda en la primera revuelta contra Sikrosio, y estuvo siempre a su lado: en las luchas contra los jinetes de la estepa, en las campañas del Sur. Ahora, le faltaba un ojo y tenía la barbilla hendida por una cicatriz violácea que le impedía lucir barba. Volodioso le distinguía con su rara intimidad.

Contrariamente a su padre, Volodioso procuraba huir lo más posible de la promiscuidad. Todos sabían que los silencios y la soledad del Rey eran tan sagrados como sus decisiones y mandatos. Sin embargo, nadie hubiera podido asegurar que Volodioso sentía afecto por el Barón Ranio, o si ponía su confianza en él. Estos sentimientos en Volodioso fueron siempre un misterio. Ni tan siquiera el Conde Tuso, su Consejero Real, podía vanagloriarse de gozar de ellos —y su astuta prudencia le guardaba muy bien de hacerlo—. Sólo el medio-hermano del Rey, el Príncipe Almíbar, tendría sólidos motivos para jactarse de su absoluta confianza, pero ni lo hacía ni se aprovechaba de ello, ni tal vez se apercibía enteramente de la magnitud de tal honor.

El Rey Volodioso se frotó los ojos y hundió la cabeza en el agua; a su contacto, se estremeció, como si se tratara de hielo o nieve. Aunque se moriría sin confesarlo, no sólo el frío había entrado en su ser, sino que otro fenómeno le turbaba más aún: ante sus ojos los objetos se hacían más borrosos cada día. Intentó ahuyentar con otros pensamientos la amarga sensación que estos descubrimientos le despertaban. «Olar es un hermoso nombre: no sólo es el de esta ciudad y este Reino, no sólo el de mi estirpe. Es el nombre de mi gran razón.»

De improviso, en el redondo caparazón del recipiente, del agua misma, parecía brotar un rostro: al fondo de un negro y reluciente Reino, flotaba su propia cabeza decapitada. El terror paralizó un instante los movimientos del Rey. Luego, de un brusco manotazo, derribó la jofaina, que rodó con estrépito. El resplandor del fuego arrancaba chispas rojizas de su pulido cobre y el agua se desparramó sobre las pieles de Hukjo, que parecieron beberla con sed. Volodioso se sentía zozobrar en una suerte de remoto asombro, tan remoto como el oscuro origen de la vida, ante el fantasma de su propia decapitación. «No tengo miedo. Sólo he visto el rostro de un anciano a quien no conozco.» Pero no era un anciano. «La ancianidad —solía decirse él a menudo— no es compatible con los hombres de mi raza.» Se vistió, deprisa, evitando que Ranio viera el temblor de sus manos.

Ahora, en tiempos de paz, practicaba la caza con asiduidad un tanto obsesiva, y el otoño era la época más propicia para ir al jabalí. No había batalla alguna que ganar, nadie de quien defenderse, no se ofrecía otra presa más tentadora que atrapar. La caza del jabalí iniciaba también aquella madrugada, y este pensamiento devolvió el sosiego y el buen ánimo a su espíritu. No volvería a mirar el fondo del agua, pensó. Podría ocurrir que, de improviso, surgieran espectros de viejos reyes, o quizá de algún marchito, o tal vez perdido sueño. Deseó encararse a las cabezas esculpidas en su cabecera y preguntarles si un gran Rey —o un viejo Rey— puede sufrir alucinaciones o agoreros presagios. Pero no estaba solo, ya habían descorrido los gruesos tapices y a través de la ventana llegaba el cautivador susurro de la madrugada.

Una vez más se iniciaba, con el nuevo día, la cacería real. El aire traía mezclados olores desde los cercanos bosques. En el patio aguardaban los caballeros y las damas convocadas, y alguno de sus hijos.

En aquel momento Volodioso oyó el ladrido impaciente de los perros, y sonrió. Aún podía —se dijo— lanzar muy lejos la jabalina, sin errar el blanco. Pero no sabía que para nadie resultaba un secreto la creciente cortedad de su vista. Los aduladores cortesanos ponían los blancos tan cerca de sus narices, que ciego debería estar para no alcanzarlos. Aparte de esta debilidad, las fuerzas no le habían abandonado, hasta el punto de que en la Corte tres mujeres gozaban de sus favores, mucho más repetidamente de lo que su edad y venerables canas hacían presumir.

El paso del tiempo, no obstante, se acusa para todos de uno u otro modo, y había en él algo mucho más indicativo de ese paso, que el frío o la ceguera. Algo que a todas luces anunciaba su declive. Y quizá era su amor, su ternura —ciertamente insólita— hacia uno de sus hijos: el Príncipe Predilecto.

Como los otros cuatro príncipes —los hermanos Soeces—, Predilecto era hijo bastardo. Y aunque el Rey tenía uno legítimo —que en aquellos días apenas llegaba a los seis años—, este niño era tan despreciado e ignorado por él, a causa de la aversión que la Reina le inspiraba, que, en la mañana que nos ocupa, Volodioso aún no había decidido quién de entre sus hijos debía sucederle en el trono. La ley de sucesión aún no había sido decretada en Olar, y Volodioso —que gustaba imaginar a la muerte agazapada en un recodo aún muy lejano de su camino— dejaba siempre este detalle para última hora. Tenía para ello muchas y explicables razones, y era causa para él de muchas dudas.

Cuando bajó la escalera que llevaba al patio arrastrando su manto rojo —del que ahora, cosa extraña en él, casi nunca se desprendía— entre la doble fila de pajes con antorchas encendidas, nadie, ni sus más adictos cortesanos ni sus hijos, sospechaban que veían descender por última vez al Rey.

En el patio piafaban los caballos, y el ladrido de la jauría se perdía hacia los bosques. Aún el cielo no había logrado desprenderse enteramente de la noche y todavía alguna estrella asomaba tímidamente entre el viento. Los que solían acompañarle en estas cacerías no eran numerosos, pero sí muy elegidos. Jamás faltaba su Real Consejero.

Si bien anciano y con paso lento, no era corriente, ni en los más grandes monarcas, su imponente majestad. Entre la doble hilera de antorchas, bajo las últimas estrellas, contempló a sus hijos, y algo como un frío resplandor le llenó el pecho. Se dijo entonces que dejaría zanjado en muy breves días, y para siempre, el dilema aún sin veredicto de su sucesión. Y con este pensamiento entre las cejas, oyó la llamada de los cuernos de caza y los impacientes ladridos de los perros. Bajóse el puente sobre el foso y la comitiva de Volodioso partió para su última cacería —con semejante Rey, al menos.

Como bien demostró a lo largo de su vida, Volodioso era muy aficionado a las bebidas espirituosas, y como esta afición se le agudizara con los años —especialmente con el raro frío que llegó a sus huesos en aquel otoño—, el preciado mosto le acompañaba allí donde fuere y, naturalmente, también en las cacerías.

El jabalí —animal que abundaba en los bosques de Olar— era capturado según la astucia y medios de que cada uno disponía. Pero cosa muy distinta era la cacería real. Especialmente en los últimos años, requería grandes preparativos y artimañas. Aunque él lo ignorara, todos sabían —como quedó dicho— que el anciano Volodioso andaba muy flojo de la vista. Por tanto, habían llegado a la siguiente solución: se conducía al Rey hasta un lugar denominado el Puesto Real. Este puesto había sido antes muy estudiado por los cazadores y los sirvientes expertos en el oficio, y era desde donde mejor —y con más seguridad— podía considerarse infalible el blanco. Generalmente situado en alto, el Puesto Real dominaba un estrecho pasadizo hábilmente practicado, y hacia el cual, ojeadores, sirvientes, campesinos y toda clase de gentes diestras en tales artes, conducían —de grado o por fuerza— la perseguida y preciada bestia. Y cuando la tal bestia entraba en aquella zona de modo que el caduco ojo del Rey lograba localizarla, Volodioso, ignorante de tales engaños, lanzaba prestamente la jabalina. Y entonces, herido o muerto, el animal rodaba ante aplausos y murmuraciones de admirativa sorpresa por parte de quienes le acompañaban.

Sólo Predilecto permanecía mudo y pálido de secreta humillación y pesar ante tales escenas. A menudo se mordía los labios, y sus ojos acechaban, prestos a adivinar y atajar cualquier añagaza que pudiera dar al traste con tan bien planeada estupidez, sólo por si de tales cosas resultara dañado el padre que, en su cándida intimidad, amaba, pero a quien, aun sin confesárselo, admiraba cada día un poco menos.

El Rey se instaló aquella madrugada en su puesto de espera habitual, sentándose sobre mullido almohadón aun entre ramajes. Tras él, en sillitas más o menos lujosas —según su alcurnia, riqueza o vanidad lo permitían—, se instalaban Consejero, nobles cortesanos, caballeros y damas. Más allá, convenientemente esparcidos, soldados, cazadores y sirvientes, amén de un par de jóvenes coperos que se ocupaban de llenar el vaso del Rey y cuidar de los odres que, a lomos de un borriquillo, contenían el preciado líquido.

Salvo raras ocasiones, las damas solían aburrirse, por el obligado silencio. Enjugaban en sienes y puños un fingido o auténtico sudor de miedo, y, veladamente, despellejaban, descuartizaban y maceraban a cuantos alcanzaba su lengua. Pocas entre ellas amaban en verdad la caza, y no por ello desplegaban menos ostentación de espuelas de plata, carcaj de marfil finamente tallado u otras cinegéticas fruslerías. Halcones ornados de collares y piedras se erguían en sus puños. Y así, pertrechadas de forma más o menos pintoresca, todas y cada una de ellas aprestaban sus flechas o jabalinas, según tuvieran por mejor arma o se creyeran más diestras en ella.

No les iban a la zaga los caballeros, aunque con mayor rigor y celo. Un muchachito de raza negra, regalo de la Reina Leonia —hábil y misteriosa mujer, soberana y mercader, de turbia historia, pero muy respetada, y quizá admirada, por Volodioso—, retenía a dos fieles lebreles que, con ojos rebosantes de desengaño, contemplaban todo aquel ajetreo. Frotábanse uno a otro con la cabeza, y murmuraban misteriosamente en su lengua. En ocasiones emitían un ladrido que en realidad sólo significaba gentil cumplido o prurito de lo que consideraban deber; si bien su mirada reflejaba fatigada ironía. Cuando se fijaban en su Rey, a quien durante largos años acompañaran en más severos tiempos, sus pupilas rebullían discretamente, y si se detenían en Predilecto, el amarillo pálido de sus iris dorábase como miel. Por lo demás, y en tanto el sol avanzaba en el cielo, ambos canes dormitaban; y si abrían un ojo, entre bostezos, y este ojo recorría el resto de los que al Rey acompañaban, inundábase de tal hastío, que presto se cerraba: tal vez para regresar a la visión de otros tiempos que, a juzgar por el nostálgico runruneo de sus sueños, consideraba más dignos de contemplar que la realidad circundante.

Hacía rato que el sol lucía sin rebozo —aunque al Rey, acurrucado en su manto y pieles, se le antojaba que ningún calor emanaba de él—, y disponíase Volodioso a llevar por vez incontable la copa a sus labios, cuando un vigilante apostado al efecto emitió la señal convenida que remedaba, de forma totalmente falsa dado lo inapropiado de la estación, el cloqueo de la perdiz. Esto indicaba al Rey y a sus acompañantes que el malhadado jabalí, sañudamente azuzado por zapadores, ojeadores y demás sirvientes, había decidido, de una vez, tomar el camino destinado a situarlo en el lugar propicio donde podría recibir digna muerte —ya que de real mano venía—. No obstante, tan alto honor no era siempre apreciado por aquellas bestias, pues a menudo no mostrábanse partidarias de tomar la bien estudiada ruta que, a palos, pedradas y con lo que mejor apañaban y podían, instábanles a seguir los sudorosos y desgraciados ojeadores: villanos, campesinos y demás ralea recolectada para tales ocasiones.

Aun a despecho del acoso de los perros, el jabalí opinaba a menudo de distinta manera respecto a los planes adoptados para tal efecto. Y entonces, la jornada de caza, si bien reputada como apasionante, sana y excitantemente placentera por los cazadores de la colina real, no resultaba así para los encargados —a menudo sin previa consulta— de convencer al animal de su correcto destino. De todas for-

214

mas —acosado y exhausto—, a la larga o a la corta, el jabalí solía emprender al fin el camino de la muerte. Sólo entonces descansaban los forzados y poco entusiastas ojeadores: incluso llegaban a abrazarse y, de pura alegría, lloraban juntos, ya que —por aquella jornada, al menos— todas sus fatigas finalizaban. Más de uno entre ellos —únicamente armados con piedras, horcas y palos, y con frecuencia descalzos— salió mal parado de tal empresa: si no por los colmillos del molestado e iracundo jabalí, estaba prohibido, bajo ninguna excusa, darle por su mano muerte, sí por la impaciencia o el mal humor del augusto cazador del altozano.

Apenas se amortiguó la algarabía de los ojeadores —que tan peregrina idea evidenciaban del cloqueo de la perdiz—, se pudo comprobar que el jabalí en cuestión —una bestia grande y negra que por aquellos parajes usufructuaba prestigio y vejez paralelos a los del Rey—, al igual que Volodioso, era animal de gran valor y baqueteada experiencia. Sin gran esfuerzo, imbuido de una suerte de fatídica aceptación —también los reyes del bosque sienten el peso o hastío de un reinado demasiado largo, el desprecio por un mundo que ya no desean o no tienen fuerza para defender—, el Rey del Bosque tomó aquella mañana, de buen grado, la ruta maldita. Y ya empezaban a abrazarse algunos esperanzados ojeadores, cuando un grito desgarrador —en verdad varios gritos, aunque amalgamados en gutural y estrepitoso sonido de muchas gargantas— detuvo las efusiones de aquellos infelices.

El Jabalí Rey, que tan sorprendentemente y sin apenas hostigación tomó la ruta hacia una muerte doblemente real —como sin duda le correspondía—, llegado al punto justo donde según los cálculos debía ofrecer fácil blanco a la jabalina, dio un súbito viraje. Y, cosa jamás vista, con ímpetu sólo comparable al de Volodioso en sus mejores días, se lanzó cuesta arriba y así, sin vacilación alguna, embistió el Real Puesto y a su real ocupante.

Tan rápidamente ocurrió todo, y con tal certeza en su blanco atacó el jabalí, que en menos tiempo del que se precisa para narrarlo prescindió de los burdos ramajes que pretendían escamotear su pieza. Con fiereza, de Rey a Rey, derribó a Volodioso de su asiento, le clavó en garganta y pecho sus enormes colmillos, y al sol otoñal relucieron juntas las armas de la bestia Rey y la copa de oro del viejo guerrero. Volodioso apenas pudo, no ya lanzar la jabalina, sino tan siquiera apurar el vino. Rodó por el suelo, bajo las feroces embestidas del animal, sin tiempo de propagar al aire un lamento.

El alarido que oyeron los ojeadores no fue, pues, exhalado por la garganta real, sino tan sólo por sus aterrados acompañantes. Ni uno entre ellos empero, osó avanzar un paso en socorro del Rey. Al contrario, nobles, damas, caballeros y demás cortesanos —incluido el Consejero y los jóvenes Soeces— emprendieron tan frenética como veloz retirada del lugar donde ambos reyes ajustaban una última y misteriosa cuenta. Con despavorida agilidad y un absoluto desprecio del bien parecer —que ni su rango ni lo abrupto del terreno hacían presumibles—, treparon vertiente arriba y pusieron sus personas a buen recaudo.

Únicamente un muchacho espigado, de apenas catorce años de edad, alzó prestamente su jabalina y ésta cruzó el aire, como reluciente pájaro de oro, hasta clavarse en el ojo derecho del Rey Jabalí: con tan certera puntería como mortal precisión.

Sólo entonces, un tenue silbido que respondía a la voz del Consejero deslizó en la oreja de Ancio *el Zorro* un claro y rotundo «¡imbécil!», poco apropiado, en verdad, a las dolorosas circunstancias presentes. Apenas designó de este modo al primogénito de Volodioso, le empujó de malos modos hacia el lugar donde aún rebullía el Rey, desfallecido ahora en una rara y casi voluntaria agonía. Con grandes alaridos, Ancio se lanzó hacia el revoltijo que, insólita y promiscuamente enlazados, ofrecían ambos reyes: acribilló así al animal de saetas, entre blasfemias y gemidos.

Cuando la desperdigada hueste cortesana descendió de sus refugios, entre mucho quejido y rotura de corpiños o jubones —pues en estas ocasiones se tenía en Olar por señal de mucho dolor rasgarse trajes y camisas—, rodearon la triste escena. En lo que quedaba del Real Puesto comprobaron, la mayoría con estupefacto horror, que Volodioso aún vivía. Y que, además, les miraba a todos con sus coléricos ojos azules, inmersos —esta vez— en un misterioso y dolorido asombro, casi infantil, que nunca antes le vieran. Nadie lo sabía, pero en el instante de su muerte, la imagen de Volodioso reproducía, con extraordinaria similitud, los despertares de su padre.

El real manto aparecía desgarrado, y la sangre que manaba muy abundantemente de su cuello venía a confundirse en su color. Luego, la hierba de octubre pareció regarse de una suerte de rocío, vivaz e insólito. Y entonces, unos lamentos auténticos y lastimeros cruzaron el aire: los fieles lebreles, la cabeza al viento, lloraban solitariamente y de todo corazón la muerte del Rey. Pues si la muerte aún no se había aposentado totalmente en aquel cuerpo, poco quedaba ya del que otrora abrigó esperanzas, triunfos, sueños y fatigas de soberano. Volodioso, al oírles, alzó el brazo, sus dedos se aflojaron, la copa cayó al suelo, y vino, manto y sangre se confundieron por última vez en un mismo tono rojo.

Tuso, con voz tonante, ordenó izar su cuerpo del suelo, con gran cuidado, y conducirle, lo más rápido posible, hasta el Castillo. Y en medio de aquella confusión de gritos y sollozos, un muchacho —casi un niño—, el único entre todos que verdaderamente dio muerte al Rey del Bosque, se ocultó a un lado, entre los árboles. Y así, aparte y en silencio, lloró la muerte de su padre. Le habían enseñado desde su más tierna edad que las lágrimas son cosa despreciable e impropia de varones; por eso, su llanto no mojaba sus mejillas, sino que, como río de fuego, vertíase hacia dentro de su pecho, camino del corazón. Y allí sentía confundirse sus llamas y su hiel.

Mientras los sirvientes armaban una suerte de parihuelas donde extender y conducir al moribundo Volodioso, la mente de cuantos le rodeaban hervía en una desazonada y febril encrucijada de disparatadas posibilidades, amenazas o premios. Y todos y cada uno de ellos, en el entresijo de sus molleras, apresurábanse a dirimir cuál sería la más acertada actitud a adoptar: si aproximarse al bando de Ancio o al de Predilecto. Pues —pensaban— si Volodioso conservaba aún un destello de vida, ese destello haría prevalecer, a buen seguro, su fiera voluntad. No en vano le habían obedecido y soportado durante casi treinta años. Y mientras que, con toda suavidad, le conducían al Castillo, de la boca del Rey surgían vagos rugidos que, a todas luces y sin ofrecer la posibilidad de otras conjeturas, sustituían la ristra de juramentos y blasfemias que le inspiraba tan estúpida y banal forma de morir.

Morir así, evidentemente, no entró nunca ni en los más descabellados cálculos del Rey de Olar.

2

TENDIDO en su lecho, entre negras pieles esteparias, Volodioso ofrecía su más salvaje aspecto. Ardían dos enormes troncos en la gran chimenea, y el resplandor del fuego enrojecía las cabezas de madera de los vencidos, de modo que a trechos parecían jubilosas o anonadadas por su agonía: como si el momento de su venganza hubiera llegado inesperadamente, y no lograran paladearlo como merecía.

Los nobles distinguidos situáronse más o menos estratégicamente en torno al lecho del Rey. Sentados, o de pie, con rostro afligido, bien que con un puntito de temor en los ojos. Con su actitud y mirada, tan autoritaria como amenazadora, el lugar más próximo al Rey lo consiguió su Consejero, el Conde Tuso, como era de esperar. Hizo señas a Ancio para que se situara a su lado, y cuando éste le obedeció, todos apreciaron que tenía erizado el cabello. Al parecer era la primera vez que Ancio veía morir a alguien sin la propia intervención y, según se deducía de su actitud, semejante fenómeno no le producía ningún placer; antes bien mostrábase horrorizado y tembloroso como ante la imagen del mismísimo diablo.

Era aquel, en verdad, un otoño espléndido, y como, entre unas y otras cosas, la mañana estaba ya muy avanzada y brillaba el sol, los presentes juzgaron que debían descorrerse las cortinas que protegían las ventanas. Entonces un grupo de oscuros pájaros, humildes y sin nombre, esos que anuncian el invierno, vinieron a posarse en ellas. Así, los viejos amigos del Rey, descendientes de aquellos que en un tiempo, y junto a Almíbar, anunciaran al joven segundón su alto destino, venían ahora a despedirle. Año tras año, de padres a hijos, los pájaros de aquellos tiempos volvían a Volodioso. No le abandonaron nunca: cuando, tras alguna batalla, regresaba triunfalmente a Olar, eran ellos los primeros en recibirle y acompañarle hasta el Castillo. El

Rey tenía prohibido a todo el mundo hacerles el menor daño, so pena de muy graves castigos; tanto si se trataba de hombres maduros, mujeres, mozalbetes e incluso niños.

El Rey volvió la cabeza y miró, tras la ventana, un pedazo de cielo, ya azul. Y por última vez pudo contemplar cómo sus amigos venían a rendirle postrer homenaje. Estuvo escuchando un instante su piar, entre el súbito silencio de los que le rodeaban. Y entendió su lenguaje, como otrora lo entendiera el pequeño Vigía; y le decían: «Adiós, adiós, amigo. Nunca más nos traerá el sol noticia de tu gloria, ni la hierba podrá narrarnos tus pisadas, ni el arroyo la historia de tu corazón. Adiós, amigo. Ten por seguro que volaremos allí donde exista un recuerdo para ti; y a todo inoportuno o estúpido que manche tu memoria, le picotearemos hasta ahuyentarlo».

Era la primera vez que entendía su lenguaje, por más que lo deseó. Y echó en falta a Almíbar.

Luego, los ojos del Rey perdieron fiereza. Y pronunció las últimas palabras de su vida:

—Acércate, hijo mío.

Ancio titubeó. Pero un empujón de Tuso le obligó a avanzar —temblaba todo él y se mordía un dedo— hacia aquello que aún era su padre y que tanto le atemorizaba. Es seguro que por su mente pasó en aquel trance un deseo: «Pido al cielo, o al infierno (cualquiera de los dos que me sea favorable) no morir jamás en lecho».

Apenas lo vio, el furor volvió al rostro del Rey, y levantando penosamente la cabeza, de cuya garganta aún brotaba sangre negruzca, buscó en torno ansiosamente. Hasta que, junto al tapiz donde mandó perpetuar la onerosa rendición de los Weringios, descubrió a Predilecto. Extendió el brazo en aquella dirección, mas aunque intentaba decir algo, ninguna palabra surgía de sus labios. Sin embargo, tan elocuente se mostraba su mirada, que Predilecto se aproximó.

Cuando lo vio a su lado, Volodioso reclinó de nuevo la cabeza, y de este modo Ancio y Predilecto quedaron juntos. Todos seguían la escena con el ánimo en suspenso, llenos de temor y cavilaciones. Tuso, que conocía la que hasta el momento, y en tanto el Rey no decidiera otra, considerábase regla de sucesión, musitó sordamente:

—¡Arrodillaos! —al tiempo que, con el pie, golpeaba las posaderas de su candidato, para que éste quedara más cerca de la mano del Rey.

Existía una remota tradición —que no ley—, usada a la sazón por otros monarcas, que decidía y daba como válido sucesor, en casos semejantes, a aquel sobre cuya cabeza se posara la mano del monarca moribundo.

Arrodilláronse todos, llenos de expectación, y aun algunos de terror. Los dos muchachos hiciéronlo casi a un tiempo. Y, en verdad, ofrecían un aspecto muy diferente: pues si bien Ancio miraba al Rey con ojos desorbitados y con la boca entreabierta, Predilecto intentaba ocultar el rostro, para que ninguna malsana curiosidad pudiera ofender su aflicción.

En éstas estaban cuando, ya con gran fatiga, el Rey levantó al fin la mano y la avanzó, con indudable intención, hacia la inclinada cabeza de su hijo Predilecto.

Pero aún no se había posado en sus brillantes y suaves cabellos, cuando sucedió algo totalmente imprevisto: de bajo las coberturas del lecho, entre las pieles, emergió una cabeza hirsuta, oscura y rizada —que mucho recordaba, en verdad, a la de Volodioso en su juventud—. Y unas torpes manos infantiles alcanzaron una pelota azul que, surgida a su vez del mismo lugar, y dando botes, pretendía huir de ellas. La cabeza del niño se alzó entonces, con tal oportunidad y precisión, que la mano ya casi inerte del Rey se posó en ella. Y en ninguna más.

La espectación y el asombro de todos —incluido el propio Tuso— no había llegado aún a ese punto en que puede trocarse violenta o astuta decisión, cuando aún mucho más estupefactos —y de seguro que los que estos hechos presenciaron no olvidarán jamás—, las puertas de la Cámara Real se abrieron con gran solemnidad y dos hermosos pajes del Príncipe Almíbar anunciaron y dieron paso a la Reina de Olar.

Ardid atravesó el umbral con gran aplomo y soltura, y tras ella su Guardián el Príncipe Almíbar —en quien Volodioso depositara su única y real confianza—. Con disposición y firmeza como jamás le viera nadie —pues siempre aparecía tan enajenado y sumiso—, Carcelero y Reina penetraron en la estancia donde, ya totalmente inconsciente, moría el Rey. En su agonía, Volodioso atenazaba la cabeza infantil que tan oportuna —o inoportunamente, según criterio de cada cual allí presente— surgió de bajo su lecho.

El Príncipe Almíbar avanzó, y haciendo una profunda reverencia a su moribundo medio-hermano el Rey, dijo con voz fuerte y rotunda:

—Amada y respetada Majestad, bien claramente ha sido contemplado tu gesto y entendida por todos nosotros tu egregia voluntad.

Luego se volvió a la Reina. Ésta alzó el velo que hasta entonces cubriera su rostro, y muchos cortesanos revivieron, y algunos aún muy jóvenes contemplaron por primera vez, aquella faz. Y al tiempo pudieron darse cuenta de que la famosa Guardia y los famosos soldados, tan bien armados como perfectamente trajeados, de Almíbar y su Capitán Randal, ocupaban los puntos más estratégicos de la Cámara Real. De modo que si alguna duda les cabía aún sobre la legitimidad de aquella designación, huelga decir que esta duda fue rápidamente disipada.

La Reina avanzó entonces —a decir verdad con suprema majestad— hacia el lecho real. Observó unos momentos en silencio el rostro del que hasta aquel momento fue y aún era su esposo.

Durante su vida, Volodioso fue protagonista de muy grandes e importantes empresas, merecedoras de desfilar por su pensamiento en el último instante. Pero, curiosamente, entre las brumas de su abandono del mundo, fue el aborrecido rostro de su padre lo último que vio Volodioso: iluminado por la cerveza y tartajeando las estremecedoras palabras con que solía señalar a Occidente: «De allí, hijo mío... el olvido». Así, con una expresión infinitamente desolada en su mirada vuelta a Occidente, Volodioso *el Grande* murió.

Llegado este instante, la Reina tomó la crispada mano del Rey, desprendió sus dedos de los infantiles rizos negros que tan fuertemente asía, y alzó del suelo al dueño de tal cabeza.

Era éste un robusto niño de unos seis años, de aire salvaje y hosco. Como todo comentario emitió un feroz gruñido, hasta que al fin, libre de lo que le sujetaba, continuó persiguiendo tras los tapices, o entre las piernas de todos, la pelota azul que le condujera bajo el lecho real. Y todos los cortesanos pudieron escucharle de sus labios en su media lengua, remedos más o menos exactos, pero inconfundibles, de aquellos juramentos y maldiciones que más de una vez oyeran antes en labios del que acababa de enmudecer para siempre.

La Reina se volvió entonces a todos los presentes —atemorizados, presos de variopintos sentimientos—, que en el ínterin habían hincado la rodilla. Con voz llana y suave, pero indudablemente firme, dijo:

—El Príncipe Gudú, único hijo legítimo de nuestro amado y difunto Rey Volodioso, ha sido por él designado, como todos los aquí presentes hemos podido presenciar, sucesor a la corona de Olar. Así se cumplirá, a fe mía, y pongo a todos por testigos. Pues juro defender sus derechos, si preciso fuera, tanto con la razón como con la espada.

Estas palabras fueron corroboradas por el ruido sordo que produjeron al chocar contra sus escudos las lanzas de la Guardia de Almíbar: tanto los de Randal como los que componían su tropa personal. Al parecer, era su sistema de expresar lealtad a alguien.

Hubo, ciertamente, un instante de indecisión. Todas las miradas se dirigieron al Conde Tuso, pero éste parecía petrificado; su temible mirada sólo asaeteaba un objetivo: los saltones y atónitos ojos de Ancio que, totalmente hipnotizado, le miraba con la boca más abierta de lo común.

Este momento de desconcierto fue suficiente para que, súbitamente, algo semejante a un aleteo recorriera la estancia: una larga y retenida angustia pareció así liberarse de las gargantas. Un innumerable alivio recorrió y distendió, como cálido aliento, a los presentes. Y una sola idea tomó posesión de todos los ánimos: «Esta es la mejor solución: ni el odioso Ancio, con su siniestro Consejero, ni el demasiado honesto Predilecto, indefenso en tales debates (e incluso sospechoso de rehuir toda lucha entre hermanos). Por contra, este nuevo Rey es un niño, ¡un niño de seis años...! ¿Quién sabe lo que puede aún suceder, hasta que le llega la edad de reinar? Bien sabemos que los niños (y especialmente si son príncipes herederos, o reyes sin edad aún de gobernar) mueren con insólita facilidad».

Así pues, el tormentoso augurio que como negra e hinchada nube amenazara por sobre sus cabezas desde el momento en que el

Rey del Bosque y el Rey de Olar dirimieran sus puntos de vista, disi-
póse como al soplo de una brisa repleta de esperanzas. Y hay que
añadir que, al arrodillarse todos ante el pequeño Gudú y proclamar
fogosamente con los gritos acostumbrados su adhesión al tierno Rey,
más de uno sintióse gratamente sorprendido al comprobar que su
Reina era una joven mujer de extraña e indómita belleza. Así, cuando
la augusta Señora volvió el rostro hacia el Príncipe Almíbar y dedicó
a su antiguo Guardián una esplendorosa sonrisa, despertó, aunque
bien se guardaron de manifestarlo, la sospecha entre los presentes de
que acaso, durante el largo cautiverio de la Reina, Guardián y Cautiva
habían estado dándoles, como vulgarmente se dice, gato por liebre.

Tal vez el destino de Olar —y de esta historia— hubiera tomado
un rumbo muy distinto si no fuera porque en tan crítico momento so-
brevino al Conde Tuso la, para él, malhadada circunstancia de ser víctima de una visión interponiéndose a todo razonamiento: una cornamusa, símbolo de su incomprensión, se recortó flotante ante sus ojos,
borrando cualquier idea o impulso. Una cornamusa, como enseña de
algo o alguien que, por indescifrable, le inquietaba e irritaba a partes
iguales: el Príncipe Almíbar.

Segunda Parte

VIII

Gudú, Rey

1

LA Reina Ardid no era una mujer tímida. Desde que a los siete años celebró su espectacular y poco común matrimonio con el difunto Rey Volodioso, dio buenas pruebas de que tal virtud no había disminuido en el transcurso de los seis años que duró su encierro en la Torre Este. Antes al contrario, habíase afirmado la decisión de su carácter y la astucia de sus métodos. Contaba con el apoyo incondicional de Almíbar y su pequeño ejército capitaneado por Randal. Los soldados de Olar se sentían dispuestos a colaborar a su favor, ya que el trato que se les daba a los hombres de Almíbar no era en absoluto parecido al que recibían ellos.

Como los nobles en general estaban bastante mortificados por la conducta de Volodioso —aunque no se atrevieron jamás a manifestar abiertamente tal mortificación—, sintieron reverdecer sus esperanzas belicosas al juzgar que el futuro Rey Gudú era todavía muy niño y que la regencia de la madre podía serles beneficiosa si sabían comportarse de la manera adecuada —y Ardid no dudó ni un momento en mostrarse benévola y generosa con ellos desde el principio, e incluso llegó a restituir ciertas prerrogativas y derechos que Volodioso les arrebatara de un tajo—. Por lo que, además, la perspectiva, proclamada con gran solemnidad por la Reina, de unos años en los cuales defendería como fuera la paz del país, sin enzarzarse en costosas y disparatadas guerras que a nadie beneficiarían, llenaron todos los ánimos de una cálida esperanza de bienestar.

Y si bien la semilla de la intriga florecía en muchos corazones —esto era inevitable y usual—, para el desarrollo de esta semilla se precisaban años de meditaciones, observación y paciencia, que a todos eran muy necesarios. La Reina, así mismo, no destituyó en modo alguno al Consejero —y con esto jugó una baza importante a su favor, pues además de audaz y nada tímida, la astucia era una de sus características dominantes—. Por el contrario, se mostró llena de amistad hacia aquel personaje que en su fuero interno le resultaba, a partes iguales, tan repulsivo como ridículo. Pero sabía, tanto por las enseñanzas de su Maestro como por experiencia propia, que la alianza con el enemigo, si no curaba el mal de raíz, al menos conllevaba una tregua a todas luces beneficiosa y necesaria. Ante el asombro de todos, no hizo, pues, del Príncipe Almíbar ni su Consejero oficial ni su esposo —agrias experiencias tenía ella del matrimonio—, sino que, simplemente, le dio atributos y poder absoluto en cuestiones como el intercambio de mercancías en países vecinos. Anunció, así mismo, una más amistosa relación con el Reino de la opulenta Leonia. Nombró a Almíbar algo así como embajador del Reino, ya que a no dudar era hombre refinado y encantador, y una mujer siempre —o casi siempre— solía mostrarse sensible a tratos con personas de tales cualidades. Con lo que todos quedaron, de momento, contentos y aliviados, y más que ninguno, se puede comprender, el propio Conde Tuso y su protegido Ancio. Renacieron sus esperanzas de proseguir sus maquinaciones, y aunque Ancio, en un principio, se consumía de indignación, Tuso le aconsejó paciencia y tacto; y así, fue calmándolo poco a poco.

Dando pruebas de una magnanimidad que dejo atónitos a todos, la Reina manifestó que su tesoro personal —aquel que lenta y minuciosamente había reunido durante su breve reinado con Volodioso, que con ella fue generoso en extremo— lo ponía al servicio del Reino. Y lo primero que hizo fue enviar a Almíbar a negociar intercambios con Leonia, en vistas a un mejoramiento general.

Con gran alborozo fue recibido el regreso de la primera expedición a la isla de las envidiadas riquezas, pues Almíbar, amén de un pacto sumamente favorable con la Reina de aquel pintoresco lugar sureño, traía muy buenas mercancías, crédito, infinidad de telas ricas y otras lujosas novedades que llenaron de excitación y placer a las damas y a más de un caballero. De este modo, la Reina contó con el favor de los nobles, y después, mandó repartir entre el pueblo harina y vino, con lo que el júbilo creció, y también entre los humildes su nombre cobró cierta popularidad —aunque a decir verdad, con menos confianza que entre los nobles.

No contenta con todo esto y para dar pruebas de su grandeza, rindió culto magnífico a la memoria de su poco amable esposo: hizo construir en el Monasterio de los Abundios —a los que también mostró una benevolencia sin precedentes en el Reino— un extraordinario Cementerio Real, donde se le dio sepultura, bajo su efigie en piedra —encargada a un escultor de la Isla de Leonia, donde las artes florecían que era un contento, según manifestó con arrobo nostálgico Almíbar—, en la que a todas luces aparecía más joven y gallardo de lo que nunca fue. Y así mismo manifestó que, como todo Rey que se preciara, debía calificársele con un epíteto que indicara su naturaleza, por lo que desde ese momento decidió llamarle Volodioso I *el Engrandecedor*. Y todos se sintieron con ello, aun fuera de toda explicación lógica, más grandes y más ricos. Todos, desde luego, menos los Desdichados, porque la Reina, en el esplendoroso inicio de su reinado, también se olvidó de ellos.

Una vez resueltas todas estas cosas, la Reina se instaló a su comodidad en el Ala Sur, donde sus huesos se reconfortaron mucho. Mandó nombrar duquesas a Dolinda y Artisia, y por ende camareras reales, con lo que las muchachas se pusieron muy contentas, como es de suponer. Desgraciadamente, desde ese punto y hora, olvidaron ellas también a sus parientes de las regiones carboneras, los Desdichados. Y a su vez se casaron con dos nobles, que las doblaban en edad, pero también en riquezas.

Así que, atendidas todas estas cosas, llegó el momento en que la Reina reunió a sus íntimos en asamblea privadísima, para exponerles algo que había larvado largamente en su pensamiento y corazón, tras años de reflexión y encierro.

Una vez reunidos en las habitaciones privadas el Hechicero, el Trasgo del Sur y el apuesto Almíbar —si bien éste no era indispensable, pues en tales circunstancias solía dormirse: era sólo cuestión de cortesía—, la Reina manifestó a sus verdaderos —y quizá únicos— amigos:

—Queridos, ha llegado el momento de tomar una importante decisión respecto a Gudú. Y no es otra que el asegurarle de forma rotunda y definitiva la corona y el esplendor del Reino. Y como las enseñanzas por vosotros recibidas y mi propia experiencia me han mostrado, una condición indispensable se ha hecho muy patente para dotarle en este aspecto de una especial virtud.

Aquí guardó un instante de silencio, pues una de sus pocas debilidades consistía en la pasión por la solemnidad. Sus amigos la escuchaban atentos:

—Queridos míos —repitió, con la dulzura y firmeza que solía—, la cuestión es simple y complicada a la vez, y para ello necesito imprescindiblemente de vuestras artes y sabiduría. Trátase, lo digo de una vez, de incapacitar totalmente a Gudú para cualquier forma de amor al prójimo.

—Querida niña —dijo el Hechicero—, no deseo contradecirte, puesto que bien sabes lo que opino al respecto, pero creo que exageras tu aversión hacia ese impulso: nadie como tú sabe cuántas calamidades como dulzuras puede reportar. Pero ten por seguro que si hallamos un bebedizo o cosa parecida para conseguirlo, desde ahora te advierto que no será perfecto: porque no se puede extirpar la capacidad de amar fragmentariamente, o sea, condicionada, sino que, si es posible, tendrá que ser extirpada en todas sus manifestaciones.

—Lo sé —dijo ella, con paciencia—. No veo inconveniente.

—Es que —dijo el Trasgo— también le será negada la capacidad de amistad, y la capacidad de todo afecto. Y por ende, tampoco te amará a ti. Lo digo por lo que apreciáis en general ese sentimiento los humanos, pues en nuestra especie las cosas funcionan de otro modo, querida niña, y es mi obligación advertirte de ello.

—Ya lo he meditado —respondió Ardid, esta vez sólo con energía y prescindiendo de la dulzura, que en el momento presente consideró superflua—. No tengo nada que oponer a que Gudú no me ame: con que le ame yo a él basta.

Algo más se discutió la cuestión, pero en vista de la firmeza inquebrantable de Ardid, el Hechicero y el Trasgo accedieron a estudiar el caso con toda precaución y detenimiento. Almíbar ya se había dormido, y posiblemente no había alcanzado completamente al meollo de la cuestión; de todas formas, también lo habría olvidado. Casi todo lo olvidaba, excepto su amor hacia Ardid, pues estaba tan incrustado en él y había extendido sus ramas de tal forma por todo su ser, que poco espacio le quedaba para otras cosas.

Tiempo después, el Hechicero y el Trasgo comunicaron a la Reina el fruto de sus largas averiguaciones. La misma Ardid acudió a la mazmorra donde tan a gusto se hallaba el viejo Maestro. Se había negado a ocupar un lugar más confortable, ya que para él no había otro mejor en el Castillo de Olar. Los tres solos esta vez se agruparon junto a un fuego que reverdecía en sus corazones tiempos lejanos, cuando se ocultaban en las ruinas del Castillo de Ansélico. Al fin, ambos ancianos comunicaron a Ardid lo siguiente:

—Existe, en verdad, la posibilidad de extirpar al Rey Gudú la capacidad de amar. Tal y como te advertimos, esa posibilidad debe ser extrema y total. Si persistes en tu idea, hemos de pormenorizar varios aspectos de la cuestión. Como bien sabes, no existe conjuro, encantamiento o trato con las Fuerzas Mayores que no se halle supeditado a alguna cláusula, que (depende de las circunstancias) puede o no resultar, a la larga, contraproducente. En el caso que nos ocupa, el detalle o cláusula consiste en que si a un ser le es extirpada la capacidad de amar, le es simultáneamente arrebatada la capacidad de llorar.

—No veo inconveniente —dijo ella—. Tanto mejor: no conocerá esa humillante sensación.

—Cierto —dijo el Trasgo—, pero hay una cuestión más complicada en este asunto, al parecer tan simple: si por alguna razón extraña o ajena (que no se puede prever, ya que nuestras fuerzas son limitadas), alguna vez el sujeto tratado con tales procedimientos llegara a derramar una lágrima, tanto él como todo aquello donde él hubiera puesto su planta, y todos aquellos que con él hubieron existido, desaparecerán para siempre en el Olvido, en el Tiempo y en la Tierra.

—Pero si le extirpáis la capacidad de amar y con ello también de llorar... esa desaparición no puede, lógicamente, producirse.

—Eso pienso —dijo el Hechicero, aunque sin demasiada convicción.

—Así lo hace creer todo, si nuestras averiguaciones no han fallado en sus cálculos —añadió el Trasgo—. Pero esa cláusula consta en los Tratados: y si consta allí, algún resquicio habrá por el que no hemos podido llegar a penetrar en su verdadera sustancia.

—No veo lógica en vuestros temores —repitió Ardid, impaciente—. Vosotros mismos habéis dicho que lo uno acarrea lo otro: si no ama, no llora. Si no llora, no hay por qué preocuparse.

Asintieron en silencio los dos amigos de la Reina, pero en sus ojos latía una duda, vaga y remota, pero duda al fin.

—Ten en cuenta —dijo al fin el Trasgo— que nuestro poder no es un poder total. Ni aun fuera de toda contaminación, los trasgos tenemos conocimientos de Todas las Posibilidades. Más aún en el estado —aunque pequeño— de contaminación en que me encuentro. Algo, quizá, hemos olvidado o no hemos sabido ver.

Discutieron largamente sobre el tema, y al rayar el alba, pareciéndoles que en todo caso debía ser únicamente una cuestión de escrúpulos humanos más que de una probabilidad, llegaron al acuerdo de verificar la delicada operación en el niño Gudú. Y en el transcurso de la discusión, puntualizaron algunos detalles de importancia. La Reina hizo constar que si bien Gudú no amaría a nadie, no podía privarse al Rey de la atracción del sexo opuesto, pues debía tener descendencia y asegurar la maldita cuestión de la sucesión, que tan en peligro había puesto los derechos del niño y, a juicio de todos, el Reino.

—Esto sí es posible —dijo el Trasgo, tras una breve consulta con el Hechicero—. Aunque no se da con mucha frecuencia entre los humanos, puede conseguirse que le gusten mucho las criaturas de sexo opuesto, sin amarlas lo más mínimo.

—Y otra cosa hay —dijo la Reina—: y es que debemos impedirle que esta atracción le domine. Pues recordando la última pasión de su padre, creo que puede llegar a ser tan nociva como el amor mismo.

—Bien atinado —dijo el Hechicero—. Haremos que ninguna mujer sea capaz de retenerle demasiado tiempo. Déjanos consultar, y ya te comunicaremos el resultado de estas averiguaciones.

Así lo hicieron, y al poco llegaron a la Reina con las siguientes nuevas:

—Aunque parezca extraño, querida niña, es más difícil esto último que lo otro. No hay recetas para eso. Pero no te alarmes: hemos hallado una solución muy ladina y astuta, aunque el Trasgo, por complacerte, se vea en trances desagradables.

—Decid de una vez —se impacientó Ardid.

—Hemos meditado la cuestión, llegando a pensar que si conseguimos una mujer que tome miles de formas diferentes, que sea la encargada de satisfacer las apetencias carnales del Rey, distrayéndole de una a otra y siendo la misma, pero por breve tiempo, claro está que no le va a ser posible al Rey encapricharse amorosamente con ninguna. Las esposas que pueda tener, por supuesto, no cuentan —puntualizó el anciano—. De ésas, en todo caso, puede hacer lo que quiera. Ya sabemos que no ofrecen peligro para lo que nos ocupa.

—Por supuesto —dijo la Reina, con un deje de amargura o resentimiento—. A la larga o a la corta, la esposa se anula a sí misma. Estamos de acuerdo, para eso no hay mejor receta que el matrimonio. Pero... ¿dónde está esa maravillosa criatura? No conozco a nadie que reúna esas condiciones. Y aunque las reuniera, los años pasan, y la que hoy es lozana, por mucho que se disfrace, mañana será vieja y perderá todo atractivo.

—Yo sé de alguien, querida niña —dijo el Trasgo—, que está a salvo de esas miserias. Claro que, por supuesto, no se da entre los de vuestra especie.

—Entonces, no sirve —dijo la Reina—. Un ser no carnal no atrae a la carne.

—Déjame hacer —dijo el Trasgo, con una risa demasiado olorosa a mosto, a juicio de sus dos amigos—. Déjame hacer: no debe ser carnal, pero sí puede tomar figura humana, si así conviene, aunque sea por corto tiempo. De corto tiempo se trata precisamente, ¿no? Tantas figuras humanas como desee, y de las más seductoras —hizo un gesto de condescendencia—. A juicio humano, por supuesto.

—Pues bien, sea como sea, tratad con esa criatura cuanto antes.

—Aquí está el gran sacrificio de nuestro querido amigo —dijo el Hechicero con gran pena—. Le vamos a exponer a un encuentro que no le agrada en absoluto y que viene evitando durante todo el tiempo que se halla contaminado: debe ir en busca de Ondina, la que vive en el fondo del Lago. Y si bien con ella mantiene excelentes relaciones, no así con su abuela, la Vieja Dama. Y la Vieja Dama, Fuerza Alta y Purísima por excelencia, aborrece a los contaminados. Y para colmo de males, habita en las raíces del Agua, que tan sabiamente conduce.

—¿Al fondo del Lago? —se maravilló Ardid, ante tamaña revelación.

—No al fondo, afortunadamente —dijo el Trasgo, echando un trago para darse ánimos—. Si así fuera, nada podría hacer. Pero sí un poco más arriba, en la Gruta del Manantial. Y quiera mi suerte que no se le ocurra visitar a su nieta por sus húmedos caminos estando yo platicando con ella.

Dicho lo cual, bebió más que de costumbre, se embriagó de forma casi escandalosa, y su nariz tomó un tinte de tan vivo carmesí como no le habían apreciado nunca. Lo que, como es de suponer, llenó de zozobra a sus dos amigos.

Pero la decisión ya estaba tomada.

2

ONDINA del Fondo del Lago habitaba desde hacía cuatrocientos treinta años en el más bello lugar del Lago de las Desapariciones. Ondina era de una belleza extraordinaria: suavísimos cabellos flotantes color alga que le llegaban hasta la cintura, ojos largos y cambiantes como la luz, que iban del más suave oro al verde oscuro, y piel blanco-azulada. Sus brazos ondeaban lentamente entre las profundas raíces de las plantas, y sus piernas se movían como las aletas de la carpa. Una sonrisa fija y brillante, que iba del nacarado de la concha al rosa líquido del amanecer, flotaba entre sus labios. Cualquier humano hubiera sentido una gran fascinación al contemplarla en todos sus pormenores —a excepción hecha de las orejas, que, como todas las de su especie, eran largas y puntiagudas en extremo, aunque de un tierno color, entre sonrosado y oro.

A pesar de ser nieta de la Gran Dama del Lago, no poseía ni un ápice de su sabiduría, ni siquiera un granito de mínima inteligencia —como ocurre con frecuencia entre las ondinas—. Por contra, era de una tal dulzura y suavidad, y emanaba tal candor, que su profunda estupidez podía muy bien confundirse con el encanto y hechizo más conmovedores. Como toda ondina, era caprichosa en extremo, y su gran capricho era su Colección del Fondo, donde había cultivado con primor su Jardín de los Verdes Intrincados. La colección de Ondina consistía en una ya nutrida exposición de muchachos, jóvenes y bellos, comprendidos entre los catorce y los veinticinco años. Le gustaban tanto, que a menudo arrastrábalos al fondo y allí les conservaba sonrosados e incólumes, gracias al zumo de la planta maraubina que crece cada tres mil años entre las raíces del agua. Pero se cansaba pronto de ellos, pues por más que los adornara con flores lacustres, y coronara sus cabezas con toda clase de resplandecientes piedrecitas, y acariciara sus cabellos, y besara sus fríos labios, ellos nada le decían ni hacían; de suerte que necesitaba siempre más y más muchachos para distraerse con la variedad.

A veces, aproximándose cautelosamente a las orillas del Lago, había visto cómo jóvenes parejas de campesinos se acariciaban y besaban mutuamente, y esto la llenaba de envidia. Así se lo había confesado en más de una ocasión a los trasgos, que, compadecidos, a veces, empujaban muchachos al fondo. Entre éstos se contaba el Trasgo del Sur, al que había confiado su caprichosa obsesión. «Eso es una tontería —le decían los trasgos—. Decídete a tomar por esposo a cualquier delfín de los que pululan por las costas del Sur y déjate de esos caprichos. Teniendo en cuenta tu juventud, puede perdonársete, pero anda con cuidado no se entere tu abuela: ella no tolera contaminaciones humanas, y sólo con ahogados puedes juguetear sin peligro.» «Así lo haré —decía ella entonces, compungida—. Prometo no olvidarlo.» Pero como era estúpida hasta los más remotos orígenes de su sustancia, no sólo lo olvidaba, sino que persistía en el peregrino deseo de recibir caricias y besos de hombre vivo. «Pero ¿para qué? —le preguntaba el Trasgo del Sur, que desde sus libaciones y dada su instalación en el Castillo, cuya zona Norte lamía las aguas del creciente Lago, mantenía grandes charlas con ella—. No veo la razón.» «Yo tampoco —respondía Ondina—. No veo la razón, pero así es.»

Y en éstas estaban cuando el Trasgo se acordó oportunamente de ella, de su cándida naturaleza y de su insensato capricho. Así eran las ondinas, se decía. Otra había conocido, en el Sur, encaprichada con los asnos, y otra también, más al Este, que tenía predilección por los soldados de barba roja. Todo podía esperarse de una ondina, menos cordura.

Esperó noche propicia —esto es, en creciente—, y horadando los entresijos de la tierra, abrió un pasadizo hasta el Manantial del Lago.

—Hacía tiempo que no venías, Trasgo del Sur —dijo Ondina, que le prefería, sin saberlo, por el tufillo humano que iba lentamente apoderándose de él—. Me gustará enseñarte el último que ha entrado. Me lo mandó el Trasgo de la Región Alamanita, y es muy hermoso. Aún no me he cansado de adornarle: mira, le puse caracolas en las orejas, ramitos de maraubina por todas partes, y aquí, esta perla que me regaló una ostra del Mar Drango. ¿Qué más puedo hacer ahora, para no aburrirme?

El Trasgo contempló pensativamente a un jovencito de cabello oscuro y tez dorada aunque con expresión de espanto, pues no había tenido tiempo de cerrar los ojos. Le pareció el colmo de la fealdad y ridiculez, pero calló sus opiniones, para bien conquistar a Ondina. Miró con recelo de un lado a otro, y al fin musitó:

—¿No esperas la visita de la Gran Dama, verdad?

—Oh no —dijo ella—. Está demasiado ocupada preparando el próximo deshielo. No ha visto los tres últimos, y aunque no le gustan demasiado, dice que si me contento con ahogados, nada tiene que reprocharme.

—Pues bien, he pensado mucho en ti, hermosura —dijo el Trasgo—. Y se me hace que alguna solución hallaremos, sin que incurras en enfados de tu maravillosa Abuela que Tanto Respeto me Inspira —pues para hablar de ella sólo podía utilizar palabras con mayúscula.

—¿De veras? —exclamó Ondina, con sumo interés—. Dime, Trasgo del Sur.

—La cosa es que te ofrezco una oportunidad: hemos encontrado un bebedizo que te permitirá tomar forma humana, por breve tiempo —a lo sumo diez días—, sin peligro de contaminación. Claro está que si prolongas esta forma humana un solo minuto más, tu contaminación se produciría, y de forma tan peligrosa que la cosa remedio no tendrá. Pero como eres caprichosilla, tengo para mí que más de dos días no te van a divertir los muchachos humanos, con los que podrás retozar a gusto durante ese tiempo. Y así, el peligro se alejará, con gran ventaja para ti: podrás beber el elixir cuantas veces quieras, y tomar, por diez días, la figura de mujer que te sea más útil (siempre que sea diferente entre sí)... Tengo para mí, que vas a disfrutar de lo lindo, y no te vas a aburrir lo que se dice nada, en varios siglos vista.

La Ondina dio dos volteretas en el agua. Era su máxima expresión de contento, ya que su boca sólo tenía un grado de sonrisa.

—¡Rápido! —gritó. Y la superficie del Lago se estremeció súbitamente, como bajo un vendaval—. ¡Rápido, dame ese bebedizo!

—Un momento, hermosura —dijo el Trasgo—. Siento decírtelo, pero todo tiene sus condiciones.

—Dime tus condiciones.

—Verás: en el transcurso de estas delicias, podrás disfrutar de las caricias, besos y cuanto te plazca de cuantos mozos tengas a bien. Pero... —y aquí, recalcó mucho sus palabras— siempre y cuando persistas, una vez tras otra, en atraer a cierto hombre, que si bien en su día será joven y tal vez hasta bello, con el tiempo se irá haciendo viejo y hasta feo o repulsivo. Sólo así, bajo ese solemne juramento, te daré el bebedizo.

—Bueno —dijo ella—, poco importa. Bien sabré consolarme con

los otros, mientras la raza humana exista y produzca tales deliciosas criaturas —y señaló el Jardín de Mancebos Ahogados.

—Bien. Voy a comunicar tu asentimiento a quien es pertinente —dijo el Trasgo. Y dejándola muy ilusionada, regresó por donde había venido.

La Reina Ardid quedó muy complacida al saber esto. Sin embargo, dijo:

—Querido mío, ¿estás seguro de que Ondina no se cansará de esperar el bebedizo prometido? Ten en cuenta que hasta que Gudú esté en edad de poder apreciar sus encantos, han de pasar bastantes años.

—Ay, querida niña —dijo el Trasgo—, ¿qué son unos cuantos años más o menos para quien vive inmerso en los siglos de los siglos? Nada, querida niña, nada.

Y bebió con fruición, no exenta de temblores, un buen trago de cierto vinillo sonrosado que guardaba para las grandes ocasiones. Pues el temor que le inspiraba la Vieja Dama sólo era comparable al cariño que sentía por la Reina Ardid.

Decidióse que dado que el cumpleaños del pequeño Rey tendría lugar en breves días, éste sería el momento adecuado para efectuar en él las manipulaciones convenidas.

Gudú, por su parte, retozaba libremente por el Castillo sin traba alguna, bien ajeno a lo que con su persona se tramaba. Seguía a todas partes a su hermano Predilecto, y éste se cuidaba de él con tanta ternura y afecto, que la Reina Ardid se dio cuenta de ello. Cierto día le llamó aparte. Sentía una invencible simpatía por aquel muchachito, tan distinto a sus hermanos, y le dijo:

—Príncipe Predilecto, vengo observando que sientes una gran ternura por nuestro amado Rey y Señor.

—Así es —dijo el muchacho—. En verdad que es el único de todos mis hermanos por el que siento un auténtico cariño..., un lazo verdaderamente fraternal.

—Desde ahora —dijo la Reina—, te nombro su Protector y Guardián, pues no ignoras cuántos peligros acechan a mi hijo en este Castillo: pese a todas las hipócritas apariencias, no todo es aquí de la forma que parece.

Predilecto guardó silencio, pero la Reina no dejó de observar que una tristeza en verdad precoz para su edad llenaba los ojos del muchacho.

—Ven conmigo —añadió—. Quiero que, desde hoy, veas en mí la madre que no has conocido.

Así diciendo, le besó. Y por el vivo rubor con que el muchacho se cubrió, diose cuenta de cuánta felicidad habían despertado en él sus palabras. «He aquí —se dijo Ardid— alguien a quien no debo dominar por el miedo, ni por la fuerza ni por la codicia; he aquí a quien dominaré sólo por amor.» Y así pensando, le llevó a su cámara. Entonces abrió un pequeño cofre, donde solía guardar las pocas alhajas que le quedaban, y halló al fondo una piedrecilla que, años atrás —siendo niña—, había encontrado a la orilla del río. Era de color azul, lisa y alargada, y semejaba partida por una afilada hoja. Aquella piedrecilla había sido el único juguete de su austera infancia. En su centro se abría un pequeño orificio: a través de él había acercado un ojo para mirar el brillo del sol en el mar, hacía de esto muchos años. Tal vez por ello, la conservaba. Y aunque en ocasiones estuvo tentada de tirarla, sin saber por qué, allí permanecía. La tomó con gran solemnidad entre sus dedos, y le dijo:

—Hijo mío, esto, en apariencia tan simple, es una de mis más preciadas reliquias... A ti te la doy, para que la conserves en prueba y prenda de mi afecto y este pacto.

Con una unción y reverencia como ella jamás hubiera esperado, Predilecto tomó delicadamente la piedrecilla partida, y besándola, dijo:

—Gracias, Señora. Os juro por mi vida que no lo olvidaré. Jamás esta piedra se apartará de mí, y respetaré este pacto hasta el fin de mis días.

Y dejando muda de perplejidad y cierto remordimiento a la Reina —bien que por poco tiempo—, el Príncipe Predilecto ensartó la piedra —por aquel orificio donde antaño Ardid mirara el mar— en una cadena de oro, regalo de su padre. Y para siempre la lució en el pecho, con el orgullo y amor que otros ponían en las más altas distinciones.

«En verdad —pensó Ardid, cuando el muchacho desapareció de su vista—, que es un muchacho candoroso. Será preciso conservar ese candor, cuantos años sea posible.» Y sin poderlo remediar, suspiró para sí: «Pobre Príncipe Predilecto».

Pero en seguida, preocupaciones más urgentes se llevaron este suspiro lejos de su corazón.

El día del cumpleaños de Gudú, la Reina lo llevó a su cámara, y sentándolo en un escabel, le dio a beber de una copa donde habían desleído adormidera en una dulce bebida de aguamiel y algunos misteriosos requisitos. Una vez dormido el niño, llamó al Trasgo y al Hechicero. Con toda suavidad lo tendieron en el suelo. Avivaron las llamas de la chimenea, y cuando el fuego tomó el color del atardecer sobre el Lago, el Hechicero pronunció sus palabras rituales. Después el Trasgo tomó con sumo cuidado la cabeza del niño, sopló en su frente y ésta se abrió con la dulzura y suavidad de una flor. Lo mismo hizo sobre su pecho, y cuando afloró el corazón, el Hechicero lo encerró, con gran habilidad, en una copa transparente y dura a un tiempo. La frente del niño ofrecía sueños de caballos, un gran sol burdo y rojo, entrechocar de espadas y un álamo mecido por la brisa. «Nada peligroso —dijo el Trasgo—. Dime, estamos a tiempo, ¿le quitamos algo más?: ¿inteligencia...?, ¿inocencia...?» Súbitamente la Reina sintió un gran dolor, y tapándose los ojos con las manos, prorrumpió en llanto:

—Basta —dijo—, basta. Ya está bien.

El Trasgo sopló la frente y el pecho del niño, que se cerraron, sin costura alguna, y el fuego se apagó por sí mismo. Un reloj de arena, en la cornisa de la chimenea, desgranaba lentamente su lluvia dorada.

Como si la viera por primera vez, Ardid recorrió la estancia con la mirada y el pensamiento. A través de la ventana, y aun a través de las piedras, de las cortinas y de los muros de la Torre, llegó hasta ella la noche, en toda su plenitud. Era una noche hermosa, donde se respiraba el sueño de algunos pájaros y el despertar de otros. Parecía, incluso, percibirse el cristalino temblor de las libélulas sobre la quietud de los estanques. Y allí abajo, en el Lago de las Desapariciones, algo o alguien —Ardid *sabía* en parte, y *adivinaba* en parte— rozaba con dedos invisibles la superficie de sus aguas. «Qué grande y misteriosa, qué apacible y qué terrible puede ser una noche...», pensó. Entonces se dio cuenta de que sus ojos estaban cubiertos de humedad brillante que despertaba memorias lejanas. Dolorosamente se desprendió de aquel ensueño, y se volvió hacia sus amigos:

—Ha nacido el Rey —dijo Ardid, secándose las lágrimas—. ¡Tengamos vida para ver su grandeza! Despertadle, y que volteen a un tiempo todas las campanas de Olar.

Así se hizo, y el cumpleaños del Rey se celebró con una solemnidad y pompa jamás conocidas antes.

3

GUDÚ creció en el Castillo de Olar bajo la estrecha vigilancia de su madre, la insobornable protección de Predilecto y las enseñanzas del Hechicero.

Aunque ahora su entorno había variado notablemente, Gudú recordaba a menudo sus escapatorias a los corredores y vericuetos del Castillo. A su mente llegaban retazos de un tiempo oscuro: se veía muy niño, tanto que apenas podía mantenerse sobre los pies. Resbalaba y huía, sin saber muy bien de qué o de quién, por húmedos pasadizos solitarios y medio secretos. Y guardaba en su memoria, dominándolo todo, cierto día muy extraño: revivía, de pronto, un fuerte piar de pájaros desconocidos, en el alféizar de una ventana donde parecía flotar una cortina roja. Tan roja como el mismo atardecer, que inundaba hasta el último rincón de una estancia donde él no había estado nunca. Y sentía aún en sus espaldas el empujón, suave pero decidido, de algo parecido a unas manos invisibles. Manos y empujón que fueron conduciéndole en pos de una pelota azul, surgida inesperadamente, hasta el lecho donde yacía moribundo un hombre grande, muy grande, de barba rojiza, que levantó la mano y, oportunamente, la apoyó sobre su cabeza. Pero todo esto era misterioso y lejano para él. Los misterios no eran de su agrado, y como todo lo que no era de su agrado, lo apartaba de sí. Sin embargo, aquellas manos invisibles, aquella extraña pelota azul —semejante a una esfera transparente, como el agua—, aquel ensordecedor piar de pájaros, residían en el fondo de su memoria. Y a lo largo de toda su vida, cuando menos lo esperaba, reaparecían, inquietándole. Bien que por poco tiempo.

Ardid, que despreciaba profundamente la ignorancia de la Corte, deseaba que Gudú fuera instruido en todas las materias. Y así, no descuidaba ni un solo día las lecciones del joven Rey, que, muy pronto, dio muestras de un carácter fuerte y difícil de doblegar. Su inteligencia era aguda y clara, aunque poco dada a las discusiones de tipo filosófico: antes bien se revelaba práctica, rotunda y muy concreta. Por tanto, si bien aprendió a escribir y leer —más bien medianamente—, no sintió afición excesiva por estas cosas, excepto si se trataba de los archivos que el Hechicero había confeccionado —y guardaba celosamente—, gracias a sus averiguaciones por un lado, y a las raterías llevadas a cabo por conventos durante el primer tiempo de su juventud. En aquellos años había intentado profesar en la vida monástica, pero hubo de abandonarla por culpa de sus secretas aficiones: se le consideró herético y aun rozando la brujería. Se salvó de tales acusaciones, huyendo de mala manera, tras muy apuradas peripecias, y fue a dar con sus huesos al Castillo del padre de Ardid, donde el abuelo de ésta le confió la instrucción de sus hijos. Se trataba de un raro señor con aficiones más científicas que guerreras, que heredó —aunque en menor grado— su hijo. La pequeña Ardid, según pudo apreciar el Hechicero, era el vivo retrato, físico y espiritual, de su abuelo. Se dedicó con entusiasmo a cultivar aquella prodigiosa inteligencia, de la que sobresalían su extraordinaria memoria y gran astucia.

Gudú era muy distinto a su madre. A menudo, el Hechicero quedaba perplejo ante sus atinadas observaciones, pero éstas eran siempre de carácter práctico y sobremanera lógico, a ras de tierra y muy consciente de lo que resultaba útil o inútil para moverse entre los hombres que le rodeaban y que —a todas luces— no gozaban de instrucción, ni tan sólo remotamente parecida a la suya. Una de las cosas que más interesaron al niño, desde el primer momento, fue la relación de hechos acontecidos en la más lejana antigüedad, a reyes y a países, a pueblos y gobernantes. También le despertaban particular interés —como a su madre— las matemáticas. Pero en seguida demostró gran indiferencia y escasísima aptitud para la poesía, la música y las artes en general. Sólo era de su interés determinada y muy específica lectura que aportara datos interesantes a su pasión por los pueblos y hechos de armas antiguos, para grabarlos en su memoria, casi tan prodigiosa como la de su madre. Se aburría mucho, en cambio, con otras materias en que el Hechicero hubiera deseado iniciarle, tales como el estudio de los astros, las adivinaciones y los deleitosos caminos que conducen a esclarecimientos de las fuerzas ocultas, los misterios y las sabidurías, sobre las que mostraba un franco desinterés, y en el transcurso de su lección bostezaba descaradamente.

Sin embargo, y sobre todo esto, era un niño dotado de una particularidad, a todas luces heredada de su padre: la curiosidad por lo desconocido —siempre que este desconocimiento perteneciera a esta tierra y las criaturas que en ella habitaban—. Acribillaba materialmente a preguntas sobre qué eran y cómo eran las regiones por él no visitadas: qué había detrás de las montañas Lisias, las tierras que su padre había añadido al Reino, y en particular, se hacía explicar con detalle sus gestas guerreras. Muy tempranamente también dio muestras de su habilidad y destreza en el manejo de las armas, de su puntería y de su certera forma de combatir.

Apenas había cumplido ocho años, cuando, con motivo de celebrarse en el Castillo unas justas entre caballeros, manifestó tan atinadas observaciones, que cuantos le rodeaban y oían quedaron materialmente pasmados. Expuso, con claridad de expresión y sucintas palabras —que recordaban vivamente las de la niña Ardid calculando las cuentas al revés y al derecho—, las razones por las que el vencido había sido vencido; y las razones por las que, si él hubiera estado en su lugar, hubiera salido vencedor. Aquel alarde de claridad y justeza no manifestaba traidora marrullería, como Ancio, Bancio y Cancio, sino simple y pura lógica, y verdadera inteligencia. Así pues, su Maestro se sentía bastante confuso con él, y así se lo decía a Ardid: «Es una extraña criatura, que para ciertas cosas, si le interesan, puede incluso superarnos, y para otras, si no le interesan, permanecerá tan inculto como el más estúpido de los criados». Pero así eran las cosas, y así había que aceptarlas.

Por otra parte, Gudú había heredado de su padre una intensa alegría de vivir, una especial manera de observar las cosas y los hombres, que revelaban un innato aire de posesión allí donde fijaba su mirada. No tenía ningún inconveniente en demostrar bien a las claras lo que le placía y lo que no. Y el desagrado que le inspiraban sus hermanos Soeces era bien patente, tanto como el agrado que le producía la compañía de Predilecto. Era únicamente con él con quien hablaba, jugaba o paseaba; y de él aprendió a montar a caballo, casi con la misma destreza que su maestro. Los dos muchachos, pese a la diferencia de edad, vivían prácticamente juntos, y era frecuente que Gudú preguntase muchas y varias cosas que le interesaban a Predilecto; y éste procuraba no ocultarle cuanto sabía o estaba en sus manos. Un día, Gudú pidió a Ardid que Predilecto estuviera también presente durante las lecciones. Con un raro sentido de la conveniencia explicó: «Si he de tenerlo a mi lado y ha de servirme, quiero que sepa tanto como yo, y aún más, porque así a donde yo no llegue, llegará él, y entre los dos, sabremos más que uno solo. Creo que me será muy útil cuando llegue el tiempo de mi reinado». Así lo comprendió la madre, y desde aquel día Predilecto —tenían ambos nueve y diecisiete años, respectivamente— se unió a las lecciones que impartía al Rey el Hechicero. Desde el primer momento, éste quedó prendado no sólo de la inteligencia del Príncipe, sino también de su carácter y nobleza. Y con dolor se decía que ésas eran las cualidades que hubiera deseado para el Rey. Predilecto se revelaba sutil y delicado, a un tiempo que firme y de mente clara. Estaba naturalmente dotado para aprender cualquier cosa que fuera, y podía interesarse en una como en otra materia. Pero, como muy bien le había advertido Ardid, el viejo Maestro sólo debía instruirle en aquellas cosas que fueran útiles para Gudú algún día, y en manera alguna en todo lo que no perteneciera a las cosas visibles de este mundo. El Hechicero sentía una viva desazón, pensando en qué gran discípulo habría tenido en él. Pero comprendía las razones de Ardid, y se conformaba con aquella pérdida diciéndose que la querida niña siempre tenía razón.

Por aquellos días el Príncipe Almíbar pidió a la Reina instalarse en Olar y abandonar aquel viejo Castillo que tan generosamente le donara Volodioso, pero que jamás le agradó. Prefería, dijo, unas habitaciones aseadas y guarnecidas según su gusto y placer, a aquel inmenso y negro Castillo que, muy alejado, casi próximo a las agrestes zonas de los Desdichados, no le producía más que sinsabores y quebraderos de cabeza. «Es frío, inhóspito, y por más que procuré engalanarlo, poco fruto se saca de él», explicó. Ardid, que nada le negaba —en verdad era muy parco en sus demandas—, consintió, y el Príncipe Almíbar se instaló en el mismo Castillo de Olar —lo cual no dejó de provocar murmuraciones entre los más venenosos cortesanos—. Pero como la vida bajo la regencia de Ardid era infinitamente más placentera que bajo el reinado de su fallecido esposo, nadie se opuso a ella. Ahora todos gozaban de sus antiguos privilegios, sabiamente remozados por la Reina, y podían, incluso, de cuando en cuando, aumentar impuestos a sus vasallos y campesinos.

Cuando llegó la primavera de su décimo cumpleaños, Gudú comenzó a alejarse del Castillo, a caballo, con Predilecto. Solían galopar por los campos, y llegaban a internarse en los bosques: pero Predilecto procuraba evitar la proximidad excesiva hacia las Tierras de los Desdichados, conocedor de lo que allí ocurría y de cómo hubiera sido recibido el joven Rey.

Un día, en una de estas excursiones, el pequeño Gudú divisó el Castillo abandonado de Almíbar. Estuvo unos instantes mirándolo fijamente, y repentinamente espoleó su caballo en su dirección, y desapareció entre la maleza, sorprendido e inquieto. Tras él fue Predilecto, y cuando llegó al Castillo, lo halló sentado en las escaleras y mirando en derredor con gran interés.

—Vámonos de aquí —dijo Predilecto, con recelo—. Estas regiones están abandonadas desde que vuestro tío el Príncipe Almíbar se marchó. Pudieran ahora servir de guarida a bandidos o gentes que pudieran no quereros.

—Pues en tal caso, cuidado tuyo es defenderme —dijo Gudú—.

Yo me siento a gusto en este lugar. Aquí voy a venir muy a menudo, y aquí, algún día, cuando sea Rey, me instalaré.

—Eso no será posible —dijo Predilecto, con un vago temor que ahora nada tenía que ver con los peligros de algún merodeador—. El Rey debe vivir en el Castillo de Olar, como sabéis.

—Alguna forma hallaré para venir aquí —dijo Gudú, riendo de aquella forma gutural y a un tiempo baja que le caracterizaba y estremecía en ocasiones a Predilecto—. Ten por seguro que lo haré. Y tú vendrás conmigo.

—No dudéis que yo siempre os acompañaré a donde vayáis —dijo Predilecto, sonriendo a su vez—. ¡Pero tiempo queda aún...!

Gudú trepó entonces hacia las almenas de la muralla, seguido por su hermano.

—¿Por qué son tan negras estas piedras, Predilecto? —preguntó.

—Mirad, Señor, aquellas tierras escarpadas, rodeadas de boscaje: de esas tierras oscuras proceden estas piedras.

—¿Qué hay allí?

—Allí —dijo Predilecto, a su pesar, pues era incapaz de engañar a su hermano—, habitan gentes miserables, que trabajan en las minas del Reino, y algunos carboneros. Les llaman las tierras de los Desdichados.

—¿Son útiles? —dijo Gudú, encaramándose a las almenas, y poniendo su mano sobre los ojos, para resguardarse del sol.

—Lo son —dijo Predilecto, con voz dolorida y tono de contenida indignación—. Pero nadie quiere reconocerlo y darles una vida más desahogada y más digna. Señor, si un día reináis, como espero, no os olvidéis de ellos.

Gudú le miró a los ojos, y sonrió de forma un tanto misteriosa:

—Cierto que no, Predilecto —dijo—. No los olvidaré, si, como decís, resultan tan útiles.

Pero Predilecto no atinaba, o no deseaba descifrar, el verdadero sentido de aquellas palabras. Día a día, cada vez con más frecuencia, le desazonaban sus observaciones.

Desde aquel día, Gudú pidió muchas veces a Predilecto que le llevara al Castillo, que, entre ellos, comenzaron a llamar el Castillo Negro. El joven Rey saltaba ágil y peligrosamente de almena en almena, y profería gritos salvajes, esgrimiendo la pequeña espada de hierro que llevaba a la cintura —hasta el día de su coronación, según estaba establecido, no podría lucir la de su padre, cuyo puño tenía incrustadas cinco piedras preciosas, en memoria de sus mejores y más grandes batallas y de todos los más ricos países que había añadido al antiguo, pobre y salvaje territorio del Conde Olar.

—¿Por qué a medida que Olar se engrandece, crecen y aumentan las aguas del Lago? —preguntó un día Gudú a su Maestro.

El anciano quedó paralizado de estupor. Ésta era una de las cosas descubiertas por él, mediante sus averiguaciones, aunque desconocía su origen. Precisamente andaba por aquellos días muy preocupado en descifrarlo. Como jamás dijera nada de esto al niño, ni a nadie, la pregunta del Rey lo dejo atónito:

—¿Como sabéis eso? —preguntó temeroso.

Gudú se echó a reír:

—¿Lo sabéis o no?

—No, Señor —admitió el Hechicero, confuso—. La verdad es que no lo sé.

—Pues cuando lo hayáis averiguado, no dejéis de comunicármelo. Podría ser utilizado ese secreto, y con grandes ventajas, algún día —añadió pensativo.

Poco tiempo después, hallándose en medio de una de sus lecciones, en la que el Maestro intentaba sin resultado mejorar la ruda caligrafía del joven Rey, le oyó decir —y esta vez con más espanto que estupor:

—¿Para qué son y qué son esos dibujitos que hacéis, de tan vivos colores, en algunos de vuestros pergaminos?

El Hechicero se levantó de un salto, y mostrando sin disimulo su sorpresa y temor, dijo:

—¡Señor! ¡Señor! ¿Cómo es posible que tengáis noticias de ellos, si a nadie los he mostrado jamás?

—Pues cuidad mejor vuestros secretos —dijo riendo Gudú—. Parece mentira que, si tan celoso sois de ellos, tengáis tan poca habilidad para guardarlos.

Por más que el Hechicero intentó que el niño aclarase sus preguntas, éste nada le dijo. Pero corrió a comunicar a la Reina su inquietud, y Ardid llamó al Trasgo, recelosa.

—Trasgo del Sur —dijo con solemnidad (cuando así le llamaba, el Trasgo temía algún reproche, pues en los últimos tiempos la Reina le mostraba su preocupación por las frecuencias de sus borracheras)—, ¿habéis tenido algo que ver en lo que el Hechicero me ha contado?

—De ninguna manera, ¡qué más quisiera yo! —se lamentó quejumbrosamente el Trasgo—. Y así os lo manifiesto, porque por más que lo intento, y a pesar de constarme que más de algún criado me confunde a menudo con un raposo y me persigue con la escoba o las tenazas, el joven Rey no atina a verme. Mal puedo tener parte en esas cosas. Y ya que en trance de decir verdades me ponéis, Señora, sabed que no sólo a mí debierais dirigir vuestros reproches: pues tengo para mí que el querido Maestro está cada día más distraído y descuidado, y por tal, acusa una vejez muy avanzada.

—Ah —dijo el anciano con su risa displicente y ofendida—, no entiendo cómo puede llamarme viejo quien cuenta trescientos y pico años en el cálculo de su existir.

—Pero querido —dijo el Trasgo dando volatines sobre la Cómoda Real—, ¿cuántas veces os tengo que recordar las diferencias en nuestras Tablas de Valoración? Ay, ay, que empiezo a temer si vos también, y no sólo yo, estáis o habéis sido tentado por esta maravilla que está contaminándome más de lo debido.

El Hechicero guardó un silencio a todas luces ultrajado, y la Reina les aplacó así:

—No debéis discutir por estupideces semejantes, queridos míos: a ambos os quiero y respeto por igual, y los tres, a la vez, somos susceptibles de alguna que otra debilidad. No es en estas cosas en las que debemos parar mientes, sino en la verdad del asunto que nos ha reunido.

Desde aquel día, y llena de disimulo, espió a su hijo Gudú. Y tal como ella misma había hecho en otros tiempos, le sorprendió en la noche levantándose del lecho, y escurriéndose por pasillos y pasadizos —bien lo aprendió a hacer desde muy niño en aquel Castillo—. Le siguió hasta la puerta de la mazmorra del anciano Maestro. Y una vez allí, comprobó como el muchacho atisbaba por las rendijas de la carcomida puerta y por el agujero de la cerradura, de donde surgían destellos provinientes de los fuegos rituales del anciano. Entonces Ardid sonrió para sí, y nada dijo, pues no le pareció en absoluto desdeñable la curiosidad revelada por quien, más pronto de lo que quizá pudieran creer, iba a reinar en Olar. «Todo el que reina —se dijo— debe tener un ojo en el trono y otro en todas las cerraduras del Reino.» Y con gran regocijo le vio aplicar un ojo, luego el otro, y después las orejas, a todo orificio visible. A continuación, tendido en el suelo, el pequeño Rey atisbó por la ranura, que, bajo la puerta, centelleaba como una línea de refulgente carmesí.

Ardid entonces regresó a su lecho, aliviada y contenta. Y sólo se limitó a decir al anciano:

—No os preocupéis, querido Maestro. Tal vez, olvidasteis guardar algún día un pergamino y el Rey lo vio. Pero si del Rey se trata, no debéis temer nada.

—Si así lo decís, así será —respondió el Hechicero a la querida niña. Pero por varios días, se sintió desazonado e inquieto, hasta que, inmerso de nuevo en los placeres de la Adivinación y las Grandes Averiguaciones, acabó por olvidarlo.

De día en día, fue convirtiéndose en un muchacho alto y robusto, como lo fuera su padre y lo era su madre; pero si de aquél heredó la feroz vitalidad, la salud y la poderosa complexión, de la madre heredó la gallardía en el porte, la flexibilidad de movimientos, la fibrosa delgadez de los miembros y del talle. Por tanto, si no era —ni con mucho— tan bello como su hermano Predilecto, no era feo en modo alguno: tenía el cabello negro y rizoso, ojos claros y muy brillantes, la nariz aguileña y la boca fresca, irónica y sensual. Su mirada, en particular, poseía una gran fuerza y penetración, y aun siendo todavía un muchacho, pronto se dejó sentir la gran atracción que ejercía sobre el sexo femenino. Al cumplir doce años, era alto como su hermano Predilecto —que contaba veinte—, y todos le hubieran atribuido más edad, tanto por su aspecto como por su forma de expresarse y lo maduro de sus observaciones. Jamás una palabra superflua salía de sus labios, y esto compensaba, en parte, su tal vez excesivo laconismo.

Las damas de la Corte empezaban a sentir un agradable cosquilleo en la nuca, que se esparcía cálidamente al resto de sus personas, si el joven Rey clavaba en ellas la mirada. Y cierto es que, si esto ocurría, no se trataba nunca de mujer vieja o contrahecha. Al contrario, las de tez más delicada, cabellos más hermosos y formas más sugerentes eran quienes recibían tal honor. Pero como, al fin y al cabo, se trataba todavía de un niño, mostraban hacia él un talante afectuosamente maternal impregnado de cierta afectación, que a todas luces indicaba la poca exactitud de tal sentimiento. A menudo le halagaban y le traían manjares, dulces o caprichos que adivinaban creían de su preferencia. En general, el Rey aceptaba todo esto con digna complacencia, pero, en alguna ocasión, si la excesiva solicitud venía de alguien que no le era particularmente agradable, se mostró dotado de aguda capacidad de burla, ironía e incluso, en ocasiones, malos modales. Y aunque su madre le amonestó en la intimidad porque lo que dijo era impropio de un caballero, Gudú comentó:

—Pues a fe mía, si bien es cierto lo que decís, no lo es menos que esa dama no volverá a importunarme. Y en cuanto a lo que es propio o no de caballero, os diré que, aunque muy lejos están los interesados en saberlo, he podido atisbar tales modales, y aun peores, en muy atildados caballeros de esta Corte.

Ardid entonces dijo algo que, inmediatamente, juzgó inoportuno y la hizo ruborizar:

—Guardad, pues, para en privado, lo que en privado sorprendisteis.

Pero su rubor desapareció cuando añadió el Rey:

—Sois lista de veras, Señora. Mucho me place, ya que no es dado a los humanos elegir la mujer que nos trae al mundo, haya tenido yo tanta fortuna: la madre que me tocó en suerte no es estúpida en modo alguno. Y os aseguro que la viva admiración que por vos siento, no será quebrantada.

Un suave dulzor, acaso engañoso, atenuó el dolor que, aunque a nadie lo dijera, clavaba en el corazón de Ardid la certeza de que su hijo nunca la amaría. «Al menos —se dijo—, quizá la admiración pueda suplir eso que toda mujer, hasta la más humilde, puede gozar en la vida, excepto yo, la Reina de Olar.»

4

SI bien la Reina tenía para el Conde Tuso dulzuras de miel, no le era difícil comprender al astuto Consejero que, en el fondo de tan agradable bebedizo, había limaduras de uñas feroces. Con tales pensamientos, su desazón crecía. Y no sólo su desazón, sino la cada vez más insolente rabia de Ancio y sus hermanos. Unida a la brutal impaciencia que les dominaba, hacían la vida del Consejero —si bien que ahora nominal— menos placentera de lo que en un principio había supuesto.

El Rey Gudú, cada día más fuerte, ingenioso y mordaz, no desperdiciaba ocasión para humillar a los Soeces y, para más escarnio, elevar sobre ellos, con distinciones y honores, a su hermano Predilecto. Sin rebozo alguno, solía burlarse de ellos en las reuniones y fiestas cortesanas —a las que era tan aficionada Ardid—, si bien sus burlas consistían, la mayoría de las veces, en juegos de palabras y alusiones, que especialmente a Ancio, el menos obtuso de los cuatro, estremecían de coraje. La Corte, que como toda Corte, era aduladora, reía las gracias del Rey con excesiva prodigalidad.

Entre las muchas cualidades que adornaban a Predilecto, no se contaba la de la castidad —no hubiera sido posible, al parecer, en hijo de Volodioso—. No era en modo lujurioso como los hermanos Soeces, pero sí naturalmente sensible a los encantos femeninos. Y no tenía esto nada de extraño, dado que, sin duda alguna, era el más hermoso mancebo de la Corte: el más valiente, el más noble, el más apuesto y —tanto en público como en privado— el de modales más refinados. Todo ello le hacía objeto de intensos amores por parte de las mujeres, que, en verdad, no solían rodearse de criaturas del sexo opuesto adornadas con tales cualidades.

Los años de bienestar y prosperidad que proporcionaban la paz y buena administración de Ardid, día más día tornaban la Corte en más lujosa y refinada. Los intercambios comerciales y culturales con la fastuosa Isla de Leonia eran ya de resultado muy ostensible. Aquellas damas mal trajeadas y peor peinadas, no demasiado pulcras —bien que a su pesar— e ignorantes en cuanto a modas y afeites eran de uso común en los países del Sur, se habían transformado en otras muy distintas. Y las niñas que conociera Predilecto en los primeros tiempos, destartaladamente —si no grotescamente— engalanadas, habíanse convertido en jovencitas y mujeres de mucho mejor porte y aspecto. También en sus maneras y lenguaje habían evolucionado. Incluso, en los últimos tiempos, llegaron de la Isla Prodigiosa ungüentos perfumados con que olvidar los olores corporales. Fueron acogidos con entusiasmo. Almíbar adoraba estos artificios, y los introducía profusamente en Olar, desde la dorada y ahora amistosa Isla. Así que, fácil es comprender, no le faltaban al Príncipe lances y aventuras amorosas, y si bien no abusaba de sus dotes de fascinación, tampoco las despreciaba ni tenía a menos. Pero lo llevaba muy discretamente.

La Reina le había ordenado que no tomase esposa hasta después de que así lo hiciera el Rey. Al contrario de los hermanos Soeces y de más de un cortesano de Olar, Predilecto nunca fue en busca de quien no le aceptara de buen grado. Jamás hizo raptar ni atropellar mujer alguna, ni tuvo siquiera ligeros amoríos con dama o doncella de quien no se viera ampliamente correspondido. Pero estas actitudes no eran fruto de haberlas aprendido o visto, sino que respondían a su misma naturaleza. A veces, en la soledad de su corazón, se decía que era raro no haber sentido jamás por mujer alguna lo que él suponía amor verdadero: y se preguntaba, con inquietud, la razón de esta soledad y vacío. Y por qué, aquellos amores o aventuras, no duraban demasiado, ni en su corazón ni en sus sentidos. En alguna ocasión llegó a pensar si estaría negado para el amor, pues del amor, gracias a las enseñanzas del Hechicero, había leído muchas cosas, y si la literatura no interesaba a Gudú, él, en cambio, estaba impregnado, cada día más, de su contaminación. E incluso, a escondidas, se deleitaba en la lectura de poesías que le producían una suave añoranza de alguien que juzgaba hermoso y deseable, aunque desconocido. Tenía noticias del gran amor que por su madre había sentido el difunto Rey Volodioso, y se preguntaba si en aquel amor que le había traído a él al mundo, se habrían agotado todas las reservas de esta curiosa capacidad humana.

A pesar de todo, como era muy dado a cavilar en esto y en otras muchas cosas, y le placía volver del derecho y del revés sus conocimientos, al igual que sus sensaciones, no era en modo alguno tal preocupación la más dominante. Se decía, también, que todavía era joven, y que probablemente algún día vería satisfecha la curiosidad por conocer un sentimiento que vagamente deseaba y temía a un tiempo.

Por aquellos días, una joven dama se enamoró perdidamente de Predilecto. Era la esposa de un noble Señor llamado Rinse, muy afecto al difunto Rey Volodioso, por lo que no es extraño que tuviera cuarenta años más que su joven esposa, última de las cinco que desposó en su vida. La joven se prendó de Predilecto de tal forma, que se lo dio a entender muy a las claras. Era tan hermosa, que no tardaron ambos en iniciar un idilio de muy cálidos lazos. Tenía poco más de veinte años, y era mujer de oscuros ojos y cabellos negros, de piel suave y blanca y de talle grácil. Cierto día en que Predilecto acompañaba al Rey en una de sus correrías por los bosques, éste le dijo:

—Es muy hermosa Sugredie —así se llamaba la dama—, pero estimo que su marido es feroz y celoso, y debéis ir con cuidado.

Predilecto quedó muy asombrado de aquellas palabras, pues suponía que llevaban muy escondidamente aquel asunto.

—¿Qué decís, Señor? —murmuró—. En verdad que no os entiendo.

—Oh, sí que me entiendes —dijo el Rey—. Has de saber, Predilecto, que un Rey no tiene por qué ser discreto hasta el punto de desconocer la vida íntima de quienes le rodean. Podéis estar seguro de que yo cumplo así mi obligación, con muy cuidado escrúpulo. Por tanto, no os extrañe que atisbe y espíe cuanto me place; y puedo aseguraros que en tocante a escondrijos y buenos puestos de observación, no ando ignorante. Recordaréis cómo por vez primera me encontrasteis en el Castillo, y os puedo asegurar que siempre tuve gran curiosidad por todos los vericuetos y pasadizos de este lugar. Así pues, no sólo vuestros lances, sino los de otros que están muy lejos de sospecharlo, tengo bien grabados en mi memoria.

Predilecto no supo qué contestar. Al fin, dijo:

—Bien, Señor. Os ruego que si os disgusta, me lo digáis, y procuraré apartarme de lo que no os parece justo o bueno.

—Ah, no —dijo el Rey—. Poco me importan esas cuestiones: sólo veo que el viejo es peligroso como un zorro, cruel como un lobo sanguinario y vengativo como una mujer celosa. Pero si os place, advertido quedáis. Sólo os ordeno que guardéis bien vuestra vida, pues todavía habéis de serme muy útil.

Aquellas palabras dejaron una rara amargura en Predilecto, pues comprendió que si bien él sentía un profundo afecto por su hermano, bien a las claras a éste sólo le movían hacia él el conocimiento de la ayuda y el desinterés que, a no dudar, estaba dispuesto a prodigarle de por vida. Y reflexionó: «Es cierto, y ahora reparo en ello, que el único amigo del Rey soy yo: si él no siente afecto por nadie, bien necesitará, en cambio, de una mano amiga durante su reinado».

El Rey cortó sus meditaciones diciendo:

—Y a propósito, voy a deciros una cosa: he decidido, llegada la hora, poner en práctica yo mismo lo que tantas veces he visto hacer a otros.

Entendió Predilecto lo que el Rey le decía, y aunque juzgábale bastante joven —aún no había cumplido trece años—, sabía que si él así lo decía, así lo haría. Por lo que se atrevió a preguntarle:

—Señor, me asombra lo que decís, dado que os juzgo muy joven, en verdad. Pero si habéis puesto los ojos en alguna dama o doncella en especial, tal vez deberíais decírmelo, y acaso mi experiencia pueda aconsejaros bien.

—Tonterías —dijo el Rey—, tanto me da una como otra, con tal que sea bonita y no muy vieja. Y no os preocupéis: ya me las arreglaré yo solo sin consejos ni ayuda de nadie.

Con lo que, una vez más, Predilecto pudo comprobar la gran seguridad en sí mismo que animaba todos los actos y decisiones de tan joven Rey.

—Lo único que deseo —dijo al cabo el muchacho— es que no se trate de una de esas mujeres de la Corte. No es conveniente que ninguna me pierda el respeto en ningún sentido ni se tome la más mínima libertad hacia mí. Por tanto, y como sé lo que hacen mis hermanos Ancio, Bancio, Cancio y el repugnante Furcio, creo que ése es el camino más adecuado.

Predilecto se sintió desagradablemente afectado por aquellas palabras. Pero como sabía que contradecir abiertamente al Rey no era en modo alguno un buen camino, se limitó a opinar:

—No sé si será un buen método, Señor. Sólo os diré que personalmente no hallo ningún placer en algo tomado a la fuerza. Más placentero es, puedo asegurároslo, cerciorarse antes de que la otra parte tendrá en vos tanto agrado como vos mismo en ella.

Gudú quedó pensativo ante estas palabras. Y al fin dijo:

—Si es como decís, nada pierdo intentándolo. Pues bien, se me ocurre que vamos a disfrazarnos, y como simples plebeyos recorreremos algunos burgos de las cercanías. Veamos si, por mi sola persona y sin saber quién soy, puede conseguirse ese buen grado del otro sexo del que me habláis. Y os creo, porque, según he podido ver, mejor que ninguno en la Corte sois tratado vos por el elemento femenino —y diciendo esto rió sonoramente, cosa que llenó de una molesta turbación a Predilecto.

Pero como el Rey no olvidaba jamás algo que se propusiera, así lo puso de manifiesto a los pocos días. Y conminóle a llevar a cabo lo que había ideado durante la última excursión. Predilecto se debatía en un mar de dudas: por una parte juzgaba peligroso e imprudente lo que el Rey le proponía, pero también le horrorizaba la idea de que el Rey imitara los hábitos de los Soeces. Recordó entonces unas palabras de la Reina Ardid, que en su día no tuvo por muy importantes, pero que ahora consideraba más detenidamente: la Reina dejó traslucir en aquella ocasión que si algún día el Rey demostraba inclinación hacia alguna mujer, bueno sería que ella supiera antes de quién se trataba. Venciendo la repugnancia que esta clase de encomiendas le producían, decidió al fin visitar a la Reina. Ardid le recibió con el cariño acostumbrado, llamándole «hijo mío», como solía. Estas palabras llenaban de dulzura y agradecimiento el corazón del muchacho:

—Señora —dijo, visiblemente azorado—, he de comunicaros algo que, en verdad, me resulta doblemente penoso: pues no sé si hablando traiciono la confianza del Rey, y si callando traiciono la vuestra.

—Pues no dudes ni un momento en hablar —dijo la Reina, con su habitual desparpajo—, ya que sólo vivo para y por mi hijo. Lo que yo sepa de él, por secreto que os parezca, sólo a su bien ha de conducir.

—En eso me apoyo, para atreverme a portaros tan peregrina embajada —manifestó el joven—. En fin: habéis de saber que mi Señor el Rey desea mantener relación con mujer muy en breve.

La Reina se sobresaltó un tanto, aunque lo disimuló con una sonrisa:

—Pues decidme quién es ella, entonces.

—Es el caso —dijo Predilecto— que no se trata de ninguna en particular. No desea en modo alguno (bien claro lo ha dejado dicho) que se trate de una dama de las habituales en la Corte, sino de muy distinta clase, y que además no le conozca. Por ello me ha pedido que, disfrazados, recorramos los alrededores en busca de la que le parezca más apropiada... Y como yo lo juzgo un tanto peligroso, me atrevo a hablaros de semejante manera, y solicito vuestro consejo.

La Reina meditó largo rato. Al fin del cual, dijo:

—Bien hacéis en advertirme de las intenciones del Rey. En verdad que yo también considero peligrosa esa ocurrencia. Pero dejadme que medite la cuestión, y hallaré una solución adecuada. Para ello preciso algunos días, y en el transcurso, si os conmina a llevar a cabo esa correría, os ruego que os finjáis enfermo, y así podamos disponer del tiempo que yo tarde en hallar una solución adecuada y digna.

Aunque le repugnaba con todas sus fuerzas llevar a cabo semejante encomienda, y ningunas ganas tenía de fingir una enfermedad que en modo alguno sentía, obedeció por cariño a la Reina y a su hermano lo que ésta le ordenó.

El Rey pareció defraudado al saber que su hermano permanecía postrado con fuertes calenturas, precisamente el día elegido para la aventura planeada. El Hechicero —que a la vez asumía las funciones de médico y físico de la Corte— le informó de que Predilecto tendría que guardar cama durante varios días, sin recibir visita alguna. Y así pareció conformarle.

Pero grande fue la sorpresa de Predilecto cuando, al día siguiente, presentóse el Rey inopinadamente en su cámara. Tras informarse del estado de su salud, mandó que les dejaran solos. Y cuando esto sucedió le dijo:

—Predilecto, he de comunicarte una cosa: he tenido que prescindir de ti, ya que estabas tan afectado por esa inoportuna dolencia. Así

que anoche salí yo solo y recorrí la ciudad, hacia la Muralla Norte:
tengo oído hablar a los soldados de cierto figón donde puede hallarse
fácilmente lo que a mí me interesaba. Y me alegra comunicaros que
he satisfecho mi curiosidad, y que estoy decidido a repetir esas andanzas. Disfrazado o no disfrazado, juzgo que esta experiencia no es
en absoluto despreciable, y tengo para mí que, con el tiempo, cada
vez menos despreciable me parecerá. Así pues, no lo olvides: tan
pronto estés de nuevo sano, llevaremos a cabo todo lo planeado. Y
ten por seguro que nos divertiremos.

Dicho lo cual, y sin aguardar su respuesta, salió de la estancia,
dejándole sumido en una gran confusión. Cuando la Reina le dio permiso para recuperar la salud, había tenido ocasión de meditar que si
bien la mentira le era naturalmente desagradable, había ocasiones en
la vida en que ésta era el más benigno de los males. Por tanto, dijo:

—Señora, creo que por una vez, el Rey ha olvidado algo que se
proponía. Así pues, ya os avisaré si lo recuerda y desea llevarlo a
cabo. Tengo para mí que ese capricho ha de tardar en volver a acuciar
al Rey mi Señor.

La Reina pareció satisfécha. Pero una vez Predilecto se reincor-
poró a la custodia y servicio de su hermano, se llevaron a cabo, y con
gran frecuencia, las fementidas correrías. Que si bien, tal como Gudú
pronosticara, no fueron aburridas, lo cierto es que tenían el corazón
de Predilecto suspendido de un hilo, que día a día se le antojaba más
débil y quebradizo.

Entendió, de una vez para todas, que cuando Gudú pensaba
llevar algo a cabo, nada en el mundo podía impedírselo. Y así lo
aceptó.

5

EL Rey, cuanto más tiempo iba pasando, cada vez se divertía más
con aquellas escapadas. Estaba ya cercano el día en que cumpliría
catorce años. Se hallaban, pues, en invierno, y aunque en tales épocas
los lugares que ellos visitaban —lugares de extramuros, donde la pobreza y sordidez reinaban— se encontraban por lo general sumidos

en un frío crudo y terrible, la férrea naturaleza de Gudú —en la que, y pese a su aparente ligereza, no le iba a la zaga Predilecto— lo afrontaba sin aparente incomodidad.

Andaban embozados, fingiéndose buhoneros o caminantes, por los burgos y antiguos condados de Olar. Poco a poco fueron adentrándose más y más hacia tierras del Sur, y aunque aún muy diferentes a ellas, Predilecto recordaba a menudo, con tierna añoranza, el tiempo en que vivía, austera pero delicadamente tratado, en el que fuera Castillo de su madre. En su mente revivían aquellas regiones y aquellas gentes con cariño. La Reina había conservado para él dichas posesiones, si bien encareciéndole que no las visitase en tanto el Rey no lo hiciera a su vez. No es raro, pues, que en el rigor del crudo invierno a menudo conversara de todo ello con su hermano menor. Éste le observaba fijamente: y descubría la rara ensoñación que en esos momentos, como un misterioso resplandor, bañaba el rostro de Predilecto. Tal cosa llegó a intrigarle sobremanera: sentía en lo hondo de su ser un raro e inconcreto respeto hacia aquel hermano, que era tan valiente como galante y encantador. Y le despertaba una admiración que suplía, en parte, la amistad o el afecto de que era incapaz.

De la misma manera que al ciego se le agudiza el tacto y al sordomudo la vista, la incapacidad de todo sentimiento afectivo en Gudú había agudizado otras particularidades de su carácter: una era la curiosidad y el ansia de conocer nuevos paisajes, nuevas gentes, y otra, en la que no había atinado Ardid, más peligrosa: la imaginación. Pero a decir verdad, la fantasía e imaginación del Rey se centraban en cosas tangibles y concretas, jamás en la ensoñación de lo que no concerniese a ser humano. Se decía —pues era muy joven— que muchas cosas accesibles y en extremo atractivas e interesantes existían en el mundo, y a su mayor o menor alcance. En conseguir éstas se centraba, y no en quimeras poéticas, ni especulaciones más o menos filosóficas. Lo que a no dudar, favorecía mucho su destino.

—¿Qué es lo que estás viendo, cuando me hablas así? —le preguntó un día a Predilecto.

—Estoy viendo los viñedos de septiembre, el sol sobre el mar y los blancos acantilados de la Isla de Leonia.

—¿Y qué hay de particular en esas cosas? —dijo Gudú, intrigado.

—Es un lugar más cálido, más bello —contestó Predilecto—. El invierno no reviste esta inclemencia, y es raro que alguna vez los campos se cubran de nieve. Por otra parte, las gentes son de carácter amable, y las mujeres hermosas como ninguna vi antes.

Esto último interesó vivamente a Gudú:

—¿Más hermosas que éstas de por aquí? —dijo.

—Es cuestión de gustos, Señor —dijo Predilecto, dándose cuenta demasiado tarde de que había llevado la conversación a un terreno a todas luces peligroso—. Son también, en verdad, poco dadas a las aventuras galantes. Suelen ser esposas muy honestas y de gran respeto en todas sus maneras.

—Pues si algún día debo contraer matrimonio —dijo Gudú, pensativo—, tendré que ir a buscarla por esas regiones. Porque estoy dispuesto a contraer matrimonio, aunque tal compromiso, en sí, me parezca harto desproporcionado: no sé por qué razón hemos de conservar lo que un día no sirve. Pero si Rey soy, muchas cosas que no me agraden habré de aceptar. Por lo que, como decía, ya que el mal debe llegar, al menos que sea un mal de apariencia hermosa, y por añadidura seguro.

Cuando así hablaba Gudú, Predilecto guardaba silencio, pues a nadie, ni a su mismo padre, había oído razonar de forma tan concluyente. Esto le producía tanto asombro como malestar, al tiempo que una suerte de admiración nacía también en él hacia su hermano pequeño. Y se decía que si Rey había de ser, no podía habérselas con un ser mejor dispuesto para cometido semejante. Y aunque a medida que el tiempo pasaba se mostraba menos impulsivo y más reflexivo, si alguna vez una insinuación brotaba de sus labios, podía tenerse por seguro que la maduraba en su interior hasta darle una forma viable y ponerla en práctica.

Así, cierto día, dijo a su hermano:

—Predilecto, he pensado que me convendría visitar las regiones del Sur. Y creo que voy a disgustarte si te digo que hora es ya de que eches una mirada a esas tierras que te dio mi padre, pues no me parece conveniente descuidar tales cosas. De paso podré conocer yo también qué es lo extraordinario que tú encuentras en ellas, para recordarlas tan a menudo. Y tampoco desecho la posibilidad de entrar en conocimiento con alguna señora de las que me has hablado con tanto entusiasmo... y que no tenga enraizadas en la sesera costumbres de honestidad tan rigurosa.

—Señor —murmuró, temeroso y desconcertado, Predilecto—, nadie más que yo podría desear llevar a cabo ese viaje. Pero opino que vuestra Señora Madre debería entenderlo como vos, pues no es cosa de una o dos noches, ni de dos o tres días, llegar hasta allí. Habríamos de llevar a cabo diez o más jornadas de camino, y difícilmente pasaría inadvertida nuestra ausencia.

—Ya he meditado esas cosas —respondió Gudú con ligera impaciencia—. No me creáis tan desprevenido. En modo alguno será esto una correría más, y aunque me prive del placer de lo escondido, no por eso voy a renunciar a ello. Tened por seguro que se lo comunicaré a la Reina, de forma que no haya lugar a dudas sobre mi voluntad y decisión al respecto. En tanto, disponeos para el viaje y empezad a encargar todo lo necesario, pues entiendo que esta vez tendremos que llevar escolta y muchas otras cosas con nosotros.

Dicho y hecho: fue en busca de la Reina. Como siempre, ella le recibió prestamente:

—Decidme, hijo mío —dijo ofreciéndole un escabel que desde niño, cuando vivían prisioneros en la Torre Este, solía utilizar para hablar con ella—, os escucho con gran complacencia.

—Señora, yo también os comunico con gran complacencia que he decidido visitar las tierras del Sur: ésas en las cuales vos y mi hermano Predilecto nacisteis. Creo que es hora de que él eche una mirada sobre un Castillo y una tierra que le pertenecen, y al mismo tiempo, pueda yo enterarme de qué es, y cómo es esa tierra del Sur, que tanto gozo dio a mi padre conquistar.

La Reina quedó muda de asombro. Al fin, dijo:

—Es una idea muy natural, y como tal la escucho. Un Rey debe conocer palmo a palmo el territorio sobre el cual domina, y nada más lejos de mi pensamiento suponer que vos os ibais a olvidar de tal cosa. No obstante, debo confesaros un temor que me aguijonea, y que supongo compartiréis conmigo.

—Pues decidlo, y veré si lo comparto o no —contestó Gudú, con idéntico desparpajo al de su madre, a todas luces heredado o asimilado muy profundamente.

—Bien, no deseo inquietaros, hijo mío —añadió Ardid, despacio, como cuando cruzaba un suelo resbaladizo—, pero es el caso que en los últimos tiempos tengo para mí que el Consejero Real y vuestro hermano el Príncipe Ancio no miran con buenos ojos el hecho de que vuestro padre decidiera, en el último momento, nombraros heredero de la Corona. De modo que, desde hace tiempo, vengo presintiendo el creciente rebullir de intriga y hostilidad que rezuman sus palabras y miradas. ¿No sería esta ausencia vuestra aprovechada por ellos para asestarnos un golpe artero? Cuando os vayáis, dejaréis en este Castillo una mujer indefensa, ya no tan joven... —y suspiró falsamente, mientras echaba un vistazo al bruñido espejo que reflejaba su espléndida hermosura en sazón— y como tal, en su debilidad, expuesta a ser víctima de quién sabe qué maquinaciones.

—Madre —respondió pensativamente Gudú, con lo que dio a entender que había calculado todas las posibilidades—, estas cosas deben afrontarse como son y sin hurtar cobardemente el bulto. Así que, si me lo permitís, en primer lugar os diré que jamás he visto ni oído, ni tengo noticia alguna de que exista en el mundo mujer menos indefensa y débil que vos, ni más inteligente y astuta, y me alegro de que esta mujer sea mi madre, y no mi esposa. Por otro lado, tengo la impresión de que hay una manera absolutamente decisiva de cortar de raíz los desmanes que atribuís al Consejero Tuso y a mis desagradables hermanos. Pienso que sería una buena medida, sin preámbulo alguno ni detalle que les pueda hacer presumir el hecho, encerrar prisioneros a los seis —con la misma consideración que hace años lo fuimos nosotros—, bajo guardia permanente a cargo de mi tío Almíbar. Si a mi regreso lo juzgo oportuno, les volveré a libertar, so pretexto de haber sido mal informado sobre sus actividades. Pero como tales actividades, tanto vos como yo sabemos más que probables, no tendrán excesivo aliento para rebelarse o elevar sus quejas de forma demasiado evidente.

La Reina sintió repentinamente seco su paladar, y humedeciéndose los labios con lentitud, ordenó sus pensamientos lo más rápidamente que le fue posible. Al fin, dijo:

—Hijo mío, entre tus muchas virtudes no se cuenta precisamente el tacto de la diplomacia.

Gudú la miró con asombro interrogativo:

—No entiendo esas palabras, madre. Haced el favor de explicarlas con presteza, antes no me colme la curiosidad o la impaciencia.

—No debéis hablar así a quien ha tenido ocasión de conocer los entresijos de esta Corte y padecer su crueldad. No por más sabia, sino por más vieja os diré que tales decisiones, si bien no las descarto para un tiempo más propicio (máxime cuando coinciden con las vuestras), no son oportunas en un Rey que aún no ha sido coronado y permanece aún bajo la tutela (aunque vos y yo sabemos, puramente formularia) de una madre regente, que, por otro lado, no os ha dado motivo de disgusto.

—Cierto —interrumpió Gudú, con serenidad pero inquebrantable decisión—. Hace tiempo que vengo meditando ese punto, y creo que debemos adelantar ese detalle tan nimio, pero que entiendo que necesario: la coronación, que ya debería haberse llevado a cabo desde que tengo uso de razón.

—Pero ocurre —continuó la Reina, matizando el tono cada vez más lento y suave de su voz— que entre las pocas leyes que tuvo a bien instituir vuestro padre, de muy respetada y prudente memoria, hay una en la que se ordena que esto que deseáis adelantar no ocurrirá hasta que el heredero cumpla dieciocho años. Y si mis cálculos no fallan —y vos sabéis que mis cálculos me han llevado a este trono, y tal vez a vuestra existencia misma—, os faltan aún tres años, tres meses y veinticinco días para cumplir la edad requerida. No creo necesario recordaros que si un Rey no respeta por sí mismo las leyes establecidas, mal podrá hacerlas respetar con la fuerza necesaria a quienes están bajo su mando. Pues si bien el Rey puede y debe conducir su voluntad por encima de la voluntad de los que componen su Reino (y un Reino no está hecho solamente de tierra, agua y piedras, sino de leyes y de hombres: y éste es su elemento más indispensable), ha de hacerlo de modo que todos crean que esa voluntad coincide con la de sus súbditos... Para terminar, hijo (y dejo a vuestro albedrío seguir o no los consejos de una mujer que habéis reconocido como nada tonta), no creáis que para otra cosa se ha creado lo que llamamos Asamblea de Nobles. Esta denominación tan brillante envuelve en su resplandor la vanidad de quienes componen ese invento. Si yo he dado prerrogativas a esa Asamblea y restituido unos derechos que en los últimos años vuestro padre olvidó (y a punto estuvo por ello de perder el Reino), no fue por otra razón que la de aplacar sus ambiciones y codicias, con las migajas de un pastel que estaban deseosos y dispuestos a devorar de un solo bocado. No creáis ni por un solo momento (y ya que parecéis conocerme tan bien, no dudo así lo entenderéis) que hice esto por blandura, ni por justicia ni por espíritu bondadoso, cualidades que si en un tiempo existieron o anidaron en mí, muy pronto las circunstancias se cuidaron de segármelas de raíz. Huelga, pues, puntualizar (y con ello termino), que si os empeñáis en no cumplir uno de los pocos requisitos indispensables para llegar a gobernar (oficialmente, se entiende) este país, la vanidad herida de quienes os he hablado hace un momento reverdecerá sobre el relumbrón de las palabras, los cargos y las prebendas. Ya que tanto habéis sido instruido en la gloria y la ruina de otros reinos, otros reyes, otras tierras, por los que tanto y tan laudable interés demostráis, no olvidaréis tampoco cuán belicosos y descontentadizos son los hombres que componen, necesariamente, la Corte de un Reino, su más sólido, aunque también más escurridizo apoyo. Pues la nobleza y fidelidad que la fortuna nos ha proporcionado al dar con hombres como vuestro tío Almíbar y vuestro hermano Predilecto, creedme si os digo que no son frecuentes: ni aquí ni en parte alguna. Y es evidente que ni el uno ni el otro tienen madera de reyes.

Dicho lo cual, la Reina guardó prudente y amable silencio, con aire aparentemente confiado. Gudú, a su vez, permaneció largo rato —tal vez menos largo de lo que a la Reina le pareció— en silencio. Al fin, riendo inesperadamente, manifestó:

—En verdad, madre, que sois astuta como la raposa y ladina como el zorro. Hombre y mujer juntos no darían mejor resultado que vos, por sabios que fueran sobre la tierra.

Y levantándose, salió de la estancia con paso firme, y —al parecer de su madre— contento.

Gudú no fue a los países del Sur, por aquella vez. Pero tampoco

—y su madre estaba segura de ello— había desechado en modo alguno tal propósito.

Algunos días más tarde, el Rey volvió a visitar a su madre, y sentándose nuevamente en el escabel, dijo:

—He estado observando con detenimiento cómo se prende el fuego que nos da calor y que tan necesario nos resulta en invierno como molesto en verano.

—Os escucho —dijo la Reina, reprimiendo su inquietud con la mejor de sus sonrisas.

—Pues bien, primero es necesario frotar el pedernal y la yesca, hasta que brote la chispa. La chispa prende la paja, la paja el leño. Así, como buena entendedora que sois, sólo me resta deciros que estoy dispuesto a prender la chispa para que prenda en la paja. Y una vez prendida la paja, vos aventaréis la llama hasta que arda el leño. Y crecida la hoguera, sólo espero de vos la ayuda necesaria para que entre los dos la sofoquemos hasta reducirla a cenizas, que pronto se esparcirán en el viento. Y como nada más tengo que comunicaros, salvo que me dispongo a frotar el pedernal, tened preparado el fuelle y el atizador, para cuando os llegue el turno.

Saludó con una inclinación a su madre y salió de la estancia, dejando a la Reina perpleja y, acaso por primera vez en su vida, absolutamente ignorante de cuanto le había sido confiado.

Poco después de esta escena, el joven Rey aún no coronado hizo llegar al Consejero Tuso una misiva en la que, con maneras más suaves de lo que jamás le conociera nadie, le comunicó su deseo de verle con urgencia: pues deseaba consultarle algo de gran importancia.

Extrañado y receloso, al tiempo que íntimamente espoleado por cierta esperanzada curiosidad, el Consejero se apresuró a acudir a la llamada del Rey. Éste le recibió en su alcoba, al parecer frívolamente entretenido en un necio juego de salón, aprendido de las damas, que consistía en hacer solitarios con una baraja de marfil, obsequio de la Reina Leonia.

—Mi estimado Consejero, tened a bien sentaros —dijo amablemente, aunque por lo común lo mantenía en su presencia derecho como un mástil, sin reparar en que los años habían abultado de forma indecorosa los juanetes del Conde—, y oídme con mucha atención, pues os tengo por leal amigo y buen Consejero que fuisteis de mi padre y sois ahora de mi madre, a quien tan leal y juiciosamente habéis servido largos años. Ahora, llegado el momento en que preciso a mi vez de vuestra mucha sabiduría, no he dudado en haceros confidente de algo que turba mi ánimo y me llena de confusión.

Mucho recelo levantaron en el ánimo de Tuso tanta ceremonia e insólitas palabras. Dirigió la mirada bicolor de sus ojos —que, para su mal, iban apagándose— escrutadoramente a los del Rey: y tan prístino candor reflejaban éstos que, por un instante, meditó: «No olvidemos que, al fin y a la postre, el Rey es todavía un niño, o poco menos». Así pues, con gran solemnidad tomó asiento donde el Rey le indicaba, y, con el mayor respeto de que era capaz, dijo a su vez:

—Mucho estimo vuestras palabras, noble Gudú, mi buen Rey y Señor, y tened por seguro que me esforzaré en ofreceros cuanto, a mi humilde entender, sea lo mejor, y mi más meditado consejo.

—Así lo creo —dijo Gudú, con una sonrisa repleta de candor, donde parecía ocultarse un insospechado pudor—. Es el caso que como por delicadeza no puedo acudir a mi madre en este trance, y ya que no tengo la dicha de que viva mi padre, ni hallo a mi alrededor varón más apropiado que vos para mis confidencias, deseo deciros que de un tiempo a esta parte, y pese a mi corta edad (habréis observado lo robusto de mi naturaleza, que me aparenta más maduro de lo que cuento), como mi mente no se ha desarrollado de acuerdo con la precocidad de mi carne, el caso es que me debato en una gran perplejidad y zozobra, al sentir unas apetencias que, tal vez, en otro muchacho de mi edad no se manifiestan con tanta pujanza.

Y calló, mirando tímidamente al suelo. El Consejero sintió algo, como un viento fresco que disipara las nubes de una tormenta presentida y temida. Y se aprestó a responder, con prudencia y tacto:

—Aunque ya soy viejo y marchito, Señor, entiendo bien a qué os referís. Y juzgo que tales cosas tienen remedios fáciles y placenteros, Señor: pues aunque mi carne está seca, no así mi memoria, y a veces trae ráfagas de muy bellos recuerdos juveniles. Por tanto, no puede parecerme inaudita vuestra revelación, sino todo lo contrario; máxime teniendo en cuenta que sois hijo de quien sois.

—Agradezco vuestra comprensión, mi buen Consejero. Bien comprendo que un Rey no debe permitirse vanidades ni regocijos que puedan ser causa de murmuración y malas interpretaciones por parte de quienes confían en mí. Por tanto, he pensado que la más oportuna solución sería tomar esposa. Pero no se me oculta que para que esto sea posible, es costumbre —o ley— haber sido antes coronado. Y tampoco ignoro que la coronación deba ser llevada a cabo ni un solo día antes de cumplir los dieciocho años. Como no estoy dispuesto ni deseo de ningún modo quebrantar esa ley, ni ninguna otra, así de turbado me halláis, y a vos confío mis angustias y zozobras: por si vuestra probada inteligencia y lealtad hallaran alguna solución decente y lícita, que resolviera mis torturas y no quebrantase ninguna respetable institución.

El Conde Tuso quedó sobrecogido de placer y de perplejidad al oír tales palabras, que, a decir verdad, jamás esperó oír de Gudú ni de ningún otro Rey —ni con un Ancio en el trono—. Meditó un rato, y al fin manifestó:

—En verdad, Señor, que me ponéis en un grave aprieto. Pero, por otra parte, no veo nada malo en lo que decís, y sí comprendo mucho, en cambio, la crueldad que puede representar para vos una espera a todas luces tan desproporcionada, como evidencian la contradicción entre vuestra naturaleza y la edad reglamentaria. Entiendo que para un mozo lleno de vida como vos, cuatro años de abstinencia son muchos años, ya que tan pundonoroso y reacio os veo a llevar a cabo lances fuera del matrimonio.

—Tened por seguro que así es —dijo Gudú, con un suspiro tan hondo que a poco estuvo de conmover seriamente al cauteloso Conde—. Así pues, amigo mío —y estas palabras jamás las había oído Tuso ni tan siquiera a Volodioso—, ¿qué es lo que puedo hacer para no caer en la locura o el desatino...? Me gustaría saber si habría alguna forma de celebrar mi matrimonio antes de la coronación sin violar las leyes: esta última sí que, bajo ningún pretexto, ni la muerte me haría quebrantar.

«Pues ésta es la única cosa que me importa», se dijo Tuso, frotándose mentalmente las manos como las moscas las patas. «Ten por seguro, lúbrico mocoso, que tu problema tendrá solución, a fe mía: ni más oportuna ni mejor tarea podías encomendarme que la de unirte a mujer elegida por mí, cosa que, no lo dudes, haré lo más pronto que sea posible.»

—Señor —dijo tras una fingida meditación—, veo dos soluciones, a saber: primera, que según entiendo, vuestros escrúpulos se centran más en el bien parecer, como es lógico en un Rey, que en la naturaleza misma del hecho; por lo tanto, pienso que si llevamos las cosas con tacto y discreción, esta primera solución puede consistir en que podáis aplacar vuestra naturaleza en absoluto secreto, de manera que no pueda ser motivo de comentarios sobre el particular, en tanto llega el momento de elegir esposa.

—Oh no, no —Gudú se tapó los ojos con las manos—. Si eso sucediera, como joven e inexperto que soy, podría aficionarme demasiado a quien se prestara a calmar mi sed, y llegado el matrimonio, sería mal esposo con la que eligiese por compañera de por vida. Desechad tal idea, os lo ruego, y no la repitáis en mi presencia.

«Pues sí que sale remilgado», pensó Tuso, con desconfianza. «A fe mía que su padre jamás se planteó al respecto tamañas insensateces. Pero en fin, si tan cándido y escrupuloso es como parece, tanto mejor para mí.» Así pues, dijo:

—En tal caso, no queda más que una solución: que yo mismo, como si a espaldas de vuestra Majestad se tratara, proponga a la Asamblea que, en virtud de las razones expuestas, se lleve a cabo vuestro matrimonio antes de la coronación. Sin que esto suponga que la coronación deba supeditarse inexorablemente a tal matrimonio. Es decir: que si vuestro padre así lo mandó, fue por si antes de los dieciocho años el heredero mostraba síntomas graves de enfermedad, locura, idiotez o despilfarro. Así consta en su oportuno lugar, como no ignoráis, pero no sucede lo mismo respecto a la celebración del matrimonio. Más bien fue una simple formalidad, que si se reforma convenientemente, nada puede alterar la verdadera razón de ese mandato.

—Entiendo bien —dijo el Rey—. Es natural que en estos años, si, aun a pesar de haber tomado esposa, no acredito poseer las cualidades requeridas, puede quedar aplazada, o incluso anulada, la coronación. Y como tal, firmaré de buen grado cuanto se me presente al respecto.

«Pues eso está mejor —se dijo Tuso, sintiendo renacer sus viejas ilusiones, tan inesperadamente propicias—. Y bien estúpido eres, criatura, si te avienes a tales cosas con tal de dar rienda suelta a tus antojos, tan fáciles de resolver por otros medios.» Pero, con súbita alarma, indagó:

—Y ya que tanta confianza me demostráis, Señor, ¿por ventura ya ha sido elegida la esposa de vuestro corazón, o aún no habéis reparado a tal efecto en ninguna mujer?

—Oh, no —dijo Gudú—. Ya que tan bueno os mostráis, y tan comprensivo, quisiera pediros un último favor: escoged vos a la futura esposa, y me uniré a ella. Pero sólo por guardar las apariencias, una vez aceptada la proposición por la Asamblea, estimo que debéis, antes que a nadie, proponer a mi madre la elegida, y saber si es de su agrado.

«Buen pájaro está hecho —se dijo Tuso, cada vez más satisfecho—. Sabes, como yo, que la opinión de tu madre te tiene sin cuidado, para esto como para cualquier otra cosa. Pero no entiendo cómo, tan avisado como pareces para tantas cosas, tan cándido te muestras en lo que a mí respecta... ¡Ah, ardores de la juventud! —reflexionó, con reminiscencias de alguna cosa oída o leída—, cuántos males puede acarrear la ceguera de la pasión, tanto a los más sabios y cuerdos en apariencia, como a los más astutos.»

Y muy satisfecho, se retiró a urdir planes, en vistas a un sonrosado porvenir que reverdeciera sus antiguas glorias y poderío: cuando verdaderamente era el Consejero de un Rey sensual, violento e inculto, aunque valiente y astuto.

Así las cosas, pidió permiso a la Reina para reunir a la Asamblea de Nobles, pues debía tratarse una delicada cuestión que afectaba al Rey y al Reino. Algo se olió la avispada Ardid, y llamó en su auxilio al Trasgo, encargado de seguir de cerca los pasos del Rey. Presto acudió el Trasgo, pero tan borracho estaba, que nada inteligible salió de sus labios. Disgustada, pero con la benevolencia que todas sus actuaciones le inspiraban, prescindió de él y llamó al Hechicero. Cuando estuvieron a solas, le confío sus cuitas.

—Señora —dijo después de una larga reflexión el anciano—, como fiel servidor y Maestro vuestro, podéis solicitar mi asistencia en la Asamblea junto a vos, y utilizando las señales de vieja inteligencia que nos unen, podré ir aconsejándoos oportunamente cuál deberá ser vuestra actitud en el transcurso de la reunión. En cuanto a este desdichado —añadió señalando al Trasgo—, bueno será que, en cuanto se despeje, lo tengamos bien alerta e informado de las cosas que pudieran ocurrir o comprometernos.

Pero cuando el Trasgo se despejó, tan desfallecido y amoratado estaba, que quedaron sobrecogidos de su grado de contaminación.

—Insensato —dijo la Reina—, ¿cómo has llegado a este estado? ¿No ves el mal que estás haciéndote a ti mismo?

El Trasgo suspiró largamente, y murmuró:

—Es por culpa de vuestro hijo Gudú, que con su desvío e incapacidad para verme, me entristece y empuja a locuras inconcebibles.

—Pues si de Gudú se trata —dijo la Reina, entre benévola e impaciente—, bien harías contándonos cuáles han sido sus idas y venidas en los días pasados.

—No he podido —dijo el Trasgo—. No me es posible verle sin que mi ser se estremezca de pesadumbre. ¡Ah, humanos, humanos...!, ¿qué habéis hecho de mí?

Y abriéndose el pecho con ambas manos, mostró, ante el horror se sus dos amigos, algo que les hizo enmudecer: en el lugar donde los humanos suelen alojar el corazón, habíale crecido al Trasgo del Sur un racimo, todavía pequeño, de uvas negras.

—¿No véis? —dijo—. ¿No es éste acaso el síntoma de la temida raíz, donde anidan los sentimientos más humanos?

—Querido —dijo la Reina sentándolo en sus rodillas; y por vez primera se apercibió de lo menudo que era: pues, cuando le miraba, lo tenía en su memoria tal como lo veía de niña: aquel tiempo en que ambos tenían una estatura casi igual—, no tengas miedo. No es un corazón: es un racimo de uvas, y tan tierno, que si te enmiendas, mucho me malicio que no llegue a madurar.

—Ah, querida niña —dijo el Trasgo, apoyando su roja cabeza en el pecho de su amiga—, tú no sabes lo que dices. No es en el corazón, donde se aloja vuestra creencia, el lugar que contiene tales malas raíces. No, no es la vasija lo que importa, sino la sustancia en sí. Eso, como Trasgo, lo sé mejor que ninguno de vosotros: lo contemplé tantas veces en vuestra especie, transparente para mí, con indiferente asombro...

Mas aún, no había llegado su contaminación al grado suficiente para que pudiera desbordar su amargura en llanto. Únicamente un raro gemido, tan ronco como su risa de borracho empedernido, brotó de su ser.

—Ea, no te apesadumbres tanto —dijo el Hechicero conmovido—. Repórtate, baja de las rodillas de la Reina, y ayúdanos a cavilar sobre nuestras nuevas preocupaciones: pues parece que éstas no van a tener nunca fin.

Y así, convinieron que, cada uno desde el lugar más propicio, asistirían a la temida y misteriosa Asamblea.

Y cuando llegó el día, revestido de gran solemnidad, Tuso expuso su parecer respecto a las cualidades físicas que en el Rey venía apercibiendo, y la solución que, a su entender, no agravaba en lo sustancial el cumplimiento de la ley dictada por Volodioso. Y como aquellos que componían la Asamblea, excepto la Reina, eran nobles varones, sintieron todos una punzada de compasivo regocijo ante las zozobras que se atribuían al joven Rey. Hasta en los corazones más indiferentes o poco simpatizantes hacia la real persona, se despertó una ligera ola de simpática tolerancia.

—En verdad —dijo el más anciano (se trataba del Barón Leorinaldo, cuya rijosidad era de todos conocida, si bien en lo demás, aunque ignorante, era hombre sensato y de gran experiencia)—, no veo que la cosa deba ser contemplada con excesivo escrúpulo. En sí mismo, el hecho de que el Rey case antes de su coronación no altera sus compromisos y sus deberes, ni la ley misma. Así pues, si deliberamos con buena voluntad, no creo que lleguemos a un completo desacuerdo...

Ante el estupor de la Reina y sus amigos, que, mudos de sorpresa, asistían a lo que ni más remotamente hubieran imaginado presenciar y oír, quedaron del todo anonadados cuando Tuso, volviéndose hacia Ardid con la más lisonjera de las ceremonias —que sabía tanto agradaban a Ardid—, manifestó:

—Si la decisión es favorable a que el matrimonio del Rey se verifique, es obligación moral de la Asamblea obtener el beneplácito de vuestra augusta Majestad: pues si bien el Rey, en muy íntima conferencia, me ha pedido que sea yo quien elija a la futura desposada (en el caso de que la Asamblea asienta a este deseo), yo someteré a vuestro consentimiento la aprobación de la elegida.

Sólo entonces, la Reina recordó las palabras de su hijo, y la luz se hizo en su cerebro: al igual que la chispa que Gudú le había asegurado iba a encender, prendió en su entendimiento. Con los ojos brillantes y el rostro sonriente y firme que todos acostumbraban a ver en ella, dijo:

—Tengo para mí muy acertadas todas estas proposiciones. Y así, espero que una vez hayáis deliberado sobre el caso (del cual me permitiréis ausentarme, para no cohibir con mi presencia de madre y mujer vuestras disquisiciones), tengáis a bien comunicármelo con la mayor prontitud.

Y con una encantadora sonrisa, se levantó y abandonó la sala seguida de cerca por el Hechicero. Sólo el Trasgo permaneció entre las cenizas de la gran chimenea. Y oyó cómo la Asamblea, una vez la Reina hubo partido, se entretuvo en proferir chanzas más o menos groseras o atinadas sobre la precocidad del monarca. Y luego de ordenar que les fueran servidas algunas copas, libaron en abundancia, mientras decidían, con gran alborozo no exento de nostálgica campechanía y comprensión —no en vano todos habían dejado atrás, no sólo la fogosa juventud, sino también la más sazonada madurez—, que el Rey hiciera cuanto le viniese en gana con su persona, si con ello no alteraba para nada la sustancia de aquella ley sobre la coronación, edad, enfermedad, locura, imbecilidad y prodigalidad, que, en puridad, ninguno de ellos conocía profundamente, y en lo más hondo de sus corazones les tenía sin cuidado.

Cuando todo acabó, el Trasgo enteró de la decisión de la Asamblea a Ardid, aun antes de que el Consejero y el Barón se lo comunicaran oficialmente. De manera que ella ya tenía muy bien meditada la contestación:

—Si así lo decidió la Asamblea, nada tengo que oponer. Y si así os lo ha encarecido mi hijo, andad presto, consultad *El Libro de los Linajes*, y decidme cuanto antes el nombre de la candidata que proponéis.

«*¿El Libro de los Linajes?, ¿*qué demonios de libro es ese...?», se preguntó Tuso, inquieto. Pero, por el momento, prefirió darse por enterado, y asintió sin comentarios.

Ardid firmó el pergamino que —como bien sabía— había rubricado la Asamblea en peso. Y cuando se quedaron solos ella, el Trasgo y el Hechicero, se miraron los tres con malicia. Prescindiendo de toda pomposa ceremonia, la Reina manifestó, llanamente:

—Buen pájaro de cuenta está hecho mi hijo. Sin duda alguna, tenemos que habérnoslas con un verdadero Rey.

Y como le aconsejara Gudú, se apresuró a armarse de atizadores y soplillos, ya que la paja había ardido y ahora debía prender el leño. Comprendió que, tal como le indicó su hijo, le llegaba a ella el turno.

No tardó mucho en recibir la visita de su hijo, esta vez absolutamente desprovista de todo protocolo. Tanto es así que experimentó un gran sobresalto, cuando, creyéndose sola en su cámara, y disponiéndose a descansar de la fatigosa jornada, Gudú apareció ante ella con agilidad propia del mismo Trasgo. Vestía de forma tan estrafalaria que le costó reconocerlo.

—¿Qué hacéis, hijo mío? —dijo, soliviantada—. ¿Y por qué vais vestido como un criado o un vendedor de ajos? —Para ella un vendedor de ajos era alguien ataviado de forma inusual. Así los recordaba, cuando los viera deambulando por los mercados del Sur.

—Callad, madre —murmuró Gudú, poniéndose un dedo sobre los labios—. Sabed que así puede pasarse más desapercibido por pasillos y camarillas, y más aún si uno carga con esto —y le mostró una gran bandeja con servicio de copas, como solían transportar los encargados de la bodega que eran requeridos por la gente del Castillo—. Y así también se oyen y ven muchas cosas que, de otro modo, y con el boato del Rey, no llegarían jamás a conocerse.

—Es cierto —dijo Ardid, respirando aliviada—. Como sé también que no sois el primero en usar tales artimañas. Pero ¿qué es lo que os trae aquí a tales horas y con tal misterio?

—Madre —dijo Gudú, y tal vez por la fuerza de la costumbre, fue a sentarse en el escabel que siempre usaba para hablar con ella—, dentro de poco tiempo recibiréis a una Princesa o dama de alcurnia, presentada como candidata a mi boda. En tal caso, y aunque se tratara de la más alta y linajuda Princesa (cosa que desde luego me apresuro a negaros, dado que conozco bien a Tuso y la calaña de sus relaciones), negaos en redondo a aceptarla sea como sea. Y como tan estúpido ha sido al fiarse de vuestra docilidad como de mis rubores de adolescente impetuoso e idiota, no es un secreto para nadie que de vuestro puño y letra habéis firmado el pergamino en el que se os confiere, además del asentimiento a mi pronta boda, el derecho a rechazar o aceptar a la futura Reina de Olar. Así pues, manteneos firme y airada en vuestra negativa, y ponedle en trance de desesperación y furia sin límites: pues ya va siendo hora de que desahoguéis vuestros sentimientos y los liberéis, y dejéis de fingirle una consideración que está muy lejos de inspiraros. Entre tanto, yo iré con Predilecto al viejo Castillo que fue de mi noble tío Almíbar, y allí aguardaré vuestras nuevas. Que serán el resultado de vuestra negativa, y del estado de cosas y enrarecidas furias que habréis sabido levantar en Tuso (y tal vez en algún otro). Diréis entonces que, al fin y al cabo, yo debo ser el que decida si me place o no la maldita novia, por lo que, revestida de gran ostentación, vendréis a consultarme a tal efecto. Pero antes, y mientras tanto, id procurándome una verdadera y auténtica esposa, pues si la coronación llega a efectuarse por anticipado, como espero, bueno será que también tengamos una Reina adecuada, de la que, lo más pronto posible, pueda tener descendencia y asegurar la dichosa cuestión de la sucesión de Olar; y, con ello, crear a la vez mis leyes y llevar a cabo mis proyectos.

Mucho esperaba Ardid de su precoz retoño, pero en esta ocasión sintió temor, y dijo:

—Pero ¿has meditado bien lo que dices? ¿Sabes con seguridad

si todo esto no será, al fin, un desastroso paso que nos pierda para siempre...?

—Madre, tened confianza en mí —dijo Gudú—. Tanta confianza en mi astucia como yo en la vuestra. Sabed que las gentes como Tuso y mis hermanos Soeces son fáciles de manejar por seres como tú y yo, pues no nos resulta difícil adelantarnos a la mala intención y la doblez. Otra cosa sería —dijo, y con ello llenó de asombro aún mayor a su madre— si hubiéramos de habérnoslas con seres como Almíbar o Predilecto: pues te confieso que ellos, a menudo, son más enigmáticos para mí, con su simplicidad, que los enrevesados manejos de Tuso y compañía.

—En verdad, hijo —dijo Ardid—, que no sólo eres maduro en cuerpo, sino también en entendimiento. Y mucho me alegra que seas así, pues superas en mucho mis esperanzas. No dudes que todo lo que me dices será cumplido al pie de la letra. Ve, pues, tranquilo, y mañana mismo, con gran secreto, entre tu tío Almíbar, el Maestro querido y yo, revisaremos con todo cuidado *El Libro de los Linajes*, y te juro que no te propondré mujer despreciable ni entorpecedora, ni de vil cuna ni de fea catadura. Anda tranquilo, que en nada te defraudaré, ya que tú en nada me defraudas.

Y con tan buen entendimiento se separaron, que Ardid, por vez primera, pensó que tal vez el amor no era tan indispensable en un hijo, como su confianza y respeto.

Pero Ardid no era mujer que supiera conformarse con medias palabras y secretos a medias compartidos. Apenas quedó sola, llamó al Trasgo, suplicando al cielo que no se hallara demasiado embriagado. No lo estaba, por fortuna, pues aún le duraba el horror de lo que en los últimos tiempos le había acaecido. Usaba ahora con cierta moderación de lo que creía la mayor de sus perdiciones, cuando sólo era la menor de ellas.

—Trasgo querido —dijo Ardid, sentándolo en su regazo, como ya iba teniendo costumbre, a medida que le veía más diminuto y más débil—, te encarezco con todo mi corazón que no pierdas de vista ni un segundo al Consejero, que espíes todos sus movimientos y me los comuniques lo más pronto posible. Es de mucha gravedad esto que te pido, y también que, si es cierto el afecto que nos tienes a mí y a mi hijo Gudú, no bebas ni una sola gota de vino en este tiempo, para que tu mente se mantenga despejada y alerta a cuanto veas y oigas. Y una vez sepamos cuáles son sus maquinaciones, apresúrate a acudir en nuestra ayuda: he de hallar en muy corto tiempo una Princesa digna de ser la esposa de Gudú. Y la quiero de tan noble cuna, y tan indudable y regia estirpe, como no haya otra. Pues hora es ya que esta rama se vea entroncada con verdaderos reyes, y deje de ser una ruda dinastía de guerreros ambiciosos y advenedizos.

—Ten por seguro que lo haré —dijo el Trasgo—. Y también que, mientras duren estas pesquisas, no beberé un trago.

Al día siguiente, el Rey Gudú partió con Predilecto al Castillo Negro. Y anunciaron que permanecerían cazando y adiestrándose en el manejo de las armas y de la cabalgadura durante varios días. Y con pequeña pero bien armada escolta, partieron, rodeados de ladridos de perros y de los gritos cansinos de los ojeadores.

Sucedía esto durante el otoño, pero nadie se extrañó de aquellas cosas: ambos hermanos, al parecer, eran aficionados a tan excéntricas incomodidades, en una Corte cada día más apoltronada gracias a los buenos manejos de la Reina Ardid.

IX

La chispa y el fuego

1

S E cumplía el décimo día, después de estos acontecimientos, cuando la Reina Ardid oyó un conocido golpeteo redoblando suavemente en el hueco de la chimenea. Era el martillo de diamante del Trasgo. Llena de exaltada impaciencia, asomó su cabeza por el hueco y le llamó quedamente. El Trasgo apareció en seguida, dando cabriolas sobre los leños apagados.

—Querida niña, tantas noticias te traigo, y de tan grave importancia, que debes darme cuanto antes un sorbito del precioso líquido. He respetado hasta el máximo tus advertencias, pero ya he alcanzado el límite de mi capacidad de contención.

—¿Qué pasa? —murmuró Almíbar, despertando de su duermevela.

Aquella era la placentera hora en que reuníanse en la cámara de la Reina y ambos se abandonaban a sus transportes amorosos. Almíbar iba dejando atrás lo que parecía una eterna juventud —tan hermoso y gallardo era—, y el caso es que tras sus lances amorosos, un dulce sueño solía invadirle.

—Querido mío —dijo Ardid—, no te sobresaltes: es el Trasgo.

—¿Dónde está?

Almíbar aún no podía verle. Sólo cuando éste aparecía muy borracho, y el resplandor fugaz de su roja pelambre lanzaba destellos —otro, no avisado, lo hubiera tomado por el sol o el reflejo del fuego sobre algún bruñido metal—, adivinaba su presencia.

—Aquí, querido —dijo Ardid—. Pero te suplico silencio, pues trae importantes nuevas para nosotros.

—Bien, querida, ya me lo contarás después.

Almíbar cerró los párpados dulcemente y, ahuecando la almohada, se entregó de nuevo al mundo de los sueños. Aunque la Reina le tenía al corriente de cuanto ocurría, lo cierto es que Almíbar no había llegado a integrarse plenamente en el meollo de todas las cuestiones que se debatían en la camarilla de los íntimos. Su amor hacia Ardid lo llenaba todo, y fuera de ese amor y de su belleza no atinaba a ver cosa alguna: mucho menos al Trasgo. La Reina acababa de rebasar los treinta años, pero se cuidaba y acicalaba cuanto le era posible; y era en sí misma de tan sana y lozana hechura, a un tiempo que fibrosa y cimbreante, que muchas doncellas de quince años parecían, a su lado, pájaros estrujados por un niño maligno.

—Te lo prometo —dijo Ardid. Y, sentándose, sacó de su arca un frasquito donde guardaba un añejo muy caro al Trasgo, cuya sola vista ya pareció embriagarle. Se llevó los labios al frasquito, bebió, y tras chascar la lengua contra el paladar —cosa que hizo un pésimo efecto a Ardid, ya que lo había visto hacer a muchos hombres de distinta condición—, se aprestó a hablar a la Reina:

—Querida niña, horadé tenazmente la piedra y llegué a la cámara de Tuso. Me senté en el hueco de la chimenea y le vi muy ocupado en escribir y sellar un pergamino. Estaba sentado a su lado Ancio, que, por cierto, se urgaba la nariz con sus dedazos sucios, lo que le valió un palmetazo del Consejero. Y éste le dijo entonces: «Óyeme bien, estúpido: manda rápidamente un emisario al Desfiladero de la

Muerte, portando esta encomienda. Y una vez allí, haga éste el canto
de la codorniz, y encienda una fogata que apagará y volverá a encender hasta tres veces. Entregue esto a un hombre, con aspecto de pastor de cabras, y aguarde hasta recibir respuesta. De inmediato, que
regrese lo más rápidamente le sea posible. Pero el emisario debe ser
de confianza plena, pues van nuestras cabezas en el envío». «Ay, no
hay nadie de confianza —dijo Ancio, entrecerrando los ojos—. Sólo
podría ir yo mismo o mi hermano Furcio. Porque los gemelos son cobardes, y podrían dejarse apresar: amén de que, si no saben andar el
uno sin el otro, tampoco pueden caminar juntos dos leguas sin enzarzarse en disputas y emprenderla a mandobles el uno contra el
otro. En estas andanzas, en el mejor caso, tardarían tres veces más
que un emisario cachazudo.» «¡Sea quien sea, cumple este encargo...
si un día quieres ser Rey, animal!», gritó Tuso. Como verás, no usa
ceremonia alguna cuando a solas están: más bien diríase que le trata
sin respeto alguno. Pues bien, Ancio tomó el pergamino sellado, y
dijo: «Dime lo que has escrito». «A su hora lo sabrás», contestó Tuso.
Pero por muy desconfiado que sea Ancio, como no sabe leer se
quedó sin conocer el contenido. Esa misma noche se reunió —pues
ten por seguro que no lo he perdido de vista— con el pequeño Furcio
y le envió con la encomienda. Porque has de saber que Ancio y Furcio han llegado a un acuerdo; y esto es que, si Ancio llega a ser Rey,
matarán a los gemelos, y Ancio ha prometido —si esto llega— col-
mar de bienes y riquezas a Furcio. Pero he podido adivinar, por la
forma como Furcio le miraba, cuando de espaldas a él atizaba el
fuego de su pestilente cámara, que una vez estas cosas estén en su
punto, Furcio no tendrá ningún reparo en eliminar a Ancio. Así, bajó
a las caballerizas y montó en su caballo. Yo, a mi vez, trepé a la cola,
y con él viajé cosa de dos días: y te digo que, si bien los Soeces resultan repulsivos, no son en modo alguno alfeñiques. No se dio reposo
ni para beber, y comía frugalmente pan y un poco de queso que sa-
caba del zurrón, tan maloliente como él mismo. Así, llegamos al Desfiladero, e hizo todo lo que el otro le indicó (aunque tengo para mí
que posee una curiosa idea de lo que es el canto de la codorniz). De
todos modos, como no es tiempo de que cante ningún pájaro, el pastor debió imaginarse de qué se trataba, y a poco le vi: iba tapado

como un oso, sólo las pieles que lo cubrían se veían. Bajó, con una antorcha encendida, tomó el pergamino sin decir palabra, y se marchó. Pero yo no fui siguiendo sus pasos bajo tierra, mi conducto habitual: créeme que sólo por no perder de vista a Furcio sufrí la incomodidad de viajar en la cola de su caballo. Y así entré en el Reino inaccesible de Argante *el Loco*. Ahora, prepárate a oír nuevas muy sustanciosas. Has de saber que el Rey *Loco*, en verdad así lo parece, adorna sus estancias con cráneos humanos, de manera que tiene mucho en común con las Hordas Feroces. Su Castillo (que he recorrido a conciencia en todos sus vericuetos) es lo más primario y rudo que imaginar puedas, frío y sucio como ninguno: ten por seguro que más confortables eran las ruinas del de tu padre, que lo que vi del que te estoy hablando. El Reino es tan pequeño, que de tal no tiene casi nada. Apenas rodean al Castillo algunos burgos miserables y aldeas de lo más pobre: sólo son comparables sus moradores a los de las minas de las tierras de los Desdichados. Y, en cambio, he podido ver que la tierra que se extiende dentro de las murallas naturales que lo hacen inaccesible es tan fructífera como pocas, y que poseen cantidad de rebaños de cabras y ovejas. En verdad, son gentes montaraces y campesinas, hasta el propio Rey, que todas las mañanas ordeña su cabra predilecta, y bebe su leche en un cuenco. Una vez allí dentro, quedé maravillado con tanta pedrería y oro por todas partes: aunque todo en la mayor suciedad. Entre tapices desteñidos y rotos, y grandes telas de arañas como embudos, se acomodan sus moradores por doquier; pero ellos no parecen dar importancia a estas cosas. Así que el caso es que el emisario-pastor no fue al Rey a quien se dirigió, como me imaginaba, sino a otro personaje que me llenó de cavilaciones: un hombre que me recordaba demasiado a otro, aunque más joven y más robusto. Le recibió por una puerta medio oculta en la maleza de la Muralla Sur del Castillo, junto al foso. Entraron juntos, y yo, con ellos. Y de viga en viga fui saltando sobre sus cabezas, hasta que pude acomodarme en el hueco de la chimenea de una cámara pequeña, donde, por lo que vi, habitaba dicho personaje. Éste leyó el papel, y a su vez escribió lo que pude muy bien, desde el techo, conducir con la luz: de modo que todo lo escrito quedara a su vez reproducido en mi espalda; para que tú lo leas, ya que yo no entiendo vuestros garabatos. Además le entregó un cartucho relleno de algo que no pude ver, y luego despidió al pastor, o lo que fuera, pues al quitarse las pieles por el calor del fuego vi que llevaba daga y cota de malla, y tenía aspecto más guerrero que bucólico. Regresó a Furcio, que tomó el pergamino y el cartucho, y regresamos todos (quiero decir, el caballo, él y yo). En este momento, Tuso y tú vais a leer la misma cosa. Conque mira mi espalda, y entérate de todo lo que están urdiendo.

Con gran excitación, la Reina contempló la espalda del Trasgo. Muy gentilmente éste se colocó de forma que ella pudiera leer con comodidad. Y la Reina leyó:

Querido hermano Tuso,

Veo que las cosas han tomado un giro favorable y que, después de tanta paciencia, vamos por fin a conseguir los frutos deseados. Tengo ya todo a punto, como planeamos, de forma que el Rey, nuestro primo, será esta noche encarcelado, y, dado los cargos que almacenamos contra él, en breve decapitado. Como tengo al ejército y los nobles bien avisados, las cosas se llevarán con más legalidad de lo que el pueblo está acostumbrado a sufrir de Argante. Y, tal como dices, mi hija Indra está en edad sobrada de matrimonio, pues si la memoria no me falla, ha cumplido ya los veinticinco años, y me parece muy oportuno, y como bajado del cielo mismo para nuestra fortuna, el curioso deseo de matrimonio de vuestro joven Rey. Creo que nuestros planes van perfilándose de la mejor manera, incluso superando nuestras esperanzas. Así pues, te envío el retrato de Indra, aunque de cuando tenía doce años, pues ha engordado mucho desde entonces, y se le marca en el rostro en demasía la amargura que la caracteriza. Nuestra sobrina e hija hará un buen papel, os lo aseguro, pues está de sobras aleccionada para la cuestión. Mucho me hubiera gustado ver a nuestro común sobrino, Furcio, pero como no me parece pertinente descubrirme aún ante él, momento llegará para que la desgraciada familia que componemos, tan es-

parcida y diezmada, pueda volcarse en expansivas demostraciones de afecto. Mucho me gustaría saber qué es
de nuestra hermana, la Condesa Soez, pues dicen que
casó con un cortesano muy particular, y habita en algún
lugar del Sur. La recuerdo estúpida y glotona, y tan pere-
zosa que mejor nos tendrá dejarla aparte en estas cuestiones. Cuando Ancio sea Rey, y mi hija Reina, ya podremos
reunirnos nuevamente, y continuar esta labor que, tras
largos años, ya empezaba a no verle solución. Así pues,
ten por seguro que en el momento en que tú leas estas cosas, el Rey *Loco* ya estará posiblemente separado de su
poca cabeza, y la Asamblea de los Nobles —a los que
tanto despreciaba Argante, y tan bien he manejado yo—
me habrá nombrado sucesor. Has de saber que las minas
no están ni con mucho agotadas, que las piedras preciosas se dan con prodigalidad, y que las cosas se aclaran
mucho para nuestro futuro; que, digo yo, hora es ya de
ello.

Te besa en ambas mejillas tu hermano Usurpino.

Quedó la Reina sumamente afectada por esta lectura, y si bien la
invadieron graves pensamientos su boca sólo acertó a decir —como
ocurre con frecuencia en trances semejantes— una futilidad:

—¡Ahora comprendo por qué Ancio se deja tratar como un mulo
por Tuso!

Tras este comentario, convocó rápidamente camarilla íntima. Y
no tardó en acudir a ella el Hechicero, que despertó a Almíbar. El
Trasgo, con evidentes muestras de satisfacción, dejó que el anciano
Maestro copiara lo transcrito en su espalda, y se maravillara de la
exactitud con que podía conducir la luz. «Cuántas cosas ignoráis los
humanos», pensó el Trasgo, pero no dijo nada.

—He visitado las minas —añadió el Trasgo, tras reconfortarse
con una ligera libación—, y tened por seguro que las de las pedrego-
sas tierras de los Desdichados son una estupidez sin sentido al lado
de las que disfrutan los del Desfiladero de la Muerte. Allí relucen los

diamantes, el oro y los rubíes de tal forma, que (sabéis bien que esa es mi especialidad) pocas veces he visto nada semejante.

Almíbar —que, aunque no le veía, poco a poco comenzaba a oírlo— dijo:

—¿Por qué no trajiste alguna piedrecita? ¡Ya sabes cómo me gustan los collares!

—Ay, querido —dijo Ardid, acariciándole como a un niño—, ¿cuántas veces tengo que decirte que si un trasgo da una piedra preciosa a un ser humano, ésta se vuelve inmediatamente carbón encendido?

—Ah, sí —dijo Almíbar—, lo había olvidado.

—Pero otra cosa vi recorriendo los túneles subterráneos que muy poco me agradó —añadió el Trasgo—. Y esto es que sobre mi cabeza oí pasos precipitados, y atinando que me hallaba bajo algún pasadizo del Castillo, asomé con cuidado la cabeza. Entonces vi que el personaje que ya sabemos hermano de Tuso acudía con dos soldados armados a una estancia pequeña, donde entraron, y yo con ellos. Allí había una nodriza que tenía en brazos una criatura muy pequeña (me digo yo si tendría sólo algunos meses). Y era una criatura completamente desgarradora, pues su cabeza era grande y su cuerpo pequeño, y tan jorobado y contrahecho como no vi otro. Entonces, el hombre malvado dijo a la nodriza: «Mujer, ha llegado la hora —y, dándole una bolsa donde tintineaban monedas, añadió—: lleva al Príncipe Contrahecho hasta la casa del zapatero Lain, como te tengo ordenado. Y que allí lo guarde y espere mis órdenes. Pero que en modo alguno diga nada de todo esto, pues sabéis que en ello os va la cabeza». «Así lo haré, Señor», dijo la nodriza. Y envolviéndose en un manto con el niño en brazos, y guardada por los soldados, partió por el pasadizo. Yo los seguí hasta las afueras de la aldea, y entraron en una casucha muy humilde, donde vive, al parecer, ese zapatero. Y él tomó al niño en brazos, y cerró la puerta. Y los soldados regresaron al Castillo.

—Ah —dijo Ardid—, tengo amarga experiencia de cosas parecidas. Y no olvidaré nunca que si por vosotros no fuera —y miró a Almíbar, que descabezaba aún restos de su sueño con una sonrisa de fingido interés, al Hechicero y al Trasgo—, tal vez la suerte de mi hijo no sería hoy muy diferente.

Besó uno por uno a los tres. Parecía muy conmovida: y en verdad, aquella vez lo estaba.

2

PERO tampoco la Reina Ardid había permanecido ociosa en el transcurso de aquellos diez días. Entre el Hechicero y ella, y ayudados por Almíbar —que de estas cosas, por interesarle más que un juego, mucho sabía—, consultaron minuciosa y prolongadamente *El Libro de los Linajes*. No era un libro incompleto y vulgar como el que se guardaba en el Castillo —y en la mayoría de los castillos—, sino uno mucho más completo, elaborado pacientemente por el Hechicero durante largos años. Era un libro especial, no de fácil interpretación, donde quedaban patentes y muy a la vista los entronques viles, las usurpaciones, los incestos, los crímenes, la pureza de la sangre, las auténticas líneas de vena real, las mezcolanzas adulterinas, las supercherías: en fin, las auténticas y las falsas dinastías.

Esto era muy importante para la Reina, pues entre sus escasas debilidades se contaba la pasión por la dignidad y solemnidad, la pureza dinástica y el suntuoso protocolo. Cosas que, a decir verdad, la pobrecilla había distado mucho poder ejercitar en la poco regalada vida que llevó, y aún llevaba. Pues si había conseguido refinar en gran parte aquel país, distaba aún mucho de ser lo que se deleitaba imaginar en sus sueños. Y cuando en ellos se adormecía, suavemente, como una dulce melodía ya perdida, reaparecía en su mente la imagen de una isla especial, una isla que parecía inasible en su duermevela, como la misma representación de lo imposible: era una isla que parecía girar sobre sí misma reluciente como una joya, vista a través de una piedra azul, horadada.

Así que dijo al Trasgo:

—Querido, tenemos que hacerte una consulta, ya que, aun contando con la gran afición que tiene por estas cosas nuestro querido

Almíbar y la profunda ciencia de mi amado Maestro, hay unos puntos en ello que sólo tú podrías esclarecer. Es el caso que tal como mi hijo me pidió, he buscado una Princesa digna de casarla con él. Y consultando *El Libro de los Linajes* del Maestro, hemos dado al fin con la de más purísima sangre, auténtico linaje real e intachable dinastía. Sabemos que desgraciadamente habita muy lejos de aquí. Sabemos cómo se llama. Sabemos qué edad tiene y cuán linda y encantadora es. Pero lo que no sabemos es cómo comunicarnos con ella, o, mejor, con su real padre, y hacerle nuestra proposición.

—Bien, mostradme su caso —dijo el Trasgo. Así lo hicieron, y se enteró de que el nombre de la tal Princesa, tan extraordinariamente auténtica, era Tontina, y que habitaba en las Remotas Regiones de Los De Siempre.

—¿Dónde podríamos localizar ese país? —dijo Ardid—. A pesar de las muchas y sorprendentes averiguaciones que sobre la configuración del vasto mundo ha llevado a cabo nuestro Maestro, lo cierto es que no sabemos dónde situarlo ni cómo llegar a él.

El Trasgo tomó el libro y miró aquella página al trasluz. Luego acercó el oído a sus palabras y martilleó suavemente sobre ellas. Tres palabras se desprendieron de las otras hasta caer blandamente a sus pies: «Arrancada del Tiempo». Entonces, el Trasgo saltó hasta el respaldo de la silla de Almíbar —que no le veía, pero sonrió cortésmente al vacío—, y dijo:

—No es difícil, queridos: como humanos que sois, no tenéis noticia exacta de algo que es tan claro como la luz del día. En fin, proveeos de dos palomas mensajeras, la una con el pico azul y la otra rojo. Y cuando las tengáis, avisadme, que las enviaré sin pérdida de tiempo. Ellas nos traerán la respuesta, y creed que todos los días tengo un motivo de asombro ante la extraña ignorancia que, para cosas tan simples y transparentes, mostráis los de vuestra especie. Y, ahora, dejemos esta cuestión y libemos todos, para celebrar tan buenos augurios.

Pero libó él solo, y se embriagó desconsideradamente. En verdad, su sed era más larga y profunda de lo que parecía; y por aquella vez ninguno se atrevió a reprochársela.

Dos días costó a la Reina procurarse, por medio de su camarera,

Dolinda —que a su vez envió al mercado de la Plaza a los más listos pajes y doncellas—, las dos palomas requeridas. Una vez éstas en su poder, el Trasgo les sopló en la frente. De inmediato se iluminaron con el color del fuego y sus ojos resplandecieron como diamantes. Luego las tomó, una en la mano derecha y otra en la izquierda, y trepó a lo más alto de la Torre, hasta las almenas. El Hechicero siguió al Trasgo. ¿Cómo iba a perderse aquello...? Y cuando se halló bajo el cielo, el enorme cielo que lo dominaba todo: el Castillo y Olar y el mundo, le pareció que lo veía por primera vez. Tantas y tantas horas había pasado con la cabeza inclinada sobre sus pergaminos, que casi había olvidado el olor del viento que traía rumores y aromas de bosques, de voces o gritos de criaturas desconocidas —incluso humanas—, que creyó contemplarlo por primera vez. Le pareció mucho más grande que el mundo —al menos el mundo que él conocía—, y las nubes, aquellas nubes tantas veces vistas con indiferencia, cruzaban la noche, ahora, con un nuevo significado. Acaso —pensó— eran ecos, residuos de algún sueño acariciado largamente por los hombres. Una luz o resplandor que parecía música —como puede ser música el vaivén de la hierba— se extendía sobre Olar. Pero era una luz tan huidiza, tan fugitiva, como nubes o sueños.

El Trasgo volteó las palomas: primero al Norte, luego al Sur, al Este y al Oeste, diciendo: «Vientos del mundo, Tiempo que vienes con el Tiempo y regresas al Tiempo, Tiempo que galopas al derecho y galopas al revés, Tiempo de la Luz, Tiempo del Espacio, Tiempo Subterráneo y Tiempo Submarino, Vientos del Mundo y de Todos los Mundos, Tiempo del Mundo y de Todos los Mundos: Luz de la Vida, Noche de la Vida, vuela a donde debiste volar, y regresa a las fuentes de la Historia de los Niños». Y, así, las palomas se perdieron en el cielo gris de aquel invierno que conmemoraba, exactamente a aquella hora, los catorce años del Rey Gudú. «Todo está bien —dijo el Hechicero—. Pero lo que no entiendo es eso de las fuentes de la Historia de los Niños.» «Yo tampoco —dijo el Trasgo—, pero eso no tiene nada de particular: nosotros decimos lo que sabemos, pero aunque lo sepamos, no lo entendemos.» Y como cuando el Trasgo usaba el lenguaje propio de su especie, el Hechicero y él no se ponían nunca de acuerdo, el Maestro juzgó que ya discutirían la cuestión en ocasión más propicia: máxime porque el frío de la Torre le había calado, materialmente, hasta los puros huesos.

3

HABÍAN pasado ya veinte días largos desde la fecha en que Gudú partió de cacería por las regiones altas, y hallábase instalado en el Castillo Negro con Predilecto y los soldados. Entre ellos el Capitán Randal, con quien, siendo niño, había jugado a menudo —ya que se trataba de hombre de confianza de Almíbar—. Gudú distinguía a este hombre de entre todos, pese a que ya no era joven. Una noche —la que hacía veinte, exactamente—, le llamó:

—Randal, tengo oído que existen hombres que pululan por el Sur y otras zonas de Olar —incluso al Este— llamados mercenarios; y que, dado que la paz reina hace muchos años por las regiones que mi padre conquistó, no tienen en qué ocuparse, y andan afligidos y hambrientos, ya que las escaramuzas con la piratería no les reportan ningún bien. Los nobles de la Corte, para quienes se alistan, suelen mal pagarles o traicionarles, si conviene.

—Así es —dijo Randal—. Mucho sabe mi Señor, de esas cosas.

—Algo he oído y leído —dijo vagamente Gudú—, pero quiero decirte, Randal, que tenemos guerra en puertas, y por lo que he visto, la paz de mi madre, la Reina, no ha reforzado el Ejército de Olar, como fuera debido. Pero estas debilidades y olvidos pueden disculparse en mujer que tantas muestras de gran sagacidad y prudencia ha dado en otras cosas.

—Así lo creo, mi Señor —dijo Randal, que, secretamente, adoraba a la Reina desde que era niña.

—No sería malo llamar —en el mayor secreto— a cuantos mercenarios halles, e invitarles a que acudan a este lugar en el término de no más de ocho días.

—¿Qué decís, Señor? —se alarmó Randal, que hasta el momento había tomado la conversación de Gudú como parloteos de muchacho—. No son hombres para entretener en futilidades, sino fieros guerreros que no malgastan sus fuerzas en asuntos de escasa importancia.

—Pues de importancia, y grande, es lo que se avecina. Así, jamás en tu vida dudes de cuanto yo te diga: y de este modo no tendrás que arrepentirte de haberme conocido —y le miró de tal manera, que Randal sintió flaquear sus curtidas piernas de soldado. Y añadió Gudú—: También deberías informarte de los hombres disponibles, de la leva que han conservado los nobles, y además calcular la cantidad de campesinos y gentes de las Tierras Negras que sería posible reclutar.

—Así lo haré, Señor —dijo Randal. El tono de aquellas palabras no admitía dilación, de modo que partió sin pérdida de tiempo a cuanto y donde el Rey Gudú le había encomendado.

Cuatro o cinco días más tarde, regresó Randal con noticias. El Rey le escuchó con gran atención, y guardó en su memoria cuanto le decía. Después habló largamente con él, y le dio órdenes muy precisas y terminantes. Y, aunque Randal no entendía demasiado el motivo de lo que se trataba —nada más lejos de su mente que una guerra en tan plácidos momentos— y dudando de si aquello era tan sólo de un juego del Rey adolescente, con ánimo temeroso se aprestó a reclutar, en el día fijado, a cuantos mercenarios de distintas razas, orígenes y países pudo reunir. Íntimamente profesaba escasa simpatía por aquellos hombres, pero su amor a la Reina le hacía amar también —y obedecer— a su hijo, en cuantas empresas fuera requerido por ellos.

Gudú llamó entonces a Predilecto y le dijo:

—He enviado a Randal, con sus hombres y otros que reclutará, a una encomienda muy importante. Sólo te pido a ti una cosa: síguele hasta el País de los Desfiladeros según mis instrucciones, y rescata a una joven niñera y a un niño de la casa de un zapatero. Entrégaselos a Randal, y regresa, cuanto antes, a mi lado.

Predilecto empezaba a entender que era preferible no informarse de los propósitos de su hermano, si quería seguir a su lado —y el cariño que le profesaba era lo único que, junto al profundo respeto por la Reina, le retenía allí—. Mejor no hacer preguntas. Se unió, pues, a Randal y un grupito de hombres, y después de un largo viaje en la noche, con un sorprendente conocimiento del terreno y sus vericuetos, consiguieron entrar por sorpresa en la casa del zapatero.

Todos dormían, y, por lo visto, no eran gentes dadas a la lucha ni mucho menos a la heroicidad: abandonaron a la muchacha y el niño en sus manos, casi sin rechistar. Y Randal y Predilecto, según órdenes recibidas, regresaron al Castillo Negro, sin comprender muy bien todo aquel tejemaneje.

Y así estaban las cosas cuando, en la madrugada del siguiente día, el centinela de la Torre Vigía avistó, entre las brumas del amanecer, la llegada de una caravana singular que se aproximaba al Castillo Negro. Los soldados y el mismo Príncipe Predilecto se alarmaron, pues no tenían noticia de que alguien tuviera intención de atravesar aquellos parajes, excepto algún campesino con su rocín cargado de leña. Y aun esto parecía raro, pues si bien los bosques eran nutridos, sus árboles estaban tan cubiertos de escarcha, y tan helados y enfangados los caminos, que sólo los caprichos de un Rey adolescente y, al creer de los soldados, juguetón, podía tener la peregrina idea de corretear por un lugar donde la misma caza pretextada —y no llevada a cabo— se hacía difícil, si no imposible.

Pero al tener noticia de la comitiva, Gudú sonrió misteriosamente, y dijo:

—Bajad el puente y recibid esa comitiva, pues no dudo se avecina algo importante.

A poco, le avisaron que se habían reconocido la carroza y los caballos del Príncipe Almíbar, seguidos por los de la Reina y otras muchas cabalgaduras, donde en la bruma de la mañana podían distinguirse las enseñas de varios caballeros y nobles del Reino.

—Señor —dijo Predilecto, inquieto—, algo extraño ocurre, para que vuestra madre la Reina acuda tan presurosa. Preciso será disponer los hombres, por si alguna mala nueva nos traen.

—Hazlo así —dijo Gudú—, y desde este momento te nombro Capitán Supremo de mi Ejército, con mando absoluto; y será tu brazo derecho el Capitán Randal, a quien ascenderás según tu criterio.

—No pido eso —dijo Predilecto, pues las palabras del Rey no le proporcionaban la más mínima alegría—. Sólo os digo que debemos estar preparados.

—Y yo te repito lo dicho —corroboró Gudú.

Cuando al fin se acercó la comitiva al foso, y el puente fue bajado, las carrozas de la Reina y Almíbar entraron en el Patio con gran ruido y precipitación, seguidos de todos los demás. Y no escapó a todos la súbita presencia, revestida de gran altanería y ferocidad mezcladas, del Consejero Tuso y del Príncipe Ancio, que a su vez —como los demás nobles— se acompañaban de algunos de sus soldados armados.

El Rey Gudú descendió las escaleras con gran majestad, impropia de su edad y de un Rey aún no coronado: pero al verle, todos los presentes sintieron un escalofrío en la espalda, que les indicaba se hallaban, por vez primera, ante su único Rey posible.

—Hijo mío —dijo la Reina, revestida de su máxima capacidad de solemnidad—, si hemos venido a turbar los lícitos esparcimientos que un joven como tú practica, en vísperas a convertirse en hombre ducho y diestro para la guerra y para la paz —aquí se detuvo para dar más efecto a sus palabras—, no dudes de que se trata de algo muy importante para el Reino. Y es por ello que la más respetable y sólida representación de nuestra Asamblea de Nobles nos acompaña en este trance.

—Hablad, Señora —dijo Gudú, con gran calma. Y a pesar de que el Castillo se hallaba en el más completo abandono, todos tuvieron la sensación de encontrarse en el corazón de un grande y poderoso Reino, y de que aquel muchacho era el inflexible, astuto, fuerte y valeroso Señor capaz de mantenerlo.

—Pues he aquí —dijo la Reina— que, tal y como se había decidido en presencia de todos los nobles, vuestro Consejero el Conde Tuso me ha presentado la Princesa candidata a unirse a vos en matrimonio. Tal como fue acordado en la Asamblea última, yo debería dar mi aprobación a tal Princesa...

Dirigió una mirada hacia los nobles que la rodeaban, ateridos de frío pero expectantes. Algo murmuraron, en señal de asentimiento, y ella prosiguió:

—Pues bien, hijo mío, la candidata presentada por vuestro Consejero Tuso no me ha agradado en absoluto. No sólo porque es fea, pelirroja y dentuda (y no quiero ver los pasillos de nuestro Castillo de Olar invadidos de criaturas dentilargas con ojos de conejo), sino porque tampoco me agrada su ascendencia: pues es hija del actual Rey que, según noticias llegadas a nuestros oídos, ha expulsado del trono con demasiado ímpetu a su primo Argante, ha matado a su mujer y a su hijo, el Príncipe, y ahora reina ferozmente en el País de los Desfiladeros.

—Señor —protestó el Conde Tuso, sin poder contenerse—, tengo buenas razones para creer en esa unión. Y permitidme contradecir respetuosamente a vuestra madre, mi Señora, si os digo que está informada defectuosamente, pues el Rey Argante murió víctima de sus excesos alcohólicos y de todo tipo, que era viudo desde hacía largos años, y que su hijo, el Príncipe Contrahecho, vive colmado de honores y de cuidados. Pero como tan tierna criatura no está capacitada para el gobierno de su país (y habéis de saber, Señor, que es un país de grandes riquezas), la unión y definitivo pacto de paz con él, cosa que vagamente consiguió, y sin grandes seguridades, vuestro padre, en modo alguno os perjudicará. La hija del actual Rey Usurpino merece mi mayor respeto, por haberme informado ampliamente de su virtud y honestidad, así como de sus muchas prendas de mujer dócil, sumisa y obediente. Y pongo por testigo de cuanto digo a la Asamblea de Nobles, para dilucidar este asunto cuanto antes: ya que una negativa de nuestra parte sería una afrenta que el actual Rey Usurpino dudo pasara con ligereza.

El Rey contempló en silencio a todos los nobles, y su escrutadora mirada apreció el recelo, la indecisión y la duda en todos aquellos rostros. Todos ellos, además, habían sido arrancados bruscamente de sus cómodos lechos junto al fuego, y se hallaban, por tanto, muy dispuestos a zanjar de cualquier modo aquella estúpida cuestión, mientras temblaban en el gélido aire del Patio.

—Ante todo, Conde Tuso —dijo Gudú con voz lenta y grave—, he de comunicaros mi gran sorpresa ante un hecho que juzgo de capital interés.

—¿Y qué es ello? —se impacientó Tuso, ya invadido de grandes recelos. Íntimamente empezaba a lamentar su credulidad hacia el muchacho. «Estoy haciéndome realmente viejo»: este pensamiento cruzó por su mente, mientras oía decir al Rey, con expresión de la máxima inocencia y candor:

—Ello es que mucho me sorprende se haya concertado y decidido casarme a una edad en que no me siento tentado a hacerlo, y máxime cuando aún distan tres años para mi coronación (si ésta llega, y acredito ser digno de ceñir la corona). ¿Quién tuvo tan peregrina idea? ¿Por qué esta súbita prisa para que un Rey que apenas tiene catorce años case antes de su coronación? ¿Cuándo ha sido ésa la costumbre en estas tierras? ¿Qué esconde esa extraordinaria e incomprensible precipitación?

La ira de Tuso le pegó los labios. Pero antes de que el estupor abandonara a todos —incluida la Reina— gritó, con furia:

—¡Señor! ¡Señor! ¡Vos mismo me confiasteis ese incontenible deseo!

—¿Cómo osáis decir tal cosa? —respondió lentamente el Rey, endureciendo la mirada, y con tal firmeza y veracidad en su rostro, que dejó sumidos en la admiración a quienes le oían—. ¿Qué urdís contra mí, o mi madre, para poner en mis labios tan peregrina proposición? A fe que, a mi edad, instruyéndome en juegos de armas y lecciones paso mi tiempo, como es debido, hasta que llegue el momento de tomar esposa. ¿Cómo os atrevéis a proferir semejante calumnia en mi presencia?

Un murmullo confuso ahogó sus últimas palabras. A pesar del frío los nobles reaccionaban, y sus rostros, congestionados unos, cadavéricos otros, se alzaban poco a poco entre las pieles con que intentaban cubrir sus ateridas carnes.

Tuso intentó hacerse oír, pero la Reina, haciendo uso de su majestad y encanto, se dirigió al Barón Arniswalgo —nieto de aquel otro, tan fiel a Volodioso—, y dijo:

—Señor, como el más anciano de la Asamblea, deseamos oír vuestra opinión sobre cosas tan sorprendentes.

—Ah —murmuró el Barón, sumido en la mayor de las confusiones—, no es posible dudar de la veracidad de las palabras de nuestro Señor, el Rey: a todas luces mucho nos extrañaba semejante deseo en criatura tan tierna. Pero por otra parte, me digo, ¿qué puede mover a un Consejero tan poco frívolo y tan poco banal como el Conde Tuso a tal cosa?

—Ningún interés, excepto el bien del Reino —respondió éste, con los desperdigados restos de dignidad herida que pudo recoger, entre estallidos de cólera—. Ningún otro, a fe mía.

—Dudo de lo que decís —contestó entonces el Rey—. Y, para ello, permitidme que os muestre algo.

Y así diciendo, hizo un gesto a Randal, que, a su vez, dio órdenes a dos de sus soldados. Y a poco, ante el estupor de todos, los soldados trajeron escoltada a una joven de rostro asustado que llevaba un niño en brazos.

—Hablad —dijo el Rey.

La joven nodriza del Príncipe Contrahecho dijo:

—Ah, noble Reina, nobles señores, el Conde Tuso es un traidor sin igual. Y para demostrarlo, oíd y ved lo que sigue...

Y relató —si bien con algunas modificaciones pertinentes— las maquinaciones de los hermanos Tuso y Usurpino, y sus planes respecto a Olar y Gudú.

—Y no sólo esto, sino que, una vez hayan conseguido sus propósitos, piensan asesinar al noble Señor Rey Gudú, que tan generosamente nos salvó de una muerte cierta: en mi huida por los helados caminos de los Desfiladeros, para salvar a este inocente y verdadero heredero, hubiera perecido si la bondad de su corazón no hubiera enviado en mi ayuda al heroico Randal y sus soldados —dirigió una mirada, tal vez excesivamente tierna, al Rey—. Y para probar todo cuanto digo, mirad esta medalla que porta el Príncipe Contrahecho: es la medalla del Rey Argante, su padre; veréis que está hecha de un solo rubí y en ella están grabadas las insignias de la realeza; y es famoso que nadie puede fabricar otra igual. De ese modo podéis tener pruebas de cuanto digo y es verdad.

Tal vez la duda despertó en algún que otro entresijo de la credulidad de los presentes, si la desesperada bilis de Tuso no hubiera rezumado en un estentóreo «¡perra traidora!» que conmovió los cimientos del Castillo Negro.

Inútilmente Ancio y él desenvainaron las espadas: los soldados de Randal, estratégicamente colocados, les impedían la huida. Y así fue como, ya, no cupo ninguna duda en todos los presentes de cuanto la muchacha había contado. El Barón Arniswalgo levantó su cascada voz, para decir:

—¡Traidor, maquinador, embustero, repugnante sapo! —aquí tomó aliento—. ¡Ten por seguro que hace muchos años te hubiera dicho esto, y muchas otras cosas más: cuando en vida el Rey nuestro Señor Volodioso *el Engrandecedor* (aunque de poca sesera en según qué cosas) te tenía elevado sobre todos nosotros! ¡Y bien que apretabas tu pataza sobre nuestros pescuezos! ¡Ha llegado tu hora!

Espoleados por tanto agravio antiguo y mal recuerdo, iba la Asamblea a lanzarse espada en alto contra él, cuando Gudú, con voz tonante que petrificó a todos —madre incluida—, dijo:

—No quiero subir al trono con un crimen, aunque sea justo, sobre mi conciencia. Antes de mi coronación, sólo perdón hallarán mis enemigos. Así pues, dejadles partir, aunque desarmados. Y que jamás se posen sus plantas en estas tierras o los confines de este Reino: y quien tal cosa contraviniera, o les ayudara, será reo de muerte.

Así diciendo, Tuso, Ancio y Furcio fueron desarmados y, custodiados por tres soldados armados, les empujaron, como se supo más tarde, hasta el borde de las estepas.

Entonces la Asamblea respiró. Abrazándose todos, se inclinaron ante Gudú, y el barón Arniswalgo dijo:

—Ah, Rey Gudú.

Porque, en verdad, no se le ocurría nada más.

Se retiraron todos los nobles como mejor pudieron para gozar, al fin, de un relativo descanso. Era más conveniente no regresar hasta el otro día, ya suavizados los rigores de la intemperie. Pero antes de retirarse, la Reina llamó al Rey. Asombrada, le besó tiernamente, y dijo:

—Hijo mío, hijo mío, en verdad que prendisteis bien la chispa.

—En verdad Señora, prendisteis bien el leño.

—Pero, hijo, ¿por qué ese perdón? Ahí, te aseguro, no alcanzo a comprenderte. Sólo colgándolos estaremos libres de ellos. No creas el refrán muy popular, y menos que ninguno el que asegura que a enemigo que huye, puente de plata. La experiencia me lo dice.

—Porque necesito su odio —respondió Gudú—. Porque su odio les reunirá en el País de los Desfiladeros; su odio les unirá a Usurpino, y su odio nos traerá la guerra. Y la guerra, madre, me hará Rey coronado a los catorce años. Porque si no soy yo quien conduce el ejército, ¿quién lo hará?, ¿la Asamblea de Nobles?, ¿el Barón Arniswalgo?, ¿mi noble tío Almíbar? —y lanzó tal risotada que estremeció a su madre. Y esto le hizo pensar por primera vez que entre todos los manipulados por Gudú, tal vez ella era la más distinguida.

—Ahora, descansad, Señora —dijo—. Lo tenéis merecido.

—Hijo, ¡no tenemos ejército, y estamos mal armados! —se horrorizó la Reina.

—Ya lo he previsto todo —sonrió Gudú—. Descansad, os digo, y sólo ocuparos de aplastar bien las cenizas de ese fuego. Y traedme una oportuna novia, con que dejar las cosas bien sentadas y puntualizadas, sin ningún cabo suelto por el que pueda deshacerse este ovillo tan bien urdido.

Y, dando por terminada la entrevista, se retiró.

4

SÓLO una persona de cuantos habían contribuido a aquel ovillo —del que tan orgulloso se mostraba el joven Gudú— no parecía satisfecho. Y éste era, por descontado, el Príncipe Predilecto. No acababa de entender en su totalidad la única parte de la historia que le había sido encomendada. Por ello, ya de regreso a Olar, preguntó a su hermano.

—Señor..., ¿qué haréis con el Príncipe Contrahecho?

Gudú le miró a los ojos, y contestó, con prudencia:

—Mi madre lo guardará con esmero, se le tratará con todo honor, y cuando tenga edad para ello, le restituiremos en el trono.

Dicho lo cual, dio por terminada la cuestión. Pero ni siquiera un alma tan dispuesta a lo mejor como la de Predilecto pudo creer tal cosa.

La Reina encargó a Dolinda que preparara una estancia junto a la suya, donde alojar a la nodriza y al pequeño Príncipe Contrahecho. Cuando se asomó a la cuna del pobrecillo jorobado, una suave luz —en verdad poco usual en ella— endulzó sus ojos, y murmuró:

—Pobre niño. Juro que, aunque mi hijo me lo pidiera un día —y algo le decía en su interior que eso sucedería—, nadie te hará daño mientras yo viva.

Luego desprendió cuidadosamente del cuello del niño el rubí con los signos de su realeza, y lo guardó en lo más profundo del cofre de sus joyas.

Aquella misma tarde, el Trasgo, que oteaba desde las almenas, anunció a la Reina, con suaves golpes de diamante, que las palomas enviadas habían regresado. La Reina acudió presurosa, y, tomándolas en el regazo, examinó sus patas. En cada una de ellas había un cartucho, muy bien sellado y lacrado en oro.

—He aquí —dijo, encantada— una prueba de auténtica realeza.

El Trasgo despidió a las palomas, esta vez en silencio, y la Reina reunió a su camarilla íntima. Pero en esta ocasión pidió al Rey que, juntamente con su hermano Predilecto, se les uniera. Una vez estuvieron reunidos, la Reina mostró los pergaminos que contenían ambos cartuchos: en uno de ellos, cierto extraño Rey accedía a casar a su hija, la Princesa Tontina, con el poderoso, joven y glorioso Rey Gudú —de cuyas hazañas ya habían llegado noticias a su Corte—. Y como el viaje era largo y lleno de dificultades —explicaba—, la llegada de la Princesa, con su escolta, tardaría treinta días; que vendrían por los arrecifes del Mar del Norte, y navegarían por el Gran Río hasta el Reino de Gudú. Y que de allí, en fastuosa —según la descripción hecha con todo pormenor— pero alegre cabalgata, entrarían en Olar. Así mismo anunciaba que la Princesa portaba tres cofres de joyas y alguna fruslería más, así como una considerable cantidad en oro, como dote. Y que, en fin, les deseaba fueran muy felices y tuvieran muchos hijos. Este final sorprendió a todos. «Eso lo he oído en alguna parte», rememoró Almíbar, levemente soñador. Gudú estaba muy perplejo.

—Madre —dijo—, ¿estáis segura de que es la Princesa que me conviene?

—Así lo creo, hijo —dijo la Reina—. Observad, en este otro cartucho, su retrato.

El Rey Gudú tomó el retrato en sus manos. Y Predilecto se asomó a contemplarlo, tras su hombro. Pero con tan mala fortuna, que la piedrecilla azul que la Reina le había dado, en su extremo más agudo vino a clavársele en el pecho. Y le produjo un dolor tan vivo que palideció, y entre aquel dolor contempló, maravillado, el rostro de la muchacha más particular que jamás había visto. Era muy linda, ciertamente, pero aun por encima de su belleza, resplandecía de alguna forma, y Predilecto pensó que en cierto modo se parecía a alguna lámpara, de aquellas que, en cristalino vidrio, esparcían un resplandor rosado y tenue.

—Ah, está bien —dijo Gudú—. ¿Qué edad tiene?

—Trece años —mintió su madre, pues tenía once.

—¿Y cómo decís que se llama?

—Tontina —dijo la Reina.

—Ah, no —dijo el Rey con decisión—. Habrá que cambiar un nombre tan ridículo. No es posible una Reina que se llame Tontina.

—Pero hijo, no te preocupes por esas nimiedades —dijo Ardid—. Tontina, en su país, no significa lo mismo que en el nuestro.

El Rey dudó un poco, y, al fin, dijo:

—¿Pero cuál es su tierra, cuál es su dinastía?

Entonces, el Hechicero intentó hacérselo comprender, pero era tan largo y complicado, tan sutil y enredado como un encaje finísimo. Al fin Gudú se impacientó, y dijo:

—Abreviad, os lo suplico, Maestro, que no entiendo nada.

—Bien —dijo el Hechicero—. Al menos entended una cosa: que por línea materna está emparentada, y es descendiente directa, de aquella Princesa del cabello negro como el ébano y la piel blanca como la nieve que fue malvadamente asesinada, y permaneció incorrupta hasta que se la rehabilitó, con un beso de amor; y por línea paterna, de aquella otra hermosísima Princesa que durmió durante cien años hasta que, también, la despertó un beso de amor.

—Oh —dijo súbitamente Almíbar—. Sí, sí, he oído o leído mucho sobre esa gente. Grandes gentes, en verdad.

Pero Gudú le miró duramente, y opinó:

—Gente de poco seso, a lo que parece.

Pero, en fin, lo hecho, hecho estaba; y tras observar el rostro de la Princesa, sus rubios cabellos y sus enormes ojos, que tenían, según se miraran, el verde profundo del mar, el azul claro de la mañana o el dorado de la tarde, opinó que no había que dar más vueltas al asunto.

—¿Qué tienes, Predilecto? —dijo, al fin—. Estás pálido.

—No sé —dijo el Príncipe. Y desabrochando su jubón vio que la piedra se había clavado en demasía. Suavemente, el Hechicero la desprendió, y le enjugó una gota de sangre. Los colores volvieron a su rostro y sonrió. Pero el Hechicero, al quedar solo, permaneció meditativo, contemplando la sangre que había quedado en sus manos. Y, como tantas otras veces —cuando comprendía que las palabras no valían, en casos parecidos—, movió con tristeza la cabeza.

Apenas habían pasado doce días de esta escena llegaron sudorosos emisarios del Norte del país, con la noticia de que el Rey Usurpino, su hermano el Conde Tuso y los príncipes Soeces habían declarado la guerra a Olar. Y que, como era costumbre en estos casos, la primera manifestación hecha al respecto había sido arrasar e incendiar las aldeas próximas al Desfiladero, pertenecientes al Reino de Gudú. Las campanas volteaban a rebato, y despavoridos, los campesinos huían hacia el interior. De esta forma, todos supieron lo que Gudú deseaba y el resto temía: que, nuevamente, la guerra había llegado.

La Asamblea de Nobles acudió a Olar, presurosa. Y también los otros nobles: caballeros y señores que no pertenecían a tal Asamblea. Gudú reunió a sus jefes en el Patio de Armas del Castillo de Olar. Y, al tiempo, envió a Randal en busca de los mercenarios, que aguardaban impacientes en el Castillo Negro. Y aquella noche Gudú apareció ante sus nobles, y ante sus soldados, y ante gran parte de ciudadanos, que se apiñaban, aterrados, junto a las murallas del Castillo —cuyas puertas hizo abrir, y bajar los puentes levadizos, de forma que todos cuantos pudieran presenciar lo que se proponía, lo presenciaran—. Y así, vestido por vez primera con cota de malla y una muy crujiente coraza de cuero y piezas de metal, al resplandor de la gran hoguera central que había hecho prender, dijo, con gran solemnidad, desenvainando la espada —y de pronto todos comprobaron que no era su acostumbrada espada de hierro, sino la espada de su padre Volodioso:

—El Rey Usurpino y mis hermanos los Príncipes Soeces, acuciados por el ex Consejero, el traidor Conde Tuso, han declarado la guerra a nuestro pueblo. Así pues, juro defender este Reino y este pueblo, hasta la última gota de mi sangre.

Estas palabras hacían, en verdad, gran efecto, y especialmente en el —tan raramente mencionado— pueblo, que fue el primero, llevado en parte por el pánico, en parte por la admiración, en gritar de entusiasmo.

Una vez se acallaron, Gudú exclamó:

—Hemos reunido cuantos hombres están disponibles y cuantas armas han sido posibles. Tengo, además, en reserva, fuerzas de mercenarios aguardándome en el Castillo Negro. Todas las noticias hacen suponer que el Ejército del belicoso y feroz Usurpino es muy superior en hombres y armas, y además cuentan con la defensa de su privilegiada situación geográfica. Sé que la lucha será encarnizada y muy cruel. Pero, con la misma seguridad que tengo en esto, os juro que no regresaré a Olar si no es de dos maneras: enarbolando la victoria, la paz y las cabezas sangrantes de los traidores, o muerto.

De nuevo, el vocerío se levantó hasta el cielo. Una vez dichas estas cosas, y habiendo enardecido suficientemente a nobles y plebeyos, el Rey hizo un gesto a su hermano Predilecto. Y éste, levantando su espada, dijo:

—Nobles señores, noble pueblo de Olar, si el Rey es quien nos salvará de la maldad de nuestros enemigos, el Rey debe ser coronado.

Y antes de que la Asamblea tuviera tiempo de meditar aquellas palabras, el pueblo ya aullaba entusiasmado —pues se le daba ocasión de contemplar, raramente, un espectáculo en verdad superior a todas las farsas de comediantes—. Y el joven paje de Almíbar, llamado Riso, se aproximó con un cojín de terciopelo granate, en donde reposaba la corona.

Entonces entendió el Abad de los Abundios el por qué se le había convocado en aquella ocasión, y, adelantándose, revestido de toda la magnificencia que le permitía su edad, su corta estatura y su reúma, dijo:

—Así será, Señor, y como coroné con mis manos la cabeza del muy noble y amado Volodioso —y evitó reverdecer el espanto y el miedo que tal nombre le inspiraba—, así mis manos os ungirán como Rey de este país de Olar, por la Gracia de Dios.

A lo que se apresuró a decir la Reina:

—Sí, buen Abad Abundio. No en vano mi corazón me avisó de vuestra fiel y noble persona, y hace quince días que partieron hacia Roma emisarios que pedían para vos el obispado.

Con lo cual, el Abad estuvo en trance de desplomarse. Pero sujetándose a los brazos solícitos de un fraile —aquel que había, por cierto, bautizado otrora sin mucha contemplación ni respeto a Gudú—, tomó en sus temblorosas manos la corona. Pero como mucho tardaba, y mucho le costaba alzarla —pesaba más de lo que podía suponer—, el propio Gudú se la arrebató de las manos, la colocó en su rizada y negra cabeza, y dijo:

—Rey soy y como Rey os conduciré por el mejor de los caminos. Y entrego mi vida, mi saber y mi fuerza al Reino —y, con súbita inspiración, añadió:— y al grande, noble y valeroso pueblo de Olar.

A lo que los aludidos respondieron como correspondía. Y por si fuera poco, y ante la consternación del Trasgo y de más de un presente, Gudú mandó abrir la bodega del Castillo, y repartir entre todos —soldados, plebeyos y nobles— el vino de las Reservas Reales.

X

LOS HERMANOS

1

EN el Castillo Negro Gudú repasó a los mercenarios. Les hizo formar con toda la seriedad de que eran capaces, y les contempló despacio. Comprobó que los había de muchas razas y guisas: los unos medio desnudos, apenas tapados con pieles, con cabellos hasta la cintura y largas barbas, negras o rojas; los otros completamente pelados de cabeza, de modo que sus cráneos brillaban como el cobre, al resplandor de la hoguera en la que se calentaban; y otros, abrigados como podían y con cinturas ceñidas de cuero. Pero todos iban armados hasta los dientes, y aparecían fuertes, con ojos relampagueantes, y cubiertos de cicatrices, lo que le satisfizo mucho. Luego revisó a sus propios soldados. Eran de aspecto corriente y menguadamente armados: algunos llevaban coraza, la mayoría cota de malla, y bastantes iban descalzos. En general pudo apreciar que iban mal pertrechados y que no presentaban el fiero aspecto de los mercenarios.

Los de mejor planta pertenecían a Almíbar, porque Almíbar cuidó siempre del prestigio de sus hombres. No eran muchos, pero valerosos hasta lo increíble, y bastante bien armados y vestidos, tanto es así que la mayoría llevaba coraza, unos de hierro y otros de cuero, bien guarnecidos, y de aspecto menos deprimente que los demás. También habían acudido algunos nobles, con sus hombres. Aunque no numerosos, la mayoría de ellos, en su infancia, se habían dedicado más a robarse entre sí y disputar por unas tierras, que por asuntos guerreros. Por tanto, su aspecto no era ni valiente ni adiestrado. El más importante entre éstos era el Barón Iracundio, que poseía una nutrida mesnada, al que acompañaba su hermano menor, joven de aspecto un tanto desmedrado y evidentemente confuso.

Solamente un par de nobles, cuyo feudo lindaba con el de Usurpino, no habían respondido a la llamada, y Gudú supuso que estaban dudando si unirse a él o al enemigo, por lo que, sin dilación, les envió un mensajero, conminándoles a presentarse en el término de cuatro jornadas, pasadas las cuales, y si no tenía noticias suyas, caería sobre ellos y sus tierras como si del enemigo se tratara.

Todos quedaron bastante admirados de la audacia de Gudú, y especialmente sus capitanes, pues tras ordenar que se calzase y diese de comer a toda aquella desordenada tropa, les reunió en privado y se dispuso a estudiar con ellos el asunto. Esto les maravilló mucho, y los por primera vez consultados —al menos en apariencia— capitanes, opinaron que no había tiempo que perder en conversaciones: en pocos días tendrían al enemigo encima. Un enemigo que, como bien suponían, era muy numeroso y mejor preparado que ellos.

Gudú les escuchó con atención, y cuando hubieron callado, tomó la palabra. Como no se tenía noticia de aquel Reino, lo primero que hizo fue pedir al Hechicero que le trajera aquellos extraños dibujos que de niño le llamaban la atención. El Maestro los llamaba Cartas Geográficas, y allí, en delicados colores que iban del azul profundo al tenue verde esmeralda, pasando por ocres y sombras, se contemplaba, como a vista de pájaro, el Reino de Olar y sus reinos vecinos. Exceptuando, claro está, las Tierras Desconocidas de donde llegaban las Hordas: desiertos espantosos, donde todo ser humano moría de sed y hambre, les separaban de ellos. Y se sabía de un peregrino que por error se adentró allí, y contó que, tras miles de calamidades, había vislumbrado en su confín azules y altísimas murallas que, si no fuera por el color y el brillo, podría tratarse de montañas inaccesibles.

Observando los delicados dibujitos, en los que, incluso, a ratos perdidos el Hechicero había incluido casitas, las blancas iglesias que la Reina había hecho edificar —mantenía excelentes relaciones con la Iglesia, y en especial con los Abundios—, castillos, ríos, bosques, las murallas, e incluso las cabañas de los Desdichados, Gudú se irritó un poco al ver aquel inútil hormigueo de cosas que no interesaban, pero se contentó en contemplar con fruición las tierras lindantes al Reino de Usurpino, y al espacio que, tras el gran barranco de los Gigantes de Piedra, enfilaba hacia el vecino país. Sabía, ya que lo oyó desde muy niño, que a no ser por aquel Desfiladero, aquella especie de embudo rocoso y montañoso, sus tenebrosos bosques y el supersticioso temor que inspiraba a los hombres, haría muchos años que, o bien el Reino de Usurpino sería suyo —tal y como su padre Volodioso hizo con otros, añadiendo uno tras otro a la Corona de Olar y sin dejar tierra llana, feraz o vinícola en los alrededores o lejanías que no uniese a la suya—, o bien el suyo propio pertenecería hoy a Usurpino.

Los capitanes apenas podían contener la impaciencia, pensando que Gudú perdía el tiempo con resabios infantiles en un momento tan crítico. Pero entonces, teniendo a su lado al viejo Maestro —del que se deshizo en elogios que dejaron a toda la Asamblea boquiabierta—, les explicó cuánto y con qué provecho había aprendido de aquel hombre, tan humilde y sin embargo tan sabio.

El mismo Hechicero se sentía incómodo —su modestia era relativamente cierta—, pero muy ilusionado al oír que aquel discípulo que él tenía como poco atento y bastante díscolo, se presentaba de improviso como un alumno más que aprovechado y sagaz. Escuchó complacido cómo Gudú instruía a toda aquella gente analfabeta, sobre los mapas y otras cosas que él había pacientemente trazado años atrás.

—Ahora ved una prueba más de la sabiduría de nuestro Maestro, a quien todos debemos venerar sin el menor recato. Pues hora es ya que contemplemos, de una vez, cómo es y hasta dónde llega el Reino de Olar, que mi noble padre supo crear y nosotros engrandeceremos y aseguraremos en nuestra medida. Pues él es quien ha sabido hacer, con gran tino y precisión, adivinar y trazar los contornos de esta tierra: sus montañas, sus ríos, sus praderas, sus bosques, las regiones del Sur, con sus viñedos, que afortunadamente nos proporcionan una ventana asomada al mar; e incluso, ahora, la Isla de la Reina de Leonia.

Tanta admiración causaron aquellas palabras que, a codazos, pisotones y empujones, todos querían descubrir cuál era su tierra, dónde estaba su castillo, dónde su casa; y mucho maravillaba la Isla de Leonia, de la que todos hablaban pero muy pocos conocían.

Entonces, el Rey mandó degollar una cabra y traer su sangre. Y tomando una pluma de ave muy aguda —como había visto hacer al Hechicero, espiándole durante noches y noches, y en cuya cámara había logrado entrar, limando su cerradura, y cuyo cofre había escudriñado, y cuyo pergamino había robado—, dijo:

—Mirad esta línea roja que desde el Castillo de Olar trazo —y la trazó, mojando la pluma en la sangre—. Y de este modo os marcaré mi ruta. Para que todos sepáis por dónde iremos y adónde llegaremos —y la línea roja se detuvo en el macizo que, con mucho primor, representaba la inexpugnable zona de los Desfiladeros. Y llegando allí, con una solemne cruz, tachó el Reino de Usurpino. Y dijo—: Pues así, como acabo de hacer, juro solemnemente borrar del mundo y del recuerdo los nombres del Reino de nuestros enemigos. Y en su lugar, el nombre de Olar, como aguas de un mar que nadie puede contener, invadirá esta tierra hasta el fin del mundo.

Mordió el extremo de la pluma de halcón y dijo que no debían acudir en masa al enemigo, como tenían por costumbre, sino que, muy arteramente, le engañarían y conducirían a trampas «exactamente como se hace con la caza del jabalí, el corzo y todo lo demás».

Los capitanes parecían confusos, y alguno que otro se decía que Gudú, aun en vísperas de cumplir quince años, no había dejado la infancia del todo, por lo que íntimamente se sintieron muy desdichados. ¿Iban a ser conducidos a la muerte y la derrota por un niño imbécil, mandón y descarado? Con palabras no se ganan batallas, ni con dibujos, ni con altanería, pensaban.

Pero allí estaba Predilecto. Hacía rato notaba la zozobra en aquellos rudos hombres, y sus dudas. Así que tomó la palabra y, con su voz suave y persuasiva, les convenció de la razón de Gudú. «Id con fe a lo que él os conduzca, pues yo veo que tiene mucho seso todo lo que dice, y es más, el Rey Gudú quedará en la memoria de las gentes por su inteligencia y forma de llevar la batalla.» Todos sabían —los rumores corren rápidamente— que si bien el Rey no era extraordinariamente brillante en sus lecciones, no podía decirse lo mismo de Predilecto; y que si el pequeño Gudú dio siempre indudables muestras de valentía, fuerza y arrojo, no menos podía decirse de Predilecto. Así que bajaron la cabeza y, encomendando su alma a Dios o al Diablo —según sus conciencias—, se aprestaron a obedecer aquel extraño plan, del que, hasta el momento, no tenían antecedentes. Gudú parecía complacido.

Prestamente se dirigió al Salón de la Asamblea, convocó a los nobles, a la Reina y a sus capitanes, y, ante el asombro de todos —y especialmente del interesado—, dijo:

—Mi noble Maestro, preparaos para el viaje, porque me vais a acompañar.

—¿Yo? —gimió el anciano, que sintió erizarse los pocos cabellos que aún merodeaban lánguidamente por su rosada calva—. ¿Qué tiene que hacer un anciano achacoso en semejantes lances? Sólo la daga de madera de un niño que juega a soldados podría yo sostener...

—No es para manejar la espada, sino la astucia y la sabiduría, para lo que os necesito. Y os ruego que no me repliquéis y hagáis lo que os digo. Que os preparen cómoda litera y enjaecen dos mulas, que atino os serán más suaves que los duros lomos de un corcel, y os den todo lo que os sea preciso. Y, sobre todo, oídme bien, mandad instalar en ellas vuestro preciado cofre y cuanto contiene dentro.

—Señor —murmuró el anciano, cuyos labios temblaban—, Señor..., ¿cómo suponéis que pueda yo seros útil en una cosa así? La guerra no tiene nada que ver con mi ciencia.

—Más de lo que supones —dijo Gudú, impaciente—. Obedecedme, y no me discutáis más.

Ay de aquellas noches lúcidas, cuando descubrió en el cofre del Maestro retazos de historias, historias de hombres muy anteriores a él, que dominaron el mundo. Tenían nombres extraños, y procedían de aquel Occidente que, al parecer, inspiraba un especial y respetuoso temor a Olar. No por su fuerza o enemistad, que no existían, sino por una palabra, una palabra transmitida misteriosamente de padres a hijos, desde el primer Margrave: «Olvido». La única palabra que le inquietaba, y no comprendía. Pero también de Occidente llegaban hasta él, aun cubiertos de polvo e incomprensión, ecos de victoria, de tácticas guerreras, de batallas ganadas, de grandes emperadores... Él las conocía. Al menos, en los retazos escritos que había logrado reunir el Hechicero.

Gudú ordenó a sus capitanes que procuraran dormir hasta el amanecer, conservando fuerzas, pues al rayar el alba partirían. Y ordenó al Hechicero que borrara prestamente todas aquellas banalidades que había añadido al dibujo —casitas, iglesias, corrales de cabras, y algún que otro hombrecito con que el Maestro se había complacido en adornar los áridos mapas—. Recomendó que dibujase varios más, sin estas cosas, con la mayor rapidez que le fuera posible.

Después se echó a dormir, cosa que, ante el pasmo de su madre y los demás, no tardó en hacer profundamente y sin muestra alguna de inquietud, miedo o recelo. El Hechicero, un tanto avergonzado, obedeció a Gudú: borró entre suspiros casitas y gentecilla —había llegado incluso a dibujar parejas paseando junto al Lago—, y se apresuró a fabricar unos cuantos más, en algunos pergaminos que guardaba siempre debajo de su cama. Y así, todos contuvieron su zozobra e, imitando al Rey, procuraron dormir y aguardar al nuevo día.

En un aparte, la Reina llamó a Predilecto.

El Príncipe acudió a ella, y con la rodilla en tierra besó su mano.

—Predilecto, hijo mío —dijo la Reina. Y, de pronto, aquellas palabras cobraron un acento distinto, y en su garganta sintió como si un cálido y húmedo manantial se abriera: y a sus ojos, como una fuente, el manantial asomó, mientras decía—: Predilecto, os ruego que protejáis y defendáis a nuestro Señor, el Rey, como me jurasteis un día.

—Señora, así lo haré —dijo el Príncipe. Y alzó la cabeza sorpren-

dido, pues en su mano había caído una gota brillante. Y miró a la
Reina, y, por primera vez en su vida, vio que la Reina Ardid lloraba.

Pero lo que no vio la Reina ni Predilecto ni persona alguna, es
que, arrebujado en lo más hondo de las brasas ardientes, estremecido
de dolor, el Trasgo del Sur, por vez primera en su declinante existencia, también lloraba. Sus lágrimas eran como rojos cristales encendidos, y cubrían su martillo de diamante, y le rodeaban como perlas de
un tristísimo collar de rocío, que, ya, no iba a desprenderse jamás
de aquel racimo que le brotó y le crecía en el lugar del corazón.

Ya anochecido, llegó Gudú con sus hombres a las tierras lindantes
con el Desfiladero de los Gigantes de Piedra. Allí empezaba el Reino
de Usurpino. Antes de que la polvareda de sus huestes avisara al enemigo de su proximidad —aunque ya se avistaba la humareda de las
aldeas por ellos incendiadas—, pudo apreciar Gudú que las incursiones de devastación habían cesado, y que, enterados del avance de sus
tropas, estarían organizándose a la entrada del Desfiladero mortal,
como era costumbre en ellos, ya que esta táctica les había salvado durante tanto tiempo de la dominación de Volodioso y sus antecesores.

Gudú ordenó al Hechicero que avanzara sobre la nube y vigilara
la posición del enemigo. El Hechicero estaba medio dormido, hambriento y malhumorado por ser conducido, muy a su pesar, a semejante tropelía. ¡Y todo por culpa de aquellos malhadados dibujitos
que un mal día descubriera el pequeño Gudú, con su manía de curio-
searlo todo, en el arca de sus más preciados bienes! Dijo entonces que
la atmósfera no se prestaba a conjurar la nubecilla que le permitía merodear por las alturas y verificar aquellas cosas. Pero Gudú le conminó sin ninguna contemplación:

—Hechicero, si no posees algún encanto que te permita obedecerme según tus propias artes, yo tengo un buen medio de hacerte
cumplir mis órdenes. Esto es, te envío encadenado entre dos de mis
mercenarios para que arrastrándote o volando (como mejor te parezca, porque el método me tiene sin cuidado) me informes y traigas
en un dibujo claro (y por supuesto libre y limpio de fruslerías sin interés) la situación de esos hijos de perra.

Con lo cual el Hechicero se apresuró a rebuscar en su cofre, afilar plumas y tintas, y maldiciendo por lo bajo, sentóse junto al fuego y se dedicó a la fabricación —o conjuro— de la nubecilla. Pidió un sapo —cosa que no tardó en serle proporcionada—, raspaduras de uña de rapaz, que tampoco fue difícil, y una piedra azul del fondo del río. Esto último, pensó, no sería fácil de conseguir; pero se equivocaba, pues un mercenario de cabello largo y rojo resultó ser hombre capaz de moverse en el agua como si fuera de la especie de las truchas, y a poco emergió con la boca llena de guijarros, azules y de todos los colores, que escupió a sus pies con aire triunfal. El Hechicero sacudió su vestido, salpicado de lodo, piedras y repugnantes residuos fangosos, observó con rencor a cuantos le rodeaban, y demandó unos minutos de soledad, para concentrarse.

—Tendrás soledad —dijo Gudú—, pero no tanta como para salir corriendo. Si huyeras, te alcanzarían mis hombres y te colgarían de los pies hasta que en tu cuerpo no quedara ni un soplo de humana condición. Y, como un colgajo, te echaríamos al fondo del río, donde te devorarían peces malignos: porque tú no sabes defenderte de ellos, como cualquier mercenario.

«Ay de mí, ¿cómo pude creer algún día que sentiría hacia mi persona agradecimiento por cuanto le enseñé...? El agradecimiento está ligado sutilmente al amor y al odio, y yo mismo le privé —aun a mi pesar— del primero de estos sentimientos... ¿Será acaso el último el que algún día me llegue a profesar...?»

Temblando y odiando por primera vez sus habilidades, el Hechicero comprendió que nada le quedaba por hacer sino formar la estúpida nubecilla que, si bien le permitía sobrevolar como una fea mariposa por sobre campos y vallados, no le protegía en absoluto de flechas ni cosa parecida, de las que suponía muy bien provisto al enemigo. Así que se despidió con pena de cuanto había sido la enjundia de su vida hasta aquel momento: echó un vistazo al *Libro del Pasado*, se detuvo unos minutos en la contemplación de los días en que Ardid era niña, estudiosa, en... —aquí, su viejo corazón se derretía—, el día en que descubrió su habilidad para conjuros y escudriñamientos... Y finalmente se dispuso a efectuar la pócima cuyo vapor formaría la nube conductora hacia —sin duda alguna, según creía— la más cruel de las muertes que para él cabían: atravesado como un pollo y aplastado contra las rocas, pues, presumía y con razón, la caída no sería dulce. Y si quedaba aún con vida, a pesar de las agudas rocas del Desfiladero, buena cuenta de él darían los feroces soldados de Tuso y Usurpino. A lo que tenía oído, no eran la clase de gente entre la que hubiera deseado pasar el fin de sus días.

2

EL Hechicero formó una nube de la especie deseada, lo más espesa y sólida que le fue posible, y, ante la mirada severa de Gudú, saltó sobre ella, diciendo:

—Te abrazaría y besaría, querido Gudú, en recuerdo al tiempo en que tan nefastas cosas te enseñé; pero como sé que no eres partidario de esta clase de efusiones, sólo te digo que mandas a las tinieblas a tu viejo e inapreciable Maestro, y que sin mí, pocos dibujitos vas a poder hacer de toda esa gente, o lo que sea. Porque para lo que a arte se parezca, tu cabeza está más vacía que una avellana huera. Por tanto, si el corazón no te sangra ahora (porque eso es imposible y admito que improcedente en ti), al menos, sí debe inquietarte mi suerte.

La respuesta de Gudú fue un puntapié que quedó sin destino, no sólo por el respeto que le inspiraba su Maestro, sino además por la rapidez con que el Hechicero se alzó sobre las cabezas de los boquiabiertos soldados. A decir verdad, le invadió en aquel momento una punzadita de orgullo que, ante la indignada actitud de Gudú, le hizo revolotear coquetonamente unos minutos sobre ellos. Satisfecha esta humilde revancha, el Hechicero se dirigió, con ánimo decaído y tembloroso cuerpo, arropado en la nube como en un inmenso chal, hacia las tenebrosas alturas de aquellos Gigantes de Piedra que, en el atardecer, ofrecían un aspecto más amenazador y poco tranquilizador que nunca.

Algunos pájaros inocentes le acompañaron festivamente en su vuelo. Y él, que les sabía estúpidos como pajes de Corte, los ahuyentó agitando el gorro, mientras decía:

—Al menos vosotros, majaderos, liberaos: que pronto me pareceré a un gallo desplumado, si no a algo mucho peor. Y no deseo ofrecer a vuestros ojos semejante espectáculo.

A poco, ya sobre el Desfiladero, distinguió algunas fogatas y resplandores que le indicaron el lugar en que se hallaban apostados los malignos enemigos, ya que, las enormes montañas impedían a Gudú y sus gentes distinguir ni tan sólo el resplandor. Pero juzgando, y con razón, que tales datos no serían suficientes, y que si con tan débiles informes regresaba, Gudú haría con él un escarmiento del peor gusto, calculó que morir de una forma u otra, a decir verdad, poca diferencia se llevaba, y que si por contra salía triunfante, Gudú podía recompensarle muy bien. Acaso le proporcionaría material abundante y una pieza mejor y más grande en las mazmorras, donde podría dedicarse, sin miedo a ruidos molestos ni curiosidades peligrosas, a sus interesantes investigaciones. Pensando esto, se enrolló de tal modo en la nube, que apenas si podía distinguir algo, y tuvo su momento de confusión. Conjuró entonces, suavemente, a la Rosa de los Vientos, y una vez la tuvo cerca recobró el Norte, y descendió, como una vaporosa nubecilla de primavera, con gran precaución y tino, sobre las oscuras regiones donde se agazapaba el ejército enemigo.

No tardó en divisarlo con bastante claridad. Sacó de entre los pliegues de su túnica el pergamino, y trazó con habilidad y delicadeza el dibujo que, a su juicio, interesaba a Gudú: terreno y lugar donde se hallaban acampadas y dispuestas las gentes de Tuso, Usurpino y los Soeces. Por cierto que, si bien a Tuso y Usurpino no los vio por ningún lado —los supuso en aquellos momentos dentro de sus tiendas—, sí atinó a divisar a Furcio, emborrachándose con un par de soldados y promoviendo más bulla de la prudencial en tales circunstancias.

Nadie se fijó en aquella nubecilla temblorosa que, un poco por aquí, un poco por allá, flotaba sobre los soldados. Estaban en verdad anhelantes e inquietos pensando en la futura batalla, de lo que el Hechicero se felicitó: «Los soldados —se dijo— son gente un tanto especial. Tan agudos y avizores en muchas cosas, y tan distraídos y tontunos en otras». Claro, que no acertó a cavilar que, hasta el presente, ninguna nube había estropeado ni decidido batalla alguna —como no fuera en el mar y cargada de truenos—. Por lo que, envalentonado, descendió un poco más y curioseó por el campamento. Comprobó entonces que los soldados de Usurpino no eran ni mucho más numerosos, ni estaban mejor armados que los de Olar. Con gran alegría, se alzó nuevamente sobre las cumbres y regresó a donde Gudú y sus hombres le aguardaban.

Apenas había descendido lo suficiente, Gudú le retuvo por el borde de la túnica, y de un tirón lo puso en el suelo, cosa que disgustó mucho al Hechicero. Pero, comprendiendo que no era momento ni lugar para quejas ni reclamaciones, extrajo de los pliegues de su túnica su dibujito y lo mostró con orgullo a Gudú.

—Espero que no os hayáis equivocado —dijo el Rey—. No toleraría que el dibujo fuese imperfecto, puedo aseguráoslo, Maestro.

El Hechicero estaba demasiado confundido por los bruscos acontecimientos para apercibirse de la amenaza de aquellas palabras. Así que sonrió con beatitud, mientras el Rey contemplaba el dibujo con gran concentración.

En éste podían apreciarse las posiciones del enemigo, y todas las particularidades del terreno. Según indicaba, el enemigo no había variado sus rutinarias costumbres y se hallaba situado en la forma habitual, que, debía reconocerse, le había dado excelentes resultados hasta el presente.

Comprobó entonces que las huestes de Usurpino eran más numerosas en infantería que en caballería, y que ocupaban una posición defensiva sobre la suave colina que obstruía el acceso al fatídico Desfiladero. Como era habitual, Usurpino había colocado en primera línea su infantería, detrás, los arqueros, y en último término, en reserva, la caballería.

Luego de contemplar en silencio estas cosas, Gudú se retiró a su tienda, en solitario. En ella permaneció algún tiempo, mientras su gente —en especial aquellos nobles que habían acudido a su llamada, con sus respectivas huestes— se deshacía en dimes y diretes, salpicados de abundante desconfianza. En sus rostros no aparecía síntoma alguno de euforia ni de tranquilidad. «¿Adónde nos llevará este adolescente, tan desconocido como sospechoso...?» Podía leerse el recelo en todos los ojos, especialmente en los del Barón Iracundio. Pero ¿acaso alguno de ellos, acostumbrados a la molicie y bienestar proporcionados por la pacífica y enriquecedora regencia de la Reina Ardid, sería capaz ahora de urdir cualquier cosa que no fuera perder irremisiblemente frente a las fuerzas de Usurpino y las extraordinarias condiciones orográficas que les protegían...? Ay, cómo lo lamentaban ahora.

Cuando, al fin, Gudú salió de la tienda, reunió a su alrededor a cuantos capitanes y nobles disponía. Les contempló uno a uno, con una calma y frialdad verdaderamente sorprendente en un muchacho de su edad. Y por primera vez, más de uno de ellos tuvo ocasión de estremecerse y admirar a partes iguales aquella mirada, aquellos ojos grises y pálidos como la escarcha, que en adelante iban a respetar y obedecer como corderillos.

Según los dibujos del anciano Hechicero —de cuya veracidad y minuciosa exactitud Gudú no dudaba en absoluto—, ellos disponían, para sus maniobras, de una extensa explanada bordeada de bosques, frente a la colina que obstruía el paso al Desfiladero de la Muerte.

Gudú, entonces, expuso la sustancia de su plan a los presentes:

—Amparándonos en la oscuridad de la noche, excavaremos fosos y dispondremos hileras defensivas de estacas agudas. En los bosques que bordean los laterales de la explanada, mantendremos oculta la mayor parte de nuestra caballería y arqueros. En la explanada, y en primera línea, frente a la colina, colocaremos parte de nuestra infantería, respaldada por un cierto número de caballería. Pero todo en evidente minoría, para engañar al enemigo. Atacaremos en grupo pequeño, pero con gran vocerío y ruidos de toda especie, de forma que ellos nos supongan, o todo el ejército, o gran parte de él. Una vez trabado combate, al filo del alba debéis gritar a grandes voces, y como si todo estuviera perdido: «¡Gudú ha muerto!, ¡Gudú ha muerto!» Y a continuación, replegaros en una retirada precipitada. Tened por seguro que ellos se lanzarán con todas sus fuerzas en vuestra persecución, para aniquilaros (como viene ocurriendo, según mis noticias, en todo tiempo anterior). Pero ahora será distinto, porque en esta retirada los conduciréis hacia nuestra celada: la que les aguarda en los bosques. Vuestra muy superior caballería, los arqueros mejor elegidos y el resto de la infantería caerán sobre ellos envolviéndoles y cortándoles la retirada. Así, podremos vencerlos y destruirlos sin perdón.

Aquí Gudú lanzó su peculiar y escalofriante risita. Acto seguido ordenó al Hechicero que preparara plumas y tintes, y de su propia mano dibujó el último ataque, de suerte que la victoria parecía cosa simple y terminada. Y luego dijo al Hechicero:

—Una vez terminada y ganada esta simple e inocente batalla, tú la reproducirás con todo primor, para dejar constancia, de hoy en adelante, de cuantas empresas guerreras lleve a cabo con mi ejército.

Cuando oscureció, comenzaron los preparativos que ordenó Gudú. Transcurrieron entre la impaciencia de sus capitanes y soldados, así como del noble Iracundio y de su hermano menor, que eran hombres valientes, pero de mollera un tanto espesa.

Avanzada la noche, sentados uno junto a otro en la enramada de la colina, Predilecto, que a todas estas cosas venía prestándole su incondicional ayuda, dijo a su hermano:

—Señor, si me lo permitís, os diré algo que pienso.

—Decid —exclamó Gudú. La noche era muy fría y tan oscura que sus rostros no podían verse.

—Estimo que esta forma de guerrear no es noble.

—¿Qué dices? —dijo Gudú, con leve ironía—. No sé de dónde has podido sacar la creencia de que la guerra es noble. La guerra no es noble en absoluto y, por tanto, hay que hacerla y tomarla como es.

Predilecto quedó sobrecogido por estas palabras. Había participado en justas, había acompañado a su padre en ligeras escaramuzas contra las revueltas del Norte, pero jamás había librado una verdadera batalla. Y aunque había oído algunas historias en las que estas batallas se describían, donde los reyes que en ellas habían triunfado, y los que habían perdido, eran, al parecer, extraordinariamente nobles, atinó a pensar que su hermano Gudú era un ser complejo y extraño; pues si bien había tenido sospechas, y más tarde crecientes certezas, de que no se movía ni un solo cabello de su persona a impulsos de compasivo o afectuoso sentimiento, aquello no se le había presentado jamás con tal claridad.

Aunque íntimamente se había dicho en más de una ocasión que la muerte y la sangre le desagradaban, que la crueldad le repelía, había sido educado de forma que tales sentimientos debían mantenerse ocultos, como síntomas de debilidad. Íntimamente no se avergonzaba de ellos, pero jamás hubiera osado manifestarlos en público. Él había crecido creyendo —o desatendiendo examinar profundamente esta aceptación, más que creencia— que la guerra, tan asidua y pertinazmente cultivada por su padre, era noble en sí misma, y no exenta de heroísmo y gestos generosos. Por todo lo cual, la desapasionada reflexión de Gudú le sumió aún más en el cada vez mayor número de confusiones que, día a día, se iban adueñando de su persona.

—¿Por qué entonces, si no la consideráis noble, parecéis gozar de ella, y hasta practicarla o provocarla?

Este pensamiento, tras los últimos acontecimientos, le hacía entrever, vagamente, que había sido objeto él mismo, como un simple peón de ajedrez —juego al que tan aficionado era Gudú—, de las maquinaciones de su hermano pequeño: el interés por los Desdichados y la piedad por el joven Príncipe nada tenían que ver, en realidad, con los auténticos móviles de Gudú.

Pero éste dijo:

—Que sea noble o no lo sea, no hará perder mi tiempo en cavilaciones. Es útil para nuestra causa, y con ello basta.

Predilecto juzgó que mejor era callar y guardar para sí sus escrúpulos y sus confusiones. Su deber y juramento —de lo único que, ya, estaba seguro todavía— era, al fin y al cabo, defender de todo mal a su hermano menor. Pensó que guardaría para mejor oportunidad aquellas discusiones con el ya indiscutible Rey de Olar. Pero íntimamente se alegró una vez más de que la suerte le hubiera salvado del trance de ser Rey algún día. Y recordaba las palabras de su padre, de su hermano y del anciano minero, cuando el fragor del Desfiladero les avisó prontamente de la proximidad del ataque.

Impacientes, en la explanada, los soldados aguardaban la señal de Gudú. Todo ocurrió tal y como el joven Rey había planeado. El ataque en masa, con gran lujo de gritos y alharacas para engañar en su

número al enemigo de la colina. Gudú, dando muestras de una serenidad y un temple impropios de sus catorce años, aguardó fríamente,
entre el fragor de los salvajes gritos de los soldados del Desfiladero y
el galope de sus veloces caballos —robados, según se decía, a las Hordas Feroces—. Cuando amanecía, los de Olar se retiraron, tal y como
ordenó Gudú. El ejército de Usurpino, creyéndoles vencidos, les persiguió levantando ecos ensordecedores entre las piedras del Pasadizo
de la Muerte. Y, así, cayeron en la trampa.

Los de Olar se abatieron entonces sobre ellos. De entre los bosques surgían arqueros, caballería e infantería en superior número. Les
envolvieron, sin escape posible. Y la sorpresa y el pánico cundieron
en las valerosas pero poco astutas filas enemigas, de suerte que la lucha se trocó a poco en una carnicería embriagadora. Gudú, sobre su
corcel, marchaba a la cabeza de los suyos y, uniéndose al Barón Iracundio y a Yahek, el Capitán de los Mercenarios, que aguardaban en
el lado opuesto, arrasaron materialmente al grueso de las fuerzas de
Usurpino. Por vez primera Gudú blandía la espada de su padre, Volodioso *el Engrandecedor*, roja de sangre. Y por primera vez, su brazo y
su espada penetraron en la carne de otros hombres: atravesaba vien-
tres, riñones, pechos, y surgía de nuevo, como un relámpago, entre
las hogueras donde los cuerpos se revolcaban en el suelo. Predilecto,
si bien combatía con valor a su lado, se estremeció al ver aquella figura de muchacho, que crecía y crecía como un gigante. Y su mente,
en el fuego y en el hierro, en la sangre y en el largo gemir de los heridos, reconstruía la estatua de piedra de su padre. Solitaria y abandonada por todos, sólo recibía, al atardecer del verano o la primavera, la
visita de algunos pájaros que, en la gran soledad, conversaban misteriosamente con sus ojos ciegos y su boca muda.

Y tal como dijera Gudú, ya estaban los soldados enemigos materialmente machacados cuando no se hizo esperar la prevista reacción
de Usurpino y el resto de sus fuerzas. De modo que, cuando juzgaron
que los hombres de Gudú —que a su vez habían sufrido grandes pérdidas— eran fácil presa, surgieron del Desfiladero y, cayendo sobre
ellos, se adentraron en la última y fatal trampa, pues fueron sorprendidos por la espalda y, cortándoles toda posibilidad de retirada, la
violencia del combate tomó sus más crueles aspectos. Hasta que el

amanecer, ya entrado, empujó la derrota hacia la vasta zona de las
largas noches, y la victoria de Gudú sobre Usurpino apareció ante sus
ojos, entre ensangrentados restos y cuerpos mutilados, entre los
muertos y la sangre.

En el fragor y el polvo, Gudú avanzaba sobre su corcel. A su
lado, manchado de sangre, Predilecto le seguía, en el silencio sólo
roto por el viento de la madrugada. Fue extendiéndose entonces,
paso a paso, el espectáculo de la derrota. Vio tendido y muerto, a sus
pies, al anciano Tuso: y sintió un extraño frío, pues el viejo Consejero
aparecía caído sobre su espalda, y a su lado un hombre más joven y
más robusto aparecía, también, con el cuello abierto. Y en aquel
momento vio únicamente a dos ancianos, y súbitamente un gran
dolor le anegó. Sólo veía, allí, la muerte de dos hermanos que en el
último momento se habían asido el uno al otro: las manos del más
joven estaban aferradas a las ropas sanguinolentas del más viejo, y
la mano del más viejo —aquella mano que había deseado tanto
tiempo gobernar— caía lacia, casi dulcemente apoyada en la frente
del más joven.

—Míralos, Señor —dijo con voz ronca y estremecida—. Eran
hermanos, y se amaban.

Pero Gudú no le escuchó. Le vio espolear su caballo y avanzar
hacia dos siluetas que, en la bruma, huían hacia el río. Y sabiendo
quiénes eran aquéllos y cuál era su deber, le siguió, con el espíritu batido por mil contrarios sentimientos. Cuando llegó al borde del río,
oyó el entrechocar de las espadas y vio cómo Ancio y Gudú luchaban
con saña, como sólo dos hermanos son capaces de atacarse en este
mundo.

Predilecto buscó ávidamente con la mirada, hasta descubrir el
caballo vacío del otro hermano. Y sólo entonces, entre los juncos, una
sombra que se arrastraba como un reptil, le indicó la presencia del
menor de los Soeces, a tiempo de evitar, cayendo sobre él, que su traidora lanza se clavara en la espalda de Gudú. Y estaba sobre él y levantaba su espada presto a terminar con su vida, cuando vio los ojos
de Furcio, clavados en él con un desespero infinito. Entonces, su
brazo se detuvo: Furcio estaba desarmado y se aferraba a su ropa,
como las manos de Usurpino se aferraban a las de Tuso. Un frío

grande le detuvo, y escuchó la voz del pequeño Soez, que por primera vez no le pareció la voz de una miserable y repugnante criatura, sino una muy honda llamada, que latía en su misma sangre, en sus últimas venas y en lo más profundo de su ser.

—¡Déjame vivir, hermano...!

Pero un galope se acercaba: el corcel de Gudú arrastraba de un pie el cadáver degollado de Ancio. Cayó sobre ellos, como si de nuevo la noche hubiera nacido del cielo, y la espada del hombre que les diera la vida a todos ellos, le atravesó el corazón.

Luego Gudú se volvió a mirar a Predilecto, sonriente. Su frente y sus manos estaban salpicadas de sangre, y sus ojos tenían un brillo como jamás ni la luz de la noche ni la luz del día habían conseguido arrancar de su mirada.

—Nunca vaciles, Predilecto. Porque te matarán o me matarán.

Y aquellas palabras —tan claras en la mañana, que hasta en el oro del cielo parecían escritas— no eran solicitud, sino amenaza.

3

HACÍA ya mucho tiempo que los mercenarios de Olar no conocían la alegría de la victoria. Los últimos años de Volodioso les desangraron en inútiles batallas contra un enemigo solapado, diezmado y feroz que, aun siendo inferior en número, jamás les proporcionó la embriaguez del triunfo, ni la codicia del botín.

Así que, la tan soñada como imposible entrada en aquel legendario Desfiladero de la Muerte y la consiguiente asolación del Reino de Usurpino, resultaba algo totalmente nuevo para los más jóvenes, y casi olvidado para los más viejos. Luego, haciendo uso de la promesa dada por Gudú a los soldados y a los mercenarios, éstos cumplieron ampliamente sus ansias de botín y muerte. Y pocos días más tarde, lo que fue el Reino inexpugnable y misterioso de los Desfiladeros, se había convertido en un montón de ruinas carbonizadas y de muerte. Las desperdigadas gentes que sobrevivieron se refugiaban, aterradas, en la montaña, y los restos de sus rebaños, diezmados y perdidos, sembraban de balidos quejumbrosos el batir del viento entre las rocas. Parecían voces humanas.

Indra, la hija de Usurpino, y una muchacha bella y extraña que la acompañaba, fueron encadenadas y llevadas a presencia de Gudú. El Rey contempló detenidamente aquella que le había sido destinada por Tuso como futura esposa. Era una mujer cercana a los treinta años, gruesa y aterrada, cuyas rojas trenzas aparecían deshechas sobre los jirones de su ropa.

—No sé a quién puede gustar semejante arpía —dijo.

Los ojos de Indra despidieron fuego y le escupió en la cara. Entonces, limpiándose la saliva con mansedumbre, Gudú miró al Capitán de los Mercenarios. En los ojos de éste vio brillar una conocida luz:

—Si te place, tómala —le dijo.

Yahek, no se hizo repetir la orden y, arrastrándola por las cadenas, se alejó con ella. La otra era una muchacha de unos veinte años, de largas trenzas oscuras y ojos alargados hacia las sienes. Tenía la piel de un tinte dorado, y en toda su persona había una extraña y salvaje belleza. Al punto, Predilecto recordó la historia de la Princesa de las Hordas y reconoció en ella una mujer de su raza.

—¿Quién eres tú? —preguntó Gudú con voz más suave.

Pero ella se negó a contestar, de modo que el muchacho se impacientó.

—Está bien —dijo—. Atadla a un árbol en tanto medito lo que debo hacer con ella.

Entonces Predilecto se aproximó al Rey y le habló así:

—Esta mujer es oriunda de las estepas, mi Señor. Y algo en ella me dice que es una mujer de alta alcurnia, posiblemente cautiva de Usurpino. Tened en cuenta que puede traeros muchos males, pues una mujer así fue la perdición de vuestra madre, y a punto estuvo de ser la vuestra. Si la guardáis con vos, es seguro que os traerá mucho mal. Presiento que esa raza debe ser alejada de nosotros, y no debemos tener roce con ellos: quédense ellos en sus tierras y nosotros en las nuestras. Las estepas no pueden ser habitadas por los hombres de nuestra raza, ni podremos jamás llegar más allá del Gran Río: ni siquiera nuestro padre lo consiguió. Pero no la matéis; dejadla vivir y regresar con los suyos. De este modo os aseguráis su agradecimiento, y tal vez quede zanjada para siempre la incursión de sus guerreros en nuestro país.

—Ah no —dijo Gudú—. Si es cierto lo que me dices, lo único que veo con buen criterio es hacer un escarmiento con ella.

El Hechicero, que había permanecido medio oculto en la enramada, como le ordenara Gudú, apareció ahora lleno de terror. Se aproximó a Gudú, y dijo:

—No, mi Señor. No lo hagáis. Creedme: por mis conocimientos sobre algunas cosas os digo que no debéis matar a esta mujer. Antes bien, como dice vuestro hermano, dejadla volver con su gente.

—Pues ya estoy cansado de oír tonterías —dijo Gudú, irritado—. Y como prueba de que pienso terminar con toda clase de supersticiones y brujerías, declaro bruja a esta mujer. Así que, siguiendo la costumbre de nuestro país, ordeno que se la queme viva y que sus cenizas se esparzan hacia las estepas: de suerte que sus hermanos de raza entiendan mi advertencia. Pues todos han de saber, allí donde llegue mi voz y mi espada, quién es y cómo es el Rey Gudú.

Y había tal soberbia y embriaguez en su voz como jamás le habían oído antes.

Inútilmente Predilecto y el Hechicero intentaron disuadirle. Aquella misma tarde mandó rodear de leña el árbol donde había atado a la muchacha. Y le preguntó:

—Dime tu nombre, y tal vez te salves.

Pero viendo que ella seguía en silencio, mandó a dos hombres prender la leña. El fuego se alzó, crepitando, y una espesa humareda negra envolvió a la muchacha. Predilecto azuzó a su caballo y se alejó hacia el río, pero Gudú ni siquiera lo advirtió. Contempló fríamente cómo el fuego prendía las ropas de aquella enigmática e imperturbable criatura. Sólo entonces un destello sombrío pareció sacudirla enteramente y, lanzándole una mirada que recordaba el rayo en la tormenta, dijo, con un alarido que estremeció el aire hasta el confín de las estepas:

—¡Rey Gudú, tú sucumbirás en la más vulgar, la más simple, la más triste de las causas!

Luego el fuego prendió y la abrazó de forma que no quedaron a poco sino cenizas y huesos calcinados.

—Recogedlas y traédmelas —ordenó el Rey.

Así lo hicieron, y una vez habían reunido aquellas cenizas en una vasija, él las tocó con una enorme curiosidad y las aplastó entre sus dedos, escrutándolas. Y al fin, con un fuego muy fiero en los ojos, a pesar de que sonreía, las arrojó lejos y gritó:

—¡Iremos a las estepas!

Yahek era un hombre fornido, de cráneo pelado, con el torso cruzado por una inmensa cicatriz. Iba envuelto en pieles de lobo, y un collar de cobre y dientes de jabalí rodeaba su cuello. Desde el primer momento, Gudú pareció sentirse extrañamente fascinado por él: aunque la fascinación de Gudú jamás le hacía olvidar la realidad que le rodeaba. Pero aquella inmensa curiosidad de otras gentes y otras tierras que, sin duda alguna, heredara de su padre, tomaba en él proporciones mucho mayores. Es así, que una vez que el Rey decidió asomarse a las estepas, de las que tanto oyera hablar aunque jamás había visto, desatendió los razonamientos de Predilecto y las quejas del anciano Hechicero, para acercarse, en cambio, a Yahek. Deseaba preguntarle, ya que junto a su padre había luchado contra aquellos hombres, cuanto sabía de ellos.

Los mercenarios que habían quedado vivos —unos cien hombres, aunque algunos heridos— y el resto de los soldados acamparon entre las ruinas del que fuera Castillo de Usurpino y anteriormente del Rey Argante. No tardaron en dar con los grandes tesoros que había allí acumulados, y aunque Gudú mandó guardar en cofres la mayor parte, fue largamente generoso con ellos y respetó el botín de los primeros momentos, como debía ser. El Barón Iracundio había muerto, pero no su hermano menor, el noble Jovelio y este joven, tan estúpido como valiente, seguía a todas partes a Gudú con admiración perruna, aunque le doblaba en edad.

Al cabo de los días, habían reunido los rebaños dispersos, y como Gudú no olvidó acarrear vino, vivaqueaban en la alegría de aquel triunfo, sin sentir pasar las horas. Mucho había aún por escudriñar y hallar, pues no estaban las mejores cosas a flor de tierra, pero los hallazgos menudearon y, al fin, lentamente, por entre ruinas y rocas, fueron apareciendo famélicas criaturas, supervivientes de los habitantes de aquel lugar. Todos fueron hechos prisioneros y, junto a los capturados en la batalla, encerrados en una empalizada circular que mandó construir para el caso. Entonces Yahek le dijo:

—Señor, permitid que os diga algo. He hablado con mis hombres y hemos decidido que, si vos lo tenéis por cosa sensata y a bien, preferiríamos dejar esta vida que llevamos, siempre a sueldo de algún que otro señor, y sin muchas perspectivas. Después de ver la forma como sabéis conducir un ejército, y vuestra generosidad, mucho nos gustaría integrarnos en vuestras filas como soldados, ya que, según vemos, debéis reorganizar el Ejército de Olar. Y aún he de deciros otra cosa: hablando con estos infelices —se refería a los prisioneros—, he podido ver que hay entre ellos, aunque depauperados y heridos, muchos hombres jóvenes que, bien alimentados y algo mejor vestidos, estarían dispuestos a formar parte de vuestros soldados; pues, a lo que he oído, ningún afecto sentían por su anterior Rey, ni por el que acabáis de derrotar. Y tan sólo en la seguridad de poder comer y vivir al amparo de tal Señor como sois vos, se dejarían matar por su Rey.

Gudú reflexionó sobre estas palabras:

—Dejadme meditar lo que habéis dicho —repuso al fin— y mañana os daré una contestación.

Esta vez consultó con Predilecto cuanto le había propuesto Yahek.

—Señor —dijo el Príncipe—, no me parece idea desafortunada, y estimo que esa gente más provecho os dará tal y como me lo planteáis que pasándola a cuchillo o dejándola morir de hambre. Y por otro lado, la reorganización del ejército y el regreso a Olar se imponen, pues demasiado tiempo llevamos aquí y ninguna cosa de provecho puede reportaros este entretenimiento. Recordad que la Princesa Tontina —vuestra prometida— está en camino y que habréis de acudir a recibirla, para contraer matrimonio. Aparté de que vuestra madre, y todo el pueblo, os esperan con ansia e impaciencia.

—Ya envié emisarios con las nuevas de la victoria —dijo Gudú, con aire fastidiado—. Pero juzgo que no debemos abandonar este lugar sin antes asomarnos a esas estepas que me queman de curiosidad. Hermano, sabed que no daré tregua a quienes intenten atacarnos, y pienso hacer tal escarmiento con ellos, que nos libre de una vez para todas de esa amenaza.

—Señor, siento contradeciros, pero creo que no sabéis lo que decís. Las estepas son inmensas, nadie conoce su fin y nadie sabe qué es lo que hay detrás del Gran Río que nadie ha cruzado, en sus confines. Sólo hasta allí osó llegar nuestro padre en su última batalla; y eso no fue, como sabéis, bueno para nadie... Además, dejad regresar al anciano Maestro, pues si lo veis palidecer y enflaquecer, como está ocurriendo, comprenderéis que no tiene ni ánimos ni edad para permanecer más tiempo en un lugar como éste. Os implora que le permitáis regresar a Olar, de donde no deseaba salir.

—Se quedará conmigo en tanto me sea necesario —dijo Gudú con dureza—. Y lo que oí decir de las estepas es parecido a lo que siempre oí decir del Pasadizo de la Muerte: ya veis qué fácil ha sido para mí vencerlo. Así pues, hasta que no lo vea con mis propios ojos, no lo creeré.

Al día siguiente, dijo a Yahek que aceptaba su proposición. De esta forma, todos los hombres sanos y jóvenes que había dentro del campo empalizado, mostráronse muy deseosos de convertirse en soldados de Gudú. Había también algunas mujeres y algún niño.

—¿Qué hacemos con ellos? —preguntó Yahek.

Gudú pensó un momento, y al fin dijo:

—Opino que tal vez los hombres no desdeñen la compañía de alguna mujer de éstas. En cuanto a los que no os sean de provecho, matadlos o arrojadlos de aquí. No tardarán en morir por sí solos.

—Es buena idea —dijo Yahek—. En verdad, debajo de la mugre y el hambre que las esconde, hay alguna muchacha bastante bonita.

Gudú rió agudamente, y dijo:

—Yahek, dime si es verdad que las estepas son como dice mi hermano Predilecto y la gente en general.

El rostro de Yahek se ensombreció.

—Señor —dijo, al fin—, las estepas son el Gran Desconocido. Os puedo confesar ahora que mi madre perteneció a esas tierras, pero fue hecha prisionera por algunas tropas del Duque Arisankoel, más tarde derrotado por vuestro padre, y así nací yo de uno de aquellos soldados. Mi madre no hablaba nunca del lugar donde había nacido. Sólo una vez me explicó que aquellas tierras no tenían fin y que sus hombres eran más feroces que las alimañas. Y me dijo también que jamás un hombre del Oeste podría adentrarse y sobrevivir en ellas. Nada más me dijo, pero tened por seguro que no me engañó.

—Pues pienso —dijo el Rey— que ya es hora de acercarse por allí.

Aun así, se entretuvieron varios días. Gudú reorganizó someramente el ejército de los supervivientes, y Yahek quedó al cuidado de los ex-prisioneros y de adiestrarlos en las armas; permanecían aún dentro de la empalizada y guardados, pero se les repartió comida y, a poco, algunas mujeres empezaron a convivir con los soldados.

Solamente el anciano Hechicero y Predilecto se entristecían y angustiaban más cada día que transcurría. Y cuando llegó el momento en que ya con un mediano ejército recompuesto, llevando tras sí un extraño pueblo de mujeres, cabras, niños y enseres, estaban dispuestos a partir, arribaron al campamento dos emisarios de la Reina, sudorosos y medio muertos de sed. Varios días llevaban buscándolos, y dijeron:

—Señor, os suplicamos de parte de nuestra Señora la Reina, que regreséis, pues la Princesa, vuestra prometida, ha llegado ya a Olar y os aguarda para el matrimonio.

—¿Cómo es posible? —dijo Gudú extrañado—. ¡Si el viaje debía durar treinta días!

—Tantos, y más —dijo Predilecto—, hemos pasado aquí, aunque no os lo haya parecido. Os ruego, pues, que regresemos a Olar, por el bien de todos.

Aquella noticia contrarió vivamente a Gudú.

—Déjame pensar —murmuró. Se alejó solo hacia el río, y cuando al rato regresó, dijo a Predilecto:

—Una cosa se me ocurre: como no estoy dispuesto a regresar a Olar sin asomarme a la verdad de cuanto se oye y sabe sobre las estepas, y por otra parte debo casarme para solucionar todas estas cuestiones legales de sucesión, que tanto nos preocupan, puedes tú regresar con el Hechicero y una pequeña escolta (muy pequeña, en verdad, pues aquí necesitamos hombres), y así, en documento que yo mismo firmaré y sellaré, contraerás esponsales en mi nombre con la tal Tontina. Así la podremos retener, sin que se canse de esperar y se marche por donde vino. Ya sabemos lo impacientes que suelen ser a veces las caprichosas mujeres. Y una vez me haya casado con ella por poderes, regresas rápidamente, pues sin ti no quiero adentrarme donde tú sabes: y ten por seguro que me adentraré. Así, cumple lo que te ordeno, y no te demores ni un día más de lo justo, porque sabes que la paciencia no es mi mejor cualidad.

Dicho esto, todos supieron que nada más había que discutir sobre la cuestión. Partió, pues, Gudú con su gente hasta el linde de las estepas, acamparon allí y se dispusieron a esperar el regreso de Predilecto.

Y éste y el anciano Hechicero, junto a los emisarios y cuatro soldados, emprendieron el regreso a Olar. Predilecto sentía dentro de sí algo que nunca había experimentado antes. Era como un sentimiento de culpa, como si algo le reprochase la conciencia, por un delito o una grave falta que no podía descifrar, porque no conocía el nombre.

4

ANTES de la llegada de Tontina, la Reina, que no descuidaba detalle alguno, creyó llegado el momento de avisar a Ondina de que su cometido había comenzado. Así, a través del Trasgo, mandó decirle que debía dirigirse a donde Gudú se hallaba, y emprender sus metamorfosis, tal y como habían planeado. «Pues —se decía— siendo tan linda y además la primera mujer que conoce en su vida, no sería bueno se aficionase a ella, y nuestros planes se vinieran al suelo. Como no conozco a la Princesa Tontina más que por su retrato, lo cierto es que tal vez sea mujer llena de artimañas y de mezquina mente, caprichosa, exigente y ambiciosa, y aunque Gudú no sea capaz de amarla, mucho trastorno puede causarle si le retiene por otras cosas: y a fe que, con un rostro como el suyo, tal cosa no es difícil.

Aunque ese rostro y esos ojos revelen un candor extraño y fuera de lo común, algo hay en ellos que me produce una rara sensación: no conozco a ninguna mujer, por hermosa que sea, que tenga semejante mirada. Y harto sé que el candor esconde muchas veces las más astutas, si no ruines intenciones.»

Por tanto, juzgó que las distracciones que Ondina podía ofrecer a Gudú serían muy convenientes. A pesar de su sagacidad y celo, ignoraba totalmente las correrías de su hijo, y que éste tenía ya una experiencia bastante notable en el terreno que a ella le preocupaba.

Desde que Gudú les había privado de la compañía de su fiel maestro el Hechicero, el Trasgo y Ardid permanecían casi todo el día juntos. Y como el Rey había vaciado la bodega del Castillo, que tantas alegrías había proporcionado al Trasgo, éste andaba muy triste y quejumbroso, teniendo que conformarse con los sorbitos que, de sus particulares reservas, le proporcionaban Ardid y Almíbar. Con tales cosas, lo cierto era que, si bien podía retardar su estado ya un tanto alarmante de contaminación, su espíritu saltarín había decaído y permanecía largas horas sentado en el hueco de la chimenea sobre brasas o cenizas, oyendo a la Reina y, a veces, jugando con ella alguna partida de naipes: pero esto le daba poco resultado, porque el Trasgo veía siempre las cartas de Ardid o de Almíbar, y el juego adquiría poco interés para él.

—Querido mío —le decía a veces la Reina—, ¿por qué no horadas un poco, como antes? Temo que tu habilidad se enmohezca, si empiezas a portarte como un ser de mi especie, sedentario y taciturno. Deberías visitar el Sur, acaso. Y aunque no debía aconsejártelo, dar un vistazo a los viñedos, cosa que alegrará tu espíritu.

—No es tiempo de vendimia —decía el Trasgo—. Así que poca sustancia voy a sacar de esos viajes.

—Pero alguna bodega habrá en los castillos —decía ella, aunque comprendía que hacía mal.

—No —contestaba él—. Las bodegas están totalmente esquilmadas por el Rey de Olar: ésa es la ley desde los tiempos de Volodioso. Sólo unos pocos conservan a escondidas algunos toneles. Y os digo que mi sentido de justicia y compañerismo me impide cometer semejante felonía.

Pero esto eran puras excusas, y Ardid lo sabía. La verdad era que su contaminación era más grave y avanzada por el conducto del afecto, que por el del vino.

El día que le ordenó visitar a Ondina, el Trasgo dijo:

—Lo haré, tenlo por seguro —y suspiró—. Pero te confieso que ando muy miedoso de que note en mí particularidades extrañas, y acaso ni tan sólo me reconozca. Y aún temo más la presencia de la Dama del Lago, aunque la supongo preocupada en estas fechas con los Icebergs del Norte. De todos modos, haré lo que me dices y en cuanto lo digas.

—Según mis cálculos —dijo Ardid—, la luna aparecerá favorable en la tercera noche a partir de hoy.

—Pues, entonces, iré a ver a Ondina.

Así lo hizo y notó, con angustia, que sus manos temblaban al horadar la profundidad de la tierra, y que ello se producía con más lentitud y trabajo que las veces anteriores. No obstante, al fin sintió la humedad del agua, se dejó resbalar por los túneles del fango y penetró en el verdinegro fondo del Lago.

Ondina estaba coronando de maraubinas un nuevo muchacho. Era rubio, de largos cabellos, y tenía los ojos cerrados. Parecía tener unos doce años. Y Ondina, al descubrir al Trasgo, dijo:

—¿Qué te pasa, Trasgo?

—¿Por qué lo preguntas? —dijo él, tembloroso.

—No sé, parece como si no te distinguiera bien. Estás algo borroso.

—Quizá la luna brilla demasiado —dijo el Trasgo del Sur—. O quizá cruza una barquichuela por la superficie.

—No —dijo ella—, desde que aumenta la desaparición de muchachos las gentes no se atreven a lanzar sus barcas al agua: fíjate cómo las orillas están pobladas de barcas podridas y abandonadas. Sólo algún niño lanza una barca hecha de cañas o de cáscaras de nuez.

—Bien, hermosura. Te veo muy sola. ¿No anda por ahí tu abuela?

—No. Tiene mucho trabajo con los témpanos y se ha ido a los fiordos.

—Ah, bien —dijo él un tanto aliviado—. Pues supongo que recuerdas lo que te prometí no hace mucho tiempo.

—No lo recuerdo —dijo ella.

El Trasgo hubo de repetirlo, y ella flotó suavemente sobre su jardín de muchachos, con una estela de burbujas irisadas.

—¡Qué belleza, qué belleza! —dijo—. Es una suerte contar con un amigo como tú, aunque estás algo raro últimamente.

—Pues si estás dispuesta, el momento ha llegado —el Trasgo le ofreció una copa de vidrio azul, que contenía el bebedizo—. Pero no lo bebas —le dijo— hasta que asomes la cabeza fuera del agua, pues en caso contrario te ahogarías como esos necios.

—Eres una pura hermosura —dijo Ondina—. Dime adónde debo ir y quién es él.

—Debes ir por los manantiales secretos, hasta el borde de las estepas, en la dirección Este y conjunción de la Rosa Curvilínea.

—Oh sí, es fácil. Allí hace pocos siglos colocó un manantial mi abuela.

—Pues allí busca el campamento de Gudú Rey.

—Ya sé quién es —dijo Ondina—. No es demasiado hermoso, me parece.

—No lo creas —dijo Trasgo—. A decir de las humanas, está muy bien. Es muy posible que cuando tomes esa forma, te parezca muy apetitoso. Pero de todos modos, aunque no te lo pareciera, conoces el pacto.

—Sí. Lo conozco y lo respetaré, por la cuenta que me tiene.

—Allí —añadió el Trasgo con voz insinuante— hay muchos mancebos, a cual más bello. Puedes hacer lo que te parezca, hermosura. Siempre que, no te olvides, no mantengas una misma figura humana más de diez días. Y eso, no lo dudes, es más divertido.

—Así lo creo —Ondina flotó gozosamente bajo las maraubinas. El resplandor de la luna, sobre ellos, inundaba de esmeralda el techo del Lago.

—Antes quisiera decirte algo, hermosura —la detuvo el Trasgo, preso de un súbito remordimiento—. Escúchame: tú estás encaprichada por recibir caricias y besos de muchachos humanos, que tan hermosos te parecen. Pero, según lo que he podido atisbar por cámaras y camarillas, para sus expansiones amorosas los humanos tienen costumbres muy curiosas.

—Tanto mejor —dijo Ondina. Sus ojos brillaron como pálidos zafiros—. Tanto más divertido.

—Bueno, hay algo más —insistió el Trasgo para liberarse de todo remordimiento—. Procura no enamorarte de ninguno.

—¿Qué es enamorarse?

—Repito: es difícil de explicar. Para hacerte una idea te recordaré lo que le ocurrió a la Joven Sirena, la hija del Rey del Mar del Norte..., ¿recuerdas? Quiso hacerse humana porque amó a un Príncipe de ojos negros.

—Oh sí —dijo ella—. Es la historia que siempre me cuenta mi abuela.

—Pues bien: no olvides qué mal fin tuvo. Y permíteme un consejo: si después de todo —aunque, conociéndote, lo dudo—, llegaras a enamorarte, no intentes jamás humanizarte, no intentes jamás convertirte a su especie; en todo caso, intenta traerlo a él a la tuya.

—No lo olvidaré, Trasgo hermosísimo —dijo ella.

Y rauda y grácil, como un destello de oro, partió en dirección a los manantiales secretos que llevaban al manantial del Este, junto a las estepas.

Cuando desapareció, el Trasgo regresó a Olar. Y como la Reina aún dormía, aguardó al amanecer en el hueco de la chimenea de su cámara.

—Querida niña —dijo, saltando sobre su lecho, apenas ella abrió los ojos—, el encargo está cumplido y Ondina ya ha partido hacia el Este, llena de buenos propósitos. Tengo para mí que he conocido ondinas estúpidas, pero como ésta ninguna.

—Tanto mejor —dijo la Reina muy satisfecha—. La estupidez suele complicar mucho las cosas, pero en casos como éste, resulta el más preciado bien.

XI

EL ÁRBOL DE LOS JUEGOS

1

TONTINA, la Princesa, llegó cuando estaba a punto de nacer la fría primavera del Reino de Olar. Y poco antes de su llegada —aproximadamente sería en el momento en que la nave de su padre bajara desde los fiordos del Norte por el Gran Río—, arribara al punto de los Bosques que ya pertenecían a las regiones conquistadas anteriormente por Volodioso.

Se trataba de unos bosques muy oscuros, donde las gentes vivían llenas de temor: circulaban historias sobre apariciones y brujerías, gnomos y trasgos de enemistad evidente hacia la humana naturaleza. Y era por ello que las aldeas de aquella región aparecían muy esparcidas y escasas, y sus habitantes eran gentes salvajes y muy silenciosas, que odiaban tanto al Rey Volodioso —de su hijo Gudú no tenían noticias— como a los piratas del Norte que, en ocasiones, les invadían, robaban e incendiaban. Estos piratas, rubios y de largas trenzas, tenían sobrecogida la zona, de suerte que, en tiempos lejanos, el Rey Volodioso había instalado allí una guarnición pequeña, a mando del Duque Simonork. Este hombre, de aspecto poco pacífico y costumbres más que rudas, mantenía en una paz sustentada en el terror aquella orilla del río que, en definitiva, señalaba el confín del Reino por su zona Norte.

Simonork, por cuestiones geográficas, fue el encargado de recibir a la Princesa: en cuanto divisara la nave, tenía ordenado ayudarla a desembarcar, con todo honor, de forma que nada faltase a ella ni a su comitiva. Luego, debía acompañarla hasta la ciudad y el Castillo donde el Reino de Olar tenía su sede. De esta forma estaban dadas las órdenes, cuando un emisario del Duque Simonork llegó con una extraña noticia que dejó perpleja a la Reina Ardid: en efecto, la nave de la Princesa Tontina había arribado a través del Río Azul, y Simonork se había aprestado a cumplir las órdenes. Lo cierto es que la nave se hallaba anclada en la linde del país, pero sus componentes —Princesa incluida— no parecían dispuestos a pisar tierra. Como muy bien entendía Simonork, sus usuales maneras de insistir en los reacios a cumplir sus mandatos —en este caso, simple ruego— no eran oportunas ni adecuadas en el caso presente. Y como la Reina tenía buena noticia de este hombre, mucho había insistido sobre el particular, además de haberle rogado que procurase presentar un aspecto menos feroz y desaseado que de costumbre.

—Pues, ¿cuál es la razón de esta negativa? —preguntó la Reina al fatigado emisario. Había galopado sin tregua, puesto que bien conocía las reacciones que la poca diligencia despertaban en su Señor.

—En verdad, Señora, no existe una negativa —dijo el emisario—. Pues la Princesa y sus gentes —que os confieso, son curiosas de veras— no se niegan a desembarcar. Lo único que ocurre es que no lo hacen.

—¿Y qué arguyen, para ello? —se impacientó la Reina—. Supongo que Simonork les invita de la mejor manera.

—No lo dudéis, Señora —dijo el emisario—, y a fe mía que todos estamos muy admirados de la gracia y dulzura con que lo hace. Pero tanto la Princesa como su gente se ríen, y no desembarcan.

—¿Se ríen? —se extrañó Ardid—. Explicadme mejor eso.

—No puedo explicar más —dijo el hombre—. Porque no ocurre otra cosa: cuando mi Señor, con muy cumplidas razones, les insiste en el hecho, la Princesa (que es muy bella y joven) y sus acompañantes se asoman a la borda, nos tiran objetos muy raros y, como digo, se ríen. Sólo en una ocasión la Princesa (que Dios, por otra parte, guarde muchos años) ha dicho: «Bueno, hay tiempo, algún día bajaremos». Y desde entonces han transcurrido muchos días, mi Señora.

—¿Qué objetos os arrojan? —dijo la Reina, sin entender ni una palabra de todo aquel incidente.

—Pues, algo así como pedazos de pastel, semillas de melocotón, y alguna que otra bolita de vidrio como ésta.

Y sacándose del bolsillo una pequeña esfera de color azul, la depositó en la mano de la desconcertada Ardid.

—Creo —dijo ésta al fin— que debo ir yo misma a su encuentro. Acaso le ofenda que sólo un Duque vaya a esperarla. Quizá hemos cometido una grave falta de tacto.

Y se dijo que mucho tenían que aprender todos —ella incluida— en cuanto a modales refinados, ya que de una auténtica y verdadera Princesa se trataba, y no de una Princesa falsa, como ella: que si bien de cuna noble, ninguna gota de sangre real circulaba por sus venas, sólo la heredada de un Señor con más afición al cultivo de la vid y la obtención de vino que otra cosa. Pero este secreto sólo podía compartirlo con su amado Hechicero, ya que ni el propio Almíbar conocía su verdadero origen. Y el Hechicero, cuyo consejo tanto le habría valido en aquellos momentos, se hallaba todavía en compañía de Gudú. Llamó entonces al Trasgo y le consultó la cuestión:

—No entiendo bien el asunto —dijo éste, que andaba muy alicaído, e incluso temeroso, desde la partida del Hechicero. No solía recorrer los pasadizos del Castillo, como antes, y permanecía oculto la mayor parte del tiempo—, pero de todos modos, lo reflexionaré.

A poco, regresó por el tubo de la chimenea de la Reina, y dijo:

—Hay algo que intuyo y no puedo aclarar. Pero de lo que estoy seguro es de que ninguna animosidad anida en esa actitud. Más bien pudiera tomarse como inconsciencia juvenil. A lo que parece, respecto de lo que nos ocupa, las estrellas de este mes están de acuerdo en una sola cosa: que la Princesa Tontina y su séquito se encuentran muy bien en la nave y no tienen ganas de bajar a tierra: pero no por un motivo especial, sino simplemente porque no tienen ganas de hacerlo.

—Mucha inconsciencia me parece esa para una futura Reina —dijo Ardid, recuperando su tranquilidad—. Pero, en fin, sólo tiene once años, así que tiempo habrá de hacerla cambiar, en éste y en cualquier otro sentido.

—¿Sólo once años? —dijo el Trasgo—. Oí decir que tenía uno más.

—Lo dije —explicó Ardid— porque no me pareció oportuno enterar a mi hijo de que se trataba de alguien tan escandalosamente joven. Tengo la sospecha de que a mi hijo le placen mujeres más maduras. Pero como es tan linda y de sangre tan pura, no debíamos desperdiciar esta ocasión. Tiempo tendrá, en este Castillo y junto a mí, de madurar convenientemente.

—Así lo espero —dijo el Trasgo, aunque con un algo de duda en la voz.

Ya se disponía la Reina a emprender el viaje en busca de la futura nuera, cuando otro emisario llegó, si cabe más sudoroso y exhausto que el primero, con la noticia de que por fin, y en el momento más impensado, la Princesa y su séquito habían descendido de la nave y se encaminaban —precedidos de Simonork, y a través de los oscuros bosques, siguiendo la ruta que el Río Oser marcaba— hacia el Castillo de Olar.

—En verdad que es caprichosa —dijo Ardid, disgustada, mientras ordenaba a Dolinda deshacer su equipaje. La perspectiva de aquel viaje le había ilusionado, ya que, dado su temperamento, sólo la prudencia y el sentido del decoro real la hacían permanecer en Olar. Y muchas veces, mirando hacia la lejanía, añoraba la libertad perdida, aquel andar a su antojo por campos y viñedos, descalza y con las trenzas sueltas.

A partir de aquel momento, una desconocida atmósfera, algo como una brisa ensoñadora, pareció adueñarse de la ciudad de Olar y sus cercanías, especialmente hacia el Norte. Era algo extraño, como un perfume sutil y rumoroso, que hacía flamear los tapices de las

ventanas y paredes, que levantaba los cabellos de las damas y los niños con dulzura y encanto muy particular; y daba a la luz una transparencia —a juicio de Almíbar— musical.

—¿Musical? —se extrañó Ardid, frunciendo las cejas—. Almíbar,
querido, a veces dices cosas extravagantes: jamás vi que la luz tuviera
música.

—Oh, querida niña —intervino el Trasgo, que con él se entretenía, por pura cortesía, en una partida de naipes, y en vista de que el
aludido nada respondía. Se había quedado sólo con la boca un poco
abierta, como era habitual en él: síntoma de atinadas reflexiones o absurdas palabras—, muchas cosas existen que tú no has visto nunca, ni
verás jamás.

—Si hablas como los de tu raza, pocas conversaciones vamos a
mantener, Trasgo —dijo la Reina, ofendida.

—No hablaba ahora con mi lengua, sino con la vuestra —dijo el
Trasgo del Sur, arrojando un naipe que derrotó a Almíbar de un
golpe—. Y deberías, querida niña, reflexionar a veces sobre algunas
cosas que nuestro Príncipe Almíbar te dice, por extrañas que las juzgues. Pues no sólo para los trasgos, sino para los humanos, existen cosas que están y permanecen vivas entre los hombres, y que pocos de
ellos ven o entienden. Y nuestro Príncipe es de estos pocos elegidos...,
aunque no pueda verme ni tenga en los ojos gotas de luna, como tú.

La Reina supuso que estas palabras iban destinadas a mitigar el
enfurruñamiento que la pérdida de aquella baza había ocasionado a
Almíbar. Pero mucho se equivocaba. Y Almíbar, que desde hacía algún tiempo empezaba a divisar borrosamente la silueta del Trasgo,
especialmente al atardecer, dirigió a aquella silueta rojo-dorada una
amable sonrisa de agradecimiento.

—Me digo —continuó la Reina, asomándose a la ventana— que
toda esta historia se deberá acaso a que la primavera está cerca.

—Sí —dijo el Trasgo—. Andando por el subterráneo del campo
Sur he visto cómo la primavera empujaba la tierra con todas sus fuerzas. Le dije: «¿Qué estás urdiendo?», y ella contestó: «Tengo prisa:
este año debemos brotar muy temprano, porque alguien viene pisán-
donos los talones». Tal vez, pienso ahora, se refería a la Princesa y su
séquito.

La Reina calló, con una sonrisa de tolerancia. Estos comentarios, que antaño la irritaban, poco a poco iban causándole una ligera y espumosa alegría. «Pobrecillos míos —se decía—, están haciéndose viejos los tres.» Y miró con ternura al Trasgo y al Príncipe, recordando, con el corazón inundado de amor filial, la anciana faz del Hechicero. Si bien, de entre los tres, Almíbar era el que presentaba un aspecto más lozano: aún eran cobrizos sus largos bucles, y el azul límpido de sus ojos tenía el candor y la dulzura de los de una jovencita. Aunque había sobrepasado ya los cuarenta años nadie le hubiera dado más de veinticinco. O, al menos —y aquí Ardid estaba muy lejos de suponerlo—, así se lo parecía a ella.

Lo cierto es que cuando la comitiva se halló ya muy cerca de la Puerta Norte de la ciudad, dieciséis pajes lujosamente trajeados, de los más apuestos que se hallaron, anunciaron, con el largo grito de trompetas doradas —sólo en ocasiones muy especiales se hacían oír desde las torres almenadas del Castillo—, la llegada de la Princesa Tontina, futura esposa del Rey y futura Reina de todos aquellos que en Olar vivían.

Es muy azaroso —manifestó la Reina, vigilando los pliegues de su traje de terciopelo verde musgo, especialmente encargado a la Isla de Leonia para tal ocasión, mientras aguardaba en lo alto de la escalinata— que mi hijo Gudú no esté aquí para recibirla. Tengo entendido que estas criaturas tan escrupulosamente reales tienen una susceptibilidad muy delicada —a su mente llegó la famosa Princesa del Guisante—. Pero ¿qué vamos a hacer? Cinco emisarios le he enviado ya, y con ninguno, hasta hoy, ha regresado.

—No temáis —murmuró el Trasgo. Sentado en el último escalón, observaba, entre los pliegues del vestido, la ceremonia—. Tengo para mí que la Princesa no va a reparar en eso. Por contra, mucho deberíais cuidar algún detalle que a ella le chocará, y del que vos no os habréis apercibido.

—¿De qué se trata? —se impacientó Ardid—. Podías haberlo dicho antes.

—No me refiero a nada en particular —repuso el Trasgo—. Son cosas que veo saltar de aquí para allá, en las palabras del viento.

—Pues bien, guardaos esas cosas si no podéis darles una explicación más concreta —dijo Ardid, molesta.

Como encargado de estas ceremonias, Almíbar hizo abrir de par en par las puertas del recinto y bajar el puente. Dos hileras de soldados, los mejor hallados entre los pocos hombres hábiles que había dejado el Rey en el Castillo, aguardaban a ambos lados; y todos los pajes, criados, nobles y damas, así como la Asamblea, aparecían revestidos de sus mejores galas, dispuestos a recibir, muertos de curiosidad, a su futura Reina.

—He oído decir —deslizaba una joven dama al oído de otra— que tanto ella como su séquito son de muy curioso porte.

—No olvidéis —respondió su amiga, algo versada en algunas cosas— que son de muy lejanas tierras, y que sus ropas y modales deben ser diferentes a los nuestros.

—Espero que nos traiga noticias de modas y adornos, así como afeites, que puedan causarnos gran placer —dijo una tercera, un poco más a la derecha—. Estoy ansiosa por variar un tanto la rutina de nuestros peinados. Según oí, no trenza sus cabellos, sino que los deja caer, a su natural aire, sobre la espalda.

—También oí que no blanquea su rostro ni lleva pendientes —dijo otra, aproximándose más al grupo cuyos comentarios le interesaban más que la ceremonia en sí—. Cosa muy chocante.

—Cierto —dijo la primera—, pero tal vez otras cosas en ella puedan abrirnos los ojos, pues los pocos hombres que nuestro buen Rey nos dejó disponibles, están ya tan ofuscados por la edad u otros tropiezos, que cada día se hace más arduo atraer su atención.

En éstas estaban cuando el Duque Simonork avanzó por el puente a lomos de su caballo negro —según rumores, lo quería infinitamente más que a sus ocho hijas, ya que le cupo la desgracia de no engendrar varón—, que llenaba de admiración, por su brioso porte, a todo el mundo. Descabalgando en el centro del patio adornado con las primeras y tímidas flores que habían brotado en el campo apenas dos días antes, hizo una ruda pero muy briosa inclinación ante la Reina y su Corte.

—Este Simonork —dijo la doncella que habló segunda— no es un hombre demasiado joven ni demasiado bello. Pero os digo que si me cortejara, no sería yo quien le rechazase. Pues se me hace un hombre de particular atractivo, aunque no refinado.

—Ah, querida —dijo la última en hablar antes—, no creáis que sois la única en pensar eso. Tiene algo particular que lo distingue y hace agradable.

—Lo que le distingue —dijo aquella que habló segunda, y que tenían por más letrada y aguda, aunque tal vez demasiado sincera para prosperar en la Corte— no es en verdad ningún misterio, queridas, es que, exceptuando al Príncipe Almíbar y algún que otro soldado, que no cuentan para el caso, ese Duque es el más joven de cuantos hombres hemos podido contemplar en cuarenta días. Y aún más: es su duro y fornido aspecto lo que nos advierte de lo placentero que sería, si el amor lo llevara a nuestros brazos, no estrechar en ellos un pollo desplumado.

Todas contuvieron la risa tras los pañuelos, y aguardaron.

«Señora, tengo el honor de anunciaros que, sin tropiezos de importancia, la muy noble Princesa Tontina y su séquito, a quienes escolté y guié desde el Río Azul hasta aquí, se halla a las puertas de este Castillo, que a vos y vuestro augusto hijo cobije por muchos años.»

Esto era, en verdad, lo que tras muchos esfuerzos el fraile de la guarnición le había hecho aprender. Pero Simonork, que hacía mucho más tiempo no veía más mujer que las harapientas campesinas que de vez en vez merodeaban por las cercanías de la guarnición Norte —ni muy lindas, ni muy perfumadas—, a la vista de tantas damas y tan lujosamente ataviadas, se azaró en suma y sólo salió de sus labios un torpe:

—Señora, ahí está, como mejor pude, y fue bien duro.

Afortunadamente, nadie prestaba atención a su discurso, ya que todas las cabezas y ojos se dirigían hacia la puerta por donde la Princesa debía entrar. Esto le salvó, con gran alivio suyo, de la relampagueante mirada de aquella Reina famosa por su amor al protocolo. El cuello blanco y mórbido de la hermosa Ardid se estiraba más de lo conveniente hacia el mismo punto; y sus ojos negros relucían, y sus oídos se agudizaron más de lo habitual.

Así, ante el asombro de todos, y precedidos por los toscos soldados de Simonork, apareció ante la maravillada Corte de Olar la Guardia Real más extraordinaria que jamás vieran sus ojos. Ni tan siquiera los que traían nuevas del lujo de Leonia podían haber descrito algo semejante: hay que decir, pues, que ocho soldados precedidos de un arrogante y emplumado capitán —cosa insólita, en verdad, entre aquellos que componían la Corte de Olar, ya que, hasta el momento, sólo usaron las plumas para escribir, los pocos que esto hacían, y si eran de un vivo color, para adornar algún gorro de caza—, aparecieron montados en ocho caballos —nueve, contando el del Capitán— de una total blancura que sólo el que Ardid montara en un lejano día podía comparárseles en resplandor y prestancia. Y todos aquellos soldados iban vestidos como verdaderos príncipes: corazas bruñidas; collares de refulgente pedrería; cascos brillantes como la plata, que ocultaban casi sus rostros, y lanzas que, al menos en la luz de la mañana, brillaban como si fueran de oro; y además, de sus cintos, también dorados, pendían espadas de empuñadura afiligranada —como ni los más ricos nobles osaban lucir, incluido el Rey—, y calzaban finos zapatos de antílope, teñidos así mismo de azul. Huelga decir el estupor y envidia que se apoderó de cuantos contemplaban tan insólitas cosas, máxime cuando los nueve iban vestidos idénticamente —cosa que jamás se consiguió en los soldados de Olar, si exceptuamos la Guardia de Almíbar; pero mucho distaban en lujo y magnificencia de éstos, ya que, a su lado, se les hubiera tomado por andrajosas huestes de algún derrotado barón del Sur.

El Capitán se distinguía por lucir dorada coraza con una extraña flor que, según le daba la luz, parecía ora un lirio ora un cisne. Y esta enseña cambiante lucía en todos los estandartes de la Princesa, y en los pequeños gallardetes que, en manos de seis pajes de a pie, todos rubios de ojos azules, vestidos de seda verde, seguían a los soldados y precedían la carroza principesca. Y llegados aquí, las damas sintieron como si el corazón quisiera salírseles por los ojos, y los cuellos se alargaron de tal forma, que todos hubieran deseado ser cisnes, aunque por breves instantes. La carroza, de rara madera de color de rosa, estaba finamente trabajada, y presentaba incrustaciones en marfil —materia de la que sólo habían oído hablar a los que visitaban la Isla de Leonia, pero que no habían visto jamás—, y llevaba grabado en sus portezuelas el mismo escudo del lirio-cisne en oro y pedrería.

Cuando Almíbar, con la boca más abierta de lo acostumbrado, tuvo ante sí tales magnificencias, sintió una punzada en el corazón, y sus ojos se nublaron de lágrimas. Súbitamente, su jubón, sus collares, sus medias y sus zapatos, amén de su sombrero de tonos castaño-dorados, con hebilla de oro, le convertían, en vez de en el elegante y caprichoso Príncipe por el que se le tenía —y en verdad le tenían todos—, en algo semejante a un buhonero presumido y de gestos groseros: como aquellos que, en sus viajes a la Isla de Leonia, veía merodear por el puerto, chillando y ofreciendo sus baratijas, mientras pretendían adivinar el porvenir, arrancar muelas malignas, tumores y mal de ojo. Tan humillado se sintió con esta íntima comparación, que su cabeza se hundió miserablemente entre los hombros, y la única pluma de ave del Paraíso —que la misma Leonia le había regalado en su último viaje, como cosa prodigiosa y de suma elegancia jamás vista— que lucía prendida en la antedicha hebilla, antojósele se desmayaba sobre su frente, y la imaginó tan rala y rígida como puro espinazo de pescado. Aquellas que sus ojos contemplaban eran plumas, aquéllos eran jubones, aquéllos eran collares, hebillas, caballos, prestancia... elegancia, en suma —se dijo, con resignada amargura—, elegancia pura y simple, propia de una auténtica estirpe real escrupulosamente limpia de entronques sospechosos.

Dos pajes avanzaron entonces, portadores de un cofre hermosamente labrado. Y, rodilla en tierra, lo ofrecieron a Ardid. Uno de ellos dijo:

—Éstos son los presentes que os ofrece nuestra Señora la Princesa —no dijeron el nombre: como si la Princesa fuera la suma de todas y la mejor de ellas.

Ante los atónitos ojos de Ardid, apareció el contenido lleno a rebosar de las piedras y perlas más refulgentes, grandes y extraordinarias. Había rubíes y esmeraldas como huevos de paloma, topacios y diamantes de tamaño jamás imaginado. Una exclamación de asombro —al tiempo que de envidia incontenible— salió de todos los pechos.

Ardid, entonces, reaccionó a toda aquella sugestión:

«No perdamos el control. No olvidemos que, según el *Libro*, esta

Princesa, Princesa por excelencia, es una criatura rescatada al Tiempo y, en este caso, no al Tiempo Pasado, sino al Futuro. Así es que todas estas vestimentas y joyas, aún por nosotros desconocidas, no son más que leyenda, leyenda pura... Sí, todo parece envuelto en polvo de mariposas: aquel polvo de oro que cuando era niña dejaban sus alas en mis dedos, y desaparecían en un soplo... Porque están, pero ¿son o no son? Mientras mi deseo de ellos aliente, alentarán ellos: bien me lo advirtió el Trasgo. Y el Maestro dijo... ¿qué dijo? Sí: acaso con un solo parpadeo de indiferencia, o de contrariedad, ellos y todo el Tiempo regresado del Futuro desaparecerán como polvo de oro al soplo de una niña descuidada o maligna. Ay Ardid, Ardid, tal vez te estás enfrentando a algo que, por vez primera, no puedas controlar... Y el Futuro, tan inventado, acaso recordado premonitoriamente (porque sé que el recuerdo puede venir del Futuro), ¿qué nos acarreará...?»

Una palabra llegó hasta ella: una palabra que en momentos de melancolía había oído a su esposo Volodioso, una palabra que tomaba la forma de aquellos pájaros grises, sin nombre, que le habían coronado, y que ahora, con el peso levísimo de sus patitas y sus plumas grises, iban hundiendo, día a día, su estatua de piedra en el suelo barroso del Cementerio. Recordó aquella palabra, que más que palabra era un siniestro alarido, mudo, surgido de sus mismas entrañas, más aún, de las entrañas de su memoria: OLVIDO. «Del Oeste, el olvido», rememoró, casi como el eco de otra palabra pronunciada mucho, mucho antes.

Ardid se estremeció. Pero aún quedaba en ella el espíritu de una niña con ojos de ardilla, de corazón valiente y ambición desmedida. Ambición, sobre todo, de venganza. Venganza que la había llevado hasta allí, hasta aquel día, hasta aquel momento preciso.

«Somos un tropel estrafalario y engreído, disfrazado de Corte —se dijo la Reina, mortificada—. Pero somos la realidad, el presente, y hemos de poner fin a tales mamarrachadas en lo sucesivo. Pues, si es verdad lo que me cuentan mis emisarios, muchas riquezas ha conquistado mi bendito hijo en el País de los Desfiladeros.» Por lo que, componiendo su más lúcida y esplendorosa sonrisa —tan envidiada en la Corte, ya que no le faltaba ni uno solo de sus dientes, y éstos eran de blancura y fuerza tan singulares que podían partir en dos una nuez, muy limpiamente —no en vano en la niñez los había frotado con raíces que el Trasgo le procurara, y los enjuagaba a diario con el elixir de perla que su Maestro había preparado en un momento de frívolo capricho—, se apresuró a descender las escaleras, con los brazos amorosamente extendidos, hacia la carroza que en aquel instante se detenía en el centro del patio.

Un paje de singular gracilidad, se aprestó a abrir la portezuela, colocando antes en el suelo un cojín de tal suntuosidad, que bien lo hubieran deseado en Olar para reposar en él la corona. Una vez abierta esta puertecilla, saltó con gran presteza, salvando de un grácil salto que despertó un coro de risas frescas —diríase infantiles— en el séquito, una figura menuda, envuelta en un manto de blanquísimas pieles que la cubría enteramente, desde la capucha hasta el menudo pie calzado de piel blanca. Sin gran ceremonia y con paso verdaderamente gracioso —a su lado, el más insinuante correteo de las doncellas de Olar, se hubiera semejado al balanceo de una vieja oca—, avanzó hacia la Reina. Pero, en vez de la delicadísima reverencia que todos esperaban ansiosos, a tenor de lo visto, para retenerla en sus mentes y ensayarla en el secreto de sus cámaras, la Princesa corrió hacia la Reina y se colgó de su cuello. Y vieron unos delgados y armoniosos brazos enfundados en brillante azul surgir del manto blanco; y oyeron una risa muy particular, que tuvo el don de despertar un suave escalofrío en todos los presentes. Y aún no había decidido Ardid —tan rápida para tales cosas como los destellos del sol en el agua— qué actitud debía tomar ante el insólito saludo, cuando la Princesa dejó caer el manto al suelo —al mismísimo suelo, y no en las manos del paje que la seguía—. Entonces apareció la criatura más extraña, y a un tiempo más bella, que ojos de Olar habían contemplado. Pues si su vestido era mucho más sencillo, y sin adorno alguno, que el que lucía la Reina, de tal forma sus pliegues se mecían al compás de sus movimientos, y era tal la gracia del cuerpo al que se ceñía, que no hubieran hecho otra cosa que estorbar en él frunces, galones, joyas, collares o aderezo alguno.

El aire de la mañana era tan brillante y tenue —como si se tratase del auténtico primer día de la primavera—, que los cabellos de la Princesa resplandecieron sobre su espalda y hombros —tal como se murmuraba— sin más complicación que un detalle en verdad curioso: junto a las sienes, y rozando sus mejillas, se agitaban dos delgadísimas trenzas, iguales a las que, en alguna ocasión, habían visto a los guerreros norteños. Eran hilos de luz, suaves y sedosos como el viento sobre el Lago. Aquellos cabellos eran de un color tan extraordinario que la Reina no pudo evitar decirse: «Yo creía que mis trenzas eran rubias como el oro. Así me lo decían todos y yo misma lo veía, pero al ver los cabellos de esta criatura, se me antojan los míos del más basto cañizo... Esta Princesa es la Princesa más rubia de todas las princesas rubias que en el mundo hayan existido. Esto es ser rubia, y lo demás, rastrojos de maíz».

La Princesa, en tanto, besó a la Reina —que recibió desprevenida tales efusiones, no usuales en aquella Corte, excepto en la más estricta intimidad—. Después, con una voz muy particular —una voz que no era de mujer, ni muchacha, ni de niña; una voz suave pero oscura y brillante a un tiempo; una voz como llegada a través de muchas jornadas de niebla, atravesada por un sol naciente, como si rozase, estremeciéndola, la superficie del agua; una voz que, para decirlo de una vez, no había oído jamás nadie en ser humano alguno ni, pensó Ardid, en ser de especie alguna—, dijo:

—Buenos días, madre, deseo que hayáis dormido mucho y bien.

Nunca había osado nadie decir tales palabras y menos que a nadie a la Reina Ardid —pues, entre otras cosas, se sospechaba que dormía con un ojo cerrado y otro abierto—, a más de que estaba ya muy avanzada la mañana y, en aquella Corte, según las severas costumbres de Ardid, la jornada comenzaba poco después de rayar el alba—. Aún añadió la Princesa:

—Madre, tenemos hambre.

Dicho lo cual se volvió hacia los presentes, súbitamente seria. Todos pudieron apreciar entonces que aquella seriedad era también una seriedad muy extraordinaria: porque si bien parecía que hubieran muerto sin remisión, y para siempre, todas las sonrisas del mundo, no era en modo alguno triste ni hosca, ni severa, ni tan sólo impregnada de gravedad. Era simplemente la más cándida, concentrada, atónita y profunda seriedad del mundo. Les contempló a todos, lentamente, y al fin murmuró:

—Qué gente tan divertida.

Palabras que, a todas luces, contrastaban con la expresión de sus ojos. Y éstos, de pronto, aparecieron a todos los presentes como los más inquietantes que jamás sintieran sobre sí. Pues, aunque transparentes como la más lúcida piedra marina, eran a la vez capaces de penetrar hasta los entresijos más íntimos —y tal vez no muy limpios— de todos los ánimos. Unos ojos de un resplandor tal, que parecían poseer luz interna y rechazar toda otra luz, del sol, el cielo, la luna o las mismas estrellas. Y alguno se dijo para sí: «Tal vez esos ojos luzcan en la noche, con toda su pujanza». Pero no eran ojos nocturnos, ojos de ave o de felino que en la noche adquieren todo su significado. Eran ojos que, aun en la más espesa negrura, acaso, serían capaces de iluminar la tierra, como si la luz jamás pudiera abandonarles, o ellos mismos fueran parte de la luz.

Llegado este punto, la Reina recuperó su dominio y gravedad. Tomó entre las suyas las manos de la Princesa y comprobó con asombro que no llevaba guantes, ni anillo, ni brazalete alguno: sólo se enrollaba y desenrollaba, como jugando, un trozo de cinta azul en el índice, en actitud reflexiva. Pasó esto por alto, y dijo:

—Mi queridísima Princesa, os ruego tengáis a bien entrar en este Castillo, que os recibe como a quien iluminará, en su día (desde el punto y hora en que os unáis a mi hijo el Rey Gudú), en soberana y Señora muy amada de estas tierras.

Pero el final de estas frases, tan largamente elaboradas días antes por Ardid, se perdieron en la evidente distracción de la Princesa, que, en aquel instante, se detenía con gran curiosidad en las piedras que lucían en el broche que cerraba el cuello de la Reina madre:

—¿Qué son esas piedritas? —dijo.

La Reina quedó petrificada de asombro.

—Querida hija —dijo al fin, juzgando que este tratamiento tal vez era más adecuado a tan curioso personaje—, mucho me maravilla lo que decís, porque las piedras preciosas que habéis tenido la gentileza de ofrecerme, así como las que adornan a vuestros servidores, son mucho más hermosas que éstas.

—¿Qué? —respondió ella, con aire tan cándido e ignorante como sólo un niño podía expresar—. ¿Piedras preciosas? Ah, ya, ¿os referís a las de ese cofre y las que lucen mis amigos? —y estas palabras dejaron verdaderamente confusa a la concurrencia.

Dicho lo cual, hizo un gesto vago con hombros y cabeza —tan vago que nadie pudo interpretar si era de duda o de súbita revelación o de un gran desinterés—, y sin ningún protocolo echó a correr escaleras arriba con tal rapidez que ni siquiera el pequeño perrito a manchas negras y blancas que apareció entre los pliegues de su manto, pudo alcanzarla. Y mientras subía, la Reina y todos creyeron entender que murmuraba:

—Vamos a ver qué hay tras de esas puertas tan sucias...

Con lo que no es necesario insistir en el hecho de que el anonadamiento general llegó a su punto más alto y explosivo. Almíbar, por su parte, no había logrado cerrar aún su boca, de suerte que casi parecía un horno esperando las hogazas. Pero la Reina en seguida recobró su sonrisa, y con un gracioso ademán dedicado a la Corte exclamó:

—Vayamos todos, pues, con ella. En verdad, no es frecuente ver y escuchar todos los días a una auténtica Princesa. Felicitémonos por ello.

Y seguida de un murmullo, que decidió interpretar como admirativo —y tal vez lo era—, siguió escaleras arriba a tan singular y a todas luces auténtica Princesa, sin el más mínimo asomo de entronques sospechosos o simplemente de categoría más modesta que una línea directamente real. Pero el hilo de sus pensamientos no cesaba, como de costumbre, de ovillar y desovillar la madeja de sus proyectos o simples ocurrencias. «A veces —se dijo, con cierta angustia—, cuando, generación tras generación, se casan entre sí únicamente reyes y reinas, príncipes y princesas, sin darse reposo en otras sangres, surgen criaturas totalmente imprevisibles. Y a veces, como me advirtió mi amado Maestro, vienen a reblandecerse un tanto sus seseras. Una buena dosis de sangre guerrera y violenta, como la de Gudú, arreglará estas cosas convenientemente, para bien nuestro y del Reino.»

Aunque a partir de la aparición de la Princesa Tontina en el Patio de Armas, nadie tuvo ojos más que para ella, ni oídos más que para sus insólitas ocurrencias, no acababa allí el séquito, ni todos, al seguirla, pudieron apreciarlo al completo. Así, únicamente los criados y soldados, y algunos pocos más pudieron darse cuenta de que tras la carroza aún había otros ocho soldados, igualmente vestidos con lujo y jinetes sobre idénticos caballos blancos, y seis pajes. Pero más les sorprendió una docena, o dos, o sólo cuatro muchachos y muchachas de no mayor edad que su Señora, y que de tal modo se movían, y jugueteaban, y correteaban, y con voces quedas y quedas risas se llamaban entre ellos, que confundían a quien intentara entenderles o contarles. Y, además, también les acompañaban cachorros de lebrel, palomas, ardillas y varios animalitos más, que sin jaula ni dogal alguno les seguían fielmente. Al fin el último de todos, montado en un caballo de indefinido color —pues no era blanco, ni negro, ni bayo: y de los tres colores parecía, según de qué lado y a qué luz se mirase—, apareció ante ellos un extraño muchacho, al parecer, de la misma edad que la Princesa. Tenía, como ella, tal aire de inusual y principesca apostura, que, aun prescindiendo de la corona de oro que ceñía sus cabellos, y de la espada de oro incrustada en diamantes que pendía de su cintura, nadie podía dudar ni un instante de su muy alta y refinadísima alcurnia. Era rubio, de ojos azules y piel blanca como el mármol. Y, como Tontina, no parecía rebasar los once años. Cuando se apeó de su montura, comprobaron que su andar era gracioso y ligero —todo aquel particularísimo séquito tenía la manía de correr en vez de andar—. Siguió a la Princesa escaleras arriba, arengando con frases ininteligibles al resto de los acompañantes. Y le pisaba los talones un joven escudero, portando su escudo y su enseña. Y detrás de ellos, al fin, cerraba tan extraño cortejo un carrito tirado por dos caballitos enanos, con muchos cofres, y un grupo de los soldados del Duque Simonork, con semblantes tan fatigados y desconcertados como jamás en soldado alguno se hubieran contemplado ni aun después de la más estrepitosa batalla, tanto ganada como perdida. Pero entre todos ellos, el más desencajado y de entontecida expresión era el propio Duque, que, resignadamente, entró también en el Castillo. Preparado ya, a lo que parecía, para asistir a la más enigmática y, a no dudar, poco aburrida comida real que en su vida recordara, y tal recordaría por todos los años que le quedaban de vida.

El banquete preparado tan minuciosamente por Ardid y su mayordomo, transcurrió de forma absolutamente diferente a cuantos sucedieran hasta el momento.

Una vez la Princesa cruzó aquella puerta —que tan desconsideradamente tachó de sucia, aunque a decir verdad, y si bien por vez primera, muchos comprobaron que no iba en desdoro de la realidad—, desapareció. Y por más que la Reina, con los cortesanos aún en pie ante las mesas dispuestas al efecto, enviara criados, pajes y aun soldados en su busca, el tiempo pasaba y la Princesa no regresaba.

Entonces, aquel extraño muchacho que cerraba el cortejo y al que nadie había prestado mucha atención, avanzó hacia la Reina e hizo una reverencia tal y como todos habían esperado contemplar, por fin, en persona de tal séquito. Y al verla, los que de tal cosa se acordaban, juzgaron semejante en donosura y gracia caballeresca a la que en su día hiciera el Príncipe Predilecto a su padre, el Rey Volodioso. Dirigiéndose a la Reina, con voz tranquila y dulce, dijo:

—Señora, no os preocupéis demasiado. Mi querida prima, la Princesa, no tardará en aparecer. Suele hacer estas cosas.

—¿Quién sois vos? —dijo Ardid, fijándose en él por primera vez, ya que los sobresaltos de aquella curiosa recepción no le daban tiempo a rehacerse de un incidente a otro—. No recuerdo que la Princesa os haya presentado a mí.

—En efecto —dijo el mancebo, con una encantadora sonrisa que conmovió el corazón de todas las muchachas—. Mi amada prima no suele acordarse de estas cosas. Pero creo mi deber deciros que soy el primo, en línea real vigesimotercera, de la Princesa Tontina. Y que, como podéis leer vos misma en este pliego —y de los pliegues de su manto, que le cubría desde el hombro derecho hasta el suelo (de suerte que ocultaba totalmente su brazo), extrajo, con su mano izquierda, una hoja cuidadosamente enrollada y sellada—, soy el Guardián y protector de mi prima, en tanto ella me precise.

La Reina, un tanto aliviada, tomó el pliego.

—Supongo que vuestro cometido junto a la Princesa es parecido al de su hermano Predilecto respecto a mi hijo, el Rey Gudú.

—Así es —contestó el muchacho, con una graciosa inclinación—. He oído hablar del Príncipe Predilecto en muchas ocasiones, y siempre en relación a su amor y lealtad hacia el Rey Gudú, su hermano y Señor.

La Reina —y todos los presentes— sintieron un espumoso halago al ver que gentes de tan lejanas tierras y alta alcurnia habían oído hablar de ellos, de su Rey y de minucias como aquélla. La Reina, entonces, leyó el pliego, que, concisamente, pero con el peculiar lenguaje que usaba el padre de Tontina, decía lo mismo que el muchacho acababa de manifestar.

—Así pues —dijo la Reina, admirada—, también sois vos Príncipe...

Y calló, a tiempo, un imprudente: «y a lo que leo, no bastardo».

—Así es —dijo el muchacho—, tal y como mi nombre indica: pues soy el Príncipe Once, el menor de los Once Príncipes Cisnes que todos conocéis.

Aquella suposición era en verdad peregrina. Nadie entendió a qué se refería. Nadie, excepto Almíbar, que súbitamente pareció despertar de su triste sensación de comparsa. Cerrando al fin la boca, tragó saliva, y ensoñadoramente manifestó:

—Oh sí, yo he oído o leído algo al respecto... Ved que atino a comprobar cómo lleváis tapado el brazo derecho, de suerte que todo se esclarece en mi memoria... Y os digo que mucho me complace, al fin, haberos conocido, Príncipe Once.

Nadie entendió nada. Pero, de todos modos, siguieron con gran curiosidad la siguiente conversación que, por cierto, no vino a esclarecer los hechos:

—Mucho os agradezco tales muestras de simpatía —dijo el muchacho—. Y, por mi parte, os digo que desde el primer instante que os vi, también vos, y vuestra elegancia y vuestro noble porte me han subyugado. Os he reconocido como el noble Almíbar, cuyo brazo y fortaleza poseen leyenda.

Con lo que el corazón de Almíbar se sintió renacer, y mirándose disimuladamente en el bruñido metal que solía llevar con él, a guisa de espejo, dijo con la voz animada por una recuperada confianza en sí mismo:

—Oh, gracias, querido Príncipe Once. Sabed que desde ahora contáis con mi amistad y mi afecto. Pero decidme, ¿qué fue de vuestros hermanos, los Diez Mayores, y de vuestra hermana, la dulcísima y bondadosísima Elisa... o Leonor, no recuerdo bien? Os confieso que siempre he sentido una enorme curiosidad por saber qué fue de ellos.

—Es fácil comprenderlo, estimado Príncipe —dijo Once—. Todos nosotros aún no hemos sucedido, excepto para la clarividencia, que es vuestro mejor patrimonio. Como es costumbre, os adelanto que fueron muy felices, y tuvieron muchos hijos.

—Ay, me gusta conocer a alguien que tiene algo en común conmigo, algo que es doloroso y, por otro lado, lleno de amor —y señaló el brazo oculto del Príncipe Once, y su mano cortada.

Esta vez fue Ardid quien pensó: «Esa frase, también la he oído yo». Aunque no recordaba cuándo, ni dónde. Pero la invadió un vago y remoto sentimiento de haber conocido algo parecido en alguna parte, un lugar y unos hechos donde el pecho de un Príncipe lucía una estrella bordada en seda, tan refulgente que ni los hilos de plata ni de oro podían comparársele.

Contempló el escudo del Príncipe, que dos pasos detrás de él el joven escudero portaba. En el centro del escudo y en su enseña, y en el jubón mismo del sirviente, había un cisne de alas extendidas y oscura y tristísima mirada: tan triste y oscura que sólo de verla acongojaba el más duro corazón.

Llegado a este punto, ocurrió el incidente que vino a culminar todas las excentricidades y misterios que en poco rato habían tenido ocasión de presenciar los asistentes. Una risa aguda y ligera, que recordaba el cristalino surtidor del estanque real —aquel que hizo construir Volodioso para conmemorar el día en que vio a Ardid y la reconoció como esposa; aquel que, tras su cautiverio, misteriosamente se secara—, se alzó de bajo la mesa que tan cuidadosamente ornada presidía el banquete, y, apenas los comensales se habían repuesto de su sobresalto, la Princesa Tontina surgió de ella y, acompañada por la risa —aquella risa especial que coreaban los muchachos y muchachas de su séquito—, dijo alegremente:

—¡Ya está bien de juegos por hoy! Vamos a comer de una vez, madre, tengo verdadero apetito.

Y, súbitamente revestida de auténtica majestad y distinción, se sentó con toda compostura a la mesa, exactamente en el lugar indicado, sin que nadie se lo hubiera dicho. A su vez, el Príncipe Once ofreció su brazo y acompañó gentilmente a la Reina, que, asombrada y mortificada, presenciaba aquel desbarato de todo protocolo, íntimamente halagada por la cortesía del muchacho, sin parangón en aquella Corte. Comenzó el banquete, y, al parecer, terminó sin excesivas complicaciones ni interrupciones de consideración.

Únicamente de entre todo aquel pintoresco tropel de muchachos, muchachas y animalillos que componían el séquito de Tontina, permanecían absolutamente impávidos, serios, mudos e inmóviles, los lujosos soldados de su Guardia y su hermético, grave, y no menos imponente Capitán.

En el transcurso de aquella larga comida, Ardid susurró a oídos de su querido Almíbar:

—Si tal vez mi hijo se equivocó al torcer el gesto, cuando oyó el nombre de su prometida, quizá me equivocaba yo también cuando le dije que ese nombre no significaba lo mismo en aquellas tierras que en éstas, las nuestras.

Pero tan contento y tan a sus anchas parecía el Príncipe Almíbar, que ni siquiera se enteró de estas reflexiones. Se limitó a mirarla y sonreírle con el acostumbrado arrobo que solía acompañar estas miradas y estas sonrisas.

2

NO habían pasado muchos días a partir de aquel en que Tontina llegó al Castillo Olar, y ya toda la Corte —no sólo la Corte, sino la Reina misma y hasta el último de los pinches y poco gallardos soldados dejados allí por Gudú— se hallaba trastocada, inquieta, confusa y desazonada. Como si un raro viento les zarandease, de aquí para allá, sin reposo. Aquel raro vientecillo que desde hacía unos días agitara cortinajes y tapices, árboles y cabellos, se intensificaba por días, y no aumentaba en fuerza, ni en violencia; más propiamente, diríase que se esparcía, hacíase patente y se adueñaba de los ánimos, como si en vez de aire —suave y fresco, pero no frío; rápido pero no arrasador— se asemejara más a perfume que a otra cosa. Y era una suerte de perfume que embriagaba sin que pudiera percibirse con el olfato; y música sin que pudiera ser audible. Y sí, algo como una corriente luminosa, extraña, absolutamente desconocida agitaba a caballeros y a damas, a soldados, a palafreneros, a criados, a doncellas y donceles, a hombres y a mujeres jóvenes o de avanzada edad.

Las costumbres de la Princesa eran realmente imprevisibles. Aceptó encantada las estancias que para ella se habían habilitado sobre el Jardín, en el Ala Sur —donde anteriormente tuviera su cámara Ardid—. Pero, poco a poco, estas estancias se habían transformado de tal manera, que nadie hubiera podido reconocerlas. Pues si bien los muebles y enseres eran los mismos, no su posición, de forma que todo parecía igual y totalmente distinto. En su cámara, colocó el lecho en el centro de la habitación, y en la ventana que daba hacia los árboles del que fuera Jardín de Ardid en su época de joven Reina, el surtidor del pequeño estanque volvió a alzarse, más pujante y hermoso que antes; y, en tanto avanzaba raramente la primavera, las flores se abrían todos los días, en especies nuevas y colores antes nunca vistos: y trepaban por los húmedos muros de piedra, hasta la ventana de la Princesa. Por sobre el musgo y la desidia de antaño, ahora crecían las enredaderas, y el jazmín se hermanaba extrañamente con la miosotis, y juntos brotaban de un mismo tallo. Y nadie había conocido jamás en aquella tierra flores semejantes. La rosa escarlata platicaba, al parecer, con el viento y el agua, y se mudaba de tallo y se escondía entre los humildes brotes de la campanilla silvestre. Y así todo era allí insensato, ligero, hermoso y trastocado.

Y no era sólo esto, sino que aún vino a sorprender mucho más un hecho. Cierto día, con sumo cuidado, del carro de los cofres que pertenecían al ajuar personal de la Princesa —y que parecían variar de tamaño a su capricho—, se extrajo, entre gran alboroto de órdenes contradictorias —dadas por todos a la vez, pues la Princesa tenía un muy especial sentido del protocolo—, un arbusto de grandes raíces. Y entre todos —la Princesa, el Príncipe Once y aquella bandada de muchachos y muchachas que a veces parecían diez, a veces veinte, a veces sólo tres— lo plantaron bajo las ventanas de Tontina. Una vez estuvo plantado, tomáronse todos de las manos y, dando vertiginosas vueltas en torno —de forma que Ardid, que todo lo veía y espiaba entre tapices desde sus ventanas, se alarmó pensando que acabarían disparados y maltrechos—, entonaron una canción —según juzgó Ardid— estúpida y sin sentido alguno. Pero al mismo tiempo —se dijo—, aquellas voces, que no habían sido educadas en el canto, a menudo desentonadas y poco organizadas, formaban todas juntas un misterioso coro que llegaba al corazón. Oyéndolos, Ardid evocó ciertas cañas horadadas que su hermano pequeño, el de los rizos rubios, había hincado en la playa, allá donde soplaban los vientos del Sur; y cuando esto ocurría, producían un discorde concierto que entonces —y ahora, recordándolo— alegraba su corazón de niña solitaria. Una dulce y muy leve tristeza la invadió, como olvidado perfume. Pero poco después mayor sería la sorpresa que le produjo comprobar que aquel arbusto iba creciendo, no sabía cómo, ya que no lo perdía de vista día a día, y no se apercibía de que aumentara de tamaño. Sin embargo, allí estaba convertido en árbol, en el centro del corro y de las voces, esplendoroso y magnífico, enteramente cubierto de hojas y de flores. Y recordaba el anuncio del sol en su despertar sobre la tierra. Ardid pensó que jamás vio hojas como aquellas, tan suavemente mecidas, que más parecían oro que rubí —no hallaba otra comparación, aunque no le satisfacía, por imperfecta—, y que lucían por sí mismas, como los ojos de Tontina —y, ahora se daba cuenta, como los ojos de todos aquellos muchachos—; sin que ningún otro sol, ni fuego, ni resplandor alguno precisase para ello, puesto que en ellos estaba la luz, el día, la luna y todo fulgor posible. Y se dijo, pensativa: «Si la música pudiera verse, sería como este árbol». Luego, les vio deshacer el corro, y Tontina, como si se tratase de una chiquilla campesina, se descalzó y trepó por él, y desapareció en sus ramas. Y como ella hicieron el Príncipe Once y algunos muchachos y muchachas. Y también algunas palomas les miraban, y otras les seguían, y dos perdices levantaron la cabeza hacia ellos, y cinco cachorros de lebrel ladraron. Y todos se perseguían en torno al tronco ancho y denso, grácil y transparente a la vez, de aquel árbol. Vio cómo arrancaban hojas de él y leían algo en ellas; y con gran desconcierto, los vio discutir entre sí. La Princesa misma discutía; y no por ser ella le daban fácilmente la razón, como estaba mandado y debía suceder, según entendía Ardid. Consternada, vio cómo la Princesa se enfadaba, y en lugar de imponer su mandato, como hubiera debido ser —si no estuviera allí el mundo trastornándose de forma tan increíble—, se hacía a un lado y se quedaba sola, mohína y como llorosa. Luego, vino un muchachito, la besó en la mejilla y dijo: «No os enfadéis, Princesa, que nos falta uno para el juego y sin vos no podremos jugar». Ella, mirando con el rabillo del ojo a los que muy raramente y sin aparente lógica jugueteaban bajo el árbol, dijo: «Una condición». «¿Qué condición?», preguntaron los otros. «Dadme la piedra verde que encontró Tulipa en el camino.» «Ah no», dijo la llamada Tulipa con aire ofendido: «Ésa no». Y Ardid, sin salir de su estupor, les vio discutir, hasta que Tontina buscó en lo profundo de su bolsillo e hicieron extraños y totalmente insensatos intercambios: bolas de colores, piedras, huesecillos... Súbitamente, lo olvidaron todo, porque un muchacho avisó que había peces en el estanque; de suerte que todos corrieron a asomarse a aquellas aguas. Luego de charlotear y meter las manos en ellas, y mojarse los cabellos, pies y rostros, descubrieron el juego del surtidor, y empezaron a salpicarse unos a otros con grandes muestras de diversión y regocijo, hasta que sus mejillas se cubrieron de un tinte rosado, y sus frentes y sus rostros y cuellos brillaban de sudor; y tanto la Princesa como los demás, estaban despeinados, sofocados y, al parecer, muy divertidos. Al fin, sudorosos, descalzos, mojados y sonrosados, se tendieron en la hierba. En tanto, el Príncipe Once, sentado a horcajadas en una rama del árbol, les contemplaba con gran aplomo, balanceando ambas piernas en el aire.

Llegadas las cosas a este punto, la Reina no pudo resistir ni un segundo más la contemplación de tanta y tan incomprensible insensatez. Corrió la cortina, dejó de mirar, y llamó al Trasgo, pues recordó que, entre una y otra cosa, hacía muchísimos días que ni ella lo llamaba ni él se presentaba o la requería con sus menudos martillazos.

El Trasgo estaba, a su vez, asomado y sentado en el alféizar de la ventana. Con gran inquietud, Ardid constató que, aun teniéndole al lado, no le había visto. Dijo en tono quejoso:

—Trasgo, mucho te necesito, y no has sido bueno para estar cerca de mí todos estos días en que ando tan desazonada.

—¿Cómo puedes decir tal cosa, querida niña? —se sorprendió el Trasgo, con evidentes muestras de sentirse dolido—. No me he separado de ti ni un minuto, aunque oculto entre los pliegues de tu vestido. Y me parece raro que tanto haya flaqueado tu memoria, si tienes

351

presente que tantas y tan sabrosas charlas hemos mantenido respecto a estas cosas.

La Reina quedó muy asombrada —parecía que éste iba siendo ya su estado de ánimo natural— y, prudentemente, calló el hecho de que no había reparado en él, ni tan sólo oído su voz. Así pues, le dijo:

—No te extrañe este olvido, porque me veo tan atareada y atribulada, de susto en susto, de sorpresa en sorpresa, que no me reconozco.

—Ya te dije —repitió el Trasgo, como si lo hubiera dicho en más de una ocasión, cosa que ella no recordaba— que no debes tener motivo de asombro, puesto que todo ocurre tal y como debe suceder. No es posible que nada de esto suceda de otra manera...

—Te ruego que hables en mi lengua —interrumpió Ardid con aire desfallecido—. Y ahora, acompáñame a la cámara de la Princesa, para ver si allí encuentro algo que me pueda esclarecer alguna de mis confusiones.

Y sin aguardar su respuesta —aunque sin duda la hubo—, la Reina entró en la cámara de la Princesa Tontina.

Una vez allí, abandonándose a su auténtica naturaleza, que no se detenía en escrúpulos de tal especie —¿cómo, si no, hubiera sobrevivido y llegado hasta allí?—, dedicóse a abrir todos los cajones y cofres que se le ofrecían a mano. Y quedó aún más desconcertada cuando vio lo que contenían: tanto los cofres y arquetas de vieja y tallada madera que Tontina había instalado en aquel aposento como el grande y pesado armario que con ella trajo, aparecían repletos de objetos tan absurdos y extraños para su entendimiento, que al fin sentóse, cansada, en un pequeño escabel, diciendo:

—Ya ves, querido Trasgo, qué es lo que guarda la Princesa en los lugares donde debían estar su ajuar, sus joyas y, en fin, hasta sus afeites, que en más de una ocasión las damas han querido desentrañar cómo consigue esa piel tan tersa y suave, blanca y dorada al mismo tiempo; y ese brillo en los cabellos y los dientes e, incluso, las uñas; y esa finura en el talle y gracia en el andar...

Aquí Ardid se detuvo, pues comprendió que al menos estas dos últimas cosas no eran producto de afeite alguno. Y mostró aquella gran cantidad de muñecos de toda especie y calidad y forma hallados

en los cajones: pues los unos iban vestidos de colores como saltimbanquis y buhoneros, y los otros regiamente ataviados, como pequeños
príncipes y princesas, y unos tenían la forma y el rostro del Trasgo o
cualquier otro gnomo o criatura no humana. Y los había de madera,
tan oscura que sus caras y manos parecían de piel negra; otros estaban hechos de asta de reno, y tan blancos como la propia Tontina o su
primo Once. Había también algunos con graciosas figuras de animales, aunque de especie vaga y no conocida por ella. Y tenía también la
Princesa, fabricado en madera de grande y fresco perfume, un pequeño castillo de almenadas torres y puntiagudas cúpulas doradas,
con diminutas ventanas, y rodeado de un foso de aguas cristalinas; y
una fuente, que no dejaba de manar entre la diminuta arboleda de un
parque minúsculo. Este último lo había hallado debajo del principesco lecho, cosa que la dejó sumida en gran meditación.

Por contra, vestidos, zapatos y guantes hallábanse en gran desorden arrebujados en el fondo de los cofres, y maravilla parecía que,
cuando ella los vestía, tan estirados, pulcros, graciosos y aseados se
mostraban, con sus variados colores y armoniosos pliegues. Y lo
mismo podía decirse de sus zapatos y diademas. Aunque esparcidos
por doquier había profusión de anillos, collares y brazaletes, así como
pendientes, Ardid advirtió que jamás los lucía, excepto la sencilla corona que, como Princesa ideal llevaba, siempre puesta. «Al menos
—se dijo Ardid con un profundo suspiro— ésa no parece podérsela
quitar... aunque quizá no duerma con ella.»

Y cuando abrió, con íntima excitación, los innumerables tarros y
cofrecillos que suponía repletos de maravillosos ungüentos, afeites y
perfumes, grande fue su asombro al comprobar que estaban llenos,
tan sólo, de cosas tan raras y peregrinas como arena, bien que fina y
dorada, piedrecillas pulidas por el río de encantadores tonos e irisa-
ciones, mariposas doradas que, milagrosamente vivas, huyeron volando, y dulces pegajosos que le mancharon los dedos. En el fondo de
los cajones también había migajas de pastel y manzanas mordidas;
pero no aparecían enmohecidas ni putrefactas, sino que todas tenían
el suave aroma y la frescura de las que han sido recién mordisquea-
das por limpios dientes de niño. Con lo cual vino a decirse, muy perpleja, que ese era el perfume que tanto intrigaba en la Princesa: un

perfume donde se combinaban —y de muy curiosa, agradable y dulce manera— el aroma de las manzanas, el de los pastelillos recién hechos y el de los tallos recién cortados; así como un remoto —y de pronto añorado— aroma a brisa marina, a sal, a rocas y a luz: pues así era el aroma —lo recordaba, súbitamente— del mundo entero cuando ella lo contemplaba por el agujerito de cierta piedra azul que, hacía tiempo, había regalado a Predilecto. Y notando que todas estas cosas arañaban de una forma muy inquietante su corazón, cerró bruscamente cajones y cofres, y quedó muy pensativa.

—Querida niña —dijo el Trasgo—, no te tortures en buscar tu razón en las cosas que viven de espaldas a tu razón. Procura, en cambio, calmar los pensamientos y envolver de paciencia la vida y el ánimo. Atiende a la Princesa cuando te llama madre, y no manches con tu curiosidad de adulta sus cajones, ni abras el cofre de su valioso tesoro íntimo y privado: pues ten por seguro que a esto ni puedo ni quiero ayudarte.

Entonces reparó Ardid en un cofrecillo de madera más pequeño, que había olvidado abrir por lo pequeño y modesto que le pareció.

—¿Ése es el tesoro verdadero, íntimo y precioso de Tontina? —dijo, recuperando su audacia. Y sin atender al Trasgo, intentó abrirlo; pero ni con las uñas, ni con el diminuto puñalito que siempre ocultaba en su manga derecha lo logró.

Muy desolada e inquieta, regresó a su cámara, sin oír ni ver el suave reproche del Trasgo, que le decía:

—Ardid, Ardid, hay muchas cosas que, al parecer, morirás sin comprender. En verdad que los humanos sois una rara especie, y no pasa día sin que me deis motivo de admiración y asombro.

3

ALGUNOS días más tarde, impaciente la Reina por la ausencia de Gudú, envió el último de los emisarios a los Desfiladeros. Y se decía: «Cuando Gudú vuelva, y se case con esta criatura, las cosas tomaran un cariz más sensato, y este viento de locura e insensatez que a todos nos trastorna desde que ella y su séquito llegaron, desaparecerá por donde vino».

Aquella tarde, antes de retirarse a descansar, llamó a la Princesa Tontina, y una vez a solas, con mucha dulzura ―toda la dulzura de que era capaz, y a fe que bien sabía aparentarla si le convenía― la hizo sentar en el mismo escabel donde siempre se sentara Gudú para hablar con ella. Y mirando los transparentes ojos de Tontina, dijo:

—Querida niña... —y comprobó que la llamaba como a ella la llamaban el Trasgo y su anciano Maestro: y esto le produjo una emoción remota y muy cálida, de suerte que rectificó rápidamente—, querida Princesa, quisiera preguntarte qué es lo que hacéis en ese árbol plantado en mitad de lo que fue antaño mi Jardín.

—Es muy sencillo —dijo Tontina, con evidentes muestras de hallarse pensando en otras cosas. Disimuló finamente un bostezo, pues la habían arrancado del sueño, y añadió—: es el Árbol de los Juegos.

—¿Y qué clase de árbol es ése?

Ardid, intrigada, empezaba a temer que un viento de brujería invadía lentamente el Castillo. Y si bien ella menos que nadie podía reprochar tales cosas a la Princesa, si de ello se trataba, estaba decidida a cortarlo prestamente de raíz.

—Es muy sencillo —repitió Tontina, cuyos párpados se cerraban suavemente—. Es de la clase de los Árboles de los Juegos.

—Pero criatura —se impacientó Ardid. La sacudió suavemente por los hombros, viendo cómo su cabeza se inclinaba lentamente, para que no se durmiera allí mismo—, explícame de qué está hecho, cómo crece, dónde se encuentra...

—Muy sencillo —dijo una vez más Tontina, sin poder evitar, ahora, un cabeceo cada vez más significativo—. Está hecho de Juegos, crece de los Juegos y se encuentra en los Juegos...

Sus ojos se cerraron, y apoyó suavemente la cabeza en las rodillas de la Reina. Pero la Reina, tomándola de la barbilla, la izó nerviosamente e insistió:

—¿Y para qué sirve, y cuál es su semilla, y por qué sabe crecer donde nada crece, y alcanzar alturas sin que por ello se vea alzarse, y extender sus ramas, sin que nadie aprecie cómo se alarga...?

—Señora —dijo Tontina, con un bostezo ahora totalmente desprovisto de disimulo—, preguntadle al Trasgo, que os lo dirá mejor que yo...

Volvió a apoyar la cabeza en las rodillas de Ardid, y esta vez quedó profundamente dormida.

—¿Qué es lo que he oído? —murmuró Ardid, consternada—. ¿Acaso puede verte, Trasgo...?

El Trasgo seguía allí, sentado a sus pies, aunque ella no había reparado en él. Y le oyó decir:

—Me sorprende que no lo supieras, Ardid. Es del todo natural que así sea: aunque, por supuesto, sólo puede verme un instante antes del sueño. Una vez despierta, me olvida hasta el próximo sueño.

—¿Y cómo es eso? —Ardid notaba cómo un temor difuso se apoderaba de ella—. ¿Ha estudiado, como yo, en el libro de algún sabio maestro, y tiene así contaminados sus ojos, como yo?

—No —dijo el Trasgo—. No es extraordinaria, es de una especie corriente. Sólo antes del sueño, hasta el despertar: y olvida, hasta el próximo sueño. Además, algún día también dejará de verme aun antes del sueño, y nunca más nos recuperará: ni a mí ni al Sueño.

—¿Cómo es posible, Trasgo...? No entiendo nada: ¿algún día la Princesa se verá privada del placer del sueño? ¿Qué maleficio es ése?

—No se trata de ningún maleficio —dijo el Trasgo, con voz cansada—. Parece mentira, Ardid, que no lo entiendas. Es una cosa corriente, en una criatura muy corriente. El Sueño a que yo me refiero no tiene nada que ver con la gente que duerme, ni con la gente que descansa... Pero en fin, ya que no podremos ponernos de acuerdo, olvida estas cosas, querida niña, y duerme tú, que tanta falta parece hacerte. No te atormentes, que no ocurre nada de importancia ni de interés particular, ni motivo de inquietud alguno, por descontado, en esta Princesa Tontina. Llévala a la cama, y ocúpate de tu hijo Gudú, que a buen seguro es ya hora de que se halle aquí... Ay —añadió el Trasgo; y unas lágrimas terribles, grandes y brillantes como gotas de alguna lluvia antigua y triste resbalaron de sus ojillos de pimienta—, ojalá que él hubiera podido verme, si tan siquiera fuera de forma tan vulgar y rudimentaria como Tontina. Pero él es (y sospecho que en esto nada tienen que ver nuestras manipulaciones) una criatura extraordinaria. No así esta pobre y vulgar Tontina, que no debe dar motivos de inquietud a nadie.

Dicho lo cual, secó con ambas manos aquellas sus primeras lágrimas, tan oscuramente premonitorias, y desapareció entre los rescoldos, aún vivos y centelleantes, de la chimenea.

Luego, el Trasgo, como cada noche, como tantas veces, como hacía siglos, horadó un caminillo para que el Sueño de Tontina tuviera buen conducto; junto a otros innumerables caminillos, subterráneos y modestísimos, que a su vez conducían a otros tantos Sueños de otros tantos Tontinas y Tontines: tal como ocurría desde el primer día del mundo y seguirá ocurriendo, acaso, mientras la tierra exista. Éstas, en verdad, eran cosas vulgares, sin maravilla alguna para él. Ni siquiera merecía la pena hablar de ellas, y jamás pensó que, aunque por una sola vez, lo haría con un ser a todas luces tan agudo, tan sabio y extraordinario como la Reina Ardid. «Así son de complicadas y misteriosas —se dijo, una vez más— las humanas criaturas.»

A pesar de que con mucha frecuencia interrogó a Almíbar, y a la misma Tontina, qué era lo que les entretenía durante todo el día, cuál era el lenguaje que hablaban —puesto que, a pesar de estar compuesto de las mismas palabras que el suyo, resultaba indescifrable su sentido— y de dónde venían realmente, tanto ella como Once, como todos sus acompañantes, incluidos los impávidos soldados —que a decir de los atemorizados soldados de Olar y de toda la servidumbre, jamás hablaban, ni comían ni parecían dar muestras humanas—, sólo le contestaban con tan vagas y enrevesadas formas —incluido Almíbar—, que acabaron por irritarla y hastiarla.

—Almíbar —decía ella, a menudo, usando de todas sus astucias—, dime al menos cómo supiste quién era Once, y qué enredo es ése de unos hermanos que no acabo de entender.

—Si está muy claro —contestaba Almíbar—. Está escrito, y lo he leído.

—¿Dónde? —insistía Ardid.

—En alguna parte —decía él, plácidamente. Y ninguna otra cosa en claro consiguió. Al menos, por entonces.

Poco a poco, fue resignándose a aquella ignorancia, y deseó que la boda se realizase de una vez. A menudo se consolaba —y mucho— recordando los bien guardados cofres repletos de maravillosas piedras que le había traído su futura nuera. Y por nada del mundo hubiera deseado desprenderse de tan fructíferos presentes, a los que, mentalmente, había ya dado su adecuado destino. De tal manera que, entre cálculos y más cálculos, y puntualizando en su *Libro de Posibilidades* —que tan al día llevaba, y con tanto escrúpulo—, se decía que el Reino de Olar sería el más grande y poderoso de la tierra, a poco que su hijo Gudú no la defraudara. Aunque alguna amargura le correspondiera en tales manejos, estaba segura de haber puesto todos los medios a su alcance para conseguirlo; y a fe —se decía— que había elegido con tino, cuidándose de privar a Gudú de la más perniciosa de las maldiciones: la capacidad de amar.

Así las cosas, espiaba, si bien por pura y simple costumbre, los innumerables juegos a que se dedicaban Tontina, Once, y su extravagante séquito. Y unas veces jugaban a la Máxima Pobreza, de suerte que, descalzos, fingían hallarse en una isla donde debían labrar la tierra para comer, y edificar sus propias viviendas, y en tan estúpidas diversiones se desollaban las manos y se herían; o a la Máxima Riqueza: en que, coronándose unos a otros con flores —y tenían especial predilección por las humildes margaritas, que crecían en la ya muy avanzada, espléndida y precoz primavera—, en profusas hileras en torno al recinto, saltaban los muros con agilidad y frecuencia pasmosas.

Un día, Ardid pensó que debía intervenir en sus ires y venires, ya que, cosa sorprendente, ni una sola vez Tontina se interesó por la presencia o ausencia de Gudú. Así pues, la llamó, y dijo:

—Tontina, seguramente estás extrañada por la larga ausencia del Rey, tu futuro esposo y Señor. Creo que debo explicarte las circunstancias, en verdad importantes, que le retienen aún lejos de Olar.

—Bien —Tontina adoptó un aire de seriedad, a todas luces fingido: era la misma seriedad que adoptaba en los juegos, cuando éstos lo requerían—. En verdad, madre, no tengo prisa para jugar a la boda. Ya jugaremos a eso cualquier día...

—Nada de jugar —interrumpió Ardid, conteniendo su irritación—. Se trata de una boda real y verdadera, y espero que no lo tomes como cosa de juego.

Entonces, Tontina la miró intensamente. Y de pronto, sus ojos se inundaron de la profunda seriedad del primer día, aquella que era real y no fingida, aquella que a todos les estremeció sin saber exactamente por qué. Impresionada a su pesar, dijo Ardid:

˙ —No te alarmes, hija mía, que la cosa no es motivo para ello. Simplemente, deseo hacerte comprender la gravedad de un paso como éste: pues sé por experiencia que ser Reina, y por añadidura Reina de Olar, no es cosa de juego, ni para tomar a la ligera.

Tontina seguía mirándola tan profundamente, que la Reina sintió crecer su malestar. Ante aquellos ojos, tan lúcidos, transparentes y a un tiempo intensos, algo zozobraba en quienes los contemplaban. Algo quizá conocido, muy remotamente inquietante que no se deseaba desentrañar al tiempo que llenaba de curiosidad. Por lo que ante su silencio, añadió:

—Espero no haberte asustado, Princesa Tontina.

Sólo entonces, la Princesa pareció desprenderse de aquella mirada, de aquel indescifrable mundo de luz y de abismo en que parecía inmersa: sus ojos volvieron a lucir con la leve y placentera sonrisa que a menudo jugueteaba en ellos. Y dijo:

—¿Cómo decís, madre? Perdonad, no os atendía.

—Pues ¿qué otra cosa atendíais? —dijo, o casi gritó bruscamente Ardid. Estaba francamente irritada, y no trató de disimularlo.

Tontina, entonces, frunció ligeramente las cejas, y con aire de cansancio, dijo:

—Oh, madre, os lo ruego, no pongáis esa cara, porque al veros con tales ojos y oíros con tal voz, me recordáis demasiado a la fastidiosa Aya Basilisa, que tanto me importunó allí y tan contenta estoy de haber dejado atrás, en el Reino de mi padre.

—¿El Aya Basilisa?, ¿quién era el Aya Basilisa? —la confusión y cierto temor vago, ambiguo, invadieron a Ardid. Jamás nadie le había dicho algo semejante, y optó por guardar silencio, en espera de las necedades que seguramente oiría a seguido.

Frotándose ligeramente la nariz con el dedo índice —gesto a todas luces poco elegante, aunque provisto, como todo lo que la caracterizaba, de un particular e inexplicable encanto—, dijo Tontina:

—Si queréis saber en qué pensaba, os diré que me llama la atención el brillo tan raro que luce en el centro de vuestros ojos: sólo vi algo semejante en las ardillas o en los gnomos.

La Reina se sobresaltó: ningún ser humano había visto, antes de Tontina, la semilla del centro de sus ojos, las gotas de luna. Sonrió azaradamente y dijo:

—Hijita, esos ojos se adquieren con los años: es la vejez.

—¿La vejez? —se extrañó Tontina—. No os veo vieja, sino joven y hermosa. Tal vez —admitió tras un titubeo, con ligera condescendencia—, si es que llegara a vieja algún día, no me importaría mucho parecerme a vos.

Tan convencida estaba de semejante imposibilidad, que la Reina pensó, con suave ternura: «Pues descuida, que más pronto de lo que deseas, esto sucederá». Sin embargo, aunque lista y sabia, ignoraba que las palabras de la Princesa no eran petulancia infantil ni ignorancia de niña estúpida, sino que respondían a una verdad tan profunda, que no era posible ser comprendida por simples oídos humanos. Así pues, Ardid añadió:

—Vería con mucho agrado que, en vez de dedicaros todo el día a juegos complicados y en verdad fuera de la realidad, pensarais de vez en vez en la proximidad de vuestra boda, que os hicierais cargo de que ello ocurrirá más pronto de lo previsible y que debéis reflexionar mucho, y prepararos para tan importante suceso. Creo que si todos los días platicáramos las dos un rato, algunas enseñanzas sobre el particular podré iros inculcando para que, llegado el día de la boda, hagáis el buen papel que todos esperamos de vos.

—Ay —contestó Tontina con voz de fastidio—, esto no es lo convenido: mi padre me aseguró que, si me casaba, acabarían para siempre las aburridas lecciones. Pero, según veo, no era cierto: ¿debo, pues, volver a aquel aburrimiento, a los deberes que retrasan la hora de jugar, a los castigos cara a la pared, a las interminables frases «No he prestado atención debida a mi maestro» que me imponían como penitencia? Os lo ruego, no lo hagáis, porque creo que no podría soportarlo.

—No se trata de eso —dijo Ardid, con la paciencia que ya iba adquiriendo para hablar con la Princesa—. Son simples conversaciones, de madre a hija. Y no habrá castigos ni lecciones de esas, os lo puedo asegurar. Las lecciones, simplemente, se desprenderán de los ejemplos y enseñanzas que yo os haga saber: como historias hermosas.

—Ah bueno —dijo Tontina—. Siendo así, podemos probar. Y os prometo, entonces, interesarme y pensar más en la boda.

Así, las cosas se cumplieron de esta forma. O al menos, así lo creyó Ardid. Pues si la Princesa atendía con mucha atención y curiosidad a lo que ella, lo más suave y arteramente, intentaba inculcarle, lo cierto es que sus palabras producían un efecto bastante distinto en la mente de la muchacha. Y si cumplió lo prometido en cuanto a pensar en la boda, pronto tuvo ocasión Ardid de comprobar qué es lo que había entendido Tontina tras sus largas explicaciones, y cuál la forma que tenía de meditar sobre ellas.

Tontina sólo se había interesado por la ceremonia que componía una boda real —cosa que le maravillaba y divertía a partes iguales, puesto que a partes iguales le parecía solemne y ridícula—. Y su forma de meditar sobre ello fue incorporarla a sus habituales juegos. Muy favorito era, ahora, el «Juego de la Boda». De suerte que el juego de la ceremonia —interpretado de muy particular manera, como en sus disimuladas vigilancias pudo comprobar Ardid— era llevado a cabo con todo lujo y pormenor de detalles: unos aprendidos, otros mal entendidos, otros deformados, otros inventados por ella misma. Y así, casáronse todos infinidad de veces y de las más variadas formas: Tontina y Once, Once y un paje, dos pajes y una paloma, la misma Tontina y tres pajes, un paje y dos muchachas, una muchacha y una codorniz... hasta un sinfín de variaciones que hacían hundir en el desánimo a Ardid. Pero considerando que de alguna manera, la idea del matrimonio —aún por peregrina que fuese— ocupaba algún espacio en el pensamiento de tan desesperante e increíble criatura, se conformó diciéndose que algo era algo: y algo, siempre era más que nada.

Y así se hallaban las cosas en la Corte de Olar, el día en que el Príncipe Predilecto y el anciano Hechicero, con escasa escolta y ánimo turbado por la difícil encomienda con que les enviara Gudú, emprendieron el regreso hacia la ciudad.

XII

UNA PIEDRA EN DOS MITADES

1

DESDE el momento en que su hermano Predilecto partió, el Rey Gudú se sintió azotado por una espera impaciente. Habían llegado al linde de las estepas: allí donde la tierra del Rey Gudú se detenía, como temerosa de unas extensiones que no parecían tener fin. Y aunque lo habían visto, y muchos hablaban del Gran Río, lo cierto es que nadie quería adentrarse, y tan sólo Yahek y sus duros ex-mercenarios sentían especial interés por tal empresa. Existía desde los tiempos del Rey Volodioso, una guarnición exigua que de tarde en tarde se relevaba. Los pocos hombres que de allí regresaban a Olar, lo hacían totalmente embrutecidos y aniquilados por una soledad sin límites. Apenas reconocían a sus familias ni a sus amigos. A medida que el tiempo les mantuvo en el confín del Reino, de cara a las estepas, sus ojos, sus miradas, parecían atacados por al-

guna suerte de ceguera especial: la contemplación, acaso, de la tierra
sin fin, de la vastísima llanura que sólo rompía el viento, el lejano aullido de los lobos, el reverberar de un sol que, en ocasiones, enloque-
cía. Si bien en los últimos tiempos, raras fueron, y de escasa importancia, las incursiones a tierra olarense llevadas a cabo por dispersos
o solitarios guerreros de las Hordas, otro enemigo mucho más cruel y
maligno les aniquilaba: la espera y la proximidad de lo desconocido;
la ignorancia y la vastedad de una soledad a la que apenas se asomaban y que parecía no tener fin.

Éste fue, pues, el aspecto que ofrecieron a sus ojos aquellas regiones, cuando por primera vez el joven Rey Gudú se asomó a ellas. Restos de aldeas carbonizadas, viento y lejanas nubes de polvo o rara
niebla, inmensidad abandonada, lejanía, silencio y aullidos de alimañas: el eco de los muertos, en suma. Por el Norte, los bosques avanzaban, espesos y negros, hasta la linde de la estepa. Y la pequeña fortaleza, medio ruinosa, albergaba a soldados que, en tan dura existencia,
parecían incluso haber perdido el don del habla.

La llegada de Gudú y su pequeño pero audaz y reorganizado
ejército, sacudió aquel silencio donde sólo parecían romper la unifor-
midad del tiempo los lentos vuelos de los buitres y las aves de rapiña.

Gudú instaló su campamento en la ruinosa fortaleza, extendién-
dolo con tacto y astucia a lo largo de la línea que separaba ambos países. A poco, algunas gentes empezaron a salir de los bosques. Primero
con timidez, luego con esperanza, se les fueron uniendo. Lentamente,
atraídos por el olor de los cabritos asados, el balar de los rebaños y las
voces y risas de los soldados, entraron en contacto con ellos: eran leñadores y pastores, a su vez, moradores de zonas tan agrestes. Pertenecían a Olar, ya que Volodioso les había sometido hacía años, pero
sólo para cobrarles tributo. Veían, de tarde en tarde, un emisario de
aquel Rey que les había derrotado y, en puridad, esclavizado. Por
contra, este nuevo Rey aparecía, si rudo y dando muestras con frecuencia de una severidad aún más estricta que la caprichosa crueldad
de Volodioso, mucho más razonable y magnánimo.

Así que, a poco, su ejército se había reforzado con casi un cente-
nar de hombres, jóvenes y fuertes. Y Gudú les había prometido pagarles y vestirles. Así lo hacía, y los soldados empezaron a sentir por

él una viva admiración. Los relatos de su extraordinaria victoria contra el País inexpugnable de los Desfiladeros crecían, y se adornaban en labios de quienes la contaban de tal modo, que aquel muchacho apenas salido de la infancia iba tomando ante sus ojos y su imaginación proporciones de invulnerable criatura.

Las gentes del Norte practicaban, aunque en secreto, la religión de sus antepasados. Y aunque Volodioso era Rey cristiano y a la cristiandad sometía las gentes y tierras que añadía a su país, duro resultaba a menudo, si no imposible, conseguir que tales órdenes se cumplieran en lo profundo, aunque externamente se fingiera lo contrario. Gudú, en cambio, mostró una tolerancia que mucho tenía de indiferencia en estas cosas: tanto le importaba un dios como otro —dijo una vez a Yahek, que secretamente adoraba al dios de su madre—, puesto que en ninguno tenía excesiva confianza y no veía, por lo menos en la práctica, gran diferencia de unos a otros. Así pues, al menos momentáneamente, juzgó que en tales cosas mejor era no entrometerse, y dio libertad y holgura a tales manifestaciones. Así ganó una batalla, al parecer humilde, pero profundamente sólida e importante para lo que realmente se proponía. «Tiempo habrá —se decía— de que, si tal conviene, tornen las cosas a ser de otro modo. Entretanto, y tal y como las llevo, me parecen oportunas y eficaces.»

Como había tolerado que sus hombres arrastrasen tras sí —si bien que a prudente distancia— su cortejo de mujeres y chiquillos, aunque estaban sujetos a un entrenamiento fuerte, duro y cotidiano, del que anteriormente jamás habían sido objeto, no se hallaban en modo alguno descontentos con tal Jefe y Señor. Pero también era cierto que la menor falta de disciplina, el robo entre los hombres y bienes del campamento, o cosas parecidas —como las riñas provocadas por culpa de alguna mujer—, eran severamente castigadas. Así que buen cuidado tenían de evitar tales lances. Pues en semejantes casos, la crueldad de Gudú podía llegar a extremos jamás sospechados: incluso los ejemplares castigos infligidos por su padre, se antojaban a su lado banales y tolerables.

Alguna vez, el Rey mismo tomó alguna mujer de las que merodeaban en torno a sus hombres. Unas por hambre, otras por ver-

dadero deseo de compañía, otras porque no tenían otra elección
que aparejarse con un soldado y beneficiarse de sus privilegios, o
morir de hambre y frío entre las ruinas de sus aldeas. Pero jamás
mostró interés particular por ninguna y, en general, ninguna era lo
suficientemente bella ni refinada como para interesarle particularmente.

Sin embargo, a poco de hallarse acampados en la linde de las estepas, Ondina acertó a localizar el manantial que su severa y purísima
abuela tuvo a bien hacer fluir, hacía tiempo, por los alrededores. Y
flotó por el agua de los riachuelos, atisbando las costumbres y predilecciones de aquellas gentes. Así, al fin, llegó a distinguir al Rey y le
observó con detenimiento. Gudú solía entretener su espera entre largas charlas con Yahek y la caza por los bosques cercanos. También solía, a menudo, sentarse en un altozano que dominaba la estepa, y hacia ella dirigía sus ojos, con avidez y sed. Su corazón latía y su
imaginación se espoleaba con los relatos de algún ex-mercenario, que
más o menos veladamente dejaban entrever pasados contactos —bien
que muy moderados— con aquellas gentes y tierras. La idea de adentrarse en el grande y vasto mundo desconocido y dominarlo y desentrañarlo —cosa que no logró su padre— le enardecía. Él mismo, a
veces, siguiendo las huellas de cuanto aprendiera del Hechicero,
trazaba a su vez algunas cartas donde podían limitarse los contornos
de las tierras lindantes, de los bosques y todo aquello que abarcaba su
mirada. Y llegó un momento en que estos dibujos, si bien más escue-
tos y rotundos que los de su anciano Maestro, dábanle una idea bastante exacta de cuál era el lugar donde se hallaba y cómo era este
lugar.

—Dicen —le explicaba a veces Yahek, junto a la hoguera que hacía brillar su piel cobriza— que tras el Gran Río, la estepa se detiene
bruscamente y allí el mundo acaba. Y quienes llegan allí, se precipitan
en el abismo insondable de la Eternidad. Por lo que, a juicio de muchos, las Hordas en sí mismas son espectros demoníacos de aquellos
que murieron sin confesión, y allí cayeron para siempre... Por ejemplo, aquellos que cometieron incesto, o se mancharon con la sangre

de su madre o de sus hijos... Por tal, ahora son sólo espectros huidizos
como diablos, y como diablos aparecen y desaparecen.

—A fe mía —dijo Gudú— que jamás vi diablo alguno entre ellos
que no chillara como criatura humana y carnal, si se le aplicó un tizón
ardiendo.

—Pero... —añadió Yahek con gran recelo en la voz— recordad a
la muchacha cautiva, aquella que quemasteis por bruja: ni un quejido
se oyó de sus labios.

—Porque el humo la asfixió antes —respondió Gudú—. Y aún
creo que me excedí en generosidad, ante su insolencia.

Pero tales razonamientos, si bien guardaba silencio respetuoso, a
la vista estaba que no lograban convencer al viejo guerrero. Había tomado por mujer a la hija de Usurpino, y si bien ésta en un principio le
arañó y le cubrió de insultos, llegó un momento en que pareció reverdecer toda ella en una rara juventud. Y si no aparecía bella a los ojos
de Gudú, sí presentaba ante todos algunos matices de lozanía y plenitud, que suavizaron su expresión, hasta volverla no sólo apacible,
sino incluso complaciente con Yahek. Hasta el punto que éste la liberó
de sus cadenas, y ella le preparaba la comida y escogía para él bayas y
frutos con que, de improviso, el nacimiento de la primavera y el deshielo habían inundado los bosques.

Este fenómeno no se limitó a la mujer de Yahek, sino que un raro
aire pareció desentumecer y aliviar a todos los componentes del campamento. La primavera iniciaba su acostumbrado ciclo de amor a la
vida, por ruda y primaria que fuese. Algunas cabras y ovejas parieron
cabritos y corderillos. Y, al mismo tiempo, alguna mujer alumbró un
niño. De suerte que un eterno balido parecía recorrer el campamento,
tanto humano como bovino. Y aunque el Rey parecía ajeno a este fenómeno, un día, adentrándose en el bosque tras un ciervo, fue objeto
a su vez del conocido y antiquísimo embrujo.

A su entender, Ondina ya había observado lo suficiente de los
seres humanos como para iniciar, por su cuenta, la primera experiencia. Estaba tan encaprichada con ello y tal era la curiosidad que sentía por conocer aquellas sensaciones, que sólo la magnitud de su estupidez podía compararse a la violencia de sus deseos. Fiel al pacto
que había acordado con el Trasgo, decidió iniciarse con el Rey Gudú,

ya que, en puridad, su sentido de la honorabilidad así lo aconsejaba
—su abuela la había instruido muy minuciosamente en tales asuntos—. Al contemplarle de cerca y en carne y hueso, Gudú le pareció
menos desagradable de lo que había supuesto en un principio. Era
muy joven, lo que le predisponía favorablemente en relación a sus
gustos. Tenía fiereza en la mirada y agilidad y fuerza en sus movimientos, así que juzgó no era bocado despreciable. Pues si sus preferencias se decantaban hacia los de facciones más delicadas, suave
cabello y graciosos movimientos —sus cánones de belleza se aproximaban más a los que rigen la beldad del tritón que la del hombre—,
algún escondido encanto tendría para ella, una vez tomada su figura
humana.

Así pues, llegado el momento en que Gudú daba alcance a su
presa y se disponía a lanzar la jabalina, Ondina escamoteó el animal
entre los árboles y, emergiendo del agua la cabeza como le aconsejara
el Trasgo, bebió un sorbito del elixir maravilloso. Este elixir la convirtió al punto en una muchacha de una insólita belleza, pues, dado que
las ondinas y sirenas —y todo ser acuático en general, sea lacustre,
fluvial o marítimo— tienen más semejanza con los humanos en
cuanto al concepto de la belleza que cualquier otro de especie alguna,
se dijo que, si bien con humana armadura y sólido contenido, no
transparente y susceptible a placer y dolor, su nueva naturaleza era
muy parecida a ella misma. Y no olvidando la recomendación del
Trasgo, que la advirtiera de la imperfección del elixir, tapóse con cuidado las orejas con sus largos cabellos, que retenían el reflejo del manantial y el oscuro y verdeante de los bosques. Sus ojos se habían tornado más cálidos y verdes, como los altos helechos y como el joven
liquen que cubría las piedras de la orilla. Y su carne, de por sí azulada
y nacarada, se volvió ahora suavemente rosada y oro. Y como no disponía de ropa, tal y como estaba, por lo que había atisbado, juzgó no
desagradaría al Rey. Sentóse, pues, a la orilla del manantial, y comen-
zando a trenzar su larguísima cabellera, cuando, con el estupor que
tal visión podía causarle, no tardó en divisarla el joven y avispado
Gudú.

Conocedor como era de estas cosas, pues sus experiencias en tal
terreno habían aumentado de forma prodigiosa, atinó a decirse que,

en situaciones como aquélla, la imprudencia y falta de cautela podían estropear resultados felices. Así pues, avanzó con sumo tiento y sigilo, ocultándose entre los helechos y altos juncos —sin suponer que, pese a ello, Ondina le veía por el rabillo de sus largos y relucientes ojos—. Sólo cuando estuvo casi a su lado —y sujetándola fuertemente por un pie, en previsión de que una fuga asustada le privase de cuanto se prometía—, dijo, con la más suave entonación que encontró:

—¿Qué haces aquí, hermosa muchacha? ¿Quién eres y de dónde vienes? No te he visto nunca y me extraña, porque estas regiones han sido minuciosamente exploradas y recorridas por mí.

—Oh, Señor —dijo Ondina, súbitamente conmovida por una sensación desconocida que la estremeció hasta los huesos. Pues el contacto de la mano de Gudú en su pie desnudo fue la primera experiencia que le cupo en suerte sobre los placeres humanos. Y a fe que nada ingrata le pareció.

—Soy una desvalida muchacha que, despojada de todo, va errando de aquí para allá, en busca de algo con que subsistir...

—Verdad que habéis sido despojada al máximo —dijo Gudú, con una leve sonrisa—. Y aunque lamentándolo por vos, no puedo menos de congratularme por lo que, por su causa, tengo ocasión de contemplar.

Asiéndola con la otra mano del otro pie, la atrajo hacia sí. Si bien con modales no en extremo refinados —pues la arrastró sobre la hierba y los helechos, aunque cuidando de que su cabeza saltara sobre las piedras y su espalda y fina piel no se arañaran en la hojarasca—, la recibió luego en sus brazos, y besó su boca. Fácil es suponer el resto de aquel encuentro. Pues a su vez Ondina experimentó la primera y nada baladí sensación humana en su carne. Y presa de una íntima y punzante alegría, juzgó que, si bien los humanos poseían curiosas costumbres y procedimientos, el amor del más hermoso y grácil tritón era una pura imbecilidad si con aquello se comparaba. Claro está que su recién adquirida carnadura humana contribuía con mucho a tal conclusión. Así fue como, no obstante, al contacto de la piel y la carne, conoció por vez primera la Alegría, cosa, hasta aquel momento, totalmente desconocida, tanto por ella como por los de su especie.

El Rey sintióse realmente satisfecho de aquel encuentro, y considerando que, al lado de aquella criatura, la más joven y agraciada muchacha del campamento semejaba un serón mal relleno, la instó a acompañarle al mismo, diciéndole:

—Muy hermosa me pareces, aunque algo inexperta en estos lances. Pero como estoy consumiéndome en una espera que se me antoja aburrida, antes de iniciar una empresa de mucho interés, creo que no será fatigoso para mí instruiros en algunos detalles que han de beneficiaros mucho a vos, tanto como a mí mismo. Por tanto, creo que os llevaré conmigo al campamento, y repetiremos estas cosas cuantas veces nos sea placentero y agradable a ambos.

—Así será, si lo deseáis, Señor —dijo Ondina, muy divertida—. Y nada debo oponer a ello, pues, como sabéis, nada ni nadie tengo en el mundo.

—Pues ambas cosas serán remediadas —dijo Gudú, alzándola hasta su caballo y llevándola a la grupa—. Si bien, para entrar en el campamento, bueno será que os cubráis con mi capa.

Dicho y hecho, así lo hizo. Y cuando llegó al campamento con tan insólita carga, huelga decir que las miradas quedaron prendadas de aquella adquisición, y que dejó sin habla a más de un bravucón.

El Rey ordenó entonces que confeccionaran y tejieran, con lana de oveja de las que se proveían e hilaban las mujeres, una túnica y unas medias para *su hallazgo* —como la llamó, pues desconocía su nombre—. Como todas sabían que una orden del Rey no debía ser aplazada más de lo conveniente y razonable —y aún mucho más rápidamente de lo razonable y conveniente—, lo cierto es que seis mujeres tejieron hasta el alba. Pero aquella noche, en la tienda del Rey, cuando Ondina recibió sus primeras y preciosas enseñanzas en el arte que tanto deseaba conocer, no precisó en verdad la túnica en cuestión. No obstante, cuando volvió a lucir el sol, Ondina pudo salir de la real tienda sin necesidad de cubrirse con el manto de Gudú. Y experimentó entonces una curiosa sensación de placentero deleite al vestir por primera vez aquella rara cosa que, por lo que veía, resultaba imprescindible para circular, por lo menos, entre las gentes de aquella zona.

Añadió bayas silvestres, helechos y alguna que otra fruslería al trenzado de su larga cabellera. Y así, a la tarde, puede asegurarse que el mismo Gudú quedó paralizado de asombro ante la belleza y esplendor de tan agreste como delicada criatura.

—¿Cuál es tu nombre? —le preguntó, al fin, aquella noche.

Pero Ondina había olvidado consultar este detalle al Trasgo, y como su inteligencia no llegaba a tanto, se limitó a sonreír, con lo que al Rey se le antojó gran encanto y misterio, y en verdad no era otra cosa que profunda estupidez.

—Bien, en tal caso te llamaré Sonrisa —dijo. Y como la cuestión en sí no revestía excesiva importancia, Sonrisa la llamó aquel día y los restantes, hasta que se cumplió el décimo de su encuentro. Y entonces Sonrisa desapareció sin dejar rastro.

Mandó buscarla el Rey por los alrededores y él mismo batió el bosque en su busca: pues, comparadas con Ondina, las demás muchachas le producían profundo hastío sólo mirarlas. Sin embargo, bastante contrariado, hubo de resignarse a su pérdida. Y casi la había olvidado cuando Ondina, deseosa de repetir tan divertidas y curiosas experiencias, tomó un nuevo aspecto femenino: y esta vez optó porque sus cabellos fueran del color del cobre batido y tuvieran sus ojos la espesa y lenta dulzura de la miel, y su mismo tono dorado. Había aprendido algo más de las costumbres humanas, de forma que tejióse ella misma una túnica de musgo y plantas acuáticas, que tenía el tacto del más suave tejido. Y así, entró ella misma en la tienda del Rey aquella noche. Y éste quedó maravillado de su aparición y de su diligencia y buen ánimo por complacerle. Por lo que, pensó, no podía decirse que fuera un ser desafortunado.

Y como tampoco esta vez la mujer dijo su nombre, decidió, por cuenta y decisión propia, llamarla Dorada. Y nada hubieron de objetar a ello, ni la muchacha ni cualquier otro (como, por otra parte, era de esperar).

Así sucesivamente, Ondina fue tomando variados aspectos que, espoleada por la imaginación de cuanto veía y oía, le producían gran diversión y regocijo. Y como, en cierta ocasión, a punto estuvo de que

371

el Rey descubriera sus orejas puntiagudas —cosa, al parecer, inevitable, contra la que no existía, ni existe, elixir alguno—, atinó a trenzar su cabello y cubrirlas con dos rodetes, tal y como viera hacer a alguna mujer del campamento. Y con espinos silvestres los sujetó, de forma que se sintió más cómoda y segura, al tiempo que, en verdad, bonita y aseada en extremo.

Pero Ondina era tan caprichosa como el propio Gudú, y si bien el joven Rey no le desagradaba en absoluto —incluso le tenía por hermoso y atractivo—, lo cierto es que sus ojos fueron posándose aquí y allá: y halló jóvenes de aspecto muy saludable y prometedor entre los soldados. Así que, de vez en vez, y a escondidas, a ellos se presentó también. Y, cuidando de no ser vista por el Rey en estas ocasiones —rápidamente habría despojado al beneficiario, de la presa y de la vida a un tiempo—, probó otras nuevas y divertidas aventuras con muy distintos muchachos. Y hasta con granados y curtidos soldados: que sus nuevos conocimientos le abrían caminos de gran contento, antes insospechados. Y se decía que, si aquello era lo que su abuela, la Dama del Lago, despreciaba, como peligrosos caminos de humana contaminación, bien venida fuera la tal contaminación, que tan placenteras ocasiones daba para adquirir sensaciones infinitamente más sustanciosas que las ingrávidas caricias y helados besos —agua por medio— de los gráciles y ya a todas luces insoportables tritones. Tal como el Trasgo se había dicho en un tiempo, la contaminación —si es que llegaba— bien valía lo que daba a cambio. Pues en verdad, jamás Ondina se había divertido tanto, ni de tan variada y agradable manera. Los hombres —pensaba, al regresar al manantial, cumplido el trato de los diez días— no eran en modo alguno tan despreciables como durante cuatrocientos años su abuela habíase esforzado en hacerle comprender. «Pobre abuela —se dijo—. Más le valdría abandonar un poco tanta pureza, tanto poder y tanta sabiduría y probar de cuando en cuando un sorbito, aunque fuera, de las muchas y encantadoras delicias que puede ofrecer la humana y mortal naturaleza. Cuántas cosas ignora, la pobre, desde su inmenso saber.»

Por todo ello no es extraño que, al poco tiempo, cundiera entre los soldados la idea de que era aquella una región poblada de complacientes y hermosísimas muchachas: cosa que, cuando llegaron allí por primera vez, estaban todos —Rey incluido— muy lejos de sospechar.

2

TODAVÍA no había llegado Predilecto —cuyo viaje se demoraba, dadas las muchas paradas que requerían la debilidad y vejez del Maestro—, cuando la Reina Ardid tuvo motivos para un nuevo y, esta vez, más grave sobresalto.

Estaba en su cámara, rodeada de sus doncellas y acicalándose para la comida, cuando fue avisada urgentemente por Almíbar de que algo muy peligroso les amenazaba.

—Es el caso —dijo el Príncipe, consternado— que la Princesa Tontina ha decidido súbitamente que este Castillo es aburrido y monótono, que está cansada ya de jugar a la Boda con Gudú y que se dispone a marcharse, con todo su séquito. Para que no dudéis de lo que digo, podéis comprobarlo vos misma, pues con gran ajetreo y órdenes contradictorias (como es su costumbre) está haciendo el equipaje, ha mandado enganchar la carroza y sus mudos e impávidos soldados (eso sí, irreprochablemente y sin una mota de polvo en sus atuendos) ya se disponen a partir.

—¿Qué estáis diciendo? —se consternó Ardid.

El Trasgo, que permanecía sentado sobre la cómoda, opinó:

—Nada de esto es extraño, querida niña: en vano os he dicho que Gudú debía haber regresado ya, y si este matrimonio se hubiera llevado a cabo, poco podría hacer ella en otro sentido. Pero escasa autoridad demostráis hacia vuestro hijo, que, aunque Rey, hijo vuestro es al fin y al cabo: y según lo que he aprendido entre vosotros, este asunto parece ser de cierta importancia.

—¿Y qué puedo hacer yo, si mi hijo no acude? —dijo Ardid—. Tres emisarios le he enviado ya, y con escasa fortuna. Como no le lleve yo misma la Princesa al campamento, cosa que no juzgo delicada ni pertinente, no veo otra forma de que esa boda se lleve a cabo. Y si no se lleva a cabo, deberemos devolver los tesoros que trajo en dote, y emprender nuevamente la búsqueda de otra Princesa tan libre de toda sospecha de entronques viles, como ésta; y será difícil, pues harto trabajo nos dio al Maestro y a mí hallarla. Y como mi amado Maestro permanece retenido por Gudú, creedme si os digo que, yo sola, desconfío de hallar alguien tan conveniente y beneficioso como ella. ¿Por qué, Trasgo mío, no podía reunir la Princesa, además de belleza y linaje, un poco de cordura? Triste es reconocer que de lo último anda tan escasa como el más necio de los pájaros.

—No creo lo mismo —dijo el Trasgo—. No es en modo alguno estúpida. Lo que ocurre, querida niña, es que en estas tierras os regís por criterios muy dispares a los de las remotas Regiones de los que Nunca Pasan. Y de esta forma, poco entendimiento puede haber entre vosotros.

—Sea como fuere, la cosa es que estamos en un aprieto —dijo Ardid, prendiéndose presurosa en el cabello la última aguja—. Ea, vayamos y veamos qué puede hacerse.

Así diciendo, salió de la estancia. Y no tardó en convencerse de cuanto su querido amigo le decía. Las habitaciones de Tontina eran un puro hormigueo de pajes y muchachos que, portando cofres sin ton ni son, de aquí para allá, desbarataban más que ordenaban, con las prisas del viaje. Lo que no dejaba de ser una suerte.

Todos los muñecos aparecían alineados, vestidos con sus mejores galas, junto a las codornices, las palomas, las ardillas y los cachorros, que, al parecer, eran quienes mostraban mayor formalidad, orden y sensatez. Pero las muchachas discutían sobre los trajes que debían vestir, y la misma Princesa estaba sumida en la perplejidad, pues había perdido un zapato y no sabía dónde ni cuándo. Por esta causa, se afanaba buscándolo debajo de la cama. Y como llevaba en brazos un cachorro y sobre su espalda correteaba una codorniz y un par de ardillas tironeaban juguetonamente de aquellas trencitas tan curiosas que le enmarcaban suavemente el rostro, la Reina se dijo que ya no estaba para semejantes trotes. Se agachó a su vez y, asomando bajo el lecho principesco su rostro, sofocado por el esfuerzo, clamó:

—Os ruego, Princesa, que salgáis inmediatamente de ahí debajo y escuchéis lo que tengo que deciros.

A pesar del protocolario «os ruego», había un tono tan peculiar en su voz, que Tontina, mirándola como en ocasiones parecidas mirara a su Aya Basilisa, se aprestó a obedecer. Mientras sacudía migas y desprendía del vestido de Tontina algunos madroños dorados, díjole Ardid:

—Estoy en verdad desolada y os confieso que altamente irritada por el absurdo rumor que ha llegado a mis oídos: alguien que pretende malquistaros en mi afecto ha osado propagar el embuste de que pensáis partir, dejando plantado (como vulgarmente se dice) nada menos que al Rey.

—No es embuste —dijo Tontina con aplomo—. Es verdad, Señora.

—Pues no creo que estéis en vuestro sano juicio —dijo la Reina, revistiendo sus palabras de aquella severidad que tanto afectaba a Tontina—. Y así quiero que os conste.

—No hay para tanto —dijo Tontina, con candor—. Al fin y al cabo, en todas partes quieren que nos vayamos: mi augusto padre, el Rey, por ejemplo, se puso muy contento al recibir vuestra petición, porque, según dijo, estaba harto y medio loco de soportarnos. Por tanto, os aseguro, Señora, que vais a quedaros más contenta que ahora, cuando nos hayamos ido.

—Ésta es una opinión que se aparta del meollo de nuestro asunto —dijo Ardid, comprendiendo con todo su corazón al Rey Padre—. Pero habéis hecho una promesa, y como Princesa de sangre intachable, sabéis que vuestro honor os impide una desconsideración semejante. Y no lo dudéis: esta ofensa no será olvidada por el Rey, de cuya severidad tal vez habréis oído hablar.

—¿Qué Rey? —dijo Tontina, en verdad más atenta a las dos ardillas que a la conversación—. ¿Mi padre? Oh, no es severo. Más bien es algo blanduho.

Al oír esto, todo el séquito de la Princesa —animales incluidos, y esto lo podía apreciar bien la Reina Ardid, ducha en descifrar el lenguaje de las aves y de toda clase de habitantes de los bosques— pareció muy regocijado.

—No tengo el honor de conocer a vuestro padre, que estimo y respeto —prosiguió Ardid, con el mayor dominio de su voluntad, pues desde hacía mucho rato deseaba propinar un par de bofetones a Tontina—. Me refiero a mi hijo y futuro esposo vuestro, el Rey Gudú.

Tontina hizo un gesto parecido a aquel, tan vago y enigmático, de cuando preguntó qué clase de piedritas eran las que lucía Ardid en su broche. Luego, arrugó levemente la nariz, síntoma en ella de profundo fastidio, y añadió:

—Oh, si os referís a esa historia de la boda y todo eso, ¡bah, Señora, ya me cansé de jugar a casarme con el Rey Gudú! Ahora tenemos otros proyectos —y sonrió con una malicia que, realmente, era la máxima expresión de candor presenciada por Ardid. Esta sonrisa fue coreada con exclamaciones de entusiasmo por la insoportable chiquillería. Y Ardid tuvo que revestirse nuevamente de Basilisa para decir:

—No se trata de ningún juego. Es algo muy serio, muy grave y en verdad muy peligroso. Por tanto, no me obliguéis a propinaros un castigo que estoy lejos de desear.

La Princesa se encogió de hombros, con aire resignado. Parecía, de pronto, la imagen de la desolación.

—Creí que me había librado de estas cosas —murmuró—. Pero, como siempre, me han engañado.

—Vos sois, y lamento decíroslo, quien nos ha engañado: a mí, a este país y al Rey. Pues si una Princesa promete algo (así me lo inculcaron en mi infancia, y no lo he olvidado), debe cumplirlo hasta la muerte.

—¡Qué aburrimiento! —dijo Tontina, pensativa—. ¡Qué aburrimiento tan grande!

Y como estas palabras no las esperaba Ardid, las tomó por abandono. Así, sentándose frente a la Princesa y tomando sus manos entre las de ella, dijo más suavemente:

—Querida hija, reflexiona lo insensato de este viaje, que...

Pero Tontina levantó la cabeza, sorprendida:

—¿Insensato el viaje? Oh, Señora, no sabéis de lo que estáis hablando. —Y volviéndose a sus acompañantes, añadió, con aire de gran divertimiento—: Dice la Reina que nuestro viaje es insensato. ¡Nada en el mundo es más divertido y cuerdo! Mucho más que jugar a bodas un día tras otro, con el Rey, si viene, o con quien sea. En verdad, Señora, tenéis ocurrencias muy graciosas.

—Pues espero ver la cara de vuestro padre cuando os vea regresar —dijo Ardid, tan desconcertada como ofendida—. No creo que le oigáis decir nada divertido cuando os vea, por «blanducho» que lo juzguéis.

—¿Volver con el Rey, mi padre? —se asombró candorosamente Tontina—. Señora, decís cosas muy ocurrentes. En modo alguno volveremos con él. Además, temo que ni siquiera nos abriría la puerta de su palacio. No, de ninguna manera. Nos vamos a muy distinto lugar, ¿verdad, Once? —dijo, volviendo la cara, iluminada de ilusión, hacia la ventana.

Allí descubrió Ardid, entonces, al primo de la Princesa, el extraño Príncipe Once, que, según comprobara Ardid, de tan peregrina forma protegía a la muchacha.

—¿Pues dónde, si puede saberse, pensáis dirigiros? —exclamó Ardid con tono de incrédula altanería.

Once balanceaba las piernas, según su costumbre, y con su mano libre —la otra permanecía siempre bajo el manto— mordisqueaba una manzana.

—Nos vamos «Por ahí» —dijo—. ¿No oísteis hablar de ese lugar? Es raro, todo el mundo una vez, al menos, desea irse «Por ahí».

El entusiasmo con que estas palabras fueron recibidas impidieron ya hacer audible la voz de la Reina. Por mucho que ésta buscase desesperadamente el tono de la fementida Basilisa, nadie le hizo caso, y menos que nadie, Tontina. Ni sus ruegos ni sus amenazas eran atendidas, de forma que, al cabo de un rato, creyó haber perdido la voz o estar hablando con espectros.

Abandonó la habitación y se retiró a reflexionar, de muy mal talante.

Cuando, al parecer, todo el equipaje de la Princesa estaba cargado en el carrito y ésta, arrojando besos sin ton ni son con la punta de los dedos, se disponía a subir a la carroza, la Reina tuvo una súbita inspiración: prescindiendo de todo protocolo y ceremonia, bajó corriendo la escalera y, antes de que el cochero azuzara a los caballos, lanzóse a la carroza, abrió la puerta y, jadeando, dijo:

—Princesa, mucho me temo que cometéis un error. De ninguna manera devolveré a vuestro padre los cofres de vuestra dote. Tened por seguro que conmigo los guardaré, y no dudéis de que la ira de mi hijo y mi propio despecho os hallarán en parte cualquiera donde esté ese «Por ahí».

—Podéis quedaros con ellos, Señora: vuestros son —dijo Tontina con encantadora sonrisa—. Yo sólo me llevo mi íntimo y precioso tesoro secreto.

En efecto, sobre sus rodillas descansaba aquel cofrecillo menudo, el único que no había podido abrir Ardid. Los ojos de la Reina relampaguearon de tal forma que la Princesa y todos los componentes de su séquito —exceptuando, por supuesto, a los impávidos y mudos soldados— quedaron con la boca abierta de pasmo.

—Oh, Señora, qué bonito —dijo al fin Tontina—. Volvedlo a hacer, os lo ruego. Por ir detrás de todos, mi primo Once no ha visto cómo podéis lanzar relámpagos con la mirada.

En vista de que la Reina parecía petrificada, Tontina añadió:

—Señora, bendecidnos y besad a mis muñecos, pues no os habéis despedido de ellos y están muy desconsolados.

Eligió dos de aquellos que, en profusión, cubrían los almohadones de su carroza. Los aproximó a las mejillas de la Reina, al tiempo que, ella misma, fingía un beso con un suave chasquido de sus sonrosados labios.

—Adiós, adiós, queridos todos —dijo Tontina, volviéndose a saludar con la mano a los estupefactos y lívidos soldados del Castillo—. Adiós, hermanitos, que seáis muy felices, os caséis y tengáis muchos hijos.

Dicho lo cual, la comitiva partió. Y el puente levadizo se abrió por sí solo y la Princesa Tontina, sus muñecos, cachorros, palomas, perdices y codornices, sus ardillas, sus impávidos soldados y su tranquilo primo, el Príncipe Once, salieron del Castillo de Olar en dirección a un lugar tan peregrino como era «Por ahí».

Sólo entonces los entumecidos resortes de la Reina revivieron. Con la mayor rapidez mandó enjaezar su propio caballo y, con una pequeña escolta de soldados —bastante deslucida, en verdad—, emprendió su persecución. Jamás hubiera imaginado que aquella extraña carroza, si bien no parecía perder la compostura en lo más mínimo, consiguiera alcanzar tamañas velocidades: así cruzó la ciudad, entre los vítores y la admiración del pueblo, a los que la Princesa, desde la ventanilla de su carruaje, correspondía enviando los acostumbrados besos con la punta de los dedos. Jadeando, Ardid vio cómo, al paso de la extraña carroza de Tontina, los centinelas se convertían en impávidas estatuas y las puertas se abrían sin necesidad de resortes.

Al verles traspasar la muralla Este de la ciudad, espoleó su caballo y, seguida con dificultad por su achacosa Guardia, alcanzó a ver cómo la comitiva llegaba al Lago —al parecer con mucha parsimonia, pues sus siluetas, en tonos resplandecientes, de forma muy hermosa, se reflejaban en el agua.

Estaba ya a punto de alcanzarles y ordenar su arresto —si bien con inquietud, a la vista de una Guardia mucho más joven y nutrida que la suya—, cuando algo llenó de esperanza auténtica y gozo inenarrable su atribulado ánimo. Si su cansada vista no la engañaba —y confiaba en que así fuera—, apareció frente a la comitiva de Tontina, como un deseo hecho realidad, y en dirección opuesta —de forma que cortábales la retirada—, un grupo mucho más reconfortante: eran soldados de Olar, y a su frente iba el Príncipe Predilecto seguido —tal y como su corazón le indicó, más que sus mismos ojos— por un asnillo a cuyos lomos cabalgaba, torpe y cansinamente, su queridísimo Maestro.

—¡Benditos seáis, por los siglos de los siglos! —murmuró Ardid. Y espoleando su montura, allí se dirigió, el peinado deshecho, las trenzas sueltas y al viento, tal como, hacía muchos años, el Trasgo y el Hechicero la vieran galopar por aquellas mismas colinas.

Sólo cuando todo aquello había pasado, mucho tiempo después, rememorando los hechos de aquella curiosa y extraordinaria tarde, Ardid sentía un estremecimiento de alivio y espanto a partes iguales. Y así, el escondido afecto que guardó siempre para el Príncipe Predilecto, reverdecía y se intensificaba en su corazón al evocar tan oportuna aparición y sus felices resultados.

Cuando rápidamente, informado de la situación por la Reina —y ayudado por sus propios ojos y la rapidez de su inteligencia—, Predilecto mandó rodear la carroza con sus guardias —que, si bien desenvainaron sus espadas, parecían tan impávidos y parsimoniosos como si de un juego se tratara—, el Príncipe Once se acercó a la carroza y, abriéndola, dijo con insólita alegría:

—¡Qué divertido, Tontina! ¡Nos persiguen!

Un grito de alegría surgió de allí dentro, y Tontina saltó al suelo. Perdiendo el otro zapato, como tenía por costumbre, y riendo a grandes carcajadas, echó a correr por la suave pendiente, seguida en alborozada carrera de todos los demás muchachos, aves y animalillos. El sol brillaba de tal forma sobre el Lago, que los ojos de Predilecto sufrieron una repentina y deslumbrante ceguera: sin ver a la Princesa, sólo tuvo noticia de ella por aquella precipitada huida. A galope, se dispuso a seguirla, pues sólo su manto, blanco y luciente como si estuviera cubierto de la más reverberante nieve, flotaba entre la verdura intensa de aquella primavera ya madura. Iba a alcanzarla cuando la Princesa tropezó y rodó por el suelo hacia el Lago. Pero entonces, el Príncipe Once espoleó su montura y, espada en alto, se interpuso entre ellos. Con gran sorpresa, Predilecto vio a un jovencito, casi un niño, que llevaba una corona de oro sobre los rubios cabellos, y cuyos ojos brillaban tan alegremente como si todo aquello formara parte de un lance muy divertido. Quedó, pues, sorprendido, a su vez, la espada en alto.

En aquel momento un pequeño grito de auténtica desolación surgió de la garganta de Tontina: en su rodar, se había detenido a causa de unos arbustos, allí donde empezaba a florecer la rosa salvaje. Muy satisfecha, contemplaba a los dos príncipes, cuando, aquel cofre, íntimo y precioso tesoro secreto, se deslizó de su falda y rodó, a su vez, en dirección a las aguas del Lago. Ardid, que todo lo contemplaba anhelante, espoleó su caballo hacia aquel cofrecillo, presa de gran excitación. El cofre, dando tumbos contra las piedras, se abrió; un sinnúmero de objetos que, a la distancia que la separaba de ellos, no podía distinguir, relucieron al sol, desparramándose sobre la hierba. La Reina detuvo su montura. Descabalgó, y con el pecho agitado y las mejillas rojas —como en un tiempo lejano que ahora, súbitamente, renacía en ella y en torno a ella—, se precipitó sobre aquellos relucientes objetos que, unos, se perdían entre la hierba y, otros, se hundían en el Lago. Mucho tiempo después, a veces —con lágrimas en el fondo de sus ojos— lo recordó: aquella tarde la empujaba más una curiosidad remota, gozosa y exaltada, que auténtica codicia.

Sólo cuando se agachó, y uno a uno, entre las tímidas flores silvestres, bajo las zarzas y las ortigas, recogió aquello que componía el íntimo y precioso tesoro secreto de Tontina, un suave abandono la hizo sentarse sobre la hierba. Y, con una decepción que, curiosamente, la llenaba de melancolía, alineó en su falda piedrecitas de río, cuentas de vidrio de tonos irisados, un diente infantil... Levantó los ojos y vio a Tontina como jamás la viera, ni jamás pudo suponerla: sentada, a su vez, bajo el arbusto, tapada la cara con las manos, sollozaba inconsolablemente.

Lentamente, Ardid se levantó y se acercó a la Princesa. La rodeó con sus brazos, la meció suavemente en ellos, le secó las lágrimas con su propio pañuelo y, mientras ordenaba sus revueltos cabellos y enjugaba sus lágrimas, la besó en las mejillas como no había hecho nunca, quizá —o tal vez sí lo hizo, en un tiempo perdido—. Y así, la iba consolando y llevándola con ella, mientras decía:

—No llores, hijita; volvamos a casa —dijo *casa* y no *Olar* por primera vez en su vida—, y te prometo que, si eres buena, recuperaremos el tesoro. Te aseguro que te daré muchas más cosas tan preciosas como éstas, y las podrás guardar ahí. Te juro, por mi honor, que nadie te las arrebatará.

—¿Decís verdad, madre? —dijo Tontina, al parecer, consolada entre sus lágrimas. Y pensó Ardid que de nuevo la llamaba madre, en vez de Señora.

—Yo cumplo lo que prometo —dijo Ardid—. Tendréis prueba de ello.

Y mientras los muchachos recogían y guardaban, entre lloros y risas mezclados, lo que quedaba de aquel íntimo, precioso y ya no secreto tesoro, todos habían olvidado el viaje. Y mansamente regresaron al Castillo.

Sólo Predilecto, estupefacto y temeroso, se retrasó. No había contemplado el rostro de Tontina, pero sí oído su voz, lejana y rara: una voz que no era de muchacha, ni de muchacho, ni de niña ni de niño. Una voz honda y leve, estremecedora y ligera como la brisa que, súbitamente, agitaba la superficie de las aguas. Y antes de que el

sol desapareciera en el Lago, algo brilló sobre la hierba. Predilecto se
detuvo y, desmontando, se agachó para recogerlo. Aquel era el último
vestigio del tesoro de Tontina. Al tenerlo en la palma de su mano, el
corazón de Predilecto se estremeció, y un viento fino y oscuro se detuvo en él. Pues aquella era la mitad exacta de la piedra azul, horadada en el centro, que cierto día le regalara —como también preciado
tesoro— la Reina Ardid. Y, conmocionado, se aprestó a devolverla al
cofre secreto.

3

AQUELLA noche, apenas llegaron al Castillo, todos los muchachos —y la Princesa— subieron a acostarse rápidamente. Estaban visiblemente cansados y casi se dormían por el camino.

Entonces, la Reina abrazó con lágrimas de felicidad a su viejo
Maestro. Y, contemplándole, una espina pareció clavarse en su corazón: de pronto le veía tan atropellado y enjuto, tan verdaderamente
viejo, que su corazón se llenó de pena. «Viéndole todos los días —se
dijo—, no me doy cuenta de lo anciano que es... Yo ¿también estoy en-
vejeciendo, sin darme cuenta...?» La Reina le hizo servir la comida y
bebida en su propio aposento, y llamando al Trasgo, se entregaron los
tres a la dulzura del reencuentro, y a colmarse de expresiones afec-
tuosas.

—Ay, querida niña —dijo el Hechicero, algo más repuesto—. Si
en algo me estimáis aún, rogad al Rey que no vuelva a llevarme a la
guerra: no lo resistiría.

Entonces dijo el Trasgo:

—Si es así, querido Maestro, creo que podré ayudaros: jamás
pude suponer que el Rey precisara de vuestros dibujitos. En adelante,
podréis proporcionárselos sin que requiera de vuestra compañía.
Desde aquí mismo se los haréis llegar.

—¿Y cómo? —dijo el anciano, conteniendo su llanto—. Semejante descubrimiento no se me puede achacar, y muy difícil lo juzgo,
aun contando con que me reste vida para llegar a disfrutarlo.

—No os aflijáis —dijo el Trasgo—. Como la tierra que cubre

nuestras excavaciones es transparente techo sobre nuestras cabezas de trasgos, conozco el contorno y configuración de los terrenos mejor aún que si los contemplara desde el aire. Así, desde ahora grabaré en mi espalda tales contornos, como sabéis puedo hacer. Y vos, por vuestra parte, los trasladaréis a pergaminos. De suerte que, una vez acabados, podamos enviárselos.

—¿Pero cómo? —dijo Ardid, sospechando que el Trasgo, si no por vejez, al menos por contaminación, empezaba a dar muestras de su decadencia—. No veo la manera de que lleguen a su poder, con la rapidez oportuna, si se halla lejos de nuestro Castillo.

—¿No os dije alguna vez —el Trasgo parecía fatigado por la incomprensible falta de visión de la Reina— que, aunque los tengo por vanidosos y de inconsciencia suprema, conservo cierta amistad con los silfos? Me deben favores sin cuento, ya que su vanidad e inconsistencia les ponen a menudo en trances apurados: máxime si se considera que el poder de estas criaturas es el mínimo concedido a nuestra especie. Así que, no dudo, cabalgarán raudamente en el viento, de la brisa y de cuantas corrientes aéreas dispongan —y son muchas—, para transportar y depositar, con la necesaria prontitud, en la tienda del Rey tales dibujos.

—Ah, Trasgo querido —dijo el Hechicero, abrazándole—. Sois un amigo de excepción.

Y esperanzado con la ilusión de poder terminar su vida en su cómoda —al menos para él— mazmorra de las Adivinaciones, el Hechicero y sus amigos se retiraron a sus lechos hasta el nuevo día.

Como tenía por costumbre, apenas éste alumbró, Ardid se levantó. Dispuesta a no dejar ni un solo cabo suelto, y conociendo, como creía ya iba conociendo, las reacciones de la Princesa, llamó a su presencia al Príncipe Predilecto.

—Príncipe querido —le dijo, con la solemnidad y dulzura tan cara a ella, recobrada tras los últimos desconcertantes sucesos—, no se os ocultan las graves dificultades que he tenido que arrostrar durante la ausencia de mi hijo, y la dificultad que supone tratar con una Princesa auténticamente real, sin entronques sospechosos... Es por ello que estoy inquieta por la tardanza de mi hijo, y espero tener noticias de su regreso cuanto antes. Pues, si la boda no se realiza en muy

breves días, temo surja otra nueva complicación, a todas luces imprevisible, dado el carácter de la futura Reina, que Dios guarde.

Muy azorado, Predilecto dio a conocer a la Reina los planes —a
su juicio temerarios y de todo punto desaconsejables— que se proponía llevar a cabo el Rey Gudú. Y, más azorado aún, explicó a la Reina
la encomienda que el Rey mismo le hiciera: casar a la Princesa rápidamente, aunque representando él, en su nombre, el papel del novio.
Así —según Gudú—, podía llevar a cabo sus proyectos, sin prisas
embarazosas; y la Princesa, en cambio, quedaba legalmente sujeta al
Reino y a su misma persona.

La Reina escuchó con mucha atención estas cosas. Y cuando habló al fin, comprobó Predilecto, con sorpresa, que aquellas cosas no le
parecían tan descabelladas. Muy al revés, pareció aceptarlas como
buenas —o al menos, dadas las circunstancias, como las mejores—. Y
dijo:

—Entonces, lo más urgente es que la boda se celebre en seguida.
Y en cuanto a la idea de penetrar en las estepas, difícil será disuadirle
de ello. Parece constituir la obsesión familiar de la dinastía que con
tanto esfuerzo estamos labrando. Haga, pues, Gudú lo que le parezca,
ya que por el momento no ha dado muestras de llevar las cosas a la ligera, y sus razones tendrá para haber decidido la cuestión de su boda
en esos términos.

Con lo que el asombrado Predilecto llegó a la íntima conclusión
de que más le importaba a Ardid retener en Olar a la Princesa que
abrazar de nuevo al hijo cuyas ideas, sin duda, gozaban de toda su
confianza.

—¿Habéis visto ya a la Princesa? —dijo entonces la Reina, más
familiar y abandonando el protocolo. Su tono, ahora, se revestía de
intimidad y deseos de compartir impresiones.

—No, Señora —dijo Predilecto—. Apenas pude verla de espaldas, cuando corría hacia el Lago...

—Pues os confieso, querido Predilecto —dijo Ardid; y esta vez el
tono confidencial alcanzó un puntito de cotilleo, si bien discreto y
moderado—, que albergo una ligera duda: tal vez mi hijo no se equivocó cuando, al oír su nombre, torció el gesto; y tal vez me equivo-

caba yo, cuando le dije que en su tierra esa palabra no significaba lo mismo que en la nuestra.

Y pasando rápidamente a otra cuestión, añadió, con dulce y dubitativa entonación:

—La verdad es, hijo mío, que desde que llegaron a Olar, algo extraño ocurre en el Castillo. No sabría explicártelo: es como si un aire musical, o una brisa o, mejor dicho, una melodía de todo punto excéntrica nos rodeara, empujara las cortinas, los tapices, las puertas, las ropas... Algo como una escondida canción, audible e inaudible a un tiempo.

Y comprobando la mirada de asombro que se traslucía en los ojos del Príncipe Predilecto, recompuso su gesto y añadió:

—Claro está que eso pueden ser fantasías de una mujer que ya ha dejado lejos la juventud, abrumada por la soledad y las preocupaciones. Con deciros que ni uno solo de los bailes ni recepciones, ni acto alguno de los preparados para la estancia de la Princesa entre nosotros, ha sido posible llevarse a cabo... Esa criatura es mansa y escurridiza a un tiempo, dulce e insolente, mal educada y exquisita hasta lo incomprensible: pero no según su capricho o humor (cosas que, por humanas, si no agradables, al menos pueden entenderse), sino que todas esas cosas a la vez, parecen amasadas en el mismo pan, cocidas en el mismo horno... Vaya —resumió, tal vez más para sí misma que para su oyente—: la Princesa Tontina es de una candidez y sabiduría tales que, en conjunto, os aseguro producen el más extraño efecto.

Luego, con volubilidad rara en ella, pasó a otra cosa.

—¿Sabéis una cosa, Predilecto? Desde hace algún tiempo, vengo apercibiéndome de lo destartalado y poco acogedor que es este Castillo. Más aún, estimo que no sólo el Castillo, sino todos sus habitantes no ofrecemos el aspecto de suntuosidad y aseo que sería deseable. Vos mismo, querido, ¿desde cuándo no os habéis quitado ese jubón de cuero, tan mugriento?

El rostro de Predilecto se cubrió de un ligero rubor, y se aprestó a decir:

—Señora, no se trata de un jubón, sino de una coraza. Pero es verdad que, entre unas y otras cosas, perdí la cuenta del tiempo que la llevo puesta.

—Pues eso —dijo la Reina, al tiempo que, sin ceremonia alguna, le tomaba por los hombros y le hacía girar, examinándolo de arriba abajo— debe solucionarse rápidamente. No sois, en modo alguno, feo, y un poquito de aseo y cuidado no os vendría mal. También sería oportuno —añadió, con aire de concentrada reflexión— que os perfumarais algo: despedís un olor nada agradable a leña quemada, monte y sangre, que se hace notar cuando estáis cerca.

—Oh, Señora —dijo el Príncipe, no sabía si más asombrado que avergonzado—. Nunca me dijisteis nada al respecto. Y no olvidéis: vengo ahora mismo de un lugar donde estas cosas no tienen la misma importancia que en la Corte...

—Bueno —dijo Ardid—. Daos un buen baño y pediré a Almíbar que os proporcione ropas más adecuadas. Yo misma —añadió con fingida modestia— no ofrezco el aspecto que me corresponde. Por tanto, hora es ya de que me procure algunos detalles de mayor refinamiento, gusto y cierta riqueza. Sé que mi país ha pasado malos momentos, y la austeridad era la joya más preciada que lucía en mi persona, pero la verdad —su voz tomó nuevamente un cálido y ronroneante matiz de confidencia—: en este momento nuestro tesoro se ha enriquecido. Y no sólo por las riquezas que ha conseguido el Rey Gudú en el País de los Desfiladeros, sino por el incalculable valor de las joyas que Tontina aportó como dote. Así pues, creo llegado el momento de que esta Corte se inicie en el esplendor a que, sin duda, está destinada.

—Se hará como decís, Señora —dijo Predilecto. Aunque, en verdad, venían a su mente los horrores de la reciente campaña y la miseria de los Desdichados. Y aquella amargura que invadía su espíritu de un tiempo a esta parte, crecía por momentos. Por tanto, osó decir:

—Señora, si me lo permitís, juzgo que un detalle no sería desdeñable en Reina y Señora de tan indudable buen sentido: y esto es que, al tiempo que una presencia hermosa y suntuosa, no sientan mal a una Reina, como sois vos, los gestos de generosidad y magnanimidad para quienes nada poseen y tanto necesitan.

—Habláis como el caballero que sois —respondió solemnemente

Ardid, mientras le acariciaba levemente la mejilla con la punta de sus dedos—. Y tened por seguro que no lo olvidaré.

—¿Es cierto, Señora? —murmuró Predilecto, esperanzado.

—Tan cierto como que soy la Reina Ardid —contestó ella. Pero, en el supuesto de que tales proyectos se hubieran formulado seriamente en su ánimo, lo cierto es que aún no desaparecido el Príncipe de su presencia, ya los había olvidado.

Almíbar halló en el fondo de sus cofres un traje de suave paño color verde musgo, un cinto con incrustaciones de plata, y alguna otra fruslería; todo ello le venía ya muy estrecho, pues lejano quedaba el tiempo en que su torso y su talle lucían tan apuestos como flexibles. Con algún ligero retoque de los Maestros Sastres que se trajo de la Isla de Leonia, y dirigidos por él mismo, el azorado e incómodo Predilecto ofreció —tras el concienzudo baño y las nuevas prendas— un aspecto verdaderamente radiante.

Cuando Ardid le tuvo de nuevo en su presencia, quedó maravillada.

—Sois hermoso como pocos —dijo, satisfecha, esta vez dando ella vueltas a su alrededor, en vez de obligarle a él a darlas—. Y creo sinceramente que, si debéis representar al Rey en ceremonia tan importante como es su boda, no haréis un papel que pueda humillarle... allí donde esté.

Con vaga amargura, Predilecto condujo su imaginación hacia los lugares donde, en aquel momento, el Rey Gudú debía oler tan mal y ofrecer un aspecto tan lamentable y mugriento como ofrecía él mismo días antes. Pero, para no empañar el amoroso y maternal recuerdo de la Reina, prefirió guardarse de todo comentario.

—Ahora —seguía diciendo Ardid, cuyos ojos brillaban con aquella luz especial que los hacía inolvidables—, ha llegado el momento de que conozcáis a la Princesa, vuestra futura Reina, y que, con el tacto y los caballerosos modales que siempre os distinguieron, le hagáis saber la decisión del Rey.

Entonces comprendió Predilecto la última verdad de aquellas cosas, y el porqué Ardid había guardado para el final comunicarle tan importante como desagradable encomienda. Tanto azaramiento y angustia le invadieron ante la perspectiva de tener que decir a la Princesa cuanto se esperaba de ella y de él en tan señalada ocasión, que, venciendo su natural prudencia, dijo:

—Señora, ¿no creéis que vuestro tacto femenino podrá llevar a cabo con mejores resultados que yo una comunicación como esa...?

—Oh no —contestó ella, con semblante que no dejaba lugar a dudas sobre la decisión tomada—. Vos sois el Protector, Guardián y Más Leal Hermano del Rey. A vos, pues, corresponde tal honor, y no seré yo tan egoísta que, por precipitación y amor maternales, os prive de él.

Predilecto calló; sabía por experiencia que, tratándose de Ardid, ninguna otra cosa cabía oponer. La Reina dijo entonces, bajando la voz, en tono ligeramente confidencial:

—Antes de la presentación oficial, desearía que observases a hurtadillas a nuestra preciosa criatura. Así, tal vez, observándola (aunque, por supuesto, ocultamente), os sea más fácil hallar las palabras con que deberéis ponerla en conocimiento de la voluntad de mi hijo.

—Será como decís, Señora. Entiendo que la bondad que experimentáis hacia mí os guía, para insinuarme tal cosa... Pero os confieso que jamás espié a nadie tras puerta ni tapiz alguno, y que ello, aun conociendo la nobleza de tal propósito, me repugna.

Pero la Reina ya le había tomado de la mano, y no le oía. Entre las raras y nada estúpidas cualidades que ornaban a aquella criatura, se contaba la de no oír lo que no deseaba oír y, por contra, escuchar —aunque a ella no fuera dirigido— lo que mucho le interesaba.

Le guió, pues, con gran sigilo, hacia una puertecilla que, disimulada —si bien conocida por casi todos los componentes de aquel destartalado Castillo—, conducía a un corredor convencionalmente secreto. Este corredor, por un lado, llevaba directamente al trono y, por otro, a las dependencias destinadas a la Princesa —no habían sido elegidas al buen tuntún por Ardid, como era de suponer.

De esta forma, avanzaron en sigilo y alcanzaron un punto en que, ocultos tras un grueso tapiz, la Reina miró significativamente a Predilecto. Tras ponerle un dedo sobre los labios, tomó con delicadeza la cabeza del muchacho entre sus manos y la aproximó a cierto agujero que horadaba sus pliegues.

—Ved y oíd atentamente —deslizó en voz muy baja al oído del muchacho—. Y luego, venid a contármelo todo.

Y con gesto de gran dignidad, que a las claras demostraba que una Reina no puede permitirse tales acciones —aunque sí ordenarlas—, regresó por donde había venido, dejando estupefacto, molesto, avergonzado y muy atropellada la honestidad del pobre Príncipe Predilecto.

En un principio, Predilecto nada veía. Su ojo permanecía pegado a aquel agujerillo del tapiz, pero tan grande era la vergüenza que sentía, y tal era su confusión y la amargura de sus encontrados sentimientos, que aunque allí estaba su ojo, ni su pensamiento ni su mirada percibían otra cosa que el brillo dorado de la luz. Y sólo al cabo de un rato, cuando su corazón dejó de latir desacompasadamente, distinguió vagamente algunas cabezas de muchachos y, luego, el murmullo de sus voces y sus breves y agudas risas. Así estaba cuando, súbitamente, acertó a interponerse entre él y la luz una cabeza de muchacha; pero estaba de espaldas a él, de forma que sólo podía contemplar su nuca: y ésta era de un rubio tan claro, sedoso y brillante, que despertó en él un viejo recuerdo de la infancia. «Yo he visto unos cabellos como esos... —se dijo, lentamente, a través del brumoso camino de su memoria—. En alguna parte, en algún tiempo.» Y, entonces, oyó nuevamente la voz de Tontina: voz que, como el día en que ella perdió el cofre del íntimo y valioso tesoro, le llenó de desazón y congoja.

Poco a poco fue comprendiendo de qué se trataba aquello a que estaban jugando: y era aquel un viejo pasatiempo al que, en su niñez, cuando vivía en el Sur, solía jugar con los hijos de los viñadores. «¿Cómo se llamaba aquel juego?», pensó. Pero, por más que lo intentaba, no lograba recordar el nombre y esto, al parecer tan fútil, le desazonaba por momentos, hasta el punto de que le daban ganas de apartar el tapiz, entrar en la estancia y averiguarlo. Sólo la prudencia —aquella prudencia y tino que tan buenos servicios prestaran a Gudú y a la Reina, ya que no a sí mismo— le detenía. Y oyéndoles jugar, se decía que muy poco era lo que veía y oía, para proporcionarle una idea exacta de las palabras con que debería dirigirse a la Princesa, y enterarla de los deseos de Gudú. En estas cavilaciones se hallaba, cuando una voz fresca de muchacho sonó en sus oídos, y aunque la voz no era áspera, creyó sentirlos atravesados por un dardo. Aquella voz —en la que reconoció al raro acompañante de Tontina, que llevaba corona de oro y cuya espada le cegara junto al Lago— dijo:

—Ah, Tontina, el Príncipe Predilecto quiere jugar con nosotros: y es una suerte porque, desde que llegamos aquí, siempre falta uno para nuestros juegos.

—¿Dónde está? —oyó decir a la Princesa. Lleno de horror ante aquellas palabras, Predilecto cerró los ojos. Sentía que el sudor bañaba su frente como no lo había sentido nunca antes, ni siquiera en vísperas de la batalla contra Usurpino.

—No vale si lo digo —oyó decir al muchacho—. Está jugando: hemos de encontrarlo nosotros...

En su angustia, Predilecto percibió gran confusión de risas, voces y carreras. Y tal terror y angustia le embargaban, que no acertaba ni tan sólo a mover, no ya un pie, sino un solo dedo de su mano. Así fue como, súbitamente, alguien descorrió el tapiz y, entre empujones y algazara, cayó sobre él, de forma que su cabeza vino a golpear su pecho con tan mala fortuna, que la aguda piedrecilla horadada que cierto día le diera Ardid, y que él tan celosamente guardaba bajo el jubón, sobre la misma piel, se clavó en su carne, con agudísimo dolor. Abrió entonces los ojos y al resplandor de la luz que iluminaba la habitación, y del gran fuego que ardía en la chimenea, pudo ver a una muchacha, de apenas diez u once años, que se estrechaba contra él. Asimismo, vio que sus brazos y los de ella estaban entrelazados. La cabeza de la muchacha se alzaba, sonriente y curiosa, ligeramente sofocada por la carrera, y reconoció en sus facciones y en su transparente mirada la que había contemplado como el retrato de Tontina. La Princesa, empujada por los demás muchachos, se estrechó aún más contra él, de forma que la piedra se hundió un poco más en su carne: y era tal el dolor que sintió, que no pudo reprimir un leve gemido.

—¿Qué os ocurre? —dijo Tontina, súbitamente seria. Y, de improviso, su rostro quedó totalmente inmerso en aquella seriedad tan profunda y misteriosa que, en su día, estremeció a la Corte y a la misma Reina.

—No es nada —dijo débilmente Predilecto, en tanto deshacía su involuntario abrazo con una brusquedad que a él mismo le sorprendió—. Perdonadme, os lo ruego...

—¿Perdonaros? ¿Por qué? —dijo la Princesa, recobrando su expresión alegre.

—En verdad, no debía estar aquí —dijo él—. Pero lo cierto es que me había extraviado, y...

Pero notaba la mentira en su lengua, con tan acre sabor que se detuvo. Entonces oyó decir al extraño muchacho:

—¿No queríais jugar? Así me lo parecía. Es una lástima, pues nos faltaba uno, y veníais tan oportuno...

Todos los muchachos mostraron su desencanto; hasta que Tontina dijo:

—Si no quiere, no podemos obligarle.

Pero le había tomado de la mano y le arrastraba tras sí, de forma que, antes de darse cuenta de lo que estaba ocurriendo, Predilecto se halló en el centro del grupo y sentado junto a la Princesa.

—Estáis pálido —dijo ella. Y sacando un pañuelo del puño de su vestido lo acercó a su frente, con ánimo de enjugarle unas gotas de sudor. Pero él la rechazó, aún más bruscamente.

Tan asombrada quedó Tontina y tal expresión de pena leyó en sus ojos, que no pudo menos de decir:

—No quise ofenderos, Señora. Perdonadme.

—A los guerreros no se les hacen esas cosas —dijo con aire de falsa sabiduría uno de los pajes más menudos—. No les gustan la compasión ni los cuidados: para eso son guerreros.

—¿Sois un guerrero? —dijo Tontina muy interesada, volviendo a guardar el pañuelo.

—Soy el Príncipe Predilecto —dijo él, esforzándose en dar un tono natural a su alterada voz—. El Protector y Guardián del Rey, nuestro Señor.

—Entonces, eres su hermano —dijo Tontina, con sencillez. Y añadió—: Creo que os estamos molestando. Pero tenía mucho deseo de conoceros después de lo que nos ha contado sobre vos mi primo, el

Príncipe Once —y señaló al extraño muchacho que, en tanto, se había sentado sobre la mesa y balanceaba las piernas.

—¿Vos? —dijo Predilecto—. ¿Me conocéis acaso?

—Sí —dijo él, con la calma y suavidad que le caracterizaban—. A veces, el Tiempo, cuando teje del revés, me cuenta historias de gente que aún no ha llegado. Y otras, cuando teje al derecho, de gente que nunca llegará.

Aquel galimatías aumentó la confusión de Predilecto: pero al parecer, tal explicación era de una claridad indiscutible para aquel curioso grupo.

Sólo Tontina, que le miraba muy fijamente, explicó —o así se lo pareció:

—Tal vez no sepáis esto, Predilecto: Once es el menor de los Once Príncipes Cisnes que una malvada Reina encantó. Su hermana, la Princesa Leonor, empezó a tejer para ellos once túnicas de ortigas para devolverles su naturaleza humana, pero el Tiempo le jugó a Once una mala pasada, ya que Leonor no pudo, por falta de tiempo, terminar la manga de su túnica, y anda durante el día con un ala en lugar de brazo. Desde entonces, el Tiempo lo tomó bajo su tutela. Por eso puede montar en su corcel que galopa al derecho y al revés; al Norte y al Sur, al Este y al Oeste; y al revés nuevamente.

—La verdad, Señora —dijo Predilecto, tratando de hallar una luz sobre tanta oscuridad—, que no entiendo nada de lo que decís.

La Princesa hizo un gesto de extrañeza. Pero los demás muchachos y muchachas, y el mismo Príncipe Once, habían hallado alguna cosa que atrajo su interés con más fuerza, y, alejándose hacia un lugar más apartado, discutían y examinaban algo. Sólo Tontina permanecía a su lado. Al fin, le dijo:

—En verdad, Predilecto, que sois muy extraño.

Lo que de ninguna manera podía explicar Tontina a Predilecto —puesto que ni ella lo sabía— era que de aquel mismo Tiempo, pero Tiempo Futuro, la habían regresado a ella hasta el Reino de Olar. Y que la historia de los Once Príncipes Cisnes aún no había sucedido: ni siquiera había nacido el hombre que la recogería y escribiría muchos años después. Así que, al parecer, todo entendimiento entre ellos era imposible.

Pero ocurrió entonces que Predilecto miró con más detenimiento a la Princesa, y sus ojos se enlazaron como si algún invisible hilo los envolviera. Y así, sin poder apartarlos de los de la muchacha, murmuró, como en sueños:

—Lo cierto es, Princesa, que aunque no parezca posible, tengo la seguridad de haberos conocido mucho antes de ahora.

—Sí —dijo ella—, yo también tengo esa sensación: nos hemos conocido mucho. —Entrecerró los ojos como tratando de recordar, y al fin, con radiante expresión que acabó de sumirle en la más espesa de las brumas, añadió—: ¡Oh, ahora atino! No nos hemos conocido: es que tenemos que conocernos mucho, que no es lo mismo. Por eso, también yo guardaba en mi memoria vuestra persona y vuestra voz.

Entonces, sacó de su manga algo, como una joya secreta:

—Ésta es la piedra gemela de tu piedra —dijo. Y parecía hablar más para sí misma que para el Príncipe. Pero él también sentía un raro y desconocido ahogo, como el aleteo de un miedo. El mal que ese miedo le anunciaba, era a la vez deseado y aborrecido. Y desprendiéndose de la suya propia, que se le había clavado en la carne poco antes, con mucha suavidad la limpió de sangre, en tanto le decía:

—No es la piedra gemela, Señora, es una sola piedra partida en dos.

Y asombrándose de sus propias palabras, cada uno tomó su mitad y, uniéndolas, vieron que coincidían exactamente.

—Es muy hermoso —dijo ella, entonces, con una rara e insólita gravedad en la voz.

—¿Qué es hermoso? —preguntó Predilecto, suavemente.

—El mundo —dijo ella—. El mundo es hermoso.

Y guardó la piedrecita envuelta en su pañuelo: y ambas cosas, con gran cuidado, las ocultó en su muñeca.

Aquellas palabras inquietaron a Predilecto. Pues, se dijo, sólo una niña podía hablar así: ya que él, en todos los años de vida recorridos, había comprobado, paso a paso, que el mundo era cada día transcurrido menos hermoso. Nada dijo, porque le pareció que, si lo hacía, algo muy precioso se rompería allí mismo, entre los dos, y en los dos, para siempre.

En aquel momento, regresaron en tropel todos los muchachos y, sentándose en corro, le aturdieron con su conversación, con su lenguaje y, sobre todo, con su rumor. Pues aquel rumor que, como halo o brisa les envolvía, poco a poco fue distinguiéndose como aquel extraño viento, coro o música luminosa de que le hablara Ardid. La cortina que cubría la ventana se agitó, y por entre sus pliegues entró el aire cálido de la noche y el perfume intenso de las enredaderas que trepaban muros arriba, hacia las habitaciones de Tontina. Oyó el resplandor, y en el balanceo de las cortinas y en el flotante vaivén de los cabellos de aquellas criaturas, y creyó recuperar algo: algo que había sido suyo, y ya no tenía.

Era ya de noche, con inquietud lo comprobaba, pero ese algo le retenía con fuerza en aquella habitación y no podía en modo alguno abandonarla. Nada decía a Tontina de lo que hubiera debido decirle y, por contra, asistía y se mezclaba en peregrinas explicaciones que asombrosa y suavemente iban poco a poco esclareciéndose en su entendimiento. Si no las comprendía totalmente, tampoco se sentía ajeno a su significado. Y aunque era de noche —y bien lo sabía—, un rumor dorado resplandecía en los bordes de la ventana, y el trozo de cielo que encuadraba parecía hecho de penumbra submarina y luz rosada.

Y así, mirando hacia aquel resplandor, que a su vez era una vieja y extraña y muy recóndita melodía hecha lo mismo de voces y sonidos, como de historias que ya había olvidado, y otras que en adelante conocería, comprendió que el Tiempo, protector de Once, había salvado de él mismo a aquel niño cisne para siempre: le había detenido entre sus dedos y, a lomos de su corcel, galopaba sobre el mundo sin fin y sin freno, y así persistiría, niño en el tiempo, mientras el Tiempo exista. Y por eso Once debía llevar su ala-brazo —que no era brazo, sino ala de cisne, como todos sabían, y él también lo sabía ahora— eternamente oculto por su manto. Así estaban las cosas, y así eran las enrevesadas y a un tiempo transparentes cosas que ellos le comunicaban, de forma que una fuerza muy sutil y poderosa le retenía allí. Sí, sí, hubo un tiempo, allá en el Sur, en que la

luz y los colores y aquel intenso y delicado perfume le pertenecían...
¿Quién se lo había arrebatado? ¿Quién se había apoderado de su infancia y la había arrojado lejos, como un despojo...? ¿Qué se había
hecho de aquel niño que andaba entre viñedos y miraba el mar...
Uno que no murió, ni fue enterrado, y, sin embargo, no estaba
aquí...?

Al fin, Tontina le llevó de la mano a la ventana y le mostró, en el
erial y resto abrasado del que fue Jardín de Ardid, el alto, resplandeciente, extraordinario Árbol de los Juegos: aquel cuyas hojas, todas y
cada una de ellas, explicaban minuciosamente los juegos y las aventuras, las rosas perdidas y las no nacidas, el color de la maldad y la
risa de la tontería adulta. En fin, la Historia de Todos los Niños.

—Y ahora que tenéis asegurado un sueño divertido —dijo Tontina, notando que sus ojos se llenaban de arena dorada (la fina arena
de las playas de aquel Sueño, el que transporta al último instante y al
primer instante)—, espero que el Trasgo del Sur os conduzca bien, y
que mañana nos visitéis de nuevo: pues sois el más divertido y el mejor entre todos los muchachos que he conocido. —Dicho lo cual, se re-
costó entre los cojines de pluma y quedó tan profundamente dormida
que un silencio oscuro y denso ganó la estancia.

Predilecto se encontró entonces en medio de un tropel de niños
y muchachos que, acomodado cada cual según mejor le placía, dormían profundamente en una estancia sin luz; y sólo el rescoldo de
los leños y las últimas brasas producían chasquidos breves, estallan-
tes, «como —se dijo— sería, si es que así fuera, la risa de los trasgos». Allí abajo, el Árbol y el Jardín y la noche toda se habían apagado.

Salió de puntillas. Ya estaba en los oscuros y húmedos pasillos, y
se dirigía a ninguna parte, sin saber a donde, cuando se notó como si
acabara de salir de un sueño. Y al fin olvidó casi todo lo que había
visto y oído o, tal vez, imaginado. Sólo esta frase permaneció en su
memoria: «Sois el muchacho más divertido y el mejor de cuantos he
conocido». «Muchacho —pensó, con tierna condescendencia—. A fe
mía que hace tiempo dejé de ser muchacho.» Y, sin que hubiera razón
para ello, se dijo que la Princesa sólo tenía, a lo sumo, once años y él,

entre los hombres heridos y atravesados por su propia espada, había cumplido los veintitrés.

—Niños, niños, ¡qué absurdas criaturas! —murmuró, en tanto buscaba el aire fresco de la noche, con que aliviar su frente.

4

SEÑORA —dijo el Príncipe, con sonrisa que denotaba un alivio indudable—, creo que estamos en un buen camino: lo que vi y oí en la cámara de la Princesa, me ha hecho comprender la forma en que debo comunicarle las órdenes del Rey. Tened por seguro que no será difícil, pues, a lo que creo, todo lo extraordinario que parece rodear a la Princesa, se debe a algo muy simple: la Princesa es una niña.

—Si así lo aseguráis, ninguna noticia me placería más —dijo Ardid, satisfecha. Pero añadió:

—Sí, es verdaderamente una niña; aunque a los trece años —mintió deliberadamente— pocas lo son aún. Tal vez es esta la razón por la que parece tan extraña y, a menudo, desconcertante.

En seguida, la Reina se dedicó a sus preparativos. En primer lugar, planeó el momento solemne, no por el hecho en sí, sino por lo que representaba, en que debía producirse el encuentro entre Tontina y Predilecto, y la encomienda que, respecto a la ceremonia nupcial, había ordenado el Rey.

—Nada de niños entrometidos —dijo Ardid al Príncipe Almíbar, encargado de estas cosas—. Queden a solas Predilecto y la Princesa, de forma que ella no se distraiga con juegos.

—Querida mía —dijo Almíbar con aire un tanto ausente—, no sé si servirá de mucho: si la Princesa quiere distraerse de la conversación, no dudéis que, sin necesidad de recurrir a su extraño séquito, hallará motivo para ello.

—Pues, sea como sea, evitemos tal cosa en lo que esté en nuestra mano —resumió ella.

Aquella misma mañana la Princesa fue enterada de que, aunque por poco tiempo, debía despedir a todos sus habituales acompañantes, porque estaba obligada a recibir la visita del muy noble Príncipe Predilecto, Hermano y Guía, Protector y Guardián del Rey Gudú.

Con rara docilidad, la Princesa se aprestó a cumplir las órdenes. Muy apurada, rogó al Príncipe Almíbar:

—Noble Señor, os ruego esperéis un instante, pues me doy cuenta del desorden que hay aquí, y quiero ponerle algún remedio antes de recibir a ese Príncipe tan importante.

Y revistiéndose de aquella insólita gravedad que inesperadamente la invadía, mandó retirar muñecos y toda clase de insólitos objetos personales que provocaron la ensoñadora sonrisa de Almíbar. Y así, aunque dando muestras de una idea muy particular sobre el aseo y orden que debe imperar en una cámara principesca —muñecos y objetos eran precipitadamente ocultos tras los tapices, bajo almohadones y en toda clase de escondrijos—, Tontina pidió que la dejaran sola. Y, sentándose con toda corrección en una silla —si bien ensayó en tres, hasta hallar la más adecuada—, dijo:

—Señor, decid al Príncipe Predilecto que estoy dispuesta a recibirle.

Naturalmente, Ardid se había instalado con la mayor comodidad posible tras el tapiz espía. Y aunque su mirada no podía abarcar mucho a través del indiscreto agujerito, lo cierto es que sus oídos eran finísimos por naturaleza, y no resulta arriesgado aventurar que hubiera podido oír crecer la hierba.

Predilecto aguardaba con aire solemne la orden de entrar en la cámara de Tontina. Desde tiempo atrás, tenía la sospecha —casi certeza— del lugar donde en aquellos momentos se hallaba la Reina. Por lo que, si bien no acertaba a desentrañar la profunda razón de aquel espionaje, una desazón mayor de la que aquella certeza le producía, se abría paso en su ánimo. Revistiéndose de la mayor solemnidad y total carencia de intimidad o familiaridad posibles, entró en la cámara de la Princesa. Y le tranquilizó comprobar en ella una actitud igualmente solemne, y con la apariencia de no haberle visto ni hablado antes.

Ante ella, Predilecto hizo una de sus más espectaculares y celebradas reverencias. Comprobó, con alivio, que las duras jornadas en el Este no habían menguado su capacidad de gentileza, y dijo:

—Señora, mucho os agradezco el honor que dispensáis al Hermano, Guardián y Protector de vuestro augusto prometido, recibiéndome sin protocolo alguno y en estricta soledad: pues he de partir sin dilación una vez hayáis escuchado la misiva que para vos me envía el Rey... Y cumplirla, asimismo, a la mayor brevedad.

—Hablad —dijo ella, en un tono que, por su serena dulzura y, aunque suave, indudable altivez, sorprendió a la misma Ardid—. Si tanta prisa tenéis, no os entretengáis en palabras que no sean del todo necesarias. Os libero, pues, de cualquier protocolo.

—Gracias, Señora... Mi Señor, el Rey Gudú, a quien sirvo, respeto y amo más que a mí mismo, me ordena deciros que, dada la importancia de la empresa que le retiene, muy a su pesar, lejos de su futura esposa, y como no desea demorar la boda, me envía a mí en su lugar y en representación de su Real persona, para que la boda se celebre prontamente. Y luego que esta ceremonia se haya verificado, sin posible demora, regrese junto a él.

Un silencio que a Ardid se le antojó excesivo —y al propio Predilecto— hizo esperar la respuesta de Tontina. Pero al fin, con la misma entonación dulce, firme y grave que había mostrado antes, dijo:

—Si así lo desea el Rey Gudú, así se hará. Decidlo, pues, sin dilación a mi augusta futura madre, la Reina Ardid.

Ardid estuvo a punto de lanzar un suspiro de alivio, pero se contuvo a tiempo y, precipitadamente, regresó por el pasadizo. De suerte que así, no pudo oír lo que sin duda habría desbaratado todas sus ilusiones.

Apenas había terminado Predilecto su gentil reverencia y se disponía a retirarse ante el gesto con que amablemente la Princesa le despedía, cuando ésta hizo algo insólito y desconcertante. Algo que, a su juicio, no sólo una Princesa de tan clara estirpe, sino la menos ceremoniosa de las damas habría osado hacer en su presencia: con súbita malicia en sus brillantes ojos —que habían tomado en aquel instante una suave transparencia dorada—, Tontina le hizo un significativo y nada regio guiño. Y antes de que el joven saliera de su azorado estupor, la joven Princesa saltó de la silla y, colgándose de su cuello, lanzó sonoras carcajadas, mientras decía:

—¡Sois el más divertido de todos! A nadie, a nadie, ni siquiera a Once, se le hubiera ocurrido un juego semejante.

—Por favor, Señora —dijo Predilecto con voz alterada. Se desprendió cuan rápidamente pudo de aquel abrazo, y añadió—: Os lo ruego, no hagáis esto: estáis muy equivocada si creéis que de un juego se trata, pues sólo la verdad y nada más que la verdad habéis oído.

—Pues aunque sea la verdad... —dijo Tontina, un tanto asombrada de su actitud (Predilecto vio con una indefinible pena, que no tenía ninguna razón de ser, que ahora ella ocultaba tímidamente los brazos a la espalda, para evitar un nuevo abrazo). Aunque sea verdad: es un juego bonito.

Sus ojos le miraban tan serios ahora, que tuvo la impresión de que había un deje extraño en su voz, como un temblor apenas cierto, como una levísima tristeza.

Y así quedaron, uno frente a otro, sin saber qué decirse. Y estaban callados, y como asombrados de ver algo que nunca habían visto; o escuchado algo que jamás habían oído; como si acabaran de descubrir lo que nadie antes de ellos había conocido nunca, aunque, fuera tan conocido y tan distinto y tan viejo como el mundo.

El Príncipe Almíbar se anunció entonces y, precediendo a la Reina, entraron ambos con rostros alegres en la cámara de Tontina.

—Querida —dijo la Reina—, creo que mi querido Príncipe Predilecto os ha comunicado ya los deseos del Rey.

—Así es, Señora —dijo la muchacha. Pero seguía mirando a Predilecto de tal forma, que el muchacho pensó que probablemente no oía, o, al menos, no entendía, lo que le decía la Reina. Y en esta misma actitud, y en el mismo silencio que, de improviso, había llegado a ella y la invadía totalmente como una nueva y misteriosa naturaleza, oyó la alborozada y a todas luces presurosa enhorabuena de Ardid; y también sus diligentes, pero al parecer muy elaboradas con antelación, órdenes y consejos para que la ceremonia se celebrase sin dilación. Y tan entusiasmada estaba, y tan feliz parecía enumerando los preparativos y menudencias que para tal acto serían necesarias, que no vio ni oyó otra cosa que sus palabras, a pesar de que el repentino y denso silencio de Tontina y del propio Predilecto eran tan visibles y audibles como sus personas y sus voces.

Sólo cuando Predilecto se retiró, junto a Almíbar, y quedaron solas, acertó a ver la Reina un resplandor distinto en los ojos de la Princesa:

—¿Lloras, hija mía? —dijo, atrayéndola hacia sí. Y mientras la besaba en la frente y alisaba sus hermosos cabellos rubios, añadió—: No es cosa de importancia, ¿sabes? Todas las muchachas lloran la víspera de su boda.

Y se retiró, sin apercibirse de que en la mano derecha, fuertemente apretada en el puño, hasta sentir dolor, Tontina se aferraba —con desespero desconocido y terrible— a la mitad que le correspondiera de cierta piedra horadada y azul. Con súbita congoja, Tontina se dijo por primera vez que, acaso, contrariamente a lo que siempre creyó, el mundo no era hermoso.

Los problemas y vicisitudes de Ardid no habían llegado a su fin, como tan confiadamente creía.

Apenas había transcurrido la mitad de la tarde, fue llamada urgentemente por dos de las muchachitas que acompañaban a la Princesa:

—Venid, Señora —le dijeron, tan llorosas y azoradas que trabajo tuvo para entenderlas.

Explicaron que su Señora, la Princesa Tontina, se hallaba en verdad en trance de muerte. Desolada corrió la Reina ante tales noticias: y en verdad que halló a Tontina tendida en el suelo, y tal ardor había en sus mejillas y tal brillo en sus ojos —que por otra parte no veían ni conocían—, que temió por un instante que aquellas desdichadas e insensatas emisarias no se hallaran lejos de la verdad.

Suspendió, si bien por contrariedades momentáneas, la ceremonia nupcial, y se apresuró a llamar al Hechicero en su ayuda.

El anciano entró en la estancia, y aun mucho antes de observar a la postrada Tontina, recorrió con astuta mirada la sala en general, las cabezas de muñecos que asomaban por doquier y las asustadas flores que, al borde de la ventana abierta, esperaban ansiosamente su veredicto. Entraba a su través el más puro y perfumado aire que podía respirarse en el Castillo, y una vez observadas minuciosamente todas estas cosas, en vez de aproximarse al lecho, acercó su cabeza al hueco de la chimenea y llamó:

—Amigo, ¿has reconocido y recogido algún síntoma del tradicional veneno?

El Trasgo apareció con rapidez inaudita —en los últimos años se hacía cada vez más remolón— y dijo:

—Algunos. Abre su mano derecha.

El Hechicero se aproximó a la Princesa y, tomando su mano fuertemente cerrada, la abrió: contempló algo, y volvió a cerrarla inmediatamente.

—Dime —dijo Ardid, impaciente—. ¿Qué es?

—Nada de particular importancia —contestó el anciano—. Aunque te lo explicara, dudo que lo entendieras. Has de saber, en cambio, que según presumo, lo que ocurre es vulgar y pasajero, y en suma: no reviste interés especial.

—Sea como fuere —dijo Ardid golpeando el suelo con el pie, cosa que no hacía desde los tiempos lejanos de su infancia—, date prisa en hallarle cura, porque sabes que la boda urge.

—Ten calma —dijo el Hechicero, con voz cansada y triste—, ten calma, Ardid: la vida sigue la vida, y a la vida, la muerte. Ante estas cosas, poco podemos los humanos.

—¿Va a morir? —se alarmó la Reina.

—No en este trance —dijo el anciano—. Pero morirá, tenlo por seguro, como tú y como yo.

—Bueno, pues apresúrate —se impacientó ella—. Conoces lo delicado de la situación, y conviene dar remate cuanto antes a asunto tan enojoso.

Sin embargo, en vez de retirarse, se sentó junto al lecho de Tontina, mirándola. Y mientras el Hechicero se inclinaba sobre el pecho de la niña y escuchaba su corazón, y escudriñaba el fondo de sus ojos —que parecían ciegos— y tocaba levemente sus oídos —que parecían sordos— y colocaba un ramito de orégano entre sus labios —que parecían privados de todas las palabras—, y luego dejó el mismo ramito sobre el corazón de la Princesa, Ardid no dejaba de mirarla. Al fin, en un impulso raro en ella, tomó entre las suyas la mano que, laxa —aunque cerrada como una concha—, caía entre los pliegues de su lecho. Y así, con aquella mano pequeña que tenía el color mezclado del ámbar y la nieve, intentó abrirla; pero aunque con sólo presionarla levemente lo había conseguido el Hechicero, ella no podía hacerlo. Más que una mano cerrada parecía un cofre cerrado: como aquel que contenía el peregrino tesoro, ya sin secretos. Y dijo:

—¿Qué guarda aquí, Maestro?

—Nada de interés, querida niña: una piedra del río.

—Ah —dijo ella. Y sin saber por qué, suspiró y repitió, como para sí misma—, una piedra del río.

Y pensativa, tal vez un largo tiempo, tal vez un solo instante —nunca podría saberlo—, oyó decir con voz aliviada a su Maestro:

—Oh, ¿así que se trata sólo de esto? ¡Estamos de enhorabuena!

—¿Qué es eso? —preguntó Ardid, curiosa e impaciente. Y vio que la ramita de orégano se había trocado en una flor de largos pétalos, hermosa y resplandeciente. El Hechicero la tomó delicadamente entre el pulgar y el índice, y dijo, guardándola en los pliegues de su túnica:

—En verdad es una flor muy útil: sirve para innumerables conjuros y no es frecuente la oportunidad de asistir a su nacimiento. Pero, para explicártelo claramente, te diré que la Princesa no está enferma, sino tan sólo... ¿cómo podría decírtelo?, ha sufrido una metamorfosis.

—¿Qué dices? —se alarmó Ardid—. No irás a decirme que va a convertirse en rana o en cierva, como según pudimos comprobar, sucedió a algunas de sus antepasadas...

—No, no es eso exactamente —dijo el anciano, pensativo.

Entonces, el Trasgo asomó la cabeza bajo el lecho y, encaramándose al respaldo de la silla de la Reina, dijo:

—Es sólo una especie de contaminación.

—¿Contaminación? —dijo Ardid, más nerviosa de lo aconsejable—. ¿Qué clase de contaminación?

—En verdad —dijo el Trasgo—, lo que ocurre es que dejó de ser, sino totalmente, sí en parte, quien era. Es decir, que saltó la barrera del Plazo Establecido.

—Pero ¿queréis volverme loca? —se lamentó Ardid—. Hablad en mi lengua, os lo suplico.

El Trasgo y el Hechicero cambiaron impresiones en voz baja y, al fin, el Maestro dijo a Ardid:

—Verás, la vida humana está compuesta y condicionada por plazos que, de una u otra forma, pueden tener su prórroga o su fin. En este caso, un plazo ha vencido: pero a lo que parece, con ciertas prórrogas. En definitiva, y para elegir una fórmula que puedas alcanzar, te diré simplemente que la Princesa Tontina ha abandonado a Tontina sin dejar de ser Tontina... Y créeme, no hay motivo, al menos por ahora, de alarma. Pasarán seis o siete días, a lo sumo, y Tontina volverá a levantarse del lecho, a ver, y oír, y hablar. En suma, a comportarse normalmente. Y tengo para mí, que al menos en el aspecto que a ti te place, se comportará mucho más normalmente de como lo ha hecho hasta el presente.

—Bien, si así es, tengamos paciencia —dijo Ardid—. Pero ya me parece casi imposible ver el día en que esta muchacha deje de proporcionarme inquietudes y sobresaltos.

—Muy pronto dejará de hacerlo —dijo el Trasgo—. Tenlo por seguro, querida niña.

Y con estas palabras —que no alcanzó en su profundo significado—, Ardid quedó tan cansada que, a poco, se durmió.

—Dejémosla descansar —dijo el Hechicero—. Falta le hace.

—Así lo creo —añadió el Trasgo—. Pobrecita niña, querida... ¡qué sabe ella!

—Querida niña es, en verdad.

Y besándola ambos en la frente, cada uno regresó a su lugar adecuado.

Pero no había pasado mucho rato cuando Ardid despertó sobresaltada. Contempló a Tontina a su lado, que parecía dormida. Arregló los pliegues de su vestido, alisó sus cabellos y, suavemente, colocó sus manos en posición descansada. Entonces, descubrió una cabecita negra que, bajo la almohada, parecía contemplarla. Con una honda y lenta ensoñación, tan vieja como el mundo, tomó aquel muñeco: lo examinó entre sus manos, le dio vueltas y, al fin, volvió a dejarlo

junto a la Princesa; al lado de la mano que permanecía tan fuertemente cerrada.

—Es extraño —se dijo—. Nunca pensé, hasta ahora, cuán pronto
perdí mi infancia... si es que la tuve algún día.

Y recordó de nuevo aquel muñeco que había enterrado en la
cueva, junto al mar; le pareció que apenas había transcurrido el
tiempo desde aquel atardecer en que contemplara las siluetas de las
cabezas de su padre y su hermano hincadas en las picas, sobre las ruinas del Castillo. Algún día —pensó— iría allí y desenterraría aquel
muñeco, y tal vez lo guardaría en alguna parte —en algún cajón, en
algún saco, en algún secreto lugar—, donde nada, ni nadie, excepto
su tímida y temblorosa memoria, pudieran encontrarlo.

5

DESDE que fue enterado de la enfermedad de Tontina, Predilecto
se hallaba preso de una desazón que le sumía en profundas inquietudes. Algo extraño sucedía en él, pues lo que tan candorosamente creyó como el único horizonte de su vida —la lealtad, el afecto,
el agradecimento, tanto al Rey como a Ardid—, se había tornado día
a día más complejo y oscuro. Estas cosas ya no constituían tan simples como incuestionables causas. Eran, por contra, origen mismo de
duda, de miedo, de meditación; y de una creciente, aunque vaga y remota, rebeldía. El conocimiento de la Princesa le había sumido en un
mar de perplejidad y desasosiego: por un lado, una extraña piedad se
apoderaba de él al comprobar cuán ciegamente vivía la Princesa Tontina en un mundo que era del todo distinto a como ella suponía; y por
otro, era en aquella piedad donde más claramente se apercibía de
que, aunque en distintas circunstancias, él mismo sufría esa misma
clase de ceguera.

Casi sin reflexión —cosa en él muy extraña—, montó en su caballo y —como hiciera en otro tiempo, cuando acompañaba a su padre,
y no hacía mucho a su hermano— se adentró en los bosques, en busca
de paz y serenidad. Y así, sin que tuviera entera conciencia de ello,
llegó al borde de las Tierras Negras, donde habitaba el sufrido pueblo

de los Desdichados. Entonces, su corazón reavivó la vieja simpatía y amistad por aquellas familias, cuando la joven Lure le había sanado la herida. Y experimentó el gozo de reencontrar tan entrañables amigos. A medida que se acercaba allí, iba descubriendo algo antes nunca pensado: que ellos eran sus únicos y verdaderos amigos, pues nada más que su amistad y afecto esperaban de él; y que sólo su persona era lo que les agradaba, y nada que pudiera beneficiarles en su desesperanza.

Así pensaba cuando entró en la aldea, y con dolor comprobó que las míseras cabañas ofrecían un aspecto desolado, abandonado, yermo. Ningún fuego ardía, ninguna voz resonaba entre la arboleda, ningún niño se perseguía entre risas: hasta los pájaros, al parecer, habían abandonado tan desolado lugar. Un gran silencio se aposentaba por doquier. Así lo respiraba, hasta casi anegarse en él, cuando al fin, entre unas empalizadas, divisó un perrillo gris, de ojos como ciruelas maduras, tan joven y tierno que, al parecer, no había aprendido aún ni siquiera a huir; sólo su curiosidad le mantenía allí, casi sonriente —en verdad, parecía sonreír—. Predilecto desmontó, lo tomó en sus brazos y le prodigó cariñosos nombres, mientras se decía que aquel perrito era, tal vez, el único superviviente de algo atroz que no se atrevía a pensar. Se juró a sí mismo salvarlo de la muerte y conocer la causa de tanta desolación. Así estaba, cuando una piedra, y luego varias, vinieron a caer junto a él. Rápido —como soldado que era—, se aprestó a la defensa, y conminó a su adversario a luchar de frente, si así lo tenía por justo.

Apenas había dicho esto, sin resguardarse, solamente en pie en aquel claro del bosque tan seco y triste, con la espada en alto, cuando un nuevo silencio le rodeó. Estaba ya a punto de creer que había sido objeto de alguna broma por parte de las criaturas silenciosas que habitan los bosques, cuando, lentamente, surgieron de la espesura algunas figuras. Eran de baja estatura, delgadas y harapientas, pero todas portaban toscas armas fabricadas con ramas y piedras afiladas. Y de entre todas, una más que ninguna le llamó la atención, por ser, al parecer, quien las capitaneaba. Al fin, descubrió sus ojos: tan negros y tan fieros como jamás vio otros. Cuando le hubieron rodeado, comprobó que se trataba de muchachos, de ocho o diez años a lo sumo, y que aquel cuyos ojos tanto le impresionaban, alcanzaría los quince. Sin embargo, algo había en él que le devolvió la imagen familiar de un rostro, antaño muy conocido. Al punto, le reconoció, y bajando su espada, dijo:

—¿No eres tú Lisio, el hermano pequeño de Lure?

—Sí —dijo él, y en su voz había un gran rencor—. Lo soy, y te reconozco, Príncipe Predilecto. Vengo a matarte, a ti y a todos los de tu ralea, lobos sanguinarios, que habéis bebido nuestra sangre y secado nuestra vida.

Predilecto sintió cómo aquellas palabras se clavaban en su corazón, igual que dardos. Y una voz interna le decía que no podía esgrimir razón alguna que pudiera hacer desistir a quien las había pronunciado. Así pues, se sentó en la hierba, y dijo:

—Prisionero me doy, y haced conmigo lo que deseéis. Pues si con mi muerte podéis alcanzar la libertad y la vida, estimo que mi muerte será para mí más preciosa que mi vida.

—Tu hermano, el Rey, a quien acompañabas y protegías —prosiguió el muchacho con voz donde se mezclaban lágrimas secas, ya imposibles, y un rencor viejo pero renacido y verde, indomable como junco tierno—, ordenó que esta aldea, ya tan mísera de por sí, fuera evacuada; y todo hombre o mujer, o persona que pudiera ser útil, fue conducida y encadenada, como animales dañinos, hacia otras minas, al parecer más fructíferas que ésta. Y a los ancianos y los desvalidos, mandó asesinar: y si miras hacia tu espalda, verás un cementerio donde cada piedra que luce al sol como un diente de ira, da testimonio de tantas tumbas como cavamos para ellos. Por niños, supimos escondernos, igual que raposos, en el bosque, y no nos encontraron. Pero te juro, Príncipe Maldito, de la estirpe de los Malditos, que pagarás por todos ellos.

—Si es cierto lo que dices —dijo Predilecto, preso de una calma que, extrañamente, se amasaba en un estallido de su muy remota y acallada rebeldía—, creo que no mi vida, sino mil vidas que tuviera no serían suficientes para purgar el gran pecado de ignorancia que he cometido: pues si mis oídos no han oído tamaña iniquidad, ni mis ojos la vieron, no merezco oír ni ver nada más en este mundo. Y ten por seguro que tampoco la vida me será grata, en adelante, con tal peso sobre mi corazón.

Y tomando su espada, la entregó por el lado de la cruz al muchacho. Lisio la tomó prestamente y la alzó contra él. Pero en el último instante, su brazo se abatió, y sus ojos se llenaron de unas ya olvidadas lágrimas. Dejándola caer, se abrazó fuertemente a Predilecto. Y así, todos los niños se les acercaron y les miraban, con sus redondos ojos, donde residía —según sintió Predilecto— todo el pasmo del mundo: el pasmo que produce, en la inocencia, la injusta ley de los hombres. Estrechó a Lisio contra su pecho, y le dijo:

—Lisio, te juro que defenderé vuestras vidas y repararé cuanto daño os he podido hacer.

Lisio se rehízo prestamente y, secando sus lágrimas, dijo:

—Príncipe Predilecto, tú eres tan pobre y tan indefenso como yo. Mi abuelo me lo decía, y veo que no me engañaba. Vuelve a donde viniste y olvídanos, pues nada puedes hacer por nosotros, si nada puedes hacer por ti mismo.

—No hables así —dijo Predilecto, preso de súbita furia—. Nada hay en el mundo que no pueda remediar el valor y la voluntad de vivir. Ten por seguro que así lo haré saber.

—Pero nosotros no lo veremos —dijo Lisio—. Porque mi abuelo bien lo sabía, y antes de morir me dejó por herencia, desde lo más oscuro de su sangre, que un día nosotros invadiremos la tierra: y la tierra será de hombres, no de héroes, ni de reyes, ni de fantasmas. Y así, las leyes tomarán nuevos cauces, y tal vez algún día, el cielo y la tierra podrán llegar a un entendimiento, y la luna bajará a beber de nuestro mar, y la tierra subirá a tomar la luz del sol. Sólo sucederá esto el día en que todos nos miremos a los ojos y escuchemos nuestras palabras, y hablemos la misma lengua: la lengua del amor. Pero ni tú ni yo lo veremos, ni los hijos de nuestros hijos, ni los hijos de los hijos de nuestros hijos. Ésta fue la única herencia que me legó mi abuelo, y así la conservo; para transmitirla de sangre a sangre, de corazón a corazón, de voluntad a voluntad...

Predilecto, muy confuso ante tan, para él, incomprensibles palabras, dijo:

—¿Y cómo conocía tu abuelo esas cosas?

—Porque de voluntad a voluntad, de sangre a sangre, todos los hombres desdichados cuidaron de que su única herencia posible no se perdiera.

Predilecto quedó muy pensativo, y al fin se dijo que, a su vez, él era partícipe de tal herencia, y como tal, no la dejaría perder en vanas palabras, vanos actos, sinrazones y egoísmo que cubrían la corteza del mundo. Tanto es así que, por contra, la horadaría como lanzas, como dardos, y desentrañaría la verdad que, acaso, latía en la última piel de las cosas y de la vida.

—¿Y Lure? —dijo, con un raro temblor—. ¿Dónde está?

—Se la llevaron —dijo Lisio—. Con las otras muchachas y muchachos, con los hombres y mujeres, encadenados, hacia las tierras del Este: en el País de los Desfiladeros necesitan nuevos Desdichados.

—Tomad cuanto tengáis con vosotros —dijo Predilecto—, y seguidme. Pues, aunque no rico ni esplendoroso, tengo un Castillo y una tierra, en el Sur; y allí os alojaré, entre los que componen las gentes que me cuidaron en la niñez. Tendréis amparo y cobijo hasta que llegue el momento en que, juntos, levantaremos la ira del mundo contra la estupidez, el egoísmo y la crueldad. Y os juro que no faltaré a mi promesa, y con mi vida pagaré si la traiciono.

Y así, les condujo, y llegados a las cercanías de Olar, les ordenó aguardar fuera de la muralla. Tiempo después, regresó con una pequeña carreta llena de víveres y agua, y ordenó a su viejo y querido ayo Amer que les condujese al Sur, y les alojase y cuidase, tal como él había prometido, en su Castillo y tierras. Cuando les vio partir, bordeando el Lago, hasta desaparecer camino a la tierra de los olivos, de las viñas y del mar azul, algo se partió en su corazón; y una súbita revelación llegó hasta él: «Allí —rememoró— fue donde conocí a la Princesa. Allí, entre las hojas húmedas de una huerta, una tarde remota en que florecían las ramas de los ciruelos y el mirlo cantaba en las ramas del cerezo. Allí, aquella tarde oía yo el manar del manantial, y la luz se volvía verde y oro, entre las hojas; entonces, en aquel momento, yo vi a Tontina, con el cabello suelto y los pies descalzos, y se sentó a mi lado; y juntos, con las manos unidas, nos metimos en el agua; y una cuenta bordada se desprendió y se cayó de su jubón, y con las manos en el agua, juntos la buscábamos, y la perdíamos, hasta que ella se adelantó a mis manos, y el agua y la luz y el mundo entero la tragó».

Como si despertara, el frío del atardecer anunció que la noche volvía, y en tanto regresaba al Castillo, se dijo que aquella niña de su memoria, o de su sueño, que aquella no era Tontina: pues si Tontina fuera, ahora sería una mujer y no una niña de once años. En el tiempo que añoraba, él tenía diez años, y ella parecía de su misma edad...

Cuando de nuevo atravesó las murallas de Olar, lo olvidó todo: su recuerdo, su revelación e, incluso, su promesa al joven Lisio. Porque un aire repleto de gritos de mercader invadía y corría, como el agua de un poderoso río, arriba y abajo las calles de la ciudad. Y los cascos de los caballos; y la ronda de los soldados que ordenaban cerrar las puertas de la ciudad; y el mismo olor de los guisos; y las voces, y la noche abigarrada de Olar, en suma, eran más fuertes que todos los conjuros, que todos los recuerdos y todas las promesas.

Al cuarto día de su extraña postración —en la que ni veía ni oía ni hablaba—, Tontina parpadeó, y el color volvió a sus mejillas. Pidió entonces que la llevaran al Jardín y la colocaran en la hierba, bajo el Árbol de los Juegos. Así se apresuró a hacerlo la Reina: ella misma mulló la suave hierba con las manos, como si de un colchón de plumas se tratase. Y con gran cuidado, allí la depositaron. Los muchachos del séquito y el Príncipe Once vinieron a besarla en la frente. Luego jugaron a las prendas, hasta la noche. Pero Tontina no mostraba el interés anterior por esas cosas, y a menudo se distraía, como si pensara en muy distintas cosas. Once trepó al Árbol y, balanceando las piernas desde una rama, arrancó una hoja y leyó en ella algo que le hizo exclamar:

—¡Tontina, falta uno para que el juego sea completo...!

—Claro —dijo ella, súbitamente reanimada—. Falta el Príncipe Predilecto.

La Reina se hallaba en su gabinete repasando minuciosamente las cuentas, y tuvo un gran sobresalto al ver a aquel muchacho, llamado Once, sentado en el alféizar de su ventana:

—¿Qué haces ahí? —dijo, con un vago temor, que le recordaba cuando era niña y descubrió al Trasgo entre las cepas.

—Aguardo —dijo él—. Hace mucho que aguardo, y aún debo aguardar muchos siglos, hasta que me releven.

—¿Quién te relevará? —murmuró Ardid, inquieta. Pues aunque no entendía cabalmente aquellas palabras, su punzante e indomable curiosidad la empujaba, e intuía que su significado estaba muy cerca, aunque no atinase a descifrarlo.

—Aguardo el relevo de otro niño eterno. Entonces, regresaré a la Historia de Todos los Niños.

Y así diciendo, con su acostumbrada volubilidad, Once saltó al interior del gabinete y cogió una manzana de las que Ardid tenía en una bandeja —desde la infancia, las manzanas eran su bocado predilecto.

—Reina Ardid —dijo Once—, os traigo una súplica de la Princesa: desea que el Príncipe Predilecto vaya a completar su juego, pues nos falta uno, y sin él, no podremos jugar.

—Sea —dijo Ardid, sin entender gran cosa de lo oído; después de todo, de juegos de niños se trataba—. Y quiera Dios que pronto se recupere, jugando o no jugando. Pues muchos días transcurren desde su mandato, y temo la impaciencia del Rey.

—Pero el Rey es tonto —dijo Once con tal candor que anulaba cualquier represalia—. Y por tanto, sus impaciencias no tienen la menor importancia.

—¿Qué dices, insolente? —clamó Ardid, más asustada que irritada por tamaño desacato—. Sólo en gracia a tus pocos años y linaje, te perdono esas palabras.

—¿Pocos años? —rió Once, divertido—. ¡Oh, qué graciosa sois, Señora! Sabéis tan bien como yo que cuento más de doscientos años, antes y después de los sueños, aunque el Tiempo me tenga atrapado en su malla.

Y sentándose de nuevo en el alféizar, balanceó de tal manera las piernas hacia el exterior, que la Reina, presa de gran vértigo, cerró los ojos. Y cuando los abrió, ya no estaba allí el Príncipe Once.

—Brujos o no brujos —dijo Ardid—, en cuanto se celebre la boda y regrese Gudú, os enviaré a donde merecéis: tanto a esa fementida

Historia de Todos los Niños, como a cualquier lugar donde no importunéis más. Si, en verdad, Tontina ha experimentado un cambio, como dicen el Maestro y el Trasgo, creo que nada o poco tenéis ya que hacer aquí.

Intuía vagamente —pero sin error— de qué clase de gente se componía aquel séquito. Y ordenó a Predilecto que cumpliera el deseo de la Princesa. «Afortunadamente cuento, al menos ahora, con esa excelente criatura. Pues si no fuera por él, su fidelidad sin límites y su (por qué negarlo) su poquito de tontería, más duras resultarían mis pruebas.»

Y aquí sí que, en verdad, fallaba por vez primera su prodigiosa intuición. Tal vez los afeites que con tanto esmero, discreción y tino cuidaban de su piel, y los corsés que oprimían su talle tenían la culpa: pues desde la llegada de Tontina, éstos la habían privado de apreciar, en su rápido aumento, las finas arrugas, el primer cabello blanco enredado en las rubias trenzas, avisos de que Ardid, ella, ella, había entrado, como cualquier humano, en el primer día de la muerte: esto es, el último de la juventud.

Y aquel viento, aquella música, aquel desazonado batir de alas invisibles, se le hizo insoportable. Mandó que le confeccionaran un tocado de terciopelo negro, con cuidadosos adornos dorados, de forma que cubrieran sus orejas, para no oír susurros y memorias y amores. Y, como se había propuesto, mandó limpiar cortinas y coser descosidos, y barrer y asear; y ordenó revisar las telas traídas en el último viaje a la Isla de Leonia. Mandó entonces a las damas, en reunión femenina, que estudiaran cómo remozar sus vestuarios y procurarles más brillantez y lujo. «Pues en verdad —dijo en aquella reunión femenina, que a todas agradaba tanto— creo que esta Corte adolece de desidia; y en lo tocante a modas y novedades, aseo y pulcritud en nuestras habitaciones, estamos muy atrasados.» Así lo corroboraron todas. Muy contentas y excitadas, damas y camareras, el Maestro Sastre de la Isla de Leonia, Almíbar y todos sus ayudantes —y hasta la última y más humilde doncella—, en curiosa y muy amable asamblea —unidos y fraternizados por una misma causa—, permanecieron durante todos los días que duró la enfermedad de Tontina en un continuo rumor de tijeras, murmuraciones, cotilleos y

exaltadas vanidades. Parecer más hermosa de lo que en realidad se
es no puede considerarse grave defecto, ya que mucho placer inspira
y, en general, ninguna maldad notoria.

Día tras día, Predilecto fue requerido a presencia de Tontina, que,
por momentos, mostrábase más animosa y parlanchina. Sus mejillas
recobraron el rosa-dorado, y la luz de sus ojos y la sonrisa en sus labios eran como el primer día. Pero, también día a día, mostraba menos interés por los juegos y más, en cambio, por la conversación con
Predilecto. Él, a su vez, cuando abandonaba su compañía, sentíase
como si despertara de algún sueño. Y se decía, con asombro, que sus
conversaciones con la Princesa tornábanse por minutos menos inteligibles y, en cambio —cosa que le azoraba—, cada vez más deseadas y
placenteras. Así, cuando se retiraba a su aposento, si bien recuperaba
su naturaleza —que, cuando con ella se encontraba, creía envuelta en
bruma—, el rostro, la mirada, el tacto de aquellas suaves manos y su
voz le acompañaban aún largo rato, sin abandonarle, como persistente perfume.

Y fue así que, en aquellas ocasiones, se alejaban del Árbol de los
Juegos, donde alborotaban Once y los muchachos, hacia el pequeño
estanque, junto al surtidor. Allí Tontina pedía que le hablase del Sur:
en aquellas ocasiones, tan arrobada le escuchaba la Princesa, que él
mismo revivía su extraño recuerdo, su promesa a Lisio y su incontenible y cada vez más acuciante deseo de regresar a su país natal.

Cumplido el octavo día de su guardia, Tontina le dijo:

—Predilecto, creo que ya estoy bien, y por tanto, ayudadme a
ponerme en pie.

Hasta aquel momento, sólo había permanecido recostada en una
litera. Predilecto la tomó de las manos y ella se levantó sin ningún esfuerzo. Y saltó tan alegremente sobre la hierba, que todos quedaron
muy asombrados. Pero más que nadie, los muchachos del séquito: de
improviso, habían dejado de jugar, y la miraban con las bocas un
poco abiertas y los ojos muy serios, que le recordaban el pasmo de
aquellos otros —si bien tan distintamente ataviados— que surgieran
del abandonado pueblo de las Tierras Negras.

Un gran silencio se apoderó del Jardín. Inexplicablemente, cesaron el rumor del surtidor y el piar de los pájaros y el arpa delicada que mueve los tallos mecidos por la brisa.

—¡Princesa! —dijo Predilecto, muy asombrado—. ¡Cuánto habéis crecido!

Así era. Tontina había crecido de tal forma que casi alcanzaba su misma talla, con ser él de estatura más que mediana. Y también su cuerpo era distinto. Por vez primera, contemplando su mirada, su contorno, su misma sonrisa, Predilecto pensó que no era una chiquilla, sino que se hallaba verdaderamente ante la futura Reina de Olar.

Súbitamente, los dos quedaron muy intimidados y sin saber qué decir. Hasta que, de pronto, cesaron entre ambos todas las palabras, murieron todas las historias antiguas, presentes o futuras, y desaparecieron el desenfado y la felicidad de sus encuentros.

Predilecto hizo una muy cortesana reverencia, que ella devolvió con la misma gravedad y delicadeza. Luego, el Príncipe fue a avisar de todas aquellas novedades a la Reina; aunque su corazón parecía preso de algún frío mortal, de un infinito desánimo, de una irremediable decepción.

Ardid recibió con gran regocijo las nuevas. Y con Ardid, la Corte. Y con la Corte, todos los nobles, las ciudades, los burgos y las aldeas. Y así, anuncióse prestamente la ceremonia nupcial. Y llegado el día, jamás viose a las damas y caballeros tan bien trajeados, ni mejor adornado el Castillo, tanto por fuera como por dentro. Y el Abad Abundio también llegó, no como en tiempos pasados, a lomos de su borriquillo y envuelto en burdo sayal, sino muy ricamente vestido y en carroza.

Así que grandes fueron las fiestas y aunque el vino era muy escaso —ya que en su mayor parte se lo había llevado Gudú, y no era aún tiempo de recolectar la nueva cosecha— y no se pudo ofrecer en la Plaza la consabida fuente de rosado y blanco, sí se repartieron harina, dulces y aguamiel entre los habitantes de la ciudad. Se organizaron festejos, a los que acudieron en gran número todos los saltimbanquis, juglares, titiriteros, buhoneros y malabaristas que rondaban por los contornos con mejor o peor fortuna. Músicos, danzarines, adivinadores del porvenir, y demás gentes, inundaron las calles. Y de la Isla de Leonia llegaron dos barcos repletos de mercancías. Y un regalo de la misma Reina Leonia para la joven desposada: consistía en un traje de boda, rojo como la sangre y tan ricamente bordado con sartas de perlas, que dejó sin aliento a quienes lo contemplaron.

Vestida con aquel suntuoso vestido, muy poco antes de la ceremonia, la visitó Ardid. Y la encontró tan hermosa, tan dulce y pequeñita en el centro de su gabinete como jamás viera antes a nadie. Resplandecían sus cabellos, antes sueltos y ahora recogidos en trenzas que sabia y delicadamente enarcaban su rostro. Y sus ojos, inundados de aquella profunda seriedad, la miraban de tal forma que la Reina sintió levantarse en su ánimo un respeto que jamás experimentó antes hacia ser alguno. «En verdad —se dijo— que a pesar de todo, se trata de una Princesa auténtica: desde la punta de los cabellos hasta la punta de los pies.»

La ceremonia se llevó a cabo con la mayor pompa conocida —al menos en aquellos lugares—, y en el momento en que el Abad Abundio bendijo la unión, cincuenta palomas traídas ex profeso del Sur volaron sobre los presentes; las campanas anunciaron el gran acontecimiento y trescientas rosas blancas fueron deshojadas —con mejor o peor fortuna— sobre las cabezas, por pajes ocultos en el coro. Cosa que, a decir verdad, les regocijó mucho más que a los destinatarios de tan fragante lluvia.

Nadie reparó, sin embargo, en que el representante del Rey y la joven Princesa jamás se miraron durante la ceremonia; y que, no sólo una mirada, ni tan siquiera una palabra se cambió entre ellos: sólo los fríos anillos, tan fríos y tan brillantes que ambos a su vez se estremecieron al recibirlos y ensartarlos en sus dedos. Y únicamente el Abad, al unir sus manos, pensó que jamás había tocado otras tan heladas.

Apenas concluido el banquete, Predilecto avanzó hacia la Reina, y tras su distinguida reverencia, dijo:

—Señora, mucho me agradaría acompañaros en esta fiesta. Pero estimo que mi presencia es más útil junto al Rey que aquí.

—En verdad —dijo Ardid—, que me gustaría que os quedaseis. Pero comprendo que ya os he retenido demasiado. Y también os digo que mi corazón late de inquietud sabiendo a mi hijo privado de vuestra lealtad y vuestra protección. Partid, hijo mío, y decid a Gudú con cuánta ansia y gozo le esperamos.

Así diciendo, y prescindiendo de todo protocolo, le besó en la frente. Luego, mandó al Hechicero le entregara un pliego donde le explicaban la razón de que éste no le acompañara. Casi bruscamente, sin esperar a más, Predilecto se alejó. Y de nuevo revestido con sus ropas de soldado, reunió nuevamente a sus hombres, dispuesto a partir.

Iba a cruzar el patio, cuando vio sentados en las escaleras al séquito de la Princesa, con el Príncipe Once a la cabeza. Permanecían en silencio, con triste expresión, insólito en ellos. Y con ellos permanecían en el entorno cuantos animalillos y criaturas les acompañaban. Todos revelaban el mismo ánimo decaído y melancólico.

Al verle, dio Once un pequeño grito y se lanzó tras él, y con él todos los demás. Con estupor, Predilecto vio cómo le rodeaban, y lloraban, y entre aquel raro coro de voces que tanto le turbaba, le decían:

—No te vayas, Predilecto, por favor, no te vayas: ha llegado el otoño.

—¿Qué otoño? Estamos en verano...

En vano les instaba a alejarse. Le rodeaban, y sin temor a ser pisoteados por los caballos, uno se asía de un pie y otro de la espada y otro de la capa. Y así estaba de acosado, cuando les gritó:

—¡Soltadme, si no queréis que os aplaste!

Entonces todos volvieron la cabeza, y se apartaron de Predilecto. Y a su vez, éste la volvió también, invadido de un terror grande e inexplicable. Y vio a Tontina que corría desesperadamente hacia él, y le gritaba que no se fuera, que no les abandonara. Como de costumbre, había perdido un zapato.

Detrás de Tontina llegaba Ardid, transfigurada de indignación. Al verla, la Princesa dejó caer los brazos con inmensa desolación. Y mirándole de forma que pareció atravesarle, se calló. Cuando la Reina estuvo a su lado, Tontina bajó la cabeza y dijo:

—Perdón, Señora, os lo ruego.

—Está bien —dijo Ardid, jadeante y sofocada—. Espero que esta sea vuestra última extravagancia.

—La última, Señora —dijo Tontina—. Os lo juro.

Y las vio regresar hacia la puerta, que las devoró, aunque tuvo tiempo de ver cómo Tontina recogía su zapato, y cómo la Reina le ayudaba a calzárselo, y luego arreglaba los pliegues de su vestido,

como una madre cualquiera. Y así, las dos desaparecieron dentro de
la oscuridad.

Sólo entonces, algo como un viento abrasado le llegó, invadiéndole de una furia salvaje y desconocida. Espoleó su caballo y se lanzó
con tal violencia, que sintió que nuevamente se dirigía hacia la nada.
Y notaba cómo se clavaba en su pecho —esta vez de forma que su dolor se hacía intolerable— la aguda piedrecilla azul: mitad exacta de la
que ahora lucía en su pecho, como joya secreta y muy preciada, la
Princesa Tontina.

XIII

Algo nace, algo muere

1

GUDÚ empezaba a impacientarse por la tardanza de Predilecto. Según sus cálculos, si él y el Hechicero no habían perecido en el camino, ya debían estar de vuelta al campamento. Tenía a Predilecto por un ser poco menos que inmortal. Estaba tan acostumbrado a su servicio incondicional, y siempre eficaz, que no concebía pudieran apartarle de él, ni tan sólo por algo tan cotidiano y corriente como la muerte. Y de tal forma crecían su impaciencia y su indignación. Todos los días enviaba un grupo de soldados a otear el horizonte por donde suponía debía llegar su hermano. Y todos los días, las constantes negativas le sumían en una sorda, aunque contenida cólera, pues no era dado a hacer ostentación de sus sentimientos, y desde muy niño sabía que mejor era ser él su único conocedor.

La vida en el campamento, aunque en lo que a disciplina militar se trataba estaba sujeta a muy grande y estricta severidad, no se regía por las mismas formas de la que podía llamarse vida privada de los soldados y del mismo Rey. Gudú había reflexionado sobre la conveniencia de que sus hombres tuvieran en gran estima servirle no sólo por la fuerza de los beneficios obtenidos, sino porque, aun sabiendo que las empresas que se proponía llevar a cabo serían duras y temerarias, tal y como las presentaba a quienes le seguían, igual de grande era su magnanimidad en todo lo demás, y difícilmente aquellas gentes le hubieran defraudado o abandonado.

La mayor prueba la tuvo cuando, tras el botín y victoria sobre el País de los Desfiladeros, el propio Yahek y sus hombres solicitaron formar parte de su aún escaso y no bien armado ejército. Gudú sabía que para alcanzar cuanto se proponía, debía incrementar este ejército como jamás otro Rey ni señor alguno hubiera sospechado. Consideraba que la política que hacia ellos practicaba era mucho más convincente que el terror, el sentido del deber —muy escaso, ciertamente— o el hambre misma: tres cosas de las que, únicamente, se sirvió su valeroso e indudablemente emprendedor padre. Pero él era, a su vez, hijo de Ardid, y la astucia de la madre había arraigado en su ser con la misma pujanza que la ambición y el espíritu combativo, dominador y poderoso de su padre y madre unidos.

A menudo, larvaban y maduraban en su mente proyectos que no necesitaba anotar, pues se grababan en su memoria de tal forma que nadie los hubiera podido arrancar de allí donde brotaban. Y no era extraño que, en la noche, apagadas casi la totalidad de las hogueras —excepto las que mantenía la Guardia—, Gudú abandonara la tienda y se acercara a la linde de las estepas. Contemplaba allí, al resplandor de la luna, cómo ante su mirada se extendía el extenso y desconocido mundo que tan ardientemente deseaba conquistar y desentrañar. «No me detendré jamás, mientras me quede vida —se decía, contemplando aquella vasta tierra despoblada y espantosamente solitaria—, hasta que ni un palmo de tierra quede oculta a mis ojos y hollada por mi pie. No puedo soportar la sensación de ignorancia. Destriparé el mundo y contemplaré sus despojos; y lo que de él me plazca, o sirva, lo guardaré; y lo que considere superfluo, o dañino, lo destruiré. Y mis hijos continuarán mi labor, y mi Reino no tendrá fin por los siglos de los siglos: pues el mundo, de generación en generación, sabrá del Rey Gudú, de su poder y su gloria, de su inteligencia y su valor, y mi nombre se prolongará de boca en boca y de memoria en memoria, y reinaré (más que mi padre) después de muerto.» Esta ambición le inspiraba una codicia infinitamente mayor a todos los tesoros de la tierra.

En verdad que era austero en su persona —excepto en lo que a las mujeres, el vino y la sensualidad se refiriese— y no tenía ningún apego ni al oro, ni a la riqueza en sí misma, como albergaba su madre, y albergó su padre, y albergaban cuantos —excepto Predilecto— le rodeaban. Había contemplado, con frío y desapasionado asombro, la embriaguez de los hombres que se repartían el botín, y le parecía que en comparación a lo que él soñaba y deseaba —y no había aún alcanzado—, aquello era tan banal como los juegos de un niño que se cree soldado con una espada de madera. Lo mismo sentía respecto a los demás bienes que, según observaba, tan encarnizadamente perseguían todos los hombres: tanto nobles como villanos. Se sentía naturalmente atraído por el sexo opuesto, y gustaba del vino, y era de apetito que correspondía a su naturaleza extraordinariamente vigorosa, pero ninguna de estas cosas le hacían esclavo de ellas y, de todas y cada una de ellas, si el caso convenía, podía prescindir. Sólo se sabía prisionero de aquel íntimo deseo, de aquel sueño, de aquella fiebre de la que a nadie hacía partícipe. Pues esta sed era mayor que todas las sedes, y esta hambre, mayor que hambre alguna.

Al contacto con la agreste y dura naturaleza que muchos días conoció, el Rey Gudú pareció crecer y endurecerse aún más, de suerte que, si ya se acercaba a los dieciséis años de edad, se le hubiera podido tomar por un hombre de veinte. Y cuando al fin, un día, los vigías anunciaron que en la lejanía se divisaba el polvo levantado por una pequeña comitiva, y que ésta era la de su hermano Predilecto, impaciente y ansioso montó en su caballo y él solo galopó para adelantarse a su escolta y recibirle.

Cuando vio a Predilecto, halló en él algo extraño que le instó a agudizar su prudencia. Aún no podía calibrar si aquel cambio era bueno o malo, cuando a su vez, también Predilecto le halló distinto: pues había crecido, y atezado su piel, y sus brazos y piernas se habían hecho más robustos, como los de un soldado muy curtido. En su mentón había nacido una suave pelambre de color negro cobrizo, como su cabello. De pronto, se parecía más a su padre. Este parecido impresionó tanto a Predilecto, que el afecto que Gudú le inspirara siempre, se acrecentó junto al afecto que guardaba hacia su padre. Mirándole, se dijo que, pasara lo que pasara —y aunque sus encontrados sentimientos le habían abierto los ojos hacia el mundo y los hombres, y aun hallándose muy lejos de sentir las mismas inquietudes del Rey—, seguiría fiel, dispuesto a defenderle y ayudarle, tal y como había prometido a la Reina. Y que su lealtad no sería jamás empañada por sentimiento personal alguno. A decir verdad, la clase de sentimiento que pudiera tentarle a semejante cosa, se hallaba muy lejos de su mente: tan sólo se trataba de un vago y estremecido aleteo.

Cuando, al fin, los dos hermanos se hallaron a solas en la tienda de Gudú, éste le dijo:

—Príncipe, os veo algo extraño...

—No es nada importante —contestó Predilecto— ni debe preocuparos... Lo cierto es que algo se clavó en mi pecho, por accidente, y desde ese momento no veo cómo liberarme de un agudo dolor que me traspasa y al que no hallo remedio.

—Mostrádmelo. Y si algo se os clavó, ¿por qué no os lo arrancasteis?

—Porque no ha sido posible... Cuantas veces lo intenté, cuanto mayor era el dolor, cuanto más parecía adentrarse en mi carne, manaba de la pequeña herida tanta sangre, que así lo he dejado, por temor a desangrarme en el camino.

Y así diciendo, mostró su pecho a su hermano. Y Gudú observó la gran mancha oscura que cubría el cuero de su coraza. Entonces, se aprestó a decir:

—Habéis sido imprudente, hermano: no podéis permitiros perder fuerza ni vida, en un momento en que tanto preciso de vos. Pero aguardad, que Yahek, el antiguo Jefe de los Mercenarios, y ahora soldado de nuestro ejército, conoce remedios, practica tornillos y sabe detener la sangre de las heridas, ya que de su madre, que era ducha en estas cosas, lo aprendió... Ahora reparo en que el Maestro no os acompaña. ¿A qué es debido?

—Aquí os lo explica vuestra Señora Madre —dijo Predilecto. Pero su voz parecía debilitarse y, mientras tendía el pliego a su hermano, sintió cómo llegaba a su límite la fuerza que le acompañara hasta allí. Tan intenso era el dolor de su pecho, que su rostro palideció como el de un muerto. Tuvo que hacer acopio de toda su voluntad para no desfallecer.

—¿No me preguntáis por vuestra esposa, Señor? —murmuró entonces.

—¡Ah, sí, es cierto! —dijo Gudú, enfrascado enteramente en la lectura de la misiva. Y una vez hecho esto, comentó—: Me parece acertado lo que mi madre dice: si ese invento suyo tan prodigioso puede servirme desde allí, mejor será no tener que cargar con lastre tan incómodo como la persona de un viejo torpe y atolondrado. Y por cierto, mi esposa... ¿es tan bonita como su retrato? Porque en estas cosas, sabes que se exagera mucho. Espero no haber sido engañado, pues en tal caso, sabré corresponder con creces a su ultraje.

—Es mucho más bonita —dijo Predilecto, en tanto sus ojos se nublaban y el dolor le arrancaba un frío sudor, y sentía desvanecerse ante sus ojos cuanto le rodeaba—. Más bonita que mujer alguna...

—¿Qué os pasa? —dijo Gudú, sujetándole por los codos. Y viendo que verdaderamente su hermano ofrecía un aspecto más de muerto que de vivo, llamó urgentemente a Yahek.

El hombre entró en la tienda, sin tardanza. Tendió a Predilecto sobre las pieles que servían de lecho al Rey, le despojó de la coraza, y quedó inmóvil ante la herida que descubrió en el pecho del Príncipe.

—¿Qué ocurre? —se impacientó Gudú—. Daos prisa, Yahek. Hemos esperado demasiado su regreso, para retrasarnos ahora por un simple rasguño...

—No se trata de un rasguño, Señor —murmuró Yahek.

Y Gudú vio que el soldado palidecía: lo notó por el tono verdoso que súbitamente invadiera su rostro, por lo común tan oscuro como el de un sarraceno.

—Se trata de una grave herida —añadió el soldado—. Y perdonadme, si no puedo curarle.

—¿Cómo que no puedes? —dijo Gudú, con tal brillo en los ojos, que no dejó lugar a dudas al soldado.

De modo que, aún con manos temblorosas, como quien se lanza a un precipicio, intentó extraer la piedra que tan malignamente se aferraba al pecho de Predilecto. Pero Yahek había olido ya un conocido perfume, del que su madre, siendo aún niño, le había advertido el peligro: las heridas que emanaban tal perfume, si bien eran de dulzura tal como sólo el más precioso jazmín podía exhalar, resultaban mortales. Y es más, nadie debía ni podía curarlas si, a su vez, no deseaba sucumbir del mismo mal. Por tanto, fingió hacer lo que en realidad no hacía, y con las manos manchadas de sangre se volvió a Gudú y murmuró:

—Cerca de aquí ronda, hace unos días, una anciana que se dedica a recoger raíces y hierbas misteriosas. Señor, por sus rasgos, he visto que pertenece a la raza de las estepas, aunque mezclada, como yo, seguramente superviviente de alguna aldea arrasada por vuestro padre. Si a bien lo tenéis, y animada a ello como yo sé hacer, creo que sabrá curar al Príncipe con más tino y delicadeza que yo; o, por lo menos, conocerá algún cocimiento o cosa parecida que le reanime.

—Pues tráela —dijo Gudú. Estaba profundamente disgustado por lo que tenía por un estúpido incidente—. No tardes en volver con ella lo justo, sino menos de lo justo.

Así lo hizo Yahek. La encontró junto a la espesura. Como solía, se hallaba platicando, en suave murmullo, con una muchacha que recientemente acompañaba al Rey y que éste llamaba Lontananza. Ambas enmudecieron al verle acercarse, con lo que Yahek, que tenía mucho olfato para estas cosas, y hacía tiempo le había sorprendido la profusión de hermosas criaturas que rondaban la tienda de Gudú —aparecían y desaparecían de forma harto frecuente—, intuyó cierta oscura relación entre ambas. Aquella vieja, además, le inspiraba ciertas sospechas de brujería. Se dijo —conocedor, por su madre, de algunos aspectos de estas criaturas— que, si como parecía, más bien se mostraba benévola, tal vez podría aprovecharse de ello.

—Buena anciana —dijo con la mejor de sus voces—, si me seguís a donde os conduzca, y obedecéis al Rey, no tendréis motivo para (según vengo observando, sois bruja) morir en la hoguera como está mandado. —Así consideraba Yahek revestidas sus palabras del mayor tacto y delicadeza posibles.

La anciana le miró largamente con sus ojos negros y brillantes, en los que parecía anidar todo el odio de la tierra. Y al sentir aquella mirada, el rudo Yahek notó cómo su piel se erizaba.

—Lindo soldadito —dijo la anciana suavemente, aunque no podría hallarse en el mundo ser más ajeno a tal epíteto—, el hijo de tu madre, de feliz memoria para mí, no debería decir tales cosas. Pero, puesto que, si no acudo a su tienda, el Rey te desollaría antes de quemarme, te acompaño gustosa si con ello he de evitar dos contratiempos tan poco halagüeños.

—¿Y acaso sabéis vos, asquerosa carroña —dijo Yahek, ya en su forma natural de expresarse y, a pesar suyo, preso de terror—, quién fue la madre que me trajo a esta cochina tierra?

—En verdad que os expresáis con finura —sonrió la anciana. Con tal dulzura que ni el día ni la noche juntos, ni el mar ni la estepa unidos, ni el cielo ni el infierno en amoroso abrazo hubieran resultado más dispares que aquella sonrisa y la expresión de sus ojos—. En gracia a vuestra gentileza, os diré que sí la conocí, y muy bien: y más de una vez, siendo muy niña, fue su único sustento la leche de una cabra que yo tenía... Y que así, junto a mí vivió lo suficiente para engendrar en su vientre y alegrar el mundo, arrojándole una criatura tan deliciosa como Yahek, el antiguo mercenario y hoy soldado del asesino de su padre.

—Cierra el pico, pellejo, y trae toda suerte de hierbajos —le cortó Yahek, que sentía un frío siniestro calándole los huesos—. Porque presumo que tendréis que cuidar una herida de las que no querría abierta en mi carne.

Entonces, Lontananza, que había permanecido en silencio, palmoteó con inoportunidad sin igual y gritó alegremente:

—¿Puedo verlo? Tal vez sea útil a la anciana, pues aprendí a restañar heridas y a curar desgarrones... —No dijo que tales heridas y tales desgarrones hubieran sido igualmente consolados sin su mimo, ya que pertenecían a criaturas de antemano ahogadas. Pero Ondina, que había tomado la forma de una hermosa mujer de ojos y trenzas negros como las nativas de aquellos parajes, hallaba en cualquier cosa motivo de gran diversión.

—El Rey dirá si es oportuna vuestra presencia —dijo Yahek—. Si os exponéis a tal posibilidad —aunque no os lo aconsejo—, acompañadme.

Emprendieron los tres el camino hacia la tienda real, pero Lontananza, como más joven y ligera, llegó primero. No necesitaba presentación alguna, puesto que su naturaleza le permitía salvar todos los obstáculos materiales que se alzaran a su paso. Haciendo una graciosa inclinación ante el Rey, indagó con vocecita que recordaba el viento entre las dunas de la estepa:

—Oh, Señor, ¿puedo ayudaros? Tengo alguna experiencia en estos trances. ¿Dónde está la herida que os inquieta?

El Rey la miró con desconfianza, pero al fin sonrió complacido y, señalando el lecho de Predilecto, dijo:

—Ve y afánate; y si consigues arrancar una piedra que lleva clavada en el pecho, te recompensaré con creces.

En aquel momento, Yahek y la vieja entraban tumultuosamente en la tienda. Pero cuando la anciana se aproximó al lecho del Príncipe, quedó tan muda de terror y tan pálida como antes le ocurriera a Yahek. Y ambos vieron y oyeron cómo, lanzando una risa tan dulce y huera como no era capaz de lanzar criatura alguna, Lontananza decía, mientras hundía sus delicados y largos dedos en la herida:

—¡Oh, qué cosa más sencilla! ¡Señor, os juro que ninguna otra herida es más fácil de curar que ésta!

Y con un gracioso movimiento mostró en su mano la aguda, horadada y partida piedra azul. Entonces, la sangre de Predilecto salpicó su pecho. Con un grito desgarrador, Ondina soltó la piedra, que rodó bajo las pieles donde el Príncipe languidecía. Y llevándose las dos manos al corazón, gimió:

—¡Señor, he sentido como si una espada me atravesase el corazón!

—¡Insensata! —murmuró la vieja en un susurro—. Nunca debiste hacer eso... —Y acercándose a Predilecto, que abría los ojos con expresión de asombro, le aplicó un misterioso ungüento que extrajo de entre los pliegues de su capa. Le cubrió luego con hierbas de color azul, y dijo—: La piedra está ya fuera de él. Pero cuidad la herida, pues podría aún sangrar tanto que llegara a morir.

Así diciendo, dejó a su lado la cajita que contenía el ungüento, y las hierbas azules. Y luego pidió permiso para retirarse.

—Adiós en buena hora —dijo el Rey, a quien la presencia de los ancianos, en general, no agradaba, y la de aquélla, en particular, repugnaba mucho—. Si no tenéis a donde ir, podéis permanecer entre mis gentes y participar de nuestros alimentos, y beber de nuestra agua y vino. Pero si me llega noticia de brujería alguna por vuestra causa, tened por seguro que arderéis como resina...

· —Muy grande y generoso sois, Señor —dijo la anciana, cuyos párpados velaban el fuego de odio de sus ojos—. No tendréis motivo para lamentar vuestra generosidad con una pobre e inofensiva anciana.

Dicho lo cual, salió rápidamente de la tienda, seguida de Yahek. Únicamente Lontananza permanecía de rodillas en el suelo, junto al lecho de Predilecto, apretándose el pecho con ambas manos y gimiendo suavemente.

—¿Qué pasa ahora? —se impacientó el Rey, cansado ya de aquella confusa historia—. ¡Teneos con más dignidad, y no me importunéis con llanto, que aborrezco! Sabéis que no soporto las lágrimas ni los lamentos: antes prefiero sentir sobre mi piel el roce de un reptil venenoso, que esas ridículas debilidades.

—No lloro, Señor —dijo Lontananza, con voz desfallecida—. Sólo ocurre que he sentido un gran dolor. Pero, ved, ya ha pasado.

Y apartando las manos, pudo verse que sólo unas gotas de sangre rompían la tersura de su hermosa piel, puesto que en apariencia no había herida alguna, ni señal de que espina o aguja se hubieran clavado en ella.

—Sois demasiado sensible a la vista de la sangre —dijo el Rey, con fría sospecha—. Especialmente tratándose de mujer tan habituada a curar heridas...

—No me impresionan ni la sangre ni las heridas —dijo Lontananza, sonriendo de nuevo. E incorporándose, añadió—: No sé qué ha podido ocurrir. Tal vez algún mal aire me dio esta mañana, cuando me bañaba y peinaba en el manantial...

Pero como de nuevo el delicado rosa volvía a sus mejillas, y lucía su sonrisa, Gudú la sujetó alegremente por las trenzas y dijo:

—Idos ahora, y ya os llamaré cuando desee vuestra compañía. Graves cosas he de tratar con mi hermano.

Lontananza abandonó la tienda, y el Rey contempló a Predilecto.

—En verdad —dijo, pausadamente— que os hallaba extraño. Pero más extraña es, a mi ver, la causa de vuestra herida...

—Tampoco yo puedo explicármelo —dijo Predilecto, que, al parecer, había recobrado súbitamente fuerzas y color. Y se afanó en buscar la piedra, ahora desprendida de su cadena.

—Si lo que buscáis es tan precioso para vos —dijo Gudú—, os diré que está entre los pliegues de la piel que os cubre. Pero no entiendo cómo puede interesaros recuperar lo que tanto daño os causó...

—Es una preciosa joya que me dio vuestra madre hace años —dijo él. La encontró, con alivio, donde Gudú indicaba y, ante el estupor del Rey, volvió a ensartarla en la cadena, en torno a su cuello.

—Pese a lo que haya sucedido, sea o no culpa suya, lo cierto es que por nada del mundo querría perderla. Con ella, por vez primera, vuestra madre me dedicó las palabras de una madre. Y esas palabras permanecen para mí tan grabadas en la piedra como en mi corazón.

—Pues no veo joya alguna —dijo Gudú, molesto—. Es una vulgar piedra, y rota, por añadidura. Pero si os gusta, nada tengo que oponer. Veamos ahora, hermano: ¿os sentís fuerte para acompañarme en lo que me propongo?

Apenas Predilecto se había puesto en pie, volvió a sangrar de tal manera, que de nuevo el color huyó de sus mejillas. Al advertirlo, el Rey añadió:

—Permaneced acostado, hasta que esa herida cicatrice. Si la vieja no ha mentido, esas porquerías que ha dejado ahí contribuirán a curaros. Y si ha mentido, la desollaré viva y poco a poco, hasta que halle remedio más eficaz.

Y con muy mal talante, mandó que trasladaran a su hermano a su tienda. Montó en su caballo y se lanzó a recorrer los contornos, para aplacar la irritación que le inspiraban y retenían tan increíbles y ridículas cosas. Al pasar junto al manantial, vio sentada en él, en actitud extrañamente melancólica, a la siempre alegre Lontananza. Detuvo su montura, y le dijo:

—Id a la tienda de mi hermano, muchacha. No os separéis de su lado y cuidad su herida con el mayor esmero, pues preciso de él más que de nadie en el mundo.

—Así lo haré —respondió la muchacha, con súbito brillo en los ojos—. Perded cuidado, que le atenderé como si de vos mismo se tratara.

2

SE cumplía el tercer día de su forma nueva, y mientras se dirigía a la tienda donde yacía Predilecto, Lontananza se dijo, con rara y desazonada alegría, que jamás había experimentado antes en ninguna de sus correrías de tienda en tienda una sensación tan profunda que parecía sacudir todo su ser como un relámpago: «Es muy hermoso pensar que dispongo de siete días para permanecer junto al hermano del Rey. Y que jamás, ni aquí ni en parte alguna, vi criatura más hermosa que él. Poco valdré yo si, a su lado, no consigo los más placenteros momentos de mi existencia».

Así, con el ánimo tan lleno de ilusiones, entró en la tienda de Predilecto y, viéndole dormido, se sentó en el suelo, junto a él, y contempló su rostro. Tenía los ojos cerrados, y tan brillantes cabellos, de un castaño suave y dorado, y tan hermosas facciones como nunca otro le había parecido. Tomó su cabeza entre las manos y besó sus labios. Pero estaban casi tan yertos como los de aquellos muchachos que reposaban en el fondo de su jardín. Le besó repetidas veces, y notó con gran decepción que sus besos no eran correspondidos. La inundó un sentimiento jamás conocido antes: una larga y honda sensación de abandono, una inmensa soledad, un interminable y difuso ahogo subía desde su corazón hasta sus ojos. Parecía que un árbol misterioso le hubiera crecido dentro y extendiera en ella sus ramas, y clavara en todo su ser hondas raíces. Súbitamente, creyó oír el viento, y llegaba hasta ella de tal forma, que parecía una advertencia. Y se cubrió el rostro con las manos. Entonces, descubrió algo raro en ellas: al igual que sangre, una sustancia tibia y mojada las llenaba. Pero no era roja, ni de color alguno. Asombrada, se dijo: «Acaso, esto es el llanto. Acaso, esto es la tristeza». Y miró nuevamente al hermano del Rey, y comprendió que, si él no respondía a sus besos ni a su amor, desde aquel instante el mundo y cuantos seres lo habitaran —por hermosos y divertidos y curiosos que fueran— ya nada podrían significar para ella.

Sumamente confusa, y anegada en una oscura zona que, hasta entonces, jamás pudo suponer existiera, se dijo: «¿Por qué éste y no otro cualquiera? ¿Por qué éste y ninguno más que éste? Pues, si me parece más bello que ninguno, lo cierto es que, para mí, la belleza ya no es tan importante como antaño, ya que entre los hombres aprendí a apreciar otras cualidades, tanto o más placenteras que la hermosura. Y muchas veces abandoné a uno joven y bello, por otro más viejo y rudo porque poseía la estrella en la frente que nos es negada a las criaturas del agua. No es el color de su piel, ni el de sus cabellos, ni la gracia y fuerza de su cuerpo, ni la juventud, ni siquiera la luz que tengan esos ojos que aún no he contemplado. ¿Por qué, pues, éste y no otro?». Y así pasó toda la noche junto a él, arropándole con toda la dulzura de que era capaz y acariciando su cabello, y besando sus cerrados labios y cerrados ojos. Y no hallaba respuesta a aquellas preguntas, ni explicación a aquellos sentimientos.

Así, cuando rayaba el alba y Predilecto despertó, quedó muy sorprendido de ver a su lado una muchacha tan linda y frágil como, lógicamente, no esperaba encontrar en el campamento.

—¿Quién eres? —preguntó asombrado.

Al oír su voz, Ondina sintió que su ser se estremecía hasta lo más hondo. Tomó la mano de Predilecto entre las suyas y dijo:

—Querido Príncipe, soy Lontananza, y el Rey me ha ordenado que os cuide hasta que vuestra herida esté cicatrizada.

—En verdad —dijo él, tratando de incorporarse— que estoy avergonzado: pero quiero que sepáis que antes de ahora jamás estuve realmente enfermo, y si alguna vez recibí una herida, no tuvo importancia y en seguida cicatrizó. Por tanto, no comprendo lo que ahora me ocurre.

—Es culpa de una piedra tan sólo, que yo misma extraje de vuestro pecho —dijo ella. Apoyó sus manos en los hombros de Predilecto y le volvió a tender sobre su lecho. Y con una exaltación de todo punto nueva y desconocida, inclinó hacia él su rostro y le besó con pasión como jamás antes sintiera. Pero Predilecto la apartó con dureza:

—¿Qué hacéis? Si pertenecéis al Rey, sabed que esto puede costaros la vida, y tal vez la mía.

—No pertenezco al Rey —dijo ella, inmersa ya en la terrible y extraña embriaguez que la llenaba—. Tan sólo soy vuestra, pues así lo dijo vuestro hermano.

—Aguardad —dijo él—. Sólo si oigo de sus labios semejantes palabras, os creeré. Y aun así, sabed (pues bien lo veis) que estoy muy débil y, por ahora, sin ganas de otra cosa más que de dormir...

Con dureza jamás usada antes con mujer alguna, Predilecto se dio la vuelta y cerró los ojos. Y a él mismo extrañaban sus actos y palabras, pues, aunque la muchacha le parecía muy bella, no sentía deseo alguno de recibir sus besos. Sorprendido, comprobaba que era verdad cuanto decía, y no sólo por devoción al Rey. Pues sintió que aunque no se hallara en la gran debilidad que le postraba, sabía que en aquellos momentos tampoco hubiera deseado a aquella mujer ni a alguna otra. «¿Qué me ocurre? —se dijo, asustado—. Lo cierto es que sólo deseo una cosa en el mundo, y ésta es dormir, dormir... y acaso, jamás despertar.» Y con tan agridulce sensación, se volvió a dormir profundamente.

Estaba ya el sol mediado, cuando entró Gudú en su tienda. Ordenó a la muchacha que les dejara solos, y despertó a su hermano.

—¿Qué es esto? —dijo—. Parecéis muy débil y desganado...

—Así es, Señor —dijo Predilecto—. Pero si lo deseáis, me pondré en pie; y creed que lo deseo tanto o más que vos, pues jamás antes me ocurrió algo semejante.

—Es curioso —dijo el Rey, pensativo—. Siempre fuisteis de naturaleza robusta, y nunca vi que herida alguna os postrase de forma semejante. Pero, me digo que, tal vez, os alegrará la vida la compañía de la muchacha que os he enviado. Procurad divertiros con ella: os aseguro que es sabia en esos lances. Si sabe comportarse en el cuidado de heridas como en el placer, muy pronto os sanará. Así, tal vez, os devolverá el arresto y las ganas de vivir que, alarmado, compruebo no bullen en vos como de costumbre.

—Ciertamente —sonrió Predilecto—. Os agradezco que hayáis pensado tanto en mí. Pero si he de seros sincero, no creo que esa muchacha pueda aliviarme más que los ungüentos y hierbas de la anciana hechicera...

Gudú sonrió con picardía.

—Si guardáis algún escrúpulo sobre el hecho de arrebatarme, aun con mi venia, la compañía de esa jovencita, os diré que poco me importa y que otras hay (en extraña abundancia y a cuál más bella, os aseguro) por estos parajes. Entiendo que más la necesitáis vos que yo. Así que podéis hacer cuanto os plazca en este sentido; y no seré yo quien os lo reproche. Antes bien, si ello contribuye a alegrar vuestros ojos y haceros desear la vida, mucho me felicitaré de ello. —Y con aquella peculiar risa que a partes iguales helaba la sangre o la volvía a calentar en quien la escuchaba, golpeó fraternalmente el hombro de Predilecto y salió de la tienda.

Cuando Lontananza regresó, Predilecto fingióse dormido. Y así lo hizo, aún, durante aquel día y el siguiente. Pero al fin, y conmovido por los muchos cuidados y la ternura que ella le dedicara, notó que la herida mejoraba mucho y que las fuerzas volvían a él. Al fin, al cuarto día, sonrió a la muchacha, incorporándose. Y más pronto de lo que él podía suponer, ella le abrazó y besó de tal forma, que quedó sobrecogido. Y aunque su mente, y su ser todo, permanecía lejos de allí y de sus brazos, lo cierto es que correspondió a sus caricias, y Lontananza consiguió, y aun superó, cuanto deseaba de él.

Pero llegó para Ondina el último día de su plazo como Lontananza. Debía, pues, según lo establecido, tomar una forma diferente. Y su corazón se inundó nuevamente de aquella desconocida agonía que la sobrecogiera al principio de esta aventura. Aunque el joven Príncipe se mostraba cariñoso con ella, lo cierto es que ella no sentía lo que otras veces con otros hombres. Algo se abría paso en su atormentado sentimiento y le decía que lo que de él recibía, no cumplía lo que otras veces juzgara totalmente satisfactorio. En su lugar, un amargo dolor, una bruma que ella adivinaba tristeza, la anegaba. De improviso, ella deseaba que él sintiera por ella lo mismo que ella sentía por él, y estaba muy claro que esto no sucedía, y que más por complacerla respondía a sus abrazos que por complacerse a sí mismo. «Acaso —pensó— no me encuentra suficientemente hermosa.» Y como se acercaba el final de aquel último día, le dijo: «¿Qué clase de mujer es la que más os agrada? Creo que no es alguien como yo». Predilecto la miró con aire ausente, y al fin dijo: «Sois muy bella. No tenéis de qué quejaros en este sentido. Y os digo que mucho me agradáis, y que pocas muchachas he visto tan bonitas y tan graciosas y atractivas como vos». «Entonces —dijo ella; y sin saber la razón, estalló en lágrimas—, ¿por qué no me amáis?» Predilecto quedó muy turbado y no supo contestarle. Al mismo tiempo, se dijo a sí mismo: «A menudo me he preguntado por qué no he conocido el amor». Y en este pensamiento latía una dolorosa duda que, sin decírselo a sí mismo, arrojaba de sí y a sí mismo se ocultaba: como si en aquel descubrimiento adivinara el mayor mal que pudiera alcanzarle en este mundo.

—No lloréis —dijo al fin, acariciándola—, el amor tiene muchas formas de manifestarse, y sabido es que todos los hombres y mujeres tenemos distinta manera de interpretarlo.

—No, a fe mía —respondió Lotananza—. Por lo que sé al respecto, sólo vos sois diferente para mí y, acaso, por ello os amo de esta forma. —Y así diciendo, salió de la tienda, pues el día acababa, y con el día, su plazo.

Regresó al manantial y, cuando el sol se hundió en el confín de las estepas, se sumergió en las aguas y flotó de un lado para otro, refrescando su ardorosa mente. Y, cosa muy particular, en vez de sentirse tan ligera e inconsistente como en ocasiones anteriores le ocurriera, algo pesaba dentro de ella, y en este peso latía el recuerdo incomprensible y persistente del joven Príncipe Hermano del Rey.

Así estaba cuando un pececillo dorado atinó a quedársela mirando muy asombrado. Jugueteó en su derredor, con ojos muy interesados.

—¿Qué estás mirando? —le dijo ella, molesta—. Has de saber que soy la Ondina Nieta y que no tolero impertinencias.

Al oír estas palabras, el pececillo se estremeció y pretendió huir, pero Ondina lo sujetó por la cola.

—Dime qué mirabas —dijo—, y prometo no decir nada a mi abuela.

—Me llamaba la atención algo desusado en vos —dijo el trémulo pececillo, intentando inútilmente escapar—. Sólo eso; pero os aseguro que no había ánimo de desacato en mí, ni nada parecido.

Ondina lo dejó marchar, pero quedó muy asombrada. Y a poco, oyó los pasos de la vieja Bruja de la Estepa, su amiga, que buscaba a la orilla del manantial ciertas plantas que sólo alumbran y se abren a la luz de la luna. La llamó, y cuando distinguió sobre el agua la cara de la anciana dijo:

—Anciana, algo extraño me ocurre.

—No necesitáis decírmelo —respondió ella en voz muy queda, tanto que sólo las hierbas de la orilla y Ondina la podían oír—. En verdad que habéis sido imprudente, y mucho me ha asombrado tal cosa, sabiendo como sé que sois nieta de quien sois, cuya sabiduría permanezca pura y descontaminada por el tiempo sobre el tiempo a través y antes del tiempo y después del tiempo...

—Ahorrad protocolo, que Ella no está aquí —la interrumpió Ondina, impaciente—. No sé a qué os referís.

—No debisteis tocar la piedra del Príncipe Hermano, y menos aún extraerla: pues su sangre os ha manchado y ha hecho brotar una simiente maligna en vos. Temo que hayáis empezado a contaminaros.

—No podía saberlo —se lamentó Ondina—. Mi abuela me habló en muchas ocasiones de esto, advirtiéndome de cuantas cosas debía evitar para no contaminarme, pero tan largas y prolijas eran las listas de estas cosas que me obligó a memorizar, que jamás retuve ni una sola... Sólo sabía que la contaminación debía ser evitada a toda costa, pero no llegué a aprenderme de memoria las trescientas mil veintitrés ocasiones que acechan a una ondina: y comprended que no es extraño. Ella conduce y conoce la Raíces del Agua y, por tanto, su sabiduría es muy superior, y en comparación a ello, estas cosas son pura y simple nadería. Pero yo soy sólo una ondina, y según dicen, de la más fina calidad (como nieta suya). Por tanto, también de las más estúpidas entre las estúpidas. No es posible reprocharme una ligereza.

—Así será si lo decís —dijo la Bruja de la Estepa—. Pero es difícil poner remedio a esto que os ocurre; aunque, sin duda, alguno habrá que yo desconozco. Sois muy tierna, y tierna es la raíz que ha brotado: creo que, de alguna forma, podría detenerse el mal. Pero sobre todo, querida niña, procurad frenar un tanto vuestra regia estupidez, para al menos no olvidar una cosa: que no debéis, bajo ningún pretexto, intentar permanecer ni uno más de los días establecidos en la misma apariencia humana, aunque os duela. En caso contrario, las cosas tomarían un giro poco recomendable.

—No veo por qué ha de dolerme —murmuró ella, aún con voz vacilante—. Decidme lo que sabéis de estas cosas, buena Bruja.

—Ah, ya lo entenderéis por vuestra propia experiencia, niña estúpida y hermosa entre las más hermosas y estúpidas —respondió la Bruja. Y en su voz había sincero halago, fruto del afecto que Ondina le inspiraba—. Ya lo sabréis vos misma algún día. Yo soy demasiado vieja para rememorar tales cosas; pero tened por seguro que algún día las conocí, y por su causa arrastro mi vejez entre humanos, contaminada y casi mortal, recurriendo a bebedizos, hierbas y emplastos, como cualquier hechicero vulgar de origen humano. Sabed, eso sí, que la piedra que arrancasteis del pecho al Príncipe no era otra cosa que la honda y grave herida del deseo, el sueño y el amor. Difícil va a seros hallar correspondencia en él. ¿Queréis un consejo? Intentad olvidarlo.

—Así lo haré —dijo Ondina—. Pero no comprendo por qué razón, si la piedra fue arrancada, persiste el amor...

—Porque la piedra no es su amor, sino el vehículo o arma de que el amor se valió para marcarle. Y únicamente el amor fue quien la empujó y hundió en su carne. Y si bien sé que la experiencia ajena de nada sirve, ni para los humanos ni para los no humanos, no olvidaré deciros que por culpa de un hombre (un joven guerrero de la estepa, hijo de Larkaikio) llegó la causa de mi perdición. Por jugar a los humanos con la misma inconsciencia que vos, le amé y me contaminé; y de él tuve una hija, desdichada como sólo puede ser el fruto de tal entronque. Y de esta hija, y de su unión con otro humano del Este, y aún más nefasto, nació ese Yahek. Tened por seguro que mi odio hacia mi nieto no tiene límites: sólo ese odio puede salvarme de la contaminación total. Y si algún día le amara, aun por leve que fuera este amor, yo desaparecería en cenizas que el viento de la estepa esparciría, y llevaría la peste de la tristeza y de la desesperación hacia todas las tribus que la recibieran.

—Es triste vuestra historia —dijo Ondina—. Y no quisiera caer en semejante desgracia. ¿Qué puedo hacer?

—Creo que deberíais consultar a vuestra abuela —dijo con gran respeto la Bruja de la Estepa—. Sólo ella conocerá algún remedio para un brote tan tierno.

—¿Cómo es ese brote? —dijo Ondina, con voluble curiosidad—. No puedo verlo, y me intriga.

La Bruja de la Estepa se inclinó más hacia el agua y murmuró:

—Es como un hilillo rojo, tan sólo. Apenas un diminuto tallo, en apariencia efímero.

—Pues grande debe ser su fuerza cuando, siendo tan débil, me consume de ansias por volver a los brazos de mi amado Príncipe.

—Es fuerte —contestó la anciana, suspirando—. Si no lo fuera, no me veríais como me veis, siempre siguiendo de lejos a ese maldito nieto, para que mi odio no se apague. Al ver su rostro, al oír sus palabras y contemplar sus actos, se me revuelve el ser en ira, y me hace meditar el peligro que encierra para mí si el odio se extinguiera.

—Si consiguiera odiar al Príncipe... —insinuó, pensativa, la atribulada Ondina. Pero en seguida, su ánimo se encrespó, como bajo un rayo poderoso, y dijo—: ¡Oh, no, no: ni por todas las contaminaciones posibles deseo odiarle! El amor es mucho más intenso, mucho más hermoso, a pesar del dolor que produce, que todo sentimiento conocido hasta el presente.

—¡Ah, reflexionad, reflexionad! —clamó la Bruja de la Estepa—. Y creedme, consultad a vuestra abuela. Creo que aún os queda suficiente noche para ir y regresar, sin que por eso faltéis al pacto que pondría en entredicho vuestra pureza en el honor de los lacustres.

—¡Allá voy! —dijo la insensata Ondina—. No tardaré, buena anciana...

Y veloz, mucho más veloz que el agua —que dominaba— y que el tiempo —que tenía bajo sus manos—, llegó al Lago de Olar. Y así, trepó por los ocultos manantiales hasta alcanzar la Cueva del Manantial, donde, por lo común, residía su abuela, la Dama del Lago, y donde tenía su sede el taller de Raíces del Agua más importante y principal de la Comarca.

Tuvo que aguardar un tiempo, hasta que los nuevos manantiales que elaboraba en aquel instante la Dama, encontraron sus rutas. Apartando espumosas cataratas, Ondina asomó su preciosa cabeza entre las manos de su abuela, que a pesar de contar ochocientos años, era Fuerza Alta y Purísima, Jamás Contaminada en Varias Generaciones, y ofrecía el aspecto más hermoso y joven imaginable, tanto, que apenas parecía un poco mayor que su nieta. Sus larguísimos cabellos se esparcían por varias leguas a través de los manantiales, y eran de un tono que iba del verde pálido como noche de junio, al dorado en sazón del sol sobre los lagos otoñales. Y sus ojos tenían el fulgor de los fuegos submarinos, agujas de oro que atravesaban corrientes, rumores, viento perdido y joven —ése que a veces venía a caer entre las piedras de la gruta y que en su juvenil inconsciencia llora por no encontrar salida. Entre sus tareas se contaba conducirlo, como puede hacerlo una muchacha con un pájaro perdido, hacia el Viento Madre—. Al contemplar a su nieta, la ira inundó sus ojos, y gritó de tal forma que dos embarcaciones que en el Mar del Sur habían tomado una corriente de su jurisdicción, zozobraron.

—¡Qué veo, qué veo en ti, desdichada entre las desdichadas, qué veo que has deshonrado para siempre mi estirpe fluvial!

Y con el mismo iracundo desconsuelo que hubiera mostrado una severa madre terrestre al descubrir que su hija soltera se hallaba embarazada, posó los ojos, como candentes alfileres, en la carne de Ondina, allí donde la casi invisible venilla roja había tomado asiento. Y como no necesitaba oírla, porque todos los pensamientos de Ondina eran transparentes para ella, enteróse de cuanto había ocurrido. Ondina, temblando de miedo, sólo supo decir:

—Abuela, Abuela Purísima, proporcionadme, al menos, un calmante. El dolor que me traspasa es sutil, pero tan agudo, que no me da reposo.

—¿Calmante? —gritó la Dama, de tal forma que aquellas naves que, en su zozobra, aún se mantenían en parte fuera del mar, se hundieron estrepitosamente hacia el fondo y ninguno de sus tripulantes pudo contarlo—. ¡No hay calmante, para tal desdicha!

No obstante, entendía aquel amor. Aunque, por supuesto que a su manera, esto es: un raro eslabón que la encadenaba a los actos y sentimientos de la nieta, una especie de ligamento hecho de sutilísimos hilos de luz y Raíces del Agua, le impedían desentenderse de sus pensamientos, sueños y zozobras, que sabía muy fuertes y poderosos.

Recompuso el grave talante que la distinguía, permaneció unos momentos pensativa, y dijo al fin:

—Sólo puedo decirte una cosa: no trates de humanizarte para él de ningún modo. Eso sería tu total perdición, y tu vejez. Si aún quieres permanecer, en parte, dentro de nuestra fluvial especie, lo único aconsejable es que le lleves a él a tu especie, y no vayas tú a la suya; esto es, que consigas contaminarle, de modo que sucumba y se funda en tu sustancia.

—¿Y quedará, entonces, como los de mi jardín?

—Más o menos —dijo la Dama—. En verdad, más menos que más.

—¿Muerto, como ellos dicen?

—De eso estáte segura —dijo la Dama—. Tan muerto como pueda estarlo el muerto más muerto. Pero, naturalmente, intacto, para que puedas contemplarle, adorarle e incluso besarle.

—Muerto no lo quiero —dijo Ondina, con voz tan oscura, que las aguas todas parecieron nublarse—. ¡Muerto, no...!

—¡Aguarda! —dijo la abuela, alarmada. Temía una insensatez aún mayor y sin remedio posible—. ¡Aguarda: déjame consultar las Raíces del Agua...!

Al fin, mirándola con profunda pena —que en los de su especie se manifestaba como el oscurecimiento total de la luz que emanaban su cabello, sus ojos y su piel—, dijo:

—Ondina, nieta querida, niña mía, sólo puedo asegurarte una cosa. Si tú no descubres el modo de que él vaya a tu mundo, nadie lo conocerá. Si tú no sabes llevarlo al tuyo, nadie sabrá. Y ten por seguro que no veo solución satisfactoria a esto. Pero recuerda aquella sirena y lo que ocurrió con su amor hacia el joven Príncipe de los Ojos Negros. Recuérdalo y tenlo bien presente. No repitas su insensatez.

Y otra cosa te digo: jamás perdonaré al Trasgo que veo reflejado ahora en el agua de tu mirada, y adivino su grave estado de contaminación. Ni a ese llamado Hechicero, chapucero humano, mal contaminado de nuestra especie, que, en su ignorancia e imperfectos métodos, no atinó que si existía un solo ser a quien no debía mezclar en la historia de Gudú Rey era a ti, o a cualquiera de los que en este Lago anidan.

—¿Por qué? —dijo ella.

—Porque este Lago crece y crece por las lágrimas derramadas de tantos y tantos desdichados. Y aunque Gudú no puede llorar, bien cierto es que ha hecho, y hará aún, derramar abundantes lágrimas a los demás. Y las lágrimas de su madre no serán las menos abundantes. Así pues, ese par de chapuceros (el Trasgo del Sur y el Hechicero) no atinaron en descubrir, en sus malas imitaciones, algo tan elemental. Y por ello tendrán su castigo, bien te lo aseguro. Nunca serán perdonados por mí. Nunca. Y ahora, vete, que tu vista me ofende más que la vista de cualquier otro contaminado, aunque fuese el Trasgo mismo.

Aunque no se lo confesaban abiertamente, y manifestaban tolerancia ante ellos, y se favorecían en lo que era menester, lo cierto es que entre los submarinos y los subterráneos —los trasgos eran los que, junto a los gnomos, se movían más y mejor en el humano elemento—, nunca hubo auténtico entendimiento ni simpatía.

—¡Fiarse de un trasgo, de un Trasgo del Sur, por añadidura! —no pudo menos de reprocharle la Dama—. ¡Fiarse de un trasgo! Sabido es que sólo sirven para empujar gente al fondo del Lago. Ondina estúpida debías ser, para fiarte de un trasgo, y por ende contaminado de las dos peores vías: vino y amor hacia humanas criaturas. Vete, vete de mi vista antes de que se desencadene la ira y no deje una sola nave sobre los mares. —Y movida por la insobornable forma de justicia que la caracterizaba, añadió—: En verdad, no sería justo...

Cuando Ondina desapareció en la corriente, de nuevo hacia el manantial del Este, la Dama murmuró para sí:

—Amor, amor..., eso será bueno para los humanos, si bien a ninguno que no sea de simple naturaleza y poco seso, produce más que trastornos. ¡Amor! ¡Qué semilla estúpida y molesta! Y a fe mía que algún día lograremos extirparla para siempre. Sólo esta seguridad puede consolarme...

Al alba, según lo establecido, Ondina tomó una forma distinta. Esta vez, procuró que fuera la más bella y sugerente, de forma que ninguna otra, hasta el momento, podía comparársele. Mientras se peinaba con cuidado, procurando que los nuevos rizos ocultaran sus orejas, una sombra se proyectó sobre ella. La Bruja de la Estepa se acercaba.

—¿Qué noticias traes, niña? —dijo—. ¡Pocas veces he contemplado un aspecto más apetitoso que el tuyo!

—¿Así lo crees? —Incomprensiblemente regocijada, Ondina se volvió hacia ella como si nunca hubiera reflexionado sobre las calamidades anunciadas por su abuela. —Así lo espero, pues ardo en deseos. de encontrarme junto a mi Predilecto.

—¿Qué dices? —se asustó la vieja—. ¿No has hallado remedio de estas lacras en los consejos de tu abuela?

—¡Bah! —dijo Ondina, bailando sobre el musgo—. ¡Bah! ¡Cosas de una vieja Dama que no sabe ni conoce lo que es el amor!

Y dejando muy escandalizada, a la vez que asustada, a la anciana, se lanzó hacia el campamento con intenciones poco recatadas.

Pero también el día había amanecido para las empresas del Rey. Y hallándose Predilecto muy recuperado de sus males, Gudú se dedicó de lleno a planear una incursión en toda regla hacia las estepas. Estaba ya alineado y bien pertrechado todo su ejército, y tan sólo quedaban, en el campamento, las mujeres, los niños —«Cómo habían proliferado, por cierto», comprobó Gudú—, enseres y rebaños. Y los no muy numerosos soldados de la guarnición.

Ondina los contempló muy admirada. Luego de observar formados a los soldados en la linde de las estepas, se acercó a una mujer que ordeñaba una cabra. Aunque ella lo ignoraba, se trataba de la mujer de Yahek. Ondina dijo:

—¿Qué veo? ¿Hacia dónde van esos hombres?

—Tú eres nueva, sin duda, en estas tierras —contestó la mujer, mirándola de arriba abajo con escasa simpatía—. Brotáis como hongos en estos parajes... Y sois desvergonzadas y putas como gallinas.

Ondina no entendía la animosidad de aquellas palabras, y limitóse a decir:

—Aquel que veo allí, cuya espada brilla más que ninguna, ¿es el hermano del Rey?

—Así lo dicen —respondió de mal talante la mujer—. Aunque tengo mis dudas... A lo que parece, mucha lagarta disfrazada de inocencia anda por el mundo.

—Pues si es él, me parece más hermoso que ninguno.

Entonces los ojos de la mujer se iluminaron, y su pecoso rostro, aunque no bello, se encendió. Y dijo, con profunda ternura:

—Oh, no; el más gallardo y fuerte entre todos es aquel cuyo cráneo reluce como el sol poniente: ése es mi Yahek.

Y ambas, con la mano como una visera sobre los ojos, contemplaron el objeto de sus predilecciones, que ajenos a tales cosas, se aprestaban a cumplir las órdenes de Gudú.

Indra, la mujer de Yahek, cubrió con una mano su vientre y, con aire risueño y confidencial, añadió:

—Por cierto, que espero un hijo de él, y siento como si estallara de alegría todo mi ser.

—¿Un hijo? —se maravilló Ondina. Y a su vez apoyó la mano en aquel vientre, y exclamó—: ¡Qué cosa más singular!

—¿Singular? —dijo Indra, airada. Recobró su hosquedad, y apartando de un manotazo la mano de Ondina, añadió—: Tú sí que eres singular, y además necia.

Recogió el cuenco de leche recién ordeñada, y se alejó. Ondina quedó, entonces, sumida en sus meditaciones:

—Un hijo, qué cosa más extraña... Esta experiencia no la he conocido.

Se miró el vientre, terso y suavemente dorado, que había dejado al descubierto, olvidada de ceñirse la túnica.

Pero la Bruja de la Estepa la oyó y, acercándose a ella, la cubrió precipitadamente.

—Insensata, insensata —le dijo, en un susurro—, no caigas en tal cosa, que si esto sucede, no tendría remedio vuestra desgracia. Afortunadamente, el plazo acordado de diez días te impide llegar a cometer locura semejante. Porque voy comprobando que verdaderamente eres la más imprudente entre las imprudentes...

—Diez días, tan sólo —súbitamente la voz de Ondina se apagaba—. Diez días... ¡qué cosa más triste!

—Pues en otras ocasiones, se te hacía largo —recordó la Bruja—. Muchas veces te vi mudar de aspecto y de varón con alegría.

—Pero ahora —respondió ella, con un suspiro— quisiera que mi aspecto no variase, y que en este mismo aspecto me amase siempre aquel en quien siempre pienso. Oh, Bruja estimada, poco saben los de otras naturalezas lo que este sentimiento reporta a quienes lo hemos llegado a conocer. Mi abuela me aconsejó convertirlo a mi naturaleza, como única solución. Pero yo sólo le quiero tal como es y no de otra forma. ¡Parece imposible que nadie pueda entender algo tan simple!

—Tampoco lo entendía yo, en tiempos, ni tú misma antes de ahora... Quiera tu suerte que, a cambio, no te vea depender del odio. Pues esa otra cara del amor no es tan placentera, aun con estar tan próximas las dos, que ni uno solo de tus preciosos cabellos de oro las separa.

3

AÚN no había salido el sol, cuando, entre dos árboles gemelos de la espesura, Gudú recibió las valiosas instrucciones de su madre. Exactamente la clase de información que deseaba. Dos silfos —que él no vio— pusieron en sus manos un primoroso y bien dibujado pergamino, donde Gudú contempló, meditativo, las inmensas regiones llanas y peladas que se detenían al borde del Gran Río. Una sola nota le llegó, de mano del Maestro: «Mi Rey y Señor, no crucéis el Gran Río. Allí, os aseguro, continúan las mismas configuraciones —aún más anchas, y más llanas, si cabe— que las que veis. Allí no hay nada más que tierra desértica, y soledades sin límites posibles de abarcar en un solo pergamino. No crucéis el Gran Río, os lo ruego: vuestro padre y vuestra madre amarga experiencia tuvieron de tal empresa que, además, no fue llevada a cabo. Sabed que, muy probablemente, el mundo se corta ahí con gran estrépito, y os enfrentarías a hordas dispersas, de tácticas y costumbres guerreras totalmente desconocidas. Ningún ejército al uso podrá vencerles, aunque sea más numeroso. Tened presente cuanto os digo». No añadió que las posibilidades de desplazamiento del Trasgo, en lo referente al Gran Río, terminaban allí; y que más allá, otras especies subterráneas tal vez horadaban caminos secretos, pero no se trataban ni se reconocían con los de esta orilla, como solía acontecer. Y no lo dijo porque tenía el convencimiento de que Gudú no hubiera entendido ni una sola palabra de estas cosas.

—¡Qué estúpido! —dijo Gudú—. En fin, al menos para empezar, algo me sirve esto...

Estudió largo rato aquellos contornos y, a su vez, trazó sobre ellos las líneas rojas que creyó oportunas. Más tarde, reunió a Predilecto, Yahek, Randal y al resto de sus capitanes. Les instruyó en lo que creía más conveniente, para que aquellas órdenes y aquellos trazos se inscribieran en lo más hondo de sus molleras, con la misma rotundidad que él los trazó.

En los días siguientes, Ondina no logró el amor de Predilecto. Y la tristeza la invadía de tal forma que la última noche fue a llorar al manantial.

—Procura olvidar —dijo la Bruja, acariciando sus cabellos—. Intenta, por ejemplo, frecuentar otros muchos varones. Escucha: entre los prisioneros veo un joven, de cabello negro como el ala del cuervo, tan valiente y aguerrido como el que más. Está herido, ve a consolarle, cuídalo, y tal vez recompongas tu ánimo. Tengo observado que, a veces, la profusión de estas variaciones mitiga el amor mismo. Inténtalo, al menos. Y recuerda a Gudú, pues le has olvidado muchos días, y, tras jornadas tan duras, le veo un tanto deseoso de mujer. Tenlo presente: si no cumples el pacto establecido, se agravarán las cosas para ti...

—Lo intentaré, buena Bruja —dijo Ondina, entre lágrimas—. Lo intentaré.

Y así, tomó nueva forma y acudió al encuentro de Gudú, que no la rechazó. Y de Gudú pasó a otro joven guerrero, que le pareció muy curioso y distinto de cuantos conocía. Por algún tiempo —los días que con él estuvo— creyó que olvidaba un tanto a Predilecto, comprobando que entre las distintas razas y condiciones, y la humana naturaleza, había —pensó— gran variación de formas de amar, cosa que estimulaba su insaciable curiosidad. Pero en lo más hondo de su corazón, estas cosas eran sólo ligeras distracciones, y ni un solo momento borraba de su pensamiento y de su infinita nostalgia al único entre todos, aquel que le hacía olvidar cuanto el mundo contenía de hermoso, maligno, placentero o inane. Y así, en lo profundo del manantial, mutación tras mutación, lloraba.

—No le mires, no le veas, y así, tal vez dejes de amarlo —le decía a veces la Bruja esteparia, que la apreciaba.

—¿Que no le vea, que no le mire? Mucho habéis estropeado en la memoria vuestra juventud si eso decís: aunque no le mire, le veo, aunque no le vea, le amo. Creo que no hay remedio para mí.

Y los días pasaban, tanto para ellas como para el resto de los seres, humanos o de cualquier otra especie.

4

GUDÚ cenó con Predilecto, Yahek y Randal. Y mientras devoraba la carne del cabrito asado y bebía abundante vino, decía, manchando con sus dedos la superficie del pergamino que configuraba sus nuevas tierras:

—¿Veis? No existen verdaderos misterios en la tierra que un hombre no sea capaz de desvelar. Yo lo hago y lo haré siempre. No habrá Desconocido frente a mí, no habrá Misterio, jamás, frente al Rey Gudú. Y el Reino de Olar se extenderá en tanto mi curiosidad y mi valor me empujen. Tenedlo presente: allí donde llegue Gudú *el Invencible*, todas las tierras serán parte de Olar. —Así se adjudicó, en vida (y muy joven, por cierto), su adjetivo póstumo.

Pero en verdad que despertaba el fervor y la admiración de sus soldados y de cuantos le rodeaban. Sólo Predilecto se mostraba pensativo y sombrío, tanto como valiente en la batalla, leal compañero, hermano y protector... Y estas cosas no pasaban desapercibidas a la sagaz mirada de Gudú, aunque no hallaba explicación a aquella expresión taciturna y a su manera de mostrarse tan concentrado. Observó que, apenas había ocasión para ello, Predilecto se alejaba del campamento y permanecía en soledad, como si sólo así pareciera hallarse a gusto. Como si toda compañía —incluso la del Rey— importunara algo misterioso y desconocido que dominaba todos sus pensamientos.

—¿Qué te ocurre? —díjole al fin Gudú—. Te veo diferente, y aunque tu herida es ahora apenas una cicatriz cerrada, y la fuerza y el vigor que respiras salta a la vista, algo parece que te obsesiona y te mantiene alejado de mí, aunque te vea a mi lado.

—No lo sé, Señor —contestó Predilecto—. No acierto a explicarme esta especie de alejamiento que me inspiran todas las cosas: y creedme que mucho medito sobre ello y no encuentro una razón suficiente a estas preguntas. Pues, si muchos pensamientos y dudas me torturan a veces, algo alienta en mí que domina todas ellas y me postra en estado tan peregrino.

—¿Dudas? —Fue lo único que Gudú entendió de tales confidencias.— ¿Qué clase de dudas?

—Sobre la utilidad de cuanto llevamos a cabo, no sólo vos y yo, sino el mundo en general —intentó explicar Predilecto.

—¡Ah! ¡Cosas de frailes! —contestó Gudú, aliviado—. No prestéis oído a eso. Estimo que leíais demasiado en la época de nuestras lecciones. Esas cosas conducen a la gente a los conventos o a actitudes extrañas y estúpidas. Despejad vuestras ideas y centraos en lo que más pueda sernos útil: a vos, al Reino, y naturalmente, a mí.

—Así lo hago —dijo Predilecto—. Os aseguro que me aplico a ello con toda mi fuerza.

Pero poca fuerza debía de ser aquella, puesto que su sombrío y retraído talante no disminuían.

Las dudas de Predilecto no frenaron la ambición de Gudú, que ganó su primera batalla contra las Hordas, clavó en el límite del Gran Río sus enseñas y ordenó levantar fortalezas de madera para contener sus acometidas, aunque éstas no dejaron de hacerse patentes: tras aquella primera victoria, en varias ocasiones y de impensada manera, las Hordas surgían de nuevo. Cruzaban el río e intentaban recuperar el territorio perdido. Así, aún varias escaramuzas —si no batallas— se sucedieron. Y pasó tiempo —mucho tiempo— antes de que, por fin, una aparente calma, más duradera que las otras, reinara en aquellas latitudes.

Algunos guerreros esteparios fueron absorbidos por el ejército de Gudú, tentados por la generosidad con que éste les trataba. Pero eran los menos numerosos, estrechamente vigilados y sometidos a la indiscutible experiencia y capacidad de mando de Yahek. Conocía bastante de su lengua y costumbres, y esto también fue útil a Gudú. Pero la mayoría de los guerreros de las Hordas se negaron a formar parte del invasor, por lo que fueron decapitados o quemados vivos —según el grado de su jerarquía—. Sus extraordinarios caballos, en cambio, fueron bien acogidos y alimentados.

En estas cosas había transcurrido casi un año. El frío que anunciaba un nuevo otoño, y la proximidad de un nuevo invierno y un nuevo cumpleaños de Gudú, le alcanzaron cuando, por fin, parecía que las márgenes del Gran Río se hallaban aquietadas. Llegado este momento, Predilecto le dijo:

—Señor, estimo que es hora de que regreséis a Olar: pues si no lo habéis olvidado, allí os aguarda vuestra esposa, y no creo que se aparte de vuestros proyectos el aseguraros una descendencia sin intromisiones ajenas o nefastas en cuanto a la sucesión. Si, como recuerdo, esta cuestión os tenía preocupado, no es este el peor momento para que cumpláis tales requisitos.

—Es verdad lo que dices —admitió Gudú, aunque de mal agrado—. Pues bien, dejemos aquí las tres cuartas partes de los hombres al mando de Randal, y regresemos a Olar con Yahek y el resto. Esto no es precisamente de mi agrado, pues os confieso que la sola idea de la Corte de Olar me abruma. He de deciros una cosa: hijo de soldado soy y soldado moriré. Por tanto, sólo entre soldados, y en este campamento, me siento a gusto. En mi cabeza bulle algo que estimo muy atinado, y que además puede compaginar en buena armonía todas mis obligaciones. Habréis visto que, entre las gentes que nos siguen, han nacido nuevos súbditos de Gudú —y emitió su peculiar y escalofriante risita—. Pues bien, he pensado que en el Castillo Negro, y no en la ciudad de Olar, instalaré mi verdadera Corte. De manera que todos esos niños, y cuantos lo deseen o juzgue yo oportuno, serán instruidos según mi forma de pensar y guerrear. Y así, mantendré una Escuela de Guerra que será, con el tiempo, el mejor y más adiestrado ejército del mundo conocido. Unos crecerán allí, y otros se incorporarán a ellos. Y allí acudirán algunas de estas mujeres, o las que les sucedan, para solaz de mis soldados; y las que yo estime convenientes, para mí mismo. Ya que no será del agrado general que las lleve conmigo al mismo Castillo de Olar, donde mi esposa legítima reside. Tú participarás en este sentido de los mismos derechos, y sin limitaciones... Ésta es una idea largamente meditada, y se llevará a cabo con buen éxito.

—No sé qué deciros, Señor —dijo Predilecto. La idea le desagradó profundamente, aunque sin hallar palabras con que oponérsele—. Intuyo que algo no marchará bien en este asunto... Os ruego lo meditéis con calma.

—Ya lo he meditado —contestó Gudú con voz que hacía abandonar todo intento de discusión—. Y tened por seguro que nada fallará. Te juro, Predilecto, que mi verdadera Corte será la Corte Negra, compuesta de soldados y cachorros de soldados.

Dio las órdenes pertinentes para que, tal como dijo, se iniciara el regreso a Olar.

Llegado ya el principio del otoño, y dejando allí a Randal y a la mayoría de los hombres, partieron ellos con Yahek y el resto de los soldados. Cada mujer quedó libre de elegir su camino, y pudo comprobarse que la mayoría partía con las huestes de Gudú. Todas las que tenían hijos —y había muchas— se dirigieron hacia Olar, con el Rey. Sólo las que no estaban ligadas a tal condición, permanecieron en el Este, en los campamentos de las estepas.

El regreso de Gudú a la ciudad y Corte de Olar se hizo lento y premioso. Pues, como ningún deseo sentía de que aquel instante llegara, iba entreteniéndose mucho en el camino, tanto para cazar como para enviar a Yahek y algunos soldados —e incluso lo hacía él mismo, en ocasiones— internarse en las espesuras, en pos de algunos muchachitos que, atemorizados y hambrientos, vagaban de aquí para allá. Muchos de ellos habían sido privados de sus padres, para seguir al Rey en su lucha contra Usurpino; y, aunque había pasado más de un año de aquella guerra, con él continuaban: o en las fortificaciones que les defendían de las estepas, o muertos. Sus madres habían perecido o fueron enviadas como trabajadoras a las nuevas y productivas viñas. Ellos vagaban, casi como animales, medio muertos de hambre y frío. «De ahora en adelante —dijo Gudú a Yahek—, no espantes o pases a cuchillo a esas criaturas: antes bien, atráelas y aúnalas a nuestra comitiva; les alimentas y les prometes seguir las huellas de su Rey Gudú. Y no olvides enardecerles, explicándoles cómo y de qué forma vencí al Usurpador del País de los Desfiladeros, así como al reciente guerrero de las Hordas Feroces; y tampoco olvides decirles que si obedecen cuanto les diga, serán alimentados y vestidos como jamás soñaron, y alcanzarán gloria y honores: pues el Rey Gudú no es, en absoluto, ni tacaño ni olvidadizo con quienes bien le sirven.»

Así lo hizo Yahek. Y en estas cosas, el viaje se alargaba en demasía y amenazaban ya las primeras heladas, cuando al fin divisaron las Torres Negras y luego las oscuras almenas del Castillo Negro, cuya historia estremecía a los campesinos de Olar.

Una vez allí, Gudú detuvo, por el momento, su viaje. Envió hombres en busca de desperdigados campesinos por los alrededores. Cuando los tuvo delante, eligió entre ellos los más diestros albañiles: tenía planeado ensanchar el medio ruinoso Torreón, de forma que tuviera otras muchas dependencias. A su vez, instaló alrededor las tiendas para que, en tanto las obras estuvieran acabadas, pudieran todos albergarse. Y esta iniciativa constituyó el primer paso a lo que él había denominado la Corte Negra.

Ya con las nieves primeras, recordó que estaba próximo su cumpleaños. Y juzgando que ya había hecho esperar a su prometida demasiado tiempo, preguntó a Predilecto:

—Dime, hermano, ¿en verdad es hermosa la Princesa, mi esposa?

—Es la más hermosa de cuantas vi —se apresuró a contestar el

Príncipe. Y al punto lo dijo, se estremeció y quedó, al parecer, como sorprendido de sus propias palabras.

—Si así lo decís, os creo, pues soléis elegir bien y en este terreno tenéis un probado buen gusto —dijo Gudú, riendo—. En vista de lo cual, mañana, o pasado, o el otro a más tardar, tomaré unos cuantos hombres de escolta, y con vos me dirigiré a Olar.

Y como la marcha de las obras le interesaba más que ninguna otra cosa, aún se demoró un día, y otro, y otro, y muchos más. Estaba ya madurado el invierno, y un gran frío azotaba los bosques y las tierras. Ondina permanecía con él: ora de una, ora de otra forma. Y había aprendido a tomar aspectos de tal disparidad —aunque siempre bella—, que Gudú no sabía si se aficionaba a la misma criatura o era otra muy nueva y diferente. Ondina procuraba —aunque sentía que se agudizaba y crecía aquel dolor desde el centro de su pecho— no mirar jamás a Predilecto, ni hacia donde él dirigía su mirada. Pero en vano, pues allí donde sus ojos ponía, los de él veía, y aquel a quien ella abrazaba, él era. Por muchos y variados hombres o muchachos, de cualquier especie o condición, que intentara conocer y anegar en ellos su único recuerdo perdurable, sólo a uno deseaba, a uno solo acariciaba y unos únicos labios besaba.

Y, cierta mañana invernal en que el viento azotaba los árboles de la cercana espesura y el primer fuego de las rudas cocinas brotaba en la naciente Corte Negra, mientras el Maestro Yahek despertaba a los muchachos, los alineaba en el reducto del Castillo y se disponía —como todos los días— a adiestrarlos en el manejo de las armas, en la disciplina y en la admiración sin límites hacia el Más Grande Rey, Gudú, Predilecto dijo a su hermano:

—Señor, muchos días han pasado tras el que habíais decidido regresar a la Corte de Olar.

—Es cierto —dijo Gudú. Y con repentina decisión ordenó—. Hoy mismo, pues, elegid los hombres, partamos allá y acabemos de una vez con el enojoso asunto. Al Reino le precisa legalizar y prever la sucesión de mi propia estirpe, y, al tiempo, apuntalar cuantas cosas queden allí descuidadas. Vamos a consumar esa maldita boda, como si de otra batalla se tratase.

Y mientras sus soldados reían —como tenían por costumbre—

cuantas chanzas se le ocurrieran a Gudú, Ondina sintió que su dolor se intensificaba ante la idea de verse privada —aunque sólo de mirarle se trataba— de la presencia de Predilecto. Por unos instantes, pensó en sumirse en el manantial y, siguiendo las profundidades del río —cuyas márgenes vigilaban los soldados—, seguir a Predilecto, allí donde éste tuviera a bien dirigirse.

5

EN el transcurso de aquel tiempo, muchas cosas habían cambiado, también, en Olar. Y si bien estas cosas, por pertenecer al reino de lo oculto —tanto de la humana naturaleza como de otro cualquiera— no parecían visibles, sí se dejaban sentir.

El primero de todos los cambios, por tratarse del más evidente, era el efectuado en la Princesa y futura Reina de Olar. A partir del día en que —por última vez— perdió su zapato, llorando y pidiendo a Predilecto que no la abandonase, su carácter, antes expansivo y al parecer desprovisto de toda regla que no fuera seguir sus propios impulsos, tornóse serio, meditativo y altamente majestuoso. Ciertamente, en los últimos tiempos, los juegos con su curioso séquito no parecían atraerla tanto como antes, pero desde el citado día, los rechazó por completo. Y así, por vez primera, una hoja se cayó del Árbol, luego otra y otra, y Once y los muchachos las recogieron y guardaron en el cofre de Tontina, puesto que, se decían, seguramente el otoño había llegado.

Tontina dejó que Ardid ordenase su nuevo peinado; y la Camarera Mayor, Dolinda, lo trenzó, y curvó, y sujetó de mil formas y maneras, a cual más complicada y ornamental, en torno a su rostro, que —a decir verdad— iba adquiriendo mayor y más profunda belleza. Pues no sólo había crecido, sino que toda ella se había transformado de tal forma, que nadie —nadie que nunca se hubiera asomado antes y después al infinito túnel luminoso de sus ojos, transparente aún a través de la seriedad y grave compostura que la revestían— hubiera reconocido a la niña que, cubierta con una capa de piel blanca, había llegado por vez primera al Castillo de Olar. Ahora, ninguno de los muchachos de su séquito hubiera podido dar cariñosos tironcitos de las diminutas trenzas que, entonces, bailaban junto a sus sienes. Ni tampoco, por supuesto, nadie la contradecía ya, ni discutía, ni se enfadaba por cualquier otro motivo, ante tan imponente seriedad y digno porte. Tal y como no hubieran osado hacerlo con la propia Reina Madre Ardid.

Y cuando entraron en aquel invierno, cierto día, Tontina dijo a Ardid:

—Señora, bueno será que me instruyáis en mis deberes de Reina esposa, pues aunque mi Señor y Rey, Gudú, tarda en llegar, algún día lo hará y debo estar preparada para no aparecer ante él como niña de poco seso.

—Mucho me place, querida, cuanto dices —dijo Ardid, satisfecha—. Y créeme que desde hoy me ocuparé de ti.

Así pues, guardó pluma y pergaminos y se dispuso a llevar a cabo la instrucción de la Princesa. Pero atinó que, antes que en los detalles mismos de la noche nupcial —y su astuto instinto le decía que, para ello, mejor sería aguardar a la víspera misma del acontecimiento—, debía pensar en cuanto es pertinente y usual en el comportamiento de una Reina que, a todas luces, no tenía precedentes por aquellas tierras —ya que su propio caso, por supuesto, era en todo muy diferente y especial.

Así, consultó con sus habituales amigos. Y si bien Ardid no se había apercibido, también en ellos se había producido un cambio.

Cierto día, el Hechicero dijo:

—Querida niña, mi mazmorra es fría como un témpano: bueno sería trasladarme a algún lugar donde el fuego ardiera en buena chimenea. Sabes, como yo, que mis fuegos no despiden más calor que el de los descubrimientos —en caso de que se produzcan—. Y tengo para mí que, en los últimos tiempos, ando bastante torpe en estas cosas. Por tanto, me pregunto si mis miembros entumecidos no tendrán que ver en ello...

—Con gusto, querido mío —dijo la Reina, que, también en los últimos tiempos, familiarizaba bastante los tratamientos entre sus íntimos—. Sube a donde quieras cuando quieras: sabes que puedes andar a tu antojo en este Castillo.

Así lo hizo el anciano, y se instaló en una pequeña dependencia que antaño sirvió a Dolinda —antes de casarse— y ahora solía permanecer cerrada e inhabitada, muy cercana a la de la misma Reina.

Otro que, en verdad, había sufrido una transformación notable era el Trasgo. La última cosecha fue pródiga en sumo, y se acarrearon desde el Sur tantos odres como jamás en vida de Volodioso, ni de cualquiera antes, pudiera recordarse —aunque la gran sabiduría y sentido económico de Ardid no fue en absoluto ajeno en ello e incluso mandó incluir la mitad de lo que atañía a tierras de Predilecto, antes siempre respetada—. Así pues, el Trasgo recuperó su alegría de vivir, al tiempo que su contaminación alcanzaba extremos peligrosos. No sólo Almíbar podía por fin contemplarlo a placer, sino que casi todo ser humano, a poco soñador o sagaz que fuese, podría divisarlo. Tanto es así, que más de un susto se llevó, y Ardid le suplicó con mucho encarecimiento que no saliera de los subterráneos o, a lo sumo, del caño de las chimeneas. Y aunque el Trasgo así lo prometió, a veces rondaba por los bosques, totalmente ebrio, y en ocasiones incluso entabló conversación con algún muchachito de los que iban a por leña, si bien muy vagamente y de forma tan poco creíble, que éstos no tardaban en creer que se habían quedado dormidos, o que su propia hambre —que no solía faltar entre los humildes campesinos— les hacía desvariar y ver alucinaciones. Por lo que los parajes por el Trasgo visitados en sus locas correrías de borracho, no tardaron en despertar ciertas sospechas de brujería entre las gentes, y pronto fueron abandonados, por más y mejor leña que en ellos se encontrara.

Pero de todos los síntomas de contaminación que el Trasgo denotaba, tal vez el más grave lo constituían las extrañas confusiones que, si bien no frecuentes, a veces le hacían desvariar la memoria: así, en alguna ocasión creyó que Ardid aún no había rebasado los diez años, y en alguna otra pidió con insistencia a la Reina le dejase ver al pequeño Príncipe Gudú, por quien tanto se desvelaba y que permanecía tan desconsideradamente oculto a su vista, que ni horadando todos los subterráneos imaginables daba con él. Si bien estas cosas sólo ocurrían cuando probaba el mosto más añejo —aquel que celosamente se conservaba en el barril-madre—, por lo que Ardid lo tomaba como simples delirios de beodo y no les prestaba demasiada atención. A veces le reprochaba su afición, es cierto, pero con mucha menos preocupación e insistencia que antaño.

Tal como había decidido, Ardid llamó al Hechicero, y como en los últimos tiempos venía observando con demasiada frecuencia, tras llamar repetidas veces a su bien cerrada puerta, ésta la halló semi-abierta, y a su amigo y Maestro durmiendo apaciblemente junto al fuego. A sus pies, como ya era también usual, divisó acurrucado al Trasgo, que parecía hallar buen acomodo —mejor aún que en las brasas— entre los pliegues de aquella venerable y muy vieja túnica.

—Queridos míos, os necesito —dijo Ardid, besándoles en la frente—. Debéis aconsejarme en todo lo que corresponde hacer con una Princesa de sangre purísima como nuestra Tontina. Ella misma me ha pedido la instruya en estas cosas. Y como sabéis, mis tareas están más cerca de las preocupaciones de un hombre que de las propiamente femeninas, y no atino a saber en qué se ha de fundamentar tal aleccionamiento. Presumo que mis tretas y ardides anteriores no sean del todo aconsejables a nuestra futura Reina.

—Así lo creo —dijo el Hechicero, disimulando su bostezo y restregándose los ojos—. Pensemos, pues... Trasgo querido, alcánzame *El Libro de los Linajes*, ya que tus ágiles y jóvenes piernas son más ligeras que las mías.

—A fe mía, no hace mucho me creíais más viejo que vos —dijo el Trasgo, con malicia—. Pero si os conviene... En fin, en seguida os alcanzo el libro; y presiento que mi memoria en estas cosas, irá más allá de lo que vuestro erudito libro pueda esclarecer.

Así lo hizo y, al fin, tras estudiar en él algunas cosas, llegaron a la conclusión de que la Princesa debía dedicar sus días a bordar en oro, seda y plata, hasta llegado el momento en que Gudú tuviera a bien conocerla.

—¿Bordar? —preguntó Ardid, inquieta—. No me enseñasteis nunca tal cosa, Maestro querido.

—En verdad, niña, que no se me ocurrió —dijo éste, perplejo.

—No hay que preocuparse —dijo el Trasgo—. Según tengo entendido, no es preciso bordar tanto ni tan escrupulosamente... de lo contrario, las ilustres y reales criaturas habrían cubierto el mundo de bordados. Con tal de que lo finja, y suspire de tanto en tanto, podrá ofrecer una imagen más o menos exacta de lo que debe ser o parecer una Princesa.

Así lo entendió Ardid, y ordenó trajesen dos bastidores, finas telas y no menos finas madejas de seda, oro y plata. Sentóse con Tontina frente a la ventana de su gabinete y, así, ambas pinchaban y despinchaban aquí y allá, un poco por este lado y un poco por el otro: pues Tontina en todo imitaba a la Reina, y cuando ésta —ignorante de cuanto podía ser un bordado— sembraba pinchazo tras pinchazo, con suspiros de más o menos intensidad, a su vez ella empezó a hacer lo mismo. Poco tardaron en darse cuenta de que aquellas sesiones no eran en absoluto amenas. A poco, Ardid, nerviosa, se pinchaba repetidas veces en el dedo. Y ambas, pinchazo por un lado, suspiro por otro —bostezo sobre bostezo—, siguieron así días y días. De tarde en tarde, Tontina explicaba algunas cosas a Ardid, que ésta consideraba hasta cierto punto interesantes —todo nuevo conocimiento era útil para ella.

Pero un día quedó alarmada ante un comentario de Tontina. Repasando con el dedo índice el polvo acumulado al borde de la ventana, la Princesa dijo, pensativa:

—Creo, madre, que si es mi deber dar un hijo al Rey, debería suprimirse de nuestras costumbres y tradiciones la invitación a Hadas Madrinas, pues siempre queda alguna olvidada, y ésta suele jugarnos malas tretas... Ni siquiera mi bautizo, tan seleccionado y expurgado, se libró de un ligero rencor...

—¿Qué decís? —se inquietó Ardid—. Explicadme la causa de esa circunstancia: espero no revista graves consecuencias...

—Oh, no, por supuesto —dijo Tontina intentando imitar en todo el tono de su suegra, a quien de día en día estimaba y admiraba más—, no es grave, simplemente curioso.

—Explicaros con más detalle, y reflexionaremos juntas el caso —respondió Ardid. Aunque tanto la Princesa como ella misma sabían que sólo decidiría ella la cuestión.

—Mi Hada Madrina Mayor creyó prudente obsequiarme, entre otras prendas, que según dicen están a la vista, con la destrucción de cualquier encantamiento, tales como dormir, o medio-morir, durante cien años, sólo aniquilado a través del primer beso de amor, ya que no parece que estas cosas tuvieran un resultado demasiado satisfactorio. Podía darse la circunstancia —como en el caso de mi augusta tatarabuela— de que la princesa desencantada resultase cien años más vieja que su esposo. Y aunque en su apariencia nada había que lo demostrase, lo cierto es que su mentalidad, aficiones e ignorancia de muchos acontecimientos, llegaron a hacerla, con el tiempo, un tanto cargante para él. Y por lo que respecta a la de la piel blanca como la nieve, oí rumores de que el esposo, que mucho la amaba, tuvo que soportar durante toda su vida las continuas visitas y alojamiento en el Castillo de siete enanos estúpidos y feos en extremo, que le desagradaban profundamente y que se veía obligado a tratar con la misma deferencia que si fueran sus cuñados. Así pues, ningún encantamiento de ese tipo tendrá efecto en mí, puesto que me liberaron de todas esas zarandajas de los primeros besos de amor. Pero he aquí que el Hada Segundona, que andaba siempre muy resentida respecto a las supremacías de su hermana gemela el Hada Mayor, si bien no fue olvidada (como ocurrió con aquellas otras tan vengativas), se sintió molesta por tener que donarme sus gracias después de su hermana; y así, tras concederme el candor, la alegría de la inconsciencia, y otras cosas así que, os confieso, nunca entendí bien, dijo, con una risita sospechosa, que mi primer beso de amor sería el último beso de amor. Y aunque nadie logró explicarme tal cosa, pues nadie la entendía, lo cierto es que, desde que soy mujer casada, esto me preocupa.

—Bah, si de tal cosa se trata... —dijo Ardid, aliviada aunque no tranquilizada. Volvió a pinchar aquí y allá en el bastidor, y añadió—: No debéis preocuparos: tengo para mí que así sucede a todo el mundo, tanto si eres víctima de encantamientos, maleficios, dones o cualquier otra cosa. No os estorbará solucionar muy pronto una cosa así, pues si bien el amor es placentero en su primera fase, tórnase amargura, si es que no extremoso fastidio, con el tiempo. Si gustáis las mieles de un primer beso de amor, y tan fácilmente elimináis ese veneno de vuestro ser, no veo por qué debáis sentiros preocupada, antes bien felicitaros de ello.

—Pero —dijo Tontina, reflexivamente—, también con ello termina mi plazo.

—¿Qué plazo?

—No sabría decíroslo exactamente. Es una suerte de plazo al que estoy sujeta, y condiciona mi amor y mi vida. Temo que expire el día en que, verdaderamente, me convierta en mujer: y eso es algo que deseo, os confieso.

—Todo el mundo depende de plazos más o menos semejantes, querida hija: todos cumplimos esos plazos, pues si no fuera así, la vida se detendría y nadie se haría viejo ni moriría: lo cual, os confieso, a la larga debe resultar un tanto desalentador.

—Si así lo creéis, así será. Vuestra sabiduría no tiene par, ni en esta Corte ni en ninguna otra. Nadie me dio tan clara explicación sobre estas cosas...

Cuando, por labios de la inocente Tontina, que tanto se confiaba a ella, supo de todas aquellas historias de durmientes y hadas, de ogresas y madrastras, tuvo para sí que ser suegra y madre en tales familias entrañaba riesgos asaz peligrosos para ser recompensados por algo tan digno y estimable, aunque poco satisfactorio, como la pureza de la sangre y de la estirpe. Y llegó a la conclusión de que si para conseguir ser un producto de tal pureza, era preciso sujetarse a tradiciones tales, bautizos de exhaustivas listas, madrastras —que al parecer afluían como verdaderas bandadas en sus vidas— y sueños tan desconsideradamente largos, se sentía más segura en su mediocre origen de hija de barón sureño, aunque no muy rico, no muy noble, no muy honesto, no muy bien relacionado, y derrotado, por añadidura.

—No temáis, niña querida —dijo al fin—. Creo que este entronque con alguien tan valeroso como renovador, como será, sin duda, el matrimonio a que os habéis prestado, librará nuestra estirpe de tan molestas, aunque respetables, cosas.

—Así lo espero —dijo Tontina, al parecer también aliviada.

—El mundo avanza, y con él la sensatez. Así pues, hora es ya de ir puliendo las tradiciones —puntualizó Ardid.

Así estaban las cosas, cuando un gran espanto revolvió la ciudad. Y aunque de aquel espanto no se libró Ardid ni la propia Tontina, lo bendijeron secretamente, por ser causa de la interrupción de sus fingidas labores, convertidos a la sazón los bastidores en dos puros coladores, tachonados aquí y allá por gotas de sangre, seca o fresca, pero nada bella, según les parecía. Sus dedos martirizados, por la aguja y la ineptitud, y sus largos suspiros, más auténticos que sus bordados, iban tejiendo pensamientos y sentimientos mudos.

Así, cuando Ardid fue notificada de que habían sido avistadas tropas belicosas acampadas al otro lado del Lago, y que sus hogueras y gritos guerreros se oían y veían en el viento frío del atardecer, dio un puntapié al bastidor, que cayó en los leños de la chimenea y ardió plácidamente, ante el regocijo del Trasgo.

—¿De qué te alegras, insensato? —dijo Ardid, falsamente incomodada—. ¿No sabes que estamos amenazados y que mi olvidadizo hijo Gudú anda aún lejos de nosotros, con lo más florido de nuestras tropas?

Con la rapidez que era en ella una virtud, en trances semejantes, y perdición, en otros, mandó abrir las compuertas, para que los ciudadanos y todo aquel que se hallase aterrorizado —como era costumbre— pudieran refugiarse en el recinto del Castillo. Y al tiempo que ordenaba formar a sus tropas, los escasos y ancianos barones y caballeros que quedaban en Olar —dado que los nobles jóvenes estaban con Gudú— acudieron en tropel con cuantos hombres disponían, manifestándose —según sus propias palabras— dispuestos a morir, antes que rendirse, aunque temblando tanto de frío como de temor, pues los años de blandura y abandono no habían endurecido sus carnes ni su espíritu.

Ardid maldijo en su interior la fatal atracción que Volodioso y Gudú experimentaban hacia las estepas. «Si al tiempo que incapacitarle para el amor, hubiéramos podido incapacitarle para la fascinación de lo desconocido...», murmuró. Pero el Hechicero dijo: «Querida, en tal caso (aunque te confieso que imposible, al menos para mi ciencia), mal Rey sería quien no sienta esa clase de fascinación, que empuja a los hombres a dominar, someter y conquistar». «Bien —dijo Ardid—, dejemos eso. Lo hecho, hecho está, y nada adelantaremos con ello. Pero siempre temí que los gemelos Bancio y Cancio nos jugarían una mala pasada: y mucho me temo que hayan surgido de las sombras, para combatirnos, sabedores de nuestra actual indefensión. Gudú descuidó demasiado su desaparición; debió perseguirlos hasta dar con ellos y decapitarlos.» «No son peligrosos —dijo el Trasgo, al fin—. Beben demasiado, son cobardes y jamás se ponen de acuerdo: así, pocas maquinaciones podrán urdir, ni con éxito podrán combatir a nadie, quienes, entre ellos, combaten sin cesar.»

Y para argumentar sus palabras, se echó un buen trago y luego se acurrucó entre los pliegues de la falda de la Reina.

Ésta ordenó conducir a la estancia más oculta y defendida a Tontina, a sus doncellas Dolinda y Artisia y al pequeño Contrahecho, que protegía y amaba como a un hijo Dolinda. Hacía tiempo no lo había visto, y juzgó que era una enternecedora criatura, tan fea como bondadosa: pues se abrazaba con amor al cuello de aquella que creía su madre, y la cubría de besos. Dolinda dijo: «¿No veis, Señora, qué hermoso es? En verdad que, dejando aparte vuestro augusto hijo, jamás se vio un niño tan lindo». Y besó apasionadamente sus pálidas mejillas. Al oírla, Ardid sintió un escalofrío. Un vago dolor nació en su pecho: «Es el amor quien da pie a tales cosas. Quizá, no sea tan nocivo ese sentimiento». Tontina, sentada allí donde Ardid le dijera, aparecía inmutable y plácida, y conservaba inocentemente aquel inmundo colador manchado de sangre, que llaman bastidor, sobre las rodillas.

—Tira eso, querida —dijo Ardid, con vago remordimiento—. Me parece que de ahora en adelante poco vamos a bordar...

Tontina obedeció y el Trasgo se sintió, de nuevo, inmensamente regocijado. Pues no se atrevía, en presencia ajena, a mostrarse saltando de un lado para otro, como le impulsaba el vino a hacer.

—Almíbar, querido mío, no temas —dijo Ardid al Príncipe, que había sido materialmente sacado de debajo de su lecho, y temblaba como la gelatina de manzanas, que tanto le gustaba—. ¡Manteneos firme y no dejéis traslucir vuestro celo por mi persona!

—Lo intentaré —dijo él, besando con arrobo su mano—. Pero creedme que mis piernas flaquean, por lo que os pido permiso para sentarme.

Así lo hizo, y Ardid, súbitamente, observó cómo había engordado en los últimos tiempos; y que unas ligeras bolsas flácidas mostrábanse, aquí y allá, por aquel rostro, aún indudablemente hermoso. Y dándose cuenta del envaramiento de su talle, le asaltó la sospecha de si habría adquirido en la Isla de Leonia una de aquellas prendas que sólo usaban las damas para hacer que parecieran más esbeltas sus cinturas. «En todo caso —se dijo, enternecida—, es disculpable: pues aunque se halla tan bien conservado como si se hubiera mantenido en adobo, la verdad es que tiene muchos más años que yo, y él no quiere que esto sea dicho, o apreciado...»

En aquel preciso instante, un clamor llegó hasta ellos y, a través de la estrecha alta ventana de su refugio, les llegaron unas voces que poco a poco fueron reconociendo como de alegría, en vez de terror. Al fin, oyeron al anciano Conde Oron, el Senescal, que decía:

—¡Abrid, Señora, Dios sea loado, pues el Príncipe Predilecto, al frente de sus hombres, se acerca al Castillo...!

Ardid se apresuró a abrir la puertecilla de hierro, que tan celosamente les guardaba. Y con voces de alegría y bendición para tan amada criatura, como era para todos, sin excepción, el Príncipe Predilecto, se apresuraron a pasar al exterior, con toda la dignidad de que eran capaces en momentos tan críticos.

Todos menos la Princesa Tontina que, sola, de pie, permanecía tan quieta y pálida que parecía como sin vida.

En verdad que la alarma cundida no carecía de motivos. La francachela organizada por Gudú casi a las puertas de la ciudad, las voces de los hombres borrachos y el resplandor de sus hogueras, junto a las reyertas que el vino solía despertar entre ellos, fueron tomadas por los atemorizados y nada belicosos habitantes de Olar por intrusión enemiga.

Pero ya estaba allí Predilecto, con la esperada nueva de que, al fin, el Rey Gudú había regresado a Olar.

La presentación oficial de Tontina al Rey revistió, como largamente soñara Ardid, suntuosidad y espectacularidad como jamás se viera en Olar. Rápidamente, de cofres y arcas, surgieron las ricas prendas que para tal efecto se guardaban y que en previsión trajeron —hacía demasiado tiempo— de la maravillosa Isla de Leonia. La propia Ardid vistió para esta ocasión a su nuera. Tan sólo con la ayuda de Dolinda, Artisia y tres jovencitas al servicio de éstas, que acercaban peines y alfileres, adornaron a la futura Reina de Olar con las mismas galas que luciera el día de la boda por poderes. Fue cepillado y alisado el traje bordado en perlas, y el manto de armiño cubrió sus hombros, graciosamente echado hacia atrás, de forma que no ocultara la magnificencia del vestido. Y fue calzada con aquellos zapatos de nácar y perlas que estrenara el día de la boda —y uno perdiera, si bien que por última vez—. Y cuando hubieron trenzado, y retorcido, y combinado de mil maneras los luminosos e increíblemente rubios cabellos, que se deslizaban como agua entre los dedos, y hubieron prendido en ellos broches de piedras rojas y verdes, descubrió Ardid, con asombro, una peregrina joya que pendía sobre su pecho.

—¿Qué es esto? —preguntó—. Una piedra azul, partida y horadada... Creo haberla visto antes en alguna parte.

—Señora —dijo Tontina, cubriéndola con ambas manos—, os ruego que no me ordenéis desprenderme de ella. Es el único vestigio de aquello que yo llamaba —aunque ahora entiendo que muy tontamente— mi Secreto e Íntimo Tesoro.

—Ah, bien —dijo Ardid, aunque un leve resquemor, que no acertaba a definir, la invadió—. Pero creo que deberíais ocultarla bajo el vestido...

Así lo hizo Tontina, pero con tanta precipitación que el extremo agudo de la piedra se clavó en su carne, y un dolor tan vivo la inundó, que estuvo a punto de desfallecer.

—¿Qué es esto? —se alarmó Dolinda—. ¿Os encontráis mal, Princesa...?

—No es nada —murmuró al fin Tontina. Recuperó el tono rosado de sus mejillas y sonrió, aunque de forma tan melancólica que su sonrisa hizo brotar lágrimas de todas las mujeres—. ¡Ya ha pasado...!

—Todas las muchachas, en estas ocasiones, suelen sufrir desmayos y desfallecimientos —dijo Ardid, con sonrisa de suficiencia. Aunque, a decir verdad, conocía tales cosas sólo por referencias, ya que jamás las experimentó en su persona.

Una vez acicaladas todas las damas, se dirigieron hacia el Salón del Trono con solemne paso y gran boato, por orden de nobleza y jerarquía escrupulosamente trazadas por Ardid. Allí, según instrucciones maternas, aguardaba Gudú —a quien su madre envió recado presuroso de que, al menos por una vez, se abstuviera dar muestras de impaciencia: ya que el protocolo exigía una ligera impuntualidad en la persona de Tontina—. A su vez, le suplicaba encarecidamente que se bañase y trocase sus ropas de soldado —que sospechaba hediondas— por el traje ricamente bordado que le enviaba; y que, a ser posible, usase el perfume que el buen Almíbar había traído para él, dada la ocasión, y que gentilmente tenía el honor de ofrecerle.

Aunque con aire resignado —la prudencia le recomendaba seguir los consejos de su madre, que tenía por sabia—, y negándose a escanciar el perfume en sus rizados y negros cabellos, indomables en verdad a todo acicalamiento —al menos, por una vez—, pero limpios, Gudú se armó de toda la paciencia de que era capaz. E incómodo dentro de aquellas ropas —pues no habían tenido en cuenta la expansión habida en dos años por su vigorosa naturaleza—, le apretaban y tironeaban por todas partes, amenazando descoserse en varios puntos. Con la corona ciñendo la cabeza, la espada de su padre al cinto y el regio manto rojo que fuera de Volodioso cubriendo sus espaldas, aguardaba, sentado en el trono, rodeado de todos sus nobles, caballeros, pajes y lo más escogido y aseado de sus capitanes. Yahek se había bañado, a su vez, por orden del Rey —él mismo estimaba que su olor superaba a cuantos conocía o tenía noticia existieran—, y su cráneo rojizo y brillante atraía las miradas, hasta el punto de distraer la atención de cualquier otra ostentación capilar, con gran descontento de los nobles.

Junto a Gudú, en pie y a su derecha, el Príncipe Predilecto aparecía vestido, nuevamente, con el traje que le regalara Almíbar. Si bien, según observó, le quedaba ahora muy ancho. Por lo visto, el tiempo transcurrido había afinado su silueta —aunque no ablandado sus músculos y nervios— más de lo que fuera previsible. Y era el más modestamente ataviado de cuantos allí se hallaban. La propia Ardid, al hacer su entrada en la estancia, ceremoniosamente, tras lanzar rápida pero certera mirada sobre todos, y hallándolos en general satisfactorios, vino a reparar en ello. Y se dijo, con el vago remordimiento que a veces le embargaba contemplándole: «Ay, no atiné a su debido tiempo que esta noble criatura, siendo el mejor hermano, el más leal y generoso de cuantos soñara para mi hijo, aparece hoy como el peor trajeado y el peor atendido de todos... Pero me hago el firme propósito de que, en adelante, corregiré y compensaré tales descuidos». Aunque tal propósito fue a acompañar, de inmediato, otros similares que aún aguardaban su realización.

Pero la Princesa no veía ni pensaba lo mismo. Jamás había visto antes a su esposo, y parecía natural que su primera mirada fuera para él. Pero lo cierto es que le pareció entrar en una estancia sólo poblada por sombras, más o menos vagas. Y únicamente una figura, de pie junto al trono, se hizo visible para ella. Y en aquel momento sintió, más que pensó, que jamás nadie, ni en la esplendorosa y fantasiosa Corte de su padre, ni en parte alguna, vio criatura más radiante: sus cabellos castaños tenían el reflejo dorado de la vida —pues el resplandor de toda la vida posible en el mundo, le aureolaba como una corona—, y sus ojos, de un azul oscuro y brillante, parecían retener la luz del mundo: aquella luz sobre el mar en las noches transparentes del Norte, donde ella había nacido; y también la luz de aquel país, donde las viñas maduraban como un reguero de oro al sol, y los almendros y cerezos se cubrían de nubes blancas como la nieve y rosadas como el amanecer. De la luz de los fiordos y de la luz del Sur, fundidas, nacía para ella el Príncipe Predilecto. Y la vida, en su esplendor, apagaba cualquier otro brillo, y su rostro borraba cualquier otro rostro, y su mirada otra mirada. Y ensimismada en estas cosas, tropezó con los tapices de la Isla Leonia, que tan cuidadosamente habían sido desembarcados, enrollados, guardados y, a su vez, desenrollados y extendidos sobre las húmedas piedras del rudo Castillo, para la ocasión. Al tropezar, nuevamente el dolor de la piedrecilla se hundió, un poco más, en su pecho.

—Teneos firme, niña querida —murmuró Ardid—. No es momento para desmayos ni alifafe alguno: sois ya la Reina de Olar.

Estas palabras tuvieron la virtud de producir en Tontina una fuerte conmoción. Como si bruscamente la sacudieran de un sueño y despertase. Sólo entonces vio a todos los presentes, que la contemplaban extasiados. Y, al fin, sentado en el trono, al Rey Gudú que, contraviniendo las órdenes maternas, levantóse casi de un salto. Y, de pronto, sus ojos grises y brillantes, que resaltaban poderosamente en el atezado rostro, la hirieron como el filo de las espadas. Y súbitamente sintió en su boca un gusto de sangre —como cuando, bordando con la Reina Ardid, se chupaba disimuladamente un dedo pinchado por la aguja; pues el mismo sabor fresco y hondo a la vez, húmedo y oscuro, la embargaba.

Un frío lento y despacioso fue apoderándose de todo su ser, mientras buscaba palabras en sus recuerdos o en cualquier rincón de su mente: palabras que huían, como flotantes lucecillas de luciérnagas en la noche, y se deshacían como nubecillas hacia la nave, alta y negra, donde pendían las grandes lámparas de bronce y hierro, en los muros donde las llamas de resina ardían y crepitaban con un fragor que la llenó de un escalofrío inexplicablemente presentido, donde se mezclaban el chocar de espadas, humaredas de incendio, hollín y muerte. Deseó recuperar aquellas palabras tan minuciosamente aprendidas, que —según fue aleccionada— la adentrarían en el Nuevo Plazo de su vida. Eran palabras que hablaban de amor, fidelidad, sumisión, respeto... y algunas cosas más. Pero se perdían, y temía —y sabía— que nunca las recuperaría: porque tal como viera siendo niña, nadie puede retener a las aves cuando emigran del frío hacia las tierras cálidas del Sur.

—Diablos del más oscuro infierno —murmuró Gudú, en dirección a Predilecto, sofocando su risita habitual—. Verdaderamente es más hermosa que su retrato. Razón teníais cuando tan bien la describisteis.

Sin aguardar con aire solemne —como aconsejara Ardid, tras lecturas y comparaciones con ceremonias semejantes—, avanzó hacia la Princesa. Con ambos brazos extendidos, cortó la tímida reverencia que Tontina iniciaba y, elevándola hacia él, la besó. Pero sus labios dejaron en los de Tontina un amargo sabor, mezclado al de la sangre. Sólo atinó a decirse, aturdida, cuán extraño a cuanto había oído resultaba ser el gusto de su primer beso de amor. Y mientras la Corte prorrumpía en gozosas exclamaciones y los músicos llenaban el aire con los sones de sus flautas y dulzainas, pensó qué asombroso le resultaba ahora el hecho de que recibir un beso semejante hubiera sido el motivo que despertara del sueño o arrancase de la media-muerte a sus nobles abuelas. «Qué sabia me parece mi noble suegra, y qué razón tenía cuanto dijo cuando hablamos de este beso y sus posibles consecuencias... No es doloroso perder tal cosa, al tiempo que probarla.» Y pensó que los dientes de Gudú —aunque tan blancos como los de su madre— eran agudos como puñales, y que la presión de sus manos en sus hombros era parecida a guanteletes de hierro. Sus ojos le recordaban el hielo que, en las madrugadas, pendía en témpanos de las cornisas y servía de blanco a las piedras infantiles.

De pronto, sin saber cómo ni por qué, en aquel momento, se despidió de Once, su primo, y de sus amigos, los muchachitos y muchachitas de su séquito, y de las perdices, las ardillas, los ciervos, los cachorros... A su vez, se apercibió de que hacía tiempo que no les veía, hasta el punto de no saber dónde moraban. Desde el día en que cesaron los juegos y recogieron del suelo las últimas hojas del Árbol, teníalos por definitivamente perdidos; pero hasta el momento no había tenido clara conciencia de ello. Así, al recibir el beso de Gudú, se hizo más patente en ella el adiós que acompañaba el último jirón de su Primer Plazo: aquel Primer Plazo del que intentó hablar en su día a Ardid y ésta no había considerado importante. Y supo que sus viejos amigos y sus antiguos juegos, junto a las palabras aprendidas y las palabras olvidadas, erraban sin rumbo, o regresaban sin ella a un país que en un tiempo le fue muy familiar y del que ahora ni aun acertaba a recordar el nombre.

La Reina, con un súbito temblor interno que nadie percibió, excepto el Trasgo y el anciano Maestro —que, como de costumbre, la seguía, un paso atrás, a su derecha—, desprendió de su cabeza aquella corona que tanto, tanto, le había costado conseguir y, entregándosela a Gudú, arrodillóse en un lujoso cojín —y, por vez primera, sus rodillas crujieron y, también por vez primera, pensó que la vejez no era algo muy remoto, y no imposible para ella—. Pero dijo, con voz clara y firme:

—Tomad esta corona, Rey Gudú, y coronad con ella a vuestra esposa y Reina nuestra, para gloria de Olar.

Y como el Abad estaba hacía tiempo dispensado de ser el principal ejecutor de estas y otras muchas cosas, el Rey mismo la colocó sobre las sienes de Tontina.

—Así lo hago —dijo— y así lo ordeno, para alegría y obligación de cuantos componen este país; sea por años y años, hasta el último día de la tierra...

Quedaron todos muy sorprendidos por estas últimas palabras —en verdad, algo exageradas, y que además no constaban en *El Libro de los Protocolos de Coronación*, tan escrupulosamente compuesto e ideado por su madre—. Ofreció el brazo a su joven esposa, y se inició el cortejo hacia el Salón de los Banquetes —que era el destinado a las cada vez menos frecuentes reuniones de la Asamblea, ya que no había otro mayor en el Castillo, exceptuando el del Trono.

El Salón de los Banquetes se había adornado a tales efectos de forma totalmente inaudita. Como la estación impedía disponer de flores naturales, Almíbar había ordenado engalanar paredes y puertas con ramos de acebo, verdes como el Lago, sembrados de granos rojos que brillaban como rubíes. El muérdago se trenzó con hilos de seda, y las grandes lámparas cuajadas de velas encendidas a centenares y adornos de todas las clases convertían aquel lugar, por lo común oscuro, húmedo y desapacible, en un cálido recinto luminoso. Grandes troncos ardían en la enorme chimenea, y sobre lecho de piedras —a cuyo alrededor se habían dispuesto las mesas—, un cúmulo de brasas al rojo vivo, estrechamente vigiladas y avivadas por dos sirvientes, caldeaban la estancia. Tapices y alfombras cubrían por doquier las ennegrecidas piedras, y pieles celosamente atesoradas fueron extendidas bajo los pies y sobre los asientos de los comensales, de forma que la dureza y el frío no les incomodaran. Grandes antorchas alejaban la oscuridad, pues, por lo común, y aun en pleno día y más esplendoroso verano, jamás llegaba a lucir el sol a través de tan estrechos ventanales. Ahora, por el contrario, relumbraban el oro y las valiosas piedras de hebillas, collares y broches. Todos parecían más hermosos y más jóvenes, pues el resplandor del fuego es más benigno que la cruda realidad del sol con los rostros que han dejado atrás la juventud. Y como a los jóvenes y hermosos no perjudicaba tampoco, lo cierto es que a todos favorecía. Si algún sirviente o invitado no lucía como era debido, aquellos resplandores disimulaban descosidos o costuras mal cosidas, manchas o ropas descoloridas.

Ardid y Almíbar se miraron con mutua aprobación y halagüeña sonrisa. También el modesto galón de oro, un tanto mortecino y oscurecido por la humedad, que bordeaba la túnica de Predilecto, brillaba como recién bordado. Y su apostura y belleza —que atraían la arrobada mirada de muchas damas— suplían largamente tales descuidos, de modo que su aspecto no desmerecía en absoluto junto al rico traje —si bien estrecho y altamente embarazoso— que lucía el Rey, quien acabó descosiendo una costura con la punta de la daga.

Muy tarde, en verdad, acabaría el banquete. Estaba previsto —tanto en las cocinas como en los pasillos de sirvientes— que se prolongaría hasta muy avanzada el alba. Y para ello el vino corría y, entre plato y plato, un delicado conjunto de músicos amenizaba la velada. Pero los desposados no debían permanecer en compañía de sus invitados hasta tan altas horas. Así es que, con una discreta seña de Ardid, Almíbar indicó al Rey que había llegado la hora de retirarse a su cámara y, como parecía establecido, aguardar allí la llegada de su esposa. Por supuesto, el banquete podía continuar sin ellos. Y mientras Gudú se dirigía a sus aposentos, Ardid y sus doncellas condujeron a Tontina a los de ésta.

Nadie reparó, entre unas y otras cosas, en la brusca desaparición de Predilecto. Nadie, excepto una muchacha, de singular belleza, que oculta tras un tapiz lo observaba todo con ávida mirada, y, con más atención que a nada ni a nadie, al mismo Predilecto. Sólo ella lo vio salir y, sigilosamente, le siguió. Siempre tras él, salieron al jardín donde les recibió la oscuridad y el frío de la noche.

Era el antiguo Jardín de Ardid, aquel que más tarde vio crecer en su centro el maravilloso Árbol de los Juegos, escenario de los primeros tiempos de la Princesa en el Castillo. Pero del Árbol y sus doradas hojas ya sólo quedaban el tronco negro y las ramas desnudas. Y allí, el Príncipe sentóse junto al diminuto estanque, donde aún brotaba el surtidor como el eco de una voz. La luna apareció entonces. A su luz, el Príncipe comprobó que el surtidor estaba rígido e inmóvil. Lo tocó y se dio cuenta de que estaba helado. En aquel momento, brillaron las desnudas ramas del Árbol de los Juegos, pero no con sus extraordinarios colores rojo y oro, sino cubiertas de escarcha. Todo vestigio de verdor y de hierba había muerto, sólo hielo y abrojos cubrían el suelo, donde antes crecían flores de toda especie y forma. Y aunque ningún niño jugaba, ni pájaro ni animal alguno correteaba, sí percibió Predilecto el hueco que había grabado allí su ausencia y el eco de sus voces. Sólo los verdes ojos de la raposa y la mirada amarilla de la lechuza, con su impávida sabiduría brillaron como un fugaz aleteo de luz, y le estremecieron.

En las últimas horas de aquella jornada que tocaba ya a su fin, una suerte de cruel y doloroso despertar pugnaba por abrirse paso en sus pensamientos y su corazón. Y otro pensamiento luchaba fuertemente por desvelar un secreto que alentaba dentro de él, y se repetía: «No quiero saber; no deseo saber nada». Pero sabía. Intentaba dominar una ira sorda y un dolor tan grande como nunca antes sintió, que le invadían, crecientes y tan implacables como caen los granos de arena dorada en el reloj. Una desesperada y casi feroz expresión llenó sus ojos e hicieron estremecer a la muchacha que los contemplaba. Huyó la lechuza y la raposa se deslizó rauda hacia las sombras. Ondina contuvo un grito. Y como la sabiduría que rechazaba Predilecto era aguda como el más afilado puñal, atravesó a su vez la estupidez de la muchacha, y entendió que Predilecto amaba a la joven y reciente Reina de Olar, con amor tan triste y sin esperanza como el que la propia Ondina sentía hacia él. «Ah, no, no —se dijo, entre lágrimas. Eran las primeras lágrimas de su vida, amargas como jamás la sal del mar alcanzó, y tan hirientes como jamás fueron los espinos del bosque—. No dejaré que este amor sea el que te aparte de mí.» Surgió de la oscuridad y, acercándose a Predilecto, le abrazó y besó con tal pasión y fuerza, que despertó de su ira al Príncipe. Una enorme sorpresa y una gran tristeza le llenaron al verla. Y, apartándola suavemente, dijo:

—No quisiera herirte, hermosa criatura... No sé quién eres, y aunque esto no sería obstáculo para que, en otra ocasión, correspondiera a tus besos, esta noche, te lo ruego, déjame solo, pues sólo en soledad podré respirar y vivir.

—¿Qué decís, Príncipe? —gimió Ondina—. Olvidad lo que leo en vuestros ojos... Ésa en quien pensáis es la esposa del Rey, hermano vuestro, por añadidura...

—¡Callad! —se sobresaltó Predilecto, apartándose de ella horrorizado—. ¿Qué os hace decir semejante disparate...?

—No hay nada oculto para mí en cuestiones de amor —dijo

ella—. Yo misma soy víctima de igual veneno. Venid a mí, por tanto, y trataré de mitigar vuestra pena al tiempo que mitigo la mía.

Pero él se apartó de ella, desazonado, mientras le advertía que jamás volviera a pronunciar tales palabras, si en algo estimaba su vida.

Pero ella murmuró, mientras seguía ocultamente sus pasos:

—Ah, estúpido Príncipe, qué poco sabéis de estas cosas... Y estúpida de mí, también, que de tan poco me sirve conocerlas.

XIV

LAS RAÍCES DEL AGUA

1

EN tanto, en la cámara de Tontina, la Reina madre y las doncellas sustituyeron el rico y pesado traje de Tontina, por ropas mucho más sutiles y ligeras: no habían hallado, ni en la Isla de Leonia ni en parte alguna, tan transparente y delicado tejido como aquél. De suerte que, comprobaron, con íntima y sobrecogida admiración, no había riqueza en vestido comparable a la pura y simple belleza de Tontina, en su más cándida y natural expresión. Ni peinado que mejor sentara a su rostro que el esparcido y libre torrente de sus largos cabellos. Ardid murmuró:

—En verdad que sois rubia, desde la punta de vuestros cabellos a la punta de vuestros pies: ni el sol ni la luna juntos, ni el invierno ni el otoño uniendo sus resplandores, ni la primavera y el verano tejiendo sus respectivos amaneceres, hallarían Princesa o Reina más rubia que vos.

Y tomando aliento, tras rapto tan sincero como impulsivo, perfumó a Tontina de pies a cabeza. Luego, tomándola de la mano, y precedida de las doncellas que portaban antorchas, la condujo hasta la puerta de la Cámara Real. Y allí sintió que una dulce y rara congoja subía a su corazón, y besándola suavemente en la frente, dijo:

—Entrad, Reina de Olar, y en todo sed amable y complaciente con el que es vuestro esposo, Rey y Señor.

Y dejándola allí —tan quieta y muda como permaneciera durante toda la ceremonia y el banquete— se alejaron, cada una a sus aposentos, con un retenido suspiro donde se mezclaba, a partes iguales, añoranza, ternura y una remota y casi olvidada tristeza.

Tontina atravesó el umbral y las dos estancias que, divididas por tapices de espesura y pesadez que estimó excesivos, la separaban de la cámara misma. Y una vez alzó este último tapiz, halló a Gudú, con evidentes muestras de impaciencia. El ruido de sus pasos apenas podía amortiguarse en las tupidas pieles que cubrían el suelo. Pero cuando alzó el rostro y vio a Tontina, la arruga que fruncía su ceño desapareció y, con su risita breve y ronca, opinó:

—Os habéis hecho esperar, mi Reina, pero al veros, estimo que en gracia a vuestra belleza tal cosa puede disculparse.

Y así diciendo, la tomó en sus brazos y besó con tal ímpetu, que Tontina creyó encontrarse bajo el más violento temporal que pudiera hallarla desnuda y sola en pleno bosque. Una angustia insoportable la invadió, y como bajo tan brusco y duro abrazo la piedra azul se hundía esta vez en su carne con auténtica saña, gimió de tal forma que, sorprendido —jamás le ocurriera antes cosa igual—, Gudú la soltó.

—¿Qué ocurre? —dijo—. ¿Acaso os he lastimado?

—Así lo creo —murmuró Tontina, apenas sin aliento. Y llevándose ambas manos al pecho, cayó de rodillas y temblando sobre el suelo. Y tanto era su temblor y su palidez, que Gudú, perplejo, atinó a decir:

—Tal vez la ligereza de vuestra ropa (que, por otra parte, mucho me place) hace que sintáis frío: aproximaos más al fuego y reanimaros. Si bien creo que, en breve, yo mismo conseguiré daros más calor que si en las llamas mismas os hallaseis.

Con la máxima delicadeza de que supo echar mano —y que pareció a Tontina un brusco empellón—, la acercó al fuego. Y una vez allí, acarició los brillantes cabellos y, sintiendo tan suave y resbalosa seda entre sus dedos, dijo:

—Qué hermosos cabellos tenéis... y qué bella sois, en general. Si el tiempo y mi insolencia no apremiaran, solo en contemplaros me detendría...

Y tornó a abrazarla y besarla. Pero esta vez su abrazo produjo tal repulsión y horror en Tontina, que ni fuego, ni abrazo, ni besos mitigaban su frío: antes bien, lo acrecentaban de tal forma que creyó que moría aterida entre aquellos brazos y bajo aquellos labios. Entonces, un rayo tan cruel como luminoso se abrió paso en su confusión; y otros labios y otros brazos acudieron a su mente; y otros besos —si bien, sólo presentidos y deseados— le advirtieron que estaba muy lejos de conocer ni el primero ni el último beso de amor. Muy claro llegó entonces a sus oídos el penetrante grito de la lechuza y, bruscamente —tanto que nadie jamás imaginó posible en tan suave criatura—, apartó al Rey de sí. Encendida por una violenta y, a un tiempo, dulce ira, con sabiduría que llegaba a su lengua y a su entendimiento —hasta aquel momento sumidos, según parecía, en la cálida ignorancia de su infancia irreversiblemente abandonada—, dijo:

—No son vuestros besos ni vuestros abrazos quienes me devolverán el calor: es el calor de la vida el que me falta, y mi vida no está en vuestra vida.

—¿Qué galimatías es ése? —se impacientó Gudú, más asombrado que enfadado, pues en su interior no dejaba de estimar que tal rechazo y rebeldía componían una picante sustancia que no había gustado hasta el presente—. Tengo para mí que debéis abreviar las gazmoñerías en que sin duda habéis sido instruida, y pasad rápidamente a la segunda y verdadera fase de esas enseñanzas. Dad, pues, por zanjado este preámbulo, y no olvidéis que soy hombre y Rey poco paciente.

—Vos sois quien habla en lenguaje que no entiendo —dijo Tontina, al tiempo que se incorporaba y retrocedía hacia el tapiz que separaba la cámara de las otras estancias—. Y permitid os diga, mi Señor, que sois aún más necio de lo que a primera vista me parecisteis.

—¿Qué estupideces oigo? —dijo Gudú, encolerizándose al fin—. Venid aquí y cerrad la boca, pues ni siquiera en vos se quiebra la opinión de que una mujer, cuanto más callada, más hermosa parece.

Él intentó sujetarla, pero Tontina sabía hurtar sus brazos y sus torpes y ansiosas manos tan ágilmente como jamás criatura ni animal alguno él viera antes. Tal vez la ayudaron mucho en ello su afición a los juegos que, hasta muy reciente época, tanto practicó. A medida que escapaba una y otra vez de sus brazos, retrocedía y atravesaba en su huida las dos estancias anteriores. La ira se adueñó de Gudú de tal forma que su garganta parecía hervir, y jadeando como si se tratara de una cacería difícil, logró, al fin, apresarla contra la última puerta de su cámara. Y allí, oyó decir a Tontina:

—Sois necio y grosero. Y sabed que no deseo vuestros besos ni vuestros abrazos, sino otros besos y otros abrazos, y que no os amo en absoluto ni os amaré jamás: pues es otro a quien amo y a quien amaré hasta el último día de mi vida.

—Estúpida —rugió Gudú. Las últimas palabras de Tontina le sorprendieron por parecerle inexplicables—. ¿Qué me importa vuestro amor, ni lo que vos sintáis? Lo que yo pueda desear y juzgar como bueno, deseable y bueno será.

—No para mí —respondió Tontina. Y con un hábil escamoteo se desasió nuevamente de sus brazos y corrió a refugiarse tras un alto asiento de respaldo—. Debéis saber que también yo soy Reina, y mujer de inquebrantable voluntad. Y lo que estimo justo para mí, lo será para vos. Y como justo, debo deciros que ni bajo tormento lograréis de mí un solo beso. Dejadme en paz acudir en busca de quien en verdad amo, y con quien en verdad deseo hallarme.

Sólo entonces alcanzó Gudú el verdadero significado de sus palabras:

—¿Entonces, vos misma confesáis tener un amante? Tened por seguro que las leyes son duras con mujeres como vos, y no por Reina os libraréis de ellas: antes bien, más duro seré, por ello mismo y para escarmiento de otras. Retirad, pues, esas palabras, si son disimulo de una mal aprendida, ineficaz y contraproducente coquetería.

—Repito y juro lo que digo —respondió Tontina, con voz firme—. Es otro a quien yo amo, y otro a quien iré a buscar: no a vos, grosero y ridículo Gudú, que no merecéis ser Rey, ni tan sólo esposo de la mujer más vil.

Aquí, la ira del Rey llegó a su punto culminante. Desapareció totalmente su deseo, y ya ni la belleza de Tontina veía. Sólo ocupaban su mente la ceguera de su gran indignación y su soberbia, tan incomprensiblemente heridas. A grandes voces llamó a la Guardia y, al punto, ordenó que condujeran, en calidad de prisionera, a la Reina, y la encerraran en la más oscura mazmorra.

Tontina no opuso resistencia y se dejó conducir, tan suavemente que la propia Guardia, asustada y sorprendida, sentía al verla cómo se ablandaban sus entrañas. Aunque, naturalmente, bien se cuidaron de no demostrarlo.

Una vez se hubieron llevado a la muchacha, Gudú reflexionó. Pero se hallaba tan excitado, y tan grande era su ira, que no alcanzaba a ordenar sus pensamientos. Al fin, mandó recado a su madre, diciéndole que precisaba verla a solas, con la mayor urgencia.

Desolada, llegó la Reina. Sus trenzas sueltas y su desaliñado porte hacían patente la prisa con que saltó del lecho para acudir a tan insólito requerimiento. El rumor confuso de los que abajo aún celebraban, ebriamente, los frustrados esponsales, llegaba a sus oídos, cuando oyó decir a Gudú:

—¿Qué clase de bruja siniestra me buscasteis por esposa? Has de saber, madre, que esa Tontina, que el diablo confunda, ha osado rechazarme.

—Hijo querido, calmaos —dijo Ardid, intentando recuperar el ánimo—. Aunque vos tal vez no lo sepáis, es costumbre en muchacha de alto linaje resistir en un principio los impulsos del varón..., pero tened por seguro que tales escrúpulos pasarán pronto, y mucho me equivoco si no llegará el día (y muy cercano, a mi ver) en que sea ella quien os persiga por vuestras dependencias, y seáis vos quien la frene en sus impulsos...

—No digáis tonterías, madre —barboteó Gudú. Y dio tal puñetazo sobre la silla tras la que poco antes se refugiara Tontina, que, bien sea por la humedad que pudría la madera en aquellos lugares, bien porque la carcoma había celebrado inmensos festines en sus patas, bien porque la ira y la fuerza vigorosa de Gudú unidas eran irresistibles, esta se desmoronó entre el crujir de sus astillas.

—No sólo me ha rechazado, sino que, clara y sucintamente, ha manifestado desear a otro. Y por ello, según me ha hecho saber, todo contacto conmigo le repugna, pues es otro contacto el que, al parecer, añora. Y para que os lo grabéis bien en la mollera —y la miró de la forma que Ardid atinaba prudente no contradecir ni desobedecer en modo alguno—, os ordeno que la entreguéis mañana mismo al verdugo, la queméis viva (a ser posible con leña verde), y cuando se haya reducido a cenizas, me enviéis éstas en una vasija, para recordarme la candidez que he mostrado en este asunto. Para que no vuelva a repetirse en lo sucesivo. También os comunico que en este momento parto para mi Castillo Negro, y allí aguardaré las noticias del cumplimiento de cuanto os digo. Cuando la vasija en cuestión se halle en mi poder, en lugar bien visible la pondré. Y allí estará hasta que se decida la que habrá de ser, a la mayor brevedad posible, mi futura y auténtica esposa. Esto os ordeno llevar a cabo; pero abandonad todo sueño de linajes puros, extraños y complicados: aprestaos a presentarme un buen racimo de mujeres sanas, princesas o pseudoprincesas, que no alteren con fútiles cuestiones el curso de mi precioso tiempo. Ahora, pues, salid, y sabed que no toleraré la menor dilación... En los momentos presentes, Tontina se halla encerrada en la mazmorra sobre la que mi Guardia personal os tendrá a bien informar.

Dicho lo cual, a grandes voces ordenó ensillar su caballo y conducir a la Reina a la mazmorra susodicha.

—Permitidme, al menos, una cosa —dijo Ardid, recuperando, si bien con gran dificultad, el dominio de sus pensamientos—. Y ello es que, para evitar escándalos que a nada bueno podrían conducirnos, y estimando que la fiel Guardia está al corriente de lo acontecido (y, como según llega a mis oídos, nuestros invitados y todos en el Castillo andan aún inmersos en el mediado banquete, y de nada se han apercibido), dejéis que lleve el cumplimiento de ese castigo en el más riguroso secreto. Propaguemos la noticia de que la propia Tontina, víctima de cualquier maleficio (de los que, afortunadamente, abundan en su linaje), ha muerto en su noche de bodas..., digamos que por propia iniciativa...

—Haced como gustéis, pero guardaros mucho de no acatar mis órdenes —dijo Gudú—. Y ahora, id sin dilación a cumplirlas.

—Aún otra cosa, hijo mío —dijo Ardid, sujetando a su expeditivo vástago por una punta de aquella camisa tan ricamente bordada para la ocasión y que, al parecer, muy poco impresionara a Tontina—. Afuera está la Guardia de Tontina... y tened por seguro que esos soldados tan intachablemente marciales, vestidos y armados, no aceptarán como buena cualquier cosa: algo debemos hacer con ellos.

—Mi Guardia personal, con Yahek al frente, dará buena cuenta de ellos al amanecer —dijo Gudú—. Por muy bien trajeados que estén, dudo que puedan hacer frente a Yahek y los suyos.

Y desprendiendo de un tirón la camisa de manos de su madre, la lanzó sin miramientos por sobre su propia cabeza; y a grandes voces reclamó sus cómodas ropas de soldado.

Atribulada, Ardid descendió hacia las mazmorras seguida de los soldados. Y aunque bien hubiera querido llamar en su ayuda al Hechicero o al Trasgo, la imponente actitud de aquellos soldados no le aconsejaban, por el momento, tales desvíos. Así pues, siguióles resignadamente y, al fin, estremecida de frío y horror, pisó las más lúgubres dependencias de aquel Castillo.

Un soldado descorrió el enorme cerrojo, enmohecido y cubierto de orín. La luz de la antorcha iluminó, y descubrió, sentada en el suelo, a la Princesa.

—Dejadnos solas —dijo Ardid, secamente. Y entró, cerrando la puerta tras sí.

—¿Qué has hecho, desgraciada? —gimió. Y aunque deseaba con todas sus fuerzas recuperar su dureza y severidad, la vista de la Princesa le impedía de todo punto conseguirlo—. ¿Te das cuenta de que has labrado tu desgracia? Apresúrate, rectifica tus imprudentes palabras, y tal vez, aunque no estoy segura de ello, consigamos que el Rey te perdone.

—No —dijo ella—, no lo haré.

Y nada más pudo conseguir de ella.

Así pues, salió de la mazmorra. Hacía muchos años, mucho tiempo, que no sentía tanta congoja, tan infinita tristeza. Y se dijo: «Acabé imaginando que Tontina era en verdad una hija, y que me amaba: así me lo parecía, y así suavizaba esta honda pena de saber que mi hijo no me amará jamás». De improviso se sintió inmersa en un sueño. Era un sueño anterior, y no sabía con certeza si lo había soñado o vivía realmente lo que desfilaba ante sus ojos: lo cierto es que se hallaba en las almenas de la Torre Vigía, con su amado Almíbar, esperando la llegada de Tontina. La vio al fin. Pero no era su carroza: la que avanzaba sobre la hierba era una nave. Y en aquel país de gentes sin mar, nadie la comprendió —y acaso ni la vio—. Sólo Ardid sintió una punzada en el más escondido lugar de su ser, porque ella sí vio en otro tiempo cruzar el horizonte siluetas parecidas que, después, bajo el viento y el sol, intentaba recuperar, aunque ésta era mucho más esbelta, mucho más hermosa, mucho más fina... «No obstante —se dijo—, ¿cómo llegaba así, sobre la hierba?, ¿cómo avanzaba más allá del Lago?, ¿cómo aparecía entre los abedules y desaparecía entre ellos, y se reflejaba, o lo parecía, para desaparecer de inmediato en la tersura negra del agua...?» Ardid contuvo el aliento. La nave parecía deslizarse sobre un trineo, en una inexistente nieve. Entonces bajó la escalera, abandonó la Torre Vigía y dejó perplejo a su buen Almíbar, que murmuraba extrañas cosas, arrebolado y como ausente del mundo. «¡Ven acá! —le gritó, angustiada—. Baja de ahí: ya no eres el Vigía.»

Pero sí lo era, aunque la sabia Reina lo ignorara. Porque la sabia Ardid ignoraba muchas, muchas cosas.

Cuando se reunió al impaciente y selecto grupo de la más estricta Corte, Ardid apareció de nuevo serena. Pero al ver cómo se elevaba el puente y sentir algo como un resplandor en torno, no pudo evitar que sus manos temblaran. Pues, ¿qué había visto? ¿Tan neciamente fantasiosa se tornaba? ¿Acaso —y le dirigió una furtiva mirada de despecho, ligeramente punitiva— Almíbar la había trastornado con sus viejas historias de viejos seres de viejos mundos y muy barridas tinieblas?

Pero rápidamente se recompuso. Levantando la cabeza, miró a

la Guardia con toda la severidad de que era capaz y, entonces, su sagaz mirada le desveló que aquellos hombres, tan rudos y fieros, sentían un gran pavor o dolor —no podía esclarecerlo— por llevar a cabo, en la persona de la Princesa, el castigo que Gudú ordenara. Así fue como, súbitamente, recordó a aquel que, en los momentos de apuros, estimaba siempre como más útil, más fiel y más competente:

—Soldados —dijo—, ordenad al Hermano Protector de nuestro noble Señor y Rey Gudú, el Príncipe Predilecto, que cumpla las órdenes de mi hijo.

—Así se hará, Señora —respondió el Capitán de los soldados.

Y a las luces adivinó Ardid el alivio que tal encomienda les producía. Sin más, fue hacia las escaleras; pero aún se volvió para decir a aquellos hombres:

—Y no olvidéis decirle que, a su vez, recoja las cenizas de la que fue, por tan breve tiempo —y reprimió un inoportuno suspiro—, nuestra joven Reina. Luego, yo las entregaré sin dilación al Rey. Y decidle que todo debe ocurrir antes del amanecer. Y, al amanecer, advertir a Yahek de lo que el Rey ha ordenado: que aniquilen a la Guardia de la Princesa Tontina, de forma que no quede huella de cuanto ha ocurrido. Y sabed que vuestras vidas dependen del cumplimiento estricto de cuanto se os ordena y del secreto que respecto a todo ello sepáis guardar.

Presurosamente —demasiado presurosamente, dado su regio porte— se sumergió en las oscuras profundidades que le conducirían, de vuelta, a su cámara.

Y de nuevo el sueño la atrapó entre sus garras: y se vio a sí misma, inclinada sobre el lecho donde la Princesa parecía morir de alguna extraña dolencia; aquel en que una flor apareció en su pecho y la sanó. Y de nuevo la veía, como arrastrando un extraño trineo.

—¿Qué arrastras, niña?

—Mi trineo. Es mi trineo.

—Niña mía, estamos en primavera, abandona el trineo. No temas: la nieve está lejos.

—No temo a la nieve, madre, sólo temo a la primavera.

Ardid tomó su mano. Pero apenas la rozó, la soltó, como si hubiera atrapado una de aquellas codornices ensangrentadas y moribundas que sus hermanos solían traer, colgadas al cinturón, y que aún vivían, pero ya estaban temblando dentro de la muerte. Sintió entonces un frío muy grande, y contempló el rostro blanco, los párpados cerrados de Tontina. Y se estremeció de nuevo ante las delgadas, frágiles y sedosas trencitas que, paradójicamente, eran el peinado de un antiguo, rubio y muy temido guerrero. «La primavera», se repitió Ardid, sin conocer lo que decía, ni desear conocerlo. «Tan sólo a la primavera...»

«Es tan joven —resumió al fin, espantando como solía sus fantasmas—. Es aún tan joven... Tiempo vendrá donde no temerá ni al invierno, ni al sol, ni al hombre... Tiempo habrá aún, para no temer a nadie...» Y aunque una súbita idea —«... excepto a sí misma»— bullía en su mente, también la apartó en las grutas de la memoria. Seguramente, junto a otros muchos recuerdos, igualmente inoportunos y demoledores.

Hallábase aún Predilecto en el Jardín cuando, como la repetición de un sueño o un recuerdo olvidado, llegaban ahora hasta él una escena y unas palabras:

—¡Tenéis tanto sol! —decía Tontina, levantando la mano para protegerse—. ¡Vais tan deprisa...! Deprisa crecen las flores, deprisa el viento barre el polvo y las hojas secas y la hierba quemada..., pero allí, de donde yo vengo, el gran frío nos preserva de estas cosas, y estamos tan cerca de nuestros orígenes, que podemos recordar la vida de las estrellas.

—¿Qué dices? —se extrañó Predilecto—. No te entiendo...

Ella se reía como si hubiera oído una broma.

—¡Tú no necesitas entender! —decía, tirándole graciosamente de la barba (cosa que le dejó muy confuso, pues tamaña falta de respeto no la hubiera perdonado sino a través de la sangre)—. Sabed que la nieve y los grandes hielos conservan las pisadas de los hombres, y sus llantos y sus risas, mucho más que el ardor y la viveza sureña... Sí, es cierto; allí de donde vengo, no crecen las flores que veremos el día en que tú y yo lleguemos a conocernos. Pero en cambio, cuando esas flores hayan muerto, tus pisadas y mis pisadas caminarán juntas por tundras donde el hielo permite eternas huellas humanas: bien poco es —suspiró—, pero más efímeras son las rosas o el aroma de las fresas.

Predilecto sintió que algo nacía y moría en su interior. Por un momento estuvo seguro de haber alcanzado, por fin, la respuesta a sus innumerables dudas: pero pesaban muchos soles y muchas espadas y muchos aventados amores u odios sobre él; y todo se redujo a polvo, y con el viento se dispersó. En cambio, en las eternas nieves de la Princesa Tontina, las palabras imponían sus huellas y horadaban en el tiempo; y en él persistirían hasta que un sol definitivo devorase el mundo para siempre.

Las voces y pisadas de los soldados, y la luz de sus antorchas, interrumpieron sus cavilaciones. Y así, acudió a su encuentro, en demanda de lo que sucedía a tales horas, pues no parecía tratarse de cosa baladí.

—Señor —dijo el Capitán de la Guardia, con voz excesivamente vacilante—, os traemos una grave encomienda.

Brevemente, expuso al Príncipe las órdenes del Rey, su hermano, y las de Ardid, la Reina. Y apenas hubieron comunicado tan ingrata orden al Príncipe, dejáronle solo, y en su mano depositaron las llaves de la mazmorra. Y lo hicieron con tal gesto que no parecía sino que tales llaves quemaban como hierro candente.

«¿Qué es lo que oigo? —se dijo el estupefacto Príncipe—. ¿Es cierto o es un sueño, que he de cumplir orden tan horrible, ni aun llegándome del Rey, mi hermano, a quien juré obedecer y proteger con mi vida?» Y era tal la confusión y dolor que aquello le producía, que ni el horror de semejante orden podía sacarle de un enorme asombro e incredulidad. Pero allí estaban las llaves en su mano. Pesaban como las palabras de los soldados, y en ella se grababan como a punta de fuego.

Ondina se había ido, nadie estaba con él en aquel instante. La muchacha había retornado a la Corte Negra, inundada de pena, para no ver ni oír nada que a él pudiera recordarle. Y él echó de menos una presencia, alguien con quien compartir noticia tan cruel. Nueva que se negaba, desde lo más profundo de su ser, a aceptar.

—No la llevaré a cabo; una y mil veces, no —murmuró como última resolución...

Y comprendiendo que si no obraba con rapidez, el peligro que corría Tontina sería todavía mayor, se dirigió con toda premura a la mazmorra. Abrió aquella siniestra puerta y descubrió, sentada en el suelo, sobre la paja, a la reciente y muy joven Reina.

Ordenó a los soldados que la sacaran de allí. Y viéndola vestida con tan ligera ropa, quitóse a su vez el manto de terciopelo verde que Almíbar le regalara, y, sin mirarla, le ordenó que se abrigase con él. La dejó custodiada por sus hombres y volvió de nuevo al Jardín. Una vez allí, les dijo a los soldados:

—Marchaos, y decid a la Reina que cumpliré prontamente sus órdenes.

—Si preciso fuera —dijo el Capitán que les mandaba, con voz trémula—, podéis llamarnos.

—Tengo a mis hombres conmigo —respondió Predilecto—. Y podéis observar que jamás reo alguno se prestó más dócilmente al sacrificio. Decid a la Reina que, una vez consumadas sus órdenes, entregaré las cenizas tal y como me ordenó.

Y una vez los soldados del Rey partieron, los hombres de Predilecto, visiblemente afectados, preguntaron si debían formar la pila de leña de la hoguera, y dónde.

—Aquí —dijo Predilecto—, junto al Árbol de los Juegos.

Y en tanto los hombres cortaban la leña, él ordenó enjaezar su caballo. Y una vez todo estuvo a punto, mandó traer a la Princesa. Y cuando sus hombres la traían y cruzaban el Jardín, la luz de las antorchas temblaba en el viento, y el cabello de Tontina flotaba en la noche, como si de otra y más brillante hoguera se tratase. Entonces, el Capitán de sus hombres dijo, rodilla en tierra:

—Señor, os rogamos nos dispenséis de contemplar el sacrificio, pues aunque templados en las mayores atrocidades, ninguna como ésta nos ha llegado al corazón, y tememos rebelarnos ante semejante crueldad.

Y aunque temía las represalias que tan audaces palabras podrían suscitar en Predilecto, éste dijo:

—Ve con tus hombres, y permaneced en vuestros puestos, pues para tan sumiso reo sólo preciso de mi autoridad.

Los hombres partieron. Solos, a la luz de dos débiles antorchas, Predilecto y Tontina se miraban. Y aunque la Princesa se hallaba con ambas manos encadenadas, y creía llegada su última hora, tal era la expresión de sus ojos, que nadie diría sino que por primera vez conocía la felicidad.

Apenas los últimos hombres desaparecieron, y aunque Predilecto conocía la fidelidad de aquellos que de niños le habían acompañado desde las tierras cálidas del Sur hasta las frías tierras de su padre, y no dudaba que todos, hasta el último de ellos, adivinaba cuáles eran sus deseos e intenciones, no dio reposo a su inquietud hasta que sólo oyó el viento, que arrastraba quemados restos de algún último y fantasmal espectro de lo que tal vez fueron flores o tiernos tallos silvestres. Entonces, miró a Tontina. Y sintiendo estallar lo que por tanto tiempo guardaba —y no quería a sí mismo decirse—, con manos temblorosas desató sus cadenas, y oyó cómo ella decía:

—No tiembles, Predilecto, pues este momento vale para mí más que una vida entera junto a Gudú.

—Callad, os lo ruego —dijo el Príncipe. E hincando su rodilla, y sin atreverse a mirarla, añadió—: Aunque bien sé a lo que me expongo, os juro que nadie os tocará mientras yo viva. Y si vuestra vida vale mi muerte, poco precio me parece ésta para salvaros.

Entonces Tontina se inclinó hacia él y, arrodillándose junto a Predilecto, le abrazó tan estrechamente, que toda la fuerza y voluntad de rechazo desaparecieron en él.

—¿Qué hacéis, Señora? —dijo—. Os ruego contengáis el escaso agradecimiento que debéis a una acción que más obedece a egoísmo propio que a verdadera compasión. Pues si supiera que habéis muerto, mi vida no valdría más que la de cualquier ahorcado de entre los más miserables.

—Callad —dijo Tontina, poniendo su mano sobre los labios del Príncipe. Y a su contacto ambos quedaron mudos, y el mundo parecía borrarse a su alrededor, aquel mundo que tiempo atrás Tontina juzgara hermoso.

Aún pasó algún tiempo, antes de que Predilecto hallara alguna palabra con que iluminar tan oscura y, a la vez, luminosa turbación. Y dijo:

—Os lo ruego, Princesa, no prolonguéis mi sufrimiento. Subid conmigo a mi caballo, y en él os llevaré allí donde una vez soñabais y, según dijisteis, habríamos de conocernos...

—Ese lugar es mi tierra —dijo Tontina, con tal luz en los ojos, que por sí solos parecían llenar de resplandor cuanto miraban—. La única tierra y el único país que me pertenece: pues vos solo sois mi patria, y vos solo mi raza.

Y así diciendo, le abrazó de nuevo, y sus rostros se rozaron, y el mundo se borró alrededor. Predilecto olvidó su fidelidad a Gudú y a la Reina, y a todo juramento que no fuera aquello que, como un dogal sutil y férreo a un tiempo, lo ataba a la Princesa.

—Señora —dijo penosamente, pues muy cerca de sus labios estaban los labios de ella, y muy cerca de sus ojos, los ojos de ella—, no hagáis tal cosa: ya no sois una niña, y no debéis portaros como en el tiempo en que tal fuisteis, cuando nos contábamos historias y jugábamos juntos...

—No soy una niña, bien lo sé —respondió Tontina.

Y su voz parecía lejana y próxima a la vez: como si brotara del centro de su ser y, a un tiempo, huyera por sobre la línea del horizonte.

—No lo soy: el último minuto del Primer Plazo está acabado, y entraré en un Nuevo Plazo que colmará mi vida hasta la última gota. Por eso sé que soy una mujer y que os amo.

Y al oír el acento de aquella voz, Predilecto supo que todo cuanto él deseaba y temía decir estaba dicho. Sus labios se unieron por vez primera, y sus cuerpos se estrecharon uno junto al otro. Y, al fin, Tontina dijo:

—Éste es el primer paso del fin, Predilecto: y os suplico, por lo que podáis amarme, que lo prolonguéis mientras sea posible. Pues si el primer beso de amor debiera ser el último, no quiero presenciar el fin.

—No habrá nunca fin —dijo Predilecto.

Y besándola una y mil veces, sintieron como si bajo sus cuerpos brotara un tiempo nuevo y viejo a la vez: un tiempo en que el Jardín de Ardid había florecido misteriosamente y el Árbol de los Juegos resplandecía. Así lo sentían sobre ellos; bajo sus ramas heladas creyeron que brotaban de nuevo todas sus hojas, y que como lluvia de oro caían y les cubrían. Ni la escarcha ni la agostada y húmeda tierra del jardín muerto eran verdad para ellos; ni el frío de la noche, ni la oscuridad, ni la pálida frialdad de la luna. Era el sol, tan cálido y maduro como jamás estuvo, el que lucía sobre las vides, los almendros y los olivos. Y no era el helado viento que agitaba la espesura de los bosques lo que les llegaba, sino el rumor de un mar tan azul como jamás contemplaran otros ojos que aquellos que, libres de toda ceguera humana, sabían mirar a través de una piedra horadada. Y sentían o sabían que el mundo tal vez fue, o podía ser, o sería, hermoso.

Y se amaron de tal forma, que en mucho tiempo —antes y después de ellos; y en tierras aún muy lejanas a las suyas, o en siglos remotos, a ambas orillas del tiempo— no llegarían a amarse igual dos criaturas humanas.

Sólo cuando una luz dorada comenzaba a rozar las copas de los árboles, Predilecto despertó del sueño profundo y lúcido que había conocido por primera vez. Alzó la cabeza y vio amanecer un nuevo día. Sintió frío, estrechó más a Tontina contra él, y creyó despertarla también, diciéndole:

—Hemos de huir, porque está amaneciendo; y nadie debe hallarnos aquí. Algún lugar habrá en el mundo, donde podamos ocultarnos de toda la ira, la maldad y el egoísmo de la tierra.

Pero un frío más grande —uno que partía de sí mismo— le llegó, al contemplar cuán blanca y fría estaba la piel de la Princesa. La abrigó más, y la apretó contra su pecho, diciéndole:

—¿No oís? ¡Debemos apresurarnos!

Pero los ojos de Tontina estaban abiertos, y era su transparencia igual a la que algunos días de sol ofrecía el mar, que podía verse en ellos el fondo. En las pequeñas playas, la arena de oro y las algas y el suave deslizarse de los pececillos dorados revivían ahora en su memoria, contemplándoles. Oyó entonces la voz de Tontina: era una voz lejana, como si de alguna bóveda muy alta —tal que el cielo mismo— bajara; o brotara de una azul profundidad.

—Mira —murmuró. Y su brazo, blanco y dorado, se tendió hacia la luz que del cielo iba naciendo, sobre la negrura de los bosques—. Allí van los que fueron mis amigos: van a enterrar a una niña que llamaban Tontina.

—No van a enterrarla —dijo Predilecto, poseído de súbito terror, estrechándola más y más—. No murió, está aquí conmigo, y nadie la apartará de mí.

—Tontina murió —repetía ella, como el extraño eco de su propia voz—: yo soy una mujer, y te amo.

Entonces vieron un cortejo que avanzaba entre la luz del amanecer, sobre las largas estepas celestes: y lo componían sus jóvenes amigos, precedidos por el Príncipe Once; y no faltaba ninguna ave, ni ningún ciervo ni mariposa. Conducían en andas una niña que, en verdad, parecía muerta. Y todos los muchachos y muchachas, y la misma Tontina muerta, eran traslúcidos. La luz seguía su camino, y las nubes del amanecer, su ruta hacia otros desconocidos países. Y todos parecían en seguida las huellas de sí mismos: reflejados en el cielo como los árboles se reflejan en el agua, sin saber si eran ellos o su recuerdo.

—¿Adónde van? ¡Llámales! —dijo Predilecto, lleno de angustia—. Llámales; y diles que se detengan, que no has muerto, que estás aquí, y que esa muchacha que van a enterrar no es la Princesa Tontina.

—No puedo llamarles —dijo Tontina. Y esta vez su voz era más remota y más ligero su peso—. Olvidé sus nombres; y aunque no los hubiera olvidado, no me oirían. Porque regresan allí de donde vine y a donde siempre van, y de donde siempre volverán; y aunque les siguiera, las murallas de esa ciudad están para mí cerradas para siempre y no podría entrar en ella... Son sólo espectros de unos juegos, de unas voces: espectros de nombres y juegos y canciones. Pero tampoco deseo ir allí, ni estar con ellos.

—¿Qué dices? ¿Adónde van, que de tal forma se funden en la

nada? ¿Cuáles son esas murallas que no se abrirán más para ti? Yo derribaré todas las murallas, y allí irás, si lo deseas...

—No deseo ir, porque Tontina ha muerto —repetía ella; y su voz ya no era sino el eco de sus propias palabras, llevado por el viento, en la tenue música que desde la luz brotaba—. Tontina ha muerto. Soy una mujer, y te amo.

Al fin, el viento cesó. La configuración de las nubes y la ruta de la luz tomaron con el día, que brotaba desde todos los rincones del cielo, un nuevo aspecto. Y el amanecer escondía voces y huellas de muchachos, y el mismo eco de las palabras de Tontina: que entre sus brazos estaba, inmóvil, ahora con los ojos cerrados y los labios mudos. Un gran frío le llenó y, aterido, se sintió repentinamente el hombre más solitario de la tierra. El Árbol de los Juegos seguía yerto y helado, y el surtidor de la fuente no manaba, y ninguna flor ni hoja de oro aparecía sobre la escarcha y la tierra yerma que fue Jardín de Ardid.

—Háblame —suplicó Predilecto, temblando de horror. Y un duro y frío dolor le atravesaba—. Despierta, despierta, mírame...

Pero ella no despertaba ni le veía ni parecía oírle. La depositó con gran cuidado sobre el suelo, y vio avanzar al sol por encima de las ramas heladas del Árbol de los Juegos: y, lentamente, éstas se derretían, y una lluvia desolada, más triste que llanto alguno, caía sobre él y sobre las raíces. Y por más que sobre Tontina se inclinaba y besaba sus fríos labios y le hablaba, ella no parecía ya sino el recuerdo de sí misma, o de lo que, tal vez, sería algún día.

Ahora sabía Predilecto cuán horrible podía ser el mundo; pero sólo podía pensar en aquella blanca y bellísima criatura que, tendida en el suelo, permanecía insensible a él y a todo cuanto en la tierra existe. Era horrible el mundo, en verdad; y horrible el día que avanzaba sobre las ramas del árbol muerto, y horribles los tímidos gritos y aleteos de los pájaros invernales que surcaban de sombras la frente de Tontina, y la tierra toda. Horrible y sin sentido: un hombre como él, ligado a juramentos vanos, a vanas lealtades, a tristes ecos de palabras que habían ya huido con el día, con la noche y con el tiempo; un hombre tan solo y tan perdido como él en la vasta soledad de la tierra.

Entonces, vio dos piernas de muchacho balanceándose en el aire.

Alzó la cabeza y descubrió, sentado en una rama, como solía, al Príncipe Once.

—¿Cómo puedes sonreír —dijo— si el mundo ha muerto? ¿Cómo puedes sonreír si el mundo no responde ni ve ni oye?

—Eso pasó hace tiempo. Hace tiempo, desde el día en que tú te alejaste y ya no nos escuchabas. Tontina murió entonces, no ahora.

—¡No murió! —dijo él—. Tontina no estaba muerta cuando sentía mis besos y respondía con su amor al mío.

—Pero ésa no era Tontina —respondió Once, con la tranquilidad que le distinguía—. Esta que está en tus brazos es la que cumplió el Segundo Plazo: y como mujer, te amaba, y de ti recibió el Primer Beso de Amor y el Último... La verdadera Tontina ahora está jugando.

—¿Jugando? ¿Qué dices? No confundas más mi angustia, porque no puedo vivir sin saber dónde está, y qué piensa, y qué dice...

—Nada. No dice nada. Está jugando a No Volver Nunca.

—Entonces, dime —y le obligó a bajar del Árbol, y le zarandeó por los hombros; pero era tan frágil que le sentía entre sus manos como si zarandease viento y sombras, o remotas imágenes medio olvidadas—. Dime quién fue el que causó un dolor tan grande en ella, porque le perseguiré hasta el fin de la tierra, y mi espada no tendrá clemencia para él.

—No entiendes nada —respondió Once, al parecer asombrado. Y súbitamente se agachó y recogió del suelo una hoja, hermosa y dorada, que brilló entre sus manos—. No sabes que ni la espada ni el odio ni toda la venganza de la tierra podrían nada contra esto: pues ni atravesándole con tu venganza y tu espada y tu odio matarías a quien causó eso que llamas tanto mal. En verdad, ella está simplemente así: lejos. Y juega a No Volver.

—Pues si ella desea volver a su hogar —dijo Predilecto, mientras las lágrimas pugnaban afluir a sus ojos (pero tanta era su costumbre de retenerlas, que cristalizaban y aguijoneaban sus entrañas)—, si allí desea ir, ten por seguro que allí la llevaré; aunque tenga que recorrer todas las vidas y todos los caminos.

—No entrará nunca más: porque voluntariamente dejó atrás aquella ciudad, y sólo quienes la abandonan por propia voluntad no pueden atravesar nunca sus murallas.

—¿Cuál es esa ciudad? Con uñas y dientes cavaré una rendija para que a ella regrese, si en ella era feliz entonces.

—No sé si era feliz: era niña. Y esa ciudad, como tú la llamas, no es propiamente tal, pues sólo se trata de la Historia de Todos los Niños, de donde venimos y adonde regresamos, por los siglos de los siglos, Nosotros, Sus Amigos los de Siempre.

Oyó entonces, aunque ya aventado, el último aleteo de las codornices, el cuchicheo de las ardillas y un coro de voces que no se sabía bien si discutían, reían o lloraban por algo.

—Entonces, ¿qué puedo hacer?

—Nada —dijo Once—, nada.

—Pues óyeme bien —respondió Predilecto; y súbitamente todo su dolor, un dolor que se remontaba a su partida del Sur, cierta madrugada, en que se despidió de sus amigos los viñadores, y del sol y del mar, regresó a él, a través de una piedra horadada—. Ten por seguro que nada ni nadie nos separará, y mientras vida me aliente, y aún después, estaremos unidos por todos los que en la tierra sepan lo que es amar, y llorar, y aborrecer, y gozar, y acongojarse, y pelear y, en suma, sentirse el más feliz, afortunado, valiente, solitario y cobarde entre los hombres nacidos y por nacer.

—En tal caso, será como dices. Así nadie podrá destruirla. Y como el primer beso de amor despertó y mantuvo intactas a sus abuelas, su primero, último y único beso de amor, el que la ha matado, podrá guardarla intacta, a condición de que tú seas su Guardián. Y en verdad, que nada ni nadie, ni ahora ni después de muertos, logrará separaros.

—Dime qué debo hacer, tú que eres niño también y tanto la conocías.

—Su Guardián ahora es tu recuerdo —dijo Once. Y desenvainando su espada de oro y diamantes, añadió—: Sígueme: la conduciremos allí donde nadie pueda hallarla, ni destruirla, ni separarla de ti... excepto tu memoria.

Predilecto tomó a Tontina en sus brazos y siguió a Once. Con él salió del recinto amurallado y ascendió por las colinas, y dejó atrás Olar y los bosques. Y sólo cuando entraron en la Gruta del Manantial la depositó en el suelo: y con yedra perenne y escarcha recién nacida la cubrieron. Y la guardaron para siempre, en el oculto cofre del más íntimo y preciado secreto del Príncipe Predilecto.

Había allí una huella curiosa. Una huella larga y esbelta, estilizada, en cuyo vacío vagaban rumores y gritos submarinos. Había también rodelas: infinidad de rodelas de madera, de brillantes colores. Y dijo Once:

—Es el espectro de un Rey o un Príncipe que murió antes que ella —aunque ella aún tenía que nacer—. Y ese es su féretro: va así, con las armas de su gloria y sus sueños, hacia el otro lado de la vida.

—No sé qué dices —murmuró Predilecto, desfallecidamente.

—Va hacia la Pradera de la Gaviota, corcel del mar, con su fiel perro a los pies, su escudo y su mejor caballo negro. Así está escrito en el vacío. Y en esta ausencia, Tontina encontrará tal vez el nuevo principio del fin: eres tú.

Cuando se halló de nuevo solo, tan absolutamente solo, entre los despojos que desvelaba el día naciente, mientras el sol descubría, en toda su fealdad, abrojos, cieno y hielo sucio, allí donde antaño floreciera un jardín por dos veces florecido..., y del Árbol sólo cenizas quedaban, oyó la voz de los soldados que decían:

—Señor, la Reina reclama las cenizas.

Y le tendían una vasija azul —del mismo color de las piedras que se pulían en el fondo del río—. Y con las cenizas del Árbol de los Juegos llenó aquella vasija y la entregó a los soldados, para que la llevaran a Ardid, de nuevo única Reina de Olar.

2

EN la cámara de Ardid, los íntimos se hallaban en un estado lamentable. Almíbar y el Hechicero sollozaban sin rebozo, y el Trasgo recogía sus lágrimas, pues, según decía, eran buena simiente de Martillo: pues sólo de lágrimas como aquellas brotaban los diamantes que horadan la tierra y les conducen bajo las pisadas de los hombres.

—No lloréis más, os lo ruego —se impacientaba la Reina, si bien su voz temblaba como el cielo antes de la lluvia—. No lloréis más, queridos míos: otras niñas hay en la tierra, y tan lindas y tan dulces como la Princesa Tontina. No lloréis más, secad las lágrimas y pensad un poco en nuestros problemas.

Pero Almíbar —y díjose Ardid, de nuevo, cuán gordo y fofo se volvía por días— secábase sin rebozo la nariz y los ojos con un pañuelo bordado, regalo de Leonia, mientras decía entrecortadamente:

—¿Era preciso..., era preciso, Ardid, segarla de la tierra?

Y el Hechicero, a su vez, ocultaba el rostro entre las amplias mangas de su túnica rezurcida y viejísima —ahora atinaba en ello Ardid—, diciendo:

—Bien, querida..., ¿era preciso hacer tal cosa?

—Así lo ordenó el Rey —dijo ella—. Y el Rey es el Rey.

Pero su argumentación, si bien no hallaba réplica, no detenía tanta desolación. Y sólo el Trasgo no lloraba: pues sus lágrimas estaban sólo ligadas a Gudú, que no le conocía; y sólo en el dolor que le infligía que no podía verle, solían brotar: y además a través del vino.

—Era su Último Plazo —repetía, de tanto en tanto. Si bien, como era ya cada vez más frecuente, sus amigos no le entendían—. El Plazo es el Plazo, ¡qué le vamos a hacer! No sé por qué os extrañáis tanto: todo sucedió tal y como debía suceder. No sé a qué viene tanta consternación.

Aunque, naturalmente, nadie le hacía caso.

—Ya amaneció —dijo la Reina—. Ahora, los hombres de Yahek destruirán su Guardia. Y quiera que nadie, sino ellos y nosotros, sepa lo que en verdad acaeció. Pues tengo para mí que ni su padre ni todo su linaje nos lo perdonarán...

—¿Su padre? —dijo el Trasgo, asombrado—. ¿Cómo puedes decir eso? Harto tiene ahora con su nueva esposa, que le dará nuevas hijas y, a su vez, nuevas preocupaciones traerán. Ten por cierto que su padre ya la ha olvidado, como olvidó a anteriores Tontinas...

Y en efecto, la Reina procuróse, con ansiedad, noticias de lo que ocurría. Y, al tiempo que los hombres le traían la vasija azul con las cenizas —que ni pudo tocar, y ordenó fueran enviadas prestamente a su hijo—, enteróse de que los hombres de Yahek habían cumplido su cometido.

—Haced venir a Yahek —dijo la Reina, llena de curiosidad, pues algo temía que no sabía decirse—. Y que me explique punto por punto cuanto ha ocurrido.

Un tanto azorado, llegó Yahek y, postrando rodilla en tierra —pues jamás señora alguna como aquella Reina le produjo mayor azoramiento y respeto—, explicó:

—Fue algo extraño, en verdad, mi Señora. Lo cierto es que, bien dispuestos, caímos sobre ellos por sorpresa; y ya me extrañó hallarlos en perfecta formación, y en torno a la carroza de su Señora. De modo que mejor blanco no podían ofrecernos. «¡Rendíos, o sois muertos!», dije (por decir, pues es la costumbre, aunque de cualquier manera bien muertos los tenía en mi intención). Así que, con gran sorpresa, vimos que no se movían, y que en su lugar, impávidos y en verdad majestuosos, si me permitís tal comparanza, permanecían. «Rendíos, cobardes», les grité. Y viendo que seguían como sordos y ciegos y mudos, contra ellos arremetimos (créame, Señora, que con harta furia, pues algo había en ellos que mucho nos imponía). Y así, sin moverse ni alzar espada o lanza, de las que tan bien estaban pertrechados, les atravesamos sin esfuerzo alguno. Cuando, he aquí, que se desmoronaron. Y cuando sobre ellos caímos para despojarlos, pues sabéis que el botín nos está permitido por vuestro augusto hijo, y es la razón de nuestra fortuna, destripándolos con lanzas y espadas, llegamos a apercibirnos que sólo había en su interior esto.

Y así diciendo, mostró un puñado de paja a Ardid.

—¿Esto? —dijo la Reina, asustada—. ¿Cómo es posible?

—Tal como lo oís, Señora. Eran, ¿cómo deciros...?, igual que esos muñecos que fabrican los campesinos para asustar a los pájaros y evitar que devoren la simiente: espantapájaros.

Ardid tomó aquel puñado de paja, que se deshizo entre sus dedos.

—Y así —continuó Yahek—, nos repartimos sus vestiduras. Y he de deciros que, pese a su lujosa apariencia, estaban hechas de tan apolillada y efímera sustancia, que se deshicieron como polvareda entre nuestras manos. Y en cuanto a sus armas, ¡oh, Señora, qué horrible decepción!, dentro de sus vainas, las espadas eran verdes hojas de lirio, como las que a veces usan los chiquillos para fabricarse espadas con que jugar. ¿Y sus lanzas...?, sólo quebradizas cañas las mantenían enhiestas. Y así, tan sólo lumbre y ceniza, paja y polvo, quedó de tan imponente Guardia. Y lo mismo digo —añadió— de la carroza: pues sólo una corteza de calabaza había en su lugar y, a lo que vi, bastante reseca y pasada, como conservada durante muchos años.

Ardid despidió a Yahek, precipitadamente. Corrió a su cámara, donde ella misma vigilaba los cofres que trajera, colmados de riqueza, la desaparecida Tontina. Los abrió, y con desfallecimiento, cayó de rodillas en el suelo. Allí la encontraron sus fieles amigos, deslizando entre sus dedos, con aire ausente, infinidad de piedrecitas de diversos y lindos colores. Una mariposa de oro escapó a ellos: volando alcanzó la ventana y huyó, aterida y desorientada, hacia el vasto mundo.

Ardid permaneció aún algún tiempo en la misma actitud. Y sólo al cabo de mucho rato se levantó, y todos vieron que sus pasos no tenían la acostumbrada gallardía, y que sus hombros se doblaban suavemente.

Fue al cuarto de Tontina y, allí, la miraron todos los muñecos de tal forma con sus ojos de vidrio, que rápidamente salió de la estancia. Y dijo:

—Que recojan cuanto hallen en las que fueron habitaciones de la Princesa Tontina. Y que lo suban todo a la más alta y más lejana torre, bajo el tejado de la Torre Norte, que condenó el Rey Volodioso.

Así lo hicieron: pues en la Torre Norte había un puntiagudo tejado azul, que en tiempos construyó Volodioso, imitación de alguno que llamara su atención. Y bajo aquel tejado, unas vastas buhardillas se enmohecían y alegraban, a trechos, según el sol o la niebla tenían a bien visitarlas.

3

CUANDO el día estaba ya mediado, Gudú recibió las cenizas de Tontina. Las colocó en lugar visible, junto a su lecho, de tal forma que, todos los días, al despertar, le recordaran su ligereza en lo que tocante a bodas se refería. Y acariciando a la joven y hermosa criatura que le esperaba al llegar al Castillo Negro, dijo:

—¿Ves lo que les pasa a las mujeres necias? Ésa se llamaba Tontina, y ahora reside ahí, convertida en frágiles cenizas.

Y ante su asombro, la muchacha prorrumpió en gritos de alegría, y, abrazándole, mostró hacia él un entusiasmo que, hasta el momento, había resultado un tanto reacio.

«Ella ha muerto, luego el mal ha cesado», se decía la inocente Ondina. «Ella ha muerto, luego el Príncipe es mío.»

Y aún más alegría experimentó cuando, aquel anochecer, Gudú ordenó que enviaran un aviso a Predilecto para que se incorporara prestamente a la Corte Negra, donde, al parecer, se preparaban muchas cosas.

Sorprendido, el Rey —y la misma Ondina— recibió una carta de la Reina que le comunicaba que Predilecto había desaparecido desde el día en que dio muerte a la Princesa; y que de él nadie sabía nada, ni se tenía noticia alguna. Con lo que —temía la Reina—, por las muchas extrañas cosas que tras su muerte habían ocurrido, tal vez algún hechizo se había cernido sobre el hombre; acaso sufría algún castigo, de forma que había desaparecido, tan misteriosa como extrañamente.

—En verdad que es raro —dijo Gudú, pensativo—. Pero no tengo gran fe en cualquier especie de encantamiento o brujería, por evidente que parezca. Créeme: sólo en seres tan evidentes como tú tengo puesta mi fe.

Y, riendo, palmoteó campechanamente el trasero de Ondina. Ésta lo miró entonces gravemente, y se retiró en silencio.

Así que estuvo a solas, Ondina salió al bosque y buscó, entre la espesura, a la Bruja de las Estepas.

—Amiga —le dijo—. ¿Sabes algo? Ando muy confusa: pues ha muerto la que robaba el amor de Predilecto, y ahora que lo tengo libre de tal cosa, él ha desaparecido.

—No sé qué decirte —exclamó la anciana, con aire fatigado—. Son muchos mis años, y las largas caminatas a que me obliga el odio hacia Yahek no dan reposo a mi cuerpo. Muy lejos quedan de mí los asuntos del amor. Y creo que de poco te servirán mis suposiciones.

Pero viendo la tristeza de la muchacha, añadió:

—¿Por qué no sigues el hilo de las corrientes, hacia el Sur...? Tengo entendido que tu Príncipe, allí tenía arraigado gran parte de su origen. Tal vez esté ahora allá, en busca de su perdida felicidad..., o intentando reparar algún mal.

La anciana, si no muy lista, al menos era sabia en vejez, y atinó en parte con su consejo. Pues cuando Ondina se sumergió en el manantial y se dirigió al Sur, ya cerca del mar, en un viejo y abandonado Castillo, vio el caballo de Predilecto y a dos de sus soldados. Aguardó a la noche, anhelante, sabiendo que allí estaba él y que, con toda probabilidad, aquella noche obtendría su amor.

Apenas había quedado solo, Predilecto se sintió invadido de un recuerdo: «Es allí donde tenemos que conocernos mucho». Presa de un solo pensamiento y un solo deseo, en la bruma de la mañana brillaban la crin leonada de su caballo y su lomo color avellana. Lo montó y, jinete sobre su lomo, partió hacia el Sur, hacia las tierras amadas de su madre Lauria. No supo cuánto tiempo —ni si eran años o instantes, o sólo un tiempo anterior a todo lo que le había sucedido—, pero si a alguien encontró o vio en el camino, o le preguntaron alguna cosa, él nada podía decir, ni recuperaba su voz.

Cierto día llegó en que, por fin, reconoció el paisaje: las suaves colinas, las viñas, los almendros, los olivos y el mar. Pero aunque el invierno había llegado allí también y su frío color invadía la tierra, él sintió cómo todo su ser renacía de la bruma —pues la bruma parecía rodear su vida desde el día en que partió a Olar, en busca de su padre, hasta aquel momento—. Al fin, distiguió el Castillo que fue de su madre y aún le pertenecía. Y entonces recordó a los muchachitos de las Tierras Negras, y a su viejo sirviente, que había enviado allí, tiempo atrás. Pero a medida que se acercaba, la niebla trepaba del cercano río e invadía nuevamente el mundo. Y así, entró en el recinto amurallado sin hacerse anunciar: pues las puertas estaban abiertas y podridas, y mohosas las cadenas y cerrojos. La hiedra invadía los muros y penetraba en las estancias. Allí, donde fuera niño un día, sólo encontró polvo, moho y muebles astillados, vestigios de un mundo que ya no era, como si alguien hubiera desalojado todos los recuerdos, entrado a saco y llevado con él todas las cosas. Sólo, en el marco de alguna ventana, un girón de tapiz flotaba al viento. Y las telas de araña, como sutiles velos, brillaban a la luz que entraba por las rendijas.

Subió la escalera como dentro de un sueño o de un tiempo, pero sabiéndose fuera del mismo, sólo espectador del mismo, e incluso de sí mismo.

Así, llegó a una estancia pequeña y encontró, sentado en el suelo junto a un débil fuego, a un anciano que, al levantar la cabeza hacia él, reconoció como su fiel Amer. Sin poder decir nada, sus manos se estrecharon, y vio cómo las lágrimas corrían por la mejilla de Amer.

—¿Por qué lloras? —preguntó.

—Todo nos lo quitó el Rey Gudú —dijo—, todo: envió aquí su gente, se llevaron la cosecha y enroló a los muchachos para que fueran a engrosar su Corte Negra. Tan sólo a mí me dejaron, porque era viejo y de nada podría servirles. Y vivo de raíces y bayas, y de lo que algún pastor, a veces, viene a traerme. Pero sabed, Príncipe, que estoy contento, porque, al fin, he vuelto a encontrarte.

Predilecto calló, aunque sentía el dolor punzante de todas las lágrimas que nunca había derramado —pues le habían enseñado que llorar no era propio de nobles varones—, y ardían en su garganta y en sus ojos. Acarició la cabeza de Amer, y sus labios temblaron cuando el anciano avanzó su mano hacia él y dijo, asombrado:

—¿Niño, qué te ocurre? —Y estas palabras le recordaron un día (tendría ocho años) que se cayó de lo alto del cerezo y Amer se acercó a él y, aproximando su tímida mano (que, como ahora, no se atrevía a tocarle siquiera), le hizo la misma pregunta. Y sólo entonces sintió que el hielo y toda la dureza donde el mundo le había encerrado estallaban. Las lágrimas rodaron por sus mejillas, y dijo:

—Me ocurre, Amer, que quise ser un hombre y valiente caballero; un fiel, intachable y leal caballero: y sólo fui hombre estúpido.

—No digas eso, Príncipe —dijo el viejo, horrorizado—. Nadie más noble, fiel y generoso que tú. Nadie en el mundo, tenlo por seguro.

Predilecto sabía que no podría hacerse entender, y así, permaneció junto a él; y con él recorrió los campos, y con el dinero que le quedaba en la bolsa compró en alguna alquería alimento y leña. Y con sus manos le dio de comer y de beber, hasta que una madrugada, Amer, murió. Entonces, se sintió tan vacío e inútil sobre la tierra como jamás creyó podría sentirse mendigo alguno. Lo enterró en el que fuera cementerio de los nobles: en el lugar más alto, allí donde reposaba su propia madre. Luego, tejió una corona con hojas, de esas que nunca mueren, y la depositó encima. Y regresó al Castillo, sin saber qué hacer ni adónde ir.

Entonces, oyó una voz que le llamaba y, sorprendido, se volvió. Vio una joven muy linda, de cabellos negros y ojos tan profundos que recordaban el tono de las violetas silvestres.

—Príncipe Predilecto —le dijo—, he venido a servirte y a amarte: tenme a tu lado y déjame acompañarte.

—Márchate —dijo Predilecto, perplejo y molesto ante tantas mujeres que, sin pretenderlo, se le ofrecían—. Mucho siento decírtelo, pero nada más que la soledad me es grata. Márchate, te lo ruego, y déjame morir.

—No, no debes morir —dijo la muchacha, acercándose a él y tomándole de la mano—. Tú eres el más hermoso, el más joven y el más valiente Príncipe: y yo te amo.

—No digas eso —dijo Predilecto, bruscamente, desasiéndose de su mano. Y se alejó presuroso, con tal dolor y furia en la mirada como jamás Ondina había podido imaginar en él.

Pero ella le siguió y siguió, por las vacías estancias del Castillo; y por más que él la rechazaba, e incluso en una ocasión desenvainó su espada, amenazándola con matarla si no dejaba de importunarle, ella insistía con tal dolor y tantas lágrimas, que, al fin, Predilecto se compadeció. Dejó caer su mano con la espada, y le dijo:

—Si es verdad que me amas, entenderás mejor que nadie que también yo he amado y amo de tal forma, que sólo el objeto de este amor podría calmar mi sed, mi hambre y mi dolor. Así pues, te lo ruego: márchate. Pues mientras tenga vida, y aún después, sólo a ella amaré, y nada en el mundo podrá separarme de su memoria.

Al oír estas palabras, Ondina lanzó tal grito, que el mar se estremeció, y las olas que se estrellaban en el acantilado tornáronse rojas como el vino. Después, recuperando su aspecto fluvial, se hundió en las aguas. Pero Predilecto ya ni siquiera la veía ni la oía.

En lo profundo del mar, dejándose zarandear de uno a otro lado, Ondina lloraba, entre algas y caracolas, rodeada por el rumor de las corrientes que conducían hasta allí donde moraba su abuela. Pero estas corrientes la atemorizaban, y regresaba, una y otra vez, a la arena, tal y como veía hacer al mismo mar.

—¿Por qué no puedo apartarme de la tierra? —se preguntaba.

«Porque amas», parecía decirle el mar; y lo repetía y repetía, pero nunca terminaba de decir algo que ella anhelaba saber. Hasta que, al fin, una pronta inspiración llegó a su mente: «Tomaré —se dijo— la figura de aquella a quien él ama, de suerte que pueda llevarlo conmigo». «¡Cuidado! —gritó el mar entonces. Y se levantó de tal forma que parecía unirse con el viento celeste—. ¡Cuidado, Ondina! No debes tomar jamás una figura que antes existió.» «Sólo así lograré atraerle», sollozó Ondina. «¡No lo hagas, no lo hagas...!», repitió el mar. Y lo repitieron el eco de las caracolas y las olas que, lentamente, regresaban de la arena.

Pero ella no les escuchó. Así que, tomando el aspecto externo de la que fue Tontina, avanzó hacia el Castillo.

Halló a Predilecto dormido junto al fuego. Pero al besarle en los labios, tuvo conciencia del error que había cometido. Pues aunque le besaba, no sentía bajo los suyos los labios de él. Y aunque le tocaba, no sentía el tacto de su cuerpo. Desesperada, le gritó que despertara, que la viera; pero él, tampoco la oía. Y sólo cuando el sol entró hasta rozar su frente y, voluntariamente, abrió los párpados, la vio. Sus ojos se iluminaron. Extendiendo las manos hacia ella, quiso abrazarla. Pero no lograba sentirla entre sus brazos, como ella tampoco los sentía entre los suyos.

—¿Por qué haces esto, Tontina? —dijo Predilecto, con tal tristeza que Ondina, a su vez, lloró sin consuelo.

—No llores —dijo él—. No llores: allí donde vayas, yo iré también.

Y Ondina echó a correr hacia el mar, y tras ella Predilecto, de suerte que, cuando ella se hundió en las olas, junto a ella se hundió el Príncipe Predilecto, y junto a la muchacha con aspecto de Tontina se ahogó.

Pero Ondina se desprendió de su cuerpo y, flotando, llegó a la playa. Quedó enredada allí, como una extraña alga, hermosa y quieta. Entonces, tomó entre sus brazos el cuerpo de Predilecto y con gran amor lo estrechó contra ella: pero ya era como los muchachos del fondo de su jardín.

«¿Qué has hecho? —se horrorizó el mar—. ¿Qué has hecho? Has matado al Príncipe.»

Ella lo arrastró, corriente arriba, por el túnel submarino que conducía hasta su viejo jardín, en lo más hondo del Lago. Y allí, lo adornó con perlas y maraubinas, pero por más que le besaba y acariciaba, él no respondía ni a sus besos ni a sus caricias. De suerte que, al fin, le invadió tan profundo y oscuro desaliento y tan irremisible era su dolor, que se dejó llevar, sin freno ni voluntad, hacia las corrientes que conducían a la morada de su abuela.

La Dama del Lago la esperaba, y había tal cólera en sus ojos como jamás el agua había reflejado.

—Eres la más estúpida entre las estúpidas —dijo. Pero como Ondina nada respondía y sólo lloraba, de forma que sus lágrimas venían a unirse a las Raíces del Agua, su ira se aplacó y quedó pensativa. Se inclinó sobre ella y escudriñó atentamente sus ojos:

—Si pudiera remediar algo de todo el mal que hiciste —dijo—, tal vez tu ignominiosa contaminación no sería tan irremediable.

Y así, condujo los débiles hilos de plata verde y los trenzados surtidores de oro y, levantando sus largos brazos hacia el lugar donde se hallaba la Gruta del Manantial, lanzó hacia allí la gran vía fluvial. De forma que ésta trepó hasta la Gruta, empujó con fuerza la corriente e inundó el recinto, desprendió a Tontina de su lecho de hojas, y la sumergió.

«Retorna a los tuyos, de donde jamás viles aficionados debieron robarte: estúpidas criaturas ensoberbecidas y ambiciosas, asesinos de leyendas no nacidas, hurones de la salvaje inocencia. Vuelve a tus padres, a tus hermanos, de donde jamás debieron anticipar tu pobre y triste vida. Tontina, Tontina: cuando algún día nazcas —si naces—, ya se habrán marchitado todas estas cosas, y sólo los de limpio corazón sabrán recuperar tu imagen; algún día se sabrá quién fue tu abuela, y tu madre, y tú misma. Y así, podrán hablar al mar, y la resina llameará de nuevo... si aún queda un niño que desee haberte conocido.

Tontina, Tontina: ¿cómo te dejaste nacer? El mundo no es hermoso; nunca habrá un mundo hermoso: desapareció el día que el mar se heló para siempre en tus islas. Tontina, Tontina: nadie sabe si algún día regresarás, pero, en tanto, navega, no te detengas jamás: porque sólo así podrás salvar algo de lo que para ti pudo ser, un día, la vida.»

La Dama proclamó la Muerte Más Hermosa, y llegaron por los submarinos caminos los sirvientes-guerreros, con sus largas trenzas de oro, sus ojos aguamarina y sus rodelas de ámbar. Eran los proveedores de resina, que en las turbas danesas mantenían la llama de unos relatos y cuentos, en la sustancia de sus hermanas, las Sagas. Y les dijo:

—Horadad el hielo, gentiles proveedores de resina: vuestra Princesa irá abriendo camino hacia la Pradera de la Gaviota, pues sólo así arribará el día en que hubiera debido nacer.

Los guerreros silenciosos trazaron en el fondo del Lago largas inscripciones con el filo de sus lanzas. Luego remontaron hasta el manantial y desprendieron a Tontina de su lecho de recuerdos, que ya empezaban a empalidecer: pues aquel que los regaba ya no vivía. Pero aún estaba allí su perfume: y los proveedores de resina siguieron su estela.

Colocaron a Tontina como mejor sabían —ya que aún no habían inventado la urna de cristal de su abuela, aún no nacida—. Así, en el fondo de una nave esbelta y blanca, como talada en hueso, dejaron a la niña sobre el oro de su cabello, que el mar levantaba y volvía azul o esmeralda, e incluso, a trechos, del hondo violeta de las noches. Y el mar, que era con ellos tan respetuoso como noble, abrió su ruta hacia la Pradera Infinita, y cien mil gaviotas gritaron en todas las playas del mundo —del mundo que ellos recorrían a gritos y lanzazos, a impulsos de amor y de sangre, entre destellos de hierro y copas de cristal azul—, de suerte que hubo un gran pasmo en la tierra y en el mar, para todas sus criaturas —excepto, por supuesto, las humanas.

Y los guerreros blancos, que sabían dónde ardía el fuego, remaron sin demora, aunque lentamente —tan lentamente que sólo los cien mil siglos de la Dama podrían apreciarlo—, y se sumergieron en la ruta que llevaba al fondo del Lago.

Y como sabían distinguir un Gran Príncipe de un ruin monarca, encallaron entre las flores minerales del Jardín de los Muchachos Ahogados; y entre tantos, sólo uno tenía sobre el corazón una piedra horadada, de color azul. De suerte que, desprendiéndolo de algas y ansiosas flores, lo llevaron sobre su escudo, y en el fondo de una nave lo dejaron.

La nave encendía el mar a su paso, y su alta vela se hinchó entre el vaivén de las mil rutas fluviales: y era grande, listada de blanco y verde. Y así, los guerreros blancos desenvainaron la espada de Predilecto y la dejaron a su lado izquierdo, para que a mano la hallara. Y pusiéronle también el juego de ajedrez, con que se entretenía de niño, en el Sur, alineadas las fichas de hueso blanco y negro, porque aún tendría que comenzar una batalla, en algún lado, en alguna misteriosa lid que nunca emprendió antes.

Entonces, la Dama, que lo observaba todo en el pocillo formado entre sus manos, dijo: «Oíd, criaturas del agua: va a comenzar el Gran Viaje. Prestad atención, pues raramente podemos presenciar tan preciosa y difícil huida».

El océano hinchó, a salvajes y doloridos lamentos, las velas listadas en blanco y oro, y blanco y verde; y zarparon las naves, al fin: allí estaban su tablero de damas, sus copas de vidrio azul y la cinta que, a veces, Tontina se enrollaba al índice, cuando quedaba pensativa.

Todas las criaturas lacustres, fluviales y marítimas abandonaron sus palacios de nácar, o de musgo, o de hielo, y acudieron a ver cómo las naves de Predilecto y Tontina afluían a una misma vena marítima. Y así, con solemnidad suboceánica, chocaron y se partieron en miles de diminutas y relucientes astillas: saltó la quilla, la vela y el mástil; rodaron al fondo del mar los escudos pintados, las copas de oro, las piezas de ajedrez, los collares y los emblemas. Sus cuerpos se desprendieron y flotaron, y vinieron a chocar uno con otro, igual que las proas de sus naves. Y alzaron éstas la cabeza, y los dragones de oro tuvieron una última mirada mineral antes de hundirse en el cieno y retornar a lo que fueran: huellas, espectros de naves y de reyes, de batallas y de muerte sinnúmero.

Pero no así Tontina y Predilecto: pues en el espeso lamento del mar, se agitaron cada una de las dos mitades de una sola piedra, horadada y azul; y así, como se cierran las dos hojas de la concha, se ajustaron una sobre otra, tan herméticas como el nácar de las perlas, sobre aquel orificio único, por donde el mundo, acaso, pudiera atisbarse, un día, hermoso. Y cada una de las dos mitades iba indestructiblemente atada al cuello de ambos muchachos.

Y arrastrados por aquella piedra, Tontina y Predilecto ascendieron en el agua y se alejaron, los cuerpos enlazados por una misma cadena y una sola piedra azul, pulida y horadada por las Raíces del Agua, unidas ya sus dos mitades.

—¿Adónde van? —dijo débilmente Ondina, mirando cómo se alejaban en el agua.

—Más allá de las regiones de Nunca y Siempre, donde residen los ecos y las huellas de la Luz, y los reflejos engañosos del mundo —dijo su abuela—. No puedo hacer otra cosa.

—Abuela, te lo ruego, arráncame esta raíz —dijo Ondina. Y su voz sonaba tan desfallecida y tan honda como el agua que despierta eco en las grutas submarinas—. Arráncamela: no puedo vivir con tanto dolor.

—No puedo —dijo ella—. No puedo.

Pero tanto y tanto suplicaba Ondina, y tal era el dolor de sus ojos y de su voz, que al fin la Dama dijo:

—Por ti voy a romper una muy arraigada tradición; pero no sé si lograré conseguirlo. Es sabido que a los que se dejan contaminar, nadie debe ayudarles. Sin embargo, eres mi nieta, y esto no puedo olvidarlo por más que lo desee. Y tampoco puedo olvidar que, después de todo, amaste a un ser humano que, en verdad, hubiera merecido ser fluvial.

Y así, le ordenó dormir, y colocó sobre sus ojos dos perlas negras. Cuando ella dormía, de entre sus propios cabellos extrajo la larga aguja de oro con que marcaba la ruta de las Raíces del Agua. La clavó en el pecho de Ondina y, con todas sus fuerzas, intentó arrancarle la raíz, que ya era tan crecida como nacimiento de coral, y tan dura como éste. Por más que la Dama se esforzaba y hundía su aguja en él una y mil veces, al fin desistió. Y con gran melancolía contempló a su nieta dormida, y dijo:

—La raíz ha arraigado demasiado. Nadie podrá arrancártela.

Pero se me ocurre que, si en vez de ella, te arranco la memoria, olvidarás el objeto del nefasto amor y, por tanto, tu dolor se mitigará.

Así lo hizo, y la memoria se desprendió tan fácilmente como la bruma se desprende del techo del agua. Y con ella se perdió.

Ondina abrió los ojos y miró a su abuela. Pero la sonrisa fija y quieta que antaño tanto la distinguía, había desaparecido.

—Flota —dijo la Dama—. Aléjate, aléjate, Ondina querida, que tu dolor es un dolor olvidado.

Ondina obedeció, blandamente, y se alejó en el agua. Ya no recordaba a Predilecto, pero la melancolía anidaba en sus ojos y en sus labios.

—¿Ya no recuerda al Príncipe? —indagó un curioso pececillo rojo que la Dama guardaba junto a ella (como algunas mujeres guardan pájaros o flores).

—No lo recuerda —dijo la Dama—, y por tanto, su amor tampoco la hiere como antes. Pero ahí está aún la raíz: y desde hoy, Ondina flotará por todas las orillas del agua, convertida en la tristeza.

—¿Y qué ocurrirá?

—Nada nuevo —dijo la Dama—. A veces se adentrará con la bruma hasta las moradas de los hombres, penetrará con la sal en su lengua y sus palabras, invadirá con su aroma mentes y corazones. Pero esta enfermedad es tan común ahí arriba —y señaló el techo del Lago— como el odio, la venganza o la ambición, o como el amor mismo.

Y así, los ojos de la Dama se oscurecieron, porque sabía que su nieta vagaría sin fin por las costas, las resacas del vino y las orillas de las tempestades, sin descanso. «Estas cosas —se dijo—, ¿a quién importan? No a los humanos, por supuesto.» Y regresó a las Raíces del Agua con su aguja de oro, que había quedado teñida —desde aquel día y para siempre— por una sangre fina, delicada, casi transparente.

Desde entonces, a veces, llega hasta el corazón de los humanos un sentimiento extraño: recuerdo, melancolía o deseo. Es Ondina, aunque ellos no lo saben, que ronda sin descanso por playas y litorales.

TERCERA PARTE

XV

La Corte Negra

1

EL Príncipe Predilecto no aparecía por ninguna parte, y Gudú, acostumbrado desde niño a no prescindir de él para ninguna empresa, experimentó por primera vez en su vida un extraño sentimiento: la sensación de que había olvidado algo, un arma, una orden, una advertencia. Algo le faltaba, y si hubiera sido capaz de amar, tal vez en aquellos momentos habría llorado. Pero aunque no le amara, tener junto a sí al Hermano Protector —desde un día en que, siendo niño, le defendió de la burla y patadas de los criados— le había parecido tan natural como el día y la noche, como la sed y el agua, como su brazo derecho o el aire que respiraba. No sentía pesar, es cierto, pero sí una desazón e incomodidad tal, que anduvo inquieto durante muchos días: y en vano envió hombres por toda la comarca, sin resultado. Cuando, al fin, se le ocurrió enviar un emisario a las tierras del Sur, donde Predilecto tenía sus posesiones —aunque, sin él saberlo, despojadas por orden suya—, ya había desaparecido todo rastro de su hermano. El emisario regresó diciendo que sólo abandono, muerte y soledad reinaban allí, junto a las ortigas y la maleza. En muchas leguas a la redonda, aun habiendo recorrido alquería por alquería, sólo miseria e ignorancia halló entre sus escasos habitantes. Y sólo un pastor le dijo: «El Príncipe ha muerto». Y como nada más pudo conocer, regresó con el convencimiento de que allí no había puesto el Príncipe sus plantas.

Tan preocupado estaba el Rey en esta cuestión como en el adiestramiento de los que, orgullosamente, llamaba «sus cachorros», en la denominada Corte Negra. La elección de futura esposa se retrasaba en manos de su madre, a quien encargó de buscar no una, sino varias candidatas, y de origen lo menos brumoso y delicado posible.

La Reina, que aplazaba de día en día, y con gran desánimo, la reunión para la elección de posibles candidatas, se vio sorprendida por la visita de su hijo. Sin mucha ceremonia —más bien ninguna—, Gudú se hizo escuchar:

—Madre —dijo—, deseo que mi tío, el Príncipe Almíbar, reanude la Historia que quedó inacabada.

—¿Qué Historia?

—La Historia de nuestro pueblo y nuestra estirpe.

Ardid permaneció un instante pensativa. Luego dijo:

—Sí: el buen Margrave Olar hizo grandes cosas dignas de tener en cuenta; y también, por supuesto, vuestro padre —por la frente de Ardid galoparon innobles hechos, cruentos, dolorosos y amorosos hechos, que ahuyentó, como ahuyentaba los insectos en torno a su lámpara de estudiosa Reina—. Pero, sin duda alguna, vos mereceréis más adelante mejor capítulo. ¿No creéis oportuno esperar...?

—¿Por qué? —se impacientó Gudú—. Debe constar mi vida del principio al fin, como la de Sikrosio, que, según veo, pasáis a la ligera...

—¡Oh, Sikrosio! No fue un ser honorable.

—Honorable o no, existió. Y tal vez sin él mi padre no hubiera jamás soñado ni podido llegar a Rey. Así pues, madre, decid al Príncipe —curiosamente, sólo nombraba con este título a Almíbar y Predilecto; si bien, para este último, como era meticuloso y prefería ahorrar confusiones, solía añadir la palabra hermano— que reanude la Historia.

—¿Y por qué lo deseáis con tanta premura?

—La Historia es la única forma de sobrevivir en la memoria de las gentes, madre; la única forma de salvarse del olvido.

Un frío extraño, como sutil nevada, cayó de improviso sobre el corazón de Ardid. Miró a su hijo con inquietud; mas éste parecía abstraído en el vuelo de una importuna mariposa que le rondaba, con insolente vuelo.

—¿Y por qué..., por qué, hijo mío —rara vez así le nombraba—, queréis perdurar en la memoria de las gentes?

Un ligero estremecimiento, precisamente allí, en aquel Jardín tan hermoso, donde el sol brillaba y las mariposas osaban coquetear sobre la frente del futuro Rey de Olar, parecía regresar.

—Porque el ejemplo de un Rey es para otro Rey como un faro: le indica los peligros y arrecifes de la costa —repuso Gudú, que, por cierto, jamás había visto el mar.

Y, en tanto lo decía, abrió las dos manos, con ojos atentos hacia el vuelo de aquel verde insecto que le estaba importunando.

—Es una buena razón —dijo Ardid, mientras sentía un cierto alivio. En aquel momento, creyó ver pasar por la frente de Gudú un silencioso e innumerable cortejo de jinetes: reyes destronados, reyes triunfantes, tristes reyes y reyes anónimos y olvidados; y todos venían e iban hacia el mismo país de la ignorancia y de la duda.

Gudú cerró las dos manos y atrapó el insecto. Estuvo contemplando sus manos unidas, y Ardid creyó escuchar, muy dentro de sus oídos, el aleteo indefenso de aquella aturdida y osada mariposa.

Pero, de súbito, Gudú abrió las manos y la dejó huir. La sorpresa que este hecho insólito —insólito en su hijo, claro está— produjo a Ardid, fue causa de que de nuevo el recelo, el temor y una vaga desazón regresaran a ella. Escudriñó los ojos de su hijo, y de nuevo la tranquilidad llegó a su ánimo. En los ojos grises de Gudú no había ni la más remota sombra de piedad, o algo que se le pareciese.

Gudú había manifestado —y así lo hizo llegar a la Corte y Asamblea— que no veía razón para denominar Olar al Reino, si Olar era la ciudad capital y Olar el Castillo y Corte. De forma que, para evitar confusiones, junto a las nuevas leyes de sucesión por él dictadas, ordenó que todas sus tierras y las que aún podría añadir a su país, llamaríanse Reino de Gudú —aunque popularmente seguiría siendo el Reino de Olar—. La Asamblea, que desde la autocoronación del Rey habíase replegado lentamente a la misma oscuridad en que la mantuvo el Rey Volodioso, nada tuvo que objetar, excepto estampar su firma —o signo que así pareciera— en el pergamino de la conformidad. Y como, por otra parte, y a gran diferencia de Volodioso, Gudú no regateaba su esplendidez con ellos, y a sus hijos les nombraba rápidamente capitanes, si estimaba eran dignos de ello, y como aquella tierra daba hombres, si no en exceso inteligentes, sí arrojados hasta rayar la ferocidad, Gudú descubrió que para ello sólo precisaban un jefe en quien confiar tanta gloria. Así mismo, prodigábales posesiones, mando y riqueza, de modo que la Asamblea tenía sobrados motivos —aparte del supersticioso temor que los ojos del Rey les inspirara— para admitir y sellar con su asentimiento cuanto éste tuviera a bien disponer.

Los únicos cuya opinión no se consultaba eran, como de costumbre, las gentes que no poseían bien alguno. Llevaban siglos en el olvido, y aunque de tarde en tarde brotaba la rebeldía, tal era su ignorancia y pobreza, que acababan descuartizados y expuestas sus piltrafas, de forma que, para escarmiento de su rebeldía, se mantuviera grabado en todas las molleras por mucho tiempo.

La reconstrucción del viejo Castillo Negro quedó terminada cuando el invierno ya tocaba a su fin. Y si bien no provocó la admiración de los espíritus delicados y soñadores, aunque si perturbó la sensibilidad de Almíbar por la inarmónica distribución de sus volúmenes y contornos, lo cierto es que Gudú se halló altamente satisfecho de los resultados. Las dependencias interiores, utilizadas para vivienda de sus gentes, como la suya propia, no revestían lujo ni comodidad alguna. No había más que pieles negras —robadas a las Hordas— con que cubrirse, paja y hojarasca para dormir, y los más imprescindibles enseres de uso. Pero sus rebaños estaban bien guardados, y mandó buscar dos pastores en los contornos para que cuidaran de ellos. Y aquellos hombres, montaraces y que apenas sabían hablar, y que los campesinos tenían como medio brujos —pues se les atribuían tratos con el Diablo y relaciones sexuales con cabras—, se sintieron satisfechos de asegurar el comer y beber, como jamás lo fueron antes. Su feroz temperamento se aficionó al manejo de las armas, tal y como contemplaban hacer a menudo a los que habitaban aquel Castillo. A su vez, tornáronse pastores-soldados, y sus exhibiciones a imitación de lo que veían a los soldados y a los cachorros divertían sobremanera a Gudú: y con ellos reía como jamás le había visto reír nadie: esto es, con auténtico regocijo.

El mayor de aquellos pastores-soldados se llamaba Atre, y era hombre ya entrado en años, y tuerto por añadidura, pero tan vigoroso como sólo se recordaba al Rey Volodioso y, en el presente, al propio Gudú. El mismo Yahek habíale retado en ocasiones a luchar sin armas, y salió vencido; por lo que, desde entonces, admiró secretamente a Atre. Y éste, por contra, sintió un tierno afecto por él. De suerte que un día le dijo: «Vamos a hermanarnos, viejo lobo». «¿Cómo es ello?», preguntó Yahek, que era simple y curioso como un campesino. Y Atre contestó: «Raja tu brazo hasta que te sangre, y yo haré lo mismo, de forma que así unamos nuestras sangres: y hermanos seremos». «Bueno —dijo Yahek—, no me importará, aunque hiedas a estiércol, ya que has podido vencerme. Pero ten por seguro que mi espada no reconoce hermanos, y con la espada te vencería en dos vueltas de hoja.» Así lo hicieron. Y después de celebrarlo con abundante vino, Atre dijo a Yahek: «Ahora, Hermano Lobo, enséñame a manejar la espada como tú». «Ni lo sueñes —dijo Yahek—. Pues no dormiría tranquilo en lo que resta de vida.»

Por otro lado, el segundo de los pastores —que unas veces decía ser hijo de Atre y de una extraña criatura mitad cabra y mitad mujer, y otras decía haber sido engendrado por el propio Diablo en vientre de mujer— contaba, al parecer, unos veinte años. Era alto y fornido —aunque menos que Atre—, y tan estúpido que mantenía constantemente la boca abierta, por lo que a menudo sufría las bromas de los soldados y cachorros, que se la llenaban de piedras, atinando de lejos y como blanco de su puntería. Pero él —llamado Oci— se prestaba muy agradablemente a tales demostraciones, pues tenía tan fuertes los dientes, encías, lengua y paladar, que era capaz de detenerlas hasta llenar su boca a rebosar, y luego escupirlas con tal fuerza que en más de una ocasión llegó, con ellas, a atravesar la cabeza de alguna estúpida y curiosa gallina de las que pululaban a sus anchas por dependencias y recintos de todo el Castillo. Y más de una anidó en algún rincón de la oscura escalera, de suerte que los soldados solían buscar los huevos allí y beberlos crudos, pues, por su origen campesino, tenían esto como sustancia en verdad de gran fuerza y vigor para sus músculos y cuerpos.

Las mujeres, instaladas en dependencias aparte y separadas por una empalizada de madera, tenían permiso para salir y entrar a su antojo, ya que tan contentas se hallaban con sus hombres, bien alimentadas, y cuidando de sus muchachos hasta los seis años, en que ingresaban en los Cachorros y se adiestraban a las órdenes de Yahek y Randal. Cocinaban y aseaban —según su entender, que era más bien parco— las habitaciones del Rey y las suyas propias.

A veces, la Bruja de las Estepas merodeaba por las dependencias de las mujeres. Pero prefería los bosques, y halló un tronco hueco donde cabían enteramente tanto ella como sus cuencos de barro, así como su yacija de hojas y paja. De esta forma, tenía siempre al alcance de su vista a Yahek, para que no pudiera mitigarse su odio. Las mujeres solían llamarla para dormir a sus hijos, pues la anciana sabía contar historias acompañadas de canciones que, al oírlas, todos los niños, por rebeldes que fueran, cerraban los ojos, como si sus párpados se llenaran de fina arena. Solamente permanecía alejada de una mujer, a cuyo hijo jamás quiso dormir, ni tan sólo mirar: y esta era Indra, y el niño de ésta y Yahek se llamaba Krhin.

Gudú mandó instalar un gran taller de herrería y armas, y para ello envió a sus hombres en busca de los diez mejores maestros en tales oficios. Unos vinieron de grado, otros con resignación, y dos con cadenas, pues el Rey solía ser expeditivo en sus decisiones y poco amigo de discutirlas con nadie —y menos con los propios interesados—. Pero, de grado o por fuerza, aquellos hombres allí quedaron, y de sus fraguas y talleres salían las mejores armas y las más templadas hojas del Reino.

Así, llegó el deshielo. El río creció, las orillas verdearon entre la última escarcha, y se cubrieron los ribazos de campanillas azules y redondas flores amarillas como diminutos soles. Las muchachas más jóvenes de los contornos bajaron a las orillas del río, y los hombres las miraban desde las almenas de la muralla del Castillo Negro. El mismo Rey, un día, atinó a pasar a caballo junto al bosque, y cerca del río vio a dos campesinas jóvenes, que se lavaban y acicalaban junto al agua. «Hace tiempo —pensó— que aquellas hermosuras que me rodeaban, ahora escasean, si no es que han desaparecido...» Dicho lo cual, se aproximó a ellas cuan suavemente pudo. Al oír los cascos de un caballo, ambas se adentraron en el agua, despavoridas, y trepando a una especie de islote que de él emergía, estrechamente abrazadas, le miraron temblorosas.

—No tenéis de qué asustaros —dijo el Rey, descabalgando—. No voy a mataros ni haceros nada que no os agrade sobremanera.

Entró en el agua, y con ella hasta las rodillas tendió su mano a la que le pareció más linda y joven: una muchacha de unos catorce años, de pelo rubio oscuro. Iba muy pobremente vestida, y, al mirarla de cerca, Gudú juzgó que estaba demasiado flaca y probablemente hambrienta. Pero, con la experiencia que iba acumulando en éstas como en tantas otras cosas, pensó que mejor ataviada y alimentada, en nada tendría que envidiar a las más hermosas que él había tenido el agrado de conocer.

—Ven conmigo —dijo el Rey—. Te juro que nadie te hará daño: antes bien, te daré de comer cuanto quieras, y un vestido mil veces mejor que el que llevas puesto.

—Os lo ruego, Caballero —dijo la mayor—. No os llevéis a mi hermana pequeña, pues mi madre moriría de pesar.

—Pues no recibirá ningún pesar, si tu hermana conmigo viene —dijo Gudú, un tanto impaciente. Excepto el desagradable episodio de Tontina, no solía resistírsele muchacha alguna—. Tu madre recibirá dobles raciones de víveres, y la libraré de impuestos durante unos años... ¿A quién pertenecéis?

—Al Barón Rucindo —dijo la mayor—. Y sabed que es Señor de mal talante.

Al oír esto, Gudú rió con fuerza y, asiendo a la muchacha, la arrastró tras sí hasta la orilla, en tanto decía:

—Decid al Barón que el Rey Gudú ha tomado para sí una de sus vasallas; y tened por seguro que no tendrá objeción que hacerme.

Al oír tal nombre, las muchachas palidecieron. Y la hermana mayor salió del río con rapidez, y desapareció campo traviesa, en menos tiempo del que había necesitado para llegar al río.

En tanto, la menor temblaba de tal forma y con tal espanto le miraba, que Gudú se sintió molesto. Golpeándole ligeramente con el pie, dijo:

—No me mires como un conejo a un jabalí, estúpida, y sígueme. Ten por seguro que no vas a arrepentirte.

La montó a la grupa de su caballo y con ella regresó a la Corte Negra. Llamó entonces a un viejo soldado llamado Relisio, que, por faltarle la media mejilla que le arrebató un guerrero de las Hordas —en tiempos aún de Volodioso—, era muy respetado, tanto por los hombres del Castillo como por el propio Rey; de aquí que, dada su edad y conocimiento, habíale nombrado su intendente.

—Relisio, envía a este pájaro asustado a las dependencias de las mujeres. Decid a Indra que le dé un vestido limpio, que la ordene bañarse y peinarse, y que le dé de comer cuanto desee. Y si dentro de una semana ofrece un aspecto más lozano, me la envíe.

—Así lo haré, Señor —dijo Relisio. Pues Indra, como mujer más refinada y entendida, tenía para estas cosas mayor tino y gusto que las otras mujeres.

Al cabo de unos días, la muchacha fue enviada a Gudú.

—Unas cuantas raciones suplementarias y unos metros de tela pueden hacer tantos milagros en los soldados como en las muchachas —dijo Gudú, satisfecho. Pues la muchacha, aseada, peinados en suaves trenzas sus cabellos dorados, con la piel más clara y lustrosa y los ojos brillantes, ofrecía un aspecto inmejorable. Incluso sonrió cuando, al preguntarle su nombre, con una torpe reverencia, enseñada por Indra, dijo:

—Arandisca, Señor.

—Feo es el nombre —dijo Gudú—. Bueno, te llamaré Lontananza, como otra muchacha tan bonita como tú, de quien guardo buen recuerdo. Espero que sepas cumplir tu cometido igual que ella.

Dicho lo cual, mandó instalarla en su cámara, y desde aquel día le acompañó.

La muchacha embellecía día tras día, y el Rey dijo:

—Dentro de un mes, a lo sumo, desaparecerán los callos de tus manos y pies: de suerte que ningún detalle te faltará.

—Gracias, Señor —dijo la nueva Lontananza—. Pero quisiera saber algo de mi madre y hermana, a quienes prometisteis ayudar si yo os obedecía.

—¿Eso dije? Bien, en todo caso, me parece justo. Dime dónde habitan, y allí enviaré a mi gente a cumplir mi promesa.

—Oh, Señor —dijo Lontananza, con voz titubeante—, en verdad que somos la familia de uno de aquellos herreros que aquí trajisteis. Y desde entonces, mi madre y hermana rondan este lugar con la esperanza de verme, aunque ya les envié recado y algún alimento a través de las mujeres.

—Pues bien —dijo el Rey—, hazles saber que no deben ocultarse, y es más, si tu madre puede llevar esta vida, le permito reunirse con tu padre. En cuanto a tu hermana, también puede ingresar en las dependencias de las mujeres, y no dudo que hallará pronto algún árbol en que ahorcarse a gusto.

—¿Qué queréis decir, Señor?

—No lo tomes a pies juntillas —dijo Gudú—. Me refiero a que hallará buena acogida entre los soldados, y aun podrá elegir entre los más generosos, pues andamos escasos de criaturas tan jóvenes y agradables como vosotras. Habrás observado que la mayoría de las mujeres son madres, y no demasiado tiernas. Y si bien a falta de pan buenas son tortas, no vendría mal reforzar esas dependencias con nuevos elementos de mejor calidad.

—Así se lo diré, Señor —dijo Lontananza. Y besó con veneración la mano de aquel que, en épocas aún no muy lejanas, odiaba y tildaba de bestia entre las bestias.

Con esto, la noticia cundió por los alrededores. Y si bien algunas madres guardaron a sus hijas con temor, otras, por contra, simulando ir en busca de hierbas junto al río, acercábanlas a las proximidades de la Muralla Negra. Y otras jovencitas, por propia voluntad, hasta allí se llegaron: de suerte que, a medida que el buen tiempo avanzaba, y las hierbas y plantas, y todas las flores del campo, asomaban sus cabezas en el bosque y las colinas, y descendían en tapices azules, rojos y violetas, blancos y dorados, hasta el río, así las muchachas en edad y hechuras diferentes fueron acercándose y aun entrando, y aun permaneciendo allí con buen ánimo. Dispuestas a no abandonarlo, mientras tuvieran ocasión de ello.

Así, Lontananza fue acompañada por otra muchacha, llamada Iliona, y, algún tiempo más tarde, por otra, de nombre Cinzia. Y las tres fueron instaladas en la cámara del Rey, y aunque disputaban a menudo y reñían por cualquier cosa, lo cierto es que buen cuidado tenían de que estas cosas no llegaran al Rey; pues, en el fondo, sentíanse a gusto las tres juntas —ya que la sola compañía del Rey no era, en suma, en extremo amena, salvo en los momentos de amor—. Y ficticiamente, sentíanse como princesas —cosa que nunca habían soñado antes—, contábanse cuentos y tejían juntas bellas telas, y aunque de tarde en tarde las soliviantaba algún mal aire que encendía celos o mal humor, y se pinchaban los dedos con las agujas de tejer, o se tiraban de las trenzas, lo cierto es que no se sentían dispuestas a cambiar su puesto por el de antaño, ni a privarse de su mutua compañía. Y como entre los soldados también cundió la posibilidad de llegar a entablar amistad con las recién llegadas, verdad es que no sólo el bienestar y la aparente alegría reinaban en la Corte Negra, sino que sus gentes aumentaban de forma sorprendente.

—Estos soldados jóvenes —pensaba Gudú— algún día serán viejos, y estos cachorros de soldado, algún día hombres. Es por ello que no debe parar la anexión de nuevos cachorros-soldados, ni debe descuidarse tal adiestramiento. Si las cosas marchan como espero, mi ejército no tendrá rival, ni en estas tierras ni en parte alguna del mundo.

Y estos proyectos, junto al deseo de cruzar el Gran Río hacia las Estepas, enardecían sus sueños y espoleaban su ambición. «Gudú, Gudú —se decía a sí mismo las noches en que bebía junto a sus soldados—, tu nombre y tu Reino se extenderán a través de la tierra y el agua, a través de los siglos y los hombres.»

Con el buen tiempo menudearon justas y entrenamientos entre soldados y cachorros. Y en verdad que ni Gudú ni todos los que componían la Corte Negra tenían ocasión de aburrirse. Poco a poco, el Rey olvidó a su hermano Predilecto, y de día en día sentíase más seguro de sí, más libre y, en suma, el más poderoso e indestructible de los hombres. Y con ello, llegó a la conclusión —si bien no pensada, sino acarreada por el transcurso de las horas y de los días— que no existía mejor protector de un hombre, ni de un Rey, que ese mismo hombre o ese mismo Rey.

2

NO obstante, no todos gozaban de la misma sensación de bienestar en aquella especial y nunca vista u oída Corte.

Durante los primeros días de su creación, cuando todavía sólo era un solitario y sombrío Torreón amurallado y aún no se habían terminado de levantar murallas y dependencias, Gudú estimó que había pocos muchachos útiles para el adiestramiento. Ciertamente, la mayoría eran aún muy pequeños, y el más nutrido grupo lo formaban aquellos que, famélicos y vagabundos, se unieron a ellos a través de un camino que aparecía sembrado de ruinas y destrucción. Un día, Gudú ordenó a sus hombres que fueran en busca de muchachos en edades comprendidas entre los ocho y los doce años, y que con ellos los trajeran. «Por fuerza o por gusto, pero —añadió— mejor por lo último: pues si con gusto llegan, con más gusto se quedarán y con mejor voluntad aprenderán.»

Sus hombres fueron trayéndole grupos de chiquillos más o menos atemorizados, más o menos entusiasmados. Y como juzgó que estos últimos eran los más aptos y los que mejor resultado daban, se dijo que la admiración era un buen camino para enardecer las mentes infantiles; así, envió a sus hombres enarbolar la bien aprendida relación de sus hazañas y honradez, de forma que calentaran los cascos de toda la chiquillería en buen estado con que tropezaran. Este sistema dio mejor resultado que los anteriores, hasta el punto de que, como más tarde hicieron las doncellas o mujeres de cierto buen aspecto, los chiquillos afluyeron y rondaron las murallas del Castillo Negro, hasta conseguir ser admitidos en él. Y esto Gudú tampoco lo ignoraba: un señuelo tan grande como la admiración y ambición de llegar a ser un gran y bien pertrechado soldado, amén del pan, la carne y unas ropas que sustituyeran los harapos, no eran el menor aliciente para ellos.

Cierto día le había advertido Randal que, según había comprobado en sus campañas con Volodioso, el Sur estaba poblado de niños hambrientos. Volodioso había explorado sus tierras, sin dejar resquicio, y entre ellos había atisbado los más fieros rostros, la más aguda inteligencia y los más valientes gestos. «Pues id al Sur —dijo Gudú—. Y acarread de entre ellos cuantos tengáis a bien.»

Envió Randal un grupo hasta las tierras de Predilecto, y allí recolectó cuantos muchachos apreciaron útiles. Y el Castillo del hermano del Rey fue —como todo lo demás— víctima de aquella búsqueda y captura. Es así como los muchachos que en un tiempo se refugiaron allí con Amer, volverían a ser conducidos al Norte.

Un año había transcurrido desde entonces, y los muchachitos que entonces contaban diez años, contaban ahora once, y los que contaban ocho, nueve. Y el que a todos ellos mandaba y conducía —y en quien todos mantenían la esperanza de que Predilecto cumpliera sus promesas—, el llamado Lisio, era ya un adolescente de oscura y fiera mirada y altivo porte.

—No os abandonaré —dijo a los demás muchachos.

Y aunque su edad rebasaba la que los soldados requerían, ofrecióse a ellos voluntario. Y como su aire y sus palabras agradaron a los soldados, lo admitieron y llevaron con ellos. Así, cuando lo presentaron al Rey, éste observó detenidamente su aspecto, y juzgando que aunque menos corpulento que él, no debían ser muy lejanas entre sí las fechas de nacimiento, díjole:

—A lo que juzgo, has pasado la edad requerida, pero si lo deseas, serás probado por Yahek. Y si en menos tiempo que los otros logras aprender más, te quedarás con nosotros y, a la vez, serás el Jefe de los Cachorros (aunque, por supuesto, a las órdenes de Yahek, vuestro maestro). Pero si no cumples lo que de ti se espera, te arrojaremos fuera del Castillo, y bueno será para ti no volver a él.

—Así será —dijo Lisio, mirándole a los ojos sin temor; cosa que en verdad admiró y desagradó a partes iguales al Rey—. ¿Qué plazo me dais para ello?

—Treinta días —dijo Gudú, acortando mentalmente el tiempo que ya había previsto—. Y ten presente que jamás contradigo cuanto he dicho.

Pero aunque secretamente —y sin poder explicarse la razón— Gudú deseaba que el muchacho fracasara en su empeño, lo cierto es que, aun antes del plazo establecido, Yahek manifestó —con orgullo que molestó a Gudú, por no entenderlo— que su nuevo y especial discípulo se hallaba en condiciones, no de superar al mejor y más valiente de los Cachorros, sino a los más bravos soldados adultos.

—En tal caso —dijo Gudú—, mañana se celebrarán unas justas que tengan como oponentes uno contra cuatro. Esto es, que si Lisio ha de ser el Jefe de los Cachorros, de cuatro en cuatro ha de saber vencerlos. Elige, pues, los mejores entre esos cuatro, y dispón todo para que, cuando raye el alba, tenga lugar el encuentro.

Así lo hizo Yahek, y como entre los Cachorros estaba vedado el duelo a muerte, eligió los cuatro más prometedores. Pasó el resto de la noche entrenando a Lisio, hacia el que había cobrado un gran afecto, como si de algo propio se tratara.

—Hijo —le dijo al fin, cuando juntos reposaban, próxima a rayar el alba—. Déjame llamarte así, puesto que mi propio hijo, aún muy niño para ser adiestrado, quisiera que fuera tan fuerte y bravo como tú eres: ten por seguro que si a ti te vencen y te arrojan de este lugar, yo contigo iré.

—No —dijo Lisio, mirándole de forma que Yahek no entendió—, no me vencerán; porque mi fuerza brota de un lugar más oscuro y violento que mi cuerpo. Y si me vencieran, queda tú con quien es de tu raza, pues conmigo no hallarías reposo sobre la tierra. No soy tu hijo, ni lo podré ser jamás.

—Tus palabras me atemorizan —dijo Yahek—. Y si no quieres ser mi hijo, ten por seguro que por ti velaré, mientras me sea posible, como padre.

Apenas en el Patio de las Justas se había levantado el sol, se inició el reto entre Lisio y los cuatro cachorros seleccionados por Yahek.

La lucha fue muy dura para Lisio, pero en el primer encuentro venció a todos ellos.

El Rey quedó tan maravillado de Lisio, que al punto olvidó su antipatía hacia él. Y como inclinado más a la lógica de los hechos, que a las vagas premoniciones sin verdadero fundamento, al punto le nombró Jefe de Todos los Cachorros, y le entregó de su propia mano una espada recién forjada, en la que podía leerse su nombre y esta enseña: «Quien sirve al Rey Gudú se sirve a sí mismo, a través del tiempo y del mundo». Era larga la frase, pero también lo era la espada, la más larga y pesada que en manos de cachorro se había prestado en la Corte Negra.

Aquella noche, Lisio reunió secretamente al grupo de jóvenes del Sur, y les dijo: «Juro por esta espada que vengaré a mi padre y a todos los de nuestra raza, y juro también que aquel de vosotros que reniegue de nuestra consigna, será el más castigado». Los muchachos juraron a su vez. Pero Lisio no se apercibió de la duda que había nacido en todos ellos. Y en breve podría comprobar cuán frágil es la humana naturaleza, cuán frágiles los humanos juramentos y cuán indefensa una espada de niño —aun con tan larga frase como larga hoja—, en soledad contra el egoísmo y la ceguera que cubre la tierra.

Pues no habían transcurrido muchos meses —apenas el sol había derretido hasta la última nieve—, Lisio, que bien conocía la tierra donde pisaba, comprendió que el buen tiempo, tan esperado, había llegado. Sabía que el invierno era el peor enemigo de los fugitivos, y la muralla donde se estrellan los más valientes o míseros luchadores. Más de una vez su abuelo le había dicho que el sol del verano era la más preciosa riqueza de los pobres. «El tiempo cálido fortalece el cuerpo y el espíritu —le decía—, y sólo en el verano se atreven los pobres a levantar su cabeza contra el poderoso. Porque en el invierno el hambre es más afilada, la carne aterida tiembla, los ojos se cubren de hielo y de sed. Y si en el invierno los poderosos tienen techos abrigados y leña en abundancia, las raciones se acortan para el pobre, la paja se seca y muere en sus techumbres, y la leña nunca basta a calentar los ateridos cuerpos. Nunca emprendas nada, Lisio, en invierno. Sólo mis palabras pueden defenderte, bajo el sol, de la injusticia y la crueldad humanas: de suerte que lleva mis palabras a tus hijos y éstos hasta los suyos, hasta el día en que los oídos escuchen y los ojos vean, y las conciencias despierten.» Y Lisio, tal como lo prometió, no lo había olvidado.

Pero muy grande fue su amargura, su decepción y su ira cuando llegó el día que mentalmente juzgó el señalado y, reuniendo a sus viejos amigos, les dijo que al alba partirían, armados hasta los dientes y con los zurrones repletos de víveres.

—¿Adónde iremos? —dijo el mayor de sus amigos, con desconfianza.

—En busca de nuestros hermanos: hacia las minas del antiguo País de los Desfiladeros. Y en busca de todos los Desdichados que en la tierra moran y a nosotros se unan: y os juro que mi ejército será más numeroso y más fuerte que el del Rey, porque la desesperación es arma que ni Gudú ni sus secuaces conocen.

Pero sus antiguos amigos bajaron la cabeza y nada respondían. Hasta que, al fin, uno a uno, fueron apartándose de él, y sólo halló, a través del cristalino velo de sus iracundas lágrimas, a Iro, su perrillo, que le miraba tiernamente fiel, con todo el sol de la tierra —según le parecía— encerrado en sus redondos y ya cansinos ojos de ciruela.

Con toda aquella amargura, partió solo aquel amanecer, y solo salió al campo y solo se internó en los bosques que tan bien conocía; acompañado, únicamente, del tenue jadeo de Iro, que hollaba tras él las jaras, los helechos y las primeras luces que el verano recién nacido despertaba en la oscura enramada.

Cuando Yahek, consternado, tuvo noticia de su desaparición, en vano lo buscó por todas partes. Entonces, con el corazón atravesado de dolor, siguió los pasos de la Bruja. Y ella le dijo que había escondido a su niño en el hueco del tronco de un roble: porque los robles son criaturas que sobreviven tiempo y tiempo a los humanos. Y la Bruja, que tanto rencor guardaba hacia Yahek, dijo que las alimañas lo habían descubierto y devorado. Ella sola había podido enterrar sus huesos bajo una piedra.

Lleno de pena, como si su corazón estuviera sepultado bajo aquella misma piedra que, según creía, cubría la tumba de Lisio, Yahek sollozó, acaso por primera vez en su vida.

Desesperado y dolorido, regresó al Castillo Negro y halló a Gudú muy irritado. Y éste le dijo:

—No merece la pena un mísero cachorro de alimaña para que así abandones tus deberes.

Por lo que le castigó a diez latigazos que, en verdad, no le dolieron ni la mitad que aquella ausencia. Y todos, menos él, olvidaron a Lisio, y la vida continuó en la Corte Negra sin su presencia.

Sólo cuando ya no se oían cascos de caballos ni voces de soldados, y el verano extendía su tibieza húmeda sobre los campos, y secaba las flores y la hierba y cubría de polvo los caminos, salió Lisio de su profundo escondite entre las viejas minas, cuyos laberintos sólo él, o un trasgo, hubieran logrado escudriñar sin peligro de sus vidas. Y partió, racionando su pan y su agua —compartiéndolos con Iro—, hacia la región montañosa de los Desfiladeros. Escurriéndose paso a paso, desde las Tierras Negras de los Desdichados hasta las gentes sin patria: los que nada poseían, los que ni siquiera tenían nombre. Y a los que pudo proveer —en su medida, harto pequeña— de víveres y armas.

XVI

LA ISLA DE LEONIA

1

ESTABA ya avanzado el verano cuando la joven Lontananza no pudo ocultar por más tiempo su estado de embarazo. Ello le causaba temor, pues no sabía cómo tomaría el Rey aquella novedad, y las reacciones de Gudú eran tan impenetrables como sus pensamientos. Juzgaba, y con razón, que después de cinco meses de disimulo en que, ayudada por las otras dos muchachas, había intentado oprimir su cintura y dar flexibilidad a su talle, lo mejor era que, aconsejada por ellas mismas y por Indra, y dado que Gudú parecía en verdad satisfecho, se lo dijera aquella noche al Rey, mientras en amigable compañía bebían y cenaban:

—Señor, he de comunicaros una nueva que, si bien me llena de gozo, no sé cómo será tomada por vos.

—Habla de una vez —dijo Gudú, con aire distraído—. Sabes que no tolero los rodeos, cuando más sencillo es caminar en línea recta.

—Pues, Señor, lo cierto es que, si no me equivoco, espero un hijo de vos, mi Señor y Rey.

—¿Qué dices? —casi gritó Gudú, pues (que él supiera) tal cosa le ocurría por vez primera.

—Así es —añadió, temblando, la muchacha—. Pero os pido que, si ello os desagrada, me dejéis retirarme al aposento de las mujeres, y con ellas vivir: aunque suplicándoos que me dejéis guardar al niño conmigo.

Gudú quedó perplejo ante esta revelación. Al fin, hizo levantar a la muchacha de su asiento, y ordenándola acercarse, apoyó su oído en su vientre, palpándolo tan rudamente que Lontananza sofocó un grito.

—No tiembles, estúpida —dijo Gudú—. No hallo crimen en tal cosa para castigarte por ello, puesto que, en tal caso, a mí mismo debería castigarme también.

Y riendo, con su risa cortante y breve, la apartó, diciendo:

—No es mala idea la tuya: vete en buena hora al departamento de las mujeres y ten allí a tu hijo. Y si éste crece fuerte y sano, como espero, mándamelo decir. A la edad conveniente, ingresará entre los Cachorros. Pero si es enfermizo o tarado, o mujer, guárdalo contigo o tíralo a los perros, según desees o juzgues, y no me vuelvas a molestar en lo que te reste de vida.

Con lágrimas en los ojos —aunque ocultando el rostro, pues sabía la aversión que sentía Gudú hacia el llanto— se retiró, seguida de la triste mirada de sus dos amigas.

—¿Qué ocurre? —dijo Gudú enfadado—. ¿Qué funeral estamos celebrando? Alegrad esos rostros (que, a decir verdad, ya empiezo a conocer en demasía) si no queréis reuniros con ella.

Así pues, las dos muchachas compusieron sus sonrisas, si bien con íntima pena, tanto por Lontananza como por ellas mismas. Y la cena terminó sin incidentes.

Pero aquella circunstancia hizo cavilar a Gudú sobre el hecho de que, en verdad, no había dado aún heredero legítimo al trono. Y como su reciente ley ordenaba sucediese así, de forma que sólo la estirpe legítima ciñese la corona, en cuanto rayó el alba apresuróse a enviar un emisario a Olar, pidiendo a su madre el cumplimiento rápido de sus órdenes. Ya que el clima se ofrecía cálido y propicio, debía solucionar tales problemas antes de emprender la más audaz empresa, planeada detenidamente, y que habría de llevarle nuevamente a las estepas.

En Olar, la Reina y su Corte arrastraban aquella vida lánguida y monótona que siguió a la desaparición de Tontina y de Predilecto. El desánimo mantenía a Ardid en una rara apatía, poco común en ella. Poco a poco, fue descuidando su acicalado aspecto y, si bien seguía siendo una hermosa y madura mujer, no se cuidaba de ocultar con afeites el paso del tiempo, ni de escamotear entre las trenzas las canas que, día a día, invadían sus rubios cabellos. Aunque —más quizá por un sentido estricto de sus obligaciones que por gusto propio— seguía ofreciendo en el Castillo recepciones y bailes, donde podía observar a las hijas menores de los nobles, y proyectar, desde la sombra de su camarilla, enlaces pertinentes, o deshacer los que juzgaba poco pertinentes, lo cierto es que no hallaba en estas cosas el placer de antaño.

Por contra, empezó a interesarse más por el pequeño Príncipe Contrahecho, y a menudo pedía a su Camarera Mayor, Dolinda, le trajese con ella. Y ambas le miraban jugar, y observaban sus progresos —en verdad parcos, pues la criatura era enfermiza y lenta, aunque dulce y cariñosa como pocas—, y opinaban sobre lo que mejor le convenía, tanto en lo tocante a vestidos como a futuros estudios. Un secreto instinto les hacía mantener medio ocultos aquellos encuentros, y aun la misma presencia del niño: tácitamente, preferían que permaneciera olvidado de todos, excepto de ellas dos.

—Es hermoso —solía decir Dolinda, arreglándole el juboncillo que ella misma bordara con infinito amor—. ¿Visteis jamás rostro tan inteligente, ojos más dulces, cabellos más dorados?

—Tenéis razón —decía Ardid, acallando la vaga melancolía que tales palabras despertaban en ella—. Es lindo de veras.

Y contemplaba pensativa el pálido semblante, las débiles piernecillas que aún no lograban sostenerle como a su edad era debido, la profusa maraña de cabellos rojos e hirsutos que, como cerdas de escoba, brotaban de su cabeza demasiado grande. Sólo el Trasgo, a veces, asomaba la cabeza para opinar:

—En verdad que, para ser humano, no parece tan feo como los otros: es delicioso.

«Porque se parece más a ti que a niño alguno», pensaba Ardid, enternecida. Y asentía también a las opiniones de su viejo amigo, que a la sazón andaba muy ocupado —según decía— en descubrir un filón de vino que, a su entender, y guiado por el olfato, no debía andar lejos de allí.

—Pero, Trasgo querido —le decía Ardid por las noches, asomándose al hueco de la chimenea—, sube ya, que las brasas van a morir y no tendrás buen lecho en mi gabinete. Además, entiende de una vez que éstas no son tierras de viña, y deberías regresar al Sur, si tal cosa deseas. ¿No tienes bastante vino en las bodegas? En verdad que eres caprichoso.

Pero el Trasgo fingía no oírla o, en todo caso, emergía sólo por breve rato, diciendo:

—No sabéis de qué habláis, niña: el difunto Volodioso, que amaba tanto el precioso elixir como yo, intentó plantar una viña por aquí, y tengo para mí que empieza a dar buenos resultados.

Nada podía distraerle de aquella obsesión. En tanto, entre sueño y sueño, el Hechicero se ocupaba laboriosamente de copiar en pergaminos las batallas de Gudú y sus victorias, para guardarlas cuidadosamente en *El Libro del Reino*. Y Almíbar, lánguido y soñoliento, se entretenía a solas jugando contra sí mismo interminables partidas de ajedrez, moviendo ora las blancas ora las negras. Pero como no podía dejar de tomar partido por algún color, lo cierto es que se hacía tantas trampas a sí mismo, que a menudo la propia Ardid no podía evitar amonestarle por aquellos desmanes impropios de un caballero, por otra parte, tan pulido y pundonoroso.

—Si es contra mí mismo, querida mía, poco deshonor me acarrea, creedme.

—Pues jugad contra un paje, o contra cualquier otro: porque temo os aficionéis en demasía a costumbre tan reprochable.

—No existe contrincante digno de mí, hermosa mía —respondió

Almíbar, con dulce sonrisa—. Excepto el Trasgo: y éste, según parece, dirige su atención hacia otros asuntos.

Cierto día, Ardid se asomó a la ventana que daba sobre el Lago. Una suave neblina ascendía de sus aguas, perfumada y embriagadora, aunque impregnada de un remoto calor que ella creía perdido. Y dijo:

—Dios mío, qué triste es envejecer...

—¿Envejecer, hermosísima mía? —Y Almíbar la abrazó, besándola con fervor—. No lo diréis por vos ni por mí, que estamos en la flor de la vida...

La Reina calló, enternecida. Pero, poco a poco, su sagaz mirada fue apercibiéndose de que entre los más jóvenes componentes de la Corte se cruzaban miradas de inteligencia y risas reprimidas cuando Almíbar, solemne y envarado, presidía como Maestro de Ceremonias cualquier banquete o baile. Y este descubrimiento clavaba punzadas en su corazón, de suerte que a menudo la melancolía y el desánimo la invadían.

Y en tan lánguido clima se deslizaba la vida de Ardid cuando, ya avanzado el verano, una carta del Rey, de manos de un veloz y sudoroso emisario, hizo vibrar nuevamente su indomable vigor:

—¡Cielo santo, qué perezosos somos! —clamó, mientras recorría la estancia a grandes pasos—. ¿Es posible que hayamos permanecido ociosos tanto tiempo, sin habernos apercibido de que el Rey ordenó elaborar la lista de candidatas a desposarle? Rápido, amigos míos, celebremos camarilla y veamos de solucionar este descuido cuanto antes.

Y con su acostumbrada actividad, cerró de golpe tableros de ajedrez y cofres de juegos. Y, asomándose al hueco de la chimenea, conminó al Trasgo a acudir prestamente a su presencia.

Así, salieron todos de su sopor o individuales obsesiones, y aquella noche leyeron nuevamente con gran detenimiento *El Libro de Linajes* —si bien, prescindiendo del elaborado por el Hechicero, cuyos frutos dieron tan amargos resultados—. Una vez examinadas todas las posibilidades, Ardid llegó a la conclusión de que, en verdad, poco había donde escoger. Gudú —como temía, y acertaba— no era parti-

dario de mujer mayor de veinte años, ni fea, o gorda, o tuerta o totalmente imbécil.

—Pues, si no me equivoco —dijo, pensativa, cerrando el libro—,
sólo tres candidatas parecen posibles: la Princesa Dursia, hija del Rey
de las Montañas Sudestes, cuya candidatura no me atrevería a apoyar
calurosamente, ya que su padre se arruinó materialmente contra su
vecino del Este, y andan, según creo, maltrechos y labrando ellos mismos sus propias tierras; la hija del Señor de los Valles Oríndicos, que
es gente pacífica pero sin interés de ningún tipo, tal que ni tan siquiera Volodioso, lindante a sus tierras, juzgó valían la pena invadir;
la última, que a mi juicio (si bien con recelo y suspicacia, que no sabría definir, pero que ya se esclarecerá) merece más halagüeñas perspectivas, es la hija de la propia Reina Leonia.

—Aquel bebé rollizo —rió bobamente Almíbar—. Oh, querida,
no está en edad de dar hijos a nadie.

—Querido, hace años, quizá cuando la visteis por última vez, sería un bebé. Pero tened en cuenta que, a la sazón, cuenta quince años,
y a juzgar por lo que aquí se dice, no es fea, ni tan estúpida como, por
ejemplo, la hija del Señor de los Valles, que nunca acierta de primer
intento llevarse el pan a la oreja o a la boca...

—No es posible —dijo Almíbar—. Debe haber un error...

—En tal caso, saldremos de dudas —dijo Ardid, más por cortesía
que por verdaderas dudas.

Y como verdaderas dudas no le cabían en modo alguno, envió
nuevamente al emisario, con la lista, exigua, pero debidamente informada, a Gudú. Otra opción era casarse con una noble muchacha de
su propio Reino. Cosa que, con todo respeto, no creía aconsejable.

A poco, llegó la respuesta del Rey. Su mensaje era parco: «Id a
por la hija de Leonia. Pero observadla bien, y escribidme al respecto
de cuanto la oigáis decir y veáis hacer. Y como sólo en vos confío para
tal menester, bueno será que para ello vayáis vos misma a visitarla.
Luego, si quedamos convencidos, seré yo quien vaya a la Isla y me
casaré allí. Pues si antes no la veo, nada decidiré al respecto, aun
fiando en mucho —como fío— vuestra sagacidad».

Apenas la Reina Ardid terminó de leer aquella misiva, levantó
los ojos, inundados de una luz muy particular. «Ay, la Isla de Leonia...

¿existirá alguna niña en el mundo, que no sueñe con ella...?» Y de pronto la volvió a ver, con un dolor y amor inmensos, recuperando su corazón de siete años. A través de una piedra azul, horadada y partida en dos mitades, su mirada de niña pudo atisbar, por vez primera, una isla que giraba sobre sí misma, como un sueño imposible de alcanzar, «la Isla de Leonia...».

Con acento que despertó la curiosidad de Almíbar —que a su lado dormitaba, tras una espléndida y madura noche de amor, pues los años sazonaban sus relaciones, en lugar de marchitarlas, y esta era la única zona o aspecto de Almíbar que no declinaba—, murmuró: «La Isla de Leonia...»

—Almíbar, debéis acompañarme en un viaje singular.

—¿Un viaje? —rezongó Almíbar—. Oh, queridísima, sabéis que los viajes, últimamente, no me parecen tan atractivos como antaño...

—No es un viaje corriente, querido mío —y le tendió la misiva de Gudú.

Apenas Almíbar posó los ojos en ella, se quejó, suavemente, de dolor en riñones, espalda y miembros inferiores. Por lo que, sin duda, los viajes por mar no eran aconsejables para él.

—Pues bien —Ardid saltó del lecho con recuperado brío—, si no me podéis acompañar, deberé iniciar sin vos tal empresa: puesto que, si habéis leído con detenimiento la misiva del Rey, mi presencia allí es imprescindible.

—¿Vos a la Isla de Leonia? —pareció despertar Almíbar, con súbita inquietud—. Oh, Ardid, niña mía, no sabéis qué decís: es una isla muy agradable, pero no aconsejable a mujer sola...

—Si os referís a las murmuraciones que el vulgo propaga sobre las relaciones que Leonia mantiene con la piratería y demás aledaños, mucho me duele recordaros que, si prestáramos oídos a otras gentes que no sean los aduladores habituales, iguales o mayores calumnias o deformaciones malignas escucharíamos de cuanto en esta recta y severa Corte acontece. Querido, sabido es que la envidia y maledicencia humana no tienen fin. Pues si bien la inteligencia tiene un límite, la tontería y la malicia no tienen fondo visible o alcanzable.

—En todo caso —dijo Almíbar, con creciente desazón—, os

ruego me llevéis en el alma y pensamiento, como a vos os guardo yo en los míos.

—Descuidad —dijo Ardid, iniciando su tocado mañanero—, eso es habitual y cotidiano, querido. Tanto como comer, beber y respirar el aire. Os amo, y eso basta.

Pero una oscura vocecita repetía en sus entrañas que el único ser humano que amó la Reina Ardid —excepto a Gudú, el Maestro y el Trasgo, aunque de forma distinta y diversa— era el cien veces maldecido Volodioso; y aunque Almíbar, y todos (excepto tal vez su anciano Maestro), le habían olvidado o lo ignoraran, ella no dejaba pasar un solo día sin que, de alguna forma —aun la más impensada, como el súbito piar de los pájaros que anunciaban la primavera, o su regreso hacia el Sur—, lo recordase.

Así pues, el ajetreo, las prisas, las órdenes, las severas advertencias y precauciones con que rodeaba Ardid todos sus actos, renacieron con el verano en la Corte de Olar.

«La Reina ha rejuvenecido», decían los jóvenes. «El último verano», suspiraban los viejos, con melancolía. Y ella, en tanto, renovó afeites, probó peinados, desempolvó lienzos y galones, ordenó bordados y mandó deshacerlos y descoserlos, con súbitas inspiraciones que, a decir verdad, sumían en secreta desesperación tanto a Almíbar —que disponía y organizaba con buen tino tales encomiendas— como a sus sufridos y leales —a fuerza de años y vicisitudes, así como de recompensas o castigos— maestros, sastres y bordadoras.

Y estaba madura y espléndida la Reina, como la propia estación, cuando, al fin, besando en la frente y mejillas a sus íntimos, y acompañada de su fiel Dolinda y algunas damas, pajes, sirvientes y soldados, partió siguiendo la ruta del río, como era costumbre, hacia el cálido Sur, en cuyo puerto más próximo —cercano a las tierras de su padre— se embarcarían hacia la isla soñada.

«Soñada, soñada», se decía, al tiempo que su corazón despertaba de las recientes brumas, rumbo al Sur. Y en su mente de nuevo revivían aquellos tiempos, aquella luz; y recordó a Predilecto, y lloró un poco por él; y a Tontina, y lloró otro poco por ella. Pero en verdad, ¡cuán placenteras eran aquellas lágrimas! Lágrimas que manaban de una secreta y aún intacta ilusión, de una perdida o jamás gozada infancia.

Y así, cabalgaban rumbo al Sur, un día en que el calor hacía desfallecer a todos, cuando una suave brisa disipó el sofoco, y un viejo y entrañable olor hizo saltar a Ardid de los muelles cojines de su litera y asomar su rostro al sol, a las costas, al mundo, en suma.

—¡El Sur! —gritó, como una muchacha cualquiera que busca caracolas y caparazones marinos, para fabricarse brazaletes y collares, que vaga descalza por la arena y acerca su oído al nácar de las moradas marítimas, para oír, eternamente, el suave respirar del mar. Igual, pues, que tantas muchachas, antes y después de ella, saltó hacia el sol y corrió en pos de aquella que era su tierra, su reino y su vida. «Éste es mi país —se decía, descalzándose como antaño, sintiendo cómo sus plantas recibían el calor del mundo—. Ésta es mi tierra.» Y así, abandonó la comitiva a la orilla del mar, y en él se bañó, desnuda como antaño, y dejó sueltos sus cabellos, plata y oro mezclados, y dejó que el mar se asomara a sus ojos y sintió sal en sus labios y en su lengua. «Ésta es mi tierra, éste es mi reino, ésta es mi vida», decía, aún dormida, en tanto la comitiva se encaminaba hacia el puerto.

Cuando llegaron al puerto, atardecía. Y allí esperaba, amarrada, la nave que Leonia enviaba gentilmente en su busca. Pues sólo con lanchas pescadoras contaba el Reino de Gudú, tan vuelto de espaldas al mar como lo fue el de Volodioso. Entonces llegó hasta ellos el murmullo de un gran clamor de voces y vaivén de gentes.

—¿Qué tienen las gentes del Sur, Dolinda —dijo Ardid a su camarera y única amiga—, que tan distintas las hacen de nuestras gentes?

Y la propia Dolinda abría los ojos y miraba aquí y allá con asombro y estupor; y en su corazón de muchacha tardía, casada con hombre viejo, imposible madre, una desazón dulce y maligna crecía, viendo y oyendo a aquellas gentes de rostro dorado, cabellos revueltos y ojos punzantes, que vendían frutas y cintas de colores, y ánforas, y collares de cuentas, seguramente sin valor, pero tan lindos como jamás esmeralda o rubí le parecieron.

—Oh, Señora —dijo al fin—. Bien dice mi esposo que no debemos fiarnos de gentes del Sur: pues envenenan el corazón y engañan los sentidos.

—Sea como sea, querida —dijo Ardid, aspirando el aire salado, el suave y dorado perfume de la costa marina—, sea como sea, bendito veneno y benditos sentidos.

Y sin apercibirse del asombro de Dolinda, Ardid saltó a tierra còn agilidad que recordaba los tiempos, ya lejanos, en que fue conocida como La Más Joven Reina.

Por supuesto que la escrupulosa y nunca olvidadiza Ardid había enviado emisarios a Leonia, enterándola de sus propósitos. Y por supuesto que, al tiempo que embarcaba en la nave, repasaba mentalmente la respuesta de aquella mujer —hasta el momento, legendaria, fantasmal y tumultuosa como una tormenta; y ahora, casi de improviso, tan cercana y carnal como ella misma—, que contestaba a su misiva con no menor y aún más enrevesada y superior ceremonia: «Querida Reina Ardid, hace mucho, mucho tiempo que deseo conoceros... Y nada me alegra más que vuestra visita y pretensiones respecto a mi hija. Así pues, mucho me place deciros que hace tiempo deseo y aguardo el placer de una larga parrafada —aquí se quebraba en insólito tono la tan bien ornada misiva, si bien no dejó de alegrar, como alegra la pimienta el guiso más insulso, el ánimo de Ardid— con mujer y Reina de tan sagaz conducta, y tan sureño como noble origen».

«¿Qué querrá decir esta pajarona?», se preguntaba Ardid, camino del muelle. «¿Quién habrá chismorreado en sus orejas sobre mi origen? Ah, el Sur, después de todo, siempre será el Sur.» Y reprimiendo una risita cómplice, avanzó hacia la nave que, con todas sus velas desplegadas, saludaba al viento en su arribada.

—Hermosa luz, en verdad, Señora —murmuró, estremecido de placer, su Paje Mayor, en tanto la ayudaba a descender.

—Hermosa, es cierto —dijo Ardid—. Y hermoso el mundo, en verdad.

La nave se llamaba *Estrella del Adriático* —nombre exótico y peregrino—, y su Capitán, un hombre de tez oscura como corteza de nogal, y cabellos largos, negros y rizados, les dio la bienvenida con toda clase de reverencias y zalemas. Tan blancos eran sus dientes y tan claros sus ojos, que Ardid sintió como si una suave brisa que trajese tiempos lejanos acariciara su espalda, nuca y contornos. Con graciosa reverencia, dijo el Capitán:

—Reina y Señora, si así lo deseáis, incendiaré la *Estrella del Adriático*, con toda su tripulación dentro, yo mismo incluido. Y, por otra parte, si deseáis poner rumbo a la Isla de la noble Leonia, lo mismo os conduciré, aun contra temporales o malignas sirenas; y es más, contra el mismo tridente de Neptuno.

—¿Qué dice este hombre? —se asustó Dolinda.

—Niña querida, es el lenguaje del Sur —murmuró la Reina, tranquilizándola.

Y dirigiéndose al Capitán, le dedicó la mejor de sus sonrisas, mientras con el tono más suave entre los muchos tonos suaves de que disponía, manifestó:

—Capitán, estimo más conveniente para todos, dirigirnos a la Isla de Leonia, donde, si no me equivoco, nos aguardan. Reprimid para más tarde, si ello se terciase, vuestro cautivador ofrecimiento.

—Así será, Reina y Señora… —dijo el Capitán, al tiempo que murmuraba, lo suficientemente bajo para que no le mandaran deshollar vivo, y lo suficientemente alto para que halagara como un leve perfume los oídos de Ardid—: …, y por Júpiter, que muy apetitosa mujer.

—¿A quién convoca? —dijo la curiosa y fascinada Dolinda.

—Bah, viejos dioses, viejos mundos, viejos tiempos —respondió Ardid—. Algo oí de ellos a algún esclavo. En resumen: cosas del Sur, querida. No prestes mucha atención a ellas, o serás tratada de ruda o excéntrica.

Pero el sol y las palabras, y los viejos dioses y los viejos tiempos, y la piel y los ojos y la voz y el olor de las gentes, aunque no siempre perfumadas, sí excitantes, la iban calando como si sorbiera un vino de gran potencia: no sólo por los labios, sino por los ojos, la piel y hasta los cabellos, que despeinaba la brisa hasta el punto de que, ya entrados en la mar, no quedaron sujetos trenza ni rizo. Y así, el sol y el viento levantaron la sangre en sus mejillas y la luz en sus ojos. Y sin cuidarse de que avanzaban mar adelante, poco a poco convertidas en criaturas cada vez más parecidas a las que les rodeaban, también iban sumiéndose en un velo de nocturnidad y estrellas insólitamente grandes, cuya mirada les atravesaba como afilados y dulcísimos puñales.

—Es hora de dormir —advirtió Dolinda, inquieta, al apercibirse de que el sol se hundía en el mar.

—¿Dormir? ¡Qué disparate! —dijo la Reina—. El sueño llega pronto al Sur: pero las ganas de dormir sólo las trae el primer sol...

Y ordenó les sirvieran comida y bebida. Y jóvenes marineros de piel tan negra como ébano o dorada como frutas maduras, sirviéronles uvas, pechugas de paloma confitadas, almendras, miel, y queso tan tierno y blanco como jamás probaron antes.

—Qué hermosura —dijo Ardid, escanciándose el final de una delicada ánfora, que contenía elixir tan exquisito que tuvo remordimientos por no haber llevado consigo al Trasgo—. ¡En verdad, aquí la vida es vida...!

Y satisfecha, al parecer, de tamaña redundancia, juzgó que por el momento pondría punto final a sus desvaríos; y ordenó preparar su litera que, comprobó con deleite, estaba cubierta de seda roja y cojines de plumas. Allí reposó, entonces, embriagada de sol, del redescubrimiento de cómo pueden albergar los ojos negros singular mirada, y del chispeante vino, que tampoco escaseó en la cena.

Había entrado sobradamente la mañana cuando la Isla de Leonia apareció, radiante, entre la espuma, las brumas y el sol. Y como a pocas brazadas se hallaría a su alcance, el Capitán ordenó despertaran a la Reina y sus acompañantes, que dormían con la placidez y dulzura de los niños.

—Así es esa gente del Norte —dijo el Capitán a su Segundo, un sarraceno de mirada feroz y dulce sonrisa—. Tú les oyes y crees que son gente de durísima especie; y apenas beben dos traguitos, se tumban a dormir como bellacos. Asco de mundo, querido Solmantuanimán, asco de mundo: ¡qué pocos quedamos y qué triste agonía nos aguarda...!

Y dicho y hecho, escudriñó a su derredor y se aseguró no acusaran demasiado retraso, porque por más nimias faltas, la radiante y cruel Leonia podría tenderlo al sol, untado en miel, hasta que las hormigas apenas dejaran su recuerdo en este mundo.

A poco, abanicándola y acercando a su nariz pomos de jazmín y menta, dos jóvenes negros despertaron a Ardid; y en bandeja de plata le ofrecieron té, aguamiel, queso y frutas.

—Señora y Gran Reina —dijo uno de ellos, cuyos negros bucles rozaban los dorados aros de sus lóbulos—. El Capitán, mi dueño, os manda avisar que la Isla de la Reina Leonia se aproxima a vos, como la abeja a la rosa, como el sol a la azucena, como la luna a los amantes.

«Qué cosas tan gratas y estúpidas dices, esclavo», pensó Ardid, recuperando dulcemente la noción del día.

—Las islas no se acercan a las naves, sino al contrario... —dijo—. Vete, y avisa a tu Señor, de que pronto estaré dispuesta para desembarcar...

Y al tiempo que despertaba a Dolinda, que aún dormía junto a ella, dijo:

—Abre los ojos, mujer: lo que vas a ver hoy no se te borrará de la memoria en tanto vivas...

¡Ay, la memoria, la maldita y amada memoria...! Ardid revivía en unos instantes todo el olor, el color, el sonido que acompañaron los primeros días de su vida... «Y qué cosas tan misteriosas son la vida y la memoria», se dijo.

Laváronse en jofainas de plata y se perfumaron delicadamente con pomos de esencia que encontraron junto a ellas.

—Péiname con esmero, Dolinda —dijo Ardid, excitada como en sus buenos tiempos—. Coloca broches de perlas y esmeraldas en mis trenzas y esparce polvillo dorado en mis cabellos, para disimular las canas. En verdad, deseo aparecer lo más agradable posible.

—Sois muy hermosa, Señora —dijo Dolinda—. Tan hermosa como la más joven, y aún mucho más: pues vuestra sabiduría y vuestra experiencia maduran en vuestros ojos como granos de uva al sol.

—Veo que pronto aprendiste el lenguaje del Sur —dijo Ardid, halagada—. Pero no olvides que voy a cumplir los treinta y dos años, y que a mi edad, tal vez por cuidarse menos o por no disponer de medios a su alcance, otras parecen ya viejas, achacosas y aun desdentadas...

—Pero no vos —Dolinda le ofreció un espejo—. Y juzgad por vos misma, Señora.

Y al hacerlo, la propia Ardid tuvo que admirarse de su aspecto. Pues ni a los quince ni a los veinte años ofrecía tan singular y sazonada plenitud: y enturbió sutilmente tal apreciación el inoportuno pensamiento de que, tal vez, si como era ahora la hubiera conocido Volodioso, no la hubiera relegado tan fácilmente. «No sólo se trata de mi aspecto exterior —reflexionó, en tanto dejaba el espejo sobre la cómoda—. Existe otra clase de belleza que sólo puede alcanzarse tras la primera juventud, y poco antes de la vejez... Quizá se trata únicamente de la belleza de la vida, del conocimiento, del amor... y el desamor. Pero, en suma —y suspiró levemente—, presiento que esta belleza es frágil y fugaz, como el falso verano que, en ocasiones, invade los campos del invierno y hace brotar cándidas flores, cándidas hierbas que al día siguiente amanecerán segadas de la tierra.»

En éstas, a grandes voces, se anunció la arribada a la Isla. Aunque las gaviotas y los gritos, y las rápidas pisadas de los marineros, y el olor a la tierra y a los hombres la habían anunciado de antemano.

La Isla era pequeña, aunque parecía inexpugnable a todo asalto, ya que estaba rodeada de acantilados y arrecifes, donde las olas se estrellaban con ímpetu inexplicable, pues aquel mar parecía tan suave como los ojos de un niño. Por sobre las rocas, Ardid atinó a descubrir una muralla que a trechos se le antojó rosada, a trechos dorada y, a trechos, de un verde tan profundo como el musgo o la yedra.

Una vez anclaron, descubrieron graciosas escalerillas talladas en la propia roca. Y mientras los jóvenes marineros-esclavos tendían a su paso una alfombra de complicado dibujo, que Ardid supuso de origen berberisco, por la empinada escalera descendían dos hileras de apuestos soldados, vestidos y armados con envidiable riqueza. Si bien, pensó Ardid, no tenían comparación con la marchita y misteriosa Guardia de la Princesa Tontina, habíalos, eso sí, de muy distinta catadura y vestimenta, pues si unos eran altos y fornidos, otros eran delgados y nerviosos; y si unos tan rubios como el sol, los otros negros como la noche; y también los había de rojas barbas y feroz mirada, y de oscuros y rizados cabellos y claros ojos. Y así, pudo comprobar Ardid que mientras unos portaban sables curvados, los otros ostentaban rodelas, y aun otros, escudos largos y puntiagudos. Había quienes lucían aros, y perlas o brillantes, en las orejas o la nariz, y quienes portaban collares de colmillos arrancados a fieras desconocidas, y amuletos de toda especie de huesos u otros materiales que no alcanzó a catalogar.

—Qué hombres tan arrogantes, Señora —murmuró Dulcinda.

—La Reina os envía su Guardia personal —dijo el Capitán. Y añadió—: A nadie, ni al propio Rey de las Hespérides, prodigó tal honor.

—Son apuestos —admitió Ardid, en tanto constataba que Leonia elegía bien a sus hombres. Pues, fuera como fuera su color, catadura o porte, no había uno solo feo, ni como hecho al descuido. Y tuvo la sospecha de que Leonia, aunque viuda, no malgastaba su vida privada.

Escoltadas por gente tan decorativa, sentáronlas en palanquillas de palo rosa y, así, a hombros de fornidos esclavos negros vestidos de seda roja, relevados a media escalera por no menos fornidos esclavos blancos vestidos de seda negra, llegaron a las puertas de la muralla. Vista de cerca, sus piedras irisaban al sol como los caparazones de algunos insectos que, de niña, hallara Ardid entre las ortigas: igual, quizá, que el lomo de las salamandras doradas.

Las puertas de la muralla se abrieron para ellas. Y en carroza abierta, atravesaron jardines de insospechado verdor y hermosura, donde naranjos, limoneros, cerezos y otros árboles altos y oscuros, que no conocían, trepaban por la escarpada ciudad. Con asombro descubrieron que todas las fachadas y muros reverberaban al sol, y que sus techos estaban cubiertos de unas lascas rojas.

Al fin, apareció a sus ojos el Palacio de Leonia. Y en verdad que en nada se asemejaba a los tenebrosos castillos que ellas conocían. Estaba hecho, a partes iguales, de blancura e irisadas piedras que relucían al sol; y sus torres aparecían rematadas por graciosas cúpulas, doradas unas, verdes otras.

—Hay un poco de todo, como veréis —dijo el guía—. Nuestra Señora y Reina, la sin par Leonia, no es amiga de sujetarse a moldes estrictos. Ella tiene por norma tomar de aquí y allá lo que mejor estima.

—Buena filosofía —comentó Ardid, íntimamente compenetrada con Leonia.

Fueron muy suntuosamente instaladas en Palacio. Ardid contempló, extasiada, el pequeño jardín que se abría a los pies de su ventana, donde un par de surtidores la hicieron recordar, entre el verde césped, aquel jardín que un día tuvo y había descuidado lamentablemente. «Tontina debió plantar algo allí, me parece: incluso había un árbol sorprendente... Pero no estoy segura. No estoy segura de nada de lo que ocurrió en el tiempo de Tontina. En fin, alejemos estos pensamientos inoportunos. Cuando regrese a Olar, intentaré reverdecer aquel pequeño rincón de mi Jardín... Ah, hora es ya que dé reposo a mis preocupaciones y me detenga un poco en pequeñeces que, acaso, son la más dulce sustancia de esta vida. Sí, creo que ha llegado esa hora para mí...»

Ardid sonrió con nostalgia, recordando el tiempo en que buscaba bayas silvestres y raíces con que alimentarse, junto a su amado Hechicero. «Dios mío —reflexionó—, ni Almíbar ni mi querido Maestro han experimentado ilusión alguna por este viaje, en que hubiera deseado su compañía, pero...» Secretamente, una vocecita le decía que no, que prefería hallarse allí sin otra compañía que la fiel y un tanto bobalicona Dolinda.

Así divagaba Ardid cuando, tras un descanso suntuoso y apacible, sazonado por mil exquisitos detalles, desde bandejas donde se ofrecían exóticas frutas y sorbetes, en escarcha o nieve, a manjares que no osaba probar por desconocidos, fue enterada de que la Reina Leonia se hallaba solícitamente presta a recibirla. Pues si bien antes no lo hizo —explicaba—, fue porque suponía que tras viaje tan pesado, Ardid deseaba reposar.

2

LEONIA era mujer, al parecer, de edad más que mediana. Así lo calculaba Ardid, que en estas cuestiones era ducha, teniendo en cuenta que en su más tierna infancia, cuando aún habitaba el Castillo de su padre y correteaba por la playa, veía en su imaginación —como todas las niñas— la silueta de la isla famosa, según qué luz y según qué días le eran propicios. Y el nombre de Leonia ya era dorado y suntuoso en las palabras de quienes lo repetían. Por tanto, y aunque desde aquellos tiempos habían pasado por lo menos treinta años, la singular y legendaria criatura, de quien tantas cosas buenas, no tan buenas o francamente malas se decían, le fascinaba.

Así que, al verla, por primera vez en su vida quedó sin aliento. Pues si nadie la hubiera tomado por una tímida adolescente, ni por una joven señora recién desposada, la verdad es que Leonia distaba mucho de representar a la anciana que ella había forjado en su imaginación. Era alta y robusta, aunque no gruesa. Más rubicunda que rubia, sus mejillas estallaban de esplendorosa salud, y tenía ojos tan vivaces, alegres y brillantes, que disimulaban la ligera imperfección de su nariz, algo remangada y un tanto insolente. Lo mismo podía decirse de las comisuras de sus labios, gordezuelos y sospechosamente rojos. Aquí sí que Ardid descubrió alguna aportación suplementaria a la que hubiera podido prodigarle la naturaleza.

Pese a la fama de riqueza, talento, suntuosidad y refinamiento que la rodeaba —unida a otras famas menos virtuosas—, Leonia prescindió de todo aquel protocolo a que tan aficionada se sentía Ardid —que había compuesto para la ocasión la más grave y regia de sus actitudes—. Avanzó hacia ella con ambos brazos extendidos y, con voz llena y jugosa que sorprendía aún más que su aspecto, por la estallante juventud que encerraba, exclamó:

—Querida Ardid, venid, venid y dejad que os abrace. Hace mucho tiempo deseaba tener el placer de veros a lo vivo, pues mucho y bueno he oído sobre vos.

Ardid observó, maravillada, que los brazos que hacia ella se extendían, aparecían libres y desnudos, como los de una campesina; y que si bien eran un tanto gruesos, lo cierto es que se ofrecían turgentes, tersos y duros como los de una mujer de veinte años. Así mismo, con mezcla de estupor y reserva, vio cómo los labios de Leonia se fruncían en forma de anillo, dispuestos a besuquearla sin miramiento alguno. «En verdad, esta gente del Sur queda ya muy lejos de mis costumbres...», pensó, ofreciendo resignadamente sus mejillas a tales efusiones. Y recomponiendo el gesto, sonrió a su vez y dijo dulcemente:

—Oh, Leonia, querida. Tanta o más es mi alegría, pues si oísteis hablar de mi persona, ¿qué no habré oído yo de vos, puesto que en tanto y tan bueno me superáis? —Aquí se detuvo, asustada de haber recuperado tan pronto el lenguaje natal. «Señor —se dijo—, no estoy tan lejos de estas gentes como me figuraba.» Mientras Leonia, tomándola cariñosamente por el brazo, la invitaba a subir al jardín donde, según explicó, «a aquella hora el sol ya mitigaba sus impiedades estivales, y sólo la dulce sombra y el perfume de la hierba rozarían la delicada piel, como tratándose de mujer norteña, de la Reina Ardid». Y dijo otras muchas cosas por el estilo, pero Ardid ya no pudo mentalmente retenerlas en su totalidad.

—Y ahora pienso, mi estimada amiga —concluyó Leonia, prescindiendo más y más de toda expresión formularia—, que vuestro tiempo es precioso y no debo entreteneros con futilidades, cuando tantas y tan serias cosas hemos de tratar. Una vez puntualizadas éstas, las olvidaremos jocosa y gozosamente, aunque por desgracia —y suspiró, con los ojos en blanco, pero jamás un suspiro estuvo menos cargado de malicioso regocijo— por pocos días. Luego podremos dedicar tantos días como tengáis a bien (nada me produciría mayor placer) a las delicias de vivir.

Antes de obtener respuesta, palmoteó con sus manos gordezuelas, y los esclavitos y pajecillos que por su Jardín Privado pululaban —unos dando de comer a exóticas aves de mil colores, otros recogiendo ramilletes con que adornar profusión de búcaros, otros portando refrescos y frutas y dulces, otros simplemente mirando al vacío y pensando en sabe Dios qué—, desaparecieron como por encanto.

Un imponente Guardián de piel oscura y turbante plateado, que llevaba al cinto una espada larga y curvada, cuya vista producía escalofríos, cerró las puertas del Jardín Privado, y sólo el batir de alas de innumerables pájaros y el suave balanceo de la hierba, mecida por brisa tan perfumada y agradable que en nada desdecía de lo dicho por Leonia, acompañó a ambas Reinas, sumidas en estrecha compañía y amigable soledad.

—Sentaos, querida —dijo Leonia sacudiendo su larga falda carmesí—. Y prescindid de todo protocolo, pues en verdad que tengo ganas de hablar por fin, aunque sea por poco rato, de mujer a mujer.

Sentóse Ardid, en la alfombra de finos dibujos que reposaba sobre la hierba, al lado de Leonia. Ésta se despojó prestamente de la corona y, dejándola a un lado, se abanicó con brío, ayudándose de un fino pañuelo de seda que sacó, entre vaharadas de encontrados perfumes, de su opulento y nada recatado escote.

—Ved, amiga mía —dijo, con un leve jadeo que no escapó a la curiosa sagacidad de Ardid, y aproximó ella misma un dorado carrito donde reposaban dos copas de finísimo labrado y una garrafita—. Todo trato, como debéis saber, ha de comenzar con un buen traguito de nuestras inapreciables reservas. Tomad esta copa y bebed sin remilgos, pues el vino es una de las más profundas y sabias vías de comunicación humana que en el mundo existen.

«Y no humanas... ¡Santo cielo, qué bien lo pasaría aquí el Trasgo!», pensó Ardid. Un traguito capaz de volver lúcida la más empedernida y espesa lengua la reconfortó.

—Bien decís —manifestó Ardid, secando delicadamente sus labios con el diminuto lienzo bordado que, con campechana actitud, le ofrecía Leonia—. Es exquisito.

—Exquisito y añejo —sentenció Leonia chascando la lengua, si bien tan ligeramente que sólo oídos de ardilla como los de Ardid podían captarlo—. Lo uno reviste de mayor gloria a lo otro.

Sorbo va, sorbo viene, gloria ensalzada, gloria paladeada, lo cierto es que aún no se había mediado la deliciosa garrafita, cuando Leonia, desprendiéndose no sólo de todo protocolo, sino de la más elemental corrección, dijo:

—Lanzándonos al asunto: exponed esa cosilla que anunciabais en vuestra misiva.

—¿Cosilla? —se desorientó Ardid.

—Está bien —añadió Leonia—, resolvamos esto cuanto antes y dediquémonos a temas más placenteros.

—Bien, si así lo estimáis... Repito mi propuesta de matrimonio entre vuestra hermosa hija y mi (no es momento para disimulos vanos) apuesto y nada despreciable hijo, cuyo brillante porvenir no habrá pasado inadvertido a tan sagaz soberana como vos...

—Porvenir espléndido, si las cosas van como hasta ahora —aseveró Leonia, y llenó nuevamente las copas—. Lo que inició el gran Volodioso, parece que vuestro hijo lo supera con creces...

—Mucho me place lo hayáis apreciado así —respondió Ardid, llevándose la copa a los labios con evidente placer—. Es grato conversar con mujer tan sagaz como vos.

—Os creo: máxime cuando, como supongo, debéis a menudo tratar con varones de mollera espesa y entendimiento tan enmohecido como sus arterias. A lo que oí, en la Corte de Olar os rodeáis más de embotados vejestorios que de gallardas y despiertas mentes.

—No debemos exagerar —sonrió Ardid, levemente mortificada—; ya sabéis lo que las malas lenguas resentidas pueden propagar.

Y añadió, sin saber muy bien por qué:

—Lenguas son sólo lenguas...

—Indudable, lenguas son sólo lenguas —asintió Leonia, con escaso entusiasmo—. Y volviendo a lo nuestro, creo que, si llegamos a un acuerdo, debemos tratar ahora las mutuas condiciones...

Como mujeres que eran de talento en tocante a cálculos, regateo, sagacidad comercial y finura en detalles, estuvieron un rato en lo que la Reina Leonia llamaría el tira y afloja de los negocios. Y aún no declinaba el sol cuando escanciaron nuevas copas y brindaron otra vez con mejillas impregnadas de atardecer, y ojos que aún retenían su resplandeciente despedida. El feliz acuerdo de aquel matrimonio había sido llevado a cabo.

—Ahora —dijo Ardid, tras una ligera vacilación—, quisiera conocer a vuestra hija. Pues aunque no dudo será mejor aún de lo mucho bueno que sé de ella, la promesa hecha a mi hijo (cuyo anterior matrimonio no dio el resultado que esperábamos) me obliga a llevar a cabo este requisito.

—Naturalmente —dijo Leonia. Y le propinó un inesperado palmetazo en la rodilla; cosa que llenó a Ardid de confusión, pese a que el vino, poco a poco, la había aclimatado ya a las familiares formas de la Reina isleña—. ¡Es algo muy comprensible!

Tomó del carrito una campanilla de oro —que encantó a Ardid como el más precioso juguete podría encantar a la más pobre de las niñas— y la hizo tintinear alegremente sobre su cabeza: de forma que todas las aves se soliviantaron en guirigay ensordecedor. El imponente Guardián del Jardín Privado asomó prestamente rostro y orejas para acatar con respetuosa reverencia la orden de que la Princesa fuese conducida a su presencia.

Poco tardó en hacerlo la Princesa. Tan poco, que Ardid, ducha en estas cosas, la adivinó escondida tras la puerta del Jardín. A poco, vio avanzar a su encuentro una doncella bonita y graciosa. Sus largos cabellos aparecían caprichosamente enlazados y, a la vez, sueltos con descuido. Sonriente, hizo una ligera reverencia y dijo:

—Mucho me honra, Señora, tengáis a bien recibirme.

—Acércate, hijita, y besa a la Reina Ardid, tu futura suegra.

Así lo hizo la muchacha y, al inclinarse sobre Ardid, ésta comprobó la frescura de sus doradas mejillas, la suavidad de sus cabellos de color caoba y la tierna mirada de gacela de sus ojos castaños, bordeados de largas pestañas. «Será gorda si no se cuida —pensó, no obstante, ante la prominencia de sus pequeños pero rotundos senos, y la curva de sus caderas—. Aunque ahora está lo que se llama en buen punto.» Y la besó entonces, tan tiernamente como supo, y sabía mucho.

La Princesa tomó asiento a su lado, en un mullido cojín sobre la alfombra, con envidiable agilidad, superior a la de su madre. Mordisqueó una nuez con dientes blancos, sanos y agudos. «Será buena madre», se dijo Ardid, complacida, comprobando la turgencia de sus desnudos brazos y la lozanía que dejaba al descubierto su amplio escote. «No tiene el encanto ni el resplandor que rodeaba a Tontina —pensó—. Pero es mil veces más conveniente, y además muy bella.» Dando fin a su minucioso aunque disimulado repaso, manifestó a Leonia:

—No podía soñar para Reina de Olar criatura más indicada que vuestra hija.

—Así lo espero —respondió Leonia—. Y ahora, querida hija, termina tu nuez y vete, que la Reina Ardid y yo hemos de tratar aún ciertos asuntos en privado. ¡Ah, juventud! —añadió inesperadamente, con los ojos alzados al incógnito del gran cielo—. ¡Juventud... qué lejos estás, y qué fugaz es tu esplendor!

Con evidentes muestras de contrariedad, que se manifestaron con un ligero puntapié al gato persa de Leonia —súbitamente aparecido bajo las amplias faldas de su madre—, la Princesa se levantó, y dijo:

—No lo dudo, Señoras: vuestros graves asuntos no son aptos para los oídos de una doncella tan ignorante como yo.

Madre e hija se miraron entonces a los ojos: y ambas ofrecían tan idéntico relampagueo, que Ardid no dudó del viejo dicho: «De tal palo, tal astilla». Para romper el tenso silencio que acompañó ambas miradas, preguntó:

—Y, decidme..., ¿cuál es vuestro nombre? Pues ahora caigo en que no me ha sido comunicado.

Leonia murmuró cantarinamente:

—Es cierto, no os lo había dicho... Pues bien, mi hija se llama Gudulina.

—¡Oh, qué encantadora coincidencia! —respondió Ardid, al tiempo que pensaba: «Ah, pajaronas, ahora veo que llegó a vuestros oídos la poca gracia que hizo a Gudú el nombre de la pobre Tontina... Bien, te llames como te llames, su mujer serás; y, tenlo por cierto, cachorrilla de raposa, le darás tantos hijos como seas capaz».

La Princesa Gudulina —o como quiera que hasta entonces se llamara— desapareció tan graciosa y aterciopeladamente como llegara.

—Linda, fresca y lozana —comentó Ardid apenas la muchacha desapareció—. Creo que tanto debo felicitaros como felicitar a mi hijo, y a mí misma, por unir en lazos de matrimonio a tan deliciosa criatura con el Rey de Olar.

Leonia sonrió con expresión halagada, y de nuevo se precipitó a escanciar vino en la copa. Ambas lo paladearon en menudos tragos y embelesada expresión:

—De mujer a mujer —manifestó al fin Leonia con mirada soñadora—. Os voy a confesar una cosa.

—¿Qué es ello, Leonia? —se interesó Ardid, llena de curiosidad.

—Pues os confieso, que el verdadero motivo por el que vuestro difunto esposo, mi querido y buen viejo Volodioso —y Ardid no se sintió ofendida por tales expresiones de familiaridad, antes bien, las consideró con cierto regocijo—, no se zampó de un trago mi Reino, es por el profundo convencimiento que tenía, como astuto que era, de que si intentaba tal cosa, yo le echaría toda la piratería encima.

Las dos mujeres no sólo habían dejado la corona en la hierba, sino todo protocolo real, y sus risas se mezclaron durante un buen rato.

—Así pues —inquirió Ardid, aguijoneada por la curiosidad—, ¿es cierto lo que..., en fin, lo que se dice de que tenéis dominados (naturalmente, por vuestro poder y majestad, además de sabiduría) a esos feroces depredadores del mar?

—¿Qué decís, querida? ¿Sabiduría, majestad...? ¡Oh, Ardid, Ardid! —y le guiñó un ojo, al tiempo que volvía a golpearle la rodilla en expresivo palmetazo—. ¡Oh, Ardid, Ardid...!

Y sus risas subieron de tono, como el vino subía una y otra vez al borde de sus copas.

De improviso, todos los sueños de una niña, o tal vez de muchas niñas, se alzaron suavemente ante y entre ellas dos: una Isla, donde ocurría todo lo que las niñas deseaban o no deseaban. El encuentro y desencuentro de los sueños: la Isla de Leonia, y el mar, que todo lo acepta y todo lo devuelve a la arena. Algo agonizaba y a la vez nacía en el corazón de la Reina de Olar: aquella que fue la pequeña Ardid de ojos de ardilla, la que pudo ver al Trasgo del Sur gracias al Goteo de Luna que anidaba al fondo de su mirada, y la desengañada Ardid, que amó y no fue amada. A veces, el dolor y la alegría se aúnan como viejos y secretos cómplices.

Poco más tarde, se descalzaron y desciñeron los apretados corpiños.

—Ah, qué placer de vida, Ardid —dijo Leonia, ya sin rebozo alguno—. ¡Qué placer de vida, en verdad...! ¡Mil vidas que tuviera, mil veces elegiría esta vida mía!

—Así me lo parece —dijo Ardid, alcanzada por una súbita aunque dulce envidia—. Así me lo parece: rebosáis felicidad y gozo de vivir.

—Y no sólo eso —dijo Leonia, con la súbita seriedad, perfumada de vides, que acompaña las libaciones—. Y de oro, y de riquezas, y de la mejor flota que pueda haber.

541

—Sabía que erais acaudalada —comentó Ardid—. Y oí decir que poseíais una flota mayor que la de tres Reyes del Mar juntos...

—Así es. ¿Reyes del Mar? Reyezuelos ambiciosos, estúpidos y ebrios como odres. ¡Bah! Palidecen de envidia al contar mis naves, o la parte de mis naves que permito asomen hasta sus feas narices. Y además, creedme, el comercio, además de remunerativo, es hermoso. He de admitirlo: soy Reina, soy poderosa, soy rica..., y soy, además, aventurera. Aventurera, querida Ardid, hasta el meollo de mis huesos. Esta Isla es, en realidad, un antiguo corazón, una antigua luz, un antiguo amor, una antigua vida..., aunque, tristemente, pronta a desaparecer. El día en que yo muera (y no lo olvidéis, Ardid querida), la Isla partirá conmigo, y jamás regresará —Leonia suspiró—. Tal vez podrán recordarnos, imitarnos, desearnos, difamarnos o condenarnos; pero nunca, nunca más volveremos. Y nuestra desaparición (como todas las desapariciones, tenedlo por seguro) abrirá un gran vacío... en el mundo. Un gran vacío... —su voz se volvió entonces tan débil como el eco de un suspiro.

El sol se ocultó, definitivamente, y la hierba despidió su aroma con tal pujanza, que infinidad de murmullos brotaron por doquier: ligeros, leves cánticos de seres nocturnos y luminosos, verdeantes chispazos bajo el gran cielo que resplandecía aún en el recuerdo del día recién desaparecido.

La voz de Leonia adquirió de pronto un tono bajo y tan profundo que diríase surgido del oscuro vientre del mundo:

—Todo termina, querida. Y no os oculto que quizá yo soy la Última Reina, y que ésta es la Última Isla.

—¿Qué queréis decir...?

—Algo muy sencillo y complicado a un tiempo, pero que vos entenderéis bien, no sólo por sagaz, sino por las gotas de luna que os fueron concedidas al fondo de los ojos. Esto no es el Sur: esto sólo es el Sur del Norte. El verdadero Sur está, estaba, estará más allá...

—¿Más allá...?

—Sí, más allá: más al Norte, al Este, al Oeste y al Sur. Aquí queda sólo el mundo de Leonia, y Leonia ha sido la Última Reina y la Última Isla, porque estamos condenadas a desaparecer. Somos el último reducto de una muy antigua, muy sabia, muy hermosa y desaparecida vida...

—Pues, ¿y el verdadero Sur?

—Del verdadero Sur queda ya poco. Por ahí andan, enredándose en el mismo ovillo, unas veces al derecho, otras veces al revés, hombres sin tino, navegantes, poetas y derrotados.

Y añadió, con un suspiro tan fuerte que enmudeció a los grillos, y cerraron sus alas las mariposas de luz, y ocultaron su verde resplandor todas las luciérnagas:

—Sí, querida, somos el último reducto de los sueños.

Y así diciendo, se levantó, no muy ágilmente, y ordenó:

—Traed luces, escanciad más vino y servidnos una abundante cena, pues estamos fatigadas de ser reinas y madres. Ea, seamos nuevamente mujeres.

Recuperó su risa, y tomando a Ardid por la cintura, pasearon lentamente de un lado para otro, ligeramente vacilantes, mientras decía:

—Querida Ardid, concededme el honor de asistir al banquete que dispuse en vuestro obsequio. Así, espero no me defraudéis, y obsequiad con vuestra presencia nuestra cena de medianoche; vos y vuestras hermosas Damas Acompañantes.

—¿Medianoche.... banquete...? —murmuró confusamente Ardid. Por primera vez creía que el suelo se levantaba extraña e impalpablemente bajo sus plantas.

—Así lo espero, con verdadero deleite. E invité para ello a lo más florido y encantador de mi Corte.

—Con placer —dijo Ardid.

Ya en su cámara, Dolinda la recibió un tanto inquieta. Y mientras la ayudaba a desvestirse, se tendió sobre un lecho materialmente inundado de cojines de pluma, y cuyo dosel estaba rodeado de cortinas transparentes que flotaban graciosamente al menor soplo. Por las ventanas entraba el perfume de la noche, tan fresco y delicioso que Ardid cerró los ojos, presa de una alarmante voluptuosidad.

—Señora —murmuró Dolinda—. Os ruego no os durmáis... Desearía comentaros algunas cosas que me tienen desazonada...

—Hablad, hablad sin rebozo —dijo Ardid con insospechado brío—. Os escucho.

—Pues... Oí muchas cosas...

—No perdisteis el tiempo, cosa que me alegra. Pero abreviad en lo posible, querida, pues tanto vos como yo debemos reposar ahora para mostrarnos frescas y fragantes en el banquete de medianoche.

—Oh Señora..., ¿en verdad pensáis asistir a tal banquete?

—¿Y por qué no?

—Pues..., si resumo en breves palabras lo que he visto y oído, debo advertiros de que la noble Leonia no frecuenta compañías honorables... Sí, así es: sus mejores amigos no son otros que ciertos lobos y bandidos que surcan los mares robando joyas, barcos, doncellas y cuanto atinan a echar mano... Y no sólo son amigos suyos, sino que, a su vez, ella les protege; y al otro lado de la Isla (el que desde nuestras costas no podemos apercibir), no solamente el terreno se transforma y muestra, en lugar de feroces e inexpugnables acantilados, suaves playas y ribazos de dulzura sin igual... bordeadas de islotes igualmente bellos, aunque utilizados por ella de modo poco digno, pues allí suele refugiarse toda la piratería que asalta el ancho mar, y allí conciertan y negocian sus deshonestos tráficos y mercaderías y toda la inmoralidad que en el mundo cabe ni nosotras podemos imaginar; ésa es la fuente de todas sus riquezas. Y habéis de saber, Señora, que tan amable y placentera, tan fastuosa y pródiga Reina, es cruel como el más cruel de los guerreros de la estepa, pues la falta más nimia la castiga con el potro, y la falta mediana, con torturas sin límite, y la falta grave... ¿qué os puedo decir? Tan refinada es en sus torturas como en aplazar y prolongar agonías, al igual que es refinada amante y sabia en prolongar sus placeres más íntimos y secretos. Creedme, Señora: Leonia es una criatura peligrosa, y si no desecháis mi consejo, humilde, pero no falto de amor y solicitud, creo que, si habéis ultimado con ella los detalles del negocio que aquí os trajo, lo más conveniente sería regresar prestamente a nuestra tierra.

Aunque sumida en los espumeantes vapores que la mecían, Ardid no dejó de enterarse punto por punto de cuanto su fiel y atemorizada camarera le decía. Así que, una vez oídas estas lamentaciones y recelos, le dijo:

—Querida Dolinda, sois algo tarda en entendimiento. En definitiva, los negocios son los negocios, y éstos no se rematan a la ligera, como si se tratase de un burdo cosido. Dejadme hacer, que yo sé bien lo que hago y pruebas tenéis de ello. Prestaros, en cambio, a acicalarme y acicalaros como, llegado el momento, conviene para asistir a tan importante banquete.

—Pero, Señora... ¿Vamos a cenar, en verdad, con esos truhanes?

—Truhanes o no truhanes —respondió Ardid, bostezando—, los negocios son los negocios.

Y sumiéndose en placentero sueño, puso punto final a la discusión.

3

TRUHANES o no truhanes lo que allí encontraron, lo cierto es que la entrada de Ardid y sus damas en el Jardín de los Banquetes fue para ellas un espectáculo que jamás olvidarían, y serviría de conversación, y aun germen de leyendas, en los espesos inviernos de Olar.

Bajo las grandes y rojizas estrellas, antorchas y lámparas de mil especies brillaban en profusión; finos pebeteros esparcían mil perfumes y aromas; mesas largas y tan bajas que permitían sentarse a ellas sobre mullidos cojines de seda multicolor, aparecían esparcidas sobre la cuidada hierba y ofrecían el espectáculo más fastuoso que en comida, bebida, ornato, luz y música contemplaran sus encandilados ojos.

La misma Reina Leonia presentó a la Reina Ardid, con la arabescada fraseología de la Isla, a los carísimos y dilectos amigos de su corazón. Y, al parecer, tenía preferencia en rango y ascendencia a un cierto Príncipe de Escorpio, que ostentaba la estatura de tres hombres corrientes superpuestos, y cuyos largos cabellos negros se enredaban a ambos lados de sus mejillas en sartas de pedrería. Vestía un complicado jubón, donde compadreaban dragones marinos, pájaros azules y enigmáticas estrellas. En su partida oreja izquierda brillaba la amatista más grande que ojos humanos podrían contemplar —ni aun imaginar—. Y tras este imponente Príncipe de Escorpio, de cuyo cinto pendía la espada más curva de cuantas curvadas y escalofriantes espadas podía hallarse, había otros cuyos títulos y méritos sonaban tan suntuosos como sus dueños. Todos tenían en común la imponente musculatura y la desaparición, si no total, de algún apéndice físico: tal como una oreja, lóbulo, ojo, mano, pie o incluso nariz —como aquel que cubría su deficiencia con un curioso capirote de seda bordado en zafiros—. Habíalos para todos los gustos o disgustos, preferencias o caprichos, pues podía atisbarse entre ellos algún delgado y flexible Príncipe, Rey o Emperador —que por títulos no parecía anduvieran faltos—, de piel dorada y barbas amarillas, cuidadosamente dispuestas en bucles ungidos por alguna olorosa y brillante sustancia que se repartía entre maraubina o aroma de jazmín, sin olvidar remotas vaharadas, ora de sándalo, ora de ajenjo. Lo cierto es que muy alto era el grado de alegría que les inundaba a todos.

En el vaivén de sus sentidos, Ardid no acertaba a definir si el estremecimiento que reptaba por su espalda se debía al terror o a un muy cálido secreto y quizá prohibido deleite. Y cuando Leonia, con gesto tan dudoso como encantador, dibujando un vago contorno, dijo: «Podéis elegir, Señora, sin el menor escrúpulo o comedimiento, lo que mejor apetezcáis y deseéis», no sabía Ardid, en verdad, si se refería a las bandejas que le ofrecían, repletas de lenguas de flamenco, o a tan variada como fascinante compañía. Y no faltaban también entre sus acompañantes, delicados jovencitos de mirada aterciopelada y cabellos trenzados o rizados de forma tan caprichosa, que para sí quisiera Ardid en la más encumbrada y lujosa de las solemnidades de Olar. El espíritu de Leonia abarcaba todo aquello y aún más: hasta las cacatúas y pájaros exóticos, y danzarines y danzarinas, e incluso tiernos niños de orejas taladradas por anillos de oro, y flores, y bebidas y viandas que se ofrecían graciosamente por doquier. Las damas de Olar retenían lengua y respiración; y Ardid hubo de recurrir a su habitual aplomo y regio porte para no prorrumpir en gritos de admiración como campesina que por primera vez asiste a la feria del mercado.

Aunque la Reina Ardid y sus damas se habían adornado con la

totalidad de sus joyas, mustias baratijas parecían al lado de los zafiros, amatistas, esmeraldas, rubíes y diamantes que inundaban a todos los presentes. Y con tal donaire y displicencia los lucían, que no ponían demasiado cuidado en apretar sus broches y cierres, o ajustar las agujas: así que, sin aparente cuidado, los perdían sobre la hierba. Y si por algún sirviente eran devueltos a sus dueños, con distraída expresión los retornaban a su puesto. «Esto es elegancia —se dijo Ardid, en el creciente entusiasmo que la embargaba—. Truhanes o no truhanes, esto es elegancia, porte, distinción y desprecio por lo baladí.»

Y satisfecha de haber llegado a tales conclusiones que, a su juicio, ponían al descubierto el meollo de muchos errores cometidos por la humana naturaleza, tomó asiento con la más esplendorosa de sus sonrisas. Y como en verdad era bella, y su tersa y estallante madurez sobrepasaba a la turgente y gordezuela carne, aunque bien repartida, de Leonia, y a la pálida aunque digna y serena belleza de sus acompañantes, los ojos de los truhanes o no truhanes repararon con harta y grata complacencia en ella. Ardid lo notó, y aunque ligeramente asustada, percibía sobre sí sus miradas y el amordazado deseo de murmullos que acariciaban embriagadoramente sus oídos —graciosamente rematados por gruesas perlas del desdichado Rey de los Desfiladeros.

—¡Qué hermosura, Señora! —dijo al fin, dándose aire gentilmente con el precioso abanico de plumas que le ofrecía Leonia—. Sois una anfitriona sin igual.

—Me avergonzáis, Señora —respondió Leonia bajando los ojos (que Ardid descubrió abundantemente teñidos de una sustancia azul y transparente a un tiempo)—. Pobre refrigerio es, en verdad, para tan alta y noble Reina como sois vos.

Y así cumplimentadas, decidieron para su capote prescindir en lo sucesivo de más protocolo, y se abandonaron a las delicias del ágape. Y como Ardid no podía reprimir su admiración ante la exquisitez de los platos y la delicadeza sin igual que los rodeaba —en contraste con las feroces miradas y horrendas (aunque incrustadas de pedrería) cicatrices de los comensales—, la Reina Leonia puso punto final a su irreprimible aunque frenado asombro, diciéndole —mientras ensartaba en una larga aguja de oro el corazón de un faisán:

—Querida, no olvidéis que ésta es una isla, y una isla mujer: y

547

que si bien nadie puede dudar que los hombres son extraordinarios conquistadores, además de otras cualidades bien conocidas, en definitiva las mujeres somos la civilización.

—¿Así lo creéis? —murmuró Ardid, que jamás había oído aquella palabra, pero admirada de tan audaces términos en mujer que, si bien sabía contar y calcular rápidamente, seguramente no sabía leer ni escribir (para eso disponía de esclavos al dictado)—. No se me había ocurrido. Aunque abrigo mis dudas sobre tales afirmaciones, no las desecho, y es más: las retengo para, durante el largo invierno, estudiarlas a fondo.

Pese al vino, la música, la delicia de los variados platos, las danzas y el revoloteo de pájaros y risas, la conversación manteníase espumosa y grácil. Muy lejos estaban para Ardid las pesadas comilonas de soldados borrachos en que, irremisiblemente, degeneraban casi todos los banquetes de Olar, por suntuosos y solemnes que se pretendieran. Pues aunque Leonia procuraba no cansar a sus comensales con reflexiones que cortaran el buen curso de sus digestiones y libaciones, lo cierto es que salpicaba de excelente pimienta, almizcle, sal y toda clase de hierbas aromáticas su voluble ir y venir, hecho de respuestas, preguntas, apostillas y demás arabescos verbales.

Y entre bocado y bocado, entre halago y cortesía, tanto de parte de Leonia como de sus acompañantes, lo cierto es que, en breves alusiones o cándidas insinuaciones, o maliciosos golpecitos de plumas de avestruz, con las que se abanicaba graciosa e insistentemente —la noche era cálida, y aún más cálida la hacían el vino y el yantar—, Ardid pudo enterarse de cosas tan sustanciosas como la enormidad de sus riquezas, la sagacidad desplegada en los negocios, las dotes de buen mercader y excelente diplomático que adornaban a Leonia.

Escuchando palabras por aquí, palabras y silencios elocuentes por acá, lo cierto es que, entre el perfume de la noche y la ligereza de las conversaciones, que revoloteaban de allí para allá como mariposas —cosa impensable en los rudos modales de Olar—, confirmó Ardid lo que Leonia le contara: que la fabulosa Isla desaparecería con Leonia, junto a su Reino y esplendor, el día en que ella los abandonara, tal como su esplendor y Reino nacieron con ella.

«¿Qué significaba aquello...?» La curiosidad y la confusión llenaban el corazón de Ardid. Y así, como al desgaire —todo era tan confuso y tan locuaz aquella noche, y tan secreto y desprovisto del mismo—, sin apenas darse cuenta —como ocurre, a veces, en los sueños—, supo de los orígenes de la Isla, el Reino, la viudez e, incluso, las circunstancias más íntimas de la vida de tan singular Reina.

A los nueve años —si bien desarrollada y precoz, como se desprendía de los hechos—, Leonia fue la pasión amorosa de un temido Rey del Archipiélago Septentrional; y raptada de su isla natal —una remota y pedregosa región, más al Sur, Sur adentro—, se convirtió a poco en la más gentil soberana de una flota tan rica como sanguinaria. Y no era menos cierto que antes de cumplir los once años había asesinado a su raptor, y que tomando por esposo a su aliado, el famoso Rey de la Piratería Oriental, aumentó —al unirlas— la flota de ambos y su fabuloso botín. Tampoco estaba muy lejos de la verdad —según pudo colegir Ardid, atrapando palabra aquí, comentario allá—, que a los doce años Leonia ya se había deshecho del Aliado Oriental y sus gentes y, asumiendo el mando de ambas flotas unidas, descartó la idea de tomar nuevo esposo, para así elegir libremente, acá y acullá, la pareja, como placía, sin fastidiosos ceñimientos a cánones o estilos al uso.

Según pudo entender Ardid, Leonia fue víctima de calamidades y gozadora de fortunas. Vino a perder su flota y riquezas en lucha con el menos temible, menos rico y menos astuto de cuantos piratas surcaran las aguas del mar: si bien ayudado éste por una tempestad que, amén del abordaje y fuego, dio al traste con su Reino marítimo. Y vino a dar con sus tiernos huesos —contaba no más de trece años, según calculó Ardid— a la Isla, por su lado bueno —el que no se ofrecía a la vista del vasto continente—. Quedó fascinada por la belleza que gozaba de aquel otro lado, donde un diminuto archipiélago aparecía magníficamente entre las olas. Allí estuvo alimentándose de la abundante fruta salvaje, y en verdad deliciosa, de aquellos parajes. Con el rubio cabello al viento y sin más cobertura que su dorada piel, fue vista por un Príncipe de los Bajíos. No era demasiado poderoso, pero llevaba incrustadas en las encías, que muy generosamente mostraba al sonreír, una muestra tan completa de pedrería, que hubiera hecho palidecer de envidia la corona de muchos reyes terrestres. Y por ésta y otras misteriosas causas, Leonia se unió a él. Pero ahora no aceptó un nuevo Reino marítimo, sino que por su cuenta y gran experiencia, gracias a la pasión que inspiró en aquel Príncipe de los Bajíos, no tardó en apoderarse de la sonrisa de su calavera. Despojado de todas sus joyas, al parecer yacía enterrado en el centro de la Isla. Y del fruto de la sonrisa de aquel Príncipe, emprendió las depredaciones, que ella prefería llamar transacciones atinadas, comercios sensatos, con toda piratería, pequeña o mediana, que por allí se acercara. Y sobre los cimientos de aquella despojada calavera, levantó el Palacio, y en torno al Palacio, el Reino.

El brillo del sol sobre su desnuda piel y sus dorados cabellos atrajeron a muchos cándidos y desafortunados. Con el tiempo, acudieron otros, no tan cándidos, aunque sí afortunados. Arribaron a sus costas dispuestos a tratar con tan audaz como fascinante criatura. De suerte que llegó a buenos tratos, pactos y convenios. Y tuvo esclavos de todo origen y catadura con que iniciar su obra, y gentiles caballeros y hermosas muchachas poblaron su Corte. Aunque la mayoría de ellos poseían reinos tan suntuosos como flotantes y a la deriva. Aquellos pactos, aquellos convenios y aquellas especulaciones crecieron como la espuma y consolidaron los frágiles cimientos que habían brotado de una monda calavera de siniestra y muy despojada sonrisa. Ningún sello ni firma ni huella ni garabato, dejó constancia de aquellos convenios, pues conocida es la escrupulosidad con que se rigen los que reinan en la mar: y el Reino de Leonia se fundó y cimentó y consolidó sobre aquellos sólidos e indestructibles principios. «En verdad —rumiaba Ardid, entre vapores de suaves y estimulantes bebidas— que me creía astuta, luchadora, fuerte, afortunada y paciente, y tenía mi vida como singular vida de mujer: pero al lado de Leonia, todo lo vivido, sufrido, gozado y ansiado por mí, me parece un mal cosido, a punto de estallar por todas partes.»

Y así, en la dulzura, intensidad y abundancia de aromáticas libaciones —ligeras como la luz, pero tan embriagadoras como el aire de la Isla—, lo cierto es que la noche iba tornándose cada vez más perfumada, espesa y turbadora. Tan suave, ligera y graciosamente como todo lo demás, fueron apagándose las antorchas, las voces y revoloteos de los pájaros. Llegó un momento en que sólo silenciosos y aterciopelados esclavitos atendían acá o allá súbitas exigencias de todo tipo y especie.

Un vasto, hondo y antiguo aroma invadió a Ardid y a sus damas, y a cuantos allí se hallaban. La penumbra, el dulce abandono de la noche penetraba por piel, ojos, oídos, labios y deseos. «Quizá, esta es la otra cara del amor, tal y como esta zona en que nos hallamos, es la otra cara de la Isla; esa que todos imaginan y nadie conoce...», se dijo Ardid. Amor: una palabra amarga y temida para Ardid. Un grande y muy ostensible amor —en su vertiente desconocida para ella— soplaba como brisa caliente y refrescante a un tiempo, y enardecía sentidos y corazones. Abandonóse al fin sin rebozo a las insinuaciones de aquella palabra. La sensación, no desprovista de melancolía, de que quizá estaba viviendo por última vez algo que, paradójicamente, no había gustado nunca antes. Y como desde hacía rato, o tal vez siglos —¿quién podía ni quería saberlo?—, sentíase poderosamente inclinada a corresponder las mil cortesías y atenciones exquisitas de un cierto Señor del Mar del Norte, de rubias trenzas y ojos azules —cuyo vigoroso aspecto dejaba tamañito al propio Volodioso—, despertó al tiempo que adormecía sobre un antiguo y recién revelado secreto, y accedió a seguirle por la frondosa senda que partía del diminuto Jardín de los Banquetes hacia el lado más cálido y hermoso de la Isla de Leonia.

Abandonada en sus brazos, contempló el famoso, diminuto y fascinante archipiélago donde, según la inocente Dolinda, se llevaban a cabo los deshonestos comercios de la peligrosa Reina. Una vez allí, no tuvo el menor inconveniente en visitar el Flotante Palacio de tan atrayente como estremecedor Señor, ni en conocer su litera, amplia, mullida y tan mecida por el mar como por el vino y el amor.

Al borde del amanecer, en ornada y mullida barca repleta de cojines, se sintió portada no podía saber por quién, no sabía por qué ruta —si rodeando la Isla o volando sobre ella—; y tan discreta como delicadamente fue devuelta a su cámara, que cuando ya muy entrado el sol de la mañana se despertó, no sólo no sintió rubor, remordimiento, vergüenza, temor o cosa parecida, sino que, muy al contrario, saludó gozosamente al día. Comprobó las huellas que la noche y la hermosura de vivir habían dejado en sus ropas, cabellos y piel misma. Y no sólo no se lamentó de ello, sino que, aunque secretamente, deseó que la buena Leonia tuviera la ocurrencia de celebrar prontamente, antes de que se iniciase su regreso, otro ágape, en su honor o en el honor de quien mejor le pluguiese.

Como adivinando aquellos deseos, siguieron aún algunos días, con sus noches y sus ágapes, antes de que Ardid lograra explicar con detalle la misión que allí la llevara. Tratábase de que una vez concertada la boda, el Rey Gudú, rompiendo la costumbre de celebrar en Olar sus esponsales, acudiría a la Isla y en ella se celebraría la boda. Y una vez ésta consumada, con la nueva Reina regresarían todos al tan remoto como frío Olar.

Leonia no ocultó el alborozo y curiosidad que despertaban en ella conocer a tan famoso como joven Rey, y se aprestó a enviar emisarios y a su más lucida nave para que pudieran recibirle en el puerto, con el honor y boato que tan regio Señor merecía, portarle luego a la Isla y allí, con suntuosidad que prometía sobrepasar la más encendida imaginación, celebrar los esponsales. Y arrullada por la grata ilusión de prolongar, aunque fuere siquiera un poquitín más, la estancia en tan maravilloso lugar, Ardid, no obstante, no perdió el tino hasta el punto de olvidar el envío a su querido hijo, en sellado y cerrado pergamino, de advertirle no olvidara cambiar sus ropas de soldado por traje más digno, tomase un buen baño y acicalase sus bellos, rizosos, pero ásperos y aún menos perfumados cabellos.

El Rey no se hizo esperar. Rápido en sus decisiones como en el manejo de la espada, lo cierto es que pronto apareció en la Isla: brusco, contundente, atezado, dominante e imponente. La misma Leonia, al verle, pareció impresionada. Y dijo:

—Querida Ardid, tenéis un hijo de aspecto a todas luces prometedor. Y tendría gran interés en conocerle un poco antes de entregarle a mi hija, pues, como madre —suspiró tan falsa como delicadamente—, comprenderéis el interés que me guía: deseo cerciorarme personalmente de sus cualidades. Mi intuición y experiencia de vieja mujer y vieja Reina —y aquí nuevamente una encantadora sonrisa veló su voz— me inclinan a creerlo dueño de muchas virtudes.

—Así lo comunicaré a mi hijo —respondió Ardid, aunque diciéndose, para su capote, que esperaba que Gudú no defraudara tales esperanzas. Pues comprobó, con inquietud, que si bien éste se había bañado y peinado y vestido con bastante decencia, distaba mucho de albergar las exquisitas maneras y el aspecto usuales en la Corte de Leonia.

No obstante, la Reina pasó con Gudú dos días y dos noches, en profundo coloquio y a no dudar minuciosas recomendaciones. Pasados los cuales, devolvió al joven Rey a su madre, con la siguiente observación:

—En verdad os digo, Ardid, que vuestro hijo Gudú ha satisfecho ampliamente mis esperanzas, y tal como presumí en un principio, reúne la arrogante y soberbia severidad del soldado con las cualidades del más experimentado y sabio varón. Oh, Ardid —añadió en tono más bajo y confidencial, súbitamente desprovisto de toda ceremonia o falsedad—, ¡quién fuera Gudulina!

Ardid quedó muy halagada, si bien un tanto sorprendida del grado de inteligencia y habilidad diplomática de su desconcertante retoño. Pero quedó aún más sorprendida y desconcertada, si cabe, cuando, a su vez, preguntó a Gudú sobre la impresión que le había producido la Corte, las gentes y la Reina misma. En la breve entrevista que tuvo con la Princesa Gudulina, en la que ésta se mostró candorosa pero no estúpida, inocente pero no ignorante, delicada pero no melindrosa, Gudú había asentido con aprobación. Pero en respuesta a su otra pregunta, le confió:

—Gente rica, suntuosa y efímera; durarán poco.

Con lo que nada de extraño tuvo la prisa con que dio remate a una ceremonia nupcial esplendorosa, y tras la que se inició el regreso a Olar.

En su última noche en la Isla, Ardid despertó de madrugada, en un gran silencio. Con súbita decisión, empujada por una curiosidad irreprimible, saltó del lecho y salió de su cámara. Atravesó estancias, descendió escaleras, como si una voz inaudible la condujera. Parecía que el Palacio entero, y la Isla misma, estuvieran deshabitados, no en aquel momento, sino a través de tiempo y tiempo.

Ardid se estremeció, pero su curiosidad fue siempre más grande que sus temores, y, resueltamente, aunque con el corazón palpitante, se dirigió hacia la parte oculta de la Isla: aquélla donde se desplegaba la sensualidad, la dulzura de la vida y todo el placer que ella había conocido. «Sólo a partir de la medianoche se penetra en el archipiélago secreto; sólo a partir de la medianoche, hasta el alba... y yo sé que es el tiempo exacto de los prodigios, de la magia y de los sueños», se dijo. Porque así la había instruido su amado Hechicero, y así lo había confirmado su amado Almíbar, y así lo había reafirmado su amado Trasgo.

Salió al fin, hacia el sol que brotaba lentamente tras los arrecifes, más allá del embarcadero de los Reyes del Mar. Y cuando, por fin, con sus pies descalzos, pisó los guijarros y la arena, el sol asomó enteramente sobre el agua. Entonces, Ardid se detuvo, asombrada, ante un paisaje desconocido. Allí no había ancladas naves, suntuosas y doradas, ni vestigios de fiestas ni placer. Un espectáculo desolado, desierto y reseco se ofrecía a sus ojos. Y el sol naciente únicamente arrancaba destellos a un suelo rocoso, sembrado de cascotes; trozos de loza o mosaicos que algún día fueron hermosos; trozos de espejo roto, que a los primeros rayos del día semejaban estrellas efímeras, fugaces.

«Dios mío —se dijo Ardid—. Todo era un sueño, o un recuerdo... Todo esto son los restos de los sueños, de los piratas que el mar devuelve a la tierra, por inútiles...» Y corrió, corrió, sin sentir el dolor de las heridas que abrían cascotes y rocas en sus pies descalzos, a sumergirse de nuevo en el lecho de su cámara: con los ojos cerrados, y diciéndose que todo aquello no había sucedido, que sólo era el sueño de un sueño, o de miles de sueños...

Le pareció a Ardid que en un soplo había pasado su tiempo cuando, consumada la boda y precedidos por la Nave Nupcial, alejábase con su pequeña escolta de damas, llorosas y suspirantes, de aquel lugar. Junto al último resplandor del sol se borró, tras suave y dorada bruma, la Isla de Leonia. Un frío conocido, pero infinitamente más triste que nunca le pareciera antes, la obligó, tanto a ella como a sus damas, a envolverse en chales. Y, mordiendo el largo lamento que huía de su garganta, se dijo que, por vez primera, entendía las ya lejanas palabras de Volodioso, cuando dijo que la Princesa Salvaje no era una mujer ni un amor. En el cada vez más difuso contorno de la Isla de Leonia, Ardid supo que se despedía para siempre del último jirón de su, tal vez, desaprovechada juventud.

XVII

LA IRA Y UN CORAZÓN CON LEYENDA

1

CONTRARIAMENTE a lo ocurrido con Tontina, el Rey Gudú pareció muy satisfactorio y agradable a la Princesa Gudulina —ya Reina de Olar—. Desde su primera noche en la Nave Nupcial, mostróse hacia su esposo tan bien dispuesta y placentera, como arisca y altanera su antecesora. Y tranquilizado al respecto, Gudú pasó con ella muy agradables días y noches; y en todo lo que duró el viaje, no dudó en felicitarse y felicitar mentalmente a su madre por elección tan conveniente. Pues si Gudulina era poseedora de auténtica doncellez —cualidad que Leonia estaba no sólo lejos de poseer, sino tan siquiera de recordar—, de su madre había heredado el fogoso temperamento que un joven Rey de la catadura de Gudú había menester. Y así, no sólo halló en él simple atractivo —algo que poseía desde niño, pese a no poder considerársele bello en el estricto sentido de la palabra—, sino algún encanto rudo, pero muy intenso, despertaba desde muy tierna edad y se hacía evidente a gran parte del sexo femenino. Prueba de ello fue que la propia Leonia no fue ajena a él, sino muy al contrario, como se apresuró a dar a entender al propio interesado.

Sea como fuese, lo cierto es que de día en día Gudulina se sintió poderosamente arrastrada hacia él. Algo había en ella, apenas sofocado, un grito que llegaba desde el confuso río de su sangre paterna —de tan dudoso como indescifrable origen—. Y este misterioso río que surcaba sus venas manifestaba una pujante tendencia hacia los seres del sexo opuesto menos refinados —de los que Gudú era hermoso y contundente ejemplar—. Pues aún recordaba Gudulina el bullir de sus venas cuando, siendo aún niña, contemplaba desde las ventanas de sus dependencias —que podían considerarse una especie de cautiverio— el ir y venir de los rudos marinos y la piratería en general; truhanes y comerciantes de oscura mirada y aún más oscuras intenciones, hormigueaban por la cara menos amable de la Isla. Persas, egipcios, misteriosos nórdicos de lengua indescifrable, rubios como la plata y tan quemado el rostro por el sol del Sur, que se tornaban rojizos. Llegados en naves de silueta amenazadora y bella a un tiempo, en todos ellos descubría Gudulina aquel vivo y espoleante imán que, en más de una ocasión, casi estuvo a punto de defenestrarla. Y no en vano, la sagacidad y madura experiencia de su madre la mantenían semiencerrada, pues Leonia reconocía en la mirada de la niña antiguos y muy violentos resplandores. Y juzgaba que, dada la curiosa naturaleza de los varones —si bien a ella la ponderada doncellez de nada le había servido, ni falta alguna le hiciera— y puesto que Gudulina no poseía, evidentemente, sus cualidades de astucia, inteligencia, traición y desparpajo en general para usar veneno o hacha —según requiriese la naturaleza del elegido como más oportuno o prudente—, ni estaba destinada a fundar Reino alguno, sino a dar cuantos hijos pudiera a cualquier Rey conveniente, lo mejor era conservar intacta aquella doncellez, requisito tan extraño como inexplicablemente precioso a la mayoría de la muy curiosa especie masculina. Podía considerárselo preciado tesoro, ya que, además de su

riqueza y su nada despreciable aspecto, todas estas cualidades, reunidas, podían aportar un futuro estimable.

No se equivocaba Leonia. Así, la doncellez de Gudulina fue va-
lorada y justipreciada en el momento de las transacciones matrimo-
niales con la Reina Ardid. Buena tajada sacó de ello, para decirlo vulgarmente —que es como le gustaba hablar, y por supuesto pensar, a
la sin par Leonia—. Desde el cautiverio primero hasta las delicias del
himeneo, pasó Gudulina con tan pocos melindres como alegría. El
gusto por ello, en vez de disminuir, aumentaba y se enriquecía de
forma poco común, en tan joven, guardada, ignorante y en verdad
candorosa criatura.

«Tiene Gudú la salvaje mirada de los persas, la crueldad
glacial de los rubios y misteriosos nórdicos, las rudas formas revestidas de afectuosa intimidad de los berberiscos, y la ausencia de
perfume artificial que deja aspirar el agreste, un tantico acre, un
mucho excitante, en verdad, perfume del animal en bruto», meditaba Gudulina tras sus éxtasis amorosos, a los que se aficionaba sin vislumbre de tregua. Pero si bien Gudú no se sintió defraudado por tales cosas, a mitad del viaje empezó a rehuirla,
aunque tan levemente, que ni ella —ni tal vez él mismo— lo notó.
Por lo que el viaje, en su última fase, continuó tan felizmente como
se iniciara.

El otoño había ya madurado cuando alcanzaron tierras de Olar. El
suave perfume de octubre y sus ligeras brisas hicieron a Gudulina
temblar como una hoja:

—¡Qué pronto llegó el invierno, amado mío! —dijo castañe-
teando los dientes como un perrillo persa—. En verdad que vivís en
crudas regiones...

—¿Invierno? —respondió Gudú, sarcástico—. Invierno es lo que
conocerás el día de mi cumpleaños.

Pero ella creyó que estas palabras encerraban un obsequio envuelto en pieles de zorro, u otras prendas más preciosas, y sonrió, halagada. Muy reciente estaba aún la boda, y todavía Gudulina no había tenido ocasión de exponer, con todo lujo de detalles, su verdadero

y cautivador temperamento: pues, si bien en belleza no llegaba, ni con mucho, a la que a su edad desplegaba Leonia, no se equivocaba su madre al juzgarla poco inteligente y con su pizquita de mal carácter, a pesar de su perenne sonrisa y las alegres carcajadas con que sembraba aquí y allá sus no muy bien hilvanadas frases. Si no la creía bien dotada en cuanto a habilidad o buen manejo de la conversación, tampoco se había percatado de la predisposición que Gudulina ostentaba al parloteo. Pero no la superaba Leonia en su capacidad de lucha, tesón y dotes de austeridad en los malos tiempos. Tal vez tampoco había llegado a apreciar el grado de gandulería, glotonería, ignorancia y falta de curiosidad que ornaban a su hijita. Pero larga era la vida, largo el matrimonio —aún más que la vida, si cabe—, y tiempo habría por delante hasta descubrir en tan joven esposa las mil gamas, los variados matices que componían ciertos y misteriosos tesoros.

«El tiempo —pensaba— acaba resolviendo todas las cosas, buenas o malas, de este mundo.» Y así, cuando, mientras con gesto mimoso se arrebujaba en el pecho, Gudulina preguntó: «¿Qué opináis, querido mío, de la casual coincidencia de nuestros nombres?», quedó paralizada al oír un seco: «Falta de imaginación por parte de tu madre». Y por vez primera entendió la conveniencia de medir sus palabras antes de enviarlas, tan profusa como irreflexivamente hiciera hasta el momento, a los oídos del Rey. Aquella primera lección —al menos por el momento— tuvo resultados satisfactorios.

Llegaron, por fin, a Olar. El otoño teñía las colinas de escarlata, y las lejanas y abruptas enramadas de los bosques parecían incendiarse. El Lago reflejaba un sol maduro, como fruta en sazón, y un perfume envolvía a Gudulina con la sensación de hallarse en el lugar exacto que le correspondía en esta vida. Bordeaba el Lago la regia comitiva y se oía ya el clamor de las gentes que aguardaban tras la muralla y que deseaban agasajar como convenía a los jóvenes monarcas y su augusta madre. Ardid sintió dentro de sí, en dulce y tenue agonía, el dorado resplandor de una Isla que, súbitamente, se había convertido definitivamente en recuerdo, en un imaginado y ya perdido paraíso, antes de ser gozado. «Hay mucho que hacer —se repetía impaciente, en tanto recobraba el brillo acerado de su mirada—. Veremos qué tal han llevado las cosas, durante nuestra ausencia, aquellos ancianos.» Y sin reparar en el epíteto, que, si bien afectuoso, no halagaría a los aludidos, hicieron su entrada en Olar.

Con toda la dignidad y majestuosa apariencia de que eran capaces —y una vez más apreció Ardid de cuán poco (si se exceptuaba a Almíbar)—, fueron recibidos por la Asamblea de Nobles. Y fue entonces, al ver a su querido y viejo Almíbar, a su leal amigo, cuando la estremeció una punzada en el corazón. «¡Santo cielo! —se dijo, con inconsciente crueldad—. ¡Cómo va vestido! ¡Qué mamarracho, qué carencia de buen gusto, dignidad y buen sentido...! ¿Adónde va el pobre con sus falsos rizos, que a la legua se ven teñidos, y esa pluma en el sombrero, que más parece la cola de un buitre hambriento? Señor, qué falta de auténtica elegancia, qué ignorancia de la realidad: no tiene ya edad para esas cosas.» Y al mismo tiempo le pareció ver que habían empequeñecido sus ojos, que sus mejillas se habían convertido en lacios mofletes y que, en suma, se ofrecía a su mirada como un hombre que fue bello, y por tanto era más patético e insoportable su declive, y lo juzgó pesado, fondón y cargante.

Pero no ocurrió así con Almíbar. Una verdadera agonía había sido la vida para él desde el día en que ella partió y vio desaparecer su comitiva por el camino del Lago, hacia el Sur. Muchas veces hubieron de consolarle el Trasgo y el anciano Hechicero, y aun secarle algunas lágrimas, ante el prolongado silencio de la amada, que ni tan sólo una triste palomita mensajera le enviaba. Ahora, al contemplarla descender de su carroza, y aunque el día declinaba, el sol se levantó de nuevo en su corazón. La halló más bella que nunca, y no se equivocaba, pues lo estaba. No sólo por la adquisición de nuevas y exóticas vestimentas que mucho la favorecían, sino por el resplandor que traslucía: cierta y vieja llama que brota a veces, en el fuego moribundo en las hogueras, más hermosa que sus hermanas, aunque destinada, como todas, a brillo fugaz y apagada ceniza. Con los brazos extendidos, sin cuidarse de toda ceremonia o disimulo, avanzó hacia ella, tembloroso y con los ojos llenos de lágrimas. Pero le paralizaron una glacial mirada, un mohín de desagrado y un seco: «Reportaos, imprudente... ¿Qué estupidez es ésta? Guardad vuestras efusiones para más tarde..., majadero». Aquel «majadero», jamás oído antes en tan exquisitos como amados labios, hundió un puñal en su corazón; tan profundamente que ya, jamás, nada ni nadie podrían arrancarlo de él.

No acabaron ahí las desdichas de Almíbar. Por el contrario, aquel fue el principio de una muy dura y triste pendiente aún por recorrer.

Aquella misma noche, y los días siguientes, aunque Ardid intentaba disfrazar sus sentimientos, lo cierto es que, si bien no era notoria la sagacidad de Almíbar en otras cosas, un fino y despierto sentido, cuya raíz era el grande e inquebrantable amor que sentía por Ardid, le advertía de su desvío. Ella le evitaba con mal disimuladas muestras de cansancio y aburrimiento, y al parecer totalmente absorta en retomar las riendas de aquella Corte y Trono que, aunque las apariencias pudieran indicar lo contrario, estaba muy lejos de su ánimo abandonar. Aunque la corona de Reina pasó a las sienes de Gudulina, sólo era mera fórmula: en Olar no había —ni hubo jamás— otra Reina que la Reina Ardid.

Entre unas y otras cosas, mientras avanzaba el invierno, Almíbar notaba cómo ella se zafaba de él. Aunque le tratara con tierna condescendencia —ya que no con amor—, su presencia sólo despertaba en ella irritación y cansancio. Y aunque nada decía, una fina y cruel daga se clavaba más profundamente y ahondaba su herida día a día. En lugar de mejorar su aspecto, éste se empobrecía cada vez más. Almíbar intentaba remozarlo y ocultar los estragos que la edad y la pena infligían tanto a su físico como a su ánimo. Pero cuanto más se afanaba en ello, más ridículo y hasta grotesco antojábasele a Ardid. A través de trajines, afanes y hábiles reorganizaciones en que se ocupaba su inquieto temperamento, se filtraba un secreto, como pócima embrujada que había bebido y ya no podía olvidar; un difuso deseo de acallar, cuanto antes, el último destello de un tardío y sabroso resplandor, del que sabíase alejada para siempre. Y así, mientras los días transcurrían para ella en febril agitación —hubo en la Corte renovación de costumbres: más refinamiento, novedades que traían fragancias juveniles a las húmedas estancias. Los más jóvenes las acogían con entusiasmo, los viejos sentíanse cada vez más incómodos y desplazados—, nadie reparaba en un solitario y muy herido corazón que agonizaba lentamente en la vasta indiferencia del mundo.

2

EL regreso a Olar fue para Gudú muy reconfortante. Estaba harto ya de convivencias familiares. La coronación, que Ardid intentó revestir de gran esplendor, fue por expreso deseo suyo de una brevedad sorprendente. Pocos días después manifestó las muchas atenciones que requería de él su famosa —y secretamente criticada— Corte Negra. Sin hacer caso de las, primero tímidas, luego fastidiosas súplicas de Gudulina, que intentaba acompañarle, la dejó en manos de su madre, y partió con Randal al encuentro de los que constituían, al menos por el momento, la razón de su vida, y entre los que tan a gusto y a sus anchas se encontraba.

La Corte Negra no sólo no había sufrido alteraciones que desmereciesen a los ojos de su Rey, sino que, en manos tan expertas y leales como las de Yahek, ofrecía unas perspectivas que, si bien a otro hubieran parecido de una austeridad y rudeza rayanas en lo siniestro, complacieron profundamente a Gudú. Hasta el punto de dedicar breves y concisas —por supuesto—, pero significativas y halagüeñas palabras de felicitaciones a Yahek. Éste las escuchó con gran placer, y fue a explayar su orgullo sumergiéndose materialmente en una tinaja de vino, junto a sus camaradas.

Recién entrado el invierno nació el hijo de Lontananza, pero como se trataba de una niña, no lo comunicaron a Gudú. El niño de Yahek y la recién nacida muchachita se criaban juntos, pues las dos madres habían hecho excelente amistad. El Rey ni tan siquiera recordaba el origen de estas cosas: otras muchachas sustituyeron a Lontananza y a sus antecesoras. En tan agradable compañía, Gudú sintió que respiraba de nuevo los aires de libertad y optimismo que estimulaban sus ambiciosos proyectos.

La escuela de Yahek y sus disciplinados Cachorros crecía en vigor, astucia, fuerza y sabiduría. Los jóvenes soldados de Gudú aparecían a los ojos del Rey como los mejores. Y tuvo la grata sorpresa de recibir, a poco, la visita de algunos jóvenes nobles: muchachos de catorce, dieciséis y aun veinte años, que, unos desoyendo el consejo de sus progenitores, y otros acuciados por ellos, vinieron a ofrecerse a la Corte Negra con mal veladas ansias de gloria, botín y cuanto se presentara, si bueno parecía.

Gudú eligió a los que le parecieron mejores, y aun a algunos de los que no le parecieron tan buenos. Su astucia le aconsejó no rechazarlos por no acarrearse el disgusto de los padres. Sabía, por lecturas y por cierta experiencia, que los nobles, en general, eran gente díscola, dispuesta a revolverse contra su Rey al menor motivo, y aun sin éste. De forma que los encuadró en lugares donde mejor podría aprovechar su talento, si alguno poseían. Y así hubo un lugar para cada cual, pues como jóvenes que eran, y de raza belicosa, alguna aplicación podía dárseles, aun en el caso de que fuera escasa su mollera. Como Capitán de ellos colocó al noble Jovelio, que tan bien le sirviera —junto a su gloriosamente fallecido hermano Iracundio— en la última batalla. De este modo, la nobleza de la sangre no se vio menospreciada por hallarse a las órdenes de plebeyos como Randal o el propio Yahek. De suerte que, la naciente y ya floreciente Corte Negra, primero engrosada por chiquillos plebeyos y vagabundos, fue a su vez entroncada con sangre noble.

«Dentro de poco —pensaba Gudú— nos hallaremos en condiciones y bien dispuestos para emprender mi sueño: cruzar el Gran Río y avanzar a través de las estepas.»

—Mientras exista un palmo de tierra ante nosotros —confiaba a sus íntimos, entre sorbos de buen vino y vapores de ensoñada gloria— y si todos mis proyectos marchan en la buena dirección que llevan hasta el presente, la primavera nos llevará de nuevo al Este. Dejemos pasar el invierno en dura disciplina y entrenamiento y os juro que, si el ánimo no desfallece (y os aseguro que no desfallecerá), el porvenir de Olar, y de cada uno de vosotros, no será despreciable.

Estimulados por las palabras del Rey, amén de la codicia, la am-

bición, el sueño de la gloria y el ardor de su sangre, bebieron con fruición y entusiasmo, y brindaron por la Gloria de Olar, del Rey, y de
cada uno de ellos en particular.

De tarde en tarde, Ardid enviaba a Gudú un emisario que, más o
menos discretamente, indicaba al Rey la conveniencia de no descuidar sus obligaciones conyugales. Y aunque con cierta desgana, éste
obedecía a su madre, pues la tenía por muy buena consejera.

El Rey hacía frecuentes visitas a Olar, pero no tardaba más de
dos días en regresar a las Tierras Negras, Castillo Negro y Corte Negra, allí donde su gente, y su vida, en suma, le aguardaban y retenían
con lazos mucho mayores que una esposa, una madre y una Corte
que poco o nada ocupaban su mente.

3

OTRA sangre ardía en aquellos momentos no con menores deseos
de batalla. Y si desprovista de codicia o de gloria, no de justicia
y venganza. Desde el día en que el joven Lisio huyó de los Cachorros
del Rey, un largo sendero, duro y peligroso, había recorrido el muchacho hasta el presente. Aquel invierno memorable —en su vida, y en la
de otras vidas, además de la del Rey Gudú— estaba ya muy lejos de
su memoria.

Otra sangre ardía en deseo similar o aun mayor a la de Gudú y Lisio. Una venganza aún más fiera y violenta. Bancio y Cancio, a quienes sus hermanos Ancio y Furcio habían dejado al margen de sus proyectos y, en definitiva, a salvo de una muerte cierta, vivían, desde
aquella estrepitosa derrota en los Desfiladeros que pareció borrar del
mundo la rama de los Soeces, una miserable existencia. Cuando la
noticia de aquel fracaso llegó a sus oídos, se hallaban ambos en su hedionda cámara, bebiendo, jugando a los dados y discutiendo, en compañía de dos muchachas extraídas del famoso lugar donde Gudú ha-

bía conocido por primera vez un aspecto de la vida que, al parecer, no juzgó desdeñable. Pero como astutos que eran, sabían que Gudú no se dejaba dominar por él. Es más, sabían que Gudú no se dejaba dominar por nada fuera de sus secretos sueños de poder y gloria, y de aquel raro instinto de que se valía para rodearse de las gentes adecuadas: las que desbrozaban su camino hacia una riqueza que ellos no entendían, el poder y esa implacable ansia por desvelar todo cuanto se mostrase ante sus ojos tan imposible como desconocido.

Apenas llegaron a sus oídos las noticias del triunfo de Gudú y la muerte de sus hermanos, el pánico les invadió. Degollaron a las dos mujeres que les acompañaban, vistieron sus ropas y, por aquel secreto pasadizo que desde su guarida les llevaba al exterior, huyeron disfrazados y tan comidos de miedo como de odio y desesperación. En sus maldiciones estaban incluidos tanto Gudú como Tuso y sus dos hermanos, por haberles desplazado de sus planes. Aunque secretamente les bendecían, pues de esta forma tenían más probabilidades de salvar la piel, que si hubieran tomado parte en fraternal abrazo contra Gudú.

Escondidos en la espesura, ocultándose en los bosques, meditaron sobre lo que les parecía más indicado dada su situación. Y así pasaron algunos días. Fingiéronse mendigos, recorrieron cautelosamente las aldeas del contorno y, poco a poco, se fueron aproximando a los lugares donde se había desarrollado el drama de su familia. Al fin, trabaron conocimiento con algún soldado de los que vigilaban a los cautivos que explotaban las minas. Como parecían mujeres viejas —y en verdad feas—, despertaron primero mofa, y luego compasión. Y aunque recibieron más de un puntapié, y más de un peligro sortearon, lo cierto es que, poco a poco, los centinelas, soldados y capataces se acostumbraron a su presencia. Y no sólo dejaron de molestarles, sino que de cuando en cuando recibían algún mendrugo, junto a los perros.

Aunque romos de inteligencia, traidores por naturaleza y desconfiados hasta el punto de espiarse mutuamente como a los peores enemigos —y tal vez no les faltaba razón para ello—, lenta pero minuciosamente, Bancio y Cancio llegaron a urdir un plan que, si bien en principio parecía tan descalabrado como imposible, una insospechada circunstancia vino a consolidarlo y darle forma viable, y aun esperanzadora. Fue ésta la aparición de un joven harapiento, valiente, duro y animado de un fuego que ni su edad ni sus pobres harapos hacían presumible. Así fue como, tras un tiempo plagado de proyectos trazados y destrazados, disputas e ires y venires entre las gentes, con la astucia y la apaleada discreción de canes vagabundos, llegó un día en que conocieron al joven Lisio.

Largo y no exento de peligro había sido su camino hacia el País de los Desfiladeros, desde aquel día en que, entre las abandonadas minas de las Tierras Negras, reunió cuantos víveres y armas pudo, y partió en busca de sus hermanos de desdicha.

Aunque fue en la primavera cuando él escapó de la Corte Negra y, en su inocencia, creía que en verano arribaría a los Desfiladeros, lo cierto es que el frío le sorprendió aún muy lejos de allí y, aterido, tuvo que guarecerse muchas veces en grutas y abandonadas ruinas de aldeas —de las muchas que las guerras de Volodioso y las más recientes de Gudú sembraron por aquellos parajes—. Tan grande era su desfallecimiento, que más de una vez perdió la ruta y hubo de volver sobre sus pasos, y reanudar repetidamente un camino que ya creía recorrido.

Y tiempo tuvo para rumiar su amargura, su desencanto hacia los que creía hermanos, si no de sangre, sí en la desesperación. Aunque los días templaron su amargura y decepción, y en cierto modo llegó a entender su flaqueza, puesto que sólo odio y malos tratos habían conocido, incluso les perdonó, no decreció su sueño vengativo. Al tiempo que su decepción, este sueño crecía y se espoleaba en el odio y en el ansia de vengar a los que tan injusta y duramente fueron tratados. Fue así avanzando, guiado tan sólo por su instinto y el curso del sol y las estrellas, tal como su abuelo le enseñó de niño. Pronto se acabaron sus víveres, mucho antes de lo que su inexperiencia le hizo creer, y tuvo que dedicarse a cazar. De esta caza, y de algunas raíces que, para no morir de hambre, aprendió a elegir desde niño, junto a sus hermanos, se alimentó durante el camino, cada vez más lento y más duro.

Al fin, cierta mañana en que el cansancio y las privaciones le hacían vacilar sobre sus pies, notó cómo ante sus ojos —que sabían ver en la oscuridad y otear en la lejanía como el águila— medio se borraban los contornos de árboles y tierras. Allí estaban —y las adivinaba más que veía—, sueño o delirio de fiebre, las Rocas Gigantes, tantas veces descritas por su abuelo, que guardaban el paso a los Desfiladeros. Allí estaban las negras siluetas, los gigantes que les daban nombre. Y con esta adivinación o visión, cayó de bruces. Sintió cómo su corazón golpeaba contra el suelo, como un sordo tambor que desde tiempo y tiempo atrás —antes de su vida, pero en la misma ruta de su sangre— latía lenta pero ininterrumpidamente, hasta que llegara un día en que su eco se extendiera por toda la corteza de la tierra, como no lo lograría el sueño de Gudú.

En la fría mañana se anunciaba un invierno que habría de ser crudo. Muchas aves ya habían emigrado al Sur, y sólo las nubes, lentas y cambiantes, huían quién sabe hacia qué países o mares. Lisio permaneció tendido, en la fría tierra, como asido al golpeteo todavía débil, pero indomable, de su corazón. El sol fue adueñándose del helado firmamento y, lentamente, bajo sus pálidos rayos, su cuerpo renacía, olía la tierra húmeda las raíces; y el viento que ahora llegaba a su frente, a diferencia del frío que atenazaba sus movimientos, parecía quemar. Abrió al fin los ojos y vio huir hacia su madriguera dos animalillos. Esto le hizo pensar en otros agujeros, otras madrigueras donde sus aún hermanos permanecían y, sin saberlo ellos, retenían para él todo el vigor del mundo. Así recibió de nuevo su fuerza, la sintió penetrar por su aterida piel, poro a poro, y reanimarle como un vino misterioso.

Las nubes se adelgazaron, se abrieron y alejaron lentamente. El sol envió más calor y, poco a poco, Lisio fue incorporándose. Oyó manar, cerca de allí, una fuente. O quizá era un arroyo. O acaso un río... Aunque él no lo sabía, estaba muy cerca del lugar donde, tiempo atrás, Predilecto detuvo su espada sobre la mirada despavorida de su hermano. Allí donde, otro hermano, le dio muerte violenta, sin piedad alguna, sin el más remoto sentimiento de duda, remordimiento o pesadumbre. Y algo flotaba entre los juncos, algo parecido a una voz que narraba aquellas cosas. Aunque sólo los juncos y las piedras, y acaso una asustada nutria, las escuchaban con el mismo pavor que oían el vuelo de los buitres o el suave hollar la hierba de la raposa. Sólo los trasgos, los elfos y acaso las criaturas fluviales podrían entender aquel lenguaje, y poco podían afectarles estas cosas. «Humanas rencillas, hediondas podredumbres, necias historias», comentaría a lo sumo la carpa con el transparente silfo, o el cándido elfo que asomara sus ojos de rocío entre la hierba.

Y Lisio tampoco oía otra cosa que no fuera el latir de su odio contra el pecho, ni veía más que el rostro moribundo de su abuelo, o los desesperados ojos de Lure. Incluso las palabras de su abuelo casi habían desaparecido de su memoria, y sólo una, negra y luciente, llenaba su pensamiento: «venganza». Y se repetía esta palabra en el latido de su corazón, y en el latido de otros corazones lejanos —en el tiempo pasado, en el tiempo que aún habría de venir— por los misteriosos caminos de la especie humana.

Siguiendo el rumor del agua, Lisio encontró el río. Refrescó el ardor de su frente y bebió. Le pareció que al beber se llenaba de vida, una vida renovada y sabia. Se sentó entre los juncos y, por vez primera, que él recordara, las lágrimas caían en sus manos manchadas de tierra, y se mezclaban al barro del mundo donde le había tocado nacer. Pero no eran lágrimas de tristeza, sino lágrimas de odio. Pues ni el recuerdo de Lure lograba devolverle la lejana ternura que, en tan largo camino, tal vez había perdido para siempre. «¿Por qué no maté aquel día al Príncipe Predilecto?», se dijo. Y con ira, secó sus ojos, y con ira tuvo fuerza para incorporarse, sin reparar que acaso centraba aquel sentimiento en la criatura que menos merecía odiar. Pero quien con vanas esperanzas estimula el corazón ajeno, hiere más que aquel de quien sólo mal se espera. Y el recuerdo de su quebrada fe, del sueño roto, de su pisoteada esperanza, le llenaba de ira. «La ira», se dijo, «la ira...». Un descubrimiento, una nueva forma de estar vivo. Y allí mismo deseó matar, con mil muertes que pudiera, al que no tuviera valor, o fuerza, para vengar la vida de un hermano. Sin saberlo, se repitió las mismas palabras de Gudú: «No vacilaré: una sola duda significa la muerte para los de mi raza y para mí mismo».

Avanzó prudentemente, medio oculto entre los juncos del río, hasta alcanzar, al fin, el Desfiladero. Le llegó entonces el olor, el humo, las voces del campamento de los soldados que defendían o guardaban aquella entrada, y el piafar de un caballo. Luego lo vio avanzar, con su jinete, y oyó sus cascos alejándose. El eco los repetía entre las grandes piedras. Planeaba la forma de trepar hacia las rocas y adentrarse en el interior de aquella especie de inmensa fortaleza natural, superior a cuantas un hombre pudiera levantar sobre la tierra, cuando oyó voces muy cercanas, y se tendió entre las jaras, anhelante.

—Bestia —decía una de aquellas voces, si bien en voz baja y silbante—. Bestia inmunda: acabaré contigo y te despedazaré, y tus pingajos serán devorados por los buitres. Pero atino que serías un bocado demasiado dañino, incluso para ellos. Mejor sería convertirte en cenizas: pero vivo, quiero verte arder vivo, lentamente...

Y aquella sarta de malos deseos se quebró en un conocido sonido: el entrechocar de armas. Alzó la cabeza y, con gran estupor, comprobó que dos ancianas mendigas, de aspecto muy lastimoso, esgrimían sendas espadas y se atacaban con saña ejemplar —como si se hubiera tratado de Cachorros de Gudú.

La feroz y sanguinaria pelea duró hasta que una de las dos mendigas logró desarmar a su contrincante: la espada contraria voló por los aires y vino a caer tan cerca de donde él se hallaba, que a punto estuvo de clavársele en el hombro. Lisio se apoderó de ella, mientras con un mal reprimido grito, semejante a silbido de víbora, y dispuesta a degollarla como a un puerco, la mendiga vencedora se lanzaba sobre la que, caída en el suelo, se tapaba ominosamente la cabeza, como despidiéndose de este mundo para siempre. Sin embargo, y antes de que tal cosa ocurriera, la atacante resbaló en el barro y vino a caer junto a su víctima. Entonces, la que tan resignadamente se despedía de la miseria humana, cobró ímpetu y, con una risita baja y siniestra —que recordó a Lisio otra risa odiada y conocida—, se lanzó sobre su compañera: ambas rodaron entonces entre el cieno, distribuyendo aquí y allá golpes y puñetazos. La fuerza, el ánimo —o tal vez las rencillas— parecieron mitigarse entre ellas; y a medida que los golpes languidecían, parecieron calmarse. Quedaron, al fin, en el suelo y a cuatro patas, una frente a otra, como dos fatigados animales. Brusca y sorprendentemente decidieron dar por terminadas sus cuestiones y, sacudiéndose como mejor pudieron el barro que las cubría, se sentaron entre los juncos e intentaron localizar las zonas de su cuerpo más magulladas. Desciñéronse de sus harapos, y Lisio comprobó con sorpresa que no se trataba de mujeres, sino de un par de larguiruchos, amarillentos y feos cuerpos varoniles. La espada de la última —o último— había caído un tanto lejos de donde él se hallaba. Pero aun así, se deslizó suavemente a sus espaldas y logró apoderarse de ella. La guardó en su cinto, junto a la suya propia, y se dispuso a aguardar los acontecimientos.

Una vez comprobadas sus magulladuras, los estrafalarios personajes dedicáronse a cubrirlas amorosamente con cieno y yerbas: tal como solían hacer los soldados o los luchadores heridos. Y a poco, se inició entre ellos esta apacible conversación:

—Hermano, creo que, considerando la confianza con que ya nos movemos por este lugar, hora sería de entablar conversación con los Desdichados y prender la primera esperanza, junto a la primera rebeldía.

—No sé, no sé —dijo el otro, frotándose una rodilla que comenzaba a hincharse—. Si tuviera que fiarme de ti, hace tiempo penderíamos los dos de una cuerda. ¿Qué hubiera sido de nosotros si hubiéramos llevado a cabo el plan anterior? Recuerda cómo por puro milagro o azar no lo pusimos en práctica, y cómo comprobamos con nuestros propios ojos la grosera armazón de todo lo proyectado, cuando...

Y así, frase por aquí, comentario por allá, Lisio llegó a comprender, aunque someramente, tan enrevesadas cuestiones. Aunque no llegó a calibrar la forma en que pretendían llevarlas a cabo, lo cierto es que estaban guiados por una sola intención: soliviantar a los sometidos Desdichados contra los soldados —según ellos, relajados en extremo— y organizar una revuelta contra el Rey Gudú. A todas luces, aquellas intenciones coincidían con sus propios deseos.

Su primer impulso fue unirse a ellos, con gozosa y feroz alegría. Pero la experiencia de tantas amarguras pasadas y los desengaños que sufriera durante su corta vida, le aconsejaron prudencia y reflexión. Algo había en aquellos semblantes y aquellos comentarios que no despertaba su confianza. Debía ser cauto, pensó, antes de darse a conocer y unir las mutuas ansias de venganza.

Les vio entonces sentarse, muy juntos, y se les acercó, sigiloso, por detrás. Llevaba ahora una espada en cada mano, y estaba dispuesto a luchar con ambos brazos, para lo que había sido adiestrado y era particular gloria y orgullo tanto de los Cachorros como de Yahek y del mismo Gudú. Tan silenciosa como cautelosamente se había deslizado hasta el momento, avanzó hacia las dos escuálidas espaldas. Con delicadeza, pero sin que ofreciera dudas sobre sus intenciones, apoyó la punta de sus espadas en ambas nucas, y en voz tan baja como ellos hablaban, y tan roncamente como ellos, murmuró:

—No os mováis, o seréis degollados como cerdos aquí mismo.

Tan sólo por el convulso temblor de aquellas nucas, abundantemente pobladas de rojiza maraña, podía sospecharse que ambos aún vivían. Lisio pensó que ambos estaban, o muy famélicos, o muy asustados. Así que creyó oportuno añadir:

—Volveos, y no hagáis nada que pueda demostrar aviesas intenciones, pues tan raudo soy con la espada como con la vista.

Lentamente, dieron ambos la vuelta a su pescuezo.

—¿Qué pretendéis, noble señor? —murmuró al fin uno de ellos, tan quedamente que Lisio más adivinó que llegó a oír sus palabras.

—Nada malo, si os portáis bien —Lisio sentía cómo iba cimentándose su fugaz esperanza—. Y si es cierto lo que no ha mucho oí de vuestros labios, tal vez no sólo conservéis la vida, sino también la esperanza de conseguir lo que, creo entender, es vuestro deseo.

—¿Qué oísteis, nobilísima criatura? —murmuró el otro, por cuyos temblorosos labios surgía la voz como un tenue silbido de agua hirviendo en cazuela rota—. No..., no sé a qué podéis referiros...

Pero así como la esperanza de cumplir su venganza iba consolidándose en Lisio, también iban recuperando su maligna cautela los gemelos Bancio y Cancio. Aunque tildaban de noble señor aquella inesperada y aterradora aparición, ni su aspecto ni sus andrajosas ropas revelaban noble cuna. Un rayo de esperanza se abría paso entre el pánico que les atenazaba.

—Habéis hablado de una revuelta, de una conspiración que llevará a todos los Desdichados hasta las puertas de Olar: y una vez allí, acabar con la vida de tan mal Rey como mal hombre es Gudú *el Odiado*.

Una débil sonrisa curvó la boca de ambos gemelos.

—Así... es —dijo al fin Bancio.

—Cierto... —musitó Cancio.

—Pues bien —añadió Lisio—. Decid quiénes sois y por qué estáis aquí: por vuestras ropas no parecéis lo más florido de la nobleza, y si vuestras palabras corresponden a vuestras verdaderas intenciones, habéis encontrado en mi persona más bien aliado que verdugo. Tened por seguro que por muchas ofensas que hayáis recibido de Gudú, y por mucho de deseéis su muerte y las dulzuras de la venganza, nadie vive que haya más razones que las que anidan en mí para desear lo mismo que vosotros. Tenedlo presente: soy más joven, más fuerte y sin duda alguna más ladino que vosotros juntos: guardaos bien de engañarme, porque en tal caso no llegaríais al anochecer con la cabeza sobre los hombros.

Dicho lo cual, tan fuerte sentía y oía el latido de su corazón, que por momentos temió se grabara en el mismo aire que los tres respiraban. Al fin de su discurso, Bancio levantó los brazos, mientras gritaba:

—¡Hermanito!

Casi al mismo tiempo, Cancio prorrumpía en sollozos.

—¡Hermanito! —repetían a dúo. Y repetían tan dulce como poco apropiada palabra. Pertenecer a la familia de aquellas criaturas, pensó vagamente Lisio, no parecía creíble.

A poco que él bajó las espadas, Bancio manifestó:

—Somos tan desdichados como el más desdichado de los que sufren ahí dentro... y en todo te ayudaremos, tan sólo nos des aliento para demostrártelo. Pues si odias a Gudú, ¿cómo no le odiaremos nosotros si ante nuestros ojos tuvo como alegre pasatiempo no sólo colgar a nuestros abuelos, padre y tres indefensos hermanos, sino que antes osó encadenar, atropellar y vejar a nuestra madre... para matarla después?

Bancio siempre fue el más imaginativo de los Soeces.

—¿Y cómo escapasteis vosotros? —se extrañó Lisio—. No tengo al Rey por hombre compasivo.

La larga parrafada de su hermano gemelo impulsó a Cancio, y de inmediato surgió la continuación, tal como tenían por costumbre: cuando la voz del primero se agotaba de inventiva, la del segundo reanudaba la tal historia; y cuando ésta, a su vez, se iba extinguiendo, la primera se reanudaba en el punto exacto de la narración.

—Porque, para nuestra desdicha (ojalá hubiéramos sido torpes e inhábiles como rucios), bien conocida era nuestra pericia en la dura tarea de las minas: y a fuer de mineros, somos orfebres. Y tan singulares y refinados, que el más innoble pedrusco parecería zafiro en nuestras manos.

Y así se prolongó la historia, hasta llegado un punto en que Lisio se sintió confuso y embotado. Estaba muy débil y fatigado, y aunque estimó que alguna exageración había en aquel lamentable relato familiar, no dudó en que esas y aún peores cosas haría Gudú si lo creyera oportuno. Dijéronle los dos hermanos que habían llegado a inspirar tal confianza en sus guardianes, que habían logrado escapar vistiendo ropas de mendigas. En la esperanza de rescatar, junto a sus compañeros de lágrimas y penas, al menor de sus desdichados hermanos que, niño aún, fue allí conducido y consumíase, como débil llama, en la oscuridad de los horrores, el hambre y la depauperación.

—También tengo yo ahí a mi hermana, si no ha muerto —confesó Lisio, con ira y dolor—. El mismo deseo y causas parecidas nos han venido a unir. Escondámonos entre la maleza y meditemos sobre lo que mejor nos conviene: yo he sido adiestrado en la lucha, y os juro que si es verdad cuanto me habéis dicho, llegará a nuestras gentes con nosotros el primer mensaje de esperanza y rebeldía.

Guardó las espadas —que aún no juzgó prudente devolver a los hermanos— y contempló cómo de nuevo se convertían en horrendas mendigas. Permanecieron así unidos —para mal del valeroso pero inocente Lisio— en aquella empresa que por motivaciones tan distintas les conducía a un mismo fin.

Al menos en una cosa no habían mentido los gemelos. Lo mejor del ejército de Gudú no estaba en los Desfiladeros. Pues, si bien tanto los gemelos como Lisio —y esto fue fatal para ellos— ignoraban la nutrida hueste que tras el desfiladero mantenía los límites de la nueva tierra ganada estepa adentro, lo mejor de sus soldados estaba allí, y la otra mitad, no menos escogida, permanecía con él en la Corte Negra.

Los soldados que en la región guardaban a tan famélicas y peligrosas criaturas, como eran los Desdichados, no sólo eran los más débiles, viejos e inhábiles, sino que, debido a la escasa preocupación que tan míseros cautivos ofrecían, se habían relajado en disciplina y cautela. Y añadíase a esto que no atinaron a valorar el hecho de que, la mayor parte de aquellos hombres no eran verdaderos soldados de corazón, vocación y deseo, sino simples campesinos, obligados por el terror y la violencia del Rey a asumir tal profesión, que estaba muy lejos de sus verdaderas apetencias. La desgracia personal, el tiempo y la dureza de la vida les habían vuelto casi insensibles, incluso a sus recuerdos. Por tal causa, habían perdido todo vestigio de familia, hogar y techo. Y, así, arrastraban una vida que, aunque cubría sus necesidades físicas como jamás lo había hecho su anterior existencia, en muchos corazones latía aún la confusa nostalgia de un tiempo en que alguien les reconocía como hijos, padres o hermanos. Y aquella era el arma más poderosa —aunque aún ignorada— de que, en tan arriesgada empresa, dispondrían.

Y aunque, como dijera su abuelo, el invierno no era la estación más propicia para llevar a cabo sus sueños de libertad y justicia, en invierno tuvieron que ser realizadas. Y aquella circunstancia —en verdad contraria— fue tan poderosa y opuesta a sus esperanzas como benigna y poderosa fuera otra.

En tanto que en Olar los días se sucedían cada vez más fríos y oscuros, más frío y oscuro era el vacío donde el corazón de Almíbar naufragaba. Día tras día, noche tras noche, la indiferencia cruel y alguna que otra vaga alusión salida de los adorados labios de Ardid, iban como alejándole del mundo, es decir, de la felicidad, que era su mundo.

Y llegó un día en que tan desdichado y abandonado se sintió, que fue a refugiarse en la soledad de su cámara. Y raramente salía de ella, pues únicamente a solas reverdecía en su mente la imagen de una Ardid sonriente, tierna y dulce: una niña sabia, de siete años, que le arrebató el corazón. Y él debía parecerle bello entonces, en vez de un desdichado mamarrracho, o un importuno majadero. Su retiro coincidió con aquel día en que ella, impaciente, le dijo: «¿Por qué, en vez de importunarme con caricias que ya no son propias de nuestra edad, no os dais cuenta de lo inapropiados que resultan esas ridículas ropas y colorines con que os cubrís? ¡Desterrad para siempre esos risibles rizos, que a fuer de falsos, se aperciben en extremo inadecuados para quien bordea la ancianidad... si no ha dado ya el primer paso hacia ella!».

«¡Oh, niña querida! —le había respondido él—. ¿Cómo dices tales cosas, si sabes cuánto vigor y pasión aún conservo para vos, y qué total entrega de ello os hice y juré mantener para siempre?» «Ni soy niña ni sois niño, excepto en la cortedad de vuestras opiniones —respondió la irritada Ardid—. Conque guardad para el dulce recuerdo tales cosas. En el presente, somos maduras y muy atropelladas criaturas, y me parece grotesco que penséis así.»

La indignación que tales palabras causaron al anciano Hechicero, y al mismo Trasgo, les obligó a clamar a dúo: «¿Cómo puedes decir semejantes cosas a tan noble y buen amigo? ¡Oh!, ¿cómo puedes decir semejantes cosas...?». Hasta el momento, su frialdad y despego hacia Almíbar había despertado silencios de reprobación en el anciano Maestro y ausencias muy prolongadas del Trasgo —que no quería presenciar tales cosas—, pero en aquel momento pareció colmarse su discreción: el Trasgo asomó su cabeza estremecida de horror por el hueco de la chimenea —que poco visitaba últimamente—, y el anciano se incorporó de su duermevela. A dúo, lanzaron las mismas exclamaciones de reproche y pesar.

Entonces, Ardid reconoció la dureza de sus palabras y, presa de remordimiento, se apresuró a acariciar la cabeza de su viejo y fiel amante. Dulcificó el tono, aunque el falso acento de sus palabras y el contacto no menos falso de su mano no podían engañar su sensibilidad, que era la sustancia misma del hijo del Hada, Almíbar. Añadió Ardid, entonces: «Querido mío, no toméis estas palabras en todo su aparente rigor: pues si bien hay algo de verdad en ellas (el tiempo, ¿sabéis?, se desliza inflexible para todos), no es totalmente exacto lo que os dije... no me anima ningún desvío hacia vos, a quien sabéis amo de veras. Pero daos cuenta de que muchas son mis preocupaciones, y estoy fatigada a fuerza de contener los insensatos impulsos de Gudulina, que (si yo no lo remediara) galoparía hacia la Corte Negra en busca de Gudú: sin apercibirse de lo que tal acción podría acarrear, tanto a ella como a todos nosotros... Ea, hermoso mío, recomponed esa dulce sonrisa que tanto adoro, y olvidad mis palabras... en parte».

Pero Almíbar no halló ni aquella sonrisa ni ninguna otra sonrisa más en lo que le quedaba de vida. Y así, silencioso, discreto y lleno de pena, se sumió en la soledad. Y en ella pasaba los días, y en ella veía cómo avanzaban el invierno y su tristeza.

Hasta que ya no salió más de su cámara: allí le era servido su escaso yantar —del que antes tan gozosa como puerilmente gozaba— y su escasa bebida —que antaño libaba con alegre ánimo—. Y vino a enflaquecer tanto, que sus ropas caían desmayadamente sobre sus carnes. Buscó el viejo traje de terciopelo verde que, en ocasiones, prestara a Predilecto. Y probándoselo, vio que volvía a ceñírsele con holgura. Pero no tuvo ánimos para alegrarse de ello, pues ni un solo día vino a visitarlo Ardid, ni una sola vez se acercó a compartir su comida, como en tiempos más felices. Poco importaba, pues, que ella viese cuánto había adelgazado, y poco importaba nada: excepto pasar su tiempo junto al fuego, viendo, en su recuerdo y en su memoria, a aquella Ardid suave, cariñosa y cómplice que guardaba en lo hondo de su corazón como su único bien en este mundo. Dejó que sus cabellos se deslizaran naturalmente sobre sus hombros, sin rizos ni tinte; dejó libre su cuello de encajes y dorados; en verdad, nadie hubiera reconocido en tan sobria y enjuta criatura al antaño atildado, robusto y sonriente Almíbar.

Pero no sólo a él llegaba la Tristeza: la Tristeza moraba en el Lago, se acercaba a las costas, inundaba la luz y se filtraba en el viento. Y la Tristeza —que fue algún día Ondina, sonriente y enamorada criatura— flotaba aún sin memoria, trocada en doliente e inundado corazón, y entraba por rendijas, ventanas, puertas, ojos y labios: hasta posarse, lentamente, sobre conciencias y corazones. Y Tristeza-Ondina también llegaba a Ardid; y Tristeza-Ondina llegaba al Hechicero; y Tristeza-Ondina llegaba al Trasgo que, martillo en mano, horadaba sin cesar, y no tanto buscaba brotes de viejas vides como deseaba alcanzar un escondite, donde creía que alguien había ocultado al pequeño Príncipe Gudú, que no se apartaba de su memoria, sin reconocer al Rey adulto. Porque el vino tiene esta doble vertiente: confunde y adivina a un tiempo, y recuerda y olvida en un sueño común. De tal forma que, ni tan siquiera un Trasgo tan experto como él lograba hallar aquel escondite. Aquel racimo que brotara, verde y tierno, en el centro de su pecho, se volvía granado, dorado, maduro y repleto. Y con el invierno, crecían todas estas cosas, y se hacían más patentes; aunque no pudieran verlas ojos humanos.

También la Tristeza, en su vagar, penetró en las estancias que un día fueran de Tontina y hoy pertenecían a Gudulina. Y en ella anidó y arraigó con creciente intensidad. Encerrada en aquel Castillo sombrío y, pese a los esfuerzos de Ardid, eternamente inhóspito y mal aseado, Gudulina veía avanzar el invierno. Conoció por vez primera un llanto que nada tenía en común con sus llantos de niña caprichosa, irritada o rebelde. Y las enjutas ventanas no ofrecían otra vista que el oscuro y frío erial donde —según oyó— floreció, en tiempos, un bello jardín que pertenecía a la Reina Ardid. En vano intentó descubrir un Árbol de cuya historia oyó peregrinas y contradictorias versiones: pues en el lugar donde se había alzado, al decir de camareras y doncellas, sólo un oscuro montón de tierra, semejante a cenizas petrificadas, se mantenía visible. Y al tiempo que crecía la Tristeza en ella, también crecía un violento y cada vez más arraigado amor y deseo hacia Gudú. Y ese amor y deseo no la reconfortaban ya, como al principio de su matrimonio: antes bien, la sumían en un desconocido sentimiento que lentamente la ahogaba. Sólo la Reina Ardid, en su hábil manejo de criaturas y destinos, lograba aplacarlo a medias. Y entre promesas de tiempos más lisonjeros —todo, al parecer, sería mejor en primavera— y súbitos desfallecimientos y desánimos, llegó un día en que descubrió que, al menos, su amor había dado algún fruto: pues, con estupor e indefinible alegría, no exenta de temor, comprobó que, por fin, Gudú tendría un heredero.

Presurosa fue a confiárselo a la Reina. Y estaban las dos tan maravilladas con la nueva, a la par que dulcemente entristecidas —cada una por distintas razones—, cuando otra nueva mucho más turbadora y temible sacudió el Castillo.

Con la arribada de un sudoroso jinete-emisario, les llegó la noticia de que una grave revuelta —más que en revuelta, amenazaba convertirse en guerra— se alzaba en el País de los Desfiladeros. Los desaparecidos Bancio y Cancio, al frente de toda aquella desharrapadá muchedumbre que desempeñaba trabajo y cautiverio en las minas, a los que se habían unido parte de los soldados, se alzaban con un largo grito. Y este grito venía, acompañado del incendio de varias aldeas, en dirección a Olar.

No es extraño que la conmoción que causó tal noticia a todo el mundo, dejara ignorante de algo que, en aquel mismo instante, ocurría a poca distancia de la cámara donde la Reina Ardid y la Reina Gudulina se comunicaban la entrañable noticia.

Y sucedía ajena a todos, y más que a nadie, a la propia Ardid.

Hallándose Almíbar sumido en su gran pena, vino a notar que sobre sus rodillas se marcaban unas pequeñas y húmedas manchas, y comprobó cuán lenta y suave y silenciosamente lloraba, tanto que ni sabía enjugar en un pañuelo tales excesos. Levantó los ojos hacia la ventana y descubrió, entre lágrimas, una figura grácil y encantadora sentada en el alféizar, balanceando las piernas. Una vaga dulzura llegó a su memoria, que, si no lograba mitigar su pena, sí pareció llenarle de un tibio calor.

—¿Qué haces ahí, Príncipe Once? —dijo, sorprendido—. ¡Hace mucho tiempo que te fuiste!

—No sé —dijo Once—. No estoy capacitado para medir el Tiempo como vosotros. Pero vengo a hacerte compañía.

—Gracias, querido Once —dijo Almíbar. Y viendo que el muchacho se acercaba a él y se sentaba a sus pies, añadió—: Ya ves: estoy llorando, igual que un niño. Pero ya no soy un niño: soy un pobre viejo a quien nadie ama ni recuerda... —su llanto aumentó, y una lágrima vino a mojar la única mano de Once, que contempló con expresión grave la brillante gotita.

—No eres viejo —respondió al fin—. Tú no puedes ser viejo, porque si no eres un niño por fuera, yo (que puedo ver el envés de la gente) sí percibo en ti un niño.

—¿De verdad? —dijo Almíbar con escasa fe—. No puedo creerlo, querido Once.

—Pues es cierto —dijo Once—. Te veo del revés, tan claramente como a pocos distingo del derecho. Y veo a un niño muy hermoso: sabe jugar, sabe manejar toda clase de objetos y disponerlos bien, y lee: lee un libro escondido, que encontró olvidado... Y también es valiente, y tiene un corazón particular: pues veo algo en él.

—Es cierto que sabía jugar —dijo Almíbar—. Y que leía bellas historias, sobre todo en un libro que hallé en lo más escondido y perdido del huerto de los Abundios... Pero ya no sé jugar, ni apenas leo nada... En mi corazón no podrías hallar sino heridas y tristeza.

—No es eso lo que veo —continuó Once, aproximándose a él y mirando con atención hacia su pecho—. Ahí dice: «Un corazón leal merece seguir latiendo».

—¿Eso dice? —se maravilló Almíbar—. ¡Es lo que escribió en mi daga mi hermano el Rey!

—Pues lo copiaría de alguna parte —dijo Once—. ¡Los adultos lo suelen copiar todo!

Así, permanecieron callados, y una gran suavidad llegaba a Almíbar. Y de pronto, pareció que là Tristeza iba abandonándole lentamente, tal como la bruma abandona y se desprende del Lago, en el amanecer.

—¿Y qué otra cosa puedes ver en mi envés? —preguntó Almíbar.

—Vas a jugar —dijo Once, despacio—. Vas a jugar ahora, según parece.

—¿A jugar? Niño, creo que te equivocas: ya no tengo gusto por los juegos: ni siquiera en el tablero de damas, ¡tanto como me placía antes!

—Es un juego mucho mejor —dijo Once—. Vas a jugar a No Volver Nunca.

—¿Sí?

Almíbar quedó pensativo. Y súbitamente recuperó retazos de viejas historias, páginas de aquel libro que halló, medio sepultado, en el huerto de los Abundios.

Entonces dijo, entrecerrando los ojos:

—Ah, temo que no sabré adónde ir... Porque allí (de dónde tú siempre vuelves) no me dejarán entrar. ¡No, no me dejarán entrar!

—repitió, con un suspiro. Y su voz era igual a la de Tontina cuando pronunció las mismas palabras.

—No —dijo Once—. No podrás entrar.

—Entonces —dijo Almíbar—, ¿adónde iré?

—No lo sé. —Once encogió levemente los hombros.— En verdad, yo no lo sé...

—Dame la mano, al menos —murmuró Almíbar.

Once le dio la mano, y Almíbar partió.

En aquel instante, cuando tan desconcertadas, asustadas y conmovidas estaban Ardid y Gudulina, por las dispares y graves nuevas, el Trasgo asomó la cabeza por el hueco de la chimenea. Y con ira extraña, donde también latía un gran dolor, gritó a Ardid:

—¡Oh, Ardid, Señora!, ¿qué es lo que habéis hecho?

Y al mismo tiempo, sin llamar ni dar muestra alguna de respeto ni de ceremonia, entró a su cámara el Hechicero, y clamó, en el mismo tono y con la misma pena:

—¡Oh, Señora!, ¿qué habéis hecho?

Por primera vez ambos la llamaron Señora, en vez de querida niña. De suerte que, ante la sorprendida y aterrada Gudulina —que no vio al Trasgo ni entendió al anciano—, la Reina despertó súbitamente de aquel aislamiento en que se había refugiado. Un súbito dolor, una grande y cruel amargura llenó su paladar, su corazón, sus ojos; y corrió como empujada de negros presentimientos hacia la cámara de Almíbar. Y sólo cuando lo vio allí, con la cabeza inclinada hacia un lado y su única mano extendida —como si en su vacío esperara alguna otra mano, alguna última caricia, algún imposible calor—, comprendió Ardid cuánto había faltado de aquel lugar, cuánto había abandonado aquella mano que —por leal y valiente, y tal vez, más que por ninguna de estas cosas, por niño e inocente— permanecía aún intacta. Y lo vio con tan inútil desesperación, que, arrodillándose junto a él, en sus rodillas abandonó la cabeza. Y lloró. Lloró tanto y con tal sentimiento, y con tan súbito y dulce, y desconocido e inmenso amor, como jamás —ni en tiempos de Volodioso ni en la Isla de Leonia— había llegado a gustar. Pues era tan vasto y singular sentimiento que, si tales cosas fueran posibles —que no lo son—, hubiera podido abarcar la corteza entera de la tierra.

Pero Almíbar ya había partido y, tal y como Once dijo, Nunca Más Volvió.

Mucho sorprendió a la Corte entera, a la Asamblea de Nobles y a la ciudad en pleno —pues cosas tan insólitas y extrañas suelen propagarse con rapidez—, que en momentos tan graves, la eficiente, serena y sabia Ardid prescindiera de cuantas obligaciones y problemas la acuciaran, ante una noticia tan insignificante como la muerte del insignificante y medio olvidado Príncipe Almíbar. Pues todas aquellas cosas quedaron postergadas, por acompañar en su último viaje a aquel que, antaño, tanto gustase de ellos.

Sólo después de que esto sucedió, volvió a ser la Ardid que todos conocían. Y en la fría mañana que sucedió a tan triste día, ella y su fiel Dolinda, y el fiel Hechicero —que sollozaba sin rebozo—, seguidos bajo tierra por el golpeteo de un conocido martillo que resonaba en sus oídos como el más triste lamento, se dirigieron —acompañados de escaso cortejo— al Cementerio Real, y allí, junto a la tumba de su hermano el Rey, fue enterrado con respeto, amor y veneración por la afligida Reina Ardid, aquel que por ella había perdido su humilde y mágico corazón.

Sobre la tumba de Volodioso se alzaba su colosal estatua en piedra, que parecía hundirse día a día, más y más, en la húmeda y grasienta tierra. Sus fieles Pájaros Sin Nombre —renovándose sin cesar— se posaban en sus hombros, en su cabeza, en su brazo alzado. Y cuando la última paletada de tierra cubrió a Almíbar, acudieron presurosos hacia él, con lo que Ardid partió de allí con aquella imagen como único consuelo: «Almíbar no está solo: ellos le harán visitas, sin duda. Los pájaros de Volodioso vendrán y marcharán, y volverán y partirán también para él: e irán renovándose, y sucediéndose... en tanto la tierra no resulte demasiado ingrata para ellos».

Y guardó en secreto lugar la mano de marfil, y la daga con su leyenda: «Un corazón leal merece seguir latiendo». Allí, o en alguna otra parte —nadie, ni siquiera Once, sabía estas cosas—, se cumpliría su promesa. Pero únicamente los pájaros hubieran podido asegurarlo.

XVIII

LAS ESPADAS Y LOS HOMBRES

1

DE regreso a Olar, y tras aquella triste ceremonia, Ardid tuvo las primeras nuevas directamente llegadas de su hijo. Y leyó en su misiva, una y mil veces, hasta entender su significado, algo que la llenó de horror. Pues, como primera medida a los desmanes de sus hermanos gemelos Bancio y Cancio —y por si el asunto del Príncipe de los Desfiladeros servía de pretexto a tal revuelta—, Gudú ordenaba que, sin dilación, se diera muerte al pequeño Contrahecho.

Aún estaba a su lado Dolinda, y aún enjugaba ésta sus lágrimas por el viejo amigo que, en horas tan tristes como al parecer olvidadas, habíales dado luz y esperanza. Ardid la miraba y no acertaba a decirle nada. Y tal era la expresión de los ojos de la Reina, y tal la palidez de su rostro, que Dolinda reparó en ello, y dijo:

—¿Qué ocurre, Señora? ¿Alguna nueva desgracia viene a anidarse a tantas como en pocas horas hemos recibido?

—Así es —dijo Ardid. Y desfallecida, se dejó caer sobre un asiento. Contempló entonces, frente a ella, el pequeño escabel donde el pequeño Gudú solía sentarse para hablar con ella. Y al verlo —a veces, tan nimias cosas, pensó, pueden desencadenar los actos más dispares—, un llanto furioso se adueñó de su voluntad. Y tomando la misiva de su hijo la rompió en mil pedazos y la arrojó al fuego. Enjugándose las lágrimas, dijo a la desconcertada Dolinda:

—En verdad, Dolinda, que por primera vez desobedeceré al Rey; pero te juro, por mi vida y por la suya, que no habré de arrepentirme jamás por ello. Escúchame bien: toma al niño Contrahecho que tienes como hijo, y con gran sigilo y secreto llévalo a través del pasadizo que conoces tan bien como yo, hasta mi cámara... Y luego, muéstrate llorosa y enlutada, como si lo hubieras perdido.

Al ver el espanto con que Dolinda acogía sus palabras, añadió, con tono que demostrase la gran confianza que en ella depositara:

—No temas: aunque Gudú ordene su muerte, con mi vida he de defender a este niño de todo mal. Si en verdad quieres salvarlo, habrás de hacer cuanto te digo, y mostrarte ante todo el mundo —incluso ante tu esposo— como si tal cosa hubiese sucedido.

Dolinda lloró, sin disimulo, y realmente horrorizada. Pero entendía que su Señora tenía sobradas razones para ordenar la prisa en tales cosas, y se apresuró a cumplirlas, aunque su corazón rebosara llanto y horror. Y también por vez primera el odio nació —si bien aún tímido— en aquel corazón que otrora amara al pequeño Gudú casi tan tiernamente como ahora amaba al pequeño y desgraciado Contrahecho.

Fue aquél un largo invierno: tan largo y cruel como la memoria de las gentes no recordaba. Pues el frío, la inquietud y el temor se unían a aquella larga y rara epidemia que parecía brotar del Lago y se extendía por todos los corazones: la Tristeza. En formas variadas, pero pertinaces y empedernidas, asoló el Reino —o al menos gran parte del Reino— y, especialmente, la pacífica, esplendorosa y, hasta el momento, floreciente ciudad de Olar.

Favorables a Gudú fueron varias cosas. Primero —y no la más insignificante, por cierto—: el hecho de que tanto sus hermanos Bancio y Cancio como el inocente y justiciero Lisio —de quien, por otra parte, no tenía noticias— ignorasen que por aquellos días había invadido y dominado parte de las estepas que se extendían tras los Desfiladeros hasta el Gran Río. Como primera medida, Gudú había ordenado avanzar por aquel lado a Yahek y a la mitad de sus más adiestradas tropas, mientras él, por el otro, atacaría a los insurrectos. Gozaba de antemano con aquella perspectiva; pues suponía que desde Occidente y Oriente no sería difícil aplastar a quienes —aun pertrechados en sus inaccesibles Desfiladeros— no podrían resistir por mucho tiempo el asedio que les aguardaba: el hambre, el frío del invierno y la escasez de armas y hombres no iban a favorecer su victoria.

Lisio apenas contaba dieciséis años. Pero si los casi diecisiete años de Gudú no podían medirse con otros de su edad, tampoco así los de Lisio: a través de distintos caminos, estaban hechos de pasta muy semejante. Pues si bien en iguales circunstancias, de Lisio no podría decirse que hubiera sido semejante a Gudú, quizá Gudú habría sido igual a Lisio. Si el azar lo hubiera permitido, acaso el uno y el otro hubieran hallado, en cada uno, el único y verdadero amigo, compañero y hermano —la sangre poco tiene que hacer en estas cosas, pese a la común creencia— de esta tierra.

Y así, cuando Gudú avanzaba con sus tropas hacia los Desfiladeros, Lisio, desde la más alta cumbre de las Rocas Gigantes, oteaba la tierra y las sendas por donde su gran enemigo se acercaba. Y tales eran su odio, su deseo y su fuerza, que incluso había olvidado las causas personales que le habían conducido hasta allí. Pues si en un principio el incentivo fue un dolorido y atropellado amor por sus hermanos, innata conciencia de avasallada dignidad, sed de justicia y otras aún misteriosas razones que se anunciaban en su mente, algo se sobreponía a todas ellas. Sus anhelos no se centraban ya únicamente en el rostro angustiado de Lure, ni en las palabras de su abuelo, ni tan sólo en la esperanza de redimir a todos los Desdichados. De improviso, sólo un objetivo le espoleaba: dar muerte a Gudú. Y acaso

—quién podría asegurarlo—, si Gudú hubiera mostrado benevolencia y perdón, y aun inusitada generosidad hacia los que fueron su primordial razón de lucha, igualmente el odio persistiría en él, e igualmente le mataría si en su mano estuviera. Y repetía, con su deseo, sin saberlo, lo que su abuelo dijo en cierta ocasión a Predilecto: «Si tú fueras Rey generoso, nosotros también te odiaríamos; y por todos los medios trataríamos de borrarte de la faz del mundo». Pues incluso para el último Rey —tal y como un Rey podía ser o significar para Lisio y todos los Lisios de la tierra—, sólo había una posibilidad: y ésta era su total y absoluta desaparición. Él se convertiría así en Rey de un Reino más complejo, más intrincado, más difícil. Un Rey con mil cabezas, un Rey con mil coronas, crueldades, generosidades y dominios. Mientras escrutaba el horizonte y oía el sordo golpe de su corazón, Lisio era también Rey, un Rey infinitamente más verdadero de lo que pudieran ser jamás Bancio y Cancio —y todos los Bancios y Cancios de la tierra—, si lograran alcanzar un trono que, en su creencia, les perteneciese por ser hijos, como eran, de un Rey reconocido. Y en tanto el día se alejaba, la noche, grande y negra, invadía nuevamente la tierra de Lisio y de Gudú.

Lisio tenía razones con que alimentar su esperanza: conseguir la revuelta de los Desfiladeros fue mucho más fácil de lo que pudiera imaginar. Tras el primer mensaje, prendió la chispa: una chispa semejante a la que un día supo encender Gudú en su propio Castillo. Y como el hambre y la desesperación, junto al relajamiento de quienes les guardaban a la fuerza, eran pasto propicio; y no fue despreciable la tarea que efectuaron los gemelos bastardos del Rey Volodioso, muy hábiles en sembrar discordias, odio y, especialmente, codicia; así, los primeros en sucumbir a tan doradas como traidoras promesas fueron los capitanes de aquellos soldados que, unos a la fuerza, otros por pura inercia, permanecían en el hasta entonces, inane Desfiladero. Y sólo a ellos —que no a Lisio ni a los infelices que se consumían en las minas— mostráronse los hermanos tal y como eran: prometieron a aquellos soldados un sinfín de beneficios, tanto materiales como gloriosos, y excitaron su codicia.

Mientras los Desdichados soñaban con la libertad y el fin de su dura existencia —y lo cierto es que con muy poco se hubieran conformado—, los soldados corrompidos por Bancio y Cancio esperaban otras cosas: no estaba lejos de su mente reducir nuevamente a aquellos desgraciados a su actual o peor condición. La riqueza que controlaban y pasaba por sus manos había encendido en varias ocasiones su ambición. Si no fuera por las temibles y legendarias estepas que, desde siglos, se les antojaban peores que el infierno, y por el miedo que —unido a su vieja ignorancia y apática sumisión— el nombre de Gudú les suscitaba, tiempo haría, tal vez, que más de uno de ellos hubiera llevado a cabo una fuga, provisto de nutrido botín. Rumiando de tarde en tarde supuestas e imposibles riquezas, se nutrían sus sueños de soldados campesinos.

Tan sólo los que eran simples soldados, de la más baja extracción y condición, ignoraban lo que a sus espaldas se urdía. Pero si en astucia y traición los Príncipes gemelos eran artífices sin igual, en valor y sentido guerrero superábales Lisio, que había frecuentado la propia escuela de Gudú, cuyas enseñanzas aprovechara tan bien. Sin él, nada hubieran logrado, y, por el momento —se decían—, con él habían de contar, y de él y los suyos servirse.

En verdad, sólo cuatro de aquellos que habitaban el Desfiladero conocían el verdadero sentido de aquella revuelta que se iniciara con tan lícitas ansias de vida y libertad: los Príncipes Soeces y dos capitanes llamados Larko y Godonio. Pues el tercer capitán, el anciano Yoro, un viejo soldado que asumía el mando supremo de aquel lugar, que en tiempos sirviera a Volodioso, y que había sido enviado a aquella suerte de destierro por Gudú cuando pudo comprobar la decadencia del que otros días fuera uno de los más heroicos soldados de su padre —pues a los ojos de Gudú, las viejas glorias, viejas y pasadas eran, y poco o nada contaban en sus planes—, permaneció, fiel, viejo y nostálgico. Y fácil presa fueron, él y sus pocos adictos, de Cancio y Bancio: de suerte que, tras breve resistencia, fueron vencidos, y murieron. Y nadie —ni siquiera Gudú— valoró, ni tan sólo imaginó, su final: un triste e inútil sacrificio. Nadie les recordó en Olar, nadie se cuidó de conocer sus tumbas, excepto los sombríos gnomos del Desfiladero, que, a veces, acudían por los subterráneos a contemplar lo que la especie humana hacía con sus semejantes, y el valor que tal especie concedía, por contra, a las ínfimas piedrecillas y metales de las minas, restos —abandonados y desechados por ellos— de los resplandecientes tesoros que en tan profundo lugar tallaban y pulían, allí donde la naturaleza humana no hubiera conseguido penetrar jamás.

Después de las matanzas, los gnomos llevaban los huesos humanos de aquí para allá, según entorpecían el camino que horadaban; y si alguna vez, en la oscuridad de la tierra, aquellos huesos relucían, pensaban que si no fuera por pertenecer a tan mezquina especie, serían materia cincelable. Sólo un joven trasgo, de apenas cuatrocientos años, atinó a guardar una falange del que fue glorioso soldado Yoro. Pues como joven que era, creía que en ocasiones aquel huesecillo desprendía un calor extraño parecido al resplandor que tienen algunos ojos cuando no se ha cumplido, por supuesto, la llamada edad de la razón. Pero es de suponer que, con los siglos, llegaría a olvidarlo y tenerlo como capricho juvenil de escasa importancia; llegaría a tirarlo, tal y como tiran los hombres viejos juguetes de su infancia, piezas de escaso o nulo interés.

El día de su partida de Olar, tras enviar emisarios a Yahek para que, bordeando los Desfiladeros, le diesen cuenta de su plan y órdenes —avanzar por el lado de las estepas de forma que, entre ambos, cercasen a los insurrectos y les rindiesen—, Gudú tuvo ante sus ojos los primeros indicios de la rebelión: aldeas incenciadas o destruidas, humo, cenizas y cadáveres que las alimañas se apresuraban a devorar. Habían bajado lobos de las montañas, empujados por el frío y atraídos por el conocido fragor con que su instinto, tiempo y tiempo anterior a su nacimiento, avisábales de festín. Y al igual que los ojos de los lobos relucían a la entrada de los bosques, llegaban también los buitres, los cuervos y las raposas, y todo rapaz, en fin, que sospechase podría sacar algún provecho de tanta desolación. Y también los humildes pájaros del frío, las pequeñas criaturas que huyen entre la hierba y los curiosos, inocentes y menudos habitantes de los campos, acudían a contemplar —junto a gnomos y trasgos—, por distracción, estupor o pura curiosidad, cuanto llegaban a cometer tan extrañas como incongruentes criaturas. Y en tanto avanzaba el frío y el invierno se ensanchaba sobre la tierra, y alcanzaba desde las cumbres el llano, así avanzaba Gudú por un lado y Yahek por el otro.

Lisio había aprendido las artimañas que valieron a Gudú su victoria en la última contienda sobre los Desfiladeros. Sólo con prudencia y arrojo podría enfrentarse a tan poderoso enemigo. Organizó su gente y la dispuso en el Desfiladero, de forma que pudieran dominar al enemigo —como venía sucediendo hasta la llegada de Gudú—. Deseaba convertir de nuevo aquel lugar en la inexpugnable fortaleza que siempre fue. Pero Lisio no era el Rey Gudú, que enardecía y aterrorizaba a partes iguales, entre órdenes severas y promesas de botín; ni Gudú era el Rey Volodioso, tan buen guerrero y hombre audaz como escaso en ideas renovadoras. Y tampoco contaba Lisio, en su ardiente deseo de venganza y libertad, con el poderoso enemigo invierno ni —en caso necesario— con la posibilidad de una retirada hacia las estepas o los bosques. Pues la perspectiva de una larga y al final derrotada defensiva, cercada la fortaleza por el hambre y el rigor del clima, no figuraba en su mente de muchacho inexperto y excesivamente confiado.

Por otra parte, las romas entendederas de Bancio y Cancio, si bien duchas en la urdimbre de traiciones y falsedades, no despuntaban en tácticas o argucias guerreras, como tampoco eran, a su vez, partidarios del valor ni de cualquier clase de lucha abierta. Además, otros planes muy distintos se cocían entre ellos y los dos capitanes insurrectos; y cada uno, tanto si era contra hermano o contra aliado, fermentaba cualquier traición, y la codicia encendía ánimos y despertaba en ellos una clase de fuegos que Lisio, en su inocencia, tomaba por coraje justiciero y valeroso impulso.

Como las desgracias y esperanzas de los que nada tienen no precisan de emisarios, la noticia de su revuelta había llegado muy pronto a los alrededores. Así, gran parte de aldeanos y campesinos, que arrastraban tan mísera o parecida existencia en las vecinas aldeas, se habían unido a los del Desfiladero. De modo que, cuando el ejército de Gudú fue avistado en la lejanía, los de dentro del recinto eran tanto o más numerosos que los que se avecinaban. Lisio habíales armado y dispuesto como mejor pudo. Contaban incluso con las abundantes piedras de aquellos parajes, que a guisa de proyectiles arrojaban al enemigo desde lo alto de las peñas. Las flechas y el pequeño arsenal que guardaban consigo los que, hasta entonces, fueran sus guardianes, reservábanlas de forma prudente y sin despilfarro.

Niños, ancianos y mujeres —las de más edad o más débiles, pues las jóvenes, si buenas eran para el trabajo, mejores se mostraban imbuidas de esperanza y valor en la lucha— fueron apostados como vigilantes. Lisio organizó entonces un sistema de señales de fuego, que tanto en la noche como el día creaba entre ellos un lenguaje de órdenes y avisos. A poco, también se les unieron algunos pastores que conducían sus rebaños en las proximidades de la montaña, doblados, como estaban, a fuerza de impuestos y tributos. Y aunque eran escasos los que tenían la desventura de habitar parajes tan desolados —lo mísero del terreno y la proximidad de las Hordas no invitaban a poblar en ellos—, muchos más de los que esperaba Lisio se unieron a él en la lucha o colaboración. A poco, las laderas de aquellas colinas que otrora sirvieran a Gudú para ocultar sus hombres a la vista de las confiadas huestes de Usurpino y Tuso, ahora hallábanse pobladas por ellos: agazapados en la enramada, se aprestaban a cumplir las órdenes de Lisio. Lástima que sólo tuvieran piedras y toscas lanzas fabricadas con sus propias manos, aunque con la destreza en manejar sus hondas alcanzaban a gran distancia el blanco, con asombrosa puntería de pastores —como gentes que en la espesura sobreviven y están avezadas a ello desde la infancia.

Entre los variados defectos que podrían achacarse al Rey Gudú, no se contaban ni la ingenuidad ni mucho menos la imprevisión o la estupidez. Y si aquellos pastores y leñadores conocían el terreno, por haber pasado allí sus vidas, no menos lo conocía Gudú, aunque a causa del profundo estudio y la contemplación de los extraños dibujitos del anciano Hechicero, aquellos mapas que tanto asombraban y confundían a Yahek y sus hombres, incapaces de comprender la utilidad que en ellos veía su joven Rey. Y su joven Rey reunía además en su persona la astucia de todos sus hermanos Soeces juntos —incluidos Tuso y Usurpino—. Valor y coraje tampoco le faltaban y, por distintas razones, le sabían muy capaz de enfrentarse a las emboscadas de Lisio

y su gente. Y conociendo, como conocía, las posibilidades y dificultades que ofrecía la región, envió por delante, y en misión de gran disimulo —de forma que no se adivinara su bélica condición—, un puñado de exploradores para que le informaran de cuanto ocurría en el
nido de sus enemigos. Cuando regresaron, pusiéronle al corriente de
todo lo que habían visto, oído o averiguado.

Los Desfiladeros y sus ruinas ofrecían un total abandono. Sólo
se oía el grito de las aves agoreras, repetido por el eco, en su oscura
garganta. Gudú acampó con sus hombres a cierta distancia, y allí
permaneció, al parecer sin ánimo de ataque, durante algún tiempo,
como aguardando a ser atacado por los emboscados que se ocultaban en los arbustos. Aunque en verdad Gudú esperaba la lenta
desmoralización de los insurrectos —arma que tan útil le fuera en la
lucha anterior— y, al mismo tiempo, el avance de las tropas de Yahek
desde la estepa.

Transcurridos dos días y parte del tercero, antes de que uno de
sus reptantes y disimulados emisarios le avisase de la proximidad de
Yahek y sus hombres, una insólita y precoz nevada —pues se adelantó mucho a lo acostumbrado— vino a sorprenderles. Y tan copiosa
era que, unida a una violenta ventisca, contrarió en gran manera sus
planes.

En el interior del Desfiladero la inesperada nevada no fue, naturalmente, bendecida, pero hallábanse mejor preparados para enfrentarse a
ella. Resguardados en sus puestos, contemplaban a distancia el resplandor de las hogueras. El campamento del Rey parecía aguardar alguna misteriosa y amenazadora contraseña, antes de iniciar su ataque.

No sólo para los proyectos de Gudú resultaba desfavorable la
inusitada precipitación del invierno. Igualmente, y si cabe con más
crudeza —pues de las estepas venían los fríos vientos, y desde ella
avanzaba la nevada—, sorprendió a Yahek y sus hombres, de forma
que el avance hacia el Desfiladero llegó a hacerse penoso, y hasta parecía imposible. De suerte que así se retrasaron notablemente, y con
ello a punto estuvieron de alterar el curso de aquella pequeña escaramuza, que para el Rey y su gente apenas si revestía importancia.

No un día, ni dos, se prolongó aquella nevada, sino cuatro. Y durante su transcurso, podría decirse sin exagerar, los copos no cesaron

de caer ni el viento de soplar con tal furia, que ni las rocas parecía pudieran resistir su embate, ni el fuego, ni apenas los hombres. Tal cantidad de nieve llegó a acumularse en las colinas y en las cumbres que guardaban la entrada del Desfiladero, que Lisio y su gente empezaron a temer que aquellos inesperados elementos no iban a serles tan favorables como en un principio creyeron. Para colmo de sus males, un alud vino a precipitarse sobre los hombres concentrados al pie de una de las entradas. Causó muerte y gran desconsuelo, junto a considerables pérdidas. Y aún después la nieve seguía cayendo y el vendaval arrastrando cuanto hallaba. El viento traía hasta ellos el aullido de los lobos, estremeciéndoles: en el breve silencio que se abría, de tarde en tarde, aquel aullido llenaba sus corazones de terror, paralizando casi sus latidos. Porque no se trataba únicamente de aullidos hambrientos: en aquellos prolongados lamentos, inundados de ira, les llegaba la furia, el desamparo y la desesperanza de sus propias vidas. Era el lobo, el lobo que merodeaba en torno a los lejanos días de su infancia, era el lobo que se acercaba a las cabañas, a los poblados, en la noche de los niños. El grito largo, tenebroso, del miedo que nunca pudieron arrojar de su memoria ni de sus sueños.

Unos y otros —los que en el Desfiladero se disponían a defender y atacar, y los que desde el campamento se disponían a atacar y vencer— llegaron a perderse de vista. Y también cesaron todos los ruidos. Un silencio blanco, espeso y creciente, parecía bajar del cielo y brotar del suelo, y tan grande era su desconcierto que, aunque no acalló los deseos de venganza o de lucha, vino a sumirles en una sorprendente inmovilidad, en una larga y extraña espera. Como si todo, la ira, la astucia, la venganza se hubieran helado, quietas e intemporales, en el gran frío, en la gran indiferencia de la tierra.

2

MIENTRAS pasaba aquella espera en los Desfiladeros, también el frío y el invierno, e incluso un ligera nevada, cayeron sobre la ciudad de Olar. Se tiñeron de blanco las almenas de la muralla y del Castillo. Y mientras veía caer los copos de nieve, la Reina Ardid meditaba y agudizaba todos sus sentidos, en espera de noticias. A medida que veía cubrirse de blanco lo que fuera su Jardín, recordó que sólo lo retenía florecido en su memoria. Y la invadió una lenta tristeza, o quizá nostalgia, y como no acertaba a definir de qué, creyó que sentía acaso de algo que aún no había conocido.

El tercer día de nieve la sorprendió mirándose en aquel espejo que Almíbar le regalara un día, ya lejano —o, al menos, muy lejano parecía, e inmóvil en el recinto de su memoria—. Descubrió así, de pronto, que lo que fue una corona de leonado fulgor, rubia y espléndida cabellera, también aparecía ahora nevada. Y comprendió que jamás primavera alguna derretiría aquella nieve: ni el sol conseguiría dorarla de nuevo. Estuvo quieta, contemplándose durante mucho rato. Y luego, no ordenó a Dolinda que preparara polvo de oro para disimular las primeras nieves de su sien, ni encargó tocados de terciopelo para ocultarlas, sino que, lentamente, peinó con dulzura y cuidado sus cabellos, los trenzó y los acarició. Y se dijo que, tal vez, le traían un raro y extraño consuelo. Como si en ellos pudiera enterrar su vago dolor, su vaga pena; y se tratara, al fin, del último destello de una larga y despaciosa despedida.

A partir de aquel instante, volvió más sus ojos a las cosas que antaño considerara minucias, ocupaciones de orden secundario: vigilar, por ejemplo, el sueño de su Maestro; preocuparse del pequeño Príncipe Contrahecho que, escondido en la ya medio abandonada mazmorra del Hechicero, correteaba y reía entre las redomas y los atanores como si se tratara de un niño afortunado. Y suspiraba, día a día, sin tregua, por la súbita desaparición del Trasgo. Pues desde el día en que le reprochó tan duramente su parte de culpa en la muerte de Almíbar, no había vuelto a asomar su roja cabeza, ni por el hueco de la chimenea ni por parte alguna. Inútilmente Ardid le llamaba durante las largas noches invernales, en tonos que iban desde la súplica al enfado, desde el cariñoso requerimiento a la burla mordaz o la amenaza. Ni siquiera la pequeña ánfora de vino que colocaba todos los días junto a las brasas, logró que apareciera. Esto la tenía tan inquieta y apesadumbrada que, en el Castillo, todos notaron el inexplicable velo que ahora cubría los poco antes tan brillantes y escrutadores ojos de la Reina Ardid.

—¿Por qué no viene, Maestro? —preguntaba al anciano Hechicero, mirando hacia los rescoldos del hogar.

—No lo sé —respondía él suavemente—. De veras, niña, que no lo sé...

Y Ardid notaba que, por vez primera, su anciano Maestro no le decía toda la verdad.

Entre tanto, Gudulina lloraba la ausencia de Gudú. Y era inútil cuanto hacía su suegra para consolarla. Le decía que Gudú no era un ser al que pudiera dominarse, ni siquiera convencer de algo fácilmente. La joven Reina Gudulina se hallaba hasta tal punto prendada de Gudú, y de manera tan enfermiza, que ni el anuncio de un hijo lograba arrancarla de su postración y tristeza.

Pero no sólo Gudulina era víctima de aquella especie de maligna enfermedad. La Tristeza ascendía desde la capa de hielo que cubría el Lago, y trepaba y se filtraba en la ciudad y en el Castillo por ranuras, resquicios y ventanas o puertas. Todos la sentían, y muchos dejaban que se apoderase de ellos, y más que nadie, las mujeres: pues Gudú habíase llevado a casi todos los hombres de Olar, y los que no estaban con él, se aprestaban y adiestraban en la Corte Negra a las órdenes del Barón.

Y más que ninguna otra mujer, se hallaba la infeliz Dolinda presa por la maligna dolencia. Al tiempo que se dejaba apoderar por la Tristeza y permitía que en su carne y sangre se cebara, mientras el color de sus mejillas y el oscuro azul de sus ojos se apagaban, algo aún más fuerte y más dañino iba devorando su corazón. Su naciente odio hacia el Rey crecía ahora, y de tal forma, que hasta el sueño y las ganas de vivir la abandonaban de día en día. A veces, llegábase a Ardid tan desolada y enfebrecida, que la Reina no reconocía en aquella extraña criatura, dominada por un fuego que no llegaba a entender ni adivinar, a la antaño alegre, sumisa y un tanto vana Dolinda, quien pedía, no ya, como al principio, a través de lastimosas súplicas, sino con violenta y sorda desesperación, la dejase contemplar, siquiera por el hueco de la mohosa cerradura, al pequeño Príncipe Contrahecho. Ardid juzgaba peligroso, y aun perjudicial, satisfacer su deseo, y se negaba a ello. Entonces recibía tal mirada de la antaño sumisa Dolinda, que un estremecimiento recorría sus venas, y acababa accediendo a su petición. De modo que la Dama pasaba su tiempo espiando por las rendijas al niño que llegó a creer hijo suyo: y casi llegó a perder la razón. Llegaron a Ardid noticias de su desvarío, pues doncellas y pajes lo comentaban sin rebozo. Supo así que Dolinda se mostraba pródiga en extremo con ellos. Había repartido dinero, vestidos y aun alguna joya, para que la ayudasen a ver a su pequeño. Su esposo, ya medio inválido, al enterarse de sus dispendios, sufrió un ataque de ira de tal magnitud, que murió al amanecer.

Aquella muerte provocó gran impresión en la Corte: no porque extrañara su fallecimiento, sino por las circunstancias en que se produjo. Una sutil malquerencia y desazón invadió la Corte, y una sombra se deslizaba por cámaras y corredores. Dolinda había sido tolerada a regañadientes, y a veces adulada por la predilección que le mostraba Ardid. Pero ahora su presencia era evitada y menospreciada, e incluso llegó a ser blanco de mal disimulada hostilidad. En vano Ardid intentó justificar las extrañas ocurrencias que de día en día mostraba la viuda. Empezó a vestir pobremente, y ordenó a sus doncellas y pajes, y hasta a los más humildes sirvientes, compartir con ella sus comidas. E incluso ella bajó a las dependencias de los criados, y con ellos comía y vivía. Si bien estas cosas no llegaron a comprobarse, se decían y comentaban. Ardid no atinaba a poner fin a tales desmanes.

Pero el día en que Dolinda manifestó que estaba dispuesta a repartir sus tierras y bienes entre sus servidores —que en verdad no eran suyas, sino de su difunto esposo—, la voz de los nobles se levantó airada. Y a consecuencia de la violenta ira de que fue objeto, murió también, en un breve espasmo, el viejo Barón Presidente de la Asamblea de Nobles.

Estas dos muertes acabaron por soliviantar la ya muy resentida y desazonada, así como despoblada de varón —medianamente vigoroso al menos—, Corte de Olar. Se reunió la Asamblea, y solicitó a la Reina Ardid y a la Reina Gudulina su asistencia. Debían elegir nuevo Presidente. No pudo negarse Ardid, y aunque mucho le costó convencer a la apática y llorosa Gudulina —que sólo se ocupaba en enviar largas misivas a su esposo, repletas de amor y pasión—, finalmente se avino a cumplir el requisito y acompañar a su suegra. Y en tan memorable día, Ardid hubo de frenar el dolor de su corazón al verse obligada —junto a su aprobación por el nombramiento del nuevo Presidente de la Asamblea, el Barón Linko, primo del difunto esposo de Dolinda, también anciano, pero de aspecto más saludable que su pariente— a consentir la decisión unánime de castigar a Dolinda con la desposesión de su herencia, y la reclusión en sus habitaciones, como en tiempos ella misma había sido castigada por Volodioso.

La actitud de la Asamblea no dejaba lugar a dudas, y Ardid comprendió aquel día que no sólo había nevado en sus cabellos y en Olar, sino que también el invierno se había filtrado en su energía, en su astucia y en su voluntad. De suerte que hubo de acceder, bien a su pesar, y no halló fuerzas ni argumentos necesarios para oponerse a aquel castigo que mucho le dolía. Y aun fue alarde de su poder persuasivo que pudo salvar a Dolinda de ser considerada y juzgada como bruja o endemoniada, y dar con sus huesos en la hoguera —como algunos querían—. Con gran pena, pues, hubo de firmar y sellar con su aprobación aquella triste decisión.

En la madrugada del cuarto día —cuando la nevada se había recrudecido en las tierras del Desfiladero—, Dolinda fue confinada en sus habitaciones. Y Ardid no tuvo valor para verla y ni tan siquiera para enviarle unas palabras de consuelo.

Pero aún no había llegado la noche de aquel día, cuando su indómita naturaleza se rehízo de tales golpes. Buscó al Hechicero, y una vez estuvo en su presencia se apresuró a pedirle que conjurase de algún modo al Trasgo, como antaño, para suplicarle algo que mucho necesitaba. Hacía ya tiempo que el Maestro no practicaba ninguna clase de experimentos, ni tan sólo los más inocentes. Únicamente leía, leía, leía... y ahora, en su antigua Cámara de las Investigaciones, solo el pequeño Contrahecho correteaba y curioseaba a su antojo sin que para nada él se opusiese.

—No puedo —dijo el Maestro—. No puedo, querida niña.

—¿Cómo que no podéis? Me niego a creer tal cosa.

—Lo he olvidado —dijo el anciano, suspirando—. Lo he olvidado casi todo.

Y como no podía sacar nada más de él, comprendió que el anciano no mentía. El Maestro —se daba cuenta, con pena y desazón— era muy viejo, mucho más viejo de lo que nadie —ni ella misma— podía calcular. Desde el patio, violentos ladridos llegaron hasta sus oídos y Ardid se estremeció, se abrigó más en su manto de piel y sintió que las llamas del hogar no bastaban para calentar su ateridos miembros. Se aproximó más al fuego, y pensó en la soledad. En una soledad que nada tenía que ver con aquella que, en tiempos, conociera ocultándose entre las ruinas del Castillo de su padre; ni la que sufrió durante el confinamiento en la Torre Este. Esta era una soledad distinta, nueva, espantosamente desconocida. En la Corte de Olar, y en ausencia de Gudú —pese a todo—, seguía siendo, de hecho, la única soberana. Pero de pronto se abría ante sus ojos el vacío que supondría que su anciano Maestro partiera de este mundo, como había partido Almíbar. Las lágrimas nublaron sus ojos, y sus manos temblaban mientras atizaba el fuego. De nuevo llamó, quedamente, y sin esperanza, al Trasgo.

Pero el Trasgo tampoco acudió esta vez.

Al día siguiente supo que Dolinda se había dado muerte, colgándose de su cinturón. Un cinturón de terciopelo y oro, que ella le regaló el día de sus esponsales. Ardid pidió quedárselo, y así lo hizo. Y junto a la mano marfileña de Almíbar, lo guardó en el fondo de aquel cofre que un día ya lejano cobijara también media piedra azul, horadada. Y allí quedaron estas cosas, acaso aguardando un tiempo en que, tal vez, nada significarían para nadie.

Por aquellos días, el Príncipe Contrahecho cumplía seis años y Gudú diecisiete. Por raro azar, ambos habían nacido en días semejantes, si bien con signos distintos y dispares destinos. Sólo el Tiempo, protector de Once, podría conocerlos, mientras caprichosa o intencionadamente se entretenía tejiendo al derecho y al revés.

Ardid mandó enterrar a Dolinda en lugar secreto, pues los que morían sin confesión, o por manos del verdugo, no tenían derecho a reposar en lugar sagrado. Así, fue sepultada en su propio Jardín, bajo las cenizas del Árbol de los Juegos. Sólo ella, así, podía conocer la tumba, y llorar, y soñar, junto a la blanca piedra que con sus propias manos colocó, para no olvidarla jamás.

3

LA nevada cesó en tierras de los Desfiladeros, antes que en las estepas. Y cuando la nieve dejó de caer, se aplacó el viento. Entonces, Gudú ordenó a sus hombres atacar —si bien en falsa maniobra— la boca del Desfiladero. De esta forma, el aluvión de piedras y teas ardiendo que recibieron, les avisó de los puntos donde se hacían fuertes las improvisadas tropas de Lisio y sus Desdichados. Retiró Gudú a sus hombres, y les ordenó permanecer nuevamente a la espera.

Esta vez, aquella espera inquietó seriamente a Lisio. Sabía que si bien Gudú había sufrido algunas pérdidas, no eran para él importantes, mientras que para ellos constituía un derroche inútil, tanto en hombres y armas —o lo que por tal usaban— como por el hecho de descubrir sus posiciones al enemigo. Mandó variar éstas, aunque poco podía esperar de ello. Sin embargo, en el interior del Desfiladero, los ánimos no decaían. Aquellas gentes ignorantes tomaron por primer triunfo lo que tan sólo había sido mero tanteo por parte de Gudú. Y lo celebraron con tal regocijo, que Lisio, contemplándoles, sintió crecer su odio, mezclado con una gran congoja: ahora, Lure se había convertido de joven y linda hermana, tal como la vio por última vez, en una escuálida y avejentada criatura. Muchos de sus amigos habían muerto, y otros estaban tan desfigurados y depauperados, que su sola vista le encendían un dolor y una ira incontenibles.

Lisio ordenó racionar los víveres y reunir en lugar seguro los pocos rebaños de cabras que aún quedaban junto a las minas. Bloqueó éstas, y en su interior depositó todo el material extraído, de forma que, llegado el día de la victoria, pudieran emplearse y repartirse en bien de toda la comunidad. Allí, en lo más hondo de su pensamiento y corazón, comenzaba a forjarse tímidamente un sueño, un sueño del que brotaba y se articulaba un país, con leyes más justas que les llevarían una nueva vida. En la noche, tras la cruel nevada, desde su puesto vigilante, vio por vez primera un cielo terso y negro donde pálidas estrellas relucían, tan lejanas y misteriosas, tan desconocidas como el corazón de los hombres. Un suave viento agitaba sus cabellos y, aunque helado, le pareció un viento bienhechor, portador de algo parecido a una benévola consigna. Iro, su inseparable perro, miraba también hacia lo alto, tendido a sus pies. Y súbitamente, le asaltó la pregunta de qué significarían tan altas y enigmáticas luces: ¿qué habría en ellas?, ¿qué ojos o qué voces, tal vez, las hacían brillar...? «Acaso —se dijo, estremecido por algo parecido a un vago presentimiento— ahí arde alguna fuerza, algún mundo, alguna clase de vida que contempla y aprueba nuestra lucha...» No sabía leer ni escribir, no sabía nada. Apenas si le habían legado leyendas, terrores, supercherías y brujerías que despreciaba. Había crecido y aprendido tan sólo en el dolor, la humillación, la pobreza y los consejos de viejas y hechiceros.

Aquella noche, y desde hacía tanto tiempo en que parecían dormir, despertaron las palabras de su abuelo. Algo, como un grito largo y oscuro, un grito que no era audible sino que nacía de sus propias entrañas, le decía que la continuidad de aquellas palabras, de padre a hijo, de hombre a hombre, habría de traerle una victoria más sólida y perdurable que la que pudiera conseguir tras la batalla del Desfiladero. Y así, empujado por un furor repentino, un extraño impulso rompió su meditada paciencia, todas las lecciones aprendidas. Mientras los hombres de Gudú permanecían acampados y aparentemente inactivos, mientras los de Yahek avanzaban penosamente a través de la nevada estepa, Lisio dio orden de atacar: primero a los hombres de las colinas, y luego, a los que acechaban la entrada al Desfiladero.

Gudú recibió su ataque con bastante aplomo, limitándose a rechazarles; y no les persiguieron hasta el interior del Pasadizo de la Muerte, sino tan sólo hasta su entrada, como eran superiores en destreza y en armamento, poco les costaba. Lisio ya sabía todo esto, aunque algo flotaba en su mente: una advertencia que no lograba entender, un raro presentimiento, un desconocido enemigo le acechaba; y empezó a invadirle la desesperanza. Por tres veces atacó a Gudú. Y cuando empezaba a planear alguna forma de salir por la parte posterior del Desfiladero y rodearles, los vigías le informaron de que les amenazaban también desde las estepas. Una sospecha se abrió paso en su ánimo, a medias esperanzado: quizá fueran las Hordas. Pero su temor se trocó en desconcierto al descubrir que de hombres de Gudú se trataba, y no de Hordas. Y por muy feroces que éstas fueran, no le hubieran llenado de tanta desesperación como comprobar que se trataba de Yahek y sus hombres.

Así, cuando a su vez ambos ejércitos acamparon en torno, cercando su inexpugnable y —de pronto lo supo— inútil fortaleza, Lisio entendió que el odiado y joven Rey sólo un arma pensaba esgrimir contra ellos: el hambre, la paciencia, el tiempo y, al fin, el fracaso de tan desesperada lucha. Esta arma, por sí sola, conseguiría agrietar aquella fortaleza: tan impenetrable para los que aguardaban fuera, como imposible de abandonar por los que resistían dentro.

Sólo la desesperación de una lucha suicida, el azar o la muerte podrían sacarles, a Lisio y a los suyos, de aquel lugar, convertido en monstruoso cepo.

Otra nevada, y otra y otra se sucedieron. Y el frío, los lobos y el hambre acabaron con las menguadas fuerzas de aquellos que inútilmente resistían el asedio. Poco a poco, en grupo o solitariamente, abandonaron sus puestos. Unos huyendo, otros ofreciéndose voluntariamente, buscando refugio, llegaban los famélicos supervivientes a las gentes de Gudú.

Y éste aguardaba en su bien pertrechado campamento. Había previsto todas las posibilidades y en esta confianza resistía el invierno, sin que menguaran el diario adiestramiento ni la moral de sus tropas. Y así llegó el día que juzgó oportuno y adecuado para sus planes. Sus hombres, en hilera y a caballo, de altozano en altozano, esperaban órdenes. Debían conducir al más escogido y mejor adiestrado grupo de los impacientes Cachorros que aún en la Corte Negra aguardaban la promesa del Rey: contemplar de cerca por vez primera el fragor de un combate y, si el Rey lo juzgaba oportuno, tomar parte de una clara e indudable victoria. Aunque Gudú no la consideraba en sí misma importante, sí podía servir de lección viva y práctica a sus adiestradas y bien elegidas criaturas.

Por tanto, aprovechando la calma de unos días que los expertos pastores —vigías a su servicio— anunciaron menos rigurosos y exentos de posible nevada, Gudú compuso una lista de Cachorros selectos. Y entre los diez muchachos elegidos, dos había —aunque él no lo sabía— que fueron antaño compañeros, y más que compañeros, casi hermanos, del desdichado Lisio.

—Antes de la primavera —anunció el Rey a Randal— se habrá acabado la resistencia de los sitiados; habrán agotado ya sus víveres y ni tan sólo les quedará leña para calentarse, pues los bosques se hallan fuera del Desfiladero, y la paciencia y resistencia tienen un límite. O muertos o en desesperada lucha —tan insensata como improbable— les sorprenderemos. No será gran tarea vencerles, y pienso que no debemos desperdiciar vidas ni armas en cuestión tan insignificante. Otras empresas debo iniciar de mayor importancia, y harta paciencia he derrochado en ésta para demorar otras cosas mucho más productivas o útiles. Pero creo que una lección como ésta, no es mal comienzo para una vida de soldado; y los Cachorros tienen derecho a ella.

Y así, con el gesto casi paternal de un hombre que por primera vez recompensa a su hijo, Gudú firmó la lista y, sin dilación, la envió a su Corte Negra.

Cuando llegaron los Cachorros elegidos, los reunió el Rey en su propia tienda. Ante sus ojos encendidos, explicó y expuso los detalles de la situación. Tras advertirles que jamás cometiesen la insensatez de refugiarse en lugar donde no tuvieran asegurada la salida, enardeció sus espíritus, al tiempo que sus paladares probaron por vez primera —como si de auténticos soldados se tratara— el vino. Pues hasta conseguir el grado de soldado, prohibíase la bebida en la Corte Negra. Así, una vez más, Gudú dio muestras de su prudencia y conocimiento de sus hombres. Y los dos Cachorros, antiguos amigos —antiguos hermanos de Lisio—, ni sabían que el que tan mal conducía a sus enemigos era el propio Lisio, y ni se acordaban de su pasado, en aquel —para ellos— tan glorioso momento como estaban viviendo. Si Dios había estado siempre ausente de sus vidas y de sus pensamientos, Dios era, en tales circunstancias, solamente posible en la persona de tal hombre y tal Rey: su cien mil veces admirado Gudú. Y si alguna vez soñaron con un futuro más benigno que el que habían conocido en su corta existencia, en el presente ese sueño no tenía mejor ni más radiante encarnación que la emulación y el ciego servicio a tal Rey y tal hombre, que mostrábase Rey y hombre poco común.

De todas estas cosas, bien sabía aquel que entre senderos subterráneos resplandecía a veces —según qué noches, según qué rutas— con un huesecillo que casi parecía pulida gema. Aquel que un trasgo muy joven conservaba, entre otros tesoros más refulgentes.

Asombrosamente, el asedio duró mucho más de lo que el Rey había previsto. Si bien el invierno fue largo y el frío intenso, llegó al fin el tiempo del deshielo y aún continuaba todo como en un principio, pues ni los de fuera atacaban ni los de dentro daban muestras de intentarlo. O los sitiados contaban con más refuerzos, víveres y capacidad de aguante de los previstos, o algún plan tan sabio como imprevisible —e improbable— les mantenía en tan heroica como inimaginable resistencia. La primavera se anunciaba en el aire, en la tierra; y la batalla no tenía lugar. Ni la batalla ni signo alguno que indicara que, allí dentro, aún vivían gentes: excepto la débil humareda que en ocasiones podían percibir los finos olfatos de Cachorros y soldados.

—Paciencia —decía el Rey—, tened paciencia. La nuestra es más soportable que la de ahí dentro.

Y en verdad que lo era.

4

EL invierno pasó, también, con más pesar que alegría en la Corte de Olar. Los días se sucedían melancólicos, monótonos. Y la preocupación invadía a las gentes. Se había apagado el bullicio en la ciudad. Los comerciantes moderaron el riesgo en sus negocios, pues, precavidamente, atinaban que en tales circunstancias la prudencia no estaba de más; y no debían exponer su dinero en operaciones que, dada la inseguridad reinante —o esto es lo que creían—, podían llevar al traste sus economías. Tampoco la Reina animaba los días con bailes y festines. Lo más florido de la población varonil —tanto en Olar como en aldeas y contornos— hacía sentir su ausencia. Monótonos y tristes pasaban los días para ancianos, mujeres y niños. Y más tristes transcurrían para quienes, en la pobreza, padecían aún más rigurosamente el peso de la austeridad que se notaba en la Corte. Ardid era buena administradora —como tenía probado—, y si bien los tributos no menguaron, sí la prodigalidad.

Finalizaba el invierno cuando una noticia vino a animar tan apagada Corte y, especialmente, su sombrío Castillo. Y ésta fue el inesperado nacimiento del primer hijo del Rey, que en las cuentas de todos se adelantó. Y ante el regocijo general, este fue varón; de modo que la alta torre, cubierta por una caperuza azul —capricho de Volodioso—, lució espada de oro indicando que el recién nacido era Príncipe, y no Princesa. Pues si Princesa hubiera sido, hubiera lucido espada de hierro —si lucir pudiera...

En señal de gran regocijo y ventura, Ardid ordenó que por dos meses se liberase de tributos a la población y contornos de Olar. Como en tales circunstancias tal prodigalidad no esperaba el pueblo, mucho les alegró ver manar de nuevo la famosa fuente de vino gratuito, según era costumbre —¿desde cuándo...?, ¿desde quién...?—. Y generosa ración de harina fue repartida, también, entre los míseros. Con todo lo cual Ardid supuso —y bien— que levantaría los decaídos ánimos y, tal vez, un resplandor de orgullo —si no de afecto— renacería en algún desventurado corazón de cuantos componían la población más sufrida y necesitada del Reino.

Poco después anunció que el bautizo del heredero sería festejado como convenía. Y también entonces las damas, e incluso algún provecto varón, sintieron el calor de una efímera, aunque muy dulce, ilusión. Así, el recién nacido fue festejado como merecía y bautizado en el Monasterio de los Abundios con el nombre —en verdad poco original— de Gudulín.

A excepción de la madre y la abuela —y por supuesto del anciano

Maestro—, quien mostró más entusiasmo por el recién nacido fue el infeliz Príncipe Contrahecho. Suponiendo que el tiempo había borrado de las mentes a tan efímera como desgraciada criatura, la Reina consultó con el Hechicero la posibilidad de convertir al pequeño Contrahecho en paje, o sirviente, destinado a acompañar y distraer al recién nacido —cuando éste fuera capaz de apreciar tal cosa—. Y así, le vistió de forma que semejaba un bufoncillo, y fingiéndole regalo de la Reina Leonia, empezó a mostrarlo junto a la nodriza del Príncipe, y así le presentó a la propia Reina Gudulina, tan ensimismada en la contemplación de su hijo —cuya presencia parecía sorprenderla casi tanto como la obsesionaba el recuerdo de Gudú—, que apenas le dirigió una mirada. Ardid respiró aliviada, pues, se dijo, aquella era la única forma de conseguir que Contrahecho tuviera medianamente asegurada su amenazada existencia. El recuerdo de Dolinda, de los días y años que pasaron juntas en la Torre llegaba a Ardid cada vez que contemplaba aquel niño.

Como era criatura de gran bondad y dulzura, se mostró muy contento con su nuevo vestido. Y hacía sonar insistentemente sus cascabeles de oro ante la cuna de Gudulín. Día llegó, al fin, en que el recién nacido dio muestras de notar su sonido y, con gran regocijo de los que tal cosa presenciaron, dirigió su mirada hacia él. Si esto fue puro azar o no, el hecho se consideró como bueno, y el pequeño Contrahecho quedó asignado a la compañía y regocijo de tan tierna criatura.

Cuando estas cosas sucedieron, el tiempo había pasado más a prisa de lo que la propia Reina creyera. Pues estaba ya entrado mayo y las flores y la hierba lucían en todo su esplendor. Gudulín cumplía dos meses, y su padre no había dado fin todavía a lo que, en principio, considerara revuelta sin importancia —y de rápida solución—. «Dios mío —pensó—: el verano está en puertas.»

Recibía noticias de los Desfiladeros, y muchos conocían la angustiosa situación de los que allí se resistían. Pero sólo en aquel momento, tanto ella como la Corte y la ciudad —y el Reino en suma— atinaron a sorprenderse de la increíble resistencia de Bancio y Cancio —de quienes, por otra parte, nada se sabía—. Esto fomentó tan encontradas opiniones, que hubo de reunirse la Asamblea de Nobles. De-

mandaban a Gudú una explicación a tan larga como extraña resistencia, y a tan rara como misteriosa desaparición de los hermanos Soeces.
«¿Habrán muerto?», se preguntaban. Incluso llegó a esparcirse el bulo
de que fueron vistos, cabalgando, por la cercana arboleda: pero sólo
apresaron, en su lugar, a dos vagabundos y un leñador que, para su
desventura, tenían cabellos tan rojos como los príncipes insurrectos.
Ninguna otra cosa llegó a aclararse. Gudú envió recado a la Asamblea
diciendo que, si él y su gente daban prueba de paciencia, cuánto más
debían darla quienes padecían más regalada espera. Con lo que, nuevamente, languideció la Corte, y languidecieron los comentarios.

Pero algo conmovió mucho más a la Reina Ardid que el nacimiento de su nieto. Y esto fue que, estando ella junto a Gudulín y
Contrahecho, mientras Gudulina espiaba pisadas o rumores que la
avisaran del regreso de Gudú, y el anciano Hechicero dormitaba, un
conocido martilleo retumbó en el hueco de la chimenea. Sólo Ardid
pudo oírlo, es cierto, pero tal fue su sobresalto que no pudo dominarse y, saltando de la silla, se aproximó a la apagada chimenea. Con
la mano en el corazón, arreboladas las mejillas, aguardó, aguardó...
hasta que, al fin, una roja cabeza se hizo visible en el hueco negro. Entonces, Ardid notó que las lágrimas empañaban sus ojos. Se arrodilló
junto al hogar y permaneció así, quieta, muda, dejando que las lágrimas resbalaran por su mejillas, y sin atinar a decir nada. Una niña
descalza corría de nuevo entre los viñedos, una vengativa e inocente
criatura que no había muerto, pero... Y cuando, al fin, apareció el
Trasgo, fue como si su ausencia no hubiera tenido lugar, como si el
día o la noche anterior hubiera participado de la ya desaparecida camarilla íntima. Dio un raro volatín en el aire y dijo, con severidad que
no ocultaba su recóndita alegría:

—¿Ves cómo lo encontré? ¡Sí, querida niña!, no vuelvas a jugarme una mala pasada, porque no sé si caería en la tentación de convertirte en sapo... ¿Cómo pudiste creer que no lo encontraría? Sabes
que me gusta el vino y que no quiero que desaparezca de mi vista.
Así que guarda tus bromas para el pobre viejo que ahí dormita, y no
vuelvas a esconderme al Príncipe Gudú, si no quieres que me enfade
de verdad.

Así diciendo, tomó la jarra y bebió hasta la última gota. Sentóse luego al borde de la cuna y contempló a Gudulín. «Cree que es mi hijito —comprendió Ardid, que sentía doblarse su corazón bajo un peso grande y dulce a un tiempo—. Cree que es mi Príncipe Gudú...» Y sin cuidarse de ocultar sus lágrimas, sin decir nada, sonrió tiernamente al Trasgo.

A poco, vio cómo Contrahecho se dirigía al Trasgo con gran naturalidad, diciendo:

—¿Sabes, Trasgo?, soy el Juguete del Príncipe.

—Me parece bien —respondió el aludido—. Eres un hermoso juguete y una hermosa criatura.

Y así, conversaron largamente y de forma apacible. Hasta que el anciano Hechicero despertó.

—¡Oh, Trasgo querido! —dijo—, ¿por qué nos has hecho esto? ¿Por qué nos has castigado con tu ausencia?

—Si te refieres a que he descubierto el escondite, no sé cómo pudiste dudarlo. —El Trasgo rió ácidamente.— Estás viejo, no cabe duda.

Ardid puso un dedo sobre sus labios reclamando silencio, y el anciano, comprendiendo, movió la cabeza. Sólo Gudulina no se enteró de nada: pues únicamente deseaba y soñaba ver aparecer a su amado, lejano y olvidadizo esposo, el Rey Gudú.

Desde aquel día, el Trasgo acudió de nuevo puntualmente a la cámara de la Reina. Al tiempo que el calor avanzaba y que el cielo se hacía más y más brillante, Ardid sentía despertar en su corazón —de forma antes no conocida, muy suave, y tal vez, ahogadamente— que la vida podía ser aún, si no hermosa, al menos soportable. Y quizá reservaría para ella algún desconocido sueño incumplido.

Cierta mañana, se asomó a aquella ventana —ahora pertenecía a la cámara de Gudulina— que antaño fuera suya y de Tontina. Vio cómo la maleza y el descuido invadían el hermoso Jardín. Se dijo entonces que, tal vez con esfuerzo y cuidado, acaso pudiera florecer de nuevo. A partir de aquel día dedicóse a ello con tal ahínco, que casi olvidó conversar con sus dos fieles ancianos, llenar de esperanza a

Gudulina y cuidar del pequeño Contrahecho. Y todos pensaron que la Reina rejuvenecía.

Lo cierto es que, poco a poco, algunas flores —si bien no tan espléndidas, ni tan coloradas, ni de tan dulce aroma— brotaron nueva y tímidamente entre la maleza del Jardín de Ardid. Incluso, de aquel oscuro montículo que parecía cenizas petrificadas y que en tiempos se llamó Árbol de los Juegos, nació un tallo: y día a día iba creciendo. Y acaso —a fuerza de cuidado y vigilancia; a fuerza de mucho amor— llegaría algún día a convertirse nuevamente en árbol.

5

PERO si la llegada del buen tiempo, y el nacimiento del joven Príncipe Gudulín, reanimaron los decaídos ánimos de Olar, no ocurrió otro tanto en el recinto cercado de los que, increíblemente, se mantenían aún en el interior del Desfiladero.

A partir del día en que se divisaron las tropas de Yahek y comprendieron su situación, lo que hasta entonces fuera confianza y esperanza —aunque sustentada sobre muy frágiles cimientos— decayó con igual rapidez como brotara el fuego de la rebeldía. Los primeros en abandonar tan soñadoras esperanzas fueron los Príncipes Gemelos. Y con ellos, los capitanes. Y tras los capitanes, los soldados. Y así, la sorpresa y el desánimo trocáronse en pánico, y el pánico en ira contra quien, hasta muy poco, fuera el más sólido puntal de sus marchitos sueños y esperanzas.

Así, nació una revuelta dentro de la misma revuelta. Encabezada por sus propios capitanes, los soldados volviéronse, por un lado, contra Bancio y Cancio, y por otro, contra el propio Lisio. Únicamente siguieron fieles a éste los que nunca antes tuvieron en su vida mejor cosa que aquella breve y efímera esperanza: los Desdichados de las minas. Enfrentáronse entonces ambos bandos, y si en un principio sólo con amenazas y duras increpaciones se agredían, llegaron a asumir tal cariz, que no era difícil suponer que tomando las armas llegarían a dirimir tan desventurada situación.

Prudente y previsor —tanto por las enseñanzas recibidas en la

Corte Negra como por la dureza de su vida—, Lisio había tomado las mejores posiciones: en las bocas de las minas, donde se guardaban los escasos víveres y armas, y en los puntos mejor defendidos del Desfiladero. Así, tanto los Gemelos como los antiguos soldados de Gudú y hasta hacía poco guardianes de los insurrectos, aun siendo en número menores, también lo eran en defensas de todo tipo.

Al fin, su voz se dejó oír sobre las demás. Se aceptaron sus razones —si bien más por fuerza que por convencimiento—, y llegaron a un acuerdo: resistir. Y aunque tan descabellada era la idea como desesperada la situación, pensaban que, duchos como eran en la excavación de la tierra —aunque aquella destreza haría sonreír a los expectantes gnomos y a los curiosos trasgos—, podrían horadar un túnel que les condujese al exterior y, desde allí, subir a las colinas, y luego, atacar, como mejor supieran, y pudieran, al enemigo.

Si difícil y desesperada era semejante empresa, aún más difícil y desesperanzada la tornó la crudeza del invierno. Estaba el ánimo muy maltrecho, y desfallecidos todos los cuerpos y hundidos los corazones, cuando un hecho vino a destruir tan laboriosa, heroica, improbable y esperanzada resistencia.

Una vez más, Bancio y Cancio discutieron las escasas probabilidades que tenían de salir triunfantes de tan descabellado como esforzado intento. Así, tras sucesivas disputas, de las que ambos salieron bastante maltrechos, planearon la huida, aunque para ello debían primero hacerse con gran parte del fruto de la mina, de víveres y de cuanto les fuera de vitalidad. Fingieron el deseo de tomar parte en la excavación —y como, debido a la fatiga de los que horadaban, precisaban de ayuda—, les creyeron y aceptaron. Aunque maltrechos y hambrientos, ambos procedían de una vida más regalada —aunque ya lejana—, y aparecían más fuertes y robustos que el resto. Así, su oferta fue aceptada, y se les permitió penetrar en los pasadizos que sólo los —para su mal— expertos Desdichados eran capaces de recorrer con menos peligro. Así, ayudados por la habilidad que les caracterizaba, lograron extraer, y apoderarse, si bien no tanto como deseaban, no de los víveres, que no llegaron a alcanzar, sino de algo que sus romas inteligencias inundadas de codicia deseaban mucho más:

alguno de los preciosos tesoros que tanta riqueza proporcionaron al Rey loco de los Desfiladeros y a Gudú.

Entre tanto, Gudu envió un emisario, ofreciendo perdón a los soldados desertores, si regresaban a sus filas.

El tiempo iba pasando lentamente; y pasaban también, y terminaban, los días, y con los días, los víveres. Más y más se racionaron, y más y más, los que horadaban en la mina, se aferraban al último jirón de esperanza. Pero primero los más débiles, luego los ancianos, el caso es que empezaron a morir: y a tal punto llegó la mortandad, que las manos de los excavadores debían repartirse entre el túnel y la fosa donde arrojaban los cadáveres.

Así, murió también Lure, y así, vio morir Lisio a otros muchos, incluidos soldados. Y, al fin, una epidemia se propagó entre ellos, hasta que, desesperados, cesaron en su vano intento. Se reunieron cuantos quedaban, junto a la boca de las minas y del inútil pasadizo. Un hedor mortal invadía el aire. El hambre, el frío y el dolor les atenazaban, y aunque la leña aún era en cierto modo abundante, parecía que no habría llama con que calentar sus huesos, ni sus corazones.

—No podemos resistir más —dijo el Capitán Kelio—. De modo que mis hombres y yo hemos decidido aceptar la oferta que nos hizo el emisario del Rey, y solicitar su perdón. Si con ello logramos salvarnos, será extraño, aunque posible. Pero si permanecemos aquí, nuestra muerte es segura.

Largo rato discutieron tal decisión. Bancio se inclinó a admitir las razones del soldado, pero su hermano se oponía. Y cuando éste al fin pareció convencido —aunque ninguno de los dos estaba verdaderamente dispuesto a ofrecer su cabeza a Gudú, puesto que en su ofrecimiento Gudú no les nombraba—, el otro tornóse a la contra. Así, pasándose uno a otro la decisión, y variándola según les convenía, al fin los soldados se impacientaron. Y Lisio, que hasta el momento permaneciera en silencio, dijo, con voz tan clara y serena que dejó a todos suspensos:

—Nadie se rendirá al Rey. Y antes que suceda tal cosa, quien lo intente morirá a mis manos.

Dirigió entonces la mirada hacia los Desdichados, los que verdadera y únicamente tenían una razón, una voluntad clara y comprometida en aquella desesperada empresa. Y vio sus ojos, y sus rostros, donde se asomaba todo el dolor de la tierra. Y añadió:

—Ninguno de nosotros estamos dispuestos a consentirlo.

Y así, otra vez se enfrentaron dos bandos, entre la más grande miseria. Tan desfallecidos y cubiertos de harapos estaban, que comprobaron con horror que ni siquiera tenían fuerzas para manejar la espada. A la vista de tal cosa, el pánico se apoderó de ellos de tal manera, que se disgregaron. Y cada uno, como mejor supo, se dejó caer en un oscuro lugar, y éste era la muerte.

Nadie lo veía, pero el invierno había ya levantado el vuelo, y por doquier la hierba apuntaba, y los manantiales renacían en su manar, libres de hielo. Pero Lisio estaba solo, solo donde tuvo lugar la última reunión. Y supo, una vez más, que solo había estado la mayor parte de su vida, más solo que jamás hombre alguno se hallase en la tierra. Y entonces, levantó la cabeza: el cielo aparecía limpio, de un raro azul, cuando bruscamente surcó el aire un grito. Y de nuevo un vuelo negro, lento y agorero, clamó, gritó su ira, y se repitió en miles de cuevas, en miles de ecos. Había llegado el buen tiempo, pero ya no suponía riqueza, ni siquiera para los que sólo contaban con aquel tesoro en la vida... Lisio vio, con horror, cómo las jaras se doblaban, y un cuerpo sinuoso se arrastraba entre ellas arteramente. Se levantó, tan lleno de ira como de calma, y tan silencioso y cauto que no parecía hollar la hierba, cayó sobre uno de los dos hermanos.

—¿Adónde vas? —le gritó, mientras mantenía la espada alzada sobre él.

Y antes de que el desertor respondiera, o atinara en lo que sucedía, otro cuerpo se abalanzó sobre él con vigor inusitado —pues sólo ya parecían sombras quienes de un lado a otro vagaban aún, y muertos los que permanecían quietos, como árboles, o como piedras.

—¡Cerdo! —aulló, silbante, la voz del intruso: e iba dirigida al desertor, no a Lisio —. ¡Cerdo, me robaste! Me robaste y pretendías huir sin mí...

Cancio alzó la daga y la clavó en la espalda de su hermano Bancio. Luego, extrajo lentamente el arma, que apareció teñida de rojo. Y quedó así, quieto, mirándola con desorbitados ojos. El gran cielo seguía allí, sobre ellos; y el viejo Capitán Kelio, que aún seguía a Lisio, recostado en el tronco de un árbol, junto al riachuelo, les miraba, y tanto él como Lisio sentían cerca, como si batieran en sus mismos oídos, un aleteo de aves negras y voraces. Entonces, lenta y trabajosamente, el soldado se levantó y, acercándose a Cancio, le atravesó con la espada: sin esfuerzo por su parte ni resistencia por la del Príncipe. Así que cayó de bruces Cancio sobre el cuerpo de su hermano Bancio; y a su vez, el soldado permaneció muy quieto, mirando su espada, tinta en sangre. Lisio seguía allí, como si jamás fuerza alguna, ni aun la misma muerte, pudiera apartarlo de aquel lugar, mientras oía el correr y manar del agua, en riachuelos y fuentes que anunciaban la primavera y el deshielo; y el batir de alas, que anunciaban la muerte.

—¿Por qué has hecho eso? —preguntó quedamente al Capitán. Y el soldado respondió:

—No eran como nosotros, Lisio.

Y tornó a su lugar, y se dejó caer de nuevo, recostado en el árbol. Y así quedaron los dos, mirando las espadas, la sangre, la hierba que nacía; oyendo el rumor del agua, el batir de las alas y el suave balanceo de la hierba bajo la brisa.

Fue entonces cuando Gudú creyó llegado el momento adecuado. Envió a Yahek, con un grupo de sus más hábiles y escurridizos hombres, a internarse sigilosamente en los puestos claves del Desfiladero. Si posible era entrar en él, avisarían a los que apostó en lugar visible, de modo que, en caso contrario, pudieran retirarse.

Ninguna resistencia hallaron: sólo, entre la hierba naciente y hermosa, cadáveres, hedor, muerte y gusanos. Y así, avanzaron ellos, y tras ellos muchos más. Y cuando llegaron allí donde tan sólo hombres tan inmóviles como piedras quedaban, Yahek lanzó un grito, y envió a sus hombres sobre los supervivientes. Y tras sus hombres él, mientras terminaban con la vida de los que aún quedaban, sin resistencia alguna. Así, fueron muchas las espadas que se unieron en su color a la que poco antes contemplaran el Capitán y Lisio.

Al fin, Yahek se dirigió hacia el único que, al parecer, se mantenía en pie, y le atravesó con su espada. Era el último, y gozoso, se volvió a proclamarlo. Pero alguna interna, misteriosa orden, le obligó a mirar a aquel a quien acababa de dar muerte. Y cuando contempló, a sus pies, aquel último hombre que tenía la cabeza vuelta hacia él, y abiertos los ojos, le reconoció.

Jamás Yahek, en su larga vida de soldado, que a tantos hombres atravesó con su espada, que a tantos hirió y aun maltrató, había sentido como sintió en aquel momento —y su vista se nubló, y sus rodillas se doblaron, hasta caer sobre la hierba, junto a Lisio—. Pues era su hijo, más hijo que surgido de sus entrañas, hijo por amor. Ésta era la primera vez que lo veía como tal, y viéndolo, sentíalo, y sintiéndolo, una daga más aguda que cualquiera atravesó sus propias entrañas: puesto que, verdaderamente, por primera vez veía un hombre muerto, lo que significaba un hombre muerto. Seguramente, quiso decirle algo. Tal vez, deseó preguntarle o recriminarle, o suplicarle perdón, lágrimas, tristeza, horror, soledad. Quería hablarle o escucharle. Pero, Lisio era toda la muerte del mundo, la muerte de la hierba, la muerte del recuerdo, de los deseos, a la que él miraba. Y era su mano quien había llevado aquella muerte, y por eso no sabía ni podía decir nada, y se moría él también sin saberlo, aunque sí lo sentía.

Más tarde, ninguno de sus hombres, ni Gudú mismo, creyeron reconocerle, cuando le encontraron. Porque Yahek, desde aquel día, jamás volvió a ser ni el soldado ni el hombre de antaño.

—En verdad —dijo Gudú, a los decepcionados Cachorros—, no es esta una victoria ejemplar. Os reservo algo mucho mejor. Pero no está de más que conozcáis y veáis todas estas cosas.

Y los Cachorros, y aquellos dos que fueron hermanos y compañeros de Lisio, pasaron junto a él, y sobre él pisaron. Y ninguno de ellos, excepto Yahek —que lo guardó en su pecho, con su primer horror y sus primeras lágrimas—, lo reconoció.

Como el hecho de enterrar tanto desastre resultaba tan arduo como pestilente, Gudú ordenó apilar los restos de quienes quisieron, por una parte, encarnar la venganza, por otra, la codicia y, finalmente, la inútil y desesperada ilusión de libertad. Mandó hacer con todo grandes piras, prenderles fuego y, acto seguido, regresar. Así lo hicieron. Tras su marcha, por largo tiempo el fuego y el viento se llevaron fragmentos de horror, esperanza, e incluso muerte. Tan sólo calcinados huesos perduraron aún, tiempo y tiempo, entre la hierba. Y entre tanto hueso, y tanta muerte, y tanto humo, y tanta ausencia, algo resplandecía. Algo que era como una piedra pequeña, tan brillante que diríase una llama que no podía apagarse entre las cenizas: eran las brasas de un muchacho que se llamó Lisio.

Luego, las lluvias de primavera las sepultaron en el barro; y en el barro fue lentamente hundida y conducida su pequeña luz hasta la zona donde habitan los trasgos y los gnomos, los que sí saben horadar el mundo con martillos de diamante sin pulir. Así, la halló aquel trasgo curioso y demasiado joven que apenas si contaba cuatro siglos. Y juzgándola más rara y valiosa que la anterior, se apropió de ella; y la contemplaba y acariciaba, a escondidas, en la oscuridad que alienta las entrañas del mundo. Y como por más tiempo y tiempo que pasara, la llama no se extinguía, la acariciaba más aquel trasgo. Al fin, un día, la mostró al más anciano de los gnomos. Éste la observó con detenimiento, y al fin dijo: «Guárdala en buen lugar. Pues no es fácil que esta llama se extinga, y por contra, acaso llegue un día en que prenda grande y viva. Pues he aquí uno a quien nadie conocía, y sin embargo no será olvidado».

El trasgo obedeció aquella orden, y la llama que cuidaba no se apagó: y acaso la vio crecer un día, o la está viendo crecer hoy, o la verá prender mañana, con tal fuerza, y tan extendida, que podría cubrir la corteza del mundo. Pues algunas victorias no son ni gloriosas ni recordadas; pero algunas derrotas pueden llegar a ser leyendas, y de leyendas pasar a victorias.

XIX

TAL VEZ AMOR

1

GUDÚ no regresó de inmediato a Olar. A pesar de que Ardid envió un emisario con la noticia del nacimiento de Gudulín, el Rey no mostró excesivos deseos por conocer a su hijo. Antes bien, ya sabedor del hecho, se mostró satisfecho: especialmente porque tratábase de varón. Con tal noticia pareció conformarse. Como su padre, si bien no llegaba en su exageración a confundir los niños antes de los doce años con conejos o gallinas, lo cierto es que las criaturas de tan corta edad no excitaban ni su curiosidad ni su entusiasmo; aunque se tratara de su propio hijo. Mucho más le atraían las andanzas y progresos de sus Cachorros —en quienes parecía depositar más esperanzas que en su propia dinastía, al menos mientras no advirtiera que los miembros de ésta estuvieran capacitados para desengañarle, enorgullecerle o decepcionarle.

En tanto, con sus soldados, decidió celebrar la victoria y solución del problema de los Desfiladeros. Mientras aún humeaban los restos de quienes tan denodada como inútilmente habían resistido y muerto allí dentro, creyó oportuno conducir a sus muchachos a la linde de las estepas, pues suponía que su contemplación, unida a las lecciones con que les preparaba para tal empresa, les haría compartir su sueño.

—Ahí tenéis, ante vuestros ojos, el llamado Mundo Desconocido —dijo, adentrándoles hasta las orillas del Gran Río—. Pero tened por seguro que para vosotros no habrá, si no lo hay para mí (y no lo habrá), ningún Desconocido posible. Os aseguro que hasta todo cuanto alcance, y abarque, la mirada de Gudú, de Gudú será; y, por tanto, también vuestro. Porque vosotros sois la parte más importante de mi ejército, y mi ejército es la parte más sustancial de mí mismo... y de Olar.

Cuando oyeron la segunda parte de este discurso, tanto capitanes como soldados creyeron que sus oídos les engañaban. Jamás a Volodioso se le había ocurrido decir algo parecido a soldado alguno, mucho menos a muchachos aún sin experiencia. Pensaron que Gudú rompía muy viejas tradiciones e iniciaba otras cosas, muy distintas y sorprendentes para ellos. Gudú no era ignorante de lo uno ni de lo otro. Y si bien en esto procedía por astucia y aun por cautela —sin menoscabo de que, llegado el momento, cumpliese lo que con tanto aplomo prometía—, lo cierto es que sus soldados no eran tratados como la mayoría de los soldados, ni su ejército como la mayoría de los ejércitos. Era Rey espléndido, generoso, aunque severo con sus soldados, y no es raro que contara día a día con más adictos, buenos guerreros, como menguaban sus enemigos. Por lo menos, en el Reino de Olar y sus tierras conquistadas.

Entretúvose en las fortalezas y guarniciones de las estepas más de lo que parecía natural en tan reciente padre como victorioso Rey. Y los días pasaban, y el verano iba aproximándose, y Gudú no regresaba a Olar.

Aún no se habían apercibido totalmente, ni el sagaz Rey ni sus compañeros de armas, del cambio operado en Yahek. Como este era, al fin y al cabo, hombre de pocas palabras y ruda expresión, aunque su rostro y ademanes hubieran sufrido, tras dar muerte a Lisio, un cambio notable, pronto se acostumbraron todos a su nuevo aspecto y, por tanto, no llegaron a extrañarlo demasiado. Pero sí lo notaba él mismo, de suerte que, a partir del instante en que vio a aquel que había considerado y amado como hijo —tanto o más que al propio, a quien apenas veía—, no podía apartar de su mente la imagen del valiente muchacho muerto a sus pies. Y no podía mirar el filo de su espada —que continuamente afilaba, ante las chanzas de sus compañeros— sin un estremecimiento. Un dolor tan vivo le atravesaba en el curso de estos recuerdos, que su ánimo decaía de día en día, aunque quienes le rodeaban no se apercibiesen cabalmente de ello. Aunque no todos: pues alguien sí había notado tales cosas en Yahek. Alguien que siempre, de lejos o de cerca, le seguía a donde fuera, aun a costa de la fatiga y de la ancianidad.

Yahek permaneció aún en las estepas, donde le reintegrara Gudú, pues pensaba que mejor le serviría allí. Su sustituto en la Corte Negra, y ahora Maestro de los Cachorros, el joven Barón Silu, cumplía bien su cometido. Y la Anciana Bruja de la Estepa pudo comprobar cuán decaído mostrábase el ánimo de Yahek, y cuánto buscaba soledad y silencio, antes tan dado a la compañía de los soldados, a la comida y la bebida. Había perdido el gusto por todas estas cosas, y lo perdía más y más, de día en día. «Yahek sufre —se decía, con íntimo deleite—. Así alimenta mi dolor y prolonga mi fuerza.»

La esposa de Yahek, Indra, le aguardaba en la guarnición, junto a las otras mujeres —como era costumbre establecida por Gudú—, y, cuando su marido regresó de los Desfiladeros, también vio algo en sus ojos.

—¿Estás herido? —indagó ansiosa. Él nada respondió; antes bien, rehuyó tanto sus preguntas como su compañía. El niño de ambos crecía hermoso y fuerte, y sólo con él, a veces, solía entretenerse brevemente Yahek. Pero la vista del niño, que antes le alegraba, ahora recrudecía el dolor que sintiera al hundir el filo de su espada en el pecho de Lisio. Y más de una vez, mirando los ojos de su hijo, creyó ver cómo se cerraban los ojos de aquel a quien había dado muerte; y le parecía que Lisio era el único a quien había causado tal daño —siendo, como eran, incontables sus víctimas—. Así, incluso la vista de su propio pequeño rehusaba, con lo que Indra empezó a sufrir mucho ante un comportamiento que no atinaba a descifrar.

Al fin, día llegó en que el regreso de Gudú a Olar, para conocer al futuro Rey, no pudo demorarse más. Aconsejado por sus mismos hombres, sin ganas, pero con el convencimiento de que, un día u otro, tal cosa debía suceder, emprendió el regreso. Pero esta vez dejó bien organizado —y con mayor cautela— el orden y mantenimiento de los Desfiladeros.

En esta ocasión, eligió como Jefe de los destinados a tan dura como ingrata tarea —gentes desertoras de las colinas, que a él se entregaron y en él se refugiaron, más todo campesino que logró reunir por los alrededores, con lo que acabó por despoblar tan de por sí solitaria región—, a un joven de quince años, de origen estepario, que, en la actualidad, habíase convertido en uno de sus más valientes y adictos soldados y tenía por nombre Kar. Había sido capturado, casi niño, junto a otro joven llamado Rakjel, durante la conquista hacia el Gran Río. En ambos intuía Gudú madera de guerrero, de héroe y aun de Rey; y él consideraba cuidadosamente estos valores y estos peligros, pues tampoco ignoraba la súbita negligencia —por leve que pareciese— en los viejos soldados. Su piedad no era notoria, pero sí su capacidad de estímulo hacia la juventud y la codicia, que bien administrados, podían serle de gran utilidad y provecho. Así mismo, diole a Atri y Oci, los dos ex pastores, como ayudantes. Y con el resto de sus tropas, inició el regreso a la ciudad, en pos de días que imaginaba tan aburridos como inevitables.

Intentaba reconstruir en su mente a Gudulina; pero su rostro se había medio borrado, y el recuerdo que le dejara le pareció, salvo algunos momentos placenteros, en general, monótono y pesado. Había empezado a aficionarse tanto por la raza de las estepas, que a menudo eran sus compañeras de lecho las muchachas de las tribus sometidas. En ellas hallaba un incentivo que no tenía comparación —a su parecer— con las mujeres de su raza. Muchachas de trenzas negras y largos y sombríos ojos, de tan pocas palabras como ardientes y aun violentas maneras —si bien en sólo determinadas circunstancias—, y que unían a un temperamento salvaje, arisco e incluso feroz, la rara suavidad de la pluma y la enigmática y misteriosa inmensidad de su tierra.

Cuando se hallaban ya cerca de Olar, díjole Randal algo que le dejó en verdad pensativo:

—Señor: tened cuidado. Pues si os dejáis atraer por la raza esteparia, puede llegar un día en que de conquistador paséis a conquistado, y no sería bueno para vos ni para Olar que llegarais a descubrirlo demasiado tarde.

Aparte del respeto que le merecía Randal, el mejor y más admirado de sus Capitanes —y Gudú no escatimaba admiración a quien la merecía, y en esto se reflejaba como hombre inteligente—, tal sinceridad había en aquellas palabras, y tanta auténtica preocupación, que Gudú juzgó conveniente tolerarlas, y no sólo tolerarlas, sino reflexionarlas.

No obstante, aún no habían llegado a Olar cuando Gudú también reflexionó sobre otro aspecto de Randal: para desgracia del leal soldado, ya era viejo. Pero guardó en su mente con gran cautela aquella observación, y nada hizo, ni dijo, que demostrara que se había apercibido de ello.

Había enviado ya a Olar emisarios anunciando su regreso. Y con tal noticia, no sólo la Corte —que fingida o sinceramente se manifestó alegre—, o el pueblo —que sólo por la esperanza de alguna prebenda o festejo podía alegrarse de aquella nueva—, también, y las que más, y sinceramente, dos mujeres se sintieron profundamente conmovidas. Y con ellas el anciano Hechicero, ya casi al borde de extinguirse. Pues el Trasgo —de ágiles movimientos pese a sus tres siglos largos— le ignoraba totalmente, como si nunca le hubiera conocido. Ahora centraba toda su ternura en el nuevo Príncipe, al que creía su padre, Gudú.

Sin embargo, aunque mucho y muy tiernamente se emocionaron con aquella noticia Ardid, como madre, y el Hechicero, como viejo Maestro y cariñoso amigo, la una, cansada por la preocupación que sentía por los dos niños —aunque de distinta forma por cada uno de ellos—, el otro, un tanto desvaído por su ancianidad, lo cierto es que, quien en verdad sintióse ante la proximidad de Gudú, no sólo emocionada, sino totalmente conmocionada, fue la enamorada Gudulina.

Desde el punto y hora en que fue enterada de tan fausta nueva, mil y una veces hizo y deshizo su peinado, cambió sus ropas, embadurnó de afeites su rostro y ensayó sonrisas y miradas ante el espejo.

—Eres linda, eres joven —díjole Ardid, fatigada al fin por tanta consulta y tanta prueba—. Ten por seguro que esto, mejor que ningún otro adorno, va a servirte.

Pues sabía cuán poco sensible era su hijo a todo lo que no fuera sustancia en bruto, valedera por sí misma y en perfecto estado de ser utilizada. Pero también sabía Ardid que estas cosas era inútil decírselas a Gudulina. Así pues, dejó que continuara en tan fatigosas como esperanzadas probaturas... «Al fin y al cabo —se decía—, nadie podrá arrebatarle la ilusión de la espera, como podría hacerlo la cruda realidad.»

Era ya verano, si bien tan tierno que podía aún confundírsele con primavera, cuando llegó Gudú a Olar. Mucha fue la alegría de Ardid cuando el clamor llegó hasta ellos, pero también escuchó con pena al anciano, que le pedía: «Niña querida, ayúdame, llévame a la ventana, pues quiero ver al Rey». Y con asombro, comprobó cuán penoso era levantarse de su asiento para el anciano. Desde hacía ya mucho tiempo —durante todo el invierno y la primavera— solía permanecer en el gabinete de la Reina, al amor de su fuego; pero el fuego no parecía reavivar su cada vez más diminuta persona, que sólo la compañía de Ardid y del Trasgo —aunque éste aparentaba ignorarle— parecía mantener con vida. Junto a la alegría de ver nuevamente a Gudú, Ardid sintió la súbita tristeza, la muy dolorosa sensación, de comprobar cuán poco tiempo iba ya a gozar de aquella compañía que ella, quizá, no atinó a valorar debidamente.

Así, le condujo con cariño y dulzura hasta la ventana; y comprobó cuán frágiles eran ya sus brazos, cuán inseguras sus piernas, cuán temblorosa toda su persona. Con un estremecimiento, se dio cuenta de cuánto había empequeñecido: quizá, en un imposible, remoto y misterioso deseo de regresar a la infancia. «Ay, Hechicero —se dijo, conteniendo importunas lágrimas—, bien cierto es que es triste y efímera la condición humana.» Y volviendo la mirada hacia el Trasgo, lo halló, a su vez, transfigurado. No le había reprochado como debiera sus continuas y cada vez más copiosas libaciones, ni vigilado su estado de contaminación. El Trasgo, que se apresuró —entre raros tropezones, antes imposibles— a adelantárseles hacia la ventana, aparecía enrojecido en demasía, de la cabeza a los pies —algo así como una muy madura vid a punto de perder todo su fruto—. Al verles, la confusión y la pena de Ardid aumentaron hasta tal punto que ya sólo para ellos tenía ojos, y descuidó incluso dirigir su mirada hacia aquel a quien había dedicado, no sólo su vida, sino la de tan fieles y ancianos compañeros.

—Queridos —dijo al fin—, ahí está: ahí está nuestro tesoro, nuestra esperanza, nuestro bien. Y en verdad que podemos sentirnos orgullosos.

—¿Quién es ése? —dijo el Trasgo, con indiferencia y cierto desencanto—. No le conozco.

Y regresó a su agujero; pues el único niño que amaba ahora, dormía, y el Trasgo no quería importunar sus sueños.

Gudulina debía esperar al Rey junto a lo más florido y representativo de la Corte. Recibirle con una reverencia y decir: «Señor, mi corazón se alegra de volveros a ver». Pues todas estas cosas constaban en alguna parte, tal vez en alguna pequeña nota de *El Libro de los Linajes*, o especificado en las leyes de protocolo, o quizá residía sólo en la memoria de los más viejos. Pero en algún otro lugar existía una ley que, sin haber sido escrita por hombre o mujer alguna, recorría, como el viento y el tiempo, toda la especie humana, a la que pertenecía, ejemplarmente, la joven Reina Gudulina.

Así, cuando, muy engalanada, aguardaba junto a la madre del Rey y el Barón Presidente de la Asamblea de Nobles, la última arena de oro cayó en el reloj de su paciencia. Y, súbitamente, vio que el cielo enrojecía con la despedida de un día, y que la noche —tan luciente noche como ninguna otra le pareciera— llegaba y amenazaba con huir: tan deprisa, que el tiempo era el peor enemigo. Y supo que ni batalla ni Corte Negra alguna podían rivalizar en tan cauta como irreparable lucha. Una noche, una hora, un minuto, valían más que la más esplendorosa joya.

Cuando llegaron los ladridos de los perros y el son de las trompetas, y luego la música, y penetraron por las ventanas del salón de recepciones Gudulina, ante el estupor de la Asamblea y la reprobadora —aunque levemente tierna— mirada de Ardid, surgió de las respetuosas, apretadas y ceremoniosas filas y, atropellando sirvientes, pajes y aun músicos, que se disponían a llevar a los labios flautas y otros instrumentos que juzgaban apropiados para la ocasión, a punto estuvo de derribar al joven Abad de los Abundios —cuya colérica expresión ignoró—. Y así, cruzó recintos y patios, y justo a tiempo llegó para ver cómo su Rey, y su amor, en una sola pieza, atravesaba el puente levadizo, entre los clamores a medias esperanzados, a medias temerosos de la plebe, y los de placer salvaje de los soldados, y entraba en el Patio de Armas.

Algo mágico, misterioso, sucedió entonces: aun por breve espacio de tiempo —o quién sabe si por largos siglos, pues estas medidas escapan al usual medimiento que del tiempo suelen hacer los humanos— quedaron dos simples criaturas, suspensas, frente a frente. Gudulina, parada en el Patio, miraba al Rey. Y el Rey frenó su caballo y miró a Gudulina. «¿Quién es ésta?», pensó el Rey. «¿Quién es éste?», pensó la Reina. Y Rey y Reina desaparecieron; y ante los ojos de Gudulina apareció un hombre joven, tan gallardo y tan hermoso que el más gallardo y hermoso hombre hubiera palidecido en su presencia. Y a los ojos de Gudú, la más atractiva y misteriosa mujer hubiera parecido débil sombra a su lado. De suerte que Gudulina, levantando graciosamente con ambas manos el borde de su larga falda de ceremonias, corrió hacia él: y había tal brillo en su mirada, que a su lado el día moría definitivamente. Y le pareció a Gudú que jamás mujer alguna le miró con tales ojos ni tal sonrisa. Pues la borrosa imagen de una niña soñadora y entontecida, sumisa e ignorante de hacía un año, se había esfumado; una mujer rebosante de juventud, esplendorosa, aparecía bañada con el brillo dorado de la misteriosa piel del Lago; y su sonrisa sólo podía compararse a la gloria, a un recóndito descubrimiento de sí mismo. Y a su vez Gudulina vio que un hombre poderoso, lleno de gloria, rebosante de vida, descendía del caballo y hacia ella iba. Y por primera vez —y quizá última— vieron los soldados la sonrisa —que no risa breve, seca y escalofriante— del Rey. Y así veía a Gudulina —como si la viera por primera vez—, al tiempo que sus ojos en algo parecido a arena de oro y sueño se inundaban. Y Gudú besó unos labios que ni la más fresca fruta que ofrecieran a sus resecos labios de soldado en la aridez de la estepa, hubiera gustado.

Ante el jubiloso clamor de los soldados —cuya maliciosa sonrisa pareció de pronto llenar de alegría tan austeros como sombríos recintos— y el cándido asombro de los pajes —que jamás vieron cosa semejante—, el Rey y la Reina se abrazaron, se besaron y se contemplaron; y aun volvieron a besarse, una y tantas veces, que todos y cada uno de los soldados, y todos los presentes, sintieron la ácida punzada de una ausencia, de unos labios, de unos besos distantes ya de aquel lugar, y tal vez de su corazón. Gudú pronunció muy breves palabras, y en voz muy baja, en aquella orejita que como dorada caracola se pegaba a sus labios: y todas las palabras, y el rumor del mundo, y el fuego que en la tierra ardía, quedaron sumidos en un vasto y remoto espacio, cuando Gudulina oyó decir a Gudú, de forma que sólo con su amor y su atento oído de muchacha amante lograba descifrar: «En verdad que eres hermosa».

Y no se equivocaba Gudú en esto —como, en general, parecía no equivocarse en nada—, pues el invierno y el amor habían madurado en ella de tal forma, que la niña caprichosa y charlatana, la glotona y curiosa Gudulina de la Isla de Leonia, la pequeña cautiva de su doncellez, se había tornado en una criatura que casi llegaba al mentón del Rey —y el Rey era el hombre de más alta estatura (exceptuados los misteriosos saqueadores del Norte, de pelambre dorada y ojos azules) que había ella conocido—. Ahora, la piel de Gudulina aparecía suavemente dorada por el sol del verano. Su cuerpo se había redondeado y estilizado tan armoniosa y equilibradamente, que en más de una mente abrigaba la sospecha —abonada por el misterio de su origen paterno— de que quizá no era totalmente criatura humana. Pero de humana y bien humana criatura se trataba, y así lo pensaba, por lo menos, el Rey, cuando la estrechaba contra sí y sentía el fluir de la sangre en su garganta, en sus labios y en su pecho. Y repitió, tanto para sí como para ella, lo único que se le ocurría: «En verdad, eres hermosa».

Por tanto, no extrañó a nadie que apenas comenzado el banquete con que se festejaba el regreso del Rey, y como si se tratara de nupcial banquete, los jóvenes esposos abandonaran a sus invitados.

«Esta es la más bella noche», pensaba Gudulina; y el mismo Gudú se decía: «Es particularmente hermosa, esta noche». Y lo era: pues el aire cálido, la hierba y las flores llevaban su perfume a todos los rincones de Olar. Por propia iniciativa, y sin que su madre hubiera de recomendárselo, Gudú se bañó prolijamente. Cuerpo desnudo sobre su cuerpo desnudo, despojados de todo ornamento superfluo, Gudulina supo que jamás, aderezada con los más ricos ropajes, ni ciñendo corona alguna —a excepción de aquel áspero y brillante cabello negro que entre sus dientes tenía el sabor de un muy antiguo y deseado aroma— sintió a Gudú como Rey, entre todos los reyes de la tierra. Y de tal forma la admiró Gudú, que, cuando el alba les sorprendía en importuno pero inevitable sueño, dijo:

—Mucho y muy bien habéis madurado, y aprendido, durante este tiempo... ¿Acaso os aleccionó algún maestro?

—El amor es mi maestro —dijo Gudulina, con la cabeza apoyada en su pecho. Y acariciaba su piel, y aspiraba su olor, y bebía aquella respiración que distaba mucho de los espesos perfumes de la Corte de Leonia: pero nada parecíale tan embriagador, tan pleno y tan deseado.

Y en aquel instante algo vibró, con la delicadeza y dureza sólo posibles en el cristal. Una vibración tenue como el eco, o el recuerdo; dura y frágil a un tiempo, capaz de derribar un muro o despertar un corazón. Y esa vibración amenazó, por un instante, estallar en mil pedazos la urna que apresaba el corazón del Rey. Pero el sortilegio era muy poderoso, o la naturaleza del Rey poco propicia a tales cosas. De suerte que, de inmediato, la vibración cesó, y de nuevo el corazón del Rey permaneció a salvo.

—¿Amor? —dijo. El sueño venció al fin, a pesar de tan intenso encuentro, y no pudo meditar como debía tan insólita como exótica palabra.

Pero lo cierto es que el amor estaba allí; que amor respiraba toda la estancia; que reposaba sobre las viejas pieles que cubrían el lecho, y que amor, en suma, cerraba los ojos de Gudulina. Y acaso, si no le hubieran incapacitado para tal cosa, también hubiera conocido el Rey Gudú, aquella noche, tan raro como extraordinario acontecimiento humano.

Pero si no el amor, sí la curiosidad retuvo a Gudú al lado de la joven Reina. Una desazón nueva le impulsaba a desentrañar el misterio que en ella y junto a ella sabía retenerle, con tanta fuerza como lo desconocido que se abría tras las estepas; el misterio de un sentimiento que él no captaba, y le parecía tan nuevo, excitante y maravilloso, que hacía que sus días pasaran sin aburrimiento, y le llenaba de placer sus noches. De vez en vez —con amargura desconocida—, se decía que había algo que él parecía haber olvidado o perdido: y este pensamiento le desasosegaba, y deseaba recuperarlo, o descubrirlo. Así, si no amor, sí su curiosidad, el indomable deseo por dominar lo que no dominaba, el enorme ansia por desentrañar lo que no desentrañaba, tuvieron la virtud de retener al Rey en la Corte de Olar. No sólo hasta la espléndida primavera en la que el pequeño Gudulín acababa de cumplir su primer año —acontecimiento al que no prestaron demasiada atención sus padres—, sino también durante el verano, otoño, invierno y otra prometedora primavera.

Entonces, se aficionó, como su padre, a la caza; y a las cacerías llevaba consigo a Gudulina y a lo más florido de la Corte —blanca o negra—. Y puede decirse que jamás Olar vivió dos años más largos, espléndidos y alegres que aquéllos. Los ancianos, en su mayoría, habían muerto, y los jóvenes de su edad llenaban ahora el Castillo, los contornos y los bosques, con tal pujanza, alegría y riqueza como jamás, ni en tiempos de Volodioso ni en los mejores días de Ardid, se gozara en Olar. Llegó de nuevo el verano a las tierras de Olar. El Rey tenía diecinueve años largos y la Reina dieciocho, y ni se apercibían del paso de los días, ni de la inexorable caducidad de todas las cosas. Sólo Ardid, que veía crecer a Gudulín y Contrahecho, al mismo tiempo que envejecer y consumirse al Hechicero, y al Trasgo perder día a día el poco seso que aún le quedaba, constataba que la vida es demasiado breve para cuanto de ella se espera, y el mundo demasiado versátil e imprevisible para tomarlo tan en serio como ella, en su ardiente juventud, hiciera. Pero Ardid había dado el primer paso hacia el último camino, y tan débiles eran sus razones como la inconsciente felicidad de Gudulina: que creía aún que la vida y el amor son cosas que no pueden acabar.

Gudú no descuidaba la Corte Negra, y puntualmente acudía allí para inspeccionar y controlar el progreso de sus muy avanzados Cachorros —cinco de los cuales pasaron a soldados— y el adiestramiento de sus soldados —tres de los cuales pasaron a Capitanes—. Pero eso no impedía, ahora, su puntual regreso a Olar y, allí, dar testimonio a su joven esposa de que, además de Rey y Reina, también eran hombre y mujer, y dueños de una esplendorosa juventud. Por eso, más de una joven noble le amó también: y en verdad que no fue rechazada.

Un día, estaba ya anunciándose el nuevo otoño cuando algo vino a cambiar totalmente las cosas. Era una mañana madura y bella, y Ardid se gozaba de la creciente hermosura de su renacido Jardín, cuando descubrió que el débil tallo que creciera de entre aparentes cenizas, se había convertido, de arbusto, en joven árbol; y que en torno a él jugaban dos jóvenes Príncipes —aunque uno de ellos, por pequeño y contrahecho, bufón y juguete del otro parecía—. Contenta, fue a comunicar a su anciano Maestro cuán extraña y hermosa y precoz era la aparición de aquel nuevo árbol. Acudió a su cámara —de la que apenas salía— y, besándole en la mejilla —le pareció que el anciano dormitaba, o despertaba suavemente—, dijo:

—¿Recordáis un árbol que, en tiempos, fue llamado el Árbol de los Juegos? Pues en verdad que ha crecido de forma maravillosa y rápida. ¿Tenéis noticia vos, querido mío, de la razón de tanta maravilla?

Pero la sonrisa huyó de sus labios, y el frío inundó su cuerpo todo, y un gran temblor se apoderó de sus manos.

—Maestro, Maestro —balbuceó. Y llorando, y gimiendo, se arrodilló a su lado. Y así, abrazada a sus rodillas, y sumida en un silencio que ni lágrimas ni dolor podían romper, halláronla sus doncellas.

El Rey fue avisado de que alguna grave circunstancia se cernía sobre su madre. Y temió —por vez primera— que aquella que siempre tuvo como sagaz y sabia consejera, le faltase ahora. Interrumpió así su partida de caza, y al galope acudió en su busca. Se sabía aún muy joven como para prescindir de tan certera como sabia criatura, y no podía imaginar su ausencia. Cuando subía precipitadamente la escalera que le conducía a su cámara, recordaba que su madre no sólo jamás había defraudado al Rey, sino que, en más de una ocasión, le evitó un grave error. Con ánimo tan preocupado, entró en la cámara de su madre. Pues si el amor a ella le llevara, no hubiera mostrado semblante más demudado. Al verla viva, aunque postrada por incomprensible dolencia, respiró aliviado.

—¿Qué ocurre, que tanto me habéis alarmado? —dijo, inclinándose hacia ella. Y entonces vio que los brazos de su madre se aferraban en un abrazo insólito, del todo punto inexplicable, a las rodillas de un anciano, al parecer inánime.

—Ha muerto —dijo Ardid—. Ha muerto mi querido Maestro.

—¿Y por eso habéis osado interrumpir mi caza? —dijo Gudú, violentamente. Pero salvábale de la ira el alivio de comprobar que se trataba de tan nimia nueva—. No volváis a incurrir en tal error... ¿Cómo mujer tan cuerda como vos puede cometer semejante torpeza?

—Ha muerto, Gudú —dijo la Reina—. ¿No ves? Ha muerto, y jamás veré su rostro ni oiré su voz.

—Y bien —dijo el Rey, impaciente, iniciando la retirada—, ¿qué esperabais? Harto vivió ya, y pienso que, para lo que ya servía, mejor es así, tanto para vos como para él.

Entonces, la Reina volvió hacia él el rostro y, por primera vez, Gudú sintió un escalofrío —si no de terror, sí era portador de un frío desconocido— que recorrió su nuca y su espalda:

—¡Oh, madre! —añadió, presa de estupor. Y tocando las mejillas de la Reina, al punto retiró la mano, como si hubiese tocado un reptil: pues así le pareció el húmedo contacto de su inexplicable y aborrecido llanto.

La Reina, entonces, recuperó su dominio. Precipitadamente secó sus mejillas, y buscó y halló una extraña y nada alegre sonrisa, en tanto decía:

—Sólo se trata de una estúpida debilidad de mujer. Volved a vuestras ocupaciones. Os juro que esta es la primera y última vez que os expongo a tan ingrato espectáculo.

—Así lo espero —murmuró Gudú. Y se alejó.

El anciano Hechicero no podía ser enterrado en el Cementerio de los Reyes ni en el de los nobles. Por otra parte, tampoco era posible en el Monasterio de los Abundios, puesto que el Abad no lo hubiera tolerado. Así que Ardid dispuso en su Jardín una pequeña parcela junto a la sepultura de Dolinda, como última morada de aquel que tanto amó y a quien tanto debía.

El entierro fue íntimo, y tan privado que casi nadie en la Corte tuvo noticia de él. El anciano —a quien, sin saberlo, tanto debían todos ellos— apenas si era recordado. En total soledad, si exceptuado queda el Trasgo que, acurrucado en su hombro, lloraba, aunque no entendía, partió tan entrañable compañero...

Poco después, Gudú decidió que aquella vida cortesana había tocado a su fin. Ordenó que sus soldados se dispusieran para la partida, pues aquel invierno debía retenerle en la Corte Negra, sumido en preparativos de una empresa que consideraba, por el momento, de gran importancia. Ante el llanto y las súplicas de su joven esposa, que no podía comprender, tan bruscamente, el declive del tiempo hermoso ni el color maduro de las hojas, ni el frío viento que traía el aire sobre el Lago, Gudú mostróse impaciente e irritado. Y besándola distraídamente, dijo:

—No podéis quejaros, pues no existe mujer alguna que haya logrado retenerme tanto tiempo a su lado. Y cuando nazca el nuevo hijo que, según decís, se anuncia en vuestro vientre, dadme noticia de su sexo, pero no me importunéis ni con visitas ni con misivas. Pues volveré para conocerle cuando mi tarea de Rey, más importante que tales minucias, lo juzgue oportuno. Y ya que bien asegurada parece la sucesión —si éste nace, y el otro muriese—, creo que he cumplido sobradamente en esta ciudad y en esta Corte con mis obligaciones.

Y partió. Entonces, Gudulina buscó a Ardid y, sollozando, apoyada la cabeza en sus rodillas, preguntaba: «¿Por qué es tan corto el amor?», y la Reina nada contestaba. Y a su vez, en la más grande soledad que jamás conociera —pues ni el pequeño Gudulín ni el dulce Contrahecho lograban llenar el gran vacío de su corazón—, pensaba: «¿Por qué es tan corta la vida?»

El propio Rey Gudú andaba perplejo y en silencio junto a Randal. Y al tiempo que dudaba en enviarle al confín norteño, a las tan pacíficas como en verdad agónicas regiones donde la guarnición de un caduco barón guardaba los límites del Reino por aquel lado, dijo:

—Randal, dime, ¿conoces algo más grande y bello que la gloria?

—No sé, Señor —respondió el soldado, que inútilmente intentaba ocultar su ya avanzada edad. Y añadió, titubeando:

—Acaso, tan sólo el amor.

—¿El amor? —se extraño Gudú. Y espoleando su caballo, dijo, con su breve y peculiar risita—: ¡Eso no existe! Verdaderamente, Randal, creo que eres hombre acabado.

Y el invierno reunió de nuevo a los soldados junto al Rey.

Como siempre ocurría en ausencia de Gudú, la Corte languidecía, y el amor de Gudulina, de nostálgico y lloroso, tornóse en furioso y enloquecido. A menudo, escapaba en su corcel, y paseaba su embarazo por los bosques, rondando de lejos las almenas negras del odiado recinto que la separaba tan cruelmente de Gudú. Y anochecido, regresaba a Olar con semblante sombrío y ojos brillantes que, ya, habían olvidado, al parecer, las lágrimas. Poco a poco se tornó áspera y cruel con sus doncellas, y hosca con la Reina. Empezó a circular por la Corte la sospecha de que portaba un maligno encantamiento. Por todo lo cual, la Asamblea de Nobles envió batidas por las aldeas, en busca y captura de algún hechicero, bruja y demás ralea culpable. Fueron conducidos a la hoguera un par de ellos, de forma que la no hacía demasiado tiempo alegre plaza del mercado, se tiñó de un negro, grasiento y peculiar humo que, pese a la distancia, incluso llegaba a las ventanas del Castillo y estremecía a Ardid.

La misma Reina empezó a ser causa de murmuraciones: pues reverdecía su leyenda, y más de uno rememoraba un tiempo en que de muy extraña forma llegó a Olar, y de más extraña forma aún llegó a ocupar el trono. Pero estas murmuraciones se acallaban al considerar cuánto se habían enriquecido, y la muelle y regalada vida que proporcionara a aquellos que compartían tan oscura memoria. Así, las bocas se sellaban y el invierno avanzaba, sin que nadie se ocupase de el curioso carácter que, en tan tierna edad, mostraba el pequeño Príncipe Gudulín: futuro Rey de Olar en virtud de las tan duramente conseguidas nuevas leyes de sucesión.

Gudulín, que cumpliría pronto tres años, era una linda criatura de grandes ojos negros —que recordaban a su abuela— y crespos cabellos —que recordaban los de su padre—. Y mostraba una rara afición: clavar cuanto objeto punzante hallaran sus inquietas y gordezuelas manos, en la carne de quienes se prestaran a tal cosa. Con deleite singular observaba el dolor, y con más deleite aún buscaba y guardaba en sus bolsillos agujas, punzones y espinos, cuando aún apenas se mantenía sobre sus piernecillas —que mucho recordaban, también, las de aquel otrora ignorado o despreciado Príncipe Gudú, objeto de la burla de criados y parientes—. Cuando recorría, como su padre, unas veces a cuatro patas, otras apoyándose torpemente en los muros, los vastos pasillos, un mismo espíritu aventurero y curioso parecía guiarle. Y muy vigilantes debían andar su aya, las doncellas y la propia Reina —pues Gudulina parecía ignorar su presencia, excepto para rechazarle por importuno y molesto—, para conseguir que no se zafara de sus cuidados y escapara como una ardilla de sus vistas.

Martirizaba a su juguete-bufón, el pobre Contrahecho, cuya carne, de por sí triste y amarillenta, a menudo aparecía señalada por la contumaz y maligna afición del Príncipe. Pero nada decía el pobrecillo pues, creyéndose sirviente, a los sirvientes imitaba: y sabía no era aconsejable, a los que a tal clase pertenecían, mostrar quejas ni rebeldía alguna contra quien se tenía por dueño de sus vidas.

Sólo alguien no solía separarse —y podía hacerlo— del pequeño Príncipe: el viejo Trasgo, que en él y por él vivía. Y como las punzadas no podían dañarle, antes bien le producían regocijo, a gusto y con hartura clavaba el niño en él cuantos punzones o agujas le placían. Desde la cuna, Gudulín podía verle. Creía Ardid —que de inmediato lo notó— que era a causa de su avanzada contaminación. Ahora casi todo el mundo —si se hubieran tomado la molestia de interrogarse por súbitos e inexplicables reflejos, bruscas sacudidas y fugaces sombras— sin demasiado esfuerzo le habría visto. Por todo ello, Ardid mucho sufría por él. Era el último amigo verdadero que le quedaba, aunque ya pocas conversaciones de sustancia pudiera mantener con él: pues andaba preso, tan borracho como obseso, por la compañía de Gudulín. Trasgo era el último refugio de su solitario corazón, pues si amaba mucho al pequeño y gran afecto y compasión sentía por Contrahecho, ninguna de estas criaturas podía suplir en ella la desaparición de un tiempo joven, apasionado y bello, y que ya sólo era posible recuperar —aunque únicamente como el agua recupera el reflejo de los árboles, y el cielo el brillo de los días— en el recuerdo.

El Trasgo, ahora, golpeaba con su martillo bajo las torpes pisadas del pequeño Príncipe, y era el verdadero causante de sus continuas escapadas y su continuo perderse por los vastos pasillos del Castillo desde que, un día, viera el niño cómo el Trasgo apuraba con deleite su pequeña ánfora de vino y, arrebatándosela de las manos, agotara en su boca las últimas gotas. Esto regocijó de tal manera al Trasgo que, poniendo un dedo sobre los labios, dijo al niño —que, por su edad, aún no entendía a los humanos pero sí el Lenguaje Ningún— que de un buen y ahora compartido secreto se trataba.

El nuevo hijo que se anunciaba en las entrañas de Gudulina había sido engendrado en la última primavera de la plenitud de su amor. Según calculó Ardid —y ni siquiera en este cálculo se equivocaba—, el parto tendría lugar hacia la Navidad cristiana. Dirigiéndose al Trasgo —que en verdad no la escuchaba— dijo: «Es curioso: todos los niños de esta dinastía nacen en invierno».

Así, poco antes del cumpleaños del Rey, ante el asombro de todos, Gudulina dio a luz no un niño, sino dos. Y como de tal cosa hubo antecedentes —y no gratos— en la familia, no se hicieron demasiadas conjeturas sobre el suceso —aun a pesar de la suposición de brujería o hechizo que pesaba sobre la joven Reina—. Al contrario del anterior nacimiento —engendrado más por obligación que por amor—, este nuevo alumbramiento produjo tal dolor y tan grave estado en Gudulina, que llegó a temerse por su vida. Y ni físicos ni sanguijuelas, ni médicos de más o menos sospechoso origen, llamados a toda prisa —y alguno sacado de la mazmorra—, pudieron asegurar que tan desfallecida criatura reviviría.

Los gemelos eran, esta vez, niño y niña. Y tan parecidos entre sí, que difícil sería distinguirlos si no hubiera sido por tan oportuno distintivo como vinieron al mundo. Fueron bautizados en los Abundios sin boato alguno, con los nombres de Raigo y Raiga. Y, confiados a una joven nodriza, fueron relegados a la estancia de los niños sin que merecieran gran interés, ni tan sólo de la propia Ardid —al menos por el momento.

El Rey fue avisado, al fin, de la gravedad que atravesaba la salud de su joven esposa. Y ante el estupor de la Corte, el monarca envió una concisa misiva en la que enteraba a todos de que, si sanaba la Reina, mucho le alegraría, y si, por el contrario, moría, lo lamentaría en extremo. Pero como ni uno ni otro caso obligaba su presencia en Olar ni desviaba el curso de los acontecimientos, no veía utilidad alguna en regresar, pues —decía— más graves asuntos requerían su presencia y le retenían donde ahora estaba. Su sucesión estaba asegurada con los últimos nacimientos. Nadie volvió a hablar del asunto ni a insinuar la posibilidad de su regreso.

Excepto, naturalmente, Gudulina. En su delirio, sólo pronunciaba un nombre, y este nombre no era el de su madre, ni el de su suegra, ni el de sus hijos, sino tan sólo el nombre que, a su sentir, llenaba el mundo y la vida entera. Y así, con este nombre en los labios, asiéndose a él, venció lentamente la fiebre. Y un día, cuando ya declinaba el invierno, volvió a recuperar las fuerzas y pudo abandonar el lecho. Pero ya no era la Gudulina que todos conocieron, ni la caprichosa, preguntona y un tanto impertinente niña que llegó de la Isla de Leonia, ni la radiante y joven mujer que tan sólo unos meses antes conocía las dulzuras del amor y de la vida. Ahora, un brillo siniestro lucía en su mirada, y a poco, todos —desde la Corte al pueblo— entendieron que la Reina Gudulina había perdido totalmente el seso.

La vida de Ardid no era una vida animada: pues si incoherentes se volvían sus conversaciones con el cada día más embriagado y olvidadizo Trasgo, peor y más deshilvanada —y más triste y penosa— era la compañía de la joven Reina. Ya que ni por un solo instante podía con ella entablar alguna razonable charla, ni tan sólo consolarla de las horribles visiones que la atemorizaban ni de las demasiado livianas esperanzas que, sin apenas transición, la convertían de exaltadamente alegre, en temible y siniestra criatura. Puede decirse sin exageración alguna que los días de Ardid no eran alegres, como alegre no era tampoco aquel invierno. Y por más que volvía sus ojos a los niños, éstos eran aún muy pequeños: y uno por extraño —tanto que le recordaba a su madre, por el brillo de sus ojos, lo que la estremecía—, y por cándido y en extremo sumiso el otro, no podía enderezar en alguna empresa útil su sagaz inteligencia, ni su ánimo todavía vigoroso.

Se aficionó mucho a retirarse en la antigua cámara de su Maestro. Y estando allí, un día, abrió un libro, otro día recompuso un retortero, otro reconoció una palabra: el caso es que, lentamente, sintióse de nuevo más y más interesada en aquello que, a medio aprendizaje, abandonara, aun antes de su muerte, el amado Maestro. Muchos amaneceres la encontraban allí, y muchas noches pasaba en vela. Luego, cavilaba y se decía que, si en un tiempo creyóse no sólo la mujer, sino la criatura más culta y avispada del Reino —y de más allá—, sabía muy poco y mucha era su ignorancia. Y que en la ciencia y el conocimiento de humana o no humana especie, era tan pobre y tan ciega, que ni con mil vidas lograría asomarse a incógnita tan grande, vasta y cegadora. Y así, sin saberlo, espoleábanse su curiosidad y su deseo.

A medida que acababa el invierno, y la primavera de nuevo se extendía lentamente sobre Olar, Gudulina pareció aplacarse. Pero su aplacamiento extrañó a todos, pues más que tal cosa era una suerte de ensimismamiento que la mantenía horas y horas en profundo silencio y con los ojos tan ajenos a cuanto la rodeaba, que diríase tan sólo contemplaban algo que bullía en su interior. Pese al frío que todavía se hacía sentir —como acostumbraba a suceder en aquellas regiones—, pedía que ensillaran su caballo y, sin escolta, a pesar de las serias advertencias de que era objeto, partía a galope. Y ordenaba esto con tal severidad que nadie, ni doncellas ni criados ni sirvientes, lograba disuadirla; y más de una vez cruzó un rostro dispuesto a acompañarla, con una fusta que aún hería menos que sus encendidos ojos.

Sumida, como estaba, en sus intentos de investigación y recuperación de antiguas enseñanzas, Ardid permanecía ignorante de estas escapatorias. Hasta que un día su Doncella Mayor —ahora llamada Cindra— le advirtió tímidamente de las extrañas incursiones que practicaba la joven Reina en los bosques, y en las enramadas que bordeaban el Lago. Ardid ordenó, entonces, que la vigilasen estrechamente y que, sin ella notarlo, algunos sirvientes y soldados del Castillo la siguieran y protegieran del peligro que pudiera acecharla.

Así se hizo y, contrariamente a lo que esperaba la malicia de quienes la seguían, la joven Reina no tenía citas ni encuentros con ningún joven o maduro varón. Sola, recorría los parajes, y únicamente de tarde en tarde hablaba con algunos pobres muchachitos y muchachitas que, entre temerosos y fascinados como ella, se asomaban a la superficie del Lago. Luego, Gudulina, o bien permanecía largo rato contemplando la luz última del sol en el agua, o se sentaba bajo algún árbol, pensativa y arrebujada en su manto de pieles.

Intrigada por estas cosas, la Reina Ardid siguió a Gudulina y, oculta en la enramada, la vio hablar con los niños, con ellos asirse de las manos, asomarse al Lago y, luego, huir de allí. Y aunque a su vez y repetidas veces ella se asomó al Lago, nada veía, excepto el brillo del cielo y la dorada bruma huyendo o brotando de las aguas.

Hasta que un día, dio alcance a Gudulina, y ésta, al verla, no pareció sorprendida. Al fin, llegadas junto al Lago, Ardid detuvo su montura, descabalgó y ordenó a la muchacha que hiciera lo mismo. Gudulina obedeció, sin resistencia. Y tomándola fuertemente del brazo, dijo clavando sus ojos en los enajenados de la muchacha:

—¿Adónde vas, Gudulina? ¿Qué es lo que buscas... o ves en el Lago?

Gudulina entonces pareció despertar de un largo sueño y, estremeciéndose, se abrigó más en sus pieles. Después, empezó a llorar, muy suavemente:

—No sé, madre —dijo con voz débil (y la nombró así, por primera y última vez)—. No sé: tal vez amor.

Luego, se dejó conducir, sin resistencia, por Ardid, que había quedado sumida en estupor y profunda tristeza.

Envió a sus más leales sirvientes al lugar de estos hechos para que interrogaran a aquellos niños. Al fin, éstos vencieron su terror, y aunque en un principio no querían hablar —pues no querían ser «llevados a la guerra», como ellos decían, o en el temor de peores castigos—, uno de ellos rompió entre sollozos su silencio y confesó que, desde hacía mucho, mucho tiempo —su hermano mayor se lo había dicho en secreto, y otros muchachos y muchachas, ahora crecidos o ausentes, también lo habían visto—, a aquella hora y en aquel punto, bajo la tersa piel del agua, podía descubrirse —reflejados como árboles, barcos o nubes— los cuerpos enlazados y errantes (como naves a la deriva) del Príncipe Predilecto y la Princesa Tontina.

Era un niño pequeño, de ojos brillantes, oscuros y dulces como ciruelas. La Reina se inclinó hacia él y preguntó:

—¿Qué más veis bajo las aguas...?

—Oh sí —dijo el niño, ahora más tranquilo—. Vemos, a veces, un ejército.

—¿Un ejército? —se alarmó Ardid.

—Sí, Señora: pero es un ejército muy extraño. Tienen todos los brazos extendidos, y las manos parecen sujetar lanzas. Pero lo cierto es que sus manos están vacías, y no sujetan lanzas ni cualquier otra cosa: están así, quietos, esperando...

—Esperando... ¿A quién o qué esperan?

—No lo sé: esperan... sólo esperan.

Ardid se incorporó. Un viejo y conocido eco, una sombra, una voz se alejaba ahora de su memoria.

—¿Y qué más...? —indagó.

—Una mujer...

—¿Qué mujer...?

El niño titubeó, como buscando algo en sus recuerdos.

—Una que llega, a veces, con la bruma... y trepa, y trepa, desde las aguas hasta las aldeas, las barcas, las casas de los hombres...

—¿Conoces su nombre?

—Los hombres la llaman Tristeza.

Al escuchar esto, la Reina ordenó que liberaran a aquel niño y que nunca, nadie, le importunara. Y que quienes oyeron estas cosas, las guardaran para sí y a nadie las repitieran.

Pero cuando se halló de nuevo a solas, cerró los libros y contempló con muy hondo pesar todas las vasijas, probetas, elixires y fórmulas con que su viejo Maestro, y ella misma, pretendían descubrir las entrañas del mundo. Y se dijo que nada llegaría a descubrir y desentrañar con aquellos instrumentos, puesto que tan gran desconocido era el corazón humano, y erraba tan cerca y tan lejos y tan solitario.

Cerró la estancia, guardó la llave en la misma arqueta donde aún conservaba la mano de marfil de Almíbar y el cinturón de Dolinda y, luego, sentóse junto al fuego. Y sintiendo sus manos ociosas y vacías, la Reina lloró. Ahora sabía que no hallaría en los libros del Hechicero, ni en parte alguna, lo que buscaba, algo que había perdido para siempre, aunque no osaba nombrar ni reconocer. Pero a poco, secó sus lágrimas. Muy torpe era la vida, y muy torpe la especie humana, si tal vacío o ausencia podía destruirla. Ella no sólo lo había apartado de su vida, sino que lo había desterrado del corazón de aquel que, hasta el momento, tuvo por su mejor obra.

XX

ANTIGUO VENENO

1

EN el Castillo Negro, Gudú despertó del largo tiempo de placer y ocio, y con nuevas energías se sumió en viejos sueños y proyectos que, ahora, según pensaba, parecían factibles.

Durante su ausencia, la Corte Negra habíase mantenido viva y en buena forma. Se tuvieron que ampliar los recintos, e incluso el departamento de las mujeres fue también renovado, pues aunque algunas ya sólo en las tareas de cocina y cuidado de los soldados se empleaban, no era tan escaso como antaño el afluir de jovencitas en florida edad.

A las órdenes del joven Barón Silu y sus ayudantes —que tan provechosamente habían asimilado sus enseñanzas—, tomaba cuerpo el viejo sueño tanto tiempo acariciado. Gudú comprobó con agrado los progresos de los Cachorros: algunos habían ascendido a soldados, en tanto que un nutrido grupo de los más jóvenes ascendieron en jerarquía y valor. Con íntima satisfacción, tuvo constancia de la admiración que sentían hacia su Rey y del entusiasmo que les invadía ante las empresas que él les prometía llevar a cabo. A su vez, pudo comprobar que los jóvenes nobles que se añadieron a su Corte Negra descollaban con idéntico ardor y esperanza, quizá movidos unos por codicia, acaso otros por admiración y, algunos, acuciados por un mismo o parecido sueño. Aunque aquel sueño seguía escondido, sólo para él, en lo más profundo de su ser. Únicamente en la noche, en compañía de los Capitanes, bebiendo o comiendo con ellos, solía expresarse en términos que sus comensales no entendían totalmente. Pero sus palabras les enardecían y les sumían en tan singular como antiguo veneno: la atracción de lo desconocido, la búsqueda y dominio de aquello que podía constituir un misterio para la mayoría, aun asaetado por sombríos presagios o terroríficas leyendas, propagadas de boca a boca.

—Fantasías de campesinos —solía decir, al resplandor del fuego que enrojecía la luz de sus ojos—. No existen misterios que un hombre valeroso no pueda desentrañar: y ahí tenéis la prueba de algo que puede dominarse, algo que atemorizaba a nuestras gentes, y aun quitó el sueño a Volodioso *el Engrandecedor...*

Así diciendo, señalaba a los Cachorros procedentes de las estepas y, con más insistencia todavía, al joven Rakjel, que ahora se había convertido en uno de sus más fervientes y prometedores guerreros.

Sus planes no eran complicados, pero parecían seguros. Mientras finalizaba el invierno, se entregó de lleno a perfeccionar la organización y el avituallamiento de su ejército. Creó un sistema de comunicaciones con todas las fronteras vulnerables, a través de torres y vigías apostados de forma que, rápidamente, ni un solo día transcurriera sin recibir noticias de su estado.

La cría y cuidado de los caballos capturados a las Hordas merecieron gran atención. Para ello destinó Gudú a los mejores caballerizos, y les recompensaba, si cabe, más que a sus jinetes. La caballería pesada era muy importante, podría decirse que se trataba del puño ofensivo de su ejército. Gudú conocía, tanto por sus lecturas como por el ejemplo de su padre —había estudiado minuciosamente cuanto se relacionaba con sus batallas y conquistas—, la gran importancia que ésta revestía. Ahora él se enorgullecía tanto de sus caballos como de sus hombres.

Había equipado a todos ellos sin regateo: cota de malla, lanza, espada y algún armamento secundario. La caballería ligera ofrecía a sus ojos un inmejorable aspecto: destinada a hostigar, perseguir y explorar, bien provista de arcos y jabalinas, montaban aquellos veloces caballos oriundos de las estepas, que con tanto afán habían cuidado proveerse, no sólo él, sino su padre y aun su abuelo. Eran el orgullo de su vida, y aun podría decirse que su pasión. Porque la pasión también puede anidar en cualquier lugar del ser humano aunque no resida precisamente en el corazón. En la mente, quizá, es más poderosa. En cuanto a las armas llamadas secundarias, Gudú sabía ahora —y esto por la experiencia adquirida en las propias contiendas— que se trataba de algo muy valioso: aquella maza, hacha, espada corta, o incluso aquel rudimentario artilugio fabricado por el propio soldado, resultaban muy eficaces durante el combate. Aquellas armas que podríaseles llamar *personales*, comunicaban a quien las poseía una fuerza especial, casi mágica. Y así, desde sus más altos Capitanes hasta el último soldado, Gudú dejaba a sus hombres en completa libertad para portarlas, y aun fabricarlas según su elección.

Reanudó el reclutamiento de todo joven sano que en los alrededores se hallase, y sólo dejó en aldeas, burgos y alquerías aquellos que se mostraron imprescindibles para el mantenimiento de las tierras de los nobles, que no hubieran perdonado mayores tropelías. Los campesinos, que llegaban a regañadientes o llorando —en ocasiones, encadenados— a la Corte Negra, a poco, ante el insólito y benévolo trato allí recibido, olvidaban en su mayoría familia, mujer, hijos, simientes o vacas, para enardecerse en futuras glorias y prebendas junto a Gudú; o esperaban un botín que, sus confusas e ignorantes mentes, imaginaban de variada y disparatada forma. Pero estas cosas bastaban al Rey: la esperanza de que existía y podía manejar algo —aun revestido de las más peregrinas formas— que podía arrastrar a los hombres, que ardía en ellos con mayor incentivo que el terror o el hambre.

Una y otra vez pasaba revista a sus soldados, una y otra vez se decía que ni su padre ni su abuelo habían reunido jamás un contingente de hombres como el suyo. Su infantería podía, ahora, organizada y obediente, convertirse en un sólido muro erizado de picas, apoyada por bien adiestrados arqueros. Ahora no existían ni la confusión ni el desorden de otros tiempos: todo movimiento de tropa era estudiado y ensayado bajo una inflexible disciplina.

Cuando se anunciaba tímidamente la primavera, Gudú pudo envanecerse de contar con algo que, hasta el momento, parecía el mejor adiestrado y bien provisto contingente de tropas conocido: constituía a todas luces un verdadero ejército.

No obstante, algo ensombrecía sus esperanzas y confundió un tanto sus ideas: pues llegaron noticias de las guarniciones esteparias sobre la extraña conducta de Yahek. Parecía dominado por algún mal hechizo: se creía perseguido por cierta vieja Bruja de las Estepas, a la que culpaba de mal de ojo. De la noche a la mañana, limpiaba continuamente el filo de su espada, e insistía en que ésta aparecía manchada de sangre fresca. «Cosas comunes a quienes permanecen largo tiempo en la linde de la estepa —dijo entonces Rakjel—. No hagáis caso de ello, mi Señor. Estas cosas suceden, y pasan en el fragor de la batalla: Yahek está desesperado y padece la enfermedad que conlleva la inactividad de la guarnición; eso es todo.» Pero Rakjel había sido discípulo aventajado de Yahek y Gudú sospechaba que el gran afecto que sentía hacia su maestro le hacía hablar así. «En su momento se comprobará todo esto —pensó—. Si las cosas son así, nada cambiará. Pero si son como temo, Yahek pasará a la reserva, y Rakjel, en quien cada día confío más, le sucederá.» Y nada de cuanto pensaba lo manifestaba, para no herir a los ambiciosos y jóvenes nobles, en especial al Barón Silu, que mostraba tanta valentía como ambición sin límites.

Gudú trepó escaleras arriba hacia la noche, que se había apoderado de cuanto alcanzaban sus ojos. Impelido por un deseo acuciante que ni siquiera podía explicarse, ascendió a la torre más alta del Castillo Negro, allí donde los vigías oteaban el confín más alejado del horizonte, al acecho de posibles amigos o enemigos. Rechazó toda compañía —incluido el propio vigía— y se enfrentó, solo, a la gran tiniebla del mundo, a la enorme y oscura pregunta de lo desconocido. Se sintió solo bajo la inmensidad de un cielo que parecía ignorar o despreciar palabras o memoria, que anulaba o reducía a la nada innumerables sabidurías anteriores —presentidas, leídas, o totalmente desconocidas— ...Un escalofrío le atravesó, como un rayo. Si no hubiera tenido tan clara conciencia de haber nacido Rey, se habría arrodillado.

Encarado a la oscuridad, sólo una palabra acudió a su mente, tan inquietante como arrinconada: «Dios». Esta palabra brotaba a menudo de labios de su madre; desde muy niño la oyó pronunciar. El Abad de los Abundios era quien, al parecer, estaba en el secreto de aquel nombre, aunque se mostraba reticente a dar explicaciones concretas. Y aún más: se insinuaba ante quienes le escuchaban, como poseedor de las claves de algún tesoro no fácilmente alcanzable. «Mi madre y yo acatamos este misterio, la clave que sustenta el Monasterio y las Abadías de los Abundios... y cuantas iglesias y capillas han poblado nuestras tierras, a menudo costeadas por la Reina. Pero ni la Reina ni yo creemos ciegamente en las palabras del Abad de los Abundios. Así pues... ¿quién es Dios? ¿Por qué razón persiste su nombre, por qué se entrelaza en los recuerdos y varía su rostro, aquí o allá, según quien lo pronuncie?...»

Inesperadamente, de lo más alto y lejano de la noche, surgió una voz, renació, pues era una voz antigua, una voz que se remontaba a aquel día en que Sikrosio conoció el terror. Y Gudú creyó entrever en el gran cielo la enorme cabeza, misteriosa y agorera, de un Dragón. Pero antes de que pudiera afirmarse cabalmente en esta visión, tal y como se deshacen las nubes en el cielo, aquella imagen había desaparecido. Tan sólo la tersa y negra noche se extendía de nuevo, inmensa y sobrecogedora, sobre él.

Casi al instante le asaltó una sospecha. «Tal vez yo no tengo deseos, acaso soy únicamente el instrumento de innumerables deseos anteriores...» Y entonces deseó no desear nada; sentirse y saberse solo: sin pasado, sin futuro; inmensamente solo, una estrella errante en la inabarcable oscuridad del universo.

Poco a poco, como si despertara de un sueño, fue levantando la cabeza. Sabía que le estaban esperando, Olar le estaba esperando. Y tuvo miedo. El antiguo terror regresaba a él desde remotas regiones. Como herencia y maldición, llegaba hasta él, ahora. Y por primera vez se preguntó quién era realmente. ¿Sólo aquel que su madre había decidido que fuese? ¿Y qué había decidido para él? Ser, acaso, el arma esgrimida de otro deseo, de otro misterio, de los muchos que le empujaban siendo niño, por pasillos prohibidos, en pos de algo que no comprendía, ni sabía si ansiaba o aborrecía. Acaso algo que quería destruir o aniquilar para siempre. O, por el contrario, algo que secretamente anhelaba sobre todas las cosas conocidas.

Recordaba las enseñanzas recibidas del Hechicero, las revelaciones que le hacía: al parecer, desde tiempos muy lejanos hubo —y aún, secretamente, había— grandes Reyes del Bosque. Enormes árboles con nombre propio —Irmansul era uno, y otros, y otros más, habitantes de las misteriosas tierras septentrionales, como la Encina Sagrada...—; y eran Reyes, verdaderos Reyes que a su llamada muda, secreta, rendían pleitesía pueblos enteros.

La negrura de la noche no tenía respuestas, ni para esta ni para ninguna otra pregunta. Entonces, pensó que él era un privilegiado, puesto que había tenido acceso a manuscritos y enseñanzas muy antiguas, donde había constancia de otras vidas y anhelos, y derrotas y victorias llevadas a cabo por hombres contra los hombres, mucho antes de que nacieran él y su padre y su abuelo. Pero sólo le eran verdaderamente inteligibles batallas y derrotas, victorias, esplendores, ruinas; no los grandes vacíos que se abrían entre unas y otras... Esos grandes vacíos, ¿qué significaban?... Eso no lo aclaraba nadie; ni los manuscritos ni el mismo Hechicero que los había poseído y se los transmitió como un tesoro.

Nada, nadie revelaba el significado de un signo o una secreta llamada hacia la que encaminar su curiosidad, su ansia de no sabía qué, para lo que ni siquiera vislumbraba una meta. Pero ardía, ardía en ella; y no podía apagarla. «Somos un Reino pequeño, un Reino del cual casi nadie tiene noticia, allí, donde el Gran Rey impera; somos un Reino surgido de la nada, y nadie en Occidente se acuerda de nosotros. Pero yo, yo...» Aquí su voz naufragaba como una barquichuela en la tempestad. Luego, pensó: «Yo soy el Rey de Olar, soy de la madera de los Reyes del Bosque, que vivían aún después de ser talados...» No se le ocurría otra cosa, pero en esas palabras concentró toda su fuerza. Se afirmaban ahora en la memoria los grandes y misteriosos troncos que sólo podían abarcar tres hombres cogidos de la mano. Tan viejos eran aquellos árboles, que casi nadie sabía o recordaba cuándo fueron jóvenes; permanecían en pie, poderosos y feroces, reclamando, exigiendo siempre algo. No atraían únicamente a grupos de muchachos y muchachas, a hombres y mujeres, a niños y niñas y a toda clase de criaturas de la hierba. A su sombra llegaban, y les rodeaban, pueblos enteros: tribus, jefes y mandatarios de oscuras e inquietantes procedencias, no integrados —aunque lo fingieran— en lo que el Abad, y su madre, y el mismo Hechicero, le habían descrito como la Cristiandad. Y sabía también que bajo sus ramas se hacían ofrendas y se llevaban a cabo ceremonias y ritos que se remontaban a tiempos muy oscuros; y, ahora, reconocía en lo más hondo de su ser esa voz, una larga voz que llegaba hasta él desde muy lejos, en el relámpago del terror, junto al viejo Dragón de Sikrosio. «Los Reyes del Bosque...», se repetía. Él era Rey también. Él era el Rey, su madre lo sabía Rey cuando le llevaba en su vientre, aun antes de su nacimiento; tal y como las raíces de la Encina Sagrada saben todo de las altas ramas, siempre cubiertas de hojas, aun en el más crudo invierno. Y rememoraba el recóndito temblor que, a veces, le había sorprendido en la voz del anciano Hechicero cuando le instruía en estas cosas, y en otras muchas. A él debía su conocimiento de la lengua latina, y por él podía leer, y escribir, y recordar... ¿Cuántos, de quienes le rodeaban, aun los de más alta alcurnia, podían vanagloriarse de semejantes cosas? Y sin embargo, aquel temblor en la voz de su anciano Maestro se repetía y le inquietaba en su memoria y en todo su ser. Era un temblor que no agitaba la voz de cuantos le rodeaban. Era otra clase de temblor, que no tenía nada que ver con el valor, o el coraje, o la cobardía.

Gudú sacudió la cabeza, sus negros cabellos le azotaron la frente, y un aliento callado, como alguna palabra impronunciable, se escapó de sus labios. El grande y temible mundo que obsesionara a su padre y a su abuelo, regresaba a él. Pero él era, sobre todo, un hombre; y este convencimiento, de pronto, desvelaba otra pregunta sin respuesta: ¿Era realmente un hombre un Rey? Había oído decir a su madre, en cierta ocasión, que las mujeres de Olar parían hijos, pero sólo ella había parido un Rey. Y la negrura de la noche no respondía a estas preguntas, ni a ninguna otra. Sobre él, y ante él, se extendía la inmensidad del misterio de la vida y del mundo.

Cerró los ojos, con la vaga esperanza de que en la noche de sus párpados pudiera descubrir algo más que en el silencio que abarcaban sus ojos abiertos. Y no vio nada. Nada.

Descendió escalón sobre escalón, con lentitud, hasta su cámara. Y una vez allí, de nuevo volvió a sentirse él mismo, él solo; hombre, pero, sobre todo, Rey, tal y como había querido, y probablemente conseguido, su madre. Y en la memoria de un Rey residían, como piedrecillas depositadas en el fondo del agua —piedrecillas tenaces, acaso sólo valoradas por mentes y ojos de niño—, espinas clavadas en el recuerdo, preguntas sin respuestas, lejanas afrentas que duelen más que dardos o flechas clavadas en la carne, o quizá en algún otro lugar desconocido, ese que las gentes llaman corazón. A él, hacía mucho tiempo, le habían encerrado el corazón en una urna. Pero nadie había encerrado en parte alguna su memoria, y ella le devolvía puntualmente la curiosidad, aquella que le empujaba desde niño a traspasar los límites prohibidos y adentrarse por oscuros y húmedos pasadizos, y asomarse a una zona donde, al parecer, acechaba el enemigo. Y el enemigo que se ocultaba y acechaba a aquel niño de cinco años, persistía y persistía; y el niño de entonces ahora era el Rey.

Se vio de nuevo, sentado en su escabel, frente a su madre. Ella le enseñaba a mover peones, reyes, reinas y ejércitos minúsculos sobre un tablero. Eran juegos de astucia, en los que su madre parecía, entonces, más astuta que él. Pero cuando él ganó la primera batalla a su madre, Ardid se mostró la mujer más feliz del mundo. Incluso llamó a su lado al Hechicero, y los tres celebraron, alegremente, aquella victoria. Ahora, al revivir aquella escena, reconoció que, a menudo, y sin darse cuenta cabal de ello, reproducía en su imaginación aquellas tardes: el tablero en las rodillas, entre su madre y él. Y creyó escuchar, de nuevo, el golpeteo de la lluvia en el alféizar, nudillos que golpeaban y llamaban en alguna puerta escondida de su pasado. Todo residía en su mente, todo sucedía en su imaginación, y él lo sabía. No era ligero ni irreflexivo en sus proyectos y decisiones; no era visionario ni apasionado al estilo de su padre o de su abuelo: sus pasiones eran de muy distinta naturaleza. Como si las tuviera ante los ojos, veía desarrollarse batallas y conquistas: paladeaba victorias, no dudaba ni un segundo de su poder.

Pero ahora no se trataba del enemigo conocido, ni de las pequeñas y escurridizas tribus esteparias que su padre y él mismo habían derrotado. Ahora se enfrentaban al Enemigo verdadero: la estepa, el terror de Sikrosio, el imposible sueño de Volodioso; el Este, el Gran Enemigo Verdadero se abría como una trampa. Y no podía imaginarlo, no sabía. Sólo podía imaginar el inmenso vacío donde acababa el mundo —el suyo—, y donde, acaso, nacía otro muy distinto.

En la soledad de su guarida, Gudú meditaba y releía las empresas de otros hombres, el pensamiento de otros tiempos, las glorias y derrotas de otros ámbitos. Frente al fuego, con los pesados y viejos libros en las rodillas, le sorprendió el alba sin haber dormido apenas: Eneas, Alejandro, Escipión, Vegecio, Julio César..., allí reencontraba la clave de tantas y tantas experiencias desaparecidas y deseadas. En su interior maldecía las tinieblas que, inexplicablemente para él, arrastraba el mundo conocido. «Oscuridad por todas partes. A la oscuridad de una larga noche hemos venido a parar nosotros. Pero hubo un tiempo, una luz, que alguien añora. Mi madre dice que la conoce, que viene del Sur... Pero no lo cree. La Reina es una mujer valiosa, me alegra tenerla como madre; pero no logro descifrar qué secreto guarda para sí y no me revela. Sabe algo que no dice... Otros hombres, otros tiempos, otra luz... Y Gudú, el Rey Gudú, yo, saldré de las tinieblas e incendiaré el mundo.» Fantaseaba, soñaba, creía. El alba llegaba, como la primavera y los primeros pájaros que aleteaban tímidamente por el renacido verdor entre el deshielo. Lejos quedaban los tiempos en que, sólo guiado por su intuición y la ayuda del Hechicero, por su audacia y osadía, venció al Rey de los Desfiladeros. ¡Qué torpes le parecían ahora aquellas primeras victorias! La excitación se adueñaba de él, abría los postigos de su ventana y esperaba el sol: no para complacerse en las primeras campanillas azules ni en los tímidos brotes del musgo naciente, sino para constatar que las nieves se alejaban de la estepa y que el rigor del invierno quedaba atrás. «Hechicero, viejo Maestro: yo te saludo», reía, con una carcajada que apenas emergía de su garganta. Se sentía fuerte, había logrado afianzar la sucesión

del trono: tres hijos, que no uno, quedaban tras él. Y si la pequeña
Raiga mostraba las dotes de su abuela, sería cosa de estudiar, si fuera
preciso, una ley que le permitiera ascender al trono.

Así divagaba Gudú, cuando llegó su gran día. Partió, con nieve aún
en las veredas. Llevaba consigo parte de su leva de la Corte Negra y
gente de armas de Olar. En el camino se les añadieron las pequeñas
guarniciones del Norte, donde languidecía Randal en delirios de antigua grandeza. Y como guardia personal, designó a siete Cachorros,
entre ellos Rakjel, que parecía beber el aire, y observábale cautamente Gudú: su perfil oscuro, las aletas dilatadas de su nariz corta y
ancha, la suave pelusa de su mentón. Los Cachorros de Olar se burlaban de él porque le creían barbilampiño. Pero así eran todos los de
su raza, y también el fuego de sus ojos negros, rasgados y menudos,
sobre los pómulos acusados. Por encima de las orejas, caían sus trenzas cortas, negras, bailoteando junto a las sienes. Algún joven Cachorro le imitaba porque comprendía que protegían del filo de la
espada. Y súbitamente Gudú tuvo un estremecimiento: era una peregrina idea, un estúpido recuerdo: la frágil, infantil, incorpórea Tontina también se peinaba así. Sacudió tan singular recuerdo y, sin embargo, la escondida voz que como savia de Reyes del Bosque brotaba
de sus ramas, murmuró en su oído: «¿Qué esconderá el oscuro vientre del mundo?»

2

LLEGARON a las estepas más rápidamente que en anteriores expediciones. Les habían precedido cuadrillas de prisioneros, momentáneamente liberados de sus condenas por hurto, homicidio u
otra clase de delitos —por los que hasta entonces se pudrían en las
mazmorras de Olar—, destinados ahora a allanar la vía que les conducía hacia el Este. «No debe desperdiciarse ni un solo brazo útil»,
había ordenado el Rey. Y así, mientras algunos veían en su gesto un

Rey magnánimo, otros, más avisados, o que mejor le conocían, admiraban su sagacidad.

El antiguo pastor Atre —convertido en veterano Maestro de Armas— había quedado al cuidado de los Cachorros aún residentes en Olar, y su hermano Oci —o hijo, o quién sabe qué, pues jamás se puso en claro— seguía al cuidado de sus rebaños y caballerizas. Y partía Gudú con la satisfacción de conocer cuán escrupulosamente se cumplían todas sus órdenes. En su ausencia, como Jefe supremo de la Corte Negra dejó al Barón Silu —con lo que colmó la vanidad de su huera cabeza y se aseguró su lealtad, puesto que las importantes decisiones no partían de él, sino de sus adiestrados guerreros—. Suponiendo, cautamente, que las cosas marcharían por buen camino, su espíritu se alegraba al contemplar nuevamente el resplandor del sol naciente sobre la inmensa soledad de las estepas.

Allí, la vieja guarnición habíase convertido, con los años, en una ciudad donde residían las mujeres de los mercenarios y soldados, y los niños aún demasiado pequeños para ingresar en los Cachorros. Pacían por doquier los rebaños, se oían golpes de martillos y yunques en las fraguas, y abundaban las tiendas de suministros. «Existe una clase de hombre, especial, innumerable, aunque discreto e inagotable... Son gentes que aparecen de improviso, sin saber cómo ni de dónde, dispuestos a vender, a poner precio, a proveer, a dar y tomar, donde sea y como sea», reflexionó Gudú, a la vista de aquella discreta prosperidad.

—Hay que bautizar esta ciudad —comunicó aquella noche a su fiel Yahek—. Y en honor a tus bravos servicios la llamaremos Ciudad Yahekia.

El viejo guerrero quedó mudo al oírlo. Sólo el tono ceniciento que adquirieron sus mejillas y su calva indicó el grado de emoción que le producían tales palabras. Pero ignoraba que tal emoción era atentamente observada, en sus menores detalles, por su Rey y Señor. Y, tal vez, no con las intenciones que él hubiera apetecido.

Tras la cena, reunióse Gudú con sus Capitanes, el noble Jovelio y el valiente Rakjel. Y bebieron copiosamente, como en los viejos tiempos.

—Muy pronto, partiremos hacia la frontera —dijo Gudú—. He

estudiado todos los detalles que creo importantes de esta empresa, y os serán comunicados, y recibiréis mis órdenes y la relación de vuestros cometidos, en general acuerdo. Tened en cuenta que, hasta el momento, sólo escaramuzas y pequeñeces sin importancia nos han mantenido fuertes. Ahora es cuando comienza nuestra gloria. —Y añadió despaciosamente, para que hasta en lo más profundo de la más obtusa mente quedaran grabadas sus palabras—: *Nuestra*, digo, no *mía:* pues la gloria del Rey Gudú es y será siempre repartida entre quienes la han secundado y hecho posible. Y tanta más gloria, y tanto más poder, tendrá quien más dé y quien más obtenga en esta lucha.

Levantó su copa y brindó solemnemente con sus hombres, que, mudos de placer —cada uno a su manera—, libaron con el que les destinaba a tan extraordinarias empresas.

Al amanecer, partieron hacia el Gran Río, donde aguardaba la guarnición fronteriza. Allí, Gudú dijo a sus hombres:

—Despedíos de vuestras mujeres, pues pasará mucho tiempo antes de que volváis a verlas.

Así lo hicieron los hombres.

Yahek entró en la tienda de Indra, que, junto a la nueva Lontananza y los niños, estaba preparando el yantar. Se sentó sombríamente cerca del fuego. Los dos niños jugaban en el suelo: ambos eran lindos, tostados por el sol y fuertes como cabritos.

—¿Dónde está esa bruja? —dijo, bruscamente.

—No es ninguna bruja, Yahek —respondió Indra—. Te lo ruego, olvídala: es una pobre vieja que no daña a nadie. Y has de saber que a menudo contempla con ternura a tu hijo.

—¡No debes consentirlo! —rugió Yahek, levantándose. Y desenvainando su espada contempló el filo con ojos desorbitados—. ¿Está sucia de sangre, de sangre fresca? ¡Te he dicho que no la uses para degollar cabritos, maldita mujer!

—Jamás la tocó, Yahek —dijo Indra, con cansancio. Había oído aquella frase infinidad de veces, e infinidad de veces tomaba la espada y fingía limpiarla de una sangre inexistente, tal como ahora se disponía a hacer, cuando Yahek se la arrebató y volvió a envainarla.

Después, cogió al pequeño en brazos, le miró a los ojos y dijo:

—Sus ojos respiran odio... ¿Qué es lo que hace que los niños me odien?

—Nadie te odia —dijo ella, suavemente.

—Sí, esa mala bruja hace que mi hijo me odie. Te prohíbo que se acerque a él: y ten por seguro que si me entero de ello, te cortaré en dos. Ahora, ven, he de partir con el Rey y no sé cuándo volveré. Quiero despedirme de ti...

Pasó con ella la noche. Pero se revolvía, inquieto, y sus sueños fueron, al parecer, atroces: tanto, que gemía y decía que se veía bañado en sangre, y murmuraba: «He matado a un hombre». Como si no hubiera matado muchos más de los que podría recordar en todo lo que le quedaba de vida.

Al amanecer, se fue. Y dejó a las dos mujeres llenas de pena y de zozobra, pues las dos habíanle tomado cariño: una como esposa, y otra, casi, como si fuera su propia hija. Mientras tanto, la ignorada hija del Rey y Lontananza despertó y asomó su cabecita por la tienda. Y como viera en la lejanía a los hombres formados, y bajo el cielo y el naciente sol resplandecer el casco de Gudú, corrió hacia ellos, dando gritos de júbilo. Su madre salió en su persecución, azorada. Y llegó a tiempo de sujetarla para que no se metiera bajo los cascos de los caballos.

—Nunca te acerques a ellos, Gudrilkja —dijo—. Nunca, hija mía.

—¿Quién es? —preguntó la niña, en su media lengua. Y vio Lontananza que sus azules ojos tenían la misma expresión colérica y centelleante de los ojos de Gudú.

—El Rey —dijo Lontananza—. Vámonos; el Rey siempre está lejos, y nadie le puede alcanzar.

—Yo seré Rey —dijo la niña.

Al oírla, la madre se estremeció, y le tapó la boca con la mano.

—Las mujeres no son Reyes —dijo—. ¡Y creo que es una gran suerte para nosotras!

Pero la niña estuvo tres días diciendo a sus amiguitos y a todos cuantos la escuchaban, que con los años crecería, montaría en un caballo negro, su cabeza reluciría como el sol y sería Rey.

Cruzaron el Gran Río y, como en anteriores ocasiones, sólo la soledad y el silencio parecían aguardarles.

—No os fiéis, Señor —dijo Rakjel al tercer día, tras varias incursiones infructuosas—. Los Diablos surgirán de la tierra en el momento más impensado.

—Lo sé —dijo Gudú—. Tú fuiste uno de esos Diablos, y en verdad que mordiste la mano de Yahek, que aún conserva la cicatriz de esos dientes. Pero ya ves: el Rey Gudú sabe domarlos y, si lo juzga atinado, colmarlos de honores.

La rara sonrisa de Rakjel brilló en su cara atezada. Tenía colmillos de chacal, y esa sonrisa, sin saber bien por qué, complació vivamente a Gudú. Súbitamente, le dijo:

—Rakjel, desde este momento asciendes a Capitán.

Rakjel dejó de sonreír. Sus ojos, estrechos, negros y brillantes como caparazones de escarabajo, relucieron. Inclinó levemente la cabeza y murmuró:

—No os arrepentiréis, Señor.

Gudú comunicó la nueva graduación del muchacho a sus hombres. Y aunque notó el despecho del noble Jovelio, fingió ignorarlo.

Como si las palabras de Rakjel albergaran invisibles lazos de comunicación con los de su raza, lo cierto es que los Diablos aparecieron aquel mismo día. Pero la táctica guerrera de las Hordas era siempre la misma, y Gudú la conocía. No se trataba de un ejército: sólo de un grupo, aunque rápido y valiente. Acabó venciéndoles y, aunque capturaron algunos prisioneros, nada importante se produjo. Y la estepa, por contra, permanecía inalterable ante sus ojos: ancha, larga, indescifrable.

Cuatro veces aún mantuvieron esta clase de luchas y esta clase de efímeras victorias sobre los dispersos grupos tribales. Y de nuevo el silencio, la inmensidad y la soledad se sucedieron. Ni tan sólo atisbaron campamentos, asientos de tribus o poblados, como ocurriera anteriormente, en alguna ocasión.

Fue entonces cuando Rakjel solicitó permiso para hablar a solas con el Rey. Gudú le recibió en su tienda.

—Señor —dijo Rakjel—, debo deciros algo que, en verdad, no estoy seguro de conocer muy bien. Pero escudriñando en mi memoria, tropiezo con frecuencia en el recuerdo de una historia oída durante mi infancia a los guerreros de la tribu: y empiezo a decirme que, acaso, sea cierta.

—Habla pronto —dijo Gudú—. Y decidiré si es creíble o no.

Como él mismo bebía, ofrecióle una copa, y Rakjel bebió despacio y brevemente. Al fin, secó sus labios con el antebrazo, por primera vez miró de frente a Gudú, y dijo:

—Es el caso, Señor, que si esa historia es cierta, no hemos tomado el buen camino. Pues en vez de adentrarnos en la estepa debemos remontarla río arriba. Así, podremos llegar hasta el Brazo Gigante —así llaman los de mi raza a un brazo del Gran Río que se adentra hacia el Este, estepa adentro—, y allí, en su centro, se ensancha de tal forma que no llegan a divisarse sus orillas, de modo que forma un gran lago. Y en el centro de este lago hay una isla.

Al llegar aquí, Rakjel calló, como si le invadiera la desconfianza o el temor.

—Prosigue —ordenó Gudú, vivamente intrigado—. ¿Por qué te detienes?

—Señor, es que... en verdad, esta historia entraña un gran peligro. Pues dice la leyenda que si algún extraño intentara llegar hasta allí, o comunicara a hombre de otra tribu —y aún peor, de otra raza— su existencia, morirá traspasado por tantas lanzas como palabras. tenga su historia.

—No morirás de esos lanzazos —dijo Gudú—. Ni tales patrañas son ciertas ni tú eres un diablo: yo te tengo por hombre de carne y hueso y en absoluto despreciable.

—Lo sé —dijo Rakjel. Pero al finalizar la historia su voz se había vuelto jadeante, y un leve temblor agitaba sus labios—. Por vez primera en mi vida me atrevo a aconsejaros y hablaros de tal cosa: pero según dicen, en esa isla se alza la ciudad más extraordinaria del mundo. Tales son sus riquezas, que en su comparación todas quedan empalidecidas. Mas esa ciudad está totalmente amurallada y gober-

nada por una Reina: y esa Reina es mujer tan feroz, sanguinaria y valerosa como el más intrépido y valiente de los guerreros. Une a su
valor y fuerza una astucia tan sutil y poderosa como sólo una cabeza
de mujer es capaz de albergar; y es tenido como cierto que ella misma
monta en un caballo tan veloz como el viento, y blande lanzas y espadas como el más avezado de los soldados; conduce su ejército ella
misma, y es temida y respetada por todos; y nadie se atreve a enfrentarse a ella.

Gudú permaneció pensativo un buen rato. Entre ellos dos ardían
y crepitaban las llamas, y por un rato sólo se oyeron los estallidos de
la húmeda madera, mientras apuraban lentamente sus copas. Al fin,
habló:

—¿Qué es lo que en verdad deseas decirme? ¿Qué beneficio hallaría el Rey Gudú venciendo a esa Reina... si es que existe?

—¡Vencerla, Señor! —los ojos de Rakjel brillaron entonces como
las llamas—. ¡Ah, Señor, vencerla sería un sueño muy caro...! Tened
por seguro que si os arriesgarais a tal empresa, sería fácil que se os
unieran importantes tribus de la estepa: esa Reina es tan temida y
odiada como codiciadas las riquezas de su ciudad. Pero tened por seguro que no es empresa fácil. Aunque si vuestra fama ha cundido por
la estepa... acaso sería posible. Con el acicate de vuestras victorias
aumentaríais el número de hombres, y sus conocimientos de estas
tierras, que tanto deseáis conquistar, os beneficiarían.

—O, tal vez —añadió lentamente Gudú—, por contra, esa Reina
representa para las tribus su más valiosa ayuda... y tal vez, también,
esa Reina sea tu propia madre. Con lo que, acaso, todas las tribus se
reunirían contra el Rey Gudú. Y tal vez, una vez más, contra el Rey
Gudú pretendas tú luchar, y al Rey Gudú vencer.

Rakjel no movió un solo músculo de su rostro.

—No es mi madre, Señor, ni jamás la vi —contestó, al fin, con
calma—. Pero si mi madre fuera, no dudaría en arrebatarle esa ciudad, si como hijo suyo me hubiera abandonado. Y tened por seguro
que esa Reina es tan vengativa como poderosa, y a ningún hombre
salido de su cuerpo y de su sangre dejaría en manos enemigas.

—Salvo para urdir su venganza, con la paciencia de tu raza, maldito diablo —rió brevemente Gudú. Aunque fingía una apacible actitud, espiaba ansiosamente el menor movimiento de Rakjel.

—Podéis pensar como gustéis, Señor —contestó el joven—. Pero si llegáis a emprender esta aventura, podéis atarme a un caballo y lanzarme desarmado al frente de vuestros hombres: y cuando me hayan traspasado tantas lanzas como palabras os he dicho, acaso entendáis la verdad de esta historia, y acaso podáis vencer a la Reina Urdska.

—Es posible que lo haga —dijo Gudú—. No pierdas la esperanza de alcanzar muerte tan singular, Rakjel. Puedes irte.

—Gracias, Señor, por oírme —dijo el muchacho. Y obedeció al Rey.

Transcurrieron varios días sin aparente novedad: pequeñas incursiones de las Hordas, tan débiles y escasas, que ni tan sólo lograron prisioneros. Los Diablos huían sobre sus veloces y pequeñas monturas, y parecían poco dispuestos a presentar batalla.

Pero Gudú meditaba sobre lo que Rakjel le había dicho. Al fin, llegado el quinto día, llamó a Yahek a solas, y le habló así:

—Yahek, mucho sabes tú de las estepas, pues tu madre era de estas tierras. A ti debo muchos conocimientos de sus gentes, y de ti mismo conozco varias cosas. Pero nunca mencionaste la existencia de una isla, situada en el Brazo Gigante del Gran Río, arriba.

El rostro de Yahek se demudó, y súbitamente inclinó la cabeza hasta casi rozar el suelo. Un temblor convulso le sacudió, y Gudú vio que gruesas gotas de sudor se deslizaban por su calva.

—Oh, Señor, Señor —murmuró al fin—, ¿qué clase de perro ha vertido en vuestros oídos tan antiguo como criminal veneno?

—Entonces, ¿oísteis hablar de ello?

—Pero, Señor.... ¡no creáis una sola palabra! En todo caso, no les prestéis oído: pues únicamente ahí es donde, en verdad, anidan los diablos del fin de la tierra. ¡Señor, sabed que si alguien revelara tal cosa o aconsejara tal empresa, sería atravesado...

—... por tantas lanzas como palabras tiene su historia! Pierde cuidado, Yahek: no eres tú el maldecido —le interrumpió Gudú.

—Señor, Señor... no prestéis oídos al mal viento de la estepa. Es el viento del fuego y de la sangre, el viento del más cruel de todos los inviernos.

—Levanta la cabeza, Yahek —ordenó severamente Gudú.

Así lo hizo el soldado, y tal espanto vio Gudú en sus ojos, que quedó en verdad asombrado.

—Entiende bien esto, estúpido —dijo entonces, desenvainando su espada—. No hay más infierno ni más diablo que esta espada; ni hay más muertes ni más lanzas que las de Gudú. Por tanto, compórtate como un soldado y escúchame.

Yahek pareció serenarse con las palabras del Rey. Obedeció, y al fin murmuró:

—Ciertamente, Señor, que a vuestro lado cualquier hombre es capaz de acometer la más peligrosa y temible empresa... pero, ¡ay de todos los hombres, de todos nosotros, si en el transcurso de tal temeridad nos faltase vuestro apoyo: sería el fin de los fines!

—No os faltará —dijo Gudú, irritado—. ¿Qué te hace pensar tamaña estupidez?

Nada respondió Yahek, y nada más logró oír el Rey de sus labios; por lo que, al fin, le despidió. Y luego, a solas en su tienda, abrió el cofre donde guardaba sus libros y sus pergaminos, y fue trazando líneas y signos sobre los mapas del Hechicero.

Durante dos días enteros, sin descanso, Gudú mandó reunir a los prisioneros recientemente capturados en la estepa. Enterados por Yahek, en su lengua, de que tenían orden de relatar cuanto sabían de aquella mítica historia, isla y ciudad, todos se negaron a hacerlo, aunque algunos de ellos fueron apaleados hasta morir. Al fin, uno a uno fueron repitiendo cuanto Rakjel había dicho.

Gudú ordenó libertar a tres de ellos. Les envió estepa adelante en busca de sus hermanos, y a hablarles vagamente de su proyecto: invitándoles a unirse a su ejército, de suerte que si colaboraban en su empresa y lograban la victoria, serían reconocidos sus derechos. Prometió que respetaría a sus jefes y tribus, como aliados. Allí donde se alzaban sus míseros poblados, edificaría ciudades, y al ensanchar su Reino, les haría partícipes de su fuerza y riqueza. Con todo lo cual, dejaría de hostigarles estepa adentro, y verían muy mejoradas sus condiciones de vida.

—Es un intento muy arriesgado —dijo Jovelio, inquieto—. Señor, no olvidéis cuán vengativa y traidora es esta raza; y cuánto os odia a vos, aún más de lo que odiaba a vuestro padre...

—El Rey Gudú no es el Rey Volodioso —respondió Gudú, altanero—. Y no existe odio que no se aplaque ante la codicia y la esperanza de una vida regalada...

Tal como dijeran Yahek y Rakjel, clavaron en lo más avanzado de la estepa cinco lanzas en forma de V: ésta era la señal de tregua y pacto en aquella tierra.

A partir de aquel momento, los exhaustos y medio desangrados prisioneros fueron nuevamente, más que devueltos, arrojados a la estepa. En tanto, los soldados del Rey formaban estrechas hileras, a la espera de su regreso, su ataque o sus noticias.

Poco después, fueron atacados por los miembros de una tribu. Y eran tan imprudentes —o tan grande era su miedo—, que hicieron prisioneros en gran cantidad, y su dispersa retirada fue cortada con más facilidad que en ocasiones anteriores. Fueron azotados, hasta confesar que la historia oída les causaba tan gran espanto, que preferían morir a manos de Gudú que enfrentarse a la Reina Urdska: puesto que un hombre de la estepa había osado revelar tales cosas, para ninguno de ellos habría ya piedad, fueran o no fueran responsables, por parte de la Reina.

Así estaban las cosas cuando, al día siguiente, una nube de polvo avisó a los soldados de Gudú del avance de caballería enemiga: pero ahora no venían en son de guerra, sino que, llegados tan cerca que podía distinguirse sus rostros, permanecieron quietos en apretada fila, las lanzas bajas. Hasta que, al fin, Gudú ordenó fueran enviados dos de sus hombres en son de paz y en demanda de noticias.

Regresaron a poco, portando la lanza del Gran Jefe Largklai, de cuya empuñadura colgaba una espesa y negra cabellera trenzada. Según explicaron, perteneció a un temible adversario del interior llamado Rojklo, hermano menor de Urdska. Desde que le dieron muerte, la Reina había jurado destrozar a su asesino, y a partir de ese momento, el tal Jefe y su tribu se veían condenados a vagar sin tregua de un lugar a otro, sin que les fuera posible permanecer un solo día en el mismo sitio. Así, vivían en continuo galope y desazón, comidos de odio y de terror. Por todo lo cual —dijeron—, habían decidido o morir peleando contra el Rey de Olar, o unirse a él contra Urdska.

—Lo último es más sensato —dijo Gudú—. Aunque antes deben someterse a algunas pruebas.

Se sometieron. Y tan duras fueron éstas, que, acaso, más de uno llegó a decirse si no hubiera resultado más pertinente caer en las garras de Urdska, o darse muerte con la propia espada, con tal de dar fin a su miserable existencia. Como primera medida —excepto su Jefe Largklai, a quien Gudú trató con deferencia y alojó en una tienda—, fueron desarmados y encadenados. Tras conseguir que dijesen hasta la última palabra de cuanto sabían o sospechaban sobre la maldita historia de Urdska y su ciudad, fueron armados con lanzas de madera y entrenados de tal guisa por los soldados de Gudú —con Yahek y Rakjel al frente—, que buena parte de ellos quedaron prácticamente inservibles, y despreciados por los procedimientos habituales. El resto, en cambio, salió de aquellos lances bien entrenado: y tan feroces y valientes eran, tan desesperados estaban, y tan estrechamente vigilados —pues durante el tiempo en que no eran adiestrados, permanecían prisioneros—, que cuando al fin llegó el día de su partida hacia el Brazo Gigante, casi se sintieron felices.

Ya se anunciaba el verano, y cálido en verdad, cuando Gudú juzgó que tanto los hombres como la estación y el clima se hallaban en su buen punto.

El resto de las pequeñas tribus que por aquellos contornos merodeaban, hizo ostensible su ausencia, su silencio y su respeto. De forma que no tuvieron contratiempos dignos de reseñar.

En la guarnición quedó una parte de sus hombres; y con el grueso del ejército, Gudú emprendió la ascensión por la orilla del Gran Río. A su paso, tan sólo hallaron los poblados abandonados y aún humeantes: pues ni su oferta ni su presencia inspiraban mejores cosas a sus habitantes. Con íntima satisfacción y orgullo, llegado el decimotercer día de su expedición, vieron aparecer ante sus ojos un pequeño poblado, con restos de vida aún recientes. En lugar del acostumbrado silencio, hedor y soledad, tres muchachos de unos diez o doce años surgieron de las calcinadas ruinas. Se acercaron a ellos, los brazos alzados, pidiendo clemencia, y una vez fueron escuchados por Yahek y Rakjel, dieron cuenta al Rey de que aquellos muchachos, enterados y espoleados por su gloria y su fama, deseaban unirse a sus Cachorros.

—Os acepto —dijo Gudú—. Y espero que cunda el ejemplo entre sus compañeros.

Y así fue: pues en adelante, no sólo muchachos, sino algún joven guerrero solicitó unirse a su empresa. Y todos fueron aceptados y adiestrados como tenían por costumbre.

Siguiendo las explicaciones de Rakjel, Yahek, Largklai y los prisioneros, Gudú había trazado la ruta hacia el Brazo Gigante. Y se decía que ya era tiempo, según sus cálculos, de que este Gran Brazo fluvial apareciera a su vista. Pero nada lo hacía suponer así: avanzaban y avanzaban, y únicamente soledad, vacío y miseria iban hallando en su camino. Los días pasaron, y tras días y más días el verano estaba llegando a su más madura edad. Y no había rastro de cuanto esperaban. Los hombres empezaron a dar muestras de fatiga y desconfianza.

Y llegó hora en que el soberbio Jovelio retó en duelo a muerte a Rakjel, por considerar que eran víctimas de una traidora mentira. Antes de que esto ocurriera, Gudú logró apaciguarles, y tal firmeza y confianza había en sus palabras, y en su valiente e indomable actitud, y en su ciega certeza en el éxito de la aventura, que, al fin, la interrumpida marcha río arriba se reanudó.

Y al fin, cuando el propio Gudú temió secretamente que la duda empezara a apoderarse de él, el brillo del Brazo Gigante espejeó en el horizonte. Casi podía oírse en el aire de la mañana latir los corazones de todos los hombres: tanto el del Rey como el de los esteparios a él unidos. En aquel punto, Gudú mandó detenerse a las tropas, y armaron el campamento. Allí, trazaron y perfilaron los múltiples planes que durante todo el camino llevaban urdiendo. Reunió a los Jefes en su tienda y extendió ante sus ojos los pequeños dibujos que tanta desconfianza como admiración solían despertar.

De esta forma, Gudú y sus Capitanes planearon la táctica y la distribución de sus hombres para llevar a cabo el primer paso: cruzar el Brazo Gigante a ambos lados de la isla, a distancia suficiente para no ser vistos desde ella. Y una vez al otro lado, se desplazarían de forma que la isla quedara en su parte posterior, rodeada por la estepa y, por el otro lado, el agua. Pero antes debían conocer qué había en aquel lado del río. Pues podían hallarse con otras tantas ciudades como con nutridas tribus guerreras, o con solitarias estepas, e incluso, con el fin de éstas; o con bosques, o quizá con el temido Gran Precipicio donde acababa el mundo, aquel del que se nutrían y del que surgían los malos Diablos, al mando de la más peligrosa y feroz Diablesa: la legendaria, misteriosa y terrorífica Reina Urdska.

Pero Gudú así lo había decidido. Y ninguno tuvo ánimos para contradecirle. Cualquier cosa era ya mejor para ellos que tan larga e incierta espera.

CUARTA PARTE

XXI

URDSKA

1

EL verano avanzaba lento y poderoso, como uno de aquellos bellos y feroces animales que en tiempos le describiera el Hechicero. Jamás les había visto, incluso dudó de su existencia, como dudó siempre de tantas otras cosas: porque sólo creía en lo que veían sus ojos, oían sus oídos y comprobaban los hechos. Y, a pesar de todo, ahora regresaban a su memoria: leones, cautos leones voraces y temidos, conscientes de su dignidad y su valor de reyes. El verano era un león antiguo, acechante y devastador. Ardiente y cauteloso, se apoderaba de la estepa. Animal viejo y temible, que levanta humaredas de las charcas abrasadas y hace brotar rojas amapolas, efímeras y bellas entre los trigos. Era el verano, el astuto verano que enardece la violencia agazapada en el corazón de los hombres, que despierta recuerdos de algún invierno hermoso, y al parecer dormido. Vengativo, temido y bello verano.

Lejanas aún, reverberaban frente a él las aguas del Brazo Gigante, y aquella luz distante, prendiéndose entre sus párpados, le desveló —o así se lo parecía— la razón más escondida que albergara su padre. Aquel deseo que, en ese instante, creía palpar con sus propias manos. Aquel deseo antiguo, clavado en la raíz de su estirpe, estaba ahí, frente a él, como eslabones de una frase inacabada, atravesando caminos y caminos de años y años hasta él. Sabía ahora que se hallaba a las puertas de algo que antes nadie había alcanzado. Un grito soterrado, quién sabe por qué o por quién amordazado, le empujaba a golpear y romper alguna corteza hasta desenterrar bajo sus talones lo codiciado desde tiempo y tiempo atrás. Y era como un grito, antiguo esplendor, que ni el anciano y sabio Hechicero ni su previsora madre le habían explicado. Pero él lo conocía, porque vivía dentro de él, acaso desde antes de nacer: una suerte de deslumbramiento, lúcido y secreto. Y le pareció que en aquel momento, bajo aquel sol rey, el león rey era testigo de una luz. Una luz aún más poderosa y brillante que toda la que irradiaba el verano, y aquella luz se alzaba desde la más humilde hierba a sus pies, y todo en su entorno parecía un innumerable despertar de criaturas antes nunca vistas, misteriosas, con lenguas y costumbres desconocidas, al frente de sus insospechadas tierras. Atrás quedaban las brumas de la infancia, los tiernos brotes de la primavera, los balidos de corderos recién nacidos. Y sobre todo, sobre su misma memoria, se supo el primer hombre del mundo. Acaso como aquel Adán del que le hablaran su madre y el Abad de los Abundios cuando era niño, cuando se preguntaba en su soledad cuáles eran su nombre y su rango. Ahora lo sabía. Pero ahí se detenía bruscamente su memoria.

Confuso, se repitió mentalmente que él era el portador de una antorcha —tal y como le había explicado su anciano Maestro que hacían los atletas de la Antigüedad—. Así mismo, él debía ahora pasar aquella antorcha a quienes le sucedieran o relevaran. «¿A quiénes?» No tenía gran conocimiento de sus hijos, no sabía siquiera cómo eran o qué aspecto tenían. Además existía otro mundo, muchísimo más vasto y poderoso, aquel que les había olvidado y, por otra parte, permitido crecer. «Tal vez —se dijo—, los hombres que habitan o gobiernan aquel mundo sufrieron idénticas dudas de las que ahora me asaltan.» Y volvió a preguntarse qué había en su vida que verdaderamente le perteneciera, que fuera auténticamente suyo. Acaso otros hombres antes que él —reyes o vagabundos— sintieron en ellos y en su entorno el peso de la ignorancia, la zozobra de tanto desconocimiento. La misma duda, el mismo terror: el Dragón, el milenario y perverso Dragón alzaba de nuevo la cabeza, y el inabarcable espacio donde habitaba un remoto anhelo se ofrecía a él. Se vio a sí mismo niño, reflejado en las aguas de un manantial o un lago. Y vio un hombre joven, de ojos centelleantes, fuerte y grande, que levantaba su mano derecha y esgrimía una espada contra algo o alguien. Aquella imagen se borró, y en su lugar reapareció el niño pequeño, muy pequeño, enfrentándose al Dragón que persistía en sus terrores infantiles, cuando la noche se abatía sobre sus sueños y él ni siquiera sabía que era el hijo del Rey. Serpenteaba como una lagartija a lo largo de tenebrosos corredores del Castillo de Olar, niño tenaz que huye o busca, o quizá obedece una oscura orden: la que le lleva hasta el lecho de un Rey moribundo, cuyo nombre es Padre. «Cuanto más pienso, menos entiendo», se dijo. Ahora, el verano parecía una promesa, o una trampa: él debía decidirlo. Un desafío que Gudú, Rey de Olar, no podía eludir.

La tarde se deslizaba suavemente a través de la estepa, en el vivac de los hombres. La tarde no agradaba a Gudú, prefería la mañana, la noche o el ocaso, porque la tarde era un tiempo indeciso, desazonante para él. Gudú se encerró en su tienda con orden de que nadie le importunara. Sólo pidió un espejo: uno de aquellos bruñidos metales a los que su madre era tan aficionada. Se contempló en él largamente, y en su brillante superficie únicamente vio reflejado el rostro de un hombre: ni Rey ni mendigo ni noble ni plebeyo. Un hombre, y nada más. Y nada menos. Entonces, se repitió una y otra vez, como para grabarlo bien en su mente, que la Reina Urdksa también era una mujer, y sólo una mujer.

Con este pensamiento se acostó, como si así le fuera más fácil derribar las torres del miedo, atravesar los túneles de cuanto ignoraba, hollar los confines de cierto país —país o quimera— que tanto deseara. Antes de que el sueño le venciera, le asaltó una duda: tal vez lo verdaderamente desconocido no lo componían tierras, ni lenguas, ni costumbres, sino simplemente la naturaleza humana, hombres y mujeres que alentaban incluso en su más inmediata cercanía. «Pero no es misión mía entenderles, sino dominarles», fue su último pensamiento antes de dormirse.

Una mariposa blanca tembló sobre su sueño. Era una de esas frágiles, tímidas, casi impalpables criaturas que mueren al amanecer.

En los radiantes días que sucedieron a aquella noche, sus temores y dudas, mejor o peor aventados, crecieron. Gudú conocía bien —o así lo creía— la táctica estiparia: ataque en masa, nubes de flechas, gritos estridentes y amenazadores. Y apenas se producía el choque entre ambas fuerzas, los esteparios retrocedían, veloces, y se dispersaban. Se hacía casi imposible la persecución, cuando aparecían de nuevo, como brotando de la tierra, y atacaban una y otra, y otra vez, hasta vencer o desaparecer de nuevo como por arte de magia. Sabía esas cosas y las tenía como enseñanzas muy valiosas. Sin embargo, persistía en su mente una zozobra, una misteriosa voz que brotaba de su instinto y le advertía que precisamente ahora, cuando se hallaba al borde de conseguir cuanto sus antepasados habían intentado y no logrado, las lecciones y experiencias aprendidas no servían para mucho o para nada. Debía enfrentarse a algo diferente a cuanto conociera, oyera o aprendiera.

Una mañana, antes de reunirse con sus hombres, Gudú permaneció durante un tiempo en la soledad de su tienda y escuchó el despertar de la estepa, y creyó percibir el suave rastreo de animales solitarios, como él mismo, en el viento que desdibujaba la silueta de las dunas. Por entre los matorrales, algo alentaba: un rumor tan repetido como el golpear de una mano sobre la piel de un tambor. Y entonces le asaltó la certidumbre de algo que nunca hasta aquel momento se había atrevido a enfrentar: «Tú eres el hijo no deseado de un hombre que odió a su padre». Pero deseado o no, lo cierto es que también él era el primogénito de una raza legítima y el Rey de un país, y se sabía llegado hasta allí —contra todo pronóstico—, por alguna orden secreta y poderosa.

Temores y recelos y aun los más inquietantes presagios huyeron de su mente con los últimos coletazos de la madrugada. Y salió al nuevo día: el sol, el león se alzaba una vez más, fiero y glorioso. La estepa aparecía cubierta de un tapiz de hierba verde, dura, fresca y centelleante, capaz de arrancar sonidos bajo el viento de la mañana. Al amanecer, florecía entre los juncos y tomaba del rocío un color malva y rosado, húmedo y chispeante. Para él y para sus hombres, tras días de tanta sequedad, de tanta llanura yerma, se aparecía ahora la pradera como una sed repentinamente calmada, no sólo para los paladares sino para el alma misma. «¿El alma?» Ave desconocida y sin nombre. Mucho le hablaron en otro tiempo de aquella sustancia. No entendía bien de qué se trataba, pero, por si acaso, pensó, no había que desechar su existencia. De todos modos, relegaba estas cosas a un espacio vago, accesorio, de su memoria infantil. Ahora las apartó de su pensamiento para dejar paso a la vivísima imagen de un día ya lejano, cuando aún siendo niño su madre le llevaba de la mano, y le mostraba las flores y los pájaros que crecían y anidaban en su Jardín privado. Le explicó minuciosamente las particularidades de cada flor y de cada planta, de los vuelos y costumbres de aquellas aves, de todo lo cual parecía gran conocedora. De improviso, casi con brusquedad, se detuvo, se agachó y arrodilló frente a él. Apoyó las manos en sus hombros y le miró a los ojos. Los ojos de su madre, grandes, oscuros, dueños de una luz interna y especial, que ninguna otra criatura poseía, eran ahora lo que recordaba más vivamente; aún más que sus palabras. Le decía: «He de revelarte algunas cosas, Gudú. Cosas que sólo el anciano Maestro conoce y que yo aprendí de sus labios: hubo un tiempo en la Antigüedad en que se enfrentaron los dioses y los hombres, la vida y la muerte, el poder y la esclavitud, la brutalidad y la inteligencia, la codicia y la sabiduría... y el amor a la vida. Hubo, hay y habrá todavía largas luchas, derrotas y victorias para conseguir el poder, el odio y el amor... Pero este último es un sentimiento nefasto, despreciable: tú nunca serás su presa, porque nadie, y menos un Rey, debe ser objeto y juguete de tan abominable sentimiento.

Así que escúchame bien, hijo mío: tú eres el Rey, y nadie debe interponerse en tu camino. En el último instante de su vida, tu padre apoyó su mano en tu cabeza, y así fue como te elevó por encima de tus hermanos: no lo olvides nunca, tú eres el Rey de Olar, y nada ni nadie debe impedirlo». Y entonces, su madre le habló de Olar y del olvido, y de alguna confusa historia en la que le explicaba por qué en ese olvido precisamente residía su bien y su mal. Pero no entendió nada más. Ahora las confusas palabras de aquel día regresaban, y los ojos negros, relucientes, de su madre, volvían a su memoria como una suerte de mandato o quizá herencia. Sabía que algo le obligaba a rescatar Olar del olvido, a la vez que ampararse en él. Intuía que existían muchas más cosas que él debía conocer y, por alguna razón, le estaban vedadas. Sacudió la cabeza, como solía hacer cuando algún pensamiento le inquietaba. «Los recuerdos de la niñez suelen ser falaces, equívocos y turbadores... No tienen cabida en mi vida.»

De improviso llegó el viento y Gudú creyó percibir por vez primera el lenguaje del que le hablaran su madre y el Hechicero: «Escucha el viento, hijo mío, escucha el viento y el grito del milano». Tal vez el viento era un mensajero, y cuanto pudiera escuchar o entender de él sería inapreciable sabiduría.

Pero el viento no parecía revelarle nada: al menos nada de cuanto él esperaba conocer. Palabras, palabras hermosas se aventaban ahora, apenas recordadas. «Yo no tengo por qué entender estas voces —decidió—. Sólo entiendo el olor, el color, el sabor de cuanto palpo y me rodea. Yo soy el Rey.» Y para él, ser Rey era una condición capacitada para ordenar el canto de los mirlos, el amanecer entre las ramas del cerezo, la suave melodía que arranca el viento de la hierba. Y también la grandeza de su pueblo. Y sí, era probable que los milanos tuvieran un rey; él, desde niño, les había visto en perfecta formación, conducidos por uno solo, hacia las tierras calientes. Y le llegó otro recuerdo, tan frágil, tan leve y aparentemente sin sentido en medio de la gravedad de su espera, que le estremeció: el día en que un gorrión —sí, quizá era un gorrión— alzó inesperadamente el vuelo a su lado y le asustó, como antes no le había asustado nada ni nadie.

«Urdska, princesa o reina, quien seas, ¿dónde estabas cuando yo te buscaba», se dijo. «Me pregunto si cuanto he heredado, cuanto he luchado, cuanto he conseguido, no era más que la secreta búsqueda de ti. No sé si te odio, pero sí sé que te deseo, que deseo apoderarme de ti... Me inquietas y no sé si quiero humillarte o elevarte hasta mí...» No sabía si Urdska era joven o vieja, bella o fea, porque su ansia era ahora más grande que su curiosidad, y lo atropellaba todo, como una espada o una flecha hincadas en algún lugar del cual únicamente él podía arrancarlas.

De pronto, inolvidable, brumosa, medio oculta en la calina, pero sin duda cierta, esa mañana apareció a sus ojos la imagen de la Isla, y toda su estirpe se puso en pie dentro de él, y le invadió el orgullo de saber que él y sólo él era el destinado a enfrentarse por vez primera a la imagen de una llamada más antigua aún que Olar.

Pero el terror brota de una raíz terrible: cuando se cree muerta, es quizá cuando más poderosa se alza, como si se tratara de una savia oculta, capaz de trepar hasta lo más alto del árbol. Y así se mostró aquella mañana, cuando los hombres quedaron súbitamente paralizados como bajo algún encantamiento. Un terror difuso que reptaba a ras de suelo, parecido a niebla espesa y cálida, avanzaba, estepa adelante, hacia ellos. Y el sol, en lo más alto, parecía extender un encendido velo que transparentaba y ocultaba algo que nunca hasta entonces habían contemplado sus ojos ni percibido sus sentidos: la niebla y el sol parecían acordados para turbar sus ánimos y pensamientos. Por vez primera en aquella empresa los hombres flaquearon: aun antes de que aquella flaqueza se manifestara, Gudú la adivinó, porque existe algún heraldo invisible que anuncia el miedo y la muerte antes de que se hagan visibles —como también ocurre quizá con el amor.

El terror se alzaba ahora en el ánimo de cada uno de los hombres y no les permitía huir, ni retroceder o simplemente gritar. Sólo se extendía sobre ellos un silencio tangible y espeso: el aliento del Dragón avanzando entre las aguas.

Nunca llegaría a comprender Gudú cuanto sucedió aquella mañana. Ese algo inaudible avanzaba en el más clamoroso de los silencios y se adueñaba uno por uno de sus hombres, desde los más altos mandos, hasta el más humilde soldado. Y era un silencio distinto a todos los silencios, aterciopelado y agorero, suspendido en el mismo aire que respiraban. Comprendió que también el silencio era una materia audible, palpable, densa, como una presencia invisible o una increíble ausencia de sonidos y ecos. Ni voces, ni pisadas, ni entrechocar de objetos, ni crepitar de llamas, ni siquiera el conocido y casi inevitable ladrido de un perro en la lejanía. Aunque todo se movía, nada se oía. Era una advertencia; y en el inicio de aquella mañana, que él sabía decisiva en su vida, todas estas cosas se le presentaban como ocurridas ya anteriormente, como heredadas del eco de anteriores vivencias. Nadie se lo había explicado, no lo había imaginado, no lo había leído. Sólo, lo sabía.

Llegó hasta ellos un clamor, al principio tenue, como el manar apenas percibido de un manantial; poco a poco creció hasta convertirse en cascada y alcanzar una magnitud casi ensordecedora. Aquella especie de bramido múltiple brotaba de la Isla y los pájaros lo conducían hasta él. Lejos, más allá del Río, seguía alzándose la niebla de verano, espesa y blanquísima, y rápidamente volvió a ocultar la imagen de la Isla, como si nunca hubiera existido.

2

ENTONCES se entabló la primera batalla contra la Isla de Urdska. Fue una lucha dura, y los hombres no tenían la seguridad de otras veces, pues las tácticas guerreras de aquellas gentes, aunque ya habían tenido ocasión sobrada de enfrentarse a ellas, siempre guardaban en el último momento un inesperado, y a todas luces desacostumbrado ataque o aparente huida, que les sumía en la incertidumbre.

Gudú no perdía la serenidad. En cada momento y a cada paso, calculaba la posibilidad de cualquier sorprendente maniobra por parte del enemigo. De todas formas, supo planificar el ataque y la reserva. Dividió a sus hombres, de manera que por el ala derecha, parte de ellos, encabezados por Yahek, tenían la misión de rodearla, y, por la izquierda, el barón Jovelio. Para él se reservaba a Rakjel, del que en el fondo no se fiaba totalmente, a pesar de sus muestras de lealtad; pues al fin y al cabo, su origen era bastante misterioso y no dejaba de ser hijo de aquellas tierras.

Tal como habían oído decir, la ciudad estaba amurallada, algo verdaderamente insólito en la estepa, y además, las orillas del Brazo Gigante aparecían cubiertas de verdor, y la misma Isla de Urdska semejaba un vergel, raramente florido en aquellas sequedades. Pronto comprendió Gudú que sus enemigos tenían pocas esperanzas de salir indemnes. A poco, mandó cortar los puentes y la ciudad-isla quedó prácticamente rodeada.

Una lucha sin cuartel, verdaderamente sangrienta, se entabló entre ellos cuando, inesperadamente, desde la parte baja del Río, llegaron refuerzos para Urdska, y hubieron de detener su avance. Pero Gudú volvió a la carga con más energía, si cabe. Fue entonces cuando una flecha llegó hasta Yahek y acabó con su vida. Gudú lo vio inerte ante él. Nunca, a pesar de haber visto tantas y tantas muertes, tantos y tantos soldados, capitanes y jefes, agonizando o muertos, nunca había sentido la realidad de la muerte como ante el cadáver de aquel viejo mercenario.

Se arrodilló a su lado y le contempló. Ya no era Yahek. Era como un muñeco, como un enorme muñeco roto. Y recordó la lealtad, el valor, la furia de vivir de aquel hombre que, de pronto, le pareció un gran desconocido. El hombre que yacía a su lado, ya no estaba allí ni en ninguna parte. «Yahek, Yahek...», murmuró. Pero apenas se movían sus labios al pronunciar aquel nombre. Algo muy suyo huía con él: el valor, el antiguo esplendor de una esperanza, o una batalla interminable, cuyo fin no acertaba a definirse.

Incorporándose, ordenó que, con gran respeto, recogiesen el cadáver de Yahek y se le diera sepultura con todos los honores a que estaba acostumbrada su raza. Cuando los hombres velaban por última vez al que fue su guía y gran apoyo durante años, se oyó un tremendo grito, más bien un largo aullido recorriendo la llanura hacia ellos. La Bruja de las Estepas acudía como respondiendo a una oscura llamada que sólo ella podía oír. Y cuando llegó a su lado, tomó el cuerpo sin vida de Yahek entre sus brazos y, llorando como sólo pueden llorar los lobos esteparios, lo acunó entre ellos hasta que, al amanecer, lo entregó a sus guerreros para que llevaran a cabo los rituales propios de la ocasión. Y en una nube de viento y de arena, la mujer se perdió hacia las grandes soledades.

En luchas encarnizadas, unas veces avanzando, otras retrocediendo, Gudú perdió muchos hombres. Y el tiempo pasaba, implacable. Muchas veces fueron atacados en su retaguardia por restos de tribus. Pero llegó un día en que, al fin, logró poner sitio a la ciudad. Acamparon en torno a sus murallas, y decidieron permanecer allí hasta el momento en que les obligaran a rendirse.

Una vez vio a Urdska por las murallas: una negra silueta sobre un caballo. Su aspecto era majestuoso. Atardecía, el cielo parecía incendiado, y ella ofrecía la imagen que Gudú se había hecho de aquella Reina de las altas y luminosas estepas.

Pero la ciudad no se rendía, el otoño pasó y el feroz invierno de la estepa cayó sobre ellos, y la nieve lo cubrió todo. El Río se helaba a grandes trechos. Aprovechando el tiempo de espera que imponía el interminable invierno, Gudú ordenó taponar todas las entradas de agua a la ciudad. Levantaron murallas de troncos aguzados, y se limitaron a aguardar... Aguardar es la única misión de unos sitiadores, que acaban siendo tan prisioneros como los sitiados.

En el transcurso de la última escaramuza, y de la manera más impensada, Gudú recibió una herida en la mejilla, que le cruzó la cara de forma siniestra. Sin embargo, él no daba gran importancia a este percance. Por las noches, en su tienda, soñaba. Desde que avistaron la Isla de Urdska, como quien ve por primera vez la corporeización de un deseo, no dejaba de soñar.

El invierno pasaba lánguidamente. Gudú cumplió veintiún años y ni se apercibió de ello. Tampoco pensaba en los que había dejado atrás. Ni en su esposa ni en su hijo Gudulín, que estaría cercano a los cuatro años, ni en los gemelos, que habrían cumplido uno, y a los que no había visto jamás. Y ni el invierno ni la ciudad se rendían, sólo a veces, súbitos resplandores delataban el fuego de la vida que aún crepitaba en su interior.

—Apenas comience la primavera, atacaremos de nuevo —dijo Gudú—. Estarán ya tan maduros que no podrán resistir.

Pero se equivocaba. En la primavera aparecieron nuevas Hordas, como surgidas del suelo, como diablos que atravesaban la corteza esteparia —aquellos Diablos que, según la leyenda, emergían del abismo del fin del mundo—. Rompieron el cerco y les rechazaron hasta que se batieron en retirada. Y mucho les costó recomponer sus filas, atacar de nuevo y al fin vencer.

Tras su primer combate, Gudú envió a Olar en busca de refuerzos, con lo que prácticamente despobló de hombres todas sus tierras de Norte a Sur.

En la nueva ofensiva del verano volvió a ser herido, y esta vez vio de cerca a Urdska, tanto que incluso llegó a combatir cuerpo a cuerpo con ella. Entre el fragor de la batalla, aquella negra figura que él había contemplado sobre las murallas, se alzó de pronto ante él, y estuvo a punto de deslumbrarle: por vez primera, le pareció enfrentarse a su propia imagen. Quizá aquel combate fuera el más deseado de su vida, pero no llegó a ver la cara de su adversario. Iba cubierta totalmente por un casco y coraza negros. Sólo atinó a sentir sobre él el relámpago de su espada, que cayó sobre su cuerpo y le marcó con un nuevo tajo. Esta vez cerca de la oreja, casi cercenándosela. Pero entonces, la Reina desapareció. Había aparecido y desaparecido como era costumbre de sus gentes, sin apenas dar tiempo de apercibirse de ello. Pero la herida que le había marcado costaba mucho de cicatrizar.

Rakjel, que se había convertido desde la muerte de Yahek en su brazo derecho, cosió, al estilo de su tierra, aquella herida del Rey. Y Gudú descubrió nuevas habilidades en el que ahora era su más fiel apoyo.

A partir de aquel momento, reanudaron sus ataques, y esta vez alcanzaron las murallas de la ciudad. Allí se libró un gran combate, que degeneró en un sitio aún más apretado. Gudú envió a la Reina Urdska un emisario, exigiendo la capitulación. Como respuesta recibió la cabeza de éste clavada en una pica, y Gudú preparó entonces la gran ofensiva.

Pero como las huestes de Urdska, que ya debían estar muy debilitadas, si no medio aniquiladas, no se rendían, entre viejas leyendas y supersticiones propagadas boca a boca, oído a oído, el pánico se introdujo entre los hombres de Gudú, y algunos de ellos —entre los que se contaban los hombres del Jefe Largklai— desertaron, empavorecidos. Los fieles se decían, indignados: «Gudú nos vengará». Y así lo hizo el Rey, pues todo desertor capturado —y entre ellos su propio Jefe—, fue ejecutado ante sus soldados.

Un denso y palpable calor cayó sobre la estepa. Los cadáveres que no pudieron ser enterrados, hedían, y la enfermedad y contaminación que siguieron a estas cosas diezmó a los hombres, tanto fuera como dentro de la ciudad.

Durante esta epidemia, el noble Jovelio murió, y de sus antiguos compañeros y colaboradores sólo quedó el joven Rakjel. Entonces, Gudú reclamó nuevamente más refuerzos a Olar.

A principios del otoño, el aspecto de la ciudad y su entorno era horrible. Río abajo, flotando en sus aguas, aparecían hinchados cadáveres de hombres, mujeres, niños y animales, y no era difícil imaginar, por el vuelo siniestro de aves carroñeras que surcaban el cielo de la ciudad, cuanto debía estar ocurriendo dentro de sus murallas.

Pero la Reina no se rindió hasta entrado el invierno, el mismo día en que Gudú cumplía veintidós años. Y fue una rendición penosa. Las huestes de Gudú penetraron en la ciudad, saquearon y mataron.

La ciudad soñada, la gran deseada, era sólo un montón de escombros cuando por fin Gudú entró en ella, feroz y victorioso. Pero entre las cenizas, entre la más atropellada ruina, residía aún el eco de un fulgor, la irreductible memoria de un antiguo esplendor. Y un pensamiento le asaltó: «Quizá el esplendor consista en ir más allá de ti mismo, más allá de todo cuanto conoces; quizá sea eso lo que en los viejos libros llaman la gloria». Pero la gloria, ya, era una imagen tan pálida a sus ojos como las páginas de los viejos libros.

Al fin, se encaminó, con Rakjel y los hombres a su mando, hacia lo que quedaba del Palacio de la Reina Urdska. Y halló algo que tampoco esperaba: aquel Palacio no guardaba parecido con otro cualquiera de los avistados por él. No sólo había despojos —cosa que ya imaginaba, tras las cruentas batallas que le abrieron paso hasta allí—, sino que sobre la ceniza, sobre la ruina, flotaban al viento, como alas de algún ave desconocida, innumerables jirones de aquellas tiendas de seda roja y oro que le describía su madre. Tiendas casi transparentes que desde niño retenía en su memoria.

Y entre la ceniza y los jirones de seda roja, dos mujeres se alzaban, como dos columnas de piedra: eran la Reina Urdska y su hermana menor, Ravja. Dos mujeres, de carne y hueso, altivas como dos águilas, entre los restos de una polvareda dorada y misteriosa, como la que puede avistarse a veces en un rayo de sol. «No es oro, no es polvo de sol, no es la niebla encendida que yo vi alzarse desde las aguas del Brazo Gigante... es el falso polvo de oro que tiñe las alas de algunas mariposas», se dijo Gudú, con un sutil estremecimiento. Y así aventaba el temor, y el misterio, como hacía con todo cuanto turbaba su pensamiento.

Por primera vez contempló el verdadero aspecto de la Reina. Era mucho más joven de lo que creía, o al menos a él así le pareció. Urdska era una mujer alta, delgada, pero fuerte como un hombre. Cuando se desprendió de su casco, dos largas trenzas negras cayeron sobre sus hombros. Tenía ojos rasgados, encendidos como carbones, sobre unos pómulos altos. El óvalo de su rostro era fino y su mentón, enérgico, aunque suave. Sus labios carnosos sonreían con displicencia y orgullo. Pese a todo, allí estaba, a su merced, vencida y humillada, la gran Reina estepa ria, la Reina-guerrero, el terror y la esperanza de las tribus de las planicies, amigas o enemigas.

A su lado distinguió la segunda figura. Una jovencita muy bella, que apenas rebasaría los doce años. Intentaba, a toda costa, imitar el porte de la Reina. Pero un temblor interno, apenas perceptible a miradas menos avisadas que la de Gudú, estremecía su cuerpo. Y tampoco pasaron inadvertidas al Rey la tierna belleza de aquella criatura —le recordó a una joven corza caída en una trampa— ni la inmensa, casi transparente curiosidad que, sobreponiéndose a todo otro sentimiento, afloraba a sus grandes ojos. Una curiosidad que acaso superaba el miedo, incluso el gran estupor que sin duda le causaba el espectáculo del mundo y de sus gentes.

Pero la Reina ¿qué reina era aquélla? De pronto no le pareció reina ni mujer, sólo la encarnación de una especie perseguida y deseada desde lo más hondo de su ser. Y era verdad lo que dijo Rakjel: no tenía edad, estaba más allá del Tiempo, del pasado y del futuro.

El Rey ordenó que tanto Urdska como su hermana fueran transportadas a una tienda; y que allí las trataran con la dignidad que su rango merecía. «Un rey nunca humilla a otro rey, aunque lo vea derrotado», se dijo. Sin embargo, Urdska mostraba, en todo momento, un gran desprecio hacia él. Aun prisionera, se mantenía altiva y desdeñosa, y su ejemplo animaba a su hermana, la princesa Ravja.

Mientras las veía conducir, entre los soldados capitaneados por Rakjel, Gudú se entretuvo a contemplar las ruinas de aquella que fue la leyenda más acuciante de su vida. «Es extraño —se dijo, mientras avanzaba entre los escombros, bajo un cielo que parecía observarle con unos inmensos ojos—, es extraño que la realización de un deseo provoque un vacío tan grande...» Y era verdad: en vez de la euforia que se reflejaba en sus hombres, un vacío creciente se abría ante él.

Rakjel era ahora el encargado de guardar y atender a las Reales prisioneras. Cierto día Gudú le ordenó traer a su presencia a la princesa Ravja. Pero Ravja se negó, quizá obligada por su hermana.

—¿Cómo se atreve a desobedecer una orden del Rey?

—Señor —dijo Rakjel, y su voz temblaba de forma inusual—, para ellas... vos no sois el Rey.

La cólera, unida a la sorpresa y un vago temor, paralizó por un momento a Gudú. Pero reaccionando rápidamente, gritó:

—¿Y quién es su Rey? ¿Cuál es su Reino?

—No lo sé, Señor —dijo Rakjel—. Pero, en todo caso, no está aquí.

Y en su voz, una oculta pasión fluía como un soterrado manantial que, aunque todavía débil, podía llegar a convertirse en catarata.

—¿Qué te ocurre? —preguntó Gudú. Pero como eran más acuciantes otros intereses que los sentimientos de su Cachorro preferido, los dejó para escudriñarlos más adelante. Reflexionó unos instantes y al cabo dijo—: Advierte a la pequeña Ravja que el Rey irá a visitarla esta noche, y que tan sólo desea hablar con ella y manifestarle su admiración y... afecto.

Así pues, aquella noche Gudú entró en la tienda de sus regias prisioneras. Ravja le esperaba, temblorosa. Su hermana, la Reina, permanecía en el interior, tras las cortinas, y ni siquiera su sombra se anunció en el suelo ni en parte alguna.

—Niña querida —dijo Gudú, extendiendo sus dos manos hacia la pequeña. Al ver aquellas manos abiertas, la niña tendió las suyas, y aquel gesto amistoso se convirtió en un abrazo, y el abrazo en un beso, y el beso se prolongó hasta el amanecer.

Al día siguiente Ravja se trasladó a la tienda del Rey, y quizá aquellas breves noches se convirtieron en lo más bello y radiante de su corta, ignorante e infeliz vida.

A pesar de todos los esfuerzos llevados a cabo por sus hombres, lo cierto es que los famosos tesoros de la ciudad no aparecieron por ninguna parte. Sólo ruina, muerte y desolación. Gudú, a través de Rakjel, amenazó a Urdska con la muerte si no revelaba el lugar donde aquellos tesoros se ocultaban. Al oírle, Urdska se burló de él:

—Ni con la tortura lograrán arrancarme este secreto.

Entre tanto, la jovencita Ravja se había prendado de Gudú. Aquel hombre tan distinto a cuantos conociera, que llegaba a su tienda con aire tan gallardo y porte tan real, la había conmovido desde el primer instante en que le vio. Se sentía atraída por aquellos ojos azules, helados y brillantes como jamás había visto en ningún hombre de su raza. Había oído, desde que nació, el eco de sus hazañas y su prestigio: aun considerándole un feroz enemigo, las gentes esteparias siempre habían respetado profundamente su valor y su poder.

Gudú no ignoró los sentimientos de la niña, y aunque cuanto aquella pobre muchacha sabía no parecía de gran utilidad, sí desveló el camino que conducía al lugar secreto. Así pues, bajo sus indicaciones se adentraron más y más, estepa adelante, y todavía tardaron año y medio en hallarlo.

Aparentemente, aquel no podía ser el lugar anhelado. Se trataba de un pequeño reducto, entre las dunas que el viento día a día transformaba: y lo que hoy semejaba una loma mañana parecía una torre, y las siluetas tomaban las más impensables formas.

Sólo un pequeño indicio, tan insignificante como revelador para quien supiera desentrañarlo, les indicó el lugar exacto donde debían detenerse y excavar. Era un pequeño vergel, inusitado en la planicie reseca, donde brotaba una enramada parda, salpicada de oro, púrpura y azul, que recordaba el inmenso, pesado e interminable firmamento estepario. La pequeña Ravja se detuvo:

—Es aquí —dijo—, desde que nací he soñado noches y noches con este lugar.

Y encontraron tal cantidad de piedras preciosas, de copas y vasijas de metales raros y joyas nunca vistas, que Gudú quedó deslumbrado. Y además, algo que aún apreció más y que le anonadó: un sinfín de pergaminos y de escrituras donde se narraba la historia de Urdska y su linaje.

Pertenecía a una antiquísima civilización condenada a desaparecer. Y allí se decía que él, Gudú, sería el esposo de Urdska y que de ella tendría dos hijos, hermosos, crueles y valientes, a los que nombraría sus sucesores. Sin embargo, aquí la profecía tomaba un oscuro cariz, plagada de pequeñas cláusulas —las pequeñas y malvadas cláusulas con las que también habían tropezado Ardid, el Hechicero y el propio Trasgo en *El Libro de los Linajes*— de las que Gudú no hizo caso, como no lo hiciera su madre, en otro tiempo. Con todo lo cual, su imaginación se espoleó.

En tanto, Urdska seguía prisionera en su tienda. Rakjel, la atendía directamente hasta en sus menores deseos, tal y como le había ordenado el Rey. Día a día, poco a poco, empezó a reconstruirse entre ellos un mundo: la verdadera cuna del muchacho. Toda su historia, y la historia de los hombres y mujeres que formaban su pueblo, renacía en sus oídos por boca de Urdska.

Al principio, Rakjel se resistía, pero la voz de Urdska penetraba en él, despertando ecos amordazados.

—Rakjel, Rakjel, tú eres el nieto del Gran Rakjel, el Jefe que unificó las tribus del Nordeste estepario... Y tú precisamente, el único heredero de aquel gran Jefe, has traicionado tu sangre, tu raza y tu pueblo.

—Yo no he traicionado a nada ni a nadie... Sólo era un niño hambriento y abandonado cuando el Rey Gudú me acogió, y me incorporó a sus Cachorros, él hizo de mí un guerrero y un hombre.

—¿Qué dices? Tú eres la esperanza de tu pueblo; eres el nieto del Gran Rakjel *el Indomable*, el que supo unificar las tribus y hacer un pueblo... ¿Cómo puedes traicionar tu sangre?

Pobre Rakjel. Su corazón se desplomaba, y un viejo orgullo, un antiquísimo y poderoso sentimiento le invadió: él era el único heredero de un mundo que el Rey Gudú se empeñaba en destruir. Pero su corazón de niño se negaba a traicionar a Gudú, pues, como Cachorro, aún conservaba una inocencia, una lealtad y admiración hacia aquel que le había arrebatado cuanto le pertenecía. Él le había dado una razón, un motivo, una esperanza en la vida.

«Rakjel, Rakjel, nieto del Gran Rakjel, tú no puedes traicionar a tu raza ni a tu estirpe.»

Y Rakjel, en la soledad de su tienda, se decía: «¿Qué raza? ¿Qué estirpe? ¿A quién traiciono?» Y tan lentamente como alcanzan las aguas del Lago las orillas de la tierra, iba invadiéndole un sentimiento de amor, resentimiento y odio. «¿Por qué no puedo regresar a mi vida, por qué han desviado su curso como se desvían las aguas de un río...?», se decía, con la misma inocencia de un niño que se pregunta por qué el sol desaparece todas las noches, por qué se desnudan los bosques en invierno, por qué los hombres no recuerdan el último día de su infancia.

Aquella Reina cautiva era de pronto, para él, su raza, su patria, su memoria y su esperanza. Ya no era una terrible mujer, ya no era una malvada bruja, ya no era la imagen del terror. Era una hermosa, fascinante mujer que no se parecía a ninguna otra, y en ella residía toda la belleza de la tierra.

Así llegó un día en que Rakjel comprendió que se hallaba totalmente enamorado de Urdska, y que este amor era superior a cuantos sentimientos de lealtad y afecto experimentara hacia Olar y su Rey.

Renacía en su memoria las gentes, las gestas, las leyendas y hasta las canciones de su origen estepario, y esa estepa se abría ante él, y dentro de él, como una sangre, antigua y recuperada. Él era el joven Rakjel, el nieto del gran Rakjel. Él era la esperanza de su vejado y humillado pueblo.

Urdska fingió corresponder a su amor. Y una noche en la que ella y Rakjel descansaban entrelazados en el lecho, entró Ravja en la tienda, temblando de miedo y de dolor. Gudú había mandado devolver a Urdska a su joven hermana, y esto colmó la ira y el odio de la Reina de las estepas. Fue el gran error de Gudú: él, que no sabía amar, tampoco era consciente de lo que puede acarrear el desamor.

—Tú nos vengarás —dijo Urdska a su hermana—. Conduce a Rakjel hasta las tribus dispersas, preséntale como el Jefe que esperan desde hace mucho tiempo, y armaros contra el Rey Gudú y combatirlo hasta darle muerte.

Y una noche larga, encendida e inabarcable como son las noches de las estepas, Rakjel, en unión de la joven princesa Ravja, huyó y traicionó al rey Gudú. Un nuevo fuego, mucho más verdadero, mucho más profundo que el que le animara a seguir al Rey de Olar, le empujaba. Armaría de nuevo a sus tribus, llevaría con él toda la sabiduría que aprendió en la Corte Negra, sus tretas, tácticas y añagazas, y desde lo más profundo, no sólo de su pueblo, sino de sí mismo, recuperaría por fin el verdadero sentido de su vida.

Cuando Gudú se enfrentó a esta inesperada traición, Urdska le recibió con la más sarcástica de sus risas, parecida al aullido de los chacales. Pero aquella risa, contradictoriamente, no sólo no despertó la ira de Gudú, sino que espoleó su deseo de ella. Ya hacía mucho que deseaba hacerla suya —para humillarla y para honrarla—. Y aquella noche entró en su lecho y en su vida, sin ser consciente de que, en realidad, era ella quien entraba en la vida de él. Tras esa noche, el Rey quedó subyugado por el magnetismo de aquella mujer. El viejo sueño llegaba hasta él revestido de un deslumbramiento que si hubiera sido capaz de sentirlo, hubiera podido llamarse amor, pero que no era más que otra manifestación de su única pasión: la estepa.

Desde entonces, se sucedieron las noches más largas en la vida de Gudú. Noches sin fin, sin alborada que las serenara, como si fueran lo único posible, apenas interrumpidas por unos días tan breves como suspiros. Y en las vastas noches esteparias, bajo un cielo surcado por tenues resplandores, donde de cuando en cuando el lejano estallido de un relámpago alertaba del eco de remotísimas tormentas, Gudú recorría a lomos de su caballo aquellas llanuras tan interminables como su curiosidad o su incipiente desesperanza, y se acercaba y merodeaba, como mendigo o ladrón, aquella tienda en la que permanecía cautiva la imagen de su deseo.

Oler de nuevo el viento, percibir el suave crujido de la hierba y los matorrales inclinándose a su paso enardecía su pasión. Aún era joven, aún podía desear y soñar. En uno de aquellos inmensos amaneceres presenció algo que había oído referir a muy viejos soldados. Una historia fantasmal que le parecía desvarío senil o fantasiosa imaginación olareña, y a la que nunca había prestado atención: la visión de los guerreros muertos, cruzando el cielo, arrollando las nubes y aun el mismo resplandor del sol. Porque, según había oído desde niño, los grandes y verdaderos guerreros no morían jamás. Sus fantasmas repetían, cielo adelante, la más gloriosa de sus batallas, aquella en la que habían dejado su vida, convencidos de su razón, enloquecidos por su fe. Y mientras se preguntaba qué clase de fe sería aquélla, les vio. Les vio en el inabarcable cielo que pesaba sobre la estepa, como otra estepa misma, tan grácil, transparente o tenebrosa como la que él hollaba. Les vio tan claramente como podía ver sus manos o la crin de su caballo: eran legiones de jinetes a la vez transparentes y reconocibles, que galopaban hacia algún lugar indescifrable, sobre nubes aún no desprendidas del último resplandor de la noche, y su galope era un largo aullido, más que el eco de cascos en las dunas.

Antes de él, y quizá mucho después de él, otros les habían visto o les verían. Y aunque hasta aquel momento él había dudado de semejantes historias —tan desgarradoramente inútiles como dolorosas—, ahora las reconocía. Como si despertaran de un viejísimo y olvidado sueño, desperezándose polvoriento en lo más hondo de su ser. Eran sus ojos los que contemplaban el galope de aquel cortejo de sombras alargándose hacia el confín del firmamento estepario. Y eran sus oídos los que oían el largo ulular, el último grito de su desbandada, hasta que se perdió cielo adelante; y sólo quedó rebotando en sus oídos el eco de unos cascos ya remotos, el eco del tiempo, de alguna desaparecida gloria, de alguna desaparecida derrota. Y ambas cosas no importaban nada, pues ambas eran lo mismo: olvido y polvo.

Al fin, estalló el día, pero quedaban huellas, huellas imborrables en la memoria: el galope furioso de una huida, pisadas de hombres y animales muertos, de lealtades y traiciones, de valor y cobardía, odio y placer. Todo latiendo aún bajo el páramo del olvido, empujado por el viento, por el tiempo. Y cuando ya desaparecieron cielo adelante, algo gravitaba aún en el aire: el más puro silencio.

Así comenzó una nueva etapa en la vida del Rey. Ya no atacaba, ya no aparecían enemigos en el horizonte, donde plantó nuevamente sus enseñas. En Gudú había nacido y crecido un nuevo sentimiento. No era amor lo que le encadenaba —aunque él no reconociera esta cadena—. Tal vez odio, tal vez un oscuro rencor cuyo origen no podía alcanzar, lo cierto es que ya no podía prescindir del objeto que lo inspiraba. La vida parecía carente de todo interés sin aquella pasión. Urdska era la encarnación de todo cuanto deseaba, y la conservaría a su lado costase lo que costase, como otros desean encadenar el amor.

Y pasaba el tiempo entre la pasión que le inspiraba la Reina y el aparente y cada vez más encendido amor de ella, aunque siempre se mostraba despectiva y parecía estar reservándose una última sonrisa para quién sabe qué día y qué instante.

Y cuando ella le pidió que la llevase a Olar, no pudo alejar de su mente escenas que de niño le habían fascinado, historias que oyó de labios de su viejo Maestro o que había leído en algún libro, en los que los grandes reyes, los emperadores, entraban en su país, después de la victoria, con un rey o una reina encadenados. Por eso le contestó a Urdska que debía entrar en Olar arrastrándola tras él como la gran prisionera. Pero nada opuso ella a esta advertencia. Y Gudú dejó en aquellos parajes soldados, guarniciones y fronteras. Su enseña ondeaba en el viento del atardecer cuando regresó a Olar, victorioso y lleno de gloria, aunque envejecido y con dos largas cicatrices en el rostro. Contaba ya veinticuatro años.

Mientras tanto, en Olar, también había pasado el tiempo para Gudulina. Cumplía ya veintitrés años, siete Gudulín, y casi cinco los gemelos Raigo y Raiga.

XXII

LOS HIJOS DEL REY

1

DESDE que Gudú partió hacia las estepas, Olar había regresado a los oscuros días de austeridad que Ardid, con sagacidad unas veces, con placer otras, supo proporcionar. Un aire lúgubre que recordaba vagamente los tiempos de guerras insensatas de Volodioso se extendía por doquier. Nuevamente, los hombres fueron sacados de sus casas; los campesinos y todo aquel que nada tenía se abandonaban a la desesperación. Y tampoco los nobles permanecían alejados de aquella situación: los más jóvenes, empujados por codicia, ambición y las ansias de aventura, creían ver representado en Gudú el sueño de sus vidas; y los viejos, aunque recelosos o francamente a su pesar, les secundaban, pues sólo así podían retener aún lo que Volodioso les había quitado y Gudú devuelto.

Las muchachas se amargaban por ver pasar su tiempo sin la compañía de hombres jóvenes, y las campesinas se marchitaban tras los arados, tan sólo ayudadas por niños endebles o aún no en edad de engrosar la fatídica Corte Negra, pues de los que lo hicieron, como allí comían bien y, pese a la dureza del entrenamiento, vivían como jamás lo habían hecho antes, lo cierto es que la mayor parte de ellos mostraban tan buena disposición a quedarse, que pocos regresaban a sus hogares.

Como Gudú sabía que hombres sanos y jóvenes no debían desperdiciarse, ordenó deportar hacia las estepas o hacia sus vías de comunicación a cuantos hombres útiles se hallaban en las mazmorras, condenados a muerte o prisión perpetua por sospecha de brujería o cualquier otro delito. Y si bien esto se les antojó a algunos muestra de magnanimidad, para otros —en especial los interesados— constituyó una condena igual o peor que la muerte o la cárcel.

Y como, además, aumentaron los impuestos y los débitos, la verdad es que el frío, el hambre y las privaciones llegaron a rozar incluso a los más acomodados, y aun a cierto sector de la nobleza. De nuevo los mercaderes acapararon y pusieron a recaudo sus productos, y pedían por ellos exorbitantes precios —si se decidían a venderlos—. Entre una y otra cosa, la más opaca existencia se arrastraba por aquellas tierras, sin que la buena voluntad y el sabio tino de Ardid lograran hacerle frente con el brío de antaño. Día a día, el descontento de los nobles, y en especial de la Asamblea, iba creciendo a la par que la preocupación de la Reina.

Todos los inviernos les prometía el regreso del Rey, de la paz y del bienestar. Pero los inviernos se sucedían, y el Rey y la paz no llegaban: antes bien, cada día que pasaba aumentaban las crudezas, los rigores, la austeridad y las exigencias del monarca.

—Os prepara un país tan próspero como jamás soñasteis —decía Ardid en las reuniones de la irritada Asamblea—. Tened paciencia.

Pero toda paciencia tiene su límite.

Al tiempo que ocurrían estas cosas, crecían los hijos del Rey. Gudulín iba tornándose cada día más rebelde, descarado y maligno. Ya no

sólo se contentaba con martirizar a su bufón, el desdichado Contrahecho, sino que todo aquel que caía bajo su capricho era maltratado y
vejado. Gudulina se había retirado y casi recluido en sus habitaciones. Bajo la disimulada vigilancia de Ardid, languidecía y sollozaba, o
era víctima de extraños raptos de amor y alegría hacia Gudulín, de
suerte que el niño pasaba bruscamente del despego y la ignorancia
materna, a sus extremados mimos, halagos y transportes de cariño. Y
con todo ello, su educación no era precisamente edificante.

En cambio, los gemelos Raigo y Raiga permanecían totalmente
relegados, prácticamente olvidados por su madre. Sólo Ardid se
preocupaba de ellos y les atendía. Aunque su cariño y esperanza se
centraban ahora en Gudulín, al que veía y consideraba como sucesor
de su hijo y futuro Rey, no dejaba por ello de apercibirse de las malas
inclinaciones y desastrosa educación del joven Príncipe. Gudulina se
mostraba celosa, y a menudo se encaró coléricamente con Ardid, diciendo que ella y sólo ella debía dirigir la educación del niño. Ardid
iba perdiendo así sus esperanzas de poder conducirle como había hecho —aunque muy artera y disimuladamente— con su padre.

Raigo y Raiga eran en todo distintos a su hermano: despiertos de
mente, de carácter dulce y hermosos cabellos rubios, como su abuela.
Ardid hallaba en ellos un reflejo de sí misma, como una doble repetición de su primera infancia. Tal vez por esta circunstancia, añadida al
paso inexorable del tiempo, se sentía día a día más fatigada, e incluso,
en ocasiones, rozábale una sospechosa tristeza, oscura y brumosa. En
alguna ocasión, a solas, preguntóse Ardid si valía la pena haber luchado y ganado tanto por algo que daba tan poca satisfacción. Pero
reaccionaba rápidamente, y superada la crisis, se alzaba de nuevo y,
quizá, más fortalecida. Y cierto es que si no fuera por ella, las cosas
hubieran ido mucho peor de lo que iban en Olar. No en vano sabía
Gudú que, dejando a su madre tras él, difícilmente los asuntos de su
reino se desmandarían: y no se equivocaba.

Cuando Gudulín cumplió cinco años, Ardid creyó llegado el momento de pensar seriamente en su educación, tal como hiciera en
tiempos con su propio hijo. No quería verle convertido en un Rey
brutal e ignorante, aunque valeroso —si es que lo era, porque hasta el
momento sólo había dado muestras de cobardía y pereza—. No pare-

cía exento de malicia y astucia, pero tampoco de crueldad. Era un niño extraño, que apenas hablaba con nadie, y aun así lo hacía con monosílabos. Nadie le había visto sonreír, y había en toda su persona una tristeza muy profunda, o una gran oscuridad. Tanto que, a escondidas, los criados y la gente del Castillo empezaron a nombrarle el Príncipe Oscuro o el Príncipe de la Oscuridad. Y era cierto que huía de la luz y del sol, y se refugiaba en la penumbra de rincones de los que, por cierto —y bien lo aprendió su padre, a su misma edad—, no faltaban en los intrincados pasillos del Castillo.

Todas estas cosas las veía Ardid con desazón, pero pasaban totalmente inadvertidas a la Asamblea de Nobles, que sólo veían en él al heredero del Trono. Así, cierto día, les reunió para hablarles del heredero. Según su costumbre, Ardid creyó oportuno halagarles con la demanda de un consejo sobre lo que ya había decidido inapelablemente de antemano. Pero sabía cuán frágil y misteriosa era la naturaleza humana, y cuán sensibles al halago y a la importancia que se daba a sus personas aquellos mismos que, minutos antes, dieran pruebas de inflexibilidad.

Aunque la Asamblea no conocía el verdadero carácter del Príncipe, y su madre, Gudulina, en los transportes de amoroso capricho que a veces la asaltaban, solía decir, a cuantos quisieran oírla, que Gudulín era el verdadero retrato de su padre. Esto no sólo no era exacto, era una atroz equivocación: pues ni las supuestas cualidades ni los palpables defectos pertenecían al autor de sus días, sino que eran de su exclusiva pertenencia.

Si Gudulina veía en él cualidades maravillosas, alguien aún le creía mejor: el Trasgo, que le adoraba hasta un punto inimaginable. Se había convertido en su único y verdadero compañero y amigo. Como en tiempos hiciera con su abuela, llevábale secretamente por los oscuros vericuetos y senderos, en pos del codiciado vino. Gudulín se dedicaba insistentemente a perseguir al Trasgo, golpeándole con cuanto hallaba —raíces de cepas, piedras resplandecientes, oscuros animales de ojos siniestros— allí por cuanto túnel éste le llevaba, ya que su edad y estatura, y su heredado poder, así lo permitían. Y si bien los golpes no podían hacerle daño, puesto que no hacían mella a su sustancia corpórea, sí le dolía en sumo grado el hecho de que la criatura

686

que —según sus palabras dirigidas a la propia Ardid— era la luz de sus ojos, la raíz de su corazón, y cosas así, albergara hacia él intenciones tan aviesas. Pero no mermaba esto su amor: antes bien, crecía con el tiempo, y Ardid tenía ya que ocultarle a los demás de tal forma, que el Trasgo apenas si aparecía excepto cuando estaba a solas con la Reina, Contrahecho y Gudulín.

Éste tomó tal afición al vino, que solía ir cada vez más a menudo en su busca. Y ambos, ocultamente, se embriagaban de mala manera. Pero como estas cosas ocurrían de noche, cuando se suponía que el Príncipe dormía, nadie se apercibía de ello. Sólo veían que el niño, cuanto más crecía, más extraño se tornaba. Su aspecto, por otra parte, era agradable, con sus enormes ojos negros y aterciopelados, y sus cabellos brillantes y sedosos. Pero su piel se volvió pálida, y profundas ojeras aparecían en su rostro, y se afilaba extrañamente la pálida naricilla. Gudulina encargaba vestidos hermosos para él: pero el Príncipe iba de continuo sucio y roto, sin que nadie se explicase —excepto Ardid, que suspiraba en silencio— la razón de tales destrozos. Era descarado y, como sus tíos Soeces, mostró gran afición a frecuentar lacayos y sirvientes. Obligaba al Trasgo a seguirle hasta las cocinas y las más bajas dependencias, hasta los sótanos del Castillo, donde habitaba la servidumbre. A veces, escondidos tras un tonel de manteca, escuchaban las conversaciones y los juegos de los pinches, que eran muy aficionados a los dados.

Cierto día Gudulín empujó al Trasgo hacia el centro de uno de sus corros: y tal era ya el grado de su contaminación, que un pinche lo vio, aunque no en su verdadera forma, sino entre sombras o reflejos: a ráfagas de luz podía confundirse con una lechuza, un pajarraco o un animal cualquiera. Rondaba por la cocina un gato rojo, goloso y ladino, al que odiaba el tal pinche, y al ver el rojo resplandor que el fuego despertó en la melena del Trasgo, agarró una escoba de gruesas púas y se dedicó a atizar tantos golpes al Trasgo que, si éste estuviera capacitado para sentirlos, habría fallecido sin remisión.

Tal jolgorio y alegría despertó la escena en Gudulín, que a menudo repitió la hazaña, y con ello proporcionaba al Trasgo tales sustos y pesares, que llegó un día en que sintió desprenderse y rodar al suelo el primer grano del racimo de su pecho. Gudulín lo vio, y con asombró lo recogió.

—¿Qué es esto? —dijo con su torpe media lengua, que sólo el Trasgo entendía claramente.

—Ah, Príncipe de mi vida, ese es el dolor que me causas.

—Pues mira si esto te duele más —dijo el niño, y así diciendo pegó tal dentellada al grano de uva, que este dolor sí se clavó muy hondamente en el pecho al Trasgo; un grito agudo salió de sus labios y, tornándose todo él ceniciento, huyó por el tubo de la chimenea y no paró hasta hallarse en las buhardillas de aquella torre singular cuyo tejado azul fuera capricho de Volodioso. Se sentó desfallecido, y miró en torno: parecía todo cubierto de polvo y telas de araña, y de los cofres que fueron de Tontina, asomaban las cabezas de aquellos muñequillos que ella tanto quería, y ahora habían sido allí amontonados y olvidados, junto a sus cristalitos de colores.

—Trasgo, Trasgo, cuánto pesar te corroe —dijeron los muñecos; y lloraban tanto que sus ojitos de vidrio, azules y amarillos, parecían derretirse.

—Idos, idos —dijo el Trasgo, con sollozo tan hondo, que ellos desaparecieron en el fondo de las arcas. Y sólo una familia de lagartijas que allí moraba le contempló, pensativa y doliente.

En tanto, Ardid seguía cuidando cada vez con más esmero su Jardín, que por tercera vez renacía: y a medida que Raigo y Raiga y Contrahecho crecían y el bufoncillo los llevaba ya de la mano en los primeros pasos que los dos gemelos daban en torno al Árbol de los Juegos, súbitamente éste volvía a florecer y crecer, y llenarse de hojas de oro. Ardid lo contemplaba, y decía:

—Mira, Gudulina, hija mía, cómo florece el árbol de mi Jardín.

—¿Qué árbol? —decía ella—. No veo ningún árbol.

Y Gudulina no lo veía, entre otras más profundas razones, porque ni tan sólo lo miraba. Y si lo hubiera mirado, como no sentía ningún interés por él, tampoco lo hubiera distinguido de los otros árboles. Seguía viendo tan sólo, allí donde sus ojos se posaran, el rostro de Gudú.

2

L A Asamblea había escuchado y reflexionado sobre la supuesta demanda de consejo que Ardid les formulara. Y cómo ella había decidido de antemano, fue en busca de un Maestro que, aunque no poseyera las cualidades y la sabiduría del anciano y añorado difunto que había inspirado a su padre y su abuela, sí fuera, al menos, lo mejor que pudiera hallarse. Y para ello —según decidió Ardid, aunque pareció decidirlo el anciano Barón Tersio— buscóselo entre los infortunados que, por su edad, aún permanecían en mazmorras, acusados de brujería y malas componendas con el diablo.

Hizo varias y minuciosas visitas a tan hediondos y espeluznantes lugares, donde aquellos infelices —muchos de los cuales ni tan sólo habían osado pronunciar en toda su vida un mal conjuro de aficionado— se pudrían y morían. Dio al fin con un anciano, en cuyos ojos adivinó en seguida los auténticos poderes —o algunos, al menos—. Eran ojos acostumbrados a escudriñar estrellas y resplandores nocturnos, y describir el lenguaje de las llamas o el de la corteza quemada del abedul. Sumido en la máxima miseria, permanecía junto a diez condenados más, aprisionado con cadenas de hierro. Tal era su depauperación, que sólo por el brillo singular de sus ojos verdes podía creerse que aún vivía.

—¿Cómo te llamas? —preguntó Ardid.

Pero el viejo no tenía siquiera aliento para hablar. Entonces Ardid ordenó desencadenarlo y conducirlo a su cámara. Una vez allí, a solas, hízole sentar en un mullido cojín. Entonces el viejo pareció desfallecer definitivamente, aunque esta vez de placer. Tras darle de beber y comer, ordenó a sus doncellas que le lavaran, despiojaran y cortasen el cabello y la barba, que en enmarañada y gris pelambre le llegaba hasta la cintura. Le alimentó y cuidó con gran solicitud, con lo que el viejo creía haber muerto ya y hallarse camino del Paraíso. Aunque con estupor, pues contaba tres muertes en su haber, amén de infinidad de hechicerías y toda clase de pecados de variada especie. Tal vez —pensó—, a última hora, y en vista de sus padecimientos en la tierra, las Altas Divinidades se habían compadecido de él. Cuando le halló más repuesto, la Reina le hizo vestir ropas limpias y decentes. Y al verle de nuevo en su presencia, sintió en verdad una gran emoción, pues con la túnica negra, y el suave caminar, y el frágil y ensimismado semblante enmarcado en blancos cabellos, creyó ver nuevamente, si no al añorado Maestro, que en verdad fue para ella más que su propio padre, al menos a un viejo conocido que le resultaba familiar.

—Anciano —díjole, dominando el temblor de su voz—, sentaos y escuchadme.

Así lo hizo el viejo, y la Reina añadió:

—Tengo cierta facilidad para conocer en seguida aquellos cuya sabiduría es para mí tan preciosa, como lo puedan ser la juventud, fuerza y valor para un hijo del Rey. De suerte que, habiéndome fijado en el brillo de vuestra mirada, atino a suponeros conocedor de muchas cosas aún ocultas a la mayoría de los hombres.

Al oír estas palabras, el anciano lanzó un grito quejumbroso: súbitamente sus sueños de Paraíso se derrumbaron, y viose de nuevo pisando la miserable tierra, y ante la Reina de quien tan malos tratos había recibido. Tras aquellas palabras, imaginó que nuevamente iba a ser torturado —o quizá muerto— como sospechoso de brujería.

—¡Compadeceos de mí, Reina y Señora, os lo suplico! ¡Juro que jamás tuve la menor noticia de esas cosas, y que ni tan siquiera sé leer ni escribir! Mal puedo saber nada entonces... Oh, Señora, apiadaos de un pobre anciano que jamás hizo daño a nadie.

—Callad, insensato —dijo Ardid, impaciente—. Sólo por tu sabiduría, de la que no dudo (como no dudo de la sarta de mentiras que acabáis de proferir), os salvaréis de la muerte. Y no sólo esto, sino que gracias a esa sabiduría, que soy la primera en admirar y amar, llevaréis desde ahora la más regalada vida que hayáis soñado jamás.

Tan atónito quedó el viejo ante estas noticias que, mudo, boquiabierto y mirándola estupefacto, ofrecía un estado aún más lamentable, si cabe, que cuando se hallaba encadenado.

—¡Revivid de una vez! —dijo Ardid, cada vez más impaciente—. No hay nada extraordinario en lo que os he dicho: sabed que os he elegido para educar e instruir a mi nieto, el Príncipe Gudulín. Y que espero seáis tan esmerado en su educación como lo fuera mi Viejo Maestro el Hechicero.

Tras estas palabras, un largo silencio llenó la estancia. Hasta que, súbitamente, otro alarido —de gozo, ahora— estremeció al anciano, que rodó desvanecido de dicha a los pies de la soberana.

Una vez reanimado —cosa que resultó ardua, pues, aquel que por tan duras pruebas pasara, estuvo en un tris de fallecer sólo al oír el anuncio de bienestar y dicha—, cacheteándole en las demacradas mejillas, logró al fin Ardid que le escuchara y entendiera:

—Decidme, ¿cuál es vuestro nombre?

—Astrágalo —balbuceó el viejo brujo.

Rápidamente, la Reina buscó en el viejo *Libro de los Linajes* —en su sección «Hermanos en Ciencia»— y en verdad que lo halló. No le agradó excesivamente el historial de Astrágalo: en su juventud fue ladrón de caballos, luego bandido, y más tarde entró en un convento para resguardarse de la justicia. Allí, el Abad le tomó gran afecto, pues era rara su inteligencia y disposición de aprender. Así, aquel hombre sabio le adentró en el conocimiento de muchas cosas ocultas, y él, por su parte, devoró cuanto había al respecto en la nutrida y mohosa biblioteca conventual. Llegó a tener contacto con un anciano fraile que vivía prácticamente en el huerto y que dedicábase a la investigación del firmamento, las estrellas, sus signos y su influencia sobre los humanos, y así entró en gran pasión por estas cosas. Tras una guerra —eran tiempos de Volodioso, y él pertenecía al País de los Maguncios, al Sureste de las tierras de los Desfiladeros, donde a menudo se tenía contacto con brujos y chamanes de la estepa—, el convento fue un día pasto de las llamas. Él escapó, disfrazado de mendigo, y anduvo por tierras y lugares variopintos, aplicando —bajo peculio— entre los campesinos un poco de magia en su forma más mísera: rechazando males de ojo, procurando remedios contra las paperas o tumores, devolviendo la leche que habían robado las brujas de las vacas..., a cambio de pan, queso o una gallina —si bien ésta era, por lo general, adoptada sin permiso de sus dueños—. Eran tiempos revueltos y salvajes, y Astrágalo se dedicó, entonces, a saquear a los muertos, despojar a los ahorcados y desvalijar a los enfermos. Así, fue pasando su vida, hasta llegar a Olar. Y allí, oyó hablar de la más joven Reina, que casó a los siete años con el impío y feroz, aunque grande y admirado, Volodioso. Mucho le intrigó la cosa, y permaneció en la ciudad, donde habitaba en un cubil cerca de la zona donde se abrían los lupanares y lugares de esparcimiento de soldados y de campesinos que habían logrado vender una vaca. También practicó sus artes entre aquellas mujeres, de suerte que las libraba de influjos malignos, les proporcionaba bebedizos amorosos y toda clase de potingues de más o menos eficacia. Alguna vez había logrado algún éxito e incluso conseguido llevar a buen término algún conjuro. Pero la existencia era cada vez más dura, y como era un ser humano —aunque contaminado—, se veía obligado a defender su vida, calmar su hambre, vestir su cuerpo y, en fin, continuar avanzando sobre sus dos piernas, ya, en verdad, muy viejas. Con lo que, al fin, cuando ya tenía algunos ahorros que le permitieron montar un pequeño lugar de Averiguaciones, y andaba en la confección de un Instrumento Desvelador de Estrellas, fue apresado sin contemplaciones como sospechoso de brujería y encerrado en aquella mazmorra, donde pasara largos años.

«¡Dios mío! —se dijo Ardid, cerrando el libro—, ¡qué gran diferencia, entre mi anciano y querido Maestro y este brujo de baja estofa!» Sabía bien en qué se distinguían un hechicero —honorablemente dedicado al conocimiento de los grandes secretos que sustentan el mundo— y un brujo. Un brujo puede ser honesto, en algunas ocasiones, pero por lo general son malos aprendices de la verdadera sabiduría, y a menudo caen en tentaciones deleznables, capaces, incluso, de causar males y desgracias sin cuento.

Pero ¿qué podía hacer? Aquél era el menos malo entre todos.

—En verdad —díjole Ardid, observando sus uñas amarillas de ladrón— que tenéis más de bandido que de sabio, pero como conozco la verdadera razón que os hizo cometer tanta tropelía, y esta razón es la que mayormente ha regido mi vida, esto es la Ciencia, os perdono en gracia a que sois humano y, como tal, ya que pobre y mísero nacisteis, habéis necesitado defender vuestra vida con uñas y dientes. Pues bien, sabed que nada escapa a mi sagacidad, y que si os desmandáis en vuestro cometido, lo que os ocurrirá será tan grave, que recordaréis la mazmorra y otras calamidades como el más dulce y placentero sueño. Pero si, en vez de ello, os dedicáis en cuidado y amoroso interés a educar al Príncipe, os proporcionaré no sólo regalada vida y hermosos trajes, sino también medios para dedicaros a vuestras investigaciones. Y aún 'más: con gusto colaboraré con vos. Y tened por seguro que no soy novata en estas lides, y algo sé que tal vez vos no conozcáis nunca: he dedicado mi vida al estudio, y lo que para muchos, incluso para vos, aún permanece en la oscuridad, está lleno de destellos luminosos para mí.

—Os juro, Señora, que así lo haré y que no os arrepentiréis de haberos mostrado tan generosa —dijo Astrágalo. Y verdaderamente conmovido intentó besar el borde del vestido de Ardid, pero ésta lo apartó.

Cuando ya estaban estas cosas decididas en el secreto de su cámara, el Trasgo, que había escuchado todo con indiferencia, susurró:

—Es un torpísimo aficionado cuya contaminación ni siquiera es peligrosa.

Más tarde, Ardid convocó nuevamente a la Asamblea para decidir quién sería el Maestro y Preceptor de Gudulín. Y tan bien llevó estas cosas, y tan dulce y arteramente las condujo, que el propio Barón creyó que Astrágalo sería el mejor Maestro —según Ardid, traído de más allá del Sur— y Preceptor del indócil muchacho.

Ciertamente que el viejo Astrágalo hubo de lamentar tener a su cuidado semejante discípulo, pero como cosas muy peores conocía, aceptó resignada y aun alegremente la detestable compañía del Príncipe, y aprestóse con la mejor voluntad y entusiasmo en su instrucción.

Como Gudulín pasaba a menudo las noches en vela junto al Trasgo, y cuando inició sus lecciones ya había empezado a emborracharse, permanecía dormido la mayor parte del tiempo. El anciano sudaba lo indecible en su afán por despertarle y mantenerle atento. Pero, con escaso o nulo rendimiento por parte del Príncipe.

Sin embargo, mal que bien, a medida que los años iban pasando, las cosas fueron progresando.

Gudulín cumplió seis y luego siete años. Y cuando este cumpleaños se celebraba, estaban aún ignorantes en Olar de la próxima aparición del Rey. Entre tanto, y con grandes esfuerzos por parte del Maestro Astrágalo, Gudulín había aprendido a leer, mal escribir su nombre y tenía muy vagas nociones sobre la ciencia que tanto amaba su abuela y tan desesperadamente intentaba inculcarle el anciano. Pero en cambio, para otras cosas mostraba tal destreza y disposición como astucia.

Y a poco, el anciano, desanimado por el desinterés del niño y asombrado por la clase de preguntas y curiosidad que en él descubría, fue lentamente recordando su turbio pasado de malandrín, y llegó momento en que, a escondidas, ambos jugaban a los dados, bebían cuanto podían rapiñar y el anciano llegó a tomarle afecto, aunque, ciertamente, muy particular. Y su nueva y bien aprendida lección no dejó de ponerse en evidencia cuando tanto las doncellas de su abuela como la gente del Castillo en general, empezaron a notar en falta infinidad de objetos, e incluso joyas. Todo ello iba a engrosar el tesoro que Gudulín acumulaba en el interior del tubo de la chimenea de su dormitorio, donde ahora solía morar, casi permanentemente, el Trasgo. «No hagas esto, niño querido —decíale el borracho y dulce Trasgo, a veces—, puede obstruir el tubo, y asfixiarte.» «No lo toques», contestaba secamente Gudulín, sin hacer caso de las lágrimas del Trasgo. Pues cuanto más crecía, más desconsiderado y cruel se mostraba con él. Y así, le castigaba de la forma que sabía como la única posible: pasaba una o dos noches fingiendo no verle o no oír la llamada de su inconfundible martillo de diamante, que otrora sedujo a Ardid. Hasta que el pobre Trasgo, totalmente ebrio, se desesperaba dando volatines a su alrededor. Volatines que, a decir verdad, cada vez eran menos gráciles.

Una noche ocurrió lo que predecía el Trasgo: el tubo de la chimenea se obstruyó, entró el humo en el dormitorio, y el Príncipe hubiera perecido asfixiado si el Trasgo no lo saca en brazos hasta las almenas de la Torre Este. Pero a causa de ello se produjo un incendio y, alarmados, los sirvientes que le cuidaban entraron en la estancia, y hallando la cama incendiada, y no viéndole, fueron con grandes lamentos a comunicarlo a la Reina y a su madre. Gudulina, con agudos lamentos enloquecidos, y pálida de dolor Ardid, creyéronle abrasado. Pero no era así: y cuando más desolador era el espectáculo, y habían llegado, a medio vestir, los más importantes nobles de la Corte, para conocer la desgarradora nueva, el Príncipe se reía con toda su alma tras el tapiz de la ventana de la cámara real. Hasta que creyó oportuno aparecer y, con burdas mofas y soeces palabras —aprendidas tanto de sirvientes como de su Maestro, que conservaba fresca la memoria de tal lenguaje y a solas o con su discípulo lo practicaba a placer— dejó muda de estupefacción a la Corte.

Este incidente fue considerado como una travesura infantil. Pero no quedó así en el ánimo de Ardid. Empezó a espiar al niño y, a poco, descubrió cómo solía pasar sus lecciones y gran parte de sus noches. Llamó al Maestro y, llena de cólera, le dijo:

—Habéis sido desleal conmigo, tratando al Príncipe en forma tan incorrecta como malvada. Y como no he olvidado lo que os prometí, tened por seguro que iréis a la hoguera sin remisión.

El anciano cayó de rodillas sollozando y pidiendo a la Reina le salvase de tan horrible fin. Y viéndolo allí a sus pies, y contemplando su vejez, una antigua espina vino a clavarse en el corazón de Ardid. Y así, su ira se debilitó, y reflexionó, diciéndose, al fin, que tal vez no había más culpable que su propio nieto, ni más víctima que su Maestro. Así lo demostró Astrágalo, enseñando a la Reina las huellas que la precoz crueldad del niño habíale infligido. Cuando, a veces, el Maestro se arrepentía —por miedo o por verdaderos remordimientos— de sus malas lecciones, el joven Príncipe le amenazaba con delatarle a la Reina o a la Asamblea de Nobles como un viejo pervertido, brujo, y otras cosas. Y no contento con esto, le hacía blanco de sus flechas, pinchazos a punta de daga y demás lindezas, de suerte que el viejo tenía los brazos y piernas convertidos en un puro y amoratado acerico.

—Está bien —dijo Ardid, tan convencida como apenada—. Pero de ahora en adelante yo misma me ocuparé de mi nieto. En cuanto a vos, quedáis destituido de vuestro cargo y desterrado de Olar; y como deberé simular que sois condenado a la hoguera, por apiadarme de vos, a otro de los muchos destinados a ello quemaremos en vuestro lugar y con vuestras ropas. Pero sabed que debéis salir de este Reino y jamás volver a él. Pues si tal cosa sucediese, no habría piedad para vos.

Así se hizo: disfrazado de mendigo, el anciano Astrágalo fue arrojado de allí, y en su lugar, fue condenado a la hoguera —vestido con sus ropas, tapado el rostro con capuchón negro— otro infeliz anciano acusado de idénticos crímenes. Y fue duro en verdad para el viejo Astrágalo: pues la molicie, el vino y el exceso de comida —comió más en aquellos tres años que en toda su vida— habían hecho más destrozos en su vieja persona que todas las durezas y privaciones pasadas. Y mucho más duro fue el regreso a la antigua miseria. Como ya era muy anciano, y había engordado en demasía y perdido toda su agilidad, no podría dedicarse al bandidaje, como antaño, o a expoliar a los campesinos. Con lo que, perseguido a pedradas por los niños, y arrojado de aldea en aldea por las mujeres —el hambre les obligaba a espantar a todo desconocido que asomase por los embarrados caminos de aquella naciente primavera—, casi llegó a lamentar no haber preferido la hoguera a tan lenta como cruelísima agonía. Y así, de camino en camino, desapareció, y no volvió a saberse de él.

En los días esplendorosos del verano, Gudulín saltaba por la ventana con su pequeño carcaj al hombro y, deslizándose por la tupida enredadera, llegaba hasta la copa del gran olmo blanco. Y desde aquellas ramas, descendía al suelo, corría hacia la zona posterior de la Torre, y llegaba a la muralla. Allí, aún se abría cierta vieja y mohosa puerta de hierro, por donde años antes —mucho antes de que él naciera— la entonces desventurada Reina Ardid dejó escapar a la Princesa de las Estepas que le arrebataba el amor del Rey. Él no sabía estas cosas cuando descubrió aquella puerta, oculta entre el orín y la hiedra. Alzaba ahora su pesado picaporte, salía al campo y al bosque, y por allí merodeaba, en busca de animales que atravesar con sus pequeñas pero agudas flechas.

Así, Gudulín llegaba hasta una gruta donde anidaban murciélagos y, cuando él entraba, ellos volaban en tropel, y alguno chocó contra su cara. Por fin, un día atrapó uno, extendió sus alas y contempló su carita de diablo; lo llevó hasta un abedul, y allí lo clavó, sirviéndose de agudas ramitas y utilizando una piedra como martillo. Luego, lentamente, lo torturó con el punzón de hueso, del que jamás se separaba. Pálido, con los labios blancos de placer, regresaba anochecido. Y a escondidas, tal como salió de ella, volvía a su cámara, donde el Trasgo le reprendía lastimeramente: no por lo que hacía —que lo ignoraba—, sino por su ausencia.

Cierto día de julio, en el maligno y caluroso mediodía, se deslizó Gudulín por la enredadera y pisó con tan mala fortuna que vino a caer violentamente al suelo, y allí quedó, blanco el rostro y ensangrentada su cabeza. Mucho más tarde, dos criados lo encontraron, y esta vez costó mucho reanimarle. Había perdido mucha sangre y casi lo creían muerto. La noticia había corrido como viento por toda la ciudad, cuando un joven, aun arrostrando las sospechas y peligros que la revelación de su ciencia causaría en las oscuras mentes de la Asamblea, dijo que tal vez él podría curar al Príncipe. Le costó hacerse oír, pero una muchacha, una ayudante de cocina de las que se afanaban entre las calderas del Castillo, era su novia. Por ella llegó su petición al Cocinero Real, y del Cocinero pasó a la servidumbre, y de ésta al Mayordomo, y de éste, a través de complicados pasillos y cuchicheos, a las camareras de la Reina.

El Trasgo permanecía muy quieto, casi inmóvil —quizá por primera vez en su vida— sobre el dosel de la cama del niño. En vano hacía saltar entre sus dedos piedras refulgentes del río, palabras con doble tino y cáscaras de escalambrujo. Incluso llegó a verter sobre la frente de Gudulín delicada y dorada semilla de mostaza —totalmente desconocida en Olar, excepto para los trasgos—. Pero Gudulín, su luz y su vida, seguía blanco, profundamente marcadas las ojeras de sus ojos, los párpados cerrados. Era un niño muy hermoso cuando permanecía dormido o inconsciente, cuando no se podía percibir el siniestro reflejo de su oscura mirada. Y así, pues, con el negro y suave cabello empapado de sudor sobre la frente, los labios exangües, las manos inactivas —e inofensivas— sobre la cobertura del lecho, podía conmover incluso a quienes no le amaban —u odiaban, como sucedía con la mayoría de pajes y sirvientes—. Y las lágrimas del Trasgo caían con tal brillo sobre la frente del niño, que los presentes creían ver una bandada de mariposas de irisadas alas que venían a despedirse del joven Príncipe Heredero. Hasta el punto que, más de uno, desazonado por su brillo, que en verdad se antojaba tan triste como un funeral, intentó espantarlas. Por un cálido viento que llegaba del Sur, el abedul blanco movía las ramas. Y un raro aroma a mosto, viejo como el mundo, llenaba la estancia. Fue en aquellos días, cuando otro racimo ya tan rojo como el otoño mismo, perdió, uno a uno, hasta cinco hermosos granos, que rodaron, tersos y perlados como sangre de lluvia, bajo las pieles que cubrían al Príncipe.

Gudulina permanecía, quieta, a los pies del lecho. Miraba a su hijo tan fijamente y tan seria, que súbitamente sus ojos fueron una revelación para Ardid: aquella era, precisamente, la profunda, atónita, extraordinaria seriedad de los ojos de Tontina. Y Ardid descubrió que todos los niños del mundo —los de noble cuna o los más villanos— acaparaban en su mirada aquella expresión: como si en ella se agazapara el más grave, asombrado y dilatado de los reproches. Y se dijo que nada sabía ella, ni nadie, de esta profunda mirada del mundo, del inmenso estupor de la tierra ante el humano acontecer. Entonces, fue a Gudulina y le habló como si hablara a una niña:

—Hay un hombre que dice que salvará a Gudulín. Si tú lo deseas, él llegará hasta aquí.

Gudulina pareció despertar de su profundo asombro y, tornándose de nuevo mujer —pero mujer desquiciada—, prorrumpió en maldiciones hacia todos los hombres y todas las tierras, y todo lo que existiera fuera de su dolor. Decía, entrecortadamente, que si un niño debía morir delante de su madre, el mundo no merecía la pena de haber sido creado.

—No morirá, no morirá —dijo Ardid, estremecida de horror ante sus palabras y, sobre todo, ante el sofocado grito, un ronco sonido que no gritaba pero que parecía taladrar las paredes del tiempo mismo—. No morirá...

Hizo conducir al joven hasta sus aposentos, y al verle quedó asombrada de su porte. Pues, aun en medio de su dolor —a pesar de todo y aun conociendo la índole perversa de su nieto, era hijo de Gudú, y llevaba su sangre—, quedó traspasada por un sentimiento singular: como si en él reconociera, de improviso, algo tan conocido como olvidado.

Era un hombre joven, de alta estatura, y tan rubio que sólo Tontina hubiera podido rivalizar con él. Y sus ojos eran tan azules, y tan perfectas sus facciones, que no parecía de origen tan humilde como se decía —pues, para Ardid, todo villano era tosco, torpe y feo—. Avanzó hasta el niño y, soplándole en los ojos y en los labios, quedó un rato como transido en honda meditación. El Físico del Castillo, a juicio de Ardid un estúpido ignorante —en lo que no le faltaba razón, ya que ni sabía leer—, que tan sólo sabía aplicar sanguijuelas y hierbas sobre las heridas, le miró con odio. Y Ardid leyó en aquel odio el propósito de, una vez curado el niño si es que lo lograba, acusarle de brujo. «Pero no será mientras yo viva», se dijo Ardid, con tal firmeza y pasión que a ella misma sorprendió.

El Trasgo, entonces, saltó sobre su hombro, y abrazándose a ella prorrumpió en sollozos, diciendo:

—Niña querida, niña querida... este joven es una de las pocas criaturas humanas capaces de hacernos respetar vuestra especie.

—¿Qué dices, querido? No entiendo...

—Está al borde de la Historia de Todos los Niños, pero él nunca quiso entrar allí, ni siquiera cuando tuvo edad razonable para conseguirlo. Y jamás entrará, ni tan sólo lo deseará: pero ten por seguro que allí sería bien recibido, aun cuando nunca supo ser niño...

—No te entiendo —dijo Ardid. Pero tan intensa era de pronto la Tristeza que en la tarde de verano ascendía desde el Lago, que su voz se quebró y ni fuerzas tuvo para decirle que no usara ahora, por lo que más ama, y era esto, sin duda alguna, Gudulín, el lenguaje de su especie. Aquel lenguaje llamado Ningún, que de niña entendía, y ahora se hacía para ella cada vez más confuso.

El joven ordenó que su anciano sirviente, o ayudante, trajera un cofre misterioso, y ante el estupor general y las veladas protestas del Físico y de los nobles, que comenzaron a oponerse escandalizados, se horadó una vena y a través de un conducto de fina urdimbre, parecido a un tubo, llegó a horadar la vena del brazo del pequeño Príncipe. Y así, su propia sangre llegó al heredero de Olar. Ardid atajó toda protesta con su más poderoso y altivo aire de Reina, diciendo:

—Dejadle hacer: sólo él puede salvarle. Y de todos modos, sin esta única esperanza, Gudulín morirá. Este joven Físico —de pronto, como poseída de alguna misteriosa revelación, así lo nombró— es la Esperanza.

Y Gudulín no murió. La sangre nueva fluyó hasta sus mejillas y sus labios y, tras quedar profundamente dormido, permaneció en este estado durante tres días y tres noches. Y ni un solo momento el joven Físico se apartó de él: espiando el menor de sus movimientos y rozándole suavemente manos y frente con sus dedos largos, firmes y suaves. Al fin, al sol del cuarto día, Gudulín abrió los ojos. Estuvo aún postrado durante un tiempo, hasta que, una tarde, pudo incorporarse. Sólo entonces, el joven guardó todos sus misteriosos artilugios en el cofre, y pidió permiso para retirarse a su aldea. Estaba Ardid con Gudulina, el Trasgo y la primera de sus doncellas, y viéndole dispuesto a marchar, despidió a todos, excepto al Trasgo, y le dijo:

—Ni siquiera sabemos tu nombre. Dinos qué deseas, y te juro que tus deseos serán cumplidos.

—Señora, sé de vos y vuestra sabiduría desde muchos años atrás. Y así, únicamente podréis entender vos lo que os digo: mi mejor recompensa ha sido comprobar la certeza de cuanto he estudiado tan afanosamente durante los treinta años de mi vida.

—¿Treinta? —se asombró Ardid. Pues parecía un muchacho de apenas veinte.

—Treinta míos, y doscientos heredados —dijo él—. Señora, os lo ruego, dejadme partir, pues si no lo hacéis, un gran peligro nos acecha a ambos.

—No lo entiendo —respondió Ardid. Temblaba por una desconocida emoción que la llenaba de luminoso a la vez que oscuro presentimiento.

En vista de que el joven callaba, se sintió repentinamente intimidada ante la mirada de aquellos claros y profundos ojos. Dijo entonces:

—Partid, en buena hora. Pero, al menos, decidme vuestro nombre.

—No tengo nombre, Señora —respondió él.

Y partió con tan fría y enigmática sonrisa que dejó confusa a Ardid. En tanto, Gudulina se entregaba a besar, llenar de dulces nombres y caricias al arisco Gudulín, cuyas primeras palabras fueron para reclamar su carcaj, flechas y daga.

—Trasgo, querido mío —dijo Ardid, apartándolo a la fuerza de Gudulín—. Dime quién es este joven...

—Ah, niña, los años espesan tu mente —dijo él, distraídamente—. No entiendo cómo puedes preguntarme algo tan evidente y simple.

Y como el Trasgo ahora sólo prestaba atención a su gran amor, tras verse rechazado por él, se dedicó a libar sin rebozo, hasta caer to-

talmente embriagado en las brasas. Ardid quedó perpleja y desazonada.

Gudulín regresó a la vida. En vano Ardid intentó reanudar las interrumpidas lecciones. Entre otras cosas, Gudulina, irritada, se lo impidió, diciendo que su hijo no precisaba de tales estupideces, siendo
como era una criatura tan maravillosamente dotada por la naturaleza. Y así, halagándole y mimándole, pasó su convalecencia.

   Ya finalizaba el verano cuando el Trasgo acudió una noche al encuentro del niño, para llevarle en busca de las viñas del Sur. Gudulín
se levantó con aire distraído y soñoliento, y al fin dijo:

   —No puedo, Trasgo, he crecido demasiado, no hay sitio para mí
en esos laberintos... —Y empezó a reírse. Y su risa se parecía a la risa
de Gudú, breve y seca. Y riendo, extendió la mano, arrancó otro grano
del pecho del Trasgo y lo mordió. Tal fue el dolor del Trasgo, que, con
un lamento que toda la ciudad oyó, creyeron era el largo aullido del
lobo, cosa insólita dado que en aquella estación no era posible. Estuvo
algún tiempo escondido en lo más profundo de las raíces del bosque,
llorando, hasta que sus lágrimas hicieron brotar un manantial bajo los
abedules blancos.

3

Entre tanto, y ante la imposibilidad de educar a su gusto a Gudulín, la Reina se dedicó más a los dos pequeños, Raiga y Raigo,
sin olvidarse nunca de Contrahecho. Éste era tan raquítico y menudo
que nadie le hubiera dado más de ocho años, y pasó a ser, de bufón-
víctima de Gudulín —que, afortunadamente, lo había olvidado— a
compañero de juegos de Raigo y Raiga.

   Estos niños gemelos eran lindísimos. Tan rubios como el sol, y
de porte tan gentil, que sólo las amargas circunstancias que el país
atravesaba podían explicar el olvido en que eran tenidos. Contaban
casi cinco años, pero ya se mostraban encantadores. Ardid se dijo que
era hora de hacerles aprender a leer. Y aunque no destinados a here-

dar el trono, el carácter de Gudulín —tan temerario como inútil— podía hacer considerar que, acaso, algún día Raigo pudiera ser el único heredero. Por lo que, apresuróse a poner en práctica su idea, y con alegre sorpresa advirtió la despierta inteligencia del niño.

Los hermanos eran muy parecidos en su aspecto físico, pero de muy distinto temperamento. Raigo era apasionado y lleno de curiosidad por todo, como lo fuera su abuela a su edad. Pero Raiga, aunque era dulce y encantadora, no parecía interesarse más que por corretear, de la mano de Contrahecho, bajo al Árbol de los Juegos. Y aunque Ardid, absorta en su entusiasmo por educar a Raigo, no se apercibía de ello, Raiga y el pobre ex-bufón, trepaban a sus ramas, arrancaban hojas y, entre los dos —que jamás habían aprendido a leer—, leían en ellas la clave de innumerables canciones, y el aprendizaje de un sinfín de juegos que se apresuraban a poner en práctica.

Tras las lecciones con su abuela, Raigo se les unía: y llegaron a construir entre los tres una pequeña cabaña en las ramas del Árbol, y allí solían pasar gran parte de su tiempo.

Así, ocurrió que un día Raigo no acudió a su lección. Ardid lo buscó en vano. Hasta que al fin, tuvo un presentimiento. Dirigióse, sola, hacia la Torre que tan bien conocía y tantos recuerdos guardaba para ella. Estaba muy abandonada, maltrecha, y medio se derrumbaban las piedras de los muros, en tanto que la maleza, ortigas y yedra lo cubrían todo. Ascendió por los musgosos escalones y su corazón latía, sin querer indagar la razón. Y así, alcanzó el abuhardillado lugar bajo la cúpula azul. Levantó la mohosa trampa, y un enjambre de oro, parecido a polvo de sol, la cegó. Sacudiéndose los hombros, y el cabello, y tosiendo, penetró en aquel lugar.

A través de las rendijas de los postigos, quemados por el viento la nieve y la lluvia, entraba la luz. Y Ardid iba distinguiendo poco a poco, y uno a uno, los viejos cofres que fueron de Tontina, cuando oyó unas voces quedas, y sofocadas risas infantiles. Se acercó de puntillas, y en la penumbra descubrió a sus nietos y a Contrahecho jugando con los viejos tesoros de la Princesa muerta. Sintió desfallecer su corazón, hasta el punto de que tuvo que sentarse sobre una de aquellas polvorientas arcas.

—¿Qué hacéis aquí?, y ¿quién os ha dicho...? —empezó a decir. Pero al observar con qué naturalidad ellos la miraban, sonreían y proseguían en sus juegos, desistió de preguntarles nada.

Estuvo un rato allí, sentada, observando lo que hacían los niños. Y, recordó que ella jamás había jugado ni había sido verdaderamente niña. Entonces, tomó entre las manos un muñeco y, escudriñando en sus ojillos de vidrio algo, algo que se le escapaba, permaneció mucho rato.

Al fin, cuando la tarde declinó, los niños, que tenían el cabello lleno de polvo dorado, de pétalos marchitos, y las mejillas rosadas, empezaron a bajar la escalera, en busca de la cena y el sueño. Entonces ella ordenó los esparcidos tesoros, y tras cerrar la trampa, con gran cuidado, les llamó y dijo:

—Escuchadme, niños: nunca digáis que aquí habéis estado ni reveléis este lugar a nadie. Pues sólo aquí vendremos nosotros cuatro, y nadie debe interrumpir con su presencia nuestros juegos.

Los niños asintieron con gravedad. Y mientras regresaban a la Torre Sur, donde habitaban, el cielo se llenaba de estrellas, y la Reina Ardid lloraba silenciosamente.

Desde aquel día, tras la lección de Raigo, allí acudían los cuatro. Y la lección era doble, y mucho más rica, puesto que con ellos, la Reina aprendió a jugar, por primera y última vez en su vida.

Gudulín se iba convirtiendo en un muchacho alto, robusto, de manos grandes y generalmente sucias. Un día pidió a Gudulina un caballo, y ésta ordenó inmediatamente que se cumpliera tal deseo.

—Es muy niño aún —dijo el Barón Silu—, debe antes tomar lecciones del Maestro de Armas.

Así lo ordenaron al viejo Randal que, relegado de la Corte Negra, regresó a su oficio con celo e ilusionado afán. Empezó por enseñarle los lances de espada y daga, pero Gudulín se mofaba de él: le tiraba de las barbas, se reía de sus piernas combadas de antiguo jinete y decía:

—Viejo estúpido, yo sé luchar con otras y mejores armas.

Y le mostraba los arteros conocimientos adquiridos del viejo y desdichado Astrágalo.

—No es noble ese juego, ni esa manera de luchar —decía el viejo dominando su ira. Pero por toda respuesta recibía una flecha, que a duras penas podía esquivar.

Gudulina consiguió para su hijo un caballo joven, negro, de crin blanca y ojos de color miel. Gudulín, al verlo, palideció. En aquel instante su corazón sufrió un brusco estremecimiento: el amor lo llenó, y casi afloraron a sus grandes ojos de pirata niño y borracho, lágrimas tan puras como el primer rocío. Corrió hacia él, y colgándose de su cuello permaneció así, sin hacer caso del susto del corcel, que no le correspondía. Su rosado belfo temblaba y sus ojos del color de un dulce licor conventual, se inundaron de terror. Tal vez regresaban a él viejas historias de sapos, ranas, murciélagos y escarabajos mutilados y, al sentir en su cuello las grandes y sucias manos del Príncipe, se sintió sacudido por tal temblor, que Gudulín creyó navegar sobre un mar de espuma aterrorizada, como sangre inocente. Y como había heredado el don de su abuela en el centro más hondo de sus pupilas —fieros ojos relucen en la noche como dos gotas de metal fundido y abrasan a quien mira a través de ellos, y sumen en la más atribulada sed la vida que se debe arrastrar—, sabía que el corcel le temía. Así, tembloroso él también, murmuraba en su oreja de terciopelo: «Caballito, caballito mío.» Pero el corcel no le entendía, sólo temblaba. Y Gudulín se sintió rodeado por la neblina del Lago, y la antigua Ondina se adueñó de su corazón solitario y feroz. Y así, ablandado al fin como bajo musgo viscoso y tardío, Gudulín sollozó sin lágrimas, diciendo: «Caballito, amigo, amigo mío.» Y nadie era amigo de Gudulín, y nadie podría jamás ser amigo suyo. Excepto un pobre trasgo, que él despreciaba.

Saltó sobre su caballo y se abrazó a su cuello, pero el corcel se desató, rompió el dogal y huyó con él a lomos, saltando las barreras, hasta alcanzar el corazón del bosque. Allí, junto al manantial del Trasgo, se detuvo.

Era un verano caluroso, y en las praderas la hierba se agostaba, pero no allí, que casi parecía negra, de tan húmeda y hermosa. Gudulín sentía bajo sus rodillas el corazón del corcel, y dijo:

—Amigo, amigo, te amaré mientras viva.

Y después, lloró, y regresó; y aquella noche, en su lecho, volvió a llorar. Cuando el Trasgo asomó por la chimenea y vio a Gudulín tan anegado en tristeza, fue a acariciarle la negra y suave cabellera y, besándole en los ojos y labios y orejas, intentó consolarle como mejor podía. Pero Gudulín no le escuchaba, ni sentía sus inútiles besos. Y desde aquella noche, todas las noches de su vida —en verdad corta— lloró, dormido, o medio dormido, en la frontera de la vida y la muerte que, tan sedienta y paciente esperaba bajo su lecho.

Declinaba ya aquel tórrido verano en que los niños lloraban de noche. Pues no sólo Gudulín lloraba ocultamente bajo sus cobertores; había una niña, menuda y hermosa, que igualmente sollozaba en la oscuridad y el olvido del enorme Castillo de Olar. Y era Raiga, la primera y más dulce y gentil Princesa de aquel Reino. La habían alojado en una pequeña cámara —antiguo dormitorio de Dolinda— y dormía muy cerca de su abuela. Y en otro lecho idéntico, a su lado, dormía Raigo, el gemelo. Pues por ser tan niños, los tenían siempre juntos, sin distinguir apenas sexo y carácter, tan parecidos eran. Si el cabello dorado de Raiga rozaba sus hombros, nadie pensó tampoco en cortárselo a Raigo. Y dormidos, hubiera sido difícil distinguir entre ambas cabecitas, si se trataba de niño o niña. Tan delicadas eran sus facciones, tan dulce y profundo su sueño. Nadie les hubiera podido diferenciar, excepto Contrahecho. Cuando todos dormían, él salía del pequeño recinto que antaño fuera cubil del amado y llorado Hechicero. Despertaba y salía en la noche, porque venían enjambres de silfos a morderle las orejas y decirle: «Raiga llora». Y entonces, de puntillas, vestido con su larga camisa —despojado al fin de los humillantes cascabeles de oro—, se acercaba de puntillas al lecho de los niños, y a los pies de Raiga, lloraba también sin lágrimas. Aunque sólo los trasgos y los ancianos gnomos del Subsuelo, y los pájaros que asesinaba Gudulín, y las inocentes culebras del fondo del río, que, sin veneno, sufrían la maldición de las serpientes malignas, la podían ver. Y decíase: «Raiga querida, Raigo querido, a nadie amaré en el mundo, excepto a vosotros dos. Y como no podré desposaros, cuando sea hombre, mi vida será negra y triste». Y la neblina del Lago ascendía, ascendía.

En verdad que Olar era una ciudad triste, y el Castillo del Rey, un tenebroso recinto de piedras musgosas donde los niños lloraban por la noche. Y únicamente la lechuza, vieja y sabia —había conocido a Predilecto, a Tontina, incluso a las ardillas de aquel desaparecido séquito, cándidas criaturas que en el mundo vagan soñando en la bondad y en la libertad de la inocencia—, sabía que Raiga lloraba porque Contrahecho era feo, bufón, jorobado y dulce como un panal de miel.

Entró por fin el otoño, tan rojo y perfumado, que el Trasgo olía vino en los rincones más inesperados del Castillo. Fue a por Gudulín y le dijo:

—Niño amado, ven, te llevaré conmigo al Sur y regresaremos en una sola noche.

—Iré montado en mi corcel —dijo Gudulín, sentándose en el lecho y frotándose los ojos.

—En tu corcel, querido, y en el viento —dijo el Trasgo—. Sólo te pido un poco de amor, aunque con él se desprendan todos los granos de mi cruel racimo.

Y fueron a la viña, y hallaron allí a la gente en los lagares, y compartieron su alegría y sus vinos.

Gudulín fingía ser un niño perdido, y por lo sucio y desgarrado de su atuendo y su misma persona, nadie lo ponía en duda. Y el corcel les aguardaba, oculto entre la floresta.

Regresaron al amanecer, borrachos y cantarines, y el corcel de Gudulín corría, corría como el propio viento, a impulsos del grandísimo deseo del Trasgo.

Al día siguiente, Ardid llamó al Trasgo, que dormitaba en las brasas de la chimenea.

—Trasgo, querido, dime cómo se llama y a dónde fue el hombre que salvó la vida de Gudulín.

El Trasgo se desperezó. Su nariz aparecía ahora tan roja como las hojas del bosque, como su rizada melena.

—Clarividente amor, clarividente hombre —dijo agobiado por

las preguntas de Ardid—. Ah, niña, niña, estás tan vieja que me causas pena.

—Pero dime, ¿qué ha sido de él? Envié secretamente mensajes y hombres en su busca y nadie me da razón de esa extraordinaria criatura.

—No sé dónde habitará; en cualquier parte, tal vez. Y me digo que acaso sólo Once debe saberlo. Pero tampoco sé dónde andará Once, ahora...

—Decían que era el novio de una muchacha de las cocinas. Pero esa muchacha llora día y noche su desaparición. Trasgo amado, dime, ¿dónde está el hombre que salvó de la muerte a mi nieto?

—Bien, lo indagaré en recuerdo de aquellos días cuando podías deambular por mis caminos subterráneos... Niña, dime, ¿a dónde fuiste?, ¿dónde estás? Te busco muchas veces por el subterráneo y no doy contigo...

—Los niños que no mueren son tan misteriosos como la propia tristeza —dijo Ardid, con ojos pensativos—. No sé a dónde fui, querido Trasgo. No sé dónde, ni por dónde vagará aquella niña...

—No estás en la Historia de Todos los Niños: jamás pudiste entrar allí.

—No, bien lo sé.

Desde que cada tarde subía a la buhardilla de la vieja Torre y allí permanecía largo rato con sus nietos y Contrahecho, Ardid había recuperado cierta sabiduría que creía desaparecida de su memoria.

—Te prometo que en cuanto halle aquella niña, te avisaré... Pero entre tanto, ve en busca del hombre Clarividente, pues su ciencia me es necesaria como el aire que respiro. Soy mujer estudiosa, querido, y mi afán por conocer es tan grande como el de mi hijo, aunque de diferente manera.

—Lo sé —el Trasgo estiró sus piernas, cada vez más parecidas a delgadas cepas—. Lo sé. No necesitas decir algo que conozco aun más que tú misma.

Y buscó al hombre Clarividente, y al fin lo halló. Vivía en la otra orilla del Lago, precisamente en aquella cabaña de pescadores donde antaño se ocultaran la niña Ardid, el Hechicero y él mismo. Junto a su abuelo, el anciano que guardaba su cofre, el joven Clarividente dedicábase sin reposo al estudio e investigaciones. Pero no olía allí dentro a Raíces del Sueño, ni a semillas de mostaza, ni a caminos horadados en el suelo o el firmamento. No olía sino a hombre clarividente, raramente sensato, cuerdo, prudente... e inocente. De suerte que ni aun a pesar de la grave contaminación que le aquejaba, no parecía posible que el hombre pudiera verle. Porque Clarividente carecía totalmente de imaginación sobrenatural —dedujo el Trasgo—, porque lo humanamente natural era sólo el fruto de sus investigaciones. «Hermoso incontaminable —sollozó el Trasgo, súbitamente apercibido de su miserable estado—. Hermoso y puro en su especie... ¿Por qué somos tan raros, ya se trate de seres humanos como de otras especies? No es la pureza la que rige el mundo donde nos ha tocado vivir.» Y levantando la cabeza hacia el cielo, pensó que tal vez allí lejos, donde las estrellas alcanzaban el punto justo de luz y de negrura, existiría una condición de vida más completa, más feliz. Pero estas cosas —acaso— sólo podía saberlas la Dama del Lago, y sus relaciones con ella no eran en modo alguno cordiales.

Así, en la oscuridad del sueño vio al fin los ojos de Clarividente, tanto como para percibir ciertas partículas doradas y caprichosas que le condujeron a una total comprensión. O así lo creía.

Regresó al Castillo y despertó a la Reina:

—Querida —dijo—, él vive allí donde tú morabas con el Hechicero y conmigo mismo. Y he de decirte que sueña contigo todas las noches.

Ardid notó cómo se encendían sus mejillas.

—No es posible —murmuró.

—Lo es, y lo sabes muy bien. No es raro: os une el afán de conocimiento. Como a Gudú. Como a otros muchos, aunque se revista de diversas formas...

—Si es tan joven aún... y yo tan vieja.

—Yo no entiendo vuestras edades —dijo el Trasgo, fatigado—. No sé qué quieres decirme. De todas formas, su edad y la tuya se reúnen de cuando en cuando en la conjunción de la última estrella con el sol.

—¡Habla como nosotros...! —suplicó Ardid.

Pero, aunque intentaba retenerle por las piernas y el cabello, como no podía palparlo, él regresó a la oscuridad del túnel, y fue nuevamente en pos de Gudulín.

—Gudulín, te llevaré al Sur —susurraba en su oído.

Pero ahora no pudieron arrastrar al corcel, y sin el corcel no había viaje y el sueño se hacía imposible. De todos modos, intentaron penetrar en el túnel subterráneo. Pero Gudulín no cabía. Se llenaba la boca, y los ojos, de tierra roja y humedad; las raíces del mundo se introducían en sus oídos. Ya estaba crecido, crecido, irremisiblemente crecido. Y Gudulín, al notarlo, lloró en silencio, amparado por la oscuridad.

—Nunca volveré a ver el Sur —dijo, quedamente—. Nunca tendré amigos.

Y no sentía las lágrimas ni los besos del Trasgo. Retornó al lecho, y se durmió sollozando. Al día siguiente montó en su corcel, le castigó duramente con los talones, y lo llevó al bosque. Allí, penetró en la cueva de los murciélagos, atrapó cuantos pudo e hizo con ellos un escarmiento memorable para aquella sufrida raza.

Cuando regresaba, tenía las manos manchadas de sangre. En el sol de otoño, relucían como piedras rojas.

Al entrar en el Castillo, oyó gran alborozo. Un emisario anunciaba la llegada de su padre, victorioso. Y supo que traía prisionera y humillada a la cruel Urdska, Reina de la Estepa. Y se decía por todo Olar que por mucho, mucho tiempo, las Hordas Feroces no sembrarían el pánico de sus tierras ni atravesarían los límites de su engrandecido Reino.

Pero Gudulín no sentía amor hacia Gudú; sólo un temblor convulso, que contagió a su corcel, y le avisó de un raro placer de antemano paladeado: Gudú era su enemigo, y como enemigo le miraría, y vencería.

4

TODA la ciudad se preparaba para recibir al Rey. Y se comentaba en todos los hogares aquello que cuidadosamente el Rey hizo propagar entre sus súbditos: «No hay misterios en la tierra, si Gudú se enfrenta a ellos». Según se decía, la temible Urdska llegaba encadenada, y en la contemplación real de su persona se desvanecía el viejo misterio de la estepa, el pavor de las gentes de Olar hacia las desconocidas llanuras sin fin. Ya les había advertido Gudú muchas veces, mostrando niños capturados a las Hordas a sus jóvenes guerreros : «He aquí lo que tenéis por diablos del fin del mundo. No son diablos, y el último precipicio de la tierra no ha sido aún avistado por mi ejército.»

Por fin finalizaba aquella larga etapa de privaciones y austeridad para unos, de hambre y miseria para otros; por fin renacería la paz y la prosperidad para unos, y una existencia más llevadera para otros. Nadie sintió, sin embargo, como la Reina Gudulina una aguda y luminosa lanzada en pleno corazón: renacía su esperanza.

Gudulina revisó sus vestidos y se asomó al espejo tantas veces que llegó un momento en que no pudo ver su rostro. Y como antaño, la vez en que tan gloriosamente le recibió y amó, creía ahora que recuperaría lo que nadie ha podido jamás recuperar: el calor y la luz de un tiempo huido, el lugar del corazón donde el amor fue algo vivo y palpable, no un turbio sueño invadido de niebla, recorrido por lentos caracoles nocturnos. En su memoria renacían leyendas que de niña le contaba Arandana, esclava de piratas, de tez negra y rugosa, que destinó Leonia al cuidado de su infancia. Aquella vieja negra solía decirle, mientras peinaba sus rebeldes cabellos de niña: «Queridita, los hombres son perversos pero necesarios, y como todas las necesidades de este mundo, hay que gobernarlos.» Y así, de labios de aquella cautiva, escuchó la historia de una Princesa hecha prisionera, salvada de la muerte por el Rey de los Nardiscos, y que, una vez liberada, sufrió tan peregrino y desdichado amor por su salvador —él no la amó jamás— que murió en plena hermosura y juventud maldiciendo el día de su liberación. «Pero aun así, queridita —decía Arandana, dando remate a sus trenzas con el cordel dorado que segaba limpiamente el cuchillo de sus dientes—, la pobre Princesa Cautiva pensó en el último instante de su vida —que es cuando la vida toda de los humanos se refleja en la mente, como los árboles en el agua— que bien valía el sufrimiento, con tal de haber sido besada por el Rey una sola vez.» Y esta historia que encendía de curiosidad y placentero espanto su corazón de niña, revivía ahora en su corazón de mujer ya agostada.

Había cumplido ya veintitrés años, y no había cuidado de sí misma, ni en lo físico ni en lo mental, como la Reina Ardid. Se decía ahora, que la esperanza en recuperar el amor era la única isla donde se refugian los náufragos de tan extraño sentimiento. Rememoraba playas de su infancia, rememoraba a su madre, rememoraba los rudos marinos y piratas de los arrecifes, y se encendía todo el sol de la Isla en su corazón; sin reparar en que los años, la enfermedad y el desvarío habían hecho estragos sin cuento en lo que fuera su espléndida figura y dulce piel de muchacha.

Llamó a Gudulín, y ordenó vestirlo y desvestirlo una y mil veces con varias prendas a cual más lujosa. Pero los trajes enviados por la cada vez más distante Leonia ya no servían al Príncipe. Ceñudo y demasiado alto para su edad, el Príncipe Gudulín, siempre sucio y sombrío, sólo relucía en su rostro pálido y ojeroso de pequeño beodo, la belleza inquietante de sus enormes ojos de pirata. Pero Gudulina veía en él el fruto de un amor sin límites, y ninguna belleza podía compararse para ella a aquel rostro de correctas facciones, aunque de sañuda y ensimismada expresión. Y acariciando los suaves y brillantes cabellos negros, le decía:

—Gudulín, al fin vuelve el Rey a Olar...

Y Gudulín pensaba: «Al fin vuelve el enemigo, a quien destruiré. Porque el Rey soy yo». E ignoraba que, en muy lejano lugar, una niña poco mayor que él, delgada y nervada como un muchacho, montaba a horcajadas su caballo estepario, las desnudas piernas al viento de la estepa, golpeándole los ijares con un junco del río en la mano, y gritaba a su vez: «Soy el Rey».

Pero Gudulín no tenía madera de Rey, y Ardid, que contemplaba en silencio y a la vez los ajetreos de Gudulina intentando reducir su cintura demasiado ancha ya, y los sombríos ojos de su nieto, lo sabía.

Y sabía que nunca llegaría a reinar, como intuía que Gudulín era sólo el Rey de los Sombríos Parajes y pasadizos donde agonizan los animales torturados; despedazados sapos y murciélagos, únicos testigos de la soledad de un niño que no quiere o no puede ser amigo de alguien, que se siente solo, quizá enemigo de sí mismo.

Ahora que una y otra vez, tarde tras tarde, había subido de la mano de Raigo, Raiga y Contrahecho los escalones gastados y cubiertos de musgo de la Torre Este, ahora, empezaba a descifrar un libro que no estaba escrito en ninguna parte: excepto, acaso, en la memoria de los gnomos, en la rápida decadencia de las amapolas, en la frágil llama que abrasa las mariposas nocturnas. Sí, a su muy madura edad —había ya cumplido cuarenta años— Ardid empezaba a comprender, o al menos intentarlo, la vieja y despreciada sabiduría de los desvanes, allí donde van a parar los juguetes rotos olvidados y descoloridos de los niños que crecieron y ya no están en ninguna parte. Porque los años habían conseguido que olvidase aquella ciudad llamada La Historia de Todos los Niños. Y así, el día en que preguntó a Raigo:

—¿Quién os ha enseñado a venir a este lugar, quién os ha enseñado a jugar con estas cosas tan llenas de polvo y tiempo?

Raigo y Raiga la miraron con irónico reproche, como si creyeran que estaba burlándose de ellos. Y al fin, el pequeño Contrahecho dijo:

—Oh, Señora, bien sabéis que sólo podemos jugar aquí porque sólo así nos lo enseñó aquella niña que murió.

—¿Qué niña? —se inquietó Ardid.

—La niña Tontina.

—Ah, sí —se dolió Ardid ante los niños—. Murió cruelmente: pero no debéis hacerle caso, porque la quemó el Rey, por bruja.

—Abuela, qué tonterías dices —se impacientó entonces Raiga—. Murió porque recibió un primer beso de amor.

Y quedó así tan muda y perpleja, sin saber qué contestar, hasta que el sol se despidió sobre el ala polvorienta del Árbol, y se entretuvo en una hoja de oro. Entonces dijo:

—Niños míos, decidme si algo tuvo que ver en esta historia el Príncipe Predilecto.

—Sí —dijo Raigo—, el Príncipe Predilecto fue el causante. Pero no importa; gracias a todo eso, Once nos pudo devolver los cofres que habíamos perdido.

—¿Cuándo, niños míos, perdisteis estos cofres, si existieron antes de que nacierais?

—Oh, abuela, qué cosas tan tontas dices: de sobra sabes que mucho antes de asomar por aquí, estos cofres eran nuestros.

Y nada más preguntó Ardid: pues el lenguaje de los niños que aún no tienen uso de razón —y que, menos ella ahora, todos tomaban por ininteligible media lengua— era muy similar al lenguaje Ningún. No estaba ya capacitada para descifrarlo en su totalidad. Así, su profunda melancolía se tradujo en una sonrisa que la rejuvenecía notoriamente y el fuego de la Reina ambiciosa, de la Reina indomable, de la Ardid astuta y certera, brotó y prendió nuevamente, para decirse: «Yo forjaré al nuevo Rey de Olar: pues sólo Raigo llegará a suceder a su padre, mi querido hijo Gudú». Y aunque ensombreció su entusiasmo la idea de que para nada hubiera necesitado Gudú ser objeto de aquella lejana e insensata extirpación —pues empezaba a creer que ya, desde su nacimiento, estaba naturalmente incapacitado para el amor—, se prometió a sí misma, y muy firmemente, que, muriera o no muriera Gudulín, Raigo y ningún otro de sus nietos sería el verdadero heredero al Trono de Olar. Esperaba vivir lo suficiente como para asistir a su coronación y verle Rey. Y así olvidaba que para que esto sucediera Gudú debía morir, y que Gudú había sido —hasta el momento al menos— el gran deseo, la esperanza y la gloria de su corazón.

Sólo cuando los emisarios anunciaron que la comitiva real se avistaba tras las aguas del Lago, una rara angustia pareció aprisionar su pecho, y llevándose la mano a la garganta sintió el latido de su corazón, y pensó que, acaso, el gran error de su vida no era únicamente haber privado de amor a Gudú —hasta el punto de impedirle amarla a ella—, sino que, ella misma, había efectuado una monstruosa extirpación en lo más hondo de sus sentimientos: pues había mirado siempre a Gudú como Rey, antes que como hijo.

Pero cuando descendía, ligera y revestida.de solemnidad a un tiempo, las escaleras del Castillo de Olar, también sabía —como sabía que las gotas de arena dorada resbalaban sin cesar en la copa de cristal azul, sobre la cornisa de su chimenea— que Olar únicamente había tenido una sola Reina: y esa era precisamente aquella que descendía, lenta, majestuosa, la escalera: la única, verdadera e incomparable Reina Ardid.

5

COMO ejemplo inolvidable para sus gentes, Gudú había ordenado de antemano levantar en la Plaza del Mercado una tarima semejante a las que se fabricaban cuando debía hacerse un ejemplar castigo. Pero esta vez no estaba destinada a ejecución alguna —al menos en su aspecto físico—, pues la única ejecución que se proponía llevar a cabo era en verdad mucho más sutil y profunda: el destierro —que esperaba fuera definitivo— del terror que las Hordas Feroces ejercían sobre su pueblo. Así pues, llegado el momento, se mostró ante todos sin solemnidad alguna, sin manto ni corona reales, tan sólo con sus polvorientas ropas de soldado. Desenvainó su espada —que despidió destellos negros—, mostró sus cicatrices, y ordenó hicieran lo mismo sus soldados. Mandó hincar allí mismo las cinco picas que mantenían aún —si bien en hediondo y malparado estado— las cinco cabezas de los cinco Jefes esteparios, a quienes con tanto esfuerzo, arrojo y tesón había derrotado. Y una vez las mostró al pueblo, con su potente voz, que en el silencio de la tarde septembrina se dejó oír de piedra en piedra, de conciencia en conciencia, como un oscuro y violento vendaval, dijo:

—Aquí tenéis, pueblo temeroso y estúpido, a esos que llamáis los diablos del fin del mundo. Se corrompen y hieden de igual manera que las cabezas de los ladrones y los criminales: pues de la misma sustancia están hechos. Como las vuestras..., y la mía.

Y con su propia espada cortó las negras trenzas de aquellos desdichados guerreros —ya en verdad indiferentes a toda ocurrencia— y las arrojó al pueblo, que, primero, retrocedió asustado. Luego, súbitamente, se enardeció. Y la plaza, y las piedras, y las murallas todas de Olar se invadieron de un rojo resplandor; y un viento caliente de sangre se pudo aspirar en el aie, y encendía las miradas, penetraba por

oídos y bocas, y arrancaba gritos de violencia, de toda la antigua y soterrada crueldad que se agazapa en el corazón de los hombres. Hasta
el punto de que aquel olor podía percibirse también con ojos y oídos.

Entonces, el Rey se volvió a sus soldados y dijo:

—Traed a mi hijo primogénito, el Príncipe Gudulín.

A poco llegaron los soldados, y entre ellos un espantado corcel
negro, de blanca crin y ojos de miel, temblaba, no se sabía si de placer
o terror; y sobre él se erguía un niño pálido, de enmarañado cabello y
grandes ojos negros. Había desenvainado su daga, y llevaba a la espalda un carcaj, provisto de arco y flechas. Al verle, Gudú sonrió,
complacido, y ante la entusiasta plebe —que rugía de un placer sanguinario que les impelía a azotarse unos a otros con mechones de
trenza muerta—, dijo:

—Ved lo que hará el Príncipe Heredero, vuestro futuro Rey, con
el gran misterio de la estepa.

Entonces, ordenó que de una parihuela sobre la que habían montado un dosel cubierto de seda roja y polvorienta, descendiera una
mujer encadenada. Y tal era su aspecto, que los gritos enfebrecidos
del pueblo cesaron al verla, pues jamás guerrero alguno ascendió los
peldaños del extraño patíbulo con mayor altivez y despectiva sonrisa.
Sus agudos y blanquísimos colmillos de chacal brillaban tanto como
sus oscuros ojos, semicerrados de odio. Y como las negras trenzas
—que casi rozaban sus talones— brillaban como jamás cabello de
mujer de Olar lograra, ni aun a fuerza de vaciar en ellos el aceite de
los candiles, Gudú avanzó y, tomándola de ambas trenzas, con extraña furia, hasta el momento retenida, gritó a su hijo:

—Príncipe, corta estas trenzas, y arrójalas al pueblo, para que sepan de qué materia está hecho el misterio de la estepa, y cuán vulnerable es al fuego y al escarnio.

Así lo hizo, con evidente gozo, Gudulín: saltó del caballo, trepó
al entarimado, y con su afilada daga cortó las dos trenzas de la Reina
Urdska y las arrojó al pueblo. Antes, con un fulgor por vez primera
jubiloso en sus enormes ojos de terciopelo, arrancó un mechón y lo
mordió con sus blancos y afilados dientes de lobezno.

El pueblo celebró la hazaña con tales aullidos, que en el Castillo
temblaron todos, desde el digno Barón Presidente de la Asamblea,

715

hasta el último pinche de cocina. Sólo Gudulina parecía ajena a aquel clamor; una especie de música dulce parecida a un licor antiguo y peligroso, la llenaba, y penetraba. Y sólo amor veía en la creciente noche de Olar, allí donde estaban, como únicas estrellas, el odio, la venganza y la soberbia.

Gudulina mantenía las manos fuertemente enlazadas; y el temblor de sus labios no podía permanecer oculto a nadie. Por lo que la Reina Ardid fue quien, asidos de ambas manos, tuvo que mantener, a su derecha, a Raigo, y a su izquierda, a Raiga. Y ambos niños miraban a todos con grave asombro, y los entreabiertos labios exhalaban preguntas que iban desde la admirada expectación ante el humano acontecer, hasta el burlón regocijo que produce el espectáculo más grotesco de la tierra: esto es, una reunión de adultos que espera celebrar, solemnemente, la más triste exhibición de su humana naturaleza. Todos permanecían atentos, excepto el Trasgo, que escondido en los pliegues del ya muy raído manto de Ardid —la Reina no renovaba su vestuario desde las campañas de las estepas—, esperaba ver a su amado Gudulín.

El Rey no mandó degollar a Urdska como esperaban todos, y mientras la obligaba a descender de nuevo, jamás le miró nadie como ella lo hizo. Bajo aquella mirada, sintió como si todo el frío del invierno llegara hasta él. Ordenó que la condujeran a la Corte Negra, y una vez allí, permaneciese encadenada, hasta que él decidiera lo que debía hacerse con la soberbia y humillada Reina estiparia.

Luego, cuando se encaminó al Castillo, observó por primera vez a Gudulín. Y aunque no podía especificar por qué razón, lo cierto era que su heredero no le placía. Sus manos eran grandes y fuertes, pero todo él, pese a su delgadez, le pareció un niño blando y oscuro. Miró sus ojos, y le parecieron como nacidos de una antigua y feroz noche, que le traía a la memoria el viscoso trepar de ciertas criaturas húmedas, en los oscuros pasillos de su infancia. Porque Gudú no podía ver la sed, si la sed provenía del deseo de amor: y este deseo, aun sin luz, aun en la tiniebla, estaba allí, en la sombra de su mirada, en la lastimosa e indefensa inactividad de sus manos de niño; a pesar de su estatura, superior a la de los niños de su edad —en lo que no desmerecía la raza de Volodioso— al fin y al cabo Gudulín aún no había cumplido ocho años. Por primera vez, Gudú pensó algo que le estremeció. Mirando a su hijo aún niño con una hostilidad que no podía comprender, se dijo a un tiempo, y sin saber tampoco por qué razón, que la vejez debía ser algo triste e intolerable. Pero, como todos los pensamientos importunos, los alejó de sí, como puede alejarse de un manotazo un insecto molesto.

El primer encuentro —después de casi cinco años— con Gudulina no fue tan magnífico como aquel otro en que, precisamente, se engendraron los gemelos de rubios cabellos que le miraban con ojos agrandados de terror, admiración o quién sabe qué —en verdad esto era ajeno a su interés.

Ardid estaba allí, y su orgullo creció al observar que, si bien la Reina Madre declinaba con los años, no era ni mucho menos una mujer carente de atractivo y belleza: sus cabellos se entretejían de oro y plata, y su arrogancia se había vuelto más frágil y delicada. Pero sus ojos oscuros de ardilla relucían aún; y sus labios aún frescos dejaban entrever el blanquísimo brillo de su envidiable dentadura, dientes de niña crecida entre los campos. «La mejor amazona, la mejor Reina, la mejor madre», pensó Gudú, envanecido.

Y aquel par de extrañas criaturas que eran sus hijos, tenían también cierto parecido a dos nerviosas ardillas. Por un momento pensó, desconcertado: «¿Quién es el niño? ¿Quién la niña?», y antes de descifrarlo, dedicó su atención a la madre de tan raras como insignificantes criaturas. Y al verla, un leve disgusto le ensombreció: Gudulina se había vuelto fofa, sus mejillas le parecieron demasiado redondas e hinchadas. Y aquellos ojos que antaño, en aquel mismo lugar, parecían retener toda la luz del sol sobre el Lago, tenían ahora una desapacible similitud con los ojos de Gudulín. «Es blando como ella: mi hijo es igual que su madre, sin lozanía como ella, como agostado ya desde la cuna», se dijo, con hastío.

Cuando Gudulina le abrazó, sintió un raro vértigo. De nuevo estaban impregnados sus cabellos del agreste perfume del brezo y la hierba del sueño; y su cuerpo era firme y dulce, y sus labios tenían la suave y tristísima embriaguez —de pronto, así le pareció, aun por pe-

717

regrino que pareciese— de la decepción tras la gloria. Porque la gloria —y aún besaba a Gudulina cuando lo pensaba— del triunfo era aún el sabor del triunfo. Y sintió sed, una abrasadora sed de estepa, de ilimitados horizontes, de sangre y polvo. Y tuvo conciencia de todas las cicatrices de su cuerpo, y aún más, todas las cicatrices y todas las heridas y aun todas las muertes de sus hombres, en su propio cuerpo. Apretó contra él a Gudulina, haciéndola gemir. Y se dijo: «No he logrado nada. Nada ha empezado todavía: aún queda tanto, tanto por...»

Pero la Corte le aguardaba, jubilosa: el Rey había vencido a las Hordas. Y las Hordas, en años y años, no volverían a osar adentrarse, en sus rapiñas sanguinarias, por tierras del invencible Rey Gudú.

Pasaron algunos días en los cuales Gudulina creyó recuperar su viejo amor perdido. Pero estas cosas, sabido es que no son fáciles en la humana naturaleza. La vasija del amor se rompió, y su contenido se había desparramado por la corteza del mundo, y la pobre Gudulina, de rodillas y suplicante como mendiga, iba rastreando el surco de aquel río perdido entre inútiles praderas. En los primeros días, Gudú halló un placentero sabor en la blanda y redondeada Gudulina, su perfumado cabello y su cuerpo limpio. Estaba cansado de la fibrosa angulosidad de las esteparias. Gudulina había aprendido en la Isla de Leonia lecciones de aseo que las mujeres de Olar distaban mucho de practicar, y ahora a Gudú le desquitaba del olor a cabra, polvo, sangre y cuero. Día llegó en que aquellos olores embargaron su olfato y su sensualidad; y con violencia terrible e irremediable, sintió la sed que le inspiraba la Reina Urdska, cuyas manos debían permanecer atadas a la espalda, si quería yacer con ella. Y como jamás había recibido de ella un beso, sino feroces dentelladas —en las que poco a poco iba hallando un oscuro sentimiento placentero, que creía nuevo y era tan viejo como el mundo—, sin aguardar al amanecer, saltó del lecho conyugal y, desnudo aún, y dormida Gudulina, mal que enfundó su coraza de cuero y metal, envainó su espada y, saltando sobre su caballo galopó bosque adentro, rondando la Corte Negra.

Estaba el otoño avanzado, pero el viento aún era tibio durante el día, y en la noche, fresco y saturado de raíces perfumadas. Y así, vio tras las murallas del recinto negro los resplandores rojos de las hogueras, los gritos de los centinelas, y sintió arder su sangre. Y entró al galope, en el recinto gritó más que ordenó que elevaran el puente y, Rey Negro de nuevo, entró en su verdadero Reino: el único que sentía propio, entre todos los reinos de la tierra.

Al día siguiente, hizo llamar a Gudulín. «Ya tiene edad de entrar en los Cachorros —decía su mensaje—. No debemos perder tiempo con él.» Gudulín partió, pues, al siguiente día de recibido tal mensaje, hacia la Corte Negra.

6

DESDE la noche en que tan inopinada como desconsideradamente la abandonara Gudú, Gudulina cayó en tal estado de abandono, que la misma Ardid no dudó en calificarla de loca rematada. Vagaba por los pasillos vestida tan sólo con su larga camisa blanca, y asustaba a la guardia, que creía hallarse ante un fantasma. Descalza bajaba al patio, y recorría las dependencias con un llanto quedo y tristísimo. Al amanecer, regresaba de nuevo a sus habitaciones y permanecía echada, los ojos cerrados, sin que la solicitud de sus doncellas y camareras —que en verdad la amaban y compadecían— lograra reanimarla. Hasta tal punto permanecía enajenada, que Ardid, temiendo de nuevo que el desconcierto de los nobles la acusara de brujería, ordenó recluirla definitivamente en su cámara. Y así, Gudulina ni tan sólo logró enterarse del mensaje que Gudú envió reclamando a Gudulín: lo cual, según pensó Ardid, era lo mejor que podía ocurrir, pues de lo contrario se hubiera desencadenado una verdadera tormenta de lamentaciones y lágrimas, cosa que a todas luces era preferible evitar, en bien de todos.

Ella misma atendió y vistió a Gudulín para su partida. Y mientras lo hacía —y aun diciéndose una y otra vez que no era su nieto amado, que tal vez ni siquiera sentía afecto por él—, sus manos, antes tan firmes, temblaban. Y extrañamente, Gudulín no se mostraba arrogante y descarado, sino silencioso y entristecido. Y al entregarle la daga, Ardid pudo darse cuenta de que sus grandes y pálidas manos de asesino de pájaros también temblaban. Entonces, se contemplaron ambos fijamente, sin decir nada, los ojos en los ojos.

—¿Qué veo en tu mirada, criatura? —gritó Ardid, sin poderse contener. Y súbitamente enternecida, quiso abrazarle; pero Gudulín se escabulló y corrió con todas sus fuerzas, y adelantándose a los sirvientes y a los soldados, montó en su corcel, y galopó sin freno, pálido y sudoroso, hacia el Castillo Negro: y dejó a todos maravillados por el hecho de conocer tan bien un camino que jamás había recorrido antes.

No tardó mucho Gudú en darse cuenta de los defectos y cualidades que acumulaba el Príncipe: era terco, fuerte, y no carecía de cierto arrojo, pero en lo profundo de su naturaleza era tan cobarde y perezoso como jamás muchacho alguno pisó la Corte Negra. Sólo bastaron dos días para que Gudú lo apreciara: su primogénito era indigno de su casta y le recordaba violentamente a los hermanos Soeces. Y así, llegó un día en que le retó él mismo a duelo, si bien todos sabían que entre los Cachorros, y en general, en la Corte Negra, estaba prohibido un duelo a muerte.

—Tú a caballo, con lanza, yo de pie, con daga corta —dijo el Rey, para espolearle. Y su risa, breve y dura, taladró de tal forma a Gudulín, que sintió una súbita sordera, de suerte que sólo un rojo zumbido llenaba sus oídos.

Era una mañana de frío sol, pálido, y aunque solos —el Rey no quería exponerle a la vergüenza de su derrota, de la que estaba seguro, ante los otros muchachos—, sintióse Gudulín atravesado por mil ojos: y con terror irrefrenable, reconoció los ojos de todos los sapos, lagartijas, murciélagos, culebras, insectos y multitud de criaturas por él asesinadas. Así, buscó en torno, y halló, por fin, encaramado en la crin de su caballo —que de improviso estaba inundado de un atroz júbilo, que le hacía estremecer sobre sus negras patas—, al Trasgo.

—Trasgo, Trasgo... —murmuró—. ¿Eres en verdad amigo mío?

—Sí, borrachito amado —dijo el Trasgo; y vació en sus labios un frasquito de vino añejo. Entonces, súbitamente, el caballo partió. Pero en dirección a la muralla. Y allí se estrelló, y cayó. Y cayó Gudulín, y su cabeza, con un terrible chasquido —como una inmensa nuez aplastada entre dos piedras— se abrió.

El Rey gritó, y acudieron los hombres. Pero Gudulín estaba quieto y tendido, la cabeza abierta, inundado de sangre. Y permanecieron todos atemorizados y silenciosos a su alrededor, y sólo el aleteo de dos palomas torcaces se oía entre las almenas, y el fluir del manantial.

Gudulín se aferró con ambas manos al Trasgo, fijó sus enormes ojos en él, por primera vez iluminados, y gimió tan débilmente que todos, menos su desesperado y único amigo, entendían como el borboteo de la muerte:

«Trasgo, Trasgo... ¿por qué me dejaste nacer? ¿Por qué? Yo no debía haber nacido... Ah, no Trasgo, tú lo sabes, porque está escrito en el envés de tu memoria: que yo vagaba por los húmedos subterráneos y disputaba la sombra a las culebras y a los lagartos: porque yo era la Oscuridad... Trasgo, Trasgo, ¿por qué dejaste que me nacieran...? ¿Sabes lo que yo quería, Trasgo? Yo quería una nave, buscaba una salida al mar, quería ir al mar, quería ir, quería ir...» «No llores, niño mío —sollozó el Trasgo—, no llores. Ven conmigo otra vez a lo no nacido, ven conmigo a los subterráneos de los que no nacerán jamás..., ahí está tu nave, aguardando.» Pero era tarde, y lo sabía. Lo sabía tanto, como podía oler las viscosas raíces de la muerte que trepaban por los ojos y las arterias de Gudulín, y le dejaban, al fin, absolutamente blanco, inane, inexistente: como si no hubiera sido ni tan sólo un no nacido. Y todas las caracolas, y los lagartos y los murciélagos, gritaron de júbilo, y se encendieron las luciérnagas, y el bosque se llenó de un viento muy feroz que gritaba: «La Oscuridad no es ya el reino de Gudulín: la Oscuridad vuelve a pertenecernos». Sólo una mariposa negra y muy joven llegó cándidamente a la frente del Príncipe y, cruel e inocente, preguntó al Trasgo por qué había muerto tan linda criatura.

El Trasgo tenía ya cinco granos de uva en su mustio y despojado, avasallado, reseco y medio muerto esqueleto de racimo. Pero ni siquiera él se daba cuenta de cosa tan grave. Lloró tanto, que igual lloró cinco siglos, que la mitad del recorrido de un grano de arena cayendo en la copa de vidrio de la Reina Ardid. Y en verdad que todos los recién nacidos lloraron —y antes de que Gudulín naciera o muriese también lloraban—; y lloran aún, por el nacimiento y por la muerte del Príncipe de los Murciélagos. Y desde ese día, innumerables niños en el mundo lloraron, y lloran en la oscuridad. Sólo ese diablo que alguien pintó en los viejos catecismos escolares, empezó a reírse entonces —y está riéndose todavía.

Como es sabido, el Rey Gudú no podía amarle —ni a él ni a nadie— ni llorar. Por lo que no sintió dolor por aquella muerte, ni lloró. Tan sólo una creciente irritación y malestar, que le hicieron ordenar alejar el cadáver del niño cuanto antes de su presencia, y lo devolvieran a su madre y a su abuela.

Así lo hicieron los soldados, y aunque más de uno sintió pesar por aquella vida tan inútil como tempranamente segada, acallaron sus sentimientos y, de camino al Castillo, aunque no veían al Trasgo abrazado al cuerpo de Gudulín, oían una especie de siniestro silbido, que tomaban por el viento del invierno, pero era el llanto irreprimible del Trasgo.

Toda la Corte pareció consternada por semejante noticia. Sólo la reina Gudulina —paradójicamente, puesto que era la única, después del Trasgo, que le amaba— no se enteró de nada: seguía postrada, con una estúpida sonrisa en los labios, repitiendo sin cesar el nombre de Gudú.

Ardid ordenó que Gudulín fuera enterrado junto a su abuelo y Almíbar, en el Cementerio Real. El cortejo fue triste: el cielo encapotado que anunciaba ya el invierno, el barro de los senderos, el viento que mecía las ramas de los blancos abedules... El Trasgo se acurrucaba en el hombro de Ardid, y le murmuraba lentamente en el oído algo que la Reina no entendía. Y tanto era su llanto, que ya jamás cesó en él: como una larga retahíla de conjuros, en verdad ineficaces, le acompañó para siempre.

La estatua de Volodioso apareció aún más hundida en el barro del Cementerio. Los pájaros seguían posados en su casco, y Ardid entendió que hablaban de Gudulín, aunque no le conocían: «Será un pariente del Rey», se decían, acaso, mirando la pequeña caja negra donde yacía el Príncipe.

Cuando la última paletada de tierra cayó sobre el ataúd, la Reina se dio cuenta de la desaparición del Trasgo. Un gran frío llegó a su corazón, unido a un atroz presentimiento. Empezó a llamarle y llamarle: pero él no acudió. Ni entonces, ni luego. Y mucho tardó Ardid en volverlo a ver.

Pero el Trasgo había penetrado hasta el féretro de Gudulín, y tomándolo en brazos vagó por los subterráneos, tiempo y tiempo: intentaba llevarlo a la Dama del Lago, para que consiguiera una nave donde poder enviar a Gudulín al mar. Pero sabía que la Dama jamás le atendería, y oía su voz diciendo: «No es submarino, estúpido e indigno Trasgo, es sólo un cachorro de pirata». Así pues, prefirió regresar a su tierra sureña. Con él en brazos, íbale contando historias submarinas, y prometiéndole su nave. Por fin halló la vieja vid donde, tiempo atrás, conoció a la pequeña Ardid. «Éste es buen lugar», pensó. Y desde aquel día, comenzó a fabricar una nave; armándose de resplandecientes costillares de animales devorados, de oscuras ramas escondidas, fango, lluvia, raíces y hiedras subterráneas, la iba lentamente armando. Protegía a Gudulín de alimañas y podredumbre entre raíces de uva, y le hablaba sin cesar. La nave nunca parecía avanzar, ni crecer, ni perfilarse bien; y el viejo Trasgo bebía de cuando en cuando, para contar al vino su desesperado amor. Y regresaba, y retornaba a fabricar la nave: soñaba sus palos, mástil, velas, su graciosa silueta mar adentro. Y decía: «Aguarda un poco, sólo un poco más, y estará lista. Y entonces, niño querido, te llevaré al mar, y nadie te podrá arrebatar el rumor de las olas, ni el azul profundo que nadie supo darte».

Pero Gudulín había enmudecido para siempre, y sólo el silencio estallaba en los oscuros y húmedos laberintos, donde el martillo de diamante pretendía, tan torpe como ilusamente, clavar una nave de sombras y sueños jamás nacidos. Y el mar llegó por fin un día: porque el mar es tan grande y generoso, como terrible. Y lo llevó con él, y lo hizo isla: pero isla sin raíces, flotante como una nave que surca, sin

parar, todos los mares del mundo. Y desde entonces, Gudulín-isla navega y navega, tan solitario como fuera en su vida de niño. A veces,
se aproxima a ciertos litorales donde aún vaga —y vagará por siempre— Lontananza-Tristeza. Y los dos se reconocen, y luego los dos se
alejan uno de otro.

7

CON tal noticia, Raigo ascendió de inmediato a la categoría de
Príncipe Heredero. Y la oscura adivinación que así le hizo presentir a Ardid, le dio una vez más la razón. Y a pesar de la triste circunstancia que suponía la cruel muerte de su hermano mayor, el
pequeño Príncipe de cabellos de oro y ojos de ardilla, mostraba inteligencia tan precoz como fuera la de su abuela a su misma edad.

La Asamblea de Nobles se reunió de nuevo: la ley de sucesión
establecida por Gudú no dejaba lugar a dudas, pero hasta el momento el Rey no había pronunciado una sola palabra sobre la existencia del niño, y esto sumió a los nobles —y aun a la misma Ardid— en
gran perplejidad. Pues si cuando llegó a Olar apenas tuvo una mirada
para los gemelos —y tan fugaz como superficial—, por el momento
no parecía recordar que Gudulín no era el único hijo legítimo habido
de la esposa que en tan lamentable trance se hallaba.

Así pues, la Asamblea reflexionó, y por boca del Barón manifestó su deseo de conocer las decisiones que el Rey tomaría sobre la
educación del pequeño Raigo. Como aún faltábale un año para ser
admitido en la famosa Corte Negra —que a todos, secretamente, les
resultaba odiosa—, esperaban les permitiera formar el carácter del
niño —al menos en su aspecto pacífico— de forma que pudieran asegurarse su adecuada formación de cara al mañana.

—En verdad —dijo la desorientada Ardid, que no se explicaba la
indiferente actitud de aquel que tanto empeño había mostrado en
asegurar su sucesión—, que nada ha dicho el Rey sobre estas cosas.
Pero le haré saber sin dilación que deseamos conocer sus propósitos,
para llevarlos rápidamente a cabo.

Así lo hizo, y tardó en recibir respuesta. Tanto tardó, que estaba ya muy avanzado el invierno, y en su máxima crudeza, cuando, ante la impaciencia de la Asamblea, se dignó enviar recado. Esta vez, Gudú se manifestó tan conciso y lacónicamente como era su costumbre, pues tan sólo dijo en breve misiva: «Es muy niño aún, y de momento no puedo interesarme en su educación. Esperemos que cumpla los siete años reglamentarios, edad en que lo incorporaré a los Cachorros, en calidad de heredero al trono, y le formaré militarmente. En tanto, Madre, educadle según os plazca, pues no dudo sabéis hacerlo muy bien».

Así lo comunicó Ardid a la Asamblea. Y antes de hacerlo, ya había apuntado en su mente un nuevo Maestro para los jóvenes Raigo y Raiga: y éste, por supuesto, no era otro que el llamado Clarividente. Pero, profundamente conocedora de la mentalidad del Barón y los demás nobles, y ante la triste evidencia del estado de Gudulina, pues ya nadie se recataba de murmurar que era cosa de brujería, hubieron de encerrarla definitivamente, y bajo llave, en su cámara, donde aún permanecía cautiva... Por todo eso, no le pareció en modo alguno oportuno nombrar a aquel que, desde el primer momento, despertó las más crudas protestas y sospechas entre los nobles, y en especial el Físico y sus ayudantes.

Antes de dirigirse a la Asamblea, y estando por vez primera sola, sin nadie en quien confiar —y qué tristeza experimentaba cada vez que veía el sillón vacío del Maestro, y el tubo de la chimenea, con su vasija siempre llena, que a nadie atraía ya—, muerta su amada Dolinda y rodeada de mujeres que tal vez la querían, pero con menos seso que un pájaro parlanchín, ella misma decidió tomar cartas en el asunto. Así, pidió a su Camarera Mayor —la única en quien, pese a sus pocas luces, podía confiar plenamente dada su inquebrantable lealtad— y ordenó al viejo Capitán de su Guardia —que la servía desde hacía años, y en quien también podía confiar, al menos como guardadores de un secreto, ya que no como cómplices astutos—, que la siguieran. Cubrióse, de noche, con capa, y montando ágilmente en su caballo, seguida de aquellos dos fieles acompañantes, tomó el camino del Lago.

Era una fría noche de invierno, y las colinas blanqueaban, nevadas, y crujía la escarcha de los caminos bajo los cascos de los caballos. Y no tardó en hallar la vieja cabaña que en otro tiempo les guareciera, a ella y a sus amados ancianos. Parecía abandonada, pero bien sabía que no era así. Llamó, insistentemente, a la puerta, y ante el silencio que respondía a aquella llamada, ordenó al Capitán derribarla. Entonces, descubrió en la oscuridad a los atemorizados abuelo y nieto, que inútilmente intentaban ocultarse a su vista. Proyectó la luz de su antorcha sobre ellos, y, al ver al joven Clarividente, nuevamente sintió un extraño sentimiento que no lograba definir: pues era algo conocido, pero tal vez tan enterrado y olvidado, que no lograba aflorar a su memoria. Ordenó que los dejaran solos, y luego, dirigiéndose al más joven, le dijo:

—No temas, muchacho, nada malo vengo a hacerte, sino al contrario.

La dulzura de su propia voz la devolvió a unos tiempos en que todavía se sentía y sabía joven: cuando espiaba en el espejo el paso del tiempo, y teñía con polvo de oro sus primeras canas y anhelaba poseer los más raros afeites de antiguas y bellísimas mujeres. Y también deseó de pronto no haber abandonado aquel gusto por su propia belleza, y lamentó la parquedad de su vestido y ornato, de forma que se sintió en verdad muy extrañamente avergonzada —y este sentimiento sí que era nuevo para ella—. Y precipitadamente, como si diera suelta a una prisa reprimida años y años, deseó huir de la mirada azul de aquel extraño joven, y expuso su deseo de convertirlo en Preceptor del joven heredero Raigo. Pero así mismo le advirtió:

—Vuestros antecedentes no son del agrado de la Corte y la Asamblea, como bien veo habéis adivinado por la forma de ocultaros... Mas no temáis, nadie sino yo conoce vuestro escondite. Y, por tanto, creo muy conveniente que os disfracéis, de forma que nadie os reconozca. Así, fingiréis ser un sabio de la Isla de Leonia, enviado por la abuela del niño para su instrucción.

—Mucho os agradezco vuestra generosidad —dijo, al fin, el hombre—. Pero en verdad que estoy tan dedicado a mi estudio, que temo no seré buen Preceptor del Príncipe... Señora, os lo suplico: olvidad mi paradero y pensad en otro más merecedor del privilegio de ser requerido por la más grande Reina —y estas últimas palabras encendieron raramente su voz, de forma que ambos quedaron inexplicablemente turbados.

—Os lo ruego —añadió Ardid. Y su voz reverdecía en sus más dulces matices, otrora usados tantas veces—. Os lo ruego, no os lo exijo: y os prometo que tendréis a vuestra disposición tanto tiempo y medios suficientes para continuar vuestros estudios, que admiro y respeto, como a buen seguro no hallaríais aquí.

Poco a poco dejóse convencer el joven. Y aunque el abuelo se resistía, hubo de ceder ante la decisión que al fin tomó su nieto.

—Ahora, decidme cómo os llamáis —dijo al fin Ardid, con curiosidad y expectación que nada tenían que ver con la educación de Raigo.

—Señora, es un nombre tan ridículo —respondió el joven, ruborizándose hasta las orejas—, que temo os riáis si os lo revelo...

—Oh, no existen nombres ridículos —dijo Ardid rememorando vagamente viejos nombres, viejas cosas—. Según sea la tierra, o la lengua, donde se pronuncie su nombre, puede ser tan distinto...

—No soy de esta tierra —dijo él entonces, como alentado por el tono de la voz de Ardid—. Sólo me trajo aquí el renombre de una tan sabia y gran Reina, que como vos regía el país..., y creí tontamente, que los jóvenes como yo seríamos protegidos por ella. Pero... aun comprendiendo que no es vuestra culpa, ved cuán distintas han sucedido las cosas: el país es por encima de todo un reino guerrero, y sólo la guerra y la fuerza bruta tienen posibilidad de prosperar aquí.

Una vez dichas estas palabras, quedó el joven profundamente atemorizado de su osadía; y así como antes enrojeciera, ahora palideció intensamente, y se apresuró a manifestar:

—Oh, Señora, os lo suplico... olvidad mis imprudentes palabras. Nadie soy yo para juzgar lo que más conviene a vuestro Reino y a vuestro hijo el Rey.

La Reina quedó sumida en profunda emoción y perplejidad. No lograba irritarse por las palabras del que —según el Trasgo— llamaba Clarividente. Así que, al final, decidió:

—Temo que muchas cosas de este Reino están más allá de vuestro alcance: no todos lo hombres están hechos de la misma sustancia, ni todas las necesidades de los hombres son iguales. Acaso un Rey dedicado a la Ciencia, dadas las circunstancias de nuestro país, sería un pésimo Rey. Tal vez sólo el tiempo... solucione estas cosas. Pero ni vos ni yo estamos aquí reunidos para perdernos en estas cuestiones.

—Así es, Señora, y os ruego, nuevamente, que perdonéis mis importunas palabras.

La Reina sonrió débilmente, y ordenó a su doncella entregara nuevas ropas al muchacho. Y añadió:

—Debéis teñir vuestro cabello y barba, de suerte que parezca blanca, pues deseo que os tengan por anciano. Y así mismo, os daré un afeite gracias al cual podréis marcar arrugas en vuestro rostro... Pero no temáis, pues sólo en contadas ocasiones seréis visto por los que mal os quieren, ya que permaneceréis en mis dependencias, y bajo mi custodia; tal y como lo están los pequeños príncipes.

Dicho esto, se apartó a un lado, procurando ocultar su rostro, presa de rara excitación. Antes de irse, sin embargo, volvió sobre sus pasos:

—Decidme, os lo ruego, ese ridículo nombre que decís tener.

El joven parecía profundamente avergonzado. Al fin, el viejo habló:

—Señora, no es culpa suya: así le bautizaron, y así le llaman... pero lo cierto es que su nombre es Amor.

La Reina enmudeció. Pero no era asombro, ni extrañeza, lo que la hacía perder el habla, sino un súbito y no muy buen presentimiento. Bruscamente, salió de la cabaña, y montando de nuevo en su caballo, les encomendó que aguardaran sus noticias, antes de ser conducidos al Castillo según creyera oportuno el momento.

Y cuando regresó al Castillo, y entró en su alcoba, miróse detenidamente al espejo. Una gran tristeza la bañaba y un recóndito fuego ascendió a su mirada, mientras se decía que, en verdad, sus ojos eran hermosos, sus labios frescos, y su talle tan grácil y tan flexible como el de una muchacha de veinte años. Y no tuvo reparo en admitir que, si bien había rebasado ya los cuarenta años, no era en ningún modo mujer vieja: antes bien, cosa rara, muchas mujeres de edad más tierna y lozana, no podían rivalizar con ella en hermosura, agilidad y donaire. Y con tan encontrados sentimientos se durmió: pero su sueño navegó por extraños paisajes, a través de los cuales, de vez en vez, aparecía el rostro rubicundo de Leonia, que atronaba el aire con la estridencia de su risa más burlona.

Tal y como decidió Ardid, el joven Amor llegó al Castillo, tras convencer a la Asamblea —y esto no fue difícil para ella— de sus grandes valores y virtudes. Y desde el punto y hora en que llegó, lo instaló en la abandonada Torre del tejado azul; y allí ordenó amueblar su estancia, y proveerle de cuanto precisase o deseara. Pero es cierto que también rehuyó su presencia, con un rigor que ella misma se reprochaba íntimamente. «¿Por qué temo verle? —se decía—. Él es un joven poco mayor que Gudú, y yo una Reina abuela, acribillada por las preocupaciones. No sé qué es lo que puedo temer de él, en verdad.» Pero lo sabía, lo sabía tan bien como conocía la clase de brillo que, al mirarla, descubrió en los ojos del joven sabio, y su secreta alegría al suponer iba a morar muy cerca de ella. Y recordaba las palabras del Trasgo: «Su sueño está lleno de burlonas chispas de oro, y vos estáis en sus sueños». «Bah, lo que ocurre es que sabe que estoy muy inclinada a la ciencia; y eso es tan raro en una mujer, que a la fuerza debe impresionarle.» Así, intentaba acallar lo que, a gritos, decíale su pensamiento, y acaso, también un poco, su corazón.

Las flores habían muerto, o aguardaban ocultas en la profundidad de la tierra, en espera de la primavera. Pero ella espiaba el Jardín, y se alegraba de comprobar que el Árbol de los Juegos aún estaba allí, y crecía, y en modo alguno se marchitaba. Antes al contrario, sus hojas brillaban de tal forma que, en la noche, diríase que en vez de árbol, era una encendida lámpara, como en tiempos ya casi olvidados, en que una singular corte de niños, muñecos y pequeños animales inocentes revoloteaban y reían a su alrededor. Y así, de noche solía salir descalza, bajar al Jardín y acercarse al Árbol, y mirarlo, mirarlo como se pueden mirar las imágenes de un sueño. Al fin, cierta noche, estando bajo las hojas de oro, creyó percibir nuevamente el rumor de aquella extraña canción, o murmullo, aquella que aprendió a amar, de los tiempos en que Once y Tontina jugaban bajo sus ramas, y todo el

Castillo parecía atravesado por un viento resplandeciente, o música, o —de pronto así le parecía— llanto. Pero de todas formas, tan dulce era, que sólo una palabra acudió a sus labios: y esta era el ridículo nombre del recién nombrado Preceptor de Raigo. Subió prestamente a acostarse, y deseaba olvidar cuanto había visto, recordado o soñado. «Ya pasaron los tiempos de la más joven Reina, inútilmente enamorada de su viejo esposo... Ya pasaron los tiempos de la astuta y melosa amante de Almíbar, cautiva en la Torre Norte... Ya pasaron los tiempos de la vieja y ladina Leonia... Sí, la Isla se ha perdido, Ardid, y las islas errantes, como la juventud, no regresan.»

El invierno transcurrió sin aparentes novedades. Aparentes, porque oscuras tramas se larvaban en los laberintos secretos de muchas conciencias. Los nobles hallábanse cada vez más descontentos por la actitud del Rey, y su desprecio hacia la Corte de Olar, que habíase renovado tanto —dado que muchos habían muerto, y otros jóvenes habían tomado su lugar, y los más habían abandonado sus puestos para seguir a Gudú—, que llegó un día en que Ardid comenzó a sentirse entre extraños: y aún más se lo hacía notar la desaparición del Trasgo, el último de sus viejos amigos.

También en los subterráneos de la conciencia de Ardid estallaban de día en día temores y sospechas. La soledad del invierno y la inquietud de una amenaza de rebelión por parte de los nobles, que esperaban mejoras tras las últimas campañas del Rey, y en su lugar sólo vieron aumentadas sus obligaciones —aparte de verse privados de lo más florido de su juventud masculina—, hacían renacer a su alrededor las murmuraciones sobre el origen de su ascendencia al Trono. En tales cosas, Ardid percibió la intriga que se larvaba en torno. Y a pesar de todo, estas cosas tenían para ella menor importancia que otra circunstancia: el miedo que la invadía cada vez que intentaba aproximarse a la vieja Torre del tejado azul, donde los niños y su maestro habitaban. Y así, había dejado de visitar la secreta buhardilla, y alejándose de sus mismos nietos —por no ver a Amor— y rodeada de rostros que nada añadían a los recuerdos de su corazón, la soledad la cercaba estrechamente. A veces, la invadía un pueril gozo, y salía a la nieve y recorría el viejo Jardín, espiando los indicios de la aún lejana primavera. Luego, súbitamente, la tristeza regresaba y, como una planta tronchada, con los cabellos cubiertos de una débil nevada y los ojos llenos de lágrimas, retornaba a su cámara.

Otra gran inquietud llegó a la Corte: el Rey mostraba ya sin reparo, de forma alarmante, su afición a la Reina Urdska. Y aún más: se rumoreaba que esperaba un hijo de ella. Estas cosas alarmaron en gran manera a Ardid, pero juzgó prudente, por el momento, no decir nada a su hijo. Y así, vigiló estrechamente a Raigo. Comenzó, nuevamente, a acudir a la Torre Azul —que así habían empezado a llamarla los niños, y ella misma—. Y al tiempo que esto ocurría, en la Corte Negra también una soterrada violencia fluía bajo la aparente normalidad de su vida austera.

8

AL finalizar el verano, Urdska manifestó un cambio en verdad notable en su relación con Gudú. Súbitamente, la cautiva abandonó su aire altivo y feroz, y comenzó a mostrarse sumisa hasta el punto de que día llegó en que incluso pareció su rendida amante. Este cambio de actitud no dejó de sorprender al Rey, que lo observó con atenta curiosidad, sin, por otra parte, mostrar debilidad alguna. Alternaba a Urdska con otras muchachas —hasta el número de cinco—, y de tal manera que, al parecer, no distinguía con mayor preferencia a las unas que a las otras; por el contrario, si bien Urdska había sido instalada con cierto regalo y bienestar en tan desapacible y austero lugar, no dejaba por ello de permanecer custodiada por la inflexible Guardia, y aún más, encadenada; aunque caprichosamente, Gudú hizo fabricar, con la cadena de oro de su cuello, las nuevas cadenas de Urdska.

El Rey observó con desconfianza, durante cerca de un mes, el raro cambio de la Reina esteparia. Y llegó al fin el día en que, aun ordenando, secretamente, que la vigilaran, la dejó en aparente libertad. Y así, Urdska pudo ver libres sus manos de la cadena que, aun dorada, tan humillante le resultaba. Y pudo bajar de su encierro y salir al campo, cuando ya el deshielo comenzaba tímidamente a verdear la hierba junto al río. Secretamente vigilada, en sus ires y venires, en ningún momento dio muestras de pretender huir, ni rebelar a los de su raza que —una vez probados por Gudú y su gente— habíanse incorporado al renovado y revivido ejército de la Corte Negra.

Urdska solía pedir permiso para contemplar las luchas de entrenamiento de los Cachorros, y con sus gritos y consejos —muy sabios, según todos comprobaron— les animaba; y no favorecía a los de su raza más que a los de la raza de Gudú. De forma que con todas estas cosas, el Rey empezó a sentir cómo crecía dentro de sí la curiosidad y el deseo que le impulsaba hacia ella: y de lejos —y aun a menudo escondido— la observaba cuando hacía tales cosas. Y la veía, así, alta y fibrosa, pero esbelta y bella, con sus cabellos cortos, como un muchacho, lacios y negros, brillando sobre los hombros, vestida, como solía, de joven guerrero. Y se decía que jamás podría descifrarse su edad, pues en ella reuníanse de tal forma las mejores cualidades de mujer y de muchacho, y que en suma, era como el dios o diosa, asexuado y fascinante, representante de la eterna e imposible juventud. «Tal vez brujas esteparias anidan todas juntas en sus ojos, tal vez su corazón sea el amasijo de todas las culebras de la estepa; y así y todo, ella es la única mujer digna de ser mi compañera y Reina», se dijo al fin, un día. No la amaba, es cierto, pero lo que sentía hacia ella era mucho más poderoso, más grande, y tal vez más profundo y misterioso y durable que el amor común entre hombre y mujer. Pues reverdecía en él aquella última sed de su padre —aunque él lo ignorara— cuando decía a la joven e iracunda Ardid que la Princesa de la Estepa no era una mujer, sino el largo sueño de los hombres, que nace con el veneno del poder, el triunfo y el dominio de sus semejantes.

El caso es que, tan fiera y salvaje se mostraba ante los Cachorros, dura y astuta como un auténtico guerrero como dulce y embriagadora en sus noches con él. Y así, en vez de visitarla de tarde en tarde, llegó un momento —y ya avanzaba la primavera sobre los campos— en que no supo prescindir de su compañía. Y, lentamente, fue ornándola de todo el lujo de que era capaz. Hasta que un amanecer, abandonó el lecho, preso de una inquietud muy grande, y asomándose a la ventana contempló el verde pálido de la noche agonizante; y viendo cómo se rosaba lentamente el cielo, se volvió a ella y la halló despierta, y con los negros ojos tan fijos en él, que algo apretó su garganta: y no sabía si por primera vez en su vida le rozó el sutil soplo del miedo, o del más oculto y entrañable y más delicado placer, hasta entonces conocido. Se acercó a ella, acarició sus negros y brillantes cabellos, que ya empezaban a rozar sus hombros, y díjole:

—¿Por qué te muestras tan dulce, si en verdad soy tu enemigo, y sabes que igual que ahora me place tu compañía, mañana te haré quemar viva, si así lo estimo?

Al tiempo, rozaba con sus manos la piel dorada de Urdska —un dorado extraordinario, que ni el invierno ni la noche lograban marchitar—. Y la vio sonreír por vez primera con tal dulzura, que quedó atónito.

—Porque os amo y admiro, Rey Gudú; y sabed que empiezo a felicitarme de haber sido vencida por un Rey como vos. Pues, con el tiempo, fui diciéndome que es preferible esta derrota al triunfo sobre jefezuelos esteparios, sin dignidad alguna. Por contra, sospecho que el haberos vencido, y contemplado vuestro cadáver, me habría llenado de tal desencanto que no hubiera logrado sobrevivir a tal decepción.

—Estas palabras son hermosas, pero no convincentes —dijo bruscamente Gudú, al tiempo que el extraño soplo crecía, y lo sentía en su nuca—. No veo más que artimañas en tan aparente como falsa docilidad.

—Señor —dijo al fin Urdska. Y sus ojos se ensombrecieron, hasta el punto de que el amanecer parecía retroceder en ellos—. También es verdad otra cosa: que vos para estas cosas sois tan ciego como indiferente.

—No sé a qué os referís, y os advierto que no soy amigo de misterios ni veladuras. Por eso, si no queréis ser decapitada en cuanto luzca el sol, decidme sin rebozo de qué se trata este galimatías.

—Espero un hijo de vos —dijo Urdska. Y suspiró de tan suave y dulce manera, que ni el bosque inundado de rocío, ni el manantial bajo el primer roce de la aurora podían comparar forma tan radiante como delicada.

—¿Es cierto? —dijo Gudú. Y sintió un júbilo tan vivo, que casi parecía clavársele como cien dagas en su carne. Bruscamente, se arrodilló y acercó el oído a su vientre: y en verdad que aquel vientre se curvaba por vez primera, tan delicadamente, que no había duda alguna de que en aquel momento, mujer, y radiante mujer, era la Reina Urdska.

9

QUINCE cachorros, de ambas razas, habían ya pasado a bien adiestrados soldados, y treinta nuevos niños de Olar habían engrosado los Cachorros, cuando una nueva estremeció, no sólo a la Corte Negra, sino a la Corte de Olar.

Ya el verano avanzado —y fue un verano espléndido, fresco, con lluvias y tormentas, que hicieron de las colinas y bosques resplandeciente primavera— cuando llegó la noticia de una seria revuelta en los territorios del Sur. Unidos a los de los Weringios, aprovechaban lo que erróneamente suponían una etapa de debilidad en el Reino de Gudú. Y así, al tiempo que esta nueva resurgía la ira y la entusiasta violencia de la Corte Negra, dio a luz Urdska a dos niños gemelos.

El día en que Gudú se aprestaba a acudir a las tierras del Sur, recibió la noticia del doble alumbramiento y acudió presuroso a la cámara de Urdska —aunque custodiado por parte de la Guardia del Rey—, y con asombro y regocijo comprobó que Urdska, al revés de la Reina Gudulina, no sólo no se mostraba desfallecida y quejumbrosa, sino que ella misma, sin ayuda de nadie, sin el menor grito y sin aspaviento alguno, había dado a luz a sus criaturas. Y no era esto sólo: arrodillada junto a ellos —que reposaban, según la costumbre de su raza, en una piel extendida sobre el suelo—, cortaba con la ayuda de sus agudos dientes de chacal, un lienzo con que cubrir los desnudos y en verdad robustos cuerpos. Los dos gemelos gritaban con todas sus fuerzas, y movían sus piernas y brazos —de dorada y dura piel— de tal forma, que Gudú, por vez primera, se sintió atraído por seres tan minúsculos. Se inclinó sobre ellos, y rió de tal forma que el Castillo entero pareció temblar. Luego besó a Urdska en los labios y dijo:

—Eres la mujer que necesita mi Reino. Ten paciencia, y entre los dos, devoraremos la tierra.

Urdska no dijo nada, pero sonrió de forma misteriosa y dulce, y, cuando el Rey salió, miró a sus dos hijos y murmuró:

—Entre los tres vengaremos a mi raza, Kiro y Arno, hijos míos. Y así, desde ahora el nombre de mi padre y mi hermano asesinados llevaréis vosotros.

Antes de partir al Sur, Gudú visitó brevemente la ciudad; apenas para reunir a los hombres disponibles y dejar en los puestos importantes a los que juzgó más oportunos. Sólo se entrevistó con su madre, para decirle:

—Reunid a la Asamblea, y comunicadle que repudio a la Reina Gudulina y a sus hijos. Devolvedla a la Isla de Leonia, con los niños. Cuando regrese de esta estúpida guerra, tomaré a Urdska por esposa, y los hijos que ella me ha dado serán mis herederos.

—¿Qué dices, hijo mío? —se aterró Ardid—. ¿Estás en tu sano juicio?

—Jamás lo estuve tanto. Madre, nuestra raza necesita sangre nueva, gente dura y guerrera; y una vez muerto Gudulín, en nada pueden compararse con ese par de ardillas sin nervio y poco seso. Haced lo que os digo, y no se hable más.

—En verdad, que no os creí tan imprudente. ¿Un capricho tan nefasto os hace dejar indefensa a una vieja Reina, en manos del descontento, que no os oculto, cada vez mayor de los nobles, y ahora, de las posibles iras de Leonia...? No, no creo que hayáis perdido el seso hasta ese punto. Sabed que Leonia manda en toda la piratería: y que la lanzará contra vos, y contra mí, apenas le devuelva a su hija y nietos...

—Madre, me tenéis por más lerdo de lo que creía. Sabed que, en primer lugar, y por mucho que en ello os esforcéis, jamás lograré veros (ni yo, ni nadie que yo sepa) como una vieja y débil e indefensa mujer... ¿Me creéis tan estúpido como para no haber meditado sobre tales amenazas? Sabéis que en el Castillo, y con apariencia de sirvientes, he armado y muy bien preparado un valioso ejército; gentes que sólo esperan vuestras órdenes para atacar y defender —si es preciso— a esa cuadrilla de viejos inútiles, pues lo más florido de su juventud está conmigo, y conmigo viene. Y no sólo eso: en la Corte Negra reside —aunque secretamente— otro grupo no menos fiero, astuto y bien entrenado, destinado al mismo fin. Sólo tendréis que enviar una de estas dos palomas —y le mostró una jaula donde dos aves de plumaje gris azulado la miraron casi ferozmente—, y una de ellas llevará prontamente vuestro mensaje de socorro. Y la otra, enviádmela a mí, si os veis en apurado trance.

—Está bien, así lo haré —dijo Ardid.

Y dejándola sumida en la inquietud y la tristeza, Gudú partió al frente de sus hombres, hacia aquel Sur que ella amaba, y ya sólo era un sueño sin esperanza en su memoria.

Por primera vez, Ardid temió enfrentarse a la Asamblea para comunicarle tan peregrina novedad. Pero fue menos penoso de lo que creía, al menos en apariencia. Pues si bien los nobles recibieron tales órdenes —o aparentes notificaciones— con profundo disgusto (una Reina y unos príncipes esteparios les producían escalofríos), lo cierto es que el país se hallaba en serio peligro: Orwain, el nuevo Jefe Guerrillero de los Weringios, era, según noticias, casi tan temible, o más, que las Hordas Esteparias: el nuevo caudillo de las humilladas y despojadas tierras del Sur era un antiguo pastor que mucho les daba que pensar, especialmente si se había unido a los Weringios. Y aquello no era una revuelta: era una largamente larvada guerra que habían fomentado muchos años de paciencia, sumisión y semi-esclavitud. Oponerse a Gudú, en aquellos momentos, no era aconsejable para los de Olar. Así, en reunión secreta —y prescindiendo por vez primera de Ardid—, los nobles, capitaneados por el propio Barón, creyeron oportuno reunir por su cuenta un ejército clandestino.

Sorprendida y aliviada —si bien recelosa— quedó la Reina cuando, tras la deliberación de los nobles, le fue comunicado lo que ella consideraba descabellado propósito.

Con el corazón entristecido, fue a visitar a su nuera. Según dijeron sus doncellas, Gudulina imaginaba vivir allí con Gudú, y hacia Gudú dirigía sus palabras y mimos; y ante su imaginaria presencia, probábase afeites y vestidos —tan ajados ya, que algunos mostraban jirones por todas partes, pues, entre el tiempo transcurrido y el descuido que allí reinaba, de vez en vez Gudulina era presa de furiosos ataques durante los cuales desgarraba y rompía, con inusitada bravura en cuerpo tan delicado y frágil, cuanto se hallaba a su alcance.

«Sangre de piratas», murmuró Ardid. Así, se sentó a su lado con mucho sosiego y, tomando sus manos, y contemplando aquella sonrisa —en verdad estúpida—, díjole:

—Querida niña, vamos a emprender un hermoso viaje. Allí te aguarda Gudú, y tu felicidad no tendrá límites...

—Sí, sí —gritó gozosa Gudulina. Y rápidamente ordenó empaquetar sus vestidos y afeites, y cuanto poseía o creía poseer; mustios despojos de un antiguo esplendor.

Pero la Reina Ardid no era mujer que se doblegara fácilmente ante las desdichas. Procuró dar a entender que, en principio, se hallaba conforme con la devolución de Gudulina a su madre, la Reina Leonia. Pero sólo este pensamiento hacía que el vello de su piel se erizara. Sabía a Leonia muy capaz de lanzarle toda la piratería encima. Pero no era sólo esto lo que más temía: lo que hacía desfallecer su fuerza, la fuerza de su corazón y de su orgullo, era la posible privación de su tutela sobre Raigo y Raiga. No estaba dispuesta a arrostrar otra clase de desventura, ya que, en los tiempos presentes, ellos constituían el refugio de sus ansias, esperanzas y, tal vez, de su corazón solitario.

Mandó preparar, pues, una nutrida aunque triste comitiva. Y al Capitán de la escolta le entregó una misiva donde daba cuenta a Leonia de la desdichada suerte de Gudulina —si bien callando lo referente a los dos pequeños Raigo y Raiga.

La comitiva partió, y era para Ardid desgarrador oír cómo Gudulina cantaba alegremente, adornándose los cabellos con las primeras flores de la primavera: y en verdad que volvía a parecer bonita. Así, las doncellas y camareras lloraban viéndola partir, y la misma Ardid tuvo que esforzarse en no demostrar públicamente su pesar y compasión. En el último instante la abrazó y besó, diciéndole:

—Piensa, Gudulina, que la vida es muy larga y muy hermosa, y muy llena de sorpresas...

—Oh, sí, sí —dijo ella alegremente—. Tan bella que no parece posible.

Y así, las vio partir, y cuando desaparecieron, corrió desoladamente a refugiarse en la Torre Azul.

Ya anochecido, cuando subía los peldaños, quedó suspensa un instante oyendo las risas y correteos de los dos niños. La puerta de la cámara del joven Amor estaba cerrada, pero la luz que se filtraba por sus rendijas hacía suponer que estaba dedicado a sus estudios. Para no molestar a uno, ni avisar de su llegada a los otros, Ardid subió sigilosamente hasta el último peldaño, y ascendió la angosta escalerilla de mano que llevaba a la buhardilla.

Cuando levantó la trampa, quedó maravillada: era de noche, y sin embargo allí parecía haberse entretenido el sol, pues todo brillaba con dorado resplandor. Sigilosamente, descorrió una vieja cortina —que ella había tendido allí, en sus juegos con los niños—, y asistió asombrada al espectáculo de sus dos nietos, que jugaban, esgrimiendo espadas de hoja de lirio salvaje. Y no entendía lo que decían: sólo el rumor de sus voces, que era el viento resplandeciente, fulgurante música de otro tiempo. No se atrevió a mirar hacia la ventana: y sin embargo, alzó los ojos, y a través de sus lágrimas vio dos piernas de niño, balanceándose y proyectando su sombra en el suelo.

—Once, Once querido —murmuró. Y avanzó hacia él, le tomó en su brazos y lo estrechó contra su corazón. Y sentía cómo sus lágrimas caían sobre los dorados rizos del Príncipe Once, en tanto le decía:

—Jamás, querido Príncipe, llegaste más a punto.

—Lo sé, lo sé, Señora —dijo el niño, intentando desasirse de su abrazo, que parecía ahogarle. Y cuando ella quedó, abatida, de rodillas en el suelo, los tres niños la rodearon, y arrojaron al suelo las espadas, que quedaron, allí, como simples hojas quebradas por alguna misteriosa lluvia. Luego, Once secó sus lágrimas. Frotaba sus mejillas con las palmas de sus manos, mientras decía:

—No lloréis, Señora, no hay razón para llorar.

—Sí hay razón, queridos niños: sabed que mis nietecitos Raiga y Raigo están amenazados de muerte, y por tanto, deben permanecer tan ocultos que todos crean que aquí nadie vive, ni alienta... ¿Cómo podremos conseguirlo?

—Es fácil —dijo Once—. Trae aquí a tus nietos y yo estaré con ellos, mientras sea preciso. Conozco bien no ser oído ni visto; yo sé muy bien lo que es ser olvidado.

—Querido mío —dijo Ardid, abrazándole de nuevo, sin reparar

en que su broche de esmeraldas se clavaba desconsideradamente en la naricilla de Once—. Cuida a mis nietecitos, te lo ruego.

—Así lo haré, es mi obligación —dijo él—. Y no lloréis, por favor, ni me abracéis.

La Reina sonrió entre lágrimas, y dijo:

—Raigo querido, ven, y escucha: tú eres el heredero del Trono, y tu vida es preciosa. Debes cuidar tu vida por encima de todo.

—Sí, sí —dijo el niño, un tanto asombrado.

Entonces Ardid reparó en Contrahecho, que permanecía sentado en la oscuridad.

—¿Qué haces ahí, queridito? —dijo—. Ven aquí, tú también eres parte de esta triste historia.

Contrahecho se acercó, y descubrió entonces lágrimas en sus ojos, y por vez primera una rara complicidad se estableció entre ellos, y tomándole de la mano dijo:

—Contrahecho, niño mío, cuida a mis nietecitos. Y prometo venir siempre, siempre, siempre, a vuestro lado.

—Siempre, siempre, siempre —dijo Once, divertido—. Eso es como decir nunca, nunca, nunca...

Pero Ardid estaba tan afligida, que no prestó atención a sus palabras. Y dijo:

—Oídme, yo vendré aquí a diario, y os traeré alimentos y ropas, y jugaremos los cuatro: pero tened presente que esto es un gran secreto y que nadie debe saberlo jamás, hasta que yo os diga lo contrario.

—Sí, sí —dijeron los niños a un tiempo.

Entonces, Ardid se dirigió a Once:

—Once, querido, ¿dónde anda el Trasgo? Hace tiempo que no me atiende ni me oye. Desde que Gudulín murió, no ha vuelto a aparecer.

—¡Ah, el Trasgo! —reflexionó Once—. Señora, ya está tan contaminado... Pero sí, vive en el Sur, y vigila a Gudulín. ¿Sabéis? Está haciéndole una nave.

—¿Una nave? —se asombró Ardid.

—Sí, porque antes de nacer, Gudulín quería buscar el mar. No debía haber aflorado a esta superficie. Pero..., yo no sé, Señora, cómo se producen las cuestiones de los humanos adultos. El Tiempo sólo me explica sus entretejidos, y en ellos he leído al derecho y al revés; así, yo sólo puedo decir que Gudulín era la Oscuridad, y que el mar le esperaba. Pero nunca irá al mar, y el mar lamerá siempre sus costas, sin alcanzarlo... Pues, Señora, ¿sabéis?, Gudulín no es un niño, Gudulín es una isla, la Isla de la Oscuridad. Y el mar siempre querrá ganarla, pero las islas son tan rebeldes, en su soledad, que estas cosas, Señora, resultan al fin imposibles.

—Ay, Once, Once —dijo tristemente Ardid—. He perdido la edad de la razón: quiero decirte, que perdí irremisiblemente ese lenguaje, y que, tal y como están las cosas, jamás lo recuperaré. Pero atina a oírme: si tú cuidas de mis niños, ten por seguro que mi agradecimiento no tendrá fin.

Y tanto se reían, de pronto, los cuatro niños, que Ardid, avergonzada, los besó en la frente y salió de allí, tan silenciosamente como había llegado.

Sólo se detuvo frente a la puerta del joven Amor. Y tímidamente, como si de una niña, en vez de astuta Reina, se tratara, golpeó con los nudillos en su puerta:

—Abrid, soy la Reina y necesito de vuestra ayuda.

La puerta se abrió, y Ardid vio de nuevo a Amor, pero esta vez no iba disfrazado, y súbitamente la estancia pareció llenarse de toda su presencia. Había un fuego pequeño en la chimenea, pero sus cabellos acaparaban todas las llamas, y sus ojos, el entero fuego que oculta el mundo en sus entrañas.

—Ah, Maestro, cuánto dolor me causa lo que debo deciros —murmuró Ardid. Y desfallecida, se sentó sobre el escabel.

Dirigió la vista en torno, y no vio probetas ni morteros, ni calderos ahumados en misterio de siglos; sólo legajos, libros, ciencia, en suma. Y otra cosa: en todo rincón donde mirara, percibía el perfume de alguna turbadora primavera.

—Señora —murmuró Amor, débilmente—, temo oíros decir que mi cometido ha terminado.

—No es eso —dijo Ardid, con evidente esfuerzo—. Me preocupo por vuestra vida, tanto como por la vida de mis nietos.

Y brevemente le puso al corriente de la espinosa situación.

—No puedo pediros que permanezcáis aquí —concluyó Ardid—, porque sé que vuestra vida peligra tanto como la de Raigo y Raiga.

—Señora, ¿en verdad os importa mi insignificante vida? —murmuró él, audazmente.

—Sí —dijo al fin Ardid—. Sabéis que vuestra vida me importa, y deseo que nada malo os ocurra, tanto como lo deseo para Raigo y Raiga.

Entonces Amor se inclinó, y tomando sus manos las besó, diciendo:

—Señora, vos sola sois la luz de mi vida, y de mi corazón, y de mis ojos... por vos estudio, por vos estoy aquí. Pero sé que tan humilde ser no merece nada a cambio. Sólo quiero deciros que podéis disponer de mi vida como os plazca.

El secreto —y violento— impulso de Ardid fue tomar aquella cabeza en sus manos, besar sus labios y decirle que, en las presentes y en verdad amargas horas, no había otra luz para ella que la de sus ojos azules. Pero dominándose, y presa de inexplicable terror, dijo:

—Amor... os lo suplico; salid de aquí, de este Castillo y de este Reino, si no queréis que entre todos ocurra una gran desgracia.

Pero lo cierto era que el joven no había abandonado sus manos, y que, a pesar de que su tímido beso había cesado, Ardid seguía sintiendo sus labios en ellas. Y no sólo ella, puesto que Amor dijo:

—Yo iré donde vos me ordenéis: pero no por eso os libraréis de mí.

Y así, con osadía inimaginable en tan dulce y tímida criatura, Amor la tomó en sus brazos, y tantos fueron sus besos esta vez, que perdió la cuenta de ellos. Y quede constancia que no se limitó a besar respetuosamente sus manos.

De suerte que amanecía y estaban los dos como Adán y Eva en el Jardín del Paraíso —según leyera Ardid en *El Libro de los Abundios*—, y con el nuevo sol, dijo Eva a Adán:

—Huye, márchate, y no pises más esta tierra, que está maldita para ti...

Y como cierto ángel, que en el antedicho libro se reseñaba, si no con espada de fuego, sí con desesperación como espada, lo arrojó para siempre, no sólo de Olar, ni de la ciudad ni del país, sino de su desdichada vida.

Pocos días después, tuvo noticia de que una ejecución ejemplar se había llevado a cabo por orden del Barón en la Plaza del Mercado. Así, su Camarera Mayor le dijo:

—Y había un joven, en verdad hermoso, que atiné a reconocer como el brujo que curó por vez primera a Gudulín.

La Reina palideció; y envió entonces a un paje —aún tan niño que no sabía lo que se hacía— a tomar las cenizas de aquel joven, y traérselas en vasija de plata. Y junto al reloj de arena —vidrio azul, gotas de oro, inflexible tutor de Once—, guardó la Reina Ardid hasta el final de sus días las cenizas de aquello que, más que de su propio hijo, había extirpado sin saberlo de su propia vida.

Y el verano pasó, y luego el otoño, la halló así: sin su padre y Maestro, sin su fiel amigo el Príncipe Almíbar, sin su viejo cómplice el Trasgo, sin Amor, cumplía los cuarenta y cuatro años.

Y en verdad que aquel otoño fue funesto, pues regresados los emisarios que llevaron al Sur a Gudulina, le llegó la nueva: una vez embarcada la Princesa, algo extraordinario ocurrió en el mar: se tornó rojo como vino, y el sol, en cambio, se ocultó horrorizado; y en una noche roja y negra, vieron cómo la Isla de Leonia se desprendía de sus secretas raíces submarinas; y las gaviotas propagaron la muerte de la Reina, en tanto la Isla, desanclada, huía irremisiblemente mar adentro, hasta perderse en el Gran Precipicio de la Vida y el Fin del Mundo. Y en sus procelosas aguas, la nave de la infeliz Gudulina —cuyos cánticos aún persistieron mucho tiempo de costa a costa, sembrando el pavor entre marineros y piratas— naufragó de tal guisa, que solamente una flor de su cabello —y por cierto que milagrosamente intacta y fresca— pudieron recuperar de tan desdichada como singular Princesa. Y así, Ardid la colocó junto a la copa que medía el tiempo, a las cenizas, y a su propia tristeza, que no hallaba lugar donde reposar en paz o, al menos, en olvido.

Y entre tanto, un niño rubio jugaba, a escondidas, en la medio ruinosa Torre Azul, y una niña galopaba, como un furioso soldado, en las estepas. Pero, en el viento de los juegos uno, y en el viento de la soledad la otra, gritaban al unísono —aun sin saberlo— unas mismas palabras: «¡Yo soy el Rey!»

El verdadero Rey guerreaba —pues la llamada Revuelta del Sudeste fue guerra, y guerra tan cruel, que duró cerca de ocho años—, e ignoraba a una, y creía en verdad muerto, u olvidaba, al otro. Sólo Lontananza miraba con temor a su hija, y Raiga y Contrahecho a Raigo: y ni una ni los otros entendían nada.

XXIII

Otoño en el Jardín de Ardid

1

KIRO y Arno crecían y se educaban en el rigor de la Escuela de los Cachorros, con más severidad, si cabe, que el resto de los muchachos. Pues cuando las prácticas y lecciones de éstos acababan y podían descansar, Urdska les aguardaba en su estancia, y allí les sometía a más duras pruebas aún que las que sufrían en la famosa escuela. Aunque acababa de cumplir cuatro años —cuatro, desde la partida del Rey, su padre—, ellos, por su corpulencia y agresiva naturaleza, comenzaron a entrenarse desde los tres años. Primero, con su guerrera madre, luego con el viejo pastor Atre, que mostrábase tan fascinado por Urdska como por el mismo Gudú, y más de uno cuchicheaba su pasión secreta, tímida y salvaje, por ella. Pero por tímida que esta pasión fuera, no pasaba desapercibida a la aguda mirada de Urdska. Y así, le utilizó de tal modo, que hubiera podido dar lecciones de astucia y diplomacia —al menos en aquel terreno— a la propia Reina Ardid.

Estas dos criaturas prometían emular, si no superar, el arrojo, la fuerza y el valor, y en lo que al manejo de la espada, en seso y astucia equiparábanse, a sus mismos padre y abuelo.

Poseían tan lozano y espléndido aspecto, que encandilaban la vista de soldados y toda la gente que habitaba en la Corte Negra, desde maestros al último sirviente o cocinero. Urdska seguía estrechamente vigilada, pero su comportamiento —al menos externamente— no dejaba lugar a sospechas de mala índole. Sin embargo, la sombra de Rakjel vagaba por todas las mentes, y se anteponía a las demostraciones de que tal raza esteparía no era tan misteriosa e invencible como durante tanto tiempo se creyera.

Kiro y Arno eran robustos —a los cuatro años, parecían de seis— y muy desarrollados. Su piel dorada y dura, igual a la de su madre, contrastaba con los ojos azulados que habían heredado del Rey. Negros y crespos eran sus cabellos. Urdska, a poco que crecieron lo suficiente, los ordenó trenzar junto a sus sienes, con lo que, ante la leve e inexplicable inquietud de los soldados de la Corte Negra —sus mentes eras demasiado simples para penetrar en tales sutilezas—, les daba un aspecto en verdad temido por aquellas tierras desde siglos atrás. Algo así como el Diablo.

Rivalizaban en destreza, fuerza e ingenio guerrero. Nadie hubiera podido decir quién de los dos era más valiente, más astuto, más fuerte. Y siendo como eran hermanos, y gemelos, e igualmente educados, lo cierto es que entre ellos dos se alzaba un muro que, con los años, parecía espesarse y crecer a ojos vista. Si esto era evidente aun para las poco sutiles molleras de los soldados y, en general, para toda la gente que habitaba los vastos recintos de la Corte Negra, permanecía invisible a una sola persona: a la nada espesa, ni lenta ni cándida mollera de su propia madre. Pues madre era al fin, y madre ambiciosa. Depositaba en sus hijos todos los deseos y destinos que para ella o para su raza quería: atribuirse el dominio y poder sobre —a su entender— tan miserable suelo.

Cierto día, disputaron ambos hermanos la presa de un halcón muerto —de forma innoble, pues aún era muy tierno para cazarlo al

vuelo—. Y como quedaba en duda quién de los dos le había dado
muerte, los dos intentaban apoderarse de él. Se miraron ferozmente,
y la ferocidad de sus azules ojos era la misma de los ojos de Gudú en
el campo de batalla. Al fin, destrozaron la pieza antes de ceder en su
derecho el uno ante el otro.

Como se rumoreaba la intención del Rey de convertirlos en legítimos herederos del Trono, y elevar a Urdska a Reina, empezó a cun-
dir entre soldados la apuesta de acertar quién de entre los dos gemelos Kiro y Arno sería, al fin, Rey. Pues, si con tal ímpetu disputaban
un infeliz halcón, con mayor saña se disputarían un Trono tan codiciado como poderoso.

En éstas, habían llegado sin cesar las nuevas de Gudú: venció varias
veces a los territorios sureños, pero los surestes se habían levantado de
nuevo en su ayuda. Y así, entre los unos y los otros, la guerra se alargaba, la victoria no se alcanzaba aún y, pese a su superioridad y la im-
parable forma en que Gudú iba aniquilándoles, lo cierto es que no parecían dispuestos a ceder fácilmente. Habían llamado en su defensa,
por la parte costera, a los piratas, en memoria de la desdichada hija y
los nietos de Leonia, que todos creían muertos. Y aunque sólo ayudaron débilmente, lo cierto es que muchas preocupaciones causaban a
Gudú y sus huestes; y mucho se demoraba la paz.

Llegado el undécimo cumpleaños de los gemelos Raigo y Raiga,
un emisario especial llegó a Olar con las siguientes nuevas y órdenes
del Rey: habiendo, al fin, dominado la mayor parte de las regiones revueltas, y en vía, como esperaba, de una pronta paz, ordenaba, deseaba, que se celebraran sus esponsales con Urdska —como en otros
tiempos ocurrió con la Princesa Tontina— y, por tanto, fuesen reconó-
cidos legalmente sus hijos, Kiro y Arno, en la espera de ver, con el
tiempo, cuál de ellos mostraba mejores cualidades como candidato al
trono de Olar.

Este fue, quizá, el suceso más cruel y el momento más peligroso
de la vida de la Reina Ardid, tal vez aún más crucial que el de la vida
de Urdska. El descontento de los nobles era tan evidente como evidente era que los años no habían pasado en vano por ella. Ya había

más plata que oro en sus cabellos, ya sus ojos no relucían sino por una íntima tristeza, ya sus labios habían perdido casi su otrora conocida y contagiosa sonrisa. Y si aún se revestía de toda su majestad y fuerza —su astucia no se había agostado como su cuerpo—, las convicciones que la sustentaban hasta entonces, ahora entraban de lleno en el reino de la duda. Ardid flaqueaba en sus decisiones, y una voz en su interior, o tal vez en la cornisa de aquella chimenea poblada de ausencias, de vasijas donde el tiempo se vertía sin piedad, de cenizas de sentimientos, murmuraba «Ardid, Ardid... ¿qué has hecho de tu juventud?»

La reunión con la Asamblea fue esta vez penosa, y Ardid no salió de ella triunfante. El Barón había crecido con la edad, si no en vigor —como a la vista estaba—, sí en encono y malevolencia. Dijo:

—Señora, mucho hemos reflexionado sobre los últimos acontecimientos que más afligen que glorifican al Reino. Debo deciros que la Asamblea considera en muy alto grado las dotes de guerrero y valentía que adornan al Rey nuestro Señor, pero creemos que su pasión por dominar tierras (que dicho sea de paso, empezamos a sospechar no van a redundar en beneficio de Olar) ha cautivado a lo mejor de nuestra juventud; y privándonos de hombres jóvenes, que ya sólo a la guerra y la rapiña aspiran, este Reino languidece en la más espantosa y triste atonía. Sabemos de otros países donde, quizá con menos dominio, poder y aun riqueza, florecen la ciencia, el arte, y en suma, la paz y la prosperidad... tal como fue nuestro Olar, y no olvidamos, durante vuestro reinado, en tiempos en que vuestro hijo era aún niño. Tampoco olvidamos la firmeza y sabiduría con que condujisteis no sólo la administración, sino el espíritu de nuestro país; y por todo ello os amamos y admiramos. Pero precisamente por tratarse del peligro que esa Reina extranjera suscita en vos misma y en nosotros, creemos poco aconsejable que se dé tal paso..., y menos en lo referente al nombramiento de esos herederos. Pues, si mal no recordamos, el Rey tuvo otro hijo de su más sensato matrimonio: el Príncipe Raigo. Decidnos, ¿qué fue de él? Muchos aseguran que ambos niños naufragaron con su madre en el proceloso mar de Leonia; pero también hay quienes dicen (marineros, gente costera, ya sabéis...) que ningún niño acompañaba a nuestra llorada y desdichada Reina Gudulina el día de su muerte.

Ardid se mostró entonces abatida, con el rostro sombrío y en silencio. En realidad estaba urdiendo rápidamente la mejor respuesta, o, al menos, la más conveniente en tales circunstancias. Y al fin dijo:

—Me sorprende que sesudos varones, a quienes considero mi apoyo y son mi máxima esperanza, se muestren tan suspicaces como prestamista o usurero, o vulgar mercader; crédulos como campesinas ante la palabrería de marineros y costeros... El Príncipe Raigo, junto a la Princesa Raiga (y me permito recordaros vuestra indiferencia hacia ellos en aquellos días; sin tener para nada en cuenta mi dolor de abuela), fueron devueltos, por vuestra decisión, a la Reina Leonia, junto a su infortunada y llorada madre Gudulina... Noble Barón, nobles Caballeros: ved que la historia larga y amarga de mis desengaños tiene aún muchos capítulos por escribir...

Y así continuaron largo rato, en el tira y afloja de hipócritas consideraciones y zalemas, cuando la única verdad de sus intenciones estaba a la vista, en la feroz y ceñuda actitud de la mayoría de los miembros de la Asamblea: gentes en su mayoría de parca palabra y ambiciosa y dura cerviz, que sólo su provecho —y no el de Olar— esperaban de tales conversaciones. Sólo algún ingenuo o bienintencionado asistía a estas reuniones, y eran los únicos que no decían nada, o eran obligados a callar.

Aplazóse la decisión de la Asamblea, aun por tres veces; y en el transcurso de estas tres reuniones, varios incidentes cambiaron el curso de los acontecimientos.

Tan simple como ferozmente el aplazamiento de su decisión se sucedió al ciclo de primaveras, veranos, otoños e inviernos. Y éstos, de tan rápida y despreocupada forma —los nobles no alcanzaban a reunir huestes suficientes para enfrentarse en una rebelión de tal calibre contra Gudú—, que así pasaron cuatro años más: esto es, ocho desde la partida de Gudú, hasta el día en que sometió totalmente a los rebeldes, y anunció su regreso.

Si bien en su aspecto externo las cosas sucedieron de forma

lenta, indecisa y poco brillante, no así discurrieron en la intimidad más estricta de Ardid y de otros muchos.

La Reina no dejó ni un solo día de visitar, secretamente, a sus niños, en la Torre Azul. Y allí, conversaba largamente con Once —el eterno visitante al que el tiempo privó de ser adulto— y sus nietos. Sin reparar en que los años también habían transformado a parte de estas criaturas. Pues Contrahecho ya hacía tiempo que no participaba en aquellos juegos, y había llegado a suplicarle le tomase a su servicio, como paje y bufón. Pero tal era la desolación del muchacho, al demandarlo, que sólo podía compararse a la de Raiga, al suplicarle que no lo alejase de ellos, y que con ellos se quedase. La Reina, en principio, desoía sus súplicas. Pero Contrahecho estaba tan triste que, como era el único que en las actuales circunstancias no peligraba —pues su vida había sido ya olvidada—, a menudo acostumbraba a bajar con ella al viejo Jardín que Ardid cuidaba con todo esmero. Así, ambos solían contemplar el Árbol de los Juegos, que en aquellos días muy alto y esplendoroso se mostraba.

Llegó el último otoño —último en la espera del regreso del Rey—, y notó Ardid que, de nuevo, aquel Árbol de su Jardín, tan lleno de recuerdos y significados, aparecía mustio y tan marchito como el resto de sus flores.

—¿Qué ocurre con el Árbol de los Juegos, Contrahecho? —dijo la Reina, desolada. Y alzando las manos recogió unas últimas hojas que, como polvo de oro, se deshicieron entre sus dedos. Y con asombro, que gran dolor contenía, oyó decir al muchacho lo mismo que antaño le respondiera Gudulina.

—¿Qué Árbol, Señora? No sé a cuál os referís; no veo ningún Árbol.

Entonces la Reina le miró, con nueva mirada, y comprobó que no era un niño, sino un joven de tristes ojos y poco agraciada figura.

—Nada —dijo, al fin, con gran pesar—, nada, Contrahecho; cosas que a veces traen los vientos del pasado a una mujer madura...

Pero aquel otoño descubrió otras cosas a Ardid, cosas en las que, por rutina y costumbre, no había reparado antes. Cuando llegaba a la buhardilla, ya no oía risas, ni correrías ni resplandeciente música y murmullos de viento entre hojas doradas. Ahora se daba cuenta de que una oscura tristeza saltaba de rincón a rincón, y que los cofres de Tontina aparecían cerrados, enmohecidos y polvorientos. Retornaba con verdadera pesadumbre a la buhardilla, y los muchachitos no la esperaban. Y siendo, así, una noche, la sorprendió un gran silencio: y tan sólo descubrió a Raiga, dormida en un rincón, y en otro, a Contrahecho, sumido en graves pensamientos, y a nadie más. Al entrar y proyectar sobre ellos la luz de su antorcha, Raiga despertó sobresaltada, y también Contrahecho, que tendido ante la puerta estaba, entre los viejos cofres y tapices, ya tan deslucidos. Y Ardid dijo:

—¿Qué es esto? ¿Dónde está Raigo, y por dónde anda Once?

—¿Qué decís, Señora? —murmuró, soñolienta, Raiga—. Raigo se fue, como todas las noches... y tened por seguro que si no fuera por lo mucho que me lo habéis prohibido, y por el miedo que me da saltar por la ventana hasta el abedul, yo le seguiría... Oh, Señora, qué tediosa es esta vida, aquí, en esta sucia estancia, siempre encerrados...

—¿Cómo es posible que Raigo haya contradicho mis órdenes? ¿Y cómo es posible que Once no se lo haya impedido?

—¿Once? —se extrañó Raiga—. No sé quién es, Señora.

—Contrahecho —dijo con verdadera angustia Ardid—, ¿adónde fue Once?

Pero se detuvo ante la atónita mirada de los dos muchachos. Raiga y Raigo —calculó rápidamente Ardid— cumplían ya quince años, y Contrahecho veintitrés. Y así, dejóse caer desolada sobre uno de los polvorientos cofres. Y sentía un gran frío en el corazón.

—Es cierto, queridos míos —dijo al fin—, la rutina del tiempo, las preocupaciones y el egoísmo, no me han dejado ver nada... pero creo que no sois, en modo alguno, unos niños.

—Oh, no, desde luego —dijo Raiga, mirando significativamente a Contrahecho, que se ruborizó—. No somos niños.

—Y el Príncipe Raigo arde en deseos de unirse a su padre, el Rey —dijo entonces el antiguo bufón—. Señora, comprended sus aspiraciones, es muy lícito que así lo sienta, pues no es propio de un joven

Príncipe y futuro Rey permanecer oculto como un viejo baúl inservible, entre tantos trastos y antiguallas que nadie quiere.

Estas últimas palabras causaron un agudo dolor en Ardid. «Trastos viejos y antiguallas que nadie quiere...», pensó. «Igual que yo, si no lo remedio.» Y conociendo el peligro que el imprudente Raigo corría, se sintió invadida de terror. Pero precisamente en aquel momento, alguien tiró de un extraño cordel que no había visto. Con las coberturas de sus lechos, los muchachos habían confeccionado una cuerda por la que deslizarse desde la ventana. Dieron desde arriba un tirón, y Contrahecho y Raiga, sujetándolo con todas sus fuerzas, lograron ayudar, al que abajo esperaba, a trepar de nuevo a la habitación.

Al ver a su abuela, el joven Raigo quedó confuso y atemorizado. Bajó la cabeza, y miró al suelo; pero en su adusto ceño, en sus párpados obstinadamente bajos, leyó Ardid la indomable voluntad de su estirpe. De suerte que abandonó toda esperanza de retenerlo.

—Querido —dijo al fin—, comprendo muy bien tus sentimientos. Pero has de saber una cosa, y esto es que no por capricho os he guardado encerrados aquí. Si no fuera por ello, tiempo ha que estaríais muertos.

Y reveló a los muchachitos la verdad de su situación, sin omitir detalle alguno.

Los cuatro se sentaron, al fin, muy juntos; y sus rodillas se tocaban, y como los tres muchachos abandonaron sus manos en el regazo de la Reina, ésta sintió que suavemente el frío huía de su corazón; y halló el entusiasmo y esperanza suficientes para decirles:

—Aunque mi torpeza de vieja mujer no lo notase como es debido, muchos años han pasado ya desde aquel día... y ahora, siendo como sois jóvenes muy crecidos, nadie os reconocerá si, como pajes o doncella, os llevo conmigo simulando que sois nuevos plebeyos a mi servicio. Así, aguardaremos la decisión de los nobles: y acaso, hallaremos alguna solución entre todos a tan difícil situación.

Los tres besaron sus manos. Y esperanzados por una nueva luz de libertad uno, y de ambición otro, Raigo y Contrahecho durmieron aquella noche por última vez en la buhardilla. Y al día siguiente, dis-

frazados de sirvientes, la Reina los llevo a sus habitaciones. Y cerró
para siempre aquella torrecita de extraña caperuza azul.

Plácidamente, en apariencia —pero sembrado de inquietud interna—, transcurrió el otoño para Ardid, con sus nuevos pajes y su
nueva doncella, cada día más recluida en sus estancias. Pero más difícil era contener a Raigo, que se mostraba cada vez más rebelde y deseoso de escapar de aquel encierro y ocultación.

—Iré en pos de mi padre, Señora —decía—, y me presentaré a él:
para que vea en mí a su Heredero, en lugar de esos lobos esteparios a
quienes ni tan sólo ha reconocido.

—Paciencia, Raigo, no olvides que tu padre se fió siempre de mi
consejo. Aguarda a que él regrese, y entonces las cosas cambiarán.

Pero Raigo —como su abuela, como su padre, como tantos y tantos muchachos de su estirpe, de todas las estirpes y razas del
mundo— solía escapar de las habitaciones de la Reina, y montando
en un caballo que un anciano caballerizo mayor, viejo y devoto servidor de la Reina —él y algunos más se hubieran dejado matar por
ella— siempre le tenía a punto, junto a una capa y capucha con que
ocultarse, huía al bosque y, aun de lejos, rondaba la Corte Negra: lugar que, a partes iguales, odiaba y deseaba con toda la fuerza de su
impetuosa naturaleza.

Por contra, Raiga era tan sumisa y dulce, como corta de entende-
dera, y sentía tanto cariño por Contrahecho como éste por ella. Apenas se separaban, y día llegó en que Ardid notó que los dos muchachitos estaban, en verdad, enamorados. Y tuvo certeza de ello
una noche en que, reunidos los tres junto a la lumbre —Raigo cada
día se apartaba más de ellos, y vagaba como un mendigo por los bosques, o permanecía ceñudo en un rincón—, contaban raras historias
extraídas del viejo —y ya medio corroído— *Libro de los Linajes*. Así,
contábales la Historia del Príncipe Blanco transformado en horrible
bestia, y de cómo, enamorado de la dulce Princesa, con toda su alma,
día llegó en que, por un beso de ésta, recuperó su verdadera forma,
tan bella que a todos maravilló. Y como la vista empezaba a flaquear-
le, se retardaba Ardid en descifrar la complicada caligrafía del libro.

Esto, unido a los agujeros que en aquellas páginas habían hecho los mordiscos de las ratas y la impiedad del tiempo, hacía que se detuviera en muchos pasajes. Y con sorpresa vio que ambos jóvenes, las manos juntas, recitaban a dúo aquello que ella ya no podía ver. Y cuando, sorprendida, alzó la vista, vio que sus rostros estaban bañados de tan dorado y hermoso resplandor, que buscó el origen de aquella luz: y allí estaba, sobre la chimenea, pues las cenizas de oro se habían vuelto de oro candente, y tan luminosas, que atravesaban sus rayos la plata de la vasija, como si se tratase de una copa de fino vidrio. Y por contra, la copa del tiempo parecía detenida, como atenta al suceso. Entonces, Ardid colocó su mano sobre las de los dos muchachos, y dijo, con gran ternura:

—Tengo la sospecha de que ya no deseáis escuchar más historias que hablen de milagros de amor, pues creo que todas las conocéis mejor que yo.

Pero tan embebidos estaban ambos en sí mismos, que no la oyeron.

Más tarde, en la soledad de la alcoba —pues a Raiga la guardaba en un pequeño lecho junto al suyo—, Ardid dijo a la muchacha:

—Raiga, tengo la certeza de que amas a Contrahecho.

—Oh, sí —dijo ella—, le amo, pero... es un sirviente, y sé que Raigo jamás me lo perdonaría.

—Niña querida, te voy a revelar algo: tal vez es un sirviente, tal vez no lo es, pero ¿qué puede importarte esto? Muchas cosas he aprendido en la vida y de muchas me he arrepentido. Pero la más amarga de todas es mi horror ante un sentimiento como el tuyo. No lo deseches tú, querida, pues sólo así conocerás un poco de la escasísima felicidad que ofrece este mundo.

—Señora —dijo Raiga vacilante, y pareció tan turbada que su turbación contagió a la Reina—, sólo sé que Raigo se enfurecería..., y amo mucho a Raigo, y él a mí. Y además, Contrahecho..., ¡es una criatura tan fea!

La Reina calló, pero díjose, con mezcla de alivio y tristeza, que al fin y al cabo no sería tan grande el amor, si resultaba incapaz de vencer semejantes barreras. Y un gran frío la hizo estremecerse, como si la envolviera el viento más helado. «Si al menos —murmuró, con labios temblorosos—, si al menos el querido Trasgo del Sur apareciera un día entre las brasas.»

Avanzaba el otoño, cuando cierto día, mientras ella regaba el cada vez más mustio Árbol de los Juegos, llegó hasta ella Raiga, con las mejillas ardiendo y el cabello esparcido sobre los hombros. Y tan bella y joven era, y tan radiante, que creyó verse a sí misma en un tiempo en que, allí mismo, fue al encuentro del Rey Volodioso, e hizo valer sus derechos de mujer y Reina. Y asombrada, oyó decir a su nieta:

—Señora, Señora, un gran milagro ha sucedido. Y soy tan feliz con él, que sólo lamento la ausencia de Raigo —pues desde hacía tres días, Raigo no aparecía, sembrando una gran inquietud en su abuela—: pues sé que, como yo, se alegraría mucho de lo que os voy a contar. Y como sois vos la única que yo amo, después de ellos, a vos deseo revelaros esta gran maravilla.

—Dime niña —dijo Ardid, impaciente.

—Pues es que he besado a Contrahecho; le vi llorar en silencio, y como adiviné la causa de su aflicción, que era la mía misma, no pude contenerme y, tomándole en mis brazos, le besé en los labios... Y, Señora, ¡no lo creeréis hasta que lo veáis! Lo que os digo: que tan hermoso y gallardo se ha tornado, que no tiene rival con el más apuesto de los príncipes..., ni siquiera con mi hermano Raigo.

Una gran emoción bañó a Ardid y, abrazando a su nieta, lloró silenciosamente sobre su rubia cabeza.

—Así —dijo al fin—, ¿le quieres por esposo?

—Ciertamente —dijo ella—. Y tan feliz seré con él, que nada me importa pasar por sirviente el resto de nuestras vidas.

—Pues así te lo prometo —dijo Ardid—. Di a tu amado que se apreste a llegar a mi cámara, que allí ordenaré venir a un fraile Abundio para que os una en matrimonio; y juro que os amaré y protegeré el resto de mi vida. Y tanto le amo a él como a ti, y los dos sois como los hijos que no supe tener jamás...

La muchacha salió corriendo, gozosa, y Ardid se apresuró a preparar lo prometido: aunque, con toda discreción, modestia y sigilo, como si se tratara de la boda de dos insignificantes pajes de la Reina.

Pero cuando aparecieron los novios, tomados de las manos
—traían los cabellos entrelazados de hojas doradas, y se preguntó
dónde las habrían conseguido—, su corazón se paralizó de pena.
Pues, si bien Raiga contemplaba con arrobo al que ella eligiera como el
más hermoso y gallardo mortal, era tan sólo aquel infeliz y feísimo
muchacho, cuya alegría aún resultaba más dolorosa que su propia
fealdad.

Ardid no tuvo valor para decir nada: y así, Raiga y Contrahecho
se unieron en matrimonio, y la Reina les instaló en una pequeña habitación contigua. Y cuando se quedó sola, arrodillada junto a las brasas, lloró, lloró tanto toda la noche —y no sabía si por Contrahecho,
por Raiga y Raigo, por Gudú, por ella misma, por Tontina y Predilecto, o por el marchito Árbol de los Juegos— que sólo atinaba a pronunciar el nombre del Trasgo, entre sollozos y reproches. Y sin recibir
respuesta alguna, le sorprendió el día.

2

NO tan tiernas eran las escenas que se sucedían entre la Reina
Urdska y sus hijos Kiro y Arno. Pues si en la lánguida Corte de
Olar reinaban la desazón y el descontento, y en las cámaras de Ardid
la melancolía y la tristeza, en la Corte Negra bullían la ambición y los
sueños de poder, y en la cámara de Urdska crecía el odio en su más
espléndida sazón.

Raigo merodeaba a menudo por los alrededores, y más de una
vez vio a sus hermanos —que ya, pese a sus ocho años, montaban
como verdaderos jinetes esteparios— seguidos de su madre y de una
breve escolta. Trepaban entonces a las ramas de un alto abedul, y su
corazón se agitaba en encontrados sentimientos. Diez días hacía ya
que abandonara el Castillo, y a lomos de su caballo, que pertrechó de
víveres, abrigo y una vieja espada hurtada a un soldado dormido
—en esta habilidad demostraba haber heredado antiguos hábitos familiares—, ahora vagaba por el bosque, llevando una vida libre y salvaje. Y así, con la agilidad que adquirió en sus anteriores escapadas
por la ventana de la Torre Azul, moraba ahora casi como un pájaro,

de árbol en árbol, y dormía guarecido en una gruta cercana a aquel manantial que otrora hicieron brotar las lágrimas del Trasgo. Y bebiendo de aquel agua notaba que el paladar se le llenaba de un remoto gusto a vino, o de uvas maduras, que le dejaba perplejo. Cuando veía a la Reina Urdska y a sus hermanos Kiro y Arno galopando fuera del recinto amurallado, experimentaba una mezcla de admiración y odio salvaje, y en tales sentimientos se debatía, y perdía el sueño. Pero hacia su padre sentía una fuerte fascinación: y aun a sabiendas del despego y crueldad que había mostrado hacia ellos, no lograba en modo alguno odiarle. «Algún día —se decía— me mostraré al Rey y le diré: yo soy tu hijo, tu único hijo legítimo, y a mi vez, yo seré el Rey de Olar. Y él me aceptará.»

En tanto, en la oscuridad y secreto, Urdska instruía a sus cachorros Kiro y Arno en la venganza hacia Gudú. De manera, que ambos muchachitos, a la par que se encendía su imaginación al calor de las historias que les contaba Urdska de su tierra, añoraban destruir a aquel que les despojara y desterrara de su verdadera patria originaria. Y Urdska, consciente del efecto de sus palabras, hablábales sin cesar del día en que recuperarían la isla del Brazo Gigante, y tornarían a ser los más gloriosos reyes de la estepa. «Entonces, el Reino de Gudú también será nuestro; y nuestro pueblo no conocerá la miseria de la estepa, ni será un pueblo que sólo se nutra de sombras», les decía. Y cuando Kiro y Arno preguntaban a su madre: «Madre, ¿cuándo llegará ese día?, ¿qué hemos de hacer?» Ella contestaba —igual que cuando Ardid intentaba aplacar a Raigo—: «Tened paciencia. El día señalado, confiad en mí: mi mente no deja pasar un solo instante inactiva, y todo lo llevo escrito en mi memoria y en mi corazón.»

Y así era. Aunque Raigo no podía explicarse de qué se trataba, desde el abedul vio cómo Urdska, a solas, mantenía secretas entrevistas y cuchicheaba misteriosamente frases, en una lengua por él desconocida, con jóvenes guerreros de su raza; y de tanto en tanto, uno de éstos partía misteriosamente hacia el Este.

Pero aún era muy joven, e ignorante, para adivinar todo lo que

se urde y trama en un Reino, y qué es lo que maquinaba tan fascinante como atemorizadora Reina.

Llevaba ya Raigo quince días ausente, y la inquietud de Ardid
crecía, pero como mantenía tan escondidos a los nietos, y deseaba que
pasaran inadvertidos, lo cierto es que no se atrevía a ordenar batidas
por los bosques —ni aun a sus incondicionales soldados o sirvientes—, pues tal interés hubiera llamado la atención, tratándose tan
sólo de un insignificante paje. Sin embargo, la tensión era grande, y a
menudo Raiga y Contrahecho —que en el egoísmo de sus transportes
amorosos no se interesaban más que por sí mismos— le decían que
no era posible que le hubiera ocurrido nada, ya que Raigo era tan valiente como astuto. Y que, en aquella estación, aún no se acercaban los
lobos a los poblados, así que no parecía fácil le devorasen.

Hasta que cierto día, no pudiendo resistir más, Ardid montó sola
en su caballo, sin escolta alguna, como una muchacha que se escapa
de su casa. Y aun sintiendo que sus piernas no tenían la agilidad de
antaño, partió envuelta en su capa y ocultándose cabeza y rostro con
su capucha. Recorrió los alrededores del Lago, y preguntó aquí y allí,
a pescadores y mujeres que remendaban redes, a los muchachitos que
por allí moraban y cogían zarzamoras, si habían visto por aquellos
pasajes a un joven de cabello rubio como el sol, montado en corcel
castaño. Pero todos decían que no lo habían visto, y nadie le dio noticia de él. Decidió entonces acercarse a los bosques que bordeaban las
Tierras Negras y el malhadado Castillo Negro.

Anochecía, cuando, indiferente a la oscuridad que se avecinaba
y al cansancio que iba ganándola, sólo guiada por su deseo de hallar
al nieto, en quien ya cifraba sus únicas esperanzas, viose de pronto
rodeada por la oscuridad y, adentrada en la espesura, sintió —quizá
por vez primera— el roce del miedo. Desmontó y, llevando al caballo
de la brida, se aproximó al rumor que indicaba la proximidad de un
manantial. Al acercarse, vislumbró un débil resplandor de fuego que
provenía de una gruta. Con sigilo ató su montura a un árbol y, rever-
deciendo en su memoria antiguas experiencias en lides parecidas, se
aproximó a la cueva. Y en su interior halló, cándida e imprudente-
mente dormido, a Raigo.

Tal fue su emoción, que se apresuró a despertarle y, abrazándole, lloró de alegría. Pero Raigo, colérico, se desasió de su abrazo. Y la miró con tal furia, que le heló el corazón:

—¿Qué hacéis aquí, imprudente anciana? ¿Queréis dar al traste con mis planes?

Estas palabras atravesaron a Ardid como una daga. Pero al punto la hicieron recuperar su fuerza y voluntad. De suerte que, proporcionándole un sonoro bofetón que dejó atónito al muchacho, dijo, revestida de su más grande majestad y arrogancia:

—¿Osáis hablar así a vuestra Reina y Señora, pequeño lacayo? Habéis de saber que, si yo quiero, aquí mismo os mando colgar de un árbol, para escarmiento más de estúpidos que de desvergonzados.

Y antes de que el estupefacto Raigo saliera de su asombro, le despojó de su espada —en verdad mohosa— y, empuñándola con ambas manos, apoyó la punta en el pecho de su nieto:

—Levantaos ante la Reina, mentecato, y prestad oído a lo que os digo, de forma que jamás lo olvidéis.

Así lo hizo Raigo, y con tan manso y contrito aspecto, que la ira se aplacó en la Reina. No obstante, fingió mayor severidad aún, para decirle:

—Bien me parece que deseéis recuperar lo que es vuestro y sólo vuestro. Y mucho me asombra hayáis desconfiado de quien sólo os puede ayudar y conducir. Pero, teniendo en cuenta vuestra ignorancia y juventud, y placiéndome en verdad comprobar el talante de vuestra naturaleza (que no desmiente mi estirpe) y vuestro coraje, aun si va, como ahora, aparejado a la natural insensatez propia de vuestros años, os diré lo que de ahora en adelante debéis hacer: como primera medida, que apaguéis ese fuego sin dilación.

Así lo hizo Raigo, y aun a riesgo de abrasarse, se aprestó a apagarlo y pisar las cenizas con manos y pies, de modo que ni un sólo resplandor les delatase.

Una vez apagado el fuego, y ya en la oscuridad, cuando solo adivinábanse el uno y el otro por el bulto negro de sus cuerpos y el jadeo de sus gargantas, dijo Ardid:

—Ahora, siéntate y escucha bien.

Ambos se sentaron en el suelo, y la vieja pero bien templada abuela murmuró lentamente:

—Si permanecer escondido en las habitaciones de una anciana Reina como vulgar sirviente os asfixia y desespera, no sólo no me extraña, sino que os comprendo. Pero no entiendo, en cambio, vuestra imprudente actitud. ¿Sólo con una vieja espada y una daga de niño, que ni tan sólo lograría degollar un cordero, pensáis vencer a las alimañas que dentro de ese Castillo Negro larvan contra vos y contra mí sus tretas de lobos, e incluso contra vuestro ciego padre? Oh, no, Príncipe Raigo, no es así como se recuperan los tronos. Pues habéis de saber que tan rebelde, y aun más que vos, fui yo en mi infancia, y a vuestra edad; y sin embargo, con paciencia y astucia supe permanecer en cautiverio, y en cautiverio supe levantar, uno a uno, los peldaños del trono de tu padre. De forma que, si Rey queréis ser, y no cadáver devorado por lobos o ensartado en lanzas por sucios esteparios de olor caprino, tendrás que tener paciencia y astucia. Y si yo supe aconsejarme por quienes mucho más que yo sabían (y ten por seguro que toda la ciencia, en verdad parca, que hayas asimilado, no puede llegar ni a la suela del zapato de la ciencia que yo acumulaba a tu edad), cuánto más tú, ignorante y cándido cachorro de león, deberás aconsejarte de quien tanto te ama: pues eres el centro de mi propia ambición y orgullo. Y aunque no te amara (que sí te amo) tú serías, y no otro, el afán de mi vida; y no cejaré en el empeño de que tú seas el siguiente Rey de Olar hasta el fin de mis días.

Entonces oyó cómo el Príncipe Raigo, aun a su pesar, sollozaba en silencio; y adivinó en aquel llanto, no sólo dolor, sino contenida ira. Pero se calmó su sobresalto al presentir que aquella ira no iba contra ella, sino contra quienes pretendían arrebatarle lo que consideraba suyo, y de su mismo padre. Así pues, depuso su tono severo, y con más dulzura dijo:

—No me opongo a que abandones tan servil escondite. Pero desde ahora sigue mis indicaciones, y ten por seguro que éstas te conducirán hacia el éxito mucho mejor que los impulsos de tu inexperto corazón. Atiéndeme, Raigo: monta en tu caballo y ven conmigo, pues he de conducirte, ahora más que nunca, a lugar seguro, donde nadie pueda encontrarte y donde podrás comunicarte conmigo, y yo contigo, tantas veces como lo desees.

Obedeció el muchacho, y Ardid lo condujo hasta el Lago, olvi-

dando repentinamente el gran cansancio y la debilidad de sus piernas, que cobraban inusitadas fuerzas sobre su caballo. Y allí, en aquella vieja y medio derruida cabaña, que fuera en tiempos escondite de
ella misma y del desdichado Amor, le instaló. Y díjole:

—Mañana te enviaré una paloma muy bien adiestrada; ella será
nuestro mensajero. Y tendrás cuanto necesites: pero cuida de parecer
como vagabundo o mendigo, y oculta tu espada —no ésta, sino otra
que yo te enviaré, además de carcaj y flechas— bajo las ropas de tu
disfraz. Y así, aguarda el momento en que sea oportuno presentarte
nuevamente a tu padre, y recuperar lo que te pertenece.

Aquellas palabras condujeron la memoria de Raigo hacia tiempos anteriores, cuando era tan niño que sólo entendía la lengua de las
flores, y algo de las aves. Y recordaba a su abuela, la Reina Ardid,
toda ella como nevada de oro, y murmurando algo a una paloma gris,
que mantenía en alto posada en el puño, como si se tratase de un
halcón.

Raigo besó la mano de su abuela, y prometió obedecerla. Pero
apenas la Reina dejó atrás la cabaña, todo el cansancio, la memoria
del tiempo, los otoños y aun las primaveras, parecieron desplomarse
sobre ella; y la bruma del Lago penetró de tal forma en sus ojos, que
llegó al Castillo en estado lamentable. Ni el fuego del hogar ni el elixir de vida lograron reponer sus huesos magullados, su carne fatigada. Sus ojos veían con dificultad, pero el más grande de todos sus
dolores era aquel que se había asentado, y ya para siempre, en el centro de su corazón.

3

APENAS dos días después, se anunció la gloriosa llegada de
Gudú: de nuevo vencedor, otra vez Señor Poderoso y Temible.
El Barón, si bien no pudo disimular su preocupación, había llevado
tan lejos su intriga, que ya no sabía cómo detenerla; fingió una gran
alegría ante los acontecimientos, pero ni a Ardid ni a nadie logró
ocultar el miedo y el recelo en su voz ante la llegada del Rey.

Así, antes que éste entrara en la ciudad, se había ya postrado en lecho, y pocas horas más tarde moría, según unos de vejez, según otros —complicados con él en la intriga, y no exentos de pánico, por un lado, y de descontento, por otro— de puro y simple miedo.

Apenas llegado el Rey, los nobles demandaron audiencia, pues, además de haberse quedado sin su Presidente, otras muchas cosas bullían en sus mentes y pechos, y deseaban volcarlas de una vez. El Rey concedió la audiencia, y todos vieron, con sobresalto, que si bien los años no habían pasado en vano por él, no mostraba signo alguno de decadencia: jamás apareció más colosal, fuerte y feroz ante ellos. Y, entre las dos cicatrices que cruzaban su rostro, no habían visto jamás tan frío fulgor, y tan cruel, en la mirada de sus ojos gris-azul. De manera que todos los ánimos se aplacaron —la Asamblea, si bien inclinada naturalmente al descontento y la intriga de la Corte, no se distinguía especialmente por su juventud ni gallardía.

El Duque Terko, hijo del Barón —el segundo, ya que el mayor, su predilecto, era idiota sin esperanza y vagaba en camisa por las almenas del torreón sobre las colinas Sur del Lago, diciendo ora que era mariposa, ora que era gavilán—, sabía también que sus dos hijos, y su nieto, de sólo catorce años, eran adictos y fervorosos soldados de Gudú. Y entre ellos, todos tenían algún hijo, nieto o pariente —lo más valioso de la familia, si no por inteligencia, sí por juventud y osadía— en las filas adictas a Gudú. Así pues, con desaliento, replegáronse cada uno de ellos en sus íntimas zozobras, y muy humildemente, como minucias de poca monta, presentaron al Rey sus problemas.

El Rey les escuchó en silencio, y al fin dijo:

—Si he de hacer un resumen de las quejas expuestas, sólo hallo una estimable: la poca alegría de vuestras vidas de viejos inútiles y la envidia que os corroe por no ser capaces de seguir a vuestros hijos o nietos en la carrera del poder y la codicia. Pero sabed que, si bien comprendo tales cosas, no está en mi mano remediarlas: viejos seremos todos, con suerte, y viejos e inservibles pereceremos también algún día. En tanto, dejad paso a quienes mejor que vosotros pueden ayudar a levantar y continuar un Reino que, hasta ahora, os ha proporcionado más satisfacciones que disgustos. ¿Recuerda alguno de entre vosotros los tiempos del Rey Volodioso? Poco a poco, y con mayor o menor brutalidad, os despojó por la fuerza de vuestras prebendas y poder; y por el terror y la tiranía, os sojuzgó. Yo os he devuelto con creces cuanto él os arrebató. Y aún más: os he enriquecido y proporcionado tan regalada vida como puede apetecer un viejo; y a vuestros hijos y nietos les he dado ocasión y oportunidad de ensanchar y crecer por sí mismos, a mi lado; y cuanto les di fue sin pedir nada a cambio. Ahora bien, he pasado muchos años guerreando por vosotros, y defendiendo vuestras tierras, y ahora sólo hallo aquí un grupo de ancianos lujuriosos y sensuales que se quejan de no poder rizarse el pelo y adornar sus vestidos como en los tiempos en que el tío Almíbar comerciaba con Leonia... ¿Es razonable esta actitud? Más parece cosa de bufones, que de varones serios y caballeros... Estos últimos ocho años, a todos nos han fatigado: así pues, como prueba de magnanimidad, que no de flaqueza, he dispuesto establecer un tiempo de paz y mayor abundancia. Así, espero que vuestros fútiles deseos y lloriqueos no volverán a repetirse.

—Oh, Señor —dijo el Barón Lelino, el menos viejo de la Asamblea—. Mucho me complazco en oír vuestros razonamientos... y como yo, todos los demás... Pero aún hay otro asunto que desearíamos consultaros.

—¿Qué asunto?

Y aun cuando el tono del Rey logró desfallecer un tanto al audaz Barón Lelino, no tuvo más remedio que continuar:

—Es que circulan rumores... sobre un nuevo matrimonio vuestro. Esto nos complacería de veras... Pero ese rumor insiste en señalar como futura Reina a... bien, a una antigua y feroz enemiga de este Reino. ¿Es cierto ese rumor, Señor, o vulgar y maligna calumnia?

—Es cierto —dijo Gudú—. Y sabed que los antiguos enemigos (y tal vez pensando en vosotros mismos lo podréis comprobar) por variados y singulares caminos llegan a tornarse los mejores aliados. Así, os aseguro que esta alianza será el precio que debamos pagar a esa paz y esa holgura por las que tanto suspiráis.

La Asamblea permaneció en silencio y perpleja durante largo rato. Al fin, el Duque Foreste atinó a decir:

—En verdad, Señor, que sois tan sabio como valiente.

Y prorrumpieron en entusiastas —tal vez excesivamente entusiastas— vivas al Rey, al Reino y a todo lo que se les pasó por la cabeza y consideraron podía halagar al monarca.

Pero aún no habían terminado las aclamaciones y, sin protocolo alguno, el Rey se ausentó. Y cuando los nobles atinaron que no se había aún elegido el nuevo Presidente de la Asamblea, les llegó un emisario del Rey. Simplemente, y sin preámbulo alguno, les hacía sabedores de que, puesto que el más noble de cuantos nobles allí se reunían era él mismo, no existía otro jefe más oportuno para la presidencia de tan titubeante Asamblea. Con lo que todos callaron y regresaron a sus castillos o mansiones. Pero la simiente del descontento, de la rebelión y de la envidia no se había extinguido en la mayor parte de aquellos corazones.

El Rey cumplió lo prometido: y así, el tiempo de paz y prosperidad se produjo —al menos en apariencia—. En lugar de permanecer en la odiada Corte Negra, Gudú se instaló en Olar. Convocó y asistió a las reuniones de la Asamblea, y se mostró propicio a escuchar a todos y cada uno: permitió que abrieran poco a poco sus corazones en privado, y atendió —o lo fingió— sus minúsculas y mezquinas ambiciones. Con lo que los ánimos empezaron a alborozarse, y más aún cuando pidió ser recibido por la Reina. De niño jamás se dirigió a ella de otra forma que como un humilde vasallo a su señora, pues ella era el único ser de la tierra que gozaba de su respeto. Cuando se hallaron a solas, le habló de la siguiente manera:

—Señora, como sabéis, he decidido permanecer durante un tiempo en Olar, y atender al pueblo y la nobleza en sus minucias. He llegado a la conclusión de que desean más fiestas, alegría y diversiones. Y como tan sabia sois en conducir (a vuestro provecho, y mi provecho) tales debilidades, os pido ahora que vuestra administración sea más blanda, y organicéis, de nuevo, una especie de Corte alegre y un tanto frívola, y de paso, para satisfacer ciertos gustos, algunos festejos para el pueblo. Algunos jóvenes nobles, que llevan ya mucho tiempo lejos de mujeres de su raza y condición, también deben tener nuevamente trato con las muchachas de Olar. Creo que así ablandaremos muchas suspicacias, y nos daremos un respiro, o margen (si lo preferís), para recomenzar nuestras verdaderas actividades.

—Haré como tú deseas, hijo —respondió Ardid. Pero no escapó

al Rey el tono un tanto fatigado y desprovisto del antiguo entusiasmo de la Reina por estas cosas.

—Hijo mío —añadió al fin Ardid, pues una pregunta le quemaba la lengua—, ¿es cierto que pensáis desposaros con Urdska, y nombrar vuestro heredero a uno de los hijos?

—Es tan cierto como cuando os lo comuniqué.

—Pero... ¿cómo habéis olvidado que otros hijos tuvisteis, y de vuestra noble raza, y de vuestra mejor esposa?

—¿Qué decís madre? Según noticias, se ahogaron con su madre en la nave que les conducía a la Isla de Leonia. Y si no ocurrió así, y se me ha engañado, sea quien sea el embustero, pagará con la muerte tal superchería.

El paladar de la Reina se secó repentinamente. Pero no cejó en su empeño:

—Tal vez, sin engaño ni superchería, tal cosa ocurriera. No sé nada de ellos, pero..., a veces, los náufragos reaparecen. Y si por casualidad sucediera así, y os lo pregunto tan sólo para estar bien informada de vuestras intenciones, que nunca, hasta ahora, me habéis ocultado, ¿nombraríais a Raigo heredero del trono de Olar?

—No —dijo el Rey, con tan glacial firmeza, que las piernas de la Reina temblaron—. Sólo recuerdo a esa criatura como un débil gorgojo, a quien apenas si estimé. Kiro y Arno llevan mi sangre y la de la más extraordinaria mujer del mundo: con lo cual, la sangre de esta raza decadente se vivificará, y la alianza con las Hordas quedará asegurada en este Reino. Kiro o Arno (me da lo mismo, el que a mi juicio mejor disposición muestre para ello) será el Heredero: y ningún otro le suplantará, os lo juro... al menos en vida mía.

Así, Gudú dio por terminada su entrevista con la Reina. Y así también, sin que nadie rechistase por ello, Olar se enteró de la próxima boda del Rey con la ex-Reina Urdska.

Aparentemente, la ciudad revivió como en sus mejores días. Desgraváronse y redujéronse impuestos, se animó y facilitó nuevamente el comercio con los puertos del Sur, y nombróse al Duque Rangote —hombre en verdad de curioso aspecto y extravagantes modales—

en el cargo de Buenas Relaciones Vecinales —parecido o igual al que ostentara antaño Almíbar—. Y si bien la Isla de Leonia había huido mar adentro, y nadie conocía su paradero, los reyezuelos costeros —a menudo ex-piratas—, que ella tanto despreciaba, florecían que era un contento.

La Plaza del Mercado bullía de animación y festejos. En vísperas de la boda del Rey, ante el asombro de todos, Gudú concedió audiencias especiales en las que recibía representantes del pueblo: comerciantes y aun campesinos, a quienes atendió en sus demandas. Revisó también el sistema de juicios imperante, y depuso a muchos jueces y nombró a otros; y reformó las leyes —muy escasas, en verdad— de forma que si bien eran férreas y severas para el delincuente, más suaves se mostraban para el pequeño ladrón, débil e ignorante. Aunque el nuevo sistema de juicios y castigos distaba mucho de ser perfecto y justo, muchos salieron ganando con ello. Y si algunos desgraciados vieron aliviadas sus amarguras, no fue menos cierto que otros, mezquinos ratones y olisqueadores de ganancias, llenaron sus bolsas abundantemente. Todas estas cosas, no obstante, revestían, al menos exteriormente, de prosperidad y progreso al Reino. Y bien lo sabía Gudú, como bien lo sabía la Reina, que le secundó en todo con tanta dedicación y empeño, como firmemente se proponía en su interior, tarde o temprano, derribar a la intrusa y restituir los derechos al Trono de su nieto amado, Raigo.

Nobles, damas y caballeros, tenderos, comerciantes, barberos, herbolarios, campesinos, sastres, tejedores, alfareros, vinateros, cerveceros, y toda la gente de Olar, en general, remozaron sus establecimientos, vestuarios y apariencias. Nuevas modas trajo del Sur el Duque Rangote, y, según decían, él mismo aparecía floreciente y asombrosamente refinado. Y las jóvenes nobles de Olar probaron sin cansancio tocados y vestidos, en espera del gran acontecimiento: la boda del Rey.

En el transcurso de diez días de fiesta continua, en la que el pueblo disfrutó de vino, carne y harina gratuitamente, celebráronse los esponsales del Rey Gudú y la Reina Urdska. Ésta hizo solemne entrada

en Olar, sentada en carroza y rodeada de guardia en verdad gallarda
—si bien, según todos comprobaron, constaba íntegramente de gentes de su raza—. El pueblo, ebrio de vino y alegría tras largos años de
austeridad, aclamó con júbilo la presencia de la Reina; pero, sobre
todo, se encandiló con la visión de los dos jóvenes príncipes Kiro y
Arno, que, jinetes en preciosos corceles esteparios, tan altivos, fuertes
y hermosos se mostraban. Si tenían los acusados pómulos y la breve y
un tanto aplastada nariz de la estepa, sus ojos azul-gris eran idénticos
a los del Rey, y sus facciones recordaban mucho las de su padre. Pero,
aun tan niños como eran, más de uno —noble o plebeyo— no dejó de
estremecerse ante sus miradas, y quien las sintió sobre su persona, jamás les hubiera tomado en adelante por cándidas palomas, sino por
rapaces y astutos gavilanes.

El primer encuentro de Urdska con Ardid fue singular. La Reina
Urdska llegaba vestida con tal esplendor, que en otro tiempo hubiera
deslumbrado a Ardid. Se cubría de finas sedas, multicolores como el
arco iris, y su manto estaba hecho de pieles de pequeños animales,
cosidos pacientemente entre sí; y su color era de plata, o negro como
la noche, como sus trenzas entretejidas de cintas doradas.

«Ay, Almíbar, amado mío —oyó murmurar a su corazón Ar-
did—, tú fuiste quien trajo a Olar la primera tela de seda, para engala-
narme... ¿Por qué fui contigo tan egoísta, tan estúpida...?» Y recordaba, recordaba..., aunque su recuerdo ya no servía para nada ni para
nadie.

Ambas mujeres permanecieron mirándose, en silencio; ambas
erguidas con igual prestancia, brío y majestad. Y los ojos en los ojos,
sonriéronse con aparente dulzura, en tanto el brillo de sus miradas revelaba la más feroz y salvaje enemistad, como sólo dos mujeres, reinas y madres, ambas vengativas y astutas, ambas indomables, pueden llegar a sentir una por otra.

Por contra, ante sus nuevos nietos, la Reina Ardid sintióse, a su
pesar, ligeramente enternecida: pues halló en sus ojos la mirada de
Gudú, y tal cosa hubo de reblandecer un tanto su odio. Pero a poco
que observó la ferocidad de sus movimientos y la rudeza de sus modales, el despego y la crueldad que hacia ella y todos los cortesanos
—incluido su padre— mostraban, la ternura cedió y llegó, incluso,

a desaparecer. «Mejor —se dijo—. Así será menos penoso para mí derrotarles.»

Y en aparente calma, bienestar, e incluso felicidad, pasó un año Gudú en la Corte de Olar: si bien, en secreto, a menudo escapaba al lugar de su predilección; y allí revisaba las tropas y engrandecía y fortalecía su ejército.

Lentamente, durante aquel año, la Reina Ardid fue retirándose de toda ostentación, y cedió su puesto a la nueva Reina Urdska. De suerte que, en los últimos tiempos, apenas si se mostraba en público, y honores y fastos estaban casi siempre presididos por la nueva soberana. Urdska, ante el asombro de los más suspicaces, se mostró discreta, afable y cortés; y aparentemente no se inmiscuyó —como lo hiciera antes Ardid— en asuntos internos del Reino. Y como era bella —más que bella, fascinante— y de naturaleza fastuosa en sí misma, la Corte de Olar, entregada nuevamente a la molicie y lo que creían el colmo del lujo y del bienestar, iba acostumbrándose a ella, y olvidaba que —según siempre oyeron a sus mayores— era de raza tan temible como traicionera.

Pero de espalda a la Corte y a su propio hijo, Ardid seguía tejiendo los hilos de su tozudo e indomable propósito. «Ya llegará el día en que te atrape, raposa esteparia», se decía en la soledad de su cámara, mientras cavilaba sin cesar. Y cuando Ardid se decía algo semejante, raramente se equivocaba.

4

NADIE reparaba en ellos, como nadie reparaba en los otros sirvientes de la vieja Reina. Niños olvidados en los desvanes de la Torre Azul. Supuestos pajes, sirvientes, anodinas criaturas. Pero eran los príncipes, eran los hijos del Rey. Así pues, una vez no le cupo duda alguna de las verdaderas intenciones del Rey respecto a Raigo, y viendo a la Corte y el pueblo en general enfrascados en su bienestar y opulencia, Ardid procuró también hacerse olvidar lentamente: y junto a ella, el recuerdo del misterioso desaparecido, que nadie lo-

graba esclarecer: Raigo. Y juzgándolo suficientemente olvidado de todos —incluido su propio padre—, decidió que había llegado la hora
de sacarle de su escondite y convertirlo, de la noche a la mañana, en
joven soldado de su Guardia personal.

No fue fácil para ella: Raigo, que se consumía de impaciencia,
tuvo un acceso de desesperación al enterarse de la decisión de su padre. Pero reconfortado por Ardid, se vistió la malla, peto y espada de
soldado, y se dejó conducir por ella hasta su estancia. Había llamado
la Reina la atención de Gudú sobre aquel muchacho; y dijo que, encantada por su fiel comportamiento y buena presencia —le llamó
Risko—, deseaba que fuera miembro en soldado de su Guardia. El
Rey quiso conocerlo, y así lo hizo la Reina; y por vez primera, padre e
hijo se contemplaron frente a frente. El Rey pareció un instante pensativo. Al fin dijo:

—En verdad, Señora, al ver a este muchacho pienso que mejor
servicio haría en mi propio ejército, que en menesteres cortesanos...
Pero, si lo deseáis, así os lo permito por algún tiempo. No obstante,
antes desearía comprobar por mí mismo cuáles son sus dotes, y cuál
su forma de empuñar la espada.

—Ah, hijo —exclamó Ardid, cuyo corazón temblaba—, aún no
está bien adiestrado: pero sin duda, llegado el momento, vos lo pon-
dréis en buenas manos.

—Así se hará —dijo el Rey. Y preocupado con asuntos que más
le importaban, ordenó que Raigo fuese entrenado someramente, antes de pasar a formar parte de la Guardia de la Reina. Y cuando esto
último ocurrió, el Rey ya le había olvidado.

Llamó la Reina al Capitán de su Guardia, el viejo y noble servidor Randal, diciéndole que el Rey ordenaba incorporar a aquel joven
soldado traído del Sur a su Guardia personal. Randal —medio ciego
ya— lo aceptó sin reservas, viniendo de quien venía. Afortunadamente para Ardid, permanecía en las estancias menos visitadas del
Castillo. No sólo era muy difícil que alguien reconociera en el joven y
robusto Raigo de ahora al débil niño de siete años —última vez en
que le vio la Corte— de otros días. Ni siquiera tenían ocasión de llegar a verle.

Pero Raigo no desaprovechó las lecciones recibidas, como tampoco la experiencia que le proporcionara su amarga espera. Y confiaba en Ardid, como su única esperanza. No dejaba de entrenarse en el manejo de la espada y lanza, y tan buena disposición mostraba en ello, como poca manifestara, en tiempos, su hermano mayor, el desaparecido Gudulín.

Finalizó aquel año. Y apenas amanecido el nuevo, se produjo un cambio sustancial en la vida de la Corte y Reino de Olar. Y también en las vidas de la Reina, el Rey, de Ardid y sus nietos.

Sucedió que, apenas avanzado el invierno del año naciente, llegaron emisarios de la estepa con la noticia de que nuevas Hordas aprestábanse a recuperar la antigua Ciudad del Gran Río; y éstos llegaban capitaneados, nada menos, que por el antiguo brazo derecho de Gudú: el misteriosamente desaparecido Rakjel. Y como si deseara librar de toda sospecha a la Reina Urdska, enviaba noticia de que contra ella, y no tanto contra Gudú, enviaba sus hombres y su odio. Deseaba hacer desaparecer de la tierra al uno por haberse aliado con la otra. Según dijo, la consideraba traidora de su raza, de su tierra y de la estepa entera. Pues Gudú era su noble rival, natural y aceptado; pero la traición de Urdska era merecedora de venganza sin límites.

A todos sumió en gran estupor aquella noticia. A todos, excepto al Rey. Desde hacía largo tiempo esperaba la reaparición de aquel a quien admiró, y en quien nunca logró confiar enteramente. Educado en sus enseñanzas, era mucho peor adversario que sus antecesores.

Entonces, Urdska pareció afligida. Y por ello ofreció a Olar un espectáculo como antes nunca conocieran. Suplicó ser escuchada por la Asamblea en pleno, esto es, no sólo por nobles y damas, sino también por jueces, e incluso por algunos representantes del pueblo —que por primera vez accedía a tales derechos, acogidos a las nuevas leyes—. Presentóse ante todos pobremente vestida —una túnica de lana burda cubría se espléndida figura— y llevando sus dos hijos a los lados, también parcamente vestidos y desarmados —aun de sus pequeñas espadas de Cachorros, ya que tan sólo contaban diez años—. Y así, arrodillándose ante todos, y obligando a sus hijos a imi-

tarla, ofreció su cuello y el de sus hijos —como si se tratara de una decapitación—, diciendo, con solemnidad y digno porte:

—Pueblo de Olar, Rey y Señor Gudú, Nobles Caballeros y Damas: enterada de las desdichadas nuevas que el traidor Rakjel, en
grave amenaza para este país que tan generoso y magnánimo ha sido
conmigo, y para que nadie pueda jamás, por pertenecer a mi raza,
abrigar suspicacia alguna contra mí o mis hijos, ruego se nos corte la
cabeza; y así, con la inmolación de nuestras vidas, se extirpe toda sospecha de traición hacia quienes tanto amamos y respetamos.

La Asamblea permaneció muda, a partes iguales por la emoción,
excitación, asombro, terror e, incluso, placer que les causaron tales
palabras y actitudes. Pero Gudú, alzando la voz, decidió:

—No estimo necesaria tan cruel y extrema medida. Sin embargo,
creo que mis sentimientos y opiniones personales no deben influir en
la opinión de los representantes de mi Reino. Así pues, a ellos enco-
miendo la decisión de que tal cosa se cumpla o no se cumpla sin tener
en cuenta mi parecer.

Clamores y murmullos se elevaron entonces de la sala. Al fin, el
Rey dijo:

—No deben tomarse decisiones precipitadas en cosa tan grave.
Estimo que debéis retiraros a deliberar sobre el asunto. Pero os ruego
brevedad; pues urge mi presencia en la estepa, y no quiero partir sin
antes conocer vuestra decisión.

Al oír tales palabras, Urdska se estremeció. Pues si bien ella
odiaba a Gudú, había llegado a creer que Gudú la amaba a ella; y, sobre todo, que amaba a sus hijos. Tal sospecha se desvaneció totalmente, ya que con tanta frialdad dejaba en manos de la Asamblea y el
pueblo sus vidas, sin oponerse a su decisión, por tremenda que fuese.
Ignoraba que Gudú no la amaba a ella, ni a sus hijos, ni a nadie, ni siquiera a su madre.

Tan anonadados habían quedado todos, que en tan breve margen de tiempo, y en presencia del Rey —que dejaba en sus manos tan
grave decisión—, nadie osó aprobar aquella autoinmolación. A poco,
se procedió a una larga votación, de la cual, al fin, y mayoritaria-
mente, se decidió dejar con vida a Ursdka y sus hijos. Según manifestaron uno a uno los representantes de cada grupo, en la actitud de

Urdska sólo veían una valiente y leal mujer, amén de irreprochable Reina. En cuanto a los niños, siendo como eran los hijos del Rey Gudú, y tan semejantes a él, nadie osaría ponerles una mano encima. Con lo que el espectáculo de Ursdka quedó resuelto a su favor. Y el Rey partió, por vez primera, sin dejar tras de sí esposa lacrimosa, sino con una tersa y suave sonrisa. Y aclamado por la multitud, fue de nuevo a reunirse con su ejército, hacia la estepa.

Sólo una persona se sintió defraudada, e íntimamente redobló sus ansias de venganza: la Reina Ardid. Como excepción, había acudido a la singular reunión, y comprobó, decepcionada, cuán ardua era todavía su labor en pos de restituir en sus derechos al joven soldado que aún nadie conocía: el verdadero y legítimo sucesor del Rey de Olar. «Pero la Reina no está vencida. Oh, no, la Reina Ardid envejece por fuera, pero, como los Árboles del Bosque, mucha vida aún le queda en las raíces. Y os juro que no me veréis morir, perros esteparios...»

Gudú, mientras avanzaba hacia las inmensas planicies, sentíase invadido por un odio que, anteriormente, jamás había experimentado. Y este sentimiento le turbaba —ya que el amor y el odio se aproximan—. Y si odiaba a Rakjel era porque Rakjel fue un Cachorro suyo; y si la amistad era algo ajeno a Gudú, en cambio la convivencia y la compañía de los soldados —y en especial la educación de sus Cachorros— sustituían tal vez en él otros sentimientos. De suerte que esta traición le conmovía como pocas cosas antes. Su ira crecía, y en esta ira y este odio, sin saberlo, iba gastando lo mejor de su astucia e inteligencia, e incluso prudencia.

Apenas el Rey partió, sabiéndose sola en una Corte donde, a pesar de todo, se estimaba, admiraba o respetaba a su enemiga Ardid, Urdska olfateó el peligro que para ella y sus hijos suponía esta mujer. Con humildad comunicó a su suegra que, ya que la ausencia del Rey la sumía en gran tristeza, y sabiendo cuánto quería Gudú el Castillo Negro, deseaba de nuevo recluirse allí.

En principio, esta decisión —aunque manifestada como una consulta de opinión— no agradó a Ardid. Pero al cabo, atinó que tal vez así podría controlar y espiar mejor sus movimientos —que tenía por cierto no eran buenos—. Así, respondió con su beneplácito, junto al de la Asambela. Y Urdska, con sus hijos, regresó a la Corte Negra —de donde, se dijo Ardid, jamás debió salir—. Ahora, quizá disponía de mayor libertad de acción, en especial hacia Raigo.

5

ANDABA el Trasgo borracho por las playas o las orillas de los ríos, aún sin asomar la cabeza. Oía el golpe de las olas, y las confusas advertencias que le hacían las criaturas submarinas, sin apenas entenderlas. Así estuvo llorando mucho tiempo, confundiendo sus senderos, porque los labraba en la arena, y a la arena volvían, sin remedio. Al fin terminó todo el vino que llevaba, y estuvo un tiempo vagando por ríos dorados y secos, hasta que se despejó. Y entonces regresó al subsuelo de la viña donde Gudulín permanecía aún tan inmóvil, sordo y mudo como si jamás hubiera existido. Y entonces, el terror le bañó: pues un enjambre de gnomos, severos y puros, habían bajado de las montañas y con sus picos negros horadaban por doquier, y se lo habían llevado con ellos. Estremecido, al ver que había perdido al niño entre innumerables niños, que, como su amor, no oían, hablaban ni veían, exclamó: «Ah, gnomos entrometidos, ¿por qué habéis confundido mi tesoro con vuestras coronas?»

Pero el Gnomo Más Viejo se abrió paso al oír su voz de borracho contaminado y le miró con tal dureza que una profunda tristeza llenó al Trasgo y empezó a sollozar: «Gnomo purísimo, ¿no sabes que aquí guardaba a mi niño?» «Quita eso de ahí —dijo entonces el Gnomo, señalando con un dedo que encendía todos los subterráneos y se apoderó luminosamente del cuerpo de Gudulín—. Está estorbándonos.» «Pero Gnomo, estas son tierras de Trasgos, este es el Sur: y aquí puedo yo guardar cuanto me plazca.» «Calla, contaminado», rugió el Gnomo, con tal desprecio e ira, que los robles y los almendros, y hasta las raíces más escondidas, tuvieron un estremecimiento, y se oyó en las entrañas del bosque la música de un órgano monstruoso, un órgano hecho de Tiempo que hubiera desencadenado su tempestad en el interior del mundo. «¿Quiénes sois los contaminados para ordenar a los puros? Has de saber que en el vientre de la montaña y el valle permanecen muchos, muchos niños que, como ese que tú guardas, murieron sin conocer ni entender el mundo: porque Gudú llegó con sus hombres a pacificar estas tierras, y los primeros en caer fueron lo niños de la oscura región.» «Ah, mi niño, mi niño —lloró el Trasgo—. Mi niño era la Oscuridad del mundo... Hazme el favor, déjamelo guardar en esta viña.» «¿Por qué la quieres, si ni siquiera la recuerdas ya?», dijo el Gnomo Menos Severo. El Trasgo escudriñó en su memoria, y súbitamente apareció el rostro vivaz, las mejillas doradas, los ojitos de ardilla de una niña que allí le vio por vez primera. «Niña querida, niña querida —rugió el Trasgo, súbitamente exaltado—, ¿dónde andas, niña mía?»

Entonces el Gnomo Menos Severo sintió lástima de él. Puso su mano sobre la roja pelambre del Trasgo y dijo, mirando hacia todos los niños que reposaban entre raíces y ríos subterráneos: «Oscuros, oscuros niños del mundo..., ¿hasta cuándo seréis tan ferozmente ignorados?, ¿hasta cuándo será nuestra misión recogeros y guardaros de la cruel glotonería, de la estúpida indiferencia? Mira, Trasgo: he visto cómo se va abriendo paso hacia aquí un manantial, y huele como tú. Es tu manantial, y si lo remontas, llegaras a la viña querida. ¿Sabes avanzar al revés del agua?» «Sí, puedo, si vuelvo del revés mis ojos —dijo el Trasgo—. Pero entre tanto, ¿guardarás a mi niño?» «Sí, junto a los demás, te lo prometo: labor tuya es reconocerle si regresas.» «Regresaré. Esta es mi tierra, y en ella está la luz de mi vida.» «¡Pobre contaminado!», se escandalizaron los gnomos, desde lo más escondido del subsuelo, desde las raíces del valle hasta las lejanas montañas. «¿Estás seguro de que mi niño querido no esta ahí, entre los tuyos?», suplicó el Trasgo. «No lo creo. Quizá lo encuentres al final del manantial que te pertenece.» «Déjame ver, al menos.» «Puedes buscarlo, si te place», dijo entonces el Gnomo Superior —el Señor de los Subsuelos—. Y ordenó que todos los gnomos mantuvieran los picos alzados y que iluminaran los recónditos senderos de la tierra.

Y el Trasgo, uno a uno, iba mirando todos aquellos niños escondidos, y alzaba sus párpados. Pero ya no podía encontrar los amados ojos de ardilla, ningunos ojos con Gota Lunar le miraban en el frío de la muerte. «No estás aquí, mi niño: así, regreso al principio del manantial.» El Trasgo hundió los dedos en los ojos del último niño, y los volvió del revés: y la corriente le condujo contra la fuerza del agua, hasta el brote mismo del manantial. «Oscuros, oscuros niños del mundo —retumbaron sus palabras, como un sordo tambor o temblor, bajo la tierra—, ¿hasta cuándo...?» Pero la ceguera ya era todo, y ellos sabían que aún por siglos y siglos así había de suceder.

Desolado, el Trasgo tomó nuevamente el camino de Olar. Tornó al Norte y allí reconoció el manantial, el bosque y el camino que le conducía a la cámara real. Y así sucedió que hallándose la Reina solitaria y triste —ya ni tan sólo llamaba a su amigo, se había cansado de hacerlo y había perdido toda esperanza de recuperarlo—, mientras atizaba el fuego, súbitamente las brasas se encendieron: dos llamas se volvieron intensamente azules y un sinfín de geniecillos del hollín huyeron aterradamente hacia lo más alto de la chimenea.

—Niña querida, ¿por qué me has abandonado? —gimió el Trasgo. Y con los brazos extendidos se abalanzó al cuello de Ardid, y se abrazó a ella tan estrechamente, que despertó un gran temblor no sólo en la Reina, sino en toda la estancia: como si el viento hubiera penetrado impetuosamente por alguna rendija. Las cortinas se alzaron, y todos los tapices temblaban, y el dosel de la cama se bamboleó: y tintinearon sus flecos, como si fueran de cristal en vez de oro ennegrecido y sucio.

—Ah, Trasgo, Trasgo —clamó Ardid, mientras corrían por sus mejillas silenciosas lágrimas—. Trasgo querido, no me abandones más... nunca más.

—No te he abandonado —dijo el Trasgo, con el rostro hundido en los plateados cabellos de la Reina. Nerviosamente, hebra a hebra, los tomó entre sus dedos—. Ah, traidora, traidora... ¿por qué te has vuelto así? —aulló dolorido—. ¿Por qué no eres mi niña?

—No ha sido culpa mía, te lo aseguro. Fue el Protector de Once quien lo hizo...

—No mientas, sabes que a mí nada se me oculta: y no puedes negar ahora que sólo tú has hecho una cosa tan horrible contigo misma. El Protector de Once sólo contempla y reseña estas cosas... No las hace, las hacemos nosotros, tonta criatura. ¿Por qué te has traicionado de tal forma..., si sabías que con ello a mí me traicionabas? Ay, ni siquiera aquella niña tan extraordinaria fue capaz de salvarse...

Como Ardid no podía ni sabía contestarle, se limitó a abrazarle y acunarle entre sus brazos; hasta que así ambos se durmieron.

Lejos de allí, en el Sur, los Señores del Subsuelo habían taladrado la tierra hasta el mar, de forma que éste penetrase y pudiera elegir entre los niños tontos. Y así, fue llevándose con él a la mayoría; a unos los condujo bajo las islas, a otros les dejó vagar por las costas, bajo los acantilados, confundidos con delfines. Al llegar a Gudulín, un enjambre de topos y murciélagos lo apartaron del mar, aullando jubilosamente: «Éste no, éste no. Este es el Príncipe de la Oscuridad». El mar dijo: «Apartaos, ése es como los otros». «No es como los demás. Ése no puede ir al mar, porque perdió todas las oportunidades del amor.» «Bien —volvió a decir el mar—, apartaos; prometo dejarlo ahí.» Pero lo ciñó de un espeso cinturón de ecos y lo convirtió en isla, como siempre fue. El mar no es vengativo, y por ello iba y venía y lamía sus bordes, y sonaban todas sus caracolas en sus infantiles costas. Pero una caracola rosada conocía a Gudulín, y dijo: «Gudulín no quiere ser más isla: él quería ser una nave». Vio entonces el mar aquella triste nave que el Trasgo empezaba y nunca terminaba: con sus costillares relucientes y sus torpes clavos de diamante. Así que, suavemente, lo desprendió de su raíz, y lo dejó adentrarse en él, isla oscura, niño tonto y solitario, rodeado por todas partes de un azul tan profundo que nunca antes había conocido.

Pero cuando salió el sol, el Trasgo aún no lo sabía, y creía que los gnomos cumplían su palabra y lo guardaban. Seguía acariciando los cabellos de Ardid, suspirando, y al oído le decía:

—Al fin y al cabo, niña querida, pienso que no tengo derecho a reprocharte esto. Padeces una suerte de contaminación, ¿no crees?

—Sí —dijo débilmente Ardid.

—Y yo —prosiguió el Trasgo—, ¿quién soy yo para reprochar las contaminaciones, humanas o de cualquier especie? Sólo te pido algo: ¿volverás a la viña conmigo? Allí estaremos los tres juntos, otra vez.

—Tenía la vaga idea de que habían sido tres, pero ya no recordaba quién fue el tercero.

—Lo prometo —dijo Ardid, recuperando su ingenio—. Pero antes debo cumplir algo aquí: ayúdame por última vez, y te acompañaré a la viña.

—No me engañes, no me engañes —respondió el Trasgo. Y para reforzar su advertencia, se abrió el pecho y mostró el racimo-corazón. Y vio entonces Ardid, horrorizada, que lo que fue espléndido y maduro racimo era ahora un esqueleto retorcido del que pendían sólo tres granos a punto de caer.

—¿Quién ha hecho eso contigo? —se lamentó temblorosa.

—¿Quién? ¿Y tú me lo preguntas? Vosotros, todos los niños que yo amaba me han destrozado así. No seas tú la causa de que yo desaparezca como aquel que mordía mis granos y me producía tal dolor que creí morir...

—No lo haré —dijo Ardid, arrepentida de no sabía qué culpa.

Pero era más grande su deseo de ver a Raigo en el Trono, y más grande su pasión por conseguirlo y, tal vez, también su amor por Raigo. Así, que no vaciló en decirle:

—Trasgo..., ¿podrías aún horadar los subsuelos de forma que, sin ser visto, me traigas nuevas de Urdska, de lo que hace en la Corte Negra y de cuanto maquina contra Gudú?

—¿Contra mi niño querido? —se encolerizó el Trasgo—. Oh, Ardid..., ¿cómo no me lo pediste antes? Horadaré la tierra entera para descubrir a quien quiera dañar a mi borrachito.

Ardid le acarició con gran tristeza y asintió, seguía confundiendo a Gudú con Gudulín. Pero cuando el Trasgo, con el diamantino martillo dispuesto, como en sus mejores tiempos, desapareció, cayó al suelo y sobre el suelo sollozó, por algún remordimiento o pena, o tristeza de sí misma. Y se decía, entre sollozos: «Trasgo querido, es verdad, es verdad, ¿qué hice conmigo?» Y contemplaba sus trenzas de plata, como podía contemplar un río blanco, lejano, que ya no le pertenecía y al que jamás llegaría a asomarse.

En tanto, Raigo se consumía de impaciencia: sólo su abuela conocía su secreto, y sólo con ella podía comunicarse sin recelo. Mantenía casi siempre el rostro medio oculto en el casco, y una sedosa barba rubia empezaba a cubrirle las mejillas. A menudo se preguntaba qué había sido de Raiga, la hermana que tanto amaba. Pero cuantas veces le preguntaba por ella a la Reina, ella guardaba silencio. El día en que el Trasgo regresó, estaba él a su puerta, y mientras sollozaba Ardid, oyó su llanto. Y como él, alguien más lo oyó, pues Raiga, que con su esposo dormía cerca de su alcoba, despertó, y dijo a Contrahecho:

—¿No oyes? La Reina está llorando.

—Es cierto —dijo él—. Ve a ver qué le ocurre; y si no es grave, consuélala, y si lo es, ven a llamarme e iremos en su ayuda.

Raiga salió de puntillas, y al llegar a la puerta de la alcoba de la Reina, donde jamás llegaba sin permiso de su abuela, vio a los soldados de la Guardia, y le llamó la atención el nuevo joven y rubio soldado que no conocía.

—Dejadme entrar —dijo—. Oigo llorar a la Reina, y sé que soy su más querida y solícita doncella.

Entonces Raigo, que había tomado el mando de la Guardia, la reconoció. Tan linda y graciosa le pareció como cuando jugaban en la buhardilla de la Torre Azul. Y tan grande fue su alegría, que murmuró:

—Podéis pasar, doncella, pero es preciso que yo os acompañe.

Una vez entró Raiga en la cámara de su abuela, su hermano se quitó el casco y dijo:

—Raiga, hermanita..., ¿no me reconoces?

Ella se abrazó a él llorando de alegría. Y así permanecieron largo rato, hasta que Raigo le secó las lágrimas, y besándola dijo:

—¿Por qué no me dejaba verte mi abuela? Creí que habías muerto.

—También yo creía que habías muerto tú.

—¿Y por qué lo haría? ¿Qué ha sucedido?

—¿Sabes una cosa muy bella? Un milagro sucedió; y he contraído matrimonio, en secreto.

Entonces Raigo sintió que un gran frío llegaba a su corazón. Sus labios temblaron y dijo:

—¿Cómo es posible que te hayas casado sin mi consentimiento? ¿Acaso olvidaste lo que nos jurábamos cuando estábamos encerrados en la Torre?

—Oh, Raigo..., éramos unos niños y no sabíamos lo que decíamos. Ahora, estoy segura de que te alegrarás cuando sepas quién es mi esposo.

—No me alegrará nunca saberlo —dijo él. De pronto, sentía pena y notaba cómo las lágrimas subían a sus ojos y a duras penas las contenía. Salió de la cámara y la dejó sola.

La Reina entonces oyó los pasos de Raiga, y cuando ésta alzó la cortina, la encontró tendida en el suelo, y se asustó.

—Abuela querida —dijo—, he visto a Raigo: estaba ahí fuera, convertido en el Capitán de la Guardia, en un hermoso soldado... ¿Por qué me lo ocultasteis?

—Calla, calla —dijo Ardid poniéndole la mano en los labios. Y estaba tan afligida, que no tenía fuerzas para regañarla por desobedecer sus órdenes—. No debiste hacer eso, Raiga. Has de saber que tengo mis razones para ocultarle así: y estas razones obedecen al deseo de protegeros de la malvada Urdska.

Raiga era tan dócil y bondadosa que calló. Pero no así Raigo, que cuando regresó a su puesto preguntó a un soldado:

—¿Sabes acaso quién es el esposo de esa doncella tan linda?

—Oh, qué pena... —dijo el soldado—. En verdad que las mujeres son extrañas, pues esa doncella tan linda se prendó y casó con el más feo criado de la Reina, uno que llaman Contrahecho. Muchas veces he comentado lo disparatado de este matrimonio.

Al oír aquello, el estupor de Raigo se convirtió, casi sin dilación, en ira tan grande, que mucho esfuerzo tuvo que hacer para no descubrirse y entrar iracundo en la cámara real. Sentía cómo lágrimas de fuego se vertían en su garganta y abrasaban su pecho como hierro candente. «Indigna, indigna —se decía, presa de furor y pena—. Indigna hermana..., ¿cómo es posible que hayas cometido tal indignidad? Todo mi amor se convertirá en odio, y juro que os mataré a los dos.» Y únicamente este pensamiento parecía aliviar el odio y el desengaño que sufría.

La Reina ordenó entonces a Raiga que regresara junto a su esposo, y que allí permaneciera sin dejarse ver de nadie, hasta que ella ordenara lo contrario. Pues un oscuro presentimiento la embargaba, ya que la experiencia le había alertado sobre muchas cosas ocultas en los ojos de los hombres, especialmente si eran jóvenes. Y no sólo el temor a Urdska le había aconsejado guardar aquel secreto.

Raiga obedeció, y al pasar junto a su hermano, que aparentemente impávido montaba la guardia ante la Cámara de su abuela, un aliento de fuego parecía abrasar su nuca. Y un vago sentimiento de culpa, o arrepentimiento la invadió. Entonces, se refugió en los brazos de Contrahecho y, temblando, le contó todo cuanto había ocurrido. Al oírla, Contrahecho quedó muy pensativo y apenado: sabía que Raigo no aceptaría jamás aquel matrimonio, y no sólo porque él fuera un humilde sirviente y ella una Princesa —aunque tan desconocida y despreciada como si se tratara de una sirvienta—. Desde hacía tiempo, era consciente de estas cosas, porque a veces la desgracia hace sabios a quienes elige. Y ya lloraba en las noches de la Torre Azul, cuando los que consideraba sus mejores amigos, casi sus hermanos, todavía reían y jugaban alborozadamente. Porque Contrahecho no fue nunca un niño feliz, y guardaba en su memoria recuerdos de remotas caricias de alguna mujer, tal vez su madre, que le había dejado en el total desamparo. Y ni la solicitud de la Reina ni el amor de sus pequeños amigos podían compensarle de estas cosas.

Tres días y tres noches tardó el Trasgo en regresar. Pero cuando en el amanecer del cuarto día desde su partida, el golpe de su martillo llegó a los oídos de Ardid, ésta saltó agitadamente del lecho y vio su roja pelambre encendiendo las cenizas de la chimenea. Tan excitado parecía como en aquellos tiempos tan lejanos en que partió a los Desfiladeros, a lomos del caballo de Ancio.

—Grandes, grandes nuevas —dijo el Trasgo frotándose las manos.

Parecía en verdad rejuvenecido, hasta el punto de que saltó tres veces antes de decir:

—Querida niña, tengo tanta sed que nada puedo decir hasta haber libado un tantico de ese mosto que tratáis de ocultarme.

La Reina se apresuró a llenar una copa, y se la ofreció.

—El caso es —dijo el Trasgo, tras paladear con deleite la bebida— que la tal Urdska es muy peligrosa. Tiene soliviantados a todos los soldados de su raza, hasta el punto de que maquinan una gran traición. Cuando mi Gudú empiece la lucha contra un tal Rakjel (que es en verdad aliado de Urdska), esos perros le sorprenderán por la espalda: y así, debilitarán a Gudú. Y aún más: esperan derrotarle y darle muerte a traición... Pero eso no sucederá, mientras el Trasgo del Sur pueda impedirlo. Y lo impedirá.

—Y lo impediremos —añadió arrebatadamente Ardid—. Tenlo por seguro, querido mío. Bebe, bebe cuanto quieras, en tanto yo a mi vez preparo otra sorpresa para ella. ¿Cuándo partirán?

—Oí decir que de hoy en dos días partirían los soldados fieles a Urdska, en expedición de entrenamiento. Pero cuando salgan fuera del recinto, no regresarán, sino que como lobos ladinos seguirán las huellas de Gudú y sobre él caerán en el instante preciso.

Inmediatamente, Ardid llamó a Raigo: deseaba verle a solas. Raigo no había hablado con la Reina desde los últimos descubrimientos, y aún le llenaban si cabe más la desesperación y la ira, pues habían madurado y fermentado en su corazón. Antes de que ella le hablase, Raigo no pudo contenerse:

—Oh, Señora..., Señora..., ¿cómo habéis podido consentir tal indignidad? ¿Cómo habéis permitido que mi hermana case con el inmundo Contrahecho?

—Creí que era tu amigo de la infancia, Raigo —respondió severamente la Reina.

—¡Mi amigo! ¿Cómo puede ser mi amigo un vulgar criado? Oh, no, es demasiado horrible lo que ha sucedido, para que pueda perdonarlo...

—Pues has de saber que no es un criado —dijo al fin Ardid, encolerizada por la insolencia del muchacho, y por perder el tiempo en tales cosas, cuando otras mucho más graves se cernían sobre ellos—. Nunca lo supisteis, pero es Príncipe, como vosotros, y oculto de la maldad, igual que vosotros, gracias a mi generosidad; lo salvé y oculté como si fuera sirviente, para que no fuera alevosamente asesinado..., como moriréis los tres, si no dominas tu lengua y no me escuchas.

Había demasiado dolor y odio en Raigo para deponer su actitud ante palabras que no quería oír:

—No importa si es Príncipe o no...: es feo, es feo y monstruoso, mientras ella es la más bella criatura que vieron mis ojos.

—No es feo. Ella ha conocido el milagro de algo que tú ni siquiera sospechas: el amor. Y en virtud de ello, ha convertido en hermoso a Contrahecho..., al menos a sus ojos.

Raigo no pudo contener las lágrimas, y temblaban sus labios al decir:

—¿Qué sabéis vos de mí, de si yo conozco o no conozco el amor? Si de vuestra voluntad dependiera, no hubiera tenido ocasión de saberlo. Pero aun así, tengo una clara noción de ese sentimiento. Y juro, Señora, que los mataré a los dos por haber traicionado un juramento que de niños nos hicimos, cuando nadie nos quería y vivíamos abandonados en la Torre...

—¡No os abandoné, ingrato...! Si lo que oigo es cierto, no quiero entender tus horribles palabras. Ahora estás a punto de conseguir lo que tanto anhelamos desde hace años, y vienes aquí, a lamentarte con congojas y juramentos de niño, y vergonzosos sentimientos que sabes culpables, se trate de Príncipe o Rey.

Súbitamente espantado, como si de pronto hubiera comprendido lo más escondido de su odio, murmuró Raigo:

—No es lo que pensáis... Pero jamás ser alguno viose reflejado en otro ser como nos vimos Raiga y yo reflejados el uno en el otro. ¡Era tan grande la soledad en que vivíamos...! No sabía yo si miraba su rostro o miraba el mío, cuando nuestros ojos se unían y nuestras manos y nuestros juegos se entrecruzaban; a ella, lo sé, otro tanto le ocurría, y su pensamiento era el mío y el mío el de ella. Y si a ella se le clavaba una espina en una mano, en mi mano sentía yo el mismo dolor... —y arrodillándose frente a Ardid, sollozó—. Señora..., vos que tanto sabéis, ¿son estos sentimientos condenables? Yo sólo veo amor en ellos. Y el amor, Señora, era el único bien que poseíamos en nuestro cautiverio y en nuestra soledad...

—No sé lo que dices —interrumpió Ardid, al fin. Y dulcificando el tono, añadió—: Pero graba esto en tu mente, Raigo: los años pasan, el mundo rueda, y todas, todas las voces de niños o de adultos se pierden, junto a los juegos, los muñecos rotos, los tesoros de vidrio... y los deseos de venganza o de poder —y calló, pues veía en el rostro anhelante de Raigo el inocente rostro de la lejana Tontina, y el suyo propio, cuando miraba el mar descalza, a través de una piedra horadada—. Un Rey debe alejar de sí toda debilidad, incluso los recuerdos... y todo lo que pueda desviarle del verdadero sentido de su vida.

—No sé cuál es el sentido de la vida... ni de un Rey, ni de un hombre cualquiera —dijo Raigo, entonces con tal candor y tristeza, que Ardid no pudo evitar abrazarle estrechamente. Y así permanecieron un rato, hasta que al fin Raigo se sosegó y dijo—: Señora, os prometo olvidar estas cosas y olvidar todo lo que pueda ensombrecer mi camino de Rey, o de hombre... Señora, os juro que no amaré jamás a nadie... excepto a vos.

La Reina quedó paralizada de estupor y revivió, de súbito, las mismas palabras que ella pronunciara hacía muchos años.

—Raigo —dijo al fin, apartando de su mente aquel recuerdo—, ha llegado el momento de emprender tu camino hacia el Trono, y recuperar lo que te arrebataron.

Y contó a su nieto todo lo que el Trasgo le había dicho. Sin revelar la fuente de su descubrimiento —ya que ni Raigo ni Raiga habían visto jamás a su viejo amigo, y le ignoraban totalmente— ordenó a su nieto que, tan arteramente como los propios soldados de Urdska seguían al Rey, les llevara él la delantera.

—No podemos reunir hombres suficientes para enfrentarlos —dijo—. Por tanto, harás otra cosa: adelantarte a nuestros enemigos y llegar hasta el Rey antes que ellos: y advertirle, de forma que ellos no puedan sorprenderle.

—¿Cuándo debo partir?

—Hoy mismo —dijo la Reina—. De este modo llevarás dos días de ventaja a los traidores.

Las amorosas penas de Raigo parecieron esfumarse. Un brillo nuevo iluminó sus ojos, y la Reina pensó: «He aquí otro que ya dejó atrás la infancia, hasta los últimos jirones... Nunca llegaré a saber si estas cosas suceden para bien o para mal de nuestra naturaleza.» Pero se apresuró a borrar tales ideas de su mente. «Somos humanos, y hemos de acaptarnos tal y como somos: no con llantos ni ternuras venceremos. Nadie pudo vencer con estas armas, que yo sepa, en este mundo nuestro. Otra cosa son los seres sobrenaturales, los ángeles, las hadas, los trasgos... e incluso los antipáticos Señores del Subsuelo. Nosotros somos criaturas de carne débil, y cien veces más débiles de espíritu... Mezquinos, vanidosos, egoístas y crueles. Pero así somos. Luchemos, por tanto, con las armas que nos fueron dadas y dejemos atrás lo que aún no estamos capacitados para entender ni utilizar debidamente.»

Dio entonces a Raigo las dos palomas adiestradas por el Trasgo, con la misión de enviar la negra si la empresa fallaba, y la azul si triunfaba. Aún dio unos últimos consejos a Raigo —más propios de una abuela que de una Reina—, mientras el Trasgo los observaba desde las brasas de la chimenea y preguntábase quién sería aquel soldado que no recordaba haber visto nunca. Pero como Ardid parecía confiar en el muchacho, y aún es más, parecía profesarle gran afecto, nada tenía él que oponer a tales cosas.

No había el sol alcanzado aún el centro del cielo, cuando Raigo emprendió, bajo una sutil nevada, el camino que había de conducirle hacia la estepa: y la vía que los prisioneros trazaron —dejando su vida en ella, muchas veces— no fue inútil para la primera andadura del animoso e inexperto muchacho.

Desde el punto y hora en que Ardid envió a Raigo en busca de su padre, esperó día tras día, y en vano, el regreso de una de las dos palomas. Desalentada, contaba los días que pasaban sin noticia alguna, sumida en la mayor angustia. Nada había revelado a nadie: ni de lo que sabía ni de las medidas que había tomado, pues los años la habían vuelto cada vez más cauta y recelosa. Y así, aun leyendo la inquietud por su suerte en los ojos del viejo Capitán de la Guardia, su fidelidad y el mismo silencio y solicitud de sus cada vez más escasos fieles, eran cada día más patentes los ecos del descontento que renacía entre los nobles y la Asamblea, unos a favor de Gudú, otros declaradamente en contra. Lo cierto es que no llegaban nuevas halagüeñas de la estepa, pues los emisarios traían sólo noticia de que la lucha contra Rakjel, y la defensa y posesión de la isla de Urdska continuaba encarnizada, pero no se veía su fin.

Con igual mesura y prudencia que Ardid, se mantenía Urdska en la Corte Negra: pues tampoco habían regresado sus soldados, ni tenía noticia alguna de ellos. Y aunque este silencio la exasperaba —hasta el punto de desear en más de un momento salir ella misma hacia la estepa, y conocer de cerca cuanto allí ocurría— sólo mirando a sus hijos y confiando en ellos, aguardaba en aparente calma y sumisión lo que en su interior la enfurecía. Tampoco se fiaba de cuantos, aún fieles a Gudú, la rodeaban en la Corte Negra. Máxime cuando la desaparición de sus guerreros esteparios había sembrado de inquietud y mil contradictorias sospechas a los soldados.

Y así pasó una vez más aquel largo invierno. Y luego tornó la primavera, y más tarde el verano amaneció y extendió su calor. Un gran calor poco común en aquellas tierras. Y sobre Olar se extendieron las noches de un verano extraño y húmedo: del Lago emanaba una calígine que parecía alargar el ardiente sofoco de miles y miles de partículas fosforescentes: como minúsculas criaturas, o desconocidas estrellas, larvaban en la oscuridad de la ciudad, del Castillo y de los bosques y praderas.

El calor encrespó los ánimos y renacieron viejas rencillas entre los nobles. El Duque Zore experimentó la violenta necesidad de retar al Baron Gerde. Recordáronse los viejos tiempos de Volodioso, cuando todos ellos eran jóvenes, y por culpa del Rey se enfrentaron en luchas estériles. Pues si el primero de ellos fue contrario a la despótica tiranía del monarca y confió en el padre del actual Barón Gerde, que había maquinado una sublevación de nobles en el último instante, éste le abandonó y traicionó y así el padre del Duque Zore fue decapitado, y su cabeza clavada en una pira, para escarmiento de ya no se sabía muy bien quiénes. Zore era niño entonces y se salvó por inocente, pero sufrió muchas humillaciones hasta que la Reina Ardid le restituyó su dignidad y poder. Por esto manteníase ligado a ella —y por ella a Gudú— y la creciente animosidad que veía en el Barón Gerde, le empujó cierto día a manifestar en público sus discrepancias. Así, se retaron en duelo feroz, y el Barón Gerde murió atravesado por la lanza del Duque Zore.

Ambos eran miembros muy notables de la Asamblea, y estos hechos fueron un duro golpe para todos ellos, pues se suponía que debían mantener, al menos ante los demás, una inquebrantable unión y fraternidad. Dividióse entonces la Asamblea en dos bandos rivales —rivalidad que, siempre existió; aunque soterrada—. Los que se unieron al Barón —y eran los menos— se enemistaron ciega-·mente con los del Duque. Estas cuestiones, por supuesto, llegaban a conocimiento de Ardid, y no pasaban desapercibidas al sutil espionaje de Urdska. Así, en aquel tórrido verano, comenzaron a celebrarse reuniones muy secretas por ambos bandos, hasta el punto de que, avanzada ya la estación y próximo el tiempo de la vendimia, tuvieron graves consecuencias para el entendimiento de ambas Reinas. Los partidarios de Gudú acudieron a Ardid, y los enemigos de éstos —estaba el Rey tan lejano y tan obcecado en sus interminables guerras— ya empezaban a desesperar de aquella victoria y planearon un acercamiento a los sentimientos de la aparentemente inofensiva Urdska.

Entre los nobles del partido del Barón se contaba un caballero relativamente joven, llamado Ringlair, que había notado cuán sensibles suelen ser las mujeres —y especialmente las Reinas, como lo probaba la propia Ardid— al señuelo de un glorioso porvenir para sus hijos.

Con la mayor sagacidad de que era capaz, dedicóse a espiar a Urdska, y si no llegó a conocer los pensamientos, deseos o secretas aspiraciones de la inofensiva Reina, sí pudo enterarse del celo con que dirigía los pasos de sus hijos, el interés que mostraba en su entrenamiento guerrero y las largas conversaciones que mantenía con ellos secretamente. Supo que Kiro y Arno acostumbraban a hablar en la lengua materna, y apenas entendían otra y no obedecían a casi nadie más que a aquellos que la misma lengua hablaban. Descubrió que los hijos de Urdska eran para ésta mucho más importantes que su ausente esposo. Surgió entonces entre los de su partido la pretensión de implicar a la Reina Urdska en sus maquinaciones, con el señuelo de llevar al Trono a uno de sus hijos, y a ella como regenta, hasta cumplir los príncipes los reglamentarios quince años. Pero todas estas cosas requerían tiempo y paciencia.

El caballero Ringlair habitaba en un oscuro torreón de la Colina Norte, llamado Arielica, y poseía pequeñas tierras y tenía campesinos y algunos siervos a su servicio —en verdad en la máxima indigencia—. Era ambicioso, audaz y apenas rebasaba los cuarenta años, con lo que podía considerársele un jovenzuelo entre la senectud reinante en la Asamblea. Pero habíase librado de las exigencias del Rey, y no se había unido a su ejército no sólo por su edad, sino por endeble y enfermizo, pues decíase que ni la espada podía mantener con mediana dignidad entre las manos. Pero, sus armas eran otras: astucia, traición y oscuridad.

Urdska tampoco perdía el tiempo: si disciplinado era Gudú en la formación de sus hombres, benigno podía considerarse su rudo trato hacia éstos comparado con la severa educación que daba la Reina a Kiro y Arno. Jamás posó sus labios en la frente de ninguno de sus hijos, que nunca recibieron de ella —y, por tanto, de nadie— una caricia.

Habían cumplido ya diez años y parecían tan fieros y salvajes como dos loboznos. La instrucción recibida por vía materna, al revés que la impartida por Ardid a sus hijos, despreciaba la letra y la cultura en general: tan sólo la fuerza, la astucia y el odio eran los pilares que sustentaban la escuela de los Jóvenes Príncipes. Y en las cálidas noches de aquel verano, llevábalos con ella al bosque, y tras asegurarse de no ser vista por nadie —su oído era tan fino como el de la raposa y su mirada tan sagaz como la del lince—, hablábales de su patria, y les enumeraba las riquezas de su isla y la belleza y grandiosidad de la estepa: y aun refiriéndose a sus enemigos esteparios, los presentaba ante los niños como hermanos en desgracia. Su padre era para ellos su peor enemigo, el que les avasallara y despojara. Y les aseguraba que los tesoros y riquezas arrebatados a su gente —en lo que no le faltaba razón— alimentaban ahora las arcas de la ambiciosa Reina Ardid, administradora del Reino y del depredador Rey. La estepa, su soledad, su cruel belleza y su misterio aparecían ante la imaginación de los jóvenes príncipes como un paraíso maravilloso y perdido.

Pero en su feroz empeño de venganza, no atinaba Urdska a ver en sus hijos que si en todo parecían iguales, tanto en la pelea como en la forma de sentir y mirar, no toleraba ninguno de los dos la supremacía del otro. Si podían repartirse equitativamente cuantas cosas lograban entre ambos, mostrábanse conformes; pero apenas algo era logrado por sólo uno de ellos, levantaba la codicia y el odio en el otro, aunque se tratase de la cosa más fútil. Y así, era fácil suponer cuán duro sería decidir cuál de los dos llegaría a reinar —tanto en Olar como en la estepa—. En principio, Urdska consideró a Kiro como el mayor, puesto que había sido el primero en nacer. Pero esta cuestión resultaba bastante confusa para ellos —y para todos—, pues otros opinaban que el mayor sería el primero en ser engendrado; y entre los dos muchachos a menudo surgía esta cuestión. Y como su padre no había decidido cuál de los dos debía sucederle, y la propia Urdska tampoco se había manifestado ni pública ni secretamente en ningún sentido, lo cierto es que a escondidas de su madre solían batallar con ferocidad sin igual. Y sólo los árboles del bosque, los manantiales y el musgo, junto a los pájaros y animales de la selvática arboleda, sabían de duelo tan ensañado como pertinaz. A veces, regresaban ensangrentados al Castillo, sombría la mirada de sus ojos, hasta parecer negra. Entonces, dejaban de parecerse a Gudú, y más que nunca se semejaban a su madre. Pero tampoco Urdska sabía de estas luchas secretas, y creía ver en su rivalidad duro entrenamiento, cosa que solía aconsejar. Pero cuando —tanto en privado como en las públicas peleas de Cachorros— ambos hermanos se acometían, Kiro descargaba lanza o espada sobre Arno pensando: «Muere, rival». Y Arno devolvía el golpe de su hoja fratricida, diciéndose: «Acabaré contigo, enemigo». Y si bien una vez estas luchas pasaban y parecían muy unidos y maquinaban juntos la venganza contra Gudú, la rivalidad y el odio persistían en ellos, aun sin tener cabal conciencia de lo que alentaba en sus jóvenes corazones. A solas, a veces, se miraban, y el uno le decía al otro: «¿Quién entrará primero en la Isla?» Sin mediar más palabras, se atacaban entonces con tal saña, que en lo más crudo del combate parecían el propio Gudú.

Pero ni las palomas de Ardid ni los emisarios de Urdska regresaban. Y el verano cedió, y el otoño invadió lentamente las colinas y bosques de Olar y las Tierras Negras.

Entre tanto, el Trasgo había permanecido casi perennemente refugiado, ora en los pliegues del deslucido terciopelo verde de Ardid, ora en las brasas de la chimenea de su cámara. Pero, una vez el otoño espació sus tonos de oro y púrpura por campos, bosques y colinas, y su inconfundible perfume se respiraba en el atardecer mientras el sol maduraba como un sabroso fruto, el Trasgo pareció despertar de su letargo y continuas borracheras.

—Ardid, niña —murmuró una tarde, al fin, mirando hacia el Lago—, ¿dónde está el Príncipe? No osarás ocultármelo, como en aquella desdichada ocasión: esta vez no te perdonaría.

—Oh, no —se apresuró a decir Ardid, que no se atrevía a enviarlo de nuevo a la estepa, segura de perderle para siempre, si en lugar de su niño querido, sólo encontraba un maduro y envejecido Rey cosido a cicatrices—. Ocurre que, igual que tú, aguardo sus noticias.

—No, no —protestó el Trasgo, irritado—. Yo no aguardo noticias: voy hacia ellas. Por cierto, ¿qué fue de mis palomas?

—No han regresado —hubo de confesar Ardid.

—Ah, desconfiada raza —reprochó severamente el Trasgo—. ¿Por qué no me lo dijiste? Aguarda, que ahora las llamaré.

Empinóse sobre la punta de sus ingrávidos pies y lanzó al viento un grito. Pero, súbitamente, su grito se cortó, y palideciendo de manera que su figura casi se transparentaba, desapareció de la mirada anhelante de Ardid. Y dijo:

—Niña, niña..., ¿recuerdas la fórmula?

—No, Trasgo: nunca la supe, nunca me la revelaste.

—Espera, que la recuperaré en seguida —añadió el Trasgo. Pero por más que buscó en su memoria, la fórmula no acudía. Y sólo acudieron a sus gritos algunas rezagadas golondrinas que emigraban hacia el Sur, y un tropel de gorriones frioleros. Pero nada sabían ellos de las palomas ni de su cometido.

Entonces el Trasgo se sumió en gran melancolía, y como Ardid temía por la desaparición de sus últimos granos, escondió todo el licor que halló a su alcance, aun segura de que él lo encontraría.

El otoño resplandecía en el Jardín de Ardid, y ella solía pasar en él largos ratos junto a Raiga y Contrahecho —que ya hacía mucho tiempo no veía al Trasgo: entre otras razones porque sólo atinaba a ver a Raiga—. Ayudada por ellos, Ardid cultivaba inútilmente su antiguo vergel: pero ni flores ni plantas crecían allí. No habían medrado en primavera ni en verano ni en otoño. Pero de tal forma se aficionaron al cultivo los dos jóvenes, que lograron dominar la tierra, y si bien no consiguieron hacerlo floreciente y hermoso, al menos no parecía ya un desolado erial.

—Habéis llegado a aprender un bello oficio —dijo la Reina—. Tal vez un día os sea útil.

Un cruel presentimiento la llenaba: y pese a su aparente serenidad, no olvidaba las palabras de Raigo. Luego contempló melancólica el tronco muerto de lo que fue el Árbol de los Juegos, y dijo:

—Raiga, hija mía, ¿no sientes crecer un hijo dentro de ti?

—No, abuela —dijo ella, riéndose. Y los dos muchachos se miraban y se reían, como dos inocentes—. No hay ningún niño... Ya no hay niños, Señora, todos se han ido.

Pero en aquella mirada y aquella sonrisa, Ardid comprendió que, si bien no esperaban hijo alguno, por su mismo candor aún no se había convertido en cenizas el tronco de aquel Árbol que ahora, sin acertar a comprender la verdadera razón, deseaba conservar ardientemente.

Recorría los caminillos de lo que fue un florido vergel: y aunque ya no quedaban más que raíces cercenadas, hierba madura y oscuras hojas encarnadas, ella lo miraba como si fuera el último bien que le quedara en este mundo. Un bien que, por primera vez, no incorpora a nadie ni a nada. Un bien que, ya, sólo podía pertenecerle a ella.

Así iba pasando el otoño, y estaba ya muy amenazado por el frío del invierno, cuando la Reina Urdska decidió abandonar el Castillo Negro y tornar a Olar, con sus dos hijos. Y fue este hecho como un grito que despertó a Ardid: en aquella melancólica búsqueda de su perdido Jardín, había olvidado deberes y recelos. Recuperó su brío y a partes iguales la espoleó y entristeció. Pues si le servía de aviso, también le recordaba que ahora era ella la más vieja Reina de Olar.

A partir de aquel día, el comportamiento de Urdska cambió totalmente. De sumisa y discreta, tornóse de la noche a la mañana en imperativa Reina, mostrando un temperamento tan duro como el mismo Gudú, y tan artero como el de la propia Ardid: cosa que, a su pesar admiró en ella. Sin ningún recato, Ardid se apresuró a recuperar y hacer sentir su autoridad. Reunió a la Asamblea y puso de manifiesto que, «ya que Gudú permanecía en tan lejanos lugares —y con ello demostraba poca consideración hacia los nobles y el pueblo, pues sólo de tarde en tarde, y vagamente, dignábase comunicar por medio de sudorosos emisarios el curso de tan larga como vana guerra (estas últimas palabras las pronunció con especial intención)—, ella asumía ahora la Presidencia de la Asamblea, deseosa de reconducir la prosperidad del Reino y procurar el bien de todos. Así pues —concluyó—, había llegado el momento de abandonar toda pasividad, y enfrentarse a la evidencia de los hechos. Largos años —añadió, tras el estupefacto silencio que siguió a su manifiesto, con la fascinante mezcla de frialdad y dulzura que la caracterizaba— he aguardado, junto al pueblo, que el Rey diese muestras de piedad hacia todos nosotros: tanto a sus hijos como a los aquí reunidos. Pero el Rey, a quien respeto y amo, parece que tiene un desproporcionado interés por la conquista de unas tierras que, puedo aseguraros, ningún bien ni mejora traerán a Olar. —Sólo Dios sabía el dolor que le causaba expresarse así refiriéndose a su hijo. Pero por su propio hijo, pronunciaba cada palabra, según creía, y cada palabra se clavaba en su corazón. Y añadió—: Aun respetando tal obsesión, pues no dudo sus razones creerá tener para ello, me pregunto por qué causa no ha decidido todavía cuál de sus hijos ha de sucederle en el Trono, y dar oportunidad de prepararle convenientemente a tal fin. Ambos cumplirán pronto los once años, y creo llegado el momento de dar por terminada la primera etapa de mi paciencia e iniciar la segunda tomando consejo de los sabios y nobles varones de esta venerable Asamblea».

El desconcierto reinaba, cada vez más visible, entre los caducos representantes de tal Asamblea. Cautamente, no se había convocado, en esta ocasión, a los representantes del pueblo, ni tampoco a jueces, ni a artesanos, ni a campesinos.

—No espero, por supuesto, una rápida decisión —continuó Ardid—. Sólo pido que observéis a mis nietos; y lo que vosotros decidáis lo apoyaré yo, pues creo que será la decisión del Reino, y no la mía, la que prevalecerá.

Entonces, la soterrada división y enemistad de los dos grupos de nobles se puso de manifiesto. Y existía tal encono entre ellos, que la mayoría se inclinaron a Urdska, de modo que su caudillo, el belicoso e intrigante Barón Ringlair, manifestó abiertamente su deseo de colocar en el Trono a Kiro o Arno —ya se decidiría la elección en el momento debido—. Y en tanto alcanzaban la edad, fueran regentes de Olar Urdska y —naturalmente— el propio Barón. Otras cosas habían ocurrido mientras Ardid y sus nietos paseaban por lo que fuera Jardín. Urdska, la tan discreta y sumisa, había comenzado a mirar de forma evidentemente amorosa a tan peregrino y estrafalario noble que, a lo que parecía, daba a entender corresponder a la soberana. Y no había mentira en esto: pues si el amor estaba muy lejos de florecer en ambos corazones —a Urdska le repelían las piernas combadas, la pálida mirada de pez muerto, y la tez aceitunada del Barón; y a éste no le seducía en modo alguno Urdska—, bien sabían sus pajes la verdadera inclinación de sus sentimientos amorosos. Pero, en cambio, uníales una pasión más fuerte que el amor, y esta no era otra que el deseo de venganza, lucro, poder y otras muchas cosas que sería tan largo como superfluo constatar.

A partir de aquella memorable reunión se sucedieron las entrevistas entre el representante del ala subversiva de la Asamblea y la —al parecer— dignamente ofendida Urdska. Y si estas entrevistas se disfrazaron hipócritamente de buenas intenciones y desinteresados afanes, llegó un momento en que ambos creyeron obligado —al menos externamente— ceder o caer amorosamente el uno en brazos del otro. Forzadamente sacudidos por lo que, cada uno de ellos, imaginaba ardor pasional en el otro, lo cierto es que experimentaban mutua repulsión. Pero cualquier cosa era buena —se decían— con tal de conseguir lo que, cada uno por su lado, se proponían.

Ardid contemplaba aquel espectáculo aparentemente sumisa. Discreta, se dedicó a investigar los verdaderos sentimientos del grupo fiel a su persona. Capitaneados éstos por el Duque Zore, no tardaron en manifestarle su decidida adhesión a Gudú y su desagrado hacia Urdska y los dos loveznos —así los llamaban—. Y Ardid entendió que la verdad afloraba en los sentimientos de aquel pequeño pero importante grupo.

Llegado el momento que consideró oportuno —y lo era—, comunicó parte de la verdad a sus fieles: ocultó precavidamente la traición de Urdska, pero no la existencia del hijo legítimo de Gudú: el Príncipe Raigo.

—Mucho me ha costado, caros y viejos amigos míos —dijo Ardid, que usaba términos y actitudes distintos a los de Urdska—, ocultaros mi secreto: esto es, no entregar a Leonia el nieto que, en puridad, debía heredar un día la corona de este atribulado Reino. Pero he de deciros (si sirve de disculpa a mi conducta) que lo he educado secretamente a mi lado, y con todo esmero; que es de noble temple y poseedor de tales prendas como ni siquiera mi hijo podría superar... En estos instantes (y aunque Gudú ignora quién es), combate junto a su padre a nuestros eternos enemigos... Sí, amados nobles, perdonad a esta pobre vieja: pero lo cierto es que el Príncipe Raigo vive.

Y así diciendo, llevóse el pañuelo a los ojos, aunque atisbando entre sus pliegues la reacción del grupito. Tal como esperaba, la emoción embargó a sus fieles, y el Duque Zore desenvainó su espada —sin necesidad alguna, pensó Ardid— y prorrumpió en gritos de adhesión, alabanza y reconocimiento a la única y verdadera Reina de Olar. Con lo que —así lo pensó ella— no decía ninguna mentira.

Pero Ardid no era mujer que perdiera el tiempo, y menos en aquellas circunstancias. Así, manifestó que debían poner rápidamente en práctica medidas más útiles que los vivas y las espadas desenvainadas, y arguyó:

—Nobles caballeros, ¿de cuántos hombres disponemos?

Y el recuento fue tan desolador, que de nuevo todas las espadas fueron envainadas lenta y melancólicamente. Ardid, como era vieja y sabia, que no se dejaba amilanar, ya había previsto estas cosas. Y dijo:

—Siguiendo los ejemplos de mi hijo Gudú, contamos con algo que, generalmente, no se suele apreciar: esto es, perdón para los que esperan muerte o cárcel, o una vida más suave y bienestar para quienes mal arrastran sus míseras existencias. Y tampoco debemos olvidar a esos hombres del pueblo enriquecidos, a quienes se prometerá mayor lucro... ¿No sería posible una labor de reclutamiento entre estos y los otros...? Por mi parte, no olvido que en las mazmorras de este Castillo se pudren innumerables prisioneros del Sur y del país de los Weringios... ¿Acaso no sería posible una discreta labor de tanteo entre ellos? ¡Y los mercaderes...! Oh, mis muy amados nobles, no olvidemos a los mercaderes... pues sin ellos el mundo no sería lo que es. Y esto os lo dice quien conoce profundamente la historia de los hombres... y aún más, la ha sufrido en su débil carne de mujer y madre.

En fin, aún a su edad Ardid sabía rematar sus discursos de forma que no admitía réplica.

Y si Urdska encendía la codicia de sus adeptos, Ardid, revestida de nobles sentimientos, heroicos gestos y majestad sin igual, despertaba idéntica codicia entre sus fieles. No en vano había vivido en tierras del Sur, había tratado a Leonia y había tenido —y tenía— conocimientos que iban más allá y más hondo que el de la simple piel. Como pocos sospechaban, sabía que el humo y el incienso de las palabras más huecas y vanas llenaban los cerebros tanto o más que la esperanza de una mejoría, de un buen botín o un favor que por siempre sería recordado y reclamado, incluso al mismo Rey.

No salió mal del todo. El Capitán Randal, aquel que disimulaba la ceguera y erguía el cuello cuando oía pasos en los pasillos o cercanías, para caer en el más desgraciado derrumbamiento en cuanto estas presencias se alejaban, sufrió una auténtica conmoción cuando la Reina le condujo con sigilo y ternura —y todo esto, oh cielos, sin perder un ápice de majestad— hasta un tapiz, para que allí tan fiel como valiente aliado pudiera enterarse de cuanto se tramaba y de hasta qué punto ella se hallaba en peligro; y no era por sí misma por quien pedía justicia, sino por aquel que conducía aún tan sabiamente el Reino, rodeado de incomprensión, traiciones y mezquindad. No llegó a saberse jamás si el viejo soldado supo de qué se trataba la conspiración; pero salió tras el tapiz como iluminado, dispuesto a levantar a los hombres del Castillo —tristes restos de un antiguo ejército de Volodioso que ya sólo evocaban los fantasmas del tiempo huido—, para defender hasta morir, a tan noble, grande, hermosa, digna y sacrificada Reina. Y así avanzó, y se perdió en la negrura de los sombríos pasillos —donde orinaban perros y soldados, donde la humedad florecía en siniestros hongos verdinegros— clamando justicia y amor para Ardid y su hijo.

Llegó el último día del otoño: no el que señalan los hombres, con signos o símbolos, sino donde realmente ocurre. Esto es, en la propia tierra.

6

Y aquel último otoño fue, en verdad, el Último Otoño de Ardid. Adelantándose a sus propósitos —sólo con dos días de desventaja—, las huestes de Urdska, aleccionadas en la Corte Negra, sorprendieron a los fieles de Ardid. Degollando a los Cachorros que no eran de su raza, atacaron el Castillo de Olar. Y estaba la Reina junto al tronco muerto del Árbol de los Juegos, cuando el clamor de la lucha la sobrecogió. Apenas tuvo tiempo de comprender que sus adversarios, aunque no más inteligentes ni más jóvenes e impetuosos, habían tomado la delantera a sus propósitos. Bruscamente, se halló cercada, junto a sus jóvenes jardineros. Entonces, vio avanzar a Urdska —y sus ojos le trajeron el recuerdo de otra joven a quien ella abrió la puerta mohosa de la muralla—, y le oyó decir:

—Ah, vieja Ardid, vieja Ardid, algo me dijo mi madre antes de morir, cuando exhausta llegó a las murallas de la Ciudad más Rica del Mundo. Y esto fue: no ames al lobo, mátalo.

Y con estridente carcajada, la hizo apresar y conducir por sus feroces guerreros, que nuevamente habían trenzado sus cabellos, y vestían pieles negras, y gritaban como diablos surgidos del último precipicio de la tierra. Y precisamente fue conducida a aquella semiderruida Torre de la caperuza azul.

Los pobres fieles, sorprendidos, respondieron al ataque y se entabló una lucha —dura y sañuda— entre ambos bandos. Desde su encierro, Ardid oía el fragor de la batalla; y por vez primera se sintió indiferente a todo lo que de ella pudiera resultar. Pues súbitamente, en su madura estación, encontró una sonrisa olvidada, y descubrió de nuevo uno a uno todos los muñequitos de la desaparecida y remota Tontina. Se agachó y los fue recomponiendo, acariciando, sin atinar siquiera al espanto ni a las demostraciones de afecto de sus dos jóvenes jardinerillos que —como sus servidores— la habían acompañado en su prisión. Ellos lamentaban la pérdida de algún jardín —quién sabe cuál— o añoraban el descubrimiento de algún otro vergel: como puede cualquiera soñar con un perdido o, tal vez, jamás entrevisto Paraíso.

Pero el Árbol de los Juegos ardió y se consumió enteramente.

XXIV

Niños olvidados se disfrazan en los desvanes

1

KRHIN, el hijo de Yahek, no tenía temperamento de soldado. Era muy parecido a sus parientes: pelirrojo, de ojos verdes y cubierto enteramente de pecas. Pero, tal vez por causa de la herencia paterna, unida a la vida al aire libre, no era como ellos, feo y desmedrado: antes bien, era robusto y bien agraciado; y aún menos se les parecía en el carácter dulce y apacible. Estaba muy apegado a su madre y al hogar, y tenía una gran afición: investigar el curso de las estrellas y del sol, en su ruta desde y hacia el último abismo.

Su amistad con la Bruja de las Estepas no había sido desaprovechada por Krhin, a quien en el último momento, y tal vez a su pesar, la bisabuela había protegido e instruido en tales aptitudes.

En aquella curiosa Yahekia, Indra había llegado a ser considerada princesa. Era mucho más refinada que el resto de las mujeres y su prestigio había crecido —no sólo en virtud de sus dotes, sino por la memoria de su desaparecido marido—. Y así llegó a convertirse en una suerte de gobernanta. La tristeza y amargura que sentía tras la pérdida de su gran amor Yahek, no habían redundado, como hubiera sido presumible, en el endurecimiento de su carácter, sino al contrario, tal vez porque la rama femenina de la familia —como demostró la inane pero bondadosa madre de los Soeces—, era mucho más pacífica que la masculina. Y, si Indra no había heredado la antigua belleza de su tía, sí le poseía su hijo Krhin, aunque mezclada y aumentada con las mejores cualidades esteparias: fibrosidad, gallardía y fuerza. Pero su manso temperamento, dado al estudio más que a la guerra —ésta le repugnaba—, hizo que sobre todo tras la muerte de Yahek, Indra dedicara todo su celo a proporcionar felicidad, y no gloria, como era más común en aquellos parajes, al único fruto de su amor; y lo hurtó a los Cachorros. Los revueltos tiempos que atravesaban dieron facilidades para ello, y a veces llegó a propagar la noticia de que había perdido a su hijo en algún combate. Aunque la mayoría sospechaba la verdad, como era buena con todos, respetada e incluso amada, y en ella casi todas las mujeres solían refugiarse para desahogar las cuitas de sus vidas aparentemente felices pero en realidad solitarias y desdichadas, nadie osó desvelarla.

Como es sabido, junto a ella había vivido —y vivía— la antigua Lontananza, madre de la pequeña bastarda de Gudú —cuya existencia él ignoraba—. Por tanto, ambas mujeres habían criado a los dos niños como hermanos, y como hermanos se querían. Pero lo cierto es que eran muy diferentes, tanto en el físico como en el temperamento. Pues si bien Krhin era hermoso, dulce, fuerte y pensativo, Gudrilkja —tal era su nombre— no era muy bella, ni muy fuerte, pero tan salvaje y casi tan despiadada como su propio padre. Y amén de tales cosas, heredó de su abuela la astucia, la inteligencia y el tesón. Flaca y desgarbada, tostada por el sol, los negros y crespos cabellos al viento, la vencía su natural debilidad para montar, como jinete estepario, los más indomables potros y corceles, y sobre sus lomos, sin montura alguna, recorría la estepa, a menudo con peligro de su vida. Pues además de estas nada aconsejables incursiones en unas tierras nuevamente enemigas, perdidas y ganadas con exasperante monotonía, proclamaba, ante el terror de su madre y de quienes la oían, que ella era el Rey.

Poco a poco el tiempo transformó su físico, pero no su carácter. Cuando tuvo lugar la rebelión de Rakjel, habíase tornado una muchacha delgada, fuerte y flexible como un junco, que más se asemejaba a un esbelto adolescente que a una mujer. Lontananza había trenzado desde muy niña sus largos y negros cabellos al estilo de los guerreros de la estepa, y en cuanto su madre no podía impedírselo, vestía ropas hurtadas a los soldados de ambos bandos. Y así vestida, tan delgada y fuerte como grácil, parecía en verdad un jovencísimo guerrero. Sus ojos eran tan azules y profundos como los de Gudú, cuya paternidad ignoraba. Pero cuando le veía de lejos, le admiraba de tal modo, que una maligna pasión se adueñó de ella. Pues había observado que el Rey sólo apreciaba el valor de los guerreros, y que poca importancia daba a las mujeres —dijérase que como apreciaba la comida o el vino—. Cuando le veía pasar en su negro caballo, recortándose sobre la llanura, deseaba de todo corazón poder incorporarse a su ejército. A veces en la vasta soledad estepária donde la llevaba su corcel, soñaba en que algún día se haría notar y ver por aquel cuya corona —y tal vez amor— ansiaba. Lo cierto es que, así vestida y por su aspecto, se parecía extraordinariamente a sus hermanos pequeños, Kiro y Arno. Y tal cosa estuvo, cierto día, a punto de costarle la vida. Afortunadamente, era mucho mayor que ellos y esa circunstancia detuvo la espada que iba a atravesarla.

Raigo partió de Olar en aquella fría madrugada, con tales ansias de venganza como dolor. Había procurado olvidar su ira y decepción ante lo que creía la traición de Raiga, y del mismo Contrahecho. Ciertamente eran muy confusos sus sentimientos y no acertaba a distinguir a cuál de los dos consideraba más traidor. Pues si a menudo había manifestado despego, e incluso desprecio, hacia el muchacho, guardaba en el fondo de su corazón una gran ternura hacia el único compañero de su infancia solitaria, cautiva y olvidada.

«Sí, Reina, es cierto que venías todos los días a la Torre, y que jugabas con nosotros, según dices —murmuraba para sí—. Pero no recuerdo más que eso: tu visita, no tu compañía. Sólo había para mí compañía, calor y comprensión en Raiga y Contrahecho... ¿Por qué dices que se castigan con la hoguera tales sentimientos? Son lo único bueno de mi vida. Pero, si así es, y así debe suceder, los alejaré de mí como si se tratara de la peste.»

Una ligera nevada le sorprendió, apenas dejo atrás el Lago y tomó la ruta que conducía a los prisioneros hacia el Este. Raigo galopaba con toda la rapidez que le permitían su caballo y la nevisca. Debía adelantarse a los que amenazaban la vida de su padre. Y a medida que se acercaba al lugar donde éste se hallaba, demostraba ser digno heredero de su estirpe: por la tenacidad y capacidad de sacrificio que mostraba en su empeño. No daba reposo ni a su cuerpo ni al de su pobre montura, al tiempo que la imagen del padre iba ocupando ahora todo su pensamiento y horizonte, y le abandonaban las querencias infantiles, los recuerdos de una niñez y adolescencia alejada de casi todo contacto humano.

La primera noche que descansó, junto a la espesura, y cuidando no ser visto ni descubierto por nadie, notó que por primera vez se sentía libre. Y, sobre todo, que había traspasado las murallas de la sujeción y las inflexibles órdenes de su abuela. Y si sentía por ella el natural cariño de niño que busca y encuentra afecto y refugio, no dejaba de experimentar ahora un sutil alivio que, como el amanecer, a medida que recorría su camino, iba creciendo hasta tomar conciencia de su sentido: la libertad. Por fin era dueño de sus actos y pensamientos. Ahora podía obedecer o contradecir a su antojo las órdenes de la Reina: ¿quién hubiera podido impedírselo? Y luego reflexionó que, pese al rencor de saberse en cierto modo encadenado a ella, lo cierto era que las órdenes de su abuela coincidían con sus deseos más profundos y verdaderos: por un lado, darse a conocer a su padre, hacia quien sentía tan confusos como contradictorios amor y reproche; por otro, aquel era el único camino a su alcance si deseaba algún día llegar a ser Rey. «Yo, el Rey» iba murmurando para sí, a medida que el viento del invierno hería su piel y entumecía sus miembros: «Yo soy el Rey...»

Al fin llegó un día en que la ventisca arreció de tal manera, que hubo de interrumpir forzosamente su camino y guarecerse en una gruta. Pero no por ello descuidó sus precauciones ni pensó en abandonar la empresa que le había sido encomendada. Por las minuciosas explicaciones de la Reina, observando los curiosos dibujos o cartas —que tan útiles fueran a su padre el Rey, según Ardid—, supo que aquel y no otro camino podían tomar los guerreros de Urdska, sobre todo si, como suponía, creíanse a salvo de todo acecho.

Hubo de permanecer oculto entre la gruta y la espesura por espacio de cuatro jornadas, al final de las cuales su desesperación era tan grande que creyó fracasado su empeño. Sin embargo, se consoló al advertir que no se veían huellas ni se oían por parte alguna señales de los guerreros de Urdska. Le tranquilizaba la sospecha de que el mal tiempo era igual para todos y, por tanto sus enemigos debían hallarse también detenidos y entorpecidos en su marcha.

Al quinto día, el cielo despejó y en el silencio salpicado de ecos y misteriosos chasquidos que pueblan un bosque nevado, tornó a recuperar la senda: aunque estaba ahora tan cubierta de nieve que era difícil distinguirla. Reanudó su camino, pero su caballo, y él mismo, hallábanse extenuados: el frío, la parquedad de los alimentos que llevaba consigo, la sed —con los arroyos y manantiales helados, sólo la podía calmar a puñados de nieve—, le devoraban hasta sentir cómo la fiebre iba adueñándose de él.

Ocurrió que al cabo de un tiempo, su caballo adentróse en la espesura sin que él pudiera dominarlo; pues, atontado por la fiebre, oía en su delirio risas ahogadas y malignas donde se entremezclaban los deformados rostros de Raiga, Contrahecho, la Reina y su mismo padre, convertidos en monstruos de largos colmillos que pretendían devorarle: como en las viejas historias del *Libro de los Linajes* que les leía su abuela.

Sin fuerzas para detener a su montura y casi inconsciente, llegó a un paraje lejano y abandonado, que se le antojó la ruta hacia el Norte, aunque no creía haberse desviado de la ruta del Este. Cayó entonces al suelo y perdió toda noción de cuanto sucedía en torno. Debió permanecer en aquel estado durante demasiado tiempo, pues cuando al fin recuperó la conciencia de cuanto le ocurría, y de dónde se hallaba, el terror y el estupor le invadieron. ¿Dónde y entre quiénes se encontraba? Un pensamiento le hizo desesperar de su empeño: seguramente, los guerreros del Este habían alcanzado a su padre o, al menos, le habían adelantado a él en gran medida. Y no se equivocaba en la última consideración, pero sí en la forma en que había sucedido y sobre todo las criaturas entre quiénes se hallaba.

Hacía mucho que los guerreros de Urdska le habían adelantado en su camino, antes aún de su caída. Siendo mucho más avezados y arteros que él, no habían tomado el sendero de los prisioneros, sino que, atajando por la montaña, ocultándose en grupos o dispersados a toda mirada, según su costumbre, le llevaban una larga ventaja. Estas cosas las sabía y temía Ardid cuando le envió, pero sabía también que sólo con Raigo podía jugar su última carta, y así, aun con todas las probabilidades de fracaso en su contra, la jugó.

La constatación de tan cruel descubrimiento invadió la mente de Raigo aún antes de observar a quienes de todos modos le habían salvado de una muerte cierta. No sólo se trataba de la crudeza del invierno: hambrientos lobos merodeaban por aquellos parajes. La certeza de su fracaso le sumió en tal desespero que tardó en comprobar que las dos palomas de la Reina —la jaula estaba vacía, a su lado— habían perecido o huido. Y con ellas toda esperanza de salvar a su padre.

Cuando al fin Raigo pudo percibir más claramente cuanto le rodeaba y quiénes eran sus salvadores, quedó tan asombrado como temeroso: jamás había contemplado criaturas semejantes. Según le pareció, se hallaba en una especie de guarida, o cabaña, bastante grande, pero de tan bajo techo, que sus moradores debían permanecer sentados. Tenía forma circular y en el centro ardía un gran fuego. La chimenea, hogar y cocina constituía el núcleo del extraño lugar. Tanto las paredes como la techumbre estaban hechos de ramajes y troncos, ensamblados con barro. Así pues, cuando al fin levantó la cabeza y, aún muy débil, contempló los todavía desdibujados cuerpos que a su alrededor se movían y murmuraban ininteligibles sonidos —que tal vez eran palabras, pero no al menos en la lengua que él conocía—, se sorprendió al descubrir un rostro solícito, o al menos anhelante, que se inclinaba hacia él. Era una extraordinaria cabeza, tan cubierta de pelambre roja, que al resplandor del fuego semejaba otra hoguera. Largas y rizadas barbas se enmarañaban y unían a ella;

y un par de amarillos, redondos y casi inhumanos ojos le contemplaban fijamente.

Quiso hablar, pero no pudo: por la debilidad en que se hallaba, o por el súbito terror que le invadió ante aquella criatura que no se decidía a catalogar de humana. Una mano ruda y callosa, pero de infinita ternura, se deslizó bajo su nuca y alzó su cabeza con suavidad. Raigo pensó en la delicadeza con que —según había observado durante su ocultamiento en la cabaña del Lago— trataban a sus animales los más ásperos campesinos.

Aquel gesto fue seguido por débiles clamores que, pese a su rudeza, transmitían un afectuoso interés hacia su persona. Otras cuatro cabezas se apelotonaron entonces junto a la primera: y el brillo que chispeaba entre las pelambres —unas rubio leonado, otras rojo cereza— le informó de que, tal vez, le sonreían con agudos dientes de lobo. Pero si, al parecer, eran lobos, se mostraban bien dispuestos hacia él.

Al fin, extendió torpemente su mano en busca de la espada, y con alivio comprobó que continuaba pendiente de su cinto. Apretó el puño sobre el pomo como si fuera su único asidero en el mundo. Entonces, los ojos de la primera de aquellas criaturas se entristecieron y oyó cómo decía, torpemente, pero en la lengua que él conocía:

—No mates, no mates... Hombres Pastores aman al niño rubio.

Sintió una ligera irritación al oír que le consideraban un niño, pero intuyó que no era pertinente demostrarlo. Comprendió que su faz barbilampiña, apenas cubierta de dorada pelusa, y su cuerpo les debían parecer los de un tierno infante, frente a la corpulencia de aquellos semilobos o semijabalíes. Así pues, recuperando aquella sabia prudencia que tanto le había inculcado su abuela, nada dijo y aguardó los acontecimientos.

Entonces, la primera de aquellas criaturas le acarició con verdadera delicadeza y ruda timidez, diciendo:

—Oh, niño de oro, niño de oro...

Y los demás, prorrumpiendo en extrañas demostraciones de alegría y ternura, se acercaban a él, apelotonados, y rozábanle ora los cabellos, ora los hombros, con expresiones tan tiernamente pueriles que le confundieron. Aún no sabía si se hallaba entre amigos o entre estúpidos y sanguinarios ogros que, tras aquellas muestras, le devorarían limpiamente —como le había instruido su maestro Amor sobre ciertas tribus norteñas y misteriosas—. Y regresaban a su memoria las veladas de la Abuela Ardid leyéndoles junto al fuego historias de extrañas criaturas que, al parecer, ella había conocido en algún tiempo remoto y maravilloso. Así pues, hizo acopio de todo su valor, y murmuró:

—Oh, Caballeros... mucho agradezco todo lo que habéis hecho por mí hasta ahora. Pero sabed que no habéis amparado a un menesteroso ni tampoco a un ingrato, así que tened por seguro que si, como espero, me ayudáis a salir del grave trance en que me hallo, os consideraré como mis hermanos y me tendréis por tal el resto de mi vida. Os digo que yo soy heredero de un reino poderoso, y si me ayudáis a recuperarlo, mi Reino será un día tan mío como vuestro y mi alegría será vuestra alegría, y mis triunfos, vuestros triunfos.

Esta clase de discursos, habíalos aprendido de su sagaz abuela —si bien hasta el presente no se felicitaba de ello.

El efecto que sus palabras causaron al extraño grupo fue pasmoso. Tanta fue su emoción que adquirió ribetes de terrorífica: hasta el punto de que Raigo llegó casi a lamentar sus excesos oratorios. Pues la dulzura se tornó en exaltación tan agreste, que prorrumpieron en aullidos salvajes y, dando muestras de una gran agitación, lo transportaron entre sus fuertes brazos, de forma que temió le rompieran un hueso. Lo llevaron cerca del fuego: y el mayor de todos ellos —al parecer su jefe— sacó de entre las pieles que le cubrían, un agudo puñal que esgrimió ante las llamas con siniestro brillo. Raigo cerró los ojos, creyendo que había llegado su último instante. Pero, en vez de esto, levantaron su manga hasta el codo y practicaron en su brazo una delicada incisión de la que brotó una gota de sangre tan hermosa como un rubí. Luego, por turno, hicieron lo mismo en sus propios brazos, y vagamente Raigo recordó —pues medio se desvanecía de terror y debilidad— los ritos de hermanamiento que también practicaban —según le contara Amor— lejanas gentes.

Al fin se desmayó, y no sabía cuánto rato estuvo así, pero cuando volvió en sí, alguien acercaba a sus labios un cuenco de madera lleno de leche caliente y espumosa. Esto le reanimó lo suficiente para mirar con ojos desorbitados a sus insólitos y contradictorios salvadores. Y al fin, cuando ellos debieron juzgarle lo suficientemente repuesto, dijeron en su torpe lengua:

—Niño rubio... ¿es verdad lo que en sueños decías?

—¿Qué decía?

—Que eres hijo del Rey Gudú... y malos y traidores hombres quieren arrebatar vida a él y a ti... Pero nosotros somos hermanos del niño rubio, y por eso también hijos de Gudú, Rey. ¡Iremos contigo a salvar a nuestro padre y hermanito de malos hombres y bestias!

Y estas palabras fueron la primera luz de esperanza que iluminó el desfallecido corazón de Raigo.

Los Hermanos de los Bosques eran una tribu pastoril, procedente del Norte más oscuro y tenebroso; allí donde sólo Volodioso había llegado y, tras sofocar alguna rebelión y aniquilar a los culpables, plantó las enseñas de Olar e instaló en sus límites guarniciones solitarias y embrutecidas. De allí procedían Atre y Oci, empujados por la curiosidad que les despertara su nuevo señor y, muchos años antes, el miedo. Siguiendo a sus hermanos de lejos, desde la montaña cubierta de bosques, el resto de su tribu contemplaba, con desorbitados ojos, los progresos y proezas de ambos.

De vez en cuando, Atre y Oci subían hasta los bosques, y allí les hablaban con respeto y veneración de Gudú. Y también de Yahek, que se había hermanado con Atre. A menudo instábales a secundarles y unírseles frente a sus rebaños. Pero los pastores eran muy jóvenes y temerosos, y nunca habían pensado en tal cosa. Continuaban escondidos en lo más espeso del bosque, y sólo en el invierno, cuando nadie o casi nadie merodeaba en torno, se atrevían a descender hasta las cercanías de aquella ruta que arrastraba a los prisioneros hacia las estepas. Conducían inmensos rebaños de cabras, de enorme corpulencia, y guiados por misteriosos Jefes Cabríos —con los que sus pastores se entendían a través de una suerte de gruñidos—, habían permanecido tiempo y tiempo en sus bosques, espiando y observando a las huestes de Gudú, y experimentaban una mezcla de temor y admiración hacia tan extraña raza de hombres sin vello, entre mujeril e infantil. Ellos eran de complexión extraordinariamente robusta, aunque, a menudo, de combadas piernas o jorobados, que no tenía parangón con los hombres conocidos por Raigo. Y eran tan peludos, que apenas los ojos y dientes podían distinguirse en sus rostros. El vello les cubría enteramente el cuerpo, y cuando en el calor casi sofocante de sus cabañas se despojaban de las pieles de cabra y lobo que les cubrían, parecían poseer debajo otra cobertura similar, dorada, o casi tan roja como el fuego mismo.

Su agreste poblado de mujeres y niños moraba en el Subsuelo; pues solían construir sus guaridas horadando, al amparo de los Árboles Gigantes, entre sus raíces. Sólo por el humo de sus fuegos, que parecía brotado de la tierra y confundirse con la neblina que ascendía de los riachuelos, podía descubrírseles. Pero eran escasos los caminantes que se aventuraban hasta allí; y confundían tales cosas con el vagar de fantasmas, duendes y otras criaturas malignas de los bosques. Se murmuraba que, desde hacía mucho, los campesinos no solían adentrarse en aquellas espesuras por considerarlas embrujadas. Si las extraordinarias cabras gigantes se topaban —aun de lejos— con los rebaños de los lugareños, éstos huían asustados. Y si algún inocente pastor tropezaba con alguna de aquellas enormes bestias cornudas, huía espantado, asegurando haber visto al diablo.

Poco a poco, Raigo fue enterándose de estas cosas. Y, tomando confianza en ellos, les expuso prolijamente sus cuitas. Un día, pues, Lar, el jefe del grupo que le había socorrido, dijo:

—Hermanos todos, seguirán la ruta de nuestro padre: y caeremos sobre hombres malos y bestias, y salvaremos a nuestro padre y hermanito.

Hubo de soportar Raigo sus sonoros besos antes de que prepararan un nuevo rito. Tensaron una piel de cabra y comenzaron a batirla rítmicamente. A poco, el mismo sordo batir surgido de bajo tierra, se escuchó y esparció por gran parte del bosque: Raigo creyó en un principio que se trataba de truenos y que amenazaba una gran tormenta. Pero no era sino la repercusión, en cadena, de un profundo y secreto lenguaje de tambores. Al fin, el jefe Lar dijo:

—Vamos arriba, hermanito, porque ya los Hermanos Pastores emprenden el camino hacia nuestro padre Gudú.

Raigo estaba un poco asustado, pero al mismo tiempo una gran esperanza le llenaba.

Cuando salieron a la superficie, el sol brillaba sobre la nieve y Raigo contempló un espectáculo que le llenó de pasmo. Poco a poco, tras los troncos, de árbol en árbol, aparecían grupos de Hermanos Pastores, todos de aspecto feroz y a la vez cándido. Montados en sus enormes Machos Cabríos o en corpulentas cabras, le miraban fijamente y le pareció que todas y cada una de aquellas miradas se clavaban en él como hilos de fuego. Esgrimieron cuchillos, y sus hojas brillaron cual pequeños relámpagos entre los árboles. Luego, los Hermanos Pastores lanzaron tan escalofriantes gritos, que Raigo se dijo que acaso ni siquiera los proferidos por las temidas Hordas —tan comentados en Olar— podrían comparárseles.

Intuyó que aquel sería el momento propicio para seguir las instrucciones de la Reina. Así que, desenvainando su espada, gritó:

—¡Hermanos míos, hijos todos de Gudú, el más grande Rey! Desde ahora, cada uno de vosotros ha sido ofendido y amenazado, como lo está nuestro padre. Hermanos del Bosque y Hermanos Pastores, hermanos míos: ¡juremos no desfallecer hasta exterminar a los malvados hombres-bestias! —pues así llamaban los Hermanos a los guerreros de las estepas.

Un feroz alarido estremeció el bosque, aún más sonoro en el blanco silencio de la nieve. Y conduciendo de la brida a su espantado caballo, que con mucho amor habían cuidado sus aliados, lo montó Raigo, mientras oía decir a Lar:

—Hermanito Raigo, hace cinco noches y cinco días Hermanos Pastores vieron a hombres-bestias pasar, escondidos entre los árboles. Como las Cabras Hermanas son más raudas y más hábiles, deja tu caballo al cuidado de mujeres y niños y tú monta en esta buena Caprina, que ella te conducirá mejor y con más astucia y rapidez, y por mejores lugares, sin ser visto de nadie.

Y dicho y hecho, fue transportado en volandas a lomos de una enorme y roja cabra. Caprina emitió una especie de resoplido que erizó sus cabellos. Tenía tan largos y retorcidos cuernos y tan fuertes y nerviosas eran sus patas, que su propio caballo no le hubiera sostenido mejor.

—Agárrate con fuerza a sus cuernos, hermanito —dijo Lar—. Y déjate conducir por los Hermanos. Los Hermanos llevarán la salvación a Gudú, nuestro padre, y serás su hijo Rey.

Y con tan curiosa explicación —pues entendían las cosas a su modo—, Raigo se sintió lanzado velozmente —más que transportado— por tan agrestes y escarpados lugares como jamás imaginara existían. De precipicio en precipicio creía volar sobre la niebla, y era todo como un sueño alucinante y terrible en el que sólo podía asirse a dos largos cuernos o a la rizada y áspera pelambre que a ráfagas brillaba como una llamarada; saltando sobre praderas, sueño y abismos de terror, a trechos, creía galopar sobre las copas de los abetos y los abedules o sortear precipicios sin fondo.

De vez en vez, se alzaba hasta él una risa larga y bronca. Al fin, se dijo procedía de la propia Caprina, unida a la risa de todas las Hermanas Cabras y todos los Hermanos Pastores. Y no era un sonido capaz de deleitar a nadie. Además, durante el transcurso de tan peregrino como inolvidable viaje, mezclábase a aquel sonido-risa el largo aullido de los lobos. Y cuando la niebla se distendía, se distinguían en los desfiladeros y los precipicios —o así parecía, bajo las pezuñas de su cabalgadura— manadas enteras que levantaban hacia ellos las cabezas, las fauces abiertas y los ojos relucientes, en sedienta espera.

Así Raigo recuperó el tiempo y los días perdidos. Y de tan buena forma que al tercer día el jefe Lar detectó —con olfato y oídos— la presencia de los guerreros de Urdska. Ordenó entonces detener su rebaño-ejército, levantó su largo y nudoso cayado de pastor y profirió un grito que cualquiera —menos los Hermanos Pastores— hubiera confundido con el de un animal del bosque. El rebaño entero se paró al instante.

Reunió a todos entre los árboles y díjoles:

—Hombres-bestias andan cerca. Sigilo y cuidado.

Y diciendo esto sacó de entre sus pieles y esgrimió su cuchillo, más temible que una espada. Al unísono todos los Hermanos le imitaron y cientos de cuchillos flamearon en la espesura. Entonces, Lar llamó a Raigo a su lado y le dijo:

—Tú, Hermanito de Oro, sigue al jefe Lar y no te apartes de él, pues vamos a salvar a nuestro Padre el Buen Rey Gudú.

Y aunque este epíteto, según no pudo menos de considerar Raigo, no era el más apropiado para designar a su padre, obedeció sin rechistar. Montó ahora sobre la cabra de Lar, agarrándose fuertemente a la cintura de éste, y emprendieron una suavísima carrera: apenas parecían rozar el suelo. Y no tardaron en avistar, uno a uno, cautos como lobos y tan silenciosos como los abedules, varios hombres-bestias. No parecían caminar sobre rocas, nieve y hojarasca, sino sobre la misma niebla. Entonces, llegó el momento en que Lar lanzó un silbido tan largo y estridente, que hizo estremecer a los hombres de Urdska. Todos ellos volvieron atrás la cabeza, pero, caso curioso, en dirección opuesta a donde estaban los Hermanos Pastores. Y, en aquel instante, los Hermanos se lanzaron sobre ellos, tan silenciosa como rápidamente.

El bautismo guerrero de Raigo no fue como siempre imaginó. Con la destreza y rapidez de matarifes, exhalando roncos y a la vez suaves gemidos, los Hermanos Pastores cayeron, uno a uno, sobre los despavoridos soldados, que veían estupefactos cómo surgían de la niebla aquellos rojos y demoníacos jinetes. Sobre cabras de refulgentes ojos verde-amarillos, se arrojaban sobre ellos y limpiamente los degollaban uno a uno. Entonces, Raigo se enardeció con el olor de la sangre, levantó el brazo y, a poco, cercenaba cabezas con su espada y hendía gargantas que apenas tenían tiempo de gritar.

Era algo extraño lo que ocurría, tanto fuera como dentro de él: la nieve se levantaba bajo las delgadas pezuñas de las cabras, y bajo una nube blanca, brotaba la sangre como ardiente surtidor, manchaba la nieve, los rostros, los filos de los cuchillos y su espada. Y un placer siniestro, un goce iracundo y embriagador le subía a los ojos, a la lengua. El zumbido de aquella risa ronca, caprina y diabólica, retornaba: hasta que se dio cuenta de que él mismo la imitaba a la perfección; y le parecía el más deleitoso y dulce sonido de la tierra.

El último fue Usklaidoj, jefe del grupo de Urdska. Habíanle acorralado, e iba a ser lenta y gozosamente degollado por un Hermano, cuando Raigo gritó:

—¡Dejadlo vivir!... Él es la pieza convincente para que nuestro Padre, el Rey, nos crea y conozca por fin la verdad.

Le ataron fuertemente con sus irrompibles ligaduras de tendones de cabra, y le arrojaron de través, como un odre, sobre el gigantesco lomo del Jefe Caprino. Sus largas trenzas caían hacia el suelo, ensangrentadas por una herida, aunque no profunda, que le cruzaba el mentón.

Estaban ya muy cerca de las estepas. Tanto, que a poco, les llegó el olor a guisos, leña y humo de Ciudad Yahekia. Raigo formó ordenadamente a los Hermanos, y se dispuso a entrar en ella y solicitar ser recibido por su padre, el Rey. Ensartadas en el extremo de sus cayados se recortaban en la nieve las cabezas y negras trenzas de los hombres de Urdska. Y los Hermanos esgrimían las lanzas y espadas arrebatadas a los esteparios; con un júbilo que, si pudiera despojarse de su cruel verdad, hubiérase tomado por cándido regocijo infantil. Así de inocentes, tiernos y feroces eran los nuevos Hermanos del Príncipe Raigo. Y fieles, en verdad, según tuvo ocasión de comprobar ampliamente. Tan fieles eran como feroces podían volverse si llegaba a incumplirse algún juramento para ellos tan sagrado como su hermandad, o a traicionarse su confianza.

Pese a su aparente triunfo, Raigo no ignoraba el peligro que corría al aproximarse con tan singular ejército a las guarniciones y a Ciudad Yahekia. Existía la posibilidad de ser atacados por más numerosos y diestros soldados. Así pues, reflexionaba y sabía que no sería fácil explicar tales cosas al jefe Lar y los Hermanos, pero menos lo era tener acceso al Rey acompañado de tal guisa.

Al fin pidió a los Hermanos ser oído y les dijo:

—Creo más prudente y aconsejable, que antes de mostrarnos, aguardemos en la espesura y observemos qué es lo que ocurre en la estepa. Yo, tan sólo acompañado de Lar y el Hermano Pequeño Uro, me adelantaré a vosotros. En tanto, os ruego que, ocultos, aguardéis una señal convenida. Y, como prueba de su traición, llevemos con nosotros al jefe bestia, Usklaidoj.

Usklaidoj parecía casi agonizante. De suerte que Raigo ordenó taponaran su herida. Los Hermanos se apresuraron a obedecer dócilmente, aplicándole misteriosos emplastes que extrajeron del fondo de sus zurrones, a la vez que entonaban una salmodia que, afortunadamente, se asemejaba al viento de las estepas. Una vez medianamente recompuesto Usklaidoj, convenientemente atado lo echaron a lomos del Gran Caprino, y tal como Raigo aconsejara, acompañado de Lar y su Hermano Menor —que contaba diez años, pero aparentaba veinte— avanzaron hacia la ciudad.

Era una fría mañana invernal y por Yahekia cundían malas nuevas: a la puerta de Indra, llegaron varias mujeres afligidas con la noticia de que Rakjel había derrotado por cuarta vez a las tropas de Gudú y éstas se batían en retirada por los márgenes del Gran Río abajo. Y no sólo eso: habían herido al Rey y lo traían en parihuelas.

El lamento de las mujeres —cuyos hombres se batían en el ejército real— entraba en las casas como el viento, desazonando a los soldados de la Guarnición, y convirtiendo la ciudad entera en un informe quejido. Indra, depositaria de una memoria y una gloria que ya había llegado a creer le pertenecía, aplacó los ánimos con razones llenas de sensatez. Salió a la Plaza, reunió a las gentes y les aconsejó cautela y paciencia: el Rey era invencible —dijo—, y la derrota de una batalla nada significaba: por tres veces la ciudad de Urdska había sido conquistada y arrebatada, y aún muchas veces más ocurriría hasta el día en que, definitivamente, la victoria sonreiría a los hombres de Gudú. Y cuando hablaba pacificaba a las gentes.

Su hijo, con el ánimo ensombrecido, la escuchaba oculto en su rincón, y nada decía. Sólo un corazón se rebelaba ante las nuevas: la joven Gudrilkja. Revestida de sus ropas guerreras, montó a caballo, salió de la ciudad en dirección a los bosques y, mascullando su odio impotente, se internó en la espesura: «¡Ah! —se decía—. Si fuese yo hombre, me uniría al Rey y junto a él exterminaría esa raza de perros esteparios». Con lo que daba muestras de ser digna nieta de Ardid, al menos en el tesón, ímpetu y lenguaje. Y así, sumida en oscuras meditaciones, detuvo su caballo, y se aproximó al helado manantial donde, en estaciones más propicias, solía beber y bañarse. Y así estaba, mirando el agua helada, cuando un cuerpo cayó inesperadamente sobre ella y, reduciéndola, apoyó una brillante espada en su cuello.

Tan sorprendida estaba, que su habitual vigor y destreza parecieron anularse. Hasta que súbitamente quedó prendida de unos ojos castaños dorados. A su vez, Raigo quedó suspenso, la espada en alto, pues tal era el parecido de aquel joven guerrero con Kiro y Arno, que hasta sentirla bajo sus rodillas, no atinó a decirse que, por su edad, no podía ser ninguno de sus hermanos. Además, al examinar su rostro de cerca, comprendió su error.

Sujetándola aún y amenazándola, dijo:

—¿Quién eres tú, joven soldado, que tanto te asemejas a otros... muy lejanos?

Gudrilkja guardó obstinado silencio: pero sobre la nieve, donde tan sólo las ramas de los árboles producían centelleantes chasquidos, Raigo oyó el crujido de sus blancos y agudos dientes.

—Di quién eres, o serás muerto.

—Soy el Rey —dijo Gudrilkja, al fin, con altanería.

—¿El Rey? ¿Qué estúpido embuste es ése? Conozco muy bien al Rey y no eres tú. El Rey es mi padre, y con malas noticias que amenazan su vida, vengo de Olar.

Entonces, el rostro de Gudrilkja se ablandó y mirando con una mezcla de asombro y de envidia a Raigo, murmuró:

—Sí, el Rey está en peligro: regresa hoy a Yahekia, herido y vencido por causa del malvado Rakjel.

Al oír tales palabras, Raigo quedó anonadado. Aproximáronse entonces los Hermanos Lar y Uro y contemplaron la escena; un gran asombro se reflejaba en sus amarillas pupilas. Tras ellos arrastraban al maltrecho Usklaidoj.

—¿Quiénes son esas bestias feroces... o alimañas? —casi gritó Gudrilkja, pues incluso su valeroso y sanguinario corazón se estremecía ante el aspecto de aquellas criaturas.

—Son amigos, y gracias a ellos, la ciudad no es pasto de las llamas, y el Rey no ha sido muerto: pues río arriba para tenderle una trampa, dirigidos por esta alimaña, iban los hombres de la malvada Urdska.

El semblante de Gudrilkja se suavizó, y con gran ansiedad pidió noticias de todo lo ocurrido. Raigo la liberó entonces de la opresión de sus rodillas y le mostró al jefe Usklaidoj, que bajo la amenaza del cuchillo de Lar, fue obligado a confesar la verdad de su traición. Gudrilkja dijo entonces:

—Venid conmigo: os llevaré junto a mi madre, que vive con Indra, la más importante mujer de Yahekia. Ella os conducirá hasta el Rey, vuestro padre. Pero, ¡pobre de ti, si has mentido! Porque el Rey no tiene piedad para estas cosas.

—Así lo espero —dijo Raigo, con soberbio ademán—. Pues tampoco yo, su hijo y futuro Rey, la tendré para mentirosos y traidores.

Estas últimas palabras se clavaron como fuego en el corazón de Gudrilkja. Y luchando entre una mezcla de odio y admiración que iba apoderándose de su ánimo hacia el joven Raigo, murmuró:

—No sé si serás Rey algún día... Pero, en todo caso, a mi Rey Gudú amo, y por el Rey Gudú moriré si es necesario. Ven, pues, y confía en mí.

Y les condujo a la ciudad, y ya en ella a la casa de Indra.

2

SÓLO un Rey sabe lo que es la derrota de un Rey. Gudú había sido herido ya dos veces antes y en grave estado permaneció impotente ante los asaltos de su odiado Rakjel. Ahora, conducido en parihuelas hacia Yahekia —donde aconsejaba a sus hombres atrincherarse en espera de la primavera—, pensaba por vez primera que tal vez su gran error fuese exponer tan estúpidamente su vida. «En verdad —reflexionaba, bamboleado río abajo en hombros de sus fieles— no era precisa aquella temeridad.» Pues su puesto estaba en el lugar de los que conducen un ejército o un pueblo, no en el de los que mueren por él. Así, con súbita revelación, intuyó la clave de las últimas y consecutivas derrotas, o de las duras victorias: el odio. Hasta enfrentarse con Rakjel, jamás combatió poseído de odio. Y he aquí que este sentimiento le inspiraba tanta desazón y terror, como a su madre el amor. «Extirparé el odio de mí —se dijo— y el Rey Gudú volverá a conocer la gloria.» Embarcáronle en una balsa, y mecido en las aguas del río, ya atardecido, entró en Yahekia.

Permaneeió durante largas horas sumido en un profundo sopor. Al fin, despertó: algo fuera de lo normal ocurría en su tienda. Murmullos y voces la taladraban y llegaba a sus oídos un clamor conocido. A través de sus párpados semicerrados, desfiló entonces, entre brumosa niebla, una cadena de sucesos o sueños: un niño corría por pasillos mohosos y sucios, un joven hermano, de cabellos y ojos brillantes, alzaba su espada para defenderle, una joven mujer le decía que esperaba un hijo suyo, una corona, unos mercenarios, una Reina fuerte y sabia... El sudor bañaba sus mejillas y su frente, la fiebre le resecaba los labios. Alzóse entre las pieles que cubrían su lecho y gritó, llamando a la Guardia. El fiel Unglo se presentó ante él.

—¿Quiénes gritan, quiénes piden hablar con el Rey?

Él no lo sabía, pero una oscura voz repetía aquellas palabras en su oído, y volvió a ver a la joven y primera Lontananza: aquella que había entregado a Predilecto. Sonreía y mostraba entre sus dedos una pequeña y horadada piedra azul. Pero la voz de Runglo alejó esta Visión:

—Señor, un joven guerrero dice traeros nuevas importantes: según asegura (y creo que es cierto) es el protegido de la que fue mujer del Capitán Yahek, y un extraño le acompaña.

—Hazles pasar —dijo el Rey, al oír el nombre de Yahek, aunque las fuerzas le abandonaban.

Dejó caer pesadamente la cabeza en el lecho, volvió el rostro hacia el cofre abierto y distinguió la corona. La llevaba ahora con él, como hacían todos los reyes en momentos cruciales. Salvo en muy precisas ceremonias, raramente Gudú la ceñía. Pero ahora, como símbolo de una misteriosa fuerza y seguridad, permanecía a su lado, junto a su lecho, guardada por fieles soldados, tan celosamente como podían guardar su propia persona.

Entonces oyó una voz que decía:

—Señor, señor... os lo ruego; por la fidelidad y afecto a prueba de toda duda que os entregó mi amado Yahek, os ruego que nos oigáis, pues nos traen noticias muy graves.

Volvió la mirada a quien le hablaba y contempló un rostro arrugado y marchito de mujer, enmarcado por trenzas donde el rojo y el gris se mezclaban. Un viejo fastama parecía querer reverdecer algún recuerdo.

—Hablad —murmuró. Después, como iluminado por la antigua sabiduría sureña que corría por sus venas, añadió—: Hablad sin miedo, Princesa Indra.

Estas palabras obraron un efecto sorprendente: el rostro de la vieja mujer resplandeció, como si la lejana juventud la iluminara de cabeza a pies. Con una profunda inclinación, dijo:

—Rey Gudú, señor de nuestro pueblo y nuestra vida, graves circunstancias han traído hasta aquí a vuestro hijo legítimo y, sin duda, heredero del Trono. Él os trae noticias y pruebas de la traición de la Reina Urdska, y si no fuera por su arrojo unido a la fidelidad de quienes oportunamente os presentaré, no hubiera llegado jamás hasta aquí. El Reino, vos, y tal vez vuestra madre hubierais perecido víctimas de la más alevosa maquinación.

—Abreviad —murmuró el Rey, bastante confuso; en parte por la debilidad y en parte porque apenas comprendía las palabras—. ¿De qué hijo habláis...? He tenido algunos, pero los he olvidado. Estoy herido y lleno de fiebre, ahorradme la molestia de pensar en necedades...

Entonces entró un joven de gallardo aspecto, rubios cabellos y ojos inolvidables en los que reconoció la imagen de su madre.

—Señor, soy el Príncipe Raigo, vuestro hijo. Y os ruego que escuchéis lo que debo deciros.

—Hablad —dijo el Rey, como empujado por una misteriosa fuerza y cansancio a un tiempo.

Oyó entonces las concisas explicaciones de Raigo. En verdad que aquel muchacho había heredado —o bien aprendido— la precisión y claridad del discurso de su abuela, tanto como heredó su florida fluidez, cuando el caso lo requería.

—Dejadnos solos —dijo Gudú al cabo de unos instantes.

Inesperadamente, alguien se adelantó entonces, pese a los intentos de Indra por detenerle.

Tratábase de un joven y extraño guerrero, de rostro barbilampiño y facciones tan finas como agudas. Sus ojos relucían en su tez morena, enmarcada por negras trenzas esteparias.

—Señor —dijo hincando su rodilla al suelo—, yo soy quien condujo a vuestro hijo hasta aquí: y tened por seguro que, si no fuera por mí, tal vez jamás habríais llegado a verle. Y también deseo deciros algo: hace mucho tiempo deseo incorporarme a vuestras filas y todos me lo impiden.

—¿Cómo es posible? —dijo el Rey—. Un joven guerrero como vos, fuerte y audaz, según veo, jamás es rechazado en el ejército de Gudú.

—Oh, Señor, no escuchéis tan insensatas palabras —dijo Indra, sobresaltada—. Tened en cuenta algo que calla: no es un soldado, sino una mujer. Y como mujer, no puede tener lugar en el Ejército.

Entonces, Raigo la miró, asombrado. Y el Rey no permaneció indiferente a tal revelación, sino que, por vez primera desde hacía muchísimo tiempo sonrió fugazmente, y contestó:

—Si así es, reflexionaré sobre su caso. Aguarda afuera, muchacha, y ten por seguro que se tendrán en cuenta tus razones.

Salieron las dos mujeres, con evidente disgusto y zozobra de la más vieja. Una vez solos, el Rey contempló silenciosa y despaciosamente a Raigo.

Era la segunda vez que el Príncipe veía a su padre, y se sentía profundamente afectado ante el cambio operado en el Rey. Su rostro se había endurecido extraordinariamente. En su atezada piel destacaban dos largas cicatrices: una que iba desde su oreja hasta su cuello, y la otra desde la sien a la mejilla. Y en el negro cabello resaltaban los mechones blancos que poblaban sus sienes y barba.

—Raigo —dijo al fin, como si intentara recuperar este nombre a través de una brumosa memoria—. Raigo... ¿quién es vuestra madre?

—Mi madre fue la Reina Gudulina —respondió el Príncipe, tan conmovido ahora como atónito—. Y es mi abuela, la Reina Ardid, vuestra madre, quien me ha enviado a vos.

Extrajo de su pecho el cartucho y lo entregó al Rey, y éste lo leyó con esfuerzo, pues una sutil niebla debilitaba sus ojos. Pero ocurrió que la lectura pareció despertarle a la vida, y renació en él aquel vigor que, a decir verdad, nunca había decaído demasiado. Sentándose en el lecho, extendió el brazo hacia el Príncipe, obligándole a sentarse a su lado. Apoyó su mano en el hombro del muchacho y murmuró, como para sí:

—¡Un hijo, como vos!... En verdad, Raigo, que no lo sospechaba. ¿Cómo es posible tener un hijo tan crecido? No creí que hubiera pasado tanto tiempo... —Y contempló sus brillantes ojos, el altivo porte y apostura de Raigo. Luego, añadió—: Ahora, Raigo, háblame con toda franqueza y cuéntame detalladamente qué ha sucedido en Olar desde que yo partí.

Raigo explicó a su padre cuanto sabía. Y añadió que, según temía, la vida de la propia Reina Ardid hallábase en peligro y en poder de la despiadada y traidora Reina Urdska. Al parecer, ésta había solivantado también a ciertos estúpidos y mezquinos nobles.

—Señor —concluyó—, si habéis decidido aguardar a la primavera para atacar de nuevo a las Hordas, os ruego atendáis esta súplica: que hasta entonces, regresemos juntos a Olar a sorprender a vuestra enemiga y salvar tal vez lo que ahora parece insalvable.

—Bien hablas —dijo Gudú—. Por lo que veo eres tan inteligente como osado: lo que no me desagrada... Y háblame ahora con más detalle de los Hermanos Pastores y cómo se ha producido el combate.

Con detenimiento no exento de placer, Raigo se entretuvo en la descripción de la matanza —que Gudú llamaba combate—. No pasó desapercibido a su perspicacia el deleite con que le complacía su hijo. Cuando Raigo terminó su relato, el Rey esperó un instante.

—Traedme al Jefe prisionero —dijo por todo comentario Gudú, reposando la cabeza. Y en su rostro brillaban como carbones encendidos sus ojos azules. Bruscamente, Raigo vio en ellos los ojos de Kiro, Arno... y Gudrilkja. Un cruel presentimiento le estremeció, mientras oía ordenar al Rey:

—Trae también a mi presencia al jefe Lar.

A poco ambos penetraron en la tienda del Rey. Amén de moribundo y desfallecido por la herida y malos tratos, sólo de sentirse ante la presencia del Rey, el jefe Usklaidoj casi perdió el sentido. Y, como no querían que muriese antes de obligarle a hacer su confesión, hubieron de sostenerle para que no diera con sus huesos en el suelo. Lar, por contra, se mostraba tan admirado y cándidamente respetuoso como un niño, a pesar de su feroz aspecto que, por otra parte, agradó profundamente a Gudú.

—Usklaidoj —dijo Gudú mirando glacialmente a su antiguo Cachorro—. Me has traicionado, y ya sabes lo que se acostumbra a hacer con los traidores.

Y ordenó fuese atado a las colas de cuatro caballos y descuartizado. Pero agonizó en el trayecto.

En cuanto a Lar, tras contemplarlo largamente, dijo:

—Eres Hermano de Raigo, según él me ha dicho, y por tanto Hijo mío. Como Hijos os tendré conmigo a ti y a tu pueblo. Desde este momento os uniré a mi ejército y os aseguro que os daré de por vida gloria y honor.

Ordenó entonces que le dejaran solo. Con fatiga, volvió a tenderse en el lecho, pero permaneció con los ojos abiertos. Brillaban como aquellas piedras del desfiladero, que gnomos, trasgos, duendes y criaturas de toda especie, sabían poseedoras de un fuego interno, difícil de extinguir.

A partir de aquel día, poco tiempo permaneció postrado el Rey. Su herida —mortal según Delko, el Físico que le cuidaba— fue sanada por los Hermanos Pastores. Así, tuvieron ocasión los soldados de contemplar, atónitos —ante la envidia de Delko— un extraño ritual de los bosques del Norte: primero bebieron un sorbo de sangre de cabra, y con el resto bañaron el rostro y torso del Rey, el suyo propio y el de Raigo, pronunciando unas misteriosas palabras. Al son de tambores untaron, enjugaron, apretaron y sangraron la herida de Gudú: y un líquido verde-amarillento salió de ella, como espíritu maligno. Luego enrojecieron sus puñales al fuego, y los aplicaron a la herida, invocando al dios de la sangre y de la niebla. Confesaron preferir seguir adorando a este dios que al de los cristianos de Olar, cosa que no les fue discutida ni negada. Al alba, aplicaron barro y raíces, tres mariposas de oro reducidas a polvo, la piel machacada de dos lagartos y las cenizas de un cuerno. Y sobre este emplaste hicieron que orinase el Jefe Caprino. Con amorosa delicadeza lo cubrieron de pieles rojizas, volvieron a resonar tambores y a beber sangre —o así lo parecía—, pues el efecto de tal bebida pareció, a ojos de los presentes, como el que procura un buen vino añejo.

Los Hermanos daban saltos, y pasaban encima de altas hogueras, como si volaran. Y el joven Hermano de Oro les imitaba y parecía uno de ellos. Bebiendo sangre —o lo que fuera— su corazón se hinchaba, crecía, y todos su sentidos se embriagaban y le transportaban de nuevo a un viaje fantástico, sobre precipicios donde, entre niebla y viento, le acechaban manadas de lobos: las fauces abiertas, los ojos encendidos y anhelantes.

La joven Gudrilkja les contemplaba de lejos, el puño apretado sobre la empuñadura de su espada; y sus dientes rechinaban igual que los de los perros, o las alimañas, con temblorosa ira. Pero era mujer, todos conocían ya su secreto, y sólo el desprecio o la burla o el carnal apetito de los hombres la acechaban. Mientras amanecía, y en el horizonte de la estepa se alzaba el sol, rojo también como la sangre, iban apagándose los gritos de los Hermanos, el Rey recuperaba su perdida energía, y ella se juraba que jamás, jamás se comportaría como mujer mientras esta condición no se viera igualada a la de aquel que amaba y odiaba entremezcladamente.

Después de aquello, el Rey se recuperó de forma increíble. De nuevo llamó a los Hermanos Pastores y les dijo:

—En verdad que muy noble y valientemente os habéis conducido, tanto con mi hijo como conmigo. Y no sólo habéis dado pruebas de valor y lealtad, sino de asombrosa sabiduría, al sanar mi herida como ningún otro hubiera podido hacerlo. Tal como os prometí, os tengo desde ahora como Hijos míos, y tanto vosotros como vuestros hijos (podéis tomar mujer en mi país, si es vuestro deseo) formaréis un inolvidable regimiento llamado de los Hijos del Rey, Hermanos Pastores; y, según haré constar en leyes, ni en vida mía ni en vida de toda mi estirpe, podréis ser jamás despojados de vuestros privilegios. De suerte que equipararé vuestras virtudes a las de los nobles, y una nueva y especial nobleza, guerrera y curandera, se iniciará con vosotros: y será así en tanto el Reino de Gudú exista. —Antes de que la emoción y estupor pudiera interrumpirle con agudos gritos y libaciones de sangre, u otros ritos similares, añadió solemnemente—: Y el Reino de Gudú no se extinguirá jamás.

Otra orden, a su juicio importante, bullía en su mente; pues no en vano conocía el prestigio de Indra en Yahekia, y como los últimos acontecimientos habían disminuido notoriamente el ardor de sus huestes, debía reforzarlos con el apoyo femenino. Dio orden de que, pese a la austeridad y lágrimas que había reportado la última batalla perdida —junto a la ciudad de Urdska—, celebráranse fiestas en Yahekia, donde el vino corriera, junto a raciones extraordinarias de harina y carne. Después, dispuso que se preparase la ceremonia en que se llevaría a cabo la solemne investidura de Princesa a Indra —que en realidad era de noble cuna—. De modo que, provista de nuevo de su dignidad y en virtud del amor y veneración que por Yahek había nacido en tan singular mujer, en sus manos prudentes y fieles ponía el destino de aquella —recalcó— su muy amada Ciudad Yahekia. Aquí, con la sonrisa para los casos especiales, aprendida de su madre, insinuó que acaso, con el tiempo, Yahekia sería capital y corte del Reino, en vez de la traidora Olar.

De este modo colmó de honores, no sólo a Indra —que reventaba de orgullo y emoción—, sino a todas y cada una de aquellas mujeres que en Indra habían depositado confianza y sentimientos de amiga, hermana y madre. Pues Indra era —como su hijo y su tía— el más tierno corazón de su pelirroja y desafortunada estirpe.

La ceremonia se celebró, y finalizando el banquete que sucedió a tan fausto motivo —aunque sobrio, fue alegre y cordial—, el Rey se apercibió que su hijo Raigo se iba convirtiendo en una criatura bastante extraña. Si bien en valor, tesón, audacia y gallardía, heredó cualidades tanto paternas como de su abuela Ardid, tal vez algún antepasado pirata, o la propia Leonia, habían vertido en su sangre algún curioso veneno, del que carecía totalmente Gudú. No pasaba inadvertido a sus ojos que su hijo se engalanaba ahora de un modo totalmente insólito en aquellos lugares. Iba cubierto de collares fabricados unos con colmillos de chacal o lobo, otros de piedras y plumas multicolores, que anteriormente habían ornado torsos y cuellos de Jefes esteparios.

Un soplo de vago temor llegó hasta Gudú; mas en seguida, casi sin transición, advirtió la admiración hacia su padre que iluminaba los ojos de Raigo cuando le miraba, tan parecidos a los de Ardid, que se tranquilizó. Porque Gudú no sabía que, a veces, los niños olvidados se disfrazan en los desvanes, y que estos disfraces pueden fabricarse igualmente bajo una cúpula azul, que bajo el verde techo de los bosques o el cielo implacable de la estepa. Entonces, acudieron a su mente dos recuerdos unidos a dos seres. Y preguntó a la feliz Indra:

—Decidme... ¿dónde se halla vuestro hijo... el hijo de mi inolvidable Yahek?

Un súbito silencio siguió a estas palabras. Todos parecían haber enmudecido repentinamente. Indra palideció, y sintiéndose incapaz de engañar al Rey, que tan generoso se mostrara con ella, cayó de rodillas llorando y dijo:

—Señor, he de confesaros algo... y es que mi hijo, el dulce y buen Krhin, no es hombre de guerra, sino de ciencia. Por lo que os suplico le dispenséis de ese oficio, permitiéndole continuar en tan noble como útil dedicación. ¡Vuestra madre bien lo sabe...!

—No es día de llantos, sino de esperanza —dijo Gudú, dominando una súbita ira, aunque no tan grande o enconada como sería de esperar en él. Desde su última derrota empezaba a sentir un cansancio, o quizá un cierto desinterés por cosas que antes consideraba primordiales—. Hacedle venir luego a mi tienda, pues antes de partir quiero verle y hablarle. Y no temáis: si realmente es hombre de ciencia y no un vulgar cobarde, tened por seguro que sabré aprovechar mejor sus dotes de científico que sus nulas disposiciones guerreras: poco servicio me reportarían. Pero si es un cobarde o un bellaco (cosa que, considerando la prudente sabiduría de su madre y el valor a toda prueba de su padre, no parece probable), será castigado, aunque con menos rigor que otros, en virtud del nombre que ostenta.

Y de inmediato, añadió:

—Decidme, ¿quién es aquella joven de porte belicoso que estaba con vos, y con quien parecía uniros gran amistad? En verdad que no he olvidado sus palabras, ni su curiosa solicitud.

Aquí no sólo palideció Indra, sino la humilde Lontananza que, ahora, como camarera de Indra, permanecía medio oculta tras la nueva Princesa, tan estropeada que nadie —y menos que nadie Gudú, que ni de su nombre se acordaba— hubiera reconocido en ella a la joven del río, aquella a quien cierta mañana de primavera, Gudú llevó a la Corte Negra.

—Ah, Señor —respondió al fin Indra—. El padre de Gudrilkja (ése es su nombre) murió a vuestro servicio, y fue un noble y valiente soldado.

—Traedla a mi tienda —dijo el Rey—, y veré el modo de contentarla o disuadirla. Puesto que hoy, pese a nuestra derrota (que os aseguro será fugaz), puede distinguirse como un día venturoso en la historia de nuestras tierras y nuestras vidas.

Así pues, Krhin y Gudrilkja, ambos inquietos por distintas razones, acudieron a la llamada del Rey. Y, con desagrado, comprobaron que el Príncipe Raigo, de tan soberbio porte como hostil mirada, permanecía a su lado sin que su actitud hiciera presumir que les dejara a solas. El Rey dijo entonces:

—Krhin, dime qué es lo que deseas y veré de complacerte.

Pero tan confuso estaba Krhin, que no atinaba a decir nada. Entonces, Gudrilkja, que le amaba como si fuera su propio hermano, temió por su vida, y se apresuró a explicar al Rey cuanto el muchacho hacía y soñaba. Pues no en vano, en las largas noches de la estepa —y su voz cálida y hermosa, traía al Rey un perfume olvidado—, vagaban juntos Krhin y ella; y entonces él le mostraba el ancho cielo y todas sus estrellas, cuando el verano las volvía a un tiempo más cercanas y misteriosas. Y obligó a Krhin a mostrar al Rey sus manuscritos y sus dibujos —que ni tan sólo atrevíase a desenrollar—. Entonces, Gudrilkja explicó —como no podía hacerlo su medio-hermano— la verdad de aquella pasión y aquel fascinante misterio. Y mostró al Rey el dibujo de un artefacto con el que Krhin pretendía se podría llegar a contemplar los ojos del cielo.

Al llegar a este punto, el Rey ordenó bruscamente a la muchacha callar y guardar aquellas cosas. Luego dijo:

—Krhin, vendrás conmigo, pero no en calidad de guerrero. Pues alguien vive en Olar que se sentirá complacida tomándote a su servicio y protección: la Reina, mi madre. Para ella (y para mí) podrás ser de gran ayuda en lo venidero.

No vio la mirada de despecho de Raigo, súbitamente dominado

por celos incontenibles, despertó en su corazón un odio repentino hacia aquel dulce muchacho que no le había hecho ningún daño.

Gudú miró entonces a Gudrilkja, que no bajó sus feroces y azules ojos —tan parecidos a los suyos—, y le preguntó:

—Y tú, ¿conoces acaso lo que es un varón en tu lecho?

Gudrilkja se ruborizó de forma que su oscura tez tomó un tinte
cobrizo, y murmuró, con despecho:

—No, Señor, ni quiero conocerlo.

—Pues te equivocas —dijo el Rey—. Esta noche vendrás a mi
tienda. Y si mañana persistes en esa idea, te nombraré soldado: pero
ay de ti si defraudas o traicionas ese nombramiento con cualquier
clase de debilidad femenina: perderías la cabeza, pero no en sentido
figurado, sino físicamente.

Gudrilkja quedó anonadada. Jamás había pasado por su mente
cosa parecida. Y al tiempo que salía de la tienda, iba diciéndose, llena
de confusión, que no sabía si deseaba o temía aquella orden. Había
avanzado sólo unos pasos, cuando unas manos se asieron a las suyas
y una voz temblorosa le decía:

—No Gudrilkja, no... te lo ruego, Gudrilkja, hermana querida,
no hagas tal cosa, te lo ruego.

Krhin la miraba con tal espanto que un frío extraño llegó a su corazón.

—Si lo dices porque esperas que lo que pide el Rey suceda algún
día contigo, sabes bien, Krhin, que tal cosa no sucederá jamás. Te
quiero como hermano y de ese modo te querré siempre.

—No, no, Gudrilkja... no —decía Krhin. Y la profunda razón de
sus palabras tenía otra explicación. Siendo niño, en cierta ocasión oyó
hablar a su madre y la madre de Gudrilkja, de forma que entendió
quién era el padre de la niña. Pero tan aterrado y dolorido estaba
ahora —en verdad amaba a la muchacha—, que no se atrevió a descubrir su secreto.

Corrió a su casa, y halló a Indra en compañía de Lontananza.
Con voz temblorosa comunicó a ambas las órdenes del Rey y la extraña actitud de Gudrilkja. Tras la discusión mantenida con su medio-
hermano, había montado en su corcel y se había perdido hacia quién
sabe dónde, ni tenía noticia de cuál sería al fin su decisión.

Lontananza palideció.

—Ah, Indra —sollozó—, no tengo valor para confesar al Rey la verdad... pues bien claro me advirtió en su día que si el hijo que esperaba se trataba de una niña y no de un varón, no quería saber nada ni de la niña ni de mí, bajo pena de muerte para ambas. Y en lo que a mí respecta, ya nada me importa, pero sí en lo que atañe a ella.

Ninguno de los tres conocían los lugares hacia donde solía escapar la belicosa y extraña muchacha cuando, huraña y misteriosamente, desaparecía con sus pensamientos.

Raigo también se sentía confuso ante la propuesta del Rey a la muchacha. Desazonado por los sentimientos que experimentaba hacia su padre y hacia Gudrilkja, su corazón temblaba. Todo cuanto acababa de oír y ver en la tienda del Rey despertaba una mezcla de atracción y enemistad hacia la muchacha; y admiración y terror, junto a un vago rencor hacia su padre: no sabía ya si por haberle ignorado durante tantos años o porque —lentamente esta idea iba abriéndose paso en su mente— no había pronunciado todavía ni una sola palabra en firme que le reconociera como hijo legítimo y heredero del Trono. Pues si había dotado generosamente a Indra, e incluso a los Hermanos Pastores, a él limitábase a mantenerlo a su lado sin despedirle de su tienda, como solía hacer con los demás. Le hablaba como a un soldado —y tal vez como a un hijo, aunque esto último parecía improbable a quienes le conocían—, pero no se había pronunciado sobre aquella decisión que Raigo esperaba tan ardientemente.

Pidió a su padre permiso para retirarse, y una vez el Rey se lo concedió, partió en persecución de Gudrilkja y llegó a tiempo de verla montar y huir en su caballo. Y como supuso adónde iría —y acertaba, pues allí la había encontrado—, fue en su seguimiento.

Era un día muy frío, el viento levantaba la nieve de los senderos y lágrimas de chispeante hielo caían entre las heladas ramas del bosque. Al fin, la halló junto al manantial de su primer encuentro, y tan embebida en sus pensamientos como la vez en que la tomó por Kiro o Arno. Oculto tras un tronco, la contempló, y le costaba creer que no fuese hija del Rey, tan parecida era a Gudú. Poco a poco creció en él un doble sentimiento, que por un lado le impulsaba a caer sobre ella y matarla, y por otro iba dominándole una inquietante atracción. Entonces, como un pálido fantasma, llegó a su recuerdo el rostro de Raiga y luego el de Contrahecho: y la ira, y los celos, y una infinita tristeza le invadieron. Llevado por un impulso incontenible, surgió de los árboles y, desenvainando la espada, avanzó hacia Gudrilkja y la sorprendió de nuevo. Pero esta vez, la muchacha saltó hacia él como un lobo y se aprestó a defenderse con su cuchillo; y en sus ojos había una expresión que nunca habían visto.

Entablóse entonces entre ellos una encarnizada lucha, y jamás Raigo agredió a nadie con furor semejante, y lo mismo podía decirse de Gudrilkja, que sólo lo había hecho alguna vez por imitar a los soldados y cuando por broma alguno se había prestado a ello. En verdad era menos hábil y ducha que él, y así, resbaló en la nieve varias veces y aún varias veces estuvo a punto de recibir de lleno la estocada de Raigo. Pero tan ciega era la ira del joven como la furia de vivir de ella, de suerte que así equiparábanse en aquella absurda y cruel pelea. El entrechoque de sus armas parecía cortar el silencio del bosque y el pálido sol invernal encendía chispas de odio entre el ramaje. Rechinaban los dientes de Gudrilkja y jadeaba Raigo, más de pasión que de fatiga. Al fin, dominó a la muchacha de un certero golpe y se lanzó a desarmarla. La derribó en el suelo y apoyó su espada en la garganta de Gudrilkja, tal como ocurriera en su primer encuentro.

Imprevistamente un intenso frío sobrecogió a ambos, y todo el invierno pareció desplomarse dentro de sus corazones. Los encontrados sentimientos y, aún más, las turbadoras ideas que les dominaban, les paralizaron. El rostro de uno sobre el del otro, mirábanse de tal manera, que sus ojos llameaban en una oscuridad y vacío infinito, en un inmenso y glacial silencio.

—Gudrilkja —murmuró Raigo débilmente—, nunca vayas a la tienda del Rey.

—No iré —respondió ella, casi en un susurro. Y tan suaves eran ahora sus voces que más adivinaban las palabras que las oían. Y más y más el frío se apoderaba de ellos. Y Raigo notó cómo se helaba la mano que empuñaba la espada, los dedos no la sentían. Y ella tampoco sentía el filo del arma en su garganta, ni las rodillas que cruelmente la oprimían contra el suelo. Entonces, Raigo apartó la espada y dejó caer el brazo, y ella se liberó suavemente de la presión. Nuevamente en pie, enfrentados, se contemplaron en silencio. El viento empujaba un remolino de nieve y levantaba sus cabellos; y entre el viento y la nieve y los mil chispazos de luz que estallaban entre las lágrimas de los árboles, intentaban decirse algo uno al otro y no se oían. Al fin, el viento cesó, tornó el silencio sigiloso de la arboleda, y Raigo dijo:

—Regresa con las mujeres. Nunca vuelvas al Rey, ni jamás imites a los soldados, Gudrilkja... —y lo dijo con acento tan triste que Gudrilkja creyó oír el gemido entero del bosque, unidos todos los ecos en una misteriosa y profunda llamada: tal y como ella misma la sentía.

Bruscamente se dieron la espalda, montó cada uno en su caballo, y se alejaron. Y mientras Raigo volvía al campamento, ella regresaba a la ciudad, donde Lontananza, Indra, y Krhin la esperaban llenos de zozobra.

Al ver a Gudrilkja de nuevo, las mujeres intentaron abrazarla: entre llantos y confusas palabras, algo querían decirle que en verdad no osaban. En silencio, Krhin la miraba con tan dolorido reproche, que la muchacha no pudo resistir más. Arrojó la espada al suelo, y gritó:

—¡No iré a la tienda del Rey, ni jamás seré soldado! Pero sabed una cosa —y los miró a los tres tan desgarradamente que causaba espanto y dolor—: ¡Nadie volverá a saber de mí, nunca, nunca!

Y sin atender los ruegos de ellas ni corresponder a la mirada suplicante de Krhin, salió de aquella casa. Y no volvieron a verla jamás.

De nuevo a lomos de su caballo, las trenzas al viento, tal que la imagen de la desesperación, cruzó la ciudad como un grito salvaje y desapareció hacia los bosques; perseguida por un viento, un eco lejano y sordo lamento, que repetía en sus oídos: «El Rey soy yo». Y en verdad que era el Rey, allí donde la soledad y el gran frío imperaban, allí donde los bosques se perdían hacia el Norte, hasta una zona donde nadie, que se supiera, había llegado a pisar. Como verdadero Rey del Invierno, solitario, blanco y helado, se perdió entre los altos árboles —aquellos de los que, según decían las gentes, nadie había logrado ver la cima de sus copas—, como Rey de la soledad y de la incertidumbre. Y también como muchacha perdida en la grande y triste noche del mundo. Ni siquiera recuperó su espada, y no abandonó —ni jamás abandonaría— su disfraz de niño olvidado, aunque poco la conocía Raigo ni cualquiera que la creyera capaz de anularse a sí misma. Cuando el Príncipe, el Rey Gudú y sus hombres emprendieron el regreso a Olar, rezagada y envuelta en sus pieles esteparias, de lejos, al igual que los propios Hermanos Pastores, Gudrilkja perseguía como una sombra, o un lobo, a aquellos dos que odiaba y amaba. A aquellos dos que, sobre todo, envidiaba con toda su alma.

3

EN las fronteras de la estepa y en Ciudad Yahekia, permanecieron hasta el otoño en lucha contra Rakjel. Se aguardaba la llegada del invierno, y firmemente creían todos —y esto les animaba en aquella espera— que antes de que llegara lograrían una victoria más duradera.

Pero no fue así, y por vez primera, el Rey dejó al ejército sin su presencia. Como le suplicara Raigo y su buen sentido le indicaba, regresaba a Olar. Antes reunió a los Hermanos Pastores y ordenó a sus capitanes que fueran adiestrándolos —aunque no tan extensamente como deseara— en su particular forma de lucha y táctica guerrera. Y llegó a descubrir en ellos dotes y valor tan grande, que todos comprendieron que aquellas criaturas serían excelentes defensores de su causa. Tomó consigo unos cien hombres, amén de los doscientos Hermanos, y con tal contingente, inició en unión de Raigo el regreso a Olar.

El camino fue duro para Gudú y sus soldados: pero a buena distancia les precedían los Hermanos Pastores, cabalgando a lomos de sus pavorosas cabras. Sobre las vertientes asomaban a trechos altos picos rocosos; y en ocasiones creían distinguir el brillo rojizo, fugaz, de pieles y cabelleras, y le parecía oír gritos que podían confundirse con el ulular del viento o el aullido de los lobos.

Aunque cargado de dificultades, el viaje fue más rápido que el que hiciera Raigo para alcanzar Yahekia. Cuanto más se aproximaban a Olar mejoraba el tiempo y no tuvieron ventisca de consideración ni grandes nevadas.

Al fin, una madrugada recuperaron la presencia de los Hermanos Pastores: les vieron descender cautelosamente desde la alta arboleda. Habían avistado las almenas de la Corte Negra, y así lo comunicaron al Rey. Antes de aproximarse al Castillo, Gudú y sus hombres se detuvieron, vigilantes. Un extraño silencio reinaba allí. Ya no se oían los gritos de los muchachos entrenando, ni las lejanas, aunque siempre audibles, voces de las mujeres desde el pabellón destinado a ellas. Tampoco distiguieron resplandor alguno, ni humo que indicara alguna forma de vida. Al cabo, Gudú decidió enviar un grupo de inspección que pudiera enterarles de cuanto allí ocurría.

Raigo pidió formar parte de esta misión, y, antes de responder a su demanda, Gudú le observó en silencio. El Príncipe, al menos a su juicio, ofrecía un raro aspecto. Sobre las negras pieles brillaban coloridas sartas de collares y un arete de oro pendía de su oreja. Gudú no acertaba a decirse si le producía repugnancia o una risa sin límites. Pero también descubrió en los ojos de su hijo un conocido resplandor: el resplandor de su propia ira y el de la astucia de Ardid. De modo que, alejando las primeras impresiones juzgó que —al menos en el presente— no era aconsejable desperdiciar tales cualidades. Así pues, le dijo:

—Ciertamente, Raigo, aún no te he puesto a prueba. Así que, en efecto, ahora tienes ocasión de demostrar si eres digno de sucederme en el trono. Como dirigente de esta misión te envío, y espero dos cosas de ti: que, sean quienes sean los que allí estén, nadie en la Corte Negra conozca vuestra presencia y vuestro acecho. Y después, que regreses sin una sola baja antes de que el sol se ponga, para darme cuenta exacta de cuanto allí sucede... o pueda haber sucedido.

Una risa brusca y breve, que sonó en los oídos de Gudú como el eco de la suya propia, fue la respuesta. Raigo volvió grupas a su caballo, y al frente de seis hombres —entre los que Gudú no le cedió ni uno solo de sus fieles Hermanos— desapareció entre los árboles hacia el Castillo Negro.

Entre tanto, Gudrilkja había seguido al Rey y sus huestes sin darse reposo. Al fin, medio exhausta, cayó al suelo, entre los árboles. No había comido sino bayas y frutos silvestres en todo lo que duró el viaje, y ahora rodó sin fuerza pendiente abajo y vino a dar a los pies de un soldado. Asombrado, el hombre la levantó del suelo y, reconociéndola, sintió por ella compasión —en general, la muchacha despertaba simpatía entre la soldadesca—. Púsole una mano sobre los labios y dijo:

—Muchacha, si tanto deseo tienes de convertirte en soldado, yo te ocultaré entre nosotros. Nada digas a nadie, cúbrete con este yelmo y toma esta lanza. Y si así consigues pasar desapercibida, como un soldado más, únete a nosotros. ¡Pero jamás digas esto a nadie, pues podría ser causa de mi muerte y la tuya!

Dicho y hecho, le cortó las trenzas con la espada. Luego, mientras la reanimaba con vino y le daba de comer la mitad de su parca ración de pan y queso, Gudrilkja prometió cumplir la promesa. A partir de ese momento, confundida entre los hombres, ninguno de ellos —menos Jarjko, su nuevo amigo— conocía su verdadera condición.

A veces, a distancia, observaba la tienda del Rey. Deseaba verle, aunque no le fuera posible hablarle. Pero Gudú permaneció todo el tiempo oculto a su mirada. Sólo una vez, antes del anochecer, le vio montando sobre su caballo, frente a los hombres formados: aguardaba la llegada de Raigo. Y, en efecto, tal como le ordenara el Rey, antes de que se pusiera el sol, Raigo regresó con todos sus hombres.

—Señor —dijo, mostrando una tosca parihuela donde portaban herido al fiel Rudinko—. Graves noticias os traemos: sabed que la Reina Urdska soliviantó a sus hombres, de forma que la mitad de la Corte Negra se pasó a su bando, y el resto fue sorprendido y vencido. Los traidores cayeron sobre Olar, donde mi abuela, vuestra madre, la Reina Ardid, ha sido hecha prisionera... o tal vez muerta. En tanto, los que aún permanecen fieles a vos, se baten con los hombres de Urdska. Creo que es providencial nuestra llegada, pues corre un gran peligro la ciudad de Olar, donde se sigue luchando entre ambos bandos... Sólo ruinas y muerte quedan en la Corte Negra, y ni las mujeres ni los niños han sido respetados en la carnicería. Así ha sido como, entre los cadáveres, sólo a Rudinko hallamos con vida y nos pudo referir cuanto os acabo de explicar.

El Rey palideció de ira. Pero al punto se rehízo y respondió:

—Raigo, espero que en el asalto a Olar sabrás conducirte con el arrojo de un futuro Rey.

Cuando las tropas de Gudú avistaron el Lago y, tras éste, las murallas de Olar, grandes resplandores rojizos anunciaban los incendios; y el negro vuelo de las aves carroñeras, y el fragor, el hedor y los gritos que traía el viento, anunciaban la desolación de aquella que fue poderosa capital del Reino.

Cinco días duró la lucha. Pero al atardecer del quinto, el grito del Rey era un grito que nadie, ni nobles, ni campesinos, ni villanos, olvidaría jamás. Pues el grito del Rey, cuando decidía el triunfo de una batalla, era sólo comparable al grito del huracán o el de las ocultas raíces de la tierra: cuando el vientre del mundo se levanta, hinchado de ira, y asola todo cuanto alienta sobre su corteza.

Las pezuñas de su negro caballo se hundían en las cenizas, y las ruinas parecían una enorme brasa al resplandor de los incendios. Al fin Gudú entró en el recinto del Castillo. Aún se batían allí los últimos enemigos. Y junto a sus fieles, aquel atardecer era para él el renacer del sol tras las colinas y los bosques, y para sus hombres —los que con él venían y los que en su ausencia seguían defendiendo su causa— el más hermoso regreso a la vida.

XXV

EL TURNO EN EL JUEGO

1

CUANDO la Reina Ardid se vio encerrada con sus dos jardineros, Raiga y Contrahecho, creyó que el Reino estaba perdido. Un gran abatimiento, unido a una rara sensación de indiferencia, la llenaba. Y así, los aterrados jóvenes la veían vagar de un rincón a otro, desenterrando polvorientos jirones, viejísimos juguetes que casi se deshacían entre sus manos, como si hubiérase vuelto sorda a la cruel lucha que a su alrededor se enconaba. Pues a la Torre llegaban el fragor y los gritos, el entrechocar de las espadas y el galope de los caballos; y más tarde, el resplandor de los primeros incendios, sin que ninguna de estas cosas parecieran afectarle.

Allí encerrados, pasaron mucho tiempo: tanto que ni pudieron llevar la cuenta, pues la única que podía hacerlo parecía embebida

en otras cosas. Y llegó el día en que sus carceleros dejaron de llevarles alimento, y ni tan sólo la Guardia quedaba a la puerta de la Torre: todos los hombres estaban entregados a una lucha encarnizada,
pues el Duque Zore, y sus fieles, reaccionando ante el imprevisto
ataque, atinaron recurrir a aquello que Ardid ya habíales indicado:
se acordaron de cierto sector del pueblo que, gracias al Rey Gudú,
tuvo por primera vez audiencia en la Asamblea. Y si no representaban al auténtico pueblo —pues éste siempre permaneció al margen,
incluso ignorante de que tal Asamblea existiera—, al menos sí parte
de él y nada despreciable, encabezados por los que veían sus bienes
en grave peligro, uniéronse al Duque, ya que el dinero es una
fuerza tan grande como el odio mismo, el ansia de poder o, quizá,
el amor. Y así, el Duque —en mayoría numérica a los rebeldes—
cercó a los partidarios de Urdska en el Castillo, y se entabló una
cruenta lucha que precisó de todos los hombres y de todos los
recursos.

Llegó, al fin, un día en que Contrahecho, viendo que ya no quedaba nadie guardando la Torre, dijo a la Reina:

—Señora, creo que estamos abandonados. Y si permanecemos
aquí dentro, moriremos sepultados, o por un incendio, o de hambre.
Recuerdo la forma en que Raigo escapaba de esta Torre por las noches, y se me ocurre que podríamos muy bien imitarle.

Como despertando de un sueño, pareció darse cuenta Ardid de
la realidad de su entorno. Así pues, les dijo:

—Hijos míos, huid vosotros, y seguid mi consejo: salid, escapad
cuanto antes os sea posible de estas tierras, y no retornéis a ellas jamás... pues sé, puesto que mi corazón me lo dice, que el fin de este lugar, de este mundo nuestro, se acerca. Buscad una barca que suele hallarse junto al río —bien lo sabía ella—, amarrada entre los sauces
gemelos; y en ella navegad hacia el Sur, y no paréis hasta el mar; y allí
preguntad por las Islas Jóvenes, y en ellas tendréis, a buen seguro,
una hermosa vida.

—Señora —murmuró tímidamente Contrahecho—, venid con
nosotros; siempre cuidaremos de vos. Tenemos un oficio...

—Un bello oficio —murmuró Ardid acariciando su roja y fea cabeza con gran ternura; y otra roja y desaparecida cabeza llegó a su

mente, inundándola de pesar por tanta —y ahora sabía que definitiva ausencia—. Id vosotros, queridos míos, pues allí donde vayáis, irá lo más bello y más digno de mi vida.

Y besándoles a los dos, volvióse de espaldas, y en un oscuro rincón quiso permanecer hasta saberlos perdidos para siempre de su vida.

Sacaron los dos jardinerillos las telas de los cofres: aún alguna de ellas seguía trenzada, como en tiempos de Raigo —tiempos de todos los juegos, de todos los disfraces, tiempo de todos los niños que se esconden en los desvanes para huir de la gran estupidez del mundo—. Y, aunque enmohecidos, Contrahecho fue anudándolos pacientemente y reforzándolos con retazos de tela y aun con pedazos de la falda de Raiga. Al fin, como cuando eran niños, se deslizaron por la ventana de la Torre. Una vez en el suelo, se asustaron: las jaras brotaban sin orden por doquier, mucho habían medrado las yedras y las malas hierbas, y todo aparecía helado bajo el oscuro cielo del invierno. Se dirigieron entonces a la mohosa puertecilla de la muralla, y salieron al campo; y a poco, vieron cómo un grupo de campesinos huía, y se unieron a ellos, pues por campesinos —tan sencillo y aun mísero era su atuendo— se les podía tomar. Junto a ellos alcanzaron el río, pero en la barca que les indicara Ardid sólo cabían ellos y dos niños muy pequeños. Entonces, el abuelo de los niños les entregó todos sus bienes en un hatillo, y les vio partir juntos, a los cuatro, con los ojos llenos de lágrimas, lágrimas que a medida que la barca se perdía en la niebla, iban helándose como escarcha. Luego, cuando ya no les veía, y no les volvería a ver, el anciano —tal que otra vieja mujer que había quedado sola allá en la Torre— se apoyó en un roble y, a oscuras y de espaldas, entre el mundo y la nada, esperó el fin de su vida larga y llena de dolor. Pero, antes de morir, soñó que sus nietos y aquellos dos muchachos llegaban a un lugar donde nadie les miraba como extraños o enemigos, donde el sol brillaba y crecían las frutas y las plantas para todos; y nadie arrebataba a un hermano lo que era de todos los hermanos. Y con tan imposible como hermosa esperanza, el anciano dejó para siempre de sufrir.

2

PERO, a través de las ruinas y de la desesperada lucha de los últimos esteparios, el grito del Rey Gudú también llegó a los oídos de Urdska. De suerte que a su vez, la llama se encendió en su pecho, y otro grito largo tiempo sofocado, respondió al de Gudú.

Junto a ella permanecían, aún, Kiro y Arno. Así pues, llamó a su fiel Kork, condújoles hacia el pasadizo secreto, y allí les dijo:

—Huid, pues el Rey Gudú, por esta vez, ha vencido. Pero ocultaos en el bosque, hasta el día en que os mande aviso: y desde los bosques escapad a las estepas, y una vez allí, presentaos a Rakjel; y os ordeno que lleguéis hasta él con vida, pues si no es así, mi maldición os perseguirá más allá de la muerte. Y decidle que os guarde y espere el momento propicio para restituiros al Trono de Olar, que os pertenece tanto como el de la Isla de Urdska: nuestra verdadera patria.

Una vez en el oscuro pasadizo, donde el fiel Kork les precedía con la antorcha, los dos Príncipes se rezagaron.

—¿Adónde nos lleva? —murmuró Kiro.

—No sé, dicen que el Rey ha entrado ya en Olar, y que no tendrá compasión para nadie.

—Yo soy el hijo del Rey —murmuró Kiro, sibilante.

—Y yo —le respondió, amenazador, Arno.

Ambos se miraron en la oscuridad y, prestamente, sin mediar palabra, se abalanzaron espada en mano contra Kork y con ella, por la espalda lo atravesaron. Contemplaron un instante el ensangrentado cuerpo a sus pies, y luego Arno tomó la antorcha y, seguido de su hermano, prosiguieron el camino hasta la salida.

Una vez allí, de nuevo al aire libre, en la fría tarde de invierno, hacia la parte Norte del Castillo, donde ya había cesado la batalla, se supieron solos por vez primera. Frente a ellos, la ruinosa Torre, rematada por una curiosa caperuza azul, se recortaba sobre el cielo enrojecido del crepúsculo.

—¡Deprisa! —dijo Arno—. ¡El Rey se acerca!

—¡El Rey es mi padre! —respondió Kiro, retador. Y ambos llevaban las espadas desenvainadas, teñidas aún con la sangre del viejo y leal Kork.

—¡Acabemos de una vez! —gritaron a un tiempo. Y frente a frente, al pie de la Torre, se miraron, jadeantes; hasta que, como en siniestro acuerdo, ambos profirieron un largo y retenido grito —retenido, como un río subterráneo, durante tiempo y tiempo— que pareció estremecer hasta los tristes árboles del invierno.

En aquel momento, Urdska vistió por última vez sus ropas de guerrero, que tan celosamente guardara para ella el anciano Kork. Así vestida, avanzó sin más compañía ni escolta que su larga sombra, enrojecida por el último sol y el resplandor del fuego. Montó su caballo y pasó sobre los últimos cadáveres, los últimos heridos y los últimos soldados que aún se batían: indiferente y brutal, pateando cuanto hallaba a su paso, sólo con un nombre en la mente y en los labios, avanzó; avanzó hacia aquel otro grito que parecía reclamarla.

Mientras los cascos de su bello y salvaje caballo pisoteaban miembros heridos, y cenizas aún ardientes, por sobre las ruinas de la muralla, siguió avanzando hacia aquel grito que oía y al que respondía. Entonces, la vieja pasión de la venganza encendió en ella una nueva luz: pues entre la humareda de antorchas de resina inflamadas que arrojaban los arqueros, creyó distinguir el estallido de un rayo más brillante que mil soles. Rayo que iluminaba en su interior la verdad más oscura que pueda abrirse paso entre la luz. Y Urdska avanzó hacia aquel grito como si se tratase del doble descubrimiento de su muerte y su vida. Y lo halló frente a ella, y entre el humo: como un sueño o un deseo pueda levantarse entre las brumas, se recortaba la silueta negra e inconfundible: Gudú Rey la esperaba.

Una vieja melodía que tarareaba la Bruja de la Estepa en su cuna, regresaba ahora, con las primeras sombras de la derrota y de la muerte: «Niña, el guerrero te aguarda, después de la batalla, niña, ve en busca del guerrero. Y sé la luz de su triunfo o el olvido de su derrota». Pero entre los dos ya sólo quedaba un guerrero: otro había muerto entre el fantasma de una Isla y de un viejo rencor. Ahora únicamente una niña solitaria —como otra niña solitaria que también quería ser Rey— avanzaba hacia el guerrero impío, el guerrero odiado. Y de pronto supo que una niña había triunfado sobre la venganza y el rencor, sobre los sueños de poder y sobre la vieja y destruida Urdska, legendaria y falsa Reina esteparia. Porque las estepas —y ella lo sabía— nunca serán un Reino, sino un vasto lugar donde las mujeres y los hombres arrastran la pesada carga de su libertad y su dolor, donde las mujeres y los hombres sólo se besan en el último instante, acaso cómplices de un mismo odio.

Pero Urdska yacía en el recuerdo, en la memoria última de la Reina de la Estepa, y con un grito que era sólo el eco retardado de la ruina, el espejo de algún triunfo, avanzó hacia la silueta del Rey. Y así, el Rey y la Reina frente a frente, dos sombras en la hoguera, espolearon sus monturas, entrecruzaron sus lanzas, y sus cuerpos rodaron juntos sobre el incendio del misterioso país que disputaban: un lugar, un espacio, un reino del que jamás ninguno de los dos había sabido atravesar la frontera: acaso el más violento y amordazado amor que pudiera existir entre un hombre y una mujer. Pero Gudú llevaba el amor encerrado en una copa de duro y transparente hechizo, y la verdadera Urdska había muerto hacía ya mucho tiempo.

Así pues, la lanza de ella alcanzó al Rey, y la de él a la Reina. Y ésta sintió, por fin, su corazón atravesado; de suerte que su cabeza cayó contra el pecho de Gudú y aún estuvo así unos instantes, antes de huir para siempre, quieta, mirándole entre su sangre: porque nadie en el mundo, ni después del mundo ni más allá del apagado polvo del mundo, podría ya cerrar sus párpados ante el infinito asombro que produce el descubrimiento del amor. Pero la lanza de Urdksa, si bien atravesó el pecho de Gudú, al llegar al corazón se detuvo, y su punta se astilló, como si se tratara de una caña, como si hubiera chocado con una invisible e impenetrable corteza. Con una gran herida —que no alcanzaba su corazón—, Gudú permaneció inmóvil, moribundo, tal vez tan profundamente asombrado como ella. Pero, en su caso, el asombro era fruto de la incomprensión hacia un sentimiento que nunca entendería. Y en aquel estupor se proclamó su nueva victoria.

Y cuando Raigo lo alzó del suelo, y separó su cuerpo del cuerpo de Urdska, que permanecían aún unidos en un extraño abrazo, sus manos se tiñeron con la sangre del Rey de Olar y de la Reina de la

Estepa, unidos por primera vez como no supieron o no pudieron unirse antes.

—Padre —murmuró Raigo con voz temblorosa, pues este nombre resultaba para él tan extraño como para Gudú—. Padre... ¡habéis vencido! ¡Levantaos, habéis vencido!

Pero el Rey estaba gravemente herido, y aunque la lanza de Urdska no pudo atravesar su corazón, en su pecho se abría una herida tan grande como horrible. Rápidamente los Hermanos del Bosque abandonaron sus gozosos cuchillos —que ya sólo podían despedazar a la muerte— para dedicarse a restañar aquella herida monstruosa y nunca vista antes, ni en el Rey ni en criatura alguna.

Fue transportado a la tienda, y una vez tendido en su lecho, aplicáronle de nuevo hojas de cuchillo enrojecidas al fuego, y cosieron la lanzada con sus agujas de hueso ensartadas en finas hebras de intestino de cabra. Y al fin, Gudú murmuró unas palabras, que sólo Raigo pudo oír:

—Nunca me habían herido así.

Y era verdad, aunque no únicamente en el sentido que él creía. Pero, en aquel momento, Raigo era víctima de muy contradictorias sensaciones: a la embriaguez del primer combate y la primera victoria junto a su padre, vivió la más grande lección guerrera de su inexperta y corta vida. Y, por tanto, las ruinas de Olar, y la herida del Rey, le sumían en una congoja que mucho se contradecía, tanto con su ardiente deseo de ser coronado Rey como con sus recuerdos de niño olvidado en el desván. Y al tiempo, no dejaba de decirse: «El Rey aún no me ha proclamado oficialmente su heredero; sólo se ha referido, y en privado, a un proyecto». Y aún otra cosa le desazonaba —y le hería aún más que todo cuanto a su alrededor ocurría— y que le instó a decir al Rey:

—Señor... Señor, la Reina permanece cautiva en la Torre Azul. Y dicen los soldados que ese ala del Castillo ahora empieza a arder...

Al oír aquellas palabras, aún con mucho esfuerzo, el Rey se incorporó. Ciertamente, su naturaleza era extraordinaria; pero también era verdad —aunque nadie podía saberlo excepto los curiosos silfos que, mecidos en el vaivén del viento miraban hacia el interior de la tienda— que su herida era profunda, y grande, aunque se hubiera detenido antes de rozar su corazón. La sangre había cesado, y como la cura era muy reciente, ordenó:

—Raigo, acude tú a la Torre; precédeme, pues en cuanto pueda tenerme en pie, he de felicitar una vez más a la Reina Ardid. —Y añadió algo que todos escucharon con gran emoción, y palidecieron todos los rostros, y se estremecieron todos los corazones, tanto nobles como plebeyos o paisanos, unidos por vez primera en una misma lucha y una misma victoria—: Pues ella fue, es, y quizá será siempre, la *única* y verdadera Reina de Olar.

Raigo no se hizo repetir la orden. Y tomando a varios hombres consigo, galopó presuroso hacia la Torre de la cúpula azul, en cuya base ya empezaban a prender las llamas. No sólo estaba allí la abuela que amaba, sino que guardaba en su desván toda su historia de niño disfrazado y soñador, todas sus noches infantiles, cuando enlazando una mano de Contrahecho y una mano de Raiga, se decían unos a otros: «Aunque crezcamos, no cambiaremos, seremos siempre iguales a ahora, seremos el Rey, la Reina, y Contrahecho, y nadie, nadie, nos separará jamás...» Y aunque ya avezado, y desengañado de tantas cosas, su corazón de diecisiete años reverdecía en alguna zona —una oculta y tierna pradera, olvidada del tiempo— para llorar ahora por aquellas palabras, aquellos niños y aquella traición; pues bien sabía que el pacto que se juraron entonces no había tenido otro asesino que ellos mismos. Y si cabalgaba con prisa hacia la Torre, tanto era por su deseo de salvar a la Reina como para, de una vez y para siempre —con la espada aún roja de sangre esteparia—, atravesar a Raiga y Contrahecho, y aniquilar el último vestigio de su infancia.

3

ARDID permanecía en un rincón oscuro, de cara a la pared. Recordaba los tiempos del castillo de su padre, cuando sus hermanos, aún niños, jinetes en potrillos, galopaban por las colinas y los senderos que bordeaban las viñas y sembrados. Ah, pero qué lejano era todo aquello, más lejano que las historias de los antepasados, más que todas las historias de todos los muertos de la tierra. Y sentía Ardid cómo la humedad del invierno resbalaba piedras abajo de los muros, y se detenía en las junturas: lágrimas verdinegras que perlaban el musgo.

Mucho rato estuvo así. Y la noche invadió la tierra y borró su sombra, y todas las sombras. Sólo entonces, lentamente, en la oscuridad, la Reina Ardid deslizó sus manos sobre los relieves del muro, como un ciego que intenta reconocer un rostro. A poco, en la húmeda pared, creyó vislumbrar resplandores, oír ecos, rumores y pisadas. Aunque muy desvaídas al principio, más claras después, iba reconociéndolos: retazos de una o mil historias desaparecidas.

Lentamente, la Reina Ardid despertaba del profundo sueño, que quizá, había sido toda su vida. Ahora, lúcida y claramente, como en los primeros tiempos en que aprendió a leer de manos de su amado Maestro, y a desentrañar lo que creía la sabiduría de la tierra, iba descifrando aquellas historias. Y por primera vez en su vida, en medio de la noche, comenzó a oír y a entender el lenguaje de los muros. Las historias de todos los niños de su estirpe: los niños que querían ser Rey, los que jamás lo desearon, los que siempre lo fueron. Y así, se agachaba aquí y allá, o se alzaba de puntillas, y aplicaba el oído a la humedad y al musgo, y escuchaba. Y oía, oía y veía, poco a poco —al tiempo que las antiguas huellas se marcaban en las losas del suelo, como si en lugar de piedras, se tratara de arena—. Espectros de pisadas infantiles, ecos de correrías despertaban en la Torre, y quizá en el mundo entero. Y vio nuevamente las viejas noches que cruzaban el cielo de su vida, más allá de la Torre. Las noches en el desván bajo la cúpula azul, y las noches, convertidas en dominio de la Reina bruja —acaso de la niña Ardid de ojos de ardilla—. Y regresaba la pequeña Ardid, se acercaba, saltando sobre las ruinas, al viento del Sur las trencitas, y gritaba y gritaba, y esgrimía en su mano derecha una piedra azul y horadada, por cuyo orificio el mundo era muy diferente. «Ardid, pequeña Ardid —la llamó entonces, tímidamente—, ¿qué hiciste de tus amigos, el Trasgo, el Maestro?» Pero no recibió respuesta, ni de ella ni de las demás criaturas. Pues si bien los veía y oía, ellos no la veían ni la oían: y seguían comunicándose secretos unos a otros

—inalcanzables, crueles e inocentes—, y dejándola al margen del mundo en que habitaban —o habían habitado— en otro tiempo y espacio. Luego, poco a poco, distinguió a un niño de negro y revuelto cabello, de ojos de hielo azul —ojos que nadie haría brillar de llanto, ni de amor— que clavaba en ella su impía y glacial mirada, más dura que la roca. Y mostraba en la palma de su mano un corazón menudo, rojo y palpitante como un ave malherida, encerrado en una copa igualmente dura y transparente: una doble copa, donde, uno a uno, inexorablemente, caían sobre el tembloroso corazón los dorados granos de arena, y se clavaban en él, y lo perforaban —como el agua había perforado la piedra azul de la pequeña Ardid.

Entonces, con su propio corazón inundado de pesar, le llamó, una y mil veces: «Gudú, rompe el cristal del tiempo, rompe el cristal del desamor y la impiedad: vierte la arena sobre la tierra y llora, llora, Gudú, hijo mío». Pero Gudú no la oía, sólo la miraba con sus terribles ojos de hielo azul, tan quietos, tan fijos, como los de los muñecos de Tontina, que ahora se deshacían entre el polvo del cofre. La imagen de Gudú-Niño arrojó súbitamente la doble campana del tiempo, en cuyo interior latía aquel pequeño y prisionero corazón que antes le mostrara, y el niño rodó hacia la oscuridad, y se perdió en un laberinto de sucios y mohosos corredores donde los criados y los pinches de cocina se burlaban de él. Pero Gudú-Niño no cejaba en sus empeños —por misteriosos o desconocidos que le parecieran a ella— y avanzaba sin descanso, con menudo trote, de aquí para allá. Y brincaba entre los ecos de malignas carcajadas y cruel entrechocar de espadas, hasta que desapareció en el último, más lóbrego y más largo pasillo: un corredor cuyo final ella no podía distinguir. Ardid sintió que su corazón se quebraba. Creía que no podía doler de la misma manera que una herida corriente, pero ahora sabía que el corazón duele tanto como una amputación.

Fue entonces cuando oyó el galope del caballo de Gudulín: pero sólo lo oía, no lo veía, aunque el galope se acercaba y se alejaba, furioso, como si quisiera despedir a su jinete por sobre las orejas y lanzarlo lejos. Y en la más espesa oscuridad se oía el llanto nocturno y solitario del Príncipe Gudulín: un llanto que —ahora se daba cuenta— ella había presentido aunque nunca lo había oído; y estaba allí, en sus oídos, y en los oídos de todas las mujeres que velan en la noche el sueño de algún niño ausente o muerto. Ella le llamó también: «Ven Gudulín, ven, yo te daré algo que pedías y nadie lograba entender». Pero no era verdad, tampoco ella lo sabía, tampoco ella lo entendía. Tan sólo intuía confusamente una estela en el mar, una vela transparente y desflecada, a la deriva. La vela de alguna nave aún no nacida, cuyo espectro navegaba hacia Ninguna Parte.

Y así, su oído, y su vista iban agudizándose más y más en aquella gran soledad. Y llegó un momento en que no sólo oía el llanto de Gudulín —y de mil niños, en la noche—, sino que percibía, mezcladas, las risas de otros. «Ésta era la música, ésta era la melodía luminosa, la música de la luz del Cortejo de Tontina...», murmuró, admirada. Y así era, pues entre las brumas y los ecos vio el revoloteo de las aves, y el brillo de los ojos de las ardillas y luciérnagas, los tordos y las perdices de Tontina. Y los niños seguían riéndose, llorando, cantando o recitando alguna mal aprendida lección, o un juego disparatado y tan divertido como jamás cosa alguna lo fuera. «Tontina, ven, ven, te lo suplico.» Pero no vino Tontina: sólo vio su reflejo en el agua, abrazada a Predilecto, un reflejo huidizo que la piel del Lago quebraba y hundía, lentamente, hacia lo más profundo. «Venid todos, os lo ruego, venid: aún no he aprendido nada —clamaba Ardid, temblando de excitación, como en los mejores momentos de su vida, cuando junto al Hechicero se asomaba al corazón de la tierra—. Venid, he de aprender todavía muchas cosas... Soy una Reina nacida para saber y conocer...» Aún se aferraba, con viejo e indomable tesón, a esta y nueva recién descubierta sabiduría, que por fin nacía en ella y para ella. «El mundo es hermoso», oyó entonces decir a la grave, dulce y profunda voz de la Princesa Tontina.

Pero no era cierto, el mundo no era hermoso, y ella lo sabía. De improviso, en medio del desván, había brotado nuevamente el tronco del Árbol de los Juegos; pero esta vez desnudo, negro, despojado de todas sus hojas. Estaba allí, solo, como una severa recriminación, como una sutil amenaza o un vago remordimiento, algo que Ardid no alcanzaba a descifrar. «Yo os quise a todos, os quise a todos», dijo. Pero únicamente el silencio respondía a sus palabras; o aquella estúpida voz que, como si alguien hubiera olvidado guardarla en el cofre de los juguetes, rebotaba a su alrededor, tal que la pelota de los niños, y repetía: «el mundo es hermoso». Entonces vio, pendiendo de las ramas desnudas del Árbol de los Juegos, a todos los muñecos de Tontina; y hubo de taparse los ojos, ante aquel espantoso y tristísimo racimo de diminutos ahorcados, que se balanceaban entre la oscuridad y el resplandor de la música.

Regresó al rincón más oscuro, que ya parecía su único refugio; y de nuevo apoyó en las paredes manos, oídos, y pasaba las yemas de los dedos entre las junturas de cada piedra, donde el musgo aún verdeaba. Ahora ya podía oírlo todo, tan claramente como si lo estuviera leyendo. Y así, entendió que aquella era la fuente de donde manaba *El Libro de los Linajes* de su amado Maestro, hasta que logró perfilarse —si bien muy remotamente— la muralla que impide toda entrada contaminada a la ciudad llamada Historia de Todos los Niños. Y alrededor de aquellas murallas vagaban, con sonrisa enigmática —que podía ser, según le diera el sol o la sombra, inocente o perversa—, Almíbar, Raigo, Raiga y el Príncipe Contrahecho, como floridos y extravagantes vagabundos, las manos alzadas en demanda de alguna misteriosa limosna. Pero Raigo desapareció en seguida, y sólo Raiga y Contrahecho permanecieron juntos: Raigo se fue, llorando, con las manos manchadas de tierra del Jardín de Ardid, y Raiga le miraba —como repetición de un sueño ya marchito— a través de una horadada piedrecilla azul, y repetía: «Es hermoso, hermoso», ahora con la voz de Tontina.

Traspasada de soledad, Ardid cayó de rodillas, las palmas de las manos apretadas contra los muros, clavando las uñas en ellos hasta sangrar. Sentía deslizarse entre los dedos las lágrimas de todas las historias que se deslizaban a lo largo del muro, mezcladas con su sangre; y clamaba: «Regresa, regresa, Príncipe Once: tú, al menos, algo habrás dejado olvidado en este lugar...» Pero Once no regresaba. Y Ardid no tenía valor para llamar al Trasgo, porque ya habría descubierto su última traición: que Gudú no era el niño que él había enterrado en la viña, y que ella era una vieja y mala mujer que se llamaba Reina, pero que nada tenía en común con la pequeña Ardid que le acompañaba por los pasadizos, y le daba la mano, y le acunaba entre sus brazos. «¿Por qué es tan ciego, y tan indescifrable el mundo al que nos trajeron? ¿Quién nos dejó caer en este mundo, tan mudo, impío y desolador?», clamó, al fin, desesperada.

Soledad, y nada más que soledad, era ahora el Reino de la Más Joven Reina, de la Única y Última —tal como dijera Gudú— Reina de Olar. Soledad y oscura sinrazón. Húmedas historias incompletas, que lloraban los muros, lágrimas que recogían las hiedras tenebrosas, para alimentar su prevalecedora e injusta vida eterna, sobre tantas efímeras y fugaces campanillas, y rosas de espino, y margaritas silvestres. Y Ardid se dijo que toda su ciencia era un vano intento de rasgar el velo del mundo; como vano intento fuera el de Volodioso y era el de Gudú cruzar la linde de lo desconocido, y hallar el último reducto del deseo. «Triste es el mundo, tristes sus criaturas», murmuró, tapándose los oídos, para no oír ni ver a los que hablaban de hermosura donde ella sólo podía ver ahora fealdad, miseria y larga estepa, estepa sin fin.

Nada importaban ya, ni Urdska ni Olar ni Reino alguno, para la última noche de Ardid. Nada importaba, sino la vaga esperanza de recuperar algo que creía haber perdido y nunca había poseído. «Y sólo de tan frágil materia está hecha la vida: de imposibles recuperaciones, de imposibles regresos y de imposibles comienzos», sollozó. Y entre lágrimas vio cómo avanzaba hacia ella el Príncipe de los ojos de hielo, abriéndose paso entre carcajadas de sirvientes y soldados, y niños disfrazados con suntuosos harapos, y muñecos ahorcados bamboleándose en el Árbol de un irremediable invierno.

De pronto, un galope brioso y salvaje se confundía con el galope del caballo de Gudulín, y, al oírlo, Ardid levantó la cabeza y aguzó ojos y oídos. «He aquí una historia que no conozco», murmuró, esperanzada. Una historia que no era sólo un espectro para ella, puesto que jamás la oyó ni tan sólo nombrar: nacía de las piedras, y se abría paso entre las líneas apretadas de *El Libro de los Linajes*. Un caballo se perfiló, tomó posesión de la Torre, y llenó el desván, de forma que todo desapareció: el Árbol, los niños, las risas y el llanto de Gudulín. Una espada brillaba, y una muchacha de ojos azules y negros cabellos la miraba, seria y muda. «¿Quién eres tú?», le preguntó. Pero ella nada respondía. Su caballo trotó silenciosamente en círculo, rodeándole una y mil veces, dando la vuelta al desván —como cumpliendo el rito de un funeral guerrero—. Entonces llegó hasta la ventana un

resplandor rojo como el atardecer. Corrió a ella, temblando de esperanza; y como no hacía desde mucho tiempo atrás, se asomó al exterior y tornó a ver de nuevo el mundo.

Pero un desolado paisaje se ofreció a su vista. La ciudad ardía, y
allí abajo en el destruido Jardín cubierto de escombros y maleza, distinguió dos muchachitos, frente a frente, tan hermosos y esbeltos
—pensó— como sólo los hijos de su raza podían serlo. Pero sus azules
ojos —iguales a los de la muchacha misteriosa— parecían agredirse
fieramente, aún antes de que alzaran las cortas espadas en el resplandor del último sol, como si ya estuvieran manchadas de sangre.

—¡Deteneos, deteneos! —gritó Ardid con todas sus fuerzas.

Los muchachos alzaron la cabeza y la miraron, extrañados.

—Kiro, Arno, hijos míos —clamó Ardid recuperando su vieja
fuerza, los restos de su última persuasión—. ¡Deteneos, hijos míos!
No cometáis ese crimen, porque si eso hacéis, el mundo se desplo-
mará para siempre.

Aún no había aprendido Ardid, pese a todo, que el mundo no
era su mundo, y que su mundo no era el mundo de su hijo ni de sus
nietos.

—¿Quién eres tú, vieja impertinente? —preguntó Kiro, con desprecio e ira.

—Soy la Reina, Príncipe Kiro —respondió Ardid, recuperando la
prestancia de sus mejores tiempos—. Y por tanto, obedecedme: no
asesines a tu hermano, pues de uno de vosotros nacerá algún día el
Rey de Olar.

Entonces, los dos gritaron al unísono, y, con ellos, la joven de
la Historia Desconocida, a sus espaldas, plantada ahora en el lugar
donde antes se alzara el desnudo Árbol de los Juegos. Gritaron los
tres a la vez, y aquel grito se confundió con el aullido de los lobos
—que acudían en manadas al festín de la muerte, y saltaban ya sobre
las murallas abandonadas y ruinosas— y el de las aves nocturnas y el
del lejano trueno marítimo. Y Ardid supo que todos ellos gritaban
una sola cosa:

—¡El Rey soy yo!

Entonces, el caballo de la muchacha del desván se desató en furioso galope, destrozando cuanto hallaba a su paso y hundiéndose en

la profundidad del suelo, mientras los dos príncipes, Kiro y Arno, gritaban a la vez:.

—¡El Rey, mi padre, ha regresado! ¡Voy a unirme a él, porque sólo yo soy su heredero!

Se lanzaron entonces el uno contra el otro: y atravesándose con sus espadas cayeron, enlazados en cruel abrazo. Ardid se asió desesperadamente al borde de la ventana, pero ni un solo grito podía salir de sus labios, ni moverse podía; y vio avanzar los lobos hacia la sangre de sus nietos, que, como un tierno y vívido manantial, teñía la escarcha de rojo.

Fue entonces cuando la Torre comenzó a arder. «Regresa, Once, regresa —murmuró Ardid, sintiendo que sus fuerzas le abandonaban—. Regresa, al menos tú... No quiero estar tan sola.» Pero Once no debía oírla, porque no acudió. En cambio, de la más espesa oscuridad, que ni las llamas podían iluminar, surgieron lentamente multitud de manos sucias que se tendían hacia ella entre harapos, ojos brillantes y caritas demacradas. Y de entre aquel tropel de niños famélicos, uno sólo avanzó hasta ella y se inclinó a mirarla.

—¿Quién eres tú, niño? —dijo Ardid.

—Lisio —respondió él, y nuevamente tendió la mano, suplicante. Pero ella no tenía nada que darle, no le conocía ni jamás había oído su nombre.

Cuando Raigo llegó a la Torre, los lobos devoraban los despojos de sus hermanos Kiro y Arno. Pero no les prestó atención: en las murallas más solitarias otros cadáveres eran devorados igualmente por manadas de fieras hambrientas, envalentonadas ante la indiferencia de que eran objeto —los hombres estaban demasiado ocupados en destruirse mutuamente para apercibirse de ello.

La cúpula azul, que tanto deseaba Raigo alcanzar, aún seguía intacta. Entre él y sus hombres apprestáronse a apagar el fuego. Afortunadamente, junto a la Torre corría el pequeño manantial que, de niños, fuera escenario y partícipe de sus juegos. Rompiendo el hielo, extrajeron agua, y sirviéndose de sus cascos, como si se tratara de barreños fueron sofocando las llamas hasta que pudo introducirse en la

Torre. Al fin, saltando entre las escaleras medio quemadas, llegó al desván: allí el humo lo convertía todo en espesa niebla, en oscuridad mas densa aún que la ya cercana noche. Fue abriéndose paso entre las vigas que empezaban a derrumbarse a su alrededor —y que a punto estuvieron de aplastarle—. Al fin, sorteando despojos ennegrecidos, descubrió la mano ensangrentada de Ardid, desesperadamente asida al muro, y creyó oír su voz.

Apartó astillas, cenizas y antiguos jirones que se deshacían en humo y al humo regresaban. Las lágrimas corrían por su rostro, pero los hombres que le acompañaban las creían fruto de la espesa humareda. Raigo asía entre sus manos aquella otra mano, ya inerte, arañada y sucia, que, en tiempos, fue la única que se le tendió y la única que, como ahora, asió con fuerza, amor y esperanza. Pero ya nada tenía remedio. Sólo humo, lágrimas, antigua humedad y musgo, maderas calcinadas, ecos de batallas —batallas que acaso tan sólo aún oiría Ardid— rodeaban la muerte de la última Reina de Olar.

4

CUANDO Gudrilkja vio al Rey tan cruelmente herido, abrióse paso entre los soldados, y se acercó a él. La sed que desde hacía tanto tiempo la consumía hallaba repentinamente reposo, y, paradójicamente, la amenazada vida del Rey le comunicaba una especie de sosiego, como la frescura de la noche sobre las estepas ardorosas. Pues si bien deseaba que muriera, gozaba ahora imaginando su agonía.

Su amigo, el soldado, la detuvo a la puerta de la tienda:

—No entres Gudrilkja... tal vez el Rey te reconocería.

Pero ella no le hizo caso. Grande era la confusión que reinaba por doquier. Por tanto, nadie pudo impedírselo. Entró en la tienda del Rey, y cuando, al fin le vio, se sintió sacudida por una impresión tan fuerte que a punto estuvo de destruir todas sus esperanzas. Al lado del Rey habían colocado, con honores de héroe, a aquel que no quería ser soldado y que, a última instancia, abandonó su cargo de Consejero y, en la lucha, revelóse como el más valiente de todos: su medio hermano Krhin. El Rey lo contemplaba con el respeto que sólo tenía para los grandes guerreros.

Krhin aparecía ahora blanco y hermoso, como jamás lo viera antes; y había tanta dulzura en su semblante que Gudrilkja tuvo que hacer ún gran esfuerzo para no abrazarse a él, llorando. Le quería como si fuese de su propia sangre; él era la memoria de sus primeros pasos, confidencias y deseos: y ahora estaba allí, atravesado por una lanza esteparia, huido de su lado para siempre, junto al Rey.

Gudú levantó la vista y la miró:

—¿Qué quieres, soldado? —indagó, fríamente, pero sin rudeza.

Gudrilkja creyó que su corazón renacía del gran dolor:

—Señor —respondió—, os pido tan sólo una cosa: quiero permanecer a vuestro lado, y defenderos de todo aquel que intente haceros daño.

El Rey Gudú sonrió con expresión de incredulidad, y aquella sonrisa espoleó su ira:

—Sabed, Señor, que me batí como el mejor, y que tengo pruebas de ello. Creedme, Señor; mi admiración y lealtad, hacia vos no tienen límites, y si me admitís en vuestra Guardia, jamás será un Rey tan bien guardado y protegido.

El Rey la observó con curiosidad. Al fin, dijo:

—Tus palabras, muchacho, me recuerdan que hace mucho, mucho tiempo, un joven no mayor que tú guardó mi vida, y la protegió como nadie lo hizo después de su muerte. Tal vez es verdad que en los jóvenes reside toda la fuerza y lealtad que no sabemos conservar con los años... Está bien, puedes quedarte conmigo. Pero si un día te ordeno que desaparezcas, cuida bien de obedecerme sin rechistar, o sabrás lo que es el rigor del Rey Gudú.

—Muy bien lo sé, Señor —respondió ella, con tal fiereza que sorprendió al mismo Rey—. Por tanto, también sé lo que me exigís, y lo que soy capaz de entregaros.

En aquel instante, los soldados avisaron al Rey de que, al fin, el Príncipe Raigo había hallado a la Reina. Gudú intentó incorporarse para ir a su encuentro, pero sus fuerzas le abandonaron. Entonces, Gudrilkja le ayudó. Y en tanto el Rey ordenaba que trajeran a ambos a su tienda, Gudrilkja preguntó:

—Señor, en las lindes de la estepa, donde me crié y crecí, oí hablar mucho de la Reina Ardid... ¿Es realmente tan sabia y tan grande?

—Lo es —contestó Gudú—. No creo que exista nunca otra que pueda comparársele.

—Tal vez, Señor —murmuró Gudrilkja—, si hubierais tenido una hija, sería como ella.

—Tal vez la tuve, pero creo que murió... y tan niña que no me dio tiempo a conocer sus dotes —respondió el Rey, cerrando los ojos, pues su herida le dolía con un dolor tan hondo y desgarrador que diríase iba más allá de la carne y los huesos.

Alzóse entonces la cortina, y entró Raigo. Llevaba en brazos el cuerpo de Ardid, y las largas trenzas de la Reina, tan blancas como jamás las viera Gudú, pendían hacia el suelo. Sus ojos estaban cerrados, y tenía las manos cubiertas de arañazos y de tenues gotas de una sangre fresca, brillante y en verdad hermosa. Repentinamente, parecía una niña: una niña regresada en un cuerpo de mujer.

Raigo la depositó dulcemente sobre las pieles que cubrían el suelo, y se arrodilló a su lado. Y cuando habló, el Rey notó el temblor de su voz:

—Señor, os ruego que, pese a la ruina que nos rodea, me permitáis enterrar a la Reina como ella merece. Pues si no fuera por ella, tal vez vos, y yo mismo, no existiríamos ahora.

El Rey contempló en silencio el rostro de su madre. Y llegó hasta él un gran frío: un frío como ni en los días más rudos de la estepa invernal había sentido; un frío que, como el dolor, alcanzaba e invadía regiones desconocidas de sí mismo. Contempló aquel rostro una y mil veces y, lentamente, un grande y cruel asombro le iba llenando: ¿Cómo era posible que jamás volviera a oír sus arteros consejos, disfrazados de dulzura? ¿Cómo era posible que jamás volviera a ver, con regocijada admiración, el brillo astuto de aquellos ojos que encerraban —para él— todas las intrigas y malicias de la tierra? Y Gudú sintió que contemplaba ante sí un misterio más grande y más imposible de desentrañar que el de la misma estepa.

—Fue una Reina como pocas —dijo lentamente, como para sí—. Acaso como ninguna. Y si tengo fuerzas para tenerme en pie, la acompañaré contigo hasta su última guarida: ya que en guaridas le gustó vivir, y de guaridas salió... ¿Sabes una cosa Raigo? Tal vez jamás exista otra Reina en Olar, excepto la Reina Ardid.

Y aunque nadie alcanzó el último significado de sus palabras —pues sólo le movía ahora la oscura y profunda intuición de que ella era el Reino, y sin ella el Reino había perdido su fuerza más grande y valiosa—, todos pensaron que Gudú decía verdad.

Y así, los soldados, los nobles y los plebeyos —que por primera vez empuñaron la espada en aquellas lides—, y cuantos la acompañaron al solitario y muy abandonado Cementerio Real —donde la estatua de Volodioso aparecía hundida en barro hasta la cintura, amenazando al viento con su espada de piedra—, lloraron en silencio la pérdida de su Reina como el más grande e irreparable dolor que pudiera infligirse a Olar.

Tan sólo un corazón sentía de muy distinta forma aquella muerte: un corazón de guerrero en un cuerpo de muchacha, que, hurtando el rostro a las miradas de todos —en especial del Príncipe, que ni tan sólo se dignaba dirigir sus ojos a tan insignificante soldado—, se decía: «La última Reina no es ella. Otra Reina tiene Olar». Y con este convencimiento vio caer la tierra sobre Ardid. Y regresó del Cementerio sabiéndola enterrada y, para siempre, hundida en el mudo, sordo y ciego Reino de los que Nunca Regresan. Sólo ella, y el Rey, no lloraron aquella noche.

5

LOS días fueron sucediéndose lentamente, pues lentos parecen los días en que las heridas se restañan y las piedras vuelven a elevarse unas sobre otras. Huyó el invierno, junto a los lobos, otra vez perseguidos: pues la paz entre los hombres es su mayor enemigo. Y así, barriéronse las cenizas, y la primavera aventó el hollín de los incendios; y la ciudad, los campos, y la silueta del Castillo de Olar fueron despertando y perfilándose nuevamente —si bien despaciosamente, entre grandes privaciones— bajo el indiferente cielo.

Cuando el Castillo de Olar había reconstruido a medias su Ala Sur, llegaron los chubascos de la primavera; el Ala Norte, que había sufrido los más duros ataques, permanecía aún en ruinas. Pero el Reino despertaba, bajo el calor del sol, y el Rey, a medias recuperado de su extraña herida, demostraba una vez más que su energía no se doblegaba fácilmente.

—Señor —se impacientaba Raigo—, ¿cuándo regresamos a las estepas?

—Aguarda al verano —decía el Rey. Y ocupábase con ahínco en reconstruir la ciudad, y sobre todo, en rehacer su maltrecho ejército.

De nuevo flamearon sus enseñas en las torres, y, poco a poco, aparecieron los primeros vendedores en la Plaza del Mercado. Los campos comenzaban a florecer, y alguna cosecha salvada de las batallas, brotaba tímidamente.

A caballo, seguido de su fiel escudero, el Rey recorría los contornos en busca de hombres, y revisando progresos y demoras de cuanto alcanzaba su mirada.

—Renacerá Olar —decía—. Antes del verano, Olar volverá a ser lo que fue.

Así lo creía: pero muchos de los que le oían pensaban que, sin la Reina Ardid, Olar jamás volvería a ser el de antes.

Cuando llegó el verano, tanto la ciudad como el Castillo de Olar, ofrecían un aspecto esperanzador. Pero la herida del Rey no sanaba. Y pese a que él nada decía, todos le veían enflaquecer y consumirse. Inútilmente visitábanle los Hermanos Pastores, y aplicaban a su herida sus emplastes secretos y practicaban sus ritos. Al fin, un día, Lar dijo:

—Esta herida no es una herida como las otras: yo no conozco su remedio.

El Rey apoyó su mano en el hombro de Lar, y mirando intensamente a su afligido Hijo de los Bosques, dijo:

—Guarda estas palabras para ti y para mí, y que nadie pueda oírlas.

—Nunca traicionaré a mi padre —dijo Lar.

El Rey preguntó:

—Ahora, dime, ¿por qué es diferente esta herida?

—Esta herida está hecha de tiempo, y la urdieron contra ti las fuerzas de un amor y una venganza —dijo Lar.

—¿Eso qué significa?

—No lo sé —dijo Lar, compungido—. Puedo leer la sangre, pero no la entiendo.

Cuando le despidió, el Rey montó en su caballo y salió completamente solo a los campos. Al llegar al Lago, le abatió una gran debilidad, y nuevamente aquel extraño frío se apoderó de él. De suerte que, aun presentándose a su alrededor el verano radiante y cálido, temblaba. Regresó al Castillo y ordenó a Gudrilkja que a nadie permitiese molestarle.

Se había instalado ahora en las que fueran habitaciones de su madre, por considerarlas aún las más resguardadas del Castillo. Sobre la cornisa de la chimenea, reposaba un objeto que, extrañamente, no fue destruido por la batalla: el reloj de arena. Y mientras así contemplaba caer las gotas de oro, una furia extraña se apoderó de él. «¿Por qué no soy tan fuerte como antes? —se dijo—. ¿Por qué una sola herida, después de tantas otras y tan peligrosas, me sume en tan triste condición?»

El hueco de la chimenea parecía exhalar un frío tan grande que se le calaba hasta los huesos y le obligó a arroparse en las pieles de su manto.

Así permaneció durante tres días. Al amanecer del cuarto, nuevas y graves noticias le sacaron del extraño temblor que le aquejaba. Urgentemente, Raigo pedía ser recibido por el Rey. Cuando se halló en su presencia, dijo:

—Señor —y había un fuego casi desesperado en sus ojos—, Rakjel vuelve a atacar: y esta vez lo hace con tal brío que temo que Ciudad Yahekia caiga en su poder, y con ella las tierras anexionadas de la estepa, si no acudimos prontamente en su ayuda.

El Rey reflexionó largamente. Al fin dijo:

—Raigo, he de meditar bien cuanto es más oportuno hacer: en estos casos la precipitación es mala consejera.

La repuesta y renovada Asamblea se asombró de aquellas palabras, que, por boca del Príncipe Raigo, y con evidente despecho, les fueron comunicadas.

A ninguno de los presentes había pasado inadvertida la tendencia del joven Príncipe por las vestiduras que, aun en tiempos tan precarios, seguía ostentando. Y aunque reconocían sus dotes de guerrero, su valor, su lealtad y la dureza de su mano, aquel aspecto de su personalidad les desconcertaba. Estaban desde tiempo y tiempo atrás acostumbrados a la frugal austeridad del Rey Gudú, y el aspecto de su hijo los llenaba de desconcierto.

—Príncipe Raigo: el Rey Gudú habla siempre con gran sabiduría y tiento. Aguardemos sus decisiones —dijeron.

Pero las decisiones del Rey tardaban tanto en manifestarse como tardaba en cerrarse su herida.

Estaba ya muy avanzado el verano cuando casualmente halló Gudú, en la que fue cámara privada de Ardid, el tablero de ajedrez del difunto Almíbar. Llamó a Gudrilkja —a quien seguiría creyendo un joven soldado— y dijo:

—Muchacho, ¿conoces este juego?

—La Princesa Indra y su hijo Krhin, de quien era buen amigo, me enseñaron sus reglas. Pero no sé si las recordaré.

—Inténtalo —dijo el Rey.

Y, cosa inaudita en aquel hombre, en partidas de ajedrez pasaba horas y horas, aunque, la cabeza inclinada sobre el tablero, seguía reflexionando, urdiendo y maquinando, como lo hiciera antaño ante los ya descoloridos dibujos del Hechicero.

Gudú parecía recuperado, y todos lo creían así, excepto el Hermano. De todas formas, y a pesar de su herida, iba reconstruyendo poco a poco la ciudad y su entorno. Y, efectivamente, Olar despertaba. Llegaban gentes del Sur, del Norte, de lejanos puntos del mundo: parlanchines mercaderes se instalaban en la Plaza del Mercado, oficiosos sastres abrían sus tiendas, y se volvió a oír el golpe de los yunques en las herrerías.

Nuevamente reclutaron, y condujeron a las Tierras Negras, muchachos no aptos para la guerra: eran enviados a las minas, en busca de hierro y bronce, que tan necesarios les eran. Un Herrero Mayor fue de nuevo puesto al frente de la herrería de Olar. Gudú reorganizó su maltrecho ejército, e incorporó a sus huestes artesanos: guarnicioneros, fundidores, carpinteros y todo aquel que podía serle útil. Pero dejó para más adelante —una vez hubiera vencido al odiado Rakjel— la reconstrucción de su Corte Negra.

Y una vez más, partió hacia las estepas.

Raigo sintió una profunda decepción cuando Gudú, en lugar de llevarle con él, le encomendó, durante su ausencia, la regencia de Olar. En otro momento este nombramiento hubiera significado una gran alegría para él, puesto que con ello demostraba la decisión de reconocerle, oficialmente, heredero del Trono. Pero no fue así. Y no lo fue, porque hacía ya tiempo que el corazón de Raigo sufría la insoportable ponzoña de los celos.

A nadie pasaba inadvertido —y a él, menos que a nadie— la predilección que, de día en día, mostraba el Rey por aquel joven escudero —a quien todos llamaban Gudri—, de cuya compañía jamás se apartaba. Y Raigo le odiaba, le odiaba con toda la fuerza, con toda la pasión heredada, sin duda, de su origen sureño. Era inteligente, astuto y soberbio, pero todas estas cualidades sucumbían ante la amenaza palpable o meramente sospechada de ser suplantado en la consideración o amor de alguien a quien él respetase: y muerta Ardid, sólo podía respetar a su padre, ya que no amarle. Respetarle, admirarle, odiarle y sobre todo sustituirle.

A veces, mirándose en las aguas de un remanso, en lugar de ver su imagen, se veía coronado. No como hacía de niño.—Raiga y Contrahecho solían tejer para él diademas de hojas silvestres, yedra e, incluso, en una ocasión, de piñas—, sino ciñendo una auténtica corona, la de Olar, aquella corona que supo aureolar de gloria Volodioso, y engrandecer aún más el Rey Gudú. Pero con ser tan grande la ambición de Raigo, cedía paso al viscoso sentimiento de los celos, y los celos, la envidia, el rencor o quién sabe si oscuro desamparo, era lo que movía al legítimo sucesor de Gudú.

Y aquellos sentimientos que arrastraba desde tiempos anteriores a él, tan suyos, que casi podían enlazarse con los del niño Volodioso, cuando vio con horror morir a su madre bajo la brutalidad del padre, llegaba hasta la soledad de otro niño, hijo ignorado. Un niño llamado Gudú, que escapaba de su encierro para atisbar por alguna rendija, eco, palabra o rayo de sol, el mundo o lo que él suponía que eran el mundo y la vida. Prisionero de sus deseos, Raigo odiaba con toda la violencia de su juventud al joven soldado Gudri, aquel que se llevaba consigo Gudú a las estepas. Menos le importaba que Gudú le considerara oficialmente su Heredero, que saberse postergado en la gran victoria de Olar sobre los esteparios.

Cuando Gudú y sus huestes avistaron la Ciudad Yahekia, sólo hallaron murallas derruidas, y el olor de la muerte, del vacío, del odio, la crueldad y la venganza.

Una vez allí, reorganizó lo que quedaba de sus hombres. No eran muchos ni demasiado entusiastas. Pero él sabía que su presencia y su palabra levantaban sus ánimos. Y aunque ahora, de nuevo lo consiguió, algo naufragaba dentro de él. Por primera vez conocía el desfallecimiento, no en sus tropas, sino en sí mismo, y quizá un impreciso desinterés por cuanto estaba haciendo, cosa antes impensable, le invadía. Lo desconocido ya no revestía el aliciente de antaño, carecía ahora de la fuerza o del brillo de la gloria. Pero no podía detenerse en estas minucias ni permitirse abandonar las únicas razones que habían dado sentido a su vida: deseo, poder y desvelamiento del más allá; alcanzar lo que no se ve, lo que nadie sabe, lo que uno mismo quizá tampoco sabe si desea alcanzar. Y entonces se dijo: «¿No será que la realización del deseo, que el conocimiento de lo que se cree imposible de desentrañar, destruye el impulso más importante de nuestra vida?» Y se preguntó si era empresa inútil cuanto había logrado; no sólo él, sino su padre y su abuelo. Puesto que el mundo se le ofrecía ahora tan vasto como inane; y el misterio de la vida, y con él, el desvelamiento o cumplimiento de cuanto anhelaba, desaparecía de ella. Y si desaparecía de su vida, desaparecía de la tierra. En esto era como su madre: donde estaba él, estaba el Reino;

donde estaba el Reino, estaba el mundo. Todo lo demás carecía de importancia.

La noticia de la muerte de Urdska había llegado a aquellas tierras. Y cuando se acercaron a la famosa Isla, la hallaron, con asombro, abandonada. Pero este descubrimiento, en lugar de alegrarle como alegraba a sus hombres, hizo desfallecer el ánimo de Gudú. De pronto, el enemigo, sal y pimienta del deseo y de lo desconocido, desaparecía. Y a medida que avanzaban, sin ninguna dificultad, sólo hallaron a su paso ruinas, soledad y silencio.

La escasa resistencia que encontraron, se doblegaba, se rendía o huía inmediatamente. Sus hombres perseguían encarnizadamente a sus enemigos, pero algunas veces fueron asaltados por pequeños grupos de las Hordas, o lo que quedaba de ellas, unidas a los rubios y no menos salvajes Weringios. Poco a poco, si no fuera por el odio que le conducía, jamás hubiera llegado a enfrentarse a ellos, puesto que un vasto desinterés, un misterioso abandono de sí mismo, le hubiera detenido. Pero quería encontrar a Rakjel. Y, en efecto, lo encontró.

Sus hombres le habían abandonado porque, entre los de su raza, un hombre herido o cobarde o enfermo vale menos que una rata esteparia. Y yacía allí, en su tienda de fieltro hecha jirones, tendido sobre pieles de rata, casi blanco, pues la sangre se escapaba de sus heridas y con ella su vida.

Rakjel aún tuvo fuerzas para sostener su mirada. Era la mirada de dos hombres que aun sin decírselo sabían que en un tiempo habían sellado un pacto de lealtad y de honor. Y este pacto había sucumbido bajo los cascos de la venganza, el odio y el amor —al menos por parte de Rakjel—. Habían quebrado aquel pacto, que parecía indestructible, como se quiebra una débil ramita entre los dedos. Y alguna de estas cosas debió percibir Gudú en la mirada de su enemigo, aunque no era sensible a todas sutilezas. Pero aquel había sido su Cachorro preferido, y, tal vez, su único amigo. No ordenó matarle, simplemente le hizo prisionero, e incluso envió al Físico para cuidar de sus heridas. Quizá suponía que esta actitud sería más dolorosa para Rakjel, como lo hubiera sido para sí mismo, que enviarle directamente a la muerte.

Ante el estupor de todos, en lugar de avanzar más allá, a través de las estepas, que por solitarias y abandonadas tan propicias se ofrecían a la conquista, ordenó detenerse a sus huestes. Y en esa linde, clavó sus enseñas y marcó los nuevos confines de su Reino. Y no hizo esto solamente, sino que ordenó tajante y severamente que allí se detuvieran, y que los hombres y guarniciones que dejara en aquella frontera, se limitaran a defenderla, pero, en adelante, sin avanzar jamás con pretensiones de conquistarlas.

Y regresó Gudú a la marchita Yahekia. La ciudad ya no se asemejaba a aquel bullicioso hervidero de soldados, gente mezclada en armonía de razas, mercenarios, olarenses e incluso esteparios. Ya no se oían en sus calles las canciones y risas de las mujeres ni el corretear de sus hijos.

Gudú quiso ver y hablar a la Princesa Indra. Cuando la tuvo ante sí, encontró una criatura tan vieja y apagada que sintió un gran desagrado hacia ella, y no la destituyó de su cargo por respeto a la memoria de Yahek. Al verla, no sólo veía la decrepitud y la pena, sino que llegaban a su memoria los fantasmas de sus mejores hombres: Yahek, Randal...

Ordenó que trajeran a su presencia al prisionero Rakjel. Aunque aparecía muy maltrecho, lo cierto es que ni le había hecho torturar ni mucho menos había decidido para él una muerte espeluznante, tal y como era la costumbre en estos casos. Sus gentes no sólo esperaban tales sentencias, sino que las deseaban. Y al comprobar que ninguna de estas cosas sucedían, se alzó un ligero descontento entre sus hombres.

Gudú ordenó que le dejaran solo con Rakjel y Gudri, de quien ya no se separaba nunca:

—¿Por qué lo hiciste, Rakjel? —le preguntó únicamente.

No era compasión lo que había detenido la muerte o la tortura de su antiguo Cachorro, sino una inmensa curiosidad. De pronto, el ansia de saber era el motivo más importante de la vida de Gudú.

Entonces, Rakjel, que apenas se sostenía sobre sus piernas, y era casi un espectro de sí mismo, respondió:

—Sólo conozco dos sentimientos tan fuertes que obliguen a un hombre a traicionar su palabra: el ansia de libertad o el odio. Existe un tercer sentimiento, pero tan ambiguo, tan dividido y tan misterioso, que desde luego tú, Gudú, ni siquiera puedes sospechar: el amor.

Y como poseído, como si de repente reventara una pústula largo tiempo larvada, el lacónico Rakjel se deshizo en palabras:

—Ese joven escudero que tienes a tu lado, no es tal: se llama Gudrilkja, y es tu hija.

Y a continuación le habló de la Bruja de la Estepa, de su hermana, de sus hermanos, de todos aquellos que Gudú no había considerado nunca como seres humanos ni respetables.

Desconcertado, Gudú no acertaba a decir palabra. Solamente cuando Rakjel calló y se sumió en un abatimiento como sólo se percibe en la antesala de la muerte, acertó a preguntarle:

—Pero dime , ¿por qué me has traicionado? ¿Por qué? Si yo te lo di todo. Si nunca hubieras tenido más honores ni riquezas de las que yo te hubiera proporcionado...

Y Rakjel no contestó nunca a esta pregunta. Se limitó a reír y reír. Y murió así, como un lobo estepario, ante la ira impotente de Gudú.

En ese preciso momento un joven emisario trajo la nueva de la traición de Raigo. En ausencia de su padre, ensoberbecido y dolido, había tomado el poder. Al parecer, había soliviantado y dividido a los barones, haciéndoles promesas para el futuro. El menor contingente de ellos siguió fiel a Gudú, habían acudido a su encuentro.

Los Hermanos del Bosque seguían fieles a Raigo. Confusos, no entendían a aquellos hombres que se mostraban tan volubles en sus juramentos. Sus molleras no podían considerar plenamente la situación. ¿Desobedecían y traicionaban a su padre? ¿Debían abandonar al Niño de Oro?

A solas con Gudrilkja, Gudú la miró de arriba abajo. Ya sabía que no era un hombre. Era una mujer, y aún sabía mucho más: era su hija. No había conocido a ninguna antes que a ella, y puede decirse que tampoco había conocido a ninguno de sus hijos cuando eran críos, puesto que sólo a Gudulín llegó a tratar, y brevemente. Además, Gudulín fue para él solamente como el retoño de un árbol, que esperaba ver medrar. Aquel retoño se había malogrado. Pero, ¿una mujer? Una mujer, además, con alma, valor y aptitudes de soldado... Una nueva confusión se añadió a las ya encontradas confusiones que últimamente le dominaban. Así, al mirarla plantada ante él, alta, delgada, fibrosa, con aquellos grandes ojos que —ahora se daba cuenta— parecían espejo de los suyos, dijo:

—Soldado, abandona todas tus farsas y mentiras. No solamente sé que eres una mujer, sino que eres mi hija.

La sorprendida entonces fue ella. ¿Su hija? ¿Cómo era posible? Nadie se lo había revelado jamás.

—Yo no soy tu hija —rehuyó, casi gritó—. Yo soy la hija de un viejo soldado que murió a tus órdenes. Yo no puedo ser tu hija, porque te amo.

El Rey sonrió.

—¿Qué es eso de que me amas? El amor es una de las grandes mentiras de este mundo. Pero, Gudrilkja, tú eres mi hija, y como en estos momentos carezco de un heredero aceptable, puesto que tu hermano Raigo se ha convertido en el usurpador de mi Reino, deposito en ti toda mi confianza y mi esperanza. Muchacha, algún día tú serás Reina de Olar, la sucesora de aquella que fue la Reina más grande, la única hasta ahora que pudo ostentar ese título, y que desdichadamente ha muerto. Únicamente tú eres digna de suceder y conservar su buen nombre.

Pero Gudrilkja no entendía, no comprendía las palabras de su padre, sólo veía en él a un hombre, al que admiraba y deseaba. Le deseaba como hombre, y como Rey ansiaba sucederle. Ahora sabía lo que antes le había sido negado. Sabía por qué cuando era niña y le veía pasar con su caballo al frente de sus huestes, recortada su silueta contra el rojo atardecer de las estepas, una escondida voz gritaba en su interior: «¡Yo soy el Rey!»

Dio media vuelta sin responder al Rey, sin siquiera dedicarle una sonrisa, ni tenderle una mano, ni pronunciar una sola palabra. ¿Qué podía decir? ¿Qué podía decir a nadie, ni a ella misma? ¿Qué podía preguntar a su propia vida, puesto que los que la habían engendrado ni siquiera conocían o querían conocer su origen? Y sintió un repentino odio hacia su madre, por haberle ocultado durante tanto tiempo aquel secreto, y hacia Indra por haber sido su cómplice, e incluso hacia el pobre Krhin, a quien tanto había amado, por haber contribuido a aquel espantoso silencio que se había cernido sobre su vida. Su vida de niña, indefensa, solitaria. Niña que sólo podía encaramarse a un caballo y con él huir.

Montada en su corcel, atropellando cuanto encontraba a su paso, impelida por una furia que iba más allá de sí misma, de la que ni siquiera conocía la fuente, impulsada por el gran torrente de su odio, de su amor y de su venganza, Gudrilkja se encaminó hacia aquel Castillo donde hubiera podido ser, quizá, la sucesora de Ardid. Penetró en el recinto, milagrosamente respetada por cuanto soldado halló a su paso. Tal vez de ella emanaba un resplandor, una suerte de nimbo que paralizaba las espadas y las voces. Era un resplandor como el que circunda la luna o el sol en ciertas noches o amaneceres misteriosos de la estepa. Era una luz, un color que aureolaba su figura, a pesar de cuantas noches y sombras se hubieran interpuesto en su camino hasta aquel momento.

Así, como un verdadero guerrero estepario, entró a caballo en la Sala de las Ceremonias. Nada podía oponerse al galope furioso de su cabalgadura, e irrumpió como un trueno, justo en el momento en que iba a ser coronado Raigo e iba a serle entregada la espada de Volodioso. Ante el horror de todos, Gudrilkja arrancó la espada de las manos de Raigo y con ella asestó una herida a su hermano.

Raigo rodó bajo la enorme mesa de madera que presidía la sala y de pronto supo que no era solamente el color de todos sus collares, de sus flores y sus sueños, lo que le estaba abandonando. Era él quien abandonaba la vida. Pero al mismo tiempo se sentía crecer, apartarse y elevarse sobre sí mismo; y se contempló desde una zona que nunca había podido imaginar, convertido poco a poco en estrella o en un desmenuzado archipiélago. Lloró suavemente, sin dolor, y ante los aterrorizados nobles, que habían desenvainado sus espadas, acudieron aullando los Hermanos. Al ver lo que había hecho Gudrilkja con su Niño de Oro se lanzaron contra ella. Pero la muchacha saltó, ágil, hasta la ventana, montada en su negro corcel.

Durante mucho rato la persiguieron, hasta que al fin, en la orilla del Lago la alcanzaron. Ella no conocía aquel camino, y sólo pudo dar vueltas y más vueltas en círculo a su alrededor. Los Hermanos le atravesaron el corazón, le arrancaron de las manos la espada de Volodioso, y retornaron a la desierta Sala de las Ceremonias.

En aquel momento, el Vigía anunciaba el regreso de Gudú. Despavoridos, los seguidores de Raigo abandonaron el lugar. Únicamente, los Hermanos del Bosque permanecieron allí. Levantaron a Raigo con gran dulzura del suelo y lo depositaron en un lecho de hierba, musgo y flores. Antes de morir, Raigo, conmovido por lo que acababa de descubrir, les dijo:

—Ponedme junto a mi hermana Gudrilkja, y revelad a mi padre que era mujer e hija suya, y entre nosotros dos colocad la espada de nuestro abuelo. Ofrecednos al Rey Gudú como presente, y decidle que esta es su descendencia, esta es la estirpe que le sucederá...

Así murió, y los Hermanos redoblaron sus tambores de llanto. Al oírlos toda la ciudad quedó sumida en la consternación. Algunos intentaron huir, pero la entrada del Rey les paralizó; otros se postraron de hinojos, y los más se encerraron en sus casas.

6

UN aire lúgubre y luctuoso se extendió por Olar. Al fin y al cabo, con Raigo la ciudad había renacido de forma extraña. No era la riqueza de los tiempos de Ardid, pero encandilaba a la gente. Mercaderes y artistas de toda especie llegaban del Sur, modas y costumbres que en otros tiempos hubieran parecido inaceptables, ahora se adueñaron de todos los corazones. Crearon entre todos nuevas riquezas, nuevos conceptos de vida. Los viejos dominios renacían, se renovaban y se extendían por doquier.

Con su sola presencia, Gudú pareció retornar a las gentes de una especie de locura. Después de todo, era el mejor Rey que habían tenido. Y Gudú, impávido, recibió a las puertas de su Castillo el presente que Raigo había encomendado a sus inocentes y feroces Hermanos.

Los Hermanos lloraron; no entendían en su profunda verdad cuanto ocurría. Sólo sabían una cosa, que habían hecho un pacto de sangre con el Niño de Oro y con su Padre. Por lo tanto, ni huían ni temían ni odiaban. El único sentimiento que les movía era el de una primitiva, pero muy arraigada fidelidad a la palabra dicha. Así que llevaron a Raigo y a Gudrilkja, tendidos sobre parihuelas, con la espada de Volodioso entre los dos, y repitieron al Rey las terribles palabras de Raigo: «Éste es el último presente de tu Hijo. Ésta es tu Dinastía. Éste es el futuro de Olar...»

Gudú permaneció un rato en silencio, mirando los cadáveres de sus hijos. Luego, con lacónicas palabras se limitó a ordenar que fueran enterrados junto a su abuela y su padre. Después, dirigiéndose a los Hermanos, dijo:

—Habéis dado muerte a mi hija, y eso es un gran delito, por lo cual os destierro por varios años al bosque: reuníos con vuestras mujeres, y cuando los hijos que ahora engendréis crezcan, enviádmelos a la Corte Negra, que sin duda alguna renacerá: sólo a ellos les perdonaré. Pero a vosotros, ni os perseguiré ni os daré muerte. No olvido que soy vuestro Padre.

Con gran tristeza, los Hermanos del Bosque se inclinaron ante el Rey, y luego, retomando sus cayados, sus rebaños y sus pieles, regresaron a las montañas y se perdieron en la niebla.

La herida del Rey no cicatrizaba, antes bien, empeoraba. Inútilmente los vasallos fieles trajeron Físicos extranjeros, con la esperanza de curarle, pero no lo consiguieron.

El invierno se mostraba crudo, y el Rey se retiró a meditar. A veces llamaba a sus nobles y reunía a los consejeros, no desatendía el renacer y la prosperidad de su Reino, especialmente de la ciudad de Olar. Dictó nuevas leyes y se preocupó más que antes por mejorar la vida de los lugareños. A veces, alguno de sus consejeros le decía:

—Deberíais tomar esposa, Señor. Os lo ruego, debéis dar un nuevo heredero a Olar y consolidar así la sucesión del Trono.

Pero Gudú lo tomaba a broma. Una broma un tanto amarga por el tono de su voz y su sonrisa:

—No es preciso que tome esposa para eso —respondían—. Además, de entre los nuevos Cachorros, y no necesariamente de mi sangre, saldrá el nuevo Rey de Olar.

Pero la Corte Negra ya no existía, era sólo una leyenda, y no precisamente alegre.

Así pasó el invierno y retornó la primavera. Un día hermoso, con la
hierba cubierta de gotas de agua, el cielo despejado y azul, donde
sólo una pequeña nube muy blanca huía hacia otros países, Gudú
montó nuevamente en su caballo. Todos decían que el sol había regresado de sus refugios invernales y el calor se expandía por todas partes. Pero Gudú tenía frío, un frío del que no se podía proteger. La primavera era aún muy tierna, apenas había terminado el deshielo, y
Gudú se encaminó hacia el Castillo Negro.

Cuando llegó, sólo encontró allí ruinas, desolación y malas hierbas por doquier. El galope de su caballo espantaba a los murciélagos,
a las enormes ratas, a las importunas aves. Cabalgó por el recinto, y el
eco de los cascos resonaba en sus oídos como un antiguo tambor llamando a combate. «Todos dicen que la vida ha regresado», se repitió
Gudú una y otra vez. «La vida siempre vuelve a empezar.»

Súbitamente enardecido, planeó el renacer de una nueva Corte
Negra, enriquecida por la experiencia y la traición. Pero el frío era tan
grande para él, que no podía dominarlo. Tiritaba, y no sólo era eso, se
daba cuenta de que no podía retener nombres ni fechas, gloriosas o
nefastas. Y por contra, regresaba a su memoria la imagen de su viejo
maestro, el Hechicero, de sus odiados hermanos Furcio y Ancio, de su
fiel Yahek y de Randal. No de Rakjel, en quien tanto había confiado, y
quien tan mal le había respondido. Porque las últimas palabras de
Rakjel antes de morir, su desprecio por lo que no fueran su Reino o
sus gentes, no habían rozado siquiera su conciencia, y no tenía memoria para él. Y se dijo: «No es mi descendencia legítima la que me
honra: quien verdaderamente podía hacerlo fue una muchacha. Ella
supo morir por mí y, sin embargo, yo la desprecié antes de nacer».

Vagando entre las ruinas se detuvo al fin en un rincón donde el
viento parecía rememorar antiguas palabras.

Allí, olvidado de todos, y más aún por los de su raza, entre la

maleza, las jaras y las ortigas, habitaba ahora el Trasgo del Sur. Le habían repudiado, no sólo la Dama del Lago, sus hermanos trasgos, los
gnomos del Subsuelo y las luciérnagas, sino toda criatura que despierta con la luna y muere con el sol. Sólo, de tarde en tarde, le visitaban los silfos, porque los silfos están hechos de viento, vuelan en el
viento y sólo guardan viento en sus cabezas.

Ya era visible hasta para el más torpe viñador. Sin embargo,
Gudú, su amado Gudú, al que llegó a confundir con Gudulín, y por el
que perdió la protección de Ardid, seguía sin distinguirle. Como la
contaminación humana es la peor de todas las contaminaciones, a él
no le veía Gudú, pero sí a lo que fue racimo un día, y causa de su perdición. Y en aquel racimo crecido en el amor, donde los humanos al-
bergan el corazón, ya no quedaba más que un grano. Sí lo vio Gudú,
aunque ni veía ni oía al Trasgo que, lleno de dolor, se abría el pecho
para enseñarle la causa de su desgracia. El último grano de uva, ya
muy maduro, brillaba al sol del verano como un topacio. En aquel
instante, el Trasgo le reconoció, y con postrero reproche dijo: «Mira lo
que hiciste conmigo, mira lo que hiciste conmigo». Gudú tomó el
grano entre sus dedos, lo arrancó y lo devoró. El Trasgo desapareció
así para siempre con un largo lamento, y se convirtió —tal como le
había advertido la Dama del Lago—, en hojas de otoño, pisadas de
ciervos en la hierba, cri-cri de mariposas cantoras en la noche.

Se hundió el sol en el Lago y aunque Gudú avanzó en pos de su
calor, lo perdió.

De regreso al Castillo halló un grupo de niños que merodeaban por
los alrededores en busca de bayas. Tras observarles de lejos, les llamó.
Ellos se asustaron y echaron a correr, pero alcanzó a uno que se había
enredado la ropa en una zarza. Le tomó por la muñeca y le arrastró
tras él. Le preguntó:

—¿Sabes quién soy yo?

El niño no respondía, temblando de miedo. Entonces, Gudú le
habló de la pasada gloria de Olar, de la Reina Ardid y de la Corte
Negra. Y así, enardecido en sus recuerdos, rememoró las hazañas de

863

pasados y futuros Cachorros, de los que allí crecieron y de los que en lo venidero crecerían.

—Tú —le dijo— eres fuerte y pareces listo. No me importa si eres plebeyo o pobre. En la Corte Negra hay sitio para todos los muchachos fuertes, valientes y leales. Dime niño, ¿quieres ser el primero en reanudar aquella famosa y gloriosa escuela? ¿De dónde eres?

Y el niño dijo:

—De Por Ahí.

—Ah, sí —dijo el Rey, que en alguna parte había oído hablar de ese pueblo—. Pues bien, ven conmigo, que yo te hablaré del Rey Gudú y de sus proezas, y puedes unirte a sus soldados.

Se sentó en una piedra, pues cada vez se sentía más cansado, y continuó hablando al niño. Estaban muy cerca del Lago y, de cuando en cuando, miraba el agua y se olvidaba de la historia, incluso la confundía y hubo de recomenzarla varias veces. El niño seguía callado. Pero Gudú confundía su estupor silencioso con admiración. Hasta que el pequeño, desasiendo su mano, le miró a los ojos y dijo, con voz aguda y clara:

—Viejo tonto y feo.

Y echó a correr entre las zarzas en busca de sus compañeros. En ese momento el frío se hizo insoportable, y el Rey notó que algo dentro de él zozobraba: como había oído decir a su madre en tiempos de la Reina Leonia, se hundían las naves piratas en el mar del Sur.

Corrió al Lago, se miró en él, y en lugar de ver reflejado al Rey de Olar, contempló a un viejo andrajoso y torpe. Los pobres aficionados que fueron Ardid, el Trasgo y el Hechicero no habían previsto que el Rey no podía amar a nadie, excepto a sí mismo. En aquel momento un antiguo y conocido Dragón emergía del agua: un Dragón que llegaba a él desde la oscura memoria de su sangre, desde el terror de Sikrosio. Con un débil grito, lloró por primera vez. Por él, por toda su vida, por su perdida juventud y, sobre todo, por la gran ignorancia de cuanto le rodeaba.

Creyó distinguir en el último momento a aquel extraño muchacho que acompañaba a Tontina. Ahora por fin liberaba su brazo del manto que lo cubría, y le mostraba su ala de cisne. Pero no supo nunca Gudú, porque no tuvo tiempo, quién era; no supo nunca Gudú si sobrevolaba al Dragón o, como todo, como todos, se hundía también en el inmenso e irreparable olvido de su vida y de todas las vidas.

Y el llanto del Rey cayó al Lago, y éste creció. Creció de tal forma que anegó la ciudad, el Reino y el país entero, hasta más allá de las lindes donde Gudú había pisado. Y tanto él como su Reino, como cuantos con él vivieron, desaparecieron en el Olvido.

La Dinastía de Olar

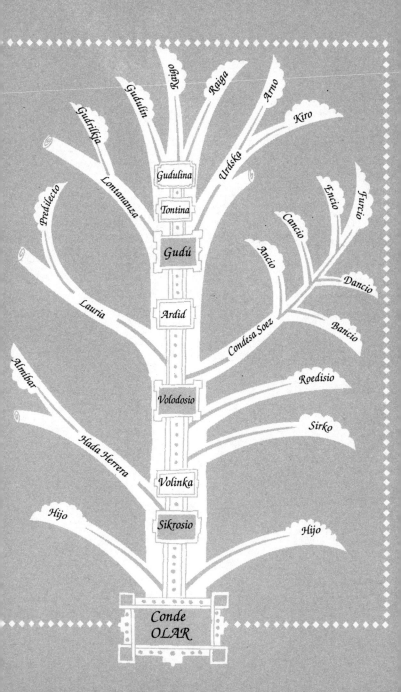